# BOUQUINS

*Collection fondée par Guy Schoeller
et dirigée par Jean-Luc Barré*

FRANÇOIS XAVIER TESTU

# LE BOUQUIN
# DES MÉCHANCETÉS

## ET AUTRES TRAITS D'ESPRIT

Préface de Philippe Alexandre

*ROBERT LAFFONT*

# MOI, MÉCHANT ?

*par Philippe Alexandre*

La langue française a, Dieu merci !, des ambiguïtés très malicieuses. Il ne faut pas croire que les méchancetés ont pour auteurs des hommes « méchants et malfaisants » comme ceux dénoncés par *Le Misanthrope*. Au contraire : l'anthologie que l'on va lire rassemble des hommes qui, pour la plupart, ont aimé et servi leur pays, leurs contemporains, l'humanité. Voltaire, Saint-Simon, Clemenceau et de Gaulle, docteurs ès méchancetés, étaient de fameux virtuoses en matière de vacheries mais incapables au demeurant de turpitudes caractérisées.

Les méchancetés recueillies ici avec gourmandise (au bout de combien d'années ou de décennies de chasse aux pépites ?) sont des mots d'esprit, des épigrammes, des piques, des traits... Elles sont faites pour égratigner, pour irriter comme des piqûres de moustique, mais pas pour tuer. Encore que faire rire de quelqu'un en France, c'est proprement l'assassiner.

Ce livre ne cite que les méchancetés verbales. Mais il n'y a pas que les mots. Le dessin peut fournir de percutantes cruautés. Plantu, dans *Le Monde*, en représentant Édouard Balladur en marquis de l'Ancien Régime dans sa chaise à porteurs, en 1994-1995, a plus fait pour endommager l'image et par conséquent la réputation du Premier ministre et candidat à la présidence de la République que toute espèce de pamphlet.

La télévision a découvert, il y a trente ans, l'art de distiller des méchancetés en représentant ses victimes en marionnettes. *Les Guignols de l'info* ont supplanté les journaux satiriques avec une vraie créativité. Mais autant les mots peuvent blesser à mort, autant la verve télégénique, souvent cruelle, peut aussi quelquefois embellir les réputations. L'émission vedette de Canal +, au cours des mêmes années 1994-1995, en montrant soir après soir un Jacques Chirac le Latex poignardé dans le dos par Balladur ou Sarkozy, a joué un rôle majeur dans l'élection présidentielle de ce temps-là. Cocteau disait : «Que l'on parle de moi en bien ou en mal, mais que l'on parle de moi!» Quelle personne publique ne souscrirait à ce commandement ?

J'ai eu pendant une douzaine d'années, de 1988 à 2000, les honneurs des *Guignols de l'info* : à cette époque, je débattais tous les dimanches soirs à la télévision sur l'actualité politique avec Serge July. Les Guignols nous ont représentés devant un zinc de café du Commerce, buvant des «petites poires» que nous servait une Christine Ockrent un peu hautaine.

Serge et moi étions enchantés de la popularité que nous valait la guignolade télévisée. Christine un peu moins... Elle était déjà star et n'aimait pas trop être caricaturée en tenancière de bar. Nous, au contraire, cette vedettarisation inopinée nous amusait : quand nous entrions dans un bistrot quelconque il y avait toujours un gros malin pour nous offrir une petite poire avec un clin d'œil. Les plus hardis me demandaient : «Est-ce que vous taquinez vraiment la bouteille ?»

Avec Twitter et autres réseaux sociaux, les méchancetés circulent à grande vitesse en toute liberté. La moindre petite blague proférée par quelqu'un de vaguement connu est reprise, répercutée, amplifiée sur-le-champ.

Mais voici la question capitale : les victimes ont-elles le droit de se plaindre des méchancetés, des quolibets, des agressions dont on les submerge ? François Hollande, criblé de surnoms peu aimables avant et après son élection à l'Élysée, a compris tout l'intérêt qu'il pouvait en retirer. Il n'a jamais protesté ni manifesté, du moins en public, un agacement quelconque. Pourtant, «Flanby» ou «Capitaine de pédalo», ce n'est pas vraiment flatteur. Mais si vous protestez le moins du monde, vous êtes mort !

Les politiques ont à cœur de se lancer au visage des mots d'auteur souvent confectionnés par des experts. D'ailleurs ils laissent généralement à ces derniers le soin de faire feu à visage découvert. À la fin du second mandat de Jacques Chirac, lorsque la bataille des épithètes faisait rage entre le président en fin de règne et l'impatient candidat à sa succession, celui-ci et sa compagne Cécilia étaient appelés «les Thénardier» dans les corridors du palais présidentiel. Nicolas Sarkozy a riposté en traitant publiquement le monarque vieillissant de «roi fainéant». Petites amabilités ordinaires entre membres de la même famille (politique)...

Pour ce genre de guéguerre, il vaut toujours mieux utiliser des porte-flingues. En 2002, le Premier ministre Lionel Jospin, candidat officiel à la présidence de la République, a cru malin de déclarer lui-même à des journalistes que son adversaire était «vieilli», «usé». Mieux, ou pire : il a souligné sa bévue en la commentant d'un gros mensonge : «Ce n'est pas moi, ça... ça ne me ressemble pas!» Jospin devait payer au prix fort ce coup de pied (de l'âne?) intempestif.

Les méchancetés lancées fièrement, à visage découvert, sont d'un maniement délicat, dangereux. C'est pourquoi on les entend rarement dans les hémicycles parlementaires où l'on emploie plutôt, dans le vacarme des «bruits divers» mentionnés au *Journal officiel* des injures trop banales pour être relevées : «Idiot... Menteur.... Crétin!» Autrefois, cette sorte d'invective, si plate pourtant, suffisait pour déclencher un duel. L'affaire était réglée au prix d'une estafilade. Le dernier duel, à l'épée s'il vous plaît, a opposé en 1967 le bouillant député-maire socialiste de Marseille Gaston Defferre à un collègue gaulliste de la région parisienne nommé René Ribière. Celui-ci avait été traité d'«abruti» en pleine séance par l'élu de la Canebière. Les journaux ont rendu compte par pure complaisance. Mais ces affaires d'honneur, déjà interdites par Louis XIV, étaient alors jugées ridicules, désuètes, et Mai 68, avec sa joyeuse lessive de printemps, a mis fin à de tels archaïsmes.

En revanche, aujourd'hui, les méchancetés intolérables sont soumises à l'arbitrage des magistrats. C'est fou ce que l'on peut plaider en France de nos jours! Les plaintes en diffamation tombent comme à Gravelotte sur une justice pourtant embouteillée par des violences autrement sérieuses.

Mon premier procès en diffamation, non comme plaignant mais comme prévenu, a eu lieu en 1980. J'avais déclaré dans ma chronique quotidienne, au lendemain de la mort du ministre du Travail Robert Boulin, que les journalistes avaient été mis sur la piste de cette malheureuse histoire de terrain à Ramatuelle, à laquelle le ministre n'a pas survécu, par des responsables du parti du défunt, le RPR. J'étais bien placé pour lancer cette affirmation estimée insultante puisque j'avais moi-même été l'un de ces journalistes. Mon avocat était Robert Badinter, qui m'a défendu comme si ma tête était en jeu. Il m'avait prévenu : « Ou vous donnez le nom du responsable RPR qui vous a informé – et alors vous trahissez les règles et l'honneur de votre profession. Ou vous serez condamné... Mais comme il y a une élection présidentielle dans quelques mois, vous serez amnistié, blanchi, et resterez journaliste le front haut.»

C'est ce qui s'est passé. Mais le procès, devant cette 17ᵉ Chambre que tout journaliste doit avoir connu au moins une fois dans sa vie, a bien duré huit ou neuf heures. Tous les dirigeants les plus honorablement connus du RPR ont défilé à la barre pour dire de moi pis que pendre. Parmi eux, des personnes qui ne m'avaient jamais croisé et aussi, bien sûr, mon informateur, très sûr de lui, la main sur le cœur.

Pour me venger du jeu de massacre auquel je venais d'être exposé, j'ai déclaré aux juges que je déposerais aux Archives nationales le nom de mon informateur et qu'on pourrait le consulter dans quelque quatre ou cinq décennies. À mon tour, j'ai pu faire trembler ma voix avec une belle indignation.

Après cette première expérience judiciaire, les suivantes m'ont paru beaucoup moins éprouvantes. Et certaines carrément divertissantes, tant pour moi que pour les magistrats. Par exemple, la plainte en diffamation qu'avait portée contre moi un personnage que l'on présentait comme le grand argentier du Parti communiste français, le «milliardaire rouge» – selon les journaux – Jean-Baptiste Doumeng. Quelle méchanceté me reprochait donc ce haut personnage alors que la gauche, avec les communistes, arrivait au pouvoir? Pas de quoi fouetter un chat : j'avais dit d'une voix aigrelette que «l'honorable M. Doumeng» déclarait des revenus insignifiants qui lui permettaient de payer moins d'impôts qu'un de ses ouvriers agricoles. Explosion et menaces de l'éminent contribuable. Mais aussi difficulté pour moi car je n'avais pas le droit, pour justifier ma bonne foi, d'évoquer en justice les déclarations de revenus du fabuleux plaignant.

Mon avocat n'était plus Robert Badinter, devenu ministre, mais un presque débutant, Christian Charrière-Bournazel, qui allait devenir mon conseil attitré. À l'Assemblée nationale, des questions assaillaient le ministre du Budget Henri Emmanuelli. Et le «pauvre» Doumeng ne pouvait que multiplier les déclarations vengeresses. Devant les magistrats, nous avons eu une parade diabolique : « Oui, nous n'avons pas le droit d'évoquer ici les déclarations de revenus de ce remarquable citoyen, mais vous, monsieur le Président, vous avez le pouvoir de les réquisitionner. Elles se trouvent à tel endroit, tel étage, tel bureau... » Il y a eu alors sur le visage du magistrat comme un sourire gourmand. Le lendemain, Jean-Baptiste Doumeng retirait prestement sa plainte. Et s'en tirait à bon compte.

Au total, j'ai été plus souvent menacé de poursuites qu'effectivement assigné. D'ailleurs, charitablement, j'avertissais les plaignants éventuels qu'ils avaient plus à craindre de la justice que moi. Il faut savoir que ces procès en diffamation constituent pour les juges des divertissements et qu'ils ne dédaignent pas de faire durer le plaisir.

Autre honorable accusateur : André Rousselet, ancien directeur de cabinet de François Mitterrand à l'Élysée, ancien P-DG de Havas (actionnaire principal de mon employeur RTL), ancien patron de Canal +. Congédié de cette dernière somptueuse prébende, il avait écrit dans *Le Monde* une tribune scandalisée reprochant au Premier ministre Balladur (mous étions alors en pleine cohabitation) de l'avoir « tuer ». Ma méchanceté ? J'avais affirmé dans ma chronique que Rousselet en avait tué bien d'autres et j'ai donné une liste non exhaustive. Là encore, j'étais fondé à prononcer cette sorte de méchanceté puisque Rousselet, quand il avait le bras long, avait tenté de me faire limoger par mon employeur à la demande du chef de l'État.

Nous sommes allés devant cette chère 17ᵉ Chambre puis en appel. Les juges ont martyrisé mon plaignant en le harcelant de questions sur ses revenus. Ma parole, je souffrais pour lui. Mais Rousselet n'a pas voulu lâcher prise, comme si son honneur était en cause. Il est allé en cassation. Il a encore perdu. Je crois qu'il m'en a longtemps voulu.

Quand nous avons publié, Béatrix de l'Aulnoit et moi, *La Dame des 35 heures*, notre « victime » Martine Aubry nous a immédiatement menacés de poursuites en prétextant que nous l'avions meurtrie dans sa vie privée. Évidemment il n'en était rien et le procès n'a pas eu lieu... malheureusement, car il eût assuré à notre livre une belle promotion. L'ouvrage, certes, n'était pas tendre et même délibérément sévère, mais rien qui pût justifier une procédure.

Au total, j'ai produit une chronique quotidienne sur la politique pendant quarante-trois ans! Et pourtant je peux compter sur les doigts d'une main les ennemis déclarés que je me suis faits dans cet exercice d'impertinence obligée. Des noms? Il y a eu Raymond Barre alors Premier ministre. En rigolant du coin des lèvres, je m'étais interrogé sur la facilité avec laquelle il avait acheté un terrain dans le périmètre le plus cher de France et obtenu aussitôt un permis de construire d'un préfet qu'il venait lui-même de nommer dans le département. Le professeur Barre s'est gardé de protester ou de me faire la leçon mais il a publié une mise au point indiquant que ses droits d'auteur d'un manuel destiné à ses élèves de Sciences Po lui avaient permis d'amasser un pécule en forme de pactole. J'ai été interdit de séjour à Matignon.

Quelqu'un d'autre m'en a voulu longtemps : Alain Juppé. Il était alors ministre des Affaires étrangères et avait publié un livre sur ses états d'âme intitulé *La Tentation de Venise*. J'ai voulu faire le malin en déclarant que son bouquin, encensé par tous mes confrères, ne valait pas *Mort à Venise*. Sur-le-champ, le ministre me faisait délivrer par un motard droit dans ses bottes un carton sur lequel il avait gribouillé d'une plume rageuse qu'il me fallait apprendre mon métier. En retour, je lui ai expédié une édition de poche du livre de Thomas Mann. Il me l'a renvoyé sans commentaire.

Je me suis attiré l'inimitié de quelques personnages de bien moindre importance, comme Jacques Attali dont j'avais contesté le droit de publier un *Verbatim* alors qu'il avait été majordome en chef à l'Élysée. Aujourd'hui encore, vingt ans après, il refuse de me serrer la main, prétendant avoir été «insulté».

Au cours de sa malheureuse campagne de 1981, Valéry Giscard d'Estaing avait «négligé» de participer aux émissions officielles de la «1re radio de France». On disait qu'il évitait ainsi le risque de me croiser dans les couloirs. Mais l'année suivante, l'ancien président était candidat à une élection cantonale dans le Puy-de-Dôme et il m'invitait à l'accompagner une journée dans sa tournée des popotes rurales pour me signifier mon absolution.

François Mitterrand? Il avait le cuir assez épais pour être insensible aux petites morsures ordinaires d'un des ces «chiens» de journalistes. Jusqu'à son élection, en 1981, j'avais eu avec celui qu'on appelait déjà «Président» (il ne l'était alors que du conseil général de la Nièvre) des relations plutôt simples. Puis, après son entrée à l'Élysée, j'ai été tenu à l'écart de ce saint des saints passé incontinent de la monarchie Louis XV de VGE à la monarchie nouveau riche des socialistes.

La pénitence a duré près de sept ans. Elle embrassait dans la même opprobre ma radio et moi. En novembre 1987, j'ai suggéré à Jean-Louis Bianco et Jacques Pilhan, éminents collaborateurs du chef de l'État avec lesquels j'entretenais des relations aimables, de mettre fin à cette quarantaine. Et de le faire avec éclat en m'accordant, à moi, une heure d'interview. L'émission s'est bien déroulée alors que mes questions avaient porté presque toutes sur des « affaires » d'argent qui envahissaient alors la première page des journaux. En signe de royale gratitude, Mitterrand m'a dédicacé une photo de notre face-à-face prise durant l'enregistrement.

J'ai surtout été accusé de méchanceté anti-mitterrandienne et même d'ignominie lorsque j'ai évoqué dans un livre (*Plaidoyer impossible pour un vieux Président abandonné par les siens*) l'existence ultra-protégée de la fille adorée du chef de l'État. Françoise Giroud m'a même jeté au visage les mots de « presse de caniveau », mais je me suis refusé à me disputer avec cette vieille dame que j'avais prise quelques années plus tôt en flagrant délit d'abus de décoration.

D'accord avec Roger Thérond, fameux journaliste et patron de *Paris-Match*, mon livre est sorti le jour où l'hebdomadaire publiait la photo de Mitterrand et Mazarine prise depuis plusieurs jours. J'ignore si le magazine avait sollicité je ne sais quel *imprimatur* de l'Élysée. Le président lui-même ne m'a pas signifié la moindre désapprobation. Je savais d'ailleurs qu'il souhaitait faire connaître à tous les Français cette paternité de fin de vie qui faisait son ultime joie. Quelques semaines plus tard, à l'un de ses visiteurs qui le questionnait sur mon maudit bouquin, il répondait comme négligemment que l'auteur aurait pu ne pas se contenter de deux ou trois alinéas sur sa fille chérie. Point final.

Du reste, l'évocation de Mazarine dont l'existence était connue de la moitié de Paris ne saurait être qualifiée de « méchanceté » au sens où l'entend l'auteur de cette anthologie. Indiscrétion peut-être, inconvenance à l'extrême rigueur, mais aucune intention de nuire ou de blesser.

Il me faut pourtant accepter cette réputation de méchanceté qui, avec le temps, l'âge venu de la retraite, commence tout juste à s'estomper. Bien sûr, cette accusation vise le chroniqueur, l'éditorialiste, l'auteur, et non l'homme dans son intimité. Il ne s'agirait donc pas de mon caractère mais d'un choix délibéré d'assouvir je ne sais quelle revanche contre la société.

Je n'ai jamais été en conflit avec mon environnement familial, social, national. Au contraire : j'ai été jusqu'ici constamment choyé par la vie et je l'en remercie chaque jour.

Lorsque l'éminent journaliste Jean Farran m'a engagé dans la radio qui devait me donner la parole pendant une trentaine d'années, il m'a juste demandé si j'avais lu *Choses vues* de Victor Hugo, un journal dans lequel le monumental poète a glissé quelques méchancetés sachant qu'elles seraient lues après sa mort. J'avais également lu, et avec ravissement, le *Bloc-Notes* dans lequel François Mauriac a multiplié les férocités contre la plupart de ses contemporains et surtout les *Mémoires* de Saint-Simon qui, le premier dans notre Histoire, a montré que l'on pouvait faire de la grande, éblouissante littérature avec de très mauvais sentiments. Le duc aurait publié son livre de son vivant qu'il n'eût pas échappé au poignard de ses victimes.

C'est d'une autre recommandation de Jean Farran qu'est venu tout mon mal : « N'oubliez pas, m'a-t-il dit, qu'au petit matin, à l'heure où vous vous exprimerez, il s'agit de réveiller nos auditeurs. » J'en ai conclu qu'il ne fallait pas débarbouiller les gens à l'eau tiède. Et je m'en suis donné à cœur joie, en toute liberté et impunité, citant ce vers de Molière à ceux qui me traitaient de « méchant » : « Faire enrager le monde est ma plus grande joie ».

Je devais avoir de sérieuses dispositions. À quatre ou cinq ans, je piquais contre mon frère des colères telles qu'un jour on m'a fait traverser le jardin du Luxembourg avec dans le dos une pancarte portant cet avertissement : « Attention ! Chien méchant, il mord ! » Il faut croire que le plaisir de mordre ne m'a jamais abandonné...

Mais je dois me rendre à l'évidence : je ne serai jamais l'égal des auteurs de toutes les répliques superbement assassines que l'on va lire dans les pages suivantes. Quand il m'arrive de relire ce que j'ai un jour écrit, franchement, je ne me trouve pas vraiment méchant. Oh ! Comme j'aimerais avoir un jour, une heure, la verve de Jules Renard ou le génie de Saint-Simon traçant le jour de sa mort le portrait doucement meurtrier de Monsieur, frère de Louis XIV. Et s'il m'est permis d'exprimer un regret, c'est d'avoir succombé trop souvent à la prudence, de m'être soumis à une autocensure inavouée.

Mais les auteurs qui figurent dans cette anthologie en forme de Panthéon de l'impertinence ont sacrifié aux aussi à une précaution élémentaire. Leurs mots d'esprit, souvent superbes, ont été pour la plupart prononcés dans l'anonymat, furtivement, sans même qu'on puisse affirmer qu'ils en sont les véritables auteurs. À Clemenceau et Sacha Guitry on prête tant de mots que certains sont à coup sûr apocryphes. J'ai rencontré, il y a quelques années, l'auteur de plusieurs petits livres intitulés *Les Mots du Général*. Il signait «Ernest Mignon», et quand je lui demandais où et quand de Gaulle avait eu tel mot dévastateur, il se contentait d'un sourire énigmatique.

Il faut rendre justice au député-maire d'Issy-les-Moulineaux, André Santini : le dernier de nos hommes politiques à pratiquer l'art de la flèche délicieusement empoisonnée. Parlant de je ne sais quel président ou Premier ministre dont la cote de popularité baissait de jour en jour, il avait dit : «À force de creuser, il finira bien par trouver du pétrole !» Aujourd'hui, on prête à François Hollande et à Nicolas Sarkozy le talent de la formule bien sentie. Mais ces deux politiques de haut vol ne daignent pas décocher le tir au grand jour de peur, sans doute, d'essuyer en retour une salve mortelle.

Sous les deux précédentes Républiques, au temps où la Chambre des députés était le centre de tout, hommes et choses, il suffisait à un journaliste de s'installer à la buvette du Palais-Bourbon pour recueillir des phrases comme on en entendait au théâtre. D'ailleurs, les auteurs comme Sacha Guitry et Tristan Bernard, des comédiennes comme Yvonne Printemps et Sarah Bernhardt avaient à cœur de justifier leur (mauvaise) réputation en prononçant des répliques de leur cru qui faisaient en deux heures le tour de Paris sans le secours d'Internet ou de Twitter.

Les nouveaux outils de communication, en diffusant à une cadence stakhanoviste la moindre petite phrase, ont vulgarisé l'industrie de la méchanceté. Quand un président de la République, pour se défendre, use d'un langage de chauffard, il y a lieu de s'inquiéter pour un pays qui, après avoir eu le culte de Voltaire, s'entiche des équations de M. Piketty. On voudrait croire que les derniers présidents littéraires que nous ayons eus, Georges Pompidou et François Mitterrand, n'ont pas définitivement laissé la place à des énarques sans humour ni poésie.

En politique, l'administration d'une méchanceté bien ajustée n'implique nullement l'aversion voire la haine de l'auteur pour sa cible. C'est un monde où la pire détestation ne dure pas plus de sept ans. Si cruel soit-il, un mot est tôt ou tard effacé pour les besoins de la stratégie. Dominique de Villepin, que Nicolas Sarkozy se promettait de pendre à un croc de boucher – comme jadis les résistants tombés aux mains de la Gestapo –, a fini par prononcer une déclaration de cessez-le-feu à laquelle même la justice n'avait pu le contraindre. La vacherie, si joliment troussée soit-elle, relève des licences autorisées par le débat démocratique.

Journaliste, on m'a souvent demandé si j'avais quelque ressentiment envers la personne évidemment honorable que je venais d'épingler d'une formule impardonnable. Drôle de question ! Je n'ai naturellement aucune espèce de sentiment personnel, affectueux ou vindicatif à l'encontre d'un homme politique. J'aurais même volontiers serré la main ou fait la bise à la Dame des 35 heures mais elle, croisée dans le train de Lille un beau jour, des années après la publication du livre qui l'a fait pleurer, m'a tourné le dos... superbement. Un politique de l'espèce commune aurait ostensiblement oublié les petites écorchures subies par ma faute.

Mais aujourd'hui encore, alors que je n'ai plus guère l'occasion de griffer ou de caresser, je n'éprouve aucun remords. Je peux même avouer que lorsque j'avais trouvé une pique bien acérée, j'étais envahi de la même satisfaction que l'artisan devant l'objet sorti de ses mains.

Car la méchanceté est d'un exercice délicat : il faut trouver le ou les mots justes, efficaces, économes. Et il faut aussi avoir la repartie instantanée. J'ai été reçu à l'Élysée par Georges Pompidou le jour de la mort de l'ancien garde des Sceaux René Capitant. Le président de la République avait une haine recuite contre ce gaulliste dit «de gauche» qui ne l'avait pas protégé face à l'ignoble traquenard de l'affaire Markovic. Quand j'ai prononcé le nom du défunt en entrant dans le bureau du chef de l'État, la repartie a été aussitôt lancée d'une voix où grondaient tous les torrents d'Auvergne : «Dieu l'a puni.»

Les méchancetés qui sont fignolées longtemps à l'avance avec le concours d'un humoriste ou d'un *spin doctor* ne valent pas celles qui partent ainsi, au quart de tour, comme une kalachnikov. Mais tout le monde n'a pas l'art de la repartie instantanée.

Nul ne saurait prétendre que la France a une supériorité, une excellence en la matière. Les Britanniques avec Somerset Maugham, George Bernard Shaw et Winston Churchill, ce champion du monde incontesté, sont également très forts. On en jugera dans ce florilège. Mais chez nous, la méchanceté a ses lettres de noblesse. Il faut remonter au XVII siècle pour trouver une avalanche de satires, de libelles, d'épigrammes tous plus poétiques les uns que les autres. Sous la Régence et Louis XV, les salons et les petits soupers voyaient s'affronter, en des joutes d'un extrême raffinement, les encyclopédistes et les femmes savantes.

Quiconque faisait alors profession d'écrire se devait de trousser une ode ou un morceau satirique, en vers ou en prose, chaque matin, comme un instrumentiste fait ses gammes. Mais il devait l'enfermer à double tour dans le tiroir de son secrétaire. Fontenelle, qui vécut cent ans, ce qui exige de rendre coup pour coup, a avoué : «J'ai eu la faiblesse de faire quelques épigrammes mais j'ai résisté au plaisir de les publier.» De son temps, on pouvait montrer au monde une petite vilenie lancée contre un confrère, à condition que ce fût selon la définition de Boileau dans son *Art poétique* : «Un bon mot de deux rimes orné.» Aujourd'hui, par bonheur pour lui, personne n'attend de Jean-Luc Mélenchon qu'il fabrique ses attaques dans les règles de l'art.

En contemplant les perles collectionnées – j'imagine avec délectation – par François Xavier Testu, je me dis qu'il y aurait beaucoup de présomption de ma part à me croire le disciple, l'élève ou le successeur des terribles maîtres qui occupent ces pages. Mais d'un autre côté, j'aurais mauvaise grâce à me plaindre de cette réputation de méchanceté qui m'est faite. Quand j'ai publié mon *Dictionnaire amoureux de la politique*, Bernard Pivot m'a dit : «Amoureux ? Alors, c'est l'amour vache.»

Les deux mots s'appliquent également aux auteurs figurant dans cette anthologie : ils avaient tous trop d'esprit pour vouloir écrabouiller leurs victimes.

## LA MORALE OFFICIELLE TUE,
## MAIS LE MOT D'ESPRIT VIVIFIE

*par François Xavier Testu*

À mon ami Francis-Édouard Chauveau

La civilisation française, même si elle s'est illustrée depuis deux cent cinquante ans par d'importantes déclarations adressées à l'Univers, compte aussi à son actif, de façon plus intime, plus populaire, et depuis plus longtemps, des quantités considérables de pamphlets, d'épigrammes, de ponts-neufs (ces chansons satiriques que les bateleurs chantaient sur le pont du même nom devant un peuple réjoui), de bons mots, qui ont couru les salons et les champs, la Cour, les académies, les coulisses, la rue et les cabarets. Ils font partie de l'histoire de France. Condé sous la Fronde, avant de charger, donnait à ses officiers pour ultime recommandation : «Messieurs, assurons nos chapeaux et pensons au Pont-Neuf!»

Il y a bien des lustres je me trouvais avec un ami, auquel cet ouvrage est dédié puisque l'idée de départ fut commune, dans la bibliothèque d'une grande maison qui ouvrait sur un jardin à la française. Nous y étions réfugiés contre la chaleur d'un été orageux sur les collines du Beaujolais, fouillant dans les rayonnages. La découverte d'une anecdote qui nous fit rire lança une conversation sur les mots d'esprit que nous connaissions; ainsi, dans cette oasis de fraîcheur où nous étions abrités de l'inconfort passager du monde extérieur, vint l'idée de faire un petit livre qui réunirait les méchancetés les plus drôles que tel personnage avait pu destiner à tel autre.

Les pamphlets étaient mis à l'écart, parce que la colère qui les inspire manque de spontanéité; au plat vengeur qu'un écrivain prépare à froid, on doit préférer l'étincelle de l'instant. Paradoxalement d'ailleurs, les pamphlets ont moins d'avenir que les bons mots conservés par quelque témoin. Comme l'a noté Paul Morand après avoir lu un volume des *Souvenirs* de Léon Daudet, qui venait de paraître : « L'inconvénient du pamphlet, c'est que ça s'évapore vite, même Paul-Louis Courier ou Veuillot ; cela ne vaut que le matin, avec l'odeur de l'encre d'imprimerie, cette rosée noire ; on en parle au déjeuner ; le soir c'est fini ; et au fond, c'est l'histoire de tout le journalisme. »

L'idée était donc de limiter l'ouvrage à deux genres : d'abord le bon mot au sujet de quelqu'un, cette saillie qui prend appui sur les circonstances pour décocher sa flèche. Ensuite l'épigramme, qui n'est pas soumise aux contraintes de l'instant, mais qui se trouve contrainte par les lois de la versification et se termine par une pointe qui peut avoir la même acuité que celle jaillissant des occasions d'une conversation. On peut y ajouter la lettre brève ou le télégramme prestement écrits comme un billet d'humeur, quand le résultat se rapproche de la saillie.

À ce projet déjà téméraire, j'ajoutai l'idée de faire des notices biographiques, pour situer l'anecdote. Il fallut bien des années pour que ce livre finisse par voir le jour (hélas sans mon compère...), avec une abondance telle que j'aurais définitivement renoncé à l'entreprise si j'avais prévu ses dimensions. Mais celles-ci peuvent être comptées comme une qualité : il est plus intéressant de rencontrer un même personnage à plusieurs reprises et de retrouver au fil des pages ses interlocuteurs. On finit par avoir l'aperçu d'une époque.

Dans la première partie de l'ouvrage, la plus consistante, l'anecdote se trouve à chaque fois rattachée à un personnage, par priorité l'auteur du bon mot ou de la méchanceté. La seconde partie est consacrée aux victimes proprement dites, qui ont fourni à leurs contempteurs une source récidivante d'inspiration. La dernière partie collecte quelques traits d'esprit, la plupart anciens, dont on ne connaît ni l'auteur ni la victime.

Tout cela appartient certes à la petite histoire. La pensée de Mérimée, dans la préface de sa *Chronique du règne de Charles IX*, est célèbre : « Je n'aime dans l'histoire que les anecdotes. » Cette réflexion inspire bien du mépris aux historiens de profession, mais elle mérite d'être pesée, provenant d'un authentique érudit – léger et jouisseur mais si brillant – qui fut plus utile que beaucoup d'autres à la société, par la protection des trésors historiques de la France qu'il a assurée avec discernement. Il n'est pas exclu que sa prédilection pour les anecdotes, cette histoire en actes de la vie quotidienne, lui ait permis de saisir de façon instantanée la valeur de certains monuments à moitié ruinés ou pris dans la gangue des constructions postérieures.

Qui dit d'ailleurs que l'anecdote n'est pas pleine d'enseignements? Prenons un exemple tiré des pages qui suivent, celui de Margaret Thatcher. Rédigeant sa notice, j'aurais pu me contenter, comme on le fait souvent en France à son sujet, de raconter tout le mal qu'elle a fait au Royaume Uni, par son libéralisme économique dévastateur et son «horrible» conservatisme... Mais voilà bien une répétition qui n'intéresserait plus personne, et encore moins un lecteur français de 2014 qui, regardant autour de lui, s'apercevrait qu'on n'a pas besoin d'être libéral et conservateur pour ruiner l'industrie. J'ai donc préféré rappeler que les grands écrivains anglais contemporains, à l'occasion d'une rencontre groupée, avaient trouvé Margaret d'une sensualité folle. Voilà un fait réellement intéressant. D'abord parce qu'on ne le trouve pas dans la production ordinaire de nos livres et de nos journaux qui, comme l'a récemment rappelé Simon Leys, est marquée au coin d'un «incurable provincialisme culturel». Ensuite parce qu'un tel fait, par son côté inattendu, conduit à se demander s'il faut y voir un nouvel exemple de la bizarrerie sexuelle des Anglais, ou bien si cela fournit un motif supplémentaire de dire que les écrivains n'ont pas le sens des réalités, ou bien encore si cela confirme que la considération du pouvoir est fortement aphrodisiaque, comme le disait Kissinger.

Bien entendu, il n'a pas toujours été possible de se tenir sur un registre aussi élevé. Et dans les notices, on trouvera des faits qui ont simplement le mérite de préciser la silhouette du personnage en ajoutant, autant que faire se peut, à la plaisanterie usuelle qui constitue le fond de cet ouvrage.

Parmi les trop nombreux éléments qui pourraient entrer dans une notice biographique, j'ai souvent ignoré le fait connu et retenu le fait curieux, surtout s'il est contraire à ce que l'on dit habituellement du personnage. J'ai trouvé gratifiant de retrouver dans des sources aujourd'hui négligées un trait frappant sur une personne ou son époque, en me dispensant de redire des choses, parfois fausses, qui font uniquement autorité parce qu'elles ont été répétées.

À ce dernier sujet on est encore dans l'esprit de Mérimée qui marquait les livres de sa bibliothèque du précepte du vieux poète Épicharme : «Μέμνησο ἀπιστεῖν» («Souviens-toi de ne pas croire»). La phrase exacte, rapportée par Polybe, est un conseil pratique et familier : «Sois sobre et souviens-toi de te méfier.» On comprend qu'il ne s'agit pas d'une profession de foi pour la Ligue antialcoolique ou la Libre pensée, mais une recommandation de méthode dans la réception des prétendues vérités.

J'ai opéré un tri substantiel; ce n'est pourtant plus le petit livre imaginé au début, et le risque est très important de voir le lecteur emporté par un certain désarroi moral, après toutes ces méchancetés. Mais, outre cette recommandation posologique que l'ouvrage doit être butiné et non faire l'objet d'une lecture suivie, il faudrait se demander si, somme toute, ces parcelles d'humanité constituent un ensemble négatif.

Ce genre de jugement a certes été tenu de longue date par ceux qui ont des prétentions morales, ou plus exactement sociales. Des témoins ont campé Zola lançant d'une voix rageuse à Aurélien Scholl aux aguets derrière son monocle : «Que voulez-vous, je n'ai pas d'esprit... Les peintres des masses n'ont pas d'esprit.» Et le médiocre romancier Paul Adam déclarait dans la même veine détester le rire sous toutes ses formes : «Défions-nous de notre joie et de la belle gaieté française. Elles applaudissent, le plus souvent, à la bestialité reparue... Le rire suit la moquerie et l'outrage. Il affirme le triomphe brutal du fort sur le faible. Il salue la révélation d'une incongruité animale. Il insulte à la sottise, à l'erreur, à la misère, à la pauvreté d'esprit. Le rire est le propre de la méchanceté.» Ce sont des connaisseurs qui parlent : on aura l'occasion de voir, dans les pages qui suivent, qu'Émile Zola ou Paul Adam ont été malmenés. De même ensuite, les amis du progrès social dans les années 1930, et jusqu'à Sartre qui n'a guère fait dans le comique, ont vilipendé Proust (la notice qui lui est consacrée dans ces pages en témoigne...), ce grand amateur de bons mots et de petites méchancetés de société.

Or il ne faut pas, comme d'habitude, précipiter les jugements moraux, surtout s'il s'agit de frapper le rire d'anathème. Après tout, les manifestations d'esprit de méchanceté, cette acidité spirituelle si l'on veut, sont l'expression du fait que le protagoniste croit encore à quelque chose, ou en tout cas qu'il tient à quelque chose. Ce n'est pas le nihilisme ordinaire de notre époque, dont Thomas Nagel a dit qu'il campait l'homme réduit à un rôle de figurant dans une vie qui ne correspond à rien. Ceux qui ont lancé des méchancetés sont au pire de grands désillusionnés, point des nihilistes. Ils n'adoptent pas la vision de nulle part qui se nourrit d'indifférence et dont le sujet, au moment de parler, est paralysé par le démoniaque « À quoi bon ? » Ils considèrent qu'il y a encore quelque chose à dire, fût-ce comme sujet de moquerie : pour eux il y a toujours matière à s'amuser en observant, et c'est là le contraire de l'indifférence.

Sans compter que, dans beaucoup de cas, le mot d'esprit témoigne d'un réel sang-froid dans une situation difficile...

Le bilan moral est donc loin d'être négatif.

Et puis n'y a-t-il pas une nécessité roborative de fêter l'esprit, dans une société où le courant social, ne craignons pas de le dire, l'a un peu trop emporté ? On saluerait la chose, malgré toutes les gaietés disparues, si cela avait fait régner la justice. Mais chaque matin qui naît paraît vouloir fournir la preuve contraire, de sorte qu'on paie bien cher la grisaille, les discours convenus et le ton moralisateur. Que cette morale puisse être fort innovante ne fait rien à l'affaire, puisqu'en changeant le contenu les censeurs ont plus que jamais gardé le ton du Tartuffe.

Alors, à l'encontre de ce que de tristes saints nous servent aujourd'hui en guise de catéchisme, et pour nous soulager des anathèmes fulminés par cette morose tribu de curés sans dieu mais gorgés d'eau bénite, accordons-nous quelques instants de récréation avec ces saillies, ces bons mots, ces épigrammes, qui nous donnent, malgré quelques outrances, à respirer un air raréfié : celui de la liberté d'esprit.

# LA MÉCHANCETÉ PAR L'AUTEUR

## ABOUT (Edmond)

Normalien, franc-maçon, anticlérical, romancier à succès, père de huit enfants, Edmond About (1828-1885) était châtelain à Grouchy. Comme il était un soutien du Second Empire, des républicains allaient troubler les représentations de ses pièces, ce dont il se plaignit dans une lettre ouverte; le jeune Clemenceau répliqua : «Nous tenons à l'honneur de nous ranger au nombre des *polissons* dont parle M. About dans son inqualifiable lettre. Nous renvoyons à son auteur tout le mépris qu'elle nous inspire... M. About n'est qu'un drôle outrecuidant et rageur; nous le méprisons et le lui disons...» Vint la république, et About devint républicain.

Alphonse Daudet expliquait un jour, au sujet de Zola et pour le défendre : «Zola s'inspire du vrai. Il se met chaque matin à sa fenêtre et observe avec attention l'humanité qui passe...»

Edmond About, qui se trouvait là, dit : «Alors, il ferait bien de changer de quartier.»

## ACHARD (Marcel)

Marcel Achard (1899-1974), attiré par le théâtre, obtint un poste de souffleur au Vieux-Colombier, d'où il fut renvoyé : troublé par les jambes des actrices, il oubliait de souffler le texte à temps. Ses débuts d'auteur dramatique en 1923 sur la scène du Théâtre de l'Œuvre furent chaotiques : «Ma pièce s'appelait *La messe est dite*. Elle devait être précédée d'un lever de rideau d'un auteur espagnol. Le soir de la générale, j'arrive donc à 21 h 30, sans me presser. Je pénètre dans la salle et j'entends des hurlements fuser de tous côtés : "Remboursez! C'est une honte." Je me mets à rigoler en pensant : "Qu'est-ce qu'il prend, l'Espagnol." À cet instant, le directeur, Lugné-Poe, m'attrape par le bras : "Au fait, mon vieux, on a commencé par votre pièce."» Avant cela, Achard avait été figurant et lorsque Pagnol le reçut à l'Académie française en 1959, il dit dans son discours de réception : «Je vous ai vu soulever de bien grands éclats de rire en recevant des coups de pied, monsieur. Et des coups de pied où?...» L'assistance, qui craignait le pire entre les deux compères, vit Pagnol tourner son feuillet pour ajouter : «Au Théâtre de l'Atelier.» Marcel Achard s'est réjoui le jour où il a appris que, dans la chapelle d'un bourg normand, à La Lucerne-d'Outremer, on conserve précieusement les reliques de saint Achard, qui guérit de l'hypocondrie – ce qui n'est d'ailleurs pas très utile aux Normands.

Mistinguett n'était plus très jeune à l'époque où elle jouait dans *Le Secret*, d'Henry Bernstein.

«Quel âge peut-elle avoir? demanda un spectateur.

— Soixante ans», répondit quelqu'un.

Marcel Achard précisa : «... plus les matinées.»

\*

À une pièce de Claudel, Marcel Achard se tourna vers sa voisine, qui applaudissait souvent : «C'est pour vous réchauffer?»

(Claudel assistait lui-même souvent aux représentations, dans l'avant-scène de l'administrateur, et il applaudissait si fort la beauté des répliques qu'il gênait le jeu des acteurs.)

\*

En sortant de la première du *Soulier de satin*, de Claudel, qui dura plus de cinq heures, Marcel Achard déclara : «Heureusement qu'il n'y avait pas la paire[1]...»

### À propos de Marcel Achard

Sa pièce *Turlututu* fut créée en 1962; le rôle principal était tenu par le fantaisiste Robert Lamoureux qui, déçu par l'accueil mitigé que la pièce avait reçu lors de la générale, décida d'intercaler des répliques de son cru. Bientôt grisé par les réactions d'un public qui riait davantage, Lamoureux multiplia ses interventions, tant et si bien qu'après deux mois de représentation il ne restait plus grand-chose de l'auteur. Furieux, Achard se rendit à une représentation

---

1. Commentaire que Jacques Charon a prêté à Sacha Guitry.

accompagné d'un huissier. Le constat relevait par exemple que la réplique originale : «Comme vous le savez, Pascale adore les peintres du dix-huitième», était devenue : «Comme vous le savez – à moins que vous ne l'ignoriez au point de n'en rien savoir du tout – ce gars-là a une tête épouvantable de brigadier de gendarmerie.»

Lorsque l'auteur mit sous le nez de Robert Lamoureux les constatations de l'acte d'huissier, l'acteur dit pour sa défense : «Il ne faut pas dramatiser : ce n'est pas du Molière, c'est du Marcel Achard!»

*

Visitant la Sicile, Marcel Achard interrogea le maire d'un petit village perché au haut d'un contrefort escarpé : «Comment faites-vous pour construire une route, dans votre pays?

— Nous lâchons un âne et il n'y a plus, ensuite, qu'à élargir le chemin qu'il a tracé.

— Et si vous n'avez pas d'âne sous la main?

— Alors, là, nous faisons venir de la ville un ingénieur des Ponts et Chaussées...»

## AGOULT (Marie d')

Marie de Flavigny, comtesse d'Agoult (1805-1876), qui rencontra Liszt chez Chopin, fut séduite par sa virtuosité, et aussi par son visage pâle aux grands yeux verts où brillaient de rapides clartés «semblables à la vague quand elle s'enflamme». Pour le reste, cette jeune mère de famille céda sans difficulté. Les deux amants s'enfuirent en Suisse, où naquirent Cosima, la future femme de Wagner, et Blandine, la future femme d'Émile Ollivier. Liszt revint seul à Paris quand il apprit que Thalberg y triomphait : les deux virtuoses se mesurèrent dans le salon de la princesse Belgiojoso (qui conclut : «Thalberg est le premier pianiste du monde; Liszt est le seul»). Il retourna longtemps après à Genève, en traînant les pieds. George Sand traitera Liszt et Marie d'Agoult de «galériens de l'amour». Liszt multiplia les aventures, avec George Sand, Charlotte de Hagn, Lola Montès, Marie Duplessis (la dame aux camélias), la prétendue Cosaque Olga Janina et Bettina von Arnim-Brentano, cette égérie qui faisait la chasse aux grands hommes pour passer à l'immortalité (elle a terminé en effigie sur les derniers billets de 5 marks allemands) – suprême injure, puisque Bettina avait vingt ans de plus que Marie d'Agoult. Celle-ci entreprit une carrière littéraire et acquit sous le pseudonyme de Daniel Stern une réputation dans les cercles avancés. Liszt la reverra vingt-cinq ans plus tard pour, ahuri, s'entendre demander : «Eh bien : que pensez-vous du principe des nationalités? La Hongrie? La Pologne? Cavour?»

Liszt avait pris pour maîtresse Marie d'Agoult, qui disait de Chopin (déjà tuberculeux), au sujet duquel George Sand l'interrogeait : «Il tousse avec une grâce infinie. C'est l'homme irrésolu. Il n'y a chez lui que la toux de permanente.»

Elle ajoutait un peu après : «Je ne parle pas des improvisations du crétin» – c'est-à-dire Liszt.

### À propos de Marie d'Agoult

Marie d'Agoult, haute beauté blonde, d'apparence froide, était réputée pour son ardeur; les initiés la résumaient en disant : «Six pieds de neige sur vingt pieds de lave.»

### ALAIS (comte d')

Louis-Emmanuel, duc d'Angoulême, comte d'Alais († 1653), petit-fils de Charles IX par la main gauche, en l'occurrence Marie Touchet, fut un honnête gouverneur de Provence. Il est resté moins illustre que son père le duc d'Angoulême, royal bâtard et faux-monnayeur, celui qui demandait un jour à M. de Chevreuse combien il donnait à ses secrétaires. «Cent écus», répondit l'autre. «C'est peu, reprit-il, je leur donne 200 écus. Il est vrai que je ne les paie pas...» Et quand ses gens réclamaient leurs gages, il les envoyait voler. Quand il mourut, en 1650, le gazetier Renaudot fils, réputé pour son impertinence, dit qu'il était mort chrétiennement comme il avait vécu.

Le duc d'Angoulême, fils d'un bâtard de Charles IX, était couramment appelé de son autre titre, comte d'Alais, pour le distinguer de son père. Cela ne laissait pas paraître sa royale origine. Passant par Lyon, il fut conduit au lieutenant du roi qui lui fit ces demandes : «Mon ami, que dit-on à Paris?

— Des messes.

— Mais quels bruits?

— Des charrettes.

— Ce n'est pas cela que je demande : quoi de nouveau?

— Des pois verts.

— Mon ami, ajouta le lieutenant excédé : comment vous appelle-t-on?»

Le comte lui répondit : «Des sots m'appellent *mon ami*, et à la Cour on m'appelle le comte d'Alais.»

## ALBERT (François)

François Albert (1877-1933), président de la Ligue de l'enseignement, fut ministre de l'Instruction publique en 1924 (il était petit et on le surnommait «le ministricule»). Aimant bien faire des visites «de terrain», il pénétra un jour dans un collège de Loudun. Le principal le prit pour le nouveau répétiteur et vanta longuement les intérêts de l'Enseignement public, tout en soulignant les contraintes de cette administration; il termina en disant : «Je pense que vous connaissez les salaires et statuts de la fonction. Mais au fait quels sont exactement vos titres?» Le modeste visiteur répondit : «ministre de l'Instruction publique...» Albert n'était pas toujours débonnaire. Malgré l'opposition du doyen Barthélemy, il fit investir par la police la faculté de droit de Paris parce que les étudiants chahutaient le nouveau professeur Georges Scelle, membre du cartel des gauches et ami du ministre; le doyen fut emprisonné.

François Albert, à l'époque où il était ministre de l'Instruction publique, se trouvait à un dîner à côté de la comtesse Jean de La Rochefoucauld, née de Fels. L'entendant citer du latin, il lui dit aussitôt : «Oh! madame, comme vous devez emmerder vos amants!»

## ALBERT (prince)

La reine Victoria fut comblée par son mariage avec Albert de Saxe Cobourg (1819-1861), petit prince allemand pauvre dont la moralité irréprochable était sans précédent à la cour d'Angleterre. Mais leur fils aîné, le futur Édouard VII, manifesta un comportement erratique au chapitre des relations féminines, et cela suscita chez ses parents une totale incompréhension. Ils n'eurent pas plus de chance avec les autres. Le duc d'Édimbourg se mit à vendre les lettres autographes que lui adressait la reine sa mère, et comme sa dépense était plus forte que le nombre des lettres, il lui disait : «Chère maman, c'est tous les jours que je voudrais avoir de vos nouvelles; que ne m'écrivez-vous davantage?» Après la mort d'Albert, la reine s'installa sur l'île de Wight dans une réclusion qui la menaçait d'impopularité. Disraeli la fit reconnaître impératrice des Indes et œuvra pour la célébration de ses jubilés : le prestige de la monarchie fut à son zénith. Mais la déception croissante que lui causait le comportement du prince de Galles ne fit que porter à son comble la célébration morbide par Victoria de son regretté mari : les habits d'Albert étaient chaque soir disposés à côté d'elle sur le lit, sa cuvette d'eau chaude était remplie chaque matin, et une photographie du prince sur son lit de mort tenait lieu d'image de chevet.

En évoquant Édouard VII, on racontera comment, après qu'un camarade eut introduit une actrice dans la tente du prince de Galles lors de manœuvres militaires, «Bertie» resta fort adonné aux femmes, ce qui causa à ses parents une immense déception. Il ne fut plus jamais associé à la politique. Peu après, son père, le prince Albert, expliquait : «Chez lui le cerveau présente la même utilité que le pistolet rangé au fond d'une malle pour le voyageur qui traverse la partie des Appenins la plus infestée de brigands.»

## ALEMBERT (Jean Le Rond d')

Jean le Rond, dit «d'Alembert» (1717-1783), était fils naturel de Mme de Tencin, maîtresse du Régent, de D'Argenson et d'un grand nombre d'autres. Sa mère, toute philosophe qu'elle était, le fit exposer nouveau-né sur le seuil de l'église Saint-Jean-le-Rond; il fut recueilli par une vitrière qui s'empressa de lui donner le sein. Comme les autres philosophes, il a méprisé les hommes ordinaires et s'est abaissé devant les monarques. Il écrit ainsi au roi de Prusse : «J'ai été touché jusqu'aux larmes, Sire, par ces mots de votre dernière lettre : *Je vous avais écrit avant-hier, et je ne sais comment je m'étais permis quelque badinage; je me le suis reproché en lisant votre lettre...* Votre prose, Sire, devrait être signée Sénèque, Montaigne, et vos vers Lucrèce, Marc-Aurèle.» D'Alembert a récriminé contre son pays, qu'il accusait de ne pas reconnaître ses mérites, mais il a été de l'Académie des sciences, de l'Académie française, et son *Encyclopédie* a été éditée sous la protection du pouvoir. D'Alembert, qui s'était attribué ce nom parce qu'il n'en avait pas, s'installa en ménage avec Mlle de Lespinasse, qui s'appelait ainsi pour les mêmes raisons. Elle lui inspira un traité sur la vaccine parce qu'elle était marquée de la petite vérole. On ne sait exactement s'ils vivaient comme mari et femme, ou comme frère et sœur. En tout cas, elle lui avoua sur son lit de mort que depuis vingt ans que leur histoire durait, elle lui préférait d'autres hommes. La passivité de l'encyclopédiste trouverait une explication dans la correspondance de Fréron : «À propos de D'Alembert vous ne savez pas, et j'ignorais aussi qu'il était giton. Le fait est sûr; il ne peut pas être agent, vu son impuissance décidée; mais il est volontiers patient. On les a surpris en flagrant délit, l'abbé Canaye et lui.» Si le premier point (l'impuissance) est sûr, on comprend mieux le jugement amer de D'Alembert sur l'*Émile* : «J.-J. Rousseau est de tous les philosophes, passez-moi cette expression, le plus concupiscent.»

L'abbé de Voisenon disait à d'Alembert : «Il n'a tenu qu'à moi d'être évêque de Boulogne...

— Vous voulez dire : du bois de Boulogne?» repartit d'Alembert.

*

L'abbé d'Olivet soutenait que c'est manquer de respect à l'Académie que d'applaudir par des battements de mains à ce qu'on y prononce dans les séances publiques.

D'Alembert lui dit : «Eh bien alors, on va vous laisser faire les discours.»

*

Voltaire avait envoyé à d'Alembert son *Olympie*, en précisant : «C'est l'œuvre de six jours.»

Le destinataire ne manqua pas l'occasion de dire : «L'auteur n'aurait pas dû se reposer le septième.»

*

D'Alembert se trouva chez Voltaire avec un célèbre professeur de droit de Genève. Celui-ci loua aimablement l'universalité de Voltaire auprès de son interlocuteur, puis ajouta : «Il n'y a qu'en droit public que je le trouve un peu faible.

— Et moi, dit d'Alembert avec malice, je ne le trouve un peu faible qu'en géométrie.»

### À propos de D'Alembert

D'Alembert était connu pour les sentences orgueilleuses qu'il laissait tomber parfois, avec un peu de mépris, pour la partie de l'humanité qui ne lui ressemblait pas. Ainsi Grimm relève-t-il sans sympathie, dans sa correspondance : «*Qui est-ce qui est heureux?* disait l'autre jour M. d'Alembert avec un dédain profondément philosophique. *Qui est-ce qui est heureux? Quelque misérable!*»

Un jour qu'il dit, avec non moins de suffisance : «Nous avons abattu la forêt des préjugés.», Mlle de Lespinasse le considéra un instant, après avoir levé les yeux de son ouvrage, et ajouta dans un soupir : «C'est sans doute pour cela que vous débitez tant de fagots.»

*

Selon un contemporain, non seulement la stature de D'Alembert était petite et fluette, mais encore le son de sa voix était si clair et si perçant «qu'on le soupçonnait beaucoup d'avoir été dispensé par la nature de faire à la philosophie le sacrifice cruel qu'Origène crut lui devoir ».

Aussi, le Tout-Paris se répéta ce dialogue entre un homme et sa maîtresse qui lui objectait, par comparaison, toutes les qualités de D'Alembert, et dont elle n'hésita pas à dire, pour finir : « Oui, c'est un Dieu.

— Ah ! s'il était Dieu, madame, il commencerait par se faire homme »...

*

Mme Denis, la nièce et maîtresse de Voltaire, se remaria avec le commissaire des guerres Duvivier, après la mort de son oncle. Fort moustachue, elle était plus laide que jamais. Alors qu'un jour elle se trouvait au lit avec son mari, on introduisit dans sa chambre un fermier qui lui apportait son dû. À la vue de ces deux têtes que l'âge et la pilosité rendaient également viriles, l'homme ne sut à qui s'adresser : « Messieurs, dit-il, lequel de vous est Madame ? »

Peut-être d'Alembert a-t-il inventé cette histoire, que l'on tient de lui. Mais comme elle était plausible, on se plaisait à la lui faire raconter, dans les salons, en lui lançant : « Contez-nous donc l'histoire des moustaches ! »

## ALLAIS (Alphonse)

Nombre d'idées et réflexions d'Alphonse Allais (1855-1905) sont restées célèbres (« Les Russes sont très propres, et on a raison de dire : les populations slaves », etc.), ainsi que sa traduction de la fameuse méditation de Pline le Jeune (*animal triste post coïtum*) : « le commis des postes est un animal triste ». On peut ajouter son *Exhortation au pauvre Dante* :

> Ah ! vois au pont du Loing ! De la vague en mer, Dante !
> Have oiseau pondu loin de la vague ennuyeuse.

Ce qu'il commentait en disant : « La rime n'est pas très riche, mais j'aime mieux ça que la trivialité. » Il fit aussi publier des annonces, dont la suivante : « La jeune femme blonde que j'ai rencontrée dans le train de Saint-Germain et au bébé de laquelle j'ai dit : "Toi, si tu n'arrêtes pas de gueuler, je vais te f... un coup de pied dans les parties !", et qui m'a répondu : "Pardon, Monsieur, mais c'est une petite fille", est priée de laisser son adresse au journal. » Curnonsky a raconté un soir d'ivresse de 1893 passé en compagnie de Georges Auriol et d'Alphonse Allais. Les trois compères, en état d'urgence, trouvèrent enfin une pissotière où se ruer. Chacun exprima en termes philosophiques la joie de se soulager. «La vie n'est qu'un fleuve», dit Curnonsky; «Tout ce qui passe est bon», ajouta Auriol; «Quant à moi mes amis, dit Allais, si j'étais riche je pisserais toute ma vie...» Il s'intéressa à la politique le jour où il devint l'ardent soutien d'Albert Caperon, dit «le capitaine Cap», candidat aux élections législatives de 1893. L'axe majeur du programme de Caperon, «antibureaucrate et anti-européen», était la transformation de la place Pigalle en port de mer, et le rétablissement de la licence dans les rues au point de vue de la repopulation; il disait : «Si vous me nommez, c'est un honnête homme que vous enverrez au Palais-Bourbon. Je ne crois pas devoir en dire davantage.» Il obtint 2 % des suffrages. Il mourut peu après, mais le personnage avait impressionné Allais, qui le mit souvent en scène : «La première fois que j'eus le plaisir de rencontrer Cap, c'est au bar de l'Hôtel Saint-Pétersbourg; la seconde fois à l'Irish Bar de la rue Royale; la troisième au Silver-Grill; la quatrième, au Scotch Tavern de la rue d'Astorg, la cinquième, à l'Australian Wine Store de l'avenue d'Eylau. Peut-être intervertis-je l'ordre des bars, mais, comme on dit en arithmétique, le produit n'en demeure pas moins le même.»

Une cantatrice chantait.

«Ah! ce qu'elle chante faux, s'écrie Alphonse Allais.

— C'est parce qu'elle est sourde et ne s'entend pas chanter, expliqua quelqu'un.

— Alors, on pourrait lui dire que la chanson est finie.»

\*

Un individu, qu'Allais n'appréciait guère, avait commencé à lui adresser la parole : «Cher monsieur...

— Cher monsieur vous-même!», répondit-il en tournant les talons.

\*

Alphonse Allais, un jour, était retenu par le bouton de son gilet et devait subir un palabre où un raseur expliquait pourquoi il était un homme différent des autres : «À vous, cher Allais, qui avez tant d'originalité, je puis faire cette confidence : je me suis fait moi-même!

— Diable! Alors vous êtes sans excuse...»

\*

On venait de décorer Jules Renard de la Légion d'honneur. Le reste de cette promotion du 15 août 1900 n'était guère de bonne compagnie : on s'accordait à penser que les autres écrivains nommés ne méritaient pas le moindre honneur.

En lisant son journal, Alphonse Allais s'écria : «Oh ! vous avez vu ?... Ce pauvre Renard qu'on a décoré dans une rafle ! »

*

Un jour que, dans un café, Alphonse Allais demandait : «Et Capus ?

— Il travaille, dit Paul Arène.

— Il fait bien, dit Allais, car dans quelques années il ne sera plus bon qu'à ça. »

*

Un bibliophile montrait fièrement à Alphonse Allais sa collection, dont les superbes reliures luisaient derrière les vitres de sa bibliothèque. Il chercha en vain la clef ; après un certain temps, il s'excusa de ne pas la trouver.

Allais dit : «Qu'est-ce que cela peut vous faire, puisqu'elle est fermée ? »

*

Liane de Pougy avait publié un roman : *L'Insaisissable*. Alphonse Allais disait : «Dès le titre, on voit tout de suite que ce n'est pas une autobiographie ! »

*

Jules Renard raconte : «Accompagnant un indifférent à sa dernière demeure, extrêmement éloignée de la précédente, par une chaleur torride, Allais se tourna vers moi et me dit à voix basse d'une inexprimable manière :

— Je commence à le regretter. »

*

Autre jour, autres funérailles, même canicule. C'est cette fois un ex-coureur cycliste, un certain « Mimile » qu'on va enterrer. Tout le cortège peinait sur une forte pente. Allais ne put s'empêcher de dire : «C'est bien la première fois que Mimile arrive en tête au haut d'une côte...

— Et après avoir crevé ! » ajouta Trignol.

*

Au Chat noir, Alphonse Allais avait une discussion un peu vive avec «le Grand Français», colosse de deux mètres, parfois violent. L'homme avait bu, et il finit par dire à Allais : «Je vais t'arracher la tête comme à une mouche et t'éplucher comme une crevette ! »

Allais répondit tranquillement : «Et moi, qu'est-ce que je fais pendant ce temps-là ? »

*

Il entra un jour dans un magasin, chez un commerçant qui avait l'air peu aimable. Il demanda : «Avez-vous des bretelles ?

— Non, monsieur. Ici, c'est une librairie.

— Dommage ! vous perdez un client.»

*

Alphonse Allais était agacé par les goûts de collectionneur de Sacha Guitry[1], et il décida de s'en moquer. Il lui dit un jour : «J'ai acheté chez un antiquaire la coupe où Socrate a bu la ciguë.

— Hum... Êtes-vous sûr de son authenticité ?

— J'en suis certain. En dessous, elle porte gravée cette mention : *399 avant Jésus-Christ.*»

*

Quand on disait devant Alphonse Allais dans un cercle élégant : «Tiens, il y a longtemps qu'on n'a pas vu *untel*», il se plaisait à dire sur le ton le plus grave : «Il est en prison.» Un silence gêné évitait toute demande d'explication.

L'humoriste a expliqué : «Ça ne fait de mal à personne, et ça m'amuse. Alors, pourquoi rêver d'autres facéties ?»

*

Au début du XXe siècle, à l'époque où l'on découvrait que Willy, le mari de Colette, n'écrivait pas une ligne mais faisait travailler des nègres, on débattait par ailleurs de l'existence incertaine de

1. Il possédait par exemple l'original d'un billet adressé par George Sand à Pleyel, qui disait : «Vite, vite, un piano, Chopin arrive.»

William Shakespeare. Un jour qu'il assistait à l'une de ces discussions sans fin, Alphonse Allais déclara : «En vérité, Shakespeare faisait écrire ses pièces par quelqu'un d'autre : c'est pour cela qu'on l'appelait Willy.» (Sur la délicate question shakespearienne, la dernière opinion d'Allais fut que Shakespeare n'avait pas écrit lui-même son théâtre, mais qu'il avait demandé de le faire à un autre poète, nommé Shakespeare...)

*

On expliquera à l'article «Clemenceau» comment celui-ci avait assuré la promotion de son ancien condisciple du lycée de Nantes, le général Boulanger, dont il pensait qu'il resterait son instrument docile. Mais bientôt les foules, déjà lasses du personnel républicain en redingote qui multipliait les scandales financiers, se prirent à rêver devant ce général basané avec sa barbe blonde et ses yeux bleus, qui se tenait si bien à cheval, et qui avait su faire adopter des mesures populaires. Clemenceau se sentit débordé par le mouvement populaire nourri par la Ligue des patriotes du turbulent Déroulède, perpétuel agité dont Drumont disait : «Quand il y a une bêtise à commettre, on peut être sûr que Déroulède est là...» (C'est l'époque où le vieux Renan désillusionné jetait au trublion : «Jeune homme, la France se meurt, ne troublez pas son agonie.»)

On ne parlait pourtant que de revanche après la défaite de 1870, on n'avait d'yeux que pour les militaires et les revues, et les guérites repeintes en tricolore par Boulanger étaient un motif de fierté. Alphonse Allais commentait à sa manière : «Nous manœuvrons comme un seul homme et nous marchons comme sur Déroulède.»

Quelques années plus tard l'épopée boulangiste fit le naufrage que l'on sait, grâce au génie tactique des républicains qui surent prendre quelques libertés avec l'État de droit, et à cause de la médiocre personnalité du général.

Peu après ces événements, Alphonse Allais se plaisait à expliquer : «Le général Boulanger dont vous faisiez un dieu pesait quatre-vingt-deux kilogrammes ; il représentait environ soixante-cinq kilogrammes d'eau. Donc, pour quatre-vingt-deux cris de *Vive Boulanger* vous devez en compter soixante-cinq qui s'adressaient à de l'eau pure. Voilà bien les grandeurs humaines, les voilà bien !»

### À propos d'Alphonse Allais

Il a rapporté le propos de l'un de ses amis qui, voyant sa femme prendre un bain de mer depuis une plage normande, dit tristement : «*Fluctuat nec mergitur.*»

\*

Alphonse Allais voulait faire l'une de ses grosses plaisanteries habituelles, mais il trouva son maître. Il était entré chez un droguiste dont le cerveau ne lui paraissait pas très puissant, et lui dit : «Je suis sûr que vous avez dans votre boutique de l'esprit de sel, de l'esprit de bois et de l'esprit de vin ?

— Certainement, monsieur.

— Mais avez-vous de l'esprit de contradiction ?»

Alors, le droguiste désigna sa femme, qui tenait la caisse : «J'en ai même à revendre. En voilà quatre-vingts kilos !»

## ALLEN (général)

John Allen (né en 1953), général des Marines, commanda en Irak avant de succéder en juillet 2011 au général Petraeus à la tête de la force internationale en Afghanistan. On estime que dans les deux cas son commandement fut efficace pour limiter l'activité des terroristes islamistes. En 2012, avant d'être innocenté, il fut impliqué de façon très indirecte dans le scandale sexuel qui atteignit le général David Petraeus, une affaire d'adultère qui prit des proportions inattendues. En 2013, le président Obama nomma Allen à la tête de l'OTAN, mais celui-ci fit valoir ses droits à la retraite pour accompagner la maladie de sa femme.

À l'époque où le général Allen commandait les troupes américaines en Irak, une attaque au mortier prit comme cible le mess où le général déjeunait. L'attaque eut pour effet de propulser un jeune soldat sous la table du repas en guise d'abri. Allen, qui continuait de déjeuner, se pencha et dit : «Mon garçon, vous n'êtes pas près de gagner la guerre à un poste pareil !»

## ANDRÉ (le petit père)

> André Boullanger (1577-1657), dit «le petit père André» (les augustins déchaussés étaient appelés «les petits pères») eut du succès comme prédicateur : «Il a prêché une infinité de carêmes et d'avents, dit Tallemant; mais il a toujours prêché en bateleur, non qu'il eût dessein de faire rire, mais il était bouffon naturellement.» Un jour qu'il voulait montrer la supériorité de la religion catholique dans la vie sociale, il expliqua : «Un catholique fait six fois plus de besogne qu'un huguenot; un huguenot va lentement comme ses psaumes : *Lève le cœur, ouvre l'oreille*, etc. Mais un catholique chante : *Appelez Robinette, qu'elle s'en vienne icy-bas*, etc.», et en disant cela, il faisait comme s'il eût limé. Il faisait ici allusion à une anecdote, où le sévère Du Moulin avait dit à un arquebusier de Sedan qui chantait *Appelez Robinette* qu'il ferait bien mieux de chanter des psaumes. Le petit père André est le dernier prédicateur de l'ancienne école; ce seront ensuite les grands orateurs du règne de Louis XIV, à l'éloquence sublime plus éloignée des choses quotidiennes. Guéret a dit de lui : «Tout goguenard que vous le croyez, il n'a pas toujours fait rire ceux qui l'écoutaient. Il a dit des vérités qui ont renvoyé des évêques dans leur diocèse et qui ont fait rougir plus d'une coquette. Il a découvert l'art de mordre en riant.»

Ce prédicateur et religieux du couvent des Petits-Augustins à Paris dit en chaire, lorsque le tonnerre tomba sur l'église des Carmes : «Dieu a fait une grande miséricorde à ces bons pères, de ne sacrifier à sa justice que leur clocher; car si le tonnerre fût tombé sur la cuisine, ils étaient tous en danger d'y périr.»

*

Le petit père André disait aux dames en un sermon : «Vous vous plaignez de jeûner; cela vous maigrit, dites-vous. Tenez, tenez, dit-il en montrant un gros bras, je jeûne tous les jours, et voilà le plus petit de mes membres.»

C'était dans le même sermon qu'il avait comparé les femmes à un pommier qui était sur un grand chemin : «Les passants ont envie de ses pommes; les uns en cueillent, les autres en abattent : il y en a même qui montent dessus, et vous les secouent comme tous les diables.»

*

Il tentait de décourager les femmes de lire des romans, ce genre moderne qui commençait à faire fureur. Mais il avouait ainsi son impuissance : «J'ai beau les faire quitter à ces femmes, dès que j'ai tourné le cul elles ont le nez dedans.»

*

Du temps du cardinal de Richelieu, le petit père André disait bien haut, en chaire : «Dieu veut la paix. Oui, Dieu veut la paix, le roi la veut, la reine la veut, mais le diable ne la veut pas.»

*

Une autre fois, il feignit de s'attaquer à la maison royale : «Foin du roi!... Foin de la reine!... Foin de monseigneur le dauphin!...» (sensation).

Puis il reprend : «Foin de vous tous! Foin de moi-même! car c'est écrit dans les prophéties : *Omnis caro fœnum*» («Toute chair n'est que de l'herbe sèche»).

*

À la fête de la Madeleine, il se mit à décrire en chaire les galants de sainte Madeleine; il les habilla à la mode. «Enfin, dit-il, ils étaient faits comme ces deux grands veaux que voilà devant ma chaire.»

Tout le monde se leva pour voir deux godelureaux un peu apprêtés qui évitèrent de se lever...

### À propos du petit père André

Dans ses *Souvenirs*, le président Bouhier raconte : «Le père André étant au confessionnal, il s'y présenta une jeune fille, laquelle, demeurant à ses pieds sans rien dire, obligea le père à lui demander ce qu'elle avait fait.

À quoi cette jeune fille niaise répondit plusieurs fois qu'elle n'avait rien fait.

— Et bien, répliqua-t-il brusquement, allez donc faire quelque chose, et puis me le viendrez dire.»

## ANOUILH (Jean)

Jean Anouilh (1910-1987) eut, enfant, la révélation du théâtre au casino d'Arcachon : «Les acteurs m'enchantaient, avec leurs emplois bien définis : le trivial, le gros comique, le jeune premier, le traître, l'amoureux.» Dix ans plus tard, une représentation de *Siegfried* le bouleversa. Il exprima son admiration à Giraudoux après un dîner au cours duquel il n'avait pas osé parler : il se saisit de son manteau et l'aida à le mettre. «C'est un geste que je ne fais jamais et je me suis surpris à le faire et à remonter votre col pour que vous ayez plus chaud. Puis cette familiarité venue d'on ne sait où me gêna soudain et je vous quittai», dit-il en s'adressant à Giraudoux après sa mort. On l'inquiéta lors de l'épuration, parce qu'il avait écrit dans *Je suis partout*; il s'exila en Suisse. Lors de la première d'*Antigone*, en 1944, à l'heure où la France se sentait résistante, des tracts hostiles à l'auteur avaient été distribués. Il expliqua : «Je n'ai jamais, même de loin, sympathisé avec les nazis et leurs tristes complices, mais j'avoue avoir une certaine compassion pour les vaincus et redoute les excès de l'épuration.» Entre la fin de la guerre et sa mort à Lausanne, il resta secret, se défoulant dans ses pièces («La République est bonne fille, athénienne comme on dit; c'est tout ronds de jambes, sourires, bureaux de tabac aux dames, facilités aux copains, mais quand elle tient un de ses ennemis : spartiate qu'elle redevient!»).

Il n'assistait jamais à la générale de ses pièces. Un jour un comédien le lui reprocha : «Comment? Vous ne serez pas là demain...

— Sûrement pas.

— C'est honteux, de nous laisser tomber un soir pareil!

— Parce que vous, quand on vous fait cocu, vous tenez à être là?»

\*

Au sujet d'une actrice légère : «Je ne comprends pas pourquoi on s'étonne du comportement de cette comédienne. Tout me paraît pourtant aller de soi : sa mère faisait des ménages; elle les défait. C'est tout.»

## ANTOINE (André)

Employé à la Compagnie du gaz, André Antoine (1858-1943), garçon résolu, laborieux, intelligent, «débrouillard comme pas un» (Léon Daudet *dixit*), décida de créer un nouveau type de théâtre avec, sur scène, force gros mots naturalistes. Il comprit l'impasse de la chose, mais garda une fraîcheur d'avant-garde, ce qui est rare chez les avant-gardistes, qui ont ratiociné avant d'agir. Lui était spontané. «Il a ses défauts, parbleu! écrit Daudet, qui n'a les siens? Néanmoins, il est demeuré sincère et sans cabotinage après trente ans de théâtre et, quand je le croise dans un corridor ou dans un café, je remarque toujours avec plaisir, sur sa figure narquoise et bon enfant, sur son masque de Parigot indécrottable, cet amour de la vie et de l'intelligence, ce ressort invincible qui l'accompagneront jusqu'au suprême théâtre de son tombeau.» Ajalbert, le séide d'Antoine, dit à Daudet : «Tu sais, mon vieux, Antoine est un zigue. Nous soupons tous les soirs ensemble. Tu devrais venir. Il se fait servir un vrai déjeuner : des œufs, une côtelette et des pommes de terre, mais tout ça très chouette, et un petit vinasson à hauteur. Hein, qu'est-ce que tu en penses, vieux?» Daudet fut convaincu, et devint ainsi l'un des habitués du «dîner des types épatants», où venaient entre autres Monet, Rodin – et «Gallimard le riche», «qui est rouge de visage, imberbe, moustachu et collectionneur». En 1906, André Antoine prit la direction de l'Odéon, qu'il conserva jusqu'en 1914. Il y monta trois cent soixante-quatre pièces en sept ans...

Antoine, qui avait créé le Théâtre-Libre en 1887, était toujours cousu de dettes. Un de ses créanciers le menaça : «Si vous ne me payez pas sous vingt-quatre heures, je vous enverrai l'huissier.

— Envoyez-le, répondit Antoine. S'il est bien dans son rôle, je l'engagerai.»

*

Antoine avait pour séide et constant admirateur un certain Ajalbert, qui lui répétait : «Hein, mon vieux, en quoi puis-je te rendre service?»

Antoine répondait invariablement : «En ne te foutant pas tout le temps entre mes pattes.»

## APOLLINAIRE (Guillaume)

Wilhelm Apollinaris de Kostrowitzky, Guillaume Apollinaire après sa naturalisation (1880-1918), enfant naturel d'une noble polonaise adonnée à la galanterie, fut le bon géant de la poésie française du XXe siècle, «l'Enchanteur» pour ceux qui l'ont approché. Le seul, pratiquement, à être revenu enthousiaste de la guerre, malgré sa blessure à la tête, frappée par un éclat d'obus. Il avait écrit à Picasso :

Mon cher Pablo la guerre dure
Guerre bénie et non pas dure
Guerre tendre de la douceur
Où chaque obus est une fleur.

Sans doute n'était-il pas mort pour rien puisqu'il avait en définitive présenté la France comme la détentrice de tout le secret de la civilisation et mère de tous les génies. Léautaud écrit le 11 novembre 1918, juste après sa mort : « L'armistice signé ce matin, et la nouvelle connue aussitôt à Paris, la joie populaire a commencé dans son plein. La rue de Rennes, la place Saint-Germain-des-Prés, le boulevard Saint-Germain remplis par la foule. Sur le boulevard Saint-Germain, sous les fenêtres mêmes de la petite chambre dans laquelle il reposait mort, sur son lit couvert de fleurs, des bandes passaient en criant : "Conspuez Guillaume! Conspuez Guillaume!" »

Au temps du Bateau-Lavoir, Apollinaire et Picasso étaient brouillés. Marie Laurencin, pour les réconcilier, les réunit à dîner en recommandant à chacun séparément de dire à l'autre quelque chose de gentil.

« Je vous ai toujours beaucoup admiré, dit Picasso à Apollinaire.

— Vous aussi, répondit Apollinaire : en fait de Picasso, mon cher, j'estime que c'est encore vous qui peignez les meilleurs. »

### ARÈNE (Emmanuel)

Emmanuel Arène (1856-1908), celui qu'on surnommait « *U Rè Manuellu*», fut l'instituteur des idées républicaines dans une Corse jusque-là bonapartiste. Élu député dès 1881, il se vit confier par le gouvernement la mission de mettre le pays sur la bonne voie. L'exercice en fut facilité par les amitiés maçonniques du «Roi Emmanuel», qui accomplit sa mission à coups de faveurs. Il institua une école dans chaque commune, afin d'assurer le triomphe du français, langue de la république. Mais le nouveau clientélisme qui brisait les structures traditionnelles suscita des réactions hostiles. Le premier journal en langue corse, la *Tramuntana*, fut fondé en 1896 : on rejetait désormais l'Italie et la France. En 1892, Arène trempa dans le scandale de Panamá; il bénéficia très vite d'un non-lieu.

Un certain sénateur tenait toujours des discours ennuyeux en déployant une énergie convaincante. Un jour, il interrompit sa péroraison pour rechercher l'approbation d'Emmanuel Arène : « Et vous, mon cher, qu'en pensez-vous ?

— Oh! moi, répondit Arène, je fais comme vous : je m'en fous... »

### ARGENSON (comte d')

Marc-Pierre de Voyer, comte d'Argenson (1696-1764), lieutenant de police puis ministre de la Guerre, passa les dernières années de sa vie en exil, victime des intrigues de la Pompadour. Il fut l'ami des philosophes, tout comme son frère le marquis, René-Louis, ce ministre des Affaires étrangères dont Voltaire disait qu'il eût mérité d'être secrétaire d'État dans la république de Platon. C'est aux frères d'Argenson que d'Alembert a dédié l'*Encyclopédie*. Sénac de Meilhan a écrit du comte : « Il n'avait aucun des vices qui tiennent à la domination d'un vil intérêt. Voilà le beau côté ; mais il n'avait aucun principe moral, et tout cédait à son ambition ou à son goût effréné pour les plaisirs des sens. » Politiquement, il était le défenseur du parti dévot. À la fois laborieux et dissipé, au courant de tous les riens du moment, il semblait passer sa vie dans la société la plus frivole, mais il ne finissait jamais sa journée sans s'être remis à jour dans son travail. Selon Jean de Viguerie, c'est l'un des seuls vrais hommes d'État dont Louis XV ait pu disposer, et son renvoi a été une faute.

Du temps que le comte d'Argenson était lieutenant de police, le peuple s'émut de la cherté du pain. Un grand nombre de femmes et d'ouvriers se rendirent chez lui et assiégeaient sa porte en faisant de grands cris (les ministres n'étaient pas si gardés qu'ils le sont aujourd'hui...). M. d'Argenson se présenta pour les calmer, et apercevant au nombre des plus échauffés une grosse femme à moitié ivre, qui avait une face large et bourgeonnée, il s'approcha d'elle, la prit par la main, et la montra au peuple en disant : « Mes amis, ne voilà-t-il pas une bonne figure pour crier famine ? »

Parmi ces braves Français qui constituent le peuple le plus versatile du monde, le rire succéda aux cris en contemplant cette figure faite pour représenter l'abondance, et le lieutenant de police se retira dans le calme.

*

On demandait à Mme d'Argenson, l'épouse du ministre, lequel elle préférait des frères Pâris[1], qui n'étaient spirituels ni l'un ni l'autre ; elle répondit : « Quand je suis avec l'un, j'aime mieux l'autre. »

---

1. Les frères Pâris, financiers tombés en discrédit, avaient essayé de susciter une rivale à la Compagnie d'Occident, mais l'influence de Law rendit leurs efforts stériles. C'est toutefois Pâris Duverney qui sera chargé de liquider les dettes de l'État lors de la chute du financier écossais. Il avait arrangé le mariage du roi avec Marie Leczinska. Plus tard, il s'entremit pour donner à Louis XV une première favorite. Il avait dans son château de Plaisance, près de Vincennes, des serres chaudes dans lesquelles mûrissait tout un été artificiel : le roi lui fit dire qu'il irait voir ces fameuses serres ; Pâris Duverney montra ses fleurs ainsi que la marquise de La Tournelle.

*

Elle avait pour amant le comte de Sébourg, qui vint solliciter le comte d'Argenson, alors ministre de la Guerre, pour un emploi. Celui-ci refusa en disant : « Il y a deux places qui vous conviendraient également : le gouvernement de la Bastille ou celui des Invalides. Si je vous donne la Bastille, tout le monde dira que je vous y ai envoyé ; si je vous donne les Invalides, on croira que c'est ma femme. »

*

Comme Desfontaines, qui comparaissait devant M. d'Argenson, tentait de s'excuser de quelque mauvaise action en expliquant : « Il faut bien que je vive ! », le lieutenant de police se contenta de répondre : « Je n'en vois pas la nécessité. »

*

Le neveu du comte d'Argenson passait pour être fort ignorant, mais il fut nommé bibliothécaire. Le comte, qui passait par là au même moment, lui dit : « Parbleu ! mon neveu, voilà une belle occasion pour apprendre à lire. »

*

Un courtisan répétait haut et fort qu'il avait pour ancêtre un compagnon de Godefroy de Bouillon. D'Argenson finit par dire : « Si celui-là descend des croisés, c'est par les fenêtres ! »

### À propos du comte d'Argenson
Sur la nomination de D'Argenson comme ministre de la Guerre :

> Il ne sera donc point pendu,
> Notre lieutenant de police !
> On récompense sa vertu,
> Il ne sera donc point pendu.
> Vous en aurez tous dans le cul,
> Indigne Chambre de justice.
> Il ne sera donc point pendu,
> Notre lieutenant de police !

## ARGYLE (comte d')

> Chef de l'insurrection des convenantaires écossais, Archibald Campbell, comte d'Argyle, fut condamné à mort en 1685. Son père avait de même péri sur l'échafaud, sous Charles II, pour avoir contribué à la condamnation de Charles Iᵉʳ.

Le comte d'Argyle s'était révolté contre Jacques II, et Aylasse avait été l'un de ses lieutenants.

«Monsieur Aylasse, dit le roi, vous savez qu'il est en mon pouvoir de vous pardonner...

— Oui Sire, mais je sais aussi que ce n'est pas dans votre caractère.»

## ARISTIPPE

> Aristippe de Cyrène (né vers 390 av. J.-C.), disciple de Socrate à Athènes, revint dans sa patrie, où il enseigna la philosophie pour de l'argent et fonda l'école des Cyrénaïques. Il proclamait que le plaisir est le but de la vie, et que le sentiment de chacun est la mesure de la moralité; on comprend que d'aucuns aient payé pour entendre cela. Il vivait dans le meilleur confort à la cour des tyrans de Syracuse. Il entretenait une liaison avec la courtisane Laïs, et un jour qu'on lui objectait qu'elle ne l'aimait pas, il répondit: «Je ne pense pas que les poissons m'aiment, et pourtant j'en mange avec beaucoup de plaisir.» Ses ouvrages sont perdus.

Aristippe venait d'être reçu dans la maison d'un riche traitant, où tout était doré; comme il se préparait à partir, il cracha au visage de son hôte en lui expliquant: «Je n'ai rien trouvé de plus sale et de plus laid dans votre maison.»

*

Aristippe passa plusieurs années de sa vie en Sicile, à la cour des Denys. Quelqu'un lui reprocha sa bassesse parce qu'il s'était jeté aux pieds de Denys le Tyran pour obtenir une faveur; il rétorqua: «Est-ce ma faute, si cet homme a les oreilles aux pieds?»

*

Une courtisane ayant dit à Aristippe qu'elle était enceinte de ses œuvres, il lui répondit: «Qu'en sais-tu? Si tu marchais au travers d'un buisson d'épines, pourrais-tu savoir si telle épine en particulier t'a piquée ? »

\*

Diogène reprochait à Aristippe – qu'il appelait « le chien royal » – de vivre parmi les grands. Un jour qu'Aristippe était de passage à Corinthe, il rencontra Diogène, occupé à laver des herbes : « Tu ne serais pas obligé de flatter les princes, dit Diogène, si tu te contentais de cela.

— Et toi, si tu savais flatter les princes, tu ne serais pas obligé de te contenter de cela. »

## ARISTOTE

Fils d'un médecin du roi de Macédoine, Aristote (384-322) suivit les leçons de Platon et devint précepteur d'Alexandre qui, en lui donnant de riches collections d'histoires naturelles et de quoi acheter quantité de manuscrits, favorisa son intérêt pour toutes les sciences. Il fonda à Athènes son école dans les allées du Lycée avant de devoir quitter la ville comme suspect de macédonisme. Son œuvre forme une encyclopédie du savoir humain au IV<sup>e</sup> siècle av. J.-C. – bien sûr avec quelques erreurs, puisqu'il pensait par exemple que le sexe d'un enfant est déterminé par le sens du vent au moment de sa naissance...

Depuis un très long temps, un fâcheux ennuyait Aristote par une série de discours ineptes. À la fin, le fâcheux demanda à celui qui l'avait écouté patiemment : « N'êtes-vous pas étonné de ce que vous venez d'entendre ?

— Non. Ce qui m'étonne, c'est qu'on ait des oreilles pour vous entendre, alors qu'on a des pieds pour vous échapper. »

## ARLETTY

Léonie Bathiat, dite «Arletty» (1898-1992), peu après la mort de son père, un ajusteur, et alors qu'elle était menacée par la pauvreté, se laissa séduire par le banquier Jacques-Georges Lévy, qui l'introduisit dans le monde. Elle devint mannequin pour Poiret, sous le nom d'Arlette (enthousiasmée par *Mont-Oriol*, elle avait décidé de prendre pour pseudonyme le prénom de l'héroïne). Ce fut cependant dans la rue qu'elle rencontra Paul Guillaume (celui qui fit connaître l'Art nègre et le cubisme; il avait acheté à De Chirico une toile figurant une horloge marquant deux heures, et il expliquait : «Chaque jour, après le déjeuner, je m'assois devant ce tableau et quand il est deux heures, eh bien, j'ai un bon moment») : il la recommanda au directeur du Théâtre des Capucines, qui l'engagea comme «petite femme de revue»; on anglicisa son nom de scène, elle devint *Arletty*. Elle dira plus tard, malgré ses succès au cinéma : «Le théâtre, c'était vraiment mon luxe. Le cinéma n'a été que mon argent de poche.» En 1935, elle joua un rôle remarqué dans *Pension Mimosas*, dont l'assistant réalisateur était Marcel Carné. Mauriac décrivit son visage comme «un lac vivant où affleure le drame». Elle eut de grands rôles dans quatre chefs-d'œuvre de Carné : *Hôtel du Nord*, *Le Jour se lève*, *Les Visiteurs du soir* et *Les Enfants du Paradis* qui ne sortirent qu'au début de 1945 alors qu'Arletty était emprisonnée. Après guerre, elle dut interrompre sa carrière après un accident aux yeux qui la rendit aveugle sans lui faire perdre son équanimité. Elle disait : «J'ai toujours aimé admirer : les gens, les animaux, la nature, la musique, un tableau. J'aime ceux qui admirent.» Et aussi : «Je dois être incomplète : j'ignore la haine.»

Arletty sur Fernandel, après sa sélection pour un rôle disputé : «Avec sa gueule de cheval, il était sûr d'être à l'arrivée[1].»

*

Sur Tristan Bernard : «Il n'a jamais fait une faute de mauvais goût.»

*

Arletty fut emprisonnée en 1945. On lui reprochait d'avoir eu une liaison avec un officier du conseil de guerre de la Luftwaffe à Paris, Hans Jürgen Soehring, à qui elle avait été présentée par Josée de Chambrun, fille de Pierre Laval[2]. C'est à cette époque qu'Arletty dit aux actrices Michèle Alfa et Mireille Balin, qui avaient également comme amants des dignitaires allemands : «On devrait former un syndicat.»

Lorsqu'un FFI l'injuria en lui reprochant sa conduite, elle lui répondit avec hauteur : «Mon cœur est français, mon cul est international!» Cet aplomb laissa coi le héros de la vingt-cinquième heure (Mireille Balin quant à elle fut violée par les FFI lors de son arrestation).

---

1. Il est vrai que Fernandel (1903-1971) avait un visage chevalin et facilement comique. Il s'en est plaint, un jour qu'il eut à souffrir de son excessive popularité : «Quand j'ai enterré ma belle-mère, il y avait des centaines de personnes dans la rue qui rigolaient comme des baleines en me voyant marcher derrière le corbillard.» Henri Jeanson dit que «Fernandel ne ressemblait à personne. Heureusement pour les autres.»

2. Hans Jürgen Soehring devait plus tard être nommé consul d'Allemagne au Congo Kinshasa, où il fut tué par un crocodile.

Un peu plus tard, Arletty répondit au juge d'instruction qui lui demandait des nouvelles de sa santé : «Pas très résistante...»

Et quand on lui reprocha d'avoir fréquenté les Allemands de trop près, elle se contenta de répondre : «Fallait pas les laisser entrer!»

*

Arletty parlait de L.F. Céline à un journaliste : «J'avais tout lu de lui, mais je ne voulais pas du tout le connaître! Mais un jour Céline est venu et je ne l'ai pas regretté. Parce que Céline, ce n'est pas un monsieur qui parle l'argot, c'est un grand poète! *Voyage au bout de la nuit*, c'est une création de l'esprit... Vous n'êtes pas très célinien, je crois? Ah si, malgré tout. Pour moi, c'est un génie, c'est un poète qui passe dans le siècle. On aime ou on n'aime pas. Moi, je ne force pas! Heureusement... Je souhaite qu'il y ait des types qui n'aiment pas Céline, je voudrais être toute seule! Parce que je vois des gueules de con qui me disent qu'ils aiment Céline, alors je me dis : "Ça c'est pas de chance!"»

*

Arletty, au sujet de l'acteur de théâtre Jean Richard, qui avait racheté le cirque Pinder mais ne trouvait plus le succès que dans les feuilletons télévisés : «On ne peut pas faire asseoir les lions et faire lever une salle...»

## ARNAUD (abbé)

Né près de Carpentras, élève des jésuites, ordonné prêtre, François Arnaud (1720-1784) écrivait généralement en société avec Suard. Les deux amis furent chargés par Choiseul de diriger *La Gazette littéraire de l'Europe*, financée par le ministère des Affaires étrangères. Outre des opinions jugées trop favorables aux protestants et aux philosophes, cette gazette eut surtout contre elle ses deux rédacteurs dont l'un, dit Grimm, était fort dissipé et l'autre fort paresseux; elle ne survécut guère. Ensuite Arnaud, dans *La Gazette de France*, mena une guerre d'épigrammes à Marmontel et aux piccinnistes, mais ses articles sur la musique ancienne font autorité. Suard, qui lui survécut, manifesta du courage devant le Tribunal révolutionnaire en 1793. Comme, au titre de la Loi sur les suspects, les juges lui demandaient son opinion sur la marche des événements, il dit : «Ce que je pense? J'ose à peine me taire.»

Marmontel s'était imprudemment vanté de posséder le secret des vers de Racine. Cela lui valut de l'abbé Arnaud l'épigramme suivante :

> Ce Marmontel, si lent, si lourd,
> Qui ne parle pas mais qui beugle,
> Juge la peinture en aveugle
> Et la musique comme un sourd.
> Ce pédant à si triste mine,
> Et de ridicules bardé,
> Dit qu'il a le secret des beaux vers de Racine :
> Jamais secret ne fut si bien gardé.

L'épigramme fait allusion à la querelle musicale des gluckistes et des piccinnistes, dans laquelle Marmontel avait pris parti.

*

Lorsque Marmontel se fit faire son portrait, il refusa de payer le peintre sous prétexte qu'il l'avait gratifié d'yeux énormes. Ayant appris l'incident, l'abbé Arnaud dit : « De quoi se plaint-il ? Il a voulu qu'on lui fît des yeux de génie, il fallait bien les lui faire hors la tête. »

### À propos de l'abbé Arnaud

Arnaud et Suard étaient inséparables. Les Mémoires de Bachaumont, au 15 août 1774, rapportent une épigramme, *Les Trois Exclamations*, qui circulait à l'époque où le second alla rejoindre le premier à l'Académie française :

> Auprès d'Arnaud le gazetier, Suard
> A pris hier place à l'Académie :
> Certain Anglais, s'y trouvant par hasard,
> Dit à quelqu'un : « Monsieur, je vous en prie.
> Qu'a, s'il vous plaît, produit ce bel esprit ?
> — Pendant quatre ans il a, monsieur, écrit
> Notre gazette. — Ah ! peste ! — Et puis, en outre
> Il a traduit avec beaucoup de goût
> Le Robertson. — Ah ! diable !... — Et ce n'est tout.
> Tenez, voyez : c'est là sa femme. — Ah ! foutre ! »

## ARNOULD (Sophie)

Sophie Arnould (1744-1802) naquit à Paris rue de Béthisy, dans la chambre où Coligny avait été assassiné lors de la Saint-Barthélemy et où plus tard Vanloo fit son atelier. Chantant, très jeune, au Val-de-Grâce une leçon de Ténèbres, sa voix attira l'attention de la princesse de Modène qui parla à la Cour de cette merveille. Admise à la Chapelle du roi, elle débuta à l'Opéra à l'âge de treize ans. Belle et gracieuse, elle devint l'idole du public, et son chant pathétique contribua au succès des opéras de Gluck. Sa voix manquait toutefois de la puissance nécessaire aux grands rôles ; elle était frêle et se fatigua de bonne heure. Elle se retira à trente-quatre ans dans l'éclat de sa beauté, bénéficia d'une bonne pension, et maintint sa célébrité par la galanterie. Sa personne a en effet beaucoup séduit, et elle disait aimer les compliments « surtout quand ils me sont faits de près ». Mais on lit dans le rapport d'un inspecteur de police de M. de Sartine : « Je l'ai vue au sortir de son lit, elle a la peau extrêmement noire et sèche, et a toujours la bouche pleine de salive, ce qui fait qu'en vous parlant elle vous envoie la crème de son discours au visage. » Bien qu'elle se fût dès l'origine montrée favorable aux idées nouvelles et qu'elle eût acquis un bien national (une abbaye encore occupée, sur laquelle elle fit inscrire : « *Ite, missa est* »), la Révolution lui retira tout, et elle mourut dans la misère.

Sophie Arnould, comédienne et fille d'Opéra, était interrogée sur l'âge de Jeanne Lenoble, sa grande rivale : « Vingt-huit ans, répondit-elle ; c'est du moins ce que j'ai toujours entendu dire[1]. »

*

La voix de Sophie Arnould fut jugée admirable par ses contemporains ; il s'agissait d'un filet très pur, quoique peu soutenu par des poumons qui manquaient de force. Aussi Jeanne Lenoble disait-elle : « C'est le plus bel asthme que j'aie entendu chanter[2]. »

Sophie s'en vengeait en disant, quand on lui parlait du succès de sa rivale : « Ce n'est pas étonnant : elle a la voix du peuple. »

*

Dorothée Dorinville, dite Luzy, pensionnaire du Théâtre-Français, juive de naissance, était d'une nature très ardente. Après sa conver-

---

1. On prête un mot semblable à Cicéron au sujet de Fabia Dolabella.
2. On prête aussi le mot à l'abbé Galiani.

sion, Sophie Arnould dit d'elle : «Elle s'est faite chrétienne quand elle a su que Dieu s'était fait homme.»

*

Une dame, qui avait davantage de beauté que d'esprit, se plaignait devant Sophie Arnould d'être obsédée par une foule d'adorateurs : «Eh! madame, lui dit la comédienne, il vous est si facile de les éloigner : vous n'avez qu'à parler.»

*

À la vente des objets de Mlle Laguerre qui avait été aussi réputée pour ses mœurs légères que pour son habituelle exigence d'être entièrement regarnie par tout nouvel amant, une personne fut émerveillée de la richesse des objets mis en vente, et elle s'écria : «On dirait un conte de fées.»

Sophie Arnould répondit : «Dites plutôt un compte des mille et une nuits[1].»

*

Sophie Arnould aurait voulu ajouter à sa collection d'amants le spécialiste du calembour, le marquis de Bièvre; elle n'y parvint pas, celui-ci manifestant sa préférence pour Mlle Raucourt. La rencontre de celle-ci et du marquis de Bièvre avait eu lieu à un souper

---

1. Marie Laguerre (1755-1781), de l'Académie royale de musique, fut au second plan comme chanteuse, mais au premier pour sa galanterie. Choriste de dix-sept ans, elle avait été trouvée en flagrant délit avec le président de Meslay, de la Cour des comptes, dans une loge pendant une répétition. Le duc de Bouillon la fit bientôt bénéficier de sa générosité : «En très peu de temps, il dépensa 800 000 livres à son service.» Louis XVI manifesta au duc son indignation de dépenses aussi effroyables pour une chanteuse de l'Opéra... Comme le duc avait la réputation de n'être pas très courageux, on fit une chanson : «Au sortir de l'Opéra, / Voler à la guerre, / De Bouillon (qui le croira?) / C'est le caractère. / Elle a pour lui des appâts / Que pour d'autres elle n'a pas. / Enfin, c'est la guerre, ô gué! / Enfin, c'est la guerre!» Lorsque Mlle Laguerre changeait de protecteur, elle avait pour habitude de liquider entièrement le passé par la vente de son mobilier et de ses bijoux, déclarant ne vouloir conserver aucun souvenir d'un amour éteint. Le nouveau venu avait la charge de remplacer l'intégralité des objets vendus. «Haudry de Soucy ayant sollicité la survivance du duc de Bouillon, Mlle Laguerre ne le prit pas en traître, et prévint le prétendant que, malgré son immense fortune, il n'en aurait pas pour deux ans. Le fermier général ne recula pas devant la prédiction, et, deux ans après, jour pour jour, en même temps qu'il recevait le congé de la belle, il était déclaré en banqueroute» (Nérée Desarbres).

chez Sophie Arnould. La Raucourt faisait tout pour séduire ; elle dit au marquis, pour flatter son talent : « Faites donc un calembour sur moi.
— Attendez qu'il y soit ! » dit Sophie Arnould.

*

Une Mlle V., artiste d'origine italienne et fort légère, était très connue pour ses pratiques variées en matière amoureuse, et l'on racontait que la vie de Sodome ne lui eût pas déplu... Elle se récriait un jour sur la fécondité de Mlle Rei, ne concevant pas comment cette fille s'y laissait prendre si facilement.

« Vous en parlez bien à votre aise, dit Sophie Arnould ; mais souris qui n'a qu'un trou est bientôt prise. »

*

Dans une promenade avec des amis, au bois de Romainville, Sophie Arnould rencontra le poète Gentil-Bernard, errant. « Comment, s'écrie-t-elle, sans personne avec qui causer !
— Eh bien, on peut dire que je m'entretiens avec moi-même...
— Alors prenez garde, cher ami : vous écoutez un flatteur ! »

*

Une actrice de l'Opéra quitta le théâtre pour vivre avec M. Rollin, fermier général. Deux ans après, elle vint au foyer causer avec ses ci-devant camarades. « Quelle est cette dame ? demanda une actrice nouvellement arrivée.
— Quoi ! Vous ne la connaissez pas ? répondit Mlle Arnould : c'est l'histoire ancienne de M. Rollin. »

*

Mlle Guimard[1], célèbre danseuse de l'Opéra, était d'une maigreur étonnante. À l'époque où elle figurait un pas de trois avec les

---

1. Entrée à l'Opéra en 1762, Marie-Madeleine Guimard (1743-1816) fut d'autant plus célèbre que, maîtresse du maréchal de Soubise, capitaine des chasses, elle distribuait les permissions de chasse signées de sa propre main. En 1766, dansant un pas dans *Les Fêtes de l'Hymen et de l'Amour*, elle reçut sur l'un de ses bras, tendu gracieusement, un morceau de décor détaché du cintre. Une messe fut dite à Notre-Dame pour obtenir la prompte guérison du bras cassé, ce qui eut son effet... Outre un somptueux hôtel dans la chaussée d'Antin, elle avait, pour passer l'été, une villa à Pantin, avec théâtre. Les plus grandes dames de la cour, de galants abbés, des « évêques sans préjugés » pouvaient assister au spectacle dans des loges construites de telle façon que,

danseurs Vestris et Dauberval, Sophie Arnould décrivait la scène
en disant : « On dirait deux chiens qui se disputent un os. »

*

À une époque, il se trouva en même temps à l'Opéra, parmi
les figurantes, Mmes Châteaufort, Châteaubriand et Châteauvieux.
« Tous ces châteaux-là, disait Sophie Arnould, ne sont que des châteaux branlants. »

*

Après une expérience malheureuse, Sophie expliqua au sujet de
l'un de ses amants : « Depuis que j'ai vécu six mois avec un sot, je
connais tout le prix d'une bête[1]. »

*

Une danseuse se plaignait devant elle d'avoir été traitée de
« catin ». Elle la consola ainsi : « Les gens sont aujourd'hui si grossiers qu'ils appellent les choses par leur nom. »

*

Elle fut toujours bien considérée dans la meilleure société, non
seulement à cause de ses charmes, mais aussi parce qu'elle restait
consciente de son état, sans les prétentions habituelles de celles à
qui leur seule beauté permet d'être reçues dans le monde. Voici ce
qu'écrivit un contemporain :
« Je me souviens d'avoir été chez elle à un brillant souper où
étaient le prince d'Hénin, le prince de Ligne, le vicomte de Ségur,
enfin tous les agréables de la Cour, les filles les plus célèbres :
Duthé, Carline, Dervieux, Thévenin ; puis Chamfort, Rulhière, etc.

---

voyant tout, on ne pouvait y être vu. En 1779, plusieurs corps, pour manifester leur joie
de l'heureux accouchement de la reine, s'étaient imaginé de doter de jeunes filles. Les
acteurs et danseurs de l'Opéra en firent autant, et nommèrent Mlle Guimard leur tréso-
rière pour constituer la dot. Cette nouvelle dignité lui attira l'épigramme suivante :
                    La Guimard on vient d'élire
                        Trésorière à l'Opéra.
                    C'est fort bien fait, car elle a
                        La plus grande tirelire.
    1. C'est une parfaite illustration des définitions de l'Académie : la bêtise est naïve,
et la sottise est prétentieuse.

Ces demoiselles faisaient les dames : on eût dit que c'étaient des princesses. Mlle Arnould, d'une voix ferme, en parlant d'une chose qui convenait à des femmes de qualité, ajouta : "Mais pour nous, mesdames, nous sommes des putes, cela est différent."

Il aurait fallu les voir mettre le nez dans les serviettes, en s'écriant qu'elle était trop mauvaise compagnie. »

*

À la même époque, Sophie et une autre comédienne passaient sur le Pont-Neuf ; c'était un lieu toujours animé, et les Parisiens avaient coutume de dire : « On n'y passe jamais sans voir un moine, un cheval gris et une catin. »

Les deux passantes virent en deux minutes un moine, puis un cheval gris ; Sophie, poussant l'autre du coude, lui dit : « Pour la catin, toi et moi nous n'en sommes pas en peine. »

*

Elle détestait la grosse Cartou, de l'Opéra, qui avait des admirateurs (on nous dit qu'elle eut même des relations princières, mais qu'elle fut réduite, quand l'âge fut venu, aux adorations d'un vieux laquais).

L'un d'eux arriva en retard à une représentation de *La Fausse Magie* ; voyant Sophie, il lui demanda : « Dites-moi, elle a dû déjà chanter son ariette *Comme un éclair* ?

— Elle l'a chantée comme un cochon. »

*

On montrait à Sophie Arnould une boîte sur laquelle la flatterie d'un courtisan avait fait accoler les portraits de Sully et de Choiseul, alors ministre. Elle dit pour tout commentaire : « C'est la recette et la dépense. »

*

Sophie Arnould disait de la lèpre de La Harpe, qui se prenait pour un auteur classique : « C'est tout ce qu'il a des Anciens. »

*

La liaison du comte de Lauraguais et de Sophie dura longtemps, même s'il y eut des éclipses. Elle eut plusieurs enfants du comte (dont l'un, Constant Dioville de Brancas, colonel de cuirassiers, devait être tué à Wagram), qui la trompait beaucoup. Elle ne prenait pas toujours mal la chose, mais après quatre années de hauts et de bas, elle en eut assez : « M. de Lauraguais m'a donné deux millions de baisers, et fait verser plus de quatre millions de larmes. » Alors elle prit comme amant institué M. Bertin.

Le comte de Lauraguais choisit immédiatement comme maîtresse Mlle Huss, de la Comédie-Française, que Bertin venait d'abandonner au profit précisément de Mlle Arnould. Celle-ci s'en vengeait en disant de celle qui l'avait supplantée : « C'est une excellente personne qui a des préférences pour tout le monde[1]. »

*

Bien qu'il ne fut pas fidèle à sa maîtresse, le comte de Lauraguais en restait extrêmement jaloux. Un jour Sophie, excédée, profita de son absence pour rompre avec lui (il était parti à Ferney consulter Voltaire, parce qu'il se piquait d'écrire). Elle renvoya à la comtesse de Lauraguais tous les bijoux dont son mari lui avait fait présent, même le carrosse, et deux enfants dedans qu'elle avait eus de lui. (La comtesse, qui était bonne femme, renvoya le chargement à l'expéditionnaire, moins les deux enfants, qu'elle adopta.)

Le comte de Lauraguais et Sophie se raccommodèrent, parce qu'ils ne pouvaient rien faire l'un sans l'autre. Lorsque, quelques années après, une danseuse fort bien tournée, Mlle Robbe, fit ses débuts à l'Opéra, elle donna dans les yeux du comte, et Sophie s'en aperçut. Un peu plus tard elle lui demanda où il en était de cette affaire, et il ne put s'empêcher de lui témoigner qu'il était désolé de voir trop souvent, chez sa nouvelle divinité, un chevalier de Malte dont la présence l'offusquait fort. « Un chevalier de Malte ! s'écria

---

1. Grimm a raconté : « Puisque nous en sommes sur les tours du carnaval, M. le comte de Lauraguais vient d'en faire un d'un autre genre... Ces jours derniers, il a envoyé la question suivante à la faculté de médecine : "Messieurs de la Faculté sont priés de donner en bonne forme leur avis sur toutes les suites possibles de l'ennui sur le corps humain, et jusqu'à quel point la santé peut en être altérée." La Faculté a répondu que l'ennui pouvait rendre les digestions difficiles, empêcher la libre circulation, donner des vapeurs, etc., et qu'à la longue même, il pouvait produire le marasme et la mort. Bien muni de cette pièce authentique, M. le comte de Lauraguais s'en est allé chez un commissaire, qu'il a contraint à recevoir sa plainte, par laquelle il se porte dénonciateur envers M. le prince d'Hénin, comme homicide de Sophie Arnould, depuis cinq mois et plus qu'il n'a bougé de chez elle. »

Sophie; vous avez bien raison, monsieur le comte, de craindre cet homme : il est là pour chasser les infidèles ! »

*

« Je ne conçois pas comment on peut prendre un clystère, disait à Mlle Arnould une de ses camarades de mœurs fort légères : pour moi, j'ai le derrière si étroit, que jamais je n'y pourrais insérer une canule.

— Cela ne doit pas t'étonner : on n'est jamais si petit qu'auprès des grands. »

*

M. de Sartine, lieutenant général de police, avait pour principale tâche de brider les grands du royaume trop remuants, en donnant au Cabinet royal des moyens de chantage. On quêtait donc les renseignements partout, et spécialement à la sortie des alcôves.

Comme on essayait en vain de tirer quelques renseignements de Sophie Arnould, Sartine finit par dire, impatient : « Il me semble, mademoiselle, qu'une femme comme vous n'oublie pas aisément ces choses-là ! »

Elle répondit : « Certes, monsieur, mais devant un homme comme vous, je ne suis pas une femme comme moi. »

*

On disait devant elle, sous la Révolution : « L'esprit court les rues. »

Elle répondit : « C'est un bruit que les sots font courir. »

### À propos de Sophie Arnould

On donnait un soir un concert dans un appartement du Palais-Royal donnant sur le jardin, que le duc d'Orléans (Philippe Égalité) ouvrait comme lieu public : il y avait du monde en bas pour écouter.

Mlle Arnould, qui avait quitté l'Opéra depuis longtemps, et qui n'avait presque plus de voix, entreprit de chanter l'air d'*Iphigénie* : « Conservez dans votre âme... »

Comme sa voix était fort cassée et vieille, on faisait un grand silence. Une voix de tonnerre se fit entendre du milieu de la foule qui était en bas, et chanta l'extrait d'*Alceste* : «Caron t'appelle, entends sa voix.»

*

Une satire contre elle s'achevait ainsi :

>                     Bientôt, sur sa tête blanchie,
>                     La faux terrible appesantie,
>             N'offrira plus aux regards indignés
>             Qu'un squelette hideux, une horrible furie,
>                     Pleurant, au déclin de sa vie,
>                 Les maux affreux qu'elle a gagnés,
>                 Dont saint Côme et sa casserole
>                     N'ont jamais bien pu nettoyer
>                     Son profond et large foyer,
>                 Où tout Paris attrapa la vérole.

## ARON (Raymond)

Raymond Aron (1905-1983) s'illustra dans les colonnes du *Figaro* et par un certain nombre d'ouvrages socio-historiques dans lesquels il recyclait des idées de Max Weber ou d'Hannah Arendt, qui méritent d'être lus directement. Mais on jugeait la chose méritoire à l'époque où, en France, un intellectuel ne pouvait pas affirmer des convictions différentes du socialisme étatique sans être ostracisé.

Un jour Raymond Aron dit à André Billy qu'un livre, pour sortir de toute la masse qui est imprimée, doit tomber au moment le plus opportun : «Savez-vous pourquoi *L'Être et le Néant* eut tant de succès sous l'Occupation ? C'est que les métaux étaient rares, que les poids manquaient dans les épiceries, et que le livre de Sartre, assez épais, pesait juste cinq cents grammes.»

*

Sur Sartre, son ancien condisciple de l'École normale supérieure : «Les révolutionnaires du style de Jean-Paul Sartre n'ont jamais troublé le sommeil d'aucun banquier du monde.»

*

Olivier Todd dit qu'il demanda à Raymond Aron, en 1978, ce qu'il pensait des propos usuels de son ami Malraux[1]. Il répondit : « Un tiers génial, un tiers faux, un tiers incompréhensible. »

## ASQUITH (lord)

Herbert Henry Asquith, comte d'Oxford (1852-1928), faisait carrière au parti libéral lorsque Campbell-Bannerman, Premier ministre (dont lord Balfour disait : « C'est un bouchon sautillant dans un courant qu'il est incapable de maîtriser »), tomba malade en 1908 : il le remplaça au pied levé. Asquith avait un majordome du nom de Yeo, qui savait rugir comme un lion et imiter parfaitement le bruit de la scie qui entame le bois, ce qui servait de prélude à une série d'imitations des visiteurs de Downing Street ; le Premier ministre s'installait alors dans un canapé et assistait au spectacle du son valet de chambre ridiculisant la façon de marcher et de parler de ses rivaux politiques... Asquith était pacifiste mais, craignant une prépondérance allemande sur le continent, hantise de l'Angleterre, il engagea son pays aux côtés de la France en 1914. Il démissionna à la fin de 1916 à la suite d'une série d'échecs (the Great Shell Shortage, désastre de Gallipoli, défaite de la Somme...) et son successeur Lloyd George fut considéré comme l'artisan de la victoire. Les querelles qui s'ensuivirent au sein des libéraux favorisèrent les travaillistes. De son premier mariage, Asquith avait eu un fils, Raymond, tué à la bataille de la Somme. Il a raconté dans une lettre que l'aumônier avait voulu célébrer un service dans le mess du bataillon, mais que les murs étaient si complètement

---

1. André Malraux (1901-1976) a un peu imaginé les aventures guerrières ou révolutionnaires dont il aurait été le héros. Il fut en tout cas l'un des rares écrivains français condamné pour vol : en l'occurrence l'arrachage des statues d'un temple cambodgien – juste pour les revendre. Lucien Rebatet a évoqué les défilés de l'immédiat avant-guerre, en faveur de la guerre : « N'y manquait jamais, avec sa figure de maniaque sexuel dévorée de tics, le sieur André Malraux, espèce de sous-Barrès bolcheviste, rigoureusement illisible, et qui soulevait pourtant l'admiration à Saint-Germain-des-Prés, même chez les jeunes gogos de droite, grâce à un certain éréthisme du vocabulaire et une façon hermétique de raconter des faits divers chinois effilochés dans un bouillon d'adjectifs. » Malraux fit, après 1945, une carrière politique au côté de De Gaulle, dont il a été un ministre de la Culture compétent, ce qui est loin d'être un pléonasme. On lui doit ainsi de beaux discours que, atteint de la maladie de Tourette, il lisait mal mais de façon poignante. Il a toujours su raconter des choses intéressantes : « Jung, le psychanalyste, est en mission chez les Indiens du Nouveau-Mexique. Ils lui demandent quel est l'animal de son clan : il leur répond que la Suisse n'a ni clans ni totems. La palabre finie, les Indiens quittent la salle par une échelle qu'ils descendent comme nous descendons les escaliers : le dos à l'échelle. Jung descend, comme nous, face à l'échelle. Au bas, le chef indien désigne en silence l'ours de Berne brodé sur la vareuse de son visiteur : l'ours est le seul animal qui descende face au tronc et à l'échelle... »

tapissés de reproductions françaises de femmes nues qu'on avait conclu que l'endroit n'était pas approprié. Paul Morand a ainsi évoqué Raymond, lorsqu'il apprit sa mort : « Homme bon, simple, sérieux, pas du tout saltimbanque comme le reste de la famille. »

De lord Asquith sur Joseph Chamberlain[1] : « Les manières d'un gigolo et la langue d'un éclusier. »

\*

Lorsque Campbell-Bannerman, le Premier ministre libéral, tomba malade, Asquith, qui était le chef du même parti, fut naturellement appelé à le remplacer. Edouard VII, qui prenait du bon temps sur la côte basque, ne revint pas à Londres pour si peu et, fait unique, la cérémonie d'investiture du nouveau Premier ministre britannique eut lieu en territoire étranger, à Biarritz.

La fille d'Asquith, Violet Bonham Carter, lui adressa de Londres un télégramme :

COMMENT OSEZ-VOUS DEVENIR PREMIER MINISTRE AU MOMENT OÙ JE ME TROUVE DANS UN AUTRE PAYS. PENSÉES AFFECTUEUSES. VIOLET.

\*

Alors qu'il était Premier ministre au début du XXe siècle, lord Asquith reçut la visite d'un solliciteur, qui lui demanda : « Mon ami Untel ne pourrait-il pas obtenir la place de Mr Smith, qui vient de mourir?

— C'est son affaire : il n'a qu'à s'informer si le cercueil est à sa mesure. »

\*

Quelque temps avant sa mort, en 1923, Bonar Law avait dû se démettre de son poste de Premier ministre, après être resté sept mois en charge. Asquith dit le jour de son enterrement : « Il est bien

---

1. Joseph Chamberlain (1836-1914), maire de Birmingham, ministre, fut à l'origine de la scission du parti libéral, après un désaccord avec Gladstone sur le dossier irlandais. Il fonda alors, en 1886, un nouveau parti, qui plus tard fusionnera avec les *tories* pour donner l'actuel parti conservateur. Il est le père d'Austen Chamberlain, ministre des Affaires étrangères et prix Nobel de la paix en 1925, et de Neville Chamberlain, Premier ministre britannique qui n'a pas été prix Nobel de la paix...

que nous ayons inhumé le Premier ministre inconnu non loin du Soldat inconnu[1]. »

## À propos de lord Asquith

Les premières années de la Première Guerre mondiale ne furent guère favorables aux Alliés et Asquith, alors Premier ministre, demanda au général sir Henry Wilson de venir le voir au 10, Downing Street. À la fin de leur entrevue, Asquith demanda, avec une certaine anxiété, ce qui se passerait si l'Angleterre perdait la guerre.

Se penchant de son fauteuil, le général donna une petite tape sur le genou du Premier ministre, et lui dit gaiement : « Ils vous pendront ! »

### ASQUITH (lady)

Margot Asquith († 1945), seconde femme du précédent, est restée célèbre parce qu'elle gravissait à cheval les escaliers de sa maison de Cavendish Street. Elle eut aussi, âgée de près de soixante-dix ans, la fantaisie de vouloir apprendre à conduire une voiture ; elle fit alors son apparition équipée d'une culotte de cheval et d'un casque de pilote d'avion. Au soulagement général, elle abandonna assez vite son apprentissage. Lord Asquith et Margot eurent une fille, Elizabeth (qui épousa Antoine Bibesco), et un fils, Anthony, metteur en scène, alcoolique et cryptogay (en anglais : *closeted homosexual*, pour dire que le sujet pratique généralement dans les toilettes).

Margot Asquith visita Hollywood, et eut l'occasion d'y rencontrer Jean Harlow, aussi remarquable par la blondeur oxygénée de sa chevelure que par sa poitrine avantageuse. La lady anglaise trouva l'actrice américaine d'autant plus vulgaire que celle-ci n'hésitait

---

1. Andrew Bonar Law (1858-1923) avait profité de divergences entre le parti libéral et les conservateurs, qu'il dirigeait un peu par hasard, pour accéder au poste de Premier ministre. Il ne l'occupa que 211 jours, établissant un record de brièveté. Il dut démissionner parce que son chancelier de l'Échiquier, Baldwin, avait accepté d'indemniser les États-Unis (pour leur participation à la guerre) pour un montant très supérieur à celui que la France avait accordé. Bonar Law mourut peu après d'un cancer. La réflexion d'Asquith fut faite le jour de son enterrement lorsqu'il constata qu'on enterrait son successeur (il y eut Lloyd George entre les deux) non loin du Soldat inconnu. Peu après, sir Steven Runciman disait que, durant sa longue vie, il avait connu personnellement tous les Premiers ministres qui avaient été en charge, à l'exception de Bonar Law, que personne ne connaissait.

pas à l'appeler familièrement «Margot» à tout bout de champ; en plus, elle prononçait «Margotte».

«Très chère, finit par lui dire lady Asquith, dans *Margot*, le *t* final ne se prononce pas : comme dans *Harlow*» (en anglais, *harlot* signifie «catin»).

*

Margot Asquith disait de lord Birkenhead : «Il est très intelligent, mais quelquefois sa cervelle s'échappe de la tête.»

*

De Margot Asquith sur Lloyd George : «Il est incapable d'apercevoir une ceinture sans mettre la main au-dessous.»

*

Sur Churchill : «Il serait capable de prendre la peau de sa mère pour en faire une peau de tambour, si cela lui permettait de mieux proclamer l'admiration qu'il a pour lui-même[1].»

### À propos de lady Asquith

Margot Asquith était toujours mal habillée. Lady Cunard disait à des dames dans les soirées : «Vous avez une jolie robe. Vous devriez la donner à la femme du Premier ministre quand vous n'en voudrez plus.»

### ASTOR (Nancy)

Nancy Witcher Langhorne, viscountess Astor (1879-1964), vint en Angleterre après un premier mariage désastreux à New York (le mari reprochait à cette fille du Sud d'être une inflexible puritaine, lui-même se voyant accusé d'être un violeur alcoolique). Sa beauté et son esprit lui attirèrent tant d'admirateurs qu'une lady locale lui demanda si elle n'était pas venue enlever leurs maris; elle les détrompa : «Si vous saviez le mal que j'ai eu à me débarrasser du mien, vous ne poseriez pas une question pareille...» C'est finalement Waldorf Astor, le fils d'un riche Américain anobli en Angleterre, qu'elle épousa. Cardiaque, il devait être précautionneux sur la dépense physique, ce qui arrangeait Nancy. Après, elle disait : «Comme toutes les femmes, je me suis mariée au-dessous de mon niveau.» Son désir d'importer en Grande-Bretagne certaines règles relatives à la

---

1. Parfois prêté à Lloyd George.

Prohibition, sa totale ignorance en matière de politique et quelques impairs n'empêchèrent pas son élection en 1919 aux Communes, dans les rangs conservateurs. Elle fit une tournée avec Shaw en Union soviétique, où elle demanda sans ambages à Staline pourquoi il avait tué tant de Russes, mais la question ne fut pas diffusée, à la différence des multiples déclarations enthousiastes de Shaw, si bien que le voyage contribua à discréditer lady Astor dans l'opinion britannique. Elle appartenait à l'Église scientiste du Christ, n'aimait pas les Juifs et était obsédée par ses haines anticommuniste et anticatholique : elle exprima son soutien au réarmement de l'Allemagne par les nazis, estimant qu'ils étaient encerclés par les catholiques... Avec Joseph Kennedy, alors ambassadeur américain en Grande-Bretagne, elle se félicitait du bon côté de Hitler qui combattait Juifs et communistes. Elle ajoutait avec regret que le chancelier du Reich ressemblait trop à Charlot pour être pris au sérieux. La fin de sa vie fut affectée par deux épreuves : l'un de ses fils se convertit à l'homosexualité, l'autre au catholicisme.

Nancy Astor fut la première femme à siéger à la Chambre des communes. Churchill dit, devant elle, qu'avoir une femme au Parlement était comme de voir arriver un intrus dans sa salle de bains. Elle lança : « Vous n'êtes pas assez bien fait pour avoir une crainte pareille. »

*

Nancy Astor se faisait beaucoup d'ennemis à cause de ses déclarations intempestives : elle se réjouit un jour publiquement de la mort d'un rival politique ; comme on le lui reprochait, elle expliqua : « Je suis une fille de Virginie ; là-bas, on tire pour tuer. »

*

Comme elle entendait parler des grèves de mineurs des années 1930 : « Qu'est-ce que ces vers de terre veulent encore ? »

*

Le duc de Windsor, auparavant Édouard VIII, venait d'abdiquer pour pouvoir épouser Wallis Simpson, son amante américaine divorcée. Il aimait beaucoup jouer aux cartes, et un jour qu'il encourageait lady Astor à prendre place à la table de jeu, elle refusa, au motif qu'elle n'était pas capable de distinguer un roi d'un joker : « *I couldn't tell the difference between a king and a knave.* »

*Knave* signifie à la fois « joker », pour les joueurs de cartes, et « personne peu honorable », dans la langue anglaise commune...

\*

Churchill se demandait tout haut quel déguisement il pourrait bien porter à un – maudit – bal masqué où il était invité. Lady Astor, qui était là, suggéra : « Allez-y à jeun, Winston, et personne ne vous reconnaîtra. »

### À propos de Nancy Astor

Lors de sa première campagne électorale à Plymouth, lady Astor, ignorante des habitudes du quartier qu'elle visitait, se fit escorter par un jeune officier de marine pour le porte-à-porte destiné à la promotion de sa candidature. Une petite fille vint lui ouvrir, et quand Nancy Astor lui demanda gentiment ce que pensait sa maman, la petite fille lui répéta la recommandation de celle-ci, que quand une dame de la bonne société venait avec un marin, elle devait laisser dix livres avant d'aller occuper la chambre à l'étage.

\*

Lady Astor fut enthousiasmée, pendant la guerre, de voir arriver en Angleterre autant de jeunes soldats américains, son pays d'origine. Elle accosta un GI juste à l'extérieur du Parlement, et lui demanda : « Seriez-vous content d'y entrer ? »

Il répliqua : « Vous êtes le genre de femme que ma mère m'a dit d'éviter. »

### ASTOUIN (Marius)

Syndic de la corporation des portefaix de Marseille, Louis-Marius Astouin (1822-1855) exerçait une forte influence sur la population ouvrière de la ville. Élu à la Constituante de 1848, il s'installa à gauche et vota généralement avec le parti de Cavaignac. Il siégeait en habit d'ouvrier. Il publia en 1847 un recueil de vers inspirés par son idéal républicain :

> Mon esprit veut de l'air et de la liberté ;
> On ne me verra pas avide de richesses
> Échanger mon honneur pour d'infâmes bassesses,
> Je suis pauvre ; avant tout, j'aime ma pauvreté.

Dans le genre muse populaire de l'époque, c'est très au-dessous des chansons de Pierre Dupont.

Astouin, alors député, avait improvisé quatre vers au bas d'un croquis du marquis de Dampierre, représentant l'un de ses collègues breton, Méolle, qui louchait fortement :

> À ce portrait, on reconnaît sans peine
> Méolle au regard incertain.
> On lit au bas : *Ille-et-Vilaine* ;
> On pourrait lire : *il est vilain.*

## AUBER (Esprit)

Esprit Auber (1782-1871) fut élève de Cherubini, auquel il devait succéder comme directeur du Conservatoire. *La Muette de Portici* fit sa célébrité : plusieurs morceaux devinrent populaires, en particulier le duo *Amour sacré de la patrie* qui, chanté à Bruxelles, fut le signal de l'insurrection du 23 septembre 1830. Auber fut comme la personnification de l'opéra-comique, mais sa mode passa et la succession, dans ses œuvres, des petits motifs l'a fait placer parmi les musiciens de «l'époque intermédiaire»... Quand il se sentait «trop ivre d'harmonies, de gammes et de romances», il allait tirer au pistolet, et passait une bonne heure au milieu des pétarades ; une fois ses nerfs apaisés, il regagnait son logement de la rue Saint-Georges sur le balcon duquel, impassible et méditatif, il faisait de si longues stations que les passants le prenaient pour une statue. Il détestait la campagne et, même au cœur de l'été le plus chaud, il refusait de quitter Paris. Mais il n'aimait pas la lumière des longs jours d'été, et exigeait de dîner aux bougies. Au coup de six heures et demie, on fermait volets, fenêtres, rideaux, et les convives ont raconté combien chacun se plaignait en sourdine d'étouffer. Il était âgé quand on l'entendit un jour, dans une vespasienne, exhorter sa «vieille queue dévalée dans les profondeurs du pantalon» à remonter à la braguette : «Viens donc, viens donc ! ce n'est que pour pisser...»

Auber faisait partie d'un jury lors d'un examen du Conservatoire. Un très jeune candidat, à peine âgé de dix ans, joua fort bien un morceau, mais celui-ci fut interminable. Quand on demanda à Auber son avis, il dit : «Ma foi, c'est le début de l'audition qui m'a le plus intéressé. L'exécutant était plus jeune.»

\*

Une dame qui avait des prétentions au chant, ne pouvant finir un air en maintenant le ton sur lequel elle avait commencé, dit à Auber, qui lui avait fait la grâce de l'accompagner : «Je vais le prendre en *mi*.
— Non, madame, répondit-il, restons-en là.»

*

On lui demandait son avis sur les bas-bleus. « Cela dépend... Il faut voir ce qu'il y a dedans. »

*

Directeur du Conservatoire, il reçut un jour la visite de deux lauréates du concours d'opéra-comique qui venaient le remercier de l'enseignement qu'elles avaient reçu. Il les félicita : « N'ayez nulle inquiétude, mesdemoiselles, vous réussirez toutes les deux. Vous ma chère enfant, par le charme de votre voix et, vous, ma toute belle, par la voie de vos charmes. »

*

Esprit Auber assistait à la prestation d'un ténor dans un salon parisien. Le malheureux, qui manquait de voix, interprétait la romance de Joseph, celui de l'Ancien Testament, victime de ses frères : il entonna :

« Dans un humble et froid abîme
Ils me plongent, dans leur fureur... »

On demanda à Auber : « Qu'en pensez-vous ?
— Qu'il est resté trop longtemps dans la citerne... »

## AUBIGNÉ (Agrippa d')

Agrippa d'Aubigné (1552-1630) : protestant intransigeant, écuyer d'Henri de Navarre, chef de guerre, bon poète et pamphlétaire. Son accusation favorite à l'endroit des catholiques était l'homosexualité. Pourtant, étudiant à Genève, c'est à un condisciple calviniste qu'il avait eu affaire : Bartholomé Tecia, qui avait tenté de le « bougrer ». Tecia fut condamné à mort, ligoté et noyé dans le Rhône, comme quelques dizaines d'autres exécutés à Genève pour crime de sodomie. Par un de ces curieux détours dont l'Histoire a le secret, Constant d'Aubigné, fils d'Agrippa, fort débauché, sera le père de Mme de Maintenon, catholique profonde et seconde épouse d'un roi qui révoqua l'édit de Nantes... Mais on peut considérer le caractère au-delà de la religion : cette race était, comme l'a dit Faguet, « énergique, opiniâtre et aventureuse ». Elle marqua chaque siècle dans son genre, et pour ce qui concerne celui d'Agrippa, « toute cette fin du XVIe siècle, esprit classique, goût oratoire, goût épique, esprit satirique et gauloiserie persistante, dans une robuste gaîté de soldat et de routier, est très bien représentée par d'Aubigné ».

Après la mort de Marie de Clèves son grand amour, Henri III délaissa la chasse aux dames et s'entoura de jeunes gens efféminés, les fameux «mignons». Il n'en fallut pas plus aux prédicateurs de la Ligue et aux pamphlétaires protestants pour vouer aux gémonies les mœurs du roi. Le voici «pourtraicturé» par Agrippa d'Aubigné :

> Si bien qu'au jour des rois, ce douteux animal,
> Sans cervelle en son front, parut tel en son bal.
> De cordons emperlés sa chevelure pleine,
> Sous un bonnet sans bords fait à l'italienne,
> Faisait deux arcs voûtés ; son menton, pinceté,
> Son visage de blanc et de rouge empâté,
> Son chef tout empoudré nous firent voir l'idée,
> En la place d'un roi, d'une femme fardée.
> Pensez quel beau spectacle, et comme il fit bon voir
> Ce prince avec un busc, un corps de satin noir
> Coupé à l'espagnole, où des déchiquetures
> Sortaient des passements et des blanches tirures,
> Et afin que l'habit s'entresuivît de rang,
> Il montrait des manchons gaufrés de satin blanc,
> D'autres manches encor qui s'étendaient fendues ;
> Et puis jusques aux pieds d'autres manches perdues.
> Pour nouveau parement, il porta tout le jour
> Cet habit monstrueux, pareil à son amour,
> Si, au premier abord, chacun était en peine
> S'il voyait un roi femme ou bien un homme reine.

*

D'Aubigné couchait dans une chambre qui communiquait avec celle du roi Henri IV, qu'il croyait endormi ; il dit à son voisin La Force : «Notre maître est bien le plus ingrat mortel qu'il y ait sur la terre.»

La Force, qui sommeillait, lui demanda ce qu'il disait.

«Sourd que tu es, cria le roi, il te dit que je suis le plus ingrat des hommes.

— Dormez, Sire, dormez, dit d'Aubigné : j'en ai bien d'autres à dire.»

*

Personne belle, du moins en sa jeunesse, et bien lettrée (c'est un bon écrivain), Marguerite de France, dite « la reine Margot » (surtout au XIXᵉ siècle), fille d'Henri II et première femme d'Henri IV, avait des mœurs très libres[1]. Dévote, elle communiait presque chaque jour, et ce mélange de religion et de galanterie déchaînait les foudres d'Agrippa d'Aubigné, qui a recueilli cet octain dans ses *Aventures du baron de Fœneste* (certains pensent que les vers sont de lui) :

> Commune, qui te communies
> Ainsi qu'en amours en hosties,
> Qui communies tous les jours,
> En hosties comme en amours,
> À quoi ces dieux que tu consommes
> Et en tous temps et en tous lieux ?
> Toi qui ne t'es pu saouler d'hommes,
> Te penses-tu crever de dieux ?

## AUMONT (Antoine d')

Antoine, duc d'Aumont (1601-1669), capitaine des gardes du corps puis lieutenant général, commandait l'aile droite à la bataille de Réthel, gagnée sur Turenne par le maréchal du Plessis-Praslin. Il fut ensuite maréchal de France, et gouverneur de Paris. Tallemant le qualifie de « peste de cour ». Il avait été galant, et un jour qu'il allait retrouver une belle en Flandres déguisé en minime, sa belle-sœur, qui le croisa sur la route, le reconnut « parce qu'il était admirablement bien à cheval » et que son

---

1. Marguerite de France (1552-1615) : les massacres de la Saint-Barthélemy furent décidés lors des fêtes de son mariage avec Henri de Navarre ; les nuages s'étaient amoncelés, et on avait annoncé avec crainte que « la livrée des noces serait vermeille ». Marguerite aurait dû être reine de France lorsque Henri IV monta sur le trône, mais les époux avaient peu vécu ensemble : elle avait quitté la cour du Béarn, à cause des vexations subies ; on lui avait assigné une minuscule chapelle, seul lieu du pays autorisé pour le culte catholique, où les fidèles ne pouvaient pas prendre place. L'union fut annulée par le pape en 1599, ce qui arrangeait tout le monde. Marguerite était belle dans sa jeunesse ; Tallemant ajoute : « Jamais il n'y eut une personne plus encline à la galanterie. » Cela lui faisait une réputation, et on ne prenait pas toujours des gants avec elle : il arriva que « M. de Turenne, depuis M. de Bouillon, étant ivre, lui dégobilla sur la gorge en la voulant jeter sur un lit ». Il paraît que, « hors la folie de l'amour », elle était fort raisonnable.

cheval était trop beau pour être celui d'un pauvre moine. Il veillait toujours à être très bien mis, et quand ce fut la mode des bottes et des bottines, vers 1630, il se tenait longtemps les pieds dans l'eau froide pour pouvoir se botter plus étroit. C'est l'époque où un Espagnol, rentrant de Paris, racontait pour se moquer : «J'y ai vu bien des gens; mais je crois qu'il n'y a plus personne à cette heure, car ils étaient tous bottés, et je pense qu'ils étaient prêts à partir.»

Le duc d'Aumont, au sujet d'une personne fort maussade : «Elle a la mine d'avoir été faite dans une garde-robe, sur un paquet de linge sale.»

*

Comme il faisait pendre de ses soldats à Boulogne, qui avaient commis de grandes friponneries, l'un deux hurla à son passage qu'il était gentilhomme.

«Je le crois, lui dit-il, mais je vous prie d'excuser; mon bourreau ne sait que pendre.»

*

L'archevêque de Rouen, quoique très jeune, portait une grande barbe; Antoine d'Aumont disait : «Il ressemble à Dieu le Père quand il était jeune.»

### AVIGNON (cardinal d')

Alain de Coetivy († 1474) : né dans le Léon, évêque de Dol, évêque de Cornouailles puis archevêque d'Avignon et élevé à la dignité cardinalice; évêque de Palestine en 1465. Il fut chargé par le pape de plusieurs négociations.

Le roi reprochait à ce prélat le comportement fastueux du haut clergé, et regrettait qu'on ne fût plus au temps des apôtres. Le cardinal observa : «Nous étions apôtres au même temps que les rois étaient bergers.»

## AYEN (duc d')

> Louis de Noailles, duc d'Ayen (du vivant de son père) puis duc de Noailles, maréchal de France (1713-1793), doit davantage sa célébrité à ses saillies piquantes qu'à ses exploits militaires. Il resta l'un des rares intimes de Louis XV, qu'il amusait. Surtout, il fut aux côtés du roi dans deux circonstances importantes, ayant été son aide de camp à Fontenoy et se trouvant capitaine des gardes du corps en service le soir de l'attentat de Damiens. Il fut curieusement porté sur la liste des émigrés, alors qu'il mourut à Saint-Germain-en-Laye le 22 août 1793. Mais sa femme, sa belle-fille et sa petite-fille furent envoyées à l'échafaud le 4 thermidor an II : la belle-fille, duchesse d'Ayen, était sourde, et on allégua cette infirmité alors qu'on lui reprochait d'avoir participé à la conspiration des prisons. Le président du Tribunal révolutionnaire ne fut pas convaincu : «Eh bien, la citoyenne mérite la mort pour avoir conspiré sourdement!»

Le maréchal de Noailles père[1] s'était très mal montré à la guerre, et sa réputation de bravoure en était restée suspecte. On lit dans le *Journal* de Barbier : «Ce passage [celui du prince Charles de Lorraine, général autrichien, que le maréchal était chargé d'arrêter] a fort indisposé contre le maréchal de Noailles, que l'on a regardé de plus en plus comme ayant peur du canon. On dit qu'on a attaché la nuit à la porte de son hôtel une épée de bois.»

Un jour qu'il pleuvait, Louis XVI demanda au duc d'Ayen, son fils (lui-même futur duc et maréchal de Noailles), si le maréchal viendrait à la chasse.

«Oh! que non, Sire, mon père craint l'eau comme le feu.»

*

1. Adrien, duc de Noailles (1678-1766), maréchal de France sous le commandement duquel, à Dettingen, l'armée française subit en 1743 une des plus ridicules défaites de son histoire. Du moins connaissait-il ses limites : après la mort du maréchal de Berwick, il fit appeler Maurice de Saxe à la tête des armées françaises... Membre du conseil de régence, il s'en retira quand le cardinal Dubois y entra, et il lui déclara avec morgue : «Cette journée sera fameuse dans l'histoire, monsieur : on n'oubliera pas d'y marquer que votre entrée dans le conseil en a fait déserter tous les grands du royaume.» Il en fallait davantage pour impressionner Dubois, surtout de la part d'un *grand* incompétent. Après la mort du cardinal, le duc devint ministre. La femme de ce faible guerrier n'était pas plus sympathique. Le prince de Condé, qui n'aimait pas la maréchale de Noailles, entra un matin chez elle, sauta sur le lit, exécuta deux ou trois cabrioles insensées, puis s'en alla avec gravité en saluant profondément. Il est vrai qu'on a soupçonné de folie ce fils du Grand Condé.

Au début de sa liaison avec la Du Barry, Louis XV dit au duc d'Ayen : « Je sais que je succède à Saint-Foye.

— Oui, Sire : comme Votre Majesté succède à Pharamond. »

Or il y eut plus de quatre-vingts rois entre le quasi-mythique Pharamond, premier roi, et Louis XV.

*

La paix de 1763 provoqua dans toute la France des dons patriotiques. Louis XV demanda au duc d'Ayen s'il avait envoyé son argenterie à la Monnaie ; le duc répondit que non.

« Moi, dit le roi, j'ai envoyé la mienne.

— Ah ! Sire, dit le duc d'Ayen, quand Jésus-Christ mourut le vendredi, il savait bien qu'il ressusciterait le dimanche. »

*

Ce sont les fermiers généraux qui soutiennent l'État, expliquait Louis XV.

— Oui, Sire, dit le duc d'Ayen : comme la corde soutient le pendu. »

*

Lorsque Belloy[1] donna sa tragédie « patriotique », *Le Siège de Calais*, peu après la fin de la guerre de Sept Ans, en 1765, tout le monde loua la pièce et l'auteur. Louis XV demanda à voir à Versailles une œuvre qui rencontrait tant de succès, et il ordonna ensuite qu'une représentation gratuite fût donnée pour le peuple à la Comédie-Française. Le duc d'Ayen fut le seul à se dissocier du concert universel ; ce général n'aimait pas les leçons de patriotisme qu'on recevait de tous côtés à cause du succès de la pièce.

---

1. Pierre-Laurent Buirette, dit « Dormont de Belloy » (1727-1775), avait été élevé à Paris par un oncle janséniste qui obtint contre lui une lettre de cachet quand il apprit que son neveu voulait abandonner la profession d'avocat pour devenir comédien. Celui-ci quitta donc la France, sous un pseudonyme qu'il conserva. Devenu comédien en Russie, il revint à Paris après la mort de l'oncle. Sa tragédie *Le Siège de Calais* remporta un vif succès, mais la chute de *Pierre le Cruel* l'affecta tellement qu'il mourut « de chagrin et de langueur ».

Comme le roi lui reprochait sa tiédeur sur ce sujet, le duc répondit : « Je voudrais que le style de la pièce fût aussi bon Français que moi[1]. »

*

Du temps de Mme du Barry, on regrettait presque Mme de Pompadour. Avec celle-ci en effet « le vice avait un masque », et quand elle jouait à la reine, elle s'en acquittait assez bien. Avec la Du Barry c'était bien différent, et l'on voyait jusqu'à la table du roi une société fort *mélangée*. Un soir, le roi aperçut parmi les convives des figures tellement étranges que son célèbre valet, le pauvre La France[2], se pencha tout ému vers le duc d'Ayen, et lui demanda le nom des deux hommes assis de l'autre côté de la table, et dont l'aspect ignoble contrastait avec les lieux.

Le duc d'Ayen répondit directement au roi : « Ma foi, Sire, je ne les connais pas... Je ne rencontre ces gens-là que chez vous »...

## AYMÉ (Marcel)

> Marcel Aymé (1902-1967) est un auteur grinçant, apprécié des lecteurs et beaucoup moins des critiques, qui ont toujours été gênés de ne pas pouvoir le situer politiquement jusqu'au jour où on a pu ternir sa réputation parce qu'il avait absolument voulu sauver le collaborationniste Brasillach, le seul auteur fusillé de l'histoire de France. Et puis il a refusé la Légion d'honneur ainsi que l'entrée à l'Académie française, que Mauriac encourageait.

« Moi, disait un homme, je me suis fait tout seul. »
Marcel Aymé était là. Il dit : « Ah, vous déchargez Dieu d'une bien grave responsabilité ! »

---

1. Peu après ce succès du *Siège de Calais*, qui fit la réputation de son auteur, on vit circuler ces vers :
> Belloy nous donne un siège, il en mérite un autre :
> Graves académiciens, faites-lui partager le vôtre,
> Où tant de bonnes gens sont assis pour des riens.

L'auteur fut effectivement élu à l'Académie française.

2. Celui à qui, précisément, la Du Barry aurait dit : « La France, ton café fout le camp ! » ; et qu'on s'empressa de transformer en apostrophe à Louis XV..., mais le tout paraît légendaire.

## BACQUEVILLE (marquis de)

Officier général, Jean-François Boyvin de Bonnetot, marquis de Bacqueville (1688-1760), fut moins célèbre pour ses talents militaires que par la bizarrerie de ses idées. Il eut celle, en 1742, de se construire des ailes à ressort, avec lesquelles il prétendait traverser l'espace au-dessus de la Seine, et qui ne lui servirent qu'à se casser la jambe, lors de sa chute sur un bateau de blanchisseuse. Il avait exigé de son valet de chambre le même exploit, mais l'autre avait obstinément refusé de partir le premier, alléguant qu'un domestique doit toujours céder le pas à son maître; ensuite, le domestique allait répétant qu'une politesse n'est jamais perdue. Le marquis mourut victime de son opiniâtreté à demeurer dans sa maison devenue la proie des flammes : on était venu l'avertir du départ de l'incendie, mais il avait répliqué hautement : « Dites-le à ma femme : je ne me mêle pas du ménage ! »

Parmi beaucoup d'autres excentricités, le marquis de Bacqueville se persuada que les chevaux étaient susceptibles de civilisation. L'un des siens ayant donné un coup de pied à son palefrenier, le marquis instruisit son procès en règle et le fit pendre à la porte de son écurie, où il ordonna qu'il resterait exposé pour l'exemple des autres : on les faisait passer devant avec des réflexions morales et des avis qu'ils eussent à profiter de l'exemple.

Peu de jours après, ce fut évidemment une puanteur insupportable dans l'hôtel, et la présidente de T., qui y demeurait, porta ses plaintes au marquis.

« Dites à madame la présidente, répondit le marquis, qu'il y a douze ans qu'elle infecte mon hôtel, et que je ne ferai ôter mon cheval que lorsqu'il aura été décidé par expert qu'il pue autant qu'elle. »

Il fallut recourir à l'autorité de la police pour faire enlever la bête.

## BALDWIN (Stanley)

Stanley Baldwin, 1er comte Baldwin of Bewdley (1867-1947), fut Premier ministre à trois reprises et domina la vie politique britannique entre les deux guerres. Il avait commencé dans le gouvernement de coalition de Lloyd George, avant d'être l'un des premiers conservateurs à retirer son soutien au chef libéral. Après des grèves à répétition, le travailliste Ramsay MacDonald avait formé en 1931 un gouvernement d'union nationale avec une majorité de ministres conservateurs. Baldwin prit l'ascendant à la faveur du déclin de la santé de Ramsay MacDonald et remporta les élections de 1935. Il fit face avec fermeté à la crise dynastique liée au comportement d'Édouard VIII, et se retira de la vie politique en 1937. Après la guerre, on le mit en cause pour avoir été trop patient avec Hitler et n'avoir pas suffisamment réarmé : on en fit le responsable du désastre de 1940. Churchill, qui le tenait pour plus coupable que Neville Chamberlain, son successeur, dit en 1947 : « Je souhaite à Stanley Baldwin de n'être plus malade, mais cela aurait été beaucoup mieux s'il n'avait jamais vécu. » Les historiens contemporains l'ont plutôt réhabilité.

De Baldwin sur Lloyd George : « Il a passé sa vie entière à faire une mixture du vrai et du faux pour fabriquer le plausible. »

*

Dans la société edwardienne, lord Curzon, marquis de Kedleston, fut l'incarnation de la vieille Angleterre des riches propriétaires terriens qui, politiquement, ne voulaient rien lâcher (on racontait que, monté dans un bus pour la première fois, il avait donné son adresse au chauffeur...). Plus tard, pour favoriser sa carrière politique, Curzon prit ses distances avec la caste qu'il était chargé de défendre et devint ministre des Affaires étrangères dans le cabinet de Bonar Law. Lors de la mort de celui-ci, il espérait être nommé Premier ministre mais George V, à qui le choix incombait formellement, désigna Baldwin. Celui-ci raconta peu après : « J'ai rencontré lord Curzon à Downing Street, et il m'a gratifié de l'expression de reconnaissance qu'un cadavre adresse à un croque-mort. »

*

Un jour que le fantasque et alcoolique Birkenhead, Lord Chancellor, rassemblait sous l'appellation « cerveaux de seconde classe » le nouveau cabinet conservateur, Baldwin répliqua sèchement : « Cela vaut mieux que d'avoir un caractère de seconde classe. »

## BANKHEAD (Tallulah)

Tallulah Bankhead (1903-1968) : actrice américaine, fille d'un homme politique de l'Alabama, président de la Chambre des représentants, qui fut extrêmement surpris quand un hôtelier de Washington lui dit : « Bankhead ? Mais... n'auriez-vous pas un lien de parenté avec l'actrice ? »

Entichée de ses origines sudistes, de son accent et de son goût pour le bourbon, elle se plaisait à provoquer les Yankees. Fière d'être une vraie blonde, elle se faisait un point d'honneur à le montrer quand elle en avait l'occasion. Son mari demanda le divorce pour «cruauté mentale», et Marlène Dietrich la qualifiait de «femme la plus immorale qui ait jamais vécu». Elle est restée célèbre par sa façon de parler sans respirer, son comportement totalement imprévisible et une immense capacité à ingurgiter du whisky, qui causait d'importants retards lors des tournages. Pour cette raison, elle était avec Errol Flynn la terreur des plateaux, et Jack Warner refusait de les engager. Elle avoua un jour que son docteur lui avait conseillé de manger une pomme chaque fois qu'elle avait envie de boire, mais elle haussait les sourcils en ajoutant : «Comment peut-on avaler soixante pommes par jour?» La scénariste Anita Loos a dit : «Elle était tellement belle qu'on la croyait stupide.» Elle disait quant à elle : «J'ai lu Shakespeare et la Bible, et je sais jouer aux dés; c'est ce que j'appellerais une éducation éclairée.» Elle adressa ce billet à l'un de ses amants : «J'arriverai à cinq heures et nous ferons l'amour; si je suis en retard, commencez sans moi.» Elle a confié que la position conventionnelle de l'amour la rendait claustrophobe.

Un soir, à l'approche de Noël, Tallulah Bankhead laissa tomber un billet de 50 dollars dans la poche d'un joueur de tambourin de l'Armée du Salut, en lui disant : «Ne me remerciez pas : je sais combien cette saison est difficile pour les danseurs de flamenco.»

*

Tallulah Bankhead s'était rendue à Washington pour assister à une Convention démocrate destinée à honorer «son divin ami Adlai Stevenson» (concurrent malheureux d'Eisenhower). Alors que le discours d'un sénateur s'éternisait, elle éprouva le besoin d'aller aux toilettes. Après s'être soulagée, elle constata qu'il n'y avait pas de papier. Apercevant les élégantes chaussures d'une Washingtonienne qui se tenait dans le compartiment voisin, elle lui demanda : «Excusez-moi, très chère, mais il n'y a pas de papier. En auriez-vous?

— Non, je n'en ai pas, dit la voisine d'une voix sèche.

— Excusez-moi, très chère, mais n'auriez-vous pas alors un mouchoir en papier?»

La voix yankee, de plus en plus glaciale, répondit : «Non : je n'en ai pas!»

Alors, Tallulah Bankhead, sans se démonter : «Eh bien dans ce cas, ma chère, ne pourriez-vous pas, par hasard, me donner deux billets de cinq contre un billet de dix ?[1] »

*

À Hollywood, le comportement de Tallulah Bankhead surprenait souvent, sans qu'on sût si c'était inconscience ou provocation. On craignait donc le pire pour sa tournée théâtrale en Angleterre. Elle y rencontra pourtant un vif succès. Pour se récompenser elle-même, elle s'offrit une magnifique Bentley qu'elle prit plaisir à conduire dans Londres ; mais bientôt désorientée par les rues londoniennes, qui n'avaient rien de la simplicité géométrique des avenues de Los Angeles, elle décida de toujours engager un taxi qui lui montrait le chemin : elle suivait au volant de sa Bentley...

Durant ce séjour londonien, elle remarqua, à l'occasion d'une soirée, qu'un vieux lord la regardait intensément. Elle finit par lui dire assez fort : « Que se passe-t-il, cher ? Vous ne me reconnaissez pas avec mes vêtements ? »

*

Tallulah Bankhead lança très fort, dans le hall d'un hôtel, par-dessus la tête d'une nombreuse assistance, à une journaliste psychorigide qui se donnait des airs supérieurs : « Merci, très chère, pour la plus merveilleuse des interviews. Vous êtes réellement la lesbienne la plus polie que j'aie jamais rencontrée. »

*

Au coin d'une rue, elle tomba sur un homme avec lequel elle avait échangé des mots un peu verts, plusieurs années auparavant, au moment de leur rupture. Alors que la surprise de cette rencontre inopinée se lisait sur le visage de l'homme, il entendit l'actrice

---

1. Il y avait surtout la façon de dire de Tallulah Bankhead, qui racontait tout avec son accent du Sud sans respirer : « *So I looked down and saw a pair of feet in the next stall. I knocked very politely and said : "Excuse me, da'ling, I don't have any toilet paper. Do you ?" And this very proper Yankee voice said : "No, I don't." Well, da'ling, I had to get back to the podium for Adlai's speech, so I asked her, very politely you understand, "Excuse me da'ling, but do you have any Kleenex ?" And this now quite chilly voice said : "No, I don't." So I said : "Well then, da'ling, do you happen to have two fives for a ten ?"...* »

dire : « Je croyais que je t'avais dit d'aller m'attendre dans la voiture... »

*

Tallulah Bankhead à une débutante : « Si vous voulez vraiment aider le théâtre américain, chérie, ne soyez pas actrice ; soyez spectatrice. »

### À propos de Tallulah Bankhead

Fred Keating[1], à l'issue d'une conversation avec elle, qui avait une immense capacité à parler sans interruption, expliqua : « Je viens de passer une heure à parler cinq minutes avec Tallulah. »

## BARATON

Baraton ou Barraton († vers 1730) : on ne sait presque rien de la vie de cet auteur d'épigrammes originaire de l'Orléanais. Ses vers, recueillis au hasard des découvertes, ont été reproduits dans la collection du père Bouhours (1693) ainsi que dans celle de Bruzen de la Martinière qui, ayant publié son *Recueil des épigrammatistes* en 1720, classe Baraton parmi les auteurs vivants. Il prit part à la rédaction du *Dictionnaire des rimes* de Richelet : c'est lui qui supprima, dans l'édition de 1692, toutes les rimes indécentes.

*Épigrammes :*

Un jour le grand Renaud disait dans sa colère :
« Peste me soit des cocus, ils me font enrager ;
Fussent-ils tous dans la rivière ! »
« Mon mari, dit Catin, tu ne sais pas nager,
Hélas comment pourrais-tu faire ? »

*

Dans le doigt d'une dame, un marquis cordon bleu[2]
Vit un gros diamant, brillant et plein de feu ;

---

1. Fred Keating (1897-1961), acteur américain qui apparaît dans une dizaine de films hollywoodiens des années 1930, jouait généralement des rôles de magicien, parce qu'il excellait dans cet art où il avait été l'élève de Nate Leipzig.

2. C'est le cordon de l'ordre du Saint-Esprit, créé par Henri III en décembre 1578 en souvenir de son élection polonaise et de son accession au trône de France, toutes deux à la Pentecôte. Il lui attribua la couleur bleu « céleste ».

Il était avare, et son âme
N'était sensible qu'au profit :
« J'aimerais mieux, dit-il, la bague que la dame. »
Il parlait assez haut, la dame l'entendit ;
Elle eut une riposte prête :
« Et moi, j'aimerais mieux le licou que la bête. »

\*

Une courtisane de Rome,
Belle et fort enjouée, ayant près de vingt ans,
Avait de tous états quantité de galants,
Et ne refusait aucun homme.
Elle fit tant l'amour qu'elle eut le ventre plein.
Un jour qu'elle était en festin,
Quelqu'un lui demanda, parmi la bonne chère,
Qui de l'enfant était le père.
C'est le Sénat, dit-elle, et le peuple romain.

\*

### Le Vieux Chapeau
« Qui diable t'a donné ce chapeau de cocu ?
Je ne te l'ai point encor vu »,
Disait à son fermier un juge de Bergame.
« C'est, dit l'autre, sauf votre honneur,
Un de vos vieux chapeaux, monsieur,
Que vient de me donner madame votre femme. »

\*

### Le Capucin
Un capucin, profès et prêtre,
Des douleurs de la pierre étant fort travaillé,
On ordonna qu'il fût taillé ;
Et comme il était près de l'être,
De crainte et d'horreur frémissant :
« Messieurs, s'écria ce bon père,
Par l'opération que vous allez me faire,
Ne serai-je point impuissant ? »

\*

### Le Boucher

Un boucher moribond voyant sa femme en pleurs,
Lui dit : « Ma femme, si je meurs,
Comme à notre métier un homme est nécessaire,
Jacques notre garçon ferait bien ton affaire :
C'est un fort bon enfant, sage, et que tu connais.
Épouse-le, crois-moi, tu ne saurais mieux faire.
Hélas, dit-elle, j'y songeais. »

## BARBEY D'AUREVILLY (Jules)

Jules Barbey d'Aurevilly (1808-1889) était issu d'une famille de la petite noblesse du Cotentin, et la plupart de ses ouvrages ont pour toile de fond sa terre natale (« Cette belle pluvieuse qui a de belles larmes froides sur de belles joues fraîches »). Ainsi *L'Ensorcelée*, qui mêle résistance royaliste, sorcellerie et damnation, dans le fabuleux décor de la lande de Lessay que l'on ne conseillera à personne de traverser la nuit, à cheval. Lamartine le surnommait « le duc de Guise de la littérature »; lui-même se présentait comme « Lord Anxious ». Sa conversation « crépitait comme un feu d'artifice ». À quelqu'un qui s'étonnait de le voir si merveilleusement sanglé dans sa redingote, il expliquait : « Monsieur, si je communiais, j'éclaterais ! » Il avait commencé comme libertin, mais il se convertit en 1846, écrivant à cette occasion au vicomte d'Ysarn-Fressinet : « Allons au ciel bras-dessus, bras-dessous. Si vous restez dans votre hamac de sceptique, vous balançant nonchalamment d'une idée à l'autre, vous êtes perdu, et moi je manque d'un camarade de vertu qui pourrait la rendre amusante. Eh ! eh ! qu'en dites-vous ? C'est une expérience à tenter. Elle intéresserait au plus haut point les femmes de votre famille. Quant à moi, qui suis jusqu'ici l'opprobre et le fléau de la mienne, je lui garde pour ses vieux jours l'immense joie de mon renouvellement intérieur. » Après cela, il priait la Vierge les poings sur les hanches, et il faisait les yeux doux aux saintes des vitraux.

Barbey d'Aurevilly détestait être interrompu quand il donnait une conférence. Comme un sifflet montait de la salle, il dit : « Je ne connais que deux créatures au monde qui sifflent : les oies et les imbéciles. Je demande à l'auteur du bruit de se lever, que nous puissions tous voir à quelle espèce il appartient. »

\*

La carrière de journaliste de Barbey d'Aurevilly fut mouvementée, puisqu'il fut remercié par trois journaux avant d'entreprendre une carrière au *Figaro*. Il était d'ailleurs convenu avec Villemessant qu'il paierait lui-même les amendes auxquelles le directeur serait condamné à cause de ses articles.

Dès son premier article, Barbey attaqua violemment Buloz, le puissant directeur de *La Revue des Deux Mondes*. Buloz se fâcha et envoya du papier timbré. Barbey, que défendait un jeune avocat du nom de Gambetta, fut condamné à payer 2 000 F de dommages-intérêts. Au cours de sa plaidoirie, Gambetta avait comparé son client à Voiture. Peu satisfait, le «Connétable des lettres» alla trouver son avocat au sortir de l'audience : «Monsieur, vous m'avez comparé à Voiture, mais vous avez plaidé comme un fiacre.» Et il lui tourna le dos.

*

Sur Ampère, un jour où celui-ci s'était voulu historien : «M. Ampère n'a qu'un moyen d'être Tacite, c'est de se taire.»

*

Sur Gustave Planche, qui avait fait une critique élogieuse de Mérimée : «Il a naturellement pour Mérimée la sympathie d'un morceau de bois, taillé dans une bûche, pour un autre morceau de bois, plus artistement travaillé.»

*

Une cantatrice, fort avantagée du côté du corsage et moins bien en voix, se produisait dans un salon. Après l'avoir entendue, Barbey d'Aurevilly déclara : «C'est une cantatrice pour sculpteur.»

*

Barbey éreintait dans ses chroniques la comédienne Mlle Duverger. Un soir que, à l'Opéra-Comique, il passait devant la loge de la comédienne, celle-ci s'en vengea d'un coup d'éventail en le traitant de «canaille».

Barbey dit au prince Demidoff, qui accompagnait l'actrice : «Prince, reconduisez cette dame au lavoir !»

*

Après les événements de 1848, Barbey d'Aurevilly fut élu président d'un club populaire proche du catholicisme, nommé le «Club des ouvriers et de la fraternité». Mais à l'une des premières réunions, ne goûtant pas certains slogans criés par la salle, il lança à ses électeurs : «Messieurs, je regrette bien de n'avoir pas comme Cromwell une compagnie de cottes de fer pour vous tomber dessus... Comme il ne faut pas que le verbiage et les cris soient ici les vainqueurs, je déclare le club dissous ; je m'en vais mettre la clef du local dans ma poche, pour qu'il ne serve pas de lieux d'aisance aux tribuns de cabaret !»

*

Barbey d'Aurevilly, âgé, ne souffrait pas d'avoir les cheveux blancs, et il répandait dans sa chevelure de la poudre noire en guise de teinture.

Le jeune Paul Bourget lui avait remis un manuscrit que le maître n'avait toujours pas lu, alors qu'ils avaient pris rendez-vous pour le lendemain matin. Barbey avait passé la nuit dehors, s'était couché fort tard, se promettant de lire l'ouvrage à son lever. Mais il était toujours au lit quand le jeune écrivain vint avec inquiétude tirer la sonnette et solliciter son avis. Ainsi arraché à sa couche, Barbey alla ouvrir à son admirateur, qui resta bouche bée devant les cheveux si brusquement gris du maître. Celui-ci, avant de refermer la porte au nez de l'importun, eut l'inspiration de dire : «Ah! mon ami : j'en ai blanchi !»

*

Zola disait, en parlant de Barbey : «Quand il consulte son miroir, il croit voir l'océan.»

Lorsqu'il l'apprit, Barbey répliqua : «Quand il regarde une fosse à purin, il croit voir son armoire à glace.»

## BARDAC (Henri)

Henri Bardac († 1951), grièvement blessé lors de la bataille de la Marne, fut ensuite attaché à l'ambassade de France à Londres, où Paul Morand était affecté, et fut à l'origine de l'amitié entre Proust et Morand. Celui-ci avait dit, après la parution de *Swann* : «C'est rudement plus fort que Flaubert!» Bardac rapporta le mot à Proust qui, noctambule, vint une nuit sonner à Paris chez Bardac où logeait Morand ; il fallut réveiller celui-ci. C'est Bardac qui a raconté que, au Grand Hôtel de Cabourg, Proust se lavait les mains, puis sonnait ; le garçon d'étage le trouvait penché sur le lavabo. «Mon ami, lui disait Marcel, j'ai pour vous un petit pourboire, dans la poche gauche de mon pantalon ; j'ai les mains mouillées et je ne puis aller l'y chercher, voulez-vous me rendre le service d'aller l'y prendre vous-même?»

Pierre de Polignac[1] racontait, le 20 juillet 1917 chez Berthelot, qu'à la veille de partir pour Pékin où l'envoyait le ministère des Affaires étrangères, il était allé chez Maple acheter un lit. Il rencontra Henri Bardac qui lui dit : «Un lit? Pour quoi faire? Vous savez bien qu'au bout de quinze jours vous coucherez dans celui de ma sœur !

— Il m'en faudra un pour ces quinze jours-là, répondit Polignac, qui ne voulait pas lancer la discussion...

— Quand je dis quinze jours, je veux dire quinze minutes», riposta Bardac.

## BARRÈS (Maurice)

La mode à Paris était aux «petites revues» quand Maurice Barrès (1862-1923) arriva par le train de Nancy et créa *Les Taches d'encre*. Des hommes-sandwichs parcoururent les boulevards, avec des pancartes qui proclamaient : «Morin ne lira pas *Les Taches d'encre*.» Tout le monde parlait de Morin, qui venait d'être abattu par une femme en vue. On s'arracha la publication : Barrès n'était plus un inconnu. Les frères Tharaud

1. Pierre, comte de Polignac, prince de Monaco, duc de Valentinois (1895-1964), était un diplomate désargenté quand Poincaré, pour éviter que Monaco ne devînt possession allemande, décida de marier ce jeune homme raffiné (des rumeurs d'homosexualité ont couru) à l'héritière de la principauté, Charlotte, fille du prince Louis II de Monaco qu'il avait eue avec une entraîneuse de Montmartre. Le mariage, célébré en 1920, ne fut pas une réussite, malgré la naissance du prince Rainier. La princesse Charlotte alla vivre loin de Monaco avec un amant italien, et le souverain monégasque, qui n'aimait pas son gendre, fit savoir qu'il ordonnerait la mobilisation de son armée s'il revenait mettre un pied sur le Rocher... Charlotte renonça à ses droits au trône en 1944 ; passant beaucoup de temps comme visiteuse de prison (Alphonse Boudard l'a évoquée dans *Chère Visiteuse*), elle se prit d'affection pour «René la Canne», ancien lieutenant de Pierrot le Fou, qu'elle fit libérer. En 1956, Rainier, alors qu'il épousait la très convenable Grace Kelly, fut ébahi de voir sa mère arriver avec René ; elle expliqua : «Après toutes ces années à l'ombre, j'ai pensé qu'un peu de soleil lui ferait du bien.»

ont dit combien la jeunesse d'alors, lasse du naturalisme, avait été sensible, chez ce garçon de vingt-cinq ans, à «son art délibéré qui ne se souciait pas d'exprimer une grossière réalité extérieure, mais uniquement les mouvements de flux et de reflux de son esprit». Léon Blum expliquera : «Je sais bien que M. Zola est un grand écrivain... Mais on peut le supprimer de son temps par un effort de pensée; et son temps sera le même. Si M. Barrès n'eût pas vécu, s'il n'eût pas écrit, son temps serait autre et nous serions autres. Je ne vois pas en France d'homme vivant qui ait exercé, par la littérature, une action égale ou comparable.» Barrès entretint ses succès en exprimant ensuite l'attachement à l'armée, la famille et la terre natale. Pas de métaphysique dans l'œuvre : Henri Massis disait qu'il était son dieu à lui, et que d'ailleurs il ne comprenait rien à la philosophie. L'abbé Mugnier a rapporté que Cocteau présentait Barrès comme «fait pour les perversions, jeunes hommes de Sodome, cigarières d'Espagne», ajoutant que c'était «un juif polonais, un gitanos», et que son hydromel était couleur de bile. Et Ramon Fernandez, intéressé par le thème des invertis, disait que Barrès était «de la bande».

Vers 1923, Barrès racontait qu'il était allé autrefois, lui aussi, chez Mallarmé, pour éviter de rester seul dans un café. «Là on se trouvait devant un être quelconque. On ne disait rien de nouveau. C'étaient toujours les mêmes choses. Mendès y régnait, Zola y disciplinait son troupeau de porcs, Mallarmé son troupeau de sylphides. Chez Mallarmé on ne finissait pas les phrases. Elles ressemblaient à des danseuses, à des papillons qui se projettent contre des vitres.»

Et Barrès ajoutait, au sujet de la poésie : «Ce qu'il faut, c'est un grand et beau sujet, et non pas le drame des mouches au plafond.»

*

Mauriac a décrit Barrès à l'enterrement de Proust : «Il attendait sur le trottoir, devant Saint-Pierre-de-Chaillot, coiffé de son melon, le parapluie attaché à l'avant-bras, et il s'étonnait de cette rumeur de gloire autour de ce mort qu'il avait bien connu et assez aimé, je crois, sans rien soupçonner de sa grandeur. "Enfin, ouais... C'était notre jeune homme", me répétait-il, voulant signifier par là qu'il avait toujours situé Marcel Proust de l'autre côté de la grille du chœur, avec les adorateurs et avec les disciples.»

Barrès avait, selon Walter Benjamin, porté ce jugement sur Proust : «Un poète persan dans une loge de concierge.»

*

Sur Paul Valéry : «C'est un cigare refroidi sur une table de café.»

*

Barrès, quand on lui parlait de Jules Renard, répondait : «Laissez-moi tranquille avec ce jardinier.»

*

Barrès n'était pas tendre pour Claudel. En 1910, à la fin d'une conférence du célèbre écrivain qui s'était depuis longtemps lancé en politique, celui-ci vit grimper sur l'estrade un bon jeune homme transi d'émotion : «Je suis François Mauriac.» Barrès lui proposa de l'accompagner jusqu'à la Chambre des députés...

Il faisait beau, raconte Mauriac. Ils traversèrent la place de la Madeleine, puis la Concorde. Barrès saluait des électeurs. Mauriac multipliait les questions, et le grand homme répondait de sa voix au son faubourien, mais au ton aussi affecté que son air et sa tenue d'hidalgo, exécutant d'une phrase sarcastique la plupart de ses confrères : «Jammes? Ouais... J'ai toujours envie de lui crier : "Relève-toi donc, bêta!" Claudel? Je l'ai vu, ouais, ouais... C'est un type de fonctionnaire avec une casquette!»

## BASSOMPIERRE (maréchal de)

François, baron de Bassompierre, maréchal de France (1579-1646), après une solide formation en droit et en philosophie (ce qui lui permettra de faire bonne figure à l'Académie française), s'illustra en Hongrie, dans l'armée impériale qui combattait les musulmans. En France, il se fit remarquer à la Cour par sa galanterie et sa personnalité; sa devise était «À moi la gloire pour fruit», et l'on disait : «Magnifique comme Bassompierre». Il fut grand maître de l'artillerie, puis maréchal de France en 1622. Entré dans différentes intrigues, il fut embastillé en 1631 sur ordre de Richelieu pour douze années. Averti à temps, le maréchal s'empressa, dit-on, de brûler six mille lettres qui auraient compromis presque toutes les dames de la Cour. Une élégie relata son entrée à la Bastille : «Lorsque le beau Daphnis, la gloire des fidèles [pour avoir combattu les Turcs], / Perdit la liberté qu'il ôtait aux plus belles...» Quand il sortit, Mazarin lui rendit sa charge de colonel des Suisses, et on allait le nommer gouverneur de Louis XIV quand il mourut d'apoplexie. Son *Journal de ma vie* a subi d'importants retranchements lors de l'édition à cause d'anecdotes sur certaines familles. Le père du maréchal, chez qui la Ligue avait été jurée, sua un jour la vérole. Sa femme, fort pieuse, lui ayant dit avec un doux dépit : «J'avais tant prié Dieu qu'il vous en gardât...», il répondit : «Vraiment, vos prières ont été exaucées, car il m'en a gardé de la plus fine.»

À la mort d'Henri IV, le très vaniteux duc de Sully – personnage que l'on ordonnait jadis aux écoliers d'aimer parce qu'il a bien parlé des mamelles de la France – arriva au Louvre, à la tête de quarante chevaux, après s'être caché de terreur. Dans son zèle et sa douleur, il se permit de dire au premier groupe qu'il rencontra dans les appartements : «Messieurs, si le service que vous avez voué au roi, qu'à notre grand malheur nous venons de perdre, vous est si avant en l'âme qu'il doit l'être à tous les bons Français, jurez tous de conserver la même fidélité que vous lui avez rendue, au roi, son fils et successeur, et que vous emploierez votre sang et votre vie pour venger sa mort.»

Bassompierre sortit du groupe pour répondre : «Monsieur, c'est nous qui faisons faire ce serment aux autres.»

Sully, qui se retira sur le coup dans ses terres, où il menait à la fois une vie de ladre et de grand seigneur, trouva peu après l'occasion de se venger de cette pointe. Paraissant devant le nouveau roi, il dit très haut à Louis XIII : «Sire, quand le roi votre père, de glorieuse mémoire, me faisait l'honneur de m'appeler pour m'entretenir des affaires de l'État, il faisait auparavant sortir les bouffons.»

*

Bassompierre avait fait des promesses de mariage à Mlle d'Entragues, sœur de la marquise de Verneuil ; il en avait d'ailleurs eu un fils, qui plus tard mourut évêque. Mlle d'Entragues plaida huit ans pour être reconnue épouse, et se faisait appeler «madame de Bassompierre». Elle disait un jour à son éternel fiancé : «Monsieur, vous devriez me faire rendre les honneurs de maréchale de France.»

Bassompierre feignit le plus grand étonnement, et lui demanda pourquoi elle tenait absolument à porter un nom de guerre. Mlle d'Entragues éclata en colère : «Vous êtes le plus sot des hommes de la Cour.

— Oui, si j'avais fait la sottise de vous épouser», dit le maréchal pour en finir.

Plus tard, Mlle d'Entragues laissa un peu tomber sa prétention. On en avisa Bassompierre : «Elle ne se fait plus appeler la maréchale de Bassompierre.

— Je crois bien, dit-il : c'est que je ne lui ai pas donné le bâton depuis bien longtemps.»

*

Tout exigeante qu'elle fût sur le chapitre des noces, la belle n'était pas fidèle[1], et un jour Bautru, apercevant Bassompierre chez la reine, se mit à lui faire les cornes : on en rit. La reine demanda ce que c'était. «C'est Bautru, Madame, dit Bassompierre, qui montrait à vos filles tout ce qu'il porte.»

La reine, qui soupçonna autre chose, entra dans une noire colère contre Bautru, qui eut toutes les peines du monde à lui faire entendre la vérité de l'affaire.

*

La reine mère dit devant Bassompierre : «J'aime tant Paris et tant Saint-Germain, que je voudrais avoir un pied à l'un et un pied à l'autre.

— Et moi, dit Bassompierre, je voudrais donc être à Nanterre[2].»

*

M. de Vendôme dit un jour à Bassompierre : «Vous serez sans doute du parti de M. de Guise, car vous baisez sa sœur de Conti...

---

1. Elle avait même tendance à se faire payer. Tallemant des Réaux dit que «Le Plessis-Guenegaud s'amusoit à payer cette grosse tripière comme un tendron; c'est parce qu'elle estoit de qualité.»

2. Le récit est aussi traditionnel que peu probable : même à l'époque des très grandes libertés de «l'ancienne cour» (avant Louis XIV), on n'imagine guère un courtisan parlant ainsi à la reine. Lorédan Larchey signale que l'anecdote est calquée sur une réponse attribuée par Brantôme à certain bouffon de la cour d'Espagne : «Entendant la reine Élisabeth dire qu'elle voudrait avoir un pied à sa résidence de Madrid et l'autre à celle de Valladolid, il risqua cette facétie : "Et moi je voudrais être au beau mitan." Je passe le reste qui le fit bien fouetter à la cuisine.»

— Cela n'y fait rien, répondit Bassompierre ; j'ai baisé toutes vos tantes, et je ne vous aime pas plus pour cela. » Le maréchal était en effet l'amant de Louise de Lorraine, princesse de Conti, et il le fut tellement qu'il finit par l'épouser en secret[1].

*

Bassompierre, qui était magnifique, prit la capitainerie de Monceaux, pour y *traiter* la Cour. La reine mère lui dit : « Vous y mènerez bien des putains. »

Le maréchal avisa rapidement l'entourage des dames de compagnie, et dit avec grâce : « Je gage, madame, que vous en y mènerez plus que moi. »

*

Un jour, il lui disait qu'il y avait peu de femmes qui ne fussent putains. « Et moi ? dit la reine, piquée.

— Ah ! pour vous, madame, dit-il d'un geste qui paraissait la mettre à part, vous êtes la reine. »

*

Le carrosse de Bassompierre s'étant accroché avec celui d'une dame qu'il avait aimée, et avec laquelle il avait dépensé beaucoup de son bien, elle lui dit : « Te voilà donc, maréchal, dont j'ai tant tiré de plumes !

— Il est vrai, dit-il, mais ce n'est que de la queue, et cela n'empêche pas de voler. »

*

Tallemant des Réaux prétend que, Anne d'Autriche ayant méchamment souligné la blancheur de ses cheveux auprès de dames qui n'avaient encore d'yeux que pour le maréchal, celui-ci

---

1. Sous la minorité de Louis XIII, Louise-Marguerite de Lorraine (1574-1631), veuve du premier prince de Conti, était dans la faveur de la régente Marie de Médicis, qui lui octroya la très lucrative abbaye de Saint-Germain, ce qui faisait dire d'elle par plaisanterie : « Notre révérend père en Dieu, Mme la princesse de Conti, abbé de Saint-Germain-des-Prés ». Sa vie agitée à fortes tendances comploteuses la fit condamner par Richelieu à l'exil en sa terre d'Eu au moment où Bassompierre était embastillé, événement qui la fit mourir de chagrin.

répondit insolemment : «Oui, mais blanc de tête et vert de queue, comme le poireau.»

*

Comme le maréchal de Bassompierre prenait de l'âge et du ventre après avoir été le plus beau des vainqueurs, La Rochefoucauld, qui quant à lui se teignait et se fardait, le salua de ce compliment : «Vous voilà gros, gras, gris.

— Et vous, teint, peint, feint.»

## BAUTRU (Guillaume de)

Guillaume de Bautru, comte de Serrant (1588-1665), intendant de la généralité de Touraine, membre de l'Académie française à sa fondation, poète à l'occasion, s'était démis de sa charge de conseiller d'État pour errer avec la cour d'Anne d'Autriche. Richelieu puis Mazarin recherchèrent sa compagnie, et il avait licence de se jouer de tout. Le premier employait ses talents diplomatiques ; il faisait partie de la petite bande de mécréants qui constituaient l'entourage du cardinal, sous le magistère de Boisrobert. Un jour qu'il se découvrait au passage d'un crucifix, son compagnon s'en étonna ; Bautru expliqua : «Nous nous saluons, mais nous ne nous parlons pas.» Il s'était pourtant un jour confessé, et on lui avait prescrit pour pénitence de méditer sur l'endroit de la Passion qu'il voudrait choisir ; ce joueur invétéré avait, prétendait-il, élu comme sujet de méditation le jeu de hasard auquel on joua la robe de Jésus. Sa femme exigeait d'être appelée «madame de Nogent», malgré son mariage, expliquant qu'elle ne voulait pas être appelée «madame Bautrou» par la reine Marie de Médicis, qui avait toujours de la peine à prononcer le français.

Un poète, qui avait montré sa tragédie à Bautru, lui demanda conseil. Bautru répondit : «Je vous conseille d'en retrancher la moitié et de supprimer l'autre.»

*

Après l'assassinat des Concini, Luynes, devenu le favori de Louis XIII, veilla que la reine mère, Marie de Médicis, auparavant régente, fût écartée des décisions. Luynes se fit nommer duc et pair, et favorisa sa famille, en particulier ses frères, pour créer un nouveau parti. Même des cousins lointains arrivaient d'Avignon «par batelées». Les princes du sang entrèrent en guerre contre le parti royal. Le duc d'Épernon fit évader Marie de Médicis de Blois où elle était reléguée, et on fit venir la reine mère à Angers, où s'improvisa une armée. Richelieu lui-même complotait en sous-main de ce côté. Les troupes de la reine gardaient le passage de la Loire aux Ponts-de-Cé, ce qui maintenait un lien avec d'Épernon et Mayenne dans leurs gouvernements méridionaux. Les troupes royales arrivèrent, et attaquèrent si vivement entre Angers et les Ponts-de-Cé que la cohue des grands seigneurs et des jeunes nobles se débanda sans tenir pied ; aussi appela-t-on cette victoire royale, qui ne ressemblait pas à une bataille, « la drôlerie des Ponts-de-Cé ».

Bautru y avait un régiment d'infanterie au service de la reine mère ; il lui dit : « Pour des gens de pré, madame, en voilà assez ; pour des gens de cœur, c'est une autre affaire. »

M. de Jainchère, commandant peu courageux, était resté protégé derrière les murs de la ville d'Angers. On disait : « Qu'est-ce qui est plus hardi que Jainchère ? »

Et Bautru de répondre : « Les faubourgs d'Angers, car ils ont toujours été hors de la ville, et lui n'en est pas sorti. »

*

Un vieux président, nommé Goussault, était si dépourvu d'esprit que sa sottise était devenue proverbiale. Se trouvant un jour dans une société où l'on jouait, et dont Bautru faisait partie, celui-ci, qui avait mal écarté, s'écria sans remarquer la présence du président : « Ah çà ! Je suis un vrai Goussault.

— Monsieur, vous êtes simplement un sot ! répondit ce dernier.

— Mais c'est précisément ce que je voulais dire », répliqua Bautru[1].

*

Le connétable de Luynes[2], dont la fortune auprès de Louis XIII fit l'élévation de la famille, était issu, avec ses deux frères, Brantes

---

1. « Goussault », comme nom commun, signifiait : d'encolure épaisse, et, par extension, dénué de finesse d'esprit.

2. Charles d'Albert, duc de Luynes, connétable de France (1578-1621) : Issu d'une famille modeste, page du dauphin, son premier succès fut dû au talent qu'il avait pour dresser des pies-grièches, « espèces d'oiseaux qui étaient aussi peu connus que leur maître » dit l'abbé Legendre. Louis XIII, en montant sur le trône, le fit grand fauconnier de France. Ils s'adonnaient ensemble à la fauconnerie tout en fomentant l'assassinat de Concini. Luynes décida le roi à reprendre une autorité que sa mère n'était pas

et Cadenet, d'un modeste Honoré d'Albert – dit «le capitaine de Luynes» – qui s'était un peu illustré sous les armes contre les protestants, et qui avait eu le goût de se rallier très vite à Henri IV. Dans un *Mémoire au sujet des prétentions des ducs et pairs*, attribué au parlement de Paris et remis en 1716 au Régent, on lit que les trois frères n'avaient en débutant à la Cour qu'un seul manteau qu'ils portaient tour à tour.

Dans le temps où ils commençaient à s'établir dans la faveur de Louis XIII, on dit à Bautru, qui se comportait avec légèreté à leur égard : «Mais il faut leur porter respect.

— Pour moi, dit-il, s'ils me traitent civilement, je dirai *monsieur de Brante, monsieur de Luynes, monsieur de Cadenet*; autrement, je dirai *Bran de Luynes et Cadenet*[1].

\*

Le pape Urbain VIII ayant fait une promotion de dix cardinaux qui sentaient la basse extraction, Bautru dit, lorsqu'on les eut énumérés devant lui : «Je n'en ai compté que neuf.

— Non, non : avec Sacripanti, cela fait bien dix en tout.

— Ah! pardon, dit Bautru : je croyais que c'était le titre.»

\*

Après l'assassinat de son amant Henri IV, Mme de Verneuil (Henriette de Balzac d'Entragues) ne parvint point à se faire épouser par le duc de Guise, et se résigna à la retraite. Alors, elle trompa toutes ses ambitions déçues par une pratique effrayante de la

---

en état d'exercer et témoigna d'un certain sens politique. Mais il se fit nommer connétable de France, lui qui ne savait seulement pas, dit Mayenne, ce que pesait une épée. Il subit un retentissant échec contre les protestants devant Montauban, et on railla ouvertement son incompétence. Atteint par la maladie, il avait à peine rendu le dernier soupir au camp de Longuetille que ses équipages furent pillés. Le marquis de Fontenay-Mareuil écrit que «cet homme si grand, si puissant, se trouva tellement abandonné dans sa maladie, que pendant deux jours qu'il fut à l'agonie, à peine y avait-il un de ses gens qui voulût demeurer sa chambre... Et qu'en transportant son corps pour être enterré à son duché de Luynes, au lieu de prêtres qui priassent pour lui, je vis deux de ses valets jouer au piquet pendant qu'ils faisaient paître leurs chevaux.»

1. Le bran, c'était la partie la plus grossière du son, et dans le langage populaire, les matières fécales. *Bran!* est une exclamation ancienne, synonyme de «merde!». Et *bran de...* signifie : «je n'ai rien à f... de».

gourmandise. Elle en devint si grosse que Bautru, en l'allant voir avec des amis, faisait semblant de payer à la porte, comme quand on allait voir la baleine exposée dans Paris.

*

Un certain M. Lambert battait son cheval qui lui donnait des ruades, et voulait avoir le dernier mot. Bautru, qui était présent, dit à Lambert : «Monsieur, montrez-vous le plus sage[1].»

On raconta l'histoire devant l'avocat général Talon, qui dit ensuite : «Je sais mieux l'histoire que vous; ce n'était pas à M. Lambert, mais au cheval, à qui Bautru disait cela.»

*

Bautru recommandait un jour au roi d'Espagne de donner l'administration des finances à son bibliothécaire de l'Escurial, qui était un homme très ignorant. Lorsque le roi lui demanda d'où lui venait une idée pareille, il expliqua : «C'est parce qu'il n'a jamais touché à ce que Votre Majesté lui a confié.»

*

Bautru venait un soir de croiser une dame célèbre pour son ardeur. Il dit : «Je viens de rencontrer Mme X entre chienne et louve.»

*

La reine mère (Anne d'Autriche) voulait faire entrer Ninon de Lenclos dans l'ordre des Filles repenties. Bautru objecta : «Madame, elle n'est ni fille, ni repentie.»

### À propos de Bautru

Un jour que le cardinal était revenu en son château de Richelieu, tous les villages des environs envoyèrent complimenter son émi-

---

1. L'histoire a été mise en vers par Jacques de Cailly :
   Sur son cheval Jean se ruait,
   Contre Jean le cheval ruait,
   Et tous deux écumaient de rage :
   Mathurin, qui pour lors passait,
   Dit à l'homme, qu'il connaissait,
   «Eh! Jean, montrez-vous le plus sage.»

nence. Parmi eux le bourg de Mirebeau, capitale du Mirebalais et fameux par sa considérable foire aux ânes, députa son juge. Bautru, qui appartenait à la suite du cardinal, avait les cheveux roux et sa taille était au-dessous de la médiocre ; bientôt lassé par le discours du juge, et voulant divertir Richelieu, il interrompit l'orateur et lui dit : « Mais combien valurent les ânes à la dernière foire de votre bourg ? »

À cette demande, le juge se tourne de son côté, le considère un instant, et lui répond : « Monsieur, ceux de votre taille et de votre poil se vendaient dix écus. » Puis il reprit son discours là où il avait dû le laisser.

## BEAUMARCHAIS

Pierre-Augustin Caron, dit « Caron de Beaumarchais » (1732-1799) du nom d'un petit fief de sa femme, intrigua pour devenir horloger du roi, eut accès à Versailles et devint gentilhomme par l'achat d'une charge de secrétaire du cabinet du Roi (la fameuse « savonnette à vilain »). Il fit fortune grâce à Pâris Duverney, qui avait déjà permis à Voltaire de s'enrichir, et se fit davantage une réputation par ses démêlés judiciaires que par des débuts littéraires jugés médiocres. Personne ne voulait de son *Mariage de Figaro* – qu'on devait tenir au XIXᵉ siècle pour un « audacieux manifeste de l'esprit nouveau contre les institutions anciennes » – et l'on dit qu'il dépensa plus d'argent pour faire représenter sa pièce que d'esprit pour l'écrire. Elle fut jouée en 1783, et cette histoire assez ridicule mais révolutionnaire connut, dans le contexte de l'époque, un phénoménal succès. Beaumarchais vendait des armes aux colonies américaines insurgées. Il y envoya l'architecte L'Enfant, et c'est donc à lui que les Américains doivent la Maison Blanche. Sa fortune colossale lui permettait de prêter aux plus grands seigneurs. Sous la Révolution, il fit l'objet de visites domiciliaires comme accapareur. Il voulut rentrer en grâce en allant négocier des fusils en Hollande ; on en profita pour le porter sur la liste des émigrés. Sous le Directoire, il tenta en vain de récupérer sa fortune, et mourut d'apoplexie. On a parlé de suicide à l'opium. Napoléon dira : « Sous mon règne un tel homme eût été enfermé à Bicêtre. On eût crié à l'arbitraire, mais quel service c'eût été rendre à la société ! »

Peu avant la Révolution, au temps où Mirabeau vivait d'emprunts, il vint trouver Beaumarchais, qui était devenu fort riche. L'un et l'autre ne se connaissaient que de réputation. Sans s'embarrasser davantage, car il avait la morgue de sa naissance, Mirabeau demanda une somme de douze mille francs. Beaumarchais refusa.

« Il vous serait pourtant aisé de me prêter...

— Peut-être, monsieur le comte, mais comme il faudrait me brouiller avec vous au jour de l'échéance, j'aime autant que ce soit aujourd'hui. C'est douze mille francs que j'y gagne. »

## À propos de Beaumarchais

Sa carrière littéraire avait commencé par des vers au-dessous du médiocre. Ses pièces ne valaient pas mieux, et Grimm a rapporté cette épigramme anonyme sur *Les Deux Amis*, une histoire de financiers :

> J'ai vu de Beaumarchais le drame ridicule,
> Et je vais en deux mots vous dire ce que c'est :
> C'est un change où l'argent circule
> Sans produire aucun intérêt.

## BEAUVALLET (Pierre-François)

Pierre-François Beauvallet (1801-1873) fut longtemps confiné aux théâtres de barrière. On lit dans un texte de 1825 qu'il « est un de ces artistes qui aiment mieux vivre dans l'obscurité à Paris que d'être en honneur dans les départements. La barrière Rochechouart, celle dite du Mont-Parnasse, le Ranelagh, sont tour à tour le théâtre de ses exploits tragiques. C'est le Talma des Abattoirs, mais le Talma modeste dans ses prétentions. À raison de 55 sous par soirée, il se montre sur trois théâtres différents, revêt cinq ou six costumes, débite environ douze cents vers, fait deux lieues dans un entracte, à pied, à cheval ou dans la patache du directeur. Cet artiste a de l'intelligence, un organe qu'il nomme caverneux, et deux bras remarquables, sinon par leur grâce, du moins par leur longueur ». Il fit ensuite carrière à la Comédie-Française.

Viennet[1] écrivit en 1841 une tragédie, *Arbogaste*, qui tomba dès la première. À l'issue de cette unique représentation, Pierre-

---

1. Jean-Pons Viennet (1777-1868), décoré par Napoléon sur le champ de bataille de Lutzen, refusa de se rallier sous les Cent-Jours et n'évita le bagne que grâce à la protection de Cambacérès, relation maçonnique de son père. Après avoir appartenu à l'état-major des armées sous la Restauration, il fit de la littérature, et de la politique « contre le despotisme et le jésuitisme ». Il accueillit avec faveur la monarchie de Juillet, dont il resta l'un des soutiens. Pair de France, académicien, il fit l'objet d'un grand nombre d'épigrammes, dont il prenait son parti : « J'ai compté jusqu'à cinq cents épigrammes par an contre moi ; tout échappé de collège qui entrait dans un feuilleton croyait me devoir son premier coup de pied. » La proclamation du Second Empire le rejeta dans l'opposition. Franc-maçon d'un rang important, il lutta pour maintenir

François Beauvallet revint sur scène pour dire au public : « Messieurs, j'ai l'honneur de vous annoncer que l'auteur de la pièce, M. Viennet, désire garder l'anonymat. »

## BEAUVOIR (Roger de)

Édouard-Roger de Bully (1809-1866), qui s'était fait une réputation bruyante de dandy, changea son nom en « Roger de Beauvoir » à la demande de son oncle, un honorable député ; mais il assurait qu'il s'était agi d'éviter une homonymie désagréable avec un fabricant de vinaigre. Auteur de romans dans le genre du Moyen Âge, il habitait un cabinet gothique. Jusqu'au bout, il noya sa terrible goutte dans des quantités déraisonnables de vin, et Villemessant a écrit qu'il avait bu en sa vie assez de champagne pour mettre un bâtiment à flot. Il est l'auteur de *Soupeurs de mon temps*, recueil d'anecdotes sur ceux de sa compagnie, en un temps où, comme l'écrira Anatole France au sujet de Musset, « un souper était une de ces aventures délicieuses et fatales, d'où l'on sort pâle à jamais ». Il a également commis de petits vers, tels ceux-ci :

> Suivons, amis, ces lois divines :
> Il faut aimer notre prochain,
> En commençant par nos voisines.

Pour le reste, il avait une tendance marquée à se battre en duel : il envoyait aisément ses témoins, y compris « au gros Balzac » qui avait eu la légèreté de le railler dans une revue. Le romancier, qui s'émut, fit une lettre d'excuses de plusieurs pages, mais Beauvoir persistait : « De monsieur de Balzac je ne veux que la peau. » Le duel fut évité après la publication d'un rectificatif.

Ce personnage très mondain avait la réputation de tourner des vers de but en blanc, avec une étonnante facilité ; on a rapporté ceux-ci :

> Un bruit que je crois controuvé
> Se répand dans la capitale
> On dit que Crémieux s'est lavé
> — Mon Dieu ! que l'eau doit être sale.

l'indépendance du rite écossais ancien et accepté (d'origine américaine), que les autorités voulaient réunir au rite français. Il fut l'un des plus coriaces ennemis du romantisme ; lorsque Hugo reçut la Légion d'honneur, il renvoya sa propre décoration à la chancellerie : « Avant de décorer les écrivains romantiques, il serait plus juste de donner la croix à ceux qui ont eu le courage de les lire jusqu'au bout et la croix d'officier à ceux qui les comprennent ! »

Mais cette facilité-là, du moins, résulte d'un emprunt à un quatrain anonyme antérieur : le 30 mars 1814, Regnault de Saint-Jean-d'Angély avait, paraît-il, montré de la lâcheté en abandonnant la légion de la garde nationale qu'il commandait, et qu'il avait conduit hors des barrières pour servir d'arrière-garde à l'armée qui combattait les alliés sous les murs de Paris. Il demanda dans la suite que sa conduite fût examinée par un conseil d'enquête qui proclama son innocence, sans convaincre. On fit cette épigramme :

> Dans cette immense capitale
> Un bruit soudain s'est élevé :
> Le comte Regnault s'est lavé.
> Grand Dieu que l'eau doit être sale !

*

> *Pour la princesse de Polignac, née Mirés*
> À certain prince qui voulait
> S'encanailler dans la finance,
> Son futur beau-père disait :
> « De l'honneur de votre alliance
> Je suis vraiment très satisfait.
> Mais votre faubourg est sévère,
> Et notre famille est d'un sang
> Que chez vous l'on n'estime guère[1].
> — Ce scrupule est une misère.
> Dit le prince en se rengorgeant ;
> J'ai du sang pour trois, cher beau-père.
> — Alors, terminons notre affaire :
> Moi, prince, j'ai du trois pour cent. »

## BEAVERBROOK (lord)

Fils d'un pasteur protestant, Max Aitken, 1er baron Beaverbrook (1879-1964), dut fuir son Canada natal après une fraude qui avait fait sa première fortune. Il acquit le contrôle de Rolls-Royce et de plusieurs organes

---

1. Les Mirès étaient des banquiers d'origine juive.

de presse (dont le *London Evening Standard*, le *Daily Express* et le *Sunday Express*). Ministre de l'Information, il tenta de dissuader Édouard VIII de poursuivre sa liaison avec Wallis Simpson ; ses quotidiens se faisaient l'écho des sympathies pronazies du couple. Il devint ministre de l'Approvisionnement durant la guerre, et on lui attribue un rôle déterminant dans l'accroissement de la capacité aérienne qui fit les succès britanniques. Redoutable homme d'affaires, il savait être débonnaire dans sa vie privée. Il sonna un jour son valet : « James, pouvez-vous dire au chauffeur de sortir la Rolls ? — Désolé, sir, mais lady Beaverbrook l'a prise ce matin... — Alors, dites de sortir la petite Austin. — Impossible, sir : miss Margaret l'a prise ; et Mr John est parti de son côté en empruntant votre bicyclette. — Bon. Si personne n'a pris mes pantoufles, apportez-les-moi, James. »

De lord Beaverbrook : « Lloyd George n'attache aucune importance à l'itinéraire qu'il suit, du moment qu'il occupe le siège du conducteur. »

### À propos de lord Beaverbrook

H.G. Wells a dit de lord Beaverbrook : « Si d'aventure Max va au paradis, ça ne durera pas longtemps ; il sera flanqué dehors pour avoir manigancé une fusion entre le ciel et l'enfer après s'être constitué une participation majoritaire dans les filiales opérationnelles de chacune des deux entités. »

*

Lord Beaverbrook, alors propriétaire du *Daily Express*, rencontra dans les lavabos un jeune parlementaire dont son journal avait dit beaucoup de mal. Il pria de l'en excuser.

« Ce n'est rien, dit l'autre. Mais je préférerais que vous m'injuriez dans les lavabos et que vous me fassiez des excuses dans votre journal. »

### BEECHAM (Thomas)

Chef d'orchestre, metteur en scène d'opéras, sir Thomas Beecham (1879-1961) était un esprit éclectique qui consacra du temps aux œuvres de compositeurs contemporains. Paul Morand note dans son journal, en 1916, que sir Joseph Beecham, des *Beecham Pills*, vient de mourir :

«La fortune passe à son fils Thomas. Il va, dit-on, faire démolir tout Covent Garden qu'il a acheté et construire un grand théâtre d'opéra. J'ai connu sir Joseph, type de vieux puritain madré. Thomas joue à l'artiste avec sa barbe en pointe. Il est bon mozartien, a beaucoup de culture, est fort spirituel.» Beecham sera nommé chef au Metropolitan Opera en 1943. Revenu en Angleterre, il fonda le Royal Philarmonic. Il n'aimait pas le clavecin dont il prétendait que le son évoquait «deux squelettes en train de copuler sur un toit en tôle ondulée». Il disait qu'il fallait avoir tout essayé au moins une fois dans la vie, à l'exception des danses folkloriques et de l'inceste. Son enregistrement de *Carmen*, en 1958, avec des musiciens et des chœurs français dont il a tiré la quintessence, reste la référence, même si Victoria De Los Angeles n'était pas la Callas.

Lors d'une répétition, sir Thomas Beecham s'adressait à l'un de ses musiciens : «Monsieur, nous ne pouvons pas espérer vous avoir tout le temps avec nous, mais pourriez-vous avoir la gentillesse de prendre contact de temps en temps ?»

*

À une violoncelliste, lors d'une autre répétition : «Madame, vous avez entre les jambes un instrument qui peut donner du plaisir à des milliers de gens, et tout ce que vous savez faire est de le gratter !»

*

Sur le *Tristan et Isolde* de Wagner : «Un fichu truc allemand. Cela fait deux heures qu'ils sont dessus et ils chantent encore la même chanson.»

*

Sur Bach : «Trop de contrepoint, et – pire encore – de contrepoint protestant.»

*

Au sujet de Beethoven : «Les derniers quatuors de Beethoven ont été écrits par un sourd et ne peuvent être écoutés que par des sourds.»

*

Sur Toscanini : «Sans nul doute, le meilleur des chefs de fanfare...»

\*

Sur la *Première Symphonie* d'Elgar : «C'est à la musique ce que les tours de la gare Saint-Pancras sont à l'architecture.»

\*

Une cantatrice s'égarait; Thomas Beecham arrêta tout : «Madame, pourriez-vous, s'il vous plaît, nous donner *votre la*?»

\*

Sur ses compatriotes : «Il est assez inexact que les Anglais n'apprécient pas la musique. Ils ne la comprennent peut-être pas vraiment, mais ils adorent son bruit[1].»

Il s'opposait d'ailleurs à la manie de faire venir des chefs d'orchestre du continent : «Pourquoi importer des chefs étrangers de troisième ordre, alors que nous en avons tant de deuxième ordre en Angleterre?»

\*

On demandait un jour à sir Thomas Beecham s'il avait jamais été invité à un séjour dans une certaine maison de campagne; il répondit : «Oui, j'ai passé un mois là-bas le week-end dernier...»

\*

À l'Albert Hall de Londres, la salle de concerts, mal conçue, comporte un important effet d'écho. Beecham disait : «C'est le seul endroit du monde où les compositeurs peuvent entendre leur musique deux fois.»

---

1. C'est le lieu de rappeler le commentaire du duc de Windsor sur lord Harewood son cousin, qui consacra la plus grande partie de sa vie à l'opéra royal et spécialement à la gestion de Covent Garden : «Très curieux, cet intérêt de George pour la musique. Vous savez, ses parents étaient tout à fait normaux.» L'Anglais n'aime pas dire qu'il apprécie la musique, mais il y va quelquefois. Au début des années 1980, la stripteaseuse Cha Landres bénéficiait d'un cachet quotidien de mille livres pour qu'on pût la voir, intégralement nue, jouer du Chopin sur un piano noir. Le public s'y pressait, et elle disait ensuite : «C'est extraordinaire... Je n'aurais jamais cru qu'il y eût à Londres autant de gens qui aiment Chopin.»

\*

Au sujet de la voix de soprano du jeune James Holden Taylor, qui suscitait une admiration universelle : « On dirait de la merde soufflée à l'envers dans une trompette. »

## BELLEGARDE (duc de)

Roger de Saint-Lary, duc de Bellegarde (1565-1646), bel homme qui chantait d'une jolie voix, fut l'un des Quarante-Cinq qu'Henri III avait chargés de sa protection. Sa présence toutefois n'évita pas le régicide perpétré par Jacques Clément, le roi l'ayant convaincu de s'éloigner un instant. Bellegarde avait participé un an auparavant (1588) à l'assassinat du duc de Guise. Il aida ensuite Henri IV dans la période finale des guerres de religion, mais subit une disgrâce sous le règne suivant, s'étant compromis avec Gaston d'Orléans, et ne revint en faveur qu'après la mort de Richelieu. Le duc d'Angoulême dans ses Mémoires dit « qu'il n'y en avait point qui parmi les combats fît paraître plus d'assurance, ni dans la Cour plus de gentillesse ». Les pamphlétaires protestants le stigmatisèrent comme coupable du « vice infâme ». D'Aubigné raconte qu'un jour Bellegarde et le comte de Soissons se trouvaient sur un lit, « prenant leurs exercices accoutumés », avec trois autres hommes ; sur ceux-ci le tonnerre tomba et « la foudre les partagea, car il en tua deux et laissa le troisième à demi mort ; à eux trois le coup entrait par le trou de la verge et sortait par celui du derrière ». Divers brûlots en rajouteront, dont les Comœdiens de la Cour, qui disent que Bellegarde tiendra le rôle d'Isabelle, puisqu'il a l'expérience de son amoureux langage. Tallemant a répété les ragots antérieurs : « Pour revenir à M. de Bellegarde, il pouvait bien avoir pris aussi d'Henri III le ragoût qu'il voulait avoir une fois à Essone, où on le vit courir après un vieux postillon, sale, laid et vieux, pour le sodomiser. » On compte, parmi les maîtresses de Bellegarde, Mme d'Humières, Gabrielle d'Estrées et Henriette de Balzac d'Entragues... Malherbe demanda au duc déjà âgé : « Vous faites bien le galant et l'amoureux des belles dames ; mais lisez-vous encore à livre ouvert ? » (pour demander s'il était toujours en état d'honorer les dames). Sur la réponse affirmative de l'intéressé, Malherbe s'écria : « Parbleu ! j'aimerais mieux vous ressembler de cela que de votre duché et pairie. »

Malgré sa réputation de propreté, M. de Bellegarde se montrait constamment morveux : « Dès trente-cinq ans, écrit Tallemant, M. de Bellegarde avait la roupie au nez. » Cela choquait fort le roi, qui chargea Bassompierre de le lui dire. Bassompierre, embarrassé par cette commission délicate, dit à Louis XIII : « Ordonnez en riant à tout le monde de se moucher, la première fois que M. de Bellegarde apparaîtra. »

Ainsi fut fait, mais l'intéressé soupçonna d'où venait le coup, et dit au roi : « Il est vrai, Sire, que j'ai cette incommodité, mais vous la pouvez bien souffrir, puisque vous supportez les pieds de M. de Bassompierre. »

Bassompierre en effet passait pour avoir « le pied fin » (c'est-à-dire très malodorant). Il est vrai que c'est l'époque où d'Aubigné relevait qu'il pouvait être bien vu qu'un noble (c'étaient alors des gens qui guerroyaient) « eût un peu l'aisselle surette et les pieds fumants... »

L'incident faillit aller plus loin, mais le roi l'en empêcha.

*

Henri IV étant à Rouen, le président du parlement de cette ville, qui se présenta pour lui faire une harangue, demeura court.

Bellegarde, qui était près du roi, dit : « Sire, il ne faut pas s'étonner de cela, les Normands sont sujets à manquer de parole. »

### À propos du duc de Bellegarde

La faveur du duc de Bellegarde avait commencé du temps d'Henri III, prince auquel ses détracteurs protestants ou ligueurs imputèrent le goût des amitiés particulières parce qu'il aimait à s'entourer de beaux jeunes gens très apprêtés, ses fameux « mignons ».

Un courtisan à qui l'on reprochait de ne pas s'avancer comme Bellegarde dans la faveur du monarque, répondit : « Hé ! il n'a garde qu'il ne s'avance : on le pousse assez par-derrière. »

*

Bellegarde, devenu un commensal du roi Henri IV, était connu pour sa propreté et pour sa politesse ; on disait de lui qu'il ne pouvait supporter d'entendre nommer le mot « pet », dont l'idée lui répugnait absolument. Une nuit cependant, une forte colique venteuse vint troubler son sommeil. Il appela ses gens ; dans l'attente de leur venue il arpenta sa chambre, pétant à chaque pas. Soudain, il aperçut un de ses pages, et lui dit : « Ah ! vous voilà. Y a-t-il longtemps que vous y êtes ?

— Dès le premier, monsieur, dès le premier», répondit le garçon.[1]

*

Un jour que le cardinal de Guise arrivait très apprêté à un dîner chez Bellegarde, le quatrain suivant courut :

> Les prélats des siècles passés
> Étaient un peu plus en servage :
> Ils n'étaient ni bouclés ni frisés
> Et foutaient rarement leurs pages.

On soupçonnait en effet ce cardinal d'avoir «des mœurs à l'italienne», comme l'on disait alors, mais ce n'est guère attesté que dans les pamphlets de ses ennemis, et il en avait beaucoup.

## BENCHLEY (Robert)

Robert Benchley (1889-1945), Américain de la côte est, ancien élève de Harvard, humoriste, scénariste, comédien et critique de spectacles, a collaboré avec Dorothy Parker à *Vanity Fair*. Il est mort d'une cirrhose du foie. Un jour qu'on lui expliquait que le verre d'alcool qu'il tenait en main était un poison lent, il dit : «Et alors : qui est pressé ?»

Comme on s'interrogeait sur l'épitaphe qui devait orner la pierre tombale d'une actrice dont la vie amoureuse avait défrayé la chronique : «Enfin elle dort seule.»

## BENSERADE (Isaac de)

Isaac de Benserade (1613-1691) était originaire de Lyons-la-Forêt, d'une famille probablement protestante. Lorsque l'évêque de Dardanie, M. Puget, confirma l'enfant âgé de sept ans, et qu'il lui demanda s'il ne souhaitait pas changer son prénom pour en adopter un plus catholique,

---

1. Cet insolent garçon, Yvandre, page de la Grande Écurie, avait la réputation d'être spirituel ; on lui prête le quatrain qui suit, fait au détriment du cardinal de Guise. C'était l'un des petits disciples de Malherbe. Parmi les pages du duc de Bellegarde il y avait aussi Racan.

le petit Normand répondit : «Je le veux bien, pourvu qu'on me donne du retour... – Laissons-lui son nom, dit alors l'évêque, il le rendra illustre.» Sa mère était nièce de Richelieu, et le cardinal le pensionna immédiatement. Après une disgrâce due à un sonnet, il guerroya avec la flotte de l'amiral de Brézé, qu'il vit tuer au siège d'Orbitello. Il savait cependant être courtisan, et c'était le seul littérateur qui pût rouler carrosse grâce à ses vers : en qualité de compositeur pour les ballets du roi, Benserade parlait avec discrétion des amours non encore déclarées de Louis XIV et de Mlle de La Vallière. À l'occasion de sa réception à l'Académie française, en 1674, il fit un discours plein de flagornerie à l'égard des puissants. Ensuite, il s'opposa aux élections de La Bruyère et de Racine. Il mourut d'une saignée lors de laquelle le chirurgien, qui coupa une artère, s'enfuit en courant.

Benserade venait d'épouser une femme très riche, mais d'âge bien mûr. Alors qu'on lui faisait compliment sur ce mariage, il répondit : «Le bénéfice serait fort bon, s'il ne demandait résidence.»

*

Une demoiselle, dont la voix était belle et l'haleine un peu forte, venait de chanter devant Benserade. Comme on lui demandait ce qu'il en pensait, il dit : «Les paroles sont parfaitement belles, mais l'air ne vaut rien.»

*

Un seigneur de la Cour, soupçonné d'être impuissant, et fort entêté à nier la chose, rencontra Benserade qui l'avait souvent raillé à ce sujet. Il lui dit fièrement : «Monsieur, malgré toutes vos plaisanteries, voilà ma femme accouchée.

— Hé! monsieur, qui a jamais douté de madame votre femme?»

*

*Épitaphe d'un avocat*
Ci-gît qui ne cessa d'étourdir les humains
Et qui, dans le barreau, n'eut relâche ni pause :
Le meilleur droit du monde eût péri dans ses mains.
Aussi, contre la mort, a-t-il perdu sa cause.

*

*Épitaphe d'un bon mari*
Ci-gît un bon mari dont l'exemple est à suivre,
Patient au-delà du temps qu'il a vécu,
Qui pour avoir cessé de vivre,
Ne cessa pas d'être cocu.

\*

On dit souvent d'un homme d'esprit «qu'il ne dit rien mais qu'il n'en pense pas moins»; Benserade, à qui on demandait son opinion sur un homme qui n'avait pas beaucoup d'esprit, et qui ne parlait point, dit simplement : «Il n'en pense pas davantage.»

\*

M. de Mercœur, père du duc de Vendôme et du Grand Prieur, était un bon seigneur qui ne s'était jamais piqué de science. Il fut fait cardinal, et quelqu'un vint dire pour nouvelle à Benserade que M. de Mercœur était entré dans le collège des cardinaux : «C'est, observa Benserade, le premier où il soit jamais entré.»

## BÉRANGER

Pierre-Jean de Béranger de Mersix (1780-1857) était le fils d'un ardent royaliste désargenté, contraint de laisser à vau-l'eau l'éducation de son fils, qui fut recruté par un juge de paix ayant créé une école patriotique et républicaine. Protégé de la famille Bonaparte, il bénéficia de fonctions administratives qui lui permettaient d'écrire des chansons. Il attaqua sous la Restauration le régime et le clergé, exalta les gloires militaires passées, et fut emprisonné à deux reprises après qu'on eut vu ses chansons répandues dans l'armée. Il devint une icône républicaine vers 1900 et ce fut une levée de boucliers lorsque Eugène Chavette, dans une interview parue dans *L'Écho de Paris*, prétendit que le «grand poète national» était un esprit grincheux, très autoritaire, qui pinçait méchamment les enfants pour les faire pleurer... Anatole France, qui avait l'œil, disait préférer les chansons de Béranger aux odes de Hugo. On exclura d'une telle bienveillance l'impromptu de 1810, *Sur le mariage de N. et de M. L.* :

Nous allons devoir aux Amours,
Dit-on, le bonheur de la terre ;
Le sang coulera donc toujours,
Soit pour la paix, soit pour la guerre !
Mais pour nous rendre le repos
Ne plaignons pas ce qu'il en coûte ;
Mars en aurait versé des flots,
Vénus n'en répand qu'une goutte.

Béranger dit un jour à Lamartine : «Ah, mon cher, votre *Jocelyn*! Quel chef-d'œuvre d'émotion et d'inspiration! Quel dommage qu'il contienne quelque deux cents vers qu'aurait pu signer votre concierge!»

Quand avait paru *Jocelyn*, Vigny avait dit : «Ce sont des îles de poésie noyées dans un océan d'eau bénite.»

L'abbé Mugnier rapportera plus tard, dans la même veine, ce propos de Huysmans sur Lamartine : «C'est de l'eau de bidet avec un vieux fond de bénitier.»

\*

Viennet alla rendre visite à Béranger en prison à Sainte-Pélagie : «Vous avez déjà dû faire bien des chansons?

— J'en ai commencé une...

— Pas plus?

— Vous croyez donc que cela se fait aussi facilement que vos tragédies?»

\*

Le prince Napoléon ressemblait beaucoup au glorieux fondateur de la race, mais avec une forte stature; Béranger disait de lui : «Vraie médaille napoléonienne trempée dans de la graisse allemande.»

## BÉRARD (Léon)

Léon Bérard (1876-1960) : en 1923, alors qu'il était ministre de l'Instruction publique, cet inconditionnel du latin décréta son étude obligatoire pour tous les élèves du secondaire. Son successeur, François Albert, fit rapporter le décret, comme réactionnaire, l'année suivante. Bérard, venu de la gauche, se rallia à la droite sous le Front populaire. En pleine expérience Blum, il dit : «Le malheur, en France, est que pour être élu il faut se séparer de la droite, et que pour gouverner il faut se séparer de la gauche.»

On souriait devant Léon Bérard d'un obscur parlementaire de gauche dont les opinions rougissaient ou pâlissaient opportunément selon les circonstances. Il expliqua : «C'est un radical qui varie comme une terminaison.»

## BÉRAUD (Henri)

Grand reporter, romancier, polémiste venu de l'extrême gauche, Henri Béraud (1885-1958) passa à l'autre extrême après la répression des manifestations de février 1934. On l'a tenu pour principal responsable du suicide de Roger Salengro : dans les colonnes du journal *Gringoire*, en effet, qui tirait à 600000 exemplaires, il ne lâchait pas le ministre du Front populaire, accusé de désertion. La presse d'opposition était inondée de témoignages accablants d'anciens combattants contre le soldat Salengro, et les éditorialistes se demandaient pourquoi celui-ci ne portait pas plainte pour diffamation. Salengro, dépressif, se suicida au gaz le 18 novembre 1936, laissant en évidence deux exemplaires de *Gringoire*. Son enterrement donna lieu à un rassemblement de 500000 personnes à Lille et autant à Paris. Béraud, qui n'aimait pas l'Allemagne nazie, mais qui s'est illustré, selon les mots de Simon Epstein, comme «un poids lourd de l'antisémitisme», fut condamné à mort en 1944, gracié par de Gaulle à la demande du roi d'Angleterre, emprisonné, libéré six ans plus tard après une hémiplégie. Sa tombe à l'île de Ré sert de lieu de commémoration annuelle pour le souvenir des «écrivains maudits».

Roger Salengro, homme politique socialiste, avait été condamné par un conseil de guerre, peu après la Première Guerre mondiale, pour avoir déserté. Les premières attaques dans la presse à ce sujet vinrent d'une revue communiste, l'hebdomadaire lillois *Le Prolétaire*, qui s'acharna sur «Roger-la-honte» dès le 28 août 1922. Sous le Front populaire, en 1936, les journaux d'extrême droite déterrèrent cette campagne pour réagir à l'interdiction des ligues et de leurs publications par Salengro, devenu ministre de l'Intérieur. Comme Salengro le déserteur avait été estafette à vélo au 33e régiment d'infanterie, on ne le surnommait plus que «le rétropédaleur».

Le ministre fut blanchi par un vote de sa majorité, à l'Assemblée nationale. Après cela, Béraud, qui dans *Gringoire* s'acharnait sur le ministre, n'appelait plus Salengro que «Proprengros».

À l'origine de l'affaire, *Le Prolétaire* avait écrit : «Sale en haut, sale en bas, sale en gros et en détail.»

*

Henri Béraud, commentant les mœurs d'André Gide : «La nature a horreur du Gide.»

*

Béraud fut un jour pris à partie par *L'Action française* qui lui reprocha de « haïr tout ce qui s'élève au-dessus du médiocre ». Ce à quoi il répondit par le célèbre vers de Corneille : « Va, je ne te hais point. »

## BERLIOZ (Hector)

Après quelques compositions, Hector Berlioz (1803-1869) rencontra la jeune et géniale pianiste belge Marie Moke, dont la galanterie laissa longtemps des souvenirs émus au Conservatoire... Ils composèrent ensemble *La Symphonie fantastique* et se fiancèrent. Après avoir reçu le prix de Rome, Berlioz partit à la villa Médicis. Mais Marie lui annonça bientôt son mariage avec Camille Pleyel, le facteur de pianos. Sans doute faut-il y rattacher une tentative de suicide par noyade du musicien, qu'il regrette en avril 1830 dans une lettre à Horace Vernet. Il se consolera en épousant Harriet Smithson, une actrice irlandaise. Sa réputation de chef et de compositeur − il se définissait lui-même comme « un Attila venu pour ravager la musique » − s'établit en Europe. Il sera éprouvé par la mort de tous ses proches, dont ses deux femmes successives et son fils, et l'on comprend mieux ce qu'il dit de Meyerbeer : « Outre le bonheur d'avoir du talent, il possède encore le talent d'avoir du bonheur. » On me permettra d'ajouter que j'ai vécu fort tranquillement quelques décennies en ignorant Berlioz. Un après-midi de grand hiver, je poussai la porte de l'Opéra de Varsovie, parce qu'il y fait chaud, que les fauteuils sont bons et l'orchestre excellent. Je tombai, cette fois-là, sur *Les Troyens* de Berlioz, qui dure cinq heures ; je n'ai pas fermé l'œil et j'en garde un excellent souvenir, malgré la mise en scène inspirée d'une niaiserie hors sujet (*La Guerre des étoiles*).

Réflexion de Berlioz après avoir entendu la cantate de Rossini *L'Espérance, la Foi, la Charité* : « Son espérance a déçu la nôtre, sa foi ne déplacera jamais les montagnes et sa charité n'enrichira personne. »

## BENIGNI (Roberto)

Roberto Benigni (né en 1952) est un acteur et réalisateur toscan, qui profita des dévastatrices inondations de Florence en 1966 pour quitter le séminaire. Il fit sa réputation par quelques scandales à caractère scatologique, puis fut fortement oscarisé en 1998 pour *La vie est belle*, sensible histoire d'un père et son sin fils juifs dans un camp de concentration. Plus récemment, son coûteux film *Pinocchio* a récolté un rare 0 % au *Rotten Tomatoes*, le site qui agrège les opinions des critiques anglo-saxons.

De Roberto Benigni : «Tout petit déjà, Silvio Berlusconi[1] disait : "Je deviendrai président du Conseil ou rien !" Il est parvenu à devenir les deux.»

## BERNARD (Tristan)

Paul, dit «Tristan» Bernard (1866-1947), fit son service militaire dans la cavalerie, à l'époque où le général Boulanger avait interdit aux dragons de se raser la barbe : il respecta la consigne jusqu'à sa mort. Avocat, il exerça peu : «Je plaidais non sans succès, mais le petit noyau de la clientèle que je m'étais formé ne tarda pas à être immobilisé dans les maisons centrales.» Son père lui assura ensuite une place de direction dans une usine d'aluminium, à Creil, ce dont il faisait moins de cas que des vers qu'il publiait. À cet effet, il avait remplacé son véritable prénom de Paul par celui de Tristan, «par reconnaissance», parce qu'un cheval de course de ce nom lui avait fait gagner une somme importante : le turf était l'une de ses passions, et à ses débuts il tenait la rubrique des sports hippiques à *La Revue blanche* des frères Natanson, en collaboration avec Léon Blum. C'est au champ de courses qu'il vit arriver au pesage, le jour du Grand Prix de Paris, un propriétaire en grand deuil de sa belle-mère. Soucieux de trouver le mot qui irait au cœur, il lui dit, après une poignée de main vigoureuse, un peu tremblée pour la circonstance : «Eh bien, cher ami, c'est le cas de dire que les grandes épreuves se suivent et ne se ressemblent pas...» Il était devenu célèbre avec son théâtre mais sa fortune s'épuisa. Lorsqu'il vint retirer ses dernières économies, il dit en sortant au factionnaire qui veillait, l'arme au pied, à la Banque de France : «Merci, mon ami; maintenant vous pouvez partir.» Cela étant, il prenait toujours les choses avec philosophie. Quand on lui demanda, déjà âgé, quelle différence il voyait entre les jolies filles d'aujourd'hui et celles de son temps, il répondit avec son célèbre zézaiement : «De mon temps, elles avaient mon âge.» Cette philosophie sut s'exprimer dans les pires extrémités, et, dans le car qui l'emportait à Drancy, il dit à sa femme : «Nous avons vécu dans la crainte; maintenant nous allons vivre dans l'espérance.» Il fut libéré grâce à l'intervention de Sacha Guitry.

---

1. Le Milanais Silvio Berlusconi (né en 1936), ancien bassiste d'un orchestre de jazz, homme d'affaires italien favorisé par son appartenance à la Loge P2, est devenu le président du Conseil le plus résistant de l'histoire de la République italienne, ce qui n'en fait certes pas un marathonien. Célèbre pour son comportement désordonné en matière diplomatique, ses déclarations machistes et ses fanfaronnades sexuelles, il n'a pas toujours déplu à l'électorat. Mais le 20 janvier 2011, le numéro 2 du Vatican a rappelé que les hommes politiques italiens devaient faire preuve d'une moralité sans faille, déclaration intervenue après des indiscrétions relatives à quelques parties fines où «*Il Cavaliere*», dans sa résidence milanaise, aurait eu moyennant finance des rapports intimes avec une danseuse marocaine de dix-sept ans, dite «Ruby Heartstealer», au milieu de showgirls habillées en infirmières. Cela permet d'émettre un doute sur l'affirmation de Silvio Berlusconi selon laquelle il serait «le Jésus-Christ de la politique».

Tristan Bernard, parlant d'une actrice : «Pour se faire un nom, elle a souvent dû dire oui.»

Et au sujet d'une autre, qui faisait même rémunérer ses faveurs : «Elle gagne à être connue...»

\*

Lorsque Paul Reboux publia, en collaboration avec Charles Muller, son recueil de pastiches *À la manière de...*, Tristan Bernard l'en félicita : «C'est tout à fait remarquable. Le plus réussi est sans doute le pastiche d'Henry Bordeaux. Je me suis endormi à la sixième ligne.»

\*

À la sortie d'une soirée de théâtre, il rencontra un ami qui lui dit : «J'ai raté le premier acte.
— Rassurez-vous, l'auteur aussi.»

\*

Un auteur affirmait avec satisfaction devant Tristan Bernard que son roman avait fait le plus gros tirage de l'année. «Non, mon cher : je me suis laissé dire que vous aviez été battu par l'Indicateur des chemins de fer.»

\*

Devant lui, un avocat se plaignait un jour du défaut d'attention habituel des magistrats. Tristan Bernard, qui avait pratiqué quelque temps, s'inscrivit en faux contre cette accusation. Et d'évoquer sa première plaidoirie : «Pendant les vingt bonnes minutes que dura ma plaidoirie, le président, les juges et le substitut, absolument médusés, ne quittèrent pas des yeux un ouvrier maçon qui, de l'autre côté de la fenêtre, travaillait à recrépir la façade.»

\*

Philippe Berthelot a raconté l'histoire suivante : «Je dînais un soir chez Mme Aron, c'était au plus extrême de l'affaire Dreyfus. Tristan Bernard et moi, je ne sais où nous avions traîné, nous étions fort en retard et ne savions comment nous excuser. Alors Tristan eut une idée de génie : d'une voix pénétrée, folle d'émotion, il murmura au seuil du salon : "Nous venons tous les deux du ministère de la Guerre.

— Et alors, vous avez appris du nouveau ? demandèrent anxieusement les convives qui mouraient de faim et qui étaient presque tous juifs.

— Eh bien ! déclara Tristan, on est sûr à présent, absolument sûr, il n'y a pas le moindre doute, le capitaine Dreyfus n'est pas l'auteur du bordereau !... Ce n'est pas le capitaine d'artillerie Dreyfus qui est coupable, c'est...

— Qui est-ce ? Qui est-ce ?

— C'est le commandant d'infanterie Abraham Lévy !" »

\*

Tristan Bernard venait de monter dans un fiacre ; à peine était-il assis que le cheval, recouvrant une jeunesse inopinée, se cabra, rua, multiplia les sauts, tant et si bien que ces folles gaietés flanquèrent l'écrivain à genoux, puis à plat ventre. Enfin, Tristan Bernard, descendant de voiture, s'adressa, très calme, au cocher : « C'est tout ce qu'il sait faire ? »

\*

Le 6 février 1917, Tristan Bernard dit : « Mangin a tout de même avancé de plusieurs kilomètres. »

Marie Scheikevitch s'exclama : « Mais c'est un boucher !

— Oui, répondit Tristan Bernard, mais c'est un boucher ambulant, les autres sont des bouchers sur place. »

En vérité, Mangin avait soutenu l'idée de l'offensive Nivelle, à l'occasion de laquelle, finalement, il se fit prendre 2 000 soldats noirs. On ne l'appelait plus que « le broyeur de Noirs ».

\*

Deux chirurgiens venaient de se battre en duel, et l'on racontait qu'ils avaient réellement cherché à s'entretuer : « Ces médecins ! dit Tristan Bernard, voilà que nous ne leur suffisons plus. »

\*

Un viveur, noctambule impénitent, mourut subitement. Tristan Bernard reçut un faire-part indiquant que les obsèques auraient lieu le surlendemain. «Tiens, remarqua-t-il, c'est bien la première fois qu'il va passer deux soirées de suite chez lui.»

*

On parlait de la prochaine pièce d'Henry Bataille, spécialiste du morbide, et les initiés du monde des lettres l'annonçaient déjà, à tout hasard, comme un chef d'œuvre. «C'en est un! assura Tristan Bernard, qui se trouvait là.

— Vous la connaissez? Dites! de quoi s'agit-il?

— Voilà, c'est un fils incestueux avec sa mère pendant une dizaine d'années. Au bout de dix ans, il s'aperçoit qu'elle n'est pas sa mère. Alors, horrifié, il se tue.»

*

Apprenant qu'un vieil original venait de se supprimer, il demanda des explications.

«C'est qu'il s'ennuyait terriblement...

— Fichtre! Drôle de façon de se distraire!»

*

Un jour, son beau-frère, Véber, se plaignait : «Il y a cinq ans, j'avais mis au mont-de-piété ma montre et ma chaîne, mais cette fois j'ai juré que je n'y mettrais pas les pieds.

— On ne les accepterait pas», répliqua Tristan Bernard.

*

Il écoutait un soir la symphonie *Les Adieux*, de Haydn, dans le parc d'une station thermale dont les eaux sont gorgées de magnésium. Or la symphonie s'achève de façon originale, puisque les musiciens se lèvent l'un après l'autre et s'en vont. À ce moment, Tristan Bernard, les montrant qui s'éloignaient, dit à son voisin : «Vous voyez : l'eau de la source fait son effet.»

*

Sur une dame frappée d'un fort strabisme convergent :

> Avec son air de bon apôtre,
> Elle a le front olympien.
> L'un de ses yeux dit merde à l'autre
> Et chacun le mérite bien.

*

Dans sa retraite insulaire de Belle-Île, Sarah Bernhardt s'était beaucoup éprise de sciences occultes, et elle faisait tourner les tables pour entrer en communication avec les esprits. Lorsque Tristan Bernard l'apprit, il dit : « Elle devrait faire parler son lit. Ce serait tellement plus amusant. »

*

Un jour, il était attendu à dîner dans une maison réputée pour la qualité de sa table, mais dont les convives lui convenaient moins. À neuf heures du soir, tout le monde était là : pas de Tristan Bernard. Inquiète, la maîtresse de maison téléphone chez le retardataire ; elle tombe sur lui : « Comment, cher ami : vous êtes encore là ? Mais nous vous attendons pour dîner.

— Non, répond Tristan d'une voix plaintive, je ne viendrai pas.

— Vous ne viendrez pas ! Mais pourquoi cela ? Seriez-vous malade ?

— Non, mais je n'ai pas faim... »

*

Tristan Bernard demanda un jour à un chauffeur de taxi : « Combien, jusqu'à Versailles ?

— Trente francs.

— Quoi ? Asseyez-vous dans la voiture et je vous y conduis pour dix francs. »

*

L'actrice Pauline Carton s'était rendue chez Tristan Bernard qui voulait lui confier un rôle dans sa prochaine pièce. Tandis que l'auteur la raccompagnait, Pauline Carton, qui venait de saisir le bouton de la porte, s'entendit demander par Tristan Bernard : « Habitez-vous toujours rue de Courcelles ?

— Toujours, maître. Pourquoi ?

— Parce que, pour la rue de Courcelles, c'est l'autre porte. Celle-ci conduit à la salle de bains. »

*

Tristan Bernard se promenait dans Paris en compagnie d'un jeune auteur resté inconnu. En passant devant la maison ornée d'une plaque où vécut Huysmans, le jeune auteur dit : « Je serais bien curieux de savoir ce que l'on inscrira au-dessus de ma porte après ma mort...

— Appartement à louer. »

*

Un auteur se lamentait de l'absence total de succès de sa dernière pièce, sur la médiocrité de laquelle tout le monde s'accordait ; il dit pour finir : « Je n'aurais jamais dû la signer...

— Mais si, mais si, dit Tristan Bernard ; et puis on vous aurait certainement reconnu... »

*

Le directeur du Casino de Deauville confiait à Tristan Bernard : « Nous avons gagné tellement d'argent, cette saison, que nous ne savons plus où la mettre.

— Pour l'instant, mettez-*la* donc au masculin. »

*

Tristan Bernard recherchait un secrétaire. Il reçut un jeune candidat qui ferait manifestement l'affaire. « Entendu, dit Bernard : nous commencerons à travailler ensemble dès demain. Votre nom s'il vous plaît ? »

Le jeune homme avait jusqu'alors réussi à dominer le fort bégaiement qui l'affectait. L'émotion de la réponse positive fit revenir en force son handicap, et il eut beaucoup de mal à prononcer : « B... Bé... Bé... Bér... Bér... Béra... Bérard !

— Diable ! dit Tristan Bernard. Ça ne vous ennuiera pas si je vous appelle tout simplement Bérard ? »

*

Il avait été invité, avec d'autres personnalités, à un dîner où la chère était plutôt maigre. À un moment, la conversation tomba, et au milieu du silence, une voix dit : « Un ange passe... »

Alors on entendit la voix plaintive de Tristan Bernard dire : « Pourrais-je avoir l'aile ? »

\*

Un jour que Léon Blum lui annonçait, sur le ton de la dévotion charitable, qu'il allait promener en Italie sa grand-mère aveugle, Tristan Bernard lui dit : «Tu n'as qu'à la promener sur le chemin de fer de petite ceinture, en te débrouillant pour faire crier : *Florence*, *Parme*, *Venise*, etc.»

\*

À une assemblée générale de la Société des auteurs, Tristan Bernard se trouvait assis à côté d'Alexandre Bisson, vaudevilliste affligé d'un terrible bégaiement accentué par l'émotion, et qui voulait constamment intervenir. Pour la énième fois depuis le début de la séance, le bègue interrompit l'orateur : «Je... je... je demande la pa..., la pa... la parole!»

Tristan Bernard se pencha vers lui : «C'est au Bon Dieu que tu devrais la demander.»

Le même Bisson était venu lire sa dernière œuvre à Micheau, directeur du Théâtre des Variétés. «C'est très amusant, lui dit Micheau après la réplique finale, mais pourquoi avez-vous écrit une pièce où tous les personnages bégaient?»

\*

Tristan Bernard entrait avec Jules Renard au Théâtre-Français ; désignant les bustes de nos grands dramaturges, il lui dit : «Allons, mon vieux Jules! Vous aurez quelque jour un buste ici, si vous vous mettez à la sculpture.»

\*

Quelques lustres après la mort de Victor Hugo, Jules Renard se lamentait sur la génération nouvelle, en évoquant, par comparaison, Hugo qui, quand il voyageait incognito à trente-quatre ans, trouvait son nom gravé sur les murs des églises.

«Oui : à sa seconde visite», dit Tristan Bernard.

\*

On racontait devant lui que Léon Blum avait surpris l'une de ses bonnes plongée dans la lecture de *Volupté*, de Sainte-Beuve, qu'elle avait pris dans la bibliothèque ; le maître s'était cru obligé de lui laisser le livre.

« La scène du don a dû être très émouvante », dit Tristan Bernard.

*

On cherchait un nom de guerre qui faciliterait la célébrité d'une fille vulgaire qu'il fallait lancer au théâtre ; il suggéra : « Maud Cambronne. »

*

Mme Dieulafoy était une exploratrice célèbre par son habitude d'être constamment habillée en homme. Un jour qu'il avait été surpris dans le compartiment *Dames seules* d'une voiture de chemin de fer, Tristan Bernard, sans se laisser décourager par sa longue barbe, avait expliqué au contrôleur : « Je suis madame Dieulafoy. »

*

Mlle Diéterle, dont les mœurs étaient légères, fut nommée officier des palmes académiques, et l'on disait que la décoration n'était pas étrangère à son libertinage. Il y eut, chez Gallimard, un souper où la pétulante décorée arborait l'insigne violet sur son corsage. Tristan Bernard, qui comptait parmi les convives, fit ce quatrain :

> Moquez-vous du qu'en-dira-t-on,
> Mais soyez bien sage, ma mie,
> Puisque monsieur votre téton
> Est officier d'académie.

*

Jean Nohain racontait qu'il était assis à côté de Tristan Bernard à la terrasse de l'Hôtel du Golf, à Deauville, et qu'ils assistaient au spectacle d'un très gros monsieur ayant les plus grandes peines du monde à s'insinuer entre le volant et la banquette d'une petite Rosengart, marque de voiture très prisée à l'époque : « La Rosengart mène à tout, dit Tristan Bernard, à condition d'y entrer... »

\*

Tristan Bernard était né seulement un jour avant l'un de ses amis, Miguel Zamacoïs[1]. Comme sa femme lui faisait remarquer ce fait, en soulignant combien Zamacoïs paraissait plus jeune que lui, qui avait une tenue si négligée, Tristan Bernard répondit flegmatiquement : « Nous verrons comment il sera demain... »

### À propos de Tristan Bernard

Lorsque Tristan Bernard présenta Toulouse-Lautrec à sa femme, celle-ci dit : « Il est si petit qu'il me donne le vertige... »

## BERNHARDT (Sarah)

Rosine Bernard, dite « Sarah Bernhardt » (1844-1923), fut si négligée par sa mère, Judith Van Hard, modiste devenue courtisane, qu'elle fut près de mourir. L'enfant fut placée dans un collège de Versailles, tenu par des religieuses qui la protégeaient : elle était difficile et les autres la persécutaient. Elle voulut entrer dans les ordres (« Le Fils de Dieu devint mon culte, et la Mère des Sept Douleurs mon idéal »), mais le conseil de famille s'y opposa. Le duc de Morny, qui assistait à la séance, eut l'intuition d'en faire une actrice, et il chargea Alexandre Dumas fils de l'emmener à une représentation de *Britannicus*, où la jeune spectatrice vécut si intensément les émotions des personnages que Dumas dut la réconforter lorsqu'elle éclata en sanglots. Ce fut bientôt une carrière qui devait faire qualifier la tragédienne de « Huitième merveille du monde ». Aux États-Unis en 1880, elle devint une idole dont on imitait la façon de se vêtir ; on s'arrachait le parfum qu'elle utilisait, les cigarettes qu'elle fumait... Elle eut vingt-neuf rappels à New York, et à Boston un critique écrivit : « Devant une telle perfection, l'analyse est impossible », alors qu'on avait craint l'accueil réservé par un public puritain à une actrice précédée d'une réputation scandaleuse. À son retour, le public français voulut la bouder, fâché que cette gloire nationale fût allée interpréter Racine devant des Yankees et des cow-boys : on la surnommait « Sarah Barnum ». Mais alors

---

1. Miguel Zamacoïs (1866-1955) écrivit des pièces de théâtre ainsi que des *Devises et pensées pour piétons*. Il fut également journaliste, l'un des rédacteurs de *Je suis partout*, journal créé vers 1930 par Arthème Fayard pour qu'existe un pendant de droite au journal *Lu*, bolchevisant, qui faisait chaque semaine une revue de la presse étrangère. Fayard décida de saborder son journal après les événements de février 1934, mais un groupe de rédacteurs le reprit, dont Lucien Rebatet, Robert Brasillach, Georges Blond, Pierre-Antoine Cousteau (frère du commandant), Pierre Drieu La Rochelle, Daniel Halévy, etc., sous la houlette de Pierre Gaxotte.

qu'à l'Opéra le rideau allait se lever pour un autre programme, l'assistance découvrit Sarah au milieu de la scène, entonnant une puissante *Marseillaise*, et la salle fut ivre de joie... Elle menait une existence excentrique, entourée d'un grand nombre d'animaux, dont un puma qui mit un jour le chapeau de Dumas en pièces, un singe nommé Darwin, et un crocodile qui avala le petit chien qu'elle aimait beaucoup. Elle fit tuer et empailler le crocodile, et le présentait aux visiteurs en disant avec son accent tragique : «Voici la tombe de mon petit chien...» Elle devint extrêmement fortunée – «La vie engendre la vie, et l'énergie crée l'énergie. C'est en se dépensant soi-même que l'on devient riche», disait-elle. Un journaliste, qui lui avait demandé si elle était chrétienne, s'entendit répondre : «Non! Je suis catholique romaine, et j'appartiens à la grande race juive.» Elle ne tolérait pas la moindre allusion antisémite, fut ardemment dreyfusarde. Elle avait une voix chantante et un léger accent anglais qui captivaient l'auditoire. Henri Jeanson a dit qu'elle «en faisait trop, mais on n'en avait jamais assez». Un instant avant de mourir, elle demanda : «Y a-t-il des journalistes en bas?»...

Peu avant une représentation, dans les débuts de la création de sa compagnie, Sarah Bernhardt entrouvrit le rideau, et fit la moue en voyant les rares spectateurs venus assister à la mauvaise pièce qu'elle jouait alors. Puis elle se ressaisit et dit à Marie Marquet : «Ils n'ont qu'à bien se tenir : nous sommes plus nombreux qu'eux.»

*

Sarah Bernhardt dit un jour à une jeune actrice qui l'interrogeait sur le trac : «Tu verras, petite, ça te viendra quand tu auras du talent!»

*

À la veille de son arrivée aux États-Unis, la presse américaine prétendit que la célèbre tragédienne française avait eu quatre enfants de quatre pères différents : le pape Pie IX, Napoléon III, un coiffeur, et un parricide condamné à mort. Lorsque «la divine» arriva, un reporter osa l'interroger sur cette rumeur, et elle répondit : «C'est absurde, mais cela vaudrait encore mieux que d'avoir, comme certaines femmes de ce pays, quatre maris et pas d'enfants!»

*

Sarah Bernhardt, déjà âgée, devant une actrice plus jeune :
« Seigneur ! On dirait moi dans dix ans. »

*

Elle voulait toujours avoir le dernier mot. Elle disait un jour à un
auteur : « Vous fumez trop, vous mourrez jeune.
— Bah ! Mon père a quatre-vingts ans, et il fume toujours. »
Alors, Sarah Bernhardt, péremptoire : « S'il ne fumait pas, il en
aurait cent ! »

*

Bernard Shaw demandait, comme d'usage, à Sarah Bernhardt :
« Cela vous gênerait-il si je fume ?
— Cela ne me gênerait même pas que vous brûliez. »

*

Il y avait d'âpres luttes de rivalité entre les auteurs qui aspiraient
à être joués par Sarah Bernhardt, et elle se plaisait à les attiser. Un
soir, D'Annunzio et Catulle Mendès dînaient chez elle, faisant
assaut d'éloquence. Au dessert, un autre invité demanda à la tragédienne : « Alors : lequel des deux allez-vous jouer ?
— Victorien Sardou. »

*

Jean Cocteau adolescent fréquenta l'entourage sulfureux de l'acteur De Max, « maniéré et déclamatoire en scène, maquillé et
bijouté à la ville » (Selon Claude Arnaud), qui lui dédicaça en ces
termes une de ses photographies : « À vos seize ans en fleurs, mes
quarante ans en pleurs », ce qui donne le ton. Le jeune admirateur
participa aux débordements baroques du comédien. À un bal au
Théâtre des Arts, on le vit apparaître sur une litière portée par
Maurice Rostand[1], André Germain et deux lutteurs noirs, et se
dresser sous une tiare sous laquelle bouillonnaient des boucles
rousses ; il était affublé d'une lourde traîne brodée de perles, avait

---

1. Fils d'Edmond : « un garçon si outrageusement parfumé que son apparition donnait des crises d'asthme à Proust » (Claude Arnaud).

les ongles peints, et portait des bagues aux orteils. Sarah Bernhardt crut nécessaire d'intervenir : «Si j'étais votre mère, je vous enverrais coucher.»

## À propos de Sarah Bernhardt

Sarah Bernhardt était fort maigre. Le peintre Georges Clairin, un soupirant, la représenta dans l'étroit fourreau d'une robe blanche, un lévrier russe couché à ses pieds.

Lorsque ce portrait en pied fut exposé au Salon, quelqu'un dit : «On dirait un chien qui garde son os...»

## BERNIS (cardinal de)

Originaire d'une famille ancienne mais pauvre du Vivarais, François de Pierre de Bernis (1715-1794) obtint une bourse pour Louis-le-Grand et fit de brillantes études chez les jésuites. Il passait souvent devant la boutique d'une fraîche modiste, avec laquelle il échangeait des œillades, puis des sourires. Il lui écrivit dans le goût du temps : «Ah! cruelle Chloé, qu'as-tu fait de mon cœur?»; la cruelle Chloé fit immédiatement passer un billet : «Venez demain dans l'après-midi, nous verrons cela; mais ne me regardez plus à la fenêtre, vous m'empêchez de voir clair à ce que je fais; voilà pourquoi je ne fais plus rien de bien»... Dans les salons, il se fit remarquer par sa conversation, et fut reçu à l'Académie française à l'âge de vingt-neuf ans – il avait fait des vers non sans mérites, bien que Voltaire ironisât beaucoup sur *Babet la Bouquetière*. Il obtint par protection l'ambassade de Venise, et le roi remarqua ses qualités à ce poste d'observation du centre de l'Europe. Il eut le bonnet de cardinal, mais se brouilla avec Mme de Pompadour, et fut disgracié. À l'évêché d'Albi, il montra d'inattendus talents de pasteur. Il joua un rôle au conclave pour l'élection de Clément XIV, et Choiseul le maintint ambassadeur à Rome. Lorsque la Révolution éclata, il tenta d'accommoder le nouveau pouvoir et Rome, mais ne put éviter la rupture lors de la Constitution civile du clergé. Il refusa le serment, fut déclaré destitué. Il resta à Rome pauvre et malade, dans une grande dignité jusqu'à sa mort, en butte aux tracasseries des révolutionnaires comme à celles des émigrés aux complots desquels il refusait de se mêler. À son apogée il avait senti la pente du siècle :

> On ne rit plus, on sourit aujourd'hui,
> Et nos plaisirs sont voisins de l'ennui.

Mme de Pompadour dit un jour à l'abbé de Bernis : «Vous êtes le dernier homme à qui j'accorderai mes faveurs.
— Eh bien, madame, j'attendrai[1].»

## BERTHELOT (Philippe)

Fils de l'austère savant républicain Marcellin Berthelot, Philippe (1866-1934) eut une jeunesse agitée dont témoignent son année de régiment, au cours de laquelle «il ne dessoûla pas» (raconte son ami Bréal), ou la façon qu'il eut de traverser la scène de la Comédie-Française ivre, en habit, pendant une représentation, avec une bouteille de champagne sous le bras. Il échoua au concours des Affaires étrangères, et son père l'envoya comme élève chancelier à Lisbonne. Il y vécut avec une marchande de poissons pendant un an, et y fut impliqué dans un scandale dont le dossier disparut dès que son père fut nommé ministre des Affaires étrangères. Après avoir produit des travaux littéraires d'une immense qualité, ce jeune homme se fit une réputation d'homme à femmes et de joueur invétéré. Devenu directeur des affaires politiques aux Affaires étrangères, il cessa d'écrire mais protégea la carrière de Claudel, Morand, Giraudoux et Saint-John Perse. Colette a raconté que, pour sa panthère du Tchad, Berthelot avait expulsé d'un petit bureau voisin une dactylographe («Je veux dire qu'il avait restitué à la panthère un gîte usurpé par quelque dactylographe») – l'animal entrait parfois chez son maître, «s'asseyait sur le bureau Louis-XV et feuilletait de sa sévère patte les documents qui, je veux le croire, intéressaient la paix des peuples». Il avait fait installer, grâce à ses gains au poker, un court de tennis au ministère, où il allait le matin jouer avec Giraudoux. Il se croyait tout permis, ne mettait jamais les pieds à l'Élysée parce qu'il n'aimait pas Poincaré, et concevait la politique à sa manière : il soutint aveuglément la Tchécoslovaquie où dominaient ses amis laïques et positivistes, et pour des raisons inverses n'aimait pas la Pologne. Il s'opposa à la création d'un État juif («Il n'y a aucune raison pour que les Juifs aient des droits supérieurs», etc.). On le soupçonna de se servir dans les actifs de la Banque de Chine, que son frère présidait, et dont il s'efforça de restaurer le crédit en envoyant des télégrammes signés du nom du ministre. Lâché par Briand au profit de Léger (Saint-John Perse), il termina ses jours dans l'abattement dépressif.

Colette a raconté : «Il y avait une fois, à la table de Philippe Berthelot, un convive, notoire par la taille, le criard organe, le

---

1. Telle est la version la plus répandue de cette repartie. On dit aussi qu'elle fut adressée par l'abbé au cardinal de Fleury, lorsqu'il sollicita une abbaye. Le ministre aurait dit : «Monsieur l'abbé de Bernis, vous êtes indigne, par vos débauches, des faveurs de l'Église; tant que je serai en place, vous n'obtiendrez rien. – Eh bien, monseigneur, j'attendrai.»

nombre des galons, qui prit la parole, ne la lâcha point, répandit des vérités premières, jugea les peuples et les personnages, les armées et les institutions... Nous courbions la tête... »

Philippe Berthelot écoutait si intensément qu'il ne mangeait plus. Enfin, au milieu d'une période, il posa sa main sur le bras de Colette, et lui dit : « C'est dans la salle de bains qu'il est enfermé, j'en suis sûr à présent. Depuis un quart d'heure je me demande : Est-ce dans la salle de bains ; est-ce dans le petit salon, qu'il miaule ? »

Il s'excusa fort légèrement, quitta à la table et sortit pour revenir un instant après suivi d'un chat persan bleu.

*

Au début de l'affaire Dreyfus, il ne se trouva pas un membre du Parlement pour prendre la défense du capitaine, et le gouvernement de la République fut d'abord nettement antidreyfusiste ; il alla jusqu'à dessaisir une chambre de la Cour de cassation, favorable à la révision du procès, pour saisir de l'affaire la Cour tout entière. Ensuite, l'« Affaire » devint purement politique : « Le dreyfusisme ayant tellement grandi qu'il était une opinion, qu'il était un parti et un grand parti, et qu'aux yeux de beaucoup d'esprits, quoique à tort, il se confondait avec le républicanisme lui-même » (Émile Faguet). Le gouvernement, qui décida alors de faire procéder à une seconde révision du procès, fit comprendre à la Cour de cassation qu'il désirait que le jugement condamnant Dreyfus une seconde fois fût cassé sans renvoi, ce que fit la cour, en violant la loi. Avec cette irrégularité, l'Affaire était condamnée à ne jamais finir : « Si l'affaire Dreyfus c'est une partie de la nation en animosité contre l'armée, une partie de la nation en animosité contre la magistrature, l'arrêt de la Cour de cassation, non seulement laisse ces deux armées en présence, mais encore les excite et leur donne des munitions » (Faguet). C'est ainsi que l'Affaire prit des proportions qui dépassèrent largement sa victime et la justice élémentaire qu'on lui devait. Philippe Berthelot, républicain cynique, expliquait en 1916 : « Dreyfus ? À la fin du procès, il était prêt à avouer pour attirer l'attention, mais ça n'intéressait plus personne. »

*

Paul Morand raconte le Quai d'Orsay, à la date du 9 novembre 1916 : «Peycelon [secrétaire particulier d'Aristide Briand] entre, traînant les pieds, l'air d'un patron de bistrot : "Voulez-vous déjeuner ce matin avec le président et Joffre? demande-t-il d'une voix grasseyante.

— Non, dit Berthelot, ce sont deux faibles qui passent leur temps à se faire des concessions, mais ils n'aiment pas qu'il y ait un tiers pour y assister."»

\*

Dans son *Journal d'un attaché d'ambassade*, Paul Morand raconte (2 octobre 1916) : «Berthelot me demande de lui retrouver le livre de poèmes de notre ancien collègue J.-B. Levet. Comme je le remerciais de m'avoir nommé troisième secrétaire, il me répond : "Je n'ai pu faire autrement. Mais maintenant il faut que vous me retrouviez les poèmes de Levet."»

\*

Auguste Bréal disait un jour, devant Berthelot, en parlant de l'immeuble de la Maison de la Propagande installée pendant la guerre : «C'est un drôle d'immeuble, cette maison de rapport, rue François-I<sup>er</sup>...

— De rapport..., fit Berthelot, c'est beaucoup dire.»

\*

Morand s'amusait à commenter l'écriture d'Aristide Briand, celle d'un «lymphatique, fatigué, d'un égoïste, négligeant, indulgent, assez indifférent, très féminin». Il en fit la remarque à Berthelot.

«C'est drôle, en effet, dit celui-ci ; Briand écrit comme une cuisinière, un illettré.» Il ajouta : «M. Briand est de plain-pied partout, indifférent à tout, très seul dans la vie ; on n'est pas plus avancé avec lui, après des années, que le premier jour.»

\*

Un jour, Aristide Briand dit à son directeur de cabinet : «Berthelot, parlez-moi de la Russie.»

Sans prendre de notes, il se mit à marcher de long en large dans son bureau, écoutant Philippe Berthelot lui énoncer quelques géné-

ralités sur l'Empire des tsars, «immense pays; des moujiks ignorants et opprimés; de vastes terrains incultes, forêts ou steppe, entre
les villages...»

Il l'interrompit au bout de cinq minutes : «Merci Berthelot, j'ai
compris...»

Le président du Conseil devait répondre, l'après-midi même, à
une interpellation de Marcel Cachin. Berthelot se rendit à la
Chambre par curiosité. À la tribune, la voix de basse, profonde,
enveloppante, se fit soudain plus vibrante : «Et la Russie, monsieur
Cachin?... Savez-vous ce que c'est, la Russie?... Je vais vous le
dire, moi... La Russie c'est un immense pays et de vastes forêts, où
ne retentit jamais le chant des oiseaux.»

Un peu plus tard, Berthelot dit à Morand, un jour qu'il lui montrait un livre plein de signatures sur lequel on avait demandé à
Aristide Briand de mettre une pensée : «C'est une drôle d'idée : je
ne connais rien dont M. Briand ait plus horreur que la pensée, si ce
n'est l'action[1].»

*

Paul Morand raconte, à la date du 9 mars 1917 : «Après vous,
monsieur le ministre, fait à Berthelot, fort civilement, à un déjeuner, le chanoine Mugnier.

— Après vous, répond Berthelot. Nous faisons toujours passer
l'Église devant, pour mieux pouvoir la frapper dans le dos.»

*

En pleine contestation royaliste, après la mort de Félix Faure
dans une attitude peu présidentielle, la scène de la chute du président Deschanel sur la voie ferrée ridiculisait un peu plus la
République. On donnait alors des explications lénifiantes, disant
que c'est en voulant aller aux toilettes qu'il avait ouvert la mauvaise porte, un peu endormi... (mais à Roanne on avait constaté que
le compartiment était vide et la fenêtre ouverte...). Berthelot dit

---

1. Pour autant les deux restaient complices. On disait que le penseur menait le
paresseux. C'est l'époque où Léon Daudet évoque Briand comme une «ex-bourrique
policière de Saint-Nazaire devenue l'élève de Berthelot». S'y ajoutaient des soupçons
de mauvaise spéculation et Charles Maurras écrivait, dans *L'Action française* :
«Philippe et Aristide sont comme les deux artistes du père Hugo : *l'un sculptait l'idéal
et l'autre le réel*, tous deux pratiquent le profit.»

pour clore le débat : « On comprend qu'un enfant tombe de son berceau, mais pas un président de son train... »

\*

Sur Léon Daudet, son ami de jeunesse : « Il est fou, mais il utilise merveilleusement sa folie. »

\*

Sur Émile Zola : « Après trente années de consciencieux labeur, il s'impose au public par la masse compacte de son œuvre et la continuité du scandale. »

\*

Sur Raymond Poincaré : « Une caravane de lieux communs dans un désert d'idées. »

La rivalité entre Poincaré et Berthelot était bien connue, quasi haineuse. Dans les *Archives du XXᵉ siècle*, Morand a raconté que Berthelot, qui était le véritable décisionnaire aux Affaires étrangères, réussit le tour de force de ne pas mettre une seule fois les pieds à l'Élysée sous la présidence Poincaré. Mais pour son malheur, lorsqu'il dut passer en conseil de discipline pour avoir abusivement engagé la parole de la France afin d'aider la banque de son frère, le président de la commission fut Poincaré... Berthelot sera mis en non-activité pour une période de dix ans.

Il disait : « Poincaré est parfait, il est parfait en tout... » Il ajoutait (par une phrase souvent attribuée à Clemenceau) : « Briand ne sait rien mais comprend tout ; Poincaré sait tout et ne comprend rien. »

Dans *Bella*, Giraudoux a mis en scène la rivalité de Poincaré et de Berthelot, celui-ci sous les traits de René Dubardeau.

### À propos de Philippe Berthelot

Hélène Berthelot, femme de Philippe, a raconté un voyage à Formose où le couple avait tenu à aller rendre visite aux aborigènes des montagnes. Après que les visiteurs leur eurent demandé ce qu'ils croyaient qu'ils étaient, les aborigènes répondirent : « D'autres sauvages plus riches qui vivent de l'autre côté de la mer. »

## BEVAN (Aneurin)

Gallois, mineur, syndicaliste, membre de l'aile gauche du Parti travailliste, Aneurin Bevan (1897-1960) fut élu aux Communes à partir de 1929. Marxisant, il fut un opposant à Churchill pendant la guerre, prônant des choix stratégiques qui auraient permis de soulager l'Union soviétique dans sa confrontation avec l'Allemagne – de même que, après la guerre, ses prises de position contre l'arsenal nucléaire britannique étaient influencées par Moscou. Nommé ministre de la Santé et du Logement par Clement Atlee, il mit en place le système radical de sécurité sociale britannique. En 1957, Morgan Phillips (secrétaire général du Labour), Dick Crossman, autre membre de l'aile gauche du parti, et lui assignèrent en diffamation *The Spectator* qui avait rapporté que, en marge d'un congrès socialiste international à Venise, les trois hommes «avaient étonné les Italiens par leur capacité à se remplir de whisky comme des citernes». Sous serment judiciaire, les trois hommes jurèrent qu'ils étaient restés sobres, et obtinrent la condamnation du journal. Les écrits posthumes de Crossman révélèrent que les trois congressistes s'en étaient donné à cœur joie avec les bouteilles, et que Phillips était ivre mort pendant la plus grande partie de la conférence.

D'Aneurin Bevan sur Neville Chamberlain, à la Chambre des communes : «La pire chose que je puisse dire sur la démocratie est qu'elle a toléré le Très Honorable gentleman pendant quatre ans et demi.»

Et aussi : «Écouter un discours de Chamberlain, c'est comme se promener dans un magasin Woolworth : chaque article est à sa place, et rien ne vaut plus de six pence.»

*

Sur Clement Atlee, alors Premier ministre : «Il met dans le sauvage combat politique l'enthousiasme somnolent que l'on perçoit dans les matchs de cricket par un paresseux après-midi d'été.»

*

Durant un débat aux Communes sur la crise de Suez, le 16 mars 1957, en présence, entre autres, du Premier ministre sir Anthony Eden : «Je n'ai pas l'intention de passer beaucoup de temps dans des attaques à l'encontre du ministre des Affaires étrangères... Si l'on doit se plaindre de la chanson, il n'y a pas de raison de critiquer le singe lorsque le joueur d'orgue de Barbarie est là.»

## BIBESCO (Antoine)

Antoine, prince Bibesco (1878-1951), petit-fils du dernier roi de Valachie, fut élevé à Paris où sa mère tenait un salon réputé – on y vit Marcel Proust, dont Antoine devint un grand ami. En août 1914, Antoine télégraphia d'ailleurs à l'écrivain alité : «J'espère que tu vas être pris dans les troupes de chocs.» Celui-ci s'est inspiré de certains de ses traits pour son personnage de Saint-Loup. Antoine s'efforça de faire publier l'œuvre de son ami, mais se heurta à Gide chez Gallimard. Il mena une carrière diplomatique pour le compte de la Roumanie et fit à Londres partie du cercle des amis d'Herbert Asquith, dont il épousa la fille. Il eut de nombreuses liaisons, en particulier avec Rebecca West, qui l'avait surnommé «l'athlète du boudoir», et avec l'écrivain Enid Bagnold (grand-mère de Samantha Cameron). Sa fille Priscilla († 2004) était la filleule de Proust et de la reine Alexandra, ce qu'elle avait décidé d'oublier, ne pardonnant pas à son père d'avoir lu à quelques dîneurs les bonnes pages du journal qu'elle tenait secrètement, ni à sa mère de s'être écroulée ivre morte à ses pieds au bal des débutantes. Lorsqu'en 1939 la guerre éclata, Priscilla était en Roumanie, qui bascula côté allemand. Elle laissa sa mère méditer à Bucarest devant une bouteille et partit pour Beyrouth où elle fut employée par les services secrets britanniques; aussi belle qu'intelligente, elle n'hésitait pas à suivre les colonels qu'elle avait conquis quand ils allaient se battre dans le désert, ce qui inquiétait ses employeurs. Elle avait un faible pour les hommes au teint clair, et épousa en 1958 Simon Hodgson, mythomane et ruiné, qui avait les cheveux d'un très beau blond. Ils habitaient dans une maison de la pointe de l'île Saint-Louis, dont une partie était occupée par leur cousine, la princesse Marthe Bibesco.

Nommé en poste à Londres, Antoine Bibesco fut conquis par Elizabeth Asquith, de vingt ans sa cadette; le mariage eut lieu le 29 avril 1919. Elizabeth, fille de Herbert et Margot Asquith, était connue pour parler beaucoup et être capable de soutenir trois conversations en même temps, en trois langues différentes, avec une présence d'esprit qui démontrait que rien ne lui avait échappé.

Un jour, Margot Asquith demanda à son gendre Antoine pourquoi sa fille ne se consacrait pas davantage aux bonnes œuvres, par exemple en allant visiter les hôpitaux. Il expliqua : «Elizabeth va faire des visites dans un hôpital trois fois par semaine, avec ce résultat que les paralytiques marchent, les aveugles voient, et que les muets parleraient s'ils avaient la moindre possibilité d'en placer une.»

### À propos d'Antoine Bibesco

Antoine Bibesco, quand il était à Paris, allait presque tous les soirs rendre visite à son grand ami Marcel Proust. Conteur de talent, il venait lui dire les derniers potins des gens du monde, car il savait toujours tout. Un soir que, par exception, Bibesco posait à Proust mille questions et ne répondait à aucune, Proust lui dit avec inquiétude : «Je vois que mes exportations augmentent et que vos importations croissent.»

*

Paul Morand demandait à la princesse Murat : «Comment Antoine entre-t-il ainsi partout?»

Elle répondit : «Antoine est le roi des pipelettes : les autres pipelettes, ses sujettes, n'ont rien à lui refuser.»

## BIBESCO (Marthe)

Marthe Lahovary, princesse Bibesco (1888-1973), fille d'un diplomate roumain qu'elle suivit à Paris alors qu'elle était âgée de six ans (elle parlait déjà le français : elle n'apprit le roumain qu'après), n'en avait que dix de plus lorsqu'elle épousa le prince Bibesco, fils de la princesse de Chimay. Ce voyageur impénitent était rarement là ; elle en profita. Belle, avec l'esprit vif, elle tint entre les deux guerres à Paris un salon brillant, et elle a évoqué dans ses livres la société cosmopolite dans laquelle elle évoluait. C'est à elle qu'un jour la reine Élisabeth de Belgique montra son perroquet en disant : «C'est tout ce qui nous reste du Congo!» Au cours de ses nombreux voyages, où elle était accompagnée de sa femme de chambre, l'examen des passeports faisait pousser des cris admiratif aux douaniers des cinq continents. Elle crut longtemps que sa célébrité en était la cause, puis elle s'aperçut que cet émerveillement venait du fait que le passeport de la camériste indiquait «Cognac» comme lieu de naissance... Elle se convertit au catholicisme sous l'influence de l'abbé Mugnier.

Marthe Bibesco avait constaté que François Mauriac rougissait à la moindre allusion et titubait au premier cocktail : «Il n'a pas assez de santé pour être païen.»

*

Sur Hitler : «On dirait une bouteille de moutarde avec une étiquette noire.»

## BIÈVRE (marquis de)

Georges-François Mareschal, marquis de Bièvre (1747-1789), mousquetaire gris (il appartenait à la première compagnie des mousquetaires du roi, remontée en chevaux gris), courtisan, poète et diseur de bons mots, descendait d'une famille de gentilshommes irlandais, les Marshall. Selon l'un de ses descendants, qui lui a consacré un ouvrage, il représente bien le type de «ces gentilshommes lettrés, spirituels et frondeurs qui, les yeux bandés, couraient à la Révolution». Il établit sa notoriété par une œuvre de jeunesse : *Lettre écrite à Mme la comtesse Tation par le sieur de Bois-Flotté*. L'avant-propos de cet ouvrage donne une idée de sa théorie littéraire : «Le style qui parle à la fois au bon sens, à l'esprit et à l'imagination, est préférable à celui qui ne parle qu'au bon sens. Le poème de *Télémaque* me tombe sous la main ; à l'ouverture du livre, je lis ces mots qui commencent la description de la grotte de la déesse : "De là, on découvrait la mer, quelquefois claire et unie comme une glace."

«Ce début est noble, il est précis ; le bon sens est certainement satisfait, mais l'esprit ne l'est pas, et l'imagination s'endort. Un léger changement va tout réparer. Mettez à la place : "De là on découvrait la mer, quelquefois claire et unie comme une glace *à la crème.*"

«Dès lors, l'esprit sourit, l'imagination se réveille, un rapport heureux nourrit et multiplie l'idée.» L'auteur mit sa théorie en œuvre dans sa pièce *Vercingétorix*, où figure ce distique :

> Je sus comme un cochon résister à leurs armes,
> Et je pus comme un bouc dissiper vos alarmes.

Je suis bien rusée, disait une femme en présence du marquis de Bièvre.

— Ah, madame ! dit le marquis de Bièvre, c'est sûrement un *r* que vous vous donnez[1].»

\*

Louis XVI se promenait dans les jardins de Versailles avec un vieux maréchal dont la chronique n'a pas voulu retenir le nom. «Monsieur le maréchal, dit le roi, il court des bruits de guerre.» L'autre n'entendait rien, mais laissa échapper un petit pet.

«En tout cas, remarqua le marquis de Bièvre, ce ne sont pas des bruits sans fondement.»

\*

---

1. La réflexion est parfois prêtée à Grimm.

Mlle Laguerre, chanteuse de l'Opéra, buvait beaucoup de champagne avant de monter sur scène, pour se donner du courage. Un jour qu'elle apparut particulièrement chancelante, le marquis de Bièvre dit : « Je crois que nous aurons la paix avec l'Angleterre : Laguerre ne peut plus se soutenir. »

*

Sur *Adèle de Ponthieu*, tragédie lyrique que le marquis de Saint-Marc avait commise : « *Adèle* est un opéra de Saint-Marc qui ne vaut pas une once[1]. »

*

Le marquis de Bièvre éprouva une passion assez courte pour Mme de Saint-Janvier. Celle-ci se croyait encore l'élue lorsque, forçant avec trop de liberté la porte du marquis, elle le trouva dans les bras d'une autre, et précisément Mlle Raucourt, de la Comédie-Française. Il dit à l'intruse, avec la plus grande sérénité : « Madame, vous découvrez que je suis passé en février[2]. »

*

La liaison entre le marquis et Mlle Raucourt[3] dura assez longtemps ; il commanda un portrait d'elle à Fragonard ; le résultat n'étant pas à la hauteur de la réalité, il refusa de le payer en disant : « Vous avez fait une croûte de ma mie. »

*

Sur le lieutenant de police Lenoir, qui avait pris pour maîtresse une dame Leblanc : « Ce ne peut être que pour faire œuvre pie... »

*

---

1. Le marc, unité de poids, valait huit onces.
2. Sous la Révolution il arriva au mari de cette dame, le comte de Saint-Janvier, une curieuse aventure lorsqu'il se présenta aux barrières de Paris. « Ton nom ? demanda le sans-culotte en faction. – Comte... – Il n'y a plus de *comtes* ! – De... – Il n'y a plus de *de* ! – Saint... – Il n'y a plus de *saints* ! – Janvier. – Il n'y a plus de *janvier*. Je t'inscris sous le nom de : citoyen Nivôse. »
3. On lit parfois qu'il s'agissait de Mlle Desrones.

Calonne[1] connut la mésaventure de recevoir son ciel de lit sur la tête. Lorsqu'on dit devant le marquis de Bièvre que le ciel du lit était si lourd qu'il avait fallu une heure pour dégager le contrôleur général, il s'écria : «Juste ciel!»

*

Le succès du marquis de Bièvre tenait moins à ses calembours eux-mêmes qu'à l'à-propos de son inspiration. De ce fait, ses convives lui demandaient souvent à brûle-pourpoint un calembour sur leur personne.

Au prince de Condé qui l'avait ainsi mis à l'épreuve, il dit : «Monseigneur, on trouve dans votre nom les jeux de l'amour et du hasard.»

*

On parlait beaucoup du chirurgien Daran, qui guérissait les rétrécissements de l'urètre par l'introduction de «bougies élastiques». Daran était très fier de son procédé, mais il eut le malheur d'y trop insister dans un salon où se tenait M. de Bièvre, qui fit remarquer : «Est-ce si bien une gloire de la science, que de prendre nos vessies pour des lanternes?»

*

---

1. Charles Alexandre de Calonne (1734-1802) reçut de Louis XVI le contrôle général des finances. Ce bel homme, intrigant, intelligent, adroit, qui ne disait jamais non, entreprit de redresser les finances par l'emprunt. Le ministre prit un jour 70 millions à la caisse d'escompte, et les Parisiennes inventèrent des petits chapeaux «sans fonds», que la mode fit appeler *chapeaux à la caisse d'escompte*. Talleyrand et Mirabeau comptaient parmi ses adjoints. Il eut l'idée, périlleuse, de convoquer l'Assemblée des notables; il eut le courage de lui demander vertement l'abolition des privilèges et l'égalité devant l'impôt. Alors, la haine contre le ministre éclata, attisée par le parti qui voulait Necker; il fut renvoyé par le roi. On prétendit qu'il s'était octroyé des largesses avec les deniers publics mais il quitta ses fonctions sans un écu. On se plaisait à raconter qu'un soir où il croyait qu'il y avait un voleur dans sa chambre, il avait appelé ses gens. Après bien des recherches, et comme il insistait en soupçonnant la présence du voleur, l'un des serviteurs lui dit : «Monseigneur, je vous assure qu'il n'y a que vous.» Il avait demandé à la Ferme générale de payer davantage, lors du renouvellement de son bail. Les fermiers généraux acceptèrent, à la condition qu'on fît construire un mur autour de Paris pour faciliter la répression des fraudes. Les travaux furent achevés en 1786, malgré l'hostilité de la bourgeoisie, qui criait contre cette atteinte à la libre circulation des marchandises. On fit cet alexandrin :
Le mur murant Paris rend Paris murmurant.

En 1771, Billardon de Sauvigny fit représenter une comédie en vers intitulée *Le Persifleur*. La pièce n'avait ni intrigue ni dénouement, et le public en manifesta de l'humeur. « Hélas, dit le marquis de Bièvre en sortant de la première : ce père siffleur avait bien des enfants au parterre. »

*

Le marquis de Bièvre regrettait publiquement « que Rousseau ne fût pas mort sans confessions ».

*

Marie-Antoinette était une reine décriée, et au début d'une soirée à l'Opéra, elle ne fut que médiocrement applaudie lorsqu'elle parut dans sa loge, alors que Suffren, rentrant des îles du Cap-Vert où il avait livré sa fameuse bataille contre les Anglais, venait de se faire acclamer par le parterre.

Le marquis de Bièvre entreprit de commenter l'événement :

> Quelqu'un disait : « À l'Opéra,
> Le public, nombreux ce jour-là,
> Avait, dans l'ardeur qui l'entraîne,
> Claqué Suffren plus que la reine. »
> Un malin dit : « Je l'ai prévu :
> La plus aimable des princesses,
> Bien que reine n'a que deux fesses,
> Au lieu que Suffren a vaincu. »

*

Lorsque, pour indiquer une méthode d'assainissement des finances, Louis XVI convoqua l'Assemblée des notables, et que l'on apprit que, parmi tous les représentants des vieilles familles et des plus hauts corps de l'État, allait siéger M. Gobelet, premier échevin de la ville de Paris, M. de Bièvre dit : « Quoi ! Il n'y aura donc qu'un gobelet pour tant de cruches ! »

### À propos du marquis de Bièvre

Les calembours du marquis de Bièvre et l'espèce d'effort constant qu'il paraissait y mettre finissaient par lasser. Un soir que le marquis, à pied et en grand costume, se trouva surpris sur le quai par une grosse pluie, il aperçut dans un immense soulagement le carrosse de quelqu'un de sa connaissance. Il arrêta donc le cocher, et s'avança vers la portière : « Mon cher, remisez-moi de grâce... Me voilà trempé. »

Après un instant de feinte réflexion, l'autre fit signe à son cocher de continuer en disant au marquis : « Je ne comprends pas celui-là. »

## BIRKENHEAD (lord)

Frederick Edwin Smith, 1er comte de Birkenhead (1872-1930), était un homme politique conservateur, connu pour l'expression immodérée de ses opinions et son amour excessif de l'alcool. Après avoir enseigné le droit à Oxford, il devint avocat et se fit une réputation par sa capacité à traiter en une nuit un dossier de quatre pieds de haut, moyennant deux douzaines d'huîtres et quelques bouteilles de champagne. Il faisait partie des commensaux de Lloyd George et de Churchill, et quand le premier le nomma Lord Chancelier, le *Morning Post* expliqua que c'était pousser la plaisanterie un peu loin. À ce titre, Smith présida la Chambre des lords. Malgré ses convictions unionistes, il participa activement à la négociation et à la rédaction du traité d'indépendance de l'Irlande. Il dit à cette occasion à Michael Collins, signataire côté irlandais : « Je viens tout juste de signer mon arrêt de mort politique », ce à quoi Collins répondit de façon prémonitoire : « Je viens tout juste de signer mon arrêt de mort tout court. » Quand il était à jeun, Birkenhead passait son temps à dénigrer les jeunes gens du parti conservateur ; il traitait G. Younger de « garçon de cabine » et ne manquait jamais de désigner lord Salisbury et lord Selborne comme « les Dolly Sisters ». Ses altercations avec Baldwin sont restées célèbres. D'ailleurs celui-ci refusa de le renouveler comme Lord Chancellor, estimant qu'il n'était pas convenable que le président de la Chambre des lords fût arrêté dans la rue en état d'ivresse.

Il était jeune avocat, pas encore anobli, et s'appelait donc encore Frederick Edwin Smith quand un magistrat lui expliqua au début de l'audience : « J'ai lu tout votre dossier, Mr Smith, et je ne me trouve pas plus éclairé maintenant qu'auparavant.

— C'est possible, My Lord, mais au moins vous êtes informé sur le dossier. »

*

À l'époque, encore, où il était avocat, un magistrat lui demanda : « Et pour quoi donc pensez-vous que j'occupe cette place, Mr Smith ?

— Ce n'est pas à moi, Votre Honneur, de discerner les desseins impénétrables de la Providence. »

\*

Lorsqu'il était membre du Parlement, on disait un jour devant lui que, du moins, Austen Chamberlain « jouait toujours le jeu ». Il dit : « Ça oui : Austen joue toujours le jeu. Et toujours il le perd. »

\*

Sur Churchill : « Winston a consacré les meilleures années de sa jeunesse à préparer les discours improvisés de la seconde partie de sa vie. »

\*

Quand il se rendait à son bureau, Birkenhead avait pris l'habitude d'utiliser les commodités de l'Athenaeum, bien qu'il ne fît pas partie du cercle, tout simplement parce que cela se trouvait sur son chemin. Un jour, enfin, le secrétaire vint lui expliquer avec courtoisie que c'était un endroit privé.

Il répondit en regardant autour de lui : « Grands dieux ! Seriez-vous en train de me dire que cet endroit est un club ? »

\*

Le très puritain président Wilson demanda à F. E. Smith, devenu en 1919 lord Birkenhead : « Et quelle est selon vous la principale tendance chez l'étudiant anglais moderne ?

— Résolument porté sur l'alcool et les femmes, monsieur le président. »

\*

À l'époque où Birkenhead était Lord Chancellor, un juge qui présidait une High Court saisie d'un cas de sodomie sollicita son avis sur la sanction à prononcer : « Que pensez-vous que l'on doit donner à un homme qui se propose lui-même d'être sodomite ? »

Lord Birkenhead répondit sans hésiter : « Oh, trente shillings ou deux livres : ça dépend de ce que vous avez sur vous. »

## BIRON (duchesse de)

Dame du palais de Marie-Antoinette, petite-fille de la maréchale de Luxembourg dont elle recueillit l'immense fortune, Amélie de Boufflers, duchesse de Lauzun puis duchesse de Biron (1751-1794), épousa Armand Gontaut-Biron, duc de Lauzun (plus tard rallié à la Révolution et guillotiné), qui n'en faisait guère de cas. Elle émigra à deux reprises, fut arrêtée lors de son dernier retour et elle-même guillotinée.

En 1789, les désordres dans les spectacles commençaient à devenir habituels. Il arriva un soir, au Théâtre-Français, lors d'une représentation d'*Iphigénie*, que le parti « patriote » se battit à coups de poing dans le parterre contre le parti « aristocrate » ; et comme on supposait que les loges étaient remplies principalement de ces aristocrates, on jeta des pommes contre plusieurs. La duchesse de Biron, qui en reçut une sur la tête, la remit le lendemain à M. de La Fayette en lui disant : « Permettez, monsieur, que je vous offre le premier fruit de la révolution qui soit venu jusqu'à moi. »

## BISMARCK (Otto von)

Otto, prince von Bismarck (1815-1898), alors président du Conseil, fit entreprendre une guerre contre le Danemark : la Prusse annexa le Schleswig, et l'Autriche le Holstein. Prétendant ensuite que le Holstein était mal administré, il repartit en guerre et fit chasser l'Autriche de la Confédération germanique (à l'issue de la bataille de Sadowa), malgré une défaite particulière : des obus autrichiens étaient tombés sur une ruche dans le village de Nedelist, et les abeilles avaient foncé sur deux bataillons prussiens qui s'y trouvaient, les obligeant à fuir. La Prusse forma la Confédération de l'Allemagne du Nord, puis l'Empire allemand fut proclamé en janvier 1871 après la victoire sur la France. Chancelier de l'Empire, Bismarck combattit ses particularismes culturels (*Kulturkampf* qui visait en priorité l'Église catholique et les juifs) et fit voter des lois de protection sociale, avant la France ou l'Angleterre. En 1890, en désaccord avec le nouvel empereur, il démissionna. Parmi les 80 portraits que Lenbach a peints, le plus saisissant date de cette démission : un Bismarck effondré sur sa chaise, amaigri dans une tenue militaire devenue trop grande. Il est d'ailleurs remarquable qu'il apparût constamment en militaire, alors qu'il avait tout fait, en 1838, pour se soustraire à la conscription ; sa seule expérience militaire fut un service accompli à la va-vite dans une unité de réservistes, fait longtemps gommé par ses biographes.

Von Schellendorf, l'un des officiers de l'état-major du général Moltke (ceux qui s'intitulaient «les demi-dieux») écrivait en 1870 : «Le fonctionnaire civil devient chaque jour plus impudent dans sa tenue de cuirassier.» Bismarck, malgré son besoin d'être aimé et celui de gouverner, avait gardé un fond sauvage de junker. Il disait : «Je ne suis jamais mieux que dans mes bottes graissées, bien loin de la civilisation. Les lieux qui me plaisent sont ceux où l'on n'entend que le coup de bec du pivert sur un tronc d'arbre.» Mais il savait être moraliste, reconnaissant qu'«on ne ment jamais autant qu'après la chasse, avant les élections, et pendant les guerres».

Bismarck jeune apprit un jour la mort d'un lointain parent, grâce à laquelle il héritait de trois importants domaines de Poméranie ; il dit sur un ton joyeux : «Un oncle froid servi en sauce immobilière est un plat tout à fait acceptable.»

*

De Bismarck sur Napoléon III après sa rencontre avec l'empereur des Français à Biarritz en 1865 : «C'est une grande incapacité méconnue.»

*

De Bismarck sur Charles de Freycinet, faible mais toujours élégant : «Je le vois très bien tenant les rênes d'un grand désastre.»

*

Le comte Friedrich-Ferdinand von Beust, chancelier d'Autriche-Hongrie, se vantait de ce que Bismarck n'avait jamais pu soutenir son regard.

«Il se trompe, dit Bismarck, c'est l'odeur de sa bouche que je ne peux pas supporter.»

*

En novembre 1916, les Italiens remirent au Quai d'Orsay une note pleine de leurs prétentions sur l'Asie Mineure. Paul Morand, qui y travaillait alors au côté de Philippe Berthelot, dit que cela faisait penser au mot de Bismarck à Cavour : «Vous n'avez pas encore perdu de bataille et vous demandez déjà une province !»

### À propos d'Otto von Bismarck

Christoph Tiedemann a raconté le premier dîner qu'il eut avec sa femme chez les Bismarck, en 1875 : « Le prince s'est beaucoup plaint de son manque d'appétit. Chapeau ! J'aimerais le voir avec un bon appétit. Il s'est resservi de chaque plat, et s'est déclaré persécuté quand la princesse a énergiquement protesté au sujet des joies répétées offertes par de la hure de sanglier en gelée. Certes, il prenait de petites gorgées de vin, mais il a bu des quantités considérables de bière dans une grosse chope d'argent... Vers sept heures et demie, le prince nous a invités, Sibylle et moi, à le suivre dans son bureau. Par précaution, il nous a indiqué sa chambre, voisine du bureau, comme un endroit où nous trouverions les moyens de nous soulager. Nous y allâmes et trouvâmes sous le lit les deux objets que nous cherchions, et qui étaient d'une colossale dimension. Au moment où nous nous retrouvions ainsi au pied du mur, Sibylle, dit sur son ton le plus sérieux et du plus profond de son cœur : "Tout est grand chez cet homme, même les fesses !" »

\*

Un jour que son médecin l'examinait en lui posant les questions d'usage, Bismarck s'impatienta : « Je n'aime pas que l'on me pose des questions !

— Dans ce cas, il faut vous adresser à un vétérinaire, ceux-là ne posent jamais de questions à leurs malades. »

\*

Ce fut un séisme dans toute l'Europe lorsqu'on apprit que Bismarck était tombé en disgrâce. À Londres, il y avait réception diplomatique chez lord Rosebery, futur Premier ministre, alors ministre des Affaires étrangères, qui n'avait fait jusque-là aucun commentaire. Les journalistes voulurent connaître les réactions des autorités diplomatiques anglaises, et finirent par aller poser directement la question à Rosebery. Celui-ci, qui avait eu à se plaindre de Bismarck, répondit de bonne grâce : « La chute de Bismarck ? Nous n'y pensons pas. En revanche, lord Clifton est mort dans la matinée.

Chacun se demande anxieusement si sa veuve, qui est jeune, riche et belle, se remariera[1].»

## BLOT DE CHAUVIGNY (Claude)

Le poète Claude de Chauvigny de Blot (1610-1655) fut gentilhomme ordinaire de Gaston d'Orléans, auquel il avait été présenté par l'abbé de La Rivière. Plus tard en faveur auprès de Richelieu (il espionnait même l'entourage de Gaston pour le compte du cardinal), il contribua à l'élévation de Mazarin qui, devenu ministre, le négligea, ce dont le poète se vengea par une pluie de mazarinades... Il était baron de Blot-L'Église, mais pour mieux évoquer sa forme particulière de pratique et dévotion, car il ne respectait pas plus la religion que la puissance des ministres, on le surnommait «Blot-l'Esprit». Mme de Sévigné écrit en 1670 : «Segrais nous montra un recueil qu'il a fait des chansons de Blot; elles ont le diable au corps; mais je n'ai jamais vu tant d'esprit.» Frédéric Lachèvre, parlant de lui et de Jean-François de Gondi, plus tard cardinal de Retz, dit encore : «C'est le libertin de grande maison n'ayant ni convictions religieuses ni convictions politiques et foulant chaque jour aux pieds le respect et l'autorité... Il suffit pour comprendre leur mentalité de placer leur adolescence entre 1615 et 1623 au moment où le libertinage battait son plein.» Blot faisait en effet partie des «libres penseurs» de l'époque : on ne soupçonne plus le poids qu'ils eurent dans cette société, parce que alors leur succès tourna court.

On disait de Gaston d'Orléans qu'il n'hésitait pas à s'intéresser aux hommes (encore qu'il aimât bien les femmes...) et sa cour de Blois n'avait pas bonne réputation : dans les *Confessions de Jean-Jacques Bouchard, Parisien*, l'auteur nous parle de «cour extrêmement impie et débauchée, surtout pour les garçons».

---

1. La remarque, mise à part la finesse diplomatique, est d'autant plus plaisante qu'Archibald Primrose, comte de Rosebery (1847-1929), alors ministre des Affaires étrangères, n'était sans doute guère intéressé par la jeune veuve. Il l'était davantage par son secrétaire, Francis Douglas, fils aîné du marquis de Queensberry. Il avait élevé son jeune protégé à la pairie afin de lui donner son siège à la Chambre des lords, au grand dam du père du garçon, pair d'Écosse, qui ne siégeait plus au Parlement, ayant refusé, comme athée, de prêter le serment d'allégeance religieuse à la reine. Rosebery fut soupçonné d'entretenir une liaison avec Francis Douglas, ce qui acheva de mettre en furie le marquis de Queensberry, qui considérait que tous ces *snob queers like Rosebery* avaient corrompu ses fils : il menaça le ministre de sa cravache, en public. Francis Douglas mourut peu après dans un accident de chasse mal éclairci. Bientôt, Queensberry poursuivit en justice Oscar Wilde, l'amant de son second fils, Alfred Douglas. Lord Rosebery aurait incité la justice à la sévérité à l'encontre de l'écrivain, afin de satisfaire le marquis et faire oublier le premier scandale...

Blot, baron de Chauvigny, qui était l'un des commensaux de Gaston, fut une fois fort malade. Quelqu'un dit à Monsieur : « Vous avez pensé perdre un de vos loyaux serviteurs.

— Oui, répondit-il : un beau foutu serviteur. »

Blot, guéri, ayant appris cela, fit le couplet suivant :

> Son Altesse me congédie,
> C'est le prix de l'avoir servie ;
> Depuis dix ans j'ai cet honneur.
> Nous devons tous deux nous connaître.
> S'il perd un foutu serviteur,
> Ma foi, je perds un foutu maître.

*

On décochait tous les jours contre le cardinal Mazarin des dizaines de pamphlets. Il y en eut beaucoup : il se trouvait dans la bibliothèque de Colbert quarante-six gros volumes in-4° de mazarinades. « Tous ces libelles, a écrit A. Duplessis, contiennent un peu d'esprit et de raison noyés dans des flots de mauvaises plaisanteries, d'absurdités et d'atroces calomnies. »

Mazarin ne s'en souciait pas. Il disait pour toute réponse : « Laissons parler et faisons. » Le président Hénault l'a décrit comme « écoutant les murmures de la populace comme on écoute du rivage le bruit des flots de la mer ». On a même prétendu qu'il lui arrivait de dire, avec son accent romain : « Qu'ils cantent, ces Français, qu'ils cantent pourvu qu'ils payent ! »

Cela paraît avoir été inventé, comme beaucoup de choses, par ses ennemis. Il disait bien, en revanche : « Je me tue à travailler sans cesse, nuit et jour, pour le bonheur particulier de chaque Français. »

Comme il se prénommait Jules et venait de Rome, on le comparait au dictateur Jules César, assassiné par Brutus au nom du parti traditionnel. Chouvigny de Blot composa cette mazarinade :

> Creusons tous un tombeau
> À qui nous persécute ;
> Que le jour sera beau
> Qui verra cette chute !
> Pour ce Jules nouveau
> Cherchons un nouveau Brute.

Mazarin parvint à savoir qui était l'auteur de cette pièce; il envoya chercher Blot, l'engagea à faire meilleur usage de son talent et lui donna une pension pour renoncer plus facilement au genre satirique. Mais dans le même temps, Scarron avait fait une pièce plus réussie, appelée la *Mazarinade* (et telle est l'origine de l'expression); le premier ministre fit donc ôter à Blot la pension qu'il recevait.

Blot ne s'arrêtait d'ailleurs pas, et on lui doit cette chanson, qui rappelle qu'Anne d'Autriche, veuve, ne fut peut-être pas insensible aux charmes du ministre, qui était beau et élégant :

Les couilles de Mazarin,
Homme fin,
Ne travaillent pas en vain;
Car, à chaque coup qu'il donne,
Il fait bransler la Couronne.
Ce foutu Sicilien
Ne vaut rien,
Il est bougre comme un chien;
Elle en a, sur ma parole,
Dans le cul, notre Espagnole !

Ou encore cette autre *Chanson* du même Blot, de 1653 (il faisait aussi la musique) :

À la fin, malgré tout le monde.
Malgré Princes, malgré la Fronde,
Malgré nos plaintes et nos cris.
Après d'effroyables tempêtes,
Jules est rentré dedans Paris
Et remonté dessus sa bête.

*

Lorsque les Frondeurs s'assemblèrent à l'Hôtel de Ville, en 1650, les « mazarins », partisans du cardinal, firent ce couplet :

> Cette cabale est malhabile
> D'avoir choisi l'Hôtel de Ville
> Pour conférer de ses exploits;
> Son esprit, qui par trop s'élève,
> Ne devrait pas avoir fait choix
> D'un lieu si proche de la Grève.

Blot répondit :

> Si Conti, Beaufort[1], Longueville
> Ont fait choix de l'Hôtel de Ville,
> N'ont-ils pas fait bien prudemment?
> Dedans la Grève sans descendre,
> Ils pourront voir commodément
> Le Mazarin qu'on y doit pendre.

Par lassitude, Blot pouvait devenir brutal, résumant ainsi ses prescriptions au sujet du cardinal :

> *Remède universel à tous les maux de la France*
> Qu'on me le chasse, qu'on me le fouille,
> Et qu'on me luy coupe les couilles.

## BLOY (Léon)

Léon Bloy (1846-1917), pamphlétaire catholique, a donné au jour le jour un aperçu de cette fin du XIXᵉ siècle qui ne fut pas gaie pour tout le monde. Il fut l'un des rares auteurs de l'époque à dénoncer le colonialisme (*Jésus-Christ aux colonies*), mais sa cible de prédilection fut la bourgeoisie, et il se plaignait que tout amoureux de la Beauté dût aujourd'hui se sentir «perdu dans cette forêt américaine de la réclame et du

---

1. Il s'agit de ce duc de Beaufort, petit-fils d'Henri IV, qui s'était réfugié en Angleterre sous Richelieu, qui s'imaginait déjà gouvernant la France et dont le cardinal de Retz disait qu'il était moins capable que son valet de chambre. Le duc fut arrêté après le complot ironiquement appelé «la cabale des Importants», parti qui était composé, selon l'évêque coadjuteur de Paris, de «cinq ou six esprits mélancoliques, qui avaient la mine de penser creux, qui sont morts fous, et qui, dès ce temps-là, ne paraissaient guère sages».

putanat». Ses réflexions sur des thèmes moins passagers sont écrits sur un ton qui est resté exclusivement le sien («Il n'y a pas de hasard, parce que le hasard est la providence des imbéciles, et la Justice veut que les imbéciles soient sans Providence»). Lorsque l'abbé Mugnier, intéressé par toute gloire littéraire, vint lui rendre visite, il lui dit : «Monsieur l'abbé, je vous remercie d'être venu me voir, car tous ceux qui sont venus me voir ont eu sujet de s'en repentir.» Toutefois, c'est après avoir rencontré Bloy que le protestant Maritain et sa femme juive, Raïssa, se convertirent au catholicisme. Lucien Rebatet, dans *Les Décombres*, reprochera à Bloy son philosémitisme : «Les judéolâtres [de 1940] allaient chercher leurs références chez cet être de boue et de bave, Léon Bloy, fameuse plume, certes, l'un des plus prodigieux pamphlétaires au poivre rouge de nos lettres, mais véritable Juif d'adoption par la geinte, l'impudeur, l'effronterie, la distillation de la haine et de la crasse.» Il reprochait à Bloy d'avoir écrit que «l'histoire des Juifs barre l'histoire du genre humain comme une digue barre un fleuve pour en élever le niveau». Bloy est le seul auteur que le pape François ait cité dans sa première homélie, en 2013.

Le virulent et très catholique Léon Bloy était allé dîner chez Léopold Lacour. À la femme de celui-ci, il demanda en *a parte* : «Où vous êtes-vous mariés ?

— Au temple de l'avenue de la Grande-Armée : je suis protestante...

— Alors, permettez-moi de le dire, votre union avec Léopold n'est qu'un demi-collage.»

*

En parlant de Maupassant : «La parfaite stupidité de ce jouisseur toujours en érection se manifeste par des yeux de vache ahurie ou de chien qui pisse.»

*

Sur Zola : «La sottise de Zola n'est pas seulement exorbitante. Elle est étrange et sale. C'est une sottise qui aurait servi à rincer quelque chose[1].»

---

1. Léon Bloy a écrit, en outre : «Si Zola était écrivain – ce que Dieu, j'en conviens, aurait pu permettre –, une ou deux pages lui eussent amplement suffi, depuis longtemps, pour empiler toute sa sécrétion intellectuelle. La petite couillonnade positiviste dont il s'est fait le Gaudissart n'est vraiment pas une somme philosophique très encombrante et peut aisément s'abriter sous n'importe quoi.»

\*

Parlant de son propriétaire : «Si les coups de pied au cul pen-
daient aux arbres, quel jardin d'acclimatation n'offrirait-on pas à ce
ruminant !»

## BOILEAU DESPRÉAUX (Nicolas)

Nicolas Boileau, sieur Despréaux (1636-1711), naquit à Paris dans un
immeuble au coin du quai des Orfèvres et de la rue de Harlay, dans la
chambre où la *Satire Ménippée* avait été composée. Après ses études, il
se consacra à la poésie. Il sera également question de ses deux frères :
Gilles Boileau l'avocat poète (celui qui disait : «On ne fait pas l'amour à
Paris, on l'achète tout fait»), et Jacques Boileau, chanoine de la Sainte-
Chapelle, futur doyen de la faculté de théologie, qui écrivait des ouvrages
en latin «afin d'échapper, disait-il, à la censure des évêques». Parlant de
ses trois garçons, leur père disait : «Gillot est un glorieux, Jacquot un
débauché, Colin un bon garçon; il n'a point d'esprit, il ne dira du mal de
personne.» Pères, ne préjugez pas de vos enfants! Helvétius a rapporté
une anecdote que l'on tient pour l'une de ces pures inventions auxquelles
le philosophe était sujet : que Boileau, enfant, aurait été mutilé par «un
coq d'Inde» (un dindon), ce qui explique «la disette de sentiment» qu'on
remarque dans ses ouvrages. Fantaisie répétée naguère par M. Poirot-
Delpech. Boileau mourut en léguant ses biens aux pauvres, et en déclarant que «c'est une grande consolation pour un poète qui va mourir, que
de n'avoir jamais offensé les mœurs» : tout cela ne pouvait pas être du
goût d'Helvétius. Il est un peu l'auteur de *La Marseillaise*, quand on
regarde cette strophe de l'ode *À la France durant les derniers troubles
d'Angleterre* :

> Mais bientôt, malgré leurs furies,
> Dans ces campagnes refleuries,
> Leur sang coulant à gros bouillons
> Paya l'usure de nos peines,
> Et leurs corps pourris dans nos plaines
> N'ont fait qu'engraisser nos sillons.

*Sur l'abbé Cotin*

En vain par mille et mille outrages
Mes ennemis, dans leurs ouvrages,
Ont cru me rendre affreux aux yeux de l'univers;
Cotin, pour décrier mon style,
A pris un chemin plus facile :
C'est de m'attribuer ses vers.

\*

*Contre le même*
À quoi tant d'efforts, de larmes et de cris,
Cotin, pour faire ôter ton nom de mes ouvrages ?
Si tu veux du public éviter les outrages,
Fais effacer ton nom de tes propres écrits.

On sait que le malheureux abbé Cotin est l'érudit qui, avec Montmaur, a été le plus turlupiné par les gens de lettres. Il a servi de modèle au Trissotin de Molière. Peu après sa mort, on fit en 1682 les vers suivants :

Savez-vous en quoi Cotin
Diffère de Trissotin ?
Cotin a fini ses jours,
Trissotin vivra toujours.

Molière avait poussé le réalisme jusqu'à faire acheter un des habits de Cotin, pour le faire porter à celui qui jouait le personnage correspondant des *Femmes savantes*. La scène où Vadius (Ménage en vérité) se brouille avec Cotin-Trissotin parce qu'il critique le sonnet sur la fièvre, qu'il ne sait pas être de Trissotin, avait véritablement eu lieu. Boileau, qui en avait été le témoin, l'avait donnée à Molière.

\*

Boileau, pour plagier le style rocailleux de Chapelain en s'en moquant, ajouta ces vers à la fin de son exemplaire de *La Pucelle*, l'ouvrage de Chapelain qu'on avait tant attendu et qui déçut :

Maudit soit l'auteur dur, dont l'âpre et rude verve,
Son cerveau tenaillant, rima malgré Minerve,
Et de son lourd marteau martelant le bon sens
À fait de méchants vers douze fois douze cents.

\*

*Sur un ouvrage de Saint-Sorlin*
Dans le palais hier Billain,
Voulait gager contre Ménage,
Qu'il était faux que Saint-Sorlin
Contre Arnaud eût fait un ouvrage.
« Il en a fait, j'en sais le temps,
Dit un des plus fameux libraires.
Attendez... C'est depuis vingt ans.
On en tira cent exemplaires.
— C'est beaucoup, dis-je en m'approchant ;
La pièce n'est pas si publique.
— On peut compter, dit le marchand,
Tout est encore dans ma boutique. »

*

Sur Henri de Régnier :

Heureux si ses discours, craints du chaste lecteur,
Ne se sentaient des lieux où fréquentait l'auteur.

*

Le cardinal Janson disait à Boileau : « Pourquoi vous appelez-vous Boileau ? C'est un nom froid. J'aimerais mieux, à votre place, m'appeler Boivin.
— Et vous, monseigneur, répondit le poète, pourquoi vous appelez-vous Janson ? c'est un nom sec. À votre place, j'aimerais mieux m'appeler Janfarine. »

*

L'opération de la fistule que subit Louis XIV en 1687 fut à l'origine de la querelle des Anciens et des Modernes. L'Académie française avait voulu tenir une assemblée spéciale pour témoigner la joie qu'elle ressentait de la convalescence du roi. Pour l'occasion, Charles Perrault[1] composa un petit poème, *Le Siècle de Louis le Grand*, dont

---

1. Charles Perrault (1628-1703) avait trois frères : Pierre, qui eut plus tard des ennuis lorsque, devenu receveur général, il ne fit pas des paiements exacts au Trésor, Claude, qui étudia la médecine mais exerça l'architecture, et Nicolas, le théologien, auteur des fameux vers burlesques :

il fit la lecture. Pour mieux fêter son siècle et son monarque, il avait diminué un peu les Anciens et célébré les Modernes.

Boileau y vit le ferment d'une querelle d'écoles, mais on dit qu'il fut surtout blessé d'entendre vanter, parmi les Modernes, Régnier, Malherbe, Racan, même Molière et Corneille, mais ni Racine, ni La Fontaine... ni Boileau. «Après avoir grondé longtemps tout bas», il se leva et dit que c'était une honte qu'on fît une telle lecture, qui blâmait les grands hommes de l'Antiquité. L'académicien Huet, alors évêque de Soissons[1], dit à Boileau de se taire, qu'ils n'étaient là que pour écouter. Boileau se rassit et se tut.

Racine vint faire des compliments à Perrault pour son ouvrage, en lui disant qu'il supposait que ce n'était qu'un jeu d'esprit, qui n'exprimait pas ses véritables sentiments sur la question des Anciens. Perrault prit alors la résolution d'écrire en prose ce qu'il avait dit en vers. Ainsi parut son *Parallèle des Anciens et des Modernes*. Le prince de Conti s'indigna, et peu après écrivit sur le fauteuil de Boileau à l'Académie : «Tu dors, Brutus ! »

> J'aperçus l'ombre d'un cocher
> Qui, tenant l'ombre d'une brosse,
> Nettoyait l'ombre d'un carrosse.

Docteur en Sorbonne, Nicolas fut condamné avec Arnauld par la faculté de théologie. Quand il voulut entraîner ses frères dans le jansénisme, ils lui demandèrent des explications sur la grâce, et après avoir entendu les distinctions sur le «pouvoir prochain» et le «pouvoir éloigné», ils décrétèrent que la question méritait peu le bruit qu'elle faisait. Colbert appela Charles Perrault au sein du conseil de gens de lettres insititué pour consulter sur toutes les choses regardant les bâtiments lorsqu'il devait y entrer de l'érudition. Ce comité composait les devises latines dont on avait besoin pour les monuments, les enseignes de régiment, etc. Le chancelier Le Tellier s'en moquait, disant qu'il ne trouvait pas d'argent plus mal placé que celui que M. Colbert donnait à des faiseurs de rébus et de chansonnettes. Mais cette assemblée devint l'Académie des inscriptions et belles-lettres. Puis Colbert envoya Perrault à l'Académie française, «afin de prendre par votre moyen connaissance de tout ce qui s'y passe». Comme il prononça un beau discours, l'Académie décida de rendre publiques les séances de réception, ce qui eut lieu pour celle de Fléchier au cours de laquelle Racine ne brilla point. Charles Perrault, devenu contrôleur général des bâtiments, fut à portée de servir son frère Claude, qui devint l'architecte de la colonnade du Louvre.

1. Normand d'origine, issu d'une famille protestante, plus tard évêque d'Avranches, Pierre-Daniel Huet (1630-1721) est un des hommes les plus savants du temps : théologien, physicien, astronome, parlant l'hébreu comme le grec et le latin, ainsi que l'arabe appris chez les jésuites. À quelqu'un qui soutenait que les jansénistes et les huguenots étaient frères : «Sans doute, coupa l'évêque, mais pas du même lit.» Il aimait les controverses, avait la réputation d'être obstiné, et Segrais disait qu'il serait «plus facile de blanchir un nègre que de faire changer Huet d'opinion».

Le vif Nicolas, ainsi ranimé, invita l'Académie en corps à défendre les Anciens, sous peine de passer pour « topinamboue » :

> Clio vint l'autre jour se plaindre au dieu des vers,
> Qu'en certain lieu de l'univers
> On traitait d'auteurs froids, de poètes stériles,
> Les Homères et les Virgiles ;
> « Cela ne saurait être, on s'est moqué de vous,
> Reprit Apollon en courroux :
> Où peut-on avoir dit une telle infamie ?
> Est-ce chez les Hurons, chez les Topinambous ?
> — C'est à Paris... – C'est donc à l'hôpital des fous ?
> — Non, c'est au Louvre en pleine Académie. »

Boileau récidiva, par des giboulées d'épigrammes sur Perrault :

> D'où vient que Cicéron, Platon, Virgile, Homère,
> Et tous ces grands auteurs que l'univers révère
> Traduits dans vos écrits nous paraissent si sots,
> Perrault, c'est qu'en prêtant à ces écrits sublimes,
> Vos façons de parler, vos bassesses, vos rimes,
> Vous les faites tous des Perraults.

Cette guerre d'écoliers se fit avec beaucoup d'acharnement de part et d'autre, même si Perrault, toujours urbain, prenait les choses avec moins de vivacité :

> L'aimable dispute où nous nous amusons
> Passera, sans finir, jusqu'aux races futures ;
> Nous dirons toujours des raisons,
> Ils diront toujours des injures.

On s'en fatigua un peu, et les deux chefs se réconcilièrent, par l'intercession d'Arnauld. Et comme la réconciliation fut scellée par l'échange réciproque, par Perrault et Boileau, de leurs ouvrages, celui-ci souligna qu'ils agissaient comme les Anciens, dont les héros terminaient toujours leurs combats en se comblant de présents...

Boileau était incorrigible. À l'occasion de l'épigramme qui faisait état de cette nouvelle paix, il glissa une pointe, en manière de coup de pied de l'âne, en direction de Pradon qui se considérait comme l'égal de Racine alors que sa dure versification ne plaisait pas toujours au public :

> Tout le trouble poétique,
> À Paris s'en va cesser ;
> Perrault l'anti-pindarique
> Et Des Préaux l'homérique,
> Consentent de s'embrasser.
> Quelque aigreur qui les anime,
> Quand, malgré l'emportement,
> Comme eux l'un l'autre on s'estime
> L'accord se fait aisément.
> Mon embarras est comment,
> On pourra finir la guerre
> De Pradon et du parterre.

Et après tout cela, la publication par Perrault de ses premiers contes en vers servit de prétexte à Boileau pour vanter l'ouvrage en répandant un titre bouffon : *Le Conte de Peau d'âne et l'Histoire de la femme au nez de boudin, mis en vers par M. Perrault, de l'Académie française.* On pense que c'est à cause de cette réprobation de Boileau contre les contes de fées que Perrault n'osa pas imprimer sous son nom le recueil de contes de fées en prose qu'il publia en 1697 : il le fit sous le nom de son fils, Perrault d'Armancour. Il voulut également éviter, après sa réconciliation avec Boileau, un renouvellement de la querelle des Anciens et des Modernes (les contes transcrivaient les vieilles traditions orales en les dénaturant pour les adapter au goût du jour...).

Les épigrammes continuaient d'ailleurs de tomber sur Charles Perrault et son œuvre, même sans le secours de Boileau. On lut celle-ci :

> Perrault nous a donné Peau d'Âne
> Qu'on le loue ou qu'on le condamne,
> Pour moi, je dis comme Boileau :
> Perrault nous a donné sa peau.

*

Les vers de Boileau qui avaient frappé Charles Perrault n'avaient pas épargné son frère Claude, le médecin devenu architecte, et qui était passé médecin après avoir été le traducteur de Vitruve.

Claude s'était cru visé par une allusion du deuxième chant de *L'Art poétique*; Boileau affecta de rectifier par cette épigramme :

> Oui j'ai dit dans mes vers qu'un célèbre assassin,
> Laissant de Galien la science infertile,
> D'ignorant médecin devint maçon habile :
> Mais de parler de vous je n'eus jamais dessein,
> Perrault, ma muse est trop correcte.
> Vous êtes, je l'avoue, ignorant médecin;
> Mais non pas habile architecte.

Charles Perrault prit alors la défense de son frère, se répandant pour traiter Boileau d'ingrat, alors que son frère l'avait soigné. Cela lui valut de la part de Boileau ce quatrain en supplément :

> Ton frère, dis-tu, l'assassin
> M'a guéri d'une maladie;
> La preuve qu'il ne fut jamais mon médecin,
> C'est que je suis encore en vie.

### À propos de Boileau

L'élection de Nicolas Boileau fut l'occasion d'un conflit ouvert entre ce candidat, protégé par Louis XIV, et La Fontaine, que soutenait Fouquet. Dans son discours de réception, Boileau cabotina beaucoup, affectant de dire qu'il avait peu de disposition pour la parole. Ce fut aussitôt une épigramme :

> Boileau nous dit dans son écrit
> Qu'il n'est pas né pour l'éloquence.
> Je ne sais trop ce qu'il en pense,
> Mais je pense ce qu'il en dit.

*

Au XVIIᵉ et au XVIIIᵉ siècle, tout se disait, s'écrivait ou se chantait. Les insolents en étaient parfois pour leur frais, et recevaient en paiement des bastonnades de la part des personnes qu'ils avaient égratignées.

Les poètes ainsi «gaulés» ont été nombreux, et Boileau a été une victime de choix. Ses premières *Satires* parurent en 1666 et l'on en parla immensément. «Elles furent recherchées avec empressement par les gens de goût et par les malins, et déchirées avec fureur par les auteurs que le jeune poète avait critiqués.»

D'autres que des confrères durent s'en plaindre. On connaît le vers de Boileau, décoché sur un procureur connu de tout Paris pour sa rapacité : «J'appelle un chat un chat, et Rolet un fripon.» Or un hôtelier de Blois, se croyant insulté, envoya quelques émissaires corriger le satirique, qui reçut ainsi cent coups de bâton – «en attendant mieux» lui dirent les mercenaires. Un sonnet circula, qui portait ce distique :

> Dans un coin de Paris, Boileau, tremblant et blême,
> Fut hier bien frotté, quoiqu'il n'en dise rien...

Ce ne sera pas la dernière fois, et Regnard écrira du «législateur du Parnasse» : «Son dos même, endurci, s'est fait aux bastonnades.»

## BOISROBERT (abbé de)

D'abord avocat à Caen, François Le Metel, abbé de Boisrobert (1592-1662), vint à Paris pour fuir la famille d'une jeune fille qu'il avait engrossée. Le cardinal du Perron remarqua son esprit et se l'attacha, ce qui n'était pas la meilleure influence qu'on pût trouver. Il fut ensuite de la cour de Marie de Médicis et abjura alors le protestantisme auquel il ne tenait guère, la religion étant le dernier de ses soucis. Après la «drôlerie» des Ponts-de-Cé, les commensaux de la reine mère se rapprochèrent de ceux du roi, et Boisrobert se lia à Théophile de Viau et Saint-Amant, ce qui une fois encore ne faisait pas une très bonne compagnie. En Italie où on l'envoya, il sut se faire apprécier du pape Urbain VIII, qui lui donna un prieuré en Bretagne ; il prit les ordres à cette occasion, on le nomma chanoine de Rouen. Protégé par Richelieu, qu'il accompagnait partout (sauf à la guerre...), proche du pouvoir, il protégea les lettres, fit donner des pensions à beaucoup d'auteurs et suggéra au cardinal l'idée de l'Académie française à la suite d'une réunion de littérateurs chez Conrart. Il s'attacha ensuite à Mazarin, auquel il fut dévoué pendant la Fronde. Il eut maille à partir avec les moines, qu'il traitait comme de la valetaille seulement bonne à lui payer l'argent de ses nombreux bénéfices, et se fit interdire par le chapitre de Rouen pour avoir protesté contre le bruit des cloches qui indisposaient une dame à laquelle il portait intérêt. Il buvait jusqu'à perdre la raison, jouait jusqu'à perdre la chemise, et fut chassé du jeu du roi pour avoir trop horriblement blasphémé.

Avant que Richelieu ne reçût le cardinalat, eut lieu en 1629 la première rencontre entre l'évêque de Luçon et Boisrobert, qui devait devenir son commensal, et qui venait le solliciter. Lorsqu'il entra, Richelieu, toujours très entiché de vêtements et parures, se faisait présenter des chapeaux en castor. Il en choisit un, l'essaya, et demanda à celui qui venait d'entrer : « Me sied-il bien ? »

— Oui, répondit Boisrobert, mais il vous siérait encore mieux s'il était de la couleur du nez de votre aumônier. »

L'aumônier était M. Mulot, doux ivrogne, dont on nous dit qu'il attendait dans la résignation du vin l'heure de paraître à la droite de Dieu. Richelieu pensait alors si fort à la pourpre que la plaisanterie, même si elle blessa M. Mulot – qui devait s'en souvenir –, plut grandement à l'évêque de Luçon.

\*

Bien qu'il fût le véritable créateur de l'Académie française, pour en avoir suggéré l'idée à Richelieu, l'abbé de Boisrobert fut aussi le premier à jeter des épigrammes à l'institution, en particulier sur la fameuse lenteur des séances du dictionnaire (on mit soixante ans pour faire la première édition) ; il a raconté que les trois mois de l'Avent à l'Épiphanie ne suffisaient pas à faire le tiers d'un mot :

Nous nous divertissons
En beaux discours, en sonnets, en chansons,
Et la nuit vient qu'à peine on a su faire
Le tiers d'un mot pour le vocabulaire.
J'en ai vu tels aux advents commencez
Qui, vers les Roys, n'étaient guère advancez.

Il faut dire que la tâche ennuyait tout le monde et que personne n'y mettait du sien. On s'en était débarrassé sur Vaugelas ; il y travaillait avec amertume, parce que le gros secrétaire d'État Bullion, qui considérait que c'était bien de l'argent perdu, ne payait plus les écus promis. Et lorsque Vaugelas présentait aux séances le résultat de ses études, il ne rencontrait que l'indifférence. Ainsi, Colletet, impatient de retrouver ses bouteilles, se contentait d'opiner en disant : «Je ne connais point ce mot-là, mais je le trouve bon puisque ces messieurs le connaissent.»

Cela faisait douter de la qualité du résultat, et des épigrammes brocardaient le travail à peine né :

> Il court un bruit fâcheux du grand Dictionnaire
> Qui, malgré tant d'auteurs et leurs soins importants,
> A fort étonné le libraire.
> On dit que pour le vendre il faudra plus de temps
> Qu'il n'en a fallu pour le faire.

## À propos de l'abbé de Boisrobert

L'abbé de Boisrobert aimait la comédie avec passion. Un soir Coupeauville, abbé de la Victoire[1], le rencontra qui revenait à pied; il lui demanda où était son carrosse : «On me l'a saisi et enlevé, dit Boisrobert, pendant que j'étais à la comédie.

— Quoi! lui dit Coupeauville tout étonné : quoi, monsieur, à la porte de votre cathédrale! Ah, l'affront n'est pas supportable!»

*

Un jour que Boisrobert était aux Minimes de la place Royale où il entendait la messe, à genoux sur un prie-Dieu, se faisant autant remarquer par sa bonne mine que par un bréviaire en grand volume qui était ouvert devant lui, quelqu'un demanda qui était cet abbé. L'abbé de la Victoire répondit : «C'est l'abbé de Boisrobert, qui se croit encore à la comédie.»

*

Boisrobert était accusé de «débauche infâme». Selon son biographe Émile Male, il avait développé ce goût particulier durant sa longue fréquentation de la cour de Marie de Médicis et des «vauriens italiens» de son entourage, qui l'avaient initié à

---

1. Charles du Val de Coupeauville († 1676), aumônier ordinaire du roi, abbé commendataire de l'abbaye de la Victoire, à Senlis, à partir de 1639.

« l'amour des pages ». Il fit un pèlerinage à Notre-Dame de Montserrat avec le comte de Pontgibault, « beau jouvenceau qui souleva à travers la France un désir unanime ». On ne sait si le jeune comte céda aux amours particulières. Il s'adonna aux femmes en tout cas, et en la circonstance cela lui fut fatal. Un huitain avait en effet couru :

> Pontgibault se vante
> D'avoir vu la fente
> De la comtesse d'Alais
> Qui aime fort les ballets,
> Et dit qu'elle est plus charmante
> Que celle de la Chalais.

Il n'en fallut pas davantage pour que Chalais le mari, après s'être informé de la réalité des commérages, provoquât en duel le séducteur, qu'il étendit raide mort au premier coup d'épée.

\*

Selon Tallemant des Réaux, le portier de Bautru « donna une fois des coups de pied au cul au laquais de Boisrobert ». Voilà l'abbé dans une fureur épouvantable. « Il a raison disaient les gens, cela est bien plus offensant pour lui que pour un autre. Aux laquais de Boisrobert, le cul tient lieu de visage : c'est la partie noble de ces Messieurs-là. »

## BOISSAT (Pierre de)

Tout en cultivant sa facilité à tourner des vers, Pierre de Boissat, seigneur de Licieu et d'Avernay (1603-1662), embrassa la carrière militaire et s'illustra lors de l'expédition contre les huguenots du Vivarais, puis contre les Génois. Il s'attacha ensuite à Gaston d'Orléans, qui n'avait pas de meilleur émissaire « dont la bouche était propre à persuader, et le bras prompt à exécuter ». Il fut de la première fournée d'académiciens. Après des incidents à la Cour, il se retira définitivement dans son pays de Vienne et finit par s'adonner à une dévotion qui fit que, les cheveux négligés, la barbe inculte, revêtu d'habits grossiers, il catéchisait les pauvres qu'il attendait aux carrefours.

Boissat eut l'occasion de rencontrer en un salon Chalusset, gouverneur du château de Nantes, et sa femme, qui avait une tête extraordinairement grosse. Il improvisa ces vers :

Dieu, qui gouverne tout par de secrets ressorts,
En faveur d'une dame accorde ma requête :
Donne-lui le corps de sa tête,
Ou bien la tête de son corps.

## BONAPARTE (Napoléon)

Après sa formation à l'école militaire de Brienne, obtenue par protection royale pour récompenser la noblesse corse ralliée à la France, le fils (né à Ajaccio en 1769) de Carletto di Buonaparte fut cadet gentilhomme en 1784, second lieutenant en 1785, lieutenant en premier sous la Révolution, destitué en 1792 pour n'être pas rentré de son congé en Corse, réintégré dans l'artillerie et nommé capitaine à l'ancienneté, puis chef de bataillon d'artillerie en 1793 tout en passant, à titre provisoire, par un grade de lieutenant-colonel élu des Volontaires corses. À Toulon il défendit la République contre les royalistes. Les délégués de la Convention, Barras et Fréron, qui l'avaient nommé général de brigade provisoire, signalèrent au Comité de salut public ce patriote « d'un mérite transcendant ». Il dira plus tard : « La Révolution me convenait et l'égalité, qui devait m'élever, me séduisait. » Général de brigade d'infanterie en 1795, bientôt destitué par les comités (« refuse de rejoindre »), rayé des cadres, il gagea sa montre pour vivre, et dit que s'il voyait une voiture se précipiter vers lui, il ne se détournerait pas. Il était dans cette noire expectative quand survint la crise du 13 Vendémiaire. Les Parisiens insurgés voulaient marcher sur la Convention. Barras appela Bonaparte pour défendre les Tuileries : « Réfléchissez, dit Barras. Mais pas plus de trois minutes, ici même. » Le jeune général accepta ; il disposa ses canons, et lorsque les assaillants arrivèrent, il contre-attaqua, nettoya à la baïonnette, il y eut 500 morts. Parlant de cette journée, il dit : « J'ai mis ce jour-là mon cachet sur la France. » Général de division en 1795, il fut nommé commandant en chef de l'armée d'Italie en 1796. En 1799, en attendant la décomposition totale du Directoire, il eut l'idée de la campagne d'Égypte et prit la mer, emmenant l'élite des généraux et un état-major de savants. « Il est enfin parti ! » soupira Barras. Peu après, en France, tout s'effondrait, et l'on disait partout : « Ah ! si Bonaparte était là ! » Talleyrand lui fit dire : « Revenez vite, si vous ne voulez arriver trop tard. » Ce fut le 18 Brumaire. Mathieu-Dumas racontera à Napoléon qu'un colonel de la garde nationale était venu lui proposer de pénétrer la nuit chez Barras et Reubell pour les tuer dans leur lit, et qu'il avait refusé, horrifié. « Vous fûtes un imbécile ! déclara Napoléon. Vous n'entendez rien aux révolutions. » *Voir aussi* Napoléon Ier.

On connaît les sentiments farouchement républicains de Pierre Larousse, l'auteur du *Grand Dictionnaire universel du XIXᵉ siècle*. On y lit ceci, à l'entrée *Bonaparte* : «Général de la République française, né à Ajaccio (île de Corse) le 15 août 1769, mort au château de Saint-Cloud, près de Paris, le 18 brumaire, an VIII de la République française, une et indivisible.» On a ici pris le même parti, du moins en ce qu'on a séparé la destinée de Bonaparte et celle de Napoléon, en en faisant deux rubriques...

Dans le même esprit, Meilhac dit un jour à son compère Halévy : «On aurait dû fusiller Napoléon aux pieds d'une statue de Bonaparte...»

*

M. Bauer, professeur d'allemand du jeune Bonaparte à Bourienne, n'éprouvait pour cet élève, peu doué pour les langues, qu'un profond mépris. Et quand on lui disait : «Mais c'est le plus fort mathématicien de l'école![1]

— Précisément, disait M. Bauer, j'ai toujours pensé et entendu dire que les mathématiques n'allaient qu'aux bêtes.»

À Sainte-Hélène, Napoléon disait en souriant : «Il serait curieux de savoir si M. Bauer a vécu assez longtemps pour jouir de son jugement.»

*

Après la journée du 13 Vendémiaire, Bonaparte fut choyé par les autorités thermidoriennes. Il devint familier chez Barras, y rencontra Joséphine de Beauharnais, fut nommé commandant en chef de l'armée d'Italie. Ce sera bientôt la série des fulgurantes victoires à la tête de soldats en guenilles, et la capitulation de l'Autriche.

Il fit en Italie sa première expérience du pouvoir personnel, et prenait plaisir à administrer un peuple dont il connaissait mieux la langue que le français. Dans sa résidence de Montebello, près de Milan, il dînait en public, seul à sa table comme naguère le roi à

---

1. Pendant la campagne d'Égypte, Bonaparte calculera en un instant, devant ses officiers incrédules, qu'en utilisant les pierres des trois pyramides de Gizeh, on pourrait entourer la France d'une enceinte de 3 m de haut et de 30 cm de large...

Versailles. On laissait entrer des gens du pays qui défilaient, chapeau bas et bouche bée. Il était plus heureux là qu'à Paris, où sa petite taille et sa mauvaise mine n'en imposaient guère. Le jeune général avait pourtant des vues précises sur l'avenir de son pays : «Croyez-vous que ce soit pour faire la grandeur des avocats du Directoire, des Carnot, des Barras, que je triomphe en Italie? Croyez-vous que ce soit pour fonder une république? Quelle idée! Une république de trente millions d'hommes! Avec nos mœurs, nos vices! Où en est la possibilité? C'est une chimère dont les Français sont engoués, mais qui passera comme tant d'autres...»

Il ajoutait qu'il ne voudrait quitter l'Italie que pour aller jouer en France un rôle semblable à celui qu'il jouait là, «mais le moment n'est pas venu. La poire n'est pas mûre». Pichegru avait dit peu avant en parlant des directeurs : «Bonaparte les mangera tout cru un beau matin.»

Alors, il se tenait au courant des démêlés du Directoire en s'abstenant d'intervenir dans la lutte que se livraient les directeurs et les députés, et les directeurs entre eux. Quand on lui demandait ce qu'il en pensait, il disait : «C'est une guerre de pots de chambre.»

*

C'est l'époque où les directeurs portaient les uns sur les autres des appréciations gaillardes. Barras[1], que la rue surnommait «le roi

---

1. Paul, vicomte de Barras (1755-1829), issu d'une vieille famille (les paysans du Midi disaient : «Nobles comme les Barras, qui sont aussi anciens que les rochers de Provence»), fit la campagne des Indes à l'âge de seize ans. Il démissionna après une altercation avec le maréchal de Castries, et devint croupier à l'Hôtel d'Angleterre, fameux tripot de Paris. Dans son désœuvrement, il s'intéressa à la Révolution naissante et entra dans la franc-maçonnerie grâce au parrainage de Mirabeau. Élu à la Convention, il fut envoyé en mission pour régler l'affaire de Toulon, y nota les qualités du capitaine Bonaparte et organisa avec Fréron les fusillades en masse. Acclamé par la Convention, il reçut un accueil très froid du Comité de salut public. S'étant rendu chez Robespierre, il assista à la longue toilette et au poudrage de l'orateur, qui ne lui dit pas un mot et se contenta de poser sur lui à plusieurs reprises son regard intense. Barras se retira, décidé à vendre chèrement sa vie. Au 9 Thermidor, alors que Tallien retournait la Convention, il se mit à la tête d'hommes résolus et s'empara de l'Hôtel de Ville. Tantôt jacobin, tantôt réactionnaire, toujours sceptique, il disait que les temps de guerre civile ne sont pas des temps de morale. Ce démocrate né gentilhomme – et «resté content de l'être» – triompha des royalistes, qu'il fit écraser par Bonaparte au 13 Vendémiaire, et organisa le coup d'État du 18 Fructidor contre Carnot : Augereau

des pourris», se faisait traiter par ses collègues de «flibustier», d'«homme de sac et de corde». Selon Carnot, Reubell était un ivrogne «lunatique et de la plus dégoûtante grossièreté», «demifou». La Revellière-Lépeaux[1] disait de Carnot qu'il était «rusé, menteur, vaniteux, irascible – une femme à manège», et Barras décrivait Larévellière, qui était difforme, comme à «la fois tortue et canard, monté comme un bouchon sur deux épingles».

Ces cinq directeurs[2] qui gouvernaient la France, affublés de leur costume de roi de cartes, suivis de leur ministre, défilaient régulièrement dans Paris à l'occasion des fêtes républicaines. Le public s'amusait à voir passer de front ces cinq «étalages de boutiques», suivis de leurs ministres chargés eux aussi de plumes et de guipures. Frétilly dit : «Réellement, je les ai vus défiler ainsi au Champ-de-Mars et ils ne riaient pas. Ce qui nous faisait rire, en revanche, c'était de voir le boiteux Talleyrand marcher sur les talons du boiteux La Revellière...»

Arnault raconte dans ses *Souvenirs :* «L'opinion publique trouvait mille moyens indirects de manifester la haine et le mépris

---

arriva à la tête d'une forte colonne (selon Barras, il avait «bu quelque peu de vin de champagne pour se préparer»); on pointa les canons sur les Tuileries; les députés droitistes furent déportés en Guyane. L'opération se déroula «aussi tranquillement qu'un ballet d'opéra», et le mérite en revenait à Barras qui, comme le disait Thibaudeau, «avait le goût de ces sortes de mouvements et y montrait du tact». Un diplomate étranger, Sandoz Rollin, sortant du Luxembourg, expliquait : «Barras jetterait sur-le-champ la République par la fenêtre, si elle n'entretenait ses chiens, ses chevaux, ses maîtresses, sa table et son jeu.» Au 18 Brumaire, Barras, de fait à la tête du Directoire exécutif, fut écarté par Bonaparte, bien que celui-ci lui dût Joséphine, maîtresse vieillissante dont le directeur s'était débarrassé. Après quelque temps d'exil, il mourut en 1829 à Chaillot.

1. La Revellière-Lépeaux était le grand spécialiste des discours : il faisait quasi dans le même temps un discours au Champ-de-Mars pour l'anniversaire de la fondation de la République, puis pour la cérémonie funèbre de Hoche, puis pour la paix de Campo-Formio par Bonaparte, un encore à l'Institut, un autre pour la présentation des drapeaux napolitains que Championnet envoyait en hommage au Directoire; un enfin pour le 21 janvier afin de célébrer l'anniversaire de la fête du tyran. Une femme du peuple, entendant ce mot de «tyran», demanda à quelqu'un ce qu'il signifiait; on lui dit qu'un tyran, c'était un roi... «Ah! voyez-vous ça!... Et, dame, on lui fait sa fête à ce roi!» On lui dit qu'au contraire on célébrait le jour où il était mort, pour s'en réjouir... «Ah! Oui, oui, j'entends... Un tyran, c'est comme qui dirait notre pauvre bon roi Louis XVI!»

2. Il y en eut quelques autres, dont un certain Letourneux, réputé pour sa bêtise. Il avait voulu aller contrôler le Jardin des Plantes. De retour au ministère (il s'occupait de l'Intérieur), il raconta pendant le dîner sa visite : «Avez-vous vu Lacépède? lui demanda quelqu'un. – Non, répondit Letourneux, mais j'ai vu la girafe.»

qu'on portait au Directoire... Faisant allusion à Pitt qui régnait au-delà du détroit, et à Barras qui régnait en deçà, l'Europe, disait-on, ne respirera que lorsque l'Angleterre sera *dépitée* et la France *débarrassée.*»

Et Bonaparte résumait la situation en qualifiant les hommes du Directoire de «gens à pisser dessus».

*

Au sujet de Theresia de Cabarrus, devenue Mme Tallien, et qui sous le Consulat était devenue la maîtresse du financier Ouvrard, Bonaparte résumait en disant : «Fille de banquier, femme de banquier, putain de banquier[1].»

*

Lors de la discussion du Code civil au Conseil d'État, on en était arrivé à la question de savoir comment une femme ayant abandonné le domicile conjugal pourrait être contrainte d'y rentrer. Merlin de Douai, ancien auteur de la loi sur les Suspects, et qui servait à présent de répétiteur juridique à Bonaparte, fut le premier à donner son avis : «D'abord, expliqua-t-il, si la femme résiste, on la sommera.

— Ne plaisantons pas..., dit le Premier consul.

---

1. Fille d'un riche banquier espagnol, Theresia de Cabarrus avait été mariée en 1780, à l'âge de quatorze ans, à Fontenay, un financier bordelais. Tallien, qui avait été envoyé comme représentant du peuple à Bordeaux sous la Terreur, vit Mme de Fontenay et la trouva si belle qu'il la sortit de prison. Elle le suivit à Paris, divorça, l'épousa. Ses constants efforts pour adoucir le régime produisirent un changement dans les opinions de Tallien, bientôt soupçonné de modérantisme. Theresia devint «Notre-Dame de bon secours». Robespierre, effrayé de l'empire d'une femme, la fit mettre à La Force. Elle fut sauvée par le 9 Thermidor, auquel son mari œuvra. Tallien perdit bientôt son crédit, tandis que sa femme régnait à la cour de Barras au palais du Luxembourg, si bien qu'elle devint, ironiquement, «N.D. de Thermidor». Elle était toujours accompagnée de Joséphine de Beauharnais, alors sans ressources. Les Tuileries furent fermées à Mme Tallien sous le Consulat et l'Empire, bien qu'elle eût contribué à la promotion de Bonaparte – «Il blâmait toute espèce de licence et probablement aussi, il voulait sauver à Joséphine l'embarras de son ancienne intimité. Un second divorce fit reprendre à Mme Tallien son nom de fille et bientôt une liaison fâcheuse avec Ouvrard, qui avait une nombreuse famille, encourut d'autant plus de blâme qu'elle donna naissance à plusieurs enfants» (notice d'un contemporain). Devenue princesse de Chimay à la suite d'un nouveau mariage, elle ne fut pas davantage reçue à la cour de Louis XVIII.

— Je ne plaisante en aucune manière, assura Merlin.
— Eh bien! quand vous l'aurez assommée, en serez-vous plus avancé?»

*

Bonaparte avait toujours eu beaucoup d'amitié pour le poète tragique Antoine-Vincent Arnault, qui l'avait accompagné lors de la campagne d'Italie et l'avait soutenu au 18 Brumaire. En 1802, une pièce de celui-ci, *Dom Pèdre ou le roi et le laboureur*, fut sifflée au Théâtre-Français. Bonaparte dit à l'auteur: «Quelle idée, aussi, de faire des tragédies après Corneille et Racine!»

À quoi Arnault répliqua: «Quelle idée, encore, de livrer des batailles après Turenne!»

*

Bonaparte voulut récompenser par un titre de sénateur le général Rampon. Comme le Conseil des Cinq-Cents avait alors constitutionnellement le privilège de présenter une liste de trois noms parmi lesquels le Premier consul pouvait choisir celui qu'il jugeait digne du titre de sénateur, Bonaparte fit savoir qu'il désirait que le nom du général Rampon fût porté dans la liste. L'assemblée accueillit cette communication avec sympathie. Mais il y avait alors dans les Cinq-Cents un prêtre marié, nommé Lecerf, dont les opinions républicaines conservaient la teinte de 1793. Il écrivit sur son bulletin: «Puisqu'il faut ramper: Rampon.»

Le Premier consul, qui toujours aima les gros calembours, ne fit cette fois que rire.

*

Les mœurs particulières de Cambacérès[1] étaient d'une telle notoriété que l'archichancelier de l'Empire était désigné sous le

---

1. De petite noblesse de robe, magistrat à Montpellier, Jean-Jacques-Régis de Cambacérès, duc de Parme (1753-1824), fut député aux États généraux et s'empressa d'abandonner sa particule. Lors du procès du roi, il plaida l'incompétence de l'Assemblée. N'ayant pas été suivi, et contraint de participer au verdict sur l'exécution capitale, il proposa que le roi servît d'otage en cas d'invasion étrangère; on le rangea dans les *contre*. Lorsque le résultat du scrutin, qui le plaçait dans la minorité de la Convention, fut connu, il se précipita à la tribune pour demander l'exécution sous vingt-quatre heures. Par la suite et selon les circonstances, il se prévalait de son premier vote ou de

sobriquet de «Tante Urlurette». La discrétion avait été cependant organisée autour de la chose. Suivant un ordre de Napoléon, Cambacérès devait se faire passer pour l'amant d'une actrice qu'il admirait, Mlle Cuizot[1], et cela donnait lieu à d'innombrables plaisanteries.

Quelques mois après que le public fut informé qu'elle était entretenue par Cambacérès, la demoiselle Cuizot accoucha, ce qui terrifia l'archichancelier, qui était fort ladre et craignait de devoir assurer des subsides à l'enfant. On lui en attribuait en effet la paternité, mais il s'en défendait et en rejetait l'honneur sur un M. de B... qui avait auparavant été amant en pied de Mlle Cuizot : «Je ne l'ai connue que postérieurement», disait Cambacérès, par une formule que tout le monde répétait joyeusement.

---

son attitude régicide. Il se fit oublier sous la Terreur, absorbé par la tâche de codifier les lois révolutionnaires. Président de la Convention après Thermidor, il eut affaire à Bonaparte, dont il avait signé la révocation; il expliqua que c'était «par erreur» et obtint la place de Deuxième consul, satisfaction accordée au parti révolutionnaire. Il organisa la proclamation de l'Empire, devint prince et archichancelier. Napoléon désirait pour des raisons politiques l'unité de la franc-maçonnerie française. Cambacérès cumula les présidences : déjà Grand Maître adjoint du Grand Orient, où il exerçait le pouvoir réel (le Grand Maître était Joseph Bonaparte, qu'on avait placé là à son corps défendant après une initiation accélérée), il prit la tête des autres obédiences. Au moment où l'Empereur partait à la conquête de l'Europe, Cambacérès devait ainsi être le maître de la France de l'intérieur. «La franc-maçonnerie le lui rendit bien, elle l'accompagna et l'aida donc constamment dans sa tâche si on en juge par la fidélité réitérée de la franc-maçonnerie française à Napoléon, et on comprend mieux pourquoi on retrouve toujours sur le devant de la scène son plus fidèle collaborateur sur le plan profane comme sur le plan maçonnique» (J. Guglielmi). Ainsi la période favorisa la renaissance de la franc-maçonnerie française, ruinée par Robespierre. Sous la première Restauration – qu'il fit voter au Sénat en 1814 –, Cambacérès chercha à se faire oublier. Opportunément malade pendant les Cent-Jours, il vécut exilé en Belgique jusqu'en 1818, puis revint mourir à Paris. Deux neveux se partagèrent son immense fortune. Il avait entrepris la rédaction de Mémoires que sa famille n'a pas publiés. «C'est une preuve de tact», dit Pierre Larousse.

1. Mlle Flore a raconté dans ses *Mémoires* comment Henriette Cuisot (1788-1833) plut à Cambacérès. Mouvel, secrétaire de l'archichancelier, avait organisé une petite soirée dramatique pour la fête de son patron. Mlle Cuisot, qui y parut avec ses camarades des Variétés, jouait le rôle d'un jeune étudiant en droit, avant de terminer en Apollon. Cambacérès, subjugué, réserva ensuite à l'année une loge aux Variétés et s'opposa vivement à la fermeture de ce théâtre. Mlle Cuisot vieillit mal; dès l'âge de trente ans elle avait enlaidi, et en 1824 Maurice Alhoy écrivait : «La coquetterie même devrait lui faire un devoir de battre en retraite.»

Un jour que, sous le Consulat, Cambacérès s'était présenté en retard à une convocation de Bonaparte, ce que le ponctuel général ne supportait pas, le Deuxième consul balbutia une excuse et donna pour motif qu'une femme l'avait retenu. «Fort bien, dit Bonaparte devant plusieurs témoins que la scène divertissait, la prochaine fois qu'une femme vous retiendra, dites-lui donc : "Prends ton chapeau et ta canne et va-t'en" – mais, de grâce, arrivez à l'heure.»

## À propos du général Bonaparte

Un soldat de Bonaparte vit qu'un Italien portait quelque chose sous son manteau; il l'arrêta et lui dit : «Qu'as-tu là?

— Un poignard», lui dit l'Italien pour le narguer.

Le soldat, trouvant que c'était une bouteille, but tout le vin, et rendit la bouteille vide en disant : «Tiens, je te fais grâce du fourreau.»

\*

Un jour, au commencement du Consulat, quatre officiers généraux occupaient une loge à l'Opéra. C'étaient Bonaparte, Kilmène, Le Meunier et Lannes. Un curieux demandait qui étaient ces messieurs. Son voisin répondit simplement : «Le Meunier, Lannes, Kilmène et Bonaparte.»

## BONNEFON (Jean de)

Jean de Bonnefon (1866-1928), journaliste et écrivain ami des archiduchesses, s'intéressa d'abord à l'Allemagne, d'où il fut expulsé par décret impérial de 1887. «Il avait beaucoup vécu à Vienne, dans l'intimité de la Hofburg dont il connaissait les secrets les plus dramatiques et au Vatican dont il savait les intrigues et dont il narrait de sa charmante ironie voltairienne l'habile diplomatie» (Pringué). Il a joué un rôle dans la préparation de la loi de séparation de l'Église et de l'État, encourageant un compromis entre Briand, rapporteur de la loi, et des évêques modérés qu'il conviait à dîner. Dans une espèce de *Who's who* de l'entre-deux-guerres (*Qui êtes-vous?*), il donne ses coordonnées, mais précise qu'il n'a pas de téléphone. Motif : «On ne me sonne pas.»

Un tout nouvel aristocrate avait acheté des portraits de personnages d'avant la Révolution, qu'il présentait comme ses aïeux. Faisant visiter sa galerie à Jean de Bonnefon, très versé en science héraldique, il lui demanda : « Comment trouvez-vous mes ancêtres ?
— Je leur trouve l'air étonné. »

## BORGES (Jorge Luis)

Jorge Luis Borges (1899-1986) fit ses études à Buenos Aires, Genève et Cambridge. Ses extraordinaires nouvelles l'ont rendu célèbre. Il y a élaboré des sources anciennes et des mythologies. Selon ses dires, une vieille encyclopédie chinoise divisait les animaux en : a) appartenant à l'empereur, b) embaumés, c) apprivoisés, d) cochons de lait, e) sirènes, f) fabuleux, g) chiens en liberté, h) inclus dans la présente classification, i) qui s'agitent comme des fous, j) innombrables, k) dessinés avec un très fin pinceau de poils de chameau, l) etc., m) qui viennent de casser la cruche, n) qui de loin semblent des mouches... Borges fut aveugle durant les trente dernières années de sa vie. Il est mort à Genève, où il se sentait « mystérieusement heureux », et enterré dans le cimetière de Plainpalais (comme Calvin).

Sur la guerre des Malouines, qui fit guerroyer, dans les années 1980, la Grande-Bretagne et l'Argentine au sujet de quelques îles pauvres et lointaines : « On dirait deux chauves se battant pour un peigne édenté. »

## BOUCHER (Victor)

D'abord aide-comptable à Rouen, Victor Boucher (1877-1942) entreprit une carrière de comédien sur le Boulevard. Lucien Guitry, qui le remarqua, le fit entrer dans sa compagnie. Mobilisé pendant la Première Guerre mondiale, il revint avec la croix de guerre. Il reprit son métier de comédien, devint en 1927 directeur du Théâtre de la Michaudière, joua dans une vingtaine de films.

Victor Boucher écoutait une jeune comédienne qui disait : « J'ai la plus belle voiture de Paris, j'ai des diamants et tout ce qu'on peut avoir ; j'ai déjà fait parler de moi vingt fois. Bientôt je ne saurai plus quoi faire pour épater les gens !
— Apprends ton rôle », dit simplement Boucher.

## BOUFFLERS (chevalier de)

Catherine-Stanislas, marquis de Boufflers, dit «le chevalier de Boufflers» (1738-1815), est le chevalier errant de la fin du XVIIIe siècle. Il avait pour passion les chevaux et les femmes, surtout les secondes, avec plus de sentiment pour les premiers. Il était toujours par les routes. Le comte de Tressan, le rencontrant un jour sur un grand chemin, lui dit : «Chevalier, je suis ravi de vous trouver chez vous.» Le prince de Ligne a dit de lui : «Il est impossible d'être meilleur ni plus spirituel; mais son esprit n'a pas toujours de la bonté, et quelquefois aussi sa bonté pourrait manquer d'esprit.» Une baronne allemande disait : «Il a mangé les trois quarts de mon bien; mais s'il revenait nous finirions le reste : car il est *ravissant*.» Il se jeta dans les idées nouvelles, et lorsque la mode fut lancée des «dons patriotiques» à l'Assemblée nationale, il offrit les boucles d'or de ses souliers; quand ensuite, se promenant les souliers défaits, on lui demandait : «Où sont donc vos boucles?», il répondait : «Je les ai mises aux pieds de l'Assemblée.»

Mme de Staël s'étonnait devant le chevalier de Boufflers qu'ils ne fussent, ni lui ni elle, de l'Académie; elle concluait qu'il leur faudrait constituer la leur. Boufflers ne répondit point, mais répandit ce quatrain :

Je vois l'académie où vous êtes présente;
Si vous m'y recevez, mon sort est assez beau.
Nous aurons à nous deux de l'esprit pour quarante,
Moi comme quatre, et vous comme zéro.

## BOUFFLERS (Mme de)

Marie-Charlotte-Hippolyte, comtesse de Boufflers-Rouvrel (1724-1800), veuve à quarante ans, entretint une liaison avec le prince de Conti et ouvrit au Temple, propriété du prince, un salon littéraire : on la surnommait de façon un peu ridicule «la Minerve du Temple». Elle avait un effet apaisant sur Rousseau : «Tais-toi Jean-Jacques, aimait-elle à lui dire lorsqu'il s'impatientait contre les philosophes : ils ne t'entendront pas.» Amie de Gustave III, elle arrangea le mariage entre l'ambassadeur de Suède, M. de Staël, et Mlle Necker – mais dans ses lettres, elle avoue désespérer de pouvoir faire l'éducation de la future Mme de Staël. La spéculation sur les assignats permit à beaucoup de bourgeois révolutionnaires de s'enrichir, mais elle fit partie des quelques aristocrates qui surent en profiter. Elle racheta à l'État la moitié de ses terres à très bon compte, et se fit construire un château en Normandie. Cette amie des Lumières fut incarcérée huit mois sous la Terreur, sans raison particulière. Comme elle avait toujours eu un goût effréné des paradoxes, elle put réfléchir sur celui-là. Après sa libération elle mena une vie obscure.

On disait de D'Alembert devant elle : «Il a toujours l'air de courir après l'esprit.»

Elle dit : «Je parie pour l'esprit.»

*

Dans les salons de la fin du XVIIIe siècle, où l'on savourait particulièrement le mélange de l'intelligence et de la cruauté, l'un des jeux à la mode était le «jeu des bateaux[1]». On vous supposait sur une barque en perdition, avec deux personnes – généralement présentes dans l'assistance pour que ce fût plus piquant –, et l'on imaginait qu'il n'était possible d'espérer sortir de cette situation tragique qu'en jetant l'un des deux compagnons à la mer ; on vous demandait alors quel choix vous feriez...

C'est au jeu des bateaux qu'on demanda un jour à Mme de Boufflers qui elle sauverait, de sa belle-mère qu'elle adorait, ou de sa mère qui ne l'avait point élevée. Elle répondit : «Je sauverais ma mère, et je me noierais avec ma belle-mère.»

### À propos de Mme de Boufflers

Pendant l'été de 1787, le prince de Ligne se promenait en berline avec la maréchale de Mirepoix, Mme du Deffand et la comtesse de Boufflers, trois amies qui se querellaient souvent. Oubliant sa propre liaison avec le prince de Conti, la comtesse de Boufflers disait grand mal de Marquise, maîtresse du duc d'Orléans. La maréchale défendait Marquise en disant que toute liaison avec un prince du sang devait être un porte-respect. La comtesse sentit le coup : «Madame, répliqua-t-elle, je veux rendre à la vertu par mes paroles ce que je lui enlève par mes actes ; vous ai-je reproché votre intimité avec la Dubarry, qui n'est en somme que la première fille du royaume ?

— La première si vous voulez que Marquise soit la seconde, dit la maréchale. Mais ne me forcez point à compter jusqu'à trois.»

*

Julie de Lespinasse ne quittait son salon que pour celui de Mme Geoffrin, celui de Mme du Deffand ou celui de «la Boufflers». Celle-ci était, de toutes, la plus belle, la plus brillante et celle qui

---

1. Sur un épisode de ce jeu, voir également la notice «Talleyrand».

avait eu le plus d'amants – au total la plus légère. Lorsqu'elle vint à mourir, Mlle de Lespinasse l'enterra avec cette formule : « Elle n'avait le vrai de rien... »

## BOUILLON (duc de)

Henri de La Tour d'Auvergne, vicomte de Turenne, duc de Bouillon, prince de Sedan, maréchal de France (1555-1623) : toujours actif lors des guerres de Religion, il y combattit d'abord avec le duc d'Alençon puis, après une conversion au protestantisme, avec Henri de Navarre. Une fois celui-ci roi, le duc de Bouillon (il le fut par mariage) ne se calma pas pour autant : il avait déjà participé au complot des Malcontents dans sa jeunesse, il se mêla cette fois à la conspiration de Gontaut-Biron. Henri IV disait ensuite : « Méfions-nous des brouillons et des Bouillon. » Il est le père de Turenne, qu'il eut de son second mariage avec Élisabeth de Nassau, fille de Guillaume d'Orange.

Après que Vitry, capitaine des gardes, eut assassiné Concini, maréchal d'Ancre, à l'instigation d'Albert de Luynes, celui-ci recueillit une bonne part des richesses et toutes les places occupées par le maréchal d'Ancre. Le duc de Bouillon, voyant que le successeur de Concini gouvernait, sous le nom de son maître, avec un despotisme proche de celui qui avait rendu odieux le favori de la reine mère, dit : « On n'a pas changé de taverne, mais seulement de bouchon. »

## BOURDIN (Gilles)

Gilles Bourdin (1515-1570), procureur général au parlement de Paris, était très catholique et adversaire de la réforme religieuse. Outre ses travaux juridiques en latin, on a de lui des commentaires en grec d'Aristophane. Il possédait aussi l'arabe et l'hébreu, et, en un temps florissant pour les kabbalistes chétiens, il finança pour Guillaume Postel l'achat d'un incunable du *Zohar*. Il était fort gros, dormait souvent à l'audience, mais se souvenait bien de ce qui y avait été dit. Il mourut d'apoplexie. Dans ses *Vrais pourtraits et vies des hommes illustres grecz, latins et payens...*, Thévet a présenté ce magistrat intègre comme « l'un des doctes & rares personnages de nostre aage ».

Comme le procureur général Bourdin dormait à l'audience, un conseiller dit à un autre : « Voilà notre procureur général qui dort comme un cochon. »

Bourdin, qui entendit cela, leva la tête et dit : « D'un cochon tout est bon ; mais d'un âne rien n'en vaut. »

*

Bourdin faisait comme son prédécesseur Noël Brulart, procureur général au parlement de Paris : lorsqu'il rencontrait un évêque par la ville, il faisait arrêter son carrosse et allait lui demander quelle affaire l'empêchait de résider dans son diocèse. Si c'était un procès – motif souvent allégué –, il disait : « N'y a-t-il que cela qui vous retienne ici ? Je le ferai vider ; retournez à votre diocèse. »

## BOURSAULT (Edme)

Edme Boursault (1638-1701) : ce Bourguignon était le fils d'un homme de plaisir, ancien militaire, qui n'avait fait donner aucune éducation à son fils parce qu'il ne voulait pas qu'il en sût plus que lui. Remarqué par Louis XIV pour un ouvrage consacré à l'éducation du Dauphin, Boursault obtint une pension pour composer une gazette manuscrite en vers burlesques, qui devait circuler à la Cour. Elle fut suspendue deux fois pour des raisons religieuses ou politiques, mais le roi continua à accorder des faveurs à son protégé, qui termina receveur des tailles à Montluçon. Il a écrit des comédies qualifiées de « très polissonnes ».

Ci-dessous gît le corps usé
Du lieutenant civil Rusé,
Auquel il coûta maint écu
Pour être déclaré cocu.
À son frère il n'en coûta rien,
Et si pourtant il l'était bien.
De ce nombre il en est assez.
Priez Dieu pour les trépassés.

*

*Épigramme*
Blaise est de si bonne amitié
Qu'un jour, voyant sa femme en couche,
Le pauvret eut tant de pitié
Qu'il devint plus froid qu'une souche.
Elle, au plus fort de ses douleurs,
Le voyant ainsi fondre en pleurs,
Pour l'apaiser (étrange chose !) :

«Ce ne sera, dit-elle, rien;
Calmez-vous, Blaise, je sais bien
Que vous n'en êtes pas la cause.»

## BOUVART (docteur)

Professeur à la faculté de médecine de Paris, puis au Collège de France, membre de l'Académie des sciences, Michel-Philippe Bouvart (1717-1787) portait une cicatrice qui déformait son visage et Diderot prétendait qu'il se l'était faite «en maniant maladroitement la faux de la mort». Mais il avait la réputation de guérir les cas les plus désespérés, et un jour l'un de ses patients, homme d'esprit, se sentant mourir, dit à son valet de chambre : «Bouvart va être bien attrapé!» Il reçut des lettres de noblesse et le cordon du Saint-Esprit, mais refusa la place de premier médecin du roi. On ne le confondra donc pas avec le médecin Bouvard du siècle précédent, également professeur au Collège de France, qui accomplit le prodige de faire prendre à Louis XIII près de deux cents médecines au cours d'une année où il lui fit subir autant de lavements et quarante-sept saignées. Le monarque survécut.

En 1780, le chancelier du comte d'Artois, M. de Bastard, tomba gravement malade au moment où la justice allait le juger comme prévaricateur. On en demandait des nouvelles à Bouvart, qui était son médecin. Il dit : «Il est bien mal, car il ne peut plus rien prendre.»

Lorsque la mort du patient eut éteint les poursuites, Bouvart dit : «Je l'ai tiré d'affaire.»

*

Le docteur Bouvart ayant été appelé en 1777 par le grand aumônier, Charles-Antoine de La Roche-Aymon, atteint de la goutte, le prélat lui dit qu'il souffrait comme un damné. Le médecin s'en étonna : «Quoi, déjà, monseigneur?[1]»

*

---

1. Mot souvent attribué à Louis-Philippe au sujet de Talleyrand. Outre qu'il ne correspondrait pas au caractère du roi, la repartie figure dans des ouvrages antérieurs : selon les *Souvenirs et portraits* du duc de Lévis, la saillie aurait été lancée à l'abbé Terray.

Bouvart vouait à la personne de Théophile de Bourdeu, son savant confrère, professeur à la faculté de médecine de Montpellier, une haine solide. Il lui reprochait divers méfaits, et sa jalousie s'exaspéra lorsque Bourdeu, ayant enfin obtenu le droit d'exercer dans la capitale, devint le praticien le plus recherché de Paris.

Il accusait son confrère de la pire vanité et, lorsqu'il apprit que la mort avait surpris Bourdeu dans son sommeil, il dit : «Je n'aurais pas cru qu'il fût mort horizontalement.»

## BOVY (Berthe)

Comédienne originaire de la région de Liège, Berthe Bovy (1887-1977) connut divers succès à la Comédie-Française, où elle resta plus de trente ans. Elle eut Pierre Fresnay pour troisième mari, avant qu'il ne la quitte pour Yvonne Printemps. Elle parut dans une trentaine de films. À quatre-vingts ans, elle jouait encore Molière.

Un jour Jules Claretie, administrateur de la Comédie-Française, disait à Berthe Bovy, en lui désignant une petite boîte : «Elle contient, chère amie, le cerveau de Voltaire.»

Alors la jeune sociétaire, du tac au tac : «Vous n'avez jamais eu l'idée de vous en servir?»

## BRACKEN (Brendan)

Brendan Bracken (1901-1958) : Homme de l'ombre et soutien financier de Churchill, tous deux se disputaient «tout comme le ferait un vieux couple assez heureux», dira Macmillan. En mai 1940, lorsqu'il fallut constituer un gouvernement d'union, Bracken fit promettre à Churchill de garder le silence s'il était proposé à Halifax d'être Premier ministre. Quand Chamberlain et le *whip chief* conservateur avancèrent le nom de Halifax, il y eut un pesant silence et l'intéressé dut déclarer qu'il n'était pas dans la meilleure position pour former un gouvernement. On dit que ce silence a sauvé l'Angleterre. Une fois Premier ministre, Churchill, contre l'avis du roi, fit nommer Bracken au conseil privé. Il devint alors, selon l'expression de Randolph Churchill, l'illusionniste dont les fantasmes devinrent réalité. Il sut convaincre Roosevelt que la Grande-Bretagne était en mesure de poursuivre le combat, et il fut un ministre de l'Information important. Après la guerre, Beaverbrook et lui empêchèrent l'évolution du parti conservateur vers la gauche, et ce fut un échec cuisant aux élections au moment où tout le monde réclamait l'étatisation des services. Ensuite, il poursuivit sa carrière d'homme d'affaires, président d'un groupe minier d'Afrique du Sud, propriétaire du *Financial Times* et de la moitié du *Economist*. Comme le personnage de Rex Mottram qu'il avait inspiré dans *Brideshead Revisited*, le roman de Waugh, il voulait toujours ce qu'il y avait de mieux ; il avait donc décidé de prendre pour maîtresse en titre Penelope Dudley-Ward, actrice à la beauté éthérée, dont la mère, Freda, avait été longtemps la maîtresse d'Édouard VII. On ne sait pas si le succès vint couronner ses démarches, et on ne sait d'ailleurs pas s'il fut ou non homosexuel. En vérité, on ne sait pas grand-chose : sur le point de mourir, il prescrivit que ses cendres fussent répandues sur Romney Marsh, et il ordonna à son chauffeur de brûler, avant cela, tous ses papiers.

Bracken était devenu l'associé de Max Beaverbrook, et c'est lors d'une réception fastueuse chez le magnat de presse canadien qu'il interpella Bevan, le leader syndicaliste devenu ministre : « Vous, le Lénine des boîtes de nuit... Vous, le Robespierre du luxe... Vous, la Veuve Clicquot du bolchevisme, vous réussissez le tour de force de vous présenter comme un socialiste en venant lamper le champagne de mon ami Max ! »

\*

Après la guerre, Bracken fut fait vicomte Bracken of Christchurch in Hampshire, mais il n'alla jamais siéger à la Chambre des lords ; il disait : « Je refuse d'aller mettre les pieds à la morgue. »

\*

Il se retira de la vie politique au début des années 1950, continuant de ruiner sa santé affaiblie par une vie recluse, le tabac et l'excès d'alcool (il répétait : « Je mourrai jeune mais j'ai oublié »). Atteint par un cancer de la gorge, il fit face à la mort courageusement, tout en prenant soin de renvoyer un prêtre qui voulait le réconcilier avec l'Église catholique. Il dit à un ami : « Ça y est, les Chemises noires de Dieu sont après moi. »

### À propos de Brendan Bracken

Le jeune Brendan Bracken, fils d'un combattant républicain irlandais, s'était fait renvoyer de chez les jésuites, et sa mère l'envoya en Australie. Quand il revint, il obtint à Liverpool un poste d'enseignant en se prévalant de diplômes de l'université de Sydney qu'il n'avait pas. Il apparut tout d'un coup, en 1924, dans l'entourage de Churchill, qui n'écoutait plus que lui. Comme on ne savait pas d'où il venait, on pensa qu'il était un fils naturel de ce dernier. La rumeur vint aux oreilles de Mme Churchill, qui interrogea de manière insistante son mari. Lequel finit par répondre, agacé : « J'ai vérifié, mais les dates ne coïncident pas... »

Cela n'arrangea pas les relations entre Mme Churchill et le jeune homme, qu'elle avait rencontré la première fois installé chez elle alors qu'il n'y était pas invité. De surcroît, il dormait sur le canapé du salon avec ses chaussures, et il disait chaque matin à la guindée Clementine, baronne Spencer-Churchill : « Bonjour Clemmie ! »

Bientôt, Bracken fut élu député conservateur, devint un important patron de presse et continua, derrière son côté affabulateur, de travailler sans relâche dans l'ombre de Churchill : sa maison devint, avant-guerre, un centre névralgique du combat pour la dénonciation des accords de Munich. Lorsque Churchill fut nommé premier lord de l'Amirauté, en 1939, Bracken alimentait la presse sur la manière pusillanime dont Chamberlain et ses proches envisageaient la guerre, pendant que Churchill affichait la plus belle loyauté à son Premier ministre. Il contrecarrait ainsi l'activisme d'un autre grand patron de presse, lord Rothermere, l'homme du *Daily Mail*, partisan de l'apaisement. Un jour Rothermere se plaça devant Brendan Bracken, qui avait une abondante chevelure ondulée d'un blanc presque rose qui ressemblait à une perruque, et lui dit : « Brendan, j'en arrive à croire que vous n'êtes qu'une illusion. Tout en vous est faux. Tout le monde croit que vous menez une vie simple. C'est faux. Tout le monde croit que vous êtes un tory endurci. C'est faux. Vous voulez que tout le monde croie que vous êtes caustique et agressif. C'est faux. Et même vos cheveux... Tout le monde les croit faux, et ils sont vrais. »

## BRANCACCIO (Thomas)

Tommaso Brancaccio : créé cardinal en 1411 par son oncle, on l'appelait « le cardinal de Naples » à cause de la souche napolitaine de son illustre famille ; mais il reçut bientôt le surnom de « cardinal balafré » à la suite d'une blessure reçue au sortir d'une maison de débauche. Son oncle Jean XXIII fut déposé en 1415 par le concile de Constance, réuni pour mettre fin au grand schisme d'Occident ; le pape pensait que ce concile épouserait ses volontés, mais les pères conciliaires décidèrent de changer le mode de computation des votes : non plus par tête, mais par nation (le concile étant divisé en cinq nations : l'Allemagne, l'Espagne, l'Angleterre, la France – qui comprenait les prélats de Suisse – et l'Italie). Les cardinaux italiens perdirent la majorité et le pape fut déposé.

Ce neveu de Jean XXIII était un homme sans esprit et sans mérite. Il riait toujours, et généralement sans sujet. Un jour que quelqu'un le voyait rire alors qu'il revenait d'une entrevue avec le pape, cette personne dit à son voisin : « Vous verrez qu'il rit de la sottise du pape, d'avoir fait cardinal un homme comme lui. »

## BRET (Antoine)

Antoine Bret (1717-1792), avocat originaire de Dijon, s'exerça dans presque tous les genres littéraires mais ne brilla dans aucun, malgré la pureté de son style et une connaissance de l'art dramatique qu'il avait acquise dans l'étude de Molière, dont il a publié en 1773 une édition estimée.

Antoine Bret alla voir, dans sa jeunesse, un seigneur bourguignon qui, trop vain de sa fortune et de ses titres, lui dit, comme pour l'avertir des égards qu'il attendait de lui, que ses vassaux ne s'asseyaient et ne se couvraient jamais devant lui.

« Corbleu ! répliqua Bret en enfonçant son chapeau sur ses oreilles et se jetant dans un grand fauteuil, ces gens-là n'ont donc ni cul ni tête ? »

## BRETONVILLIERS (M. de)

Claude Le Ragois de Bretonvilliers (1582-1645) : cet infortuné et spirituel mari, secrétaire au Conseil du roi et financier, extrêmement riche, fit édifier vers 1640 à l'extrémité est de l'Ile Saint-Louis un immense hôtel avec jardin en terrasse dominant la Seine, qui faisait dire à Tallemant qu'après le sérail de Constantinople, c'était le bâtiment du monde le mieux situé. Ce palais fut pour l'essentiel détruit lors de travaux d'urbanisme du XIXe siècle.

Dans le temps que l'archevêque de Paris aimait extrêmement Mme de Bretonvilliers, le mari surprit le prélat en désordre auprès de cette dame. En homme sage, M. de Bretonvilliers ferma la porte et se retira. Comme il rencontrait des gens qui montaient son escalier, il fit de grands signes de croix avec la main, et donna des bénédictions de droite et de gauche à tous ceux qu'il rencontrait. Un de ses amis, qui se trouvait sur la montée, s'étonna de cette nouveauté et en demanda la raison.

« C'est, répondit M. de Bretonvilliers sans s'émouvoir, que monsieur l'archevêque fait là-haut ma besogne et qu'il est juste, puisqu'il prend cette peine, que je fasse aussi la sienne. »

## BRIAND (Aristide)

Aristide Briand (1862-1932) était le fils d'un garçon meunier qui épousa en urgence la servante d'un châtelain des environs de Nantes, marquis de L.; officieusement, il était le fils du marquis. Les époux se firent offrir un « café chantant » à Saint-Nazaire. Le fils reçut une éducation au lycée de Nantes, puis s'établit avocat à Enghien, où il se livrait à ses deux passions : la pêche à la ligne (regardant un jour l'aquarium de Berthelot, il dit : « Les poissons y ont toujours l'air bête, et c'est autant de perdu pour la pêche ») et des voluptés qui lui valurent des ennuis judiciaires. « Élevé dans un lupanar, écrira Léon Daudet, entremetteur dès l'adolescence, outrage public à la pudeur vers l'âge adulte, renégat tout le reste du temps, Aristide Briand a une tendance naturelle, innée en quelque sorte, à ne connaître que le droit commun. » Morand, au ministère des Affaires étrangères en 1916, raconte : « M. Briand ne descend jamais au jardin, ne jette jamais un coup d'œil sur la nature ; il lui faut la pêche à la ligne et Cocherel, où d'ailleurs il se plaint que "les rossignols gueulent comme des ânes" et l'empêchent de dormir ; ou bien la Chambre, maison sans fenêtres. » Vingt-cinq fois ministre et onze fois président du Conseil, il obtint avec Stresemann le prix Nobel de la paix en 1926 ; on a dit qu'ils étaient l'un et l'autre francs-maçons ; Stresemann avait bien été initié à la loge Frédéric-le-Grand, mais Briand, qui avait frappé à la porte de la loge Le Trait d'Union d'Orient de Saint-Nazaire en 1889, avait été déclaré « indigne de faire partie de la grande famille maçonnique ». Orateur, on l'a dit doué de magnétisme (il endormait certaines personnes en appesantissant sur elles son regard bleu). Il croyait possible de renverser par le verbe les nationalismes modernes, mais le sien manquait de fond. Charles Benoist a écrit : « Cela sentait encore la cour d'assises de province : il y avait des effets un peu faciles, un peu vulgaires, c'était criblé de trous : il était clair que si la nature avait rempli son rôle, le travaillait totalement négligé le sien. Pourtant, le don était superbe ; et s'il lui manquait trop pour que ce fût en vérité l'éloquence, c'en était du moins la musique. Pas l'ombre, au surplus, d'une conviction et pas la queue d'une idée »... Rebatet a résumé Briand à sa manière : « Retors, doué d'une méprisable habileté pour se maintenir et évoluer dans le bourbier du Parlement, il était cornard dès qu'il s'attablait avec l'étranger pour défendre devant lui les intérêts de la France. Il mettait à l'encan les fruits les plus légitimes de nos terribles sacrifices et de notre victoire, pour nous offrir en échange de risibles parchemins. »

Lloyd George, que Wladimir d'Ormesson a décrit comme «vif, l'œil imaginatif, la chevelure au vent, prodigieusement imbu de son importance», déclarait à un ministre français : «Vous, les Français, êtes bien vaniteux; prenez donc garde : entre la vanité et le ridicule, il n'y a qu'un pas.

— Oui, dit Aristide Briand, qui se trouvait là : le Pas de Calais.»

\*

Des amis politiques de Joseph Caillaux et d'Aristide Briand les encourageaient vivement à s'entendre. On réunit les deux ennemis, qui devaient se réconcilier dans cette occasion. Aristide Briand tendit la main à Caillaux en disant : «Je vous souhaite tout ce que vous me souhaitez.»

\*

Briand recevait les doléances d'un préfet, et après avoir longuement écouté ses jérémiades : «Évidemment, votre métier est l'avant-dernier des métiers...

— Quel est le dernier? demanda le préfet brusquement intrigué.

— Ministre, depuis que je vous écoute.»

\*

Paul Morand a relaté un déjeuner de juillet 1917 chez Marie Scheikevitch, à l'occasion duquel Briand raconta comment il avait ruiné la carrière parlementaire de Lazare Weiller[1]. Celui-ci avait pris l'habitude d'interrompre les orateurs. Alors, chaque fois Briand se retournait et s'écriait : «Au tombeau!»

Et toute la Chambre de crier : «Au tombeau, Lazare!»

\*

---

1. Lazare Weiller (1858-1928) : issu d'une modeste famille juive alsacienne, cet ingénieur fit fortune grâce à l'invention de nouveaux alliages; ses usines produisaient des câbles téléphoniques et sous-marins. Il sera ensuite fondateur de groupes industriels dans différents secteurs, et un pionnier de la télévision dès la fin du XIXe siècle. Il entreprit une carrière politique parmi les républicains modérés, fut député d'Angoulême en 1914 et conseilla Poincaré à l'occasion de la crise du franc en 1923. Il s'était converti au catholicisme en 1882.

Au Quai d'Orsay, en 1916, on écoutait attentivement la radio allemande. Le 2 novembre, celle-ci annonça que, devant le feu de l'artillerie française, son armée avait évacué le fort de Vaux (qui faisait l'objet depuis longtemps de furieux combats). Paul Morand fut surpris de lire la note établie par l'auditeur du ministère à ce sujet : personne ne paraissait avoir remarqué la chose. Il montra la note à Berthelot, qui la montra à Briand. Il dit en riant : « Joffre ne doit pas le savoir : il faudrait peut-être le prévenir. »

(On téléphona alors à Chantilly, où se trouvait le grand quartier général, mais Joffre était à dîner et on n'osa pas le déranger.)

### À propos d'Aristide Briand

Paul Morand rapporte, en novembre 1916, une discussion avec Robert de Billy, ami d'enfance de Proust et conseiller de l'ambassade de France à Rome. La conversation revenait sur le Parlement et ses inconvénients en temps de guerre.

« Sans le parlement, dit la princesse de Polignac, Briand serait encore à Saint-Nazaire. »

*

Sous l'un des nombreux cabinets Briand, un député cria à la Chambre, depuis son banc, pour mépriser certaines pressions économiques dont la France était victime : « Le franc se sauvera lui-même ! »

Un collègue lui répondit d'un autre banc : « Il s'est déjà sauvé : il s'est sauvé à l'étranger. »

Ce fut la chute du énième cabinet Briand.

*

En septembre 1931, Laval et Briand, accompagnés de Berthelot et Léger (Saint-John Perse), firent une visite officielle à Berlin. Tandis que des experts qui ne croyaient plus à grand-chose dans un climat d'appréhension obscure se concertaient sur une éventuelle collaboration économique, Briand alla longuement se recueillir sur la tombe de Gustav Stresemann. Raccompagnant ses hôtes après une audience que François-Poncet, ambassadeur à Berlin, qualifia de « brève et banale », le maréchal Hindenburg qui, à quatre-vingt-quatre ans, présidait aux destinées de l'Allemagne depuis six années, désigna du regard Aristide Briand et dit à François-

Poncet : «Le voyage a dû être bien fatigant pour ce vieux monsieur!»

*

Quelqu'un parlait de l'éloquence d'Aristide Briand, peu après qu'il eut été une dernière fois président du Conseil : «Il était capable de vous faire pleurer simplement en vous lisant les cours de la Bourse...

— Hélas, répondit un industriel qui se trouvait là : beaucoup de gens pleurent maintenant, à la lecture des cours de la Bourse, sans avoir besoin de lui.»

### BRIFAUT (Charles)

Orphelin élevé par des prêtres, Charles Brifaut (1781-1857) avait écrit en 1809 une pièce dont la scène se passait en Espagne. La censure l'arrêta. Un ami de l'auteur en appela à Napoléon. Celui-ci lut la pièce, dans laquelle il y avait des vers à la louange des Espagnols. «La censure a bien fait, dit-il. Il ne me va point qu'on fasse l'éloge d'un peuple avec lequel je suis en guerre. — Mais, Sire, que voulez-vous que devienne l'auteur? demanda humblement l'ami. Il n'a composé et ne composera probablement jamais que cette pièce-là dans toute sa vie... – Eh bien, qu'au lieu de faire passer son action en Espagne, il la fasse passer en Assyrie, par exemple, et je n'ai plus d'objection.» Pareille condition ne devait pas arrêter Brifaut, a expliqué Dumas : «D'abord, il appela sa pièce *Ninus II* puis, partout où il y avait *Espagnols*, il mit *Assyriens*; partout où il y avait *Burgos*, il mit *Babylone*; cela le gêna un peu pour les rimes, mais pour les rimes seulement; et la pièce fut autorisée, et la pièce fut jouée, et, à cause du tour de force, sans doute, M. Brifaut fut nommé académicien. C'était, au reste, un excellent homme que M. Brifaut, pas trop fier de n'avoir rien fait, avantage qui rend tant de confrères insolents.»

Charles Brifaut sortait de chez lui, pendant la révolution de Juillet, lorsqu'il fut interpellé par un exalté qui portait à la boutonnière un ruban tricolore en signe de civisme, ruban que tout le monde arborait alors par mesure de prudence.

«Pourquoi ne portes-tu pas l'insigne de la liberté?

— Parce que je suis libre», répondit paisiblement Brifaut.

On dut le laisser passer.

Une mésaventure comparable était arrivée sous la grande Révolution à Désaugiers.

« Ta cocarde, citoyen ! lui cria-t-on.

— C'est vrai, fit-il en se décoiffant et en inspectant son chapeau : je l'aurai laissée à mon bonnet de nuit. »

## BRISSAC (maréchal de)

Comme chevalier de Malte, Timoléon de Cossé, 7ᵉ duc de Brissac (1698-1784), combattit au siège de Corfou, possession vénitienne menacée par les Turcs ; après de belles actions au service de Louis XV, il fut élevé à la dignité de maréchal de France. À la différence de la plupart de ceux de sa caste, le maréchal avait eu la lucidité de soutenir le triumvirat Terray-D'Aiguillon-Maupeou et avait fait des objections aux persécutions dont les huguenots faisaient l'objet, en disant notamment : « Si Dieu est dans l'hostie, les huguenots ne l'en chasseront pas. Et s'il n'est pas dedans, nous ne saurons pas l'y faire entrer non plus. » Avec l'âge, sa tête s'était un peu perdue et, l'épée à la main, il combattait les figures des tapisseries de son château. On l'entendait marmonner à la toilette du matin : « Timoléon, Dieu t'a fait noble, le roi t'a fait duc, fais-toi la barbe pour te faire quelque chose. » Lorsqu'il se sentit mourir, à Paris, il ordonna que sa dépouille mortelle fût transportée à Brissac et dit à son valet de chambre ivrogne : « Tu conduiras le corbillard, mais je te défends de me faire attendre trop longtemps à noyer ton chagrin dans tous les cabarets de la route. »

Charles de Bourbon-Condé, prince du sang, comte de Charolais, traînait une réputation de lâcheté qui était surtout due à son impopularité et au large emploi qu'il faisait de ses gens pour donner la bastonnade à ceux qui avaient eu le malheur de se mettre en travers de son chemin (en tant que prince du sang, il eût dérogé en le faisant lui-même...). Il avait cependant eu, dans sa jeunesse, l'occasion de manifester sa bravoure.

Toujours est-il qu'avec sa réputation de lâcheté, le comte de Charolais surprit un jour M. de Brissac chez la Delisle, sa maîtresse : « Sortez, Brissac ! » dit-il, furieux.

L'autre repartit sans broncher : « Monseigneur, vos ancêtres auraient dit : *Sortons !* »

*

À l'article consacré au marquis de Bièvre, on a déjà eu l'occasion de dire que Mlle Laguerre, chanteuse de l'Opéra, buvait beaucoup de champagne avant de monter sur scène, pour se donner du courage. Un soir qu'elle en avait bu plus que de coutume, elle ne put achever son rôle d'Iphigénie. Lorsque l'ivresse fut passée, elle reçut l'ordre de se rendre au For-l'Evêque, la Bastille des comédiens. Mais le régime claustral n'y était pas bien sévère, dit Nérée Desarbres : «Billets doux, cadeaux, amoureux et galants, tout pouvait arriver jusqu'à la prisonnière, tout, hormis l'aï et le sillery [sic], consignés à la porte. Rendue tout à fait à la liberté, Mlle Laguerre fit les honneurs d'un magnifique souper, offert en réjouissance de cet heureux événement, et, séance tenante, prit l'engagement de ne jamais boire à l'avenir plus de treize coupes de champagne dans le même repas, en mémoire de ses treize jours de captivité.»

À la sortie de cette représentation, restée fameuse, d'*Iphigénie*, le duc de Brissac dit : «Ce n'était pas *Iphigénie en Tauride*, mais bien plutôt Iphigénie en Champagne.»

\*

La défaite de Rosbach, en 1764, fut l'une des plus sévères de l'histoire militaire de la France. Les troupes françaises de la coalition antiprussienne étaient commandées par Charles de Rohan, maréchal de Soubise[1], meilleur courtisan que général (Frédéric II raillait que Louis XV l'eût mis à la tête de ses armées : «Ah! s'écriait-il, Soubise a cent cuisiniers et un espion moi, au contraire, j'ai cent espions et un cuisinier»). Il est vrai que c'était

---

1. Charles de Rohan, prince de Soubise, duc de Rohan-Rohan (1715-1787), n'était pas un général aussi nul que l'ont dit les chansons du temps (à la tête des gendarmes de la garde, il joua un rôle à Fontenoy), mais il n'était pas digne d'un commandement suprême. Au début de la guerre de Sept Ans, les victoires du maréchal d'Estrées avaient mis Frédéric II dans une situation désespérée, mais son sang-froid lui permit de tirer parti de la mésentente qui régnait entre les généraux français de division, Richelieu et Soubise. Les Prussiens, longtemps immobiles dans Rosbach, écrasèrent ainsi des Français et Saxons trois fois plus nombreux, qu'on laissait marcher au hasard. Plus tard Soubise, qui savait ses limites, se laissa guider par les conseils du maréchal d'Estrées, et remporta avec lui la victoire de Johannisberg. Comme tous les Rohan, il était très entiché de son titre de prince (du fait d'une parenté avec les anciens rois de Bretagne), ce qui indisposait les princes du sang, qui trouvèrent un jour l'occasion de faire acter des réserves à ce sujet, rappelant qu'en France la qualité de prince était réservée aux membres de la famille royale. Soubise fut lui-même successivement marié à trois princesses étrangères. Cela mis à part, il entretenait à grand frais des filles d'opéra ainsi que la Michelon, courtisane célèbre dont le duc de Chartres, futur Philippe Égalité, était le proxénète. On a loué sa loyauté : ce fut le seul personnage à suivre la dépouille de Louis XV vers Saint-Denis, dans le petit cortège composé de pages et de valets.

Mme de Pompadour qui lui avait fait donner le commandement en chef. Ce général, qui n'était pas un stratège, fut fort brocardé à la suite de la défaite. Comme la marquise de Pompadour avait adressé à son protégé une consolation publique, ce fut un déchaînement de la part des libellistes :

> En vain vous vous flattez, obligeante marquise,
> De mettre en beaux draps blancs le maréchal Soubise ;
> Vous ne pouvez laver, à force de crédit,
> La tache qu'à son front imprime sa disgrâce.
> Et quoi que votre faveur fasse,
> En tous temps on dira ce qu'à présent l'on dit :
> Que si Pompadour le blanchit,
> Le roi de Prusse le repasse.

Le fils aîné du maréchal de Brissac mourut des suites des blessures qu'il subit lors de la défaite de Rosbach, et lorsque le roi crut devoir faire ses condoléances au maréchal, celui-ci répondit : « Ah ! Sire, il est dur de voir verser le sang des Cossé dans une *Soubisade.* »

## BROGLIE (duc Albert de)

Albert, 4ᵉ duc de Broglie (1821-1901) : son grand-père Victor de Broglie, en montant sur l'échafaud, avait fait transmettre à son jeune fils le vœu exprès qu'il restât fidèle à la Révolution, « même ingrate et injuste » ; ce fut vrai du fils, qui fit tout pour ruiner la Restauration, et un peu moins du petit-fils, qui se contenta d'être orléaniste. Il éloigna du trône le comte de Chambord, facile à décourager, mais ne sut pas assurer les droits dynastiques du comte de Paris. Député dans la chambre monarchiste des débuts de la république, chef du gouvernement, il donna sa démission après le « coup » du 16 mai 1877 et l'échec électoral de la droite. Maurras a écrit dans sa notice nécrologique, au sujet du fameux cri du duc (« Je ne peux pas ») : « Rien de plus vrai. Il ne pouvait même pas le vouloir. L'équipée naïve du coup d'État légal lui était apparue, dès le premier jour, absurde. Mais un coup d'État illégal lui aurait donné l'idée précise d'une impiété. Toute sa religion originelle protestait contre les actes inconstitutionnels. Son énergie, sa patience, son application, son industrie aux mille ressources étaient disponibles pour d'autres œuvres, fussent-elles héroïques ; aucunement pour celle-ci... Il avait tout osé contre son roi parce qu'il se disait : *La Liberté le veut.*

Il n'osa rien contre les radicaux réélus, parce qu'il se disait : *La Liberté ne le veut pas*. Il eût su tenir tête aux caprices des opinions ; cependant l'Opinion, conçue comme une réalité politique, le troublait et l'intimidait. De Gambetta ou de lui, c'était lui, très certainement, qu'elle impressionnait le plus. »

Le romancier Ferdinand Fabre, oublié aujourd'hui, était candidat à l'Académie. Il rendait visite au duc de Broglie, auquel il confia : « J'ai fait le compte : j'ai dix voix qui sont sûres, et cinq douteuses... Il faudrait agir sur ces dernières... »

Le duc affecta de méditer un instant, et dit : « Ce ne sont pas les douteuses qui m'inquiètent. Ce sont les sûres. »

### À propos du duc de Broglie

Mac-Mahon, président monarchiste de la République, avait dû consentir à la formation du cabinet Jules Simon, dominé par les républicains. Un peu plus tard, les catholiques s'agitèrent en faveur du pape « prisonnier » puisque les nationalistes italiens continuaient d'occuper les États pontificaux en lui interdisant d'en sortir. La Chambre exigea du gouvernement de « réprimer les manifestations ultramontaines ». Mac-Mahon demanda à Jules Simon sa démission et constitua, en mai 1877, un nouveau ministère conservateur sous la direction du duc de Broglie. Le président convainquit ensuite le Sénat de dissoudre la Chambre, et il fit une campagne pour assurer le succès des conservateurs aux élections. C'est ce que les républicains ont appelé « le coup du 16 mai ». Mais les élections donnèrent la majorité à la gauche.

Cassagnac, le journaliste bonapartiste, a raconté que, dans la nuit de l'effondrement électoral des traditionalistes au profit des républicains, il donna au duc de Broglie le conseil de fomenter cette fois un vrai coup d'État. « Je ne peux pas ! » gémit le duc. Il préféra démissionner.

Armand de Pontmartin, le journaliste légitimiste, lui lança : « Écrivez l'histoire, monsieur, ne vous mêlez plus de la faire ! »

## BROHAN (les sœurs)

On a conservé d'Augustine Brohan (1824-1893), cette actrice qui avait
«un organe franc et sonore», quantité d'aphorismes plus ou moins élégants («Il y a des femmes honnêtes comme il y a des vocations man-
quées»). Elle s'était confectionné cette devise : «Reine ne puis, fille ne
daigne, Brohan suis.» Comme, dans ses vieux jours, un ami lui exprimait
son étonnement de ne plus la voir faire d'efforts de toilette : «Mon cher,
expliqua-t-elle : à mon âge, on ne s'habille plus; on se couvre.» Elle
était la fille de Suzanne Brohan (1807-1887), elle-même comédienne,
dont Arago disait qu'elle avait de l'esprit même dans son silence, et la
sœur aînée de Madeleine, autre comédienne. Lorsque celle-ci eut pris
sa retraite, elle recevait ses amis dans son appartement de la rue de
Rivoli, perché à l'étage supérieur. Comme l'un des convives arrivait
essoufflé en s'excusant sur le fait que tant de marches étaient bien dures
à monter, Madeleine dit : «Que voulez-vous, mon cher ami : c'est le seul
moyen qui me reste encore pour faire battre les cœurs.» Les trois
Brohan s'illustrèrent pendant un demi-siècle sur la scène de la Comédie-
Française.

François Buloz, le directeur de *La Revue des Deux Mondes*, rencontra la comédienne Augustine Brohan : «Ah, chère amie, laissez-
moi vous conter une belle bêtise!»

Elle, du ton le plus naturel : «Parlez.»

*

Un soir de fête nationale durant lequel Augustine Brohan déambulait avec Émile Augier[1], il y eut dans la foule un violent mouvement de presse. Peu après, un mari, furieux, se retourna contre
Augier en criant : «Monsieur, vous avez pris la taille de ma
femme!»

---

1. Un anticléricalisme résolu et des attaques dirigées contre Louis Veuillot dans
une pièce, *Le Fils de Giboyer*, avaient fait la réputation d'Émile Augier (1820-1889). Il
sut renchérir par un vaudeville consacré à la question du divorce, *Madame Caverlet*.
Dans sa pièce en vers *Gabrielle*, il n'a pas hésité à glisser : «Quand le printemps fleu-
rit, il faut que je me purge.» Lorsqu'il voulut soumettre pour la première fois une pièce
au Théâtre-Français, l'administrateur était alors Buloz, qui jeta un coup d'œil au titre
de l'œuvre, et la repoussa immédiatement : «*La Gigue* à la Comédie-Française : il n'en
est pas question!» Mais Buloz était atrocement myope; Augier avait intitulé sa pièce
*La Ciguë*. Ses comédies à succès lui permirent d'accéder à l'Académie française en
1857, où il survécut une trentaine d'année. Il était très sourd vers la fin, et il demandait
souvent à son voisin Victorien Sardou : «Qu'est-ce qu'on a dit? – Rien! hurlait
Sardou. – Alors, c'est très bien!» concluait Augier.

Or celle-ci était énorme.

Augustine Brohan répondit : «Par exemple ! c'est impossible : fouillez-le !»

*

Un séducteur assez fat disait : «J'ai cette chance que les femmes m'ont toujours réussi.»

Augustine Brohan, qui se trouvait là, dit à ses voisins : «... À l'exception de sa mère.»

*

Augustine Brohan se méfiait beaucoup des goûts dispendieux d'Alexandre Dumas; on l'entendit dire un jour, après qu'elle eut été sollicitée : «J'aime mieux prêter au ridicule qu'à Alexandre Dumas.»

*

Rachel était très maigre. Alors même qu'un M. L... (on lit parfois qu'il s'agit de Musset) était venu à l'un des «jeudis» d'Augustine Brohan, il prit son chapeau dès onze heures. «Vous me quittez? fait la maîtresse du logis.

— Mais j'ai promis d'aller chez Rachel.

— Ah oui, répondit Augustine : nous sommes bientôt vendredi. Mais je ne savais pas que vous fissiez maigre, mon cher.»

*

Madeleine Brohan, sœur d'Augustine et également comédienne, détestait sa consœur, Mme Allau, qui était très forte, et elle ne manquait jamais une occasion de le lui faire savoir.

«Si tu n'es pas sage, disait-elle à sa fille d'un ton menaçant, je t'envoie faire trois fois le tour de Mme Allau !»

*

Suzanne Brohan, elle-même comédienne, mère d'Augustine et de Madeleine, entendit un jour un admirateur solliciter d'elle «l'aumône d'un baiser»; elle lui répondit : «Monsieur, laissez-moi choisir mes pauvres.»

## BROWN (Craig)

Craig Edward Moncrieff Brown (né en 1957) : ce chroniqueur, rejeton de l'aristocratie britannique, produit d'Eton, n'a pas épargné la reine. Mais sa cible favorite aura été le sémillant lord Jeffrey Archer of Weston-super-Mare, député conservateur, affairiste qui fit parvenir 3 millions de livres à la cause kurde après avoir recueilli 57 millions lors d'un concert consacré à cette cause, où il avait fait chanter Rod Stewart, Sting et Paul Simon. Ringo Starr avait dit de ce fameux lord : « Il m'a fait l'impression d'un type sympa, mais en même temps du genre qui voudrait bien mettre votre pisse en bouteille pour la vendre.»

En 1972, Richard Adams publia *Les Garennes de Watership Down*, sorte de fable anthropomorphique sur des lapins vivant en société. Cela eut un vif succès littéraire. Comme l'on disait devant Craig Brown qu'il s'agissait d'un roman sur les lapins écrit par un fonctionnaire, il dit : « Je préférerais lire un roman sur les fonctionnaires écrit par un lapin.»

## BRUMMELL (George)

Petit-fils d'un valet de chambre, George Bryan Brummell, dit «Beau Brummell» (1778-1840), qui devait rester le prototype du dandy, régna sur l'élégance anglaise jusqu'en 1816, quand il dut gagner la France afin d'éviter la prison pour dettes. Il s'était rendu célèbre par ses manières languissantes et l'art de nouer sa cravate : quand il avait terminé, des tas de mousseline froissée gisaient à ses pieds, et son valet les emportait dans une corbeille en expliquant : «Que voulez-vous! ce sont nos erreurs»... Favori du futur George IV, il se vit conférer le grade de cornette dans un régiment de hussards, ce qu'il accepta avec dédain. Il connaissait fort mal ses hommes, et avait pris comme point de repère pour les identifier un gros soldat au nez violet; quand celui-ci fut transféré dans une autre compagnie, Brummell suivit son homme et créa une terrible confusion. Il vendit sa compagnie lorsque le régiment dut quitter Londres, car il ne concevait absolument pas sa vie à Manchester. D'ailleurs il méprisait ceux qui faisaient des affaires, et affectait d'ignorer où se trouvait la City, demandant toujours, au milieu des conversations, combien de fois il fallait changer de chevaux pour y aller. Sa passion du jeu le ruina. Après avoir passé dix ans à Calais, il devint consul d'Angleterre à Caen jusqu'à ce qu'il écrivît à son ministre, par boutade, que le poste était inutile : le ministre le prit au mot et supprima le poste. Il mourut à l'asile; il est enterré dans le petit cimetière protestant de Caen, où des admirateurs déposent encore quelques fleurs. Avant la dernière guerre, on pouvait voir la chambre qu'il avait occupée à l'Hôtel d'Angleterre, et le garçon qui la faisait visiter, au premier étage d'un vieux pavillon, la présentait comme «la chambre de Beau Brunet».

Tous les gens attentifs à la mode recherchaient Brummell, surtout depuis que son tailleur avait remplacé l'écriteau : « Fournisseur de Sa gracieuse Majesté », par celui de « Fournisseur de M. Brummell ». Le « Beau » avait conquis le régent, futur George IV, lui-même connaisseur en élégance. Le prince venait parfois assister à la séance d'ajustement du vêtement qui, chez Brummell, pouvait prendre deux heures.

Mais le dandy n'épargnait pas le prince de ses sarcasmes : il l'appelait « Big Ben », car le régent prenait du ventre, et comme Mme Fitz-Herbert, la maîtresse du prince, prenait aussi de l'embonpoint, il l'appelait « Benina ».

Une nuit, s'apercevant que le champagne venait à manquer, Brummell jeta au prince son hôte : « George, mon cher, sonnez donc. »

Le prince sonna, mais il dit au valet qui se présentait : « Faites avancer la voiture de M. Brummell. »

Brummell se défendit par la suite de cette histoire, qu'il traitait de « positivement vulgaire ».

\*

Un soir, Brummell donnait un bal avec ses amis Pierrepoint, Mildmay et Alvanley parce qu'ils avaient gagné de grosses sommes au jeu. Il avait consenti que le prince de Galles fût invité. Lorsqu'on annonça l'arrivée de Son Altesse royale, les quatre hôtes allèrent le recevoir. Le prince entra, parla poliment à Pierrepoint, à Mildmay et à Alvanley, puis il fit face du côté de Brummell, le regarda, et se retourna sans avoir l'air de le reconnaître.

Brummell dit alors tout haut à son vis-à-vis : « Alvanley, qui est ce gros homme de vos amis ? »

\*

Sa brouille avec le prince de Galles n'atteignit en rien la situation mondaine de Brummell ; au contraire, il en avait pris une importance nouvelle, et chacun voulait l'avoir à sa table. Un jour que, au club, on lui demandait où il avait dîné la veille, il répondit : « Chez un nommé R... Je présume qu'il désire que je fasse attention à lui, c'est pour cela qu'il m'a donné à dîner. Je m'étais chargé des invitations, j'avais prié Alvanley, Pierrepoint et quelques autres. Le dîner était parfait mais, mon cher, concevez-vous mon étonnement quand je vis que Mr R... avait l'effronterie de s'asseoir et de dîner avec nous?»

*

Brummell fut invité dans un château du sud de l'Angleterre, par une famille dont il avait une très basse opinion. Ses pires craintes se réalisèrent lorsqu'il s'assit à table pour le premier dîner. En dépit des efforts de la famille hôte, la qualité des mets et du vin n'était nullement à son goût, si bien que, à l'occasion d'un silence dans la conversation, il leva sa coupe de champagne et dit au major-dome : «John, pouvez-vous me redonner un peu de ce cidre, s'il vous plaît?»

*

Un jour où un parvenu londonien priait Brummell à dîner, celui-ci répondit, après s'être fait pas mal tirer l'oreille : «J'accepte... mais à condition que personne n'en sache rien!»

*

Comme un jeune homme, après avoir offert un bon dîner à Brummell, proposait de le conduire en voiture à un bal où ils étaient invités l'un et l'autre : «Cela ne se peut, répondit Brummell, il serait vraiment inconvenant qu'on nous vît arriver, moi dans la voiture et vous derrière.»

## À propos de Brummell

En matière de sarcasme, Brummell trouvait quelquefois son maître.

Un brasseur très riche, l'alderman Combes, avait perdu au jeu une grosse somme contre lui; Brummell dit en ramassant les guinées : «Merci, alderman, désormais je ne boirai plus d'autre bière que la vôtre.

— Je souhaite, monsieur, lui répondit l'alderman, que tous les autres vauriens de Londres en fassent autant.»

## BUFFON (comte de)

La réputation de Georges-Louis Leclerc, chevalier puis comte de Buffon (1707-1788), le fit recevoir à l'Académie des sciences à l'âge de vingt-six ans ; intendant du Jardin du roi, il décida de vouer le reste de sa vie à écrire un monumental ouvrage sur la nature. Il revint s'installer à Montbar où il avait su faire fructifier son grand domaine ; il fit construire une vaste forge, alimentée par le bois de ses forêts, qui employa jusqu'à 400 ouvriers. Il étudiait la faune de la région, et il avait installé une ménagerie de bêtes exotiques, qu'il passait de longues heures à observer. Son *Histoire naturelle* fut publiée à partir de 1749. Comme on lui demandait comment il avait pu acquérir une telle gloire, il expliqua : «C'est en passant quarante années de ma vie à mon bureau.» Il n'a pas insisté sur les interludes, mais on sait par son secrétaire Joncourt que, lorsqu'il avait du mal à travailler parce que le désir le distrayait trop, il appelait dans son cabinet une paysanne de Montbar, «pour étudier avec elle une page confuse de l'histoire naturelle», comme le dit Houssaye. Il y avait à Montbar une demi-douzaine de paysannes destinées à de pareilles études. Il devait bien à cette occasion un peu froisser l'habit de cérémonie qu'il ne quittait pas, puisqu'il ne travaillait qu'en grande tenue et manchettes. Son fils sera traîné sur l'échafaud, en 1793, peu après la mort de son père. «Citoyens, je suis le fils de Buffon!» dit-il en appelant au peuple. «Qu'est-ce que cela nous fait ? dit le bourreau ; quand tu serais le fils du pape!» Ainsi périt le fils au moment où la Révolution inaugurait le buste de Linné au Jardin des Plantes.

On devait manger une dinde aux truffes à une table où se trouvait Buffon. Avant le dîner, une vieille dame demanda au savant où croissent les truffes : «À vos pieds, madame.»

La vieille ne comprit pas. On lui expliqua que c'est aux pieds des charmes ; elle trouva galant le compliment et son auteur.

Vers la fin du repas, quelqu'un fit la même question au savant naturaliste, qui, ne prenant pas garde au fait que la dame d'avant-dîner se trouvait là, dit naturellement : «Aux pieds des vieux charmes.»

*

Le fils de Buffon était malheureux en ménage : sa femme déshonorait un époux fort épris et s'en moquait ouvertement. À un dîner, elle demanda à son beau-père : «Monsieur, vous qui avez si bien observé notre nature et celle des animaux, comment expliquez-vous que les gens qui nous aiment le plus peuvent être ceux que nous aimons le moins?

— Je n'en suis pas encore au chapitre des monstres, madame.»

## BUGEAUD (maréchal)

Thomas Bugeaud de la Piconnerie, duc d'Isly, maréchal de France (1784-1849), acquit ses galons sous l'Empire. Au retour des Bourbons, alors colonel, il célébra le lys blanc en vers de mirliton; durant les Cent-Jours, il rejoignit Napoléon. Au moment de l'invasion de l'Espagne, il offrit son épée au roi. L'offre fut refusée et il œuvra à la révolution de 1830. Louis-Philippe le fit général; en avril 1834, temps de révolte ouvrière, Bugeaud et ses soldats transformèrent le quartier de la rue Transnonain en charnier. Nommé gouverneur général de l'Algérie, il y participa à la fondation de la franc-maçonnerie avec Cavaignac, Chanzy et Lamoricière. Maréchal en 1843, il vainquit l'armée de l'empereur du Maroc à la bataille d'Isly, ayant surpris les musulmans au moment où on allait conclure les négociations. Guizot le révoqua. En février 1848, Louis-Philippe lui conféra le commandement de toutes les forces armées; Bugeaud rappela aux officiers présents que celui qui allait les diriger contre les révolutionnaires n'avait jamais été battu, et que, cette fois encore, il en finirait rapidement avec la «canaille rebelle». Peu après, il offrit son épée au gouvernement provisoire.

À la fin de 1848, on prêtait au gouverneur exécutif de la France, le général Cavaignac[1], des projets de dictature et d'oppression. Le maréchal Bugeaud rassura les esprits avec un : «Bah! laissez donc! Cavaignac, c'est une vache dans une peau de lièvre.»

---

1. Louis Eugène Cavaignac (1802-1857) : fils d'un conventionnel, cet officier manifesta ses sentiments républicains sous la monarchie de Juillet. On l'avait éloigné en Kabylie, mais la révolution de 1848 le fit général. Il revint en métropole et, confronté au soulèvement populaire de juin 1848 qui venait après la révolution bourgeoise de février, fit tuer 4 000 insurgés. L'Assemblée constituante déclara qu'il avait bien mérité de la Patrie, et lui offrit le bâton de maréchal, qu'il refusa. Il prit le pouvoir exécutif et rétablit l'ordre par la mise en état de siège de Paris, la révocation de la liberté de la presse et des déportations. Il fut battu à la présidence de la République par Louis-Napoléon. Député, il refusa de prêter serment à l'Empire et se retira.

## BÜLOW (Hans von)

Hans Guido, baron von Bülow (1830-1894) : natif de Dresde, grand admirateur de Wagner. On célébrait son adresse à diriger, favorisée par une mémoire prodigieuse. Il disait : «Dirigez avec la partition dans la tête, et non avec la tête dans la partition.» Élève de Liszt, il épousa sa fille Cosima. Il fut affecté par la double trahison lorsque celle-ci le quitta pour Wagner, avec qui elle entretenait une liaison depuis plusieurs années. Sa création à Munich de *Tristan et Isolde* puis des *Maîtres chanteurs de Nuremberg* fut un immense succès pour von Bülow. En dehors de la musique, il fut un disciple de Max Stirner. Son humeur bourrue est restée célèbre ; un jour qu'on lui remettait solennellement une couronne de lauriers, il expliqua qu'il n'était pas végétarien.

Après le succès de *Cavelleria Rusticana*, Hans von Bülow déclarait : «Mascagni a un merveilleux prédécesseur : Verdi, lequel restera également son successeur, sans doute...»

*

À un joueur de cuivre : «Le son que vous émettez ressemble à celui d'une sauce grasse qui passerait dans une conduite d'égout.»

*

Il traita un fameux ténor qui interprétait, dans *Lohengrin*, le chevalier au Cygne (*Schwann*), de «chevalier des cochons» (*Schwein*). Il est vrai qu'il avait dit auparavant : «Un ténor n'est pas un homme, mais une maladie.»

## BÜLOW (Daniela von)

Daniela von Bülow (1860-1940) était la fille aînée de Hans von Bülow et de Cosima Liszt. Wagner, second mari de sa mère, prit soin de son éducation. Bonne pianiste, cultivée, elle épousa un professeur d'histoire de l'art, Henry Thode. Elle revint à Bayreuth après son divorce, concevant les costumes pour le Festival. Dès l'origine elle fut une partisane ardente du national-socialisme.

Alexandre Isvolsky[1], jeune diplomate russe, avait été très amoureux de Mlle von Bülow. Elle l'avait éconduit; l'affaire était connue. Plus tard, Isvolski fit une belle carrière. Lorsque le tsar le nomma ministre des Affaires extérieures, on demanda à la jeune femme : «Regrettez-vous de ne l'avoir pas épousé?

— Je le regrette tous les jours, et je m'en félicite toutes les nuits.»

## BUSSY-RABUTIN (Roger de)

Lorsqu'il n'était pas en bataille, Roger de Rabutin, comte de Bussy (1618-1693), abandonnait les soldats de son régiment, et allait se jeter dans quantité d'affaires galantes. Il entreprit ainsi d'enlever une riche bourgeoise qu'il voulait épouser, affaire qui lui fit du tort. Il eut aussi de graves ennuis à cause de son train de vie, et il devait demander de l'argent à sa cousine, Mme de Sévigné, qu'il tenta en vain de séduire. Après avoir réglé ses dettes grâce aux pierreries de sa maîtresse de l'époque, Mme de Montglas (dont il disait : «L'air qu'elle souffle est plus pur que celui qu'elle respire»), il revint prendre son poste à la veille de la bataille de Dumes, où il eut l'honneur personnel de défaire Condé. Ce succès lui aurait assuré l'estime du roi, mais il s'empressa de tout compromettre à l'occasion d'une orgie au château de Roissy, où l'on baptisa un cochon le vendredi saint. Cela ajouté à d'anciens couplets orduriers contre la reine mère et Mazarin, Louis XIV ne voulait plus pardonner. Exilé, Bussy alla rejoindre Mme de Montglas en Bourgogne, et écrivit pour l'égayer son *Histoire amoureuse des Gaules*. Mme de La Baume, une ancienne maîtresse, en fit circuler des copies dans les ruelles, et Bussy fut de nouveau embastillé (autant pour être à l'abri des représailles que pour être puni, dit Le Verrier). Sa femme, qui n'était pas rancunière, finit par obtenir sa liberté. Outre son *Histoire amoureuse*, on a de lui un *Discours* à ses enfants, où l'auteur étale une morale et une piété qu'il n'eut pas. En tout cas l'une de ses filles devint supérieure d'un couvent de Saumur, cependant qu'une autre écrivit un *Abrégé de la vie de saint François de Sales*. Le discours passe l'exemple.

---

1. Alexander Petrovich Isvolsky (1856-1919), issu d'une famille de petits fonctionnaires russes, contribua à restaurer le crédit diplomatique de la Russie. S'il fut l'artisan du rapprochement avec l'Angleterre et la France, il dut démissionner sous la pression des panslavistes, parce que ses discussions avec l'Autriche pour l'ouverture de la mer Noire laissèrent annexer la Bosnie par l'Empire austro-hongrois, au détriment de la Serbie. Nommé ambassadeur à Paris, il soutenait en sous-main des publications nationalistes; il aurait eu un rôle dans l'assassinat de Jaurès. Lorsque la Première Guerre mondiale éclata, Isvolsky aurait dit joyeusement : «C'est ma guerre!», mais les choses prirent un tour imprévu et, en 1917, Morand décrit dans son journal la tête catastrophée d'Isvolski revenu en hâte de sa villa de Biarritz à Paris, au bruit des nouvelles de Russie. La révolution russe le laissa sans ressources.

Sur les amours de Marie Mancini et de Louis XIV (ici nommé
«Déodatus» – Dieudonné était le premier nom de baptême du roi,
parce que le mariage de Louis XIII avait été longtemps stérile) :

> Que Deodatus est heureux
> De baiser ce bec amoureux,
> Qui d'une oreille à l'autre va :
> Alleluia.

La nièce de Mazarin, «maigre comme une cigale», ne manquait
pas de charmes; elle avait des yeux superbes, mais son nez était
fort et sa bouche n'était pas petite...

On applique généralement, à tort, ce couplet à Mlle de La
Vallière.

*

Un monsieur D... était connu comme n'ouvrant jamais la bouche
que pour mentir. Un jour qu'il disait quelque mensonge, Bussy lui
dit d'un ton accusateur : «Monsieur, vous parlez!»

C'est Ménage qui rapporte la scène. Il ne donne pas le nom de ce
monsieur D..., mais raconte qu'une personne étant allée un jour lui
rendre visite, un de ses domestiques dit : «Monsieur est empêché;
il bat madame.»

*

Au sujet d'une duchesse maigre et sans charme, dont là encore il
ne rapporte pas le nom, Ménage dit : «Comme elle devient désagréable en vieillissant!

— Cela n'a rien de surprenant expliqua Bussy : elle a son retour
d'âme.»

*

Le chevalier de Rohan fut couvert de faveurs par Louis XIV,
mais «l'égarement des passions» vint à bout de sa réputation.
Après mille galanteries, il eut l'idée d'enlever Hortense Mancini,
duchesse de Mazarin, et la fit évader de chez son mari avec la

complicité du duc de Nevers, frère de la belle. Il la fit passer en Suisse, où il ne pouvait immédiatement la suivre. Une lettre que la duchesse écrivit de Neufchâtel à son amant, et dans laquelle elle lui parlait du projet de le rejoindre à Bruxelles, tomba entre les mains du duc de Mazarin qui, après en avoir fait mille plaintes au roi, la déposa au Parlement. Bussy-Rabutin fit ce commentaire : « Ainsi, n'étant point cocu de chronique [c'est-à-dire : la lettre n'ayant pas circulé], au moins le sera-t-il de registre. »

## CAESAR (Arthur)

Scénariste hollywoodien, fils de Morris Kaiser, Juif roumain, et frère du compositeur Irving Caesar (*Tea for Two*...), Arthur Caesar (1892-1953) a écrit un grand nombre de scénarios de série B. Il remporta cependant l'Oscar du meilleur scénario pour *Manhattan melodrama*, resté célèbre car c'est en sortant du cinéma où il était allé le voir que Dillinger fut abattu. Cela valut à ce film son titre français *L'Ennemi public n° 1*, qui n'a rien à voir avec l'histoire.

Arthur Caesar résumait ainsi Darryl Zanuck[1] : « De la Pologne au polo, en une génération. »

## CAILLY (Jacques de)

Jacques de Cailly (1604-1673) : poète épigrammatique orléanais, souvent cité sous le nom de chevalier de Cailly (ou d'Aceilly) parce qu'il était chevalier de l'ordre de Saint-Michel. Gentilhomme ordinaire du roi, il vécut dans l'intimité de Colbert, auquel il adressa nombre de pièces flatteuses, tout en jurant que ce n'était pas pour être pensionné.

Ménage, à grand renfort d'érudition, venait de démontrer que le mot *alfana*, qui désigne en espagnol un cheval vigoureux, vient du latin *equus*.

---

1. Darryl Zanuck (1902-1979), producteur, avait commencé comme scénariste pour le compte de la Warner. C'est sous son impulsion que fut produit le premier long-métrage parlant, *The Jazz Singer* (1927). Cofondateur en 1933 de la 20th Century Pictures, il en devint bientôt le dirigeant après la fusion avec la Fox. Il a été l'un des multiples metteurs en scène du *Jour le plus long*. Ayant commencé comme pigiste à la Fox, il conserva toujours pieusement les 124 scénarios qui lui avaient été refusés ; devenu producteur, il n'en utilisa pas un seul.

Le chevalier de Cailly en fit cette épigramme :

> *Alfana* vient d'*equus* sans doute ;
> Mais il faut avouer aussi
> Qu'en venant de là jusqu'ici,
> Il a bien changé sur la route.

\*

> *De Jeanneton*
> Jeanneton, à ce qu'on dit,
> À Luc donna la vérole ;
> Mais on ment, sur ma parole :
> Jeanneton la lui vendit.

\*

> *Épigramme sur le comte de* \*\*\*
> De ce comte qui toujours rit
> À chaque parole qu'on dit,
> Avec raison nous pouvons dire,
> Que c'est un comte fait pour rire.

### À propos de Jacques de Cailly

Jacques de Cailly avait fait réunir ses épigrammes en un ouvrage, publié à Paris en 1667, qui ne se vendait guère, mais que son auteur distribuait très libéralement pour le répandre.

Une dame dit : « On peut dire de cet ouvrage qu'il se donne. »

### CALLAS (Maria)

Maria Kalogeropoulos, dite « Maria Callas » (1923-1977), fut révélée à Vérone en 1947 dans *La Gioconda*, malgré les 110 kg qu'elle pesait alors. En 1949, lors de la première des *Puritains*, de Bentini, elle ne connaissait pas bien son texte, et le souffleur devait s'époumoner, ce qui finit par produire une erreur que tout le monde remarqua : au moment de chanter *Son' virgin vezzosa* (« Je suis une vierge charmante »), la cantatrice entama son aria par *Son' vergin viziosa* (« je suis une vierge vicieuse »)... En qualité de soprane, elle se trouvait naturellement au centre du jeu, puisque, comme Shaw l'a dit, un livret d'opéra raconte toujours la même histoire : le ténor veut coucher avec la soprane, mais le baryton n'est pas d'accord. Maria Callas, dont l'interprétation de *Carmen* est archi-connue mais dont on ne se lasse pas, minaudait terriblement durant ses tours de chant, un peu aveuglément puisque sa myopie confinait à la cécité (l'un de ses proches expliqua : « En scène, elle est seule. Elle n'a jamais vu du plateau un chef d'orchestre »...). L'auteur de ces lignes a eu l'heur de la rencontrer à Tours en 1969, au bras de Pasolini (à l'époque de *Médée*), ce qui était émouvant à plusieurs titres. À l'époque, en effet, Onassis avait pris ses distances pour se rapprocher de Jackie Kennedy ; il s'était lassé de la Callas et des opéras qui allaient avec. L'élégance lui interdisait d'évoquer la première, mais il disait pour le reste : « Quand ils chantent, ça me donne toujours l'impression de cuisiniers italiens qui se lancent l'un à l'autre des recettes de risotto. »

On avait demandé à sa rivale, la Tebaldi, ce qu'elle pensait de la Callas : « La Callas ? connais pas. »

Le jour où l'on demanda à Maria Callas quelle différence il pouvait y avoir entre elle et la Tebaldi, elle expliqua : « Connaissez-vous la différence entre le champagne et le Coca-Cola ? »

### À propos de la Callas

La Callas venait de participer à un concert pour la télévision britannique. Comme elle sortait du studio, un admirateur se précipita vers elle les bras chargés de fleurs, en s'écriant : « Il n'y a qu'une Maria Callas au monde !

— Cela me paraît bien suffisant », dit la cantatrice.

Le richissime armateur Aristote-Socrate Onassis se trouvait à côté de son égérie de l'époque, et on l'entendit en même temps soupirer : « Heureusement ! »

### CAMBON (Jules)

Jules Cambon (1845-1935), avocat entré dans l'Administration après 1870, fut auditeur au Conseil d'État et poursuivit sa carrière en Algérie, où il fut gouverneur général en 1891. Nommé ambassadeur de France à Washington, il négocia la paix entre l'Espagne et les États-Unis. Ensuite, il succéda au poste d'ambassadeur de France en Espagne à son frère aîné Paul Cambon, dont Philippe Berthelot disait : « Réactionnaire comme tous les bourgeois français ; mais c'est le seul vraiment remarquable de nos ambassadeurs. » Nommé en 1907 à Berlin, Jules Cambon tenta de sauvegarder la paix : il évita la guerre en 1911, lors de la crise d'Agadir, mais pas en 1914. Il participa à l'élaboration du traité de Versailles, fut président de la Conférence des Ambassadeurs, élu à l'Académie française en 1918. Il mourut à Vevey.

Alexandre Ribot, président du Conseil en 1917, était en même temps en charge des Affaires étrangères dans ce ministère où travaillait Paul Morand. Celui-ci a raconté un passage de Mme Ribot, tôt le matin, dans les bureaux, en robe de chambre. Au milieu de commentaires variés, elle évoquait la première présidence du Conseil de son mari, vingt-sept ans auparavant : « Il faut que le Grand Monsieur (c'était son mari) habite son ministère ; sans cela ce n'est pas tenu. Quel changement depuis que tous ces ministres célibataires habitent ailleurs, avec des actrices ! Je désire montrer qu'un régime républicain peut allier la tenue aux bonnes mœurs ! » Ensuite Mme Ribot remonta chez elle.

Jules Cambon lui ouvrit galamment la porte et, comme elle s'excusait d'être entrée en robe de chambre, il lui dit : « Vous avez une délicieuse robe. »

Puis la porte refermée : « Elle a l'air d'une vieille concierge. Et de quoi se mêle-t-elle ? En quoi est-ce que la politique la regarde ? »

*

Paul Morand raconte encore, au 2 octobre 1916, une apparition de Maurice Barrès venu dans le bureau de Berthelot au Quai d'Orsay : « Je ne l'avais jamais vu et je le trouve bien fripé, la mèche dans l'œil, les dents gâtées, l'air très tzigane. Pour moi, il était l'auteur admiré d'*Un homme libre* et je reste confondu... »

Au-dessus du bureau de Berthelot, il y avait un tigre peint par Simon Bussy, le peintre de Roquebrune, l'ami de Gide. C'était un tigre jaune sur ciel rose, avec une feuille de bananier d'un vert acide. Berthelot aimait placer de la peinture moderne dans les vieux bureaux du Quai d'Orsay, « un peu pour étonner ». En regardant la toile, Barrès fit la moue. Berthelot défendit mollement son peintre : « Quelques amateurs aiment ça... »

Après le départ du visiteur, Morand fit remarquer à Berthelot que Barrès n'avait pas paru goûter le tigre. « Lui ? répondit Berthelot, il adorait ça, mais il n'a pas voulu l'avouer. »

Après la chute du cabinet Briand, en 1917, Jules Cambon prit possession du Quai d'Orsay comme secrétaire général, après Berthelot. Il s'asseyait sur les tables et considérait les murs, désormais dépouillés des peintures modernes que Berthelot y avait accrochées, en disant : « Tout de même, ça repose la rétine ! »

## CAMPANUS (Antoine)

Né près de Capoue, d'une paysanne qui accoucha sous un laurier, Jean Antoine Campanus (1427-1477) fut valet de curé, et son maître remarqua sa facilité à apprendre le latin. Il finit évêque de Crotone, et les papes l'employèrent dans les affaires les plus difficiles. Son éloquence fut remarquée à la diète de Ratisbonne, mais Sixte IV l'ayant soupçonné d'avoir trahi les intérêts de l'Église, il fut banni, et mourut de chagrin à Sienne.

Au sujet de Frédéric III, souverain peu guerrier : «L'empereur se porte à merveille, et s'il se bat aussi fort qu'il éternue, nous vaincrons.»

## CAMPÈGE (cardinal)

Issu d'une illustre famille du Dauphiné, professeur de droit à Padoue, Lorenzo Campeggi (1474-1539) entra dans les ordres après avoir perdu sa femme. Il occupa de hautes fonctions dans l'Église mais ne parvint pas à résoudre le problème posé par le divorce d'Henri VIII, et ne put empêcher la confession de foi des luthériens à la diète d'Augsbourg.

Un homme prenait soin de sa barbe : elle lui coûtait trois écus par mois. Le cardinal Campège dit : «À la fin la barbe coûtera plus que la tête ne vaut.»

## CAMUS (Jean-Pierre)

Jean-Pierre Camus (1582-1653) : cet évêque de Belley, disciple de saint François de Sales, fut un grand prédicateur. Selon Amelot de La Houssaye, pourtant difficile, «il aurait prêché trois heures, qu'on ne s'y serait jamais ennuyé». Pieux, désintéressé, laborieux et charitable, il se rendit célèbre par la guerre qu'il déclara aux moines mendiants pour dénoncer leur fainéantise dans plusieurs ouvrages (*Le Rabat-joie du triomphe monacal* et *L'Antimoine bien préparé*). Richelieu dut intervenir pour calmer les esprits; il proposa à Camus des évêchés plus importants que Belley, mais il refusa. Une autre fois, Richelieu voulut lui accorder un gros bénéfice, qu'il déclina aussi bien; le cardinal l'envoya quérir, et lui dit : «Il faut que nous vous canonisions, monsieur de Belley. — Je le voudrais bien, monseigneur; nous serions tous deux contents : c'est que vous seriez pape et je serais saint...» Il finit ses jours en les consacrant aux pauvres, aux Incurables de Paris. Tallemant dit que «les moines, qui le haïssaient comme la peste, à cause de ses livres, ont épluché bien exactement sa vie, mais ils n'y ont jamais trouvé à mordre».

Montant en chaire, ce prédicateur fut prié de recommander à la générosité des fidèles une pauvre demoiselle qui n'avait pu entrer en religion faute d'une dot suffisante. Il le fit en ces termes : « Mes frères, je recommande à vos charités une jeune demoiselle que les religieuses de... ne trouvent pas assez riche pour faire vœu de pauvreté. »

\*

Il prêchait la Passion à Saint-Jean-en-Grève devant Gaston d'Orléans, lui-même placé entre MM. d'Émery et de Bullion[1], intendants des Finances. L'orateur posa les yeux sur le prince après avoir lancé un regard au crucifix, et s'exclama : « Mon Seigneur ! quelle douleur de vous voir entre ces deux larrons... »

L'équivoque fut remarquée par une bonne partie de l'assemblée, qui ne put s'empêcher d'en rire. Monsieur, qui dormait, se réveilla en sursaut, et demanda ce que c'était. « Ne vous inquiétez pas, dit Bullion en lui montrant d'Émery, c'est à nous qu'on en veut. »

\*

Une autre fois qu'il prêchait encore devant Gaston, il dit que les bonnes intentions ne suffisaient pas ; que cela était seulement bon pour Dieu, en qui vouloir et faire n'étaient qu'une même chose ; et il ajouta : « Par exemple, monseigneur, quand vous ne serez plus – car les princes meurent comme les autres hommes –, on dira : Monsieur d'Orléans avait les meilleures intentions du monde ; mais il n'a jamais rien fait qui vaille. »

\*

Le même, dans un sermon qu'il faisait aux Cordeliers le jour de saint François : « Mes pères, admirez la grandeur de votre saint ; ses miracles passent ceux du Fils de Dieu : Jésus-Christ avec cinq pains et trois poissons, ne nourrit que cinq mille

---

1. C'est ce M. de Bullion qui avait acquis dans l'église Saint-Eustache une chapelle consacrée à saint Antoine. Comme il avait la réputation de « se crever de bonne chère », on répétait que ce n'était plus la chapelle du saint, mais celle de son cochon.

hommes une fois en sa vie ; mais saint François, avec une aune de toile, nourrit tous les jours par un miracle perpétuel plus de quarante mille fainéants. »

\*

Un jour qu'il se trouvait chez Richelieu, le cardinal lui demanda ce qu'il pensait de deux livres nouveaux : *Le Prince*, par Guez de Balzac, et *Le Ministre*, par Silhon.

« Monseigneur, je n'en pense rien d'extraordinaire...

— Mais encore ?

— Eh bien que le Prince ne vaut rien, et le Ministre encore bien moins »...

\*

Camus dit un jour à un mari trompé qui se plaignait à voix très haute : « Taisez-vous donc ! Il vaut mieux être Cornelius Tacitus que Publius Cornelius. »

## CANTOR (Eddie)

New-Yorkais fils d'immigrants juifs de Russie, chanteur, parolier, comédien, Israel Iskowitz, dit « Eddie Cantor » (1892-1964), était monté sur scène en 1907 et participa aux *Folies Ziegfeld* à plusieurs reprises à partir de 1917. Florenz Ziegfeld, toutefois, lui en voulut beaucoup de faire grève pour défendre les droits des acteurs. Il fut ensuite amateur à la radio et à la télévision. Il joua un rôle important lors d'actions humanitaires contre la polio (quand Roosevelt était président).

Eddie Cantor adressa à Irving Thalberg, producteur d'origine juive, ce télégramme à la naissance de son fils :

FÉLICITATION POUR LA DERNIÈRE PRODUCTION. CERTAIN QUE CE SERA MIEUX UNE FOIS COUPÉ.

\*

Eddie Cantor, après une apparition sur scène à Boston, vit une vieille dame s'approcher : elle lui dit qu'il lui rappelait son fils unique qu'elle venait de perdre à la guerre, qu'elle le remerciait infiniment et qu'elle avait dépensé ses derniers dollars pour assister au spectacle. Extrêmement ému par cette rencontre inopinée, Eddie Cantor glissa un billet de 10 dollars dans la main tremblante que la vieille dame avait mise dans la sienne.

Peu après, il rencontra un comédien qui avait fait une apparition dans le même spectacle, et qui lui expliqua : «Une drôle de chose m'est arrivée : une vieille dame est venue me voir, les yeux pleins de larmes, et m'a confié qu'elle avait dépensé son dernier argent pour venir au spectacle parce que je ressemblais à son fils qu'elle avait perdu à la guerre ; je lui ai glissé un billet de 10... N'est-ce pas émouvant ?

— Si, expliqua Cantor : j'ai été touché moi aussi !»

\*

Lorsqu'on discuta de l'épitaphe qui pourrait orner la tombe de son partenaire sur scène George Jessel, Cantor suggéra : «Enfin libéré de Georgie Jessel.»

## CAPOTE (Truman)

Truman Capote [dans les salons, prononcez bien kèpautî], initialement Truman Streckfus Persons (1924-1984), passa ses jeunes années à New York, perturbé par un milieu familial décomposé. Il quitta l'école à dix-sept ans et travailla comme assistant d'une diseuse de bonne aventure avant de décrocher un emploi au *New Yorker* et de publier son premier roman. Sa mère, alcoolique, abordait les gens qui avaient l'air gentil et les invitait à monter chez elle pour parler ; c'est ainsi que Capote fit la connaissance d'Andy Warhol, un jour de 1950. Capote afficha son homosexualité après s'être contenté de paraître excentrique et flamboyant, et se ruina la santé dans l'alcool et la drogue, tout cela entrelardé de dépressions et d'épisodes mythomaniaques (sa liaison avec Errol Flynn). Il pensait que la vie était une pièce assez bonne avec un troisième acte mal écrit, et son existence a suivi le scénario. Mais son œuvre a échappé à ce moi envahissant. «La plupart des romanciers contemporains, a-t-il dit, particulièrement les Américains et les Français, sont trop subjectifs, obsédés par leurs démons personnels ; ils sont émerveillés par leur nombril et l'horizon finit à leurs doigts de pied» : pierre jetée sur Gide et d'autres alors en vogue. On comprend en revanche qu'il ait vu un modèle en Marcel Proust. En somme, il avait l'esprit classique ; d'ailleurs, en dehors de sa propre personnalité, il n'aimait pas le baroque : «Venise, c'est comme manger d'un coup une boîte entière de chocolats à la liqueur.»

De Truman Capote sur Jack Kerouac (lors d'une discussion à la télévision) : « Ce n'est pas écrire, c'est taper à la machine. »

\*

Sur le chanteur des Rolling Stones : « Mick Jagger[1] se remue comme une caricature à mi-chemin de la majorette et de Fred Astaire. »

\*

Truman Capote disait d'Andy Warhol[2] : « C'est un sphinx qui ne détiendrait aucun secret. »

Il est vrai que c'était l'époque où tout le monde s'en donnait à cœur joie sur le pape du pop'art : Boy George le qualifiait de « cheesecake avec des jambes », et Gore Vidal assurait que c'était le seul génie doté d'un QI de 60...

---

1. Sir Michael Philip Jagger (né en 1943) est toujours sur scène depuis cinquante ans à l'heure où ces lignes sont écrites. Il possède depuis une trentaine d'année un château du XVIII⁰ siècle en Touraine. Un soir qu'il se présenta à la porte d'une discothèque du vieux quartier de Tours avec des amis anglais, jeans troués, baskets dénouées, etc., le videur, qui n'était pas physionomiste, refusa de laisser entrer le groupe. Les Anglais, bons citoyens, n'insistèrent pas, mais le journaliste d'une feuille locale se trouvait là ; l'incident fut relaté et le videur vidé. En juin 2002, Jagger fut anobli par la reine d'Angleterre pour sa contribution au rock'n roll ; son acolyte Keith Richards déclara : « Mick a fait tellement de conneries qu'on n'en est plus à une près. »

2. Andrew Warhola, dit Andy Warhol (1928-1987), avait établi dans New York sa *Factory* dans laquelle se retrouvaient divers intellectuels de plus ou moins bonne étoffe, des magnats de l'industrie, des drag queens, des *Champagne socialites*, des clochards éclairés (le plus célèbre étant Billy Name, qui habita cinq années sans interruption dans les toilettes d'Andy), des rejetons drogués, etc. Warhol, assez voyeur, faisait déculotter ses invités, surtout les garçons, pour prendre leur sexe en photo ; il détenait de surcroît la collection d'un grand nombre de personnalités nues photographiées à leur insu, par exemple dans les toilettes. Selon Capote, Warhol faisait des échanges, comme dans une cour d'école, avec un autre spécialiste qui avait une fabuleuse collection de même nature, dont la consultation complète occupait un mois et demi... Warhol avait des tendances homosexuelles, mais on discute de savoir s'il pratiquait. En matière religieuse, il était pratiquant, assistant à la messe presque chaque jour en l'église de Saint-Vincent-Ferrer, paroisse catholique de Manhattan ; et il n'hésitait pas, sans arrière-pensées publicitaires ou artistiques, à servir la soupe aux sans-abri. Ces choses-là ont été connues après sa mort. Il était d'origine Lemko, une peuplade ukrainienne de religion uniate (d'anciens orthodoxes rattachés à l'Église romaine en conservant leur rite). Quand je parcours le beau pays Lemko, dans les Basses-Carpates, et que je pousse la porte de ses églises en bois dont la plupart des paroissiens ont été chassés lors de l'opération Vistule en 1947, j'ai une pensée pieuse pour Andy Warhol...

Et une autre fois, comme on interrogeait Capote au sujet d'Andy Warhol : «Je vais vous proposer une analogie instructive. Avez-vous déjà lu le livre de Carson McCullers, *Le cœur est un chasseur solitaire*? Oui?... Eh bien dans ce livre, vous vous souvenez de ce sourd-muet, Mr Singer : un être qui ne communique pas du tout et qui finalement, par de petites choses, se révèle être une personne parfaitement creuse et démunie de cœur. Et pourtant, parce qu'il est sourd-muet, il représente beaucoup pour les gens désespérés. Ils viennent à lui pour lui dire leurs problèmes. Ils se raccrochent à lui comme à une source de force, une sorte de figure quasi religieuse dans leur existence... Andy est une sorte de Mr Singer. Les gens perdus et désespérés viennent à lui en recherchant quelque forme de salut, et Andy, d'une manière ou d'une autre, reste passif comme le sourd-muet qui n'a rien à offrir. »

### À propos de Truman Capote

De Gore Vidal sur l'œuvre de Truman Capote : «C'est comme un énorme zirconium dans le diadème de la littérature américaine. »

Quand Capote mourut, les journalistes vinrent demander à Vidal s'il ne regrettait pas ses jugements. Il dit : «La mort de Capote est une bonne évolution de sa carrière. »

### CAPUS (Alfred)

Alfred Capus (1857-1922), voltairien par son père, catholique par sa mère, réalisa le tour de force d'entrer à l'École des mines et d'en sortir non diplômé. Avec Mirbeau, il publia un éphémère hebdomadaire, *Les Grimaces*. Les compères étaient attablés à la terrasse d'une brasserie lorsque passa un convoi funéraire ; Capus, serrant le bras de Mirbeau, dit d'un ton angoissé : «Pourvu que ce ne soit pas notre abonné!» Tristan Bernard lui dit plus tard, lors d'un bon dîner : «Je parie qu'il y a eu des jours, dans ta jeunesse, ou tu n'as pas dîné... — Oui, avoua Capus, mais cela arrivait les jours où je n'avais pas déjeuné.» En 1904, le succès d'une pièce le rendit enfin célèbre. D'après lui, «Il ne faut pas plus attendre la récompense immédiate de l'effort, que la récompense immédiate de la foi.» C'était lui le «Graindorge» du *Figaro*, dont il fut rédacteur en chef après l'assassinat de Calmette ; il y rédigea, loyalement, le «bulletin» quotidien des années de guerre. Il se présenta deux fois en vain à l'Académie française, et on racontait que l'une des interprètes de son théâtre ayant demandé à un guéridon si Capus entrerait un jour à l'Académie, le guéridon répondit par l'affirmative, mais quand on lui demanda combien de fois il devrait se présenter, le meuble se mit à battre des coups si répétés

qu'il fallut l'arrêter (Capus fut finalement élu en 1914). Il jugea avec distance le triomphe de la République, le nouveau régime des professions
libérales et des financiers : «La démocratie sous toutes ses formes, industrielle, commerciale, littéraire, a poussé le cri barbare : *Malheur aux vaincus!*» Il ajoutait : «Aujourd'hui, ceux qui ont de la noblesse d'âme sont
sans énergie et ceux qui ont de la volonté sont sans scrupules», et : «Ce
ne sera pas un des moindres paradoxes de notre époque que d'avoir rêvé
le règne de la justice là où régnait déjà l'argent.»

Au sujet d'une directrice de théâtre trop autoritaire : «L'hirondelle
ne fait pas le printemps, mais le chameau fait le désert.»

*

Sur un ambitieux : «Il est arrivé, mais dans quel état!»

*

Sur Jean et Jérôme Tharaud, qui ont publié ensemble un grand
nombre d'ouvrages : «Je connais deux frères dont l'un écrit très
mal, ce qui n'a aucune importance car l'autre ne sait pas lire.»

*

Une dame mûre voulait dissimuler son âge : «Certes, je ne vous
en dirai rien; sachez seulement que ma sœur et moi, avons soixante-
cinq ans à nous deux.
— Oh! mon Dieu! s'exclama Capus. Et ça ne vous fait rien de
laisser une enfant si jeune à la maison?»

*

Capus rencontra un industriel de ses amis qui venait d'être
décoré de la Légion d'honneur.
«Oh! Oh! s'écria-t-il en apercevant le ruban rouge qui ornait la
boutonnière du nouveau légionnaire : comme il est mince! On
dirait une faveur!»

*

Joueur invétéré, Capus perdait souvent, et cela le ruina à plusieurs reprises; les créanciers envoyaient les huissiers. Il avait
acquis un manoir en Touraine, où il recevait le Tout-Paris de la
Belle Époque; un jour un huissier arriva. Capus, après l'avoir

écouté, lui dit : «J'ai eu affaire à Paris à un huissier qui portait le même nom que vous...

— C'était mon père, dit l'huissier.

— Alors, laissez-moi croire qu'il s'agit d'une vendetta...»

*

L'histoire d'André Chénier, se frappant sur le front aux portes de la guillotine et disant : «Pourtant, j'avais quelque chose, là», est fameuse. On disait à Capus que Zola[1], dans sa jeunesse, se frappait fréquemment sur l'abdomen en proférant, d'un ton d'orgueil : «J'ai quelque chose là!

— On s'en est aperçu depuis», dit Capus.

*

Arthur Meyer, directeur du *Gaulois*, était le plus puissant dirigeant de journaux de son époque. Il était complètement chauve.

---

1. Émile Zola (1840-1902) était le fils d'un petit capitaliste italien dont les affaires avaient mal tourné; sa veuve et leur fils furent réduits à une pauvreté qui impressionna l'enfant. Recalé au baccalauréat à deux reprises, celui-ci se désespéra d'avoir déçu sa mère et entretint une liaison avec une prostituée dont il s'éprit et qu'il voulait libérer de son souteneur. Après un long chômage, il fut pris comme commis chez Hachette, temple du positivisme anticlérical. Il épousa Alexandrine, qui avait précédemment abandonné une fille qu'elle avait eue à dix-sept ans. À partir de 1887, la vie de Zola cessa d'être du Zola (sauf ses interludes sexuels avec la lingère de la famille) : il recueillit places et honneurs. L'Académie résista. Il disait d'elle qu'elle «apparaît comme un obstacle mis sur la voie de notre littérature, que chaque génération nouvelle doit écarter à coups de pied», mais il fit dix-neuf tentatives pour y entrer. La jeune génération des naturalistes, admirateurs déçus, publièrent en 1887 *Le Manifeste des Cinq*, où ils reprochèrent au maître sa vulgarité, ses niaiseries sur les lois de l'hérédité et l'exploitation mercantile d'un filon littéraire : «On ne demandait pas mieux que de croire, et même quelques jeunes avaient, par le besoin d'exaspérer le bourgeois, exagéré la curiosité du savant. Mais il devenait impossible de se payer d'arguments : la sensation nette, irrésistible, venait à chacun devant telle page des *Rougon*, non plus d'une brutalité de document mais d'un violent parti pris d'obscénité... Alors tandis que les uns attribuaient la chose à une maladie des bas organes de l'écrivain, à des manies de moine solitaire, les autres y voulaient voir le développement inconscient d'une boulimie de vente, une habileté instinctive du romancier percevant que le gros de son succès d'édition dépendait de ce fait que les imbéciles achètent les *Rougon-Macquart* entraînés, non pas tant par leur qualité littéraire, que par leur réputation de pornographie que la *vox populi* y a attachée.» Léon Daudet a jugé quant à lui que, «au lendemain de la guerre et de la dépression qui suit la défaite, le public cherchait avidement quelque chose d'âpre, de brutal, au besoin de blasphématoire qui lui rendît l'illusion de la force. Le porc fit l'effet du sanglier».

Un jour qu'il se plaignait d'avoir, sans savoir pourquoi, mal à un genou, Capus expliqua : « Ah ! un peu de migraine, sans doute. »

## CARNOT (Lazare)

Lazare, comte Carnot (1753-1823) : Bourguignon originaire de Nolay dont son fils écrira que c'est « la première étape des Morvandeaux lorsqu'à l'automne ils descendent de leurs montagnes granitiques et neigeuses, cornemuses en tête, pour venir vendanger la Côte-d'Or. Saint Martin, le patron de son église, est celui des vignerons, et un peu aussi celui des ivrognes, malgré sa dignité épiscopale ; ni les uns ni les autres ne manqueraient sa fête ». Mais Lazare n'était pas du genre intempérant. Ingénieur, capitaine du génie, député à l'Assemblée législative, commissaire aux armées, il paya de sa personne à la tête des troupes. Président de la Convention, il vota la mort du roi. Les textes militaires du Comité de salut public étaient son ouvrage, et il fit l'éloge de Rousseau : tout cela pouvait en faire un robespierriste. Mais lorsqu'on réclama son arrestation après le 9 Thermidor, un député s'écria : « Oserez-vous porter la main sur l'Organisateur de la victoire ? », et l'Assemblée passa à l'ordre du jour... Il régla avec Bonaparte le plan de la campagne d'Italie. Au sein du Directoire, il marchait avec Barthélemy que le courant réactionnaire avait porté au pouvoir. C'est contre lui que Barras fit le coup d'État du 18 Fructidor. Prévenu à temps, il put s'enfuir. Revenu après le 18 Brumaire, il vota contre la création de la Légion d'honneur, contre le consulat à vie, contre l'établissement de l'Empire, mais offrit ses services à Napoléon en 1814. Nommé général, gouverneur d'Anvers, il assura la défense de la ville qui lui a consacré un monument. Proscrit lors du retour du roi, il mourut en Allemagne. Le rapatriement de son corps, au Panthéon, fut décidé sous la présidence de son petit-fils Sadi Carnot – élu après que Clemenceau eut dit : « Carnot n'est pas très fort et c'est un parfait réactionnaire, mais il porte un nom républicain et d'ailleurs nous n'en avons pas d'autre... »

Carnot caractérisait ainsi Reubell, son collègue du Directoire : « Les principes d'un Bédouin, l'âme d'un corsaire, la conscience d'un fournisseur. »

*

Sous le Directoire, Carnot, soupçonné de représenter la réaction, se heurtait aux autres directeurs qui continuaient d'incarner l'esprit révolutionnaire, Reubell et La Révellière. De la même manière que Reubell voyait rouge lorsqu'on évoquait devant lui les rois et les nobles, La Revellière était pris de fureur hystérique quand il entendait parler des prêtres. Ce botaniste habituellement doux éprouvait pour tout ce qui touchait à l'Église une répulsion phobique ; il rêvait d'établir une religion naturelle avec des cérémonies laïques, des invocations au Père de l'Univers, des lectures morales données par des officiants en robe de laine blanche, des chœurs de vieillards, des offrandes de fleurs et de fruits. Carnot lui disait : « Pour faire réussir ta religion, il ne te reste qu'une chose à faire : c'est de te faire pendre ! »

*

Un jour qu'il discutait avec Barras sur les diverses causes pour lesquelles on méprise les hommes, on entendit Carnot dire : « Talleyrand, lui, les méprise parce qu'il s'est beaucoup étudié. »

### À propos de Lazare Carnot

Le 6 mai 1802, Chabot monta à la tribune : « Le Sénat est invité à donner aux consuls un témoignage de la reconnaissance nationale. » Il s'agissait de donner un caractère plus définitif au régime issu de Brumaire an VIII et d'instituer le consulat à vie pour Bonaparte. Seul Carnot refusa. Acte courageux, que son auteur ne fit pas sans une certaine emphase, proclamant : « Je sais que je signe ma proscription... »

La nouvelle se répandit, et aussi cette épigramme où l'on faisait parler l'ancien conventionnel :

Vous dites oui, moi je dis non :
Messieurs, je ne suis point des vôtres.
Je signe ma proscription :
Parbleu ! J'en ai signé bien d'autres !

## CAROLUS-DURAN

Charles Émile Durand dit « Carolus-Duran » (1837-1917) fut d'abord influencé par Courbet, mais ses voyages dans le Midi lui donnèrent un sens de la lumière qui le fit évoluer. Il exécuta les portraits des personnalités en vue de la IIIᵉ République, et cela lui vaut une réputation d'académisme étroit qu'il ne mérite pas, mais on comprend assez bien qu'il se sentît désarmé devant Matisse. Il exerça une influence significative sur les peintres américains qui fréquentaient en nombre son atelier. Sa fille épousa Feydeau, davantage pour le pire que pour le meilleur.

Carolus-Duran, peintre d'un genre fort classique, s'arrêta avec stupeur devant un tableau de Matisse qui représentait quelque pomme d'une couleur éclaboussante. Il s'exclama : « Oh ! quelle belle nature ivre morte ![1] »

## CASTÉJA (comte André de)

André, comte puis marquis de Castéja (1780-1828 ), fut sous l'Empire auditeur au Conseil d'État et inspecteur général des Vivres. Au retour du roi en 1814, il prononça un discours qui disait à Louis XVIII : « Sage comme vos ancêtres, vous nous rendrez heureux comme l'ont été nos aïeux », ce qui lui permit de poursuivre une carrière préfectorale sans nuages. Il fut élu député à la Chambre septennale de 1824, et l'on fit ce commentaire : « La tribune a vu rarement M. de Castéja : il vote comme un préfet qui convoite la pairie. »

Le comte de Puymaigre dans ses *Mémoires* raconte que le comte de Castéja, préfet du Haut-Rhin sous la Restauration, dit un jour à un employé fort négligé dans sa mise : « Vous devez faire bien des dépenses pour votre toilette !

— Moi, monsieur le préfet ! mais non, je vous assure...

— Alors, où diable pouvez-vous trouver assez de linge sale pour en changer comme cela tous les jours ? »

## CASTELLANE (Boni de)

Boniface, comte de Castellane-Novejean (1867-1932), vécut son enfance entre Paris et le château de Rochecotte, en Touraine, chez sa grand-mère Pauline de Talleyrand-Périgord, marquise de Castellane (Boni était lui-même persuadé qu'il était l'arrière-petit-fils de Talleyrand). Il mena ensuite une existence élégante et cosmopolite avec son épouse Anna Gould, fille d'un milliardaire américain – qui finit par demander le divorce, sa famille craignant pour sa fortune. La vie active de Boni se limitait aux régates de Cowes sur son yacht *Anna* (s'y ajoutent quelques conciliabules à l'hôtel Meurice en 1916 pour se faire élire roi de Pologne...). Il avait fait construire le fabuleux *Palais rose*, 50, avenue Foch, que L'État refusa de classer quand les héritières le vendirent à un démolisseur en 1968. Boni était le petit-fils d'Esprit-Victor-Élisabeth-Boniface, comte de Castellane, qui, simple soldat en 1804, avait trouvé dans sa giberne un bâton de maréchal. Cet aïeul aimait tellement ses décorations qu'il prenait son bain avec.

---

1. Remarque également prêtée à Degas devant une œuvre de Cézanne, mais cela est moins plausible.

Boni de Castellane disait de sa femme, Anna Gould, qui était aussi riche que laide : «Elle est belle, surtout vu de dot.»

*

Boni de Castellane confessait un jour à des amis du Jockey-Club : «Je n'ai jamais caché à ma femme que je l'ai épousée uniquement pour son argent.»

Charitablement tenue au courant, Anna Gould rétorquait : «Je n'ai jamais caché à mon mari que je l'ai épousé uniquement pour son nom.»

Ensuite, Boni tirait la morale de l'histoire : «En tout cas, elle a fait une bonne affaire : elle a porté mon nom plus longtemps que je n'ai conservé sa fortune.»

*

Un essuie-plume était un petit ustensile muni d'une éponge qui servait à essuyer le bec de la plume lorsqu'il était trop chargé d'encre. Paul Morand a raconté au sujet d'une comtesse de B. qui, outre sa liberté de mœurs, passait pour très poilue : «Boni de Castellane l'appelle *l'Essuie-plumes*.»

## CAUMONT (marquis de)

> Archéologue français, célèbre collectionneur d'antiquités, Joseph de Seytres, marquis de Caumont (1688-1745), était issu de la maison de Caumont à laquelle se rattachent les ducs de La Force et les comtes de Lauzun.

Le marquis de Caumont disait de l'abbé Laugier[1], qui avait fait beaucoup de vers sur la peste : «Il est le poète de la peste, et la peste des poètes.»

---

1. Marc-Antoine Laugier (1713-1769) : littérateur et érudit français, originaire de Manosque. Bon prédicateur, bien vu à la cour, il appartenait à la Compagnie de Jésus, qu'il dut quitter à cause de son mauvais caractère. Il fut rédacteur de la *Gazette de France*.

## CELIBIDACHE (Sergiu)

> Sergiu Celibidache (1912-1996) : Ce Roumain fut apprécié pour sa façon très personnelle de diriger et transfigurer l'orchestre. Il avait été chef à l'Orchestre philarmonique de Berlin en 1945, mais à la mort de Furtwängler, en 1954, lorsque Karajan fut nommé chef à vie, il quitta l'Allemagne et devint chef itinérant. Il refusa toujours de publier les enregistrements qu'on avait pu faire de ses concerts. Ses héritiers ont heureusement cédé à la tentation ; les bénéfices étant reversés aux fondations instituées par le maître, on ne doit pas trop craindre que celui-ci se soit retourné dans sa tombe de La Neuville-sur-Essonne.

Sur son confrère Karajan : « Ou bien il a le sens des affaires, ou bien il est sourd. »

*

Et sur son autre confrère Karl Böhm : « Ce sac de patates n'a jamais dirigé une seule note de sa vie. »

*

Toscanini a été universellement fêté par ses compatriotes, et par beaucoup d'Américains. Celibidache a dit de lui en guise d'oraison funèbre : « Cet idiot a régné pendant soixante ans. »

## CHABRIER (Albert)

> Albert Chabrier († v. 1900) fut professeur de rhétorique au lycée Louis-le-Grand puis à l'École de Saint-Cloud ; il a publié en 1888, alors qu'il était à la retraite, *Les Orateurs politiques de la France : la tradition et l'esprit français en politique*, choix de discours fort orienté par les préjugés du temps.

Chabrier, professeur au lycée Louis-le-Grand, lisant Virgile en classe : « Quel dommage ! Soumettre de semblables merveilles à ces jeunes idiots ! »

Parmi les « jeunes idiots », il y avait Léon Daudet, Joseph Bédier, Marcel Schwob et Paul Claudel...

## CHAMFORT (Nicolas)

Nicolas, dit «de Chamfort» (1741-1794) : enfant naturel, il s'appelait simplement Nicolas, prénom qui lui tenait aussi lieu de nom jusqu'à ce qu'il inventât celui de Chamfort. Boursier dans un collège de Paris, il y remporta tous les prix. Après avoir été plus ou moins destiné aux ordres, il jeta le froc aux orties et alla de famille en famille où il fit office de précepteur et, souvent, de séducteur. Il se lança dans la carrière des lettres, et ses tragédies eurent du succès à la Cour, ce dont témoignent les larmes du brave Louis XVI. On l'accabla de pensions. Les plaisirs cependant avaient usé sa santé, son humeur devint âcre : la Révolution lui parut une grande occasion. Membre de la fameuse loge des Neuf Sœurs, il devint, avec Cérutti, le nègre de Mirabeau pour ses plus fameux discours, dont celui pour la suppression des académies (il était lui-même à l'Académie française depuis 1781). Son sens inné de la formule est à l'origine des plus célèbres mots de la Révolution naissante : «Guerre aux châteaux, paix aux chaumières»; «On ne peut nettoyer les écuries d'Augias avec un plumeau»; «Qu'est-ce que le tiers état? Tout. Qu'a-t-il été jusqu'à présent? Rien» (Sieyès reprendra la formule)... Mais ce railleur invétéré tourna bientôt ses piques contre la Révolution. Pour commenter la fameuse devise «La fraternité ou la mort», il expliquait : «Sois mon frère, ou je te tue», et il allait, disant : «La fraternité de ces misérables est celle de Caïn et d'Abel.» Menacé d'arrestation, il voulut se suicider et ne parvint qu'à se crever un œil; il tenta de s'achever à coups de rasoir. On le releva sanglant, il survécut peu. Après que l'on eut appris cette tentative manquée de suicide, un gazetier ironisa : «Ce geste hâtif, scandaleusement prématuré, fut très mal vu par les autorités.»

Sieyès était un esprit trop prudent pour être simple, et sa pensée était souvent contournée. Un jour qu'il interrompait Chamfort pour dire : «Permettez que je vous donne là-dessus ma façon de penser», Chamfort répondit : «Dites-moi tout uniment votre pensée, et épargnez-moi la façon.»

*

Rulhières disait, étonné qu'on le jugeât méchant : «Sur mon honneur, j'ai beau fouiller dans ma conscience, je n'y trouve, pour toute ma vie, qu'une seule méchanceté.

— Quand finira-t-elle?» demanda Chamfort.

*

Chamfort disait de Rulhière (le mot est parfois attribué à Rivarol) : «Il reçoit le venin comme les crapauds et le rend comme les vipères. »

\*

Sur une pièce de La Harpe, *Coriolan*, dont la première représentation fut donnée le 3 mars 1784 au profit des pauvres :

> Pour les pauvres la Comédie
> Donne une pauvre tragédie ;
> Il est bien juste, en vérité,
> De l'applaudir par charité.

\*

Croisant un jour le médecin du village qui partait pour la chasse : «Pourquoi ce fusil ? Vous avez peur de manquer vos malades ?[1] »

\*

### À propos de Nicolas Chamfort

Chamfort a rapporté l'anecdote suivante.

Un homme était en deuil, de la tête aux pieds : grandes pleureuses, perruque noire, figure allongée. Un de ses amis l'aborde tristement : «Eh ! Bon Dieu ! qui est-ce donc que vous avez perdu ?

— Moi, dit-il, je n'ai rien perdu : c'est que je suis veuf. »

\*

Chamfort raconte que quelqu'un faisait de grands compliments à Mme Denis, la nièce et maîtresse de Voltaire, sur la manière dont elle avait interprété le rôle de Zaïre, dans la pièce de son oncle : «Hélas ! pour bien jouer ce rôle, dit-elle en minaudant, il faudrait être jeune et jolie.

— Justement, vous avez su prouver le contraire. »

\*

---

1. On a prêté le mot à Gourville.

Chamfort aimait à raconter que lorsque *De l'esprit* et *La Pucelle* furent en même temps interdits en Suisse, un magistrat de Bâle, après une grande recherche de ces deux ouvrages, rendit compte de sa mission auprès du Sénat avec cette affirmation : « Nous n'avons trouvé dans tout le canton ni *Esprit* ni *Pucelle*. »

## CHAMPCENETZ (chevalier de)

Louis-René Quantin de Richebourg, chevalier de Champcenetz (1759-1794), était capitaine aux gardes-françaises, qu'il dut quitter à cause de ses fredaines. Pour le trouver, l'endroit le plus facile était la grande allée du Palais-Royal, où on le voyait assis avec des filles, buvant et chantant en plein air. Il ne respectait rien, fut plusieurs fois embastillé et enfermé deux ans au château de Ham pour une épigramme contre le prince d'Hénin qu'il avait eu la vanité de se laisser attribuer, alors qu'elle était de Louvois. Il tira souvent l'épée en duel, « pour les chansons qu'il n'a pas faites, a dit Rivarol, et même pour celles que ses ennemis lui accordent ». Il est l'auteur d'une *Parodie du songe d'Athalie*, ouvrage très ordurier dans lequel Mme de Genlis, qu'on fait parler à la place d'Athalie, débite des obscénités contre le duc d'Orléans et Mme de Staël. Cela déclencha les foudres du parti intellectuel. Cet agité, dès le début de la Révolution, se fit défenseur du trône et de l'autel dans les journaux. Pierre Larousse écrit : « La Révolution s'avançait avec sa force d'expansion irrésistible... Ces jeunes fous, ces libertins, ces vaniteux corrompus qui avaient nom Rivarol et Champcenetz, crurent qu'en se jetant au-devant de son char et en insultant ses conducteurs, ils l'arrêteraient, ils la feraient reculer. Insensés, que ce char devait écraser et broyer en passant sur leurs corps, comme le soc fécond de la charrue broie la chenille qu'il rencontre dans le sillon... » Effectivement, Champcenetz fut guillotiné le 5 thermidor, en même temps qu'Alexandre de Beauharnais, ancien président de la Constituante et mari de la future impératrice Joséphine.

Il fit l'impromptu suivant sur Fanny de Beauharnais, encore coquette mais d'un certain âge, bel esprit qui se piquait de poétiser :

> Églé, belle et poète, a deux petits travers ;
> Elle fait son visage et ne fait pas ses vers.

L'attribution des deux vers, apposés anonymement sur un buste de la dame, a été discutée. On les attribue parfois à La Harpe, parfois à Lebrun (Lebrun-Pindare).

Les contemporains ont confirmé que Mme de Beauharnais mettait ses amants à contribution, en particulier Dorat, Laus de Boissy ou Cubières, dont on disait qu'ils étaient ses «teinturiers», cela pour dire qu'ils réécrivaient largement les ouvrages qu'elle leur soumettait. On parlait beaucoup de ces collaborations, bien que La Harpe eût dit que les ouvrages de Fanny de Beauharnais étaient si mauvais qu'il n'y avait pas de raison pour les lui disputer[1].

*

Champcenetz dit au Tribunal révolutionnaire, au moment de sa condamnation à mort : «Je demande si c'est ici comme à la Garde nationale, et si l'on peut se faire remplacer pour vingt-quatre heures seulement?»

## CHANEL (Coco)

Gabrielle Chanel, dite «Coco Chanel» (1883-1971) : les religieuses de l'orphelinat lui apprirent la couture. Elle était employée dans une mercerie de Moulins et chantait dans un beuglant, La Rotonde. La chanson la plus prisée de son répertoire s'intitulait *Qui qu'a vu Coco dans l'Trocadéro?* Le public de militaires scandait : «Coco! Coco! Coco!» pour réclamer la chanteuse. Vint à passer Étienne Balsan, lieutenant au 10ᵉ Chasseurs. Il enleva Coco. À Deauville, on remarqua les toilettes seyantes de la jeune Chanel, qui les faisait elle-même... Arthur Cappel, dit «Boy» («Il n'était pas seulement beau; il était magnifique»), apporta le capital d'un magasin de modiste qu'on ouvrit à Paris. Cela eut du succès, grâce à Misia Sert. La guerre de 1914 avait émancipé les femmes, et leur façon de se vêtir changeait. En 1916, la maison de couture fut ouverte au 31 rue Cambon («Un monde était en train de mourir alors qu'un autre naissait. J'étais là; une occasion s'est présentée, je l'ai prise»). Coco Chanel est à l'origine de la mode des cheveux courts pour les femmes, renouant avec Mme Tallien et le Directoire. «La mode, dit-elle, ce n'est pas seulement une question de vêtement. La mode est dans l'air, portée

---

1. Fanny de Beauharnais (1738-1813), née Marie Anne Mouchard, avait épousé le comte de Beauharnais (oncle de Joséphine) qui avait mis à sa disposition une fortune considérable; cela la détermina à tenir un salon littéraire, car elle avait eu de grandes prétentions dans ce domaine. Comme cependant les philosophes, qui disposaient alors des réputations, restèrent fidèles à Mme Geoffrin, la comtesse de Beauharnais se vit contrainte d'adopter les écrivains de la petite école dont Dorat était le chef. Celui qui se mettait le plus en avant était le chevalier de Cubières – on l'appelait le «majordome», tant il avait l'air de s'occuper de tout et presque de faire le service : il faisait les honneurs du salon avec «une certaine fatuité, qui n'était pas toujours celle d'un homme à jeun».

par le vent. C'est dans le ciel et sur le macadam, elle vient des idées, des gestes, et des événements.» Cappel se tua en voiture en 1919. Stravinsky voulut divorcer pour épouser Coco, elle refusa. Le grand duc Dimitri Pavlovitch devint son amant, et la collection se chargea de fourrures. Après ses années d'exil à cause de l'Épuration, Chanel revint à Paris en 1954, et elle décida, à soixante-dix ans, d'agir et de répliquer au New look de Christian Dior; les critiques fusèrent («triste rétrospective»), la clientèle américaine acheta; c'est de là que date véritablement le style Chanel. Elle se sentait inspirée de manière infaillible par la féminité. Elle expliquait un jour : «Je ne comprends pas comment une femme peut sortir de chez elle sans s'arranger un peu, ne serait-ce que par politesse. Et puis sait-on? C'est peut-être le jour du rendez-vous avec le destin. Et il faut être la plus belle possible pour le destin.»

La célébrité de Chanel – «la reine du beige», disait-on – lui assura la richesse à la fin des années 1920. Elle rencontra «Bend'Or», duc de Westminster; leur liaison dura six années, à Eton Hall. Lors de la rupture, Chanel déclara : «J'ai toujours su quand il fallait partir. La pêche au saumon, ce n'est pas la vie. Je préfère n'importe quelle corvée à cette corvée-là.»

Et comme le duc de Westminster avait déjà divorcé deux fois, Chanel ajoutait : «Il y a déjà eu deux duchesses de Westminster. Il n'y a qu'une Chanel.»

\*

Amante d'un officier allemand haut placé, Chanel vécut dans une chambre du Ritz pendant l'Occupation. Elle avait fermé sa maison de couture dès le début de la guerre : «Ce n'est pas le moment pour la mode.»

Les autorités de la Libération décidèrent de l'inquiéter, et elle dut s'enfuir en Suisse, où elle resta huit ans. Elle garda de cette obligation d'exil un souvenir trop précis. Lorsque, plus tard, le président de la République voulut la distinguer dans l'ordre de la Légion d'honneur, elle déclina la décoration en disant : «Il n'y a rien de tel que ce ruban rouge pour mettre un tailleur en l'air.»

\*

Commentaire de Coco Chanel sur le remariage de Jackie Kennedy, après l'assassinat de son mari, avec le richissime et vieil armateur grec Aristote-Socrate Onassis : «On ne peut pas demander à une femme un peu vulgaire de passer le reste de sa vie à pleurer un mort. »

*

Un soir, au Ritz, Coco Chanel dînait, comme souvent, avec Jacques Chazot. Ils virent entrer une femme torchée comme un bouchon, en casquette bleue et en jeans, comme si elle débarquait d'un sardinier. Lorsqu'elle aperçut Chazot, la femme s'approcha, embrassa aussi Coco Chanel que tout le monde connaissait et qui parut s'étonner, et elle les invita à la rejoindre à l'issue du dîner, pour boire quelque chose au bar.

Comme elle s'éloignait, Mlle Chanel (alors âgée de quatre-vingt-sept ans) dit assez fort à Chazot : «Dites-moi mon chou, qu'est-ce que c'est que cette vieille femme habillée en Surcouf qui nous a salués?»

Chazot dut expliquer : «C'est Marlène Dietrich...»

### À propos de Coco Chanel

Entre les deux guerres, Chanel était devenue l'étoile montante de la couture. Le couturier Poiré, son grand rival, fut bientôt sur le déclin. Il représentait le classicisme, face au style plus désinvolte de Chanel, qui proposait des tailleurs en jersey de laine, jusqu'alors utilisé pour les sous-vêtements masculins. Poiré disait : «Qu'a inventé Chanel? La misère du luxe. Ses femmes ressemblent à de petites téléphonistes mal nourries.»

Elle se contentait de répondre : «La simplicité ne signifie pas la misère. Et puis, le luxe ce n'est pas le contraire de la misère, c'est le contraire de la vulgarité.»

## CHAPELLE

Fils naturel d'un conseiller au parlement de Metz, Claude-Emmanuel Luillier, dit «Chapelle» (1626-1686), garda son nom d'enfant trouvé de «Chapelle», même après que son père l'eut légitimé. Élève des jésuites, il s'adonna bientôt à la table, à la bouteille et ce qui va avec. Il écrivait peu, mais on le fréquentait beaucoup car il avait un esprit facile et le cœur ouvert : Boileau, Racine, Molière et La Fontaine l'aimaient. Reçu à la table des grands, il s'y enivrait; parfois l'hôte, poussant la courtoisie jusqu'à ne pas se tenir mieux que ses invités, s'enivrait aussi, et c'est ainsi que des valets, attirés par le vacarme, vinrent un soir séparer Chapelle et le maréchal d'Hocquincourt, duc et pair, qui se battaient au milieu des reliefs du souper et des assiettes cassées. La duchesse de Bouillon lui demandant s'il n'avait jamais eu l'idée de se marier, Chapelle répondit : « Quelquefois... le matin. » Il soupira pour Ninon de Lenclos, qui fit la cruelle, et il se rabattit sur une demoiselle Chouars, qui possédait une cave de premier ordre. Ils buvaient ensemble : « Un jour, la femme de chambre étant entrée après un long repas dans la salle, pour desservir, elle trouva sa maîtresse tout en pleurs et Chapelle d'une tristesse extrême. Elle parut curieuse d'en savoir la raison, et Chapelle lui dit qu'ils pleuraient la mort du poète Pindare, que les médecins avaient tué par des remèdes contraires à son état. Il recommença alors le détail des belles qualités de Pindare, d'un air si pénétré, que la femme de chambre se mit à pleurer avec eux. » L'œuvre la plus connue de Chapelle est un récit de prose mêlée de vers, écrit avec Le Coigneux de Bachaumont : le *Voyage*, récit badin d'une expédition en Provence que les compères avaient faite en 1656.

Racine demanda à Chapelle ce qu'il pensait de sa *Bérénice* ; Chapelle improvisa ce distique devenu proverbial :

> Marion pleure, Marion crie,
> Marion veut qu'on la marie.

*Bérénice* est assurément un monument de la langue française. Mais Chapelle a ici exprimé le vieil esprit français, méfiant à l'égard de l'emportement des passions.

*

Après sa réception à l'Académie, Benserade fut sollicité par le roi pour mettre en vers français les *Métamorphoses* d'Ovide, et fit à cette occasion une œuvre infiniment inférieure au modèle. Le livre était dédié au Dauphin, avec de belles planches et un remarquable frontispice composé par le peintre Lebrun.

Chapelle étouffa l'ouvrage sous ce rondeau :

> *Sur les Métamorphoses de Bensérade*
> À la fontaine où l'on puise cette eau
> Qui fait rimer et Racine et Boileau
> Je ne bois point, ou bien je ne bois guère.
> Dans un besoin, si j'en avais affaire,
> J'en boirais moins que ne fait un moineau.
> Je tirerais pourtant de mon cerveau

Plus aisément, s'il le faut, un rondeau
Que je n'avale un plein verre d'eau claire
À la fontaine.
De ces rondeaux un livre tout nouveau
À bien des gens n'a pas eu l'heur de plaire ;
Mais quant à moi, j'en trouve tout fort beau :
Papier, dorure, images, caractère,
Hormis les vers, qu'il fallait laisser faire
À La Fontaine.

*

On sait que le curé de Saint-Eustache refusa de recevoir dans son église le corps de l'auteur du *Tartuffe*. Baron et Armande Béjart, accompagnés du curé d'Auteuil, allèrent à Saint-Germain faire lever l'interdiction par le roi. Le soir eut lieu le convoi de Molière et son inhumation au cimetière Saint-Joseph. Chapelle fit ces vers sur l'incident :

Puisqu'à Paris on dénie
La terre après le trépas
À ceux qui, durant leur vie,
Ont joué la comédie,
Pourquoi ne jette-t-on pas
Les bigots à la voirie ?
Ils sont dans le même cas.

### À propos de Chapelle

Chapelle a suggéré à Racine des traits des *Plaideurs*, et il a aussi sa part dans l'œuvre de Molière. Son autorité était forte, bien qu'il fût souvent ivre.

Segrais raconte l'anecdote suivante : « J'étais logé proprement et commodément au Luxembourg (chez Mademoiselle), et j'y fis un jour un régal à Despréaux, à Puimorin, son frère, à Chapelle et à M. d'Elbène... La fête était faite pour lire un chant du *Lutrin* de Despréaux, qui le lut après qu'on eut bien mangé. Quand il vint aux vers où il est parlé des cloches de la Sainte-Chapelle :

« *Les cloches, dans les airs, de leurs voix argentines,*
« *Appelaient à grand bruit les chantres à matines*

«Chapelle, qui se prenait aisément de vin, lui dit : "Je ne te passerai pas *argentine*. *Argentine* n'est pas un mot français."

«Despréaux continuant de lire sans lui répondre, il reprit : "Je te dis que je ne te passerai pas *argentine*; cela ne vaut rien."

«Despréaux repartit : "Tais-toi, tu es ivre."

«Chapelle répliqua : "Je ne suis pas si ivre de vin que tu es ivre de tes vers."

«... Il était tard quand Despréaux et Puimorin se retirèrent, et je me couchai. Chapelle et M. d'Elbène demeurèrent près du feu, se mirent à plaisanter sur le mot d'*argentine*, et dirent mille choses sur ce sujet qui m'empêchaient de dormir, mais qui me divertissaient beaucoup.»

Or Boileau garda à Chapelle un chien de sa chienne. Chapelle, qui habitait le Marais, avait fait ces vers sur sa propre façon de rimer, aussi naturelle que peu assidue :

> Tout bon habitant du Marais
> Fait des vers qui ne coûtent guère.
> Pour moi, c'est ainsi que j'en fais;
> Et si je les voulais mieux faire,
> Je les ferais bien plus mauvais.

Boileau répandit la parodie suivante :

> Tout grand ivrogne du Marais
> Fait des vers que l'on ne lit guère.
> Il les croit pourtant très bien faits;
> Et quand il cherche à les mieux faire,
> Il les fait encor plus mauvais.

C'était d'ailleurs un vieux litige. Chapelle avait dit un jour à Boileau qui lui demandait son opinion sur ses ouvrages : «Tu es un bœuf qui fait bien son sillon.»

Mais les compères ne se brouillèrent jamais de façon définitive. Dans les pires moments, leurs amis communs les racommodaient. C'était une troupe de compagnons fidèles où l'un veillait toujours au grain. On a souvent raconté ce souper d'Auteuil où Chapelle, Boileau et leurs amis voulaient, pour échapper aux peines de la vie, aller se jeter tous ensemble dans la Seine. Molière, qui n'avait bu que de l'eau, eut toutes les peines du monde à les convaincre d'attendre le lendemain. Ils allèrent dormir tant bien que mal et, à l'aube, dégrisés, ils oublièrent leur résolution.

## CHARCOT (commandant)

Jean-Baptiste Charcot (1867-1936), fils du professeur Charcot dont les travaux sur l'hystérie ont été repris par Freud, acquit un premier yacht après son succès au concours d'internat. Il fut conquis par les îles Féroé, à cause de leur apparence magique, avec leurs énormes colonnes noires destinées à supporter le ciel, et aussi de leur pureté : pas de crimes, pas de sergents de ville, pas de partis politiques, on ignorait encore l'argent – pour entrer au bal on remettait un hareng fumé... Il se fit construire des trois-mâts conçus pour supporter la pression des glaces, avec laboratoire et bibliothèque. En 1936, le *Pourquoi-Pas?* IV, retour du Groenland, se trouva pris dans une tempête qui le jeta sur les récifs d'Alftanes. Le seul survivant, le maître timonier Gonidec, raconta que Charcot n'avait pas cherché à quitter son navire, avec lequel il avait sombré selon le code d'honneur des marins.

Le commandant Charcot aimait les animaux, et il venait de s'opposer à ce qu'un de ses compagnons d'expédition tuât un ours polaire. «En empêchant d'abattre cet ours, protesta l'autre, vous êtes responsable de la mort de plusieurs douzaines de phoques.

— En vous laissant vivre, répliqua Charcot, je condamne bien des lapins. Est-ce une raison pour vous tuer?»

## CHARDONNE (Jacques)

Jacques Boutelleau, dit «Jacques Chardonne» (1884-1968), issu d'une lignée protestante du Sud-Ouest (en tant que tel, il revendiquait toujours «les bienfaits de l'épreuve», ce qui peut expliquer certaines choses), racheta avec un associé la maison d'édition Stock. Il a écrit quelques romans soigneux et lents, appréciés par des personnes de goût qui acceptent d'entrer dans un tel univers. Son père, lui-même écrivain à ses heures perdues, lui avait dit : «La littérature, ce n'est pas un métier, c'est un secret»; la sentence prend une certaine résonance dans des temps où le métier est très couru et le secret bien gardé. On a pris soin, en 2004, de débaptiser une salle de l'hôtel de région Poitou-Charente à laquelle son nom avait été donné en 1986, «en raison de son attitude condamnable sous l'Occupation». Cela mis à part, il faisait partie des auteurs de prédilection de Mitterrand, et Pierre Joxe a raconté que, dans les avions officiels, le président l'obligeait à le lire.

Paul Morand et Jacques Chardonne ont entretenu une correspondance où chacun écrivit à l'autre quelque cinq mille lettres. Peu de temps avant sa mort, Chardonne se trouvait à l'hôpital Américain. Morand lui rendit visite, et tentait de le distraire. Il lui parlait de ce qu'il faisait ; il lui dit : « Tenez, je suis en train de lire la correspondance de Gide et de Martin du Gard. »

Chardonne rouvrit les yeux : « Ce sont des cons.

— Oh, vous savez, on dira la même chose de nous !

— ... Ce sont des cons prétentieux. »

### CHARLES II D'ANGLETERRE

Charles II, roi d'Angleterre (1639-1685), fils de Charles I$^{er}$ Stuart, prit le titre de roi après la décapitation de son père, leva une armée en Écosse, fut battu par Cromwell et se retira en France. Il y fut l'élève de Hobbes, avouant ensuite qu'il n'avait jamais rencontré un type aussi bizarre, ce qui est le jugement le plus clément que les contemporains aient porté sur le « Monster of Malmesbury ». Après la mort du Protecteur, il remonta sur le trône en 1660, fut en lutte avec son Parlement. « The Merry Monarch » avait beaucoup de maîtresses et aimait les distractions. Son bouffon parut un jour devant lui en habit de pèlerin, et quand il dut s'expliquer, il dit : « Sire, je vais en pèlerinage en Enfer pour y chercher Olivier Cromwell et le prier de revenir s'occuper des affaires du royaume, puisque vous ne voulez plus vous en embarrasser. » À sa mort, son frère Jacques II lui succéda. Il avait laissé quatorze enfant naturels, dont le duc de Monmouth, décapité en 1685 de façon maladroite : le bourreau dut s'y reprendre à cinq reprises ; et comme on s'aperçut qu'il n'existait pas de portrait récent du royal rejeton, on rassembla paraît-il les morceaux de cette boucherie que l'on recousit grossièrement pour permettre l'exécution du portrait du duc qui se trouve dans la National Portrait Gallery.

Charles II d'Angleterre se promenait sans escorte dans Londres au milieu de la foule. Son frère, le duc d'York (futur Jacques II), lui en fit le reproche. « Il n'y a aucun danger pour moi, expliqua le roi. Personne dans toute l'Angleterre ne désire me voir disparaître, car tout le monde sait que vous seriez mon successeur. »

\*

Charles II, qui fit beaucoup d'enfants naturels, était affectueusement brocardé par le peuple sous le nom de « Old Rowley », celui d'un étalon célèbre pour avoir produit de magnifiques poulains.

Un jour, l'une des royales maîtresses fredonnait dans sa chambre, par distraction, la chanson satirique qui courait les rues : *Old Rowley le Roi*. On frappa à la porte et elle demanda qui c'était. Elle entendit alors la royale voix lui répondre : «Old Rowley lui-même, madame!»

*

Nelly Gwynn, actrice à Drury Lane, fut l'une des maîtresses les plus connues de Charles II. Elle est restée célèbre à un autre titre. Malgré sa royale liaison, la ravissante créature avait un goût prononcé pour les personnes de son sexe, et son patronyme est passé dans la langue française pour désigner les dames de sa tendance.

L'avidité sexuelle tous azimuts de la comédienne était connue et lorsqu'il fut sur son lit de mort, les derniers mots de Charles II furent, à l'adresse de son frère et successeur : «Et surtout, ne laissez pas cette pauvre Nelly mourir affamée.»

### À propos de Charles II

Nelly Gwynn resta la rivale d'une autre favorite, la Française et catholique Louise de Kérouaille, que le roi fit duchesse de Portsmouth et qui sera d'ailleurs ascendante en ligne directe de la fameuse Lady Di du XX$^e$ siècle. Alors que Nelly Gwynn passait un jour en carrosse dans les rues d'Oxford, la populace l'injuria, faisant allusion de façon fort crue à sa liaison avec le roi. Alors que des épithètes mal sonnantes retentissaient de tous côtés – bref, qu'elle se faisait traiter de «putain» –, Nelly mit la tête à la portière et s'écria : «Bonnes gens, vous vous trompez; je suis la protestante.»

*

Un soir, Nelly perdit au jeu contre sir John Germain. Celui-ci, qui savait qu'il avait affaire à une joyeuse luronne, lui proposa tout uniment d'échanger sa dette contre des faveurs dont le roi, d'ailleurs, n'avait pas eu la primeur. Mais Nelly répliqua : «J'aime trop la chasse pour donner au chien la place du daim.»

*

Lorsque Charles II monta sur le trône d'Angleterre, Andrew Marvel composa une ballade assez médiocre qui célébrait la restauration monarchique. Or, quelques années avant, il avait fait une ode en l'honneur de Cromwell.

Le nouveau roi lui dit avec aigreur : « Vous étiez mieux inspiré me semble-t-il, quand vous célébriez l'usurpateur.

— Sire, répondit le poète courtisan : un poète est toujours mieux inspiré par la fiction que par la réalité. »

\*

À la cour de Charles II, Robert South était en train de prêcher devant le roi et ses courtisans lorsqu'il s'aperçut que la plupart dormaient profondément. Il alla toucher le bras des plus proches : « Lord Lauderdale, permettez-moi de vous réveiller. Vous ronflez si fort que vous allez réveiller Sa Majesté. »

Peut-être est-ce ce qui a inspiré, plus près de nous, Robert Bolt, lorsqu'il dit que « la noblesse d'Angleterre aurait ronflé pendant le Sermon sur la montagne ».

## CHATEAUBRIAND (vicomte de)

François-René, vicomte de Chateaubriand (1768-1848), après une jeunesse mélancolique et heureuse dans le château de Combourg et à Saint-Malo, s'éloigna en 1791 de la Révolution qui guillotina son frère, et alla courir les territoires sauvages d'Amérique. Brièvement diplomate sous Bonaparte, et brièvement ministre sous la Restauration, il se retira dans sa maison de la Vallée-aux-Loups et entreprit la rédaction des *Mémoires d'outre-tombe* qui allait l'occuper trente années. Après sa tentative de complot avec la duchesse de Berry, il se tint au calme dans son appartement du rez-de-chaussée des Missions étrangères à Paris. Ce monstre sacré de notre littérature, dont la réputation n'est pas usurpée, fut un drôle d'animal. Mme de Boigne a raconté en 1814 : « Dès le lendemain de l'entrée des Alliés, il s'était affublé d'un uniforme de fantaisie par-dessus lequel un gros cordon de soie rouge, passé en bandoulière, supportait un immense sabre turc qui traînait sur tous les parquets avec un bruit formidable. Il avait certainement beaucoup plus l'apparence d'un capitaine de forbans que d'un pacifique écrivain ; ce costume lui valut quelques ridicules, même aux yeux de ses admirateurs les plus dévoués. » D'après Anatole France, ce « fils superbe de l'Église a hérité l'éternel ennui, le dégoût de la vie de Jean-Jacques. C'est Jean-Jacques enfant de chœur, ivre du vin des burettes ». Tocqueville, quant à lui, a raconté ses derniers moments : « Depuis quelque temps, il était tombé dans une stupeur muette qui laissait croire, par moments, que son intelligence était éteinte. Dans cet état, il entendit pourtant la rumeur de la révolution de février, il voulut savoir ce qui se passait. On lui apprit qu'on venait de renverser la monarchie de Louis-Philippe; il dit : "C'est bien fait!" et se tut. Quatre mois après, le fracas des journées de juin pénètre jusqu'à son oreille. Il demande encore d'où provenait ce bruit. On lui répondit qu'on se battait et que c'était le canon. Il fit alors de vains efforts pour se lever en disant : "Je veux y aller" puis il se tut et cette fois pour toujours, car il mourut le lendemain.» Conformément à ses vœux, Chateaubriand est enterré sur le rocher du Grand-Bé, dans la rade de Saint-Malo. Jean-Paul Sartre crut devoir se soulager la vessie sur la tombe, mais ignorant des réalités, le délinquant se plaça contre le vent : ses vêtements furent souillés et la stèle fut intacte. Quelqu'un a dit : le vent ne trahit jamais un Breton.

Lamartine, au temps de son apogée, faisait des étincelles dans le salon de Mme Récamier. Chateaubriand écoutait sans rien dire. Et puis, dès que le jeune poète eut prit congé, il grommela : «Grand dadais, va!»

*

Le fils aîné de Charles X, duc d'Angoulême, s'étant désintéressé de la politique et n'ayant pas de descendants, les espérances dynastiques de la branche aînée se reportèrent sur son frère cadet, le duc de Berry, jusqu'au moment où il fut assassiné par Louis Louvel, en 1820.

Le duc de Berry avait à l'origine contracté un mariage avec une Anglaise dont il eut deux filles. Son père n'ayant pas reconnu ce mariage, il dut épouser Marie-Caroline de Naples, dont il eut un fils posthume, Henri, duc de Bordeaux, comte de Chambord, alors fêté par Victor Hugo et Lamartine comme «l'enfant du miracle». Après la révolution de 1830, la duchesse de Berry, avec la désapprobation de son beau-père, décida de comploter contre Louis-Philippe. Saluée par les légitimistes partout où elle passait, son aventure militaire se termina dans le ridicule, comme les anciens chefs vendéens l'avaient prédit. Finalement trahie par l'un de ses agents, Simon Deutz (Juif converti que le pape avait recommandé à la princesse et que la police de Thiers paya dûment), elle fut arrêtée et enfermée à la forteresse de Blaye. Sa nymphomanie prit le dessus, et elle accoucha bientôt (1833) d'un enfant de père inconnu, probablement l'avocat Guibourg.

En sortant de la citadelle de Blaye, Berryer lâcha à ses amis : «Et la salope qui veut nourrir!»

Toute une mythologie fut promptement élaborée, et on salua «l'enfant de la Vendée» lorsque la duchesse eut expliqué au général Bugeaud, gouverneur de la forteresse, que «pressée par les circonstances», elle avait secrètement épousé un comte italien lors de son dernier séjour dans son pays. Les légitimistes surent s'incliner devant ce roman.

Chateaubriand venait, l'année précédente, de terminer par une fameuse apostrophe son *Mémoire sur la captivité de Madame la duchesse de Berry* : «Illustre captive de Blaye, Madame!... votre fils est mon Roi!»

Mais quand lui, qui avait participé à l'équipée de la duchesse, apprit sa grossesse et son accouchement en prison, il dit : «Me voilà le cocu trompé de la légitimité!»

Un peu plus tard, alors que Mme de Boigne s'interrogeait sur le nom du véritable père, Chateaubriand lui répondit : «Comment voulez-vous qu'on le dise, elle-même ne le sait pas![1]»

\*

Léontine de Villeneuve, jeune fille de vingt-quatre ans qui vivait à Cauterets avec sa tante, éprouvait une admiration de lectrice passionnée pour M. de Chateaubriand. Elle entreprit de lui écrire pour le lui dire.

Chateaubriand recevait chaque matin, disait-il, «un amas de billets parfumés» dont il prétendait ne pas faire cas. Il ouvrit en tout cas les lettres de Léontine, et s'empressa de lui répondre en affectant de la décourager, dans son style chateaubriantesque : «Si nous nous rencontrons un jour, mademoiselle, je verrai sans doute quelque jeune et belle Occitanienne pleine de grâce et de nobles sentiments comme sa lettre; vous verrez un vieux bonhomme tout blanc par la tête et qui n'a plus du chevalier que le cœur. Ne nous voyons pas, mademoiselle, je ne veux pas tomber dans des illusions quand vous perdrez les vôtres.»

Le sexagénaire accourut bientôt dans les Pyrénées, sous prétexte de soigner ses rhumatismes. Il venait d'écrire après quelques

---

1. Mme de Boigne ajoute qu'une véritable séide de la duchesse, Mme de Chastellux, dans un accès de colère déçue, lui déclara : «Figurez-vous, ma chère, qu'elle a eu l'incroyable audace d'oser qualifier ce misérable enfant d'*Enfant de la Vendée*!» Avant d'ajouter plus bas : «En un sens elle a raison.»

nouveaux échanges : «Léontine, je vous verrai, je vous aime trop, je suis un vieux fou.»

Sitôt arrivé, il alla rendre visite à Mlle de Villeneuve. Il vit ce qu'il devait voir : une fille boulotte et sans beauté.

Le grand homme resta un peu pour soigner ses rhumatismes, fit deux promenades avec Léontine et s'enfuit pour Paris. Elle se maria peu après avec un Adolphe de Castelbajac. Elle écrivit encore, mais Chateaubriand ne répondait plus que par des billets fort neutres.

Peu après la mort de l'écrivain, Léontine put lire dans les *Mémoires d'outre-tombe* le récit un peu toiletté de leur rencontre : «Voilà qu'en poétisant je rencontrai une jeune femme assise au bord du gave, elle se leva et vint droit à moi [...]. Il se trouve que l'inconnue était une Occitanienne qui m'écrivait depuis deux ans sans que je l'eusse jamais vue ; j'allai rendre ma visite respectueusement à la naïade du torrent, un soir [...]. Lorsque je me retirai, elle voulut me suivre, je fus obligé de la rapporter chez elle dans mes bras.»

Léontine, épouse respectable, trouva que cette façon de raconter les choses faisait d'elle une racoleuse. Indignée, elle se rendit chez l'écrivain défunt pour réclamer ses lettres. En vain : le valet de Chateaubriand, qui était encore là, se contenta de lui dire : «Mon maître n'avait pas coutume de garder ces sortes de papiers.»

### À propos du vicomte de Chateaubriand

Un contemporain des romantiques a parlé de «ces cochons d'élégiaques». Si leurs poèmes ne sont que hautes déclarations, appel à la vertu et pudiques protestations, ils furent, dans la vie réelle, de grands amateurs de chair fraîche (et inversement, les écrivains licencieux traînent une réputation d'impuissance ; d'après Anatole France, «on a remarqué que les auteurs érotiques étaient fort morfondus dans la vie courante : ce sont des priapes d'écritoire»).

François-René, vicomte de Chateaubriand, romantique par excellence, ne fait pas exception à la règle. Ses dernières amours, avec Mme Récamier, furent cependant platoniques.

On soupçonnait Juliette de frigidité, et de son côté François-René n'était plus tout jeune, lorsque, s'échappant un instant de son dernier asile, l'hôtel des Missions étrangères, rue du Bac, il allait visiter sa dernière dame de cœur à l'Abbaye-aux-Bois, rue de Sèvres, à un jet de pierre. On disait :

Juliette et René s'aimaient d'amour si tendre
Que Dieu, sans les punir, a pu leur pardonner ;
Mais Il n'a pas voulu que l'une pût donner
Ce que l'autre, hélas, n'eût pu prendre.

## CHATEAUBRIAND (Mme de)

Son mari écrit : «À peine avais-je aperçu trois ou quatre fois Mlle de Lavigne ; je la reconnaissais de loin sur le Sillon à sa pelisse rose, sa robe blanche et sa chevelure blonde enflée du vent, lorsque sur la grève je me livrais aux caresses de ma vieille maîtresse, la mer.» Et «Faites donc!», finit par dire le vicomte à ses sœurs qui manigançaient la chose, regrettant plus tard d'être «homme à se rendre esclave pour un siècle, afin d'éviter une tracasserie d'une heure». La fortune de la belle, qui était visée, n'était pas au rendez-vous. Restait la bonne femme, traitée avec distance : «Mme de Chateaubriand est meilleure que moi, bien que d'un commerce moins facile.» Et l'incorrigible François-René d'ajouter : «Privée d'enfants, qu'elle aurait eus peut-être dans une autre union, et qu'elle eût aimés avec folie ; n'ayant point ces honneurs et ces tendresses de la mère qui consolent une femme de ses belles années, elle s'est avancée, stérile et solitaire, vers la vieillesse. Souvent séparée de moi, adverse aux lettres, l'orgueil de porter mon nom ne lui est point un dédommagement.» On devine que Mme de Chateaubriand ne correspond même pas à l'image abrégée que son mari a donnée de la femme : cet être qui sourit et qui meurt.

L'épouse du célèbre vicomte fut si impatientée d'entendre Fontanes, grand maître de l'Université, et Joubert, inspecteur général, parler toute une soirée d'enseignement et de professeurs, qu'elle dit enfin : «L'ennui naquit un jour de l'Université.»

## CHAULIEU (abbé de)

Guillaume Amfrye, abbé de Chaulieu (1636-1720), protégé des frères Vendôme (le duc et le grand prieur) dont il partageait l'athéisme et les goûts épicuriens, célébra l'amour et la bouteille. Ses protecteurs l'avaient convaincu de ne pas aller résider à Chaulieu, dans le Cotentin, dont ils lui avaient obtenu le bénéfice, mais de demeurer dans l'Enclos du Temple où ils lui avaient aménagé une retraite agréable. Voltaire, qui dans sa jeunesse avait subi l'influence de ces esprits forts (le sien l'était moins) a signalé Chaulieu comme «le premier des poètes négligés». Celui-ci resta éloquent pour chanter «le triste hiver qu'on appelle vieillesse» encore qu'il ait su l'égayer en tombant amoureux, à près de quatre-vingts ans, de celle qui deviendra Mme de Staal-Delaunay, à la cour de Sceaux. Cela resta de l'ordre du rêve : «Il me fit connaître, écrit la belle, qu'il n'y a rien de plus heureux que d'être aimé de quelqu'un qui ne compte plus sur soi, et ne prétend rien de vous.» L'un des meilleurs poèmes de Chaulieu est celui par lequel il goûte un verre de vin, après y avoir longtemps renoncé :

> Il rappela, par ses douces vapeurs,
> Muses et vers, d'aimables rêveries,
> Les bois, les fleurs, les ruisseaux, les prairies,
> L'enchantement de cent autres erreurs.
> Mieux fit encore : me rappela vos charmes...

Rien de très canonique, dans tout cela, et Chaulieu, malgré les efforts de ses protecteurs, n'entra jamais à l'Académie parce que le vieux Louis XIV n'aimait pas les abbés libertins.

L'abbé Abeille avait fait une épître sur la constance, où la justesse et la précision n'étaient pas ce qui régnait le mieux. Sur quoi, l'abbé de Chaulieu fit cette épigramme :

> Est-ce Saint-Aulaire ou Toureille,
> Ou tous deux qui vous ont appris
> À confondre, mon cher Abeille,
> Dans vos très ennuyeux écrits,
> Patience, souffrance, constance?
> Apprenez cependant, comme on parle à Paris.
> Votre longue persévérance
> À nous donner de méchants vers,
> C'est ce qu'on appelle constance;
> Et dans ceux qui les ont soufferts,
> Cela s'appelle patience.

## CHAZOT (Jacques)

Jacques Chazot (1928-1993) était né un 25 septembre, Balance ascendant Verseau, qu'il se plaisait à corriger en : «Vierge, ascendant tapette». Venu à Paris à seize ans, il se fit bientôt remarquer parmi les danseurs de l'Opéra; il conquit le cœur de Jean Lemarchand qui dirigeait la maison d'édition La Table Ronde. Mauriac, alors en fonction chez l'éditeur, ne fut pas moins sensible aux charmes de l'éphèbe. À l'occasion d'un dîner, une dame interpella l'écrivain : «François, savez-vous le bruit qui court dans Paris, à propos de Jacques Chazot et de vous?» Lourd silence. La dame s'explique : «Eh bien... On vous voit partout avec lui et le bruit court que

c'est votre fils naturel...» Les convives entendirent Mauriac murmurer
«Ouf!» Chazot ne resta pas dans le corps de ballet de l'Opéra de Paris,
parce qu'il n'avait pas les muscles qu'il fallait et ne pouvait pas porter les
filles... Il fut danseur étoile à l'Opéra-Comique en 1956. Au café La
Régence, il s'acoquina avec la petite bande des comédiens homosexuels
de la Comédie-Française : Jacques Charon, Jean Le Poulain, Robert
Hirsch. Chazot devint surtout célèbre dans les variétés, impressionnant les
téléspectateurs par sa capacité à se promener sur les pointes et à multiplier les fouettés, en dépit de son sexe. C'est Ludmilla Tcherina qui lui
avait appris à faire des pointes, et il la remerciait en l'appelant toujours
publiquement par son véritable prénom, Monique, qu'elle détestait.

Chazot détestait un mondain flasque qui persistait à venir lui serrer la main à chaque fois qu'il l'apercevait. Un soir, il trempa sa
main dans le saut à champagne qui se trouvait là, avant de la tendre
au fâcheux en ajoutant : «Voilà ce que nous supportons depuis des
années!»

*

Sur Attilio Labis, danseur étoile à l'Opéra de Paris, où ensuite il
professa : «Et la danse se trouva fort dépourvue lorsque Labis fut
venu.»

*

Chazot fréquentait beaucoup Coco Chanel[1], et c'était entre eux,
quand ça leur prenait, une surenchère de plaisanteries antisémites.
Coco lui avait dit dès le début : «N'oubliez pas qu'il existe trois caté-
gories : les Juifs, qui sont mes amis que j'adore et je l'ai prouvé, les
Israélites, dont il faut se méfier comme de la peste, et les Youpins,
qu'il faut exterminer tout de suite.»
    Chazot essayait de dédramatiser le sujet, et faisait rire Coco Chanel
en évoquant l'époque où il avait été la maîtresse du maréchal Pétain[2].
    Régine, reine de la nuit parisienne, propriétaire de boîtes de nuit
très à la mode, gentille, charmeuse, mais un peu gâtée par l'embonpoint mal dissimulé sous ses boas, était d'origine juive. Chazot était

---

1. Il la défendait contre vents et marée et lorsque Edmonde Charles-Roux, pourtant
amie de Coco Chanel, publiera, à la mort de celle-ci, un article désobligeant, Chazot ne
l'appellera plus que : «l'Immonde Charles-Roux».
2. Pure invention. On tient à le préciser, parce que le traitement des sources par les
historiens n'exclut pas toujours le canular.

un de ses grands amis, mais cela faisait beaucoup rire Mlle Chanel quand il la surnomma successivement : « Boule de juif », « La poubelle pour aller danser[1] » ou encore « La plus grosse commune de France ».

Enfin, lorsque Régine ouvrit un club de nuit à Monte-Carlo, Chazot ne l'appela plus désormais que : « Grosse de Monaco ».

\*

Chazot fréquentait une autre antisémite également célèbre dans les nuits parisiennes, Manouche, ancienne maîtresse du bandit Carbone et commensale de Roger Peyrefitte (qui l'aida à rédiger ses souvenirs). En sa présence, Chazot multipliait donc les plaisanteries susceptibles de la faire rire, en particulier lorsque, sur les planches à Deauville, au bar de la Mer, alors que le haut-parleur venait d'annoncer : « On demande M. et Mme Lévy au téléphone... M. et Mme Lévy... », Chazot se leva et dit très fort : « Vous êtes fou d'annoncer ça : la plage va se vider et tout le monde va accourir au téléphone ! »

### À propos de Jacques Chazot

L'humoriste Thierry Le Luron et le danseur Jacques Chazot étaient très complices, voire davantage (l'un appelait l'autre « l'humour de ma vie »). Cela donnait lieu à des plaisanteries plus ou moins engageantes, ainsi quand Le Luron prétendait sur scène que, à cinq heures du matin à Billancourt, les ouvriers de Renault se tournaient vers La Mecque, fesses en l'air pour prier, et que Chazot était présent à chaque fois.

Celui-ci, mythomane sur ses origines, prétendait que l'une de ses grands-mères était la meilleure amie de l'impératrice Eugénie. Il disait aussi qu'il était en froid avec sa mère qui, parfois, arrivait brusquement à Paris et posait pour quelque temps ses innombrables malles Vuitton au Ritz avant de disparaître de nouveau. Le Luron finit par suspecter quelque imagination. Il apprit que Chazot était né près de Lorient, et à l'occasion d'une tournée dans la région il alla aux renseignements. Au petit village de Locmiquélic on lui dit

---

1. Détournement d'un titre de chanson célèbre, à l'époque, de Sylvie Vartan : *La plus belle pour aller danser*... Coluche dit un jour : « Je viens de croiser Régine qui revenait de l'institut de beauté. À mon avis, c'était fermé. »

que le danseur était le fils de la boulangère. Il racontait ensuite l'histoire dans les cercles parisiens en concluant : «Pas étonnant qu'il soit dans les chaussons!»

*

La romancière Françoise Sagan[1], à l'occasion d'un soir de 1965 submergé de désespoir et d'alcool, dit à Jacques Chazot : «On s'entend vraiment très bien, on vit pratiquement ensemble, pourquoi ne pas nous marier?»

Chazot, comme on l'imagine, fut décontenancé par cette déclaration à laquelle il répondit par un silence circonspect.

Quelques mois plus tard, à Deauville, alors que cette idée un peu saugrenue avait fait son chemin dans son cerveau, il dit à la romancière : «Françoise, il y a un peu plus d'un an, ici même, tu m'as demandé de t'épouser. Ce soir, si tu es toujours d'accord... Cette fois c'est moi qui te le demande.»

Sagan tourna vers lui un regard étonné : «Mais, Minou, ce soir je ne suis pas déprimée!»

### CHÉNIER (Marie-Joseph)

Marie-Joseph de Chénier (1764-1811) était parvenu, en 1786, à faire jouer devant le roi sa pièce *Azémire*. Quand le monarque était dans la salle, il était d'usage qu'une éventuelle désapprobation de l'œuvre fût exclusivement silencieuse, mais à cette représentation, «par une exception accablante pour le jeune poète», la Cour siffla la pièce. Après la chute de la Bastille, Chénier produisit des pièces conformes aux nouvelles dévotions. Ce fut d'abord un *Charles IX* où Mirabeau, Danton et quelques autres faisaient la claque : on applaudit à tout rompre lorsque l'acteur déclama :

> Ces tombeaux des vivants, ces bastilles affreuses,
> S'écrouleront un jour sous des mains généreuses.

Les districts de Paris décernèrent au poète une «couronne civique». Il se maintint en grâce en donnant à lire ses pièces aux autorités, n'hésitant pas à brûler le manuscrit quand Barère le lui ordonnait au nom de Robespierre. Juste après la chute de celui-ci, Chénier publia l'*Ode sur la*

---

1. Françoise Sagan (1935-2004) : écrivain français restée célèbre par son amour des Ferrari et de l'alcool, ses romans avec l'autoroute de Normandie qui file dans la nuit, ses tremblements nerveux lorsqu'elle devait répondre à des interviews télévisées et son accident respiratoire en octobre 1985 à l'occasion d'un voyage officiel en

*situation de la république française durant l'oligarchie de Robespierre et de ses complices*, quatre ans avant de fêter *D'Arcole et de Lodi les terribles soldats... et le grand général guidant la grande armée...* En 1807, dans son discours d'éloge de Lebrun-Pindare, une phrase adroitement coulée lui vaudra une pension de 6 000 francs sur la cassette de l'Empereur. Son œuvre la plus célèbre reste le *Chant du départ*. Éméché par le succès, l'auteur récidiva avec un *Chant des victoires* et un *Chant du retour*. Des témoignages fabriqués par Daunou, son exécuteur testamentaire, le lavèrent des soupçons relatifs à la mort de son frère André. Mais Marie-Joseph avait donné en 1794 une pièce, *Timoléon*, qui offre le tableau d'un homme sacrifiant son frère à la Liberté ; on pensait qu'écrire cela l'année même où André était guillotiné était déshonorant. Michaud, rédacteur sous le Directoire de *La Quotidienne*, journal réactionnaire que les républicains nommaient «la Nonne sanglante», y écrivait souvent sur Chénier, en terminant par la question : «Caïn, qu'as-tu fait de ton frère ?»

Sur une pièce de Lemierre[1], dont les vers étaient toujours durs et rocailleux :

Lemierre, ah ! que ton *Tell* avant-hier me charma !
J'aime ton ton pompeux et ta rare harmonie !
Oui, des foudres de ton génie
Corneille lui-même t'arma.

---

Amérique du Sud où le président Mitterrand l'avait emmenée – elle fut rapatriée dans le coma par avion spécial de l'État français, victime, d'après l'annonce officielle, du mal de l'altitude. Elle était certes *high*, mais à cause de la cocaïne.

1. Ce Lemierre (1733-1793), poète enflé, grand chasseur de prix littéraires dont il attrapait quelques-uns, n'hésitait pas à qualifier de «vers du siècle» ces mots extraits de son poème sur le *Commerce* : «Le trident de Neptune est le sceptre du monde». Il fut élu en 1780 à l'Académie française, en même temps que le comte de Tressan. Ils avaient eu pour concurrent Chamfort. Celui-ci, fort étonné de n'avoir pas réussi, s'en vengea par cette épigramme :

Honneur à la double cédule
Du sénat dont l'auguste voix
Couronne, par un digne choix,
Et le vice et le ridicule !

On la lut à Lemierre, qui dit : «Pourquoi s'en plaint-il ? S'il s'agit bien du vice et du ridicule, cela lui fera deux voix de plus la prochaine fois !» Il y eut beaucoup de monde lors de la séance de réception, depuis la duchesse de Chartres et la comtesse de Genlis jusqu'à Mme Bourret, «la Muse limonadière» (ainsi appelée parce qu'elle faisait des vers médiocres salués par Voltaire et Frédéric II tout en tenant un café à Paris). Grimm donne la raison de cette presse : «On s'attendait à un discours un peu sauvage de la part de l'auteur d'*Hypermnestre*, peut-être même à quelques saillies d'amour-propre dont le ridicule eût été avidement saisi.» Las, le discours fut convenu et le public déçu.

Un confrère conseillait d'ailleurs d'utiliser les vers de Lemierre aux mêmes fins que Démosthène usait des cailloux de la grève :

> Prenez les vers du dur et rocailleux Lemierre
> Dont, en passant, j'imite la manière,
> Lisez, relisez-les, le tout assidûment ;
> Et si votre langue vous gêne,
> Ils vous feront, par son mouvement,
> L'office des cailloux que mâchait Démosthène.

*

Louis Sébastien Mercier est passé à la postérité pour son amour de l'originalité ; il prétendait que le soleil tourne autour de la terre, que le rossignol est un chanteur détestable, et il ne s'extasiait que devant les poètes allemands. Cela lui valut cette épigramme de Chénier :

> Reicrem ! Qui ? Reicrem – C'est Mercier à l'envers,
> Et c'est, comme à l'endroit, un esprit de travers.

*

Sur Rœderer :

> Jean Rœderer, ennuyeux journaliste,
> De son squelette a fait peindre les traits :
> Vingt connaisseurs, assemblés tout exprès,
> Sont à loisir consultés par l'artiste.
> «Ça, mes amis, est-il bien ressemblant ?
> À ce visage avec soin je travaille.»
> Nul ne répond, chacun regarde et bâille.
> «Bon dit le peintre : on bâille, il est parlant.»

*

Sur Talleyrand :

> L'adroit Maurice, en boitant avec grâce,
> Aux plus dispos pouvant donner leçons,
> À front d'airain unissant cœur de glace,
> Fait, comme on dit, son thème en deux façons :

Dans le parti du pouvoir arbitraire,
Furtivement il glisse un pied honteux ;
L'autre est toujours dans le parti contraire ;
Mais c'est le pied dont Maurice est boiteux.

## À propos de Marie-Joseph Chénier

Beaucoup de contemporains de Marie-Joseph Chénier l'ont tenu pour responsable du supplice de son frère André – des deux le vrai poète. Marie-Joseph, qui n'avait après coup ni le courage de ses opinions, ni celui de ses actes, tenta une difficile défense dans un opuscule consacré au sujet.

Benjamin Constant fit cette épigramme :

D'où vient cette démarche altière ?
Est-ce l'orgueil de la vertu ?
« Je n'ai point fait périr mon frère.
— C'est bien ! Mais l'as-tu défendu ? »

*

Mme de Genlis écrit dans ses *Mémoires :* « Il a eu le tort beaucoup plus grand de laisser périr son malheureux frère (André) qu'il aurait pu sauver en employant tout son crédit durant le règne de la Terreur ; on a même dit généralement qu'il avait participé à sa condamnation, ce que je ne puis croire ; mais cette odieuse imputation fut accréditée par son silence dans ce temps, car il aurait pu alors sans danger s'en justifier hautement. » Et de raconter que Mlle Dumesnil, la célèbre actrice[1], était alors très vieille et infirme. Chénier ne l'avait jamais vue, et, sans se faire annoncer, il se rendit un matin chez elle ; il la trouva dans son lit, et si souffrante qu'elle ne répondait rien à tout ce qu'il lui dit d'obligeant. Cependant Chénier la conjura de lui dire uniquement un vers, un seul vers de tragédie, afin, ajouta-t-il, qu'il pût se vanter de l'avoir entendue déclamer. Mlle Dumesnil, faisant un effort sur elle-même, lui adressa ce vers de l'un de ses plus beaux rôles : « Approchez-vous, Néron, et prenez votre place. »

---

1. Célèbre par ses talents, et par le fait qu'elle buvait comme un cocher : son laquais, lorsqu'elle jouait, était toujours dans la coulisse, la bouteille à la main, pour l'abreuver.

## CHÉRIER (abbé Claude)

Claude Chérier († 1738) fit sa réputation grâce au *Polissonniana, ou recueil de turlupinades, quolibets, rébus, jeux de mots, allusions, pointes, expressions extraordinaires, hyperboles, gasconnades, espèces de bons mots et autres plaisanteries*, bien qu'il fût publié sans nom d'auteur; ce fut l'ouvrage du genre le plus prisé du temps. Il était déclaré comme édité à Amsterdam. En vérité, comme l'a expliqué B. Warrée, la plupart des ouvrages qui mentionnaient cette ville ou celle de Londres étaient imprimés en France et édités à Paris, mais comme cette seule mention suffisait à dispenser de la censure, elle faisait gagner du temps aux éditeurs; les autorités n'étaient pas dupes – et surtout pas Chérier, qui était censeur...

L'abbé Chérier, «censeur royal des livres pour les belles-lettres», était selon Piron «en tout un gros réjoui qui n'avait de bréviaire que la bouteille, et d'autre bénéfice que la censure de la police dont il s'acquittait comme du reste».

L'abbé Chérier, donc, ne censurait pas. La chronique a pourtant conservé le souvenir d'une intervention de sa part. Il avait fait effacer d'une pièce la phrase : «À sa rotondité on le prendrait pour un président» – «Car, expliqua-t-il, le président de Lubert se formaliserait avec raison.»

Cela fit le tour de Paris, et le bon président fut la risée de l'événement, bien davantage que si la phrase n'avait pas fait l'objet des exceptionnelles foudres de la censure.

Il est juste d'ajouter que ce président, tout gras qu'il fût, ne manquait pas d'esprit. Un jour qu'au parterre de l'Opéra, quelqu'un incommodé de sa taille et de son voisinage avait dit tout haut : «Quand on est fait d'une certaine manière on ne devrait pas venir ici.

— Monsieur, lui avait répondu le président, il n'est pas permis à tout le monde d'être plat.»

## CHERUBINI

Luigi Cherubini (1760-1842) : ce compositeur né à Florence, auteur d'une série d'opéras dans le style français, avait été initié peu avant la Révolution à la loge parisienne Saint-Jean de Palestine. Il fit l'essentiel de sa carrière en France et fut nommé directeur du Conservatoire en 1822. Vers 1806, il s'absorba de façon passionnée dans la botanique et n'en sortit que pour écrire sa *Messe en fa*, qui fut exécutée dans l'hôtel du prince de Chimay avec les plus grands musiciens du temps, dont Kreutzer et Habeneck.

Un nouveau chanteur, qui avait demandé à se produire devant Cherubini, entonna un air classique d'une voix particulièrement tonitruante, qu'il maintint jusqu'au bout. Quand il eut fini : « Alors maître : à quel emploi dois-je me destiner ?

— À l'emploi de commissaire-priseur. »

*

Le Premier consul n'aimait pas Cherubini. Il lui dit un jour : « Votre musique fait trop de bruit ; parlez-moi de celle de Paisiello, qui est douce et tranquille : c'est celle-là qui me charme ; elle me berce doucement.

— J'entends, général, répondit Cherubini : vous aimez la musique qui ne vous empêche pas de songer aux affaires de l'État. »

*

De Cherubini sur l'œuvre de Berlioz : « La *Symphonie fantastique*, c'est le modèle de ce qu'il ne faut pas faire. »

## CHEVIGNÉ (comtesse de)

Belle et distinguée dans sa jeunesse, très au fait de l'étiquette pour avoir été en fonction à la cour en exil du comte de Chambord, Laure de Sade, comtesse de Chevigné (1859-1936), lançait des modes. Mais en prenant de l'âge, elle se laissa aller. Morand l'a signalée comme la première femme du monde à avoir dit « merde », et elle allait répétant qu'elle avait tout appris « en baisant ». Claude Arnaud écrit : « Si son sens aigu de l'indépendance avait fait de la Chevigné une des rares femmes à sortir sans mari dans Paris, on ne faisait pas bouger facilement ce dragon paillard qui pouvait lancer à son vieux domestique, quand il osait la déranger : *Qu'é qu'y a encore, Auguste* ? Proust lui-même, qui la poursuivait d'une passion platonique depuis l'enfance, devait se contenter de lui écrire des lettres inlassablement flagorneuses ou de courir à la campagne, s'il n'était pas éconduit, pour voir cet excellent fusil, vêtu d'habits feuille-morte, *humer la poudre à narines ouvertes*, en vrai cheval de bataille. » Apollinaire n'était pas indemne, goûtant l'humour de colonel de cette femme du monde dont on ne savait plus si elle incarnait l'extrême grossièreté ou le raffinement. « Proust restait le plus fervent zélote de Mme de Chevigné, dont l'inaccessibilité renforçait encore la séduction. Son attachement était devenu si profond et désespéré, après vingt ans de rejet, que la *Recherche* peut être vue comme une tentative d'embaumer l'essence mythologique de la comtesse, sous l'enveloppe certes améliorée mais reconnaissable de la duchesse de Guermantes, dans une cathédrale littéraire l'illuminant pour l'éternité. »

La comtesse de Chevigné habitait le même immeuble que les Cocteau, rue d'Anjou. Le jeune Cocteau ne pensait qu'à accéder à l'intimité de celle dont il savait qu'elle était la duchesse de Guermantes de son ami Proust. Elle avait déjà acquis toute sa gloire sociale, et cultivait désormais ses allures hommasses et ses expressions de rapace indigné lorsqu'on la dérangeait. Inutile de dire qu'elle n'hésitait pas à opposer « une brusquerie royale aux élans du jeune snob que le sort, si injuste socialement, lui avait donné pour voisin » (Arnaud). Elle avait ainsi, dès leurs premières rencontres, redoublé de virilité, et lorsqu'elle vit un Cocteau un peu trop apprêté se ruer sur Kiss, son loulou de Poméranie, elle s'écria : « Attention ! vous allez lui mettre de la poudre de riz ! »

*

Proust, emballé dès qu'il eut aperçu la comtesse à l'Opéra, n'eut de cesse qu'il ne lui eût adressé la parole. Elle l'éconduisit d'un méprisant « Fitz-James m'attend ! », ce qui porta à son comble l'excitation sociale de Marcel.

Mais il finit par approcher sa déesse. Claude Arnaud, le biographe de Cocteau, relève que sa manière de faire restait étrange : tout en étouffant la Chevigné sous des compliments si idolâtres qu'ils en devenaient irrévérencieux, il exigeait toujours plus de détails sur le chapeau de paille piqueté de bleuets qu'elle portait tel jour de 1903. Ce zèle indisposait la comtesse, qui finissait par interrompre ses exigences maniaques en lui jetant, de sa voix de gendarme : « Il n'y a que la mère Daudet qui garde ses vieux chapeaux ! »

En décembre 1917, Paul Morand relève dans son journal que Proust et Mme de Chevigné parlent bas dans un coin : « On croit à un flirt. On s'approche : Proust prend des notes. On entend : *Mais alors vous croyez que le prince de Sagan portait des mouchoirs de soie blanche.* »

Morand dit aussi que Proust, qui n'avait pas vu Mme de Chevigné depuis plusieurs années, arriva chez elle à minuit, se fit ouvrir, la fit lever pour lui demander le nom de ce qu'elle mettait sur ses épaules pour sortir car il avait besoin pour les épreuves de *Swann* du nom exact. Comme elle épuisait son vocabulaire sans trouver, Proust lui expliqua qu'elle n'avait qu'à demander la chose à sa femme de chambre. On alla réveiller celle-ci au sixième. « Mais Proust dut partir sans avoir le mot qu'il cherchait. »

Il revenait à la charge, par exemple parce qu'il gardait un souvenir fasciné d'une toque en taupé, ornée de violettes de Parme. La comtesse finit donc, malgré ses premières préventions, par préférer la compagnie de Cocteau, qu'elle jugeait plus gaie, à l'ennui croissant que Proust inspirait à sa déesse ; elle expliquait à la fin : « Il nous emmerde avec ses gribouillages... »

Comme l'a relevé Claude Arnaud, ce rejet devait obséder Proust des années durant, et relancer de façon obsessionnelle son enquête ; mais plus il insistait, plus la Chevigné méprisait cet absurde collectionneur de détails qu'il tentait de lui soutirer par des flatteries ridicules.

Proust ne savait pas que la comtesse, non seulement avait cessé d'ouvrir ses lettres interminables, mais qu'elle les donnait à sa cameriste pour essayer les fers avec lesquels on lui frisait les cheveux.

À la toute fin, la Chevigné, particulièrement excédée, demanda à Marie-Laure, sa petite-fille, de détruire « les dindonnades de ce raseur », et des centaines de lettres de Proust partirent ainsi en fumée.

### À propos de la comtesse de Chevigné

Elle avait la voix éraillée par un abus des cigarettes Caporal et par quelque sel génétique : la princesse Bibesco la disait « enrouée par des siècles de commandement » ; Céleste Albaret, la fidèle petite main de Proust, disait quant à elle : « Cette dame, qui a fait tant de mal à Monsieur, a une voix comme quand on passe sous un tunnel en chemin de fer. »

## CHEVREAU (Urbain)

Né à Londres, secrétaire des commandements de la reine Christine, Urbain Chevreau (1613-1701) passa la meilleure partie de sa vie à voyager après l'abdication de celle-ci. Quand il revint s'installer en France, il entretint un commerce de littérature avec des personnages illustres.

Épigramme sur un personnage d'un genre indécis :

> L'original est à tout faire,
> Il est tout ce que tu voudras ;
> Et tu feras beaucoup lorsque tu résoudras
> Sous quel sexe on l'a dû portraire.
> Il est des deux bien convaincu :
> Il peut être coquette, il peut être cocu,
> Car il est mâle et femelle ;
> Et comme il peut servir de femme et de mari,
> De maîtresse et de favori ;
> Toute la grammaire en querelle
> Ne sait plus à quel genre aller,
> Et ne sait comment l'appeler
> Ou Monsieur, ou Mademoiselle.

*

Sur Adam Billaud, « le Virgile au rabot » qui faisait des vers médiocres dont les salons parlaient avec émotion :

> Tes ouvrages, Billaud, sont d'un style charmant ;
> Ils causent notre honte et notre étonnement :
> Plus on les considère, et plus on les admire ;
> La même politesse y forme chaque mot :
> Et par ta manière d'écrire,
> Il semble qu'Apollon n'abandonne la lyre
> Que pour se servir du rabot.

Il paraît que maître Adam, qui prit ces vers au premier degré, aimait beaucoup cette épigramme parce que la louange en était outrée, et que « l'encens n'était pas pour lui de mauvaise odeur ».

## CHIRAC (Jacques)

Jacques Chirac (né en 1932), issu d'une petite bourgeoisie corrézienne de tradition laïque et républicaine, manifesta d'abord des sympathies communistes. Reçu à l'ENA en 1954, il épousa Bernadette Chodron de Courcel, malgré les réserves de la famille de l'épousée. Son premier succès en Corrèze, lors des élections législatives de 1967, où il emporta pour la droite un bastion communiste, fut dû aux efforts d'Henri Queuille, ancien radical socialiste, et de Charles Spinasse, ancien ministre de Blum exclu de la SFIO pour collaboration. Peu après, Chirac inaugura une carrière ministérielle, étroitement protégé par les éminences grises de Pompidou. Puis il décida d'arrondir son image de droitiste intransigeant, et la gauche triompha partout. Plus tard, adoptant le «conservatisme libéral» qui succédait chez lui au «travaillisme à la française», il devint le premier chef d'un gouvernement de cohabitation. Il finit par remporter l'élection de 1995, à laquelle Mitterrand ne se présentait plus. L'un de ses premiers actes fut de reconnaître la responsabilité de l'État français dans la persécution des Juifs durant la Seconde Guerre mondiale, ce à quoi son prédécesseur s'était violemment refusé. Il fut réélu en 2002, mais il était perçu à la fin comme un grand animal fatigué, bien que celui que Giscard d'Estaing avait surnommé «l'agité» restât rapide en plusieurs choses (on résumait à l'Élysée certains de ses divertissements par la formule «DMDC» : «dix minutes, douche comprise»). Certains ont dit que le principal événement de sa présidence avait été la création du 118-118 pour les renseignements téléphoniques. Il était resté fidèle à la maxime de son mentor Henri Queuille, héros de la IVe République, qui estimait «qu'il n'est pas de problème dont une absence de solutions ne finisse par venir à bout». Ce n'est pas sans vraisemblance que Bernadette Chirac dit en 2009 à François Hollande : «Vous savez, mon mari a toujours été de gauche.» On ne peut alors qu'être amusé de la confrontation avec Mitterrand, animal politique équivoque en sens inverse.

Jacques Chirac a raconté à Olivier Todd, le biographe de Malraux, ses séances au Conseil des ministres dans les années 1960. Lui, jeune secrétaire d'État de bout de table, regardait particulièrement le couple central, le président de la République Charles de Gaulle incarnant la majesté et juste à sa droite le ministre d'État André Malraux. Et Chirac de dire : «Malraux dormait avec une certaine distinction.»

Un peu plus loin Chirac commente : «Dans toutes les civilisations, les chefs ont des fous. Cela les détend»...

Trotski avait dit : «Malraux est organiquement incapable d'indépendance morale : il est officiel de naissance.»

*

Chirac sur François Hollande lorsqu'il vint se présenter aux élections législatives en Corrèze : «Hollande? Il est moins connu que le labrador de Mitterrand.»

*

Alors que, conformément à son habitude, le président Chirac était allé prendre un bain de foule au salon de l'Agriculture, il s'entendit dire par un jeune homme à qui il serrait vigoureusement la main : « Bonjour, connard...
— Enchanté. Moi c'est Chirac. »

\*

De Chirac sur Sarkozy : « Celui-là, il faut lui marcher dessus : d'abord il ne comprend que ça, et en plus il paraît que ça porte bonheur ! »

\*

À propos de Balladur, son rival de droite pour l'élection présidentielle de 1995, alors favori dans les sondages, et qui était doté d'un physique particulier : « Ce type, c'est quand même un remède contre l'amour, non ? » »

\*

À ses ministres, lors d'un Conseil : « On ne peut sans cesse dire n'importe quoi et s'étonner d'être en difficulté. »
C'est l'époque où, après qu'on lui eut fait un résumé circonstancié des vicissitudes de son second mandat présidentiel, il expliquait : « De toute façon les merdes volent en escadrille. »

### À propos de Jacques Chirac

Après la mort de Pompidou et l'élection de Valéry Giscard d'Estaing à la présidence, celui-ci nomma Chirac Premier ministre. Ce dernier assura en parallèle sa mainmise sur le parti gaulliste, ce qui indisposa beaucoup de gaullistes historiques, dont Chaban-Delmas, qui dit : « M. Chirac n'a découvert le gaullisme qu'en comptant les sièges de l'Assemblée. »

\*

Après que Chirac eut adressé des remerciements à Pierre Juillet, l'éminence grise de Pompidou, pour ses conseils, celui-ci dit devant ses amis : « C'est la première fois qu'un cheval remercie son jockey ! »

\*

En 1997, alors que la droite donnait des signes de faiblesse dans l'opinion, Chirac, président depuis deux ans, décida de dissoudre

l'Assemblée nationale, provoquant des élections législatives anticipées qui furent un échec cuisant pour les conservateurs.

Patrick Devedjian, membre du parti du président, expliqua : « On
était dans un appartement avec une fuite de gaz. Chirac a craqué
une allumette pour y voir clair. »

*

L'esprit du président a été affecté par les suites d'un accident
vasculaire cérébral ; peu après l'élection présidentielle de 2012,
Bernadette Chirac a déclaré : « Rendez-vous compte, dans ma famille
ils ont tous voté Hollande. Sauf Jacques ; mais il ne le sait pas. »

## CHOISEUL (duc de)

Étienne-François, duc de Choiseul (1719-1785), avertit Mme de Pompadour
que sa nièce entretenait une correspondance amoureuse avec le roi. La
favorite, qui n'était pas avare de récompenses lorsqu'on lui rendait ce
genre de service, fit nommer le délateur ambassadeur à Rome. À Vienne
ensuite, il sut rapprocher les deux cours : il était lorrain, qualité là-bas en
faveur, et réussit le mariage de l'archiduchesse Marie-Antoinette avec le
Dauphin de France. Créé duc, il devint ministre des Affaires étrangères à la
chute de Bernis, et sa connivence avec la favorite fit de lui un premier
ministre ; ils s'entendirent d'ailleurs pour l'expulsion des jésuites – cela plut
aux philosophes, mais les jésuites étaient devenus l'une des colonnes de la
monarchie. On impute à Choiseul des mauvais choix d'alliance, l'abandon
du Canada et de l'Inde, le délaissement de la Pologne. Il voulait la guerre
avec l'Angleterre, s'opposant au roi, et il fut révoqué en 1770 parce qu'il
avait soustrait aux regards de Louis XV des courriers personnels du roi d'Espagne qui contredisaient sa vision des choses. Il se retira dans sa terre de
Chanteloup, et la coterie des milieux éclairés (« toute la France », disaient
les gazettes) accourait à Chanteloup « pour se désinfecter de l'air de
Versailles ». Ainsi exilé à la lisière de la forêt d'Amboise, l'ancien ministre
trompait l'ennui en s'adonnant au plaisir de la chasse ; l'abbé Barthélemy
écrit à Mme du Deffand en 1771 : « Hier et avant-hier nous avons suivi le
grand papa à la chasse ; le premier jour il tua la moitié d'un lièvre qui fut
achevé par Perceval, hier environ le quart d'une bécasse qui fut emportée
par les trois autres quarts »... Il tenta de revenir aux affaires à l'avènement
de Louis XVI, comptant sur le soutien de Marie-Antoinette, mais fut froidement reçu. Il laissa à sa mort des dettes et une veuve charmante et inconsolable qu'il avait trompée avec une constance sans défaut ; elle renonça aux
biens qui restaient et se retira dans un couvent pendant que les créanciers
venaient à la curée. Le beau château de Chanteloup sera démantelé par les
Bandes noires.

Mme du Barry détestait le duc de Choiseul. Un jour, on parlait chez le roi des costumes différents des peuples de l'Europe. Choiseul parlait de ceux de la Russie et de ceux de Constantinople, en remarquant que l'Europe n'était pas si dépourvue de beaux costumes ; et il donnait pour preuve ces deux derniers pays.

« Cependant, dit-il en se reprenant, j'ai tort de mettre la Russie et la Turquie dans le nombre, car les plus beaux costumes de ces pays sont dans les provinces d'Asie. »

À ces mots, Mme du Barry éclata de rire et s'écria : « C'est bien la peine d'être ministre pour ne pas savoir que la Turquie est en Asie, et que la Russie est en Europe. »

Peu après, Choiseul dit : « C'est bien la peine d'être favorite, pour ne pas savoir que le pays où les femmes vivent en troupeau pour les plaisirs d'un seul homme est en Europe comme à Paris. »

Le propos revint à Mme du Barry ; elle fut furieuse. À dater de ce jour-là, elles se fit lire tout ce qui avait été écrit sur la Turquie, et « elle le débitait ensuite comme une leçon avec un petit babil que sa gentillesse et sa beauté rendaient presque supportable ; car ce n'était pas par la parole qu'elle brillait, comme on le sait » (Laure d'Abrantès). Enfin, la turcomanie en vint au point qu'elle persuada le roi de se faire peindre en sultan, et elle en sultane favorite. Tout cela pour répondre spirituellement au duc de Choiseul. C'est ce qui lança la mode des choses turques dans toutes les cours d'Europe. Mozart trouvera l'idée de *L'Enlèvement au sérail*.

\*

Un jour, Choiseul était non loin de Mme du Barry et parlait des moines. Elle se mit aussitôt à parler des jésuites avec le plus grand éloge, parce qu'elle savait que Choiseul ne les aimait pas. Alors il se mit à dire tant de bien des religieux en général qu'elle prit le contrepied et se mit à en dire des choses tellement fortes que tout l'auditoire demeurait interdit.

« Enfin, dit-elle, ils ne savent même pas prier Dieu !

— Ma foi ! madame, dit le duc de Choiseul, vous conviendrez au moins qu'ils font de beaux enfants. »

On prétendait en effet à la Cour que Mme du Barry était la fille naturelle d'un « frère coupe-choux », genre de moine affecté aux tâches matérielles les plus modestes.

*

Choiseul, pour peindre l'âme intéressée des Genevois, disait : « Quand vous verrez un Genevois se jeter par la fenêtre, vous pouvez vous y jeter après lui ; il y a au moins 5 % à gagner. »

*

Choiseul, ministre des Affaires étrangères, et qui avait été ambassadeur de France à la cour d'Autriche, s'efforçait de rapprocher les deux monarchies. Joseph II se faisait tirer l'oreille, refusant d'être « galant » avec la France, qu'il trouvait superficielle. Choiseul, lorsqu'il entendit Kaunitz lui rendre compte à ce sujet des préventions de Joseph II, dit : « Si l'empereur n'est pas d'humeur à faire des coquetteries, le roi n'est ni d'âge ni de caractère à en recevoir. »

*

Choiseul se heurta souvent – sans beaucoup de succès – à Frédéric II, au sujet duquel courait de fortes rumeurs d'homosexualité, semble-t-il fondées, et en tout cas relayées avec beaucoup d'insistance par Voltaire. Le ministre voulut un jour se venger de ses échecs diplomatiques et guerriers par ces vers adressés au roi de Prusse :

> De la nature et des amours
> Peux-tu condamner la tendresse,
> Toi qui ne connais l'ivresse
> Que dans les bras de tes tambours ?

### À propos de Choiseul

Le duc de Choiseul fit tout pour relayer, contre Rousseau, les persécutions que lui souhaitaient les encyclopédistes, dont le ministre était si proche. Comme par ailleurs ce ministre n'entreprenait rien d'heureux, Jean-Jacques finit par dire : « Mon abaissement sera la plus grande œuvre du ministère de M. de Choiseul ! »

## CHOISY (abbé de)

François-Timoléon, abbé de Choisy (1644-1724), mènera un existence de travesti, sans les mœurs qui vont souvent avec. Quand il fallut éduquer Philippe d'Orléans dans un esprit éloigné des préoccupations militaires et de gouvernement, Mme de Choisy, ancienne égérie de la Fronde, offrit les dispositions de son fils. Celui-ci a raconté : « J'avais les oreilles percées, des diamants, des mouches et toutes les autres petites afféteries auxquelles on s'accoutume fort aisément et dont on se défait difficilement. Monsieur, qui aimait aussi tout cela, me faisait toujours cent amitiés. Dès qu'il arrivait suivi des nièces du cardinal Mazarin et de quelques filles de la reine, on le mettait à sa toilette et on le coiffait... On lui ôtait son justaucorps pour lui mettre des manteaux de femmes et des jupes. Et tout cela se faisait, dit-on, par ordre du cardinal, qui voulait le rendre efféminé de peur qu'il ne fît de la peine au roi, comme Gaston avait fait à Louis XIII... » Pour le reste l'abbé fut joueur, extraordinairement : passant un jour devant le château de Balleroy, qu'il avait été obligé de vendre, il s'écria : « Ah ! que je te mangerais bien encore ! » Après une vie dissolue, il se convertit en 1683 et fut ordonné prêtre en 1685. Il gardait sa manie de vêtements féminins avec l'assentiment de la hiérarchie, mais cela lui coûta l'épiscopat.

Marie Angélique de Roussille-Fontanges, qui fut longtemps la favorite de Louis XIV et qui mourut à vingt ans des suites de couches, dit, après que le roi lui eut rendu visite : « Je meurs contente puisque mes derniers regards ont vu pleurer mon roi. »

L'abbé de Choisy disait d'elle : « Belle comme un ange, mais sotte comme un panier. »

## CHOPIN (Frédéric)

Frédéric Chopin (1810-1849), l'âme de la Pologne à beaucoup d'égards, était français par son père, enseignant qui s'était installé à Varsovie. Outre la composition de 50 mazurkas, 25 préludes, 19 nocturnes, 12 polonaises, etc., une grande affaire de sa vie fut sa liaison avec George Sand. Comme d'habitude, la fin ne fut pas heureuse, et comme d'habitude elle raconta tout. Sainte-Beuve a écrit : « Mme d'Argoult avait livré au public son ancien amant Liszt dans *Nélida* ; voilà Mme Sand qui, à ce qu'on dit, fait la même chose pour Chopin dans *Lucrezia* ; elle achève d'immoler les pianistes avec des détails ignobles de cuisine et de lit. Ces dames ne se contentent pas de détruire leurs amants et de les dessécher ; elles les dissèquent. » Malgré ce penchant aux détails, la lettre de George Sand à Grzymala disant « Il y a sept ans que je vis comme une vierge avec Chopette » est, pour ce qui concerne la mention de « Chopette », un canular apocryphe, censé attester l'homosexualité du pianiste. Il est vrai pour autant que ses lettres à son ami Titus, débordantes d'effusions, ne respirent pas une franche virilité.

De Chopin : «Berlioz compose en répandant l'encre de sa plume sur le manuscrit et en abandonnant la suite au hasard.»

\*

Chopin disait de George Sand : «Je ne crois plus aux larmes depuis que je l'ai vue pleurer.»

### À propos de Chopin

Dans un restaurant, un violoniste jouait une valse de Chopin. Celui-ci vit un client fondre en larmes, et il lui demanda : «Vous êtes polonais?

— Non, je suis violoniste.»

## CHRISTINE DE SUÈDE

Christine, reine de Suède (1626-1689), éduquée comme un prince, n'aimait pas être vêtue comme une femme et se livrait sans mesure à la chasse et aux exercices de plein air. Belle et d'une culture universelle, elle fit soupirer beaucoup de prétendants, qu'elle dédaignait (on a hasardé qu'elle était hermaphrodite). À sa majorité, elle prit fermement les rênes du royaume et négocia la paix de Westphalie qui mit fin à la guerre de Trente Ans. Elle encouragea les arts, et fit venir à sa cour les plus grands esprits de l'époque, dont Descartes qui mourut d'une fluxion de poitrine à cause du climat et des caprices de la reine. À l'âge de vingt-neuf ans, elle abdiqua, se convertit au catholicisme et voyagea. Elle vint en France et vit Louis XIV, âgé de dix-huit ans, dont elle dit : «Il est beau et fait pour l'amour, pas pour le pouvoir» – elle se trompait à moitié. Les Français reprochaient à l'ancienne reine d'avoir un comportement bizarre et des mains sales. Surtout, sa manière de donner des conseils en matière diplomatique déplaisait, et Mazarin la fit élégamment expulser. Elle acheva ses jours à Rome en protégeant les artistes, regrettant de ne plus être en situation de jouer un rôle dans la diplomatie, où son discernement avait excellé. Elle protesta contre la révocation de l'édit de Nantes, mais les Français la renvoyèrent à ses études d'astrologie et d'alchimie, qui lui occupaient la raison.

Ayant supporté une longue harangue, cette reine dit : «Il faut donner quelque chose à l'auteur, à cause qu'il a fini.»

\*

Henriette de Coligny, fille du maréchal, fut célèbre comme lettrée (elle écrivait surtout des élégies, qui s'accordaient à sa grande beauté, mais on l'accusa d'avoir engagé un jeune poète pour traduire en vers burlesques le Notre Père); elle le fut aussi par la jalousie que son comportement inspirait à son mari, le comte de La Suze : ils étaient tous les deux calvinistes, et il prétendit l'enfermer pour mettre sa vertu en sûreté. Elle abjura la Religion.

La reine Christine fit ce commentaire : «Mme de La Suze a changé de religion pour ne pas se trouver avec son mari dans ce monde-ci, ni dans l'autre.»

*

Pendant son séjour en France, la reine Christine fut avertie par Mlle de Montpensier que les dames de la Cour se moquaient de sa perruque et de ses habits. Lorsqu'elle parut ensuite au cercle de la reine, elle trouva ces dames fort partagées sur la question de savoir si on pouvait sans ridicule porter en même temps le manchon et l'éventail, en raison des variations du jour qui était alors froid le matin et étouffant l'après-midi.

«Mesdames, dit-elle, si j'étais à la place de votre reine, je défendrais les éventails à la moitié d'entre vous qui est déjà assez éventée sans cela. Et l'autre n'a pas besoin de manchons, car elle est déjà bien assez chaude.»

### À propos de la reine Christine

Après son abdication, la reine se rendit à Bruxelles où elle embrassa la religion catholique, alors proscrite en Suède. Son abjuration solennelle du luthéranisme eut lieu peu après à Insbruck, à l'occasion d'une cérémonie religieuse. Le soir même, elle alla au spectacle, ce qui fit dire aux protestants : «Il est bien juste que les catholiques lui donnent le soir la comédie, puisqu'elle la leur a donnée le matin.»

## CHURCHILL (Winston)

Winston Spencer Churchill (1874-1965) : ce descendant du 1er duc de Marlborough eut bientôt la tristesse de voir son père mourir de la syphilis; sa mère, fille d'un financier new-yorkais, comptait parmi les maîtresses du futur Édouard VII, et le jeune Winston fut protégé par les bonnes grâces de sa nurse, Mrs Everest. Reçu à sa troisième tentative à l'école militaire de Sandhurst, après une médiocre scolarité à Harrow, il fut envoyé en mission à Cuba, où il prit le goût du havane, puis au Soudan, où il participa à la dernière charge héroïque de l'histoire. Fait prisonnier

lors de la guerre des Boers, il s'évada dans des circonstances qui le rendirent célèbre. Il entra en politique, passa des conservateurs aux libéraux,
devint commensal de Lloyd George. Premier lord de l'Amirauté, il fut à
l'origine de l'échec de Gallipoli, et on l'envoya faire la guerre en France
comme simple officier. Il redevint conservateur après le retrait de Lloyd
George. Le krach de Wall Street anéantit sa fortune. On a retenu la
grande énergie qu'il inculqua aux Britanniques durant la Seconde Guerre
mondiale : en mai 1940 commença «sa route avec le destin». Lorsque la
bataille d'Égypte s'engagea en 1942, il dit, paraphrasant Talleyrand : «Ce
n'est pas encore la fin. Ce n'est même pas le commencement de la fin.
Mais c'est peut-être la fin du commencement.» Il assume la responsabilité de plusieurs bombardements de populations civiles, dont ceux de
Dresde et du Havre. Après la guerre, il consacrera beaucoup d'énergie à
se battre contre «le rideau de fer» (il a inventé l'expression). Il vint à Paris,
en 1958, recevoir des mains de De Gaulle la croix de la Libération :
«Aujourd'hui, commença-t-il par dire, je vous parlerai en anglais. J'ai souvent prononcé des discours en français, mais c'était pendant la guerre et
je tiens à ne pas vous imposer de nouveau les épreuves des mauvais
jours.» Il est vrai qu'il avait dit un jour à de Gaulle : «Général, si vous
m'obstaclerai, je vous liquiderai.» Il eut une vieillesse couverte d'hommages, malgré les échec électoraux ; un jour qu'on inaugurait une statue
qui le représentait, et comme les journalistes lui demandaient ses sentiments, il dit : «Ma foi, on regarde les pigeons d'un autre œil...» On
contemple encore au château de Bleinheim (près d'Oxford), où il naquit, sa
première barboteuse, et l'auteur de ces lignes a vu une étudiante texane
éclater en sanglots devant cette modeste relique. Winston Churchill
compte parmi ses ancêtres Sarah Churchill, duchesse de Marlborough,
celle qui écrivait : «Le duc est rentré de la guerre aujourd'hui et m'a rendu
hommage, encore dans ses bottes.» Cela fait de Winston un cousin de la
populaire Lady Di ; il n'est pas sûr que cela lui aurait plu.

Un jour que, dans une auberge, Lloyd George demanda où se
trouvaient les toilettes, Churchill dit : «Là-bas, au fond : vous verrez écrit *Gentlemen* ; vous entrerez quand même.»

*

Discours de Churchill parlant de Ramsay Macdonald, alors
ministre travailliste des Finances, à la Chambre des communes, le
28 janvier 1931 : «Je me souviens, quand j'étais enfant, avoir été
attiré par le célèbre cirque Barnum, dont le spectacle comportait
l'exhibition d'infirmes et de monstres, et ce que je désirais voir le
plus était cette partie du programme annonçant : *la Merveille Sans
Os*. Mes parents, cependant, estimèrent qu'un tel spectacle était
trop révoltant et qu'il serait trop démoralisant pour mes jeunes

yeux ; j'ai donc dû attendre cinquante ans pour voir la merveille sans os assise au banc des ministres. »

*

En octobre 1938, après la conférence de Munich, Churchill s'adressant à Chamberlain : « Vous aviez le choix entre la guerre et le déshonneur ; vous avez choisi le déshonneur et vous aurez la guerre. »

*

Lady Astor avait été contrariée par quelques propos de Churchill, et elle l'apostropha à la Chambre des communes : « Si j'étais votre femme, je mettrais du poison dans votre thé.

— Et moi, si j'étais votre mari, je le boirais[1]. »

*

C'est dans un costume assez excentrique que, durant la guerre, Churchill pénétra dans le bureau de De Gaulle : nœud papillon à pois, chemise rayée et costume à carreaux. Le Général, qui était toujours en uniforme, leva la tête, affecta un grand sourire et dit à son hôte : « Tiens, c'est le carnaval à Londres aujourd'hui ?

— Que voulez-vous : tout le monde ne peut pas se déguiser en soldat inconnu... »

Au sujet du général de Gaulle, qui avait choisi pour emblème de la France Libre la croix de Lorraine, symbole de libération du terri-toire contre les Allemands, Churchill disait : « De toutes les croix que je porte, la plus lourde est la croix de Lorraine. »

*

De Gaulle était renommé, avec sa très grande taille, pour son allure un peu embarrassée de son corps, souvent le nez en l'air. Churchill disait : « Il ressemble à un lama femelle qu'on aurait sur-pris dans son bain. »

*

« Monty » – le maréchal Montgomery –, austère fils de pasteur, venait d'expliquer : « Je ne bois ni ne fume jamais et je suis à cent pour cent en bonne santé. »

---

1. Cet échange est généralement connu de cette manière, mais les meilleures sources le prêtent à Lloyd George répondant à une suffragette qui l'avait interpellé.

Churchill répliqua : « Je bois et je fume et je suis à deux cents pour cent en bonne santé. »

Alors que quelqu'un rappelait devant lui le dicton anglais selon lequel « une pomme par jour éloigne le médecin », il ajouta : « ... Surtout si l'on vise bien ! »

Churchill avait finalement trouvé, avec lord Moran, le médecin personnel qui lui convenait. Un jour qu'un journaliste demandait à celui-ci en quoi consistait au juste son rôle auprès de son illustre patient, le médecin répondit : « Eh bien, nous mangeons généralement de compagnie, et je suis de près son régime.

— Qu'entendez-vous par là ?

— C'est simple : dès qu'il reprend d'un plat, j'en reprends aussi. »

Churchill eut d'ailleurs l'occasion de préciser : « Si je suis bien conservé, c'est grâce au sport : je n'en fais jamais. »

Alors qu'il avait près de quatre-vingt-dix ans et que l'on célébrait son anniversaire, un photographe lui dit : « J'espère être là le jour de votre centième anniversaire.

— Mais pourquoi pas ? vous me paraissez en excellente santé... »

Il avait tout de même eu une attaque, mais son éminence grise, le patron de presse Brendan Bracken, avait organisé un silence total autour de l'événement.

\*

Les troupes du maréchal Montgomery avaient capturé le général Wilhelm von Thoma. « Monty » invita l'officier allemand à sa table, qui était frugale car le vainqueur d'El-Alamein prétendait vivre en ascète. Quand la nouvelle de cette invitation à dîner d'un général ennemi fut connue à Londres, elle scandalisa les membres de la Chambre des communes, qui allèrent en délégation protester auprès de Winston Churchill. Celui-ci prit son air le plus indigné : « Pauvre Von Thoma ! C'était en effet une cruauté bien inutile. Moi aussi, j'ai dîné chez Montgomery. »

\*

Résumé de Churchill sur Montgomery : « Imbattable pour les défaites ; insupportable pour les victoires. »

\*

Pendant la guerre, un homme d'affaires rôdait autour des bureaux de Churchill et réussit un jour à lui dire : «Monsieur le Premier ministre, est-ce que je vous ai déjà parlé de mon neveu?

— Non, jamais. Et je vous en suis très reconnaissant. »

\*

Il dit en 1941 : «Je n'ai jamais entendu parler d'un grand athlète qui soit aussi un grand général. Il y a peut-être une exception dans l'armée italienne, où un général peut avoir besoin d'être un bon coureur. »

\*

Au sujet de De Gaulle : «Nous l'appelons Jeanne d'Arc et nous cherchons quelque évêque pour le faire brûler. »

\*

Dans le contexte difficile des négociations de fin de guerre, après Yalta et juste avant Potsdam, les électeurs britanniques, las des sacrifices et mettant de nouveaux espoirs dans l'État-providence, donnèrent le succès aux travaillistes. Churchill dut ainsi laisser à Clement Atlee la place de Premier ministre en juillet 1945. Comme on s'interrogeait avec inquiétude sur la force de caractère de son successeur, qui serait confronté aux diplomates staliniens, Churchill porta ce jugement : «C'est un mouton déguisé en mouton. »

Il disait également : «Clement Atlee est un homme modeste, et il a de bonnes raisons de l'être. »

\*

De son successeur, Clement Atlee, Churchill disait : «Un taxi vide approche du 10, Downing Street, Clement Atlee en descend... »

Anthony Eden et quelques autres jeunes gens beaux, optimistes et souriants incarnaient au sein du parti conservateur les «Glamour Boys», cependant que Churchill représentait la «Old Guard». Après avoir entendu un discours d'Eden, Churchill fit ce commentaire :

« On a eu droit à tous les clichés, à l'exception toutefois de "Dieu est amour"[1]. »

\*

Churchill avait accepté comme une corvée de présider un dîner que donnait son gendre, Christopher Soames. Comme il l'avait craint, l'assistance fut extrêmement ennuyeuse. Le maître de maison tenta de relancer une conversation assez morne, et demanda à son beau-père quel avait été, pendant la Seconde Guerre mondiale, le personnage qui lui avait fait la meilleure impression.

« Mussolini », répondit Churchill.

Ce fut une grande surprise dans l'assistance. Comme on lui demandait de s'expliquer, il dit : « Il a fait fusiller son gendre. »

\*

Un soir, Bessie Braddock, la vice-présidente du parti travailliste, lui reprocha : « Winston, vous êtes ivre ! »

Il lui dit : « Oui, madame. Mais vous, vous êtes laide et horriblement grosse, et demain matin je ne serai plus saoul. »

\*

George Bernard Shaw remit à Churchill un carton d'invitation en lui disant : « Voici deux places pour la première de ma nouvelle pièce. Venez avec un ami, si toutefois vous en avez un... »

Churchill répondit : « Je ne peux pas venir à la première mais je viendrai à la seconde, si toutefois il y en a une. »

\*

De Churchill sur Stanley Baldwin : « À l'occasion, il trébuche sur la vérité, mais il se relève aussitôt et fait comme si de rien n'était. »

Ou encore : « C'est une belle chose que d'être honnête, mais il vaut mieux avoir raison. »

\*

---

1. Dans ses notes particulières, Anthony Eden était moins unanimiste que dans ses discours. Ainsi, lorsqu'il était attaché au Foreign Office, il s'était abandonné à écrire : « Il est possible que nous découvrions que de Gaulle est fou. Si c'est le cas, il faudra s'en occuper en conséquence. »

Il disait de ses adversaires de gauche : «Les travaillistes sont comme Christophe Colomb : ils partent sans savoir où ils vont, ils arrivent sans savoir où ils sont, et ils s'arrangent pour que ce soit quelqu'un d'autre qui paie le voyage.»

Il disait des socialistes en général qu'ils ne seraient pas même capables de gérer un stand de saucisses...

*

Churchill n'appréciait guère Aneurin Bevan, le syndicaliste parlementaire de gauche. Lorsque, en 1949, il fut question de reconnaître la Chine communiste, le vieux lion, qui soutenait cette résolution, dit aux Communes, pour conclure : «Le simple fait que vous reconnaissiez quelqu'un ne signifie pas que vous l'aimez. Nous tous, par exemple, reconnaissons le très honorable représentant de la circonscription d'Ebbw Vale...» C'était Aneurin Bevan.

*

Dans les années 1950, en pleine guerre froide, un diplomate lui demandait s'il pensait qu'une guerre allait bientôt éclater.

«Non, fit Churchill sans hésiter : quand Mr Shinwell, travailliste, était ministre du Charbon, l'Angleterre n'avait pas de charbon. Aujourd'hui, Mr Shinwell est ministre de la Guerre...»

*

Un jour que l'on demandait à Winston Churchill retraité l'origine de sa passion pour la peinture, il répondit : «La peinture, c'est comme les guerres. Cela vous permet d'échapper pendant quelque temps à votre entourage en général, et à votre femme en particulier.»

*

Alfred Munnings[1], critique d'art, a raconté : «Je me souviens de Winston Churchill me disant : "Alfred, si nous rencontrons Picasso dans la rue, m'aiderez-vous à lui botter le cul?"

Je répondis : "Mais certainement, monsieur."»

---

1. Alfred Munnings (1878-1959) : peintre de chevaux et – en qualité de peintre officiel – de scènes de guerre, accessoirement critique d'art, président de la Royal Society of Art, resté célèbre pour avoir donné en 1949 à la BBC une conférence en direct sur Cézanne, Matisse et Picasso alors qu'il avait un verre dans le nez; comme il n'aimait pas ces artistes-là, la conférence fut flamboyante.

*

Interpellation au Parlement, de la part de l'orateur, montant brusquement le ton : «Churchill, devez-vous réellement être terrassé par le sommeil au moment où je fais mon discours ?
— Non : c'est purement volontaire.»

*

Fort âgé, Churchill marchait péniblement dans Westminster, lorsqu'il entendit derrière lui un membre du Parlement chuchoter à son voisin : «Il est très fatigué, n'est-ce pas ?»
Il se retourna, regarda l'insolent, et lança : «Et en plus... il est sourd !»

## CICÉRON

Nous avons trop peiné, en classe de quatrième, sur les œuvres de cet orateur pour y revenir longuement. Juriste estimable, philosophe hasardeux, Marcus Tullius Cicero (106-43) débuta au barreau du temps de la dictature de Sylla, et se fit initier aux mystères d'Éleusis. Il devint l'homme de Pompée et fut élu consul malgré son extraction médiocre. Il a beaucoup vanté ce point culminant de sa carrière, marqué par la conjuration de Catilina. Il fut ensuite frappé de bannissement, s'exila en Macédoine, d'où il écrivit à sa femme et à ses enfants, selon nos manuels classiques, «des lettres plus touchantes que viriles». Il revint enfin à Rome, et lorsque les guerres civiles éclatèrent, cet homme du peuple, devenu un soutien du parti aristocratique, quitta Rome avec le Sénat lorsque le patricien César, chef du parti populaire, passa le Rubicon. Après Pharsale, César le laissa revenir à Rome, le jugeant inoffensif; certes Cicéron n'était pas Caton, mais comme il avait approuvé le complot contre César, Antoine envoya un de ses centurions le tuer.

À l'occasion de l'élévation de Cicéron au consulat, un patricien lui avait reproché, pour briguer une si haute magistrature, qu'il fût le premier de sa race. Ciceron repartit : «Et toi, tu es le dernier de la tienne.»

*

Voyant son gendre, couard et gauche, porter un glaive à sa ceinture, Cicéron demanda : «Qui a attaché mon gendre à cette épée ?»

*

L'avocat Curion était vieux, et toutes les fois qu'il plaidait, il commençait par faire des excuses sur son grand âge. Cela fit dire à Cicéron : «Pour Curion, l'exorde devient tous les jours plus facile.»

\*

P. Cotta se flattait d'être un grand jurisconsulte, bien qu'il fût ignorant et dénué d'esprit. Cicéron, dans une cause qu'il plaidait, l'appela en témoignage. Cotta répondit qu'il ne savait rien.

«Mais on ne t'interroge pas sur le droit!», dit Cicéron.

## CLAIRON (Mlle)

Claire Legris de Latude, dite «Mlle Clairon» (1723-1802), était née prématurée un jour de carnaval où sa mère, enceinte de sept mois, avait trop dansé; elle fut baptisée sur-le-champ par un curé déguisé en Arlequin. Elle s'échappa à l'âge de seize ans car sa mère, qui voulait en faire une couturière, la battait, et elle préféra livrer sa vie au vent et au hasard. Elle fut à Gand où on l'embaucha dans la troupe des comédiens du roi d'Angleterre, enfin à Paris où elle connut aussitôt le succès. Elle eut pour amants le maréchal de Richelieu, et aussi Marmontel qui, un peu emporté par sa plume, racontera ses amours dans ses *Mémoires d'un père pour servir à l'instruction de ses enfants*. Elle eut également une liaison avec M. de Valbelle : on prétendait qu'elle l'avait secrètement épousé et que cela serait un jour déclaré : «En attendant, ajoute la chronique de 1764, elle a toujours en titre un Russe, qui se contente de lui baiser la main, et l'on assure que c'est ce qu'il peut faire de mieux.» Elle habitait dans Paris rue des Marais, là même où Racine avait demeuré quarante ans avec sa famille. «C'est dans ce sanctuaire que je dois vivre et mourir», disait l'actrice. Tous les poètes du temps visitèrent Mlle Clairon dans ce sanctuaire qui, dit-on, fut un peu profané. Lorsque les succès de nouvelles divinités éclipsèrent le sien, elle retourna auprès de l'un de ses anciens amants, le margrave d'Anspach, et ce petit prince allemand, neveu de Frédéric le Grand, fit de la Clairon son ministre.

Vers la fin de sa carrière, Mlle Clairon, qui avait été célèbre pour sa galanterie, vit ses amants la délaisser – du moins les plus jeunes d'entre eux. Certes Marmontel lui était revenu; mais elle disait gaiement : «Que voulez-vous qu'on fasse de Marmontel?»

\*

Mlle Clairon avait un jour oublié son rôle au moment où elle disait : «J'étais dans Rome alors.» Comme le souffleur n'était pas assez prompt pour lui dire la suite, elle, sans se déconcerter, lui lança : «Eh bien, maraud, que faisais-je dans Rome?»

Les comédiens de cette époque savaient donc avoir de l'autorité sur les souffleurs. Ce ne fut pas le cas plus tard. Il existait dans les années 1960, à la Comédie-Française, une Mme Briquet, vieille souffleuse qui prenait ses aises avec les acteurs et se permettait des observations. Un jour, elle dit à Georges Descrières : «Apprends! La première est dans cinq jours, tu ne sauras pas.

— Si, si, ne t'en fais pas», répondit l'acteur, qui avait un naturel insouciant.

Le soir de la première, il eut un trou de mémoire. Alors, au lieu de lui souffler, Mme Briquet referma sa brochure en disant : «Eh bien voilà : on n'apprend pas, alors on ne sait pas!»

Un peu plus tard, les comédiens eurent leur revanche. Dans *Donogoo*, la pièce de Jules Romains, des ânes traversaient le plateau; un soir l'un d'eux s'arrêta à la hauteur du trou du souffleur, et propulsa un magistral jet de pisse d'âne sur Mme Briquet...

### À propos de Mlle Clairon

Mlle Clairon, surnommée «Frétillon», avait mené une vie très licencieuse. Il advint plus tard qu'elle fut condamnée à un mois de prison pour avoir fait délibérément manquer un spectacle, refusant de paraître sur le théâtre avec un acteur, Dubois, qui lui déplaisait. Un inspecteur étant venu lui signifier cet ordre, elle déclara : «Monsieur, je ne peux me dispenser de me soumettre à l'autorité du roi; il peut disposer de mes biens, de ma liberté, de ma vie même; mais il apprendra qu'il ne peut rien sur mon honneur.

— Mademoiselle, répondit l'inspecteur, vous avez raison : où il n'y a rien, le roi perd ses droits.»

La Clairon fut donc expédiée au Fort-l'Évêque, qui était la Bastille des comédiens. Mais la réalité des bastilles n'était pas exactement ce que l'on raconte. Bachaumont rapporte que «cette actrice a le logement le moins désagréable de la prison : on l'a meublé magnifiquement. C'est une affluence prodigieuse de carrosses.

Elle y donne des soupers divins et nombreux; en un mot, elle y tient l'état le plus grand».

*

Dans une lettre de Fréron, en date du 17 janvier 1765, *à M. Triboulet, ancien maire de Bourges*, l'auteur annonce à son ami qu'il va le régaler «d'une épigramme qu'on a faite sur la Clairon, à l'occasion de son médaillon qu'elle a fait frapper en argent, et qu'elle a l'impudence de faire vendre»:

> De la furieuse Frétillon
> On a frappé le médaillon.
> Mais à quelque prix qu'on le donne,
> Fût-ce pour douze sols, fût-ce même pour un,
> Il ne sera jamais aussi commun
> Que le fut jadis sa personne.

## CLAUDEL (Paul)

Paul Claudel (1868-1955), converti au catholicisme par la lecture de Rimbaud, eut longtemps l'idée d'entrer au couvent. Puis il y eut dans sa vie «deux ans de chute»: il avait rencontré sur un paquebot Mme V., qui avait voulu lui parler, mais il lui avait adressé une remontrance parce qu'elle avait fait chanter aux matelots des chants obscènes; alors elle avait pleuré et ses larmes les avaient rapprochés. «Un jour, il va la prendre dans un cimetière chinois et ils partirent, le mari consentant. Il y eut un enfant de cette liaison. Puis on se sépara. Il la renvoya et, pris de remords, se mit à sa poursuite, pour sauver son âme, accompagné du mari qui disait des chapelets. On l'atteignit en Hollande où elle n'était pas seule. Et ce fut fini. Voilà, disait Jammes, la vraie histoire du *Partage de midi*» (Abbé Mugnier)... Chez Claudel il y a des choses dignes d'intérêt, comme la parabole d'*animus* et *anima*: l'âme se tait quand l'esprit la regarde. Il y a souvent, aussi, un goût de nouveauté qui n'apporte rien, et Proust en a fait un hommage perfide dans son article du *Figaro* de 1913 sur les «Vacances de Pâques»: «Sans doute, c'est une des tâches du talent de rendre au sentiment que la littérature entoure d'une teinte convention-nelle leur tour véridique et naturel; ce n'est pas une des choses que j'ad-mire le moins dans *L'Annonce faite à Marie*, de Paul Claudel – n'est-ce pas à ceux qui s'extasient devant la gloire des tympans de savoir goûter la finesse des quatre-feuilles –, que les bergers, le soir de Noël, ne disent pas: *Noël, voici le Rédempteur*; mais: *Kiki, il fait froué*; et Violaine, quand elle a ressuscité l'enfant: *Quoi qui gnia, mon trésor*... Mais inverse-ment l'office de la littérature peut être, dans d'autres cas, de substituer une expression plus exacte aux manifestations trop obscures que nous donnons nous-mêmes de sentiments qui nous possèdent sans que nous voyions clair en eux.» Jeanson a dit : «À la Santé où j'ai vécu sans snobisme quelques mois de ma vie, je me suis condamné à lire ou à relire tout Paul Claudel. Cette aggravation de peine m'a laissé de la prison un souvenir atroce.» Claudel est enterré dans le parc de son château de Brangues, en Isère, sous cette étrange épitaphe : «Ici reposent mon corps et ma semence.»

Paul Claudel appartenait, avec Morand, Giraudoux et Alexis Léger (Saint-John Perse), à ce groupe d'écrivains diplomates protégés par Philippe Berthelot.

D'un collègue médiocre, Claudel dit un jour : «Il a été envoyé en omission diplomatique.»

D'aucuns ont prétendu que le milieu diplomatique était ennuyeux, ce qui expliquait qu'on eût envie d'écrire. Il y avait tout de même quelques plaisantins. Roger Peyrefitte a raconté que dans une ambassade espagnole où, d'une réception à l'autre, le ministre faisait servir des langoustes frauduleusement bourrées de matelote d'anguille, un secrétaire d'ambassade avait arraché l'œil de l'un des crustacés, dont on se plaisait à suivre la carcasse de réception en réception.

*

Claudel, un beau jour de 1909, vit un nouveau garçon à l'allure précieuse et timide, tout frais arrivé de Bordeaux – c'était François Mauriac –, et dont tout le monde comprit, à sa façon de se vêtir et à ses tournures, que ce n'était pas un grand coureur de femmes. Claudel s'étonna à haute voix que des «créatures» de ce genre ne fussent pas mises au ban de la société.

«Mais, Excellence! s'ils l'étaient, les salons seraient vides!» expliqua Maurice Rostand.

*

Issu d'une lignée de la bourgeoisie bordelaise un peu parvenue, et qui avait une «passion de la propriété», Mauriac aima surtout son domaine de Malagar, acquis par le bisaïeul de l'écrivain en 1843. Et l'on trouve, au détour de ses ouvrages, telle ou telle évocation magnifique des Landes ou du Bordelais.

Lorsque Mauriac reçut le prix Nobel de littérature, Claudel dit : « Je m'étonne qu'on donne le prix Nobel à un écrivain régionaliste. »

*

Lorsque Gide mourut d'une congestion pulmonaire en son appartement parisien du 1 *bis*, rue Vaneau, Claudel lâcha en guise d'oraison funèbre : « La moralité publique y gagne beaucoup et la littérature n'y perd pas grand-chose. »

### À *propos de Paul Claudel*

Grâce à Berthelot, Claudel fut nommé ambassadeur à Washington en novembre 1926, à son retour du Japon. L'ambassadeur d'Angleterre disait de son homologue : « Oh ! Claudel, nous l'aimons beaucoup. Nous l'invitons à déjeuner le jeudi, parce qu'il amuse les enfants. »

## CLEMENCEAU (Georges)

Georges Clemenceau (1841-1929) était issu d'une famille de Vendée qui avait reçu des armes de Louis XIII. Il avait, dans sa jeunesse, constitué un cercle « républicain et positiviste » où l'on jurait de ne jamais recevoir aucun sacrement d'aucune religion (mais, jaloux de son indépendance, il ne fut jamais franc-maçon). En 1865, il séjourna à New York dans la chambre qui avait été celle de Louis-Napoléon à Greenwich Village. Ce séjour, durant lequel il consacrait ses matinées à de longues chevauchées à travers la banlieue de la métropole, sera pour lui le meilleur des souvenirs. Il y épousa la blonde Mary Plumer, « insignifiante Américaine, dit Léon Daudet, qu'il renvoya un beau jour, par lettre de cachet, au-delà des mers ». En 1871, maire du 18e arrondissement de Paris, il se heurta aux communards : « Jamais de ma vie je n'oublierai cela. Il est impossible de rien imaginer de semblable. Des hommes, des femmes ivres de sang et de fureur dansaient en hurlant autour des cadavres : aucun cauchemar ne peut donner l'idée de ce que fut cette réalité. » Ce républicain n'aimait pas la démocratie et lorsque Abensour l'incitera plus tard à accorder le droit de vote aux femmes, il lancera : « Fichez-moi la paix avec votre suffrage féminin ! Il est déjà assez ennuyeux qu'on ne puisse pas le retirer aux hommes... » Il avait été influencé par Blanqui, socialiste qui méprisait l'humanité et comptait l'améliorer malgré elle. Au début de la guerre, il dit sa haine des parlementaires : « Je les méprise profondément. Ils veulent s'emparer du gouvernement. Je ne les laisserai pas faire. Car il faut reconnaître que le gouvernement que le peuple s'est nommé n'a pas su préparer la défense du pays. Si nous avions eu un roi, nous ne lui aurions jamais pardonné! Voilà quarante-cinq ans que nous avons un régime issu du peuple et ce régime n'a pas été foutu de nous protéger contre l'invasion.» À la fin de 1916, au projet de dictature que les socialistes proposèrent à Poincaré qui aurait cumulé la double présidence, celui-ci répliqua en nommant son ennemi Clemenceau président du Conseil, sur la suggestion de Pétain. Le «Tigre» devint l'artisan politique de la victoire; il réprima défaitisme et trahison, répétant simplement: «Je fais la guerre.» La veille de sa mort, il dit à Émile Buré, son ancien chef de cabinet: «La journée a été longue, mais maintenant je vais dormir. – Vous ne croyez toujours pas en l'au-delà? – Mon ami, quand je m'endors, c'est pour dormir, et pas pour changer de lit.»

Élu député en 1876, Clemenceau avait été l'un des premiers «radicaux» (qui s'opposaient aux «opportunistes»). À partir de 1885, c'est-à-dire une quinzaine d'années après le vote de la république par une assemblée monarchiste et après la chute de Mac-Mahon, le radicalisme s'était insinué dans l'Administration et il influait sur les décisions de justice. Comme l'armée échappait à cette sphère d'influence (c'était avant l'affaire des fiches), Clemenceau imposa à Freycinet, président du Conseil, son ancien condisciple du lycée de Nantes Georges Boulanger[1], parce qu'il

1. Georges Boulanger (1837-1891): issu d'un père breton et d'une mère galloise, ce beau général celte fut, à la demande de Clemenceau, nommé ministre de la Guerre en 1886. Il prit des décisions appréciées: adoption du fusil Lebel (susceptible d'assurer une supériorité à la France grâce à sa balistique et sa poudre sans fumée) et autorisation du port de la barbe pour les militaires. Brave républicain, il se fit l'exécuteur discipliné de la loi d'interdiction du territoire aux familles régnantes. Porté par ses triomphes populaires, il prit toutes les initiatives vexatoires possibles contre l'Allemagne et la guerre fut sur le point d'éclater. Les républicains le jugèrent encombrant, on l'écarta; cela catalysa le «boulangisme». À l'appel de Rochefort, Boulanger recueillit 100 000 voix lors d'une élection dans le département de la Seine, bien qu'il n'eût pas posé sa candidature; le gouvernement l'expédia en garnison à Clermont-Ferrand, siège du plus petit commandement de corps d'armée. Un témoin a raconté son départ le 8 juillet 1887: «Il faudrait remonter à l'enterrement de Victor Hugo pour avoir le pendant de ce qui se passa ce jour-là, à la gare de Lyon: le hall, les quais envahis; la police impuissante bousculée; une cohue en délire, telle une gigantesque trombe où Boulanger lui-même faillit sombrer.» La foule enfiévrée voulait empêcher son départ: des femmes étaient couchées sur la voie, grimpées sur la locomotive, accrochées aux tuyaux... Radié de l'armée – sanction inopportune qui lui rendait sa liberté –, le général accumula les succès électoraux. En janvier 1889, alors qu'il l'emportait à Paris et que Jules Grévy venait de démissionner, la République chancelait; elle fut sauvée par le ministre de l'Intérieur Constans, personnage intelligent et interlope qui paria sur l'absence de courage politique du général: il le fit avertir qu'un

était convaincu que ce général léger et jouisseur serait son instrument docile. Clemenceau l'appelait affectueusement «le général Boul-Boul». On lui demandait d'ailleurs : «Et votre ami Boul-Boul, que devient-il?

— Il est très bien : à la fois pleutre et charmant : exactement ce qu'il me faut pour ce que je veux en faire.»

Mais Boul-Boul – «la créature ratée de Clemenceau» – multipliait les revues et les défilés, et devint si populaire que les espérances de ce dernier furent trompées par le «boulangisme» : le peuple finit par se persuader que c'était Clemenceau qui était le protégé du général.

Le contexte n'était pas favorable aux institutions. On était déçu par cette République qui avait paru belle sous l'Empire, et par ces ministres en jaquette qui n'étaient que des bourgeois combinards. Alors ce général devenu ministre de la Guerre, au teint hâlé, aux yeux bleus et à la barbe aux reflets roux, paraissait irrésistible. On en parlait, et sa belle apparence, lors de la revue du 14 juillet 1886 à Longchamp, poussa sa popularité à son comble.

Lorsque le général apparut sur son cheval bai brun *Tunis*, il s'éleva des hourras dont on entendit la clameur jusqu'aux barrières de Paris. Le soir même, le chanteur Paulus, qui se produisait à L'Eldorado d'Été, ajouta à sa chanson, *En revenant de la revue*, un couplet consacré au «brav' général Boulanger[1]». Ce fut un triomphe : dans le pays entier on reprit le chant, qu'Anatole France appelait avec mépris «l'hymne des braillards» et «*La Marseillaise* des mitrons et des calicots». Mais le peuple ne pensait qu'à effacer l'humiliation de 1871, et reprendre l'Alsace et la Lorraine.

En 1887, il y eut un incident à la frontière allemande. Boulanger voulait répondre par un ultimatum. Les amis de Clemenceau étaient partagés, mais celui-ci repoussa l'idée d'une guerre, pensant à la légèreté de Boulanger, en qui il n'avait pas confiance. C'est à cette

---

ordre d'arrestation était porté contre lui, en lui proposant des facilités pour s'enfuir. Boulanger partit. Il fut peu après poursuivi (par les futurs panamistes...) pour complot contre la sûreté intérieure, détournement de deniers publics, corruption et prévarication. La Haute Cour, par un procès qui fut «une parodie de Justice» (Sternhell), condamna Boulanger par contumace, peu avant son suicide.

1. Paulus, qui avait créé le «genre gambilleur», parce qu'il s'agitait beaucoup sur scène, est resté comme l'une des gloires du café-concert. Il était déjà populaire avant le 14 juillet 1886, mais sa célébrité devint immense lorsqu'il exalta Boulanger.

occasion qu'il dit : «La guerre est une affaire trop grave pour la confier à des militaires.»

La popularité de Boulanger s'accrut lorsqu'on sut que l'incident de frontière était un guet-apens orchestré par Bismarck, et que le général avait été le seul à vouloir répondre énergiquement. Il devint l'incarnation de la patrie en danger. De surcroît, la gestion amicale qu'il avait faite de la grève de Decazeville («À l'heure qu'il est, chaque soldat partage avec un mineur sa soupe et sa ration de pain») avait assuré sa popularité chez les ouvriers.

Lorsque l'affaire des décorations permit de se débarrasser du président de la République et de couler le cabinet, Boulanger resta un problème. Le ministre de l'Intérieur Constans[1] fit changer la règle du jeu électoral par une loi du 19 février 1889; on prononça la dissolution de la Ligue des patriotes de Déroulède, et on accusa Boulanger d'avoir voulu fomenter un coup d'État. Celui-ci prit le parti de s'enfuir, le 19 avril 1889, à Bruxelles. Bientôt ce sera la Haute Cour de justice, à laquelle servit de prétexte l'entrevue de Prangins, en Suisse, où le général était allé rencontrer le prince Napoléon. Les républicains au pouvoir fabriquèrent la thèse du complot.

Les amis de Clemenceau s'inquiétaient de la faveur persistante dont bénéficiait Boulanger, mais Clemenceau les rassurait : «On trouvera toujours quatre généraux pour le coller au mur.»

Dans les mots du peuple, le général était désormais «Boulanger sans farine»...

Lorsque Boulanger s'enfuit à l'étranger. Clemenceau dit : «Il se croyait Bolivar, il ne fut que Mac-Mahon.»

La Haute Cour se prononça en arrangeant les faits; Boulanger, Rochefort et Arthur Dillon furent condamnés à la déportation. Cependant l'ancien héros des foules, «après des triomphes comme César n'en connut pas», acheva sa carrière de conspirateur en se

---

1. Ernest Constans (1833-1913), professeur de droit à Toulouse, franc-maçon, député centre gauche, homme intelligent et sans scrupules (ce sera l'un des champions de l'enrichissement personnel grâce à la République), savait faire le vilain travail, et il était perçu par ses alliés républicains comme un maître des basses œuvres, peu fréquentable. Il vivait isolé, et aucune femme de ministre républicain, parmi celles qui comptaient, ne rendait ses visites à Mme Constans. Quand ils recevaient au ministère de l'Intérieur, on disait ironiquement : «Ils ont eu beaucoup de monde, tous les employés de la Sûreté. Ce fut fort brillant.»

suicidant en Belgique sur la tombe de sa maîtresse, Mme de Bonnemains, qui venait d'être emportée par la maladie.

Clemenceau lâcha, en guise d'oraison funèbre : « Il est mort comme il avait vécu : en sous-lieutenant. »

\*

Clemenceau avait toujours besoin d'argent, pour développer ses réseaux, son action politique et parce que les coulisses de l'Opéra lui coûtaient cher. Il s'était donc lié avec le banquier Cornelius Herz, par ailleurs chargé de corrompre les milieux radicaux dans l'affaire du canal de Panamá, orchestrée par Reinach, Arton et Herz. L'affaire fut mise au jour grâce à la résistance que le magistrat Quesnay de Beaurepaire opposa, les larmes aux yeux, aux ordres de Loubet, alors président du Conseil et ministre de l'Intérieur, qui l'avait convoqué dans son bureau. Herz, grand officier de la Légion d'honneur et principal coupable, s'enfuit. Clemenceau fut en butte à des attaques incessantes, et comme Herz son ancien protégé s'était réfugié à Londres, on l'accusait d'être un agent de l'Angleterre.

Lorsqu'il prenait la parole à la tribune de l'Assemblée, c'étaient les cris de Déroulède et de ses amis : « Mais qu'en pense Cornelius Herz ? » ; « Ne vous gênez pas : vous pouvez parler anglais ! » ; « Pas de conseils à la France, conseiller du banc de la Reine ! » Dans toute la France, passionnée par l'affaire, dès que quelqu'un prononçait le nom de Clemenceau, on ajoutait « Aoh yes ! »

Clemenceau se retira de la vie politique.

Lors d'un séjour montagnard, il était couché lorsqu'un naïf pâtre entra dans la chambre. Bien accueilli, le brave homme osa demander à Clemenceau comment était née la rumeur qui en faisait un agent de l'Angleterre. Clemenceau, imperturbable, baissa son pantalon de pyjama, et dit au montagnard interloqué : « Tout ce qu'on vous a dit est exact. La reine Victoria est folle de ce bijou-là, et elle n'en veut plus connaître d'autres. »

\*

En 1890, Freycinet fut élu à l'Académie. Clemenceau expliqua : « Sauf la sincérité, M. de Freycinet a tous les dons. »

\*

Sur la justice militaire, à propos de l'affaire Dreyfus : «La justice militaire est à la justice ce que la musique militaire est à la musique.»

*

À un fonctionnaire des Affaires étrangères : «Pour être ambassadeur, il ne suffit pas d'être con, il faut aussi être poli.»

*

Sur Gambetta : «Il ne savait pas où il allait, mais il y allait avec flamme.»

*

Sur Sarrien : «ça, rien? Mais c'est tout un programme!»

*

À la Chambre des députés, Clemenceau venait à la tribune quand un de ses adversaires lui cria : «Vous vous apprêtez à monter au Capitole!»

Clemenceau, qui connaissait son histoire romaine, répliqua : «Vous avertissez trop tôt!»

*

À l'époque où il fut président du Conseil pour la première fois, en 1906 et pour deux ans et demi, Clemenceau se rendit dans un département proche de Paris. Quand il apparut sur le quai de la gare, le maire de la localité, qui le connaissait, s'approcha de lui pour lui murmurer à l'oreille : «Vous savez, monsieur le président, ce qui arrive au préfet?

— Ma foi, non.

— Eh bien, on a appris, par des lettres anonymes, qu'il couche avec sa bonne, et toute la ville le sait.

— Qu'est-ce que ça peut bien nous foutre, à nous, qu'il couche avec sa bonne, pourvu qu'il administre bien son département?»

Mais le soir au banquet, après tous les discours officiels, Clemenceau termina ainsi le sien : «Messieurs, je bois à la santé du préfet, et de sa bonne...»

Et, après un silence qui parut interminable aux convives, il ajouta : «... et intelligente administration!»

\*

Clemenceau se rendait chaque été à Carlsbad pour sa cure. Ce fut le cas en 1907, à une époque où l'Allemagne, alliée de l'Autriche, tentait d'être conciliante avec la France sur les questions coloniales, pour détourner l'attention de la question alsacienne et lorraine.

À la descente du train à Carlsbad, Clemenceau et son collaborateur Duvernoy qui l'accompagnait furent accueillis par le bourgmestre. Au cours des politesses échangées, le fonctionnaire autrichien proposa au président du Conseil et à son compagnon de leur faire les honneurs de la ville, ce qui fut accepté.

Les autorités autrichiennes avaient amené les deux Français sur une petite place où s'élevait un monument religieux dominé par la colombe du Saint-Esprit. «Ici, fit Clemenceau se tournant vers Duvernoy, c'est le tir aux pigeons.»

Le bourgmestre, qui comprenait le français mais n'entendait pas la plaisanterie, rectifia : «Pas du tout; c'est un monument élevé par reconnaissance à la sainte Trinité pour nous avoir jadis préservés de la peste.

— Mais, rétorqua Clemenceau, comment avez vous remercié la sainte Trinité pour vous avoir donné ce fléau?»

Cela jeta un certain froid[1].

\*

L'année 1907 fut, comme les précédentes, marquée par des grèves, des violences, des répressions, des morts : grève des dockers de Nantes, des ouvriers de la chaussure à Fougères, des métallurgistes à Grenoble, etc. Dans le Midi c'était la révolte des vignerons. À Narbonne, la sous-préfecture était en feu, 500 000 manifestants avaient cerné la troupe qui, de recrutement régional, avait mis la crosse en l'air en marchant sur Béziers.

---

1. Pour autant, il était populaire parmi la population, parce que sa grosse moustache blanche, sa tête ronde, ses pommettes saillantes et ses allures peu engageantes le faisaient prendre pour Bismarck (qui pourtant était mort) par les gens de l'endroit. Un jour, une paysanne vint le regarder sous le nez et lui demanda : «N'est-ce pas, monsieur, que vous êtes Bismarck? – Presque», répondit Clemenceau en soulevant son chapeau.

Clemenceau fit appeler au téléphone le général Turcas, commandant les forces de la région. L'appareil téléphonique qu'on tendit au général était d'un modèle nouveau : non pas l'écouteur d'un côté et le microphone séparé avec son manche, mais un combiné qui réunissait les deux éléments. Turcas pris l'appareil à l'envers, et parla dans l'écouteur sans pouvoir entendre ce que, à l'autre bout de la ligne, lui disait le président du Conseil, qui s'impatientait. Enfin Turcas mit l'appareil du bon côté : « Je n'entendais rien dans cet appareil. Au mien, il y a un manche. »

À Paris, Clemenceau hurlait : « Le manche, c'est vous, et vous aurez de mes nouvelles demain matin ! » Il raccrocha rageusement l'appareil, appela Mandel, et fit remplacer Turcas par le général Hollander.

*

Clemenceau, à l'époque où il était ministre de l'Intérieur, s'était déjà fait remarquer en faisant donner la troupe contre les grévistes.

Plus tard, durant les troubles sociaux de 1908 et 1909, les gendarmes tuèrent encore des manifestants. Clemenceau, chef du gouvernement, dut venir donner des explications à la Chambre, où il trouva devant lui, comme souvent, certains socialistes unis à la droite. Un député des Côtes-du-Nord, Rosanbo, jugea insuffisantes les explications de Clemenceau : « C'est peu ! » s'écria-t-il.

Clemenceau lui jeta : « Vous devriez bien, monsieur de Rosanbo, ne m'interrompre que lorsque vous avez quelque chose à dire ! »

Puis, à Jaurès : « Vous n'êtes pas le bon Dieu à vous tout seul !

— Et vous, vous n'êtes pas le diable !

— Qu'en savez-vous ? répliqua Clemenceau. Vous avez cru faire peur au gouvernement. Le gouvernement n'a pas peur. »

La situation empira ; il y eut de nouveaux manifestants tués, et la CGT décréta la grève générale le 1er août. Le lendemain, le gouvernement fit arrêter tous les membres de la CGT. Clemenceau récupéra le surnom de « Premier flic de France ».

Ensuite, Clemenceau disait de Jaurès : « Un dangereux imbécile : ses discours sont seulement constitués de mots sonores qu'il lance à la foule avec un fort accent du Tarn. »

*

Félix Faure[1] fut surnommé « le président-soleil » à cause de son goût des grandeurs : il aimait le faste à la folie, et renchérissait sans cesse sur la nécessité de donner à la fonction présidentielle l'éclat qui s'imposait. On donnait des bals somptueux à l'Élysée, et l'on multipliait les grands dîners où plus de dix plats se succédaient. Recevant la grande-duchesse Wladimir, le président Faure se fit servir le premier pour suivre en tout son modèle, Louis XIV.

Mais il est surtout resté célèbre pour être mort dans les bras de sa maîtresse Mme Steinheil[2], alors âgée de trente ans, ce qui en faisait tout de même trente de moins que son partenaire.

On sait que, lorsque l'aumônier qui avait accouru pour administrer les derniers sacrements demanda à l'huissier si le président avait toujours sa connaissance, le brave serviteur répondit : « Non, elle est sortie par la porte de derrière. »

La fatale congestion se produisit à l'instant où la libertine avait la bouche à la hauteur des attributs présidentiels, ce qui explique le commentaire de Clemenceau : « Il a vécu en César et il est mort pompé. »

---

1. Félix Faure (1841-1899) : issu d'une famille de négociants en cuir, cet avantageux Normand au teint clair, républicain modéré, avait été ministre de la Marine, puis président de la République en 1895 après la démission de Casimir-Perier (qui était resté sous les attaques « triste et grave comme un étui à lorgnette »). Au second tour, la droite décida de voter pour Faure, qui n'était pas candidat, pour faire barrage à Henri Brisson, candidat de la gauche et franc-maçon déterminé (Faure l'était également, mais avec laisser-aller : le vénérable de sa loge du Havre portait ce jugement : « C'est un maçon plus que tiède et sa correspondance ne contient aucune formulation maçonnique » ; on lui reprochait sa prudence sur la question religieuse). C'est sous son mandat qu'éclata l'affaire Dreyfus, et le « J'accuse » de Zola, publié le 13 janvier 1898, attaquait son hostilité à une révision du procès. S'il est vrai que l'affaire avait été manigancée par l'état-major, le refus de Faure s'explique. La fin de sa présidence changea le cours des choses. La personne de Mme Steinheil étant suspecte à bien des égards, certains ont émis l'hypothèse – peu accréditée – d'un complot contre la personne de Félix Faure, en liaison avec l'« Affaire ».

2. Marguerite Steinheil, qui eut une vie agitée, fut ensuite mêlée à la sombre histoire de l'assassinat de son mari. Lors du procès, le président des assises lui demanda : « Jusqu'en 1905, vous rencontriez vos amants à l'hôtel ? » Elle répondit insolemment : « J'avais cette délicatesse... » Pour le président Faure, en revanche, c'était le salon bleu de l'Élysée. Elle mourut paisiblement à Hove, en 1954, après être devenue lady Abinger. Son premier mari Adolphe Steinheil, peintre raté, s'était spécialisé dans le proxénétisme artistique : Marguerite recrutait ses partenaires parmi les hommes riches et mariés ; après un peu de chantage, ils étaient obligés d'aller se faire tirer le portrait chez Adolphe, moyennant un tarif spécial particulièrement élevé.

Le bon peuple s'égaya d'ailleurs beaucoup avec «la pompe funèbre» que Mme Steinheil avait administrée au président.

*

De Clemenceau toujours, alors directeur du journal *L'Aurore*, au sujet de la mort de Félix Faure : «En entrant dans le néant, il a dû se sentir chez lui.»

Il ajoutait, plus concrètement : «Ça ne fait pas un Français en moins, mais une place à prendre.»

*

Du temps que Clemenceau était ministre de l'Intérieur, en 1908, un préfet, alerté de sa révocation imminente, se rendit chez le ministre pour solliciter des explications et défendre sa cause : «Que me reproche-t-on, monsieur le président : d'être une fripouille ou un imbécile?

— On vous reproche de cumuler.»

*

À Marienbad, la ville d'eaux tchèque que fréquentaient gouvernants et bonne société, Clemenceau se retrouva un jour de 1909 avec Édouard VII. Ils s'aimaient bien : Clemenceau avait toujours des anecdotes à raconter et le roi d'Angleterre, qui appréciait l'esprit français, riait de tout son cœur. Il avait familièrement passé la main sous le bras de Clemenceau, quand ils arrivèrent devant un kiosque à journaux. Le roi prit la presse, mais au moment de payer : «Oh! Je suis désolé, cher monsieur Clemenceau, mais je n'ai pas du tout d'argent sur moi.»

Clemenceau sortit une pièce de son gousset, et la tendit au roi : «Voici l'argent. Oh! vous savez, Sire, j'ai confiance.»

*

La même année à Marienbad, au Théâtre du Prince-Régent, on donnait un concert; une brillante société y était réunie. Duvernoy pénétra discrètement dans la loge de Clemenceau et lui dit à l'oreille : «Monsieur le président, le prince Ferdinand de Bavière me fait dire qu'il serait heureux et flatté de vous recevoir dans sa loge.

— Dites-lui merde.

— Bien, monsieur le président. »

Un officier supérieur allemand attendait Duvernoy à la porte de la loge.

« Mon colonel, expliqua Duvernoy, je suis vraiment désolé... M. le président aussi... Il vous prie de bien vouloir l'excuser... Mais il voyage incognito, et le protocole exige qu'il conserve cet incognito. »

L'officier s'inclina respectueusement : « Je ferai part à Son Altesse des vœux très légitimes de M. le président du Conseil français. »

*

Clemenceau disait de Georges Mandel, son directeur de cabinet : « Quand je pète, c'est lui qui pue. »

*

Sur le même Mandel : « Il n'a pas d'idées, mais il les défendrait jusqu'à la mort[1]. »

*

On rebattait les oreilles de Clemenceau avec l'idée que l'Amérique latine rattraperait bientôt la vieille Europe. Il dit en hochant la tête : « Le Brésil est un pays d'avenir, et il le restera. »

---

1. Mais Clemenceau disait aussi de son chef de cabinet : « Je n'aurais pu mener ma tâche si bien si je n'avais eu auprès de moi Georges Mandel. » Il l'avait à l'origine recruté pour son journal ; il lui avait alors demandé : « Avez-vous voyagé à l'étranger ? – Non, monsieur. – Tant mieux, vous n'aurez pas d'idées préconçues. Vous ferez donc la politique étrangère. Je vous demande des phrases brèves : un sujet, un verbe, un complément direct. Et si vous avez besoin d'un complément indirect, vous viendrez me trouver. » Georges Mandel (de son vrai nom Louis-Georges Rotschild, 1885-1944), qui devint ensuite parlementaire de droite (un responsable de l'Union de la métallurgie a récemment déclaré qu'entre les deux guerres l'activisme de Mandel était rétribué par le Comité des forges) s'opposa aux mesures du Front populaire qui encourageaient les ouvriers français à moins travailler au moment où l'Allemagne réarmait en masse. Mandel, arrêté en raison de ses liens avec la France Libre, fut, en 1942, envoyé à Sachsenhausen, après avoir été enfermé dans un cachot de la forteresse du Pourtalet. Les Allemands le remirent aux autorités françaises à la suite de l'assassinat de Philippe Henriot, et la Milice organisa son exécution sur une route de la forêt de Fontainebleau, en simulant un attentat. Laval fut bouleversé en apprenant la nouvelle : bien qu'il fût, entre les deux guerres, député socialiste et Mandel député conservateur, une forte amitié les unissait.

*

Paul Deschanel (de l'Académie française depuis 1889...) déclarait à la Chambre, qu'il présidait : «Il importe de solutionner la question.»

À quoi Clemenceau, président du Conseil, répondit : «Eh bien! on va s'en occupationner»...

*

En 1912, Clemenceau dut subir une intervention chirurgicale, et il entra dans la clinique Bizet, où il fut soigné par les religieuses attachées a l'établissement, notamment par une sœur Théoneste, «ange fidèle qui veillera jusqu'à la fin sur le grand mécréant», dit Suarès.

Clemenceau la trouvait à son chevet tous les matins : «Comment avez-vous passé la nuit?» demandait-elle.

Un jour, il convint qu'il avait fait un mauvais rêve : «J'étais à la porte du Paradis, raconta-t-il, avec saint Pierre. Vous arriviez, ma sœur, mais vous ne vous étiez pas confessée avant de mourir. Saint Pierre, implacable, refusait de vous laisser entrer. J'intervins pour vous : j'affirmai que je vous connaissais, que vous étiez sainte fille, mais saint Pierre entendait se conformer au règlement; enfin il céda, et partit à la recherche d'un confesseur; au bout d'un instant, il revint me voir désolé : "Il n'y a pas de curés au Paradis; je ne puis la faire confesser"[1].»

*

---

1. L'affection du vieil anticlérical pour la sœur Théoneste rappelle cette anecdote où Clemenceau, arrivant sur la ligne de front sans prévenir, demanda à voir Foch après un important succès contre l'ennemi. L'officier d'ordonnance, un peu embarrassé, expliqua : «Le maréchal est à la messe... Dois-je aller l'appeler? – Non, non, dit Clemenceau : attendez la fin la messe, ça lui réussit trop bien!» On raconte aussi que, après la guerre, Clemenceau habitait rue Franklin, à côté du collège de jésuites, dont un arbre lui faisait de l'ombre. Un ami s'entremit pour obtenir que les jésuites élaguassent l'arbre. Cela fait, Clemenceau écrivit au supérieur du collège : «Je vous remercie, mon père. Je peux bien vous appeler ainsi puisque vous m'avez donné le jour.» À quoi le supérieur répondit : «Je suis heureux d'avoir pu vous rendre ce service, mon fils. Je peux bien vous appeler ainsi, puisque je vous ai montré le ciel.»

Wladimir d'Ormesson a dit d'Aristide Briand : « Son art oratoire était pauvre. La langue dans laquelle il s'exprimait heurtait presque constamment mes oreilles. Rien de plus indigent... que les métaphores dont il se servait. Il abusait du "coup de chapeau" qu'il tirait à n'importe quelle divinité, à n'importe quel mythe. Jamais aucune de ses formules ne dépassait la moyenne des lieux communs politiques... Et pourtant il vous enchantait !... On avait beau être choqué à chaque instant par un terme vulgaire, sa voix, sa merveilleuse voix, vous entraînait, vous subjuguait. Elle était pleine, chaude, musicale – légèrement nasillarde – avec des résonances, des modulations d'une délicatesse et d'une profondeur infinie. »

Tout cela faisait que Clemenceau n'aimait pas Aristide Briand, rusé et sucré, qui flattait les assemblées alors que Clemenceau les rudoyait. Celui-ci ne voyait dans la manière de Briand et son déhanchement provocant qu'une basse séduction. Et il disait à son sujet : « Je les aime mieux en souliers de satin qu'en bottes. »

*

Clemenceau disait encore de Briand : « Il est capable de mentir même quand c'est inutile. »

*

Comme Briand avait avoué à quelqu'un que, désœuvré en politique, il éprouvait un ennui mortel, Clemenceau dit, faisant allusion à la profession d'avocat de Briand : « C'est qu'il s'écoute trop quand il plaide. »

*

Clemenceau détestait les idées de Jaurès. Il lui reprochait ses rêveries et ses incohérences, et aussi d'encourager le colonialisme tout en écartant l'idée de reprendre l'Alsace et la Lorraine. Il fit ce discours le 13 juin 1906 : « Pour tous les souverains, la plus grande difficulté est de savoir où est la vérité. Si le roi savait, disait-on autrefois ! Si le peuple savait, pourrait-on dire aujourd'hui ; j'ai essayé de faire l'éducation du peuple. Je n'y ai pas rencontré M. Jaurès... [Se tournant vers Jaurès :] Si votre parole s'était jointe à la mienne, que de malheurs eussent été évités ! Vous me dominez de toute la hauteur de vos conceptions socialistes ; vous avez le pouvoir magique d'évoquer, de votre baguette, des palais de féerie.

Je suis l'artisan modeste des cathédrales, qui apporte une pierre obscurément à l'ensemble de l'œuvre, et ne verra jamais le monument qu'il élève. J'ai l'air de rabaisser mon rôle ; dans ma pensée, je le grandis, car vos palais de féerie s'évanouiront en brouillards au contact des réalités, tandis qu'un jour la grande cathédrale républicaine lancera sa flèche dans les cieux. »

Son réalisme s'écœurait au messianisme de Jaurès. Et il disait : « Savez-vous à quoi on reconnaît un article de Jaurès ? Tous les verbes sont au futur. »

\*

Durant la Première Guerre mondiale, le général Sarrail, âgé de soixante ans et qui venait d'épouser une jeune femme de vingt-deux ans, fut nommé commandant du corps expéditionnaire à Salonique. Clemenceau dit : « Il aura désormais deux fronts à défendre. »

\*

On suspectait les mœurs du maréchal Lyautey, et Roger Martin du Gard a évoqué dans son *Journal* les « très jeunes gens » dont le maréchal « ne s'entourait pas pour rien » : « Témoin Raymond Cellier, que le maréchal a gardé quatre ans auprès de lui, qu'il n'a cessé de poursuivre en vain de ses avances – notamment le soir de la prise de Marrakech, un soir de triomphe, où Lyautey, grisé par sa chevauchée victorieuse, disait à Cellier : "Mais, mon petit, quand César était victorieux, tous ses aides de camp venaient se donner à lui dans sa tente !" »

On ne sait pas trop, en vérité, si le maréchal pratiquait. Clemenceau, en tout cas, disait : « Il a des couilles au cul, mais ce ne sont pas toujours les siennes. »

\*

Lorsqu'on débattait de la présidence de la République pour trouver un successeur à Fallières, Clemenceau pensait très fort à lui-même, mais il aurait aimé qu'on vînt le chercher. Il se contentait donc, dans les allées du pouvoir, de se livrer à un jeu de massacre sur les candidats en lice. Ainsi de cette conversation dans un salon du Sénat avec son collaborateur Stephen Pichon et Poincaré, alors président du Conseil.

Pichon avait jeté le nom de Deschanel.

« Il ferait pas mal, fit Clemenceau ; il s'habille bien, pour pas cher. Qu'en pensez-vous, Poincaré ? »

Poincaré expliqua que Deschanel ferait un excellent chef de l'État : « Il est très représentatif... Il est orateur... Il a belle prestance.

— Oui, enfin, il n'est bon à rien, coupa Clemenceau. Et pourquoi pas Bourgeois ?

— Ses yeux ; vous le savez bien : il est très malade...

— C'est ce qu'il nous faut, dit Clemenceau : un aveugle fera très bien à l'Élysée !

— Il y a aussi Antonin Dubost, suggéra Pichon, il n'est pas plus bête qu'un autre.

— Où est l'autre ? » fit Clemenceau.

Poincaré jeta à son tour un nom : « Et Delcassé ?

— Ah, celui-là parlons-en ! Pour faire oublier Sedan, il nous conduit à Fachoda.

— Il y a Pams...

— Autant vaudrait voter pour Rothschild ! »

Poincaré, un peu las, fit le geste de prendre congé. Clemenceau l'arrêta : « On parle aussi de vous, mais vous êtes trop jeune pour être élu. Dans sept ans, vous serez tout indiqué »...

Poincaré fut président, élu avec le soutien de Briand.

\*

Après, Clemenceau disait de Poincaré : « C'est une âme de lapin dans une peau de tambour. »

\*

Alors que le maréchal Foch se plaignait d'être incommodé de la prostate, en 1919, Clemenceau lui dit, en un temps où Poincaré était encore président : « Faites-vous donc opérer. Il y a deux choses inutiles ici-bas : la prostate et la présidence de la République. »

\*

Berthelot racontait en 1916 que, quand Clemenceau était assailli dans les couloirs de la Chambre par des quémandeurs qui lui murmuraient à l'oreille quelques mots de sollicitation, il s'écriait à haute voix, sans s'arrêter : «Vous voulez coucher avec Mme Poincaré? Entendu, mon cher ami, c'est fait!»

\*

On était en mars 1917, et Alexandre Ribot[1] venait d'être nommé président du Conseil à la succession de Briand. Franklin-Bouillon expliqua à Clemenceau : «Les plus sûrs abris contre les zeppelins sont les caves voûtées.

— Ribot a beau être voûté, dit Clemenceau, il n'en est pas plus sûr pour ça.»

\*

En juillet 1917, Clemenceau écoutait un poilu, qui lui dit : «Monsieur Clemenceau, je veux zigouiller le gouvernement et la Chambre.»

Clemenceau répondit : «Mon ami, vous oubliez le Sénat, ce n'est pas poli...»

\*

Clemenceau ne reprendra la présidence du Conseil qu'à la fin de l'année 1917. Mais avant cela il œuvrait pour la victoire, comme président de la commission de l'Armée.

En octobre 1917, ladite commission, au Sénat, décida de ne plus recevoir Charles Humbert, soupçonné d'espionnage. Clemenceau

---

1. Alexandre Ribot (1842-1923), magistrat, se fit remarquer dans le «comité de résistance juridique» pendant le ministère Broglie, ce qui donnait à bon compte un brevet de courage. Et en effet il n'était pas courageux. Briand a raconté qu'un jour, lors d'un vote important, la voix de Ribot, sur laquelle comptait son groupe, avait manqué : il s'était fait porter malade. Pendant une suspension de séance, des collègues coururent à son domicile. Il les reçut au lit. L'un d'eux, moins crédule que les autres, arracha d'un coup les draps qui découvrirent un Ribot tout habillé, en redingote noire, qui s'était alité en entendant sonner... Il fut ministre des Affaires étrangères, artisan de l'alliance franco-russe, et devint président du Conseil une première fois en 1892. Puis il joua un rôle dans la chute du ministère Combes, dont il n'aimait pas l'anticléricalisme outré et dont il dénonça l'alliance stratégique avec Jaurès. Ribot fut à deux reprises un éphémère président du Conseil durant la Première Guerre mondiale. En 1917, dans un contexte de tentatives de paix brouillonnes, beaucoup de soupçons de trahison et de communication excessives avec l'Allemagne circulaient de tous côtés. Ce fut le cas pour Caillaux, Malvy, etc. Pendant le même temps, Briand accusait Ribot d'«inintelligence avec l'ennemi».

se chargea de le lui notifier, et pour cela l'entraîna dans un coin. Humbert répondit : « Je ne sortirai qu'à coups de pied au cul !

— Alors vous n'avez qu'à entrer », lui dit Clemenceau en lui montrant la salle où attendaient ses collègues.

*

Quand, en 1917, Clemenceau fut appelé par Poincaré à la présidence du Conseil, le « Tigre » bâcla un cabinet qui n'était pas reluisant. Lorsque quelqu'un lui objecta la piètre qualité de beaucoup de ministres qui faisaient à peine figure de convives, il se contenta de répondre : « Ce sont les oies qui ont sauvé le Capitole. »

Il exprima tout de même quelques regrets de ses choix. De Louis-Lucien Klotz, il se répandait en disant : « J'ai mis rue de Rivoli le seul Juif qui ne connaît rien aux finances ![1] »

*

Clemenceau avait invité un de ses amis d'enfance à une chasse présidentielle. L'autre préféra décliner, en expliquant : « Je suis très maladroit, et je crains d'être dangereux pour mes voisins.

— Ne te tourmente pas, mon vieux, je te ferai placer entre deux ministres. »

*

En 1916, la princesse Eugène Murat était allée rendre visite au très maniéré Pochet Le Barbier de Tinan au front, sous sa tente de colonel de spahis, aux portes de Reims : une tente doublée de soie rose, avec des coussins marocains, de la musique de goumiers, des lévriers attachés deux à deux, du champagne frappé, des truffes, du soufflé au chocolat...

---

1. Louis-Lucien Klotz (1868-1930) : avocat, parlementaire à partir de 1898, militant de l'impôt sur le revenu. Resté célèbre pour sa formule de 1920 : « L'Allemagne paiera ! » Quant à lui, qui ne payait pas toujours, il dut renoncer à sa carrière politique à l'occasion d'une escroquerie qui l'envoya en prison, dans le contexte de la crise de 1929 ; il mourut peu après. Mais il avait de la tenue. Berthelot a raconté à Morand une revue navale passée par le tsar, à Cherbourg, juste avant la Première Guerre mondiale : « Le Sénat et la Chambre avaient été logés sur le mauvais rafiot qui fait le service Le Havre-Deauville. À l'arrière les huissiers à chaîne, en grappe, penchés sur les flots vomissaient. Klotz très droit, plastronnant en habit, sa chemise couverte de bile verte. Et les dames hoquetant à travers leur voilette. »

Il eut ensuite des responsabilités au ministère de la Guerre.

Clemenceau, à la fin de l'année 1917, fit « sauter » Pochet de Tinan, le lendemain de son arrivée au ministère. « Et qu'on brûle les chaises, ajoutait-il, car ça s'attrape. »

\*

Pierre Loti avait été convié par Clemenceau, président du Conseil, à une réception officielle, où il était arrivé fardé comme une cocotte et juché sur ses talons Louis XIV à ressort, malgré ses soixante ans passés. Après avoir échangé avec lui des paroles banales, Clemenceau lui demanda à brûle-pourpoint : « Et comment va donc votre mari ? »

Pierre Loti, au comble de la gêne, ne savait comment prendre la chose et, pour finir, balbutia : « Mais, monsieur le président, vous ne m'avez peut-être pas reconnu. Je suis Pierre Loti... Pierre Loti de l'Académie française. »

« Comme si cela pouvait tout expliquer ! » a commenté le témoin qui a rapporté la scène...

On a rajouté sur l'histoire et prétendu que, le même jour, l'aboyeur avait annoncé l'officier de marine dans un malheureux lapsus : « Pierre Loto, enseigne de vessie ! »

Clemenceau s'était d'ailleurs interrogé en public : « Que fait cette poupée à l'Académie française ? J'imagine la tête de Richelieu recevant un tel personnage ! »

\*

Loti s'était déjà frotté à Clemenceau quelques années plus tôt. Il était venu lui parler de son oncle, qui jadis avait reçu une blessure à Reichshoffen. Le vieillard vivait seul dans son appartement du sixième étage, n'avait jamais été pensionné, et n'espérait plus que la Légion d'honneur. Clemenceau dit : « Comment, il ne voit jamais personne et il veut la Légion d'honneur ?

— Oui, monsieur le président.

— Eh bien dites-lui de la porter. »

Comme Loti restait interdit, Clemenceau expliqua : « Oui, qu'il la mette chez lui : ça lui fera plaisir et ça nous évitera toutes les formalités ! »

\*

Clemenceau fut élu à l'Académie française le 25 novembre 1918, dix jours après l'Armistice, en même temps que Foch. Il n'alla jamais y siéger : il craignait par-dessus tout d'y rencontrer Poincaré et Deschanel. Quand on l'encourageait à y faire une apparition, il expliquait : «Vous me voyez dans cette assemblée de pions ? Et coiffé d'un bicorne comme un garçon de recettes ? »

Il se contenta d'écrire dans son rez-de-chaussée de la rue Franklin, où il avait succédé à Montesquiou, *Grandeur et misères d'une victoire.*

Il avait dit un jour : «Donnez-moi quarante trous du cul et je vous fais une académie française.»

\*

De Clemenceau sur Lloyd George : «Oh! si seulement je pouvais pisser comme il parle...»

\*

En 1919, lors de la conférence de Paix : «Dieu tout-puissant se satisfaisait de dix commandements. M. Wilson exige quatorze points.»

\*

En 1919, Clemenceau et lord Balfour étaient convoqués comme signataires du traité de Versailles pour leurs pays respectifs. Balfour se présenta coiffé d'un haut-de-forme de soie luisante, au moment où Clemenceau arrivait avec un chapeau melon très banal.

«On m'avait dit que le haut-de-forme était obligatoire, fit remarquer lord Balfour.

— À moi aussi...» répondit simplement Clemenceau.

\*

Chaque époque a sa maladie emblématique pour les milieux littéraires et artistiques. À la fin du XIXe siècle et au début du suivant, surtout après qu'en 1905 des savants allemands eurent identifié le tréponème pâle, le virus responsable de la syphilis, on disserta beaucoup sur la maladie. Léon Daudet, en particulier (dont le père Alphonse, tout comme ses amis Flaubert, Maupassant, etc., avait été victime du fameux virus), s'est plu à donner diverses explications

(« Les guerres du Premier Empire, avec leurs excès, avaient facilité chez nos aïeux, à travers toute l'Europe, la cueillette du tréponème ; et, à la seconde génération, cette abondante moisson leva en écrivains lyriques, épiques et dramatiques, d'une belle fougue, mais remplis de trous creusés par le daimôn »). En 1925, l'ancien président du Conseil, le socialiste René Viviani, mourut[1]. Clemenceau imputait sa mort à la syphilis, et d'expliquer à ses amis radicaux : « Messieurs, on ne dira jamais assez ce que le tréponème a fait de mal à la République ! Il semble même avoir une attirance particulière pour notre parti radical, qui risque de devenir, en quelque sorte, un parti de chancre gauche. »

*

Clemenceau portait vers la fin de sa vie des gants de filoselle parce qu'il souffrait d'eczéma aux mains et que les gants l'empêchaient de se gratter. Comme Berthelot lui reprochait d'être trop méchant lors de la conférence de Paix, il répondit simplement : « J'ai eu une femme, elle m'a fait cocu. Des enfants, ils m'ont abandonné. Des amis, ils m'ont trahi. Il me reste mes mains malades et je ne quitte pas mes gants ; mais il me reste aussi des mâchoires : je mords. »

*

À l'époque où Clemenceau briguait la présidence de la République, Briand se répandait dans les couloirs du Parlement réuni en Congrès, pour faire valoir que Deschanel était beaucoup mieux que Clemenceau, moins anticlérical, et moins vieux. Clemenceau, quand il l'apprit, s'écria : « J'aurais un pied dans la tombe qu'il m'en resterait un pour botter le cul de ce voyou. »

Lorsque plus tard on commença à s'apercevoir des désordres mentaux de Deschanel, qui avait été élu, Clemenceau dit : « Vous n'avez pas voulu d'un gâteux ; vous l'aurez eu quand même. »

*

---

1. Clemenceau avait eu l'occasion de qualifier Viviani d'« orateur péripatéticien », parce qu'il faisait « des harangues kilométriques », ajoutant à son sujet : « L'éloquence démagogique, c'est l'art de parler seul et longtemps. »

On a raconté de Deschanel[1] devenu président qu'il avait sombré dans la folie, qu'il grimpait aux arbres du jardin de l'Élysée, qu'il lui arrivait de signer «Vercingétorix» certains décrets, et qu'il aurait reçu une délégation étrangère, seulement vêtu de son écharpe de grand-croix de la Légion d'honneur... On en a plaisamment rajouté, car on ne prête qu'aux riches.

Même sans les exagérations, il ne fait guère de doute que le président était sérieusement atteint. Dépressif, agressif, agité, il en voulait à tout le monde, avait des gestes saccadés, il piaffait, poussait des éclats de voix imprévus... Il multipliait les déplacements en province sans raisons véritables, et son instabilité imposait un marathon permanent aux officiels chargés de l'accompagner. À Cannes, il quitta le banquet au milieu du repas, à Menton, il envoya des baisers à la foule, ramassa les fleurs dans la boue et les renvoya dans le public. Ses discours prirent une allure théâtrale excessive, et en visite au cap Saint-Martin, il déclara : «Je reviendrai, je reviendrai seul, tout seul... Aujourd'hui je suis entouré de policiers.»

Quand, le 23 mai 1920, il tomba d'un train de nuit en pyjama, non loin de Montargis, il suivit la voie jusqu'à la prochaine maison de garde-barrière. Il frappa à la porte, et dit pour toute explication, lorsque le préposé parut et découvrit cet homme en tenue de nuit : «Je suis le président de la République»...

L'autre rétorqua sans être davantage désemparé : «Et moi, je suis Napoléon Bonaparte.»

---

1. Paul Deschanel (1855-1922) : son père Émile vivait exilé en Belgique au début du Second Empire, et Sainte-Beuve appelait «*Apostolus*» ce pur républicain qui avait une réputation de grand naïf. Hugo n'hésitait pas à qualifier le futur glorieux bébé de «premier-né de l'exil». La famille rentra dès 1859 à la faveur d'une amnistie. La carrière préfectorale du fils, franc-maçon, sera lancée lorsque, après 1870, on veillera à nommer de bons républicains à tous les postes. Ensuite, il participa activement au parti colonial. Orateur théâtral mais incapable d'improviser, il fut président de l'Assemblée nationale à deux reprises, avant d'être le vainqueur de Clemenceau à l'élection présidentielle de 1920 : Briand avait beaucoup agité l'athéisme anticlérical du second pour effrayer les députés catholiques de la chambre Bleu horizon. Deschanel resta président de la République huit mois, avant de démissionner pour raisons de santé. Ceux qui défendent ce personnage inconsistant expliquent que ses troubles mentaux étaient dus au surmenage, ce qui reste curieux pour une époque où les présidents de la République inauguraient les chrysanthèmes. Il a écrit des *Essais de philosophie politique* oubliés. Au hasard de son œuvre, on trouve cependant quelques finesses, celle-ci par exemple : «Beyle [Stendhal] fut un écrivain original, quoique ayant voulu l'être.»

Enfin le malentendu fut dissipé ; on vint récupérer le président en exercice, et la femme du garde-barrière expliqua : « J'ai compris que c'était quelqu'un d'important, parce qu'il avait les pieds propres. »

On se plaisait évidemment à raconter l'incident. Quand on dit devant Clemenceau que le président était tombé la tête la première, il déclara : « C'est bien la première fois que, chez lui, la tête l'emporte sur le reste. »

*

C'est après la Première Guerre mondiale que Deschanel avait aspiré à la présidence de la République, obtenue contre Clemenceau. Il lança alors à son malheureux adversaire la phrase assez ridicule : « Vous avez gagné la guerre, nous allons gagner la paix ! »

Peu après, Clemenceau put dire : « Deschanel ? Il a un bel avenir derrière lui. »

*

Alexandre Millerand, socialiste vindicatif, avait mis beaucoup d'eau dans son vin à l'époque de son élection comme président de la République. Alors qu'on avait dit de façon répétée : « M. Millerand se forme », Clemenceau demanda : « Mais est-ce que M. Millerand est bien terminé ? »

Millerand démissionna en 1924, après la victoire aux élections du Bloc des gauches, alors qu'il avait soutenu le Bloc national. *Le Quotidien*, journal du Bloc des gauches, avait publié en manchette : « Président allez-vous-en ! » Clemenceau commenta : « Millerand ouvre son journal, lit dedans qu'il faut partir : il part ! »

*

Clemenceau, à Saint-Vincent-sur-Jard, était le locataire d'une vieille comtesse vendéenne qui venait lui faire visite une fois l'an, toucher son loyer et lui prodiguer de sagaces conseils d'économie ménagère : « Pourquoi n'avez-vous pas un poulailler et une vache, monsieur Clemenceau ? Je suis sûre qu'il y a des années que vous n'avez pas eu de lait frais. »

Sur quoi le vieux Tigre, agacé par ce prêche domestique, arrêta ostensiblement son regard sur le sein épuisé de la douairière : « Et vous ? »

\*

L'un des derniers mots de Clemenceau : « Promettez-moi qu'il n'y aura pas sur ma tombe de discours de Poincaré : ce serait vraiment mourir deux fois. »

## CLÉMENT VIII

Ippolito Aldobrandini, 238e pape sous le nom de Clément VIII (1536-1605), adressa aux Français une bulle qui leur enjoignait de choisir un roi catholique, ce qui excluait Henri de Navarre. Trois ans plus tard, il adressa son absolution au monarque converti. À partir de là, le roi et le pontife furent d'étroits alliés en diplomatie, ce dont témoigne une cinquantaine de lettres autographes d'Henri IV adressées à Clément VIII, retrouvées en 1900, dont l'une expose un projet d'alliance de toutes les puissances chrétiennes contre les Turcs.

Le pape Clément VIII disait du criminaliste Farinaccio, dont il aimait les ouvrages mais non le mode de vie : « La farine est bonne, mais le sac n'en vaut rien. »

### À propos de Clément VIII

Peu après l'accession au trône d'Henri IV, le pape enjoignit aux Français de choisir un roi catholique. Il voulut faire parvenir la bulle d'injonction en France par l'archevêque Frangipani. Celui-ci était guisard, et, dès que le roi fut averti de son arrivée, il le fit arrêter à Lyon. Le pape, ulcéré, manda en riposte au marquis de Pisani (le père de Mme de Rambouillet), ambassadeur d'Henri IV, d'avoir à sortir de ses terres dans les trois jours.

Le marquis répondit : « Sur les trois jours qui m'ont été donnés, j'en rends deux, l'étendue des terres de Votre Sainteté n'étant pas si grande que je ne puisse commodément en sortir en moins de vingt-quatre heures. »

## CLERMONT-TONNERRE (François de)

François de Clermont-Tonnerre (1629-1701) : lorsque ce prélat fut reçu à l'Académie, l'abbé de Caumartin, chargé du discours de réception, accumula les compliments d'une façon outrée, pour se moquer d'un récipiendaire dont la vanité était célèbre. Saint-Simon raconte que l'abbé,

> craignant la colère du roi qui avait demandé qu'on reçût l'évêque de Noyon à l'Académie, avait pris soin pour paraître de bonne foi de soumettre par avance son discours au nouvel académicien; celui-ci avait ajouté de sa main quelques compliments... Le prélat, qui se piquait de faire de plaisants sermons, allait parfois un peu loin; ainsi quand, à la fête de sainte Madeleine, il dit «qu'elle s'était ouvert le ciel par ses larmes, faisant ainsi par eau un chemin qu'on fait rarement par terre».

La vanité du personnage a donné lieu à beaucoup de légendes. Au milieu d'une cruelle maladie, le prélat se serait écrié : «Hélas! Seigneur, ayez pitié de Ma Grandeur.»

Toujours est-il que ses gens même étaient devenus arrogants. Un jour que son équipage rencontra sur un pont étroit celui de M. de Pontchartrain, chancelier de France, et que le postillon eût donné le nom de celui-ci pour qu'on laissât place, le cocher de l'évêque de Noyon aurait vertement répondu : «Je me moque de ton pont, de ton char et de ton train; je mène le Tonnerre, il faut que je passe.»

*

C'est lui qui, prêchant devant des religieuses le jour de Pâques, et cherchant la raison pour laquelle Jésus-Christ ressuscité apparut d'abord aux Maries, dit que «c'est que Dieu voulait rendre public le Mystère de la Résurrection, et que des femmes sachant les premières une chose si importante, la nouvelle en serait bientôt répandue partout.»

*

Lorsqu'il fut à l'article de la mort, il fut visité par un père capucin. L'entendant venir, il demanda qui c'était. L'arrivant répondit selon la formule en usage parmi les frères mendiants : «C'est le père X., capucin, indigne.

— Si vous n'êtes pas digne d'être capucin, répondit le prélat, de quoi donc êtes-vous digne?»

### À propos de François de Clermont-Tonnerre
Lorsqu'il montait en chaire, on prétend qu'il s'adressait ainsi à son auditoire : «Canaille chrétienne...»

À sa mort, on fit cette épitaphe :

Ci-gît qui repose humblement,
De quoi tout le monde s'étonne,
Dans un si petit monument,
L'illustre Tonnerre en personne :
On dit qu'entrant en paradis,
Il fut reçu vaille que vaille ;
Mais il en sortit par mépris,
N'y trouvant que de la canaille.

## CLÉSINGER (Auguste)

Jean Baptiste, dit «Auguste» Clésinger (1814-1883), devint célèbre lors du Salon de 1847, grâce à sa *Femme piquée par un serpent*. Cette sculpture lascive aux formes généreuses, avec des traces de cellulite au haut des cuisses, résultait d'un moulage sur la maîtresse de l'artiste, celle qui sera bientôt la muse de Baudelaire, Mme Sabatier dite «la Présidente» (en vérité simple demi-mondaine, ou plus précisément «courtisane intellectuelle» – elle tenait un salon brillant –, car comme l'écrira Léon Daudet : «il y avait encore des courtisanes intellectuelles, espèce aujourd'hui disparue»). D'après Gustave Planche, «le procédé employé par M. Clésinger est à la statuaire ce qu'est le daguerréotype à la peinture». Le sculpteur fut ensuite attaqué pour son *François Iᵉʳ à cheval*, si chargé de fioritures qu'on l'appelait «le Sire de Framboisy», héros ridicule d'une pièce qui se donnait au même moment. En 1847, Clésinger avait épousé Solange Dudevant, fille de George Sand. Chopin fut atterré : «Je vous garantis qu'à la prochaine exposition le public aura l'occasion de contempler sous forme de nouvelles statues le ventre et les seins de sa femme.» Mais Clésinger préférait battre celle-ci. Sous l'emprise du rhum, il alla même jusqu'à envoyer un coup de poing à la belle-mère, à Nohant ; il fut maîtrisé par le curé et un domestique.

Du temps de sa première libération, George Sand[1], ou «le grand George» (comme l'appelait Musset), cultivait des plaisirs variés. Et

---

1. Aurore Dupin, dite «George Sand» (1804-1876), descendait de Maurice de Saxe par la main gauche, en l'occurrence Marie Rinteau, cantatrice. L'enfant de ces amours s'appelait Marie-Aurore de Saxe, qui épousa un M. Dupin de Francueil. Leur petite fille Aurore fut élevée à Nohant chez sa grand-mère (c'est à celle-ci, qui exprimait sur son lit de mort l'inquiétude de l'au-delà, que Pineau de Monpeyroux, curé de Nohant, serra le bras en disant : «Madame, j'irons tous au Ciel, et je serons tous pardonnés !»). Aurore courait la campagne travestie en garçon jusqu'au jour où un voisin lui apprit l'anatomie. Après la mort de sa grand-mère, elle suivit à Paris sa mère, une grisette, puis épousa Casimir Dudevant, dont elle eut deux enfants. Dans le même temps, Casimir engrossait les soubrettes à bride abattue. Après une longue crise

à l'époque où elle était encore connue sous son nom de femme mariée (elle avait épousé Casimir Dudevant, personnage nul, despote et grossier, fils naturel d'un baron Dudevant), on répétait ces vers dans les milieux informés :

> Elle est Dudevant par-devant,
> Et George Sand par-derrière.

Comme par ailleurs son ardeur était bien connue, un jour qu'elle menaçait son gendre, le sculpteur Clésinger, de révéler son inconduite, il riposta : « Et moi, je sculpterai votre cul : tout le monde le reconnaîtra. »

### À propos d'Auguste Clésinger

Maxime Du Camp a rapporté dans ses *Souvenirs* la réflexion de Pradier devant la *Femme piquée par un serpent*, de Clésinger : « Pas difficile de produire de l'effet en montrant ce que l'on devrait cacher. »

---

d'amertume, Aurore se lança dans les lettres, devint la maîtresse de Jules Sandeau : ils écrivirent ensemble sous le pseudonyme de « J. Sand ». Cette collaboration fut interrompue lorsque Aurore s'aperçut que Jules la trompait avec une blanchisseuse. Elle devint définitivement « George Sand » et affirma l'égalité des sexes. Elle eut une expérience décevante avec Mérimée, songea au suicide, puis se ravisa pour écrire des pages virulentes sur la femme et la dépravation des hommes : c'est *Lélia*, que les Allemands trouvèrent bien (à l'exception de Nietzsche, qui a parlé de « cette terrible vache à écrire [elle écrivait huit heures par jour], qui avait quelque chose d'allemand dans le plus mauvais sens du mot »). Elle rencontra Musset. Leurs amours vénitiennes furent gâchées par les crises de *delirium tremens* d'Alfred et le caractère de George, qui se consola avec le médecin italien du malade, lui-même emberlificoté dans ses nombreuses liaisons. Après d'autres péripéties, elle se lia avec Chopin, le soigna avec un dévouement qu'elle cria partout. L'œuvre et la personne de Sand ont été fort décriées. Sans même parler de Balzac (qui relevait, après sa visite à Nohant, qu'elle a « l'air toujours aussi bête quand elle pense »), Baudelaire a évoqué à son sujet « ce style courant cher aux bourgeois ». Mais comme elle avait parlé en terme éloquents des déceptions de 1848, les maîtres de collège, au XXᵉ siècle, ont restauré la réputation littéraire de celle que Lautréamont avait qualifiée d'« hermaphrodite circoncis », ce qui exprime assez bien la difficulté de sa formule humaine et littéraire.

## CLINTON (Bill et Hillary)

Hillary Rodham, épouse Clinton : née en 1947, femme d'un président des États-Unis (Bill, né en 1946, 42ᵉ président en 1993) resté réputé comme excellent orateur et président d'une époque prospère, mais aussi bien demeuré célèbre par ses frasques sexuelles avec les stagiaires de la Maison Blanche, dont une Mlle Lewinsky qui raconta de façon circonstanciée ses rapports avec les cigares présidentiels – les compte-rendus officiels n'ont pas manqué d'évocations romantiques (par exemple cet extrait d'un interrogatoire mené par les agents du Procureur Indépendant : «*A ray of sunshine was shining directly on Lewinsky's face while she performed oral sex to completion on the President. The President remarked about Lewinsky's beauty...*»). En juin 2013, divers objets de Monika Lewinsky ont été vendus aux enchères à Los Angeles, dont un déshabillé audacieux et une photo dédicacée de Bill posant avec Hillary. Cette dernière resta digne dans la tourmente. Candidate malheureuse lors des primaires démocrates contre Obama, celui-ci lui offrit un poste de secrétaire d'État, où elle tint son rang.

De Bill Clinton au sujet d'un représentant républicain : «Je ne lui pisserais même pas dans l'oreille si son cerveau prenait feu» (cité comme une expression traditionnelle du Sud américain).

*

Bill Clinton, alors président des États-Unis, rappelait un jour à Hillary l'idylle qu'elle avait longtemps entretenue, dans son adolescence, avec un jeune homme devenu pompiste. Et Bill d'ajouter : «Tu imagines où tu en serais aujourd'hui, si c'était lui que tu avais épousé?»

Et elle de répondre avec assurance : «Si je l'avais épousé, ce n'est pas toi qui serais aujourd'hui président des États-Unis.»

### À propos d'Hillary Clinton

Lorsque, en avril 2003, le présentateur Jay Leno apprit que Bill Clinton commençait à être atteint de surdité, il dit : «Quand on voit les femmes auxquelles il donne des rendez-vous galants, on pense plutôt qu'il est atteint de cécité.»

Et d'ajouter : «En tout cas, il y a un bruit qu'il n'a jamais entendu, c'est celui d'Hillary montant les escaliers.»

## CLOUZOT (Henri-Georges)

Henri-Georges Clouzot (1907-1977) est resté le maître français du film noir. Il était scénariste, mais la période de la guerre et les vides qu'elle opérait lui permirent d'exprimer son talent. Il réalisa en particulier deux chefs-d'œuvre : *L'assassin habite au 21* et *Le Corbeau*. Il fut interdit de studios à la Libération, ceux qui siégeaient dans les comités d'épuration ayant estimé que *Le Corbeau* se résumait à de la propagande antifrançaise. Il put revenir en 1947 avec *Quai des Orfèvres*, nouveau film magistral.

Au milieu des années 1960, une petite débutante, qui se donnait des airs, se plaignit à Henri Georges Clouzot : « Votre assistant m'a traitée de petite grue ! »

Clouzot la regarda, et lui dit tranquillement : « Mets des talons hauts... »

## COCTEAU (Jean)

Connu comme « le prince frivole », Jean Cocteau (1889-1963) publia son premier recueil de poèmes à vingt ans. Il s'arrangea pour « quitter la guerre » au printemps 1916 : « J'ai salué à gauche et à droite les fusiliers-marins, et je suis parti... Je suis rentré à Paris. Philippe Berthelot m'a fait éviter de justesse le conseil de guerre et m'a fourré dans un bureau où je m'assommais. » Après sa conversion au catholicisme, Cocteau ne renonça vraiment ni à l'opium ni à l'homosexualité, et il entretint une relation durable avec son acteur fétiche, Jean Marais, qui, il est vrai, s'était fait remarquer dès l'âge de dix-sept ans à l'occasion du Carnaval, déguisé en reine Frédégonde avec de grandes nattes blondes. Quand on l'interrogeait, Cocteau disait : « Ne me demandez pas de vous parler du ciel ou de l'enfer. J'ai des amis des deux côtés. » Sous l'Occupation, il accueillit avec ostentation les artistes allemands, dont Jünger (on retrouva à sa mort, dans ses papiers, le manuscrit de *Sur les falaises de marbre*), Leni Riefenstahl, Arno Breker, etc. Il se déclara même séduit par le côté « poète » d'Hitler, et cela lui valut de comparaître devant les comités d'épuration – il fut absous. Après avoir poursuivi son œuvre cinématographique, ce touche-à-tout mourut dans sa propriété de Milly-la-Forêt. Juste après qu'il eut fini de s'y installer, André Fraigneau lui demanda : « Maintenant que vous avez une maison, faisons une supposition désagréable. Si le feu s'y mettait, quels objets emporteriez-vous ? – Je crois, répondit Cocteau, que j'emporterai le feu. » Un jour qu'on avait demandé sa devise à ce dramaturge, librettiste, dessinateur, cinéaste, dialoguiste, poète, romancier, mondain... il répondit en citant un chef peau-rouge qui, invité à la table du président Wilson, mangeait et buvait copieusement, expliquant : « Un peu trop est juste assez pour moi. »

Cocteau au sujet de *La NRF*, à l'époque où Gide et Martin du Gard y régnaient : « Ennuyeuse ruche : des abeilles qui font de la cire à parquet ! »

C'est l'époque où il écrivait : « À force de mettre sa lorgnette au point, *La Nouvelle Revue française* ne regarde jamais le spectacle. »

*

Durant la Première Guerre mondiale, malgré de lourds échecs, le haut-commandement français persista dans la stratégie de l'attaque à tout prix, à laquelle on revint en 1917 après une parenthèse, et c'est à Nivelle, responsable de la coûteuse offensive du Chemin des Dames, qu'on a appliqué la phrase de Cocteau : « Un brave général ne se rend jamais, même à l'évidence. »

*

Cocteau fut constamment attaqué par André Breton et sa troupe. Il répondait en disant : « La seule différence entre les surréalistes et moi, c'est que je suis surréaliste. »

*

Rachilde[1] s'écriait : « Je suis une anarchiste !

— Pas du tout, répondait Cocteau. Vous êtes une conservatrice de vieilles anarchies. »

---

1. Marguerite Eymery, dite « Rachilde » (1860-1953), passionnée par les questions d'identité sexuelle (son père, un officier, aurait voulu un garçon et il le lui faisait savoir), en fit un thème majeur de son œuvre littéraire. Elle n'était pas féministe et n'aimait pas les lesbiennes, mais elle restait fascinée par le mâle homosexuel. Qualifiée de « pornographe distingué » par Barbey d'Aurevilly, elle a signé des dizaines de romans où s'ébattent les travestis, les invertis, les sadomasochistes et les amateurs d'enfants. Elle tenait salon dans les bureaux du *Mercure de France*, que son mari Alfred Vallette avait refondé (le vrai *Mercure* avait cessé de paraître en 1823) ; c'était *la* revue littéraire du début du XXᵉ siècle, avant que *La NRF* ne fît pâlir son étoile. On assure que Rachilde exerça une grande influence sur la littérature de son temps. Ce ne doit être grâce à la critique du premier ouvrage de Proust, qu'elle fit paraître dans le *Mercure* du 15 janvier 1914, où elle le déclarait « soporifique » et « anesthésiant ». En même temps, elle saluait l'œuvre d'Abel Hermant, par exemple ses *Souvenirs du vicomte de Courpière* : « J'ignore si le vicomte de Courpière est le modèle du jeune aristo moderne, mais ce que je puis affirmer c'est que ce type-là, pour séduisant qu'il soit, abonde très réellement dans le monde de la haute juiverie, la distinction en moins, par exemple. En parcourant cette histoire curieuse, je pensais voir se dérouler l'histoire d'un jeune israélite de ma connaissance, la gloire de sa famille, et qui, tour à tour marchand,

\*

Lors de la «conversion» de Mauriac en 1929, exprimée par son livre *Dieu et Mammon*, la petite communauté littéraire fut partagée entre ceux qui accueillirent l'ouvrage avec satisfaction (Charles du Bos, Copeau, Claudel, Maritain...) et ceux que cela agaça, Roger Martin du Gard et Gide au premier chef – ce qui n'est pas une surprise. Cocteau se souvint quant à lui que les autorités ecclésiastiques nourrissaient une certaine méfiance à l'endroit d'un écrivain qui passait son temps à répéter qu'il était catholique et dont les romans se complaisaient dans le péché; et comme Mauriac s'était auparavant persuadé, dans un mélange de terrible crainte et d'heureux frisson, qu'il allait être bientôt mis à l'Index, Cocteau commenta en refermant *Dieu et Mammon* : «Mauriac a été amputé de l'Index.»

\*

Cocteau sur Francis Jammes : «Jammes est un âne, un bel âne qui brait avec du thym dans la bouche, c'est Bottom couronné par Titania avec des primevères.» Et puis, pour conclure : «Jammes, c'est une primevère qui rote.»

\*

De Cocteau sur André Germain et du dialogue qu'il avait publié : «André Germain est un enfant qui a l'air de donner des lavements de strychnine à sa poupée.»

\*

Proust se plaignait un jour à Cocteau : «Je ne suis pas lu par les gens du monde.

— Mon cher Marcel, on ne peut pas reprocher aux insectes de ne pas lire Fabre.»

\*

artiste, pédéraste et souteneur, fait l'admiration des siens, tellement il arrive par les femmes sans que les plus intéressées dans l'affaire aient même l'air de s'en douter. Sincèrement, nous souhaitons que la nouvelle aristocratie vaille l'ancienne, car les bons écrivains tels qu'Abel Hermant n'ont qu'à gagner au spectacle des grandes turpitudes...» Somme toute, la lucidité des esprits avancés peut être sujette à caution.

Quand Cocteau parlait de Marie-Laure de Noailles, qui avait des origines juives, il précisait toujours avec un geste : «... *Nez* Bischoffschein.»

Les plaisanteries antisémites étaient chez lui récurrentes. Au sujet de Mme Vesnitch, née Ulmann, épouse de l'ambassadeur de Serbie et sœur de Mme Blumenthal, il disait : «Celle-ci est encore plus ressemblante que l'autre.»

*

On soulignait, avant la Seconde Guerre mondiale, qu'Arletty incarnait Paris. Après la défaite de 1940, elle se donna du bon temps avec certains officiers allemands. Cocteau disait en 1942 : «Arletty, c'est Paris et elle est occupée.»

*

Quand, après la Seconde Guerre mondiale, Mauriac se mit à faire du journalisme et de la politique à haute dose, Cocteau commenta : «Lorsque Mauriac pensait à Mauriac, il ne pensait pas à grand-chose mais il pensait. Il cesse de penser dès qu'il s'occupe de politique.»

*

En 1933, l'Académie française avait appelé Mauriac à succéder au dramaturge oublié Eugène Brieux. Sa voix brisée, à la suite d'une opération de la gorge, avait laissé croire à de nombreux académiciens qu'ils votaient pour un mourant, mais il occupa son fauteuil trente-six années...

Roger Peyrefitte, dans sa fameuse lettre ouverte à Mauriac, relate ainsi l'histoire : «Vous n'avez pas tardé à vous asseoir à l'Académie française, où votre place était tout indiquée. Encore n'avez-vous pu vous empêcher, comme par une force de votre naturel, à conquérir cette place au moyen d'une petite tricherie. Laissant courir le bruit que vous aviez un cancer à la gorge, parce qu'on venait de vous enlever une corde vocale, vous avez été élu en état d'urgence, comme Sixte-Quint fut élu pape. Mais, tel ce maître fourbe brisant ses béquilles, vous avez retrouvé votre vigueur au lendemain de l'élection, et vos haines vigoureuses. C'est depuis lors que s'est établi votre règne sur les lettres, opportunément consolidé par vos intrusions dans la politique, soit de droite, soit de gauche, selon les circonstances.»

Après l'entrée à l'Académie, ce fut le prix Nobel de littérature, recueilli en 1952, et aussi la grand-croix de la Légion d'honneur, acceptée avec empressement.

Cela, d'ailleurs, donna lieu à une scène cocasse. De Gaulle, qui ne pouvait que se louer de l'admiration aussi constante que bruyante de Mauriac à son endroit, prit en Conseil des ministres la décision de remettre à l'écrivain les insignes de grand-croix de la Légion d'honneur. Emporté dans un élan oratoire, le général qualifia Mauriac de «plus grand écrivain français vivant», avant de se souvenir qu'André Malraux siégeait au Conseil des ministres, et d'ajouter précipitamment : «Avec vous, cher ami...»

Donc, après toutes ces gloires et consécrations, on fit remarquer à Mauriac qu'il n'avait plus rien à désirer : «Si, dit-il, le Panthéon! mais c'est un bien vilain endroit.»

Lorsqu'il apprit la nouvelle de l'attribution du prix Nobel, Cocteau eut quant à lui ce mot cruel et profond : «Pauvre Mauriac. À sa mort, il aura tout eu, sauf tout.»

\*

Surnom du photographe portraitiste Cecil Beaton par Cocteau : «Malice au pays des merveilles».

\*

La rumeur courait que Sacha Distel, chanteur de charme des années 1960, avait des penchants homosexuels. Jacky Iskander, célèbre *drag queen* des nuits parisiennes[1], avait l'habitude de l'accueillir chez Castel par un très sonore : «Et comment va la petite fille?»

Lorsque Distel, séduisant crooner mou, fut rendu célèbre par sa liaison avec Brigitte Bardot, Cocteau commenta : «Sacha Distel – Brigitte disent-ils.»

---

1. Jacky Iskander († 1976), folle mondaine, longtemps petit ami de Chazot, apparaissait travesti en soirée. Roger Peyrefitte et quelques autres sortaient de chez Castel au milieu d'une nuit d'hiver : derrière le petit groupe, Iskander trottinait en robe décolletée, avec un léger châle de mousseline jeté sur ses épaules; Peyrefitte se tourna vers lui : «Mais tu dois grelotter, tu es à moitié nu!... – Roger, quand on est une femme, on n'a jamais froid!» Iskander était le secrétaire de Coco Chanel, mais Mademoiselle le renvoya en 1965 après que, pour faire rire les mannequins de la Cabine, il eut enfilé une robe et défilé au milieu des filles. Il racontait l'histoire en pleurant...

### À propos de Jean Cocteau

De Philippe Soupault, au moment où Cocteau avait décidé d'intégrer à son prochain spectacle une troupe de clowns : « Il se croit un clown parce qu'il a reçu tout le temps des coups de pied dans le cul. »

\*

Le caractère excessivement mondain de Jean Cocteau était connu, et André Breton se plaisait à dire : « Un cocktail, des Cocteau[1]. »

\*

Les surréalistes avaient décidé, au milieu des années 1920, de consacrer des réunions hebdomadaires à la sexualité. Bientôt, le sujet de l'homosexualité fut inévitablement abordé. Aragon dit prudemment, bien que la chose lui tînt à cœur (c'était avant le boisseau communiste Elsa Triolet), qu'il n'était pas question de « faire de la réclame à la pédérastie ». Quant à Breton, se déclarant immédiatement disposé à faire « acte d'obscurantisme en pareil domaine », il accusait les homosexuels « de proposer à la tolérance humaine un déficit mental et moral qui tend à s'ériger en système et à paralyser toutes les entreprises que je respecte ». C'est en plein débat de ce type qu'un jeune poète eut le malheur de se présenter au Cyrano, près du Moulin-Rouge, le nouveau quartier général du groupe surréaliste, en se recommandant de Jean Cocteau.

Breton lui jeta : « Mais alors, monsieur, vous êtes pédéraste ? »

Et quand il vit la tête ahurie du débutant, il ajouta : « Si vous ne l'êtes pas, vous le deviendrez. »

\*

Au début de la Première Guerre mondiale, Cocteau a raconté qu'on parlait un jour du Kronprinz[2] chez la grande-duchesse

---

1. Il semble que la paternité du mot revienne à un chroniqueur belge.
2. Guillaume de Prusse (1882-1951), le « Kronprinz », a généralement été décrit comme aimable et superficiel. Il trompait sa femme de préférence avec des coiffeuses. La guerre fut à cet égard une contrainte qu'il résolut, à l'époque où il commandait près de Verdun, en se mettant en ménage avec une veuve française. Il renonça à ses droits au trône en 1918 et fut contraint à l'exil aux Pays-Bas. Il revint en Allemagne où il fit de la figuration à côté des nazis jusqu'au jour où il s'aperçut qu'on le berçait d'illusions au sujet d'un retour de la monarchie. En 1945, il fut capturé par les troupes marocaines dans le Vorarlberg. N'imaginant pas qu'on l'emprisonnerait, il commença par

Anastasie. Chacun renchérissait : « C'est un fou, c'est un monstre, c'est un boucher, etc.

— Mon gendre est avant tout ennuyeux », répondit doucement la grande-duchesse.

## COHN (Harry)

Harry Cohn (1891-1958) fonda avec son frère et un tiers la CBC, qui produisait des films à petit budget. Les intervenants étaient si mal traités que l'acronyme CBC (pour Cohn, Brandt & Cohn) fut bientôt connu sous le surnom de « Corned Beef & Cabbage ». Le troisième associé, las des disputes entre les deux frères, vendit ses parts à Harry qui les racheta grâce à un prêt consenti par Abner « Longie » Zwillman, chef de la pègre juive new-yorkaise, prématurément disparu pour cause de pendaison à son domicile (probablement par la mafia italienne sur contrat de Meyer Lansky). Harry Cohn, resté dans une certaine dépendance à l'égard de Zwillman, avait l'obligation de faire tourner sa petite amie Jean Harlow. Après le départ de Brandt, on changea le nom de la société qui devint la Columbia Pictures Corporation. Sa réputation d'entreprise famélique poursuivit la Columbia jusqu'à ce que Frank Capra obtînt un Oscar pour *C'est arrivé ce soir* (1934). On avait désormais les moyens de voir les choses en grand, mais Cohn ne renonça pas à sa philosophie minimaliste. Il gérait son studio comme un État policier, grâce à un système d'écoutes téléphoniques qui remontait directement jusqu'à lui. Ayant rencontré Mussolini à Rome, il arborait une grande photo du Duce sur son bureau, afin que tout le monde sût à quoi s'en tenir. Une distance de dix mètres séparait son fauteuil de la porte d'entrée, et il expliquait : « Le temps qu'ils arrivent jusqu'à moi, ils sont vaincus. » Un jour qu'il avait particulièrement excédé le scénariste Norman Krasna, celui-ci paria qu'il ne savait même pas orthographier le nom de sa société ; Cohn perdit 1 000 dollars après avoir écrit Columbia avec un O à la place du U...

Le producteur Harry Cohn était sur le point d'engager un chauffeur qui avait été au service de Darryl Zanuck. Il téléphona à celui-ci pour obtenir des renseignements sur le postulant.

« Il conduit très bien, précisa Zanuck. Je lui ai confié ma vie sur des routes bien dangereuses.

— Bon, mais dites-moi, peut-on également lui confier une chose de valeur ? »

---

demander aux autorités françaises de subvenir à ses besoins, pour lui et sa maîtresse, et d'agir afin que ses propriétés prussiennes ne fussent pas endommagées par les Soviétiques. Lui faisant remarquer qu'au même moment des millions d'Allemands étaient affamés, et que certains encore mouraient au combat, le général de Lattre de Tassigny lui dit : « Vous êtes lamentable, monsieur, lamentable »...

### À propos d'Harry Cohn

Lorsque Cohn mourut, on se remémorait surtout le caractère épouvantable de ce patron de la Columbia, monarque absolu que tout le monde surnommait (dans son dos...) «King Cohn». Il avait humilié des centaines de personnes : acteurs, réalisateurs ou scénaristes, et tous les étages du personnel. Il y eut cependant beaucoup de monde à son enterrement.

Red Skelton dit : «C'est la démonstration de cette vérité que Cohn a toujours proclamée : *Donnez au public ce qu'il attend, et il viendra en masse.*»

## COIGNY (Aimée de)

Aimée de Coigny, duchesse de Fleury (1776-1820), eut dès son mariage une vie sentimentale agitée. Elle se retrouva emprisonnée dans les geôles de la Terreur avec son amant Montrond. André Chénier y était aussi ; elle lui inspira *La Jeune Captive* avant qu'il fût exécuté le 7 Thermidor. Aimée survécut car Montrond avait promis de l'argent à un geôlier qui savait différer les exécutions : ils sortirent le 9, sans payer. Chénier avait offert le poème à celle qui l'avait inspiré ; elle le remit distraitement à Lemercier, qui le fit publier dans l'*Almanach des Muses* en 1796. Sous le Consulat, Aimée fut la maîtresse de Mailla-Garat, qui la battait. Quand celui-ci, disgracié, dut accepter un petit emploi, il ne voulut pas partager son pécule et la mit dehors. Avec son nouvel amant, le marquis de Boisgelon, elle contribua à la Restauration, convainquant Talleyrand d'y œuvrer après lui avoir donné des assurances sur sa sécurité... Elle se retira au château de Vigny où elle avait grandi, écrivit de belles choses, mourut bientôt. Son biographe Étienne Lamy écrit : «Le ciel lui paraissait plus vide encore que la terre, et Dieu fut absent de sa mort comme de sa vie.» Maurras ajoute : «Ses désespoirs, ses rêves, ses amours furent donc des parties dans lesquelles elle était engagée sans réserve ; elle risquait son tout, là même où les croyants, fussent-ils des pécheurs, n'aventurent qu'une fraction de leur destinée, cette terre... C'est ce qui donne à la rapide élégie de sa vie et de ses amours une intensité d'intérêt et d'émotion particulière. Si elle semble, par le langage et le style, l'élève négligente de Chateaubriand, de Mme de Staël et de Rousseau, elle diffère de ces chrétiens spiritualistes, toujours tournés aux compensations d'outre-tombe, par la frénésie, la nudité, la pureté de son sentiment, même impur. – *Ô monde, ô vie, ô songe, chantent ses soupirs, ô amour! me voici tout entière. Si vous ne me rendez rien de ce que je donne, je demeure vide à jamais.* Telle quelle, je la préfère aux dames protestantes dans le goût de Mme Sand.»

Le duc d'Orléans, futur Philippe Égalité, convoitait la charge de grand amiral, qui appartenait au duc de Penthièvre, son beau-père, et il désira faire une campagne navale. Comme la guerre de l'Indépendance américaine avait amené une rupture entre la France et l'Angleterre, une occasion se présenta, et le duc embarqua sur un vaisseau qui faisait partie de la flotte du comte d'Orvilliers. On raconta ensuite qu'au combat d'Ouessant, le 27 juillet 1778, au cours duquel la marine française soutint sa renommée, le duc s'était caché à fond de cale pendant l'action. Le fait est discuté. Mais il est certain que son vaisseau n'obéit pas aux signaux que lui fit le vaisseau du comte d'Orvilliers de tenir le vent pour empêcher les Anglais de passer. Le vaisseau du duc d'Orléans évita ainsi l'engagement, ce qui épargna la flotte anglaise d'une entière destruction.

Peu après, à la Cour, la marquise de Fleury apprit que le duc d'Orléans avait dit d'elle qu'elle était la femme la plus laide de Versailles, ce qui d'ailleurs était loin d'être vrai. Le commentaire de la marquise fit fortune : «Mgr le duc d'Orléans ne se connaît pas plus en signalement qu'en signaux.»

*

Aimée de Coigny, devenue duchesse de Fleury, disait de Mme de Talhoüet, au temps du Consulat : «Elle se rappelle trop qu'elle a été jolie, et pas assez qu'elle ne l'est plus.»

*

Lady Holland, dans son *Journal* du 13 janvier 1800, rapporte le dialogue suivant.

M. de Bouillé, se plaignant de la Révolution, dit : «Ce sont nos gens d'esprit qui nous ont perdus.»

Mme de Coigny était là; elle dit : «Ah, monsieur, que ne nous sauviez-vous!»

*

Lors de l'expédition de Saint-Domingue, 40 000 Français périrent, un peu par les armes des indigènes, mais surtout par suite de maladie et d'une contagion qui fit des ravages dans l'armée. Le général Leclerc, mari de Pauline Bonaparte[1], qui commandait en chef, en fut lui-même victime.

---

1. Maria Paoletta Buonaparte (Pauline Bonaparte), princesse Borghese (1780-1825), sixième enfant de la famille, commença dès treize ans sa carrière galante avec Fréron. Elle en avait dix-sept lorsque son frère Napoléon la surprit en flagrant délit

Aimée de Coigny, duchesse de Fleury, disait en parlant du général : « Il est parti pour Saint-Domingue, où il est mort avec beaucoup de ses officiers, nous laissant sa femme pour les autres. »

*

Passant un jour devant la duchesse de Fleury, Napoléon lui demanda d'une voix haute et brusque : « Eh bien, madame, aimez-vous toujours autant les hommes ?

— Oui Sire, surtout quand ils sont polis », répondit la duchesse en faisant une profonde révérence.

L'Empereur ne parut pas relever, mais Mme de Bassanville, dans son livre sur les *Salons d'autrefois*, dit que le mari de l'insolente, qui était préfet, fut destitué peu après.

*

La duchesse de Fleury avait pour gendre le général Sébastiani. Il se gardait mal, et au cours de la campagne de Russie, il se laissa surprendre quatre fois, ce qui fit dire à sa belle-mère : « Avec mon gendre, on va de surprise en surprise. »

---

avec le général Leclerc derrière un paravent ; il exigea le mariage sur-le-champ. Cela ne rendit pas fidèle la jeune épousée, et elle se donnait du bon temps avec divers militaires (un biographe anglais dit que « *she seemed to have a thing for soldiers* »). Bientôt veuve, elle ne fut pas inconsolable ; elle prenait de longs bains de lait, pour adoucir sa peau, pendant que son serviteur noir, Paul, prenait soin de son corps. Comme on lui objectait que cet accès à son intimité n'était pas convenable, elle répondait (paraît-il) que les nègres ne sont pas des êtres humains. En 1803, elle épousa le richissime prince Borghese, qui la combla de bienfaits mais point de faveurs : il était bel homme mais, comme expliquait le général Thiébeault, « se donner à lui était se donner à personne », et elle préféra revenir en France. Mme de Staël disait : « Elle ajoute une page et une image à l'histoire galante des dieux » ; vu comme ça, cela est gracieux, mais la nymphomanie de Pauline s'accrut, et il lui arrivait de se dépouiller d'une grandeur importune pour aller chercher des plaisirs plus piquants. Elle avait fait faire sa statue par Canova en *Vénus victorieuse* fort peu drapée, et pour être le parfait modèle, elle s'exhiba devant lui comme Vénus naissant du sein des eaux. Comme on lui demandait si elle n'avait pas été gênée de poser telle quelle, elle dit : « Pourquoi ? Il y avait du feu... » Ce fut la seule des proches de Napoléon qui le suivit à l'île d'Elbe. Lors de la chute définitive de l'Empereur, elle alla se placer à Rome sous la protection de Pie VII, d'où elle intriguait pour adoucir l'exil de son frère.

## COLERIDGE (S.T.)

Avec deux autres poètes, Samuel Taylor Coleridge (1772-1834) projeta d'aller dans l'Illinois fonder une communauté où régneraient l'égalité absolue et les vertus. Sur ce, les compères rencontrèrent trois filles de Bristol, et ils renoncèrent à leur république idéale. Coleridge avait commencé socinien et jacobin, mais il devint royaliste et se fit l'apôtre du dogme de la Trinité. Ses détracteurs disent que c'est à cause de l'opium, dont il abusait. Sa conversation était en tout cas très brillante, et une *tavern* de Londres lui payait de fortes sommes pour qu'il vînt y causer, le soir.

Il dit, après avoir entendu une cantatrice : «Les cygnes chantent avant de mourir. Certaines personnes feraient bien de mourir avant de chanter.»

*

Sur Gibbon, l'historien : «Le style de Gibbon est détestable, mais ce n'est pas ce qu'il y a de pire chez lui.»

## COLETTE

Sidonie Gabrielle Colette, dite «Colette» (1873-1954), après une jeunesse idyllique à la campagne, épousa, trop jeune encore, Willy, charlatan bisexuel qui la dévergonda et l'obligea à écrire tout en accaparant l'argent. On comprend que, dans ses vieux jours, elle prétendît être plus fière de ses tournées avec Maurice Chevalier : elle aimait à montrer d'anciens programmes de music-hall où l'on voit une jeune Colette en maillot à La Chatte amoureuse ; elle parut même femme nue au Moulin-Rouge, où elle mima une scène de copulation. C'était au lendemain de son divorce avec Willy (elle fut ensuite mariée à Henri de Jouvenel, directeur du *Matin*, et enfin à Maurice Goudeket, marchand de perles juif ruiné par la crise de 1929, dont elle voulait se débarrasser mais qu'elle garda sous sa protection durant l'Occupation). On lui prête des liaisons avec, entre autres, Mathilde de Morny, marquise de Belbeuf (celle qui disait, parlant du duc de Morny : «Mon frère et moi nous avons eu les plus jolies femmes de Paris»), Natalie Clifford Barney, D'Annunzio – qui n'était pas à cela près – et son beau-fils Bertrand de Jouvenel.

Willy épousa Colette en 1893. Avec l'aide d'une petite équipe d'auteurs (dont Carco et Toulet), il écrivit les six premiers romans de Colette. Celle-ci lui reprocha d'avoir vendu les droits des *Claudine* à ses éditeurs, sans la prévenir. Les tumultueux époux se séparèrent en 1905. Sur le tard, voulant améliorer son image, elle noircit celle de son ex-mari : « Il n'était pas énorme, mais bombé... On a dit de lui qu'il ressemblait à Édouard VII. Pour rendre hommage à une vérité moins flatteuse, sinon moins auguste, je dirais qu'il ressemblait à la reine Victoria. »

*

Colette ne dédaignait pas d'emmener parfois son chien à la messe. Il aboyait lors de l'Élévation, et le curé célébrant finit par faire des remontrances publiques, à l'issue du canon de la messe ainsi perturbé. La maîtresse répondit sur un ton insolent : « Monsieur le curé, je n'ai rien à lui reprocher, car il fait son travail : lorsqu'il entend la cloche à la grille, il a pour mission d'aboyer![1] »

## CONCINI (Concino et Leonora)

Concino Concini, maréchal d'Ancre († 1617), était venu chercher fortune en France dans la suite de Marie de Médicis. Très vite il intrigua pour que le grand écuyer le présentât au roi, mais M. de Bellegarde traita de haut ce *coyon*. Sa fortune fut assurée lorsqu'il épousa Leonora Dori dite « Galigaï », la favorite de la nouvelle reine. Le crédit des deux époux crût après la mort d'Henri IV. Concini acheta le marquisat d'Ancre, fut fait maréchal sans avoir jamais tiré l'épée, et bientôt nommé ministre. À l'instigation du duc de Luynes, il fut tué aux portes du Louvre. Son cadavre fut exhumé par la populace. « Après l'avoir traîné à la Grève et en d'autres lieux, raconte le diplomate italien Bouffinodor au siècle suivant, on le démembra et on le coupa en mille pièces. Chacun voulut avoir quelque chose du *Juif excommunié*. C'était le nom que lui donnait cette populace effrénée. Ses oreilles surtout furent achetées chèrement, ses entrailles jetées dans la rivière, et ses restes sanglants brûlés sur le Pont-Neuf, devant la statue de Henri IV... La fureur de la vengeance était telle qu'un homme lui arracha le cœur, le fit cuire sur les charbons et le mangea publiquement. » Sa femme fut condamnée à la décapitation.

---

1. Au sujet de la présence de Colette à la messe avec son chien, je me souviens que, du temps d'une résidence à Brighton, à la fin du XXᵉ siècle, plusieurs dames du village venaient à l'office dans la petite église anglicane de Bishopstone, avec leurs spaniels qui se couchaient sagement sous les bancs. Et cent ans plus tôt, il paraît qu'on voyait encore bien des gens en Écosse fumer leur pipe à l'église durant le sermon. Walter Scott relate que Duncan, « le redoutable capitaine de Knockunder », réclama impatiemment son tabac à voix haute pendant un sermon de soixante-quinze minutes, et alluma tranquillement son brûle-gueule. Soixante-quinze minutes... Qui n'en ferait autant ?

Petit-fils d'un secrétaire d'État du duc de Côme, Concini épousa Leonora Galigaï, et le couple exerça une influence maléfique sur l'esprit peu solide de Marie de Médicis. Comme, après l'assassinat de son mari, on demandait à la maréchale d'Ancre, pendant son procès, de quels charmes elle s'était servie pour gagner l'esprit de la reine : «Pas d'autre chose, répondit-elle, que du pouvoir qu'a une habile femme sur une balourde.»

*

Concini était un grand et bel homme, qui aimait à vivre fastueusement, entouré des nombreux gentilshommes de sa maison. Il les appelait : «*Coglioni di mila franchi.*»

Cette somme était en effet celle de leurs appointements.

## CONDÉ (le Grand)

Louis II, prince de Condé, dit «le Grand Condé» (1621-1686) : à vingt-deux ans, celui dont on disait qu'il avait le cœur d'un lion et le regard d'un aigle anéantit la fameuse infanterie espagnole à Rocroi. Il prit part aux troubles de la Fronde et livra sans succès contre Turenne la bataille du faubourg Saint-Antoine, «où les deux généraux firent merveille». Passé au service de l'Espagne, il fut réintégré dans ses honneurs après la paix des Pyrénées. Il sollicita sa retraite après avoir défait le grand Montecuculli à Sénef; le roi y consentit, reprochant à Condé d'avoir laissé couler trop de sang français pour cette victoire. Averti des murmures que ce massacre de soldats avait fait naître, Condé aurait cyniquement répondu : «Il ne faut qu'une nuit de Paris pour tout réparer.» Il passa ses dernières années à Chantilly accablé des infirmités dues à la goutte, et il mourut enfin «dans de grands sentiments de religion». Ce ne sera pas le cas du dernier survivant de la race, qu'on retrouvera en 1830 pendu à une poignée de fenêtre qui se trouvait à hauteur de femme, Mme de Feuchères ayant été complice dans la chose. On disait ensuite : «Mme de Feuchères, cette petite baronne irlandaise, qui a tout l'air d'une espagnolette.»

L'un des généraux de Louis XIV n'aimait pas le Grand Condé. Après la bataille de Rocroi, il fut obligé de lui dire : «Que pourront dire à présent les envieux de votre gloire?

— Je n'en sais rien : je voudrais vous le demander.»

*

Lorsque, après sa défaite dans la Fronde, Condé dut passer au service de l'Espagne, ses succès militaires le quittèrent. Au service du roi de France, il avait commandé en chef, mais dans l'armée espagnole, il n'occupait que le second rang derrière don Juan, qui négligeait ses avis. Peu avant de livrer la bataille des Dunes (où Turenne allait défaire les Espagnols), Condé se porta sur une éminence avec le duc de Gloucester, et lui dit : «Jeune homme, vous n'avez jamais vu perdre de bataille? Alors regardez bien.»

### CONFLANS (Louis de)

Louis Henri Gabriel, marquis de Conflans (1735-1789), fils du maréchal d'Armentières, fut l'un des premiers excentriques. Comme le comte de Lautrec se faisait suivre par un jeune loup en guise de chien, M. de Conflans acheta un ours dressé qu'il faisait, pendant son dîner, tenir gravement derrière sa chaise, en habit de hussard, avec une assiette entre ses pattes de devant. «Malheureusement, écrit le duc de Lévis, ses mœurs étaient loin d'être irréprochables, et il ne s'enivrait que trop souvent dans un siècle où cette détestable manie était heureusement reléguée parmi le bas peuple. Il avait servi avec une grande distinction dans les troupes légères, et c'était là qu'il avait contracté cette mauvaise habitude; dans les excès comme dans tout le reste, il ne souffrait point qu'on le surpassât... À un repas de corps où il se trouvait, un vieil officier de hussards se servait d'un verre qui tenait près d'une pinte; M. de Conflans se fait ôter une de ses bottes, la remplit de vin, et la boit à sa santé.»

Le cardinal de Luynes se trouvant chez la duchesse de Chevreuse, M. de Conflans plaisanta Son Éminence, qui avait pris pour porte-queue un chevalier de Saint-Louis. Le prélat se retrancha derrière l'usage d'avoir un gentilhomme caudataire : «Et qui plus est, ajouta-t-il malicieusement, le prédécesseur du mien portait le nom et les armes de Conflans.

— Il y a longtemps, en effet, répliqua l'autre avec gaieté, qu'il se trouve dans ma famille de pauvres hères forcés de tirer le diable par la queue.»

Son Éminence devint la risée générale, et exigea de son hôtesse qu'on ne reçût plus cet homme à bons mots.

## CONTAT (Mlle)

Louise Contat (1760-1813) débuta à la Comédie-Française à l'âge de seize ans; la Suzanne de *Figaro* fit sa gloire. La Révolution étendit l'autorité politique sur les théâtres, et Mlle Contat démissionna en 1790, s'écriant avec colère : «Jamais je ne recevrai d'ordre d'un municipal qui est mon chandelier ou mon marchand d'étoffes». Dans sa lettre de démission, elle dit en vouloir beaucoup à Talma, organisateur des complots révolutionnaires depuis le sein de la Comédie-Française. Le 26 septembre 1792, Mlle Contat joua devant Marie-Antoinette *La Gouvernante*, pièce de La Chaussée : la reine déchue lui avait fait savoir qu'elle désirait la voir dans ce rôle. L'actrice apprit ses 500 vers en une journée et écrivit à l'émissaire de la reine : «J'ignorais où était le siège de la mémoire; je sais à présent qu'il est dans le cœur.» La lettre fut publiée, et la comédienne arrêtée le lendemain du jour où un grand nombre de comédiens avaient été jetés en prison : «Point de causes expliquées», dit l'*État des prisons*, mais son dossier fut l'un des six marqués de la lettre «g», qui promettait l'envoi à la guillotine. Les comédiens-français furent finalement sauvés grâce à Labussière. Ils firent leur rentrée le 16 août 1794, en jouant Marivaux : le spectacle dura huit heures et ce fut un triomphe. Ensuite, Mlle Contat faillit mourir pour avoir bu tous les matins un demi-setier de vinaigre, dans le dessein de se faire maigrir. Sa vie privée fut agitée, et on lui connaît comme amants le chancelier Maupeou, le comte d'Artois et peut-être Legendre, le boucher conventionnel qui proposa que le corps du roi fût découpé en 83 morceaux pour les envoyer dans les 83 départements afin de fumer 83 arbres de la Liberté. En 1809, elle épousa le chevalier de Forges de Parny, frère du poète, et ouvrit un salon de qualité.

Mme de Coigny aimait à répéter un mot qui mettait Mme de Staël en fureur. Cette dernière était intimement liée avec M. de Narbonne, qui auparavant l'était avec Mlle Contat. Celle-ci, fort belle, piquée de l'abandon du comte, dit un jour devant quelques personnes en se regardant au miroir : «Au fait, je ne puis me plaindre de ce qu'il a quitté la rose pour le bouton.»

C'est que Mme de Staël, à cette époque, était fort «bourgeonnée».

*

Jeune sociétaire de la Comédie-Française, Talma inaugura la pratique de jouer les personnages des tragédies en costume d'époque. Certains se moquèrent de ses cheveux courts et de sa toge romaine, mais le public fut enthousiaste. Louise Contat, lorsque Talma se présenta dans *Brutus* le corps moulé dans un maillot collant de couleur chair, s'écria : « Dieu qu'il est laid : on dirait une statue antique ! »

*

Dugazon avait embrassé avec transport les idées nouvelles, dès le début de la Révolution. Usé par l'usage immodéré des plaisirs, il laissait paraître de premiers symptômes d'aliénation mentale lorsque, sous la Terreur, Louise Contat déclarait : « J'aimerais mieux être guillotinée de la tête aux pieds, que de paraître sur scène avec ce jacobin de Dugazon. »

*

En 1793, on fit arrêter dans la nuit les ci-devant comédiens-français, suspectés de royalisme, dont en particulier Mlle Raucourt, qui l'était effectivement avec détermination, et Mlle Contat, qui ne l'était guère moins – comme d'ailleurs la plupart de leurs collègues. Louise Contat resta dix mois en prison et fut libérée le 9 Thermidor. En attendant, et alors qu'elle se croyait promise à la guillotine, elle composa les vers suivants :

> Je vais monter sur l'échafaud,
> Ce n'est que changer de théâtre.
> Vous pouvez, citoyen bourreau,
> M'assassiner, mais non m'abattre.
> Ainsi finit la Royauté,
> La valeur, la grâce enfantine...
> Le niveau de l'égalité
> C'est le fer de la guillotine.

## CONTI (prince de)

Le premier prince de Condé, oncle d'Henri IV, Louis de Bourbon, avait reçu par mariage la seigneurie du village de Conti-sur-Selles, qui fut attribuée à une branche cadette de la maison de Bourbon-Condé : François, le troisième fils de Louis, devint marquis de Conti, marquisat érigé plus tard en principauté. Lui qui était sourd, bègue et sans esprit, aurait été roi de France si Henri de Navarre n'avait pas abjuré, car il était le premier des Bourbons catholiques, les princes de Lorraine étant écartés de la succession par le Parlement comme ligueurs. Il mourut sans enfant, et la maison de Conti fut reconstituée en faveur d'Armand de Bourbon, frère cadet du

Grand Condé, et frondeur comme lui. Tout en étant le premier protecteur de Molière, il écrivit contre les spectacles – « Il aurait mieux fait d'écrire contre les guerres civiles », dit Voltaire. Louis François de Bourbon, prince de Conti (1717-1776), issu de cette seconde maison de Conti, fit une carrière brillante sous les armes. C'est lui qui, au siège de Demont, adressa au général espagnol qui affirmait que la place était imprenable, la réplique : « Impossible n'est pas français ! » Sa carrière prit fin à cause d'un différend avec le maréchal de Saxe, que le roi soutint contre son cousin. En guise de consolation, on le fit élire grand prieur de l'ordre de Saint-Jean de Jérusalem. Il fit construire dans l'Enclos du Temple des bâtiments qu'il concédait à des entrepreneurs en faillite désireux de recréer une activité à partir de cette zone franche qui échappait à la fiscalité et à la juridiction royales (c'est parce que le Temple devint le symbole du rassemblement de ceux qui avaient fait banqueroute que la Révolution y emprisonna la famille royale). L'enclos hébergeait aussi d'importantes réunions maçonniques, et le prince produisait des ouvrages contre le despotisme et les jésuites. Il attisa la « guerre des farines » pour répandre le mécontentement. Il mourut en refusant les sacrements, mais c'est dans la crypte d'une église de l'Isle-Adam que son cercueil a été retrouvé en juin 2010.

Le fils du prince de Conti, le comte de la Marche, prit parti en 1770 pour le parlement Maupeou. Le vieux prince était pour l'ancienne magistrature, et pensait que la France était perdue si les magistrats demeuraient exilés. Il dit un jour devant cent personnes : « Je savais bien que le comte de la Marche était mauvais fils, mauvais père et mauvais mari, mais je ne le croyais pas mauvais citoyen. »

### À propos du prince de Conti

Le prince de Conti fut, dans ses dernières années, sujet à des accès de mélancolie.

« Je m'en vais, et même assez grand train, disait-il un soir au bailli de Saint-Simon son confident d'alors.

— Bon ! ce sont des idées.

— Vous êtes plaisant : je le sens bien...

— Mais vous n'êtes pas vieux.

— Je ne suis pas jeune ; de plus, j'ai beaucoup travaillé, j'ai été homme de cabinet ; ce n'est pas comme vous, bailli, qui n'avez jamais lu que la liste de vos vins.

— Eh bien ! monseigneur, voyez Voltaire ; il a plus travaillé que Votre Altesse et, quoi qu'il en dise, il se porte à merveille.

— À la bonne heure! mais moi j'ai été soldat, j'ai fait la guerre de 1741, j'ai pris des villes. Au siège de Coni, j'ai eu deux coups de feu dans la cuisse, et deux chevaux tués sous moi.

— Eh bien! monseigneur, voyez le maréchal de Villars...

— Enfin, interrompit le prince avec impatience, vous ne l'ignorez pas, bailli, j'ai été libertin dans ma jeunesse : même encore à présent, soit dit entre nous, je m'en donne un peu plus que de raison.

— Eh bien! monseigneur, voyez Madame votre mère.

— Vous avez réponse à tout», reprit le prince qui ne se fâcha point.

\*

La princesse de Conti, à l'issue d'une petite scène avec son mari, n'hésita pas à lui dire : «Je puis faire des princes du sang sans vous, et vous ne pourriez pas en faire sans moi.»

\*

«N'allez pas me faire cocu pendant mon absence», dit le prince à sa femme lorsqu'il quitta Versailles pour aller à son château de l'Île-Adam.

— Soyez tranquille, répondit-elle. Je n'en ai envie que quand je vous vois.»

\*

La petite princesse de Conti fut la maîtresse de Maurice de Saxe. Un soir qu'il était allé lui présenter ses hommages, le mari survint et le maréchal n'eut que le temps de sauter par la fenêtre. Le prince de Conti était entré dans la chambre de sa femme, un pistolet d'une main et une épée de l'autre.

«Pourquoi tout ce bruit? demanda la princesse. Si vous aviez vraiment cru trouver ici un homme, vous vous seriez bien gardé d'y entrer!»

\*

Le prince de Conti figurait parmi les agioteurs qui s'étaient enrichis grâce au système de Law. Un couplet satirique courait à son sujet :

Prince ! Dites-nous vos exploits
Qu'avez-vous fait pour votre gloire ?
Taisez-vous, sots ! Lisez l'histoire
De la rue Quincampoix.

## COOLIDGE (Calvin)

John Calvin Coolidge Jr. (1872-1933), président républicain des États-Unis en 1923, réduisit le rôle de l'administration fédérale, et ce conservatisme libéral lui a valu un grand nombre de quolibets. Il incarnait une sorte d'Américain moyen, et l'on jugeait cela misérable. Mais il bénéficia d'une grande popularité à la fin de son mandat (il refusa de se représenter). Surnommé « *Silent Cal* », il parlait rarement en privé, disant simplement : « J'ai remarqué, dès mon plus jeune âge, que l'on n'a pas à s'expliquer sur une chose qu'on n'a pas dite. » Son plus jeune fils était mort en pleine campagne présidentielle (« Quand mon fils mourut, le pouvoir et la gloire de la présidence disparurent avec lui »), ce qui accentua un naturel taciturne qui lui faisait voir les choses avec distance. Il se posa comme garant des droits des Noirs et des Indiens, et multiplia les efforts pour faire passer une loi qui interdisait les lynchages ; à chaque fois, les élus démocrates des États sudistes firent barrage.

À l'Opéra, l'un des spectateurs demanda à Calvin Coolidge : « Que pensez-vous de l'exécution du ténor ? »
— Je suis absolument pour.

### À propos du président Coolidge

H. L. Mencken, le journaliste iconoclaste du *Baltimore Sun*[1], disait de Calvin Coolidge, 30<sup>e</sup> président des États-Unis : « Il a dormi davantage que tous les autres présidents, que ce soit la nuit ou dans la journée. Néron jouait de la lyre, mais Coolidge se contentait de ronfler. »

La réputation de grand dormeur du président est attestée. Il fut un jour surpris par son chef de cabinet alors qu'il faisait une petite sieste à une heure inhabituelle. Ne cherchant pas à donner le change, il demanda avec un demi-sourire : « Le pays est toujours là ? »

---

1. Henry Louis Mencken (1880-1956) : journaliste, essayiste, libre-penseur qui qualifia un jour l'Arkansas de « sommet de la stupidité ». À la suite de quoi le Congrès de cet État vota solennellement, en 1931, une mention pour le salut de l'âme de Mencken.

## CORANCEZ (Mme de)

> Julie Olivier de Corancez (1780-1849) était fille d'un employé des fermes qui consacrait aux lettres ses loisirs et fonda *Le Journal de Paris*, le premier quotidien français. Sa femme était une protestante genevoise déterminée, et la famille vécut dans l'intimité du Jean-Jacques Rousseau des derniers jours. Elle fit épouser à sa fille Jean-Baptiste Cavaignac, conventionnel et votant, qui finit baron d'Empire. Tout en restant républicaine comme sa mère, Julie devint une catholique ardente. Ses deux garçons furent républicains comme elle : Godefroi Cavaignac, journaliste respecté, et le général Cavaignac, le fusilleur de juin 1848.

Palissot[1] expliquait à Mme de Corancez : «Depuis que j'ai lu Voltaire, j'ai renoncé à faire des tragédies : je m'en tiens aux comédies.

— Tiens! Vous n'avez pas lu Molière?»

## CORNUEL (Mme)

> Pendant que son mari dépensait gaiement sa fortune (mais elle fut assez vite veuve), Anne-Marie Bigot, dame Cornuel (1614-1694), ouvrit une ruelle célèbre, en marge de l'hôtel de Rambouillet, et tint bureau d'esprit. Elle était adroite et caustique, et La Feuillade disait d'elle que, si elle l'avait voulu, elle aurait tourné en ridicule la bataille de Rocroi.

La comtesse de Fiesque était connue pour avoir l'esprit un peu simple. Un jour qu'elle avait mal à la tête, elle dit à Mme Cornuel : «Ah! madame, j'ai la tête bien pesante!»

Mme Cornuel lui dit : «Madame, vous verrez que c'est un corps étranger.»

---

1. Charles Palissot de Montenoy (1730-1814) se fit connaître avec *Le Cercle*, pièce dans laquelle il ridiculisait Rousseau. Il exploita le filon et railla les encyclopédistes, tout en ménageant prudemment Voltaire : sa comédie des *Philosophes* fut un bruyant succès, si bien que, lorsqu'il donna peu après sa comédie des *Méprises*, tout fut organisé pour la faire tomber; mais comme on craignait de trop grands désordres, on avait doublé la garde, et durant toute la représentation le chevalier de La Morlière eut à son côté un policier qui lui déclarait qu'il eût bien à s'observer (La Morlière, capitaine des cabales, se faisait payer par les auteurs ou leurs ennemis, et avait à sa solde plus de 150 conspirateurs). En 1789, Palissot adhéra avec ardeur aux nouveaux principes et s'affilia aux Jacobins. Plus tard pontife de la secte des théophilanthropes, il abjura à son lit de mort.

*

Au sujet de la même comtesse, qui malgré ses cinquante années prétendait n'avoir guère dépassé la vingtaine, Mme Cornuel expliqua : «Ce qui conserve sa beauté, c'est qu'elle est salée dans la folie.»

*

Sur le duc de Rohan : «Il est bien né, mais il a été bien mal fouetté.»

*

Mme Cornuel revenait de Versailles, où régnait encore une Maintenon vieillie et où le jeune Seignelay venait d'être nommé ministre. Comme on lui demandait ce qu'elle avait vu à la Cour, elle répondit : «J'ai vu l'amour au tombeau, et des ministres au berceau.»

*

Mme de Lyonne, fameuse galante qui était réputée pour être fort libérale avec ses amants pauvres, portait dans un salon des pendants d'oreilles excessifs qui luisaient comme des étoiles. Mme Cornuel dit : «Ses diamants sont comme du lard dans la souricière.»

*

Elle avait appris que M. de Langeais était impuissant, sans le connaître de vue; or c'était un fort bel homme. L'ayant rencontré chez M. de Rambouillet, elle demanda qui c'était; on lui répondit que c'était le marquis de Langeais.
«Ah! dit-elle, qui n'y serait attrapé?»

*

Sur le père Bourdaloue, prédicateur craint pour ses talents oratoires et les menaces d'enfer qu'il fulminait : «Il surfait dans la chaire; mais dans le confessionnal il donne à bon marché.»

*

Elle était âgée quand Mme de Saint-Loup vint lui rendre visite. À la fin de la conversation, la visiteuse dit : « Madame, on m'avait bien trompée en me disant que vous aviez perdu la tête.

— Vous voyez comme on peut faire fonds sur les nouvelles : on m'avait dit que vous aviez retrouvé la vôtre ! »

\*

Bourvalais[1], fils d'un paysan breton, riche maltôtier, à qui l'on reprochait sourdement sa richesse, laissait croire qu'il n'avait pas une vie si facile que cela. Il dit un jour : « Eh ! qu'est-ce que l'opulence ? »

Mme Cornuel était là. Elle répondit : « C'est l'avantage qu'un maraud peut avoir sur un honnête homme. »

\*

Mme Cornuel parlait de l'une de ses visiteuses : « Elle est tellement insignifiante qu'elle n'apporte rien à la conversation, même après son départ. »

## COURBET (Gustave)

Gustave Courbet (1819-1877) était surnommé par ses détracteurs « le chef de file de l'école du laid ». Il y aurait à dire sur la manière dont le siècle bourgeois inventa « l'art pour l'art », qui se décomposa dans le réalisme puis le naturalisme. Mais on restait persuadé que l'artiste améliore le travail

---

1. Paul Poisson, puis Poisson de Bourvalais – parfois Bourvallon († 1719) –, fils d'un pauvre paysan breton, avait d'abord été laquais, comme beaucoup de financiers de son époque. Sous l'Ancien Régime, lorsqu'on estimait que trop de financiers s'étaient enrichis de façon éhontée pendant une certaine période, on leur faisait rendre gorge par l'institution d'une chambre de justice. Ce fut ce qui arriva à Bourvalais après un édit de 1716 instituant une juridiction destinée à châtier les malversations de ceux qui avaient été en rapport d'affaires avec l'État durant les vingt-sept années précédentes. Le tribunal spécial, dirigé par Lamoignon et Portail, saisit l'essentiel de la fortune de Bourvalais, y compris son hôtel de la place Vendôme dont il avait fait une demeure splendide, et où l'on trouva commode d'installer la chancellerie de l'État, qui y est encore. Selon Saint-Simon, le président Lamoignon qui présidait la chambre de justice instituée en 1716 pour faire payer les financiers, « y gagna beaucoup d'argent et s'y déshonora ». Comme il avait l'impudeur de mettre sur sa table des seaux d'argent ciselés pour rafraîchir les vins et qui provenaient de la confiscation prononcée contre Bourvalais, on ne l'appelait plus que « le garde des seaux ». Bourvalais fut partiellement réhabilité par un arrêt de 1718, qui lui rendit quelques-uns de ses avoirs.

de la nature. Gambus a raconté que, comme Courbet était en train de peindre un nu, Monet dit : «Bon Dieu, que c'est beau!» Courbet, fâché, se retourna : «Je crois bien que c'est beau. C'en est ridicule de beauté. C'est plus beau que la nature!» Et tranquillement, il se remit à étaler sa pâte. Il dut fuir en Suisse après la Commune : on lui reprochait d'avoir lancé l'idée de la démolition de la colonne Vendôme, exécutée par un jeune ingénieur du Cercle positiviste, qui mit au point la coupe «en sifflet» qui fit tomber la colonne exactement dans l'axe de la rue de la Paix, sur un lit de fumier (cet ingénieur, qui fut grassement payé, avait besoin d'argent parce qu'il entretenait l'actrice Marie Magnier, qui lui coûtait cher). En 1873, les autorités décidèrent de faire édifier de nouveau la colonne aux frais de Courbet, qui mourut avant d'avoir eu l'occasion d'honorer la première traite.

Courbet entra dans un *salon* où Diaz, peintre à tendances exotiques, exposait. Courbet se planta devant un tableau et demanda à Diaz, de but en blanc : «Combien vendez-vous votre Turc?

— Mais... mais ce n'est pas un Turc : c'est une Vierge!

— Alors, répondit Courbet en tournant les talons, cela ne peut faire mon affaire : je voulais un Turc.»

### À propos de Gustave Courbet

Le comte de Nieuwerkerke, surintendant des Beaux-Arts sous Napoléon III, ne prisait guère les œuvres de la nouvelle école réaliste dont Courbet se recommandait. Il expliquait : «C'est de la peinture de démocrates, de gens qui ne changent pas de linge.»

### COURTELINE (Georges)

Georges Moineaux, dit Georges «Courteline» (1858-1929), était entré au ministère des Cultes comme expéditionnaire mais il n'y mettait jamais les pieds, ayant trouvé plus simple d'abandonner la moitié de son traitement à un brave diable qu'il appelait son «coadjuteur» et qui faisait le travail. Lorsque ce précieux auxiliaire voulut partir en vacances, Courteline préféra démissionner que devoir travailler quinze jours. Il écrivait des pièces et des romans, tous bien courts. Il disait : «Il faut mériter, avec le sourire de l'élite, le rire des soldats et des bonnes d'enfants.» Dans le principal bistrot qu'il fréquentait, il avait mis au point, à l'attention des clients de passage, le «conomètre», tube de verre gradué, rempli d'alcool coloré en rouge. Un comparse installé au sous-sol soufflait dans un tuyau en caoutchouc, pour faire monter plus ou moins l'indicateur. Parce qu'il avait des cheveux raides et clairsemés, sa femme, Marie-Jeanne, l'avait surnommé «Frisé» avec une affectueuse sincérité qui faisait la joie de ses amis.

Courteline, pour noter sur le vif des réactions et réflexions du peuple qui constituait le terreau de la France, allait de café en café (mais avec pour port d'attache L'Auberge du Clou, avenue Trudaine); c'est ce qu'on appelait alors «mener une vie de guéridon».

Il s'y plaisait et s'y croyait tranquille; cependant, même si le fait était rare, il arrivait qu'un importun le reconnût, et vînt quémander un autographe. Un jour, une dame se hasarda ainsi à le déranger : elle approcha en minaudant, et tendit un livre de Courteline, première page ouverte, et un stylo, implorant : «S'il vous plaît, cher maître...»

Courteline prit le livre, signa d'une plume rageuse, puis rendit le tout à la dame en disant froidement : «C'est dix francs!»

## COWARD (Noel)

Noel Peirce Coward (1899-1973), compositeur, chanteur, metteur en scène et écrivain anglais, fut même comédien (il refusa de jouer le rôle du méchant dans *James Bond contre Dr No*, en renvoyant à Hollywood un télégramme qui disait : «No? No! No! No!»). En tout il affectait la légèreté, raison pour laquelle, au sujet de l'art *engagé* apparu vers la fin des années 1940, il avoua regretter que «depuis la guerre, un terrible linceul de sens [se soit] abattu sur les pièces de théâtre». Il a confié qu'il ne croyait pas à l'astrologie, parce que les seules étoiles responsables de ses échecs il les avait trouvées dans un ballet. Cela dit de façon un peu mythique, puisque, même s'il ne s'en vantait pas, il était l'un des piliers des fêtes hebdomadaires données par Cukor dans sa propriété de Brentwood, l'épicentre du Hollywood gay. Invité par un journaliste à se définir en une phrase, il dit : «C'est simple; je n'ai jamais eu qu'une ambition : traverser l'existence en première classe.» Cecil Beaton a donné une description du personnage, dans ses dernières années, qui ruine l'ambition : «Une vieille tortue grasse avec deux fentes en guise d'yeux, plus de dents du haut, la lèvre inférieure bombée et tombante, l'ensemble de sa personne tassée et voûtée. Quelle tristesse, pour celui qui avait incarné l'esprit de la jeunesse!» Et Michael Thornton, qui a raconté la scène peu engageante de séduction dont il avait fait l'objet jeune homme, d'ajouter : «Dans les souvenirs qu'il a publiés, Graham Payn, le dernier compagnon de Coward, nous apprend qu'au moment de sa mort son dentier jaillit hors de sa bouche, une précision que le Maître aurait considérée comme inutile et excessivement vulgaire.» Payn, malgré la vénération qu'il avait pour «the Master», voulait peut-être se venger d'avoir entendu l'autre le traiter publiquement de «petite tapette illettrée» (*illiterate little sod*). Parmi les amants de Coward figura le duc de Kent, fils de George V : les services de sécurité rapportèrent qu'ils avaient paradé dans les rues de Londres maquillés et habillés en femmes; ils furent arrêtés car soupçonnés de prostitution.

Lorsqu'il apprit de quelqu'un qu'il s'était tiré une balle dans la tête, Coward dit : «C'est incroyable : comment a-t-il pu réussir à viser une tête aussi minuscule?»

\*

Sur le cabotinage excessif d'un acteur, A.E. Matthews, qui jouait au théâtre dans *This Was a Man* : «Il déambulait comme un caniche qui aurait enterré un os mais ne se rappellerait plus où.»

\*

«À chaque fois que j'ai vu Anna Neagle[1] dans le rôle de la reine Victoria, j'ai eu la conviction qu'Albert avait fait un mariage morganatique.»

\*

Au sujet de Randolph Churchill (le fils de Winston, pas le père) : «Ce cher Randolph, si manifestement intègre faute d'occasions.»

\*

Sir Michael Redgrave et sir Dirk Bogarde étaient bien connus pour leur homosexualité dans les milieux avertis du cinéma. Comme Noel Coward contemplait une affiche annonçant les deux hommes dans *The Sea Shall Not Have Them* («La mer ne les aura pas»), il commenta : «Je ne vois vraiment pas pourquoi : n'importe qui d'autre les a...»

\*

Lors du défilé du couronnement de la reine Élisabeth, lorsqu'on demanda à Noel Coward qui était ce petit homme fluet qui partageait le cabriolet de la volumineuse reine Salote Tupou III, souveraine du royaume de Tonga, il répondit : «Son déjeuner»...

Il désavoua ensuite cette réponse, qu'il jugeait trop offensante pour la reine Salote Tupou III.

---

1. Dame Anna Neagle, née Florence Marjorie Robertson (1904-1986), actrice anglaise, est restée célèbre pour avoir fait rêver l'Angleterre, et spécialement sa population masculine, pendant les heures sombres de la Seconde Guerre mondiale. «J'ai vu peu de choses aussi attirantes que Mlle Neagle en pantalon court», a même dit Graham Greene...

## À *propos de Noel Coward*

Arrivant très en retard pour un dîner, il crut plaisant de demander à la maîtresse de maison de l'excuser, en expliquant : «Je vous demande pardon, mais j'ai dû étrangler ma vieille tante, et elle a résisté plus longtemps que je ne l'avais prévu.

— Cela n'a aucune importance, très cher, dit l'hôtesse : l'important, c'est que vous soyez venu quand même.»

*

Edna Ferber, qui, il est vrai, avait des traits un peu masculins, arriva à une soirée vêtue d'un tailleur-pantalon. Coward lui dit : «Vous ressemblez presque à un homme.

— Vous aussi», lui répondit la romancière.

## CRAWFORD (Joan)

Lucille Fay LeSuer, dite «Joan Crawford» (1904-1977), Texane de souche française, devint l'une des vedettes de la MGM au temps du muet, après qu'on se fut efforcé de promouvoir une star américaine du terroir. L'arrivée du parlant ne diminua pas son succès, et elle reçut un Oscar en 1945. Elle est selon Jean Tulard «l'une des plus grandes stars d'Hollywood»; il est vrai qu'elle est inoubliable dans *Johnny Guitar*. Elle se maria cinq fois et la plupart de ses maris moururent de crise cardiaque – elle a expliqué que sa seule préoccupation était alors de changer le siège des toilettes. Ses quatre enfants adoptés, qu'elle avait acquis sur le marché noir, avaient l'obligation de l'appeler «Maman que j'aime». Elle les attachait à leur lit, ce qu'elle appelait «le sommeil en toute sécurité». Une nuit, elle attira Kirk Douglas chez elle à l'issue d'un dîner, et entreprit de le séduire en laissant tomber sa robe dès qu'ils eurent franchi le seuil de la porte. Après l'amour sur le dallage, Crawford monta voir si ses enfants allaient bien. Kirk Douglas l'accompagna, vit les enfants attachés «en toute sécurité», et s'enfuit... Elle n'hésitait pas à se déshabiller devant un metteur en scène pour obtenir un rôle convoité : ce fut le cas pour *Our Dancing Daughters*, en 1928, et pour *Torch Song*, en 1953. La première fois, elle avait cru devoir s'adresser à un producteur qui la regarda se déshabiller lentement, pour finalement avouer que ce n'était pas lui qui était chargé du casting (immédiatement Crawford alla voir Harry Beaumont le réalisateur, réitéra son numéro et obtint le rôle). À partir de 1970, elle se consacra à Pepsi-Cola, dont elle avait hérité au décès de son quatrième mari. Elle mourut en déshéritant deux de ses enfants «pour des raisons qu'ils connaissent bien». Christina, qui hérita seulement d'un buste en plastique de sa mère avec la gravure «*To Christina*», trouva une compensation en écrivant un best-seller sur les méchancetés dont elle avait été victime.

Joan Crawford dit un jour au sujet de Julie Garland : «Je ne la connaissais pas, mais après l'avoir vue en action, je n'ai plus la moindre intention d'essayer.»

*

En 1939, sur le tournage de la comédie de George Cukor *The Women*, Joan Crawford était en concurrence avec Norma Shearer, titulaire de l'autre rôle principal. Elle lui fit changer seize fois de tenue sur le plateau, prétextant qu'elle-même était beaucoup plus élégante que sa rivale, et que cette différence excessive ne convenait pas au scénario. À la fin, Joan Crawford remercia en public Norma Shearer pour l'appui qu'elle lui avait donné si souvent lors du tournage : «J'ai été contente de jouer les putes, et Norma m'a beaucoup aidée à ce sujet.»

*

Le harcèlement sexuel dont étaient victimes les actrices de la part de Harry Cohn, maître de la Columbia, contribua à sa détestable réputation : il y mettait une ardeur que les stars les plus connues ont dénoncée. Rita Hayworth et Kim Novak s'en sont plaintes publiquement, et Joan Crawford, qui venait de signer son contrat dans le bureau du patron, dut finir par lui dire : «Gardez-le dans votre pantalon, Harry. J'ai un déjeuner avec votre femme et vos enfants demain.»

## CRÉBILLON (père et fils)

Prosper Jolyot de Crébillon (1674-1762), «le plus sombre de nos tragiques», aimait, pour la scène, les sujets terribles et les effets terrifiants, alors qu'il était modeste et paisible dans la vie. Il avait annoncé un *Catilina* qu'il donna après un silence d'un quart de siècle, et la plaisanterie commune était de demander «*Quousque tandem, Catilina ?*» Il vécut toujours dans l'embarras, bien qu'on lui eût trouvé l'emploi de censeur royal pour les belles-lettres afin de lui assurer un revenu. Après la mort de sa femme, il vécut reclus dans un appartement au Marais, au milieu de chiens ramassés dans la rue et de quatre corbeaux, tout cela en fumant la pipe, ce qui était alors une grande excentricité. Les *Mémoires secrets* relèvent à la date du 14 février 1762 : «Nous avons pensé perdre ces jours-ci M. de Crébillon, qui est fort vieux. Il s'en est heureusement tiré : il a reçu ses sacrements, et, peu de temps après le viatique, il a mangé des huîtres.» Son fils Claude-Prosper Jolyot de Crébillon (1707-1777) s'est fait une réputation par ses écrits licencieux (dont le plus célèbre est *Le Sopha*, «conte moral»). Sa vie était paraît-il irréprochable, mais Mme de Pompadour le fit exiler de Paris à cause de ses écrits dépravés. Cela n'empêcha pas qu'il fût plus tard nommé censeur royal comme l'avait été son père. Après avoir lu ses écrits, où les femmes ne sont pas décrites sous un angle avantageux, une riche Anglaise, lady Stafford, entichée de son œuvre, vint lui offrir son corps puis sa main. Ils formèrent une union sans nuages.

Favart eut une vogue immense après le succès de deux opéras dont il avait écrit le livret, *La Chercheuse d'esprit* et *Le Coq de village* (1744). Crébillon fit sur lui ces vers :

Il est un auteur en crédit
Qui de tous les temps saura plaire ;
Il fit la *Chercheuse d'esprit*,
Et n'en chercha pas pour la faire.

*

Crébillon «le tragique», qui avait une réputation d'auteur paresseux et un peu trop pillard, avait un fils d'une taille de géant. Entrant un soir dans un salon, il eut l'idée de s'en amuser en disant : «Messieurs, je vous présente le plus long de mes ouvrages.»

Le fils ajouta : «C'est vrai, mon père ; mais on vous le dispute comme les autres.»

*

Crébillon fils (surnommé Crébillon «le gai») n'appréciait pas toujours le comportement de son père, qui était veuf. Il expliquait : «Mon père aimait les chiens, les chats et les corbeaux ; Mme de Villeneuve n'était pour lui qu'une bête de plus.»

### CRÉQUI (maréchal de)

Charles de Créqui de Blanchefort de Canaples, prince de Poix, duc de Lesdiguières (1578-1638) : ce grand capitaine, joueur et duelliste enragé, ambassadeur à Rome, s'y distingua par sa magnificence : il avait fait ferrer ses mules d'argent en n'attachant les fers que d'un seul clou pour qu'ils se détachassent. Ce ne fut pas bien vu au Vatican, et c'est sans succès qu'il négocia la dissolution du mariage de Gaston d'Orléans. Maréchal de

France en 1621, il s'illustra lors des guerres du Piémont et de Savoie. Il n'était plus jeune lorsqu'il alla assiéger Gavi, forteresse génoise. On lui représentait la force d'une ville que l'empereur Barberousse lui-même n'avait pu prendre. Le vieux maréchal dit alors en caressant sa moustache : «Ce que Barberousse ne put, Barbegrise le pourra», et il emporta la place. Il fut tué dans le Milanais, d'un petit boulet de canon qui lui laissa un trou à la place du cœur.

Lorsque le maréchal de Créqui devint veuf, son beau-père le duc de Lesdiguières le contraignit d'épouser l'une de ses filles naturelles, divorcée de M. de Montbrun. Elle lui fut assez infidèle. Le maréchal fit construire un escalier qui menait directement à la chambre de son épouse et lui déclara : «Madame, faites passer les gens que vous savez par cet escalier-là ; car si j'en rencontre un sur mon escalier, je lui en ferai sauter toutes les marches.»

*

À la suite de cette menace, le sort résolut de se venger : un jour, le maréchal tomba du haut d'un escalier jusqu'en bas, sans toutefois éprouver d'autre mal que celui de se relever.

«Ah ! monsieur, lui dit-on, que vous avez sujet de remercier Dieu !

— Je m'en garderai bien, dit-il : Il ne m'a pas épargné une marche.»

### CRÉQUY (marquis de)

Charles-Marie, marquis de Créquy (1737-1801) : issu d'une nouvelle maison de Créquy par rapport au précédent (la parenté commune remontait au XVIe siècle), cet officier de dragons s'illustra lors de la guerre de Sept Ans et s'adonna à la littérature. Les célèbres *Souvenirs* de la marquise de Créquy, qui n'est qu'un faux du XIXe siècle écrit par un travesti (Causen, qui se faisait appeler «comte de Courchamps»), furent attribués à sa mère, femme de lettres et d'esprit, dont la correspondance a par ailleurs été publiée.

Rivarol, dont la petite noblesse était suspecte – et en tout cas italienne[1] –, avait dit : «Nous autres gentilshommes...»

Le marquis de Créquy l'interrompit : «Voilà un pluriel que je trouve singulier.»

---

1. Son frère fut nommé en 1786 parmi les Gardes du corps du roi, ce qui imposait de prouver sa noblesse sur titres.

### À propos du marquis de Créquy

Le marquis de Créquy, qui d'ailleurs n'avait pas une grande allure naturelle, affectait de tenir son nom pour négligeable. Quelqu'un lui dit : «Faites-vous annoncer comme M. *Criquet*, et vous verrez l'effet produit.»

## CROMWELL (Oliver)

Oliver Cromwell (1599-1658) noua des liens avec des presbytériens exagérés qui en firent un puritain, après une jeunesse déréglée. Député de l'université de Cambridge au Long Parlement, il prit la tête de la révolution grâce à ses talents militaires, et battit les troupes de la monarchie à Naseby, le 14 juin 1645. On prétend qu'il assista avec jouissance à la décollation de Charles Ier. Il s'érigea Lord Protecteur avec le titre d'altesse. Malgré l'étendue de ses pouvoirs, il gouverna de façon assez modérée ; il favorisa le commerce par un impérialisme maritime éhonté, ayant compris que cela ferait la puissance de son pays. Ses dernières années furent marquées par de sombres idées. Il avait désigné son fils pour lui succéder, mais la monarchie fut rétablie, et l'Angleterre «se reposa dans le gouvernement même qu'elle avait proscrit», selon la formule de Montesquieu. Une adresse des anabaptistes à Charles II évoque ainsi Cromwell : «Ce grand imposteur, cet hypocrite repoussant, ce traître détestable, ce monstre de la nature, cet opprobre du genre humain, cet univers d'iniquité, cet océan de péchés, ce résumé de toutes les bassesses, qui s'appelle lui-même notre Protecteur.»

Cromwell fut blessé à la bataille d'York. Alors qu'on mettait à sa plaie le premier appareil, on vint lui dire que Manchester, l'un de ses généraux, se retirait, et que la bataille était perdue. Il fit interrompre les soins de sa blessure et courut à son général, qu'il trouva bientôt, fuyant avec quelques officiers. Le prenant par le bras, il lui dit avec un air de confiance : «Vous vous méprenez, milord ; ce n'est pas de ce côté-ci que sont les ennemis.»

### À propos d'Oliver Cromwell

John Milton, qui était aveugle, adressa à Cromwell un pompeux éloge dans sa *Seconde Défense du peuple anglais*, écrivant en particulier : «Tu as non seulement éclipsé les actions de tous nos rois, mais celles qui ont été racontées de nos héros fabuleux.»

Ce mot courut alors tout le pays : «Jamais Milton n'a été plus aveugle.»

## DALI (Salvador)

Salvador Dali (1904-1989) se vieillissait toujours de deux mois au motif que son génie s'était manifesté au cours de sa vie prénatale. Assurant avoir gardé un souvenir précis de cette période, il fit de l'œuf l'un de ses thèmes favoris, et quand il alla à Rome voir le pape, il sortit d'un œuf énorme, en s'écriant : «Je renais!» À Paris, il était devenu une figure dissidente de l'avant-garde, déclarant être passé du surréalisme à «l'hyperréalisme métaphysique». Le surréalisme de sa jeunesse ne l'a cependant jamais tout à fait quitté («Si, un jour, on me montre un extraterrestre, moi qui ne porte jamais de chapeau, je le soulèverai»), et dans les années 1960, qui s'y prêtaient encore, on le vit apposer sa signature sur des bidets, fabriquer une Vénus de Milo à tiroirs, se rendre à la Sorbonne dans une Rolls chargée de choux-fleurs, donner une conférence revêtu d'un costume de scaphandrier – avant d'aller toujours déguster chez Bruant son menu préféré : ortolans en papillote et fraises des bois. Outre par son œuvre picturale, ce Catalan est resté célèbre par sa folie des grandeurs («À six ans je voulais être cuisinier. À sept, Napoléon. Depuis, mon ambition n'a cessé de croître»). Au détour de ses excentricités, il a glissé de choses profondes : «Ne t'occupe pas d'être moderne : c'est la seule chose que, malheureusement, quoi que tu fasses, tu ne pourras pas éviter d'être.» Il s'était converti au catholicisme dans les années 1940, foudroyé par la Grâce dans la gare de Perpignan (qualifiée d'«endroit le plus important dans le Cosmos»), ce qui confirme que les voies de Dieu sont impénétrables. Il attribuait la chose à la verrière de la gare, en forme de coupole, image raphaélique de la perfection. Il consacra dès lors une partie importante de son œuvre à des sujets religieux. Le personnage de la Sainte Vierge y est généralement présenté sous les traits de sa femme Gala, qu'il avait empruntée définitivement à Paul Éluard. Sa cote est restée à ce jour extrêmement élevée; le goût des Américains maintient les cours. D'ailleurs, la *Jeune vierge autosodomisée par les cornes de sa propre chasteté* (1954) est conservée au manoir Playboy de Los Angeles, ce qui n'est pas rien.

Sur Louis Aragon : «Tant et tant d'arrivisme pour arriver à si peu!»

*

Quand on lui demandait quels étaient, selon lui, les cinq plus grands peintres contemporains, il répondait : «1$^{er}$ Dali; 2$^e$ Dali; 3$^e$ Dali; 4$^e$ Dali. Et je ne vois pas de cinquième[1].»

---

1. Sur ce thème-là, il renchérissait régulièrement, disant par exemple : «Les deux choses les plus heureuses qui puissent arriver à un peintre contemporain sont : *primo*, être espagnol, et *secundo*, s'appeler Dali. Elles me sont arrivées toutes les deux.»

\*

Salvador Dali, en 1975, revint des États-Unis où il avait eu l'occasion de rencontrer l'actrice Barbara Streisand, alors au sommet de sa réputation. Elle lui confia : «Je vous admire beaucoup, maître.
— Moi aussi, répliqua Dali.
— Vous m'admirez? s'étonna-t-elle.
— Je ne parle pas de vous, madame, mais de moi.»

\*

Picasso accumula de son vivant une fortune considérable grâce à la vente de ses œuvres. Cela ne l'empêchait pas, de temps à autre, d'afficher des opinions d'extrême gauche dont la sincérité était parfois suspectée. Dali dit un jour : «Picasso est espagnol, moi aussi; Picasso est un génie, moi aussi; Picasso est communiste, moi non plus.»

Ils s'admiraient mutuellement, mais Dali se fera plus critique sur la fin de l'œuvre de Picasso : «Il s'est fié au hasard, le hasard se venge.»

\*

En 1971, à la télévision lors de l'interview de Denise Glaser (où le maître affecta de quitter le plateau trois fois pour revenir aussitôt, à l'époque où Maurice Clavel, sous prétexte de censure, avait quitté le plateau une fois pour toutes...), Dali, qui avait été invité pour parler de son disque, ne voulut parler que d'Ernest Meisonnier, son idole, et de Cézanne, qu'il ne goûtait guère : «Je suis enchanté de parler de l'exposition des aquarelles de Cézanne parce que, avec cette exposition, ce sera le triomphe de ce que je dis depuis le début de ma vie : le peintre le plus mauvais de la France s'appelle précisément M. Paul Cézanne. C'est le peintre le plus maladroit, le plus catastrophique et celui qui a plongé l'art moderne dans la merde sublime qui est en train de nous engloutir tous. Par contre Ernest Meissonnier ["peintre pompier"], oublié comme vous savez, c'est le virtuose, le vrai rossignol du pinceau.»

### À propos de Salvador Dali

En 1936, Dali était déjà si célèbre que le *Time* lui consacra sa couverture. André Breton, chef de la chapelle surréaliste, le voyant accumuler avec jouissance ses premiers millions, avait fait une anagramme de son nom et ne l'appelait plus que : «Avida Dollars».

## DANCOURT

Florent Carton-Dancourt (1661-1725), comédien et auteur dramatique, qui descendait de Guillaume Budé, fit les frais de moult bastonnades, sur scène comme à la ville. Il fut même giflé en plein théâtre par le marquis de Sablé, venu assister en état d'ivresse et au premier rang à une représentation de *L'Opéra de village*. Lorsque Dancourt déclama «En parterre, il boutera nos prés; / Choux et poireaux seront sablés», le marquis se crut insulté, et il se leva avec fureur pour souffleter l'acteur. Après avoir écrit un grand nombre de comédies, toutes représentées à la Comédie-Française, Dancourt se retira dans sa terre berrichonne, et s'adonna à des œuvres de piété.

Bien qu'il fût issu d'une famille noble, ruinée pour fait de calvinisme, Dancourt fut placé chez les jésuites par son père, qui voulait que l'esprit de son fils fût bien formé (on aimait alors dire que, comme ces bons pères se levaient à six heures du matin pour prier Dieu à huit heures du soir, ils avaient le temps de cultiver en passant l'esprit de leurs écoliers...).

Lorsque Dancourt eut décidé d'embrasser la profession de comédien, il se fit sermonner par le père de Larue. Celui-ci entendit son ancien disciple lui répondre : «Ma foi, mon père, je ne vois pas que vous deviez tant blâmer l'état que j'ai pris : je suis comédien du roi, vous êtes comédien du pape; il n'y a pas tant de différence de votre état au mien.»

### À propos de Dancourt

Dancourt fréquentait beaucoup les cabarets, spécialement La Cornemuse. Un jour qu'il n'était guère en fonds, il appela la cabaretière à la fin du souper.

«Angélique, lui dit-il en lui prenant la main, je vais vous donner une leçon d'astronomie. N'avez-vous pas ouï parler de cette grande année platonique, où toutes les choses doivent rentrer dans leur premier état? Sachez donc que dans seize mille ans nous serons encore à boire ici à pareille jour, à pareille heure. Voulez-vous nous faire crédit jusque-là ?

— Je le veux bien, dit la cabaretière après avoir un peu réfléchi; mais il y a seize mille ans, jour pour jour, que vous étiez encore à boire ici; vous vous en allâtes sans me payer : acquittez le passé, et je ferai crédit du présent.»

## D'ANNUNZIO (Gabriele)

Gabriele D'Annunzio (1863-1938), esprit fin de siècle, écrivain porté à la modernité, chantre du nationalisme, guerrier d'occasion et séducteur (ou si l'on préfère : maladivement porté sur le sexe), le tout avec un certain succès, mourut en pleine gloire du fascisme, encore que ses admirateurs croient nécessaire de dire qu'il avait pris ses distances avec la chose (Léon Daudet le traitait quant à lui de «farceur»). Il passa quelques années en France, à l'abri de ses créanciers, au début de la Première Guerre mondiale. À l'époque de la bataille de la Marne, D'Annunzio (selon Mugnier «le seul grand homme qui soit dans le camp retranché de Paris» puisque effectivement les politiciens et les écrivains qui n'étaient pas au front avaient fui) disait qu'il avait vu, dans la plaine de Villacoublay, des hirondelles en mal de migration qui, n'ayant pu franchir les lignes à cause du canon, avaient été refoulées et vivaient là par milliers... Il est répertorié parmi les grands hommes de petite taille, avec Alexandre, Napoléon, Nelson, Pope, T.E. Lawrence et le chancelier Dollfus. Il faut aller visiter le *Vittoriale*, sa propriété, à Gardone Riviera en pleine Lombardie : on peut éviter la visite de la maison, refuge morbide du séducteur lettré, mais le parc chargé de curiosités et les vues sur le lac de Garde, le plus allemand des lacs italiens, valent le voyage.

On surnommait Cécile Sorel «le passage de la République», à cause de l'accueil peu farouche qu'elle réservait aux dignitaires du régime, de la même façon que Hortense Schneider en son temps avait été surnommée «le passage des Princes», en hommage à la manière dont elle recevait les monarques en visite dans la capitale.

Gabriele D'Annunzio alla même jusqu'à préciser au sujet de Cécile Sorel : «J'ai reçu d'elle des baisers historiques : en la quittant, on a l'impression d'avoir étreint le Conseil des ministres.»

## DAVIS (Bette)

Ruth Elizabeth Davis, dite «Bette» Davis (1908-1989), migra vers Hollywood en 1930 après une carrière au théâtre sur la côte Est. Ce fut une star durant un demi-siècle, jusqu'à *The Whales of August* (1987). Elle reçut deux Oscars, en 1935 et 1938. En 1962, elle joua avec sa rivale de toujours, Joan Crawford, dans *Whatever Happened to Baby Jane?*, après qu'elle eut fait paraître l'annonce suivante : «Mère de trois enfants âgés de dix, onze et quinze ans, divorcée, de nationalité américaine, trente ans d'expérience dans le domaine cinématographique, encore alerte et plus aimable que ne le prétend la rumeur publique, cherche emploi stable à Hollywood. Connaît Broadway. Bette Davis. Références disponibles.» Elle a raconté un tournage sous la direction de William Wyler : «Il ne disait jamais rien et cela me rendait folle. L'acteur a besoin de savoir s'il plaît à son metteur en scène. Après une semaine de tournage, je suis allée le voir et je lui ai dit : "Mr Wyler, j'aimerais vraiment savoir si je joue comme vous le voulez. — Ah, je vois!" a-t-il répondu. Et le lendemain, après chaque prise, il applaudissait frénétiquement en criant : "C'est super! c'est super!"... Je lui ai demandé de revenir à ses habitudes.»

Jane Mansfield avait une poitrine très avantageuse, et Howard Hughes, qui l'engagea pour le tournage de *The Outlaw*, veillait à ce que cet avantage fût particulièrement mis en valeur; il passa même beaucoup de temps à dessiner un modèle spécial de soutien-gorge, à partir de tissus de parachute.

Bette Davis disait de Jane Mansfield : «Pour elle, l'art dramatique consiste à savoir comment remplir un sweater.» Il est vrai qu'elle n'avait pas une réputation de grande intellectuelle.

\*

Bette Davis et Joan Crawford se détestaient cordialement. La première dit un jour de sa rivale : «Elle a couché avec tous les acteurs de sexe mâle de la Metro Goldwyn Mayer, à l'exception de Lassie.»

\*

Encore sur Joan Crawford, qui avait des rôles où elle pleurait beaucoup : «Son canal lacrymal doit communiquer avec sa vessie.»

\*

Bette Davis soutenait que, quand on avait informé Joan Crawford, le 7 décembre 1941, que Pearl Harbor avait disparu, elle avait demandé : «Ah bon... Mais au fait, qui était cette fille?»

## DEBUCOURT (Jean)

Jean Étienne Pelisse, dit «Jean Debucourt» (1894-1958), sociétaire de la Comédie-Française, y a réalisé plusieurs mises en scène. Il a interprété avec finesse les grands rôles du répertoire et a enseigné au Conservatoire. Il a tourné dans une centaine de films et faisait la voix de Dieu dans la série des *Don Camillo*.

Jean Debucourt jouait le rôle de M. Hardouin de Péréfixe, évêque de Paris, lors de la création de *Port-Royal*, la pièce de Montherlant. Lorsqu'il entra en scène à l'occasion de la générale, il donna sa bénédiction aux religieuses, accompagné d'un solennel : « Bonjour ma mère, bonjour mes sœurs... »

Puis, se tournant vers le groupe des abbés de cour joués par de jeunes pensionnaires aux manières indécises, il laissa tomber : « Bonjour mes tantes. »

\*

On a dit ailleurs comment Achard, à la sortie de la première représentation du *Soulier de satin*, qui dura cinq heures, s'était félicité qu'il n'y eût pas la paire. Mais Claudel restait absorbé par son propre génie. Jacques Charon, alors jeune comédien-français, a raconté comment l'auteur applaudissait chaque réplique géniale – « c'est-à-dire qu'il applaudissait tout le temps... ». Et comme il était sourd, il applaudissait très fort, gênant le jeu des acteurs. Il était là à chaque représentation, dans l'avant-scène de l'administrateur : « Son contentement poussait sans cesse son buste par-dessus bord ; jaillissant du velours rouge, ce noble vieillard blanc criait : "Bravo, bravo !", nous ovationnait à la fin des actes, riant aux anges. Plus d'un spectateur a demandé à l'ouvreuse : "Quel est ce monsieur si passionné par le *Soulier* ?" — C'était l'auteur. »

Il avait cependant éprouvé une émotion le soir de la générale, pendant la guerre. Dès que les trois coups furent frappés, l'orchestre attaqua, et en même temps les sirènes de Paris retentirent au-dehors : il y avait une alerte. Conformément aux consignes, les spectateurs de la Comédie-Française se levèrent pour évacuer la salle et se rendre dans les abris du Palais-Royal. Claudel, trop sourd pour avoir entendu la sirène, vit soudain son public s'en aller. Alors il se dressa affolé dans son avant-scène, et les bras désespérément ouverts, il cria : « Asseyez-vous donc ! Restez assis, ne bougez pas ! Après l'orchestre la pièce commence ; l'orchestre, c'est dans la pièce, ne partez pas, voyons ! »...

Marie Bell[1] jouait le rôle de doña Prouhèze. Claudel lui voua un culte. Il lui envoyait des fleurs, l'invitait à déjeuner. Et les autres

_____

1. Quand Marie Bell était en tournée avec le jeune Jean-Claude Brialy, c'était toujours lui qui devait remplir les fiches d'hôtel. Lorsqu'il arrivait à : *Né(e)*..., il se tournait vers sa partenaire et demandait à chaque fois : « Je mets quoi ? – Mets *Oui*. »

comédiens entendaient Marie Bell dire : «Ce midi, je ne peux pas : je bouffe avec mon copain Claudel.»

Comme elle tutoyait tout le monde, elle tutoyait aussi Claudel, si bien qu'un jour, comme celui-ci la traitait de «sainte, sainte doña Prouhèze!», la comédienne répliqua : «Alors là, tu charries!»

Ce que Mme Claudel dut traduire dans le cornet acoustique de son mari : «Mademoiselle Marie dit que vous exagérez.»

Toujours est-il que la pièce fut vue par quatre-vingt-dix mille spectateurs. Comme l'a dit Charon : «Les Français de l'Occupation sont venus au *Soulier* comme à une sorte de messe de la langue française. De notre côté, la ferveur a été la même : les répétitions ont été interminables, dans un théâtre pas chauffé; la mise au point a été ardue; pourtant, chacun voulait un petit rôle, une phrase, deux mots, un seul, rien! mais être présent dans le *Soulier*... Peu d'entre nous ont échappé à la magie. Ou alors des iconoclastes.»

Et de citer ici Debucourt : «Sacré Claudel! À la faveur du black-out, il a réussi à nous foutre son soulier quelque part!»

## DEBUSSY (Claude)

Son *Prélude à l'après-midi d'un faune* révéla Claude Debussy (1862-1918) en 1894, et Celibidache a dit de *La Mer* que c'était «la Bible musicale française» (Debussy était revenu ébloui de son premier séjour au bord de la Manche : «La mer m'a montré toutes ses robes, j'en suis encore tout étourdi»). Il avait aimé la Russie où il avait longtemps séjourné avec les von Meck. Lors du dernier voyage qu'il y fit, en 1913, il était déjà rongé par un cancer qui l'emportait lentement : il souffrait beaucoup, et pleurait à l'entracte. Mais il y connut le triomphe, et y revit son amour d'antan, Sonia von Meck, qu'il avait voulu épouser, en vain. Elle lui dit alors : «Il semble que nous ayons bien changé. — Oh non, répondit-il : nous n'avons pas changé, c'est le temps qui a changé.» Lorsque Charcot eut l'idée de débarquer au pôle son gramophone et quelques enregistrements pour les faire écouter à des pingouins, il observa que Beethoven semblait les ennuyer, que Massenet avait paru les faire rire, et que, après avoir entendu Debussy, les animaux s'étaient éloignés par couples.

Un auteur médiocre harcelait Debussy pour que celui-ci mît en musique son dernier livret. Le compositeur refusait poliment.

Le littérateur, qui insistait, finit par dire d'un ton un peu pompeux :
« Je vous offre la moitié de ma gloire.
— Gardez tout, mon ami ! gardez tout ! » dit Debussy.

*

Debussy sur Stravinsky : « Un enfant gâté, qui met de temps en temps ses doigts dans le nez de la musique. C'est aussi un jeune sauvage, qui porte des cravates voyantes et baise la main des dames en leur marchant sur les pieds. »

Plus tard, vers la fin de la Première Guerre mondiale, et alors qu'on disait que les Allemands en étaient réduits à fabriquer des beefsteaks avec de la sciure de bois, Debussy dit : « C'est comme Stravinsky, qui se met à écrire de la musique avec ce qui n'est plus de la musique. »

### À propos de Debussy

Alfred Mortier, sur la musique de Debussy : « Ce n'est plus de la composition ; c'est de la décomposition. »

*

Gustav Mahler et sa femme assistaient à la première de *Pelléas et Mélisande*. Mme Mahler demanda à son mari son opinion sur l'œuvre de Debussy ; il dit : « Elle ne me dérange pas. »

## DEFFAND (Mme du)

Marie-Anne de Vichy-Chamrond, marquise du Deffand (1697-1780), fut élevée dans un couvent où son incrédulité précoce frappa les religieuses. Elle épousa le marquis du Deffand, qu'elle trompait avec le Régent, et il la chassa. Tout en traînant à l'occasion dans les lupanars du Palais-Royal, elle fréquenta la brillante société d'alors, s'en lassa, et ne garda auprès d'elle qu'un cercle d'amis fidèles, dont la conversation lui était d'autant plus précieuse qu'elle devenait aveugle. Elle recevait au couvent de Saint-Joseph, rue Saint-Dominique, et son salon encombré de chats et de matérialistes le disputait en gloires mondaines à celui de Mme Geoffrin dont on se gaussait parce qu'elle n'était que bourgeoise. Elle se prit d'une tendresse passionnée pour Horace Walpole, jeune homme spirituel et désœuvré, et quand il repartit à Londres, elle lui expliqua : « J'ai déchiré de mon dictionnaire, à la lettre A : *Amitié, Affection, Attendrissement*. Pour *Amour, Affection* et *Artifice* ils n'y ont jamais été... Jugez du reste de l'alphabet par ce commencement... Je vous écrirai tous les jours l'histoire de la veille. Il y aura quantité de noms propres et jamais, non, jamais, de pensées ni de réflexions.» Elle tint parole. Mais elle s'ennuyait à mourir; elle vécut quatre-vingt-trois ans n'ayant su, selon ses mots, trouver en elle que le néant. Elle a dit de façon à peine moins philosophique, dans une lettre à Walpole : «Les soupers sont une des quatre fins de l'homme; j'ai oublié les trois autres.» À son actif, on citera Montesquieu : «Bien qu'elle n'ait jamais cessé de s'ennuyer, il était impossible de s'ennuyer avec elle.» Puis elle eut une sorte de sursaut religieux; elle se souvint du songe d'Athalie – «Dans le temple des Juifs un instinct m'a poussée, / Et d'apaiser leur dieu j'ai conçu la pensée» – : «J'ai donc cherché à satisfaire cette inspiration.» Elle eut de longues conversations avec un ancien jésuite, le père Lenfant, et elle fit appeler *in extremis* le curé de Saint-Sulpice. Elle lui dit : «Monsieur le curé, vous allez sûrement être content de moi; mais si vous voulez que je le sois de vous, faites-moi grâce de trois choses. Ni questions, ni raisons, ni sermons.»

On louait devant elle l'intelligence d'un homme assez borné; elle dit : «Oui certes, il doit avoir beaucoup d'esprit, car il n'en dépense guère.»

\*

Mme du Deffand, assez incroyante, se moquait des histoires de miracle qu'on rabâchait. Un jour, le cardinal de Polignac[1] contait en sa présence l'histoire de saint Denis qui, ayant été décapité, porta sa tête entre ses bras, de Paris jusqu'à l'abbaye qui prit son nom.

Mme du Deffand restait impassible. «Vous n'y croyez pas? dit le cardinal.

— Oh! si... dans de pareilles affaires, il n'y a que le premier pas qui coûte.»

\*

On peut considérer que Mme du Deffand, dont le cœur était assez sec, ne savait guère inspirer les passions, comme en témoigne ce dialogue avec Pont-de-Veyle : «Pont-de-Veyle, depuis que nous sommes amis, il n'y a jamais eu un nuage dans notre liaison.

— Non, madame.

— N'est-ce pas parce que nous ne nous aimons guère plus l'un que l'autre?

---

1. Fieffé courtisan : ayant été invité à Marly, où se tenait la cour, il fut surpris dans le parc par un violent orage; le roi s'en inquiéta. «Ah! Sire, répondit le cardinal en s'ébrouant, ce n'est rien : la pluie de Marly ne mouille pas.»

— Cela pourrait bien être, madame. »

Les faits ont confirmé le sentiment. Lorsque Pont-de-Veyle mourut, en 1774, Mme du Deffand, qui vivait avec lui depuis quarante ans, alla souper le soir même chez Mme de Marchais ; recevant des condoléances sur la perte qu'elle venait de faire, elle dit simplement : « Hélas ! Il est mort ce soir à six heures ; sans cela vous ne me verriez pas ici. »

La Harpe, l'un des convives, dit qu'elle soupa « comme à son ordinaire, c'est-à-dire fort bien, car elle était très gourmande ».

\*

Quelqu'un mena Vaucanson, l'inventeur des fameux automates, chez Mme du Deffand. La conversation fut stérile à l'excès. Quoi qu'on tentât pour faire causer le célèbre mécanicien, on ne put en obtenir que des monogrammes insignifiants.

« Eh bien ! Que pensez-vous donc de ce grand homme ? demanda quelqu'un à Mme du Deffand quand l'invité fut sorti.

— Ah ! dit-elle, j'en ai la plus grande idée : je pense qu'il s'est fait lui-même. »

\*

Deux ducs, dont l'un était, dit-on, le duc de Péquigny, discutaient chaudement la manière de demander à boire durant un repas. Péquigny affirmait qu'on devait dire *Donnez-moi à boire*. L'autre tenait pour *Apportez-moi à boire*.

Ils allèrent référer de cette importante querelle à Mme du Deffand, qui les congédia en disant : « Non ! vous êtes vraiment trop bêtes. Ce que vous devez dire désormais, c'est *Menez-nous boire*. »

\*

Mme du Deffand accueillit dans son salon du couvent Saint-Joseph toutes les mauvaises langues de l'époque, en s'efforçant de les soustraire au salon de ses rivales, Mme Geoffrin et Mlle de Lespinasse. Toujours amère, elle disait : « Je ne vois que des sots et des fripons. »

On lui objectait : « Enfin, madame, Matignon ? Vous ne direz pas qu'il n'a pas d'esprit...

— Cela est vrai, mais on sent qu'il est le fils d'un sot. »

*

À propos des réformes de Turgot, qui s'agitait beaucoup, elle disait : « Dans le bon vieux temps, on reculait pour mieux sauter ; M. Turgot saute pour mieux reculer. »

*

*De l'esprit des lois* fut, en son temps, davantage apprécié par les Anglais que par les Français. Certes on admirait le travail, mais sur le fond on faisait des réserves ; on trouvait l'auteur peu profond et on lui reprochait d'avoir souvent mêlé l'épigramme à la grandeur du sujet, si bien que Mme du Deffand dit : « C'est de l'esprit sur les lois. »

Les observateurs attentifs de l'époque relèvent que l'ouvrage a été *plus approuvé que lu*, et qu'il y avait là une sorte de vengeance du public, Montesquieu ayant dit : « Pour la plupart des gens, j'aime mieux les approuver que les écouter. »

### À propos de Mme du Deffand

Mme du Deffand disait à l'abbé d'Aydie : « Allons, avouez que je suis maintenant la femme que vous aimez le plus. »

L'abbé, ayant réfléchi un moment, lui dit : « Je vous dirais bien cela, si vous n'alliez pas en conclure que je n'aime rien. »

*

Elle ne s'entendait guère avec son mari, qui – dit-elle – « était aux petits soins pour déplaire ». Elle prit sa liberté, et eut une liaison publique durable avec le président Hénault. La table de la marquise était constamment ouverte à celui-ci. Dans un temps où la cuisinière de l'hôtesse faisait fort mal la besogne, le président dit : « Entre elle et la Brinvilliers, il n'y a de différence que dans l'intention. »

Au reste, la liaison entre le président et la marquise n'était pas vraiment de la passion, et l'amant écrivait à sa maîtresse : « À dire vrai, je commence à m'ennuyer beaucoup et vous m'êtes un mal nécessaire. »

Peut-être y a-t-il un lien entre cette aigreur d'amour et l'histoire de la cuisinière ; c'est précisément dans une lettre à Mme du Deffand que Voltaire a écrit que « la manière dont on digère décide presque toujours de notre manière de penser ».

*

Mme du Deffand était aveugle à la fin de sa vie, et pour se former une idée des traits des personnes qu'on lui présentait, elle avait l'habitude de toucher leur visage. Lorsque Lauzun fit connaissance de Gibbon l'historien, il remarqua son visage extraordinaire, sans nez et presque sans yeux, une toute petite bouche et l'ensemble comme absorbé par deux joues composant une double rotondité qui faisait penser à autre chose qu'à un visage ; Lauzun n'eut alors de cesse qu'il ne présentât Gibbon à Mme du Deffand, laquelle retira vite sa main en disant : « Voilà une infâme plaisanterie. »

## DEGAS (Edgar)

Germain Edgar de Gas, dit « Edgar Degas » (1834-1917), alla dire sa vocation à Ingres, qui répondit : « Faites des lignes, jeune homme, beaucoup de lignes, d'après nature et de mémoire. » Une maîtrise exceptionnelle du dessin donna à Degas sa substance, et le détourna des paysages (il recommandait de fusiller les paysagistes, et lorsqu'il passait devant leurs œuvres il affectait de relever le col de sa veste, par crainte des courants d'air...). Il s'agrégea aux impressionnistes et participa à leurs expositions, bien qu'il fît figure de dissident. Il était foncièrement un classique ; il dira à Forain : « Mon petit, vous seul parlerez sur ma tombe et vous me direz que ceci : *Il aimait bien le dessin.* » Celui que Proust appelait l'« Alceste de la peinture » était misanthrope (il avait refusé de se marier, craignant que sa femme dît devant une de ses œuvres : « C'est bien joli ce que tu as fait là ! »), réactionnaire et idéaliste. Un soir qu'il se trouvait assis sur la même banquette que Clemenceau, au foyer de la Danse, il lui expliqua que si lui, Degas, était au pouvoir, il sacrifierait tout à la grandeur de cette charge, mènerait une vie ascétique, rentrant tous les soirs du ministère dans son modeste logement, etc. Paul Valéry demanda : « Et Clemenceau, qu'est-ce qu'il vous a répondu ? – Il m'asséna un regard d'un mépris ! » Degas fut antidreyfusard, et les historiens d'art américains présentent son tableau *Portraits à la bourse* (1879) comme un résumé de l'antisémitisme de l'époque : on y voit le banquier juif Ernest May se faisant glisser dans l'oreille par un coulissier, à l'entrée de la Bourse, quelques secrets qui permettront d'abuser la foule des petits épargnants... Le peintre, de son vivant déjà, eut un succès jamais démenti auprès des collectionneurs. Il assista un jour à l'adjudication à haut prix de l'un de ses tableaux, qu'il avait vendu quelques années auparavant. Quand on lui demanda ce qu'il ressentait, il dit : « Ce que le cheval qui a couru doit éprouver au moment où la coupe est remise au jockey. »

Devant *La Charge des cuirassiers*, de Meissonnier, Degas dit : « Tout a l'air en fer, là-dedans, sauf les cuirasses. »

*

À l'époque, tous les peintres «pompiers» aimaient particulièrement à représenter des scènes de bataille. Degas méprisait profondément Édouard Detaille, spécialiste du genre. Un jour qu'il vit un cuirassier passer au galop, rue de Rivoli, il dit à son voisin : «Encore un qui fuit Detaille»...

*

Eugène Carrière cultivait les teintes brunes et indécises. Devant l'une de ses œuvres, Degas grommela : «On a encore fumé dans la chambre des enfants!»

*

Léon Bonnat lui montrait avec orgueil, au Salon, la toile d'un de ses élèves, qui mettait en scène un archer : «Il vise bien, n'est-ce pas?» Degas : «Oui, il vise une médaille.»

*

José María Sert[1] avait exposé ses monumentales statues au Jeu de Paume. Une dame s'interrogea vivement sur la manière dont on pouvait transporter ces colosses rebondis. Degas, qui était là, expliqua : «Ça se dégonfle.»

*

_____

1. José María Sert y Badía (1874-1945) : artiste catalan, peintre et décorateur, très à la mode en son temps, hautement mondain, devenu extrêmement riche. Sa première œuvre d'importance avait été la décoration de la cathédrale de Vic, avant le Waldorf Astoria, le Rockefeller Center, le Palais des Nations à Genève et les salles de bal de beaucoup de gens fortunés. Ses activités lui donnèrent accès aux familles qui faisaient encore le lustre de l'Europe avant 1917. Il restait émerveillé par la vieille princesse Youssoupov qui avait fait installer dans ses salons, à Petrograd, des montagnes russes pour ses petits-enfants. Il parlait aussi de cet Allemand qui s'était fait construire, à Barcelone, une salle de bal avec des fleurs géantes en plâtre : un jour, un pétale de rose s'était détaché du plafond et avait tué un invité... Après 1940, la critique recommanda d'oublier Sert parce qu'il avait crûment adhéré au franquisme; ses œuvres dans la cathédrale de Vic ont été détruites à cause de cela. Mais une exposition à Paris au Petit Palais a de nouveau attiré l'attention sur lui en 2012.

Le jour où on lui demanda ce qu'il pensait de *Madame Bovary*, Degas répondit simplement : «Ces gens-là ne m'intéressent pas.»

*

Après sa condamnation à l'occasion de cette affaire de mœurs qui assura définitivement sa célébrité, Oscar Wilde, qui avait purgé sa peine dans la fameuse geôle de Reading, vint en France. Lorsqu'il rencontra Degas, il lui dit avec déférence : «Ah, maître, si vous saviez combien vous êtes connu en Angleterre...
— Heureusement moins que vous.»

*

Forain fut enthousiasmé par l'invention du téléphone, qu'il décrivit à un Degas bougonnant. Il invita celui-ci à dîner chez lui, veillant à organiser l'appel téléphonique d'un ami pendant le repas. Lorsque le téléphone sonna, il se précipita fièrement pour répondre. Lorsqu'il revint à table, rose de bonheur, il retrouva un Degas méprisant, qui se contenta de lui dire : «Donc, voilà ce qu'est le téléphone : ça sonne et vous vous mettez à courir»...

*

À un courriériste, qui lui demandait son avis sur la meilleure manière d'arriver, Degas répondit avec indignation : «De mon temps, jeune homme, on *n'arrivait* pas.»

## DELACROIX (Eugène)

Eugène Delacroix (1798-1863), fils officiel du conventionnel et votant Charles Delacroix, était probablement fils naturel de Talleyrand. Son maître Guérin, qui n'appréciait pas ce turbulent élève, disait aux autres : «Laissons-le peindre à sa fantaisie; il vaut mieux qu'il fasse des croûtes que des dettes»... Depuis qu'il était orphelin, il connaissait l'embarras des finances, mais Talleyrand fit acheter en sous-main *Les Massacres de Scio* pour une somme importante. À partir de cette époque, et malgré les vifs débats que son œuvre suscitait toujours («Ce n'est pas un chef d'école, c'est un chef d'émeute»), il obtint d'importantes commandes officielles, facilitées par sa passion des sujets historiques. Delacroix, c'est d'ailleurs un joli morceau de l'histoire officielle. Il disait que l'art pictural est beaucoup plus difficile que l'art militaire, parce que, si nous connaissons tous de mauvais généraux qui ont gagné des batailles, on n'a jamais vu un mauvais peintre faire un chef-d'œuvre.

Horace de Vieil-Castel a raconté : «Je dînais, il y a huit jours, chez le peintre Eugène Delacroix et je lui demandai : "Avez-vous été l'amant de Mme Sand ?

— Mais oui, m'a-t-il répondu, je l'ai été comme tout le monde."»

## DEPEW (Chauncey)

Chauncey Depew (1834-1928), avocat, entra dans le groupe Vanderbilt et devint président du New York Central Railroad. Sénateur jusqu'en 1911, il fut le premier ambassadeur américain au Japon, en 1866. Comme on lui demandait le secret de sa bonne santé, il expliqua : «Je me donne beaucoup d'exercice en assistant aux enterrements de tous ceux de mes amis qui se sont donné de l'exercice.»

Sénateur républicain, il déclara : «Je propose un arrangement aux démocrates : s'ils cessent de répandre des mensonges au sujet des républicains, nous cesserons de dire la vérité à leur sujet.»

## DESFORGES-MAILLARD (Paul)

Paul Desforges-Maillard (1699-1772) : ce petit poète du Croisic avait adressé au *Mercure* quelques vers bien troussés, sous le pseudonyme de Mlle Malcrais de La Vigne. Il n'en fallut pas plus pour enflammer l'imagination d'un grand nombre de lecteurs, et beaucoup se risquèrent à des déclarations d'amour, y compris Voltaire, qui lui dédia un volume de son *Histoire de Charles XII* dans ces termes :

J'ose envoyer aux pieds de ta muse divine
Quelques faibles écrits, enfants de mon repos ;
Charles fut seulement l'objet de mes travaux,
Henri quatre fut mon héros,
Et tu seras mon héroïne.

Lorsque la vérité fut dévoilée, Voltaire, qui fut un peu ridicule, eut le tact de n'en pas vouloir à Desforges : quand celui-ci lui demanda de lui trouver un protecteur à Paris, il répondit : «Je me souviens toujours des coquetteries de Mlle Malcrais, malgré votre barbe et la mienne ; et s'il n'y a pas moyen de vous faire des déclarations, je cherche celui de vous rendre service.»

*Épitaphe pour un mari et sa femme*
Passant, la rigueur des destins
A renfermé sous cette lame
Un tendre époux et sa femme,
Et celle de tous ses voisins.

## DÉSORGUES (Théodore)

La Révolution, dont il était un ardent partisan, permit à Théodore Désorgues († 1808) de publier enfin ses vers assez médiocres, qui avaient l'avantage d'être au goût du jour. On signale de lui, comme resté à l'état manuscrit, un poème «en cinq chants» intitulé *L'Origine de la pédérastie*. Son œuvre la plus connue est l'*Hymne à l'Être suprême*, officiellement chanté lorsque Robespierre institua la fête du même nom. Il était bossu par-devant et par-derrière, couchait dans un hamac, au milieu d'une collection de mégots chinois. Il finit ses jours à Charenton.

Lebrun ayant fait des vers en l'honneur de l'un des personnages les plus terribles de la Révolution, Desorgues fit une épigramme qui se terminait ainsi :

Oui, le fléau le plus funeste,
D'une lyre vénale obtiendrait des accords ;
Si la peste avait des trésors,
Lebrun serait soudain le chantre de la peste.

*

C'est Desorgues qui, sous le Consulat, commanda à haute voix au Café de la Rotonde une orange – *mais épluchée, car je n'aime pas l'écorce.*

Le calembour, répété, ne fut guère goûté du Premier consul.

Un peu plus tard, Napoléon ne manquera pas de faire enfermer l'impudent chez les fous, à cause d'une chanson dont le refrain était :

Oui, le grand Napoléon
Est un grand caméléon.

## DESPORTES (Philippe)

Philippe Desportes, abbé de Tiron, de Josaphat, de Bonport et des Vaux-de-Cernai (1546-1606), secrétaire d'évêque, voyagea en Italie d'où il rapporta beaucoup d'idées. À la Cour, en 1570, «il débute, il est amoureux, et célèbre ses martyres avec une douceur qui paraît nouvelle, même après tant d'amour de Du Bellay, de Ronsard et de Baïf» (Sainte-Beuve). Le règne de Charles IX était favorable aux lettres; c'était un temps de guerre civile, mais, comme le souligne Sainte-Beuve, l'école de Ronsard n'eut pas grand effort à faire pour ne pas se compromettre dans les questions du jour : «Naturellement païens de forme et d'images, les poètes de cette génération restèrent bons catholiques en pratique et purement courtisans... Je suis bien fâché de le dire, mais cette année 1572, celle même de la Saint-Barthélemy, fut une assez belle année poétique et littéraire.» Desportes accompagna le duc d'Anjou en Pologne lorsqu'il y fut élu roi, mais il revint avec soulagement à la suite de son maître, désormais Henri III. Poète quasi officiel, il dut parfois prêcher, et eut le bon goût de le faire convenablement, laissant un instant de côté ses bonnes fortunes. Il devint ligueur, mais négocia avec Sully la reddition de la Ligue et fut réintégré dans ceux de ses bénéfices que les royaux acceptèrent de rendre. Après la mort de son grand ami le duc de Joyeuse, il écrivit des pièces de repentir, et versifia les psaumes en français. Il passa ses dernières années, apaisées, à l'abbaye de Bonport.

À la cour d'Henri III, ce poète était si renommé qu'on lui apportait souvent des ouvrages pour lui demander son avis. Un avocat lui porta un jour un gros poème, que Desportes donna à lire à son neveu, Maturin Régnier, pour s'éviter l'ennui de le faire lui-même. Un des vers de cette œuvre était : «Je bride ici mon Apollon.»

Régnier écrivit en marge :

> Faut avoir le cerveau bien vide
> Pour brider des muses le roi ;
> Les dieux ne portent point de bride,
> Mais bien les ânes comme toi.

Lorsque l'avocat vint reprendre son livre, Desportes, qui ne l'avait pas ouvert, le lui rendit et lui en fit compliment. L'avocat revint le lendemain furieux pour lui montrer le quatrain. Desportes reconnut l'écriture de son neveu et dut expliquer à l'avocat comment les choses s'étaient passées.

*

Desportes assura la fortune du cardinal du Perron, sa créature qui lui devait sa faveur. Quand il le vit cardinal, il lui donna dans ses lettres du *domine*, car il ne pouvait se résoudre à appeler *monseigneur* quelqu'un qu'il avait nourri si longtemps. On prétend qu'un jour les deux compères parièrent ensemble à celui qui se livrerait à la plus grande impudence. Le soir, du Perron revint en disant à Desportes : «J'ai mis mon vit tout bandé dans la main à une dame.

— Et moi, repartit Desportes, j'ai gagné, car je l'y ai mis tout mou.» (Ce n'était certainement que pour gagner le pari, car Desportes s'est vanté dans une épigramme d'avoir fait à quarante ans l'amour sept fois de suite, et sa réputation d'amant était établie.)

Ces plaisanteries douteuses entre un cardinal et un abbé lourdement chargé de bénéfices, qui s'adonnait surtout à l'élégie un peu crue, ne pouvait qu'attiser la sainte colère de D'Aubigné – qui n'avait pas l'esprit à la plaisanterie – lorsqu'il s'adresse au prince :

> Si, depuis quelque temps, vos rimeurs hypocrites,
> Déguisés, ont changé tant de phrases écrites
> Aux profanes amours, et de mêmes couleurs
> Dont ils servaient Satan, infâmes bateleurs,
> S'ils colorent encor leurs pompeuses prières
> De fleurs des vieux païens et fables mensongères,
> Ces écoliers d'erreur n'ont pas le style appris,
> Que l'Esprit de lumière apprend à nos esprits.
> De quelle oreille Dieu prend les phrases flatresses
> Desquelles ces pipeurs fléchissaient leurs maîtresses ?

## DIDEROT (Denis)

Denis Diderot (1713-1784) a été caractérisé par Émile Faguet comme d'un certain type bien français : vigoureux, sanguin, qui se crève de mangeaille, vide goulûment les bouteilles, a des indigestions terribles et raconte ces choses avec complaisance. En même temps, il fournit sans interruption pendant trente ans «un travail à rendre idiot», bûcheron fier de sa force qui, l'arbre pliant, donne par jactance trois coups de cognée de trop. Son grand œuvre sera *L'Encyclopédie* – travail assez officiel, contrairement à ce qu'on répète. Là, ajoute Faguet, «point d'imagination, et point de libertés, du moins point d'audaces. Au bureau il faut de la tenue. L'histoire de la philosophie qu'il y a écrite, article par article, est fort convenable, nullement alarmante, très orthodoxe. Ce pauvre Naigeon en est effaré, et s'essouffle à nous prévenir que ce n'est point sa vraie pensée que Diderot écrit là. Il s'y montre même plein de respect pour la religion du gouvernement. Un bon employé sait entendre avec dignité la messe officielle.» À côté, il y a les œuvres où il se défoule, débauches d'esprit entre des bourgeois français qui ont bien dîné : «L'un est philosophe, l'autre naturaliste, l'autre amateur de tableaux, l'autre amateur de théâtre, l'autre s'attendrit au souvenir de sa famille, l'autre aspire aux fraîcheurs des brises dans les bois, l'autre est ordurier, tous sont libertins... Tous ont une verve magnifique et une abondance puissante ; et on a rédigé leurs conversations, et ce sont les œuvres de Diderot.» Il est vrai que *Le Neveu de Rameau* est un chef-d'œuvre... Il y a aussi le culte moderne de Diderot, à cause de la chapelle philosophique. On laisse la moitié au bord du chemin, car tout comme Voltaire il entretenait la tsarine dans le dessein de chasser les musulmans de Constantinople. Il écrit dans sa correspondance : «Apprenez-moi incessamment le massacre de cinquante ou soixante mille Turcs [ceux qu'il appelle ailleurs "ces maudits circoncis"], si vous voulez me faire sauter de joie.»

Diderot se promenait avec Jean-Jacques Rousseau[1] au bord de l'étang à Montmorency.

«Voilà, dit Rousseau, un endroit où j'ai été tenté vingt fois de me jeter pour terminer ma vie.

— Pourquoi ne l'avez-vous pas fait ?» demanda Diderot.

### À propos de Diderot

Denis Diderot, originaire de Langres, admettait volontiers qu'il s'échauffait facilement : «La tête d'un Langrois sur ses épaules est

---

1. Jean-Jacques Rousseau (1712-1778) ne fut certainement pas un apologiste de la démocratie, si on le lit honnêtement, et il fut de même un adversaire du cosmopolitisme, à la différence de ses grands ennemis les philosophes. Ceux-ci le présentaient comme mentalement atteint, et les héritiers de l'esprit encyclopédiste, au XIXᵉ siècle, le feront mourir aux cabinets se livrant au vice solitaire. Il mourut simplement dans son lit, ne voulant voir personne, pendant que sa médiocre Thérèse le trompait avec le jardinier de Mme de Girardin (son ami Olivier de Coransez a parlé de suicide). Il se fit du tort en attaquant l'inattaquable : le rationalisme de Voltaire et son apologie du luxe, l'anticléricalisme de Diderot et sa notion naïve du progrès, enfin la morale des philosophes «sans racine et sans fruit». Voltaire écrit : «Son vicaire savoyard est digne de tous les châtiments possibles. Le Judas nous abandonne, et quel moment choisit-il pour nous abandonner ? Celui où notre philosophie triomphait sur toute la ligne.» Même Frédéric II s'y est mis : «C'est un rabâchage de choses qu'on sait depuis longtemps... Rien d'original, peu de raisonnement solide, beaucoup d'impudence.» Par certains côtés, Rousseau était un esprit simple : lire un roman en mangeant, et manger en buvant étaient pour lui l'idéal.

comme un coq en haut d'un clocher.» Il fut en matière d'art un critique intransigeant, bien que Marmontel le tînt pour «le plus cruel
des amateurs». Et le même Marmontel a décoché ce trait à ses
mânes après que, conformément à ses volontés, Diderot eut été
inhumé dans un sarcophage de porphyre :

> Ci-gît un antiquaire acariâtre et brusque.
> Ah! qu'il est bien logé dans cette cruche étrusque.

### DILLON (Arthur)

L'archevêque de Narbonne Arthur Richard Dillon (1721-1806), oncle du suivant, fut administrateur du Languedoc, charge qu'il assuma avec une
grande compétence, faisant percer des routes, construire des ponts et
assécher des marais. Il se rendit légendaire par sa passion de la chasse et
sa prodigalité, dont bénéficièrent même les pauvres. Il aurait été ministre si
la reine ne s'y fût opposée. Il émigra en 1791, et mourut à Londres. Il avait
refusé une réconciliation avec le nouveau régime, le Concordat ayant supprimé le siège épiscopal de Narbonne. Ses restes ont été retrouvés à
Londres lors de l'extension de la gare Saint-Pancras, et ont été transférés à
Narbonne en 2007.

Sous le règne de Louis XVI, l'un des chefs du parti des «prélats
politiques» était M. Dillon, archevêque de Narbonne, président-*né*
des états du Languedoc, qui s'occupait beaucoup de ses plaisirs et
chassait une partie de l'année. Bien qu'il fût favorable aux idées nouvelles, il s'avisa un jour de trouver mauvais que le bas-clergé prît la
même distraction que lui, et il défendit la chasse à ses curés, dans un
mandement. Un jeune curé, qui rencontrait tous les jours son archevêque sonnant taïaut, ne fit que rire du mandement, et continua de
chasser. Pris par un garde de l'archevêque, il fut pour punition envoyé
en Haute-Provence, dans un village perdu au milieu d'un pays désert.
Le curé réclama, et l'affaire vint aux oreilles du roi. Louis XVI n'ap-
prouvait pas la chasse pour un ecclésiastique mais il lui semblait
injuste que M. de Dillon punît une chose qu'il se permettait.

«Monsieur l'archevêque, lui dit le roi, vous aimez beaucoup la
chasse?

— Oui, Sire.

— Je le conçois, et moi aussi. Mais vos curés l'aiment également beaucoup... Pourquoi donc la leur défendez-vous, puisque
vous vous la permettez? Vous avez tort comme eux...

— Par une raison très simple, Sire, répondit l'archevêque : c'est que mes vices viennent de ma race, et que les vices de mes curés sont d'eux-mêmes. »

Ce ne fut pas la seule insolence de ce grand seigneur à l'endroit du roi. Comme Louis XVI lui dit un jour : « Monsieur l'archevêque, on prétend que vous avez des dettes, et même beaucoup.

— Sire, répondit Dillon de son ton hautain, je m'en informerai à mon intendant, et j'aurai l'honneur d'en rendre compte à Votre Majesté. »

## DILLON (Édouard)

Édouard, comte Dillon (1751-1839), surnommé « le beau Dillon », descendait des premiers rois d'Irlande. Page de Louis XV, il passa par les brevets inférieurs avant de devenir colonel, à vingt-six ans, du régiment fondé par un grand-oncle jacobite qui portait son nom et qu'il emmena se battre en Amérique. Blessé à la prise de la Grenade, où il commandait une des trois colonnes d'attaque, il revint en France ; il participait aux jeux de Trianon, garde-champêtre du hameau où la reine était la fermière, et il avait eu une grande réputation de séducteur. Il émigra et prit un commandement dans l'armée des Princes. Après la Révolution, une Anglaise encombrante lui demanda ce qu'était devenu le « beau Dillon » : « Il a été guillotiné », répondit-il simplement.

Édouard Dillon, élégant du règne de Louis XVI, soupait chez un ministre. Un noble de province se trouvait là, qui dit à travers la table :

« Monsieur Dillon, je prendrais volontiers de ces petits pots que vous avez là, à quoi sont-ils ?

— À l'avoine, répondit sèchement Dillon qui causait avec sa voisine.

— Je vous renverrai de la paille », reprit l'autre qui ignorait que les petits pots à l'avoine étaient un mets à la mode, et qui croyait qu'on le traitait d'âne.

Édouard Dillon n'interrompit pas sa causerie, mais après le souper rendez-vous fut pris sur le pré. On fixa une heure assez tardive, car Dillon ne se dérangeait pas volontiers le matin. L'antagoniste arriva chez lui à l'heure indiquée. Sa toilette n'était pas finie ; il lui en fit des excuses et l'autre s'étonnait de voir quel soin méticuleux il y mettait. Tout en travaillant à d'inimaginables recherches, Édouard Dillon dit : « Monsieur, si vous n'avez pas affaire d'un autre côté, je préférerais que nous allassions au bois de Vincennes. Je dîne à Saint-Maur, et je vois que je n'aurais guère le temps d'arriver.

— Comment, monsieur, vous envisagez...

— Indubitablement, monsieur, je compte dîner à Saint-Maur après vous avoir tué, je l'ai promis hier à ma voisine. »

Cet aplomb de fatuité dut faire impression sur le pauvre homme, qui reçut un bon coup d'épée. Dillon alla dîner à Saint-Maur.

Mme de Boigne, nièce de Dillon, qui rapporte l'anecdote, ajoute : « On ne peut se dissimuler que ce genre d'impertinence n'ait assez de grâce. »

## DIOGÈNE

Diogène le Cynique († 323 av. J.-C.) fut chassé de Sinope pour cause de fausse monnaie, comme son père avant lui. N'ayant plus de biens, il méprisa ceux des autres et affecta de vivre seulement avec un bâton et une écuelle – qu'il jeta après avoir vu un enfant boire dans le creux de sa main. Il vivait à part cela dans la turpitude, et ses mœurs peu délicates ont fait dire qu'il ne fallait pas regarder dans le fond de son tonneau. On connaît l'anecdote de Diogène cherchant un homme en plein midi avec sa lanterne, et déclarant à chacun : « *Hominem quæro* » (« Je cherche un homme »), et on nous a enseigné qu'il voulait par là souligner l'absence de courage de ses contemporains ; la vérité, c'est qu'il voulait fustiger les mœurs des Athéniens, dont le goût était ceux des femmes.

Un jour, voyant un tireur fort maladroit qui s'exerçait à lancer le javelot, Diogène alla s'asseoir au but. L'autre voulut le dissuader de rester là, mais le philosophe expliqua : « C'est de peur que tu ne m'atteignes. »

\*

Voyant un vieillard qui parlait amoureusement à une jeune fille, Diogène lui dit : « Ne crains-tu pas qu'elle ne te prenne au mot ? »

\*

Un homme avait fait mettre sur la porte de sa maison cette inscription : « Que rien de mauvais n'entre ici. »

Diogène lui demanda : « Par où donc entres-tu ? »

\*

Quelqu'un, qui vit Diogène couché dans son tonneau, alla lui jeter des os comme à un chien ; Diogène le rattrapa, et pissa sur l'importun, en disant : «C'est pour te montrer que je suis ce que tu crois.»

*

Platon ayant défini l'homme comme un animal à deux pieds sans plumes, Diogène pluma un coq et, le jetant dans son école, dit : «Voilà l'homme de Platon.»

Platon, qui disait ensuite que Diogène était un Socrate fou, eut le dernier mot. Le cynisme orgueilleux de Diogène l'avait poussé un jour à entrer chez Platon, qui symbolisait une philosophie douce et commode ; il se mit à deux pieds sur un beau tapis, en disant : «Je foule aux pieds le faste de Platon.

— Oui, répliqua celui-ci, mais par une autre sorte de faste.»

## DISRAELI (Benjamin)

Benjamin Disraeli, comte de Beaconsfield, vicomte Hughenden (1804-1881), s'engagea dans le parti conservateur après une dépression causée par les réactions à son roman *Vivian Grey* et des soucis d'argent. Premier ministre, ses réformes sur l'éducation évitèrent les bouleversements ; il dit un jour aux étudiants d'un prestigieux *college* : «Ce que j'admire dans la classe à laquelle vous appartenez, c'est que vous vivez à l'aise, vous excellez aux sports athlétiques, vous ne parlez qu'une seule langue, et vous ne lisez jamais. Ce n'est pas une éducation complète, mais, depuis la Grèce, c'est la meilleure.» Une forte complicité s'était établie entre la reine Victoria et lui. Il imagina la loi qui lui octroyait le titre d'Impératrice des Indes afin de lui conférer un titre à l'égal du tsar, l'idée fixe de Disraeli étant de réduire la Russie, ce que l'on a attribué à ses origines juives. Il épousa à l'âge de trente-cinq ans une veuve, Mary Anne Lewis, de douze ans son aînée, aussi riche que naturelle : un jour que la reine notait le physique très pâle d'une dame qui se trouvait là, Mary Anne s'écria : «Si vous voyiez mon Dizzy dans sa baignoire!» Évoquant, en 2010, les réformes de 1875 qui avaient consisté à raser les taudis pour mieux loger les pauvres et à légaliser les syndicats, David Cameron s'est publiquement donné Disraeli comme modèle. Des journalistes s'empressèrent alors de rappeler le livre de William Kuhn, *The Politics of Pleasure : A Portrait of Benjamin Disraeli*, qui, après l'analyse de l'œuvre du romancier, de ses rapports avec Victoria et de son goût immodéré pour le commérage, a fait de Disraeli un homme à la sexualité ambiguë, dont l'œuvre littéraire déborde de nuits espagnoles, de célibataires endurcis, de bain turcs, d'eunuques, de jolis garçons efféminés et d'hommages à la Grèce. Il n'en a pas fallu davantage pour le présenter comme *the most modern of victorian men*.

À quelques minutes d'un important scrutin aux Communes, et alors qu'un jeune parlementaire lui faisait part de ses hésitations sur le sens du vote qu'il allait exprimer, Disraeli lui expliqua : « La règle est simple : il faut toujours voter avec son parti comme un gentleman et non pas avec sa conscience comme un aventurier. »

*

Sur Gladstone, son rival de toujours : « Il est honnête, au sens le plus odieux du terme. »

*

Un jour qu'on demandait à Disraeli, alors que la situation n'était pas bonne, la différence entre un malheur et un désastre, il expliqua : « Eh bien, que Gladstone tombe dans la Tamise, c'est un malheur. Que quelqu'un le repêche, c'est un désastre[1]. »

*

Les supporters de Gladstone le surnommaient affectueusement le « GOM », acronyme pour *Grand Old Man*, ce que son éternel rival Disraeli traduisait quant à lui par « *God's Only Mistake* » – « l'unique erreur de Dieu ».

Lorsque les négligences de Gladstone, que la chose militaire n'intéressait pas, comme tout bon libéral, contribuèrent à l'affaire de Khartoum où périt le général Gordon du fait de l'incurie du gouvernement britannique, on inversa l'acronyme pour ne plus parler que de « MOG » – *Murder Of Gordon*.

*

De Disraeli sur lord John Russell, Premier ministre de Sa Majesté (et grand-père de Bertrand Russell) : « Si un voyageur apprenait qu'un tel homme est leader de la Chambre des communes, il comprendrait immédiatement comment les Égyptiens pouvaient adorer les insectes. »

*

1. Recyclé en France sous la forme d'un propos prêté à Clemenceau (et peut-être effectivement tenu) sur Poincaré tombé dans la Seine...

De Disraeli sur Robert Peel[1] : «Son sourire fait exactement la même impression que les ornements argentés sur un cercueil.»

*

Un de ses amis s'étonnait auprès de Disraeli, alors Premier ministre : «Pourquoi avoir accordé une audience à ce membre du Parlement? Tout le monde sait que c'est un parfait imbécile...

— Mon cher, n'oubliez pas que les imbéciles sont nombreux parmi les électeurs, et qu'ils ne sauraient être mieux représentés.»

*

Sur Daniel O'Connell, juriste et activiste irlandais : «Il a commis tous les crimes, à l'exception de ceux qui requièrent du courage.»

*

Sur un membre du Parlement aujourd'hui oublié : «On peut dire qu'il a une ignorance distinguée. Un jour il a eu une idée, et elle était fausse.»

*

Au cours d'un grand dîner dont il était l'invité d'honneur, Disraeli s'aperçut que tous les plats arrivaient froid sur la table. Au dessert, on servit du champagne. Disraeli dit à son voisin : «Enfin, quelque chose de chaud...»

*

---

1. Robert Peel (1788-1850), davantage industriel que propriétaire terrien, fut à l'origine de la mutation du parti tory. Plus tard, ses partisans formeront le parti libéral, cependant que les autres tories menés par Derby, ancien whig, et Disraeli, ancien radical, se constitueront eux-mêmes en nouveau parti, sous le titre officiel de *conservateur*. Quand il était Premier ministre, Peel se distingua, en faveur de la minorité orangiste, par une politique irlandaise répressive et défavorable aux catholiques. Les Irlandais le surnommèrent «*Orange Peel*». C'est lui qui organisa la police de Londres, dont les éléments gagnèrent de ce fait le surnom de «*Bobbies*». Parmi les autographes conservés à la bibliothèque de la Chambre des communes, on trouve la lettre qu'un électeur londonien adressa à Peel en 1846 : «J'ai l'honneur de prévenir loyalement le Premier ministre que s'il ne m'accorde pas la pension que je lui ai demandée, je voterai désormais selon ma conscience.»

À la suite d'une querelle avec la synagogue, le père de Benjamin, Isaac d'Israeli, écrivain italien d'origine sépharade, avait fait baptiser son fils en 1817, ce qui devait servir la carrière politique de celui-ci puisque jusqu'en 1858 les Juifs ne pouvaient pas siéger au Parlement (Disraeli a d'ailleurs été le seul Premier ministre d'origine juive de l'histoire britannique).

Benjamin Disraeli resta anglican, et très pratiquant, tout en assumant fièrement sa judéité. Les critiques dont il faisait l'objet étaient parfois inspirées par des préjugés antisémites, et il s'écria un jour au Parlement : « Oui, je suis juif, et quand les ancêtres de mon Très Honorable contradicteur n'étaient que des brutes sauvages perdues dans une île inconnue, les miens priaient dans le Temple de Salomon. »

### À propos de Benjamin Disraeli

John Bright dit à son sujet : « C'est un homme qui s'est fait lui-même, et qui passe son temps à adorer son créateur. »

## DOMITIEN

Titus Flavius Domitianus (51-96) était le fils de Vespasien et le frère cadet de Titus. Au début de son règne, il rendit la justice avec soin, prit des lois de clémence contre les débiteurs, défendit de châtrer les hommes et fit baisser le prix des eunuques qui étaient encore chez les marchands. Il fit appliquer avec rigueur la loi Scantinia, qui réprimait la pédérastie. Ensuite, il persécuta les Juifs pour assurer un paiement convenable de l'impôt qui frappait le trésor judaïque. Il finit par vivre dans la crainte des complots et avait fait garnir les galeries où il se promenait d'une pierre transparente de Cappadoce, la phengite, dont la surface polie, réfléchissant les objets, lui permettait de voir ce qui se passait derrière lui. Il périt effectivement assassiné. Il avait une passion excessive pour les plaisirs de l'amour, qu'il appelait ses « combats de lit », les mettant au rang des exercices salutaires pour le corps. Il passait beaucoup de temps à épiler lui-même ses concubines. Il était d'ailleurs d'une adresse extraordinaire, sachant faire passer les flèches de son arc entre les doigts ouverts d'un enfant situé à bonne distance.

Cet empereur, dont la conversation était remarquable, dit un jour : « Je voudrais être aussi beau que Metius croit l'être. »

### À propos de Domitien

Domitien se retirait dans son cabinet, où il avait coutume de s'amuser à prendre les mouches, et à les percer avec un poinçon.

Un homme de la Cour qui allait y entrer, ayant demandé à Vibius Crispus, qui se tenait là, si quelqu'un était avec l'empereur, s'entendit répondre : « Non, il n'y a pas même une mouche. » Ce bon mot coûta la vie à son auteur.

*

Domitien avait pris un édit ordonnant d'arracher les vignes ; ces deux vers circulaient dans Rome :

Va, coupe tous les ceps, tu n'empêcheras pas
Qu'on ait assez de vin pour boire à ton trépas.

## DONNAY (Maurice)

Maurice Donnay (1859-1945), ancien élève de l'École centrale, débuta comme chansonnier au Chat noir avec des chansons plus ou moins réussies (*Dieu que le son du boa est triste au fond du cor*). Dans l'une de ses pièces, il a inséré un dialogue réellement entendu à un dîner chez des parvenus : le gigot, à 28 F le kilo, inspirait à l'hôtesse des récriminations sur la vie chère. « Songez, lui dit pour la consoler un convive cultivé, que sous le Directoire, le gigot se payait 1 248 F. – Ah ! s'écria la dame, vous allez me dégoûter du gigot ! » Et son mari d'observer : « Moi, ça me dégoûterait plutôt du Directoire. » Donnay expliquait : « Si j'avais dit à mon père, sévère ingénieur, que je voulais écrire, il m'aurait demandé : À qui ? » Il fut reçu à l'Académie française par Paul Bourget qui, pour évoquer l'œuvre du récipiendaire, déclara : « Cette gaieté spasmodique et qui tient de la névropathie, c'est celle d'une jeunesse qui a eu ses vingt ans en une heure troublée de l'histoire et dans un pays déjà très vieux. » Mais Donnay avait coutume d'exprimer plus directement les choses. Il disait : « En amour il n'y a que la conquête et la rupture qui soient intéressantes. Le reste n'est que du remplissage. » Il mettait d'ailleurs ses théories en œuvre.

Au sujet d'une femme qui se mariait pour la cinquième fois : « Elle doit prendre la mairie pour une maison de passe. »

*

Lorsqu'en 1930 une dame un peu sotte, effrayée par toutes les mauvaises nouvelles que rapportaient les journaux, lui dit : « C'est peut-être la fin du monde... », Donnay répondit : « Ça m'est égal, je ne vais pas dans le monde. »

## À *propos de Maurice Donnay*

Un jour que quelqu'un lui disait : «Vous avez une femme si jolie et charmante : pourquoi diable la trompez-vous ?», il dit pour toute justification : «Je ne la trompe pas : elle le sait.»

### DORAT (Claude Joseph)

Avocat, mousquetaire, coureur de jupons, Claude Joseph Dorat (1704-1780) s'évertuait à publier des poèmes. Lorsque fut donnée en 1763 l'une de ses pièces dans laquelle Mlle Clairon tenait le premier rôle, Bachaumont écrivit : «On prétend que M. Dorat, plus curieux de couronner son front de myrtes que de lauriers, étant devenu amoureux de l'héroïne, avait sacrifié sa gloire à son plaisir. Heureusement il n'a pas sacrifié grand-chose.» S'il s'est à peu près confiné dans des vers à l'eau de rose, ses *Œuvres complètes* représentent tout de même 20 vol. in-8°. Il commit même un roman épistolaire, *Les Sacrifices de l'amour*, que Grimm traduisait par «*Les Sacrifices du bon sens de l'auteur à la pauvreté de son imagination*». Dorat écrivit ans : «Il est passé le temps des cinq maîtresses», ce qui ne l'empêcha pas de mourir dans les bras de Mlle Fœnier, de la Comédie-Française, quarante ans plus tard. À sa mort, on a paraît-il brûlé sans relâche pendant huit jours les lettres d'amour qu'il avait reçues. Il eut même une fille posthume, qui naquit cinq mois après le décès de son père. Grimm dit pour finir : «C'est un ramage plein de grâces, un sifflement de serin, on ne peut plus agréable ; mais autant en emporte le vent.»

Dorat disait au marquis de Pezay et à Necker sur leur ministère : «Voilà une comédie qui finira plus mal que mes tragédies.»

## À *propos de Claude Joseph Dorat*

Dorat, mousquetaire de son état, avait quelque prétention à la poésie, mais les limites de son talent justifiaient la critique. Il le savait, et pour mieux assurer son succès il consacrait une partie de sa fortune à éditer magnifiquement ses poésies, qu'il faisait orner de jolies estampes. Ce qui valut à son dernier recueil cette appréciation d'un abbé, dans un salon : «Ce poète se sauve du naufrage, de planche en planche.»

*

Dorat n'était pas non plus un auteur tragique irréprochable : toutes ses pièces seraient *tombées* s'il n'avait conçu d'organiser

une claque. Le premier, en effet, il s'avisa de payer les applaudissements du parterre et le sourire des loges. Beaucoup de grisettes et
de dames de petite vertu gagnaient autant à ce métier qu'à leur
commun labeur. Aussi, à chaque succès de Dorat on appliquait le
mot des Hollandais après la bataille de Malplaquet : «Encore une
pareille victoire, et nous sommes ruinés.»

*

À la mort de Dorat, cette épigramme au sujet de son œuvre circula dans les salons :

> De nos papillons enchanteurs
> Émule trop fidèle,
> Caressa toutes les fleurs,
> Excepté l'immortelle.

### DOUDEAUVILLE (duc de)

Marie Charles Gabriel Sosthènes, vicomte de La Rochefoucauld, duc de
Doudeauville (1825-1908) : petit-fils de Mathieu de Montmorency, il fut
député légitimiste de la Sarthe entre 1871 et 1898 et ambassadeur de
France au Royaume-Uni en 1873, révoqué à cause de ses opinions antirépu-
blicaines. Il fit ses gorges chaudes du scandale de Panamá et s'opposa à
l'expédition du Tonkin. On mit en place de grandes manœuvres républicaines, et il fut battu en 1898 par Caillaux, qui n'eut pas même besoin de
venir faire campagne. Il fut président du Jockey Club de Paris de 1884 à 1906.

Paul Bourget voulait entrer au Jockey Club. Des amis le recom-
mandaient auprès du président, le duc de Doudeauville. «Paul
Bourget a beaucoup de mérite», expliquèrent-ils.

Le duc répondit : «Heureusement, nous sommes encore
quelques-uns ici à n'avoir aucune estime pour le mérite.»

### DROUILLET (président)

Jacques de Drouilhet, ou Drouillet († 1718), était au début du XVIIIᵉ siècle
président de la Chambre des enquêtes au parlement de Toulouse et
membre de l'Académie des Jeux floraux. Mme de Drouillet, douée d'une
certaine facilité poétique, faisait de son salon un cénacle littéraire dont
Campistron, la gloire locale, était l'idole.

Le président Drouillet refusa un jour à sa femme un objet de toilette fort coûteux. « Vous me ferez mourir, monsieur, s'écria-t-elle, et mes funérailles vous coûteront bien davantage.

— Peut-être, mais c'est une dépense qui ne se renouvellera pas. »

## DUCLOS

Charles Pinot, sieur Duclos (1704-1772) : sa mère, veuve énergique d'un riche chapelier de Dinan, avait refusé de se remarier avec le marquis de Boisgelin ; elle confia l'enfant de sept ans à un cocher qui le déposa sur le pavé parisien, comme un paquet. Il se débrouilla, fit de bonnes études tout en menant une vie de désordres grâce à la pension que sa mère lui servait. On appréciait son intelligence, et même la brusquerie bretonne qu'il avait conservée malgré sa fréquentation du monde. Son ouvrage, *Les Confessions du comte de \*\*\**, suite d'aventures racontées sur un ton nouveau, eut un grand succès. Comme le dit Villemain, « Le progrès des mauvaises mœurs, c'est qu'elles étaient devenues philosophiques et raisonneuses. Un mari, homme grave et respecté, qui disserte d'un ton léger sur sa honte avec un de ceux qui la causent ; une femme abstraite et calme dans le désordre, qui explique ses faiblesses comme le ferait Helvétius, voilà des personnages nouveaux que Duclos met en scène. » Quelque flatterie adressée à Louis XV dans son discours de réception lui permit d'être nommé historiographe de France, pour succéder à Voltaire. Il avait accès à toutes les archives royales, et il écrivit des *Mémoires secrets sur le règne de Louis XIV, la Régence et le règne de Louis XV*, des tableaux de mœurs plus piquants que véridiques et qui ont souffert de l'écrasant voisinage de Saint-Simon (Duclos avait d'ailleurs disposé pour son ouvrage des portefeuilles de Saint-Simon, mis sous scellés en 1755).

Pour perdre plus facilement La Chalotais dans l'opinion, lorsqu'on lui intenta son fameux procès, on édita le rapport de son accusateur. Tout le monde se passionnait pour cette affaire, et un imprimeur publia le rapport. « Le croiriez-vous, disait-on à Duclos, le rapport contre La Chalotais s'est vendu.

— Comme le rapporteur... »

\*

L'abbé Trublet sollicitait un fauteuil à l'Académie française, et il finit par faire valoir qu'il était malade de chagrin de n'y pas arriver.

« L'Académie, dit Duclos, n'a point été établie pour les incurables. »

\*

Dans un salon, Duclos dit au sujet de quelqu'un dont on parlait : « C'est l'avant-dernier des hommes. »

Comme un jeune roué lui demanda : « Pourquoi *l'avant-dernier* ? », Duclos le regarda un instant, et lui dit : « Pour ne décourager personne. »

## À *propos de Duclos*

Duclos disait à Mme de Rochefort et à Mme de Mirepoix que les courtisanes devenaient bégueules et ne voulaient plus entendre le moindre conte un peu vif : « Elles sont plus timorées que les femmes honnêtes. »

Et là-dessus il enfile une histoire fort gaie ; puis une autre encore plus forte. Enfin, à une troisième qui commençait encore plus vivement, Mme de Rochefort l'arrête et lui dit : « Prenez donc garde, Duclos, vous nous croyez aussi par trop honnêtes femmes. »

\*

On lui reprochait une certaine vulgarité dans ses goûts et ses habitudes. Un soir qu'il se trouvait dans le cercle habituel de la comtesse de Rochefort, chacun dut se mettre à détailler ce qu'il désirerait pour être heureux.

« Pour vous, Duclos, dit la reine du salon, du pain, du fromage et la première venue. »

## DUCOMMUN (Jean-Pierre)

Littérateur protestant, originaire de Franche-Comté, Jean-Pierre Ducommun (1688-1755) fit ses études de théologie à Tübingen, revint en France après avoir été professeur de français à Halle et fut nommé ministre de la paroisse d'Étupes. Il est l'auteur de *Les Yeux, le Nez et les Tétons* (1760), type d'ouvrage qu'on trouve rarement dans la bibliographie d'un pasteur de l'Église réformée.

*Sur un Grand Capitaine du Siècle*
Quoi qu'il soit fils de hobereau,
Il est vaillant comme Pompée ;
Il s'est avancé par l'épée
Et sa femme par le fourreau.

## DU FOUR

Ce personnage est seulement mentionné par Tallemant des Réaux, pour l'histoire qui va être rapportée. Les Du Four étaient une famille de vieille noblesse, huguenots qui durent fuir la France vers l'Angleterre, puis les États-Unis ; ils s'installèrent à Boston.

Durant les guerres de Religion, Du Four, capitaine huguenot, rencontra des jésuites à cheval ; il leur demanda à qui ils étaient : « Nous sommes, dirent-ils, de la Compagnie de Jésus.

— Je le connais, répondit Du Four ; brave capitaine, mais d'infanterie ; à pied, à pied, mes pères ! »

Et il prit leurs chevaux.

## DUFRESNY DE LA RIVIÈRE

Charles Dufresny, sieur de La Rivière (1654-1724), a été présenté comme « la préface enjouée du XVIIIe siècle ». Il était l'arrière-petit-fils d'Henri IV, son grand-père étant issu des œuvres du roi et de la belle jardinière d'Anet. Louis XIV, qui l'aimait, l'appelait « mon bon Charlot » et le nomma Contrôleur des jardins (il introduisit en France l'idée des jardins à l'anglaise), mais le drôle était si prodigue qu'il aliénait bientôt ses charges et le roi se lassa : « Je ne suis pas assez puissant pour enrichir Dufresny. » Ses petits ouvrages en vers ont une gaieté rêveuse, mais il attachait plus d'importance aux agréments de la vie qu'à son œuvre. On partagera les regrets d'Arsène Houssaye : « Ah ! si Dufresny avait écrit ses confessions ! quel livre charmant ! comme on y eût respiré la senteur de ses roses de Vincennes sur le sein opulent de sa chère Angélique, tout en écoutant sa Chanson des vendanges ! Et je ne parle pas des Mémoires de sa blanchisseuse ! » Dufresny a également une œuvre musicale, bien qu'il ignorât la musique : il composait ses vaudevilles et les chantait à Granval, qui les notait. « Bonne musique à entendre chanter dans un vallon solitaire, au coucher du soleil, par quelque paysanne amoureuse. »

Dufresny épousa une bourgeoise assez disgraciée par la nature mais fort riche, qu'il ruina bientôt par ses prodigalités. Elle s'en vengea en trompant son mari avec un écolier en droit.

Un soir que Dufresny les surprit dans la chambre de sa femme, l'amant si jeune et sa femme si laide, il trouva juste de dire : « Vous n'y étiez pas obligé, monsieur »...

*

Lorsque sa femme mourut, et que le notaire vint pour l'inventaire, Dufresny lui dit : « Vous n'avez rien à faire ici.

— Mais, monsieur, lors de la dissolution de la communauté de biens, je...

— Dites plutôt la communauté de mal, et allez-vous-en. »

Pour autant, Dufresny ne fut pas guéri du mariage : il épousa peu après sa blanchisseuse. C'est qu'il était très endetté à l'égard de celle-ci, et il n'imagina pas de moyen plus simple de régler ses comptes (cela a inspiré à Le Sage un des traits de son *Diable boiteux*).

\*

Dufresny dit un jour à Charles d'Argental, ambassadeur de France à Constantinople, et lui-même littérateur : « Maintenant, je ne lirai plus mes pièces à des gens d'esprit, leur jugement n'est point sûr. Je les lirai à des gens simples, à des imbéciles si possible. »

Et, saisissant les mains de M. d'Argental : « Tenez ! Je viens d'écrire un acte que je trouve bien fait. Voulez-vous que je vous le lise ? »

### À propos de Dufresny

Dufresny de La Rivière était lié avec Regnard, mais il rompit avec lui à propos de la comédie du *Joueur*. Dufresny en effet avait fait *Le Chevalier joueur*, sujet qui lui fut volé, dit-il, par Regnard, qui le gagna de vitesse pour la représentation. Cette querelle inspira à Gacon l'épigramme suivante :

Un jour Regnard et La Rivière,
En cherchant un sujet que l'on n'eût point traité,
Trouvèrent qu'un joueur ferait un caractère
Qui plairait par sa nouveauté :
Regnard le fit en vers, et La Rivière en prose ;
Ainsi, pour dire en vrai la chose,
Chacun vola son compagnon :
Mais quiconque aujourd'hui voit l'un et l'autre ouvrage
Dit que Regnard a l'avantage
D'avoir été le bon larron.

## DUGAZON

Jean-Baptiste Gourgaud, dit «Dugazon» (1746-1809), frère de Mlle Vestris, débuta à la Comédie-Française en 1771 et fut nommé professeur au Conservatoire à sa fondation en 1786. Il jouait les rôles comiques, tout en s'illustrant comme professeur de tragédie. On a dit de Dazincourt et de Dugazon qu'ils étaient tous deux d'excellents valets de comédie, dont l'un mangeait toujours à l'office et l'autre quelquefois au salon. Comme Talma son élève, Dugazon prit le parti révolutionnaire. Mercier affirme même que ce fut lui qui fit signe à Santerre d'ordonner le roulement de tambours qui couvrit la voix de Louis XVI lorsque le roi voulut, sur l'échafaud, s'adresser au peuple. Lorsqu'il reparut sur scène après le 9 Thermidor, il fut accueilli par des huées, et lorsqu'il fut admis à faire sa rentrée au Théâtre Feydeau en 1797 dans *Les Fausses confidences*, rires et applaudissements retentirent au moment où Lubin dit à Dubois, qu'incarnait Dugazon : «Nous nous soucions bien de toi et de ta race canaille!» Dugazon écrivit sous la Révolution trois comédies à caractère politique que les historiens les plus indulgents s'accordent à trouver médiocres. Il mourut fou dans son village de Sandillon.

Dugazon, acteur de la Comédie-Française, tournait souvent en ridicule son rival Desessart. Celui-ci finit par se fâcher, et le provoqua en duel. Dugazon refusa : «Mon ami, tu es si gros que j'aurais trop d'avantages sur toi.»

\*

Bonaparte Premier consul continua à recevoir familièrement à Saint-Cloud les amis qu'il avait eus dans une plus humble fortune. «Ce qui contribua à le faire changer de conduite à cet égard, explique une chronique écrite peu après, c'est que plusieurs d'entre eux oublièrent ce qui était dû au chef du gouvernement de la France et le forcèrent par là à s'en souvenir lui-même.» Dugazon fut de ce nombre. Un jour qu'il était à Saint-Cloud, Bonaparte crut remarquer que l'embonpoint de cet acteur augmentait considérablement : «Comme vous vous arrondissez, Dugazon! lui dit-il en lui frappant sur le ventre.

— Pas autant que vous, petit papa!» répondit l'histrion, en se permettant le même geste.

Le petit papa ne répondit rien, mais Dugazon ne fut plus admis en sa présence.

### À propos de Dugazon

Il s'était rendu célèbre par les rôles outrés de valet comique, ce qu'on appelait les emplois « de grande casaque ». On lui reprochait d'ailleurs d'exploiter abusivement le genre et d'outrepasser la mesure, même en ville ; et l'on fit ces vers en 1779 :

En fait de comédie,
Le talent de Monsieur est la bouffonnerie,
Et le style comique est si fort de son goût
Qu'il ne peut s'empêcher de bouffonner partout.

### DUMAS (Alexandre)

Son père, général de la Révolution aigri sous l'Empire, était le fils d'un blond aristocrate de Saint-Domingue et d'une esclave noire, Marie-Césette Dumas. Le jeune Alexandre (1802-1870) devint employé de bureau du duc d'Orléans, parce qu'il avait « une belle main d'écriture ». Ses véritables débuts datent du succès de *Henri III et sa cour* (1829) : après que le duc d'Orléans eut lui-même donné le signal des applaudissements, la pièce fut ovationnée. Dumas s'attribuait ce que d'autres avaient écrit et qu'il avait retouché, ce qui donna lieu à des procès et des duels. Le succès fut considérable avec *Les Trois Mousquetaires*, principalement écrit par Maquet qui avait eu l'idée d'utiliser les Mémoires apocryphes de D'Artagnan – il existe au cinéma 100 adaptations du livre (et même 101, si l'on compte *L'Étroit Mousquetaire*, de Max Linder). Émile de Girardin avait libéré Dumas de tout scrupule : « Quelques lignes d'un feuilleton signé Alexandre Dumas valent 3 francs ; signé Dumas et Maquet, tout le feuilleton vaut 30 sous. » Puis il y eut *Le Comte de Monte-Cristo*, dont Fiorentino réclama la paternité... On aurait du mal à épuiser la liste des plumitifs de Dumas, qui d'ailleurs se flattait « d'avoir des collaborateurs comme Napoléon a eu des généraux ». Il gagna des sommes fabuleuses ; la construction de son château de Monte-Cristo, à Marly, le ruina ; vint l'amendement Riancey qui assujettit à l'impôt le roman-feuilleton, et c'est en fuyant ses créanciers que l'écrivain quitta la France en 1851. Il écrivit seul des ouvrages qui ne furent plus que des « spéculations de librairie » (Tourneux). Les romans historiques de Dumas fourmillent de choses qui n'ont rien à voir avec la vérité. Un jour qu'on lui dit : « Vous prenez trop de fantaisie avec l'Histoire », il répondit : « L'Histoire est un clou où j'accroche mes tableaux. » La réplique serait belle si son auteur avait été celui des tableaux... Pour autant, Léon Daudet l'a bien caractérisé comme un « pondeur de truculente copie, qui, à travers mille insanités historiques, eut au moins le sentiment très vif des auberges et des routes de France ».

Alexandre Dumas, qui était d'une grande prodigalité, aimait à recevoir royalement en son château délirant de Monte-Cristo, qu'il fit construire à Port-Marly. Sa table était si bien ouverte qu'il ne savait pas toujours qui il retrouverait à dîner. Un soir, jetant un coup d'œil par l'entrebâillement de la porte de la salle à manger, il aperçut une douzaine de convives déjà attablés. À son fils, qui venait lui rendre visite, il dit : « Alexandre, je ne connais pas un seul de mes invités. Allons dîner ailleurs. »

*

Dans un salon du XIXᵉ siècle, un faux noble qui n'avait même pas le mérite de s'être enrichi évoquait complaisamment les armoiries de sa famille. Dumas, chez qui l'exaspération montait, l'interrompit : « Vos armes, monsieur, on les connaît : beaucoup de gueules sur très peu d'or ! »

*

Dumas eut beaucoup d'ennuis avec les créanciers et les huissiers qu'ils envoyaient. Il eut sa revanche le jour où l'on vint solliciter son obole pour les obsèques d'un huissier voisin, qui l'avait poursuivi avec une certaine assiduité. Il manquait dix francs pour l'achat d'une couronne.

« Voilà vingt francs, dit Dumas, enterrez-en deux ! »

*

À la grande époque du boulevard, Alexandre Dumas rencontra Victor Hugo qui froissait nerveusement une gazette.

« Le croirais-tu ! s'exclama Hugo : voilà un journaliste qui ose prétendre que c'est Vigny l'inventeur du drame historique.

— L'imbécile ! Comme si tout le monde ne savait pas que c'est moi ! »

### À propos d'Alexandre Dumas

En montrant les numéros qui divisaient les *César* de Lamartine et Dumas en un nombre infini de petits paragraphes (I. II. III. IV., etc.), quelqu'un dit : « Ce qu'il y a de plus romain là-dedans, ce sont les chiffres... »

*

Les Dumas, père et fils, étaient débauchés et assez vulgaires. Horace de Viel-Castel rapporte qu'un jour, en public, le fils se plaignit à son père qu'il lui donnait toujours ses chaussures neuves et ses anciennes maîtresses.

«Réjouis-toi donc, lui dit son père : c'est que tu as le vit gros et le pied petit.»

## DUMAS fils

Alexandre Dumas fils (1824-1895) était né des amours de son père avec une couturière, voisine de palier. Il trouva sa voie lorsqu'il aborda l'étude de la société moderne, où la mort de Balzac, pensait-il, lui laissait carrière. *La Dame aux camélias* (1848) reste le plus célèbre portrait de cette galerie où se trouvaient exposées au public les mœurs du «demi-monde». Grâce à la protection du duc de Morny, l'auteur put faire représenter sa pièce en 1852. L'amour, l'agonie et la mort de Marie Duplessis obtinrent un succès retentissant, dans cette époque prospère où la bourgeoisie cultivait la morbidité à ses heures perdues pour le commerce. Dans une série de pièces à prétentions sociales, l'auteur exploita le filon, qu'on appelait alors «scabreux», avec une petite fascination. «Plus heureux que son père, écrit Maurice Tourneux, M. Dumas fils n'a jamais vu mettre en doute sa puissante originalité et nul ne s'est avisé de lui prêter des collaborateurs réels ou imaginaires. Par contre, il lui est arrivé plusieurs fois de mettre sa plume au service d'autrui, notamment pour *Le Marquis de Villemer*, de George Sand.» Élu à l'Académie française, il y fut chargé du rapport sur les prix de vertu, ce qui ne manque pas de piquant. Dans l'œuvre, on signalera *La Femme de Claude*, qui convertit Edmond de Rotschild au sionisme; le reste de l'ouvrage, c'est-à-dire les turpitudes de Césarine (la femme de Claude), ne mérite pas qu'on s'y attarde. On fait souvent grief à Alexandre Dumas, le père ou le fils, d'avoir été le malheureux auteur de ce distique :

> Je sortirai du camp, mais quel que soit mon sort,
> J'aurais montré du moins comme un vieillard en sort.

En vérité c'est là l'ouvrage d'*Adolphe* Dumas, qui, lorsqu'il s'aperçut de son involontaire calembour, retira les deux vers de sa pièce *Le Camp des croisés*.

Un soir, Alexandre Dumas le fils causait avec une actrice très maigre. Tout à coup il tire une carte de visite de sa poche et la laisse tomber dans le corset de l'actrice. «Mais que faites-vous donc là, monsieur? dit l'actrice en minaudant – car elle prenait cela pour un acte galant.

— Mademoiselle, répondit l'écrivain, quand je vais chez quelqu'un et que je ne trouve personne, je laisse mon adresse. »

*

Alexandre Dumas fils avait été invité à dîner, avec son épouse, par une dame de réputation douteuse. Il se présenta seul, en expliquant : « Ma femme n'a pas pu m'accompagner pour deux raisons. La deuxième est qu'elle a la migraine. »

*

La comtesse Potocka, qui tenait salon littéraire, demanda au créateur du canal de Suez d'écrire quelques lignes dans son album. Elle était séduisante, et inspirait à M. de Lesseps quelques pensées hardies ; il commença à écrire : *Si les jolies femmes étaient des isthmes...*

Alexandre Dumas fils, qui attendait son tour, vit ce que Ferdinand de Lesseps écrivait, et il s'empressa de dire : « Oh ! cher ami, soyez continent ! »

*

On a raconté ailleurs les aventures galantes de la tragédienne Rachel. Après toutes ces aventures, elle se trouvait un été à Étretat, où elle avait accompagné Alexandre Dumas fils ; la plage était en vogue. La tragédienne y goûta des heures de détente, s'abandonna à la douceur du soleil ; puis, dans un moment d'enthousiasme, elle demanda à son auteur de prédilection : « Pourquoi ne m'épouseriez-vous pas ?

— Je n'épouse pas mes maîtresses, et vous voudriez que j'épouse celle des autres ? »

*

Épigramme improvisée par Alexandre Dumas chez George Sand, au sujet d'un mauvais recueil de poésies imprimé sur beau papier :

> Voici ce que, sur ma parole,
> Je pense de ton livre obscur,
> La poésie en est trop molle,
> Et le papier en est trop dur.

*

En sortant du Palais-Mazarin après l'élection de Dumas à l'Académie, Henry Becque improvisa ce distique, où il s'en prenait à Dumas père et fils :

Comme les deux Corneille, ils étaient deux Dumas.
Mais aucun ne fut Pierre, tous deux furent Thomas.

Comme la pièce *Les Corbeaux* était l'œuvre la plus célèbre de Becque, la réponse en provenance du fils ne se fit pas attendre :

Si ce coup de bec de Becque t'éveille
Ô Thomas Corneille en l'obscur tombeau
Pardonne à l'auteur qui baye aux Corneille
Et songe au public qui bâille aux *Corbeaux*.

Léon Daudet a donné un aperçu du contentieux : « Henry Becque, auteur de *La Parisienne*, de *Michel Pauper*, des *Corbeaux*, large face toujours hilare, la bouche juteuse comme une pêche ouverte, avait une réputation de cruauté qu'il lui fallait soutenir coûte que coûte. Les envieux et les timides lui prêtaient des mots d'auteur, dont quelques-uns seulement étaient authentiques et comme les fruits de longues méditations. Henry Céard, qui le connaissait bien, prétendait qu'il se mettait en bras de chemise pour composer ces traits barbelés... Sa haine de Dumas fils, qui tenait aux causes les plus futiles, l'entraînait à l'admiration de Sardou et ceci donne la mesure de ses facultés critiques. Car le théâtre de Dumas fils a vieilli, c'est entendu, et il n'est pas agréable d'assister au *Demi-Monde* ni à *Francillon*, même en se bouchant les oreilles – la seule vision de ces œuvres étant terriblement démodée. Mais Dumas fils a sa place dans l'histoire du théâtre, au lieu que Victorien Sardou – *La Haine* et *La Tosca* mises à part – a fait des pièces pour l'exportation, susceptibles d'être savourées à Honolulu aussi bien qu'à New York ou à Sidney : "Oh! master Sardou, tout le monde le comprend. – C'est précisément pour cela, lady, qu'à Paris nous ne le comprenons plus." Donc Henry Becque déchirait ses confrères, et pourtant sa conversation était fastidieuse. Il calomniait et il faisait l'effet d'un raseur. Il colportait des anecdotes empoisonnées et les gens fuyaient son approche jusqu'au fin fond du buffet... Arrangez cela. L'ennui serait-il plus fort que la haine ? »

*

Le prince Napoléon avait envoyé à Alexandre Dumas fils un recueil de vers, accompagné de la lettre suivante : « J'ai écrit ces petites poésies à mes moments perdus. Qu'en pensez-vous ? »

L'écrivain lui répondit : « Monseigneur, j'ai bien reçu vos poésies. J'en pense ce que penserait Votre Altesse de moi si je me faisais prince à mes moments perdus... »

### À propos d'Alexandre Dumas fils

En 1857, une pièce de Dumas, *La Question d'argent*, ne fut pas du goût de Mirés, banquier et ministre, qui adressa à l'auteur certaines critiques. On déclara que cela devait arriver parce que l'œuvre *castigat ridendo Mires* [« corrige Mirés en riant », de *castigat ridendo mores*, la devise de la comédie classique qui « corrige les mœurs en riant »].

*

Alexandre Dumas fils déposait devant la cour d'assises de la Seine-Inférieure, à Rouen, dans l'affaire Dujarrier-Beauvallon.

« Votre profession ? demanda le président de Tourville.

— Auteur dramatique, si j'ose employer ce terme dans la patrie du grand Corneille.

— Qu'importe, il y a des degrés dans toutes les professions », rétorqua le magistrat.

Une actrice se chargea de venger son auteur. Quand le président lui demanda sa profession, elle répondit : « Pucelle, si j'ose employer ce terme dans une ville où on les brûle. »

### DU PERRON (cardinal)

Jacques Davy-Duperron, dit « Du Perron » (1559-1618), fils d'un ministre de la religion réformée qui s'était réfugié en Suisse, rencontra aux États de Blois Des Portes, qui lui conseilla d'abjurer ladite religion réformée et le proposa comme lecteur au roi. Très bel homme aux mœurs décriées, esprit de grande envergure, ses succès dans le monde appelèrent Du Perron à l'archevêché de Sens. Ensuite, le pape fit des difficultés pour nommer cardinal cet énergumène, soupçonné d'avoir participé, dans sa jeunesse, au meurtre du poète Du Monin. Du Perron combattit le calvinisme contre Duplessis-Mornay et D'Aubigné, et il instruisit Henri IV dans la religion catholique; c'est d'ailleurs lui qui, avec D'Ossat, reçut le 17 septembre 1595 les coups de baguette en lieu et place du roi de France, Clément VIII ayant accordé l'absolution de cette manière. Tallemant prétend que Du Perron mourut d'une vérole rapportée de Rome et que, lorsqu'il avait fait refaire son jardin de Bagnolet, il avait refusé qu'on touchât à l'allée parce que, devenu goutteux, il aimait à se souvenir d'une jeunesse où il avait été merveilleusement dispos, contemplant cette avenue où il avait autrefois «sauté vingt-deux femelles d'un saut». En mourant, il ne voulut jamais dire autre chose, quand il prit l'hostie, sinon qu'il la prenait comme les Apôtres l'avaient prise; on a alors raconté qu'il avait voulu mourir en fourbe, comme il avait vécu. En vérité les réformés ont inventé pour accabler sa mémoire : ils lui reprochaient son reniement et la conversion active de beaucoup de religionnaires, dont celle de Pierre Cayet, ancien pasteur, que les protestants accusèrent de magie (il s'était intéressé au cas du «docteur Faust»), de pacte avec le diable pour apprendre les langues (il pratiquait l'hébreu) et d'avoir présenté un mémoire au Parlement pour la réouverture des maisons de prostitution (pure invention répétée par Bayle avec son insouciance habituelle).

Mme de Surgères, qui était très laide, priait le cardinal Du Perron de faire une préface aux œuvres de Ronsard, en ayant soin de la justifier du reproche d'avoir été la maîtresse de ce poète. Le cardinal répondit : «Madame, mettez votre portrait à la place d'une préface, et cela vous justifiera.»

\*

Louise de L'Hospital-Vitry, avant de devenir en 1586 Mme de Simier, avait eu de nombreuses liaisons. Le marquis de Pisani fut un de ses premiers amants, avant le duc de Joyeuse, l'amiral de Villars, et Des Portes. Elle écrivit sur le tard une *Vie de Madeleine* en trois parties, et elle l'envoya au cardinal Du Perron pour avoir son avis. Il rendit le manuscrit à son secrétaire avec ce commentaire : «Dites à Mme de Simier qu'elle a fait admirablement la première partie de la vie de Madeleine.»

Comme elle lui demandait si faire l'amour était véritablement un péché mortel, il répondit : «Non, car si cela était, il y a longtemps que vous seriez morte.»

\*

Mme de Verneuil, maîtresse d'Henri IV, n'appelait pas autrement la reine, Marie de Médicis, que «votre grosse banquière» lorsqu'elle s'adressait au roi, qui s'en amusait. Faisant en outre allusion aux mariages diplomatiques et d'intérêt auxquels étaient astreints les rois, elle n'hésitait pas à dire : «C'est une concubine que votre Florentine, je suis, moi, votre vraie femme.» Comme le roi, qui entendait tout cela, lui demandait un jour ce qu'elle aurait fait si elle avait été présente lorsque la reine faillit se noyer dans la Seine à Nully, elle répondit : «J'eusse crié : la reine boit.»

À propos de cet incident, on raconta que la reine s'était raccrochée aux parties intimes de M. de la Châtaigneraie pour éviter de se noyer.

«Elle avait raison, commentait le cardinal Du Perron, cette partie-là ne va jamais au fond.»

## À propos du cardinal Du Perron

Le cardinal Du Perron jouait aux échecs avec Henri IV, et au moment où il plaçait un cavalier, il lui arriva de lâcher un pet sec. Pour couvrir cette liberté qui aurait pu être prise pour une insolence en présence du roi, le cardinal dit : «Au moins, Sire, il n'est pas parti sans trompette.»

## DUPIN aîné

André Dupin (1783-1865), dit «Dupin aîné» (les frères Dupin étaient fort vaniteux, et on prétendait qu'ils avaient fait graver sur la tombe de leur mère : «Ci-gît la mère des trois Dupin»), après avoir échoué au concours de professeur à la faculté de droit de Paris, devint sous la Restauration l'avocat attitré du parti libéral. Il avait «l'instinct bourgeois, épris des principes de 1789 et du gallicanisme, et plein d'antipathie pour les jésuites» (Marcel Planiol); on lui doit cette formule, dans une plaidoirie : «Sentez les coups de cette longue épée dont la poignée est à Rome et la pointe partout». La haine qu'il éprouvait pour la Compagnie de Jésus le fit militer contre la liberté de l'enseignement. Devenu l'un des conseils du duc d'Orléans, il le décida à prendre en 1830 le nom de Louis-Philippe Ier, au lieu de Philippe VII que les royalistes proposaient «pour renouer la chaîne des temps». Il expliqua : «Le duc d'Orléans n'est pas appelé au trône parce qu'il est Bourbon, mais *quoique* Bourbon.» Révolutionnaire en 1830, autoritaire dès 1831, il se rallia plus ou moins à la république en 1848, avant de se jeter dans les bras du prince-président et d'encourager la révision de la Constitution en 1851 pour faciliter l'empire. Il démissionna de son siège de procureur général à la Cour de cassation lorsque les biens de la famille d'Orléans furent confisqués, mais il accepta de reprendre les mêmes fonctions peu après. Cet esprit approximatif se croyait philosophe du droit. Il a écrit dans ses *Règles de droit et de morale tirées de l'Écriture sainte* : « Il est raisonnable de faire abattre un animal dangereux, par exemple un bœuf qui joue de la corne. Mais empêcher de le manger ne se justifie pas au point de vue de l'hygiène et de l'économie domestique. »

L'avocat Dupin, qui présida la Chambre des députés sous la monarchie de Juillet durant huit années, n'aimait pas ses collègues. Quand les orateurs se succédaient, il se plaisait à dire : « La tribune ressemble à un puits : quand un seau descend, un autre remonte, sans que la vérité en sorte jamais. »

*

Dupin, en voyant une liste de candidats au ministère, dit : « Franchement, ils sont bons à mettre au cabinet. »

*

Ce personnage avait fait des mauvais jeux de mots une sorte de spécialité. Lorsqu'à la Chambre, au milieu des tumultes, on avait reproché à Guizot, alors ministre, d'avoir accompagné Louis XVIII à Gand pendant les Cent-Jours, Dupin avait déclaré : « Voilà un bien grand orage pour un petit tour à Gand. »

*

À l'époque du scandale de Panamá, les journaux répéteront à l'envi ce mot de Dupin prononcé vers 1850 : « Sur sept cent cinquante représentants du peuple, il y en a cinquante qui comprennent et sept cents qui prennent. »

### À propos de Dupin aîné

De Barthélemy, *À propos de la fulminade de M. Dupin contre le luxe des femmes* :

> Vieux Dupin, en vain tu fulmines
> Dans ton petit livre à deux sous :
> Tu tapes sur les crinolines,
> Ne pouvant plus taper dessous.

*

Dupin illustrait la vulgarité montante des années 1840; et en ce temps-là, on ne s'y était pas encore tout à fait habitué.

Lors de sa réception à l'Académie, Molé avait prononcé un discours très pâle, auquel Dupin avait répondu par un discours aussi grossier que ses origines, qui fit dire au prince de C.[1] : «Il a mis ses souliers ferrés dans sa bouche.»

Pendant tout le temps de ce discours, Royer-Collard avait grommelé : «Mais, c'est un carnage!»

C'est que Dupin se prenait pour un orateur spirituel. La seule fois où il fit vraiment rire, ce fut quand, à la tribune du Sénat, il prit la calotte de velours noir que Sainte-Beuve, qui parlait avant lui, avait oubliée : Dupin transpirait, et il s'essuyait la figure avec ce qu'il trouvait sous sa main, cette fois le couvre-chef de Sainte-Beuve, ce qui provoqua des rires chez les austères sénateurs, sans que Dupin comprît pourquoi, puisqu'il n'avait pas fait de bon mot...

## DUPUY DES ISLETS (chevalier)

Chevalier Dupuis des Islets (1770-1831) : ce petit poète, chevau-léger dans la garde royale, émigra en 1791 et servit dans l'armée des Princes, avant de s'établir en Angleterre. Rentré en France sous le Directoire, il réintégra la cavalerie. Il avait un lien de parenté avec l'impératrice Joséphine. Avec ça, des convictions mobiles : on lui connaît un *Dithyrambe sur la naissance du roi de Rome* et des *Stances sur la naissance du duc de Bordeaux*.

### Épigramme

D'un air contrit, certain folliculaire,
Se confessait au bon père Pascal :
«J'ai, disait-il, délateur et faussaire,
Vendu l'honneur au poids d'un vil métal;
Dans le mépris je consume ma vie;
Ennemi né du goût et du génie,
J'arme contre eux la sottise et l'envie;
Ce qui fut bien me parut toujours mal...
— Ah! laisse là ce détail qui m'attriste,
Que ne dis-tu tout d'un coup, animal,
Que ton métier est d'être journaliste?»

---

1. Alphonse Karr, qui rapporte l'anecdote, ne cite pas le nom.

## ÉDOUARD VII

Édouard VII (1841-1910), dit «Bertie», longtemps resté prince de Galles du fait de la longévité de Victoria, fut pour ses parents une source de tristesse du jour où il s'adonna aux femmes, ce qui arriva quand il eut dix-neuf ans, après qu'un de ses camarades officiers eut fait entrer dans sa tente une actrice lors de manœuvres de l'armée en Irlande. La reine resta convaincue que ce grave incident avait abrégé les jours du vénéré Albert. Elle déclara que jamais elle ne pourrait plus voir «ce garçon» sans éprouver un profond dégoût. Elle l'écarta des affaires et Bertie eut tout loisir de se consacrer aux filles. Lors de la messe de son couronnement, un endroit particulier des stalles, le coin des libertines (*the Loose Box*), réservé à ses maîtresses, hébergea Hortense Schneider, la princesse de Sagan, la duchesse de Mouchy et nombre d'Anglaises. Mais c'est avec Alice Keppel qu'il eut sa liaison la plus durable; elle avait vingt-neuf ans quand elle éprouva une vive curiosité pour cet homme qui en avait le double, mesurait 1,60 m et pesait 100 kg (le ventre d'Édouard VII est à l'origine de l'usage de laisser libre le dernier bouton d'un gilet) : elle le voyait fumer vingt cigares par jour, faire cinq énormes repas, boire des quantités phénoménales de brandy; elle fut séduite. Le roi recevait Alice à Soho, dans les dépendances d'un restaurant rendu célèbre par Auguste Kettner, le cuisinier de Napoléon III. W. Donaldson, qui note que Kettners constitue aujourd'hui le navire amiral de la chaîne Pizza Express, pense que c'est par un discret hommage aux célébrités qui s'y ébattirent qu'un pianiste vient le soir jouer avec torpeur quelques airs élégants. Alice Keppel eut une fille, Violet, qui devint la bruyante amante de l'écrivaine Vita Sackville-West et qui aimait à croire qu'Édouard VII était son père.

Le règne de Victoria[1] dura soixante-quatre années. Pendant ce temps-là, le prince de Galles, qui certes s'accordait des distractions,

---

1. Alexandrina Victoria de Hanovre, reine du Royaume-Uni, impératrice des Indes (1819-1901), manifesta dès son avènement à dix-huit ans une bonne maîtrise des mécanismes constitutionnels, bien que Shaw ait soutenu plus tard que «de nos jours une femme de chambre, aussi ignorante que Victoria l'était quand elle monta sur le trône, serait considérée comme mentalement handicapée». Après la mort du prince Albert, en 1861, la reine s'installa sur l'île de Wight dans une réclusion qui la menaçait d'impopularité. Disraeli la fit reconnaître Impératrice des Indes, organisa ses jubilés : le prestige de la monarchie fut à son zénith. En 1901, la revue *Black & White* décida de prouver que, depuis la conquête de la Judée par les Romains, la reine Victoria était la première souveraine régnante d'origine juive, sa mère étant à moitié juive par les Saalfeld. On ajoutait que le visage du nouveau roi, Édouard VII, accusait les traits distinctifs de la race élue. Cela est dû à une méprise, Saalfeld n'étant pas le nom d'une famille mais celui d'un fief princier de Thuringe qui avait pour chef-lieu Saalfeld-sur-la-Saale. Plus récemment, on a dit que toute la lignée, et ce compris l'actuelle reine Élisabeth II, a du sang africain, et c'est cette fois la négritude qui serait exposée sur certains faciès royaux; cela est moins faux du fait de la femme de George III.

attendait. On prétend qu'il dit à l'archevêque de Canterbury, à l'issue du service de célébration du jubilé de diamant de sa mère en 1897, à la cathédrale Saint-Paul : «Après vous avoir entendu, je n'ai aucune objection à la notion de Père éternel, mais j'en fais beaucoup au concept de mère éternelle.»

\*

Comme on disait devant Édouard VII que sa mère, la reine Victoria, devait être heureuse au paradis après avoir retrouvé Albert, il émit des doutes : «Il va falloir qu'elle marche derrière les anges, et elle ne va pas aimer ça.»

\*

Lorsque lord Harris fit son apparition aux courses d'Ascot coiffé d'un chapeau melon marron, Édouard VII lui dit : «Vous allez à la chasse aux rats, Harris?[1]»

### À propos d'Édouard VII

Le futur Édouard VII avait retenu quelque temps une voiture de remise, dans Londres, pour se donner du bon temps, tous rideaux baissés, avec la jeune Rosa Lewis, bonne fille du peuple[2]. Au bout du compte, le prince de Galles paya le cocher d'une somme modique, et celui-ci protesta vertement jusqu'à ce que Rosa lui remît deux souverains. Le cocher dit, en les empochant : «J'ai su que j'avais affaire à une lady dès que je vous ai vue, mais où diable avez-vous ramassé ce type?»

---

L'époque victorienne est restée le symbole du triomphe bourgeois et commercial (au 23 janvier 1901, Bloy note : «Crevaison de l'antique salope Victoria. Léon XIII a dit que l'Église faisait là une grande perte. Hanotaux a donné ce matin au *Journal* une chronique dont l'abjection étonne, même de lui»). Mais ses reliques n'atteignent pas des sommets : une culotte de la reine Victoria fut vendue aux enchères à Londres, en 1988, pour 325 livres.

1. Cela dit sur un ton aussi relâché que la tenue visée, c'est-à-dire avec l'accent cockney qui fait l'économie des finales et n'aspire pas les *h* : «*Goin' rattin', 'Arris?*» Le très snob lord Curzon disait qu'un gentleman ne devait absolument jamais paraître dans Londres vêtu de marron.

2. Qualifiée plus tard de «*cockney genie*», elle deviendra célèbre comme propriétaire et chef du Cavendish. Elle avait commencé comme cuisinière chez lady Randolph Churchill, où elle avait un jour lancé au jeune Winston, alors fort rouquin, pour le chasser des cuisines : «Casse-toi de là, petite b... rousse!»

*

Le prince de Galles, plus tard Édouard VII, se querella verte-ment, un jour, avec sa maîtresse Lillie Langtry, vedette de music-hall, et il lui dit avec amertume : «J'ai dépensé pour vous de quoi financer un navire de guerre.»

Elle répliqua : «Et vous avez dispensé en moi de quoi le mettre à flots![1]»

*

Quand, en 1936, Alice Keppel apprit qu'Édouard VIII, le petit-fils de son ancien amant Édouard VII, avait abdiqué pour pouvoir épou-ser une Américaine divorcée, l'ancienne royale maîtresse dit simple-ment : «On faisait les choses beaucoup mieux, de mon temps.»

L'arrière-petite-fille d'Alice Keppel est Camilla Parker Bowles, maîtresse adultère et finalement épouse de l'actuel prince de Galles. Selon W. Donaldson, le commentaire que fit Alice sur les amours d'Édouard VIII laisse penser qu'elle aurait été extrêmement décon-certée par la manière dont le prince Charles et Mrs Parker Bowles ont géré leur propre liaison.

*

Édouard VII avait invité à un grand dîner lord Beresford, son ancien aide de camp, avec lequel il était désormais en froid à cause de la liaison que celui-ci avait eue avec la comtesse de Warwick. Mais le roi devait procéder à cette invitation, du fait de la qualité de Beresford, amiral de la Flotte de la Manche. Il émit l'invitation tar-divement. Il reçut un télégramme de lord Beresford :

VRAIMENT DÉSOLÉ DE NE POUVOIR VENIR.
MENSONGE SUIT PAR COURRIER[2].

*

L'épouse qu'on octroya au futur Édouard VII, la princesse Alexandra de Danemark, s'efforçait de ne pas trop prendre ombrage

---

1. La symétrie de vocabulaire et de syntaxe rend l'original plus percutant : «*I've spent enough on you to buy a battleship... – And you've spent enough in me to float one!*»

2. On trouve l'anecdote prêtée à M. de Guermantes dans *Le Temps retrouvé* (1926).

du comportement de celui qu'elle finit par appeler affectueusement
«mon petit coquin» («*my naughty little man*»).

Après la mort d'Édouard VII, lord Esher vint présenter à la reine
Alexandra ses condoléances. La reine trouva elle-même les mots de
consolation qu'il fallait : « Au moins maintenant, je sais où il est... »

### EGERTON (lord)

Francis Henry Egerton, comte de Bridgewater (1756-1829), universitaire
estimé, recueillit la fortune d'un oncle constructeur des canaux d'Angleterre. Il vint à Paris à cause d'un scandale ; il y mourut trente ans plus tard
*in the odour of eccentricity*, vivant reclus avec ses chiens et ses chats. Les
rapports de police français, toujours précis, disent qu'à chaque repas une
table était dressée pour douze couverts, les onze convives étant des
chiens protégés par une serviette nouée autour du cou. Chaque chien
avait son serviteur muni d'un plat d'argent. L'autre grand sujet d'intérêt
du comte de Bridgewater était les bottines. Ses chiens en portaient, faites
sur mesure, et lui-même utilisait une nouvelle paire chaque jour de l'année. Le soir, il les rangeait autour de sa chambre, et l'ensemble lui tenait
lieu de calendrier. Il finit par employer le grand cuisinier Viard.
Cependant, il ne lui permit de rien cuisiner d'autre que du bœuf bouilli à
l'anglaise accommodé de pommes de terre, menu qui déroutait les rares
êtres humains admis à sa table. Parfois, il prenait plaisir à revêtir une
redingote rose et à chasser un renard lâché dans le jardin de l'hôtel de
Noailles, où il habitait. Une fois seulement, il éprouva la nécessité de sortir de sa maison : il avait décidé de passer l'été à la campagne, déména-
gement qui impliqua seize voitures chargées de bagages et trente
serviteurs à cheval. Lorsque le comte, à la fin du premier jour, s'aperçut
qu'il était impossible de trouver une auberge de campagne capable de
lui servir du bœuf bouilli à l'anglaise, le cortège revint au point de départ.

Contraint de fuir l'Angleterre pour éviter les effets d'une scandaleuse affaire, lord Egerton s'était établi à Paris. Il s'y trouvait en
1814 lorsque les Alliés y firent leur entrée. Suivant l'usage, des billets de logement avaient été distribués, et le prince de Cobourg,
armé de son droit, se présenta chez lord Egerton. Le lord prit la
chose avec hauteur : «Prince, j'ai dîné jadis avec votre père, mais
j'aurais rougi de me présenter devant lui si je n'y avais été invité. Je
suis surpris qu'un homme comme vous vienne ici s'emparer de ma
maison. Je n'aurais jamais attendu cela d'un Cobourg !»

Le prince, démonté, salua et se retira, et lord Egerton échappa,
seul à Paris, à l'ennui de loger des hôtes qu'il ne connaissait point.

## ÉLÉONORE D'AUTRICHE

Fille de l'empereur Ferdinand Ier (frère et successeur de Charles Quint), Éléonore d'Autriche (1534-1594) reçut une éducation très religieuse. Elle connaissait en tout cas les choses de la vie quand on décida de lui faire épouser Guillaume Gonzague, duc de Mantoue, qui régnait sur ce petit État (le duché de Mantoue sera plus tard annexé à celui de Milan). Le duc était affligé d'une bosse qu'on retrouve dans la descendance des Malatesta.

On voulait faire épouser à la sœur de l'empereur Maximilien le duc de Mantoue. Quelqu'un crut devoir avertir cette archiduchesse que le duc était fort bossu. Elle répondit : «Il n'importe que la cloche ait quelque défaut, pourvu que le battant soit bon.»

## ELIOT (T.S.)

Thomas Stearns Eliot (1888-1965) vint, après Harvard, étudier à Oxford et à la Sorbonne où il suivit les cours de Bergson. Entre les deux guerres, spécialement à Paris où il fréquentait Joyce, il s'adonna à l'étude du sanskrit et des religions orientales, et fut disciple de Gurdjieff avant de se convertir à la religion anglicane (il se dira plus tard «de forme d'esprit catholique, d'héritage protestant et de tempérament puritain»). Lorsqu'il reçut le prix Nobel, en 1948, Emanuel Litvinoff décida de mettre en épigraphe des allusions antisémites dans les poèmes d'Eliot. Ce dernier opposait aux attaques un silence paresseux ; un jour que Litvinoff avait, dans une conférence, lu un poème qu'il incriminait, on entendit simplement l'auteur, qui se trouvait là, murmurer à ses voisins : «C'est un bon poème...» L'affaire s'essouffla quand on apprit qu'Eliot avait aidé un grand nombre de fugitifs juifs.

T.S. Eliot, à qui l'on demandait si la plupart des éditeurs n'étaient pas des écrivains ratés, répondit : «C'est possible, mais c'est aussi le cas de la plupart des écrivains.»

## ÉPERNON (duc d')

Jean-Louis de Nogaret, duc d'Épernon (1554-1642), commença comme mignon d'Henri III, et bien que le roi l'eût éloigné, il accourut pour le soutenir après la Journée des barricades. Il se montra plus rebelle à Henri IV, et certains prétendent qu'il fut l'un des principaux artisans du complot dont Ravaillac fut l'exécutant. Lorsque le roi fut poignardé dans son carrosse, il avait le bras droit appuyé sur l'épaule de D'Épernon, qui lui lisait une lettre : le meurtrier vint à la portière et «donna dans le corps du roi comme dans une botte de foin». Mais comme l'officier des gardes du corps tirait l'épée et se précipitait sur le régicide, d'Épernon lui défendit, sous peine de la vie, de le tuer – ce qu'il n'eût pas fait s'il avait été du complot. Et d'Épernon cria au peuple, pour éviter tout trouble, que le roi n'était que blessé, alors que le carrosse remmenait au Louvre un cadavre... Sous Louis XIII, le duc fit grand-peur à Richelieu à Bordeaux, quand il alla le voir suivi de 200 gentilshommes en armes : le cardinal, qui était seul au lit, ne lui pardonna jamais cette frayeur. Ce cadet de Gascogne, qui avait quitté à vingt-deux ans le château familial pour courir l'aventure, ne perdit son sang-froid qu'une seule fois : il tomba évanoui en apprenant que son fils se faisait huguenot.

Quand M. d'Effiat fut honoré par le roi du titre de maréchal, pour le remercier de ses talents diplomatiques, d'Épernon lui dit : « Eh bien, monsieur d'Effiat, vous voilà maréchal de France. De mon temps on en faisait peu, mais on les faisait bons. »

*

Au siège de La Rochelle, dont les opérations étaient dirigées par le cardinal de Richelieu, le maréchal d'Épernon se promenait avec un gros missel sous le bras, en disant : « Il faut bien qu'on fasse le métier des autres, puisqu'on fait le nôtre. »

*

Quand le cardinal fut fait généralissime en Italie, d'Épernon dit : « Le roi ne s'est réservé que la vertu de guérir les écrouelles. »

### ESTAMPES DE VALENÇAY (Léonor d')

Léonor d'Estampes de Valençay (1589-1651) : ce prélat était issu d'une très ancienne famille dont le fondateur avait appartenu aux gens d'armes de Charlemagne. Tallemant le décrit comme bien fait de sa personne, assez érudit et doué d'une mémoire très heureuse, « mais il n'y a jamais eu un homme si né à la bonne chère et à l'escroquerie ». On prétend qu'il mourut en tenant des marrons pour tout chapelet, et que, comme son confesseur lui représentait qu'il faudrait rendre compte à Dieu, il écouta longtemps avec componction, puis attira le religieux pour lui dire à l'oreille : « Le diable emporte celui de nous deux qui croit rien de tout ce que vous venez de dire. »

Le président du présidial de Reims dînait chez l'archevêque, et il se blessa au doigt en voulant couper du bœuf.

«Vous avez coupé dans le vif, monsieur le président, dit l'archevêque.»

*

Plusieurs ordonnances des rois de France, prises contre le luxe, interdisaient de mettre un habit de soie par-dessus un autre vêtement du même tissu.

L'intendant de Champagne, Camus (le petit Camus, dit «Camus-patte-blanche», originaire de Lyon), avait pour habitude de se poser des escalopes de veau sur le visage, pour avoir le teint frais. L'archevêque lui dit : «Cela n'est pas permis : c'est mettre soie sur soie.»

### À propos de Mgr d'Estampes de Valençay

On a décrit cet archevêque de Reims comme extrêmement courtisan. L'objet particulier de sa cour était le cardinal de Richelieu. Selon Montchal, Louis XIII lui-même disait à ce sujet : «Il est tellement assujetti que si le cardinal voulait, il irait baiser son derrière et pousserait son nez dedans jusqu'à ce que le cardinal dise : *C'est assez!*»

## ESTRÉES (François-Annibal d')

> François-Annibal d'Estrées, marquis de Cœuvres (1573-1670) : dernier enfant après six sœurs (dont Gabrielle d'Estrées) fort mal élevées par leur mère – à laquelle son mari reprochait d'avoir fait de leur maison «un clapier de putains» –, il était pourvu d'un évêché lorsque la mort de l'aîné lui fit changer la mitre pour le casque. Sa belle défense de Mantoue le fit en outre maréchal de France. Il avait des mœurs excessivement libres, et Tallemant soutient qu'il coucha avec toutes ses sœurs. Âgé de presque soixante-dix ans, le maréchal rendit visite un jour à Mme Cornuel qui, s'absentant un moment, le laissa seul avec Mlle de Belesbat. Quand elle revint, elle trouva le maréchal en train d'essayer de soulever la jupe de cette fille. «Eh! que voulez-vous faire?» demanda-t-elle. «Dame, répondit-il, vous m'avez laissé seul avec mademoiselle : je ne la connais pas, je ne savais que lui dire.» Toutes ces fredaines le conservèrent près de cent ans : il s'était remarié à l'âge de quatre-vingt-treize ans à une demoiselle Manicamp qui fit peu après une fausse couche, ce qui égaya beaucoup les contemporains.

Le maréchal d'Estrées, dont les mœurs étaient très dissolues, avait un grand-père huguenot; pour cette raison, Catherine de

Médicis hésitait à lui donner un emploi. Le maréchal fit dire à la reine que « son vit et son honneur n'avaient pas de religion ».

*

Le maréchal, se trouvant fort incommodé de la pierre, prit la résolution de se faire *tailler*. Le duc de Roquelaure envoya un gentilhomme pour apprendre des nouvelles de sa maladie, et lui assurer qu'il prenait beaucoup de part à sa santé, et qu'il ne manquerait pas de prier Dieu pour son entier rétablissement.

« Qu'il s'en garde bien, dit le maréchal, il gâterait tout. »

## À propos du maréchal d'Estrées

Le maréchal d'Estrées avait pour mère une Babou de la Bourdaisière, « la race, dit Tallemant, la plus fertile en femmes galantes qui ait été en France » – il ajoute qu'une La Bourdaisière aurait couché avec le pape Clément VII à Nice, avec Charles Quint quand il passa en France et avec François I$^{er}$ (mais même Antoine Adam, l'éditeur complaisant de Tallemant des Réaux, reconnaît qu'il n'a pu vérifier le fait...). On a compté dans cette famille vingt-six femmes qui toutes « ont fait l'amour hautement ». Il y a dans leurs armes une main qui sème une poignée de vesses, sous la devise *Hinc pleno copia cornu*. Au XVI$^e$ siècle, le mot *vesse* signifiait aussi *putain*. Et l'on fit ce quatrain :

> Nous devons bénir cette main
> Qui sème avec tant de largesses,
> Pour le plaisir du genre humain
> Quantité de si belles vesses.

## ÉTIENNE (Eugène)

Eugène Étienne (1841-1921), homme politique de gauche proche de Gambetta, franc-maçon, fut en France le chef de file du parti colonial pendant plus d'un demi-siècle. Député d'Oran pendant trente ans sans jamais faire de campagne électorale, il fut aussi sénateur et cinq fois ministre. Il a été le véritable père de l'« Algérie française ». Oubliant les rêves de Napoléon III sur son « royaume arabe », Étienne s'efforça, dans les lois applicables à l'Algérie, de repousser toute idée d'assimilation, soulignant l'incapacité des indigènes à s'adapter à notre façon de vivre. Il bloqua toute tentative de reconnaître le droit de vote aux musulmans.

La folie des grandeurs de Félix Faure est restée célèbre. Au lendemain de son élection, il rencontra en privé son ami Eugène Étienne, auquel il expliqua qu'il n'était désormais plus permis qu'on le tutoyât.

«Alors mon vieux Félix, dit Étienne, puisque j'ai le loisir de t'adresser encore une fois la parole, permets-moi de te dire que tu es le dernier des cons.»

## EUGÉNIE (impératrice)

Fille d'un Grand d'Espagne, Eugénie-Marie de Montijo de Guzman, comtesse de Téba (1826-1920), épousa Napoléon III en 1853, mariage d'amour que l'empereur imposa à un entourage hostile. À la Cour, elle représenta le parti catholique et conservateur, et on l'affaiblit en colportant des mensonges. On admet aujourd'hui qu'elle ne fut pour rien dans la déclaration de guerre de 1870. Elle œuvra pour que les femmes puissent bénéficier des mêmes facilités que les hommes; c'est grâce à elle que Julie Daubié fut la première bachelière en 1861, et elle se battit pour Madeleine Brès, la première femme médecin. Lorsque l'empereur partit avec l'armée, Eugénie (son mari, qui avait des difficultés avec le français, disait *Ugénie*) devint régente. La cabale bourgeoise qui voulait la fin du régime la convainquit que sa présence empêchait l'organisation d'une défense nationale, et elle s'exila. Elle fit cette recommandation quand on lui dit que les faubourgs s'agitaient : «Quoi qu'il arrive, les soldats ne doivent pas tirer sur le peuple.» Ses successeurs l'oublieront l'année suivante. Sur une photo de mai 1920, on voit Eugénie, vieille dame vêtue de noir, les yeux rivés au sol : quasi aveugle, elle avait demandé à venir respirer une dernière fois le parfum des orangers de Séville... Son incontestable défaut était de préférer à la cuisine française les plats de son pays, «ces énigmes – disait-elle – où ils mettent de tout et où l'on ne devine jamais ce que l'on mange». Mérimée confirmait : «La plus infecte ratatouille trouve grâce devant son palais, tandis que les autres se tiennent la tête ou le ventre.»

Le roi Victor-Emmanuel envoya son ancienne maîtresse Virginia de Castiglione à Paris pour séduire Napoléon III, afin d'espionner et plaider la cause de l'unité italienne. Ses charmes firent leur effet, et Horace de Viel-Castel raconte que, lors d'une des fêtes de Saint-Cloud, l'empereur entraîna Mme de Castiglione dans une des barques décorées de lampions, saisit les rames, et dirigea l'esquif avec une certaine précipitation vers une petite île au centre de l'étang. Les deux passagers disparurent, mais lorsque Mme de Castiglione regagna le rivage pour assister au feu d'artifice et au souper servi dans les salons du château, chacun put constater que sa robe était fort chiffonnée; l'impératrice ne cachait pas son dépit.

Peu après, il y eut un bal costumé au ministère des Affaires étrangères. Mme de Castiglione était habillée en « dame de cœur », c'est-à-dire qu'elle était revêtue d'une sorte de robe Louis-XV, parsemée de cœurs. L'impératrice Eugénie regarda sa rivale, posa les yeux sur l'un des motifs de sa robe à hauteur des hanches, et remarqua à haute voix : « Le cœur est un peu bas. »

### À propos de l'impératrice Eugénie

Les mauvaises langues racontaient qu'Eugénie de Montijo de Guzman avait, dans sa jeunesse, débordé d'ardeur andalouse. Lorsque Napoléon III l'épousa en janvier 1853, l'épigramme suivante fut répandue :

> Montijo plus belle que sage
> De l'Empereur comble les vœux,
> Ce soir, s'il trouve un pucelage,
> C'est que la belle en avait deux.

Victor Hugo s'était quant à lui hasardé à dire : « L'aigle épouse une cocotte. »

## FALLIÈRES (Armand)

Armand Fallières (1841-1931) fut un prototype de président de la IIIe République : originaire du Sud-Ouest, avocat, républicain de gauche modérée, arriviste sans violence ; il devait dire à Poincaré, son successeur : « La place n'est pas mauvaise, mais il n'y a pas d'avancement. » En 1913, Léon Daudet fit ses *Adieux au Repu Armand Fallières* : « Va-t'en, Repu, emportant tes économies, les tapisseries de l'État, ton butin de sept ans et ta chaise percée. Tu as accompli le mandat républicain ; tu as été, pendant ta présidence, continuellement et parfaitement immonde. Tu as signé, tu as éructé, tu as bâfré, tu as touché, retouché, surtouché et, telle la cuisinière sans vergogne, outrepassé de beaucoup le sou pour franc. Le rapport Marin en fait foi [le député Louis Marin avait examiné le budget des Affaires étrangères pour 1907 et décelé des anomalies au profit du président]. Tu as trouvé le moyen de dégoûter le peuple français encore un peu plus des parlementaires et du régime. De cela, nous te remercions... Avec un bon coup de fouet sur le derrière. – Va-t'en, Repu, rue François-I[er], dans ton Loupillon, où tu voudras. Ta grotesque effigie va disparaître des illustrés, des devantures. Elle va rentrer dans le néant de la triple couenne, d'où il était bon qu'elle sortît pour l'édification de nos concitoyens. Tu as personnifié comme aucun la panse, le sac à boyaux, la tripée présidentiels, sans une lueur d'intelligence, de générosité, ni de bonté. Le mépris autour de toi est unanime et tout Paris où nul ne te saluait, même parmi les hambourgeois, applaudit d'un rire écœuré au départ de ta bedaine scandaleuse et au clapotement de tes pieds ronds... Ton patriotisme, c'est ta poche, ton sac, ton armoire. Ton drapeau, c'est le bas où tu ranges tes écus. Tu aurais laissé dépecer le pays sans guerre, avec la plus grande sérénité, pourvu que ne fût pas troublée la lourde somnolence qui te tient lieu du sentiment de l'honneur.»

Le président Fallières venait inaugurer un Salon où étaient exposées les dernières œuvres de Rodin, qui était dans sa période « tronquée » : à chaque statue, il manquait une tête, ou un bras, ou les quatre membres.

Fallières s'approcha avec commisération de l'artiste : « Mon pauvre Rodin, vous n'avez vraiment pas de chance : ces sacrés déménageurs ont encore massacré vos bibelots. »

### À propos du président Fallières

Armand Fallières possédait, dans le Lot-et-Garonne où il était né, une petite vigne appelée Loupillon. Le soir après le dîner, le président, gagné par le sommeil, s'assoupissait facilement en présence de ses invités. La présidente ne dormait pas car elle aimait bien le vin, qui lui allumait un peu l'esprit.

On désignait donc le couple présidentiel sous le sobriquet collectif de « Roupillon et Loupillon ».

\*

Peu après l'élection de 1912, où Raymond Poincaré succéda à Fallières à la présidence de la République, la belle Otero, lors d'un dîner chez Maxim's où elle était lasse d'entendre les financiers parler de politique, dit : « Je plains le fabricant de la Phosphatine Fallières, s'il doit recommencer toute sa publicité sur le nom de Poincaré[1]. »

---

1. À la Belle Époque, Maxim's fut le rendez-vous de tout un monde privilégié qui entraînait à sa suite le demi-monde des cocottes de luxe. Un soir, la belle Otero dînait, couverte de bijoux. En face d'elle, la table de Liane de Pougy, autre reine de l'époque, restait vide. Puis Liane arriva, en robe noire, sans un bijou. Et, derrière elle, sa caمériste, vêtue d'une robe entièrement cousue de diamants. Caroline Otero, en présence de cette provocation, se leva, folle de rage, et partit, tandis que Wladimir, grand-duc de toutes les Russies, donnait le signal des applaudissements...

## FARAGE (Nigel)

> Dissident conservateur, devenu le leader du Parti pour l'indépendance du Royaume-Uni et député européen, Nigel Paul Farage (né en 1964) a été condamné par le Parlement européen à une amende de 3 000 euros pour son comportement «incorrect et irrespectueux» à la suite de ses propos sur le président de l'Union. Peu après, il fit scandale en disant que la Belgique était un «non-pays». Le matin des élections législatives de 2010 au Royaume-Uni, il fut hospitalisé : il pilotait un petit avion qui tractait une banderole de son parti, quand cet accessoire publicitaire se prit dans le moteur...

Sur le premier «président» de l'Union européenne, Herman Van Rompuy : «Il a l'aspect d'un petit employé de banque et le charisme d'une serpillière humide.»

## FELLINI (Federico)

> Federico Fellini (1920-1993) : l'œuvre de ce metteur en scène né à Rimini s'est illustrée par un ton tantôt baroque et tantôt intimiste – et très personnel (il est resté le seul auteur de ses scénarios). Il reçut deux Oscars ; entre les deux fut primée à Cannes une *Dolce Vita* (1960) sulfureuse à l'époque, et qui en a gardé un parfum particulier (le personnage du journaliste Paparazzo, tournoyant autour des célébrités, est à l'origine du terme «*paparazzi*»). Fellini dut cette Palme d'or discutée au président du jury, Georges Simenon, qui pesa de tout son poids en sa faveur, origine d'une amitié indéfectible entre les deux hommes. C'est Fellini qui a expliqué que la grande différence entre un Italien et un Français, c'est qu'en mangeant des spaghettis, l'Italien peut penser à autre chose.

Un jour, Visconti déclara que l'on reconnaissait les mauvais metteurs en scènes italiens à ce que leur nom se terminait en *-ni*. Cela permettait de jeter la même opprobre sur Fellini, Rossellini, Antonioni, Pasolini, Comencini, Taviani, etc.

Quand le mot fut rapporté à Fellini, il dit : «C'est sans doute Viscontini qui a dit cela.»

## FERDINAND Ier

Ferdinand Ier, roi des Deux-Siciles (1751-1825), avait épousé Marie-Caroline d'Autriche, sœur de Marie-Antoinette, femme ambitieuse et remuante qui ne fut pas étrangère aux vicissitudes de son mari. S'étant laissé entraîner dans la coalition de 1798 contre la France, il se fit chasser par l'armée de Championnet qui établit son éphémère République parthénopéenne. Ferdinand revint dans son royaume lorsque Macdonald, qui avait remplacé Championnet à Naples, fut appelé au nord. Le cardinal Ruffo s'entremit pour un armistice où la vie des républicains serait garantie; Ferdinand revint, les Français partirent et le roi fit exécuter les chefs républicains. Napoléon remit bon ordre à cela, et Ferdinand perdit de nouveau ses États en 1806. Il revint sur son trône grâce au congrès de Vienne : Talleyrand et Metternich, qui ne voulaient pas d'une Italie forte, savaient qu'il était nul. Ferdinand avait fondé dans son palais de San Leucio une manufacture de soie inspirée par des doctrines utopistes, où plusieurs centaines d'artisans venus de toute l'Europe partageaient un statut égal.

Ce roi des Deux-Siciles dit à son petit-fils, qui choisissait des uniformes pour les soldats napolitains : «Habillez-les en rouge, habillez-les en vert, ils foutront le camp tout de même.»

Les traditions ne seront pas perdues. Alexandre Lahovary, l'ambassadeur de Roumanie à Paris, membre de la Conférence interalliée, racontait en novembre 1917 qu'un officier, voyant sur le Tagliamento une seule ligne de tranchées, demanda aux Italiens pourquoi il n'y en avait pas deux, comme on le faisait pour remplacer sans délai la position d'avant-garde. Un officier italien lui expliqua : «Parce que personne ne voudrait aller dans la première s'il y en avait deux.»

## FEYDEAU (Georges)

On n'a jamais su si Georges Feydeau (1862-1921) était le fils de Napoléon III, du duc de Morny (ce qui en ferait un petit-fils de Talleyrand) ou du romancier Ernest Feydeau, auteur de second rang qui croyait si terriblement à son génie que son ami Flaubert disait : «Je serais moins troublé pour dire à Hugo : *Vous êtes bête*, que pour dire à Feydeau : *Vous n'êtes pas toujours sublime*.» La mère de Georges était en tout cas une belle Polonaise, dont il reçut les yeux d'un bleu sans mélange. Sa première pièce fut jouée en 1882 et le succès quasi immédiat. Il renouvelait le vaudeville, par un agencement de l'histoire comme un mouvement d'horlogerie. «Mon secret est simple, disait-il : je mets en présence des personnages qui n'auraient jamais dû se rencontrer» – malgré cette recette, son théâtre respecte la règle que Tristan Bernard formulera : «Le public veut être surpris, mais avec ce qu'il attend.» Il faut avoir vu *Un fil à la patte* joué par les comédiens-français, dont les représentations ont encore été triomphales en 2011 (le grandissime cru étant le Jacques Charon 1970, avec Robert Hirsch dans le rôle de Bouzin). Feydeau, comme l'a dit Jeanson, «faisait partie de la race maudite des solitaires qui ne peuvent se passer de la société». Quand sa femme l'eut mis dehors, il alla vivre au Grand Hôtel Terminus de la gare Saint-Lazare. Lorsqu'il rentrait, au petit jour, il faisait la causette avec le tenancier du kiosque de la place du Havre, et quand celui-ci allait prendre un verre au café d'en face, Feydeau vendait les journaux du matin à sa place. De plus en plus perturbé par des troubles psychiques liés au traitement de la syphilis, il se prenait pour Napoléon III, descendait dans la rue et distribuait aux passants des postes ministériels. On finit par l'interner dans un établissement de Rueil-Malmaison. Lorsque Sacha Guitry alla lui rendre visite, l'infirmier qui l'accueillit lui dit : «M. Feydeau est fou. Il prétend qu'il a bavardé avec un oiseau. – À ce compte, répliqua Guitry, il faudrait interner tous les poètes.» Dans cette clinique, Feydeau avait pour voisin de chambre Paul Deschanel, dont il disait : «Cet imbécile se prend pour le président de la République!»

De Georges Feydeau, sur une femme d'une taille démesurée au bras d'un homme très petit : «Elle est mieux comme homme que lui comme femme.»

*

On parlait d'un garçon timide, et qui restait toujours dans les jupes de sa mère. Feydeau dit : «Il s'y fera des relations.»

*

Comme il venait reprendre son vestiaire à l'entracte, le préposé lui dit : «Mais monsieur Feydeau, il y a encore un acte...
— C'est pour cela que je m'en vais.»

*

Il disait, en parlant d'un acteur qu'il n'estimait guère : «Il est tellement bête qu'il se croit intelligent.»

*

Un jeune acteur, dont le manque d'esprit était notoire, confia, un jour, à Feydeau : « Depuis avant-hier, j'ai une idée qui me trotte dans la tête...

— Vraiment ! Et elle ne s'ennuie pas, toute seule ? »

\*

Un auteur prétentieux, qui avait reçu un accueil des plus frais pour sa nouvelle pièce, se consolait en faisant remarquer à Feydeau : « En tout cas, je n'ai pas été sifflé.

— Bien sûr... Mais remarquez qu'on ne peut pas bâiller et siffler en même temps. »

\*

Au sujet d'une jeune femme qui, sous les airs les plus candides, masquait une nature impétueuse : « Elle respire la vertu, mais elle est vite essoufflée. »

\*

Une actrice dont la diction était déficiente disait à Feydeau : « Maître, j'ai joué vos pièces partout : en France, en Roumanie, en Turquie, en Angleterre...

— Je ne vous en veux pas pour autant », dit simplement Feydeau.

\*

Un ami de Feydeau allait épouser une comédienne bien connue pour ses frasques. Comme il le rencontrait sur le boulevard, Feydeau le retint pour le féliciter : « Merci, dit l'autre, mais excuse-moi, je cours chez mon tailleur pour essayer un habit.

— Comment ? Tu te maries en habit !

— Oui, pourquoi ? Cela t'étonne ?

— Un peu... On ne se met en habit que pour les premières. »

\*

Dans un salon, Feydeau avait subi depuis plus d'une demi-heure l'éloquence intarissable d'un raseur. Il finit par lui dire, au moment où l'autre reprenait souffle : « Reposez-vous, mon ami.

— Mais je ne suis pas fatigué...

— Alors, reposez-nous. »

\*

Feydeau rencontra un jour, sur le boulevard, absorbé par la lecture d'un gros livre, l'acteur comique Boucot, qui était réputé pour n'être pas un grand intellectuel.

«Qu'est-ce que vous lisez là, Boucot?

L'autre, gravement, répondit : «*La Vie des insectes*, de Jean-Henri Fabre.

— Ça alors : vous avez des poux?»

\*

Un jour qu'un ami demandait à Feydeau s'il pouvait lui emprunter un roman de Paul Adam[1] qui se trouvait là : «Volontiers, dit Feydeau, à une condition : que vous me promettiez de ne pas me le rendre.»

\*

Un comédien lui demandait : «Mon cher maître, m'avez-vous vu dans la pièce des *Variétés*?

— Certainement, cher ami, certainement. Et même, je vous en demande pardon.»

\*

Au Café napolitain, Harry Baur, furieux d'avoir été traité de mauvais acteur par Feydeau, l'invective : «Monsieur Feydeau, je vous emmerde.»

---

1. En septembre 1916, lors de l'anniversaire de la bataille de la Marne, Paul Adam invita la France à «se penser». *L'Action française* répondit dans son édition du lendemain : «Pensez-vous vous-même!» Léon Daudet a écrit à son sujet : «Il est né séparé du vrai. Juste ciel, quel mauvais écrivain! On ne peut parcourir dix lignes de lui sans rencontrer un caillou, une ronce, un mot pas à sa place, pris dans un faux sens, une locution prétentieuse ou bâtarde. Son originalité consiste à retourner les poncifs, à coiffer le banal d'un bonnet à grelots. On objecte qu'il est un acharné travailleur, qu'il a publié 50 volumes. J'aurais préféré, pour sa gloire, qu'il ne fît rien et regardât simplement couler l'eau.» À propos d'un roman qu'Adam venait de publier, Tristan Bernard avait fait ces vers :

> Nous lirons le *Mystère des foules*
> De notre ami Paul Adam,
> Quand les poules, poules, poules,
> Quand les poules auront des dents.

Un silence.

L'interpellé soulève de lourdes paupières sur un visage impassible, et soupire : «Oh oui!»

## À propos de Georges Feydeau

Lorsqu'on disait à la belle Léocadie (Lodzia) Zalewska, épouse d'Ernest Feydeau et mère de Georges, que, selon une rumeur persistante, le père du jeune homme n'était pas son mari, mais Napoléon III, elle disait simplement : «Comment voulez-vous qu'un garçon aussi intelligent puisse être le fils d'un tel imbécile?»

## FIESQUE (comte de)

Charles-Léon, comte de Fiesque († 1658) : ce gentilhomme turbulent et frondeur, deux fois exilé par Mazarin, alla mourir à Madrid. Il appartenait à la branche aînée de la famille noble des Fieschi, qui avait dû quitter Gênes après l'échec de la conjuration, en 1547, de Jean-Louis de Fiesque, trisaïeul du comte, qui voulait rendre à sa famille sa suprématie perdue, contre le vieil Andrea Doria issu du parti plébéien. Les conjurés étaient dans la nuit maîtres des portes et de l'arsenal de mer lorsque Fiesque, en montant sur sa galère, tomba à la mer, fut entraîné au fond par le poids de ses armes et se noya sans que ceux de son parti s'en aperçussent; comme l'a joliment écrit Jean-Jacques Ampère : «Il périt ainsi, étouffé sans bruit dans le succès de son usurpation.» Les conjurés cherchèrent partout leur chef, puis se dispersèrent. Le cardinal de Retz a traité l'aventure dans son premier ouvrage, *La Conjuration du comte Jean-Louis de Fiesque*. Quant au descendant dont il est question ici, le même cardinal l'évoque dans ses *Mémoires* : «M. de Beaufort, pour soutenir ce qu'il faisait contre la Régente, contre le ministre et contre tous les princes du sang, forma une cabale de gens qui sont tous morts fous, mais qui, dès ce temps-là, ne me paraissaient guère sages : Beaupui, Fontrailles, Fiesque...»

Le comte de Fiesque, entrant un matin chez madame de L., vit, en passant dans une chambre, deux de ses filles d'honneur qui étaient encore dans le lit : «Eh bien! mesdemoiselles, leur dit-il, vous voilà couchées ensemble en attendant mieux.»

*

Le comte de Fiesque fut l'un des acteurs de ce qu'on a appelé l'«Affaire des sonnets».

Après la première représentation du *Phèdre* de Racine, un sonnet courut, qui tournait la représentation en ridicule parce qu'on y

voyait une actrice grosse et blonde, Mlle Dennebault, s'agiter dans
le rôle d'Aricie ; le sonnet attaquait aussi l'argument, parce que l'on
reprochait à Racine d'avoir imaginé un Hippolyte amoureux sans la
moindre raison :

Dans un fauteuil doré, Phèdre, tremblante et blême,
Dit des vers où d'abord personne n'entend rien.
Sa nourrice lui fait un sermon fort chrétien
Contre l'affreux dessein d'attenter sur soi-même.

Hippolyte la hait presque autant qu'elle l'aime ;
Rien ne change son cœur et son chaste maintien.
Sa nourrice l'accuse, elle s'en punit bien.
Thésée est pour son fils d'une rigueur extrême.

Une grosse Aricie, au teint rouge, aux crins blonds,
N'est là que pour montrer deux énormes tétons,
Que, malgré sa froideur, Hippolyte idolâtre.

Il meurt enfin, traîné par ses coursiers ingrats,
Et Phèdre, après avoir pris de la mort-aux-rats,
Vient, en se confessant, mourir sur le théâtre.

Les amis de Racine soupçonnèrent Philippe Mancini, neveu de
Mazarin et grâce à cela duc de Nevers[1], d'être l'auteur du sonnet, ce
qui était probablement le cas : ce frère d'Hortense Mancini était
connu pour avoir de l'esprit, et le dépenser.

Toujours est-il qu'on vit bientôt courir un autre sonnet, fait avec
les mêmes rimes, qui mettait en scène un *Damon* qui, par une totale
transparence pour les contemporains, évoquait assez le duc, qu'on
accusait au passage d'être incestueux avec sa sœur, quoique homosexuel (« malgré son pays » dit le texte : il était né à Rome) – on
racontait même que c'était lui qui avait initié Monsieur :

Dans un palais doré, Damon, jaloux et blême,
Fait des vers où jamais lui-même n'entend rien.
Il n'est ni courtisan, ni guerrier, ni chrétien,
Et souvent, pour rimer, se dérobe à soi-même.

---

1. *Faux* duc de Nevers puisque Mazarin, sous prétexte d'avoir acheté le duché de
Nevers, créa le titre pour son neveu ; le parlement de Paris refusa toujours d'enregistrer
cette création.

Sa muse cependant, le hait plus qu'il ne l'aime.
Il a d'un franc poète et l'air et le maintien ;
Il veut juger de tout et n'en juge pas bien.
Il a pour le Phébus[1] une tendresse extrême.

Une sœur vagabonde, aux crins plus noirs que blonds,
Va, dans toutes les cours, offrir ses deux tétons,
Dont malgré son pays son frère est idolâtre.

Il se tue à rimer pour des lecteurs ingrats.
L'Énéide est pour lui pire que la mort-aux-rats,
Et Pradon à son goût est le dieu du théâtre.

Tout le monde pensa que Boileau et Racine étaient les auteurs de ce sonnet en réplique, et ils furent menacés de bastonnade par le duc de Nevers, dans un troisième sonnet (*Racine et Despréaux, l'air triste et le teint blême, etc.*).

Ce sont en vérité le marquis d'Effiat et le comte de Fiesque qui furent les auteurs du sonnet qui fâcha tant le duc de Nevers.

## FLERS (Robert de)

Robert Pellevé de La Motte-Ango, marquis de Flers (1872-1927), était un grand ami de Proust depuis leurs années de lycée, et il eut pour secrétaire le jeune Gallimard. Il écrivit de nombreux vaudevilles, la plupart en collaboration avec Gaston Arman de Caillavet (fils de la maîtresse d'Anatole France), puis avec Francis de Croisset, après la mort du précédent (dont il dit : « La seule chose qui me console un peu, c'est d'avoir tant de chagrin »). Flers et Caillavet étaient assidus à l'importante partie de poker que tenait chez elle la baronne Heftler, fameuse maquerelle de Paris qui n'était ni baronne ni Heftler. Robert de Flers exerça quelques mandats politiques et diplomatiques. À l'époque où une vive querelle opposait les anciens et les modernes au Théâtre-Français, Mounet-Sully avisa le tableau de service qui annonçait la centième de *Primerose*, de Flers et Caillavet ; il écrivit dessous : « J'aime mieux *Phèdre* », et signa d'une plume vengeresse. Quand Robert de Flers passa le soir, il écrivit : « Moi aussi. »

Sur une actrice : « Je n'arriverai jamais à dire d'elle tout le bien qu'elle en pense. »

---

1. Louis XIV.

*

Un comédien et une comédienne, qui vivaient ensemble depuis plusieurs années, finirent par se marier. En sortant de la mairie, Robert de Flers dit : « Ils sont à la mode. Maintenant, la générale a toujours lieu après plusieurs représentations. »

### À propos de Robert de Flers

Il avait pris pour habitude d'envoyer ses domestiques au théâtre quand on jouait l'une de ses nouvelles pièces. Il leur demandait ensuite s'ils s'étaient bien amusés.

« Oh oui, monsieur ! lui répondit un jour sa femme de chambre. On a ri, on a ri ! C'était encore plus bête que la dernière fois. »

### FLEURY (cardinal de)

André Hercule de Fleury (1653-1743), issu de la petite noblesse, gouverna la France dix-sept ans sous le règne de Louis XV dont il avait été précepteur désigné par Louis XIV, qui avait remarqué son intelligence et sa vie irréprochable. Il devint *principal ministre* et fut fait cardinal. Il gouverna avec fermeté et on a parlé à son sujet de « despotisme intelligent » (Jean de Viguerie). Au demeurant, il savait ménager le fonctionnement d'une société : « Il laissa tranquillement la France réparer ses pertes, et s'enrichir par un commerce immense, sans faire aucune innovation ; traitant l'État comme un corps robuste et puissant, qui se rétablit de lui-même » (Voltaire). Son caractère modéré le conduisit à limiter les guerres, et à apaiser l'opposition parlementaire et janséniste. On a reproché à son administration de ne pas avoir vu les choses en grand. « Et mille sots, qui ne voyaient ni en grand ni en petit, écrit Duclos, répétaient le même propos : mais le peuple et le bourgeois, c'est-à-dire, ce qu'il y a de plus nombreux et de plus utile dans l'État, et qui en fait la base et la force, avaient à se louer d'un ministre qui gouvernait un royaume comme une famille. »

Le comte de Boulainvilliers, auteur d'une *Histoire de l'ancien gouvernement de la France*, et qui croyait en l'astrologie, venait d'épouser une jeune femme volage. Le cardinal de Fleury disait de lui : « Il ne sait ni le passé, ni le présent, ni l'avenir. »

*

Fleury avait été sous la Régence précepteur de Louis XV. Un jour, à Versailles, il écrivit un billet au maréchal de Villeroy, gouverneur du jeune roi, d'un appartement à l'autre. Le maréchal,

ayant peine à lire certains mots du billet, dit au valet de chambre de
M. de Fleury : « Dis à ton maître que, s'il veut que je sache ce qu'il
me mande, il écrive plus lisiblement. »

L'évêque récrivit son billet, puis alla le remettre lui-même au
maréchal en disant : « Gardons-nous l'un à l'autre le secret sur ce
petit incident, de peur qu'on ne dise que le roi a un précepteur qui
ne sait pas écrire, et un gouverneur qui ne sait pas lire. »

## À propos du cardinal de Fleury

Du temps de son long ministère, le cardinal de Fleury subissait
un grand nombre de chansons satiriques que l'opinion entonnait.
Un certain abbé Pucelle, conseiller au Parlement, alors exilé
comme tous ses pairs, avait fort censuré les actes du ministère, et
poursuivait ses complots malgré la distance de son exil. Le cardinal voulut cette fois mettre les rieurs de son côté. Il fit venir le
jeune Maurepas, secrétaire d'État et chansonnier ordinaire de la
Cour, et à eux deux s'arrangèrent pour faire courir sur l'abbé exilé
des couplets que chantaient les dames de la Halle. Cela eut une
vogue immense ; pendant longtemps, la Cour et la ville répétèrent
le refrain :

>        Rendez-nous Pucelle, ô gué !
>        Rendez-nous Pucelle !

Ainsi le malheureux Pucelle fut tué par le ridicule.

*

Le cardinal de Fleury faisait mauvaise chère et sa table était
chiche. Il demandait un jour à un courtisan très délié, qui dînait
chez lui : « Prenez-vous du café ?
— Monseigneur, je n'en prends que quand je dîne. »

*

L'abbé de Fleury avait été amoureux de la maréchale de Noailles,
qui le traita avec mépris. Il devint Premier ministre. Elle eut besoin
de lui ; il lui rappela ses rigueurs.

« Ah ! monseigneur, lui dit la maréchale : qui l'aurait pu prévoir ! »

**FONTENELLE**

> Bernard Le Bovier de Fontenelle (1657-1757). Sa mère Marthe Corneille, sœur de Pierre et de Thomas, l'exhorta en vain à la vertu. Cet élève des jésuites devint un écrivain prolixe et un personnage de salon au cœur sec. On a souvent décrié son style comme apprêté (Rollin a écrit que «la fin de chaque alinéa dans Fontenelle est un poste dont les pointes semblent avoir l'ordre de s'emparer»). Il fut censeur royal, et cet incrédule prit la chose au sérieux. Comme il avait refusé son approbation à un livre irréligieux, quelqu'un lui exprima sa surprise : «Songez, monsieur de Fontenelle, qu'on a laissé passer votre *Histoire des oracles*. — Oui, reconnut-il ; mais si j'avais été censeur, je n'eusse pas donné mon approbation à ce livrelà.» On ne peut ignorer son rôle : «La première génération des Lumières a reçu par lui l'esprit des Libertins. Il a formé Voltaire, Hénault, D'Holbach, pour ne citer que ces trois-là... Le malheur a voulu que le seul survivant du Grand Siècle fût un homme qui n'avait rien de sa grandeur ni de son génie» (Jean de Viguerie). En tout cas il y a dans son œuvre de très belles pages (le dialogue sur les brunes et les blondes), et il parlait très correctement. Un jour que, âgé de quatre-vingt-dix-sept ans, il passa devant Mme Helvétius sans s'arrêter, et qu'elle le lui reprochait, il dit : «Madame, si je vous eusse regardée, je n'aurais pas passé.» À cet âge-là, il était encore vert : comme il pressait une soubrette dans l'embrasure d'une porte, et qu'elle lui dit : «Hélas! monsieur, si vous insistez, je crierai!», il répondit : «Eh bien criez, mademoiselle : cela vous fera honneur, et à moi aussi»...

Fontenelle venait d'apprendre la mort d'une courtisane célèbre. «Et de quoi est-elle morte ? s'enquit-il.

— De la petite vérole.

— C'est bien modeste...»

*

Le président Rose était avare. À l'Académie, un quêteur tendait le plateau ; Rose affirma avoir donné.

«Je le crois, mais je ne l'ai point vu, dit humblement le quêteur.

— Et moi qui l'ai vu, je ne le crois point», dit Fontenelle qui se trouvait là.

*

Mlle de Champmeslé, la grande tragédienne du XVIIᵉ siècle, contribua à la gloire de Racine sur la scène.

Nous avons appris, dans nos années de lycée, les vers de Boileau :

> Jamais Iphigénie en Aulide immolée,
> Ne coûta tant de pleurs à la Grèce assemblée,
> Que dans l'heureux spectacle à nos yeux étalé
> En a fait sous son nom verser la Champmeslé.

En revanche, on ne nous a pas enseigné que la Champmeslé fut la maîtresse de Racine et qu'elle accordait en même temps ses faveurs au comte de Clermont-Tonnerre. Ce n'est pourtant pas indifférent à l'histoire littéraire puisque, selon l'abbé d'Allainval, cela causa à Racine un chagrin qui «ne contribua pas peu à le dégoûter du théâtre».

Une épigramme du temps, qu'on prête généralement à Fontenelle mais que certains attribuent à Quinault, se moqua des déboires de Racine, lorsque M. de Clermont-Tonnerre s'établit définitivement dans le cœur de la tragédienne :

> À la plus tendre amour elle fut destinée
> Qui prit longtemps racine dans son cœur :
> Mais, par un insigne malheur,
> Le tonnerre est venu, qui l'a déracinée.

### À propos de Fontenelle

Fontenelle, dans sa jeunesse, était tombé très amoureux de la marquise de La Mésangère, dans le château normand de laquelle il était venu séjourner.

N'osant se déclarer de façon trop directe, il avait gravé ces mots sur l'écorce d'un hêtre :

> Licydas est si tendre et Climène est si belle !
> Qu'adviendra-t-il ? hélas !
> Amour, fais-lui la guerre à ce cœur de rocher.
> Amour, cruel Amour !

La marquise passa par là ; soupçonnant l'auteur, elle compléta par quelques cruautés :

> Licydas est si tendre et Climène est si belle !
> Qu'adviendra-t-il ? hélas ! *La Climène est rebelle.*
> Amour, fais-lui la guerre à ce cœur de rocher.
> Amour, cruel Amour ! *où vas-tu te nicher ?*

Fontenelle ne se le tint pas pour dit : les additions cruelles de la marquise furent compensées par un regard souriant qu'elle coula au poète, et plus épris que jamais, il eut encore recours à l'écorce des hêtres :

> Vous qui rimez si bien, bergère au cœur de marbre,
>     Qui d'un si doux regard m'avez tant réjoui,
> Demain avec Phébé viendrez-vous sous cet arbre ?

On imagine la joie de Fontenelle quand, le lendemain matin, il vit un *oui* gravé en guise de réponse.

L'obscurité venue, il se rendit au fond du parc, sous l'arbre messager. Apercevant l'ombre qui l'attendait déjà, il se jeta à terre avant de se faire pressant : «Ah! marquise, vous me voyez mourant d'amour à vos pieds.

— Monsieur, il y a un malentendu, je ne suis pas madame la marquise.»

Le poète se releva prestement : «Mais qui êtes vous donc ?

— Thérèse, rien de plus.»

C'était en effet la servante.

«Mais c'est bien vous qui avez écrit un mot sur l'écorce ?

— Pardi! Il n'y a que moi dans la maison qui aie été bergère. Mais cela ne vous oblige à rien, monsieur Fontenelle»...

## FORAIN (Jean-Louis)

Jean-Louis Forain (1852-1931) fit la guerre de 1870, puis se lia avec Manet, Degas, Verlaine et Rimbaud (qui appelait Forain «jeune chien» parce qu'il courait beaucoup après les femmes). Il participa aux expositions impressionnistes, et se mêla de politique par ses dessins ; d'abord anarchiste, le scandale de Panamá le fit basculer dans le camp réactionnaire. Caricaturiste, son succès fut universel, et il fut sollicité par *Le Figaro*, *Le Temps*, le *New York Herald*... Ce «Juvénal du crayon» montrait la cruauté du système pour les humbles ; Degas disait affectueusement : «Il peint avec sa main dans ma poche.» Il habitait 22, rue Monsieur-le-Prince, dans la maison qui avait abrité Daumier trente ans auparavant, mais il disait de son grand aîné : «Oh! Daumier, c'est tout autre chose que nous... Il était généreux!» Il soutint le patriotisme par ses dessins lors de la Première Guerre mondiale («Pourvu qu'ils tiennent. – Qui ça? – Les civils»), et a aussi laissé de beaux portraits (dont celui d'Anna de Noailles).

À quarante ans, il avait épousé la jeune Jeanne Bosc, sculpteur. «J'ai à table, près de moi, écrit Goncourt, la femme de Forain [...]. un nez pointu, des yeux clairs sous une forêt de cheveux blonds, couleur de chanvre, ressemblant un rien à une perruque de clown, mais d'un clown finement malicieux. Très câline, avec une note blagueuse dans la voix [...], elle me confie – j'en doute – qu'elle est en train, dans ce moment, de déserter la peinture pour la cuisine, qu'elle fait des nouilles comme personne.» Forain se convertit au catholicisme à Noël 1900, à l'abbaye de Ligugé sur les traces de Huysmans, juste avant l'expulsion des moines. Mais il avait toujours le crayon et la dent durs, et l'abbé Mugnier disait : «Il a dû être baptisé avec du vinaigre.»

Une dame très fortunée, qui faisait à Forain les honneurs de sa maison, lui demanda : «Que pensez-vous de ma collection de tableaux?

— Comme invité, ou comme artiste?»

*

Un peintre, ami de Forain et de Curnonsky, épousa son modèle, qui posait pour tout le monde, et toujours pour le nu. Après la messe, les deux compères se rendirent à la sacristie pour féliciter les mariés. Curnonsky dit : «Elle est vraiment ravissante, la petite mariée.

— Oui, dit Forain : ça lui va très bien d'être habillée.»

*

Un nouveau noble était en quête d'une devise. Comme il en parlait devant Forain, celui-ci dit : «J'ai trouvé ce qui vous convient : *Pas de quartier.*»

*

Rencontrant son confrère Léon Bonnat, portraitiste des personnalités de la III$^e$ République : «Alors mon cher Bonnat, toujours dans la peinture?»

*

Devant une toile de Cézanne, Forain murmura : «Ce paysan, il pue des pieds.»

*

Forain contemplait une toile d'Eugène Carrière, peintre qui donnait dans les tons bruns et marron ; il murmura : « Il est déjà dreyfusard... »

*

Sarah Bernhardt dut subir en 1915 une amputation de la jambe, mais elle put remonter sur les planches grâce à une prothèse. Lors de son retour sur scène, et comme le brigadier tapait les trois coups pour le lever du rideau, un spectateur lança : « La voilà qui arrive ! »

Dans cet état, elle était souvent contrainte de s'asseoir en scène et Forain, qui ne l'aimait pas, l'avait surnommée « la mère Lachaise ».

## FORD (Gerald)

Gerald Rudolph Ford (1913-2006), initialement Leslie Lynch King Jr, avant qu'il ne se fît attribuer le nom du second mari de sa mère qui avait dû quitter le premier qui la battait, devint le 38e président des États-Unis (1974-1976) à la suite du scandale du Watergate. Ni bon ni mauvais, il ne fut pas réélu car la presse n'admettait pas qu'il eût pardonné à son prédécesseur Nixon, dont il avait été le vice-président. S'y ajoutait un contexte de récession économique due au premier choc pétrolier. L'un des principaux faits d'armes du président Ford fut de dévaler de façon incontrôlée, au Caire et devant les caméras de télévision, un escalier d'avion pour abus de whisky durant le voyage. Dans sa jeunesse, il avait été un champion de football américain.

Ronald Reagan fut toujours un président souriant, même à l'hôpital, après avoir été cow-boy à la télévision. Il a surtout été attaqué sur son physique, et particulièrement son allure de jeune premier attardé. Gore Vidal a ainsi parlé, à son sujet, de « triomphe de l'art de l'embaumeur ».

L'un de ses prédécesseurs, Gerald Ford, a expliqué quant à lui : « Ronald Reagan ne se teint pas les cheveux, il est juste prématurément orange. »

### À propos de Gerald Ford

Peu après son accession à la présidence, on disait : « Il y a un an, Gerald Ford était un inconnu en Amérique. Aujourd'hui, il l'est dans le monde entier. »

## FORD (John)

De souche irlandaise, John Martin Feeney, dit «John Ford» (1894-1973),
fit ses débuts comme acteur en 1915 dans le film de Griffith, *Naissance
d'une nation* – apparition assez anonyme, puisqu'il joue le rôle d'un
membre du Ku Klux Klan... Il recueillit quatre Oscars du meilleur réalisateur entre 1935 et 1952, auxquels il faut ajouter celui du meilleur film :
palmarès inégalé. Il savait maintenir le caractère artistique d'un film avec
les ingrédients du succès. Les studios le savaient et il était payé deux fois
plus que le président des États-Unis. Durant la Seconde Guerre mondiale,
il servit comme contre-amiral et fut blessé à Midway et en Normandie.
À Omaha Beach le Jour J, il débarqua peu après la première vague d'assaut, et dirigea les caméramen des US Coast Guards qui filmaient en couleurs la bataille, à l'abri des éléments défensifs de la plage. Les autorités
ne diffusèrent pas le film, qui montrait l'importance des pertes américaines, et c'est en vain que, depuis, on a recherché les pellicules. Après la
guerre, il fit encore plusieurs chefs-d'œuvre. Dans les années 1960, sa
santé déclina ; il buvait peu sur les plateaux, mais après chaque film il
s'enfermait dans l'immense désordre de son bureau, s'enveloppait dans
un drap et s'abrutissait d'alcool pendant plusieurs jours ; lorsqu'il émer-
geait, il promettait de ne plus jamais boire, mais l'irrésistible phénomène
se reproduisait, et comme il tourna plus de 140 films, cela pouvait affaiblir
la constitution irlandaise la plus robuste. En avril 1973, lors de la cérémonie par laquelle Nixon le promut amiral, Ford déclara : «Il y a un certain
nombre de personnes dans ce monde qui sont persuadées que, nous
autres, les gens du cinéma, n'avons pas la moindre religion ; mais un
simple regard à cette assemblée est une réfutation vivante de ce non-
sens. Lors d'une récente conversation téléphonique avec le président, il
me demanda : "Que vous inspire le retour des prisonniers [de la guerre
du Viêt Nam] à la maison?", et j'ai répondu : "Pour tout dire, monsieur,
j'ai été envahi par l'émotion et j'ai pleuré comme un enfant ; et puis je suis
allé chercher mon chapelet, j'ai dit quelques dizaines, et j'ai ajouté une
prière courte et fervente : non pas quelque chose de recherché, mais une
simple prière dite dans des millions de foyers américains aujourd'hui :
*Dieu bénisse Richard Nixon.*" »

John Ford a tourné à l'époque du cinéma muet un grand nombre
de films dont la plupart sont perdus (encore qu'on en ait retrouvé
un en 2009 en Nouvelle-Zélande, avec un vieux lot de copies de
films hollywoodiens...). Il avait gardé de cette époque le caractère
absolu du metteur en scène, qui n'avait pas à composer avec les
producteurs, et il ne supportait pas d'apercevoir, pendant le tournage, le moindre responsable des studios. Il avait même chargé un
membre du service de sécurité de toujours empêcher Darryl Zanuck
d'approcher. Un jour qu'un dirigeant de la Fox avait fait une

apparition, Ford réunit l'équipe du tournage et les acteurs, et leur dit : «Je vous présente l'un des producteurs associés : regardez-le bien, parce que je vous garantis que vous ne le reverrez jamais ici.»

Lorsqu'un administrateur de la Fox ou de la Columbia commençait à approcher du lieu de tournage, il leur lançait : «Vous n'avez pas de bureau?»

Sa réputation s'était faite à l'occasion d'un tournage sur lequel un émissaire du producteur Sol Wurtzel s'était présenté, muni d'une lettre qui venait exprimer l'extrême inquiétude de la production par rapport au calendrier prévu. Ford prit connaissance du message, considéra le papier sous divers angles, et finit par appeler l'un des cow-boys de l'équipe, en lui disant : «Ed, j'ai là un message de Wurtzel. Je vais le tenir à bout de bras, et je veux que vous me fassiez un trou de balle en plein sur le nom.»

Ford brandit le message, et le cow-boy tira où il fallait. Le messager fut renvoyé avec le papier percé, sous les applaudissements de l'équipe.

*

En 1951, à l'époque du maccarthysme, une faction importante de la Guilde des metteurs en scène américains, menée par Cecil B. DeMille et Michael Curtiz, voulut imposer à chaque membre la prestation d'un serment de loyauté à l'égard des États-Unis. Une campagne fut orchestrée contre Joseph L. Mankiewicz, alors président de la Guilde, soupçonné d'avoir des amitiés communistes. On tint une assemblée générale. DeMille et ses partisans prirent la parole quatre heures de suite. John Ford, classé parmi les metteurs en scène de droite, était jusque-là resté silencieux. À la fin des quatre heures, il intervint. Selon le compte-rendu sténographique, il dit simplement : «Mon nom est John Ford. Je fais des westerns. Je ne pense pas que, dans cette salle, il y ait quelqu'un qui sache mieux que Cecil B. DeMille quelles sont les attentes du public américain – et pour ça je le respecte... Mais [se tournant alors vers Mr. DeMille] je ne vous aime pas, C. B. Je n'aime pas ce pour quoi vous vous battez, et je n'aime pas du tout ce que vous avez dit ici ce soir.»

DeMille était ridiculisé. Il y eut un vote de confiance et Mankiewicz fut maintenu président.

La formule « *My name is John Ford and I make Westerns* », dite par celui qui avait déjà reçu trois Oscars, est restée fameuse.

*

Au sujet de l'actrice Dolores del Rio : « Au chapitre de la beauté, Dolores del Rio peut être placée dans la catégorie de Greta Garbo. Et puis elle ouvre la bouche, et c'est Minnie Mouse. »

*

John Ford était intraitable sur les plateaux, dur avec les acteurs, surtout ceux qui se prenaient pour des vedettes ; il alla même jusqu'à envoyer un coup de poing à Henry Fonda sur le plateau de *Permission jusqu'à l'aube*.

Henry Brandon a dit que Ford était le seul être au monde qui pouvait faire éclater John Wayne en sanglots... John Wayne appelait respectueusement John Ford *Coach*. Et John Ford appelait John Wayne *Big Idiot*.

Un jour que Peter Bogdanovich expliquait : « Je vais donner un livre à John Wayne pour son anniversaire.

— À quoi bon ? dit John Ford : il en a déjà un. »

*

Les liaisons de John Ford avec plusieurs actrices sont connues. Cependant, dans ses Mémoires publiés en 2004, Maureen O'Hara prétend l'avoir un jour surpris dans son bureau de la Columbia en train d'embrasser un homme important du monde du cinéma, dont elle ne donne pas le nom. Le témoignage, isolé et tardif, a été jugé suspect de la part d'une vedette que le metteur en scène avait plus d'une fois brusquée sur les plateaux, et dont le comportement même a souvent paru bizarre. Maureen O'Hara avait la réputation d'être frigide, et on ne lui connaissait pas d'aventures. Un jour, Henry James (non pas l'écrivain, bien sûr, mais un joueur de trompette réputé), fort déçu du peu de succès qu'il avait auprès d'elle, lui dit : « Votre sang est si froid, Maureen, que si un moustique vous piquait, il attraperait une double pneumonie. »

*

John Ford n'aimait pas beaucoup les interviews. Il disait : « J'aime faire des films, mais je n'aime pas en parler. » Sur ce, on lui demanda de se laisser interviewer par Jean-Luc Godard, un jeune admirateur français... L'interview allait prendre un tour intellectuel, et lorsque Godard demanda à John Ford ce qui l'avait amené à Hollywood, le vieux metteur en scène répondit : «Le train»...

## FOUCHÉ (Joseph)

Joseph Fouché, duc d'Otrante (1763-1820), ancien enseignant de l'Oratoire où il avait reçu les ordres mineurs, se livra à une déchristianisation intensive lorsque la Convention l'envoya en mission. Avec Collot-d'Herbois à Lyon, il prescrivit les «mitraillades», pour éviter les lenteurs de la guillotine. S'y ajoutaient ses concussions et l'on disait que, chemin faisant, il avait «ramassé l'or dans des ruisseaux de sang». Robespierre lui reprocha ses crimes; il fut sauvé par le 9 Thermidor. Barras hésitait à en faire son ministre de la Police, mais Talleyrand expliqua que «seul un Jacobin saurait mater les Jacobins». Fouché ferma le Club des Jacobins, interdit onze journaux, et mit en place un réseau d'espionnage où son génie policier se déploya. Il conserva son poste après le 18 Brumaire. Les divergences entre Talleyrand et Fouché rassuraient Napoléon; mais l'Empereur revint d'Espagne à Paris à franc-étrier le jour où il apprit que les deux rivaux s'étaient promenés bras dessus bras dessous dans un salon. Fouché favorisa le retour de Louis XVIII, et le passage de Chateaubriand sur 1815 est fameux : «Introduit dans une des chambres qui précédaient celle du roi, je ne trouvai personne; je m'assis dans un coin et j'attendis. Tout à coup une porte s'ouvre : entre silencieusement le vice appuyé sur le bras du crime, M. de Talleyrand marchant soutenu par M. Fouché; la vision infernale passe lentement devant moi, pénètre dans le cabinet du roi et disparaît. Fouché venait jurer foi et hommage à son seigneur; le féal régicide, à genoux, mit les mains qui firent tomber la tête de Louis XVI entre les mains du frère du roi martyr; l'évêque apostat fut caution du serment.» Mais la loi d'amnistie du 12 janvier 1816 faisait exception pour les régicides qui avaient servi l'usurpateur, et Fouché dut s'exiler. Naturalisé autrichien, il s'installa à Trieste, où il mourut à la tête d'une immense fortune. Il y fut enterré dans la cathédrale, avant que ses restes ne fussent rapportés à Ferrières-en-Brie en 1875.

Fouché prétendit avoir tenté d'empêcher l'exécution du duc d'Enghien commanditée par Napoléon. On connaît en tout cas sa fameuse formule : «C'est plus qu'un crime, c'est une faute.»

*

Quand Talleyrand fut nommé, en 1807, vice-Grand électeur de l'Empire, Fouché son éternel antagoniste, dit : «Dans le nombre, cela ne paraîtra pas; c'est un vice de plus.»

*L'Album perdu*, édité sous la Restauration, ajoute : «Nous aurions répugné à rapporter cette sorte de calembour sorti de la bouche de Fouché, homme peu plaisant de sa nature, si Fouché n'eût depuis été l'objet d'un sarcasme de M. de Talleyrand.»

Fouché, ministre impérial, oubliant ses antécédents, disait, en parlant d'une discussion qu'il avait eue avec Robespierre, au Comité de salut public : «Ce soir-là, j'étais fort embarrassé; je tenais tête à Robespierre, il pensa que j'avais tort; il me dit *Permettez-moi, Monsieur le duc d'Otrante...*»

Talleyrand l'interrompit devant tout le monde : «Ah! Ah!... duc... déjà...»

Cette première attaque en amena d'autres. La dernière fut celle-ci : sous la Restauration, Fouché fut d'abord exilé à Dresde, sous le titre d'ambassadeur. Talleyrand, alors Premier ministre, le reçut. Fouché, malgré tout son esprit, avait du mal à comprendre qu'un régicide ne pût pas être longtemps ministre de Louis XVIII. En entrant, il dit à Talleyrand : «Ainsi donc, coquin, tu me renvoies?

— Oui... imbécile.»

*

Appelé au trône de France par les alliés, grâce aux intrigues d'Aimée de Coigny et sous le patronage de Talleyrand, le roi Louis XVIII fit, le 4 mai 1814, son entrée à Paris. Rétabli par la force des armes étrangères, son pouvoir était fragile, et le prince de Schwarzenberg eut ce commentaire : «On peut tout faire avec des baïonnettes, excepté s'asseoir dessus.»

Aussi bien, moins d'un an plus tard, le 20 mars 1815, le roi dut fuir pour se réfugier à Gand le temps des Cent-Jours. Fouché, qui organisa le retour du royal vieillard après Waterloo, ne l'appelait plus que : «Notre père de Gand»...

### À propos de Joseph Fouché

Le voyage du comte Rostopchine à Paris, en 1816, connut un énorme succès de curiosité. On put lire en particulier dans les journaux que le gouverneur de Moscou alla plusieurs fois aux Variétés, où triomphait le comédien Potier[1] : «Je suis venu en France, dit alors Rostopchine, pour juger par moi-même du mérite de trois hommes célèbres : le duc d'Otrante, le prince de Talleyrand et Potier. Il n'y a que ce dernier qui me semble au niveau de sa réputation.»

## FOURCROY (Bonaventure de)

Bonaventure de Fourcroy († 1692) fut un avocat très considéré de son temps. Il avait des poumons redoutables et, un jour qu'il disputait contre Molière, Boileau dit : «Qu'est-ce que la raison avec un filet de voix, contre une gueule comme celle-là?» Fourcroy s'essaya à la littérature, mais n'était pas bon poète.

La cause d'une saisie de vingt-quatre bourriques chargées de plâtres ayant été portée en la chambre du parlement de Paris, le président renvoya cette affaire au plus ancien avocat pour la juger. Comme un de ses confrères s'en scandalisait, l'avocat Fourcroy lui dit : «Ne voyez-vous pas bien que ces messieurs ne peuvent pas juger en cette cause, ils sont parents au degré de l'ordonnance.»

*

Il disait de l'un de ses confrères qui était réputé pour son ignorance : «Il n'y a pas d'avocat plus cher que lui; il ne donnerait pas un bon conseil pour cent pistoles.»

*

Un vitrier poursuivait un homme qu'il accusait d'avoir suborné sa fille. Fourcroy, qui plaidait en défense, commença ainsi : «De toutes les marchandises que la partie adverse a dans sa boutique, il n'en est point de plus fragile que la vertu de sa fille.»

---

1. Charles Potier des Cailletières (1774-1838), acteur comique, exerçait aux Variétés, sur le boulevard Montmartre. Selon le mot de Jal, ce fut «un grand comédien dans un petit genre»; il jouait essentiellement les pochades du second répertoire, même s'il s'aventura dans le répertoire classique où il fut un remarquable Dandin des *Plaideurs*. Ses cachets étaient importants.

## FRANCE (Anatole)

Anatole Thibault, dit «Anatole France» (1844-1924), qui n'avait pas grand-chose à dire, sut le dire sur un ton XVIII<sup>e</sup> siècle reblanchi. Le moins démodé de ses romans reste *Les dieux ont soif*, cohérent avec ses propos sur la Révolution : «N'en doutez pas, par certains côtés il faut la maudire. Elle a tout bouleversé. Nous lui devons les nations armées, les casernes, les guerres innombrables [...]. Elle nous a donné Napoléon et c'est une horreur, nous lui devons la passion de l'égalité qui est une horreur; seules sont humaines et douces les sociétés inégales où naissent et durent des hiérarchies de valeur [...]. Le résultat de mes recherches sur l'histoire de la Révolution m'a amené à cette conviction que, n'en déplaise à cet imbécile d'Aulard, tous les révolutionnaires sont des gens tarés.» Dreyfusard, France vint témoigner au procès Zola. Plus tard, il racontait : «Il n'y a pas, il n'y aura jamais de Pologne libre parce qu'elle ne mérite pas la liberté. Les Polonais ne sont bons à rien qu'à palabrer à l'infini, à se déchirer entre eux, perpétuellement excités au désordre par les trois millions de Juifs qu'ils entretiennent chez eux [...]. Trop de Juifs agitent le pays. Certes, je ne suis pas antisémite, j'en ai donné des preuves, ce n'est pas l'être que de reconnaître que le peuple juif est le plus bel agent de dissolution et de révolution qui soit au monde. Reconstituer une Pologne est une idée de fou, ivre du principe des nationalités.» En 1917, il considéra avec sympathie la révolution d'Octobre, et dénonça le blocus contre la Russie dans son discours de prix Nobel (1921). Il avait adhéré en 1920 au parti communiste («C'est aujourd'hui que je suis vraiment bolcheviste de cœur et d'âme»); deux ans plus tard, le communisme n'était plus pour lui qu'une tyrannie sanguinaire qui se terminerait par une nouvelle caste de privilégiés. Quand les Allemands approchèrent de Paris en 1914, il vint se réfugier en Touraine et s'installa à Saint-Cyr-sur-Loire, dans une propriété du XVIII<sup>e</sup> siècle, la Béchellerie, qu'il habita les dix dernières années de sa vie. Il y mourut dix ans plus tard; on lui fit des obsèques nationales. Marié avec Valérie Guérin de Sauville, dont il eut une fille, Suzanne, il divorça à la suite de sa liaison avec Mme Arman de Caillavet, qui dura jusqu'à la mort de celle-ci en 1910, peu après qu'elle eut fait une tentative de suicide causée par les infidélités de son amant. L'année suivante, une autre de ses maîtresses, Mme Gagey, se suicida bel et bien. En 1920, il épousa Emma Laprévotte, ancienne femme de chambre de Mme Arman de Caillavet (le mari de celle-ci avait pris la première). Le mariage eut lieu à la mairie de Saint-Cyr-sur-Loire, devenue école communale Anatole-France, où l'auteur de ces lignes a appris à écrire.

Une jolie femme disait un jour à Anatole France : «Maître, que ne m'épousez-vous? Nos enfants auraient mes charmes et votre intelligence...»

Réponse du maître, ennuyé de la proposition : «Mais madame... Et si c'était le contraire?»

*

Jean-Jacques Brousson, qui allait devenir le secrétaire d'Anatole France durant quelques années, avant la Première Guerre mondiale, préparait auparavant de petites études historiques pour un fonctionnaire huguenot. Celui-ci l'envoya voir Anatole France lorsqu'il sut que l'écrivain avait besoin d'être aidé pour terminer sa *Jeanne d'Arc*. Quand France reçut Brousson, il lui demanda : «Combien gagnez-vous à compiler pour X. ?

— Rien.

— Je double vos appointements.»

*

Anatole France raconta à Jean-Jacques Brousson, son *nègre* attitré qui devait être l'auteur de l'irrévérencieux *Anatole France en pantoufles* : «À vingt ans, au grand émoi de mon père, j'étais républicain, comme tous les jeunes hommes de ma caste. Nous sentions confusément la cassure. Nous cherchions des alibis pour le nouveau régime. Un avocat, qui débutait, spéculait sur une condamnation, sur un peu de prison. Un procès politique achalandait son cabinet. En ces jours-là, je scandais des *Imprécations de Varrus*, pour la *Gazette Rimée*. Elle en creva, la pauvre *Gazette*! Nous suivions, avec enthousiasme, les cours de M. Beulé. Sous couleur de raconter l'histoire de Tibère, ou de Germanicus, il stigmatisait l'Empire libéral. Néron, Tibère, Caligula, c'était Napoléon III. Poppée, Messaline : l'Impératrice Eugénie. Les orgies de Capri : la Maison Dorée, les réunions de Compiègne et de Fontainebleau où l'on jouait les proverbes d'Octave Feuillet.

«Vous entendez d'ici les applaudissements. La moindre allusion était saisie avec une fiévreuse avidité. Ce Beulé, alors, paraissait quelque chose. Mais depuis la chute de l'Empire, on s'avisa que ce n'était pas grand-chose. Il y a des gens, comme ça : dans la poussière de l'émeute, ils semblent des statues. En temps ordinaire, ce sont des épouvantails à moineaux, de vieilles redingotes bourrées de paille. J'ai rencontré depuis M. Beulé dans le monde. Il y traînait une Mme Beulé, pleine de disgrâces et d'appétit, on l'avait surnommée : "la beulette des buffets[1]".»

*

Mme Arman (dite Arman «de Caillavet») fut maîtresse en titre d'Anatole France après avoir été l'égérie de plusieurs auteurs. Ils s'étaient rencontrés dans le salon de la grosse Mme Aubernon qui, avec sa mère Mme de Nerville, s'efforçait de rassembler tous les artistes du temps, un peu avant 1900. Elles s'avouaient ouvertement de gauche, et on les avaient surnommées «les Précieuses radicales[2]». Mme Aubernon, dont Robert de Montesquiou disait qu'elle avait «un air de reine Pomaré aux cabinets», dirigeait les conversations par l'agitation de sa sonnette en porcelaine. Elle aurait été l'un des modèles de Proust pour Mme Verdurin, à moins que ce ne soit Mme Arman de Caillavet elle-même.

Jean-Jacques Brousson a raconté plusieurs moments typiques chez les Arman de Caillavet, où il accompagnait son employeur :

«On prend le café dans le salon rouge du premier étage. On s'amuse à regarder des vues d'optique anciennes. C'est Anatole France qui glisse les estampes dans la boîte au miroir. La boîte est de laque et à dessins chinois. À chaque vue, il nasille une sorte de

---

1. L'archéologue Charles Ernest Beulé (1826-1874) mit au jour plusieurs éléments importants de l'Acropole, ce qui sauva l'École française d'Athènes dont l'utilité était contestée. À son retour en France, il fut dûment honoré. Il s'intéressa à la politique, fut à l'origine de nombreuses pétitions contre l'Empire (dont celle qui permit de conserver en Anjou les tombeaux des rois Plantagenêts, que Napoléon III voulait restituer à l'Angleterre pour plaire à Victoria), et fut élu député orléaniste en 1871, avant d'être nommé ministre de l'Intérieur en 1873. Il manifesta des opinions conservatrices, qui expliquent les sarcasmes d'Anatole France. Ministre contesté, Beulé dut résigner ses fonctions. Un peu plus tard, il se suicida de deux coups de stylet, pour mettre fin aux intolérables douleurs qu'une maladie cardiaque lui causait.

2. Elles savaient être réellement ridicules. Léon Daudet a raconté : «Dumas fils, que j'ai rencontré seulement six ou sept fois dans des maisons amies où on l'encensait avec excès, avait pris le rôle du censeur moraliste, du clinicien ergoteur pour crises d'âme exceptionnelles : "J'aime mon mari, je ne puis me défaire de mon amant et j'ai une cousine, ma meilleure amie, qui aime à la fois mon mari et mon amant. Elle-même est mariée. Que me conseillez-vous ?" Ces problèmes et d'autres analogues semblaient le préoccuper vivement. Il leur trouvait des solutions arbitraires, formulées à la hussarde sous sa moustache blanche, devant lesquelles ses zélateurs des deux sexes se pâmaient. Cela allait si loin qu'une admiratrice fanatique, excellente personne d'ailleurs, Mme Aubernon, arbora à une soirée chez elle, dans sa coiffure, un petit buste du maître et récita quelques vers se terminant ainsi : ... *et de Dumas je suis coiffée.*»

complainte : "La basilique de Saint-Pierre, mère de toutes les églises... Deux cents églises dans une église ! Trente-cinq portes ! Cent cinquante chapelles ! Cinquante palais ! Seize arcs de triomphe ! Trente basiliques... Ne pas confondre avec le basilic qui parfume l'humble échoppe du savetier, plante royale. Mille tableaux ! Mille statues ! Le Colisée ! Fondé par Vespasien, inauguré par Titus, embelli par Domitien. Lors de l'inauguration, cinq mille bêtes féroces furent sacrifiées au peuple-roi. Il pouvait contenir quarante-cinq mille spectateurs."

« Madame demande : "En êtes-vous bien sûr, monsieur ?

« FRANCE. — Oui, madame, comme de l'Évangile.

« MADAME. — Oh, alors, va pour quarante-cinq mille ! Je ne chicane plus. C'est là, monsieur, que les chrétiens étaient envoyés aux bêtes ?

« FRANCE. — Oui, madame. Là, et ailleurs. On n'en a pas assez envoyé.

« MADAME. — Que dites-vous, monsieur, vous êtes bien sanguinaire.

« FRANCE. — Sanguinaire ! Sanguinaire ! Regardez donc l'estampe, madame. Là, à droite, voyez-vous, la brèche ?

« MADAME. — Je vois. On dirait d'un pâté entamé.

« FRANCE. — Qui a entamé le pâté de Dioclétien ? Qui s'est montré plus cruel envers le Colisée, que le plus cruel des vieillards, c'est à savoir Chronos ? Les chrétiens, madame ! Les chrétiens. Je ne sais combien d'églises, de chapelles, de palais cardinaux ont été bâtis avec les pierres arrachées au flanc du malheureux cirque. Si on eût jeté aux lions toute cette racaille juive, le monument serait intact. Nos âmes elles-mêmes seraient intactes. Notre enfance n'eût pas été défleurie par les billevesées du plus triste des dieux.

« MADAME. — Eh ! monsieur ! Ne vous échauffez pas. Cela s'est passé en des temps très anciens. Prenez-vous de la liqueur ?

« FRANCE. — Oui, madame, un peu de chartreuse..." »

\*

Anatole France dit à son secrétaire, Jean-Jacques Brousson, à l'époque où ils travaillaient sur *Jeanne d'Arc* : « Pour vous délasser de toute cette érudition, ce XV<sup>e</sup> siècle si noir, si fanatique, que diriez-vous si nous faisions une pièce de théâtre ? Réjane veut à toute force que je lui donne quelque chose. Je l'aime beaucoup. C'est une bonne femme, vive, simple, amène... Pas cabotine pour deux sous, la rampe éteinte. Mais comme on dit, « elle a un peu forci ». Faut des appas, mais pas trop n'en faut. L'autre jour, j'étais à côté d'elle à table, chez Mme de X., elle avait l'air d'un édredon ficelé. Quel rôle voulez-vous qu'on fabrique pour cette dondon ? Je sais bien qu'à la scène, ces boursouflées, ces mamelues, paraissent simplement potelées. Mais il est difficile, toutefois, de lui faire jouer les mignonnes et les jeunettes. Elle est encore bien dans *Madame Sans-Gêne*. Ça vous amuserait-il de faire du théâtre ? Oui sans doute. Je pense bien. Eh ! nous en ferons. Je n'ai aucun sens des choses dramatiques. Le théâtre, à mon avis, est un art inférieur. Voilà pourquoi il est goûté du populaire. Pour y réussir, il faut avoir l'esprit épais, commercial. Il ne faut pas avoir, surtout, de préjugés littéraires. L'ennuyeux, c'est de faire la pièce. Je compte beaucoup sur vous.

« [...] J'ai un sujet pour cette grosse réjouie. Il faut lui faire une duchesse de Berry. Cela lui ira comme un gant. »

Et France d'évoquer une duchesse de Berry veuve et emprisonnée, bientôt grosse à pleine ceinture, et puis les interrogations des légitimistes qui ne savent pas avec quel pavillon couvrir la marchandise. Quelques jours plus tard, Anatole France revient à la charge auprès de son secrétaire ; il en avait parlé à la comédienne : « Tout cela est confus, mais cela plaît à Réjane. Madame Sans-Gêne est ravie de faire une duchesse, une vraie. Pour moi, je la vois assez une femme enceinte : elle n'aura pas besoin de beaucoup d'artifices.

« Vous verrez comme ce sera amusant aux répétitions. Je me plais beaucoup dans les coulisses. Cela me rajeunit. Parmi les figurantes, on trouve un tas de petites femmes charmantes. Il faudrait faire un scénario, tout de suite, pour Réjane. »

Un mois après, Brousson apporte le scénario de la duchesse de Berry. Anatole France le met dans un tiroir sans y jeter les yeux.

« Il ne faut plus penser à cette duchesse, confesse-t-il d'un ton désabusé, Madame [Mme Arman de Caillavet] ne veut pas en entendre parler. À l'en croire, je me couvrirais de ridicule. Je ne sais pas ce que c'est que le théâtre. J'ai eu beau lui objecter ma promesse à Réjane, elle m'a dit : "Vous n'êtes qu'un incorrigible libertin", désireux de hanter les coulisses. »

Anatole France demeure un moment silencieux. Il caresse sa barbe, il en grignote les poils. Il conclut : « Entre nous, Madame ne manque pas de sagacité. »

*

Marcel Proust a raconté à Paul Morand le manège auquel se livraient Anatole France et Mme Arman de Caillavet.

Ils avaient leur rendez-vous amoureux le matin chez l'écrivain. Ensuite ils revenaient ensemble à pied vers l'avenue Hoche, domicile des Caillavet. Ils se séparaient cent mètres avant d'y arriver. Elle entrait la première ; deux minutes après, France arrivait à son tour.

« Ce manège ne trompait personne, mais l'étiquette le voulait ainsi. »

À l'issue du déjeuner, elle disait à l'écrivain : « Monsieur France, il faut travailler », et elle le faisait monter dans le bureau de son mari. (Brousson a raconté les séances, fort pénibles pour le grand homme, qui ne dédaignait pas de s'accorder de temps en temps un petit somme à l'abri d'une pile de *La Grande Encyclopédie*.)

À l'heure du thé, Mme de Caillavet recevait une très nombreuse assemblée à qui elle ne manquait jamais de laisser entendre que l'illustre écrivain travaillait à l'étage supérieur. Anatole France ne savait pas qu'elle disait la chose. Aussi avait-il l'air fort ridicule lorsqu'il redescendait après être passé prendre sa canne et son chapeau, et entrait dans le salon en disant : « Eh, bonjour chère amie, voilà plus d'une semaine que je n'ai eu le plaisir de vous voir ! »

Au milieu de tout cela, on se moquait beaucoup, bien entendu, de M. de Caillavet. Pour autant, il ne devait pas être dénué d'humour puisque, lorsqu'il entrait dans le salon de sa femme, il avisait les visages inconnus et piquait droit sur eux en disant : « Je ne suis pas M. Anatole France. »

Peut-être M. de Caillavet voulait-il éviter une mésaventure arrivée à la même époque à une comtesse G. Son mari, le comte G., « bonhomme moliéresque, coléreux, ridicule, majestueux, tyrannique et berné », écrit Morand, avait une liaison avec une Mme de B. qui d'ailleurs, toujours volage bien qu'elle ne fût pas très belle, lui était infidèle. Quand il recevait, afin de faire plaisir à Mme de B., le comte négligeait et refoulait dans l'ombre l'adorable, l'éblouissante Mme G., sa femme. Si bien qu'un nouvel invité, prenant Mme G. pour la maîtresse, lui dit avec un regard dédaigneux à Mme de B.

prise pour l'épouse : «Ah! madame! ce que je comprends le comte!»

*

Brousson raconte sa visite à Huysmans qui logeait désormais dans des dépendances religieuses; il y accompagnait un abbé de Saint-Sulpice ami de sa famille :

«Petit appartement clair et modeste, aux environs du Bon Marché. Par les fenêtres, on aperçoit des jardins de couvents, des cours d'orphelinat. Après une attente d'un quart d'heure, une porte s'ouvre. Un homme vient au-devant de l'abbé. Il est de très haute taille et de forte encolure. On dirait d'un lutteur, mais un lutteur grelottant, épuisé, vaincu.

«La conversation roule d'abord sur la santé de l'écrivain. Il ne croit plus aux médecins. Il s'en remet à la grâce de Dieu. Sait-Il pas mieux que personne ce qui nous convient? Il souffre sans doute, mais peut-être n'est-ce pas assez. Il a tant à expier! Il rend compte de ses exercices de piété. Il récite le rosaire. Au début, cette prière lui paraissait mécanique, mais c'est qu'il était encore tout empoisonné de prétentions littéraires.

«L'abbé me présente à l'écrivain, raconte Brousson : "Mon compatriote, Jean-Jacques Brousson. C'est le fils de l'excellent médecin de notre séminaire de Nîmes et de presque toutes les congrégations religieuses du Gard. Le Dr Brousson est chevalier de saint Grégoire."

«Alors, l'auteur de *En route* semble s'apercevoir que je suis là. Il m'interroge : "Vous voulez faire de la littérature? Pauvre petit! Il faut d'abord faire son salut... Ah! Vous êtes entré comme secrétaire chez Anatole France. Tant pis pour vous! C'est un grand écrivain, mais il lui manque la seule chose qui soit nécessaire : la foi... Il fut pourtant pieusement élevé, à ce que j'ai ouï dire, par des parents chrétiens. Mais la vanité, la soif des applaudissements, le goût du paradoxe... Bref, il est en bien mauvais point. Malgré toute sa gloire, je ne voudrais pas être à sa place."

«Ici, une petite pause. Huysmans tousse, crache dans le feu, essaie de remédier au divorce des bûches, puis reprend : "Je l'ai hanté dans le temps, votre Anatole France. C'était un gentil esprit sinon un gentil garçon. J'ai pitié de le voir rouler sur cette pente. En souvenir de notre ancienne amitié, dites-lui donc, de ma part, ceci :

'Maître illustre, êtes-vous pas quelquefois un peu las de l'adoration des hommes ? Éprouvez-vous pas le vertige au point surhumain où ces idolâtres vous ont juché ? Avez-vous oublié et la grâce de votre saint baptême et celle de votre première communion ? Cher maître, quand la nuit tombe, fuyez tous ces courtisans qui vous cachent la réalité avec leurs encensoirs. Comme votre bonne femme de mère, entrez dans une église, dans une église ancienne et populaire, Saint-Séverin par exemple. Trempez vos doigts dans le bénitier banal, comme les ménagères et les petits enfants du quartier. Abdiquez votre pauvre immortalité. Faites le signe ancestral et puis allez vous agenouiller au fond de l'abside, sous le palmier de pierre. Là, seul à seul avec Dieu, dans la pénombre des vitraux, demandez-vous si nous avons été créés et mis au monde et rachetés du sang de Jésus-Christ pour écrire des impertinences.' " »

Le lendemain, Brousson rapporte fidèlement l'homélie à Anatole France. D'une voix sèche, le maître lui dit : « Ce pauvre Huysmans, il est bien bas ! Toute cette bigoterie est un bien mauvais signe, à son âge. Quand vous le reverrez – une politesse en vaut une autre – dites-lui donc : *France vous conseille de faire analyser vos urines.* »

*

Après la mort de son égérie, Mme Arman de Caillavet, Anatole France alla s'installer en Touraine, à Saint-Cyr-sur-Loire. Il descendait régulièrement du coteau de Saint-Cyr pour se rendre, de l'autre côté de la Loire, dans Tours. Là, à l'ombre de la basilique Saint-Martin fraîchement reconstruite, il entrait dans la librairie Tridon, pour y engager la conversation avec les habitués de la maison. Il y fut un jour abordé par une vieille coquette, fardée et exubérante, qui se pâmait devant lui.

Jouant le jeu, il lui prit les mains, les tapota, les caressa. Puis il lui dit, devant les clients : « Eh bien, madame, vous ai-je assez compromise ? »

*

Un candidat à l'Académie avait fait le voyage de Tours pour rencontrer Anatole France. Il dit au maître avec une satisfaction mêlée de vanité : « J'ai déjà fait vingt visites. »

Anatole France rétorqua : « Vingt visites ? Vous savez donc le nom de vingt académiciens ! Homme exceptionnel ! Puisque vous les avez appris par cœur, gardez-vous de les oublier! Par vous, l'avenir les connaîtra peut-être. Je vous admire et je vous envie. Car l'autre jour, avec Courteline, nous avons cherché les noms des quarante immortels. Nous n'avons jamais pu en trouver que quatre. Soudain, Courteline s'est frappé le front et m'a dit : "Mais, mon cher maître, il y a vous!" Cela faisait cinq... Nous n'avons jamais pu dépasser ce chiffre. »

*

Paul Géraldy, jeune, fut reçu à la Villa Saïd par Anatole France. Il trouva le maître lisant *Le Désert*, de Pierre Loti.

« Mon enfant, dit le vieil écrivain, c'est Loti qui avait raison. Je me suis trompé toute ma vie. Je croyais qu'il fallait avoir des idées. »

*

Sur Zola : « J'admire qu'il soit si lourd en étant si plat. »

*

Sur l'œuvre de Proust : « La vie est trop courte et Proust est trop long. »

### À propos d'Anatole France

France a raconté lui-même qu'un jour, peu après son prix Nobel de littérature, il entra chez Bévière, le chapelier important de Tours, où un employé eut beaucoup de mal à trouver un grand chapeau de feutre gris qui s'adaptât à sa tête oblongue. Quand l'affaire fut faite, il entendit le garçon dire à l'un de ses collègues : « Heureusement qu'on n'a pas tous les jours à coiffer des têtes comme ça! Ce type-là, mon vieux, il a un de ces crânes de crétin ! »

*

Anatole France expliqua un jour : « Pourquoi je vais au socialisme ? Il vaut mieux être porté qu'emporté. »

Cela explique la réaction de Léon Daudet. Alors qu'on louait le courage politique d'Anatole France, il rectifia et dit : « C'est une sorte de Socrate, mais extrêmement timide : la seule vue de la ciguë lui donnerait la colique. »

## FRANCHET D'ESPÈREY (maréchal)

> Louis Franchet d'Espèrey, maréchal de France (1856-1942) : saint-cyrien, il se battit en Tunisie, au Tonkin, en Chine, fut général de division en 1912, pacificateur du Maroc sous Lyautey. Il fut l'un des rares généraux à être brillant en 1914 et, selon Joffre, «c'est lui qui a rendu possible la victoire de la Marne». Envoyé sur le front d'Orient, il obtint en 1918 la capitulation des Allemands et des Bulgares, qui fragilisa définitivement la situation des empires centraux. Il fut ensuite envoyé avec des troupes, sur ordre de Clemenceau, au nord de la mer Noire pour soutenir les Russes blancs.

Lors d'un dîner chez Maxim's, en janvier 1917, Tristan Bernard rapporta l'histoire authentique suivante.

Le général Franchet d'Esperey visite le secteur du colonel Huguenot : «Quel est ce village, colonel? demande-t-il en montrant la carte.

— C'est Cissy, mon général.

— Mais non, dit Franchet d'Esperey, ce n'est pas Cissy, c'est Mons-le-Vicomte.

— En effet, mon général, il y a erreur.»

Et, pour s'excuser, le colonel ajoute : «Je dois vous dire que nous tirons peu sur ce village-là.

— Persévérez, réplique le général, car nous y avons depuis un mois le 5e d'Infanterie.»

## FRAPPA (Jean-José)

> Après des études de droit et une participation active à la Première Guerre mondiale où il servit dans l'état-major de l'armée d'Orient, Jean-José Frappa (1882-1939) fit une carrière littéraire et journalistique. Il a écrit des scénarios de film, des pièces de théâtre, quelques romans, et des livres de souvenirs.

Jean-José Frappa, critique à *Comœdia*, revue culturelle de grande audience publiée de 1907 à 1944, avait tenu des propos critiques sur l'interprétation de la comédienne Madeleine Carlier. Celle-ci, furieuse, le gifla dans les coulisses du Théâtre du Gymnase.

«Madame, dit le critique, si j'étais sûr du nom de votre amant du jour, je lui enverrais mes témoins.»

Il est vrai que la comédienne se constitua une respectable collection d'amants, dans laquelle on comptait l'improbable Jean Cocteau (qui, en 1909, la présentait même comme sa fiancée).

## FRÉDÉRIC II

Frédéric II, dit «le Grand», roi de Prusse (1712-1786) : malgré l'éducation infligée par son père Frédéric-Guillaume I$^{er}$, le fils développa un goût prononcé pour la musique et la littérature. Tenant l'allemand pour un jargon barbare, et traitant ses sujets d'«Iroquois», il imposa l'usage du français à la Cour. Grand chef militaire, il multiplia les guerres ou les invasions («Cet homme est fol», disait Louis XV), et dès le début gagna la Silésie. Ce fut, aime-t-on à dire, un despote éclairé (il dira joliment que «la couronne n'est qu'un chapeau qui laisse passer la pluie»). Ce fut en vérité un autocrate misogyne, mais son athéisme, et surtout son admiration pour nos philosophes firent que ceux-ci répandaient au sujet du «Salomon du Nord» les louanges d'humanité les plus touchants. Il n'aimait pas les catholiques, mais fut enchanté d'accueillir les jésuites sur ses terres après que leur ancien élève Clément XIV eut aboli leur ordre en 1773, sous la pression des Bourbons. Il a été le véritable fondateur de la Prusse dont il doubla le territoire; tel fut le berceau de la moderne Allemagne. La production littéraire du roi a été exclusivement française. Initié à la loge de Hambourg en 1738, il demeura politiquement un support maçonnique actif, mais finit par se désintéresser de la chose à titre personnel. Cet humaniste de réputation a écrit dans son testament politique au sujet des Juifs qu'«il est prudent de faire attention à ce que leur nombre n'augmente pas». C'est seulement en 1991, après beaucoup de péripéties dont un passage sous la garde de l'armée américaine en 1945, que ses restes, conformément à sa volonté, furent enterrés dans le parc de Sans-Souci. La Prusse fut supprimée par une loi signée par les autorités d'Occupation le 25 février 1947 – seul État dans l'Histoire dont la fin ait été ordonnée.

Un déserteur de l'armée de Frédéric II fut pris et conduit devant le roi qui lui demanda la raison de son acte : «Sire, les affaires de Votre Majesté sont si mauvaises, que j'ai pensé qu'il fallait les abandonner.»

On était la veille d'une bataille. Le roi dit : «Eh bien, reste encore jusqu'à demain. Si elles ne sont pas meilleures, nous déserterons ensemble.»

\*

Frédéric avait fait construire une église luthérienne. La façade achevée, on découvrit qu'elle ne donnait aucun jour à l'intérieur. Les pasteurs représentèrent au roi que leurs ouailles n'y voyaient

point assez clair pour lire un psaume. Il les renvoya en leur disant :
« Bienheureux ceux qui croient et ne voient point. »

*

On vint trouver Frédéric II pour ratifier la condamnation à la
peine capitale d'un officier de cavalerie qui avait été surpris en
train de sodomiser son cheval. Le roi jeta un œil à la décision, et
dit : « La pendaison serait trop bonne pour lui. Versez-le dans l'infanterie. »

*

Deux dames de la cour de Frédéric II se disputaient le pas. On en
référa au roi, qui demanda : « Quel est le mari le plus haut en grade ?
— Ils ont le même grade.
— Le plus ancien alors ?
— Même promotion...
— Eh bien : que la plus sotte passe devant ! »

### À propos de Frédéric II
Ce roi, lors d'une revue, rencontra un soldat au visage rudement
balafré ; il lui demanda sur un ton de moquerie : « Dans quel cabaret
t'a-t-on arrangé de la sorte ?
— Dans un cabaret de Kollin, Sire, cette fameuse fois où
Votre Majesté payait l'écot. »
À la bataille de Kollin, en 1757, les impériaux avaient sévère-
ment défait les Prussiens. Le roi n'en demanda pas plus.

*

Frédéric le Grand se glorifiait un jour d'être athée. Comme
Baculard combattait cette opinion, le roi l'interrompit : « Comment,
vous tenez encore pour ces vieilleries ?
— Oui, Sire, répondit l'autre, car j'ai besoin de croire qu'il est
quelqu'un au-dessus des rois. »

*

Lorsque Frédéric II, qui trouvait les Français bien légers,
demanda sur un ton philosophique au marquis d'Argens ce qu'il
ferait s'il était roi de Prusse, celui-ci répondit : « Ma foi, Sire, je
vendrais mon royaume pour aller en manger les rentes à Paris. »

*

Frédéric II demanda à l'un de ses médecin, pour le railler : « Répondez-moi franchement : combien avez-vous tué de gens dans l'exercice de votre art ?

— Sire, environ trois cent mille de moins que Votre Majesté. »

*

Le cocher de Frédéric II renversa son carrosse. Le roi entra dans une violente colère, mais le cocher, sans se démonter, rétorqua : « Eh bien, c'est un malheur ; et vous, n'avez-vous jamais perdu une bataille ? »

*

À la suite du partage de la Pologne et de la prise de possession d'une grande partie de ce pays par le roi de Prusse, l'évêque de Warmie perdit beaucoup de ses revenus.

Lorsque peu après, en 1773, ce prélat vint rendre ses devoirs au roi à Potsdam, Frédéric lui dit : « Certes, il est impossible que vous m'aimiez. »

L'évêque se contenta de répondre qu'il n'oublierait jamais les devoirs d'un sujet envers son souverain.

« Pour moi, dit le roi, je suis vraiment votre ami et j'ai beaucoup compté sur votre amitié. Si saint Pierre me refusait l'entrée du paradis, je vous attendrais : j'espère que vous auriez la bonté de m'y faire entrer sous votre manteau, sans que personne ne s'en aperçoive.

— Cela sera difficile, reprit l'évêque, car Votre Majesté me l'a tellement rogné que je ne pourrai jamais y cacher de la contrebande. »

## FRONDAIE (Pierre)

Albert René Fraudet, dit « Pierre Frondaie » (1884-1948) : l'ouvrage le plus célèbre de cet écrivain à succès de l'entre-deux guerres fut *L'Homme à l'Hispano*. Grand séducteur, il fut marié quatre fois, en particulier à Jeanne Loviton (Jean Voilier en littérature), qui elle-même eut pour amants Paul Valéry (qui fut fou d'elle), Saint-John Perse, Jean Giraudoux, Bertrand de Jouvenel, Malaparte, Robert Denoël (elle fut soupçonnée de son meurtre), Maurice Garçon, des ambassadeurs japonais, un ministre de Mussolini, etc.

À la différence de tous ses contemporains, Frondaie n'avait pas été mobilisé en 1914, et on en parlait. La comédienne Cora Laparcerie, en lui envoyant l'un de ses recueils de poèmes, avait inscrit en dédicace : *À Pierre Frondaie, qui pourrait porter un fusil.* Il envoya en retour l'un de ses propres ouvrages à l'actrice, qui était devenue corpulente (on disait alors : « qui avait le genre Junon »), en écrivant : *À Cora Laparcerie, qui pourrait porter un canon.*

## FURETIÈRE (Antoine)

Procureur fiscal de l'abbaye de Saint-Germain-des-Prés, Antoine Furetière (1619-1688) prit les ordres. Son érudition le fit entrer à l'Académie française, où son caractère caustique lui fit de nombreux ennemis – lorsqu'il entreprit de faire un dictionnaire, les académiciens l'accusèrent de s'être approprié leurs travaux. Un procès s'ensuivit sur une question d'atteinte au privilège octroyé, et Furetière fut exclu en 1685, bien avant la fin du procès. On composa alors à son intention une devise qui entourait un excrément de corps humain : « *Ab ejecto corporis sanitas* » (« le corps qui a expulsé ça se sent mieux »). Il s'en consolait en publiant une série de factums qu'on s'arrachait dans les salons. Il a décrit une séance du Dictionnaire : « Quand un bureau est composé de cinq ou six personnes, il y en a un qui lit, un qui opine, deux qui causent, un qui dort, et un qui s'amuse à lire quelque dictionnaire qui se trouve sur la table. » Lorsque son excellent *Dictionnaire universel* parut en Hollande, après sa mort, on vit qu'il n'avait rien de commun avec le travail des académiciens et que ceux-ci avaient cherché une mauvaise querelle à l'auteur ; le roi soupçonnait la chose, puisqu'il refusa qu'il fût remplacé de son vivant.

Sur l'abbé Boyer, qui avait rejeté sur la pluie la faute d'un public très rare à l'une de ses pièces :

> Quand les pièces représentées
> De Boyer sont peu fréquentées,
> Chagrin qu'il est d'y voir peu d'assistants,
> Voici comme il tourne la chose :
> « Le vendredi la pluie en est la cause,
> Et le dimanche le beau temps. »

\*

Épigramme sur une dame trop accrochée à son chapelet :

> S'il est vrai que votre époux
> Est impuissant et jaloux,
> Cela vous doit bien suffire :
> Vous êtes vierge et martyre.

*

Lors de l'ouverture d'une séance à l'Académie, Bensérade s'aperçut qu'il s'était assis à la place où Furetière se tenait habituellement. Tout en y demeurant, il dit, hilare, à ses collègues : «Voilà une place où je vais dire bien des sottises»...

Furetière, qui venait d'arriver dans son dos, lui lança : «Courage mon ami : vous avez commencé depuis longtemps.»

*

Furetière déclara s'être lancé dans la rédaction d'un *Dictionnaire* qui serait publié avant celui de l'Académie. Comme il était membre de la docte assemblée, il fut soupçonné d'en avoir détourné les travaux, et il fut expulsé.

Il répondit par des épigrammes qui tombaient comme grêle sur les immortels, dont celle-ci :

> Français, admirez mon malheur,
> Voyant ces deux dictionnaires ;
> J'ai procès avec mes confrères
> Quand le mien efface le leur ;
> J'avais un moyen infaillible
> De nourrir avec eux la paix :
> J'en devais faire un plus mauvais ;
> Mais la chose était impossible.

La Fontaine se jeta dans la bagarre avec les autres, et d'autant plus volontiers qu'il avait deux griefs particuliers contre Furetière. Celui-ci l'avait appelé «jetonnier[1]» et lui avait reproché – à lui

---

1. À l'initiative de Perrault, proche conseiller de Colbert, l'Académie avait établi un système de jetons de présence pour faire avancer les séances du dictionnaire et punir les retardataires : on créa ainsi quarante jetons à distribuer entre les membres

ancien officier des eaux et forêts – de ne pas savoir distinguer le bois en grume du bois marmenteau. La Fontaine écrivit donc, après que Furetière eut été bastonné pour le compte de Guilleragues, contre lequel il avait fait une satire :

> Toi, qui de tout as connaissance entière,
> Écoute, ami Furetière :
> Lorsque certaines gens,
> Pour se venger de tes dits outrageants,
> Frappaient sur toi comme une enclume,
> Avec un bois porté sous le manteau ;
> Dis-moi si c'était bois en grume,
> Ou si c'était bois marmenteau.

Furetière répondit, en faisant une vilaine allusion aux galanteries de Mme de La Fontaine :

> Çà, disons-nous tous deux nos véritez :
> Il est du bois de plus d'une manière ;
> Je n'ai jamais senti celui que vous citez ;
> Notre ressemblance est entière,
> Car vous ne sentez point celui que vous portez.

\*

Au sujet de la première édition du *Dictionnaire* de l'Académie, l'épigramme suivante circulait ; on soupçonna Furetière :

> Il court un bruit fâcheux du grand Dictionnaire,
> Qui malgré tant d'auteurs et leurs soins importants,
> A fort alarmé le libraire :
> On dit que pour le vendre il faudra plus de temps
> Qu'il n'en a fallu pour le faire.

\*

Furetière et La Fontaine, dans le temps qu'ils étaient amis, allaient un jour rendre visite à Patru dans sa modeste demeure.

---

présents au début de chaque assemblée. La mesure accéléra l'achèvement du *Dictionnaire*, dont le première édition vit le jour en 1694.

Comme ils arrivaient chez lui, ils l'aperçurent avec Chapelain. Furetière dit : «Voici un auteur pauvre et un pauvre auteur.»

\*

Claudine, la célèbre épouse de Colletet avec laquelle il s'enivrait beaucoup, fut aux expédients sur la fin de sa vie. Pour tirer de l'argent de Furetière, elle lui avait dit n'avoir point de quoi enterrer sa mère qui se portait bien, alors qu'elle-même mourut subitement quatre jours après. Or la mère vint à son tour demander chez Furetière de quoi enterrer sa fille.

«Vous vous moquez, dit-il. Puisque c'est vous qui êtes morte, j'ai déjà donné.»

### À propos de Furetière

Furetière raconte que, passant un jour dans la rue Saint-Séverin, il y trouva un terrible embarras de carrosses et de charrettes, qui bouchaient tellement la rue qu'il était impossible de passer.

«Je me rangeai sous une porte, d'où j'eus le plaisir de voir un prêtre fort embarrassé entre le timon d'un carrosse et les roues d'une charrette ; il criait de toute sa force au cocher et au charretier de ne point avancer, qu'ils allaient tuer un prêtre. Un artisan, qui passait comme lui, et qui était dans le même péril, dit : «Voyez un peu ce bon prêtre qui a plus de peur de mourir que moi qui ai une femme et quatre enfants.»

Le prêtre lui répondit avec indignation : «J'en ai plus que vous, mon ami.»

### GABRIELLI (la)

> Caterina Fatta, dite «Gabrielli» (1730-1796) : cantatrice, soprano léger, aussi célèbre par ses galanteries et ses caprices que par la qualité de son jeu et la beauté de sa voix. Elle avait pris ce nom de scène parce que son père était cuisinier du prince Gabrielli.

«Six mille ducats pour chanter deux mois ! s'écriait Catherine II, révoltée contre les exigences de la Gabrielli : mais c'est plus que ce que je donne en une année à un feld-maréchal !»

La Gabrielli tourna les talons : «Votre Majesté n'a qu'à faire chanter ses feld-maréchaux»...

## GABRIELLO (Suzanne)

Suzanne Galopet, dite «Suzanne Gabriello» (1932-1992) : actrice, présentatrice de télévision, chansonnière, fille de l'acteur Gabriello (qui, fort gros, se flattait de rendre service à trois femmes d'un coup lorsqu'il cédait sa place dans le bus). Elle assurait la présentation des chanteurs à l'Olympia, et rencontra Jacques Brel, avec qui elle eut une liaison durable et orageuse, en 1955, à l'époque où le chanteur belge avait du mal à percer (Brassens l'appelait «l'abbé Brel», parce qu'il chantait beaucoup dans les patronages chrétiens). C'est elle qui inspira à Brel en 1959 la chanson *Ne me quitte pas*, qui fut, avec *Amsterdam*, le grand succès international du chanteur. Édith Piaf n'aimait pas les paroles parce que, disait-elle, «un homme ne doit pas se laisser aller ainsi à l'asservissement, ni à l'exhiber».

Après la Seconde Guerre mondiale, François Mauriac fut saisi par l'excitation du journalisme et, sous l'apparence noble de la chronique, il livra ses opinions dans son *Bloc-Notes* et maints articulets qui n'excluaient pas la critique de télévision. Il veillait toujours à assurer un soutien sans bornes au général de Gaulle. La chansonnière Suzanne Gabriello avait mis au programme de son spectacle de l'Olympia, à l'occasion de la campagne présidentielle de 1965, une chanson de Jean Ferrat, *La Montagne*, travestie en *La Campagne*, et elle chantait au sujet de De Gaulle :

> Pourtant, que sa campagne est belle,
> Comment peut-on imaginer,
> En le voyant battre des ailes[1],
> Que son automne est arrivé.

Alors on vit un vieillard du premier rang se lever, crier «C'est une honte !» et interpeller la chanteuse pour dire son indignation.

Le lendemain, au guichet de l'Olympia, un plaisant qui venait acheter son billet pour le soir demanda : «Pouvez-vous m'indiquer à quelle heure est le numéro de M. François Mauriac ?»

---

1. En souvenir du *V* de la victoire de 1945, le Général, dans ses discours, dressait souvent ses grands bras vers le ciel.

## GALIANI (abbé)

Ferdinando Galiani (1728-1787), napolitain, fut diplomate à Paris. Il y fréquenta nos philosophes et initia Diderot à l'économie. Comme eux, il pensait que les intellectuels sont d'une essence supérieure, et qu'ils se trouvent de ce fait exempts de ce qui vaut pour la lie de l'humanité (il écrit à Mme d'Épinay, le 24 novembre 1770 : «Les philosophes ne sont pas faits pour s'aimer. Les aigles ne volent point en compagnie. Il faut laisser cela aux perdrix, aux étourneaux»). Nietzsche lui a rendu la politesse, évoquant le cas où «par un caprice de la nature, le génie a été donné à un bouc éhonté ou à un singe impudent, comme l'abbé Galiani, l'homme le plus profond, le plus perspicace et peut-être aussi le plus sordide de son siècle; il était beaucoup plus profond que Voltaire et par conséquent excellait mieux que lui à se taire» – attaque surdimensionnée, contre celui qui n'était guère plus que le «plus joli Arlequin qu'eût produit l'Italie», selon Marmontel.

La sonorité de la nouvelle salle de l'Opéra, qui absorbait les sons, n'était pas parfaite, et l'on dit devant l'abbé Galiani qu'elle était un peu *sourde :* «Qu'elle est heureuse !», dit l'abbé, qui détestait la musique française.

## GALLIFFET (général de)

Gaston, marquis de Galliffet (1830-1909) : général de cavalerie dont la charge héroïque à Sedan, à la tête de ses cavaliers, arracha au vieux roi Guillaume un «Ah! les braves gens!» Prisonnier en Prusse, il rentra en 1871 et participa avec un plaisir sans partage à la répression de la Commune. Il fut ministre de la Guerre dans le gouvernement Waldeck-Rousseau.

Mme Dieulafoy[1], exploratrice, était célèbre par son habitude d'être toujours habillée en homme. Cela indisposait le général de

---

1. Jane Dieulafoy, née Magre (1851-1916) était la femme de Marcel Dieulafoy (1844-1920), archéologue réputé qui entreprit à partir de 1881 des expéditions en Perse et découvrit à Suse les palais de Darius et d'Ataxercès; il rapporta un grand nombre d'objets exposés au Louvre. Il aimait beaucoup les dames (Cocteau, qui certes avait une imagination débridée, se demandait parfois s'il n'était pas son fils, si bien que sa femme l'accompagnait dans toutes ses expéditions (elle l'avait même suivi en 1870 dans l'Armée de la Loire...), et elle participa à ses découvertes, qu'elle a relatées dans plusieurs ouvrages. Elle fut l'une des fondatrices d'un prix littéraire destiné à être uniquement attribué par des femmes, lorsqu'un aréopage de dames de lettres accusèrent l'académie Goncourt d'ostracisme; ce fut l'institution du prix *Femina-Vie heureuse*, du nom de deux publications.

Galliffet, lui-même explorateur de l'extrême-sud des provinces algériennes avec ses spahis. Au sortir d'une réunion, il la prit par le bras en lui disant : « Et maintenant, allons pisser ! »

Inspirés par cette bizarrerie vestimentaire de l'exploratrice, les contrepéteurs de l'époque ont ironisé sur *les fouilles curieuses de Mme Dieulafoy.*

## GALLIMARD (Gaston)

Riche fils de famille, ami de Roger Martin du Gard, Gaston Gallimard (1881-1975) était secrétaire de Robert de Flers. En 1910, *La Nouvelle Revue française* que Schlumberger et Gide avaient lancée en excluant Montfort, son véritable fondateur, créa un comptoir d'édition : Gallimard fut engagé pour gérer l'entreprise et fournir les capitaux. Ces pionniers peu lucides refusèrent en 1913 de publier *Du côté de chez Swann.* Gallimard se fit réformer lors de la Première Guerre mondiale, voyagea aux États-Unis. Paul Morand assura le premier succès éditorial de la maison, à l'époque où Gide et Martin du Gard ne vendaient pas – ce qui changea grâce au système d'influence que Béraud a évoqué dans *La Croisade des longues figures.* En 1940, Gallimard obtint d'Otto Abetz le maintien de La NRF, sous la direction de Drieu La Rochelle ; telle était la contrepartie de l'octroi de papier pour sa maison d'édition : une Commission de contrôle du papier d'édition examinait les manuscrits pour éviter de publier les écrivains juifs ou communistes ; la secrétaire de la Commission était Marguerite Donnadieu (Marguerite Duras), rapidement promue lectrice. Gallimard soutint en sous-main quelques écrivains de la Résistance, tout en déclarant la maison Gallimard « aryenne à capitaux aryens » pour racheter Calmann-Lévy. Après le suicide de Drieu La Rochelle, La NRF fut interdite jusqu'en 1953, pour avoir collaboré ; la maison d'édition fut protégée par Camus et Malraux. Gallimard racheta en 1946 à Jeanne Loviton la quasi-totalité des actions des éditions Denoël que celle-ci venait de récupérer après l'assassinat, peut-être politique, de son amant Robert Denoël en décembre 1945.

Joseph Kessel vint annoncer à Gaston Gallimard, son éditeur, qu'il entrait à l'Académie française. Gaston s'étonna : « À moins que ce ne soit pour avoir un en-tête sur ton papier à lettres, qu'est-ce que tu vas faire là-dedans ? »

### À propos de Gaston Gallimard

Gaston Gallimard était réputé assez pingre au sujet des droits d'auteur. Alexandre Vialatte dit un jour : « La mite est née le jour où Gaston a ouvert son portefeuille devant un de ses auteurs. »

## GAMBETTA (Léon)

Fils d'un épicier italien et d'une grande bourgeoise du Quercy, Léon Gambetta (1838-1882) « était par excellence, écrit Joseph Reinach, de ces *nouvelles couches sociales* dont il devait proclamer et diriger l'avènement avec tant d'éclat ». Avocat, député en 1869, il alla proclamer la République à l'Hôtel de Ville après Sedan, profitant des désastres militaires pour établir le régime dont il rêvait. Il bloqua efficacement, sous la présidence Mac-Mahon, un retour de la monarchie. Au pouvoir, il fit vibrer la corde de la réconciliation (« Quant à moi, je me sens l'esprit assez libre pour être à la fois le dévot de Jeanne de Lorraine, et l'admirateur et le disciple de Voltaire ») tout en organisant l'épuration des administrations. De plus en plus de voix dénonçaient ses aspirations à la dictature, et son cabinet de 1881 fut renversé en deux mois. Enfin survint « l'accident de Ville-d'Avray » : au cours d'une violente discussion avec sa maîtresse, Léonie Léon, qui menaçait de se tuer, l'orateur avait arraché le revolver des mains de la furie, et la balle était partie ; une blessure condamna Gambetta, très fatigué, à un repos forcé qui causa une obstruction. « Quelqu'un de son entourage, raconte Léon Daudet, étant allé lui rendre visite au Palais-Bourbon, le trouva sur sa chaise percée, abandonné et gémissant : "Je ne peux plus faire mes besoins... Tout le monde me laisse seul... C'est épouvantable." Sa haute situation causa sa perte. Lannelongue eût opéré un malade moins illustre, moins précieux. Comme il s'agissait de Gambetta, il hésita, s'abstint, et laissa faire la méchante nature... Un crêpe flotta sur le Palais-Bourbon. Mais il n'y eut aucun désespoir, ni aucun regret populaire. Quelques mois auparavant, à Belleville, la démocratie avait signifié à son gros fantoche borgne qu'elle portait ailleurs ses nippes et sa confiance. » Il est vrai que l'orateur était borgne et l'on se plaisait à raconter qu'un jour à la Chambre, il avait tapé du poing si fort sur la tribune que sous le choc, son œil de verre avait jailli hors de l'orbite pour filer tout droit dans le camp de l'opposition.

Lors des cérémonies mortuaires de Victor Hugo, consciencieusement organisées par la République, une première série de discours (avant ceux du Panthéon) furent prononcés place de l'Étoile, devant le catafalque. Charles Floquet[1] inaugura la cérémonie. « Son creux

---

1. Charles Floquet (1826-1893), avocat, franc-maçon actif, devint célèbre lorsque, revêtu de sa robe, il lança au tsar Alexandre II, venu visiter l'Exposition universelle en 1867 : « Vive la Pologne, monsieur ! » Le tsar rebroussa prudemment chemin ; le soir, aux Tuileries, il répétait : « Que me voulait donc ce prêtre ? » Floquet eut quelques liens avec la Commune, mais après la défaite des communards, il fit publier en mai 1871 dans *Le Gaulois*, en pleine campagne électorale, une lettre par laquelle il se défendait d'avoir entretenu la moindre relation avec la Commune, et il vota en 1879 pour l'invalidation de l'élection de Blanqui. La même année, dans une conférence au théâtre de l'Ambigu, il opposa le *Peuple* de Michelet à celui de *L'Assommoir*, évoquant « la sen-

topo, dit Léon Daudet, commençait par ces mots : *Sous cette voûte toute constellé-e*. L'imbécile faisait sonner les deux *e* de *constellée* comme au Conservatoire. »

Lockroy en profita pour rappeler le mot de Gambetta sur Floquet : « C'est un dindon qui a une plume de paon dans le derrière. »

### À propos de Léon Gambetta

Les ennemis de Gambetta l'accusaient de tout diriger sans vouloir de responsabilité, et de s'en laver les mains aux jours de crise. Ils l'appelaient : « Le Ponce-pilote de la République. »

### GARAUD (Marie-France)

Marie-France Quintard, épouse Garaud (née en 1934), chargée de mission auprès de Georges Pompidou, alors Premier ministre, devint avec Pierre Juillet son conseiller le plus proche lorsqu'il fut élu président de la République. À la mort de Pompidou, ses deux éminences grises prirent Chirac sous leur protection : ils organisèrent la rupture de leur poulain avec Giscard, sa mainmise sur le parti gaulliste et sa conquête de la mairie de Paris. Mais Bernadette Chirac décida d'émanciper son mari de cette encombrante tutelle, disant ensuite à propos de Marie-France Garaud : « Elle me prenait pour une parfaite imbécile. » Cela est plausible. Marie-France Garaud, désormais contrainte à l'indépendance, ne remporta que des succès électoraux limités. Elle annonçait les difficultés à venir, ce que personne n'avait envie d'entendre. C'est elle qui la première a souligné, vers 1980, ce changement radical que désormais un ouvrier ne pouvait plus se dire que ses enfants auraient un meilleur statut social que le sien. On répondait qu'il ne fallait pas exagérer des difficultés passagères... C'est elle qui a défini l'Europe (politique) comme un berceau où il n'y a pas d'enfant.

Un élément déterminant des premiers succès de Jacques Chirac fut l'attention dont les deux éminences grises du président Pompidou, Pierre Juillet et Marie-France Garaud, entouraient ce jeune loup qui

---

sation de fatigue, de dégoût, d'écœurement » que doivent éprouver les hommes de goût et les patriotes à la lecture de l'œuvre de Zola. Président de la Chambre, puis président du Conseil, il eut affaire au boulangisme. Son plus haut fait d'armes fut l'interpellation qu'il lança à la Chambre à l'issue d'un discours du fameux général : « À votre âge, monsieur, Bonaparte était mort ! » Mais il était incapable de sang-froid, selon ses amis, et le boulangisme fit tomber son cabinet, remplacé par un ministère Tirard plus efficace sur le sujet. Floquet retrouva la présidence de la Chambre, avant de devoir démissionner en raison de son implication dans le scandale de Panamá. Léon Daudet évoque Floquet à ce moment, « quand toute sa morgue se défit en compote, et quand il s'affaissa entre ses favoris dégommés, pareil à un pantin dont on a coupé les ficelles ».

devait assurer l'avenir de la droite. C'était sans compter sur la sensibilité radicale-socialiste mal éteinte du jeune homme; et puis il ne voulait pas renoncer à ses menus plaisirs, là où M.-F. Garaud tentait de le soumettre à une discipline exigeante. Chirac remercia donc ses conseillers et décida de gauchir son image de chef de la droite. Peu après Marie-France Garaud exprima de façon métaphorique l'étendue de sa déception : «Je croyais qu'il était du marbre dont on fait les statues. En réalité, il est de la faïence dont on fait les bidets.»

Plus tard, elle précisa, après un discours de son ancien élève : «Quand j'écoute Chirac, je pense à cette phrase d'un humoriste anglais : Il ment tellement que l'on ne peut même pas croire le contraire de ce qu'il dit.»

*

Comme, devant Marie-France Garaud, on parlait de Chirac, son ancien «poulain» : «C'est un trop beau cheval. Nous lui avons appris à courir, il le fait; nous lui avons appris à sauter les haies, il le fait. Le problème, c'est que, quand il court sur le plat, il continue à sauter.»

*

Elle tirera plus tard une sorte de morale de l'histoire : «Mitterrand a détruit la V$^e$ République par orgueil, Giscard par vanité, Chirac par inadvertance.»

## GARÇON (Maurice)

Maurice Garçon (1889-1967) assura la défense de Georges Arnaud, l'auteur du *Salaire de la peur*, soupçonné d'avoir assassiné à coups de serpe son père dans le château familial. Il fut aussi l'avocat du Reich allemand, partie civile dans l'affaire Grynszpan, ce jeune Polonais qui avait assassiné, «pour venger le peuple juif maltraité», le diplomate Vom Rath. En vérité les deux hommes s'étaient rencontrés dans un bar homosexuel parisien où le diplomate allemand était célèbre sous le nom de «Notre-Dame de Paris»; son amant Grynszpan n'avait pas supporté la rupture. L'événement déclencha «la Nuit de cristal». Durant la guerre, Garçon sauva devant le Tribunal d'État des résistants qui avaient tué à Poitiers un collaborateur. En 1947 et 1950, il défendit par deux fois avec succès René Hardy, résistant soupçonné d'avoir dénoncé Jean Moulin, l'envoyé de De Gaulle; plus tard, on imputera cette dénonciation à Lucien Aubrac, ce qui fera renaître une polémique.

L'avocat Maurice Garçon assistait aux obsèques d'un banquier. Un de ses confrères, arrivé en retard, se glissa discrètement derrière lui et murmura : «Où en est-on?»

Maurice Garçon désigna du menton l'orateur qui commençait à faire l'éloge funèbre du défunt, et dit : «La parole est à la défense.»

## GARRICK (David)

David Garrick (1716-1779) était issu d'une famille réfugiée en Angleterre à la suite de la révocation de l'édit de Nantes. On dit qu'un simple murmure de ce comédien n'était jamais perdu pour le spectateur le plus éloigné. Il racheta le théâtre de Drury Lane et, sous l'influence de son mentor Samuel Johnson, retira du répertoire tout ce qui semblait inconvenant, ce qui allait loin : le public ne lui pardonnera pas d'avoir retranché de *Hamlet* la scène des fossoyeurs... Il alla souvent en France, et fit venir à Londres des acteurs français, mais il y eut bataille au parterre pour dénoncer la présence d'artistes «papistes»; le sang coula et son théâtre fut saccagé.

Un particulier ayant dit à Garrick que l'avocat Barell avait laissé fort peu d'effets à sa mort : «Cela n'est pas étonnant, dit le comédien, il avait fort peu de causes.»

## GASTON D'ORLÉANS

Gaston de France, duc d'Orléans (1608-1660), fut en état de conspiration continuelle contre son frère Louis XIII et Richelieu. Il ajoutait aux tentatives de coup d'État les complots matrimoniaux : on dut lui accorder un traité de paix et différents apanages pour qu'il n'allât pas se marier avec n'importe qui à l'étranger (tant que le mariage de Louis XIII fut stérile, Gaston était en place pour la succession au trône). Hors de portée de la justice royale comme héritier présomptif, il s'en donnait à cœur joie, mais sa pusillanimité l'arrêtait au dernier moment. Si le pouvoir royal identifiait le grand seigneur ou le noblaillon qui avait été du dernier complot (Montmorency, Cinq-Mars...), on flanquait la main au collet du complice et on lui tranchait la tête : après avoir donné tous les noms, Gaston, terrifié, se tenait coi quelque temps. Sans compter qu'il était toujours mal organisé : après le complot de Chalais, et comme il lui fallait fuir depuis Nantes où il se trouvait avec la Cour, le départ échoua parce que ses maîtres d'hôtel n'avaient pas dîné... Après la mort de Louis XIII, il se comporta honorablement en qualité de lieutenant général du royaume. Bientôt cependant, la Fronde le fit retomber dans sa folie d'intrigues : il passa et repassa du parti de la Cour à celui de Condé, sans omettre d'en créer un troisième. La rentrée de Mazarin à Paris en 1652 mit fin à ces turbulences et Gaston termina sa vie à Blois dans l'obscurité.

Sur une idée de Boisrobert, Richelieu décida de fonder l'Académie française ; on accusa le cardinal de vouloir pensionner à sa solde quelques écrivains qui pouvaient répondre aux nombreux pamphlets qui circulaient contre lui. Tous les ennemis du cardinal tentaient donc de ridiculiser la nouvelle institution. Gaston d'Orléans demanda ainsi un jour à l'Académie française, assemblée en corps, pourquoi on disait : *jean-foutre* et non pas : *pierre-foutre.*

## À propos de Gaston d'Orléans

Ce prince aima à Tours une fille appelée Louyson Roger. Elle résista, puis elle céda. « Elle en devint si sotte, nous dit la chronique, qu'elle ne faisait pas asseoir les dames de la ville. » Toujours est-il qu'elle accoucha d'un beau garçon, que le prince ne voulut pas tenir pour son fils, malgré quelques démarches faites par l'entourage de l'enfant.

Gaston d'Orléans était réputé pour sa couardise, et un jour que ce petit garçon mit l'épée à la main, on lui dit : « Rengainez, petit vilain : voilà le vrai moyen de n'être jamais reconnu[1]. »

\*

Pour évoquer le manque de vaillance de Gaston d'Orléans, le vieux Lambert, gouverneur de Metz, bon guerrier qui avait longtemps servi sans recevoir une égratignure, aimait à dire en riant : « Monsieur d'Orléans et moi n'avons jamais été blessés. »

## GAULLE (Charles de)

Charles de Gaulle (1890-1970) : pendant la guerre, ce général de brigade à titre provisoire sut incarner la France du camp des vainqueurs. Plus tard, il cueillit la république comme un fruit mûr, et resta au pouvoir de 1958 à 1969. Assez entiché de sa personne, il avait un vrai talent de cabotinage lors des conférences de presse, à l'occasion desquelles il avait développé l'art de répondre à d'autres questions que celles qui lui étaient posées. Au plus fort des événements de mai 1968, il partit en hélicoptère retrouver

---

1. Abandonnée de Gaston, Louyson Roger (Louise Roger de La Marbelière) entra en religion. La fille de Gaston d'Orléans, Mlle de Montpensier (la Grande Mademoiselle), donna un nom à l'enfant qu'elle avait découvert à Villandry, et lui fit une situation. Devenu comte de Charny, il passa en Espagne avec le maréchal de Gramont pour son ambassade. Il y demeura, fut fait général, et devint gouverneur d'Oran.

les troupes françaises stationnées en Allemagne. Soit qu'il eût le souci de s'assurer de leur fermeté (surestimant cette «révolution trop cousue d'enfants», comme le disait Gombrowicz), soit qu'il eût souhaité se mettre à l'abri, ce qui vaudrait une application désobligeante de la maxime de Napoléon selon laquelle «c'est à l'émeute qu'on reconnaît l'homme d'État». Son Premier ministre Pompidou tint la barre. Le dépit du Général s'est exprimé dans une formule célèbre : «Comment voulez-vous gouverner un pays qui a deux cent quarante-six variétés de fromages!» Il quitta brusquement le pouvoir, après son échec au référendum de 1969; on le vit bientôt se promener avec Eamon de Valera sur les falaises de Moher. Mitterrand a commenté : «Quel magnifique départ!... Cet orgueil blessé, cette bouderie somptueuse, ce manteau qui flotte dans la lande irlandaise...» De Gaulle avait en tout cas de la présence d'esprit, le coup d'œil, une morale d'exception pour un homme politique, et puis «une certaine idée de la France». Il formait avec sa modeste épouse, que le peuple appelait affectueusement «tante Yvonne», un couple uni. La seule fantaisie de cette dernière résulte d'un malentendu. Dorothy Macmillan, la femme du Premier ministre anglais, lui demanda à quoi elle aspirait, pour la période nouvelle qui suivait le retrait du Général. Mme de Gaulle répondit curieusement : «A penis.» Un silence embarrassé s'ensuivit, bientôt rompu par le Général : «Ma chère, je pense que les Anglais ne prononcent pas tout à fait le mot de la même manière. C'est 'appiness»...

En guise de remarque liminaire, on notera que les traditions de la langue exigent que, lorsque le nom de famille précédé d'une particule comporte une seule syllabe, ou deux syllabes dont la dernière est muette, comme ici, la particule soit énoncée avec le nom. On doit donc bien dire «de Gaulle».

Cela permet de tenir pour apocryphe le mot prêté au maréchal Leclerc de Hautecloque : «Gaulle est un con!»

*

Du général de Gaulle sur le maréchal Montgomery, dit «Monty» : «Ce n'est pas un soldat, c'est acteur. Mais il joue tellement bien la comédie du chef qu'il arrive à s'identifier à son personnage.»

*

Il faisait très chaud à Alger en 1943, lors d'une réunion du gouvernement provisoire. Le théoricien socialiste André Philip fit une entrée remarquée au Conseil des ministres, en short et chemisette. À l'issue du Conseil, le Général lui lança : «Et surtout, Philip, ne vous gênez pas : la prochaine fois, vous pouvez entrer avec votre cerceau. »

*

Lors de la Libération à Marseille, en 1945, le Général reçut les FFI locaux : colonels et jeunes commandants formaient une longue haie. Soudain, il tomba sur un simple sergent-chef : « Tiens ! votre femme ne sait pas coudre ? »

*

Le général de Gaulle restera aussi dans l'histoire comme le seul chef d'État français qui ait fait exécuter un écrivain, en l'occurrence Robert Brasillach, qui avait trop chanté les qualités de l'Allemagne nationale-socialiste. Après la condamnation à mort, François Mauriac intervint dans la soirée ; de Gaulle lui aurait donné *des assurances*. Brasillach fut fusillé dans la nuit[1]. L'affaire prenait un tour gênant, et Pierre-Henri Teitgen, ministre de la Justice, crut habile d'insister pieusement sur les troubles de conscience du Général : « En signant l'ordre d'exécution, sa main tremblait »...

Le Général convoqua le ministre : « Votre imagination vous perdra, Teitgen ! »

*

En 1945, Paul Ramadier, ministre du Ravitaillement, fit son entrée avec un énorme dossier sous le bras. « Mon général...

— Vous, j'en suis sûr, vous venez encore m'emmerder avec vos patates ! »

*

Vallon, triste chef de file des « gaullistes de gauche » et fondateur du RPF, rêvait dès 1947 de marcher sur l'Élysée : « Mon général,

1. Cocteau a écrit de Brasillach en 1957 : « Cet homme réclamait ma mort dans chacun de ses articles dans l'ignoble journal *Je suis partout*. Après la Libération, j'ai signé son recours en grâce. Mauriac obtint cette grâce du général de Gaulle. Après le départ de Mauriac, le Général alla se laver les mains (au ministère de la Guerre). Revenu dans son cabinet de travail, il trouva sur sa table, mise par une main charitable (que je connais), une photographie truquée de Brasillach en uniforme de SS. Le Général téléphone que la grâce ne tenait plus et Brasillach devint un martyr de la collaboration. »

dit-il, vous nous avez conduits au bord du Rubicon, ça ne doit pas être pour pêcher à la ligne.

— Voyons Vallon, répond le Général agacé, ignorez-vous que le franchissement d'une rivière est une affaire qui relève du Génie, et non de la politique ? »

*

L'allusion au Rubicon ayant fait fortune dans le mouvement gaulliste, il y eut dix ans plus tard, lors des événements du 13 mai 1958, le nouveau couplet d'un fidèle sur les inconvénients d'une pêche à la ligne prolongée.

« Aurez-vous bientôt fini, Delbecque, de m'emmerder avec votre Rubicon ? Rubicon ! Rubicon ! À quoi ça rime ? »

*

L'année suivante, certains membres du RPF, qui continuaient de s'impatienter, tentaient de faire partager au Général leur intérêt pour le gouvernement Pinay.

« Non, messieurs ! Je n'ai pas sauvé la France pour la donner à un tanneur. »

Cela n'empêchera pas le général de Gaulle de choisir Antoine Pinay comme ministre des Finances, en 1958 (en désaccord avec la politique algérienne, celui-ci démissionnera dix-huit mois plus tard).

*

Édouard Herriot a écrit dans ses *Maximes* que la politique est un chapitre de la météorologie, et que la météorologie est la science des courants d'air. De la III<sup>e</sup> République à la IV<sup>e</sup>, durant laquelle il présida la Chambre, le personnage a assez bien incarné la politique parlementaire et les manœuvres de gouvernement qui ont marqué cette longue période, pas toujours glorieuse.

Rue de Solférino, au siège du RPF, en 1951, un député encourageait le général de Gaulle à se présenter lui-même sous la bannière de son parti : « Quel succès électoral ce serait, mon général ! Et puis quelle présence à l'Assemblée ! »

De Gaulle regarda l'interlocuteur comme on regarde un insecte : « Ainsi vous voyez, vous, le général de Gaulle mettre son petit chapeau dans sa petite armoire au vestiaire du Palais-Bourbon, et demander à Édouard Herriot la permission de prendre la parole ? »

*

Sur Mendès-France, personnage considéré comme assez typique des mœurs de la IVᵉ République : « J'ai connu Mendès aviateur. Très courageux d'ailleurs. Mais enfin, sa spécialité, c'est le rase-mottes. »

*

La guerre d'Algérie accéléra la décomposition de la IVᵉ République : ses gouvernants (dont Guy Mollet et François Mitterrand) avaient dans la réalité une attitude ferme, mais on soupçonnait le parti dont ils dépendaient de vouloir brader l'Algérie. De Gaulle, qui fera exactement le contraire de ce qu'il leur imputait, en était encore au procès d'intention : « Et après... ils abandonneront la Corse ! Et la Bretagne ! Et l'Auvergne... (un temps). Non ! Ils garderont l'Auvergne : personne n'en veut ! »

*

Sur Guy Mollet : « Il est réconfortant d'avoir des adversaires aussi bien intentionnés. »

*

Sur le poujadisme : « De mon temps, les épiciers votaient pour les notaires. Mais voilà qu'aujourd'hui, les notaires se mettent à voter pour les épiciers. »

*

Sur les démocrates-chrétiens du MRP : « Ils font penser à des enfants de chœur qui boivent les burettes. »

*

À propos du 13 mai 1958, qui permit au général de Gaulle de revenir au pouvoir et de mettre un terme à la IVᵉ République, on parlait de coup d'État. Cela indisposait le Général : « Coup d'État ! coup d'État ! Où était-il, l'État ? Et vous voyez seulement de Gaulle faire *un coup* ? Le pouvoir n'était pas à prendre ; il était à ramasser. »

*

Lors de la journée des barricades, à Alger, la manifestation dégénéra. La foule déferla et l'émeute fit chanceler l'autorité. Le délégué général, Paul Delouvrier, se jeta sur son téléphone pour appeler l'Élysée à la rescousse. La conversation était brouillée et quasi inaudible.

«Allô, dit le Général, je ne vous entends pas, Delouvrier!

— Moi non plus, mon général!

— Alors, pourquoi téléphonez-vous?» demanda le Général. Et il raccrocha.

*

De Gaulle revint au pouvoir par un habile téléguidage des troubles d'Algérie, fomentés par les partisans de l'Algérie française le 13 mai 1958. Il alla, peu après, crier *Algérie française!* lors de sa tournée algérienne; sa reconnaissance se limita à cela. Il s'empressa de lâcher tout ce beau monde. Ceux qui avaient été menés en bateau ne se laissèrent pas faire: il y eut, en 1961, le putsch des généraux, et les parachutistes révoltés d'Algérie laissèrent entendre qu'ils viendraient en France prendre le pouvoir. En métropole, on fit semblant d'y croire (le pouvoir savait que ce n'était pas possible, pour des raisons de logistique précises); certains eurent sincèrement peur. Les «paras» devaient arriver une nuit d'avril à Paris. Roger Frey, ministre de l'Intérieur, organisa la défense du territoire; des armes furent même distribuées à quelques excités, qui eurent l'esprit de ne pas les rendre.

Les «gorilles», c'est-à-dire des policiers peu recommandables affectés à la sécurité du Général, débraillés et armés jusqu'aux dents, jouaient à la belote dans les salons dorés de l'Élysée. À quatre heures du matin, de Gaulle vint à passer. Il jeta un œil au spectacle, qui ne le ravit guère; il dit, affectant la déception: «Comment, *ils* ne sont pas encore là?»

Les gorilles convinrent que rien n'était signalé.

Hurlement du Général: «Alors, que foutez-vous ici?»

La place Beauvau vécut sa nuit historique. Roger Frey, qui assumait enfin des responsabilités qui le dépassaient, était très fier des «volontaires de la mort» rassemblés au ministère de l'Intérieur pour accueillir les envahisseurs. Il n'avait pas fermé l'œil de la nuit, et arriva à l'Élysée pour entretenir le Général des mesures prises pour sauver la République. Il allait parler, mais de Gaulle lui dit d'un ton glacial : «Frey, pourriez-vous m'expliquer les raisons et les modalités de ce tumulte que vous avez cru devoir fomenter autour et jusque dans ma résidence ?

— C'étaient vos fidèles qui venaient vous défendre, mon général.

— Et vous croyez vraiment, Frey, que ces braillards auraient été capables de mourir pour moi ?»

La tranquillité d'esprit du Général s'explique d'autant mieux que la menace d'un lâcher de parachutistes sur la France était une rumeur qu'avaient fait courir, à des fins stratégiques, les éminences grises de De Gaulle, Foccard et Melnik. Beaucoup y crurent. Jean Ferniot vit le rédacteur en chef de *France Soir* aller acheter des carabines 22 LR pour les entreposer dans les armoires de la rédaction ; Michel Debré, pathétique, exhorta les Parisiens à se rendre par n'importe quel moyen vers les aéroports pour faire de leur corps un rempart pour la République ; Malraux rassembla des volontaires dans la cour du ministère de l'Intérieur, et leur distribua des godillots...

*

Sur les parachutistes, qui avaient été les vainqueurs de la bataille d'Alger avant de devenir le fer de lance du putsch, de Gaulle dit : «Quels soldats ! Dommage que les emmerdements qu'ils causent soient encore plus grands que leurs succès !»

Les légionnaires parachutistes du 1er REP avaient pris l'initiative, contrôlant très vite les différents points stratégiques d'Alger ; ils ne représentaient cependant qu'un millier d'hommes, alors que cinq cent mille soldats français œuvraient en Algérie. L'affaire avait été un peu improvisée, et bientôt tout rentra dans l'ordre. Le 1er REP fut dissous ; dans les camions qui les emmenaient vers leur lieu de détention, les parachutistes chantaient la chanson d'Édith Piaf qui était le succès du moment : *Non, je ne regrette rien...*

Le soir du putsch, le général de Gaulle assistait à une représentation à la Comédie-Française ; on y installa une cellule de crise, sous l'égide de Papon et Foccart (qui n'avaient ni l'un ni l'autre bonne réputation).

Dès le lendemain, de Gaulle pourra déclarer : «Ce qui est grave dans cette affaire, messieurs, c'est qu'elle n'est pas sérieuse.»

\*

Quelque temps après le putsch d'Alger, tout le monde était encore sur les dents, à l'Élysée. Le permanent de nuit osa déranger le Général pendant son petit déjeuner.

«Mon général! la sous-préfecture de Morlaix a été prise cette nuit!

— Et par qui donc?

— Par les paysans, mon général!

— Alors, ce n'est pas moi que ça regarde!»

\*

Après que le pouvoir politique, avec un fort soutien de l'opinion, eut ardemment traqué «les délinquants», c'est-à-dire les Algériens indépendantistes, tout le monde se lassa de la guerre d'Algérie, et de Gaulle envisagea d'ouvrir des négociations d'indépendance. Le Général apprit bientôt que le Front de Libération nationale était prêt à venir discuter à Melun : «Merde! Déjà?»

La tragi-comédie de Melun ne donna rien. L'affaire avait d'ailleurs commencé par un incident, les émissaires du FLN ayant refusé, pour venir, de monter dans un avion français. L'entourage du Général cria au soufflet diplomatique : «Quand le Général va apprendre ça! Tout est rompu!»

Le Général fut effectivement mis au courant, mais il n'était pas question de rompre. Il s'écria : «Qu'ils viennent en pirogue, mais qu'ils viennent!»

\*

Plus tard, après le référendum sur l'autodétermination, ce furent les négociations d'Évian, qui devaient déboucher sur l'indépendance. Lorsque l'ultime étape piétina, le Général s'impatienta; il téléphona à son négociateur : «Alors, Joxe, vous aurez bientôt fini de traîner, avec vos macaques? Qu'ils se décident, nom de Dieu!»

Louis Joxe expliqua que les Frères essayaient de faire sournoisement monter les enchères, et qu'il s'agissait de jouer serré.

«Il faut en finir, ordonna le Général. Ne vous laissez pas arrêter par des broutilles!»

Le négociateur se le tint pour dit, régla la question, et vint présenter le résultat à l'Élysée. Il y reçut un accueil glacial du Général : « Alors Joxe, vous avez encore tout abandonné ? »

*

Après l'attentat du Petit-Clamart, à l'occasion duquel une mitraillette tira sur la voiture du Général, celui-ci ne dit rien pendant le reste du trajet. En mettant pied à terre, il jeta un coup d'œil à la carrosserie criblée par des balles.

Les journaux de l'époque rapportèrent la phrase hautaine : « Ils ne savent même pas tirer ! »

Le jugement de De Gaulle fut un peu différent : « Ceux qui veulent me tuer sont aussi cons que ceux qui me protègent. »

*

Le référendum d'avril 1962 ayant plébiscité de Gaulle, ses ministres dressèrent des plans pour exploiter ce succès. Roger Frey, ministre de l'Intérieur, s'opposait à des élections anticipées, au moment où l'OAS multipliait les attentats contre les bâtiments en France ; il brossa un tableau d'apocalypse : « L'OAS pourrait même en arriver à assassiner au moins cinquante députés UNR ! » (l'UNR était le nouveau parti gaulliste, imaginé par Michel Debré).

Le Général eut l'air de méditer un instant. Puis il dit : « Qu'importe Frey... Pourvu qu'ils soient bien choisis ! »

*

À Roger Frey, juste après l'arrestation du général Jouhaud : « Alors, Frey, il vous a fallu un an pour arrêter un chef de l'OAS, et pour comble, vous m'arrêtez le plus con et le plus difficile à fusiller ! »

*

L'ethnologue Soustelle, résistant et gaulliste de la première heure, qui avait été nommé par Mendès-France gouverneur général de l'Algérie, s'était réjoui de l'arrivée au pouvoir de De Gaulle. Il entra en dissidence lorsqu'il comprit que le Général allait lâcher l'Algérie ; il fut ensuite frappé d'ostracisme. Peu après cette disgrâce, un parlementaire du Nord, ami de Soustelle, déclara qu'il allait demander des *explications* au Général. Audience lui fut accordée.

«Vous voilà donc, Van der Meersch, s'écrie le Général. Eh bien... parlez-moi donc des combats de coqs dans votre département.»

\*

Un printemps maussade fit grimper le prix des primeurs. Missoffe dit son angoisse en Conseil des ministres : «Imaginez-vous, messieurs, que même les artichauts ont augmenté, en Bretagne!»

Le grondement exaspéré du Général interrompit le ministre : «Eh bien, tant pis pour les artichauts!»

\*

Dans les premiers temps du retour du général de Gaulle aux affaires, Bonneval, en bon colonel, confondait les ministres. Un jour, il annonce Bacon, et introduit Buron.

«Comme vous avez changé!» plaisante le Général à l'adresse de l'arrivant.

Bonneval quant à lui bafouille des excuses. Le Général lui dit en *a parte*, mais à haute voix : «Ne vous en faites donc pas : ils sont tous pareils!»

\*

Edmond Michelet, fidèle entre les fidèles, tenait à faire toujours ce qu'exigeait le Général, même quand il lui en coûtait. Un jour que son inconditionnalité avait été mise à rude épreuve, il finit par dire : «Bien mon général! j'approuve, mais je renonce à comprendre...

— C'est cela, Michelet : renoncez à comprendre, nous gagnerons du temps.»

\*

Louis Joxe, socialiste passé au gaullisme tout en restant socialiste, avait la réputation d'avoir le réveil difficile. Un jour qu'il arrivait en retard au Conseil des ministres, le Général se tut ostensiblement pendant qu'il se faufilait à sa place.

Quinze jours après, deuxième retard, et Joxe se sent obligé de présenter ses excuses. «Laissez, Joxe, répond le Général...

Que vous soyez à l'heure ou en retard n'a *vraiment* aucune importance!»

\*

On racontait que le président du Gabon, Léon M'Ba, avait mangé sa belle-mère à l'occasion d'un repas rituel. Peu après la série des indépendances africaines, il fut reçu à l'Élysée accompagné de sa très séduisante épouse. À la fin du dîner officiel, le ministre François Missoffe demanda au Général ce qu'il pensait de Mme M'Ba : «Elle est mignonne à croquer», répondit distraitement de Gaulle[1].

\*

Le Général écoutait le nouvel ambassadeur de la Côte d'Ivoire désormais indépendante, évoquer la mort, restée mystérieuse, de Victor Biaka Boda, sénateur de la IV$^e$ République, élu de la Côte d'Ivoire, apparenté communiste. L'ambassadeur crut devoir préciser que, afin de respecter un rite local destiné à sauver l'âme du défunt, le corps du malheureux avait été mangé par les habitants de son village...

De Gaulle, un instant rêveur, finit par dire : «Eh bien, voilà une fonction toute trouvée pour le Sénat, qui se plaint toujours de ne servir à rien : lutter contre la faim dans le monde.»

\*

Nicole Alphand, femme de l'ambassadeur de France à Washington, réputée pour sa mondanité, agaçait de Gaulle par son côté *jet set*. Elle se récriait d'enthousiasme un jour sur la beauté des roses du parc de l'Élysée. Le Général, bourru, répondit : «Que voulez-vous qu'elles soient? Elles sont faites pour cela.»

\*

---

1. On vient de parler de la série des indépendances africaines. Il y eut une fournée de signatures à l'Élysée; un avion d'Air France fut spécialement affrété. Un diplomate français chargé d'accompagner le petit monde des nouveaux potentats africains raconta qu'on avait demandé aux stewards et hôtesses d'être sur le meilleur pied avec ces chefs d'État frais émoulus. Il y eut ce dialogue entre une hôtesse et l'un d'eux : «Que désirez-vous boire, monsieur le président? – Un whisky. – Un whisky comment? – Un whisky, *s'il vous plaît.*»

Un général, ancien camarade de Saint-Cyr, disait à de Gaulle lors d'un dîner à l'Élysée : «Mais pourquoi diable avez-vous donné le droit de vote aux femmes?

— Je me suis en effet demandé si je n'avais pas commis une erreur. Mais il y en a eu une pire encore : c'est quand j'ai décidé de laisser le droit de vote aux militaires.»

*

X..., ministre du général de Gaulle, venait d'être inculpé, pour des faits variés et plutôt accablants. Il venait s'en plaindre au Général : «À cause de toutes ces choses qu'on me reproche, j'ai des ennuis avec la Justice, la confiance qu'on avait en moi disparaît, mes amis me tournent le dos, ma femme même menace de me quitter. Et tous ces journaux qui mentent! Je ne le mérite pas; je n'ai plus qu'à me suicider»...

Le Général parut sortir de sa distraction : «Ça, monsieur le ministre, ce n'est pas interdit par la loi.»

*

Chaban-Delmas devisait avec le général : «Certains de mes amis me verraient bien à la Chancellerie; certains autres me verraient mieux à la présidence de l'Assemblée nationale... Certains même me voient assez bien Premier ministre... Enfin, mon général : qu'en pensez-vous?

— Eh bien, Chaban : changez d'amis.»

*

Devant les ministres somnolents, Couve de Murville faisait, de son ton bas et monocorde, l'exposé hebdomadaire de politique internationale : «La démarche énergique qu'a effectuée notre ambassadeur auprès du gouvernement de la République fédérale d'Allemagne... La ferme représentation que j'ai faite au représentant de Sa Majesté la reine... Le fructueux échange de vues...

— Monsieur le ministre des Affaire étrangères, finit par tonner le Général sur un ton crescendo, ayez donc l'obligeance de bien vouloir cesser d'enfoncer des portes ouvertes en nous faisant croire que ce sont des arcs de triomphe!»

*

Nikita Khrouchtchev rendit visite à de Gaulle, et les deux chefs d'État comparaient leurs puissances. À grands coups de bombes atomiques et de divisions, Khrouchtchev prenait l'avantage.

«Mais, dit-il avec l'air satisfait de quelqu'un qui va porter à son adversaire le coup fatal, je suis encore plus puissant dans le domaine de la diplomatie. Par exemple, vous voyez là mon ministre des Affaires étrangères. Il s'appelle Gromyko. Eh bien, si je le siffle, il vient. Je lui dis d'enlever son pantalon, il l'enlève. Je lui dis de s'asseoir sur un bloc de glace, il s'y assied. Je lui dis d'y rester, eh bien, il y reste... jusqu'à ce que toute la glace soit fondue!

— Je crains, dit le Général nullement démonté par une entorse aussi sensible aux habitudes diplomatiques, je crains que dans ce domaine-là je ne sois plus puissant que vous. Regardez Couve de Murville. Si je le siffle, il vient. Je lui dis de baisser culotte. Eh bien, il n'a pas à le faire car c'est déjà fait. Je lui dis de s'asseoir sur un bloc de glace, il s'y assied. Je lui dis d'y rester, eh bien il y reste tout le temps que je veux, parce que sous lui la glace ne fond pas.»

\*

Après une discussion avec Khrouchtchev, le Général s'abandonna à quelques commentaires avec ses diplomates : «Vous croyez rencontrer Marx? Lénine? Allons donc! grattez un peu : c'est Gogol!»

\*

Lorsqu'il reçut John Kennedy et sa femme, le Général entendit Jackie, assise à sa droite, lui dire : «Savez-vous, général, que je suis d'une vieille famille française?

— Moi aussi, madame.»

\*

De Gaulle, à qui l'on demandait pourquoi il s'encombrait encore de l'un de ses collaborateurs, aussi dévoué que mondain, expliqua : «À vrai dire je ne le consulte pas vraiment, mais je le feuillette.»

\*

Un jour qu'il entendit de la foule monter le cri de «Mort aux cons!», le Général se contenta de hocher la tête et de dire : «Vaste programme»...

\*

Des rumeurs persistantes, qui circulaient dans la presse (mais comme disait ma grand-mère : *C'est dans le journal, donc c'est faux*...), prêtaient à de Gaulle, en 1963, l'intention d'organiser les choses de telle manière que le comte de Paris, prétendant au trône de France, serait son successeur. On sonda le Général sur ses intentions à ce sujet. Il répondit : «Le comte de Paris? Pourquoi pas la reine des gitans?[1]»

\*

De Gaulle, au sujet des ravalements des monuments de Paris, dont un hôte de marque le félicitait : «Bah! c'est une idée de Malraux : on se croirait à Washington.»

Et de Gaulle encore, sur Malraux écrivain : «Brumeux, avec quelques éclaircies.»

\*

Jules Romains avait nettement refusé, en 1940, de devenir un soutien du général de Gaulle. Après 1958, ses éditoriaux dans *L'Aurore* critiquaient continûment le gaullisme. Malraux, alors ministre des Affaires culturelles, voulait que Romains reçût la grand-croix de la Légion d'honneur. De Gaulle refusait obstinément. Plus tard, Malraux revint à la charge en parlant de la santé défaillante de Jules Romains.

«Il est si malade que ça? s'enquit de Gaulle.

— Il est alité, mon général.

— Et il reçoit du monde?

— Plus personne, mon général.

— Eh bien, si personne ne peut le voir, qu'il la porte, la grand-croix!»

---

1. Le propos semble en vérité avoir été tenu par Georges Pompidou, alors qu'on l'interrogeait sur les intentions du Général.

*

Réception du chef de l'État tunisien.

Habib Bourguiba : « Quand j'étais jeune, je faisais du théâtre en amateur. »

Le Général, enthousiaste : « Vous deviez avoir beaucoup de succès ! »

*

Le président Bourguiba avait fait cadeau de l'ambassade de Paris à son fils ; le Général reçut Habib junior. Il lui dit de la manière la plus diplomatique : « Monsieur l'ambassadeur, veuillez transmettre mon amical souvenir au président Bourguiba. »

Puis d'un ton brusquement enjoué : « À propos, comment va papa ? »

*

Du général de Gaulle sur Raymond Aron : « Raymond Aron, ce n'est pas cet homme qui est professeur au *Figaro* et journaliste au Collège de France ? »

*

Les procédés du gaullisme pouvaient être crapuleux (Mitterrand disait alors : « Le gaullisme, c'est de Gaulle plus la police »), et l'on tenta d'affaiblir Pompidou, qui commençait à faire de l'ombre au Général, par une histoire montée, dite « affaire Markovic », dans laquelle la femme du Premier ministre était accusée de participer à des parties fines.

On venait de faire à de Gaulle un compte-rendu des prétendus libertinages de Pompidou et de sa femme. Le Général dit, après avoir écouté les rapports de police fabriqués par ses sbires : « En somme, c'est le Borgia gentilhomme. »

*

Pendant les événements de mai-juin 1968, le général de Gaulle jugea utile de quitter la France en l'abandonnant aux soins de Georges Pompidou, son Premier ministre ; la thèse officielle veut qu'il soit allé s'assurer en Allemagne du soutien de l'armée.

Apercevant le général Massu à la descente de l'hélicoptère, de Gaulle lui lança : «Alors Massu! Toujours aussi con?»
— Toujours gaulliste, mon général...»

*

Lors de la campagne du référendum de 1969, où Giscard d'Estaing manifesta ses distances («Oui, mais...»), de Gaulle dit : «Giscard est un traître par nature. Il n'en demeure pas moins indispensable. Allez le voir et persuadez-le de trahir dans le bon sens.»

Il avait expliqué, un peu auparavant : «Le problème de Valéry Giscard d'Estaing, c'est le peuple.»

## GAUTIER (Théophile)

Théophile Gautier (1811-1872) se lia au lycée avec Maquet et Gérard Labrunie, futur «de Nerval». C'est ainsi qu'en 1830, arborant le fameux gilet rouge, il fut enrôlé parmi les jeunes turbulents destinés à soutenir *Hernani* lors de la prétendue bataille. Son premier grand ouvrage, *Mademoiselle de Maupin*, affaire de travestissement et de quiproquos, fait partie des ouvrages de référence des homosexuels, moins pour sa banale histoire que par sa préface, manifeste du culte éphémère de la beauté : Wilde et Lorrain en feront un bréviaire. Gautier fréquentait beaucoup les dames de petite vertu, estimant que «l'échange des âmes est secondaire». Cela coûtait, et le jour de la mort de sa mère, il dut précipitamment rédiger un épisode de feuilleton pour couvrir les frais d'obsèques. Sous le Second Empire, il fit figure de chef d'école, surtout pour sa poésie, qui avait réagi à l'épuisement des élégiaques; cela explique que Baudelaire ait dédié ses *Fleurs du mal* à ce «poète impeccable», mais Arland a résumé en disant que Gautier «coule dans un moule concis une pensée un peu maigre». Il terminait des lettres à ses amis par ces mots : «Je te baise le cul avec componction.» Cette vulgarité sans esprit explique que Balzac, qui rêvait d'ouvrir un café sur les Boulevards, imaginait George Sand au comptoir et Gautier pour servir dans la salle.

Théophile Gautier rentrait d'un voyage en Espagne en 1846. On lui demanda comment il avait trouvé la reine : «Très laide, horrible. Elle serait même d'une laideur ignoble, mais heureusement, elle a pour elle son regard, qui est très féroce.»

### À propos de Théophile Gautier

Le 17 avril 1856, *Le Moniteur universel* publia un poème de Théophile Gautier : *Nativité, poème sur la naissance du prince impérial.*

Gérard de Nerval le lut, et dit : « Non seulement ses vers sentent le collège, mais ils sentent même la pension. »

## GAY (Sophie)

Sophie Nichault de La Valette (1776-1852), fille d'un financier attaché à la maison de Monsieur, épousa en secondes noces en 1793 le banquier Gay, qui devint sous l'Empire receveur général du département de la Ruhr. Ainsi recevait-elle, à Aix-la-Chapelle, les personnages importants qui fréquentaient les eaux de Spa et qui furent attirés par la beauté, l'amabilité et l'esprit de l'hôtesse. Elle a composé des chansons, et écrit un certains nombres d'ouvrages dont, en 1814, un roman, *Anatole*, qui montrait une jeune fille amoureuse d'un muet et qui s'efforçait de lui apprendre à parler pour l'entendre enfin s'écrier « Je vous aime. » On comprend que le livre ne soit pas passé à la postérité, mais c'est celui que Napoléon choisit de lire dans la nuit qui précéda les adieux de Fontainebleau. Il y aurait une thèse à faire sur les côtés midinette du conquérant qui fit trembler l'Angleterre.

Sophie Gay, épouse d'un receveur d'Aix-la-Chapelle, alors chef-lieu d'un département français, faisait de fréquentes apparitions à Paris, où elle se retrouvait au milieu des bals, des soupers et de tout ce mouvement épicurien qui, après la Révolution, a été la marque du Consulat. Il lui était donc facile, comme le dit Audebrand, de surprendre sur le vif, dans ses romans, les mœurs dissolues du temps, qui frisent l'orgie : « Aussi est-elle la première à fidèlement décrire les séduisantes coquineries de ce monde de soudards et de parvenus. » Ses romans sont comme des révélations sur l'art de se tromper décemment en matière d'amour. Son premier, *Laure d'Estell*, parut en 1802. « Il s'y mêle encore une petite dose de naïveté, mais les autres arrivent »...

À cette époque, un soir qu'elle était dans le salon de Joséphine, le Premier consul Bonaparte l'aperçut et alla à elle : « Vous êtes restée deux ans à Aix-la-Chapelle. Qu'y avez-vous fait ?

— Deux romans, Sire.

— Il eût mieux valu y faire deux garçons. »

Et il lui tourna les talons.

C'est que, non seulement le futur Napoléon avait besoin de rejetons pour les armées de la France, mais il n'aimait pas les bas-bleus, et un peu plus tard il le dit *expressis verbis* à la même Sophie Gay : « On a dû vous dire, madame, que je n'aimais pas les femmes d'esprit.

— Oui général, répondit-elle, mais celles qui ont vraiment de l'esprit ne l'ont pas cru. »

*

Sophie Gay disait des vers de la princesse de Salm (née Pipelet) : « Ils sont toujours bien, jamais mieux. »

*

Mme de Genlis[1] avait été un ardent support des idées nouvelles. Elle avait soutenu les philosophes et avait choqué le monde en acceptant d'être la maîtresse du duc d'Orléans, futur Philippe Égalité, tout en étant la préceptrice de ses enfants.

Lorsque, plus tard, elle se posa en défenseur du catholicisme contre les philosophes, ce ne fut pas du goût de tout le monde. Marie-Joseph Chénier ironisait en la surnommant « la Mère de

1. Félicité du Crest de Saint-Aubin, comtesse de Genlis, marquise de Sillery (1746-1830) : réduite à la pauvreté par la mort de son père, sa mère demanda à être accueillie par un ancien amant, et La Popelinière finança l'éducation de l'enfant. L'adresse de celle-ci à toucher la harpe remit l'instrument au goût du jour. En 1763, Félicité épousa le comte de Genlis ; elle obtint une place au Palais-Royal et le duc d'Orléans fut attiré par cette jolie jeune femme qui était faite, avec ses connaissances encyclopédiques, pour impressionner un prince qui ne lira pas plus de dix livres dans sa vie. La liaison fut ardente, mais le duc, bien qu'il se fût fait tatouer le bras pour prouver sa flamme à sa maîtresse, y mit bientôt fin. C'est l'époque où l'on reprochait au fils de la maison, le futur Louis-Philippe Ier, de nombreux écarts, avec ses insolences à l'égard de la branche aînée (il n'appréciait pas les promenades de Saint-Cloud car « on y est bien tourmenté par des insectes nommés *cousins* »). Son père estimait donc qu'il était temps de l'enlever des mains des femmes et ne plus différer la nomination d'un gouverneur. Comme il repoussait tous les noms qu'on lui proposait, Mme de Genlis finit par dire : « Eh bien : moi ? » Après un bref silence habité par la surprise, le duc entrevit l'ahurissement que la nomination d'un gouverneur de sexe féminin causerait à Versailles, et cela le décida. À la cour, ce fut surtout de l'amusement. On disait que c'était le début d'un chassé-croisé général, et que le duc de Luynes, qui était énorme, briguait l'emploi de nourrice du Dauphin... Mme de Genlis a beaucoup écrit. Avant la Révolution, la publication d'un ouvrage sur l'éducation, *Adèle et Théodore*, d'inspiration rousseauiste (y compris au chapitre de la religion), avait « révulsé tous les partis ». Son mari fut guillotiné et elle s'enfuit en Angleterre. Lorsqu'elle revint, Bonaparte, sachant qu'elle était la grande rivale de Mme de Staël, la pensionna. L'existence de Mme de Genlis sous la Restauration fut plus difficile, mais elle eut *in extremis* la satisfaction de voir son pupille monter sur le trône. Chateaubriand lui rendit visite au soir de sa vie : « Elle demeurait à l'Arsenal, au milieu de livres poudreux, dans un appartement obscur. Elle n'attendait personne ; elle était vêtue d'une robe noire ; ses cheveux blancs offusquaient son visage ; elle tenait une harpe entre ses genoux »...

l'Église», et Sophie Gay, qui la détestait, disait : «Elle met la vertu en préceptes, et le vice en actions.»

## GEOFFRIN (Mme)

Marie-Thérèse Rodet (1699-1777), fille d'un valet de chambre de la dauphine, épousa à l'âge de quinze ans un M. Geoffrin, bourgeois parisien riche et introduit. Cet homme bon, avisé en affaires, lisait toujours le même livre pour faire comme les amis de sa femme, et se plaignait du fait que l'auteur se répétait un peu. Elle, qui tenait salon, établit sa réputation par une grande capacité à rapprocher les gens sur le pied qu'il fallait et à diriger sans en avoir l'air. Son salon fut celui qui attira le plus d'hôtes de marque ; l'abbé Delille l'a célébré en style d'épopée :

> Il m'en souvient, j'ai vu l'Europe entière
> D'un triple cercle entourer son fauteuil.

La concurrence, c'est-à-dire la marquise du Deffand, traitait de haut «la Geoffrin», ne lui pardonnant pas ses succès, ni d'avoir encouragé la sécession de Mlle de Lespinasse, son ancienne demoiselle de compagnie, qui avait organisé un petit salon de contrebande. C'est en sortant de chez Mme Geoffrin que Caraccioli dit en parlant des Français : «La jolie nation ! Ils brillantent tout ce qu'ils disent, ils assaisonnent tout ce qu'ils font. Ce sont les femmes qui veloutent les caractères et qui font naître cette aménité si nécessaire dans le commerce de la vie.» Mme Geoffrin entreprit, à soixante-dix ans, une tournée triomphale dans la société de l'Europe des Lumières. Elle avait en effet beaucoup reçu les philosophes, bien qu'elle eût toujours conservé des sentiments religieux profonds.

On disait dans son salon : «Pourquoi donc Mme du Châtelet a-t-elle voulu revoir son mari dont elle est séparée depuis cinq ans ?»

Mme Geoffrin répondit : «C'est peut-être une envie de femme enceinte.»

*

Mme Geoffrin prétendait que les hommes sont un composé de divers petits pots, pot d'esprit, pot d'imagination, pot de raison, enfin la grande marmite de pure bêtise. Le destin puisait ainsi, selon son inspiration ou ses distractions, dans ces différents récipients, pour composer l'esprit des hommes.

« Or un jour de belle humeur, ajoutait Mme Geoffrin, le destin, voulant mettre au monde un abbé Trublet[1], ne puisa que dans la grande marmite ; ensuite, craignant d'en avoir trop pris, il découvrit le petit pot de l'esprit qui est toujours à bouillir, et qui par conséquent jette de l'écume ; le destin, croyant puiser dans le pot, n'en attrapa que l'écume, dont il barbouilla le fond de pure bêtise de l'abbé Trublet. »

*

Mme Geoffrin avait fait à Rulhière des offres assez considérables pour l'engager à jeter au feu son manuscrit sur la Russie. Il lui prouva très éloquemment que ce serait de sa part l'action du monde la plus indigne, et se lança dans une longue tirade qui faisait un immense étalage d'honneur et de vertus.

Mme Geoffrin écouta avec patience, et dit à la fin : « Bon, vous voulez davantage ? »

### GEOFFROY (Julien-Louis)

Julien-Louis Geoffroy (1743-1814) était sur le point d'entrer chez les jésuites lorsqu'ils furent interdits. Il prit le petit collet et obtint la chaire de rhétorique du collège de Navarre. Après avoir participé à la rédaction de diverses feuilles royalistes, il dut quitter Paris en 1792. Après 1800, il trouva une place de critique au Journal des débats. Il a été le créateur de ce genre qu'on appelait alors « feuilleton littéraire » où, en rendant compte des nouvelles parutions, le journaliste agitait les questions politiques et philosophiques que ses lectures avaient suggérées. Le mot « feuilleton » fut utilisé parce que ces articles qui faisaient série figuraient, non en pleine page, mais au bas de plusieurs pages (plus tard les romans populaires de Féval, Sue, Ponson du Terrail, Dumas, Balzac seront publiés sous forme de feuilletons...). On lit dans les Anecdotes sur la cour et l'intérieur de la famille de Napoléon Bonaparte (1818) que « Le Journal des débats traînait une existence presque ignorée, avec un assez petit nombre d'abonnés, quand Geoffroy fut chargé de la rédaction du compte des spectacles. Il écrivit d'une manière si piquante et si spirituelle que le

---

1. Nicolas Trublet (1697-1770) : ceux qui l'ont connu ont vanté la douceur de cet érudit, mais Voltaire l'a rendu fameux par son vers « Il compilait, compilait, compilait ! », et Voisenon a dit de lui : « Il a passé trente années de sa vie à écouter et à transcrire. C'est pour ainsi dire le chiffonnier de la littérature. Il a gratté pendant vingt ans à la porte de l'Académie française. À la fin on la lui a ouverte : *Frappez, et on vous ouvrira*. Il a été longtemps attaché au cardinal de Tencin, qui ne lui a servi de rien, parce que l'abbé ne lui était pas utile à grand-chose. »

nombre des souscripteurs augmenta tous les ans, et finit par monter entre vingt-cinq à trente mille, fait unique dans l'histoire des journaux.» Jules Lemaitre l'a décrit comme un personnage brusque qui n'aimait pas les mondanités et avait pour idéal de société des beuveries à table égayées de citations latines.

En 1782, Piis et Barré persiflèrent Geoffroy, rédacteur de *L'Année littéraire*, où il avait succédé à Fréron en 1776, parce qu'il s'était avisé de critiquer un de leurs vaudevilles. Équivoquant sur les noms de deux rues de Paris, ils disaient que leur critique n'était pas *Geoffroy-l'Angevin*, mais *Geoffroy-l'Asnier*. Le critique renvoya la balle avec ce quatrain :

> Oui, je suis un ânier sans doute,
> Et je le prouve à coups de fouet,
> Que j'applique à chaque baudet
> Que je rencontre sur la route.

Les *Mémoires secrets* de Bachaumont disent que MM. Piis et Barré furent humiliés des plaisanteries dont on les accablait alors, et que M. Guichard leur porta le dernier coup dans un quatrain qui finit par ces deux vers :

> Au bon Jésus je fais cette prière :
> *Auge Piis ingenium.*
> (c'est-à-dire «augmente la piété»,
> mais aussi «améliore le génie de Piis».)

On disait aussi que, dans le bagage littéraire de Piis, il y avait «beaucoup à barrer».

### À propos de Julien-Louis Geoffroy

Après la Révolution, Geoffroy tint la critique littéraire du *Journal de l'Empire*. De sa plume virulente, il attaquait les philosophes du XVIIIe siècle avec les encouragements de Napoléon, et cela lui valait de solides ennemis, qui répandirent ce couplet dont Edmond Héraud est semble-t-il l'auteur :

Si l'Empereur faisait un pet,
Geoffroy dirait qu'il sent la rose,
Et le Sénat aspirerait
À l'honneur de prouver la chose.

*

À la mort de Geoffroy, une victime de ses critiques acerbes lui décerna cette épigramme :

Nous venons de perdre Geoffroy.
« Il est mort ? Ce soir on l'inhume.
— De quel mal ? – Je ne sais – Je le devine, moi :
L'imprudent, par mégarde, aura sucé sa plume. »

## GEORGE IV

George IV, roi du Royaume-Uni de Grande-Bretagne et d'Irlande, roi de Hanovre (1762-1830), était devenu régent en 1810 du fait de la maladie mentale de son père. Ses parents l'avaient confiné dans une éducation rigoriste dont il se dédommageait par ses fréquentations et ses beuveries. Il épousa en 1784 sa maîtresse, Mme Fitzherbert – mariage invalidé, le futur chef de l'Église d'Angleterre ne pouvant être marié à une papiste. C'est ainsi qu'en 1795 « Prinny » dut épouser Caroline de Brunswick, le Parlement lui promettant en compensation le paiement intégral de ses dettes. À l'occasion du mariage, le prince de Galles, qui se vantait d'être « le premier gentleman de l'Europe », rechercha une consolation dans le brandy, et finit ivre mort dans une cheminée heureusement éteinte. Peu après, le prince adressa à Caroline une lettre de rupture insultante, et retourna vivre chez Mme Fitzherbert. Cela transforma la princesse de Galles en folle impudique, et ses aventures devinrent fameuses... Durant les huit dernières années de sa vie, George IV, goutteux, hydropique et obèse, ne parut plus en public, partageant son temps entre Brighton, qu'il avait lancé, et Windsor. Il aimait aussi à se faire fouetter dans une maison londonienne réputée pour cette spécialité, celle de Mrs Collett. C'est du moins ce que rapporte Henry Spencer Ashbee, auteur d'ouvrages pornographiques sous couvert d'érudition, en particulier son *Index Librorum Prohibitorum...* (1877), dans lequel il dresse le catalogue des maisons spécialisées. Il est vrai que cet industriel bibliophile avait constitué une imposante collection sur les deux seuls sujets qui le passionnaient : Cervantes et la flagellation. Il existe une querelle d'experts pour savoir si, oui ou non, il est l'auteur de *My Secret Life*, où un certain Walter a raconté en douze volumes publiés de 1888 à 1892 quarante ans d'expériences peu variées avec 1 200 prostituées et soubrettes...

Le régent d'Angleterre, appelé à devenir George IV, avait secrètement épousé Mme Fitzherbert, belle catholique avec laquelle il vivait heureux depuis huit années. Pour des raisons autant financières que politiques, on trouva le moyen d'invalider le mariage et de faire épouser au futur roi d'Angleterre la petite, écarlate, grosse et laide Caroline de Brunswick, qui dégageait une odeur terrifiante tant elle se négligeait. Lors de la nuit de noces, le régent, qui se tenait à l'autre bout de la chambre, le nez dans son mouchoir, avait appelé le comte de Malmesbury[1], pour lui dire : «Harris, je ne me sens pas très bien : pourriez-vous m'apporter un verre de cognac?»

La bouteille y passa, et le régent ne dut qu'à l'alcool de survivre à l'événement...

Le régent se prit ensuite à détester sa femme Caroline, et lorsqu'on lui apprit par ces mots la mort de Napoléon : «Le plus cruel ennemi de Votre Altesse vient de mourir», il demanda : «Ah? Et à quelle heure est-elle morte?»

### À propos de George IV et de sa femme

Après avoir été répudiée par son mari, Caroline de Brunswick s'établit vers Greenwich, dans le quartier retiré de Blackheath où elle s'adonnait aux vices les plus tortueux avec des hommes de moindre condition. On parlait avec un vif intérêt de l'horloge de sa maison de la Pagoda, où un motif chinois à mécanisme simulait des mouvements obscènes à chaque coup de carillon...

Mais elle n'était pas aimée de tous, et cette épigramme à son sujet circula :

> *Most gracious Queen, we thee implore*
> *To go away and sin no more,*
> *But if that effort be too great,*
> *To go away at any rate.*
> («Très gracieuse Reine, nous t'implorons
> De t'en aller sans plus pécher,
> Mais si l'effort est malaisé
> De t'en aller de toute façon.»)

\*

1. Celui qui fut, à Naples, l'amant d'Aimée de Coigny.

«*As merry as the day is long*» («aussi joyeux que le jour est long») est une expression proverbiale, que Shakespeare a utilisée à plusieurs reprises, pour dire : «profondément heureux».

En 1820, la reine Caroline eut une liaison avec le dey d'Alger, et lord Norbury, Chief Justice pour l'Irlande, commenta : «*She was happy as the dey was long.*»

## GEORGE V

George V, roi du Royaume-Uni, empereur des Indes (1865-1936), qui régnait depuis 1910, décida en 1917 de changer le nom de la dynastie, jusqu'alors Saxe-Cobourg et Gotha, en Windsor, pour faire oublier ses origines allemandes (lorsqu'il l'apprit, Guillaume II dit que la prochaine fois qu'on monterait en Allemagne *Les Joyeuses Gaillardes de Windsor*, on rebaptiserait la pièce de Shakespeare en *The Merry Wives of Saxe-Coburg-Gotha*). George sut tenir sa place malgré son conservatisme viscéral et une intelligence qui a fait dire à son biographe officiel, Harold Nicolson, qu'il avait le niveau intellectuel d'un bagagiste. Ce roi déclara, après avoir consulté la Bible : «Un livre merveilleux, mais qui contient des choses très bizarres.» Il se rendit un jour à Barnet, dans le Hertfordshire, pour honorer l'endroit où Édouard IV avait triomphé du comte de Warwick. Rencontrant le forgeron du village, il l'aborda en toute simplicité et lui dit, pour éprouver son savoir : «Dites-moi, mon ami, on m'assure que de grands combats ont eu lieu ici même... – C'est vrai, Sire, répondit l'homme en blêmissant. Faut dire que le charpentier courait après ma femme. Alors je l'ai corrigé. Mais je me demande qui a pu vous raconter ça.» La reine Mary son épouse ne fut pas moins illustre. Elle visitait souvent les hôpitaux, ayant un mot aimable pour chaque malade, leur parlant surtout religion. Comme elle demandait à l'un d'eux : «Vous êtes luthérien? – Non, Votre Majesté, je suis vénérien.» Elle visitait aussi les maternités. À une femme : «Oh! les beaux cheveux du petit. C'est tout son père sans doute? – Je ne sais pas, Votre Majesté, il n'a pas retiré son chapeau.» La reine dit, lorsque son fils Édouard VIII abdiqua pour aimer librement Wallis Simpson : «En vérité, on se croirait en Roumanie.»

Le jeune Anthony Eden, comme il arrivait à Buckingham Palace pour une audience avec George V, fut surpris de ne pas être reçu dans le bureau habituel du roi mais dans une petite pièce, au bout de l'aile du palais qui surplombait un kiosque à musique en activité.

Le monarque s'excusa, expliquant que son bureau faisait l'objet de travaux, mais qu'il avait pris soin de dire à l'orchestre qui se trouvait en contrebas de ne pas jouer tant qu'il n'en avait pas reçu le signal.

On prit place et le roi parla longtemps des affaires domestiques et internationales, en particulier de la Société des Nations, à la séance de laquelle Eden devait bientôt assister. Après ce long exposé, une pause indiqua que le moment était venu pour Anthony Eden de faire ses propres commentaires. Au moment où il ouvrit les lèvres pour parler, le roi l'interrompit : «Oh! Veuillez m'excuser un instant...»

Alors il alla à la fenêtre, et donna à l'orchestre le signal qu'ils pouvaient commencer à jouer.

*

Ce qui suit s'apprécie lorsqu'on s'avise du fait que le nom de Hoare est, phonétiquement, fort proche de *whore* («putain»), dont on ne prononce pas le *w*.

On était en décembre 1935, et Samuel Hoare venait d'être contraint de démissionner de son poste de ministre des Affaires étrangères. George V, peu après, était en conversation avec Anthony Eden, son successeur. Le roi dit : «Je racontais à votre prédécesseur : "Vous savez ce qu'ils répètent tous : *Plus de charbon à Newcastle, plus de putes à Paris*"[1]. Il n'a même pas ri.»

### À propos de George V

De James Keir Hardie, homme politique travailliste, après l'avènement de George V : «S'il était né dans les classes laborieuses, le destin le plus probable de notre nouveau roi eût été de devenir l'oisif du coin de la rue.»

*

De Harold Nicholson, sur le règne de George V, grand chasseur et grand collectionneur : «Pendant dix-sept ans il n'a rien fait d'autre que d'aller tuer des animaux et lécher ses timbres»...

---

1. «*No more coals to Newcastle, no more Hoares to Paris.*»

## GIDE (André)

André Gide (1869-1951) : écrivain protestant et homosexuel, éléments importants d'une personnalité autour de laquelle l'œuvre est centrée. Sa plume, parfois précieuse et pas toujours correcte, a raconté des choses inégales, et depuis que l'homosexualité est devenu un sujet ordinaire de la littérature, certains soupçonnent qu'André n'avait peut-être pas grand-chose à dire. Céline en tout cas assurait que «Gide a droit à toute reconnaissance des jeunes bourgeois et ouvriers que l'anus tracasse». Encore fut-il longtemps sans afficher la chose, et Cocteau (qui l'appelait «l'androgyde») le comparait à une baigneuse «qui n'ose se jeter à l'eau et qui se mouille les seins en poussant de petits cris». Il fut rayé de la liste des membres de la Royal Society of Literature de Londres, non bien sûr pour ses mœurs, mais à cause d'un communisme qui, finalement, ne résista pas au voyage qu'il fit en Union soviétique. Il avait été renvoyé pour onanisme chronique de l'École alsacienne, l'établissement des petits protestants aisés (on l'y appelait «le Crispatif» parce qu'il parlait toujours les dents serrées), mais il reçut en 1947 le prix Nobel de littérature, ce qui est une certaine forme de revanche. Il prit l'honneur au sérieux, à la différence de Saul Bellow, qui dans les mêmes circonstances s'empressa de téléphoner à Joseph Epstein pour dire que, s'il avait des doutes sur la valeur littéraire de la chose, le montant de la récompense soulageait le poids des pensions qu'il devait payer à ses ex-épouses.

En 1917, *Parade*, un spectacle conçu par Cocteau, financé par Misia Sert, avec un décor et des costumes de Picasso et une musique de Satie, fut jugé d'une «effroyable nouveauté». Lorsque eut lieu la première, André Gide dit : «Les décors sont de Picasso, la musique de Satie, mais Cocteau croit que Picasso et Satie sont de lui.» (Cocteau, ravi, avait entendu, au milieu de l'agitation, un spectateur dire à sa femme : «Si j'avais su que c'était si bête, j'aurais amené les enfants.»)

\*

André Gide, à propos de Julien Green, jeune écrivain homosexuel et catholique : «Vous ne trouvez pas que son chapelet fait un bruit d'enfer?»

\*

Sur Mallarmé : «Mallarmé est intraduisible, même en français.»

\*

L'art de Paul Valéry tendait de plus en plus au dépouillement extrême. Pour faire comprendre l'esprit dans lequel ses derniers ouvrages, en particulier *Tel Quel*, étaient écrits, il expliquait à Gide avec son ton surfait : «Réduire sa pensée à son expression la plus brève, tel fut mon souci constant.»

Gide médita un instant et dit : «À ce compte-là, le maître du genre, c'est Cambronne.»

*

Un jour que l'incorrigible André avait perverti de quelques caresses un jeune habitant de cette Afrique du Nord colonisée par la France, il avait renvoyé le petit garçon à son village en le gratifiant d'une grosse pièce d'argent accompagnée de cette recommandation : «Et surtout, mon brave petit, n'oublie jamais combien monsieur Mauriac a été généreux avec toi»...

Connaissant l'efficacité avec laquelle les bonnes nouvelles sont partagées dans les villages arabes, on imagine avec quelle rapidité l'information se répandit...

### À propos d'André Gide

De Jean Paulhan : «Il y a trois milliards d'hommes sur terre. Ça fait tout de même plus de deux milliards avec qui Gide n'a pas couché.»

*

Céleste, la gouvernante de Marcel Proust, n'appréciait pas du tout André Gide. Avec son franc-parler, elle finit par dire à son maître : «Vraiment, je ne comprends pas que vous puissiez recevoir M. Gide. Il a l'air d'un faux curé.»

Cela fit rire Proust de bon cœur, au sujet du protestant Gide...

*

Après la mort de James Joyce, un journaliste demanda à Nora Joyce, sa veuve, de parler d'André Gide, à l'occasion d'une interview. Elle répondit : «Quand on a été la femme du plus grand, on ne s'intéresse pas aux petits.»

## GIGLI (Beniamino)

> Beniamino Gigli (1890-1957 ) : ce fils d'un cordonnier, le plus populaire des ténors de l'après-Caruso, s'était fait remarquer en chantant dans l'église du village. Il monta sur scène en 1914, et chanta à la Scala, avant Buenos Aires, New York, etc. Pavarotti raconte que, encore enfant, il était allé se présenter à Gigli qui allait chanter *Lucia di Lamermoor* : il écouta une demi-heure le ténor se faire la voix puis, émerveillé, lui demanda combien d'années il lui avait fallu travailler pour obtenir ce résultat. Gigli répondit : «Je termine tout juste.»

Gigli le ténor avait été invité, pour un gala de charité, à donner un récital où il aurait été accompagné par l'Orchestre des médecins de Vienne. Il refusa catégoriquement : «Jamais ! J'aimerais encore mieux me faire opérer des amygdales par les musiciens de l'Orchestre philharmonique.»

## GIRAUDOUX (Jean)

> Enfant, Jean Giraudoux (1882-1944) regardait un livre d'images que lui avait remis sa mère lorsque son attention fut attirée par la représentation d'un cirque romain où des chrétiens servaient de pâture aux lions. «Oh ! maman, s'écria-t-il avec émotion, regarde ! Il y a un pauvre lion qui n'a rien à manger...» À l'École normale supérieure, il se prit de passion pour la culture allemande et compléta ses études à l'université de Munich, où il servit de répétiteur à Paul Morand. Il alla l'année suivante à Harvard. Cocteau disait de ce jeune homme nonchalant que c'était un «très bon élève, qui ajoute à cette sagesse le prestige mystérieux du cancre». Après qu'il eut été blessé à la bataille de la Marne puis aux Dardanelles, il entra au Quai d'Orsay, grâce à Berthelot. Son premier roman était paru en 1910. En 1932, il fut membre du cabinet d'Édouard Herriot. Juste avant la guerre, et comme il avait été nommé par Daladier commissaire général à l'Information, Giraudoux se prononça contre une guerre faite à Hitler. Il publia son essai *Pleins Pouvoirs* dans lequel figure la fameuse phrase : «Nous sommes pleinement d'accord avec Hitler pour proclamer qu'une politique n'atteint sa forme supérieure que si elle est raciale.» Les giralduciens font valoir que *racial* n'est pas *raciste*. Il refusa les postes diplomatiques que Vichy lui proposal. Lorsqu'il mourut brusquement au début de 1944, Claude Roy et Aragon, qui n'en savaient rien, dirent qu'il avait été empoisonné par la Gestapo. Céline écrivit en guise d'oraison funèbre, dans *Révolution nationale* : «Giraudoux le mieux payé des pousse-au-crime de l'immonde propagande Continentale-Mandel, le plus fétide enjuivé – grimacier – confiseur – farceur – imposteur – nul – prébendier – lèche-cul des chiots littéraires 39. Vous n'êtes pas difficiles...»

Lorsque François Porché fit représenter à Rouen sa pièce, *La Vierge au grand cœur*, en hommage à Jeanne d'Arc, Giraudoux fit ce distique :

Rouen, prépare tes bûchers,
Après Cauchon voici Porché.

*

Giraudoux avait participé en 1915 à la bataille de Salonique, où les positions anglaises étaient soutenues par l'artillerie française. Un jour qu'au Quai d'Orsay on parlait à ce sujet des erreurs de tir, Giraudoux dit : «J'appartiens au régiment français qui a tué le plus d'Anglais.»

## GLADSTONE (William Ewart)

> William Ewart Gladstone (1809-1898), d'ascendance écossaise, fit ses études à Christ Church, Oxford, où il devint *double first*. Après un *Grand Tour* sur le continent, il entra au Parlement en 1832 comme conservateur, et travailla étroitement avec Peel. Devenu chef des libéraux, il fut Premier ministre à quatre reprises. Au plan économique, ce fut un libéral salué par Schumpeter. Il est resté célèbre par sa rivalité continue avec Disraeli qui était le préféré de la reine Victoria. Celle-ci en revanche se plaignait de Gladstone : «Toujours il me parle comme si j'étais une assemblée populaire»... Churchill a écrit : «Ils me dirent que M. Gladstone lisait Homère pour s'amuser, ce qui lui allait en effet assez bien.»

Un antiquaire proposa un jour à Gladstone un beau tableau à l'huile représentant un noble personnage de l'époque élisabéthaine. Le prix demandé était trop élevé pour Gladstone, qui n'en fit pas l'acquisition. Peu de temps après, il vit le tableau dans le salon de lord Derby, et ne put s'empêcher de redire son admiration pour l'ouvrage.

«C'est un de mes ancêtres, expliqua Derby avec fierté.

— S'il avait coûté dix livres de moins, répliqua Gladstone, il aurait été l'un des miens.»

*

Alfred Tennyson, dont l'œuvre lui avait valu d'être promu *poet laureate*[1], ce qui assure une pension à vie sur la cassette du roi, était devenu fort ridé avec l'âge. Gladstone dit : «Tennyson, c'est un cygne qui a des pattes d'oie. »

### À *propos de Gladstone*

Lorsque Gladstone fit la connaissance de Michael Faraday, il lui demanda si son travail sur l'électricité aurait un jour une utilité quelconque. «Oui, monsieur, répondit Faraday : un jour vous la taxerez. »

*

De William Ralph Inge : «On assure que Mr Gladstone peut convaincre la plupart des gens de toutes sortes de choses, et lui-même de rien du tout. »

*

À l'occasion d'un discours à Blackpool sur la réforme financière, en 1884, Randolph Churchill dit : «En manière de récréation, Mr Gladstone pratique l'abattage des arbres. Il n'est pas inutile de remarquer que ses récréations, comme sa politique, sont essentiellement destructrices. »

### GOLDWYN (Samuel)

> Schmuel Gelbfisz, devenu «Samuel Goldfish», dit «Goldwyn» (1882-1974), né à Varsovie, avait émigré jeune aux États-Unis. Après des activités dans le commerce des gants, il créa en 1917 la Goldwyn Pictures Corporation, devenue en 1925 la Metro-Goldwyn-Mayer. Il en fut chassé mais la société continua son nom à la suite d'un procès qu'il perdit. Il devint producteur indépendant. On a qualifié de «goldwynismes» un certain type de paradoxe que le personnage semblait naturellement produire, tel que son *Gentlemen, include me out!* quand on lui demanda s'il continuerait d'adhérer à la Motion Picture Producers & Distributors of America. Un grand nombre de goldwynismes sont restés célèbres : «Tout individu qui va chez le psy devrait se faire examiner le cerveau»; «Je vous

---

1. Il trouvait l'inspiration dans ses promenades nocturnes sur le rivage de l'île de Wight. Un pêcheur qui lançait vainement son filet dans la mer pour la dixième fois le salua en ces termes : «Cette nuit, milord, je suis comme vous : je ne prends dans mon filet que des étoiles. »

accorde un définitif : *peut-être*»; «Cette scène est ennuyeuse : dites-lui de faire une mort plus vivante»; «Je n'ai pas toujours raison, mais je ne me trompe jamais»; «Un engagement verbal n'a jamais autant de valeur que le papier sur lequel il est écrit.» Un jour que sa secrétaire lui avait demandé si elle pouvait détruire tous les dossiers qui avaient plus de dix ans, il répondit : «Bien entendu, mais gardez-en une copie.» Lorsqu'il organisa une colossale conférence de presse pour annoncer la sortie de *The Best Years of our Lives*, il déclara : «ça m'est égal si ce film ne rapporte pas un sou; ce que je veux, c'est que chaque homme, chaque femme et chaque enfant américain vienne le voir!» Il n'aimait pas les films à thèse : «La MGM fait des films. Pour les messages, vous avez la Western Union.» On lui présentait un jour la bande annonce du dernier film sorti de ses studios, *We Live Again*; le texte disait : «L'art de la mise en scène de Reuben Mamoulian, la beauté d'Anna Sten, et le génie de Samuel Goldwyn se sont unis pour vous donner le meilleur des divertissements.» Goldwyn hocha la tête : «Ça c'est le type de pub que j'adore. Juste les faits. Pas d'exagération.» Le film fut classé parmi les navets.

Durant le tournage, en 1937, de *Dead End*, une adaptation au cinéma de la pièce de Sidney Kingsley sur les quartiers déshérités de New York, Samuel Goldwyn se rendit dans les studios du tournage, pour voir où les choses en étaient.

«Comment cet endroit peut-il être aussi sale? demanda-t-il avec un dégoût égal à son indignation.

— Tout simplement, Sam, parce que c'est censé représenter les bas-quartiers, expliqua William Wyler.

— Bon d'accord, grommela Goldwyn, mais pour un truc qui coûte autant de blé, ça devrait avoir meilleure allure que les bas-quartiers habituels»...

*

Les rapports entre Samuel Goldwyn et William Wyler, son réalisateur vedette, furent toujours compliqués. Un jour que Wyler avait tenté d'expliquer en vain une scène déterminée à Goldwyn, qui avait une façon très inusitée d'appréhender les choses, le réalisateur, en désespoir de cause, finit par s'adresser au fils de Goldwyn, âgé de quatorze ans, qui se trouvait là : «As-tu compris ce que j'ai expliqué, Sammy?

— Oui, répondit le garçon : c'est parfaitement clair.»

Samuel Goldwyn interrompit en rugissant : «Depuis quand fait-on des films pour les enfants!»

\*

Parmi les goldwynismes, on mentionnait cet aphorisme : «Quand j'ai besoin de votre opinion, je vous la donne.» Voici un exemple de son application :

Un jour que Samuel Goldwyn négociait un contrat avec un acteur, celui-ci dit : «Je vous demande 1 500 dollars par semaine!»

Samuel Goldwyn répliqua : «Vous demandez 1 200, et je vous en accorde 1 000.»

\*

Samuel Goldwyn avait la réputation d'appeler à n'importe quelle heure les gens avec qui il collaborait, dès qu'une idée lui traversait l'esprit. Quelque temps après avoir commencé à travailler sur le scénario de *Porgy and Bess*, Richard Nash, qui habitait New York, reçut un appel téléphonique à trois heures du matin. C'était Samuel Goldwyn, qui appelait depuis la côte Ouest, où il était minuit.

«Mais est-ce que vous savez quelle heure il est?» dit Nash.

Goldwyn se tourna vers sa femme : «Frances, Mr Nash veut savoir quelle heure il est»...

\*

C'est dans le même genre de circonstance que David Selznick fut dérangé au milieu de la nuit par un coup de fil urgent de Samuel Goldwyn : «David : vous et moi, nous avons un très grave différend.»

Selznick, brusquement alarmé par l'heure et le ton, demanda ce qui n'allait pas. Goldwyn expliqua : «Vous avez pris Clark Gable sous contrat, et je le veux.»

\*

Goldwyn et Mayer, les deux anciens associés, se détestaient cordialement, et un jour ils en vinrent aux mains dans le décor du très fermé Hillcrest Country Club qui n'était pas habitué à cela : Mayer attrapa Goldwyn, le secoua, le poussa dans le vestiaire et le propulsa dans un panier à linge sale. On demandait après à Samuel Goldwyn si cet incident n'avait pas laissé de trop graves séquelles dans leur relation : «Comment ça? expliqua-t-il avec étonnement. Nous sommes comme deux amis, comme deux frères : nous nous aimons l'un et l'autre ; nous ferions n'importe quoi l'un pour l'autre ; nous pourrions même trancher la gorge de l'un pour l'autre ! »

\*

Louis B. Mayer[1] n'était pas très aimé, et lorsqu'il mourut, Samuel Goldwyn annonça qu'il n'y aurait sûrement pas grand-monde à son enterrement.

Une foule nombreuse y assista : « C'est seulement que tout le monde a voulu s'assurer qu'il était bien mort », expliqua Goldwyn.

\*

Goldwyn avait la réputation d'être peu diplomate. Dans les années 1930, à une époque où toutes les blanchisseries californiennes étaient tenues par des Chinois, la femme du général Chiang Kai-shek vint visiter les studios de Hollywood. Goldwyn, qui se plaignait souvent de l'incurie de sa femme, dit à haute voix quand il vit la femme du général : « Si j'avais su, j'aurais apporté mon linge à laver. »

\*

Peu auparavant, dans l'ardeur d'un match de tennis à quatre, Goldwyn, qui faisait face au roi de Siam dans l'équipe adverse, encourageait bruyamment son équipier en disant : « Vas-y, cogne sur le Chinetoque ! » (« *Hit it harder to the chink !* »)

\*

Quand, en 1944, le scénario de *Up in Arms* fut terminé et que Danny Kaye arriva à Hollywood pour tourner les premières scènes, Samuel Goldwyn regarda le premier bout d'essai et se déclara horrifié : « Vraiment, il a trop une tête de... une tête de...

— Bon, vas-y Sam, dit sa femme Frances, qui était là : une tête de Juif ? Il *est* juif. »

---

1. Louis B. Mayer (officiellement Ezemiel Mayer) était né vers 1884 à Minsk, aujourd'hui en Biélorussie, et B. P. Schulberg l'avait surnommé *the Tsar of all the rushes*.

Goldwyn convoqua Kaye, et lui dit : «Faites quelque chose pour votre nez. »

Kaye refusa, et Goldwyn continua de maugréer en regardant les nouveaux *rushes* qu'on lui envoyait.

Un jour, il sauta de sa chaise en s'écriant : «J'ai trouvé! J'ai trouvé! » Il attrapa le téléphone pour appeler le département des coiffures : «On vous envoie Danny Kaye dans cinq minutes! »

Une heure plus tard, les cheveux roux terne de Danny Kaye étaient transformés en une opulente crinière blonde qui devint l'image de marque de sa réputation internationale.

*

Samuel Goldwyn était connu pour sa faculté d'écorcher tous les noms et de ne pas faire l'effort d'en retenir un seul (il est vrai qu'il eut toujours des difficultés avec la langue anglaise). Joel McCrea, qu'il appelait toujours Joe *MacRail*, finit par le reprendre avec douceur : «C'est Joel McCrea, Mr. Goldwyn.

— Regardez ça, s'exclama Goldwyn : il est en train de me dire comment je dois prononcer son nom, alors que je l'ai sous contrat! »

Dans le temps où Goldwyn avait demandé à Louis Bromfield de venir à Hollywood pour écrire un scénario, l'écrivain resta longtemps sans travail après son arrivée. Au bout d'un grand nombre de semaines, il alla voir, exaspéré, Goldwyn pour se plaindre : «Soyez patient, dit celui-ci : prenez votre temps...

— Mais pourquoi avez-vous décidé de m'employer? demanda Bromfield.

— Juste à cause de votre nom, Mr. Bronstein : juste à cause de votre nom. »

*

Karl Malden envisageait de réaliser un film consacré à Marlon Brando, que l'on présentait comme le plus grand acteur de tous les temps. Il téléphona à Samuel Goldwyn, qui n'aimait pas beaucoup l'acteur : «Je voudrais bien faire un film sur Marlon Brando, dit Malden : qu'est-ce que vous en pensez?

— Excellente idée! répondit Goldwyn... Mais qui verriez-vous dans le rôle?

— Eh bien... Marlon Brando lui-même.

— Pas question : il est trop petit. »

*

Lorsque Samuel Goldwyn envisagea de porter à l'écran la vie de George Sand, un scénariste finit par objecter qu'elle avait été lesbienne.

«Aucune importance! répondit Goldwyn : on en fera une Hongroise»...

### À propos de Samuel Goldwyn

Samuel Goldwyn, qui s'appelait alors Samuel Goldfish, fut d'abord en affaires avec un associé du nom d'Archie Selwyn. Après que leurs chemins eurent divergé, Selwyn fut mécontent d'apprendre que, en lançant ses nouvelles activités, Samuel Goldfish eût changé son nom en *Goldwyn :* «Non seulement il m'a volé une bonne part de mon argent, dit Selwyn, mais en plus il m'a volé la moitié de mon nom!»

Lorsqu'on apprit cette histoire dans l'industrie du cinéma, on dit que Goldwyn n'avait pas volé la bonne moitié du nom de son ancien associé : il n'aurait pas dû se faire appeler Goldwyn, mais *Selfish* («égoïste»).

*

Un jour, Shirley MacLaine demanda à Frances, la femme de Samuel Goldwyn, ce que cela faisait d'être mariée depuis si longtemps avec le même homme.

«Cela s'aggrave de jour en jour, dit Frances Goldwyn : il y a trente-cinq ans j'ai dit à Sam de venir à la maison pour déjeuner. Et cela fait trente-cinq ans qu'il vient déjeuner chaque jour.»

*

Les habituelles algarades entre Samuel Goldwyn et William Wyler devinrent si bruyantes que Merritt Hulbert, qui dirigeait le département des scénarios, finit par demander que son bureau fût transféré à un autre étage. Goldwyn refusa, en expliquant que les réunions calmes sur les scénarios produisaient des films endormants. Finalement, Goldwyn et Wyler trouvèrent une solution au problème : «Willie, expliqua Goldwyn, à partir de maintenant, quand nous tiendrons une réunion, nous déposerons chacun un billet de cent dollars sur mon bureau, et le premier qui gueulera perdra la mise. »

William Wyler accepta, et Merritt Hulbert resta dans le bureau voisin, d'où il entendait d'horribles insultes désormais chuchotées.

### GONCOURT (Edmond et Jules de)

L'œuvre de fiction des Goncourt, d'inspiration réaliste et qu'ils enta-mèrent sous la protection de la princesse Mathilde, est délaissée aujourd'hui. Mais jusqu'à sa mort, Jules (1830-1870), dont l'équilibre ner-veux était fragile, fut le principal rédacteur du *Journal* poursuivi par son frère. Edmond (1822-1896) mourut un quart de siècle après son frère, chez Alphonse Daudet qui l'hébergeait. Il lui avait dit : «Ah! mon petit, vous êtes heureux d'inventer encore... – Qui vous empêche d'en faire autant? – L'âge. On n'imagine plus rien à l'âge que j'ai. Vous connaissez le mot de Royer-Collard : *M. de Talleyrand n'invente plus, il se raconte...* – Mais... votre *Journal*? – Des épluchures!» Le prix littéraire a assuré la pérennité du nom Goncourt dans le public. Peu après sa création, Léautaud écrivait : «Prix de ceci, prix de cela, ces mœurs sont déplorables et un peu dégradantes. C'est continuer l'école, le collège, le bon élève qu'on récompense... Et c'est aussi encourager à écrire des tas de gens qui n'y auraient peut-être jamais songé sans cela.» Léon Daudet a dit de Goncourt : «Son horreur du parlementarisme était absolue. La démocra-tie la faisait positivement vomir.» Il est vrai que, tout en étant moderne, il appartenait au monde des qualités disparues : il était fanatique des écre-visses authentiques de la Meuse et déplorait la fin du salmis de bécasses, ancienne gloire des cuisinières lorraines.

Jules de Goncourt disait de Taine : « Il a l'art admirable d'ensei-gner aujourd'hui aux autres ce qu'il ignorait hier. »

\*

À partir de la seconde moitié du XIXᵉ siècle, l'écriture «en colla-boration», c'est-à-dire par des «nègres» travaillant sous nom d'au-teur, devint une plaie de la production littéraire. Sur son lit de mort, Octave Mirbeau dit au jeune Sacha Guitry dans un dernier souffle : «Ne collaborez jamais.» Edmond de Goncourt n'avait pas entendu le conseil. Pour porter à la scène son roman *Renée Maupin*, il demanda à Henry Céard de tenir la plume. L'œuvre issue de ce tra-vail en collaboration connut un échec retentissant lorsqu'elle fut représentée sur la scène de l'Odéon.

Lors de la première lecture, Edmond de Goncourt disait fière-ment : « Ma pièce. »

Pendant les répétitions : « Notre pièce. »

Et, au soir d'une désastreuse générale : « La pièce de cet idiot de Céard. »

*

Edmond de Goncourt eut l'occasion de dédicacer l'un de ses ouvrages à l'épouse de son jeune admirateur, Alphonse Daudet, en ces termes : *Offert à madame Daudet, pour sa bibliothèque particulière, et non à son affreux mari qui coupe les livres avec une allumette.*

## À propos des Goncourt

En 1897, Alphonse Daudet et Léon Hennique, légataires universels d'Edmond de Goncourt, gagnèrent un premier procès contre les collatéraux déshérités de l'écrivain ; cela permit d'instituer le prix Goncourt, conformément aux vœux du testateur. Edmond de Goncourt avait prévu que les membres de son académie, qui ne devaient pas appartenir à l'Académie française, se retrouveraient autour d'un dîner à 20 F par tête.

Forain s'amusait de voir les membres fondateurs de la nouvelle académie Goncourt se réunir périodiquement autour d'une table de restaurant, et il leur disait : « Vous êtes l'académie de la nappe et du couvert ! »

À la même époque, Émile Faguet la baptisait l'« Académiette ». (Il est vrai qu'Émile Faguet était attaché à la sienne – l'Académie française –, si l'on en croit André Billy qui disait : « Dans l'histoire de l'Académie, il restera comme le seul des Quarante qu'on ait vu en habit vert sur l'impériale d'un omnibus. »)

## GOUNOD (Charles)

La mère de Charles Gounod (1818-1893), jeune veuve d'un graveur, donnait des leçons de piano pour élever ses fils. Charles, grand prix de Rome en 1839, devint mélancolique dans la Ville éternelle, mais le règlement de l'Institut l'obligeait à se rendre à Vienne puis à Leipzig, ce qui fut plus fructueux. De retour à Paris, il entra au séminaire Saint-Sulpice ; il le quitta plus tard, mais conserva toujours un oratoire attenant à son cabinet de travail, dans lequel il faisait des séjours revêtu d'une robe de moine. Il connut des succès variables jusqu'à la première de *Faust*, en 1859. Entendant plus tard un vieil orgue de Barbarie massacrer les grands airs de *Faust*, il murmura : « Nous autres, musiciens, nous n'arrivons à la popularité que par la calomnie. »

Gounod et Saint-Saëns se détestaient cordialement. Comme on vantait devant le premier la précocité qui avait été celle de Saint-Saëns, il s'écria : «À six ans, il manquait déjà d'inexpérience.»

*

Un jeune compositeur disait à Gounod d'un ton péremptoire : «Il ne faut respecter aucun maître : leurs enseignements étouffent les individualités.

— Vous avez bien raison, dit Gounod : plus de pères, rien que des fils!»

### GRAMONT (Antoine II, comte de)

Vice-roi de Navarre, gouverneur de Béarn, Antoine II comte puis duc de Gramont (1577-1644) s'illustra en particulier au combat de Fontaine-Française. On a parfois prétendu qu'il était fils naturel d'Henri IV, étant donné la liaison du roi avec sa mère, la belle Diane d'Andouins, dont le teint «à la blancheur rosée» était célèbre.

En janvier 1614, le marquis de La Force était de quartier auprès du jeune Louis XIII, comme capitaine des gardes. Comme il accompagnait le monarque qui chassait dans la forêt de Saint-Germain, un bovidé furieux courut par un sentier droit à la personne du roi. Le marquis se jeta aussitôt entre son maître et l'animal, qu'il tua raide d'un coup d'épée. On loua extraordinairement le courage du capitaine des gardes, et tous ceux qui étaient présents en parlèrent beaucoup le soir, au retour de la chasse (l'animal exécuté était semble-t-il une bête échappée d'un de ces enclos à taureaux qu'on élevait pour les faire combattre contre des dogues anglais).

Cependant le comte de Gramont, impatienté des louanges qu'on déversait sur le nouveau héros, qu'il n'aimait pas, fit courir le bruit que, après plus ample informé, le marquis de La Force avait tué une vache. Il y ajouta bientôt ce quatrain de son cru, sur un air alors en vogue :

Le marquis de La Force
A tué par sa force
La grand'vache à Colas
La la deri dera.

Peu après, le marquis de La Force rencontra le comte de Gramont dans l'antichambre du roi. Faisant allusion à quelques déboires conjugaux causés par la femme de ce dernier, Claude de Montmorency, il chanta :

> Des cornes de la vache
> Je vais faire un panache
> Pour Gramont que voilà
> La la deri dera.

Gramont lui dit alors « Pourpoint bas ! », terme dont on se servait quand on voulait se battre. La querelle se passait proche du roi, qui demanda la cause des mouvements qu'il remarquait. Une fois informé, il envoya à chacun d'eux un exempt des gardes du corps, avec ordre de les tenir en leur maison jusqu'à ce que l'affaire fût accommodée.

Le duel eut lieu malgré cela ; Gramont y fut blessé, obligé de rendre les armes et de demander la vie.

### GRAMONT (maréchal de)

Antoine III de Guiche, duc de Gramont, maréchal de France (1604-1678) : fils du comte de Gramont, il s'illustra dans de nombreuses batailles au service de différents princes, avant la défaite d'Honnecourt. Fait duc et pair en 1648, il servit sous Condé, qui eut toujours une certaine déférence pour lui, dit Saint-Simon. Il resta fidèle à la Cour pendant la Fronde. C'est lui qui alla à Madrid demander la main de l'infante Marie-Thérèse. Colonel des gardes-françaises, il monta à la tranchée aux sièges de Tournai et de Douai malgré son âge. Il se retira enfin dans son gouvernement de Béarn. « Les folies galantes de son fils aîné, le comte de Guiche, devinrent la douleur de sa vie, qui ôtèrent le régiment des gardes de sa famille, où il l'avait mis, et qu'il ne put jamais faire passer de l'aîné au cadet » (Saint-Simon).

Le maréchal de Gramont assiégeait une place. Après quelque temps de résistance, le gouverneur capitula, et dit sur un ton hautain à son vainqueur : « Sachez bien que si j'ai demandé à capituler, c'est parce que je manquais de poudre.

— Confidence pour confidence, dit le maréchal, sachez bien que si je vous ai accordé ce que vous demandiez, c'est parce que je manquais de plomb. »

*

On soupçonnait le maréchal de Gramont, alors comte de Guiche, d'être sodomite. Cinq-Mars l'appelait en riant « ma Guiche ».

Lorsque le maréchal perdit la bataille d'Honnecourt, en 1642, le peuple fit contre lui beaucoup de chansons, dont celle-ci :

> Le maréchal de Guiche,
> Général des François,
> A voulu faire niche
> À Mélo[1], Beck, Buquoy.
> Il s'arma de son casque,
> Et combattit en Basque,
> Turlu tu tu tu tu,
> En leur tournant le cul.

Le maréchal s'accommoda de cette réputation, peut-être usurpée. Il savait même en jouer. Un vicomte du Bac, de Champagne, fâcheux qui faisait l'homme d'importance, voulait obtenir quelque avantage du maréchal, et il ne le quitta point de tout le jour. À l'heure du souper, il ne s'en allait toujours pas, mais les anciennes règles d'hospitalité empêchaient de le chasser. Le maréchal dit tout haut à un valet de chambre : « Fermez les portes, et apportez des mules à monsieur le vicomte, je vois bien qu'il me fera l'honneur de coucher avec moi.

— Ah ! monsieur, dit l'autre, je me retire.

— Non, mordieu ! reprit le maréchal, monsieur le vicomte vous me ferez l'honneur de prendre la moitié de mon lit. »

Le vicomte se sauva et tout le monde en rit.

*

Richelieu, pour des raisons politiques, avait promis au maréchal l'une de ses nièces. Puis le cardinal changea de nièce, pour s'attacher Puylaurens, alors en faveur auprès du roi. Il dit au maréchal de

---

1. Mello : général des Espagnols.

Gramont, qui n'était alors que comte de Guiche : «Je vous avais promis Mlle de Pont-Château la cadette, je suis bien fâché de ne vous la pouvoir donner, et je vous prie de prendre en sa place Mlle de Chivré.»

Le comte de Guiche répondit : «Je prendrai bien celle qu'on me donnera, puisque c'est Votre Éminence que j'épouse, et non ses parentes.»

*

Le maréchal aimait à jouer, mais entrait en furie s'il venait à perdre : il donnait alors de la tête contre les fenêtres.

Dans sa folie, il lui arrivait de jeter le reste de son argent par la chambre, après avoir perdu. Ses pages et ses laquais se ruaient alors dessus; il s'en repentait aussitôt, et leur criait : «Pages! quartier...»

Un jour qu'il commençait à perdre, il dit à d'Andonville, qui se trouvait à la table : «Mordieu, monsieur, votre nom de cloche me porte malheur.»

*

Le maréchal avait un écuyer fripon, nommé du Tertre, qui un jour vint solliciter sa protection pour un enlèvement qu'il projetait.

«Hé bien! la fille t'aime-t-elle fort? Est-ce de son consentement?

— Nenni, monsieur, je ne la connais pas autrement, mais elle a du bien.

— Ah! si cela est, reprend le maréchal en chassant son écuyer, je te conseille d'enlever mademoiselle de Longueville[1], elle en a encore davantage.»

Voici ce qui arriva ensuite à ce galant garçon : il fut nommé gouverneur de Gergeau et, plus filou que jamais, en profitait pour voler sur les grands chemins des environs. Enfin il fut pris, et rompu vif à Paris. Le curé de Gergeau, le recommandant au prône à ses parois-

---

1. Anne-Geneviève de Bourbon-Condé, duchesse de Longueville (1619-1679), sœur du Grand Condé et du prince de Conti. Après l'emprisonnement de ses frères et de son mari, elle prit la tête du parti de la Fronde, où elle entraîna ses amants Turenne et La Rochefoucauld (c'est à celui-ci qu'elle écrivit un jour : «Je viens de confesse. J'y ai été trois quarts d'heure et j'ai eu le plaisir de n'y parler que de vous»). Un jour que, durant la messe, Mme de Longueville s'était assoupie sur l'épaule de son frère Condé, celui-ci secoua la belle endormie lorsque Bourdaloue monta en chaire, en lui murmurant : «Alerte, alerte, ma sœur! Réveillez-vous : voici l'ennemi!»

siens, dit en chaire : « Nous prierons Dieu pour M. du Tertre, gouverneur de notre cité, qui est mort à Paris de ses blessures. »

## À propos du maréchal de Gramont

Rangouze, homme de lettres, avait pris l'habitude de présenter aux riches personnages des épîtres dédicatoires et ses flatteries, pour en obtenir du retour; c'était un vrai commerce, d'habitude florissant[1]. Il apporta un jour une belle lettre au maréchal de Gramont; le maréchal la reçut, et puis dit à un valet de chambre : « Menez monsieur à un tel, et qu'il lui donne ce que j'ai l'habitude de donner aux gens de mérite. »

On l'y conduit. L'homme qui le reçoit se met à rire, et dit à Rangouze qu'il n'avait qu'à s'en retourner, et que ce que monsieur le maréchal donnait aux gens de mérite ou rien, c'était une même chose.

C'est que le maréchal était très ladre.

Un jour d'étrennes, les violons du Roi étaient allés lui donner aubade, et la tradition voulait qu'ils fussent récompensés. Après qu'ils eurent bien joué sous sa fenêtre, le maréchal passa la tête et demanda : « Combien êtes-vous, messieurs ?

— Vingt, monsieur le maréchal, répondit le premier violon, cependant que la troupe commençait à se tortiller d'aise en imaginant l'étendue de la récompense.

— Je vous remercie donc tous les vingt, bien humblement », dit le maréchal en hochant la tête.

Et il referma la fenêtre.

## GRAMONT (Agénor de)

Agénor, duc de Guiche puis XIe duc de Gramont (1851-1925), était le fils du malheureux ministre des Affaires étrangères de Napoléon III. Il épousa la princesse Isabelle de Beauvau-Craon, qui mourut prématurément. Il se remaria avec Marguerite de Rothschild (veuve du comte de Liedekerke, mariage avec un catholique qui lui avait valu d'être déshéritée par son

---

1. Sorel écrit dans sa *Bibliothèque française* : « Les Lettres du bon homme Rangouze peuvent être appelées à bon droit *Lettres dorées*, puisqu'il se vantait de n'en composer aucune à moins de 20 ou 30 pistoles, n'en faisant guère que pour les personnes de la plus haute condition, et qui avaient moyen de les payer... Nous avons vu des gens d'esprit s'étonner comment cet homme, qui était sans études, avait pu faire un si grand nombre de lettres différentes, sur des louanges presque semblables. »

père, le banquier Rothschild de la branche de Francfort), dont il eut trois enfants, dont Armand, XIIᵉ duc de Gramont, grand ami de Proust. Après un nouveau veuvage, il épousa la princesse Maria Ruspoli, belle femme qui avait vingt-cinq ans de moins, et dont il eut deux enfants. On répétait dans les salons que le duc de Gramont avait épousé sa première femme pour son écu, la deuxième pour ses écus et la troisième pour son cul.

Agénor de Gramont se fit construire, à Mortefontaine sur l'ancien domaine de Joseph Bonaparte, un gros château, Vallières, vers 1890. Un jour qu'il faisait signer, après déjeuner, les invités sur le livre de château, il dit au jeune Marcel Proust : « Votre nom, monsieur Proust, et surtout pas de pensée ! »

\*

Proust raconte que le duc de Gramont disait : « Je ne m'y reconnais plus dans tous mes enfants ; quand je veux m'y retrouver, je jette en l'air plusieurs pièces de cent sous ; les premiers arrivés sont les Rothschild ; ceux des autres lits, les Beauvau et Ruspoli, n'arrivent qu'après. »

## GRAMONT-CADEROUSSE (duc de)

Emmanuel, duc de Gramont-Caderousse (1834-1865) : fils d'un général qui s'était illustré sous l'Empire, ce rejeton bientôt doté d'un conseil de famille devint le meneur du demi-monde parisien. Des festins dignes des fêtes des Borgia lui tenaient lieu de dîners. Il montait ses chevaux aux courses, et se faisait acclamer par les dames de petite vertu qu'il faisait entrer en nombre dans la tribune des propriétaires. La renommée d'excentricité du jeune duc était devenue internationale, et en octobre 1865, la *London Review of Politics* évoqua longuement sa vie à l'occasion de sa fin en Orient, où celui qui se piquait de vivre intensément chaque jour et chaque nuit mourut « de consomption ».

La duchesse de Persigny, l'un des ornements de la cour de Napoléon III, passait de bras en bras. Elle en était arrivée au duc de Gramont-Caderousse, lorsque le malheureux mari alla se plaindre à celui-ci des infidélités de sa femme. Le duc l'interrompit : « Je n'admets pas, monsieur, qu'on dise devant moi du mal de ma maîtresse. »

## GRASSINI (Giuseppina)

Giuseppina Grassini (1773-1850) avait été remarquée pour sa voix aussi splendide que sa beauté. Crescentini perfectionna sa technique. Les Français entrèrent à Milan en 1796, et Bonaparte, qui aimait le bel canto, tomba sous le charme de la *Prima donna assoluta*. La cantatrice tenta de le séduire, mais il resta fidèle à Joséphine. Il fit moins d'histoires lors de la seconde campagne d'Italie, et, tout en recommandant à la dame une discrétion qui n'était pas dans les habitudes de celle-ci, il la fit demeurer avec lui au Palazzo Reale. Ainsi charma-t-elle les moments de liberté du général, avant et après Marengo. Ayant exigé de le suivre en France, elle fit le voyage dans la voiture de Berthier. On l'installa à Paris, mais le Premier consul ne fut pas assidu, alors qu'elle rêvait de devenir favorite en titre (à Sainte-Hélène Napoléon, rappelant qu'il avait toujours préféré les blondes, expliquera que la Grassini était trop brune). Elle partit faire une tournée européenne et passa à l'ennemi en 1815 : non seulement elle chanta à Londres à l'occasion des fêtes célébrant Waterloo, mais elle devint la maîtresse de Wellington, avec lequel elle eut enfin le plaisir de s'afficher.

Dans la soirée du 9 mars 1809, aux Tuileries, le castrat Crescentini – celui dont le chant faisait rayonner le visage de Napoléon – venait d'être honoré par l'Empereur de la décoration de la Couronne de fer. Beaucoup de bruit se fit autour de cette distinction, en un temps où il était plus commun d'octroyer les honneurs impériaux à de farouches guerriers. Mais la Grassini prit la défense du castrat : « Je pense que l'Empereur a bien fait de lui donner cet ordre, et il le mérite, ne serait-ce qu'à cause de ses blessures. »

La remarque de la Grassini fait inévitablement penser à ce qu'avait dit une dame après avoir entendu chanter le castrat Carestini (1705-1760) : « Oui, il a une jolie voix, mais il me semble qu'il y manque quelque chose. »

On rapporte aussi qu'une dame italienne, connue pour son goût pour « la belle nature », entendant chanter Marchesi, fameux castrat, s'écria dans le plus beau moment : « *Canta bene, ma è senza coglioni!* » (« Il chante bien, mais il n'a pas de c... »)

## GREEN (Julien)

Julian Hartridge Green, dit «Julien Green» (1900-1998), se convertit au catholicisme peu après la mort de sa mère, une protestante et farouche sudiste qui n'avait jamais accepté la défaite des Confédérés. Il s'engagea dans l'armée américaine lors de la Première Guerre mondiale. Après des études en Virgine il revint en France où commença sa carrière littéraire. Les grands thèmes de l'œuvre de Green sont le Sud américain, sa foi et son homosexualité. Il fut, en 1971, le premier membre étranger de l'Académie française. Il est enterré dans l'église Saint-Egid de Klagenfurt en Autriche, à proximité d'une statue de la Vierge qui l'avait ému. Son œuvre autobiographique, non expurgée, sera éditée en 2048.

Paul Bourget[1], très âgé, était devenu fort dur d'oreille. Dans un salon où le vieil écrivain paradait encore un peu, Julien Green dit à l'un de ses voisins : «Infortuné Bourget! Sa surdité l'empêche d'entendre le silence qui s'est fait autour de son nom.»

## GRÉVY (Jules)

Jules Grévy (1807-1891) naquit en Franche-Comté dans un château que son grand-père avait acquis comme bien national. Avocat à Paris, franc-maçon, il était souvent choisi comme arbitre ou conciliateur, en particulier dans l'affaire de la correspondance entre Musset et George Sand. Président de l'Assemblée nationale après 1870, il fulmina contre la «criminelle insurrection» de la Commune et fut élu à la présidence de la République après la démission de Mac-Mahon. Il avait marié sa fille au frère de l'une de ses maîtresses anglaises, Daniel Wilson, grand amateur de cocottes. Celui-ci, député et secrétaire de l'Élysée, faisait trafic de décorations et de marchés publics. Malgré des tentatives d'étouffement et de diversion (on essaya même d'imputer le scandale à Boulanger), il y eut information. Le beau-père déclarait : «Mon gendre est un bon garçon, il a rendu trop de services : voilà le plus grave de ses crimes.» Grévy se cramponnait aux revenus de la liste civile : il dépensait peu, recevait

---

1. Paul Bourget (1852-1935) commença comme professeur de lettres et finira en se disant «ouvrier de lettres»; il connut le succès comme critique, à l'époque où les lecteurs n'en pouvaient plus du naturalisme. Grisé par son succès, il se lança dans le roman psychologique, dont il devint un maître apprécié. Ses écrits prirent une teinte morale lorsqu'il se convertit au catholicisme, et il adhéra aux idées de l'Action française. Certains contemporains avaient perçu le manque de substance de son œuvre, et Forain disait qu'il avait dû arracher sa plume à un plumeau. On doit cependant mettre à son crédit que, lorsque *Les Illuminations* de Rimbaud parurent en 1886, elles n'eurent qu'un seul acheteur : Paul Bourget.

> rarement et mal, et économisait beaucoup pour se faire construire un hôtel particulier dans Paris et rénover ses châteaux du Jura. Mais il dut démissionner en 1887. Son gendre sera relaxé en appel. L'élément sympathique que l'on peut trouver dans la vie de Wilson, c'est qu'il donna le Mérite agricole à son jardinier sans le faire payer.

Jules Grévy à Clemenceau, après un discours de Gambetta : « Ça, une harangue de tribun ? Allons donc ! c'est du cheval ! »

## À propos de Mme Grévy

Un jour que Frédéric Mistral, récemment prix Nobel de littérature, était l'hôte de l'Élysée, la présidente, Coralie Grévy, lui demanda : « Vous êtes du Midi, je crois, monsieur Mistral ? »

On aimerait dire que ce fut une méchanceté... La vérité, c'est que la présidente n'était pas une lumière. D'ailleurs, son mari non plus. Il reste remarquable que l'histoire officielle ait fait de Mac-Mahon un imbécile, et de Jules Grévy un personnage rusé.

## GUÉMÉNÉ (prince de)

> Au sujet de Louis de Montbazon, prince de Guéméné († 1667), Saint-Simon écrit : « Le prince de Guéméné était un homme de beaucoup d'esprit, et encore plus Anne de Rohan sa femme... Lui, elle et Mme de Chevreuse, toute leur vie, ne furent qu'un, et avec eux en quatrième, leur belle-mère, seconde femme de leur père, qui avait autant d'esprit et d'intrigue qu'eux, et ce qui peut passer pour un miracle, toutes trois parfaitement belles et fort galantes sans que leur beauté ni leur galanterie ait jamais formé le moindre nuage de galanterie ni de brouillerie entre elles. » Il rappelle que la maison de Rohan s'était spécialisée dans les intrigues, pour assurer la maintien de sa grandeur. Elle sera surtout marquée par les scandales : les trahisons répétées du chevalier de Rohan sous Louis XIII, la « sérénissime banqueroute » du prince de Guéméné au XVIIIe siècle, l'affaire de la bastonnade de Voltaire par le chevalier de Rohan, et l'affaire du Collier dans laquelle le cardinal de Rohan sera la mauvaise dupe. Les Rohan avaient été les héritiers d'Olivier de Clisson en 1407, à partir de quoi ils se nommèrent « princes » en qualité de descendants de la maison de Bretagne par le connétable. Charles IX avait officialisé le titre en érigeant le domaine de Guéméné en principauté.

Bautru écrivit un pamphlet sur le duc d'Épernon : *L'Hipposandre ou l'homme-cheval*. Le duc racheta tous les exemplaires, et fit bâtonner Bautru dans une cour du Louvre. Les commis frappaient

un peu fort, et Bautru dut dire : «Battez, mais ne me tuez pas!»
L'enquête ordonnée par le roi à ce sujet n'aboutit point. Lorsque
Bautru reparut au Louvre, il entendit, sur son passage, un sergent
aux gardes qui susurra : *Battez, mais ne me tuez pas...* Bautru
s'émerveilla alors devant le roi de «l'écho merveilleux des portes
du Louvre».

Il fut trois mois à guérir, et resta longtemps obligé de s'appuyer
sur un bâton pour marcher.

«Avez-vous la goutte? demandait la reine.

— Non, Madame.

— C'est, dit le prince de Guéméné, que le voilà comme saint
Laurent, l'instrument de sa passion à la main[1].»

Bautru récidiva en faisant vendre par des colporteurs dans Paris
un livre intitulé *Les Hauts Faits gestes & Vaillances de M. le duc
D'Épernon*. Tous les feuillets étaient en blanc, après la page de
titre...

\*

Un laquais tout en sueur dit au prince de Guéméné : «Monsieur,
je suis venu en faisant diligence...»

Le prince l'interrompit en lui disant : «Mon enfant, je le sens
bien.»

\*

M. des Vallées, savant dans la langue hébraïque, était un petit
homme pauvre, qui n'avait d'autre ressource que l'argent que lui
donnaient ceux à qui il enseignait l'hébreu. Il était toujours vêtu
malproprement, avec des habits déchirés. On parla de lui à la
princesse de Guéméné, qui le retint pour lui enseigner cette langue.
Elle le faisait donc venir chez elle tous les matins. Le prince de
Guéméné, qui ne le connaissait pas, voyant entrer dans la chambre
de sa femme un homme avec un haut-de-chausse tout déchiré,
demanda à Mme de Guéméné ce qu'il y venait faire : «Il me montre
l'hébreu, lui dit-elle.

— Madame, reprit le prince, il vous montrera bientôt le derrière.»

---

1. Quand on peignait ce saint, on le représentait tenant le gril avec lequel il fut
supplicié.

*

Isaac Arnauld (c'était le cousin germain du janséniste), maître de camp des carabins, étant gouverneur de Philipsbourg, la place fut assiégée et prise. On lui en fit un crime à la Cour, car on estimait qu'il ne l'avait pas bien défendue ; il fut embastillé. Au bout de quelque temps, ayant été remis en liberté, on dit pour nouvelle, au lever du roi, que M. Arnauld était sorti de la Bastille.

« Pourquoi pas ? expliqua le prince de Guéméné, il est bien sorti d'une meilleure place. »

## GUILLAUME LE CONQUÉRANT

Guillaume le Bâtard, duc de Normandie, puis Guillaume Iᵉʳ roi d'Angleterre (1027-1087), était allé visiter en Angleterre son cousin Édouard le Confesseur, qui lui promit sa succession. Lorsque Édouard mourut, Harold, baron populaire, monta sur le trône : Guillaume alors lui rappela le serment prêté « sur de bons et saints reliquaires », envoya des ambassadeurs dénoncer partout « le sacrilège du Saxon » et s'assura l'appui du pape qui lui adressa une bannière. En septembre 1066, à l'issue de longues tractations avec ses barons, résolues par le passage de la comète de Halley, il s'embarqua pour l'Angleterre : les navires étaient « si nombreux que l'on croyait voir une épaisse forêt ». Harold accourut à Hastings ; les Normands l'emportèrent et Guillaume fut couronné à Westminster le jour de Noël. Il mata les nombreuses révoltes avec une armée composée d'Anglais conquis par l'inusable énergie de ce chef qui supportait les privations et travaillait à l'ouverture des chemins comme le dernier des soldats. Ce guerrier furieux, qui savait avoir le tempérament froid d'un politique, réorganisa l'Angleterre. En 1087, il revint en Normandie à cause d'une révolte entretenue par le roi de France. Il galopait dans la grande rue de Mantes livrée aux flammes lorsque son cheval s'abattit dans les décombres. Quand, ramené dans un couvent de Rouen, il mourut, ce fut l'affolement : on pensait que tout était perdu avec la mort de ce surhomme. Le corps du roi gît plusieurs jours abandonné sur le sol. Enfin un gentilhomme le fit transporter vers une abbaye de Caen. Son fils aîné Robert III « Courtecuisse » devint duc de Normandie, et Guillaume II « le Roux », roi d'Angleterre. Voilà pourquoi Clemenceau a défini l'Angleterre comme « une colonie française qui a mal tourné »...

Guillaume le Bastard naquit à Falaise où son père Robert le Diable, duc de Normandie, avait été séduit par l'incomparable beauté de la fille d'un tanneur qui lavait du linge dans un ruisseau ; la chronique a retenu qu'elle s'appelait *Arlette*, mais on peut préférer l'original normand *Herleue*. Lorsque Robert partit en pèlerinage à Jérusalem, il présenta l'enfant de la lavandière comme son héritier. Mais lorsqu'on apprit la mort du duc, à Nicée, les barons de Normandie déclarèrent qu'un bâtard ne pouvait pas commander aux fils des Danois, et Guillaume dut guerroyer pour se faire reconnaître dans son turbulent duché.

Au siège d'Alençon, les habitants raillèrent l'humilité de sa naissance en criant du haut de leurs murs : « La peau ! La peau ! » Et en battant des cuirs.

Guillaume fit alors couper les pieds et les mains de ses prisonniers, et ses frondeurs lancèrent dans la ville les membres mutilés. On se le tint pour dit.

\*

Devenu valétudinaire de trop d'embonpoint, Guillaume le Conquérant gardait le lit depuis longtemps et prenait des remèdes pour faire fondre la graisse qui l'incommodait.

Le roi de France Philippe I$^{er}$ ne put se tenir de le railler : « Sur ma foi, disait-il, le roi d'Angleterre est long à faire ses couches ! »

Le duc de Normandie fit savoir : « Quand je serai accouché, j'irai faire mes relevailles à Sainte-Geneviève de Paris, avec dix mille lances en guise de cierges. »

Pour tenir parole, il entra dans le Vexin français qu'il ravagea, et il assiégea et força Mantes, qu'il réduisit en cendres. Mais il y mourut des suites d'une chute, son cheval ayant pris peur dans l'incendie de la ville.

### À propos de Guillaume le Conquérant

Guillaume le Conquérant épousa Mathilde, fille du comte Baudoin V de Flandre. Il devait y rester pieusement attaché, mais les débuts de l'idylle avaient été mouvementés. La jeune fille avait mal accueilli l'idée d'épouser un seigneur de naissance irrégulière : « J'aimerais mieux être une nonne voilée, que donnée à un bâtard. »

Peu après, le jeune duc de Normandie pénétra à Lille dans le palais du comte de Flandres, saisit Mathilde par les cheveux, traîna la jeune fille tout autour de sa chambre, la roua de coups, puis disparut. Mathilde consentit au mariage, et ils formèrent un couple parfait.

La femme traînée par les cheveux est, semble-t-il, demeurée un élément important de l'imaginaire outre-Manche. Pour preuve, en

1982, Peter Russell, majordome du duc de Gloucester (3ᵉ fils de George V), a raconté un dialogue entre le duc et la duchesse. Le duc ayant lu dans le *Daily Mirror* un article concernant des femmes maltraitées, il dit à la duchesse : « Je vois que des gens ont battu leurs femmes.

— L'ont-ils fait, Harry ? Comme c'est intéressant.

— C'est extraordinaire ce que les hommes peuvent faire de nos jours.

— Certainement.

— Mais je suppose qu'ils l'ont toujours fait, depuis l'âge de pierre, cependant on ne s'attend plus à ce qu'ils le fassent aujourd'hui. Ils avaient l'habitude de traîner leurs femmes par les cheveux, je crois.

— Oh ! c'est très douloureux !

— Oui, mais les femmes s'habituent à tout.

— Je ne crois pas que je m'y ferais.

— Il y a peu de chances que nous essayions.

— Ce n'est guère possible. Les serviteurs pourraient nous voir. »

## GUITRY (Lucien)

> Lucien Guitry (1860-1925), après des débuts remarqués dans *La Dame aux camélias*, alla triompher dans plusieurs pays, et fut engagé dans la troupe permanente du Théâtre Michel, théâtre français de Saint-Pétersbourg, où il resta neuf ans ; c'est là que naquit son fils Alexandre, qu'il prénomma ainsi en l'honneur du tsar Alexandre III, l'un de ses admirateurs. Le rejeton deviendra lui-même illustre sous son prénom usuel de *Sacha*, diminutif russe dont usait sa nourrice. Lorsqu'il revint en France, Lucien Guitry joua sur les meilleures scènes de la capitale, avant de devenir directeur du Théâtre de la Renaissance. Lui-même et ses quatre inséparables amis, Alfred Capus, Jules Renard, Alphonse Allais et Tristan Bernard, eurent une grande influence sur le jeune Sacha, même si le père et le fils restèrent fâchés plusieurs années, lorsque le second eut pris pour femme la maîtresse du premier.

Un confrère qui était un bavard, doublé d'un sot, lui tenait la jambe depuis de trop longues minutes : « Moi, disait le comédien, je parle comme je pense...

— Oui, fit Guitry, mais plus souvent. »

\*

Un raseur avait forcé la porte de la loge de Lucien Guitry pour l'inviter à déjeuner. De guerre lasse, Guitry promet. L'autre remercie, prend congé, et se dirige vers la porte. Guitry, assis à sa table de maquillage, lui tournait le dos. Le croyant sorti, il dit par-dessus son épaule à son secrétaire : «Vous allez écrire à ce crampon qu'il m'est impossible d'aller déjeuner demain avec lui...»

Il aperçoit alors dans sa glace le *crampon*. Il se tourne immédiatement vers lui et ajoute : «... Parce que je déjeune avec Monsieur!»

*

Quelques années avant la guerre, un industriel de sa connaissance, nouvellement enrichi, n'avait pas résisté au plaisir d'acheter un titre de comte. Un ami commun disait à Lucien Guitry : «Il l'a payé 40 000 F.

— Bigre, c'est cher!

— Bah! Il n'en est pas moins riche...

— Sans doute, mais il n'en est pas plus comte.»

*

Le fameux comédien avait parfois la main lourde. Une de ses maîtresses, qui l'avait poussé à bout, en fit l'amère expérience.

«Au secours!» hurlait-elle tandis qu'il la giflait à tour de bras.

Et lui, sans s'arrêter : «N'aie pas peur, chérie, je suis là.»

*

Il reçut un jour un acteur qui venait lui demander conseil; Lucien l'écouta déclamer, mais ne goûta guère : il lui donna une leçon de comédie. L'autre remercia, puis s'excusa : «Je ne suis peut-être pas un bon acteur, mais je suis un *convaincu*.

— Mon ami, vous aurez votre revanche!» répondit Lucien Guitry en le congédiant.

*

Un metteur en scène, auteur de la pièce qu'on répétait sur scène, dit : «Quand vous dites le texte, monsieur Guitry, vous êtes merveilleux; et dans les silences, vous êtes particulièrement admirable.

— C'est parce que les silences sont de moi.»

\*

En 1918, Lucien Guitry bavardait avec Henri Hertz, directeur du Théâtre de la Porte-Saint-Martin, avec lequel il était un peu en froid : «Vous savez Guitry, lui dit Hertz, j'ai été acteur, moi aussi... Tenez, la dernière fois que j'ai joué, c'était à Reims.»

Et Lucien de soupirer : «Reims, ville martyre, déjà!»

\*

À chaque fois que le jeune Sacha Guitry accompagnait son père au théâtre où celui-ci jouait en soirée, l'enfant disait, en passant devant le concierge : «Je n'irai pas à votre enterrement!»

Le concierge finit par s'en plaindre au père du bambin, qui lui posa la main sur l'épaule en disant : «N'en soyez pas affligé : moi j'irai!»

\*

Un aveugle mendiait dans la rue ; Lucien Guitry et son fils Sacha encore enfant venaient à passer. Sacha reçut une pièce de son père avec mission d'aller la porter au mendiant. Après l'avoir déposée dans la sébile, il revint auprès de Lucien qui lui dit : «Tu aurais dû lui tirer ton béret. Il faut être poli avec tout le monde!

— Mais papa : il est aveugle!

— Et si c'était un simulateur?»

### À propos de Lucien Guitry

Chez le chapelier, Lucien Guitry essayait des chapeaux devant Bady sa maîtresse. En trouvant un à son goût, il se tourna vers la jeune femme : «Comment me trouvez-vous avec ce chapeau?

— Vous ressemblez à un maquereau.»

Et Guitry de rendre le chapeau au chapelier en soupirant : «Il paraît qu'il me vieillit»...

### GUITRY (Sacha)

Alexandre, dit «Sacha», Guitry (1885-1957), voulut devenir comédien dès quatre ans, parce qu'il avait entendu dire que son père allait jouer tous les soirs pour travailler. Il ne reçut aucun diplôme après avoir été renvoyé de onze lycées, mais il écrivit 124 pièces de théâtre, réalisa 36 films et publia une quarantaine d'ouvrages... Il était souvent l'acteur principal de ses films parce qu'il n'était pas sûr qu'on ferait mieux que lui («Tous les hommes sont comédiens, sauf peut-être quelques acteurs»). Sous l'Occupation, il poursuivit ses activités comme si de rien n'était, estimant qu'il fallait assurer la permanence de l'esprit français; plusieurs de ses films comportent des allusions hostiles à l'Allemagne. Mais en août 1944, lors de la libération de Paris, il fut arrêté par un groupe de résistants et incarcéré deux mois sans inculpation (il dira plus tard : «La Libération? Je peux dire que j'en ai été le premier prévenu»; il disait également : «Ils m'emmenèrent menotté à la mairie : j'ai cru qu'on allait me marier de force»). Il avait toujours été vilipendé : les critiques qualifiaient son cinéma de théâtre filmé, et les journalistes ne supportaient pas l'omniprésence du personnage (il disait quant à lui : «La critique est aisée? À qui le dites-vous! Elle s'enrichit à nos dépens et se nourrit de petits fours»). Les dénonciations s'accumulaient dans les journaux. Le juge d'instruction en charge du dossier, qui n'y trouvait pas grand-chose, finit par faire publier des annonces demandant qu'on lui adressât des preuves. Rien ne vint, et Guitry obtint un non-lieu au bout de trois ans. Henri Jeanson, homme de gauche, avait donné avant-guerre le vrai portrait du personnage : «Je préfère le détachement de M. Sacha Guitry, sa désinvolture, la manière qu'il a de s'asseoir sur son époque, à la politicomanie de certains écrivains pour qui le Front populaire est devenu une mangeoire et un bureau de placement.» La seule véritable opinion politique que l'on connaisse de Guitry est celle-ci : «La démocratie, c'est quand chaque citoyen peut choisir librement la couleur de son gouvernement : blonde, brune ou châtain.» Lorsque sa santé s'altéra, il retint dans les siennes les mains de sa cinquième épouse, Lana Marconi, en disant : «Vos belles mains qui fermeront mes yeux ouvriront mes tiroirs. Les autres ont été mes femmes, vous serez ma veuve.» Quand on apprit sa mort, on dit dans Paris : «Sacha a rendu l'esprit.»

Lors d'un grand dîner, et dans l'occasion malheureuse d'un instant de silence, l'illustre auteur dramatique laissa échapper un vent qu'il aurait pensé moins bruyant. Sans être davantage désemparé, il s'inclina poliment vers la petite dame d'un certain âge assise à ses côtés, et dit d'un ton de confidence, mais suffisamment haut pour qu'on entendît : «Ne vous inquiétez pas, madame : je dirai que c'est moi.»

\*

Sacha Guitry s'était copieusement ennuyé au cours d'une soirée. En prenant congé de la maîtresse de maison, il lui baisa la main en murmurant : «C'est si gentil à nous d'être venus...»

\*

Sacha Guitry reçut, un jour, un parfait inconnu, qui se révéla insupportable de suffisance et bientôt de sans-gêne.

À la fin de l'entrevue, l'acteur ouvrit une boîte de cigares pour que celui qu'il recevait en prît un. Le visiteur en remplit ses poches, en expliquant : «C'est pour la route.

— Merci d'être venu de si loin!» lui dit Guitry.

\*

La première femme de Sacha Guitry, Charlotte Lysès, lui demandait en soupirant : «Je t'aime, Sacha. Et toi?»

Et lui de répondre simplement : «Moi aussi... Je m'aime.»

(Arletty l'avait compris : Sacha lui avait demandé qu'elle devienne sa femme, mais elle avait refusé, expliquant ensuite : «J'allais pas épouser Sacha Guitry, il s'était épousé lui-même!»)

\*

Un jour que sa femme demandait à Sacha Guitry : «Tu ne trouves pas qu'avec des lunettes j'ai l'air plus distingué?

— Je crois, répondit-il, que c'est juste une illusion d'optique.»

\*

On venait d'annoncer la mort du Pétomane, vedette de l'époque qui savait monter la gamme par les seuls prodiges de son arrière-train; Sacha Guitry dit en guise d'oraison funèbre : «C'est la fin des haricots...»

\*

Yvonne Printemps[1] reprochait à Sacha Guitry, son mari, un certain manque d'ardeur. Celui-ci, lassé, lui dit : «Quand vous serez morte, on pourra graver sur votre pierre tombale : *Enfin froide!*»

---

1. Yvonne Printemps (1894-1977) acquit une réputation internationale, non seulement par son travail avec Sacha Guitry, qu'elle rejoignit après avoir débuté dans des revues un peu lestes, mais surtout par ses rôles sur des scènes de Londres et New York. C'est en 1937 qu'elle revint en France diriger le Théâtre de la Michodière avec Pierre Fresnay, son second mari. Avant Sacha Guitry, dont elle fut la deuxième femme, elle avait été aimée de Georges Guynemer; la mort du héros, en 1917, avait mis fin à leur relation.

L'insatiable épouse ne se laissa pas démonter : «Et sur la vôtre, cher ami, on pourra marquer : *Enfin raide!*»

\*

Après leur divorce, Sacha se répandait en disant : «Son sommeil était de beaucoup ce qu'elle avait de plus profond.»

\*

Une jeune femme, avec qui Sacha Guitry venait de rompre, était au désespoir : «Dis-moi au moins... dis-moi qu'un jour, tu me reviendras...»
Alors Sacha, flegmatique : «Un jour, peut-être, mais pas plus!»

\*

Sacha Guitry et Jean Nohain étaient témoins au mariage de la chanteuse Mireille avec Emmanuel Berl. Un officier de mairie bougon leur fit longuement décliner leur nom, prénoms, âge et qualités. Ensuite se tournant vers Sacha Guitry, il lui demanda sans aménité : «Vous êtes décoré?» (on mentionnait les décorations avec l'état civil).
Sacha Guitry désigna du doigt sa rosette de commandeur de la Légion d'honneur, et dit : «Excusez-moi, mais j'avais mis un pense-bête...»

\*

En apprenant que Georges Lecomte venait d'être élu à l'Académie française, Sacha Guitry fit ce commentaire : «Ses livres sont, désormais, d'un ennui immortel.»

\*

Sacha Guitry se trouvait dans le métropolitain[1], assis en face d'une jeune fille qui avait remonté sa robe très haut et croisait les jambes de manière provocante. Il finit par lui demander : «Pardon, mademoiselle, mais cela vous gêne-t-il si je garde mon pantalon?»

---

1. On sait que tel est le nom complet de ce moyen de transport inauguré en 1900. À son commencement, d'ailleurs, les rames de la première ligne (Vincennes-Maillot) ne comportaient que trois voitures souvent bondées; certains en profitaient, ce qui valut au nouveau transport le surnom de «Métropolisson».

\*

Un monsieur s'étonnait auprès de Guitry qu'un de leurs amis communs eût été jeté en prison : «Lui qui respirait l'honnêteté !
— Oui, fit Sacha : mais il était vite à bout de souffle.»

\*

Il avait, pour un film, engagé une ancienne belle du théâtre. Elle arriva au studio avec un chapeau ahurissant. Le maître la complimenta : «Tu as là un chapeau du tonnerre !
— Oui ! Je le porte parce qu'il me rajeunit de dix ans.
— Ah... Et quel âge as-tu donc maintenant ?
— Trente-trois ans...
— Je veux dire : sans le chapeau...»

\*

Sur une actrice : «Elle est facile, mais pas commode.»

\*

Une innocente starlette disait un jour devant lui : «Ma seule richesse, c'est mon intelligence.
— Ne vous désolez pas mon petit. Pauvreté n'est pas défaut.»

\*

Un ami de Sacha Guitry lui avait chaudement recommandé d'auditionner une jeune comédienne fraîche émoulue du Conservatoire. Elle interpréta quelques scènes, puis elle dit : «Je sais déjà, maître, que pour réussir au théâtre il faut à la fois du talent et du culot.
— Oui, mon petit. Mais vous, vous devrez vous débrouiller avec le culot seulement.»

\*

Quand il mentait aux femmes, il s'en amusait plutôt, en disant : «On a l'impression qu'on se rembourse.»

\*

Pauline Carton demandait un jour à Sacha Guitry : «Aimez-vous les enfants?

— Oui : surtout quand ils pleurent. Parce qu'alors, on les emmène...»

*

Sacha Guitry avait reçu des officiers allemands à sa table durant l'Occupation, et dès la Libération il fut dénoncé par des convives qui n'avaient certainement jamais cessé d'être secrètement patriotes. Emprisonné à Drancy, il dit, voyant arriver sa première femme, Charlotte Lysès : «Un malheur n'arrive jamais seul.»

*

Il fut marié cinq fois : les trois premières fois civilement, la quatrième fois à l'église catholique, et la cinquième fois à l'église orthodoxe... Léautaud le qualifiait d'«abonné matrimonial».

Pour demander à Jacqueline Delubac, en 1953, de succéder à Yvonne Printemps, Sacha lui dit : «Vous avez vingt-cinq ans, j'en ai cinquante. Voulez-vous être ma moitié?»

Il en fut bientôt las, et annonça son troisième divorce en ces termes : «J'ai connu Charlotte à l'aube de ma vie et, malgré cela, elle a été pour moi mon été, mon rayonnant été. Puis est venue Yvette, qui avait été tout naturellement mon printemps. Ce fut enfin Jacqueline, mais avec elle, voyez-vous, c'était vraiment *monotone.*»

Les complications de la procédure lui faisaient dire : «Puisque l'on se marie, les trois quarts du temps, sans jugement, pourquoi un jugement est-il, lui, toujours nécessaire pour obtenir le divorce?»

Malgré ce grand nombre de mariages et l'âge qui venait, Guitry ne s'apaisait pas pour autant. Il résumait la situation en disant : «Il y a deux sortes de femmes, celles qui sont jeunes et jolies, et celles qui me trouvent encore bien.»

## HABENECK (François-Antoine)

Fils d'un musicien de régiment qui lui avait appris à jouer du violon, François-Antoine Habeneck (1781-1849) termina à la direction de l'Académie royale de musique. Il conduisait l'orchestre avec l'archet de son violon, depuis le pupitre de premier violon, en ayant simplement sous les yeux la partie de son instrument. Berlioz l'a soupçonné d'avoir voulu ruiner son *Te Deum*, en se servant une prise de tabac durant la création de l'œuvre. Julien Tiersot a écrit : «Je tiens de plusieurs artistes qui ont fait partie de l'orchestre du Conservatoire sous Habeneck, que celui-ci avait coutume, quand le mouvement était bien donné et la symphonie lancée, de poser sa tabatière et de prendre une prise, parfois même de présenter sa tabatière à ses voisins. Pendant ce temps, l'orchestre marchait tout seul. Telles étaient les habitudes paternelles – ou plutôt paternes – du bon vieux temps.»

Le 3 octobre 1841, un ténor débutait dans le rôle d'Arnold de *Guillaume Tell*. On disait merveilles de cet artiste découvert par la direction de l'Opéra dans un chantier de tonnellerie. Il eut cependant beaucoup de faiblesses dans la voix le jour de la représentation.

Habeneck dit : «Venu ici par la bonde, il s'en ira par le fausset.»

## HAENDEL (Georg Friedrich)

Georg Friedrich Haendel (1684-1759) se fixa à Londres lorsque son souverain de Hanovre monta sur le trône d'Angleterre sous le nom de George Ier. Son amour de la dive bouteille se trouve à l'origine d'un grand nombre d'anecdotes. Invité à la table d'un lord, il se vit proposer une bouteille d'un très grand cru, que son hôte compara complaisamment à un oratorio du musicien, «mais si vous préférez autre chose, ajouta le lord, j'ai aussi du porto, du bordeaux et du bourgogne... – Faites servir le tout, aurait dit Haendel : il n'est pas d'oratorio sans choristes». Il avait l'humeur aussi brusque que son physique colosse : il s'emportait à tout propos, ce qui, joint à la manière ridicule dont il prononçait l'anglais, donnait lieu à des scènes hautes en couleur. On ne sait rien de sa vie privée. Il semble qu'il fût très raisonnable au chapitre de la chair, ce qui doit être souligné au milieu de la galerie de chenapans qui encombrent ces pages. En matière de chœurs, il était insurpassable, raison pour laquelle il a triomphé dans l'oratorio, et non dans l'opéra où l'aria restait au centre de l'œuvre. On a parfois surchargé ses œuvres de choristes et d'instruments, et Shaw réclamait que la peine capitale fût appliquée aux assassins et à tout individu coupable d'avoir exécuté une partition de Haendel avec plus de 80 personnes. Haendel écrivit le *Messie* en moins de vingt-quatre jours, en empruntant à ses précédents ouvrages et l'on a pu dire du fameux *Alléluia* qu'il s'agit d'une chanson à boire recyclée, reprise d'un opéra où un païen rendait grâce à Bacchus. En 1751, le compositeur devint aveugle à la suite d'une opération de la cataracte mal menée par le charlatan Chevalier Taylor, qui avait déjà réussi à tuer Bach.

Haendel demanda un jour aux musiciens qui se trouvaient là s'ils pouvaient déchiffrer des partitions manuscrites. Tous déclarèrent en être parfaitement capables.

« Nous le faisons couramment chaque dimanche à l'église.

— Jouez donc », dit Haendel.

À la vingtième mesure, il bondit : « Continuez à jouer à l'église ! Seul Dieu, dans son infinie miséricorde, peut avoir la patience de vous supporter. »

### À propos de Haendel

« Il aimait la bonne chère et ne composait jamais mieux que lorsqu'il en était à sa troisième bouteille » (de L'Aulnaye). Cela faisait dire qu'il avait un art plus étendu que celui de ses confrères, qui ne connaissaient que la clef de *sol*, la clef de *fa* et la clef d'*ut*, alors que lui en connaissait une quatrième : la clef de la cave.

## HAILÉ SÉLASSIÉ

Tafari Makonnen, empereur sous le nom d'Hailé Sélassié Ier (1892-1975), fut nommé régent sous le titre de «chef» (*ras*, d'où Ras Tafari), puis de «roi» (*negus*) après que l'empereur d'Éthiopie, converti à l'islam, fut déposé par les notables. Tafari fut couronné empereur en 1930 (*negus negest*, «roi des rois»). Lors de l'invasion de son pays par l'Italie en 1935, il fit à la Société des Nations un discours (qui a inspiré le *War* de Bob Marley), sans obtenir le soutien des puissances occidentales. Après une brève résistance vouée à l'échec, il prit la route de l'exil et ne retrouva son trône qu'en 1945. Il fonda, en 1963, l'Organisation de l'unité africaine. Les pouvoirs occidentaux le lâchèrent une nouvelle fois, et une campagne dans les journaux le montraient distribuant des morceaux de viande à ses chiens «alors que son peuple meurt de faim». Des militaires progressistes renversèrent l'empereur, qui mourut en prison. Le nouveau régime fut emporté, en 1991, avec la plupart des régimes communistes. En tant que descendant présumé de David par Salomon et la reine de Saba, en tant que chrétien et Noir ayant résisté aux Occidentaux, Hailé Sélassié constitue pour la diaspora africaine le centre de la vénération messianique *rastafari*.

On demandait un jour à Hailé Sélassié ce qu'il pensait de la civilisation des Blancs. Il répondit en souriant : « Ce ne serait peut-être pas une mauvaise idée[1]. »

---

1. Le mot, qui a fait fortune, est parfois prêté à Gandhi ou à Albert Schweitzer.

## HARDWICKE (lord)

Charles Philip Yorke, 5$^e$ comte de Hardwicke (1836-1897), surnommé « *Champagne Charlie* » en raison d'un mode de vie hautement festif, se fit une notoriété successive comme joueur de cricket pour Cambridge, homme politique conservateur et dandy en banqueroute. Son fils Albert Edward, qui embrassa la carrière politique, fut sous-secrétaire d'État aux Affaires indiennes.

Le jour de son dix-huitième anniversaire, Edward, le fils de lord Hardwicke, déclara : « Père, je voudrais faire du théâtre...

— Non, Edward, non je ne vous conseille pas de devenir comédien. Dans ce métier, il y a trop de bons artistes. Mais pourquoi ne feriez-vous pas de la politique ? Les médiocres y foisonnent et vous n'auriez pas de mal à vous imposer. »

## HARLAY (Achille I$^{er}$ de)

Premier président du parlement de Paris en 1582, attaché à la cause royale, Achille I$^{er}$ de Harlay, comte de Beaumont (1536-1619), résista aux Ligueurs, même après l'arrivée du duc de Guise à Paris et la journée des Barricades. Le duc et son entourage trouvèrent le premier président « qui se pourmenait dans son jardin, lequel s'étonna si peu de leur venue, qu'il ne daigna seulement pas tourner la tête ni discontinuer sa pourmenade commencée, laquelle achevée qu'elle fut, et étant au bout de son allée, il retourna, et en retournant, il vit le duc de Guise qui venait à lui ; alors ce grave magistrat, haussant la voix, lui dit "C'est grand pitié quand le valet chasse le maître ; au reste, mon âme est à Dieu, mon cœur est à mon roi, et mon corps est entre les mains des méchants ; qu'on en fasse ce qu'on voudra." » Embastillé, il fut libéré après l'assassinat des princes lorrains et rejoignit à Tours le Parlement royaliste où il servit la cause d'Henri IV. Achille de Harlay se signala également par son zèle en faveur du gallicanisme, faisant condamner divers livres sur le pouvoir des papes.

Un avocat avait commencé sa plaidoirie chapeau bas, comme il convenait. Lorsqu'il dit ces mots : « Les rois nos prédécesseurs... », M. de Harlay, premier président du parlement de Paris, l'interrompit : « Monsieur, couvrez-vous, vous êtes de trop bonne famille pour rester découvert. »

*

Mme Quelin avait un amant nommé Nicolas. M. Quelin, son mari, conseiller à la Grand'chambre, rapporta un procès pour un nommé Nicolas Fouquelin. Le président de Harlay s'amusait souvent en public à faire raconter au conseiller son procès ; il lui faisait répéter plusieurs fois le nom de Nicolas Fouquelin (« Nicolas fout Quelin »). L'autre n'y entendait pas malice.

*

Une coquette s'était rendue un peu trop célèbre par d'illustres pratiques et l'éclat de ses intrigues, tant et si bien qu'une lettre de cachet l'exila au fond de la Bretagne. Soupçonnant M. de Harlay d'être à l'origine de cette disgrâce, elle lui en fit ses plaintes. Comme il se montrait peu sensible à son malheur, elle se fâcha : « Vous me parlez bien à votre aise, dit-elle, vous seriez bien embarrassé si l'on vous reléguait à une si grande distance.

— Il est vrai, répondit le magistrat, que mon embarras serait plus grand que le vôtre, car je ne puis faire mon métier qu'ici, et vous pouvez faire le vôtre partout. »

*

Le président Bouhier dans ses *Souvenirs* raconte que la veuve de Triboulot, marchand de vins, s'était présentée à l'audience du président de Harlay avec un habit magnifique et une jupe couverte de gros galons d'or cousus en cercles. Après l'avoir ouïe, il lui dit : « Vous êtes donc la veuve à Triboulot ?

— Oui...

— Vraiment ! voilà de beaux cerceaux pour une vieille futaille ! »

*

L'avocat Jean du Boisle n'avait d'autre qualité que la puissance de sa voix, dont il abusait : quand il plaidait aux requêtes, disent les chroniques du temps, on l'entendait de la Sainte-Chapelle. Un jour que Du Boisle plaidait devant le président de Harlay, et avait oublié d'enlever son bonnet pour saluer la cour, le président lui dit, au moment où l'autre commençait son plaidoyer d'un ton très fort : « Couvrez-vous, Du Boisle, et parlez haut. »

Toute la compagnie se prit à rire.

*

«Je voudrais être livre, puisque vous aimez tant votre bibliothèque, disait aigrement à son mari la présidente de Harlay.

— Je le voudrais également, ma mie, à la condition que vous soyez l'almanach.»

C'était pour donner à entendre qu'il en serait débarrassé au bout de l'année.

## HARLAY (Achille III de)

> Achille III de Harlay, comte de Beaumont, seigneur de Grosbois (1639-1712), petit-neveu du précédent, fut premier président du parlement de Paris en 1689; c'est en cette qualité qu'il disait à Louis XIV : «Oui, Sire, il faut baiser les pieds des papes et leur lier les mains.» Selon Saint-Simon, «Entre Pierre et Jacques il conservait la plus exacte droiture; mais dès qu'il apercevait un intérêt ou une faveur à ménager, tout aussitôt il était vendu. Une autorité pharisaïque le rendait redoutable par la licence qu'il donnait à ses répréhensions publiques, et aux parties, et aux avocats, et aux magistrats, en sorte qu'il n'y avait personne qui ne tremblât d'avoir affaire à lui. D'ailleurs, soutenu en tout par la Cour, dont il était l'esclave, et le très humble serviteur de ce qui y était en vraie faveur. On ferait un volume de ses traits, et tous d'autant plus perçants qu'il avait infiniment d'esprit, l'esprit naturellement porté à cela et toujours maître de soi pour ne rien hasarder dont il pût avoir à se repentir. Pour l'extérieur, un petit homme, vigoureux et maigre, un visage en losange, un nez grand et aquilin, des yeux beaux, parlants, perçants, qui ne regardaient qu'à la dérobée, mais qui, fixés sur un client ou sur un magistrat, étaient pour le faire rentrer en terre... Il se tenait et marchait un peu courbé, avec un faux air plus humble que modeste, et rasait toujours les murailles pour se faire faire place avec plus de bruit, et n'avançait qu'à force de révérences respectueuses et comme honteuses à droite et à gauche, à Versailles.»

Le premier président de Harlay ironisait sur les familles enrichies qui achetaient les charges de magistrature : «Notre Parlement ira bon train, nous avons à présent des cochers et des postillons.»

C'est l'époque où l'on racontait qu'un ancien garçon limonadier, qui avait fait fortune, s'était trouvé en état d'acheter une charge de conseiller.

Un jour il s'endort à l'audience. On plaidait une cause de séduction; l'avocat de la demoiselle s'écria d'une voix forte : «Que pouvait faire la faible Hortense contre ce terrible garçon?»

Notre juge, entendant ce dernier mot, crut qu'on l'appelait, et se mit à crier : «On y va!»

\*

Un conseiller au Parlement, dont les ancêtres, dit-on, avaient porté la livrée, parut devant M. de Harlay avec une culotte de velours rouge. Le magistrat s'en aperçut et lui dit : «Je ne suis point surpris de vous voir cet habillement cavalier; on aime les couleurs dans votre famille.»

\*

Un huissier, dans un placet qu'il présentait à M. de Harlay, se qualifiait de «membre du Parlement» : «Oui, dit le magistrat, comme un poil de cul est membre de mon corps.»

\*

Dans une affaire où un conseiller faisait son rapport, un tiers des juges causait, un tiers dormait, et l'autre tiers était assez attentif.

«Si messieurs qui causent, dit le premier président de Harlay, faisaient comme ceux qui dorment, messieurs qui écoutent pourraient entendre.»

\*

L'architecte Mansart sollicitait une place de conseiller pour son fils. M. de Harlay lui répondit : «Monsieur Mansard, ne mêlez point votre mortier avec le nôtre.»

\*

Faisant son rapport contre un sieur Hyver, qui contrariait les inclinations matrimoniales de sa pupille, le président de Harlay ne put résister au plaisir de commencer ainsi : «Le voilà ce grand hyver qui gela le feu le plus légitime.»

\*

M. Raquette, évêque d'Autun, avait une prononciation très affectée et des gestes maniérés lorsqu'il prêchait; un jour qu'il se plaignait à M. de Harlay que les officiers de justice d'Autun avaient quitté son sermon pour aller à la comédie, le président lui répondit : «Ces gens-là étaient de bien mauvais goût de vous quitter pour des comédiens de campagne.»

\*

Le comédien Baron le fils[1], dans une harangue qu'il adressait au nom de la Comédie-Française au président de Harlay pour le remercier après le gain d'un procès, dit : « Monseigneur, je viens ici de la part de notre compagnie pour vous rendre ses très humbles actions de grâces de la bonne justice que vous avez rendue.

— Monsieur Baron, rétorqua le premier président, je suis ravi que *notre troupe* ait trouvé l'occasion de faire plaisir à *votre compagnie.* »

\*

En 1703, le vieux duc de Gesvres, gouverneur de Paris, ayant eu fantaisie de se remarier, élut une jeune fille de quinze ans. Quelques jours après le mariage, étant allé voir M. de Harlay, celui-ci ne put s'empêcher de témoigner sa surprise. Le duc ayant répondu : « C'est l'envie d'avoir des enfants qui m'a poussé.

— Ma foi, monsieur, j'ai trop bonne opinion de madame la duchesse pour croire qu'elle en ait jamais »...

## HENRI III

Henri III, roi de Pologne, roi de France (1551-1589) : valeureux guerrier, il eut sa part aux victoires de Jarnac et de Montcontour. Entré dans un cabinet, au milieu d'un bal, il prit le premier linge venu pour s'essuyer le visage : c'était la chemise de Marie de Clèves, princesse de Condé, qu'elle venait de changer comme trop mouillée de sueur. Le duc d'Anjou, imprégné de ce fluide, devint amoureux à jamais de celle qui l'avait produit. Élu roi de Pologne, il était à Cracovie lorsqu'il apprit que la mort de son frère Charles IX le faisait roi de France : ce fut alors « une galopade furieuse de trente heures à travers les steppes galiciennes ». La première nouvelle qui l'accueillit fut la mort de Marie ; il ne s'en remit jamais, et la mollesse l'emporta désormais sur ses rêves de gloire. Pour autant, Léon Marlet écrit dans la *Grande Encyclopédie* : « Il n'y a aucune raison pour lui attribuer les mœurs honteuses qui, traditionnellement, sont l'indélébile

1. Michel Baron, qui avait été intime de son maître Molière. Lorsqu'il mourut, à la fin de l'année 1729, il avait plus de quatre-vingt-dix ans. Il avait cessé de jouer depuis peu. Le public, assistant à *Rodogune*, riait bien lorsque Mlle Balicourt disait « Approchez, mes enfants » en s'adressant à Mlle Duclos, qui avait plus de cinquante ans, et à Baron qui jouait encore Rodrigue à quatre-vingts ans.

stigmate du dernier des Valois. Les brocarts des Parisiens, recueillis par Pierre de L'Estoile dans son précieux *Journal*, sont le seul fondement connu de cette outrageante accusation, fondement bien peu sérieux, si l'on tient compte et de l'irrévérence habituelle de cette population à l'égard des gens au pouvoir, et de son engouement d'alors pour le duc Henri de Guise.» En revanche, il est attesté que le roi avait une chasse au renard tatouée dans le dos. Presque toute la France était pour le duc de Guise; seule restait fidèle au roi sa garde de gentilshommes, les Quarante-Cinq, qui assassinèrent le chef de la Ligue. Ensuite, le roi et Henri de Navarre marchèrent sur Paris. C'est durant le siège que Jacques Clément assassina le roi à Saint-Cloud. Le roi mourant fit jurer fidélité au nouveau souverain par ceux de son entourage, dont d'Épernon et Bellegarde.

Ce roi passa la nuit avec une illustre courtisane. Le lendemain, elle faisait l'entendue et disait à tout le monde qu'elle avait couché avec les dieux.

«Mais, lui dit quelqu'un, les dieux font-ils mieux que les hommes?

— Ils paient mieux, répondit-elle, mais ils ne font que cela. Patience, douze cents écus d'or sont bons.»

On raconte (mais les sources exclusivement pamphlétaires rendent l'histoire sujette à caution) que le roi le sut et que, quelques jours plus tard, il lui fit passer douze Suisses sur le corps en les faisant payer cinq sols chacun. «Cette fois-là, dit-il, elle pourra se vanter d'avoir été bien foutue et mal payée.»

### À propos d'Henri III

Les mignons dont le roi raffolait le plus étaient Anne de Joyeuse, seigneur d'Arques, Jean-Louis de Nogaret, plus tard duc d'Épernon, et Louis de Maugiron, marquis de Saint-Saphorin. «Ce nom de *mignon*, écrit Pierre de L'Estoile, commença, en 1576, à trotter par la bouche du peuple, auquel il était fort odieux, tant pour leurs façons de faire qui étaient badines et hautaines, que pour leurs fards et accoutrements efféminés et impudiques, mais surtout pour les dons immenses et les libéralités que leur faisait le roi, que le peuple avait opinion être la cause de sa ruine. Ces beaux mignons portaient leurs cheveux longuets, frisés et refrisés par artifices, remontant par-dessus leurs petits bonnets de velours, comme font les putains du bordeau, et leurs fraises de chemises de toiles d'atour empesées et longues de demi-pied, de façon qu'à voir leur tête dessus leur fraise, il semblait que ce fût le chef de saint Jean dans un plat.

Le reste de leur habillement fait de même; leurs exercices étaient de jouer, blasphémer, sauter, danser, volter, quereller et paillarder, et suivre le roi partout.»

Fier de cette royale amitié, Maugiron faisait avec les autres mignons toutes les insolences possibles. Ce fut bientôt l'occasion du duel, trois contre trois, au Marché aux chevaux, future place Royale, depuis place des Vosges. La querelle avait éclaté au Louvre, au sujet d'une dame douée de plus de beauté que de chasteté, entre Jacques de Levis, comte de Quelus et mignon du roi, et Charles de Balsac d'Entragues, dit «Entraguet», favori du duc de Guise. Ils se donnèrent rendez-vous pour le lendemain matin 27 avril 1578, à quatre heures, avec l'épée et le poignard pour toutes armes, et sans protection puisque ce devait être un combat à outrance. Maugiron, âgé de dix-huit ans, qui était l'un des seconds de Quelus âgé de vingt-quatre ans, et Schomberg, qui était l'un des seconds d'Entraguet, furent tués sur place. L'autre assistant d'Entraguet, Riberac, blessé à mort, fut porté chez lui, où il mourut le lendemain. Guy d'Arces de Livarot, assistant de Quelus, reçut un coup de pommeau d'épée sur la tête, tel qu'il resta pour mort, et dont il ne fut guéri qu'un mois après (il devait être tué en duel trois ans plus tard); Quélus, blessé de dix-neuf coups, mourut dans les bras d'Henri III, après avoir langui un mois.

«À la vérité, le roi portait à Maugiron et à lui [Quelus] une merveilleuse amitié, car il les baisa tous deux morts, fit tondre leurs têtes et emporter et serrer leurs blonds cheveux», écrit L'Estoile. Mais les mignons n'étaient guère appréciés à la Cour, et l'on vit ce distique circuler:

> Chacun dit que c'est grand dommage
> Qu'il n'y en est mort davantage.

Le roi fit élever à la mémoire de ses favoris de magnifiques tombeaux ornés de leurs statues en marbre, dans l'église de Saint-Paul, où il fit ensevelir peu après le corps d'un troisième mignon, Saint-Maigrin, tué le 21 juillet 1578 à onze heures du soir, en sortant du Louvre (il était le galant de la duchesse de Guise; «M. de Mayenne, qui n'entendait pas raillerie, le fit assassiner»).

Après que le roi eut tant fait pour ensevelir sous des mausolées de marbre ses mignons, un adversaire de ceux-ci, qui venait de tuer celui avec lequel il s'était battu en duel, dit pour exprimer sa prouesse : « Je viens de le tailler en marbre. »

Le mot fit fortune et, pendant longtemps, « taillé en marbre » fut synonyme de « tué en duel ». Les sépultures étaient placées dans le chœur, contre la clôture, à côté du maître-autel. Le peuple de Paris, tout acquis à la Ligue, et qui détestait le roi, ne désignait plus l'église Saint-Paul que comme « le sérail des Mignons ». Et pour désigner l'événement du duel, on parlait de « la Journée des pourceaux ».

## HENRI IV

Henri IV, roi de France et de Navarre (1553-1610) : ce chef huguenot se trouva être héritier du trône selon la loi dynastique, comme issu du sixième fils de Saint Louis. D'après Tallemant, « si ce prince fut né roi de France et roi paisible, apparemment ce n'eût pas été un grand personnage; il se fût noyé dans les voluptés, puisque malgré toutes ses traverses, il ne laissait pas, pour suivre ses plaisirs, d'abandonner ses plus importantes affaires [...]. Il n'était ni trop libéral ni trop reconnaissant. Il ne louait jamais les autres, et se vantait comme un Gascon. En récompense, on n'a jamais vu un prince plus humain ni qui aimât plus son peuple »; et d'ajouter : « Il était larron naturellement, il ne pouvait s'empêcher de prendre ce qu'il trouvait; mais il le renvoyait. Il disait que s'il n'eût été roi, il eût été pendu. » Il est vrai qu'il descendait des Vikings par sa mère. Il sut profiter du moment où la Ligue était divisée sur le choix d'un chef, après l'assassinat du duc de Guise. À la bataille d'Ivry, sa harangue est restée célèbre, lorsqu'il montra la plume blanche qui ornait son chapeau : « Enfants, si les cornettes vous manquent, voici le signe du ralliement; vous le trouverez toujours au chemin de la victoire et de l'honneur. » Plus tard, il disait simplement : « Je suis votre roi, vous êtes français, voilà l'ennemi ! » Ce fut un excellent général, et sa bravoure ne fut jamais mise en doute. Il était cependant ému avant la bataille, et « quand on venait lui dire que l'ennemi s'en venait, il lui prenait toujours une espèce de dévoiement ». Tournant cela en raillerie, il allait quelques instant à l'écart en disant : « Je m'en vais faire bon pour eux. »

Un seigneur attendit qu'Henri IV eût remporté plusieurs victoires pour décider de se joindre à lui. Il vint donc le trouver à la veille d'une bataille, et se mit à sa disposition. Le roi l'accueillit : « Venez donc, monsieur, et demain, si nous gagnons, vous serez des nôtres. »

\*

Ce roi rencontra un jour dans les appartements du Louvre un homme à l'extérieur commun qui lui était inconnu. Il lui demanda à qui il appartenait. L'autre, qui était un petit gentilhomme très fier de lui, répondit : «À moi-même.

— Eh bien votre maître est un sot», répliqua le roi.

\*

La Varenne, surintendant des postes, prenait un soin particulier à faire acheminer les multiples lettres d'amour que son maître, le bon roi Henri, adressait aux belles qu'il avait remarquées; avant de favoriser les plaisirs du monarque, il avait été au service de Catherine, sœur du roi, duchesse de Bar. Comme son emploi, chez cette princesse, était de piquer les viandes, elle lui dit, séjournant un jour à la Cour et voyant le service qu'il y faisait : «La Varenne, tu as plus gagné à porter les poulets de mon frère, qu'à piquer les miens.»

\*

Après avoir été très rétifs, les bourgeois de Chartres accueillirent par ces mots le bon roi Henri IV : «Sire, notre ville vous est soumise tant par le droit divin que romain.

— Eh bien, n'oubliez pas le droit canon.»

\*

Un couvent de moines n'était séparé d'un couvent de religieuses que par un mur mitoyen. «Ah! dit Henri IV, les batteurs sont bien près de la grange.»

\*

Bellegarde partagea avec Henri IV les faveurs de Gabrielle d'Estrées et celles de Mme de Verneuil. Le roi n'ignorait rien de ce partage, et il le tolérait. Le marquis de Choiseul-Praslin, capitaine des Gardes du corps, proposait de lui faire surprendre Bellegarde au lit avec Gabrielle (c'était pour empêcher que le roi l'épousât). Il fit donc lever Henri IV une nuit, à Fontainebleau, quand il sut que Bellegarde était dans la chambre de la royale maîtresse. Mais au moment de pousser la porte, le roi retint son capitaine des gardes : «Ah! cela la fâcherait trop»...

Henri IV n'avait pas été le premier à bénéficier des faveurs de Gabrielle d'Estrées («il n'en avait pas eu les gants», comme on disait alors). Il était même manifeste que M. de Bellegarde était passé avant lui. Or celui-ci était nommé « M. le Grand », à raison de la charge de grand écuyer qu'il occupait[1]. Et l'on racontait plus tard que si le fils naturel d'Henri IV et de Gabrielle d'Estrées s'appelait César (il s'agit de César de Vendôme), et non Alexandre, c'était parce que le roi avait eu peur que tout le monde à la Cour l'appelât « Alexandre le Grand ».

Avec Mme de Verneuil, les choses se passèrent autrement. Le roi arriva une nuit chez elle, demandant à souper, et comme il entrait dans la chambre de la belle, il aperçut Bellegarde qui disparaissait à la hâte sous le lit. Le roi affecta de ne rien voir, dîna très longuement, prit le temps d'être spirituel avant d'être empressé, et quand il eut tout bien fini, il jeta des prunes confites sous le lit en disant : « Il faut bien que tout le monde vive[2]... »

*

Quand on apprit au roi Henri IV que le duc de Guise[3] était amoureux de Mme de Verneuil sa favorite de longue date, il ne s'en tourmenta pas autrement, et dit en parlant des Guise : « Encore faut-il leur laisser le pain et les putains : on leur a ôté tant d'autres choses... »

*

Quand le roi vint à donner le collier de l'ordre du Saint-Esprit à M. de La Vieuville, et que celui-ci lui dit, selon l'usage prescrit :

« *Domine, non sum dignus...*

— Je le sais bien, je le sais bien, dit le roi, mais mon cousin de Nevers ne cessait de me tourmenter. »

C'est le descendant de ce personnage décoré qui, selon Chamfort, remporta un franc succès dans un dîner d'Anglais où, suivant l'usage, était portée la santé des dames. Milord B... avait dit : « Je bois au

---

1. C'était le titre donné à l'écuyer de la Grande Écurie; on appelait « M. le Premier » le premier écuyer de la Petite Écurie.

2. L'anecdote a été prêtée à François Ier et Mme d'Étampes, le premier maréchal de Brissac étant sous le lit.

3. Charles de Lorraine, 4e duc de Guise, et fils du Balafré. Enfermé dans le donjon de Tours lors de l'assassinat de son père, il s'en évada de manière rocambolesque (et aujourd'hui encore, la fameuse tour, qui subsiste sur les bords de la Loire, s'appelle « la tour de Guise »). Il rentra dans le devoir, servit brillamment dans les armées royales, alla mourir obscurément en Italie.

beau sexe des deux hémisphères.» Le marquis de La Vieuville ne put s'empêcher de dire : «Et moi, je bois aux deux hémisphères du beau sexe.»

*

De sa fenêtre, Henri IV aperçut un jour l'un de ses aumôniers qui entreprenait une dame avec beaucoup d'ardeur; il le fit appeler pour dire la messe. En ce temps, un jeûne sévère était prescrit avant le sacrifice de la sainte table, et l'aumônier vint dire au roi, pour s'excuser de ne pouvoir officier, qu'il venait de goûter des fruits.

«Oui, oui, dit le roi, je vous ai vu secouer l'arbre.»

*

La réputation d'intégrité de Sully, parvenue jusqu'à nous, aurait beaucoup diverti ses contemporains. Quand Henri IV le fit surintendant à la succession de Sancy, chassé pour ses privautés, Sully fit un inventaire de ses biens qu'il remit au roi, jurant qu'il ne voulait vivre que de ses appointements et profiter de l'épargne de son revenu, qui était alors modeste; «mais aussitôt, écrit Tallemant, il se mit à faire de grandes acquisitions, et tout le monde se moquait de son bel inventaire». Le roi lui-même n'était pas dupe. Un jour qu'il se trouvait sur un balcon du Louvre, et que Sully, l'ayant aperçu alors qu'il traversait la cour, voulut le saluer, il trébucha fortement et eut grand-peine à rétablir son équilibre. Le roi dit à ceux qui étaient près de lui : «Ne vous en étonnez pas : si le plus fort de mes Suisses avait autant de pots-de-vin dans la tête, il serait tombé tout de son long!»

*

M. de Noailles avait écrit sur le lit de Marguerite de Bourbon, comtesse de Clèves :

Nul heur, nul bien ne me contente,<br>Absent de ma divinité.

Henri IV ajouta de sa main :

N'appelez pas ainsi ma tante,<br>Elle aime trop l'humanité.

*

Après avoir secouru la ville de Cambrai, Henri IV passa par Amiens. Une délégation vint le haranguer en commençant par une kyrielle de : « Au très grand, bon, clément, magnanime... »
Le roi interrompit la liste : « Ajoutez aussi : très las. »

*

Quelqu'un du tiers état, posant un genou en terre pour haranguer Henri IV, son genou trouva une pierre pointue, qui lui fit si grand mal qu'il s'écria « Foutre ! »
Le roi lui dit en riant : « Voilà la meilleure chose que vous pussiez dire ; je ne veux point de harangue, cela gâterait le reste. »
On sait d'ailleurs que ce monarque s'impatientait lors des harangues. Et un jour qu'il constatait avoir beaucoup de cheveux blancs, il dit : « En vérité, ce sont les harangues que l'on m'a faites depuis mon avènement à la couronne qui m'ont fait blanchir comme vous voyez. »

*

Brantôme prétend que le connétable de Montmorency[1] ne savait pas lire, et que son seing n'était qu'une marque (mais d'Aubigné a dit le contraire).

---

1. Henri I$^{er}$ de Montmorency, comte de Damville (1534-1614), fut maréchal à trente-trois ans pour avoir servi Henri II durant la guerre civile. Détesté des protestants, qui répandaient sur lui les pires anecdotes, il faillit cependant être massacré lors de la Saint-Barthélemy, parce que la maison de Montmorency gênait les ambitions de la maison de Lorraine (les Montmorency étaient reconnus comme la plus ancienne famille noble de France – « après les Bourbons » précisaient-ils par courtoisie –, portant depuis 1327 le titre de « premiers barons de France »). Il incarna ensuite, au milieu des troubles, le type du grand gouverneur de province, en l'occurrence le Languedoc, presque indépendant du roi : son père possédait 600 fiefs... Henri IV le nomma connétable et lui donna plusieurs commandements pour l'éloigner de sa province. Il fut duc de Montmorency à la mort de son frère aîné. Il avait connu avec la jeune veuve Marie Stuart un roman d'amour, si bien que le deuil si bellement chanté par Ronsard (« Triste, marchiez par les longues allées / Du grand jardin de ce royal château... ») ne dura point. On racontait qu'il entretenait les rapports les plus intimes avec ses sœurs, ses tantes, ses cousines et ses nièces ; Tallemant ajoutait (tout en disant que ce n'était certainement pas vrai...) qu'il usait des mêmes libertés avec ses filles : « Il prenait la peine de percer luy-mesme le tonneau, avant de donner à boire à ses gendres. » Après cela, le connétable voulut à toute force être enterré en habit de capucin, et un gentilhomme nommé Montdragon lui dit : « Ma foi ! vous faites finement ; car si vous ne vous déguisez bien, vous n'entrerez jamais en paradis. »

Toujours est-il qu'Henri IV disait : «Tout peut me réussir par le moyen d'un connétable qui ne sait pas écrire, et d'un chancelier [Sillery] qui ignore le latin.»

## À propos d'Henri IV

Le prédécesseur d'Henri IV, Henri III, avait une immense distinction naturelle, et même Tallemant, qui ne l'aimait pas, décrit ainsi une scène où il venait de se vêtir du manteau royal pour recevoir un ambassadeur : «Il va dans la chambre de l'audience ; vous eussiez dit que c'était un dieu, tant il avait de majesté.» Le bon roi Henri IV n'avait quant à lui aucune allure. Mme de Simier, accoutumée à voir Henri III, dit quand elle vit Henri de Navarre couronné : «J'ai vu le roi, mais je n'ai pas vu Sa Majesté.»

\*

Le roi Henri IV, passant dans un village où il dut s'arrêter pour dîner, s'y retrouva avec un homme du lieu, aux allures de bon vivant, qui se trouva vis-à-vis de lui. Lorsque le roi lui eut demandé son nom, et que l'autre avoua s'appeler Gaillard, le roi ne put s'empêcher de dire qu'il y avait peu de différence entre *Gaillard* et *paillard*.

«C'est bien vrai, Sire, dit le villageois : n'y a que la table entre eux.»

Le roi, un instant étonné, finit par en rire, disant qu'il ne croyait pas devoir trouver un si grand esprit dans un si petit village.

\*

Le roi aimait de façon immodérée la plaisanterie. Se promenant un jour aux environs de Paris, il s'arrête, et se mettant la tête entre les jambes, il dit en regardant la ville : «Ah ! que de nids de cocus !»

Un seigneur, qui était un peu à l'écart, s'écria : «Sire, je vois le Louvre !»

\*

Quand le roi Henri connut pour la première fois la Fanuche, qu'on lui avait fait passer pour pucelle, il trouva le chemin assez frayé, et se mit à siffler.

« Que veut dire cela, lui demanda-t-elle ?

— C'est que j'appelle ceux qui ont passé par ici.

— Ah ! Piquez, piquez, dit-elle, vous les rattraperez bien. »

*

Henri IV demanda à François de Daillon, comte du Lude, une devise pour un portrait qu'il avait fait peindre, et qui le représentait tout armé en habit de guerre en compagnie de Mme de Beaufort, Gabrielle d'Estrées, alors sa maîtresse, fort dévêtue. M. de Daillon proposa : « Baisez-moi gendarme. »

*

Le père Coton, jésuite fin et rusé, avait fini par prendre un fort ascendant sur le roi ; et les protestants disaient : « Notre roi est assez bon prince, c'est dommage qu'il ait du Coton dans les oreilles. »

*

Un paysan distingué par Henri IV sur le champ de bataille, pour sa bravoure, péta d'émotion lorsque le roi le fit approcher. Une surprise indignée se peignait sur les visages des courtisans, lorsque le héros villageois, reprenant haleine dit : « Sire, il fallait bien que la roture sortît par quelque endroit. »

*

Lorsque Antoine de Bourbon, père d'Henri IV, fut tué au siège de Rouen, quelqu'un proposa cette épitaphe :

Amis français, le prince ici gisant
Vécut sans gloire et mourut en pissant.

## HENRIETTE D'ANGLETERRE

Charles II, le frère d'Henriette d'Angleterre, duchesse d'Orléans (1644-1670), se trouvait sur le trône d'Angleterre lorsqu'on fit épouser à cette princesse Philippe de France, frère de Louis XIV, malgré le peu d'intérêt qu'il éprouvait pour les dames. Par compensation, elle se fit remarquer à la Cour par une conduite licencieuse. La Palatine, qui lui succéda, écrit : « On disait que Monsieur était tellement aimé à la Cour et à Paris, que la politique exigeait que Monsieur eût quelque chose qui le préoccupât, afin qu'il ne songeât pas aux affaires d'État ; c'est pourquoi le roi a soutenu Madame dans ses galanteries afin de tracasser Monsieur ; je le tiens du roi lui-même.» Louis XIV utilisa en tout cas sa belle-sœur pour des combinaisons diplomatiques. Elle mourut jeune encore, et nos années de lycée se souviennent de *Madame se meurt... Madame est morte...*

*Quatrain à sa belle-mère Anne d'Autriche*
Laissez-moi trousser ma cotte
Comme vous fîtes autrefois ;
Et puis je serai dévote,
Quand je n'aurai plus mes mois.

## HEPBURN (Katharine)

Katharine Houghton Hepburn (1907-2003) était fille d'une riche héritière de la côte Est, qui se fit remarquer comme cofondatrice du planning familial après avoir eu six enfants, et d'un père qu'elle préférait, et qui élevait la progéniture dans le culte de l'accomplissement physique. Championne de patinage, grande golfeuse, elle plongeait aussi souvent qu'elle le pouvait dans l'océan glacé au bord duquel était situé le domaine familial du Connecticut. Elle fit ses études puis monta sur les planches. Broadway n'en faisait pas de cas, mais un envoyé de la RKO la remarqua. Ses premiers films furent des succès, tout comme sa manière de s'habiller dans la vie avec des chemises et des pantalons dépareillés, et l'absence de maquillage, pour se démarquer de la féminité exacerbée des stars du moment. Après un premier Oscar en 1933, elle revint au théâtre, persuadée qu'elle y trouverait le succès ; ce ne fut pas le cas. Elle eut une liaison avec John Ford, qu'elle influença. Sa longue intimité avec Howard Hughes, à l'époque où il enchaînait les exploits aéronautiques, défraya la chronique. Après avoir pris ses distances, elle répondit de nouveau aux sollicitations des studios et parvint à arracher davantage d'argent à Louis Mayer. Elle tourna neuf films avec Spencer Tracy : ils eurent une liaison qui serait restée secrète sans Hedda Hopper. Hepburn était athée convaincue ; Tracy, catholique, ne voulait pas divorcer. Elle le soigna durant ses dernières années ; le cœur brisé, elle refusa d'assister à son enterrement et de voir *Devine qui vient dîner*, leur dernier film. Elle reçut encore trois Oscars, en 1968, 1969 et en 1982. Elle ne prit jamais la peine de venir en chercher un seul.

Lors d'une séance de photographie pour le groupe des acteurs et actrices sous contrat de la MGM, Judy Garland arriva avec une robe à volants assez voyante. Katharine Hepburn, vêtue comme à son habitude d'une chemise et d'un pantalon désassortis, dit :

« Je savais que je serais mal habillée, et je savais que vous seriez mal habillée aussi. La seule différence, c'est que vous, vous avez pris le temps de l'être. »

\*

La réponse de Katharine Hepburn aux questions de la Commission des activités antiaméricaines est restée célèbre : « À l'époque de Mussolini, j'ai passé deux mois en Italie. Suis-je fasciste pour autant ? Je viens de lire un livre sur Staline. Suis-je pour autant communiste ? En outre, je dois avouer que j'ai une maison aux îles Vierges. Je serais curieuse de savoir ce que vous en concluez. »

### À propos de Katharine Hepburn

Le jeu de Katharine Hepburn au théâtre était d'une grande platitude. Cela fut vrai également au cinéma, lors de ses débuts. Pour son premier film, elle devait jouer avec John Barrymore, qui utilisait les moyens les plus variés, y compris les moins élégants, pour obtenir les faveurs de la jeune actrice. Un jour qu'il lui toucha les fesses pendant le tournage, elle lui dit : « Si vous faites encore ça, j'arrête de jouer.

— Je n'avais pas remarqué, ma chère, que vous aviez commencé », répliqua Barrymore.

\*

Un jour que Katharine Hepburn se disputait avec Cary Grant, celui-ci finit par lui dire, excédé : « Si vous continuez à m'indisposer, je raconterai partout que vous êtes la mère d'Audrey Hepburn. »

\*

Ses rapports avec les journalistes, qu'elle méprisait, étaient difficiles. Quand ils lui demandaient si elle était mariée, elle répondait qu'elle ne se souvenait pas ; un jour qu'on lui demanda si elle avait des enfants, elle répondit : « Oui : deux blancs et trois noirs. »

Elle refusait de donner des autographes, et par allusion à Catherine d'Aragon, on finit par la surnommer « Catherine d'Arrogance ».

## HERRIOT (Édouard)

Édouard Herriot (1872-1957), radical-socialiste, devint maire de Lyon en 1905, pour un demi-siècle. Souvent ministre, il favorisa les mesures anti-cléricales mais ne fut pas franc-maçon (il disait de la franc-maçonnerie que ce n'était qu'«une autre religion»). Il qualifiait l'idée de Dieu d'«agréable fond de décor», et se réjouissait que la crosse des évêques eût la forme d'un point d'interrogation. Ses réserves à l'égard du Front populaire lui firent abandonner la présidence du parti radical, où Daladier le remplaça pour aller à Munich. Président de la Chambre en 1940 lors de la remise des pleins pouvoirs à Pétain, il s'abstint. En août 1944, au moment où les Alliés approchaient de Paris, il accepta la proposition de Laval de réunir les Chambres pour restaurer la IIIᵉ République, mais les collaborationnistes l'empêchèrent. À la Libération, il retrouva la présidence de l'Assemblée. On lui fit des funérailles religieuses après sa volonté exprimée au cardinal Gerlier, qui lui avait administré l'extrême-onction; Mendès-France intervint auprès de Blanche Herriot pour qu'elle dissuadât le cardinal de célébrer les obsèques à la Primatiale Saint-Jean, et cela valut au maire de Lyon une cérémonie à la sauvette, dans la chapelle de l'hôpital. Sa mémoire est entretenue par un grand nombre de collèges qui portent son nom; sans doute n'est-ce pas en souvenir de cette phrase : «Le chapeau sur la tête, comme des Juifs à la synagogue, les champignons distillent leur venin» (*Dans la forêt normande*). C'est Herriot qui avait défini la culture comme «ce qui reste quand on a tout oublié», ce qu'a rectifié Gustave Thibon en disant que la vraie culture, c'est ce qui manque quand on a tout appris.

Après la victoire du Cartel des gauches aux élections de 1924, Édouard Herriot devint président du Conseil. Un certain laxisme en matière de politique financière ruina la confiance, la Bourse fit grise mine et l'économie en subit le contrecoup. Herriot imputera sa chute au « Mur de l'argent ».

Lorsque Caillaux, ministre des Finances dans le cabinet suivant, demanda, pour résoudre la crise financière, l'autorisation de recourir à des décrets-lois, Herriot dénonça une procédure qui portait atteinte à la prééminence du Parlement, et il disait de Caillaux : « Il ne suffit pas d'être chauve pour ressembler à Jules César. »

\*

Le 12 septembre 1948, le nom d'Antoine Pinay[1] parut pour la première fois sur une liste ministérielle. Il était secrétaire

---

1. Antoine Pinay (1891-1994), homme politique de la IVᵉ République, puis de la Vᵉ, fut le père du nouveau Franc 1960, qui restaura la confiance en matière monétaire.

d'État aux affaires économiques. Édouard Herriot interrogea :
«Qui est-ce?»

On lui décrivit le nouveau ministre, sans oublier son petit chapeau. «Je vois, dit Herriot. Ce doit être un malin : il s'est fait une tête d'électeur.»

*

Édouard Herriot dit un jour à Giraudoux, attaché d'ambassade qui se souciait surtout de sa carrière littéraire, malgré trente années aux Affaires étrangères : «Giraudoux, vous êtes le plus détaché des attachés.»

*

À l'époque où il était président du parti radical (ce qu'il fut pendant quarante ans...), Herriot dit, lors d'un discours : «Je lis, sur une enseigne du vieux Nice : *Restaurant ouvrier, cuisine bourgeoise*. C'est bien tout le programme de certains socialistes.»

C'est tout de même lui qui a inventé l'expression «Français moyen».

### À propos d'Édouard Herriot

Les premières expériences d'Herriot ministre remontent à la Première Guerre mondiale : il fut ministre des Transports et du Ravitaillement dans le cabinet Briand, ce qu'il sut être avec efficacité. Et on appelait Violette, son successeur qui ne brillait pas par sa compétence : «10° au-dessous d'Herriot.»

*

On racontait que la vie privée d'Édouard Herriot n'était pas exempte de reproches, malgré l'attitude qu'il affichait (spécialement ses mesures pour éviter l'affichage d'images dites «pornographiques» dans la ville de Lyon). Ainsi aimait-on à dire la contrepèterie : «Herriot buvait souvent devant les canuts.»

---

Sa carrière fut étiolée par une histoire de «ballets roses»; c'est que le «sage de Saint-Chamond» était connu pour aimer les très jeunes filles. Ce n'est guère honorable mais manifestement ça ne tue pas : il mourut à cent trois ans...

## HINNISDÄL (Thérèse d')

La comtesse Thérèse d'Hinnisdäl (1878-1959) compte parmi les diverses réalités dont Proust s'est inspiré pour sa duchesse de Guermantes, en marge de l'indétrônable comtesse de Chevigné. Celle qu'on nous présente comme une aristocrate fermée au monde moderne ouvrait en tout cas son château de Tilloloy, dans la Somme, à Cocteau pour lui permettre de passer des nuits discrètes avec Jean Marais, permissionnaire de 1940. Elle fut la maîtresse du grand Ramon Fernandez, qui fut pour elle un amour inoubliable, comme l'a évoqué le fils, Dominique Fernandez, dans un livre qui a beaucoup réduit la richesse du sujet (*Ramon*) par l'application de grilles de lecture convenues.

Jean Cocteau, pendant un difficile sevrage de drogue en 1925, écrivit *Les Enfants terribles* et se convertit au catholicisme sous l'influence des Maritain (l'abbé Mugnier définissait Cocteau comme « les vacances de Maritain »). À l'époque de cette conversion de Cocteau, et de beaucoup d'autres, Valéry disait : « La religion est fichue, si les hommes de lettres se mettent dedans. »

Thérèse d'Hinnisdäl commenta : « Jean Cocteau a fait la découverte de la religion comme il avait fait celle du cirque. »

## HOEY (Iris)

Comédienne anglaise qui acquit sa réputation au théâtre, Iris Hoey (1885-1979) tourna dans une vingtaine de films hollywoodiens entre 1920 et 1950. La presse parla surtout d'elle en 1907 quand Shirley Douglas Falcke, riche rejeton âgé de dix-huit ans, se tira une balle par amour pour elle dans une voiture publique. Elle lui redit son amour et il survécut.

Dans une réception, on demandait à Iris Hoey si elle connaissait l'acteur Eddie Roy, qui était la coqueluche du moment, et quel genre d'homme c'était. Elle répondit : « Je le connais fort bien et, d'ailleurs, il est ce soir des nôtres. Tenez, regardez dans ce coin du salon... Vous voyez deux hommes qui bavardent et dont l'un a l'air de s'ennuyer. Eh bien, l'autre, c'est Eddie Roy. »

## HOLLAND (lady)

> Élisabeth Vassall (1771-1845), fille d'un riche planteur de la Jamaïque, devint la femme de Henry Fox, baron Holland, qu'elle épousa après avoir dû divorcer de son premier mari, qu'elle trompait déjà avec le second. Son salon londonien fit sa réputation dans toute l'Europe. Elle était célèbre pour commander son mari, en privé ou en public, prescrivant l'heure à laquelle il devait aller au lit, sans compter l'ordre donné aux serviteurs d'emmener dans une autre pièce le fauteuil roulant du bonhomme quand il commençait à raconter une histoire qui ne plaisait pas à sa femme. Les Holland, grands admirateurs de Napoléon, envoyèrent livres et victuailles à Sainte-Hélène. Lady Holland introduisit le dahlia en Angleterre, après les vaines tentatives que d'autres avaient faites, et son mari, qui n'était pas rancunier, lui dédia un beau poème pour saluer la chose.

Charles Dickens venait de dire qu'il allait faire un voyage en Amérique. Lady Holland lui dit : «Mais pourquoi ne descendez-vous pas à Bristol pour voir ces gens de la troisième et de la quatrième classe, qui le feront aussi bien?»

## HOPE VERE (Marie)

> Marie Hope Vere, née Guillemin (†1937), descendante du maréchal Lannes, est la seconde épouse d'un lieutenant-colonel Hope Vere, descendant de Guillaume le Conquérant, dont elle divorça en 1905. Elle a donné son nom à une rue de Biarritz (où elle habitait une villa *Sancta Maria*), ce qui ne surprend pas si l'on songe qu'elle compte, aux alentours de 1900, parmi les cinquante-neuf maîtresses d'Édouard VII répertoriées par Anthony J. Camp dans *Royal Mistresses and Bastards : Fact and Fiction 1714-1936*.

Dans un salon parisien, en 1917, Mrs Hope Vere disait gracieusement à l'infant don Luis[1] : «Vous qui êtes une petite fripouille, monseigneur, un toqué, un déséquilibré, etc.»

---

1. Don Luis Fernando de Orleans y Borbón (1888-1945), arrière-petit-fils de Louis-Philippe, fut expulsé de France en 1924 pour trafic de drogue, si bien qu'Alphonse XIII lui retira son titre d'infant d'Espagne. Il s'établit à Lisbonne, et fut arrêté à la frontière espagnole déguisé en femme avec des marchandises de contrebande. En juillet 1930, on annonça son mariage avec Marie Say, fille du fondateur des raffineries de sucre, veuve du prince de Broglie, propriétaire du château de Chaumont. Il avait quarante et un ans, la fiancée soixante-douze... Le duc de Brissac, neveu de celle-ci, engagea en vain une action en justice pour empêcher le mariage, présentant sa

Et elle ajoutait, se tournant vers Paul Morand : « Je l'ai connu il était grand comme ça, je peux lui dire ses vérités. »

## HOPKINS (Miriam)

Ellen Miriam Hopkins (1902-1972), actrice américaine appréciée pour sa facilité à incarner les personnages les plus différents, avait pour ennemie jurée Bette Davis, qu'elle soupçonnait d'avoir une liaison avec son mari d'alors, Anatole Litvak. Bette Davis a raconté ensuite que c'était avec un immense plaisir que dans le film *L'Impossible amour* elle avait dû, conformément au script, violemment secouer le personnage joué par Miriam Hopkins.

Une chanteuse expliquait à Miriam Hopkins : « Vous savez, ma chère, j'ai assuré ma voix pour quarante mille dollars !
— Excellente idée ! Et qu'avez-vous fait avec l'argent ? »

## HOPPER (Hedda)

Elda Furry, plus tard Hedda Hopper (1885-1966), dansait à Broadway, mais Florenz Ziegfeld n'en voulut pas pour ses fameuses *Follies*, la qualifiant de « vache maladroite ». Elle eut davantage de succès avec DeWolf Hopper, chanteur qui la prit dans sa troupe et en fit sa cinquième femme. C'est alors qu'elle adopta son nom définitif : les quatre précédentes femmes de Hopper s'étaient (réellement) appelées Ella, Ida, Edna et Nella ; le prénom Elda était donc une source perpétuelle de confusions, et elle se rebaptisa Hedda après être allée consulter un numérologue. Elle tourna dans 120 films et, s'étant faite une réputation de colporteuse de ragots, le *Los Angeles Times* lui proposa, en 1938, de tenir une chronique sur les rumeurs hollywoodiennes. À l'époque du maccarthysme, elle désignait avec beaucoup de facilité ceux qui avaient des sympathies communistes. Elle racontait pourtant assez peu de sornettes – Howard Hughes, W.R. Hearst et John Edgar Hoover comptaient parmi ses sources. Entre mille indiscrétions, elle révéla la liaison entre Katharine Hepburn et Spencer Tracy, qui lui botta les fesses en public à l'occasion d'une rencontre dans un restaurant. Elle était si détestée qu'elle refusait de monter à bord d'un avion qu'il n'eût été d'abord inspecté par Hughes.

tante comme mentalement affaiblie. En 1935, don Luis fut de nouveau expulsé de France après avoir été pris dans une rafle de la brigade mondaine. Il finit par revenir à Paris, et les curieux peuvent aller se recueillir sur sa tombe, rue de la Pompe, en l'église du Cœur Immaculé de Marie.

Jane Mansfield était réputée pour n'être pas très intelligente ; elle avait décoré son bungalow de multiples miroirs : il y en avait dans toutes les pièces, et Hedda Hopper disait : « Ce n'est pas du tout ce que vous pensez... Cela lui simplifie la vie : ces miroirs réfléchissent pour elle. »

*

Joan Bennett envoya à Hedda Hopper, à l'occasion de la Saint-Valentin, un furet auquel était attaché cette carte : « Voulez-vous être ma Valentine ? Personne d'autre ne veut parce que je pue autant que vous. » Hedda garda le furet, qu'elle baptisa Joan.

*

Comme on évoquait devant George Ells la timidité de Hedda Hopper, il dit : « Oui, elle est timide comme une scie circulaire. »

*

Hedda Hopper demanda un jour à Mae West[1] comment elle était parvenue à en savoir autant sur les hommes. « Chérie, expliqua Mae West, j'ai suivi les cours du soir ! »

## HOUSSAYE (Arsène)

Arsène Housset, dit « Houssaye » (1815-1896), qui dans ses 120 livres a abordé tous les genres, prit part au mouvement qui précéda la révolution de 1848, présidant le banquet des étudiants. Peu après, et grâce à l'influence de Rachel, il fut appelé à la direction de la Comédie-Française où il fit preuve d'habileté, sans manquer de s'y enrichir (il accrut ensuite son patrimoine par des spéculations immobilières). Revenu de ses idées républicaines, il composa pour Rachel une cantate intitulée L'Empire, c'est la paix, et fut nommé en 1856 inspecteur général des musées de province. Il habitait, avenue de Friedland, un petit château de style troubadour, entouré d'un parc orné de fontaines et de grottes, et d'une vigne dans laquelle on célébrait des bacchanales. Viel-Castel y évoque une soirée,

---

1. Mary Jane West dite « Mae West » (1893-1980) fut célèbre à partir des années 1920 pour une sensualité qu'elle exposait un peu trop, selon les censeurs de Hollywood. Elle disait : « Je crois à la censure : j'ai fait fortune en dehors. » Quelqu'un lui disait un jour : « Bonté divine, comment avez-vous fait pour payer ce vison ? – Oh ! répondit-elle, ça n'a rien à voir avec la bonté divine. » Elle écrivait aussi des dialogues de cinéma, faits de larcins dans le travail des autres : après un film, George Raft a pu dire qu'elle avait « tout volé, à part les caméras ».

où se rencontrait «le monde le plus ébouriffant qui se puisse imaginer» : «Bien des gens qui entendraient parler d'un pareil dîner croiraient à quelque repas platonique assaisonné des saillies du plus bel esprit; hélas, combien ces gens-là seraient dans l'erreur! Tout ce monde se jalouse et se déteste en se tutoyant... Puis, cette troupe est sans cesse préoccupée de faire des mots qui seront demain répétés par les journaux. Aug. Brohan croit de bonne foi à la finesse de son esprit, elle pose et se donne beaucoup de mal pour être très ordinaire... Et toute cette bohème qui croasse ou grouille malgré les grands airs qu'elle affecte est à peine recouverte d'un léger vernis qui cache mal la qualité première.»

Émile Deschamps ne put arriver à l'Académie. Le nombre des suffrages amis décroissait à chaque élection. Cela fit dire à Arsène Houssaye : «Il va mourir d'une extinction de voix.»

*

Émile Deschanel, sévère universitaire, avait critiqué dans *Le Journal des débats* ce qu'il estimait être les approximations historiques de Houssaye dans son dernier livre. Celui-ci lui adressa une épigramme dont le dernier quatrain disait :

> Il va faire chanter victoire
> À ceux de l'Université.
> Il dit que j'invente l'histoire :
> Mais lui, qu'a-t-il donc inventé?

## HOUSTON (Samuel)

Samuel Houston (1793-1863 ), gouverneur du Tennessee, eut un duel avec un collègue du Congrès qui l'obligea à se réfugier au Texas, alors territoire mexicain. Il y devint l'un des chefs de la révolution américaine (Hollywood nous a montré les bons Américains et les cruels Mexicains, mais les premiers voulaient surtout renverser un État catholique qui interdisait l'esclavage). Santa-Anna battit les Américains à Fort Alamo, comme John Wayne l'a raconté, mais Sam Houston battit le général mexicain à la bataille de San Jacinto. Il fut ensuite président de la république du Texas, et présida la convention fondatrice de la Grande Loge de la République du Texas. Il se désolidarisa lorsque l'État décida de s'adjoindre aux Confédérés. La principale ville du Texas lui doit son nom.

Sur Thomas Jefferson Greene[1] : «Il a toutes les caractéristiques du chien, à l'exception de la loyauté.»

## HUGHES (Howard)

Howard Robard Hughes Jr (1905-1976) : ingénieur, Texan réactionnaire, industriel de génie, milliardaire, héros de l'aviation, producteur de cinéma, metteur en scène oscarisé, névropathe, hypocondriaque de légende, amant de dizaines de stars et de plusieurs centaines de starlettes. Il tourna *Hell's Angels*, resté célèbre pour ses combats aériens démesurés, et *The Outlaw*, qui eut maille à partir avec la censure (il avait dessiné lui-même le soutien-gorge de Jane Russell en tissu de parachute). Il fut propriétaire de la RKO et l'establishment hollywoodien s'efforça de lui casser les reins (Coppola, qui eut les mêmes déboires, y fait allusion dans son film *Tucker*); cela accentua l'antisémitisme de Hughes (il avait acheté les droits de *Queer People*, le roman des Graham, mais aucun acteur ne voulut s'engager dans l'aventure). Pilote, il établit des records de vitesse, et fonda la Hughes Aircraft Company, qui construisit le H-1, le *Constellation*, les chasseurs F, le premier missile autoguidé Hawk, des satellites espions, etc. Il s'empara de la TWA, que le pouvoir et les créanciers parvinrent à lui retirer; on voulut faire la même chose avec la Hughes Aircraft, mais il constitua le HH Medical Institute auquel il fit don de la société, désormais protégée par les lois sur le mécénat... Il parvint à racheter la moitié de Las Vegas à la mafia. Obsédé par l'hygiène et l'alimentation (il ne mangeait que certains petits pois dont il vérifiait le calibre avec sa règle à calcul), il mena à partir des années 1960 une vie de reclus, abruti par les drogues qu'il avait commencé à prendre après un accident d'avion. Rendu inaccessible par un entourage de mormons, il vivait en pyjama d'un hôtel à l'autre, refusant tout contact polluant avec l'extérieur, les pieds dans des boîtes de Kleenex. Il mourut pendant l'un de ses déplacements secrets, dans un avion au-dessus des États-Unis, et le FBI dut procéder à une identification. Sa fortune personnelle s'accroissait de 75 000 dollars toutes les heures. Il participa à certains complots des réfugiés cubains liés à l'assassinat de Kennedy, et c'est dans un immeuble qui lui appartenait qu'Oswald fut arrêté. C'est en fouillant dans son dossier, archivé chez l'un de ses conseillers, que les «plombiers» du Watergate furent pris sur le fait. De cette épopée, Scorsese a fait un pâle film.

De Hughes sur Clark Gable : «Ses oreilles lui donnent l'air d'un taxi aux portes ouvertes.» Déjà, au début de sa carrière, Hughes

---

1. Thomas Jefferson Greene (1802-1863) fut élu représentant en Caroline du Nord d'où il était originaire, puis en Floride, et au Texas (qui n'était pas encore un État américain); enfin il fut sénateur en Californie. Aventurier, il joua un rôle significatif dans l'armée des révolutionnaires texans qui combattaient les Mexicains; il émigra en Californie à l'époque de la ruée vers l'or, et compte parmi les fondateurs de l'Université de Californie.

avait refusé d'engager Gable pour tenir le premier rôle dans l'une de ses productions : «Il a de trop grandes oreilles et ses nichons sont trop petits.»

*

Parmi les représentants des autorités qui poursuivaient sans relâche H. Hughes pour affaiblir son empire, le sénateur Owen Brewster était particulièrement acharné. Dès que Hughes eut acheté la RKO, il proposa à Brewster un contrat à 300 dollars par semaine : «C'est le double du salaire habituel de départ, expliqua Hughes, mais vous êtes loin d'être un débutant : vous avez déjà largement démontré vos talents d'acteur.»

*

Howard Hughes et l'une de ses dernières conquêtes, la chanteuse Jane Greer, sortaient, main dans la main, d'une petite promenade dans un parc d'attractions sur la péninsule de Balboa. Il était une heure du matin et Hughes repartit déposer Jane Greer chez elle, à Hollywood. Lorsqu'ils ne furent plus très loin, il lui dit : «Fais-moi encore une faveur. J'aimerais que tu me chantes l'aria de *Madame Butterfly*.»

Jane crut qu'il plaisantait, mais il insista en se rapprochant d'elle : «Je t'en prie, chante *Un beau jour...*»

Alors, assise dans la Chevrolet cabossée de Hugues, Jane Greer, ex-chanteuse de big band, entonna l'aria douce-amère de Puccini sur l'amour perdu et l'espérance éternelle qu'il réapparaîtra. Lorsqu'ils furent arrivés devant la maison, Howard se pencha vers Jane pour ouvrir la portière, en lui disant : «C'est cela. À plus tard.»

## HUGO (Victor)

Ses *Odes* valurent à Victor Marie Hugo (1802-1885) d'être pensionné par Louis XVIII. Son épouse Adèle le trompa bientôt avec Sainte-Beuve, qui a raconté solennellement la chose dans *Volupté*. Hugo se consola avec Juliette Drouet qui l'appelait «Toto» (mais le grand homme conservait une correspondance d'Adèle avec Vacquerie, ornée de dessins significatifs, pour le cas où on viendrait l'ennuyer à cause de Juliette). Pair du royaume, il fit étouffer en 1844 le scandale lié à sa relation avec Léonie Biard : le roi adressa une grosse commande de tableaux au mari trompé, en échange de la fin du tapage. Élu à l'Assemblée constituante de 1848, Hugo y dénonça l'ordre moral et religieux. En juin, il approuva la répression des émeutes. Vexé de n'avoir pas été nommé ministre des Affaires étrangères par Louis-Napoléon, il s'exila dans les îles anglo-normandes, où il écrivit *Les Châtiments*, qui passèrent inaperçus. L'exilé faisait aussi tourner des tables et tracassait les soubrettes («À vingt ans, on est plus amoureux qu'autre chose; à soixante on est plus autre chose qu'amoureux»). *Les Misérables* lui assurèrent un immense succès dans la bourgeoisie qui s'était mise à lire, et la République l'accabla d'honneurs. Selon Huysmans, qui admirait ce «colosse libidineux», «il montait sur les omnibus pour y ramasser des petites filles avec lesquelles il se satisfaisait». À sa mort, on lui fit des funérailles nationales dans le «corbillard des pauvres», avec l'ornement d'un gros défilé militaire, après exposition du catafalque sous l'Arc de triomphe. Léon Bloy écrivit : «Tous les journalistes engendrés par la domesticité vont ameuter Paris pour le dernier camionnage de cette pourriture célèbre.» Le *Journal officiel* donna, sur trente-neuf colonnes, la liste des délégations ayant pris rang dans le cortège qui mena le corps au Panthéon. On y trouve la Bohème littéraire de Montmartre, la Société française contre la vivisection, le Pensionnat anticlérical de jeunes filles de Montreuil-sous-Bois, les Batteurs d'or, le Cercle des comptables, et la Société des Bénis-bouffe-Toujours. Léon Daudet, un familier, a rapporté les dernières paroles qu'il ait entendues : «Nous étions à table. Il se taisait farouchement, comme perdu dans un immense songe. Tout à coup, il a déclaré : *On ne m'a pas repassé de veau au jus!*»

Hugo, qui était convaincu d'être l'ornement de son siècle, ne supportait pas la critique. Barbey d'Aurevilly, pour améliorer le style du poète, lui avait conseillé, lors de la parution des *Misérables*, de renoncer à la langue française, «qui ne s'en plaindra pas», et d'écrire plutôt en allemand. Cela lui valut ces vers :

> Barbey d'Aurevilly, cuistre impur, fat vieilli,
> Et beaucoup plus barbet qu'il n'est d'Aurevilly.

*

Pour les mêmes raisons, le quatrain suivant fut décerné à Louis Veuillot :

> Ô Veuillot, face immonde encore plus que sinistre
> Laid à faire accoucher une ogresse vraiment,
> Lorsqu'on parle de toi et qu'on t'appelle cuistre,
> Istre est un ornement.

*

Sur le général Trochu :

> Participe passé du verbe *Tropchoir*, homme
> De toutes les vertus sans nombre dont la somme
> Est zéro, soldat brave, honnête ; pieux, nul,
> Bon canon, mais ayant un peu trop de recul[1].

*

Parlant d'Auguste Barthélemy, poète marseillais alors apprécié :
« Oui, les vers de Barthélemy sont de beaux vers, comme les sergents de ville sont de beaux hommes. »

*

On venait de faire l'éloge de Dupin à l'Institut ; Hugo dit : « Je savais qu'on pouvait l'acheter, mais j'ignorais qu'on pouvait le louer. »

*

Mme Dorval fut la grande actrice des drames romantiques. Elle n'était pas d'une grande beauté, mais elle avait du charme[2]. Ses succès auprès d'Alfred de Vigny, puis de Jules Sandeau, dans les années 1830, lui donnèrent de l'assurance. Elle se vantait

---

1. C'est l'occasion de rappeler que, à la fin de l'un de ses rapports, le général Trochu avait écrit : « Ce valeureux officier a survécu à sa mortelle blessure. » Cela me rappelle la déclaration d'assurance d'un cultivateur vue dans un dossier, qui se terminait en disant : « C'est alors que le cheval m'envoya un coup de pied mortel au derrière. »

2. Marie Thomase Delaunay, épouse Allan-Dorval, dite « Mme Dorval » (1798-1849), a été présentée comme la grande actrice de l'époque romantique ; elle connut en tout cas ce destin sombre qu'on affectionnait. Fille de comédiens, elle dit être « venue au monde sur les grands chemins ; [avoir] été bercée aux durs cahots de la charrette de Ragotin et n'[avoir] connu ni les jeux, ni les joies de l'enfance ». Jeune orpheline, trop jeune veuve, elle eut des débuts difficiles. Même après l'affirmation de sa célébrité elle alla de théâtre en théâtre, fit un passage sans succès à la Comédie-Française... Elle joua en 1831 la *Marion Delorme* de Victor Hugo, qui fit éclater de rire le public lorsqu'elle dut déclamer : « Ton amour m'a refait une virginité. » Sa fin d'existence fut longue et triste, tourmentée par les créanciers, frappée par une série de deuils et la paralysie de son second mari, Jean-Toussaint Merle, directeur de la Porte-Saint-Martin et ardent royaliste qu'on surnommait « le Merle blanc ». Après sa mort, on dut vendre son mobilier. On mit à part la Bible où la comédienne inscrivait à chaque page ses pensées douloureuses, et on l'envoya à Rachel en hommage ; la dame de compagnie de celle-ci rapporta l'ouvrage, au motif que sa maîtresse aurait préféré un souvenir de plus de valeur...

cependant un peu fort d'être jolie, et Victor Hugo finit par lui dire :
«Vous n'êtes pas jolie, madame, vous êtes pire.»

*

En septembre 1848, Hugo, élu député, relevait à propos d'un de ses collègues : «L'assemblée continue à s'égayer. Quand M. Joly est à la tribune, on dit sur les bancs de la droite : *Joly parle, Joly ment*[1].»

*

Sur Émile Zola : «Tant qu'il n'aura pas dépeint complètement un pot de chambre plein, il n'aura rien fait.»

*

Le maréchal de Mac-Mahon nourrissait certes le rêve de restaurer la monarchie par le moyen de son rôle éminent dans la République, mais il comptait sur un support électoral; sa loyauté à l'égard des institutions aussi bien que l'obstination inverse du comte de Chambord ne permirent pas une nouvelle restauration. Si elle avait eu lieu, Mac-Mahon aurait été en France ce que le général Monck avait été pour l'Angleterre.

On vit circuler ce quatrain, que l'on retrouve dans le *Portefeuille* de Hugo :

> Mac-Mahon, tant de fois vaincu,
> Es-tu donc avide de gloire
> Au point de jouer dans l'Histoire
> Le même rôle que Monck eut?

*

Avec l'âge, Mlle George, ancienne maîtresse de Napoléon, était devenue fort grosse. Lorsqu'elle incarna la Brinvilliers dans

---

1. Jacques François Joly (1790-1870) s'était distingué sous la Restauration par l'ardeur de ses opinions libérales. Après avoir soutenu la monarchie de Juillet, il s'en détacha et vota systématiquement avec les démocrates les plus radicaux à la Chambre. Il soutint toujours les mesures antireligieuses et se fit un champion de la nationalité des peuples. Après le coup d'État de 1851, il quitta la France.

*La Chambre ardente* de Bayard de Mélesville, son compagnon de scène qui jouait le bourreau, ne put la soulever.

Une voix du parterre lui cria : « Fais deux voyages ! »

Ce fut un éclat de rire général[1].

Lorsque, à la même époque, Mlle George vêtue d'une tunique qui laissait voir la naissance de sa poitrine, joua une pièce antique dans laquelle figurait un pachyderme des armées d'Hannibal, Victor Hugo hasarda ces vers :

> Un jour mademoiselle George
> Au public étala sa gorge,
> Et le public fut convaincu
> Que l'éléphant montrait son cul.

*

Les éditeurs de Victor Hugo donnèrent à la presse, à l'occasion de la publication des *Misérables*, un banquet à Bruxelles, qui fut annoncé le 14 septembre 1862 en ces termes : « Plus de cent cinquante personnes, sans distinction de couleur, ont été conviées à ce dîner fraternel. L'art n'a pas d'opinion – dit-on – et tous les écrivains, rouges, bleus, blancs ou verts, qui, au sein de nos tourmentes politiques, ont conservé intact le culte de l'idée et de la forme viendront s'asseoir autour de cette table, au centre de laquelle présidera le grand poète des temps modernes, le glorificateur du peuple militant et souffrant : Victor Hugo. » *Le Figaro* du 25 septembre 1862 donna un compte-rendu iconoclaste du banquet : « Entre la poire et le fromage, le Dieu a daigné se lever lui-même, et d'une voix peu

---

1. L'anecdote est parfois rapportée au sujet de Félix Taillade, petit et maigre, qui devait emporter dans les coulisses la volumineuse héroïne, Suzanne Lagier. Jules Claretie, racontant ses souvenirs d'enfance, décrivit Mlle Georges à Limoges en 1849 : « Je trouvais que cette dame qui apparaissait là, en robe de velours rouge, était vraiment un peu grosse. La vérité est qu'elle était énorme. » On jouait *Marie Tudor* ; à un certain moment, l'actrice devait tomber à genoux, mais quand il fallut se relever, la volumineuse femme n'y parvint pas : « Elle s'appuyait des mains sur les planches. Je la vois encore et, essoufflée, roulant des yeux effarés, demeurant là, immobile comme un taureau abattu. » L'enfant se prit à rire lorsqu'il vit des figurants s'approcher pour remettre cette masse sur pieds. « Ne te moque pas, lui dit son père, c'est Mlle Georges ! » « Je ne comprenais pas pourtant qu'il ne fallait point rire de cette grosse dame qui se relevait là, sous les applaudissements de toute une salle, et dont ma mère disait, en la regardant avec sa lorgnette : "La pauvre femme !... Elle pleure !" »

tremblante d'émotion, il a commencé par exprimer la crainte que la parole ne lui manquât. Après quoi il a tenu le crachoir pendant trois quarts d'heure montre en main. Il a parlé de tout en général, et en particulier de lui-même. Il n'a pas marchandé les compliments à la presse et moins encore les métaphores. Comptons : la presse est une légion ; la presse est une clarté ; la presse est le souffle même de l'homme ; la presse est un rayonnement ; la presse est un diamètre ; la presse est la nutrition du genre humain ; la presse est une locomotive ; la presse est une force ; la presse est un clairon ; la presse est un réveille-matin ; la presse est un avertissement ; la presse est un doigt indicateur ; la presse est un éblouissement... On a remarqué le soin avec lequel M. Victor Hugo s'arrangeait pour garder les atouts dans son jeu en écartant les rois. Toutefois, on s'accordait à le trouver moins heureux à la tourne qu'au temps où il se faisait faire pair de France[1]. »

La diatribe du journal déplut au principal intéressé, qui fit ces vers :

> Dans ce coin, les laquais, contre toute décence,
> Ont vidé leurs paniers d'ordure en sûreté.
> *Figaro*, dites-vous, un lieu de liberté !
> Vous voulez dire un lieu d'aisance.

*

Les quatre-vingts ans de Hugo furent célébrés par diverses manifestations. La première consista en un rassemblement sous les fenêtres de son hôtel particulier (aujourd'hui détruit), avenue Victor-Hugo qu'on avait d'ailleurs rebaptisé ainsi, en remplacement d'*avenue d'Eylau* l'année précédente. «Ce fut un interminable défilé

---

1. On sait que Hugo, comme sa mère, une Bretonne, fut très royaliste sous la Restauration (ensuite, il dira : «J'ai grandi »...). Louis XVIII l'avait pensionné ; Louis-Philippe l'appellera à la Chambre des pairs, en le qualifiant, par erreur ou courtoisie, «vicomte Hugo», parce que le bruit courait que le général Hugo, son père, avait été fait comte sous l'Empire (Victor était le benjamin, après Abel, militaire et historien, et Eugène, mort fou en 1837). Comme on fut dans l'incapacité de prouver l'authenticité du titre, la famille affirma que Joseph Bonaparte, un instant roi d'Espagne, avait anobli ce général de brigade en le faisant comte «Hugo de Cogolludo». On trouve seulement la trace d'une décoration (Léopold Hugo fait chevalier, puis commandeur de l'ordre royal d'Espagne en 1809).

d'hommes de lettres, d'hommes politiques et de badauds, écrit Léon Daudet. On distinguait le vieux debout, sous son vaste front, derrière la vitre, tenant son petit Georges par la main. En dépit de la température plutôt aigre, on ouvrit, l'espace d'une minute, et une formidable acclamation monta vers lui. Une délégation des enfants des écoles Ferry fut introduite et récita des vers de l'obscène Mendès, particulièrement qualifié pour exprimer la candeur puérile :

> Nous sommes les petits pinsons
> Les fauvettes au vol espiègle,
> Qui venons chanter nos chansons
> À l'aigle.

« Ce soir-là, après le repas, le cocher-poète Moore, ayant insisté pour être reçu, fut introduit auprès du maître. Très ému par les libations d'une si belle journée, il voulut réciter son compliment lui aussi, mais se contenta de projeter sur le tapis, au milieu de l'assistance effarée, trois ou quatre litres d'un vin violet, âcre et repris par le suc gastrique. Ce fut un beau scandale et une terrible odeur. »

Les festivités se terminèrent par un banquet à l'Hôtel Continental. Vint le moment de ces discours que l'époque affectionnait. Le dédicataire fit enfin ses remerciements : « Je vous remercie des toasts que vous venez de porter. Je suis ému, j'offre cette émotion à l'assemblée. Vous êtes tous ici mes confrères et ce mot dit tout, parce que dans *confrère*, il y a *frère*. »

### À propos de Victor Hugo

On sait que Hugo fit beaucoup de vers raboteux et qu'il abusait des chevilles. Parseval-Grandmaison entreprit cette parodie, parfois prêtée à Viennet :

> Où, ô Hugo ! Huchera-t-on ton nom ?
> Justice enfin rendu que ne t'a-t-on ?
> Quand à ce corps qu'académique on nomme,
> Grimperas-tu de roc en roc, rare homme ?

*

Dans son *Portefeuille*, Victor Hugo écrit : « Une femme disait l'autre jour à propos du dernier ouvrage de madame la duchesse d'Abrantès. "C'est fort bien, fort spirituel, fort charmant; mais pourtant elle aurait mieux fait de se tricoter quelque chose."»

## INGRES (Jean-Dominique)

Jean-Dominique Ingres (1780-1867) a été présenté comme le roc où vint se briser la vague romantique. Il refusait ce qui trouble les disciplines de la pensée et sa théorie l'exprimait sur un ton moral : « Le dessin, c'est la probité de l'art »; « l'art anticlassique n'est qu'un art de paresseux », etc. Mais il s'accordait davantage de liberté que David, le pur classique. Alors que celui-ci, dans son atelier, faisait cribler de boulettes par ses élèves *L'Embarquement pour Cythère*, Ingres se mettait en colère lorsqu'on parlait de manière désinvolte de Watteau devant lui. Il retrouva certaine douceur charnelle du XVIIIᵉ siècle, là où David avait célébré le culte farouche de l'énergie. Il a été le peintre de ce qu'aimait la bourgeoisie : le culte de la réalité, pimenté d'une secrète sensualité; cela éclaire « les emportements et les dépressions qui secouaient ce petit vieillard trapu, engoncé dans un col trop haut et une redingote trop longue » (Huyghe) et que le Second Empire pétrifia sous les honneurs. « Un soir, a raconté Anatole France, j'étais au Théâtre-Italien, place Ventadour. Entre un petit homme. Le rideau était levé depuis longtemps. Il cherche un fauteuil. Tous sont occupés. Il vient à moi, me frappe sur l'épaule : "Donnez-moi votre place, jeune homme. Je suis M. Ingres." Je me suis levé. Je l'ai salué avec émotion, et je me suis tenu, durant toute la soirée, debout et extasié à ses côtés. »

Comme on présentait à Ingres la toile d'un jeune espoir, représentant, au cœur d'une forêt majestueuse, une clairière baignée de façon idyllique par un rayon de soleil, il considéra longuement l'œuvre, et dit pour conclure : « Joli coin pour aller chier. »

*

On apprenait à Ingres la mort de son confrère Gérard : « Eh bien que le Bon Dieu l'absolve – s'il le peut. »

### À propos d'Ingres

Ingres jouait avec les canons classiques : il a ajouté quelques vertèbres à son odalisque pour obtenir un effet, transgressant la sacrosainte réalité physique des davidiens. Et il attaquait devant ses élèves les lois de l'anatomie, « cette science affreuse, cette horrible chose, à laquelle je ne peux penser sans dégoût ! », si bien que Préault (le sculpteur surtout resté célèbre pour avoir dit : « Tout

homme a dans son cœur un cochon qui sommeille ») déclara :
« Ingres est un Chinois égaré dans Athènes. »

## JAMES (Clive)

Clive James (né en 1939) : cet Australien installé en Angleterre, journaliste, écrivain, critique et présentateur de télévision, a résumé ainsi une soirée de danse contemporaine au Madison Square Garden : « Noureev et une ballerine sexy, mais endormie, essayèrent longuement de s'enlever leurs collants sans l'aide de leurs mains. »

Sur Marilyn Monroe : « Elle réussissait à avoir l'air parfaitement abstrait pour la même raison que les nains savent faire court. »

## JANIN (Jules)

Jules Janin (1804-1874) s'essaya au roman : ce fut *L'Âne mort et la Femme guillotinée*, biographie enjolivée de la première maîtresse de l'auteur. Quant à *Barnave*, les petits journaux racontaient que la préface, éloquente diatribe contre les Orléans, était d'Étienne Béquet, et que le meilleur chapitre, « Les Filles de Séjan », était de Félix Pyat. Janin se limita finalement à son feuilleton littéraire des *Débats*. Il citait toujours de travers et quelqu'un a dit qu'il avait « la passion de l'inexactitude ». Le vieux prince de Metternich, qui était propriétaire du cru estimé de Johannisberg, témoigna le désir d'avoir un autographe de Jules Janin, dont la renommée était considérable. Aussitôt celui-ci prit une feuille et y jeta ces mots, à transmettre au prince : *Reçu vingt-cinq bouteilles de Johannisberg, arrivées franco à mon domicile, rue de Tournon. – Paris, 15 septembre 1843 – Jules Janin.* Les vingt-cinq bouteilles furent envoyées à l'adresse indiquée. Sinon, le champagne était de Janin le carburant quotidien ; aussi termina-t-il dans les tortures de la goutte. Mais ce bon vivant ignorait la couleur du homard vivant, et l'on se gaussa beaucoup de sa métaphore : « Le homard, ce grand cardinal des mers. »

Rachel était issue d'un milieu modeste et peu éduqué au français (son père ne parlait que le yiddish) ; elle s'exprimait parfois encore de manière incorrecte. Un jour qu'elle disait à Jules Janin : « C'est moi que j'étais au Gymnase », celui-ci répondit : « Je le savions. »

## JARRY (Alfred)

Alfred Jarry (1873-1907) fut confronté au lycée de Rennes au professeur de physique Félix-Frédéric Hébert, normalien chahuté en raison de son obésité et de son ton sentencieux; ce sera le modèle d'Ubu. La pièce *Ubu roi* fit la célébrité de son créateur en ce début de XXᵉ siècle où toute nouveauté absurde paraissait bonne à prendre. Jarry mit même sa vie à contribution. Il empestait l'éther, logeait dans une sordide baraque dont il avait démoli l'escalier, si bien que ses rares amis devaient y accéder par une échelle qu'il lançait depuis la fenêtre du premier étage. Apollinaire l'a décrit vivant de côtelettes de mouton et de cornichons, le tout arrosé d'un mélange de vinaigre et d'absinthe qu'il liait par une goutte d'encre. On ne lui connaissait aucune aventure galante, et à sa grande amie Rachilde, qui voyait en lui un fondateur d'École, il confia (toujours en employant son fameux pluriel de majesté) : «Nous n'aimons pas les femmes du tout.» Sous-alimenté, il mourut à l'hôpital, exprimant le vœu d'être enterré avec son cure-dent.

Alfred Jarry, dans sa modeste masure du bord de la Seine, s'adonnait à la pêche, au canotage, et au tir au pistolet. Une voisine protesta : «Vous allez finir par tuer mes enfants!»

Avec le *nous* de majesté qu'il utilisait toujours pour parler de lui-même, Jarry répliqua : «Madame, si un tel malheur devait arriver, nous vous en ferions d'autres.»

### À propos d'Alfred Jarry

*Ubu roi*, le drame en cinq actes qui fit le succès d'Alfred Jarry, fut représenté la première fois au Théâtre de L'Œuvre en décembre 1896. Jules Renard a raconté dans son *Journal* que, dès le milieu du premier acte, on sentait que cela allait devenir sinistre. Et au fameux cri ubuesque de : «Merdre!», quelqu'un répondit dans la salle : «Manjre!»

Alors tout sombra... Le lendemain la critique fut impitoyable.

## JAURÈS (Jean)

Jean Jaurès (1859-1914) : cette icône républicaine s'illustra d'abord par ses diatribes contre les Juifs qui, «par l'usure, par l'infatigable activité commerciale et par l'abus des influences politiques, accaparent peu à peu la fortune, le commerce, les emplois lucratifs, les fonctions adminis-tratives, la puissance publique» (*La Dépêche* de Toulouse, 1ᵉʳ mai 1895). Dans un discours de 1898 au Tivoli Vaux-Hall, il dénonçait cette race

dévorée par la fièvre du gain et du prophétisme : «Nous savons bien
qu'elle manie avec une particulière habileté le mécanisme capitaliste,
mécanisme de rapine, de mensonge, de corruption et d'extorsion».
Jaurès s'apaisa, après avoir, selon Gustave Hervé, trouvé le financement
de son nouveau journal, *L'Humanité*, auprès de bailleurs de fonds juifs. Il
créa ensuite la Section française de l'Internationale ouvrière, restant résolument colonialiste et pacifiste, ce qui attisait la haine de Clemenceau et
de la droite. Léon Daudet écrit : «Collez-lui une peau de buffle, un ceintu-
ron de cuir, un verre dans la main, et vous avez un Roybet, caricature de
Franz Hals, un de ces guerriers qui ne se battent pas et attendent le
Grand Soir dans la cuisine, les bottes au feu, le ventre à table. Ces héros
du cassoulet et de la poule farcie lutinent en général une maritorne
blonde. Jaurès, lui, lutine la Sociale.» C'était un orateur extraordinaire, et
Mauriac eut bien raison de dire qu'il avait, «dans une seule phrase, mais
splendide», fait tenir l'essence de la patrie, en s'adressant aux ouvriers :
«Vous êtes attachés à ce sol par vos souvenirs et par vos espérances, par
vos morts et par vos enfants, par l'immobilité des tombes et par le tremblement des berceaux...» Raoul Villain, étudiant en égyptologie, assassina Jaurès en 1914, trois jours avant la guerre; il sera acquitté par le jury
des assises de la Seine, mais exécuté par des anarchistes, peut-être par
hasard, durant la guerre d'Espagne, à Ibiza.

De Jaurès sur Alexandre Ribot, président du Conseil, qui était de
grande taille : «On peut dire de M. Ribot ce que les Arabes disent
du cyprès : Il est long, noir et ne porte pas de fruits.»

\*

Lorsque Barthou fut ministre d'État dans le cabinet Ribot, il en
devint tout joyeux et ému, ce qui faisait dire de lui à Jaurès :
«Aujourd'hui Barthou n'a trahi que son émotion![1]»

\*

De Jaurès sur Briand (qu'il surnommait d'ailleurs «le polichinelle sinistre») : «C'est un chat qui sommeillait, on l'a réveillé
brusquement, il a juré, donné un coup de griffe puis s'est retourné
et rendormi.»

\*

De Jaurès sur Paul Doumer : «Je ne veux pas employer pour
M. Doumer le mot d'ambitieux, ce serait rabaisser l'ambition.»

---

1. Prêté également à Briand.

### À propos de Jean Jaurès

De Felix Fénéon, après avoir entendu Jaurès : «Le grand orateur est un homme qui n'a rien à dire, de même qu'en peinture le grand coloriste est un peintre qui ne sait pas dessiner.»

## JEANSON (Henri)

Henri Jeanson (1900-1970) était né rue Mouffetard, en ces temps heureux où la rue était une bonne école; il y débuta, vendant des savonnettes porte de Vincennes avec Julien Duvivier. Lorsque celui-ci devint régisseur à l'Odéon, Jeanson accéda au monde du théâtre. Sa verve et sa forme populaire d'esprit firent sa réputation. Avec l'avènement du cinéma parlant, on lui fit des ponts d'or comme dialoguiste (*Pépé le Moko*, *Hôtel du Nord*, *Boule de Suif*, *Carnet de Bal*, *Entrée des artistes*, etc.). Les années 1940 lui causèrent quelques ennuis avec l'occupant, qu'il éreintait. De son expérience à la Santé, il rapporta diverses observations, par exemple ce dialogue avec un codétenu, à qui il demandait, à l'automne 1940, pourquoi il était là : «Parce que j'ai vendu de l'or à la Gestapo. – Tiens! Et pourquoi t'ont-ils coffré? – Parce que c'était du cuivre.» Pour Jeanson, les ennuis se poursuivirent à la Libération avec le général de Gaulle, qu'il n'aimait pas du tout : il continua pendant plusieurs lustres à répandre ses pamphlets dans *Le Canard enchaîné*, *Le Crapouillot* et *L'Aurore*. On a parlé de «sa fabuleuse paresse, le travail au dernier moment, les mille prétextes qu'il inventait pour échapper à ses engagements; jusqu'à l'anecdote fameuse de la fuite dans le spider de la voiture d'un visiteur, pour que Julien Duvivier, dont il était l'hôte, et qui avait séquestré ses vêtements, ne pût pas lui arracher les scènes promises... Et, comme tous les paresseux, Henri Jeanson produisit énormément dans sa vie. Il appartenait à la grande race des seigneurs du temps perdu» (N. Frank et R. Régent). Quant à ses talents de chroniqueur, Jeanson fut l'auteur, juste après la guerre, de la plus courte critique connue, consacrée à la comédie musicale *Tout le monde chante* : «Ta gueule!»

On lui demandait ce qu'il pensait du film *Untel père et fils* (film français de Julien Duvivier, œuvre de propagande anti-allemande tournée en 1940 – le film sortira en France en 1945). Jeanson dit : «C'est un Pater et un navet.»

*

Au détour d'une conversation au sujet d'Edmond Sée, président du Comité de censure du cinéma : «M. Edmond Sée... Bien entendu : Sée, O, N...»

\*

À propos d'un producteur : « M. Richebé. Pauvre C. »

\*

De Henri Jeanson sur Henri Béraud : « Il pense peu, mais il écrit davantage. »

\*

Jeanson appelait Henri Chomette, cinéaste et frère de René Clair, « le Clair obscur ».

\*

Il était venu de Honfleur à Paris pour assister à la première d'une nouvelle pièce. À l'entracte, un confrère le vit sortir et demander son vestiaire.

« Comment, vous partez déjà ?

— Oui, j'ai vu le premier acte. Et comme je suis sûr que celui qui l'a écrit a aussi écrit les deux autres... »

\*

La gloire de Tino Rossi l'avait conduit au cinéma chantant malgré une voix qui manquait totalement de puissance. Jeanson dit : « Si j'avais une voix pareille, je me pendrais à mes cordes vocales. »

\*

Sur l'actrice Véra Korène, qui avait certain défaut d'élocution : « Elle est si mauvaise qu'elle se siffle elle-même en parlant. »

\*

Henri Jeanson n'aimait pas Lucien Guitry. Un jour que, jeune journaliste, il avait été envoyé pour l'interviewer, il sonna, vit l'acteur ouvrir la porte, et demanda : « Bonjour monsieur : je suis bien chez M. Sacha Guitry père ? »

\*

Sur Sacha Guitry, après qu'il eut joué le rôle de Talleyrand dans *Le Diable boiteux*, et faisant allusion au fameux mot de Napoléon, déjà rapporté : « Il ne lui manque que le bas de soie pour être un incomparable Talleyrand. »

*

Un médiocre auteur dramatique, qu'Henri Jeanson avait sévèrement étrillé, s'était livré à quelques voies de fait sur le critique à la terrasse d'un café. Un policier qui se trouvait là, intervint et demanda : « Voulez-vous porter plainte ?
— Oui, fit Jeanson : contre inconnu. »

*

Jeanson a fait justice de grand nombre de gloires officielles : « Jean Renoir possédait des toiles de son père. Il était sûr de ne jamais manquer de rien. Mais de là à vendre un Renoir pour pouvoir faire *Tire-au-flanc*... Il faut vraiment aimer le cinéma et ne pas aimer la peinture... »

*

En octobre 1942, on apprit que Derain venait d'offrir, chez un grand traiteur, le champagne à Arno Breker, sculpteur très prisé des autorités nationales-socialistes. On interrogeait Derain à ce sujet, lors d'un dîner chez un marchand de tableaux ; Derain se défendit : « Je ne vois Breker qu'aux réceptions officielles, jamais au-dehors. »
Jeanson, qui était là, remarqua que le peintre, d'habitude négligé et toujours maculé de quelques taches de peinture, arborait un veston aussi neuf qu'impeccable ; alors, palpant la belle étoffe : « Dites donc, Derain, maintenant les taches sont à l'intérieur ? »

*

Jeanson surnommait Abel Bonnard[1], écrivain, collaborateur et homosexuel : « Gestapette ».

---

1. On confond souvent Abel Bonnard et Abel Hermant ; il est vrai qu'ils étaient contemporains, également écrivains, également académiciens, également homosexuels, et ils furent également collaborateurs – et donc également épurés (de l'Académie française en particulier). On les appelait, du temps de leur splendeur : « les deux Belles ». Si le premier était devenu pour tout le monde, sous l'Occupation, « Gestapette », Robert de Montesquiou surnommait le second « Abel au bois d'Hermant ». Dans sa *Croisade des Longues figures*, où il attaquait les écrivains de la maison Gallimard, Henri Béraud, autre épuré, avait écrit : « M. Hermant me fit, dans *Le Temps* du

*

Armand Salacrou sut profiter d'une sorte de reconnaissance très officielle des milieux lettrés après l'Épuration. Il s'inquiéta un jour publiquement de la réputation de Marcel Achard; Jeanson lui répondit : «Je tiens à te donner tous apaisements : Marcel Achard n'a pas été plus collaborateur que tu n'as été résistant.» (Quelques années plus tard, Jeanson écrira dans *La Parisienne*, la revue de Roger Nimier : «La première pièce qu'on ait jouée à Paris pendant l'Occupation était une pièce de Salacrou. Les Allemands sont tout de même restés.»)

*

Sur l'ambigu Emmanuel d'Astier de La Vigerie, devenu ardemment de gauche (dans la mouvance gaulliste, ce qui lui donnera voix instituée à la télévision), après avoir été violemment antisémite jusqu'en 1945, Henri Jeanson disait : «C'est un marxiste de tendance Groucho.»

*

Il surnommait Maurice Schumann, gaulliste béat et ministre des Affaires étrangères du général de Gaulle, «le laquais d'Orsay».

*

Lors de la décoration, à la Libération, de Marthe Richard, espionne chargée de faire et défaire les lits de quelques officiers de l'état-major allemand : «En temps de paix, cela s'appelle de l'entôlage et c'est passible de correctionnelle; mais elle l'a fait en temps de guerre, et les mois de prison sont remplacés par la Légion d'honneur sans sursis.»

---

8 décembre dernier, compliment de mon physique. Il a, depuis lors, tourné ses regards vers les beaux hommes de La NRF. Je le dis sans façons, j'aime mieux ça.» Léon Daudet a raconté les débuts d'Abel Hermant : «Un seul livre d'Hermant, à l'époque où je parle, a fait scandale. Il s'appelait le *Cavalier Miserey* et il était, avouons-le, fort ennuyeux. Mais il eut la chance de tomber entre les mains d'un colonel plein de candeur et peut-être aussi de miséricorde, qui le fit brûler dans la cour du quartier. Ainsi fut lancé notre Bébel, à qui Alphonse Daudet dit un jour devant moi, avec une intonation paternelle, mais inoubliable : "Mon cher Hermant, quand donc me ferez-vous le plaisir de venir me voir sans avoir quelque chose à me demander?"»

*

Croisant un jour un critique qui venait de publier le compte-rendu sans ménagement d'un film dont Jeanson avait écrit les dialogues, il lui dit : « Votre papier ? Je l'ai lu d'un derrière distrait. »

### À propos d'Henri Jeanson

Fernand Ledoux avait convié Henri Jeanson à venir déjeuner à Villerville. Un malheureux hasard plaça un prêtre à côté de Jeanson qui, au moment de s'asseoir, lui dit : « J'aime mieux vous prévenir, j'ai horreur des curés !

— Moi aussi, dit simplement l'abbé : je suis vicaire. »

### JEROME (Jerome K)

Jerome Clapp Jerome, dit « Jerome K Jerome » (1859-1927), fils d'un propriétaire de mine de charbon, était né dans une famille aisée, bientôt ruinée. Contraint de quitter l'école à quatorze ans, il enchaîna les métiers variés : employé des chemins de fer chargé de ramasser le charbon perdu sur les voies, instituteur, acteur (il se vantait d'avoir joué tous les rôles dans *Hamlet*, sauf celui d'Ophélie). C'est avec *Trois Hommes dans un bateau* que la célébrité lui vint. Il voyagea puis, en 1914, s'engagea dans le conflit mondial comme ambulancier, parce qu'on le trouvait trop âgé pour combattre.

Selon Jerome K Jerome, « Il n'y a pas de bonheur parfait, comme dit l'homme quand sa belle-mère mourut et qu'on lui présenta la note des Pompes funèbres. »

### À propos de Jerome K Jerome

Un matin, Jerome K Jerome découvrit dans son journal qu'on y annonçait sa mort. Il connaissait bien le rédacteur en chef et décida aussitôt de l'appeler au téléphone pour lui donner une petite leçon : « Alors, John, vous avez lu l'annonce de ma mort, ce matin dans votre journal ? »

Il y eut un silence au bout du fil, puis : « Oui, mais... d'où m'appelez-vous ? »

## JOFFRE (maréchal)

Joseph Joffre (1852-1931), généralissime des armées françaises durant le première partie de la Grand Guerre, indifférent aux sacrifices humains, se contentait d'appliquer les doctrines du grand état-major sur l'offensive à outrance. En décembre 1916, alors qu'il n'avait jamais brillé, ayant seulement la vertu d'être franc-maçon et bon républicain, il fut limogé. Afin de déguiser le fait en pleine guerre, on le fit maréchal. Cocteau évoqua «ce gros caniche en bleu horizon qui s'est jeté à l'eau pour la France et qui regagne le bord avec un képi de maréchal entre les dents». Philippe Berthelot quant à lui prétendait que la générale Joffre répétait toute la journée à son mari en pleine guerre sauvage : «Tu devrais te mettre bien avec le gouvernement, c'est nécessaire pour arriver.» Il racontait aussi qu'à une conférence où il se trouvait assis à côté de Joffre, le général lui avait demandé à l'oreille : «Croyez-vous que je puisse donner du poing sur la table? – Mais certainement, il faut...» L'énorme poing du général s'abat comme l'éclair, la table bondit en l'air, tout le monde sursaute; il reste immobile et silencieux.

Le 3 septembre 1914, alors que les armées allemandes approchaient dangereusement, le gouvernement quitta Paris. Cocteau fit ce commentaire : «C'est l'ordure qui s'en va.»

Dans Paris, les commentaires sur cette fuite se multipliaient. Le gouvernement s'était réfugié à Bordeaux. On disait qu'à l'avenir, pour commémorer ce grand jour et ses fuyards, il faudrait instituer un banquet annuel, où l'on mettrait au menu du *tournedos à la bordelaise*, arrosé de *Château-Lafuite*.

Un peu plus tard, Poincaré alla trouver Joffre, et lui dit : «On prétend que ma popularité est moindre. Cependant c'est vous qui m'avez dit de partir pour Bordeaux.»

Réponse de Joffre : «Je vous ai dit de partir, mais non pas de foutre le camp.»

### À propos du maréchal Joffre

Joffre s'accordait souvent la liberté d'un petit somme lors des réunions sur la stratégie, et Clemenceau l'avait surnommé «Le sommeil d'Austerlitz».

Il avait un jour précisé à son sujet : «Il ne suffit pas d'un képi galonné pour transformer un imbécile en homme intelligent.»

## JOHNSON (Lyndon)

Sénateur du Texas (de Gaulle le qualifiera d'ailleurs de «cow-boy radical-socialiste»), puis président des États-Unis à la suite de l'assassinat de Kennedy (il existe une thèse récurrente, peu étayée, selon laquelle il aurait participé au complot), Lyndon Baines Johnson (1908-1973) fut réélu en 1964. Comme son prédécesseur, il était extrêmement attiré par les femmes. Lorsqu'il présidait la majorité démocrate au Sénat, il disposait d'une pièce au Capitole «pour la fesse». Lorsqu'on parlait des succès féminins de JFK, il se fâchait : «Nom de Dieu, j'ai eu plus de femmes par hasard qu'il n'en a eu en les cherchant.» Durant son mandat, les réformes en faveur des Noirs américains, voulues par les frères Kennedy, ont été promulguées. Son impopularité fut croissante à cause de la guerre du Vietnam.

Un représentant du lobby pétrolier texan était venu encourager Johnson au temps de sa carrière de sénateur : il s'engageait à verser une contribution de 10 000 dollars à sa prochaine campagne électorale s'il prenait telle mesure en sa faveur. Johnson s'indigna.

«50 000, dit le pétrolier qui améliora son offre.

— On ne parle pas à un sénateur de cette façon-là !

— 100 000, si vous préférez...»

Johnson mit alors l'importun dehors : «Ne remettez plus les pieds ici, espèce de petit salaud, vous vous approchez dangereusement de mon prix !»

\*

Comme on lui demandait pourquoi il conservait Hoover à la tête du FBI, il expliquait : «Je préfère avoir ce type dans ma tente, pissant dehors, que dehors, pissant dessus.»

\*

Souhaitant féliciter son conseiller pour les questions économiques, J. K. Galbraith, pour la qualité d'un discours que celui-ci avait conçu, il le fit en ces termes : «C'est bien, mais nous sommes les seuls à le penser ; avez-vous remarqué, Ken, que faire un discours sur des questions économiques ressemble beaucoup à se pisser contre la jambe ? ça procure une sensation de chaleur à celui qui le fait, mais à personne d'autre.»

\*

Au sujet d'un discours de Nixon : « Peut-être que je ne sais pas grand-chose, mais je suis capable de distinguer la salade au poulet et la merde de poulet. »

*

Johnson recevait un homme d'affaires à la Maison Blanche : « Vous savez, si je n'étais pas président, j'achèterais en bourse en ce moment.

— Vous avez raison, répondit le financier : si vous n'étiez pas président, je ferais la même chose[1]. »

*

De Lyndon Johnson sur son successeur Gerald Ford : « Gerry Ford est tellement bête qu'il n'est pas capable de péter et de mâcher un chewing-gum en même temps. »

Et encore : « Gerry Ford est un chic type, mais il a trop joué au football sans casque. »

## JOHNSON (Samuel)

Samuel Johnson (1709-1784) : polygraphe anglais, originaire du Staffordshire, cet anglican et conservateur convaincu est resté célèbre pour son *Dictionnaire de la langue anglaise* (1755), fait sur le modèle du dictionnaire de l'Académie française. Comme celui-ci avait mis quarante ans à être achevé par quarante académiciens, alors que Johnson fit seul le sien en neuf ans, il expliquait, en multipliant quarante par quarante, que « seize cent à un » était bien la proportion d'un Français à un Anglais... Atteint du syndrome de Tourette (comme Malraux), il était couvert de tics : Reynolds a peint ses « étranges gesticulations ». Il avait une nature dépressive, et était victime de crises d'angoisse qu'il prenait pour de la folie. Tout comme George III, il fut profondément perturbé par l'indépendance de l'Amérique et ses dernières années furent encore plus noires que les précédentes.

Au sujet d'un homme qui s'était remarié juste après la mort d'une désagréable épouse : « On peut dire de ce remariage qu'il est le triomphe de l'espoir sur l'expérience. »

*

---

1. On a prêté la même aventure à son prédécesseur Kennedy.

Comme il écoutait un violoncelliste : « Monsieur, vous dites que c'est difficile, mais je souhaiterais que ce fût impossible. »

*

Un romancier amateur avait adressé un manuscrit à Samuel Johnson. Celui-ci le lui retourna avec tant de rapidité que l'auteur lui reprocha de ne pas l'avoir lu en entier.

« C'est vrai, admit Johnson, mais je n'ai pas, non plus, besoin de manger un bœuf dans sa totalité pour me rendre compte qu'un bifteck est dur. »

*

Au sujet de Thomas Gray, poète anglais qui ornait beaucoup, « à l'antique », les sujets qu'il traitait : « Il était bête, mais d'une manière nouvelle, de sorte que beaucoup de gens ont pu le qualifier de *remarquable.* »

*

Johnson n'aimait pas les femmes savantes, et il faisait remarquer en substance qu'un homme préfère un bon rôti à une femme qui parle le grec...

Il dit un jour à Hannah More, écrivain et philanthrope : « Avant de prodiguer aussi libéralement la flatterie, demandez-vous un instant ce qu'elle vaut réellement. »

*

Au sujet de l'Écosse : « La Norvège aussi a de nobles paysages sauvages, et la Laponie est remarquable pour ses prodigieux horizons déserts. Mais, monsieur, laissez-moi vous le dire, la plus belle perspective qu'un Écossais ait jamais pu voir, c'est la grand-route qui va vers l'Angleterre. »

*

Célèbre médecin charlatan, le chevalier Taylor[1] parvint entre autres choses à tuer Bach et rendre aveugle Haendel.

---

1. John, chevalier Taylor (1703-1772) : fils de chirurgien, né à Norwich, il se présentait comme « ophtalmologiste pontifical, impérial et royal », sillonnant l'Europe

Samuel Johnson dit : « La vie de Taylor aura été la parfaite illustration de la manière dont l'impudence soutient l'ignorance. »

Cela n'empêchait pas le charlatan d'avoir de l'esprit. Comme il racontait les honneurs qu'il avait reçus des différentes cours de l'Europe, et les ordres dont il avait été décoré par un grand nombre de souverains, un membre du Parlement, qui se trouvait près de lui, observa qu'il n'avait pas nommé le roi de Prusse, et ajouta avec ironie, faisant allusion à la mort de Bach : « Je présume que ce monarque ne vous a jamais donné aucun ordre...

— Pardonnez-moi monsieur, reprit le chevalier Taylor, il m'a donné l'ordre de quitter ses États. »

\*

En 1747, Samuel Johnson avait adressé à Chesterfield, alors secrétaire d'État, un prospectus sur son dictionnaire. Il obtint audience, mais il fit longuement antichambre et vit des comédiens passer avant lui.

Peu après, il disait de Chesterfield : « Je pensais que cet homme était un aristocrate de la plaisanterie. Je découvre qu'il n'est qu'une plaisanterie parmi les aristocrates. »

---

dans un carrosse à six chevaux, recouvert de peintures anatomiques de l'œil, et de slogans (« Qui donne la vue donne la vie »). Franc-maçon, il se faisait reconnaître dès qu'il s'annonçait dans une cité ; les frères locaux lui organisaient une conférence devant les étudiants, et cela soutenait une réputation contre laquelle les chirurgiens s'efforçaient en vain de mettre en garde. Taylor voyageait sans cesse, comme tous les ophtalmologistes du temps qui savaient qu'après une opération l'amélioration de la vue ne durait pas. On reconnaît qu'il avait une certaine adresse pour *abaisser* la cataracte, mais il y eut des ratages. Dans son autobiographie, il vante son expérience, évoquant « une vaste variété d'animaux singuliers, tels que des dromadaires, des chameaux, etc., et en particulier à Leipzig, où un célèbre maître de musique, qui avait déjà atteint l'âge de quatre-vingt-huit ans, recouvra la vue par mes mains ; c'est par ce grand homme que le fameux Haendel fut informé, au sujet duquel j'ai pensé avoir obtenu le même succès, ayant toutes circonstances en sa faveur, mouvement de la pupille, lumière, etc., sinon qu'après avoir tiré le rideau, nous trouvâmes un fond d'œil défectueux, séquelle d'une paralysie antérieure ». La vérité est que Bach mourut âgé de soixante-cinq ans sans avoir recouvré la vue après l'intervention de Taylor, et que Haendel ne s'en remit pas... Quant à Taylor, la fin de sa vie baigne dans l'obscurité : on ne sait s'il mourut à Paris, ou dans un monastère près de Prague ; la légende veut qu'il soit mort aveugle...

## JOSEPH II

Joseph II, roi des Romains, empereur d'Allemagne (1741-1790) : on contrai-gnit cet enfant, incapable de rester en place, à un minimum d'instruction, dont on chargea Martini, rationaliste qui inculqua à son élève les idées des philosophes français; sa mère Marie-Thérèse lui reprochait de toujours «coqueter avec son esprit». Il entreprit de réorganiser ses États conformé-ment aux principes de la raison pure, ce qui était une gageure dans l'em-pire des Habsbourg, avec ses différences de races, de langues et de traditions. Il imposa une administration unique avec l'usage exclusif de la langue allemande. Il subordonna l'Église à l'État, abolit les ordres contem-platifs, réglementa la décoration des églises, interdit les expositions de reliques. Il proclama la tolérance religieuse pour quelques confessions, et priva de leurs enfants les déistes tchèques de Transylvanie qui refusaient d'entrer dans une des églises reconnues (nos philosophes approuvèrent, et Grimm écrivit en janvier 1782 : «Il n'y a aucune sorte d'autorité, aucune prérogative, aucun privilège, aucun droit quelconque, en un mot, que le clergé ne tienne uniquement de la volonté libre et arbitraire des princes de la terre»). Dans les Pays-Bas, les Flamands et les Brabançons prononcèrent la déchéance de l'empereur et leur indépendance. Joseph II décida de combattre les Turcs pour réaliser sa prétention de restaurer l'Empire grec, mais l'insubordination des Hongrois, qui ne le supportaient plus, empêcha tout succès. Il mourut au moment où de désastreuses nouvelles lui arri-vaient de partout. «Il est de toute évidence, écrivait l'ambassadeur Podevils au roi de Prusse, que Sa Majesté inspire une terreur panique aux gens, si bien que lorsque la Providence le rappellera à elle, il ne se trouvera personne pour le pleurer.»

Pressée de jouir de sa gloire, Catherine de Russie[1] voulut tout improviser, jusqu'à la civilisation. Avant sa mort, plusieurs des monuments de son règne semblaient déjà des débris : instituts,

---

1. Catherine II, impératrice de Russie (1729-1796), s'était signalée par sa galan-terie lorsqu'un complot de son amant Grégoire Orloff, jeune officier des gardes, détrôna son mari Pierre III, qui fut ensuite étranglé. Elle afficha sa douleur et Villebois dit : «On ne pouvait concevoir qu'il pût se trouver un si grand réservoir d'eau dans le cerveau d'une femme.» Elle plaça sur le trône de Pologne Stanislas Poniatowski, autre amant, dont elle annexa plus tard une partie du pays. Elle arracha aux Turcs divers ter-ritoires : Potemkine, nouvel amant, qui avait étendu la Russie au-delà du Caucase, organisa un voyage triomphal vers le sud où des figurants acclamaient l'Impératrice sous des arches qui indiquaient «C'est ici le chemin de Byzance», à l'époque où les philosophes français encourageaient la souveraine à chasser de Constantinople les musulmans. Catherine ne se gorgeait pas de littérature : elle dit un jour à un seigneur polonais : «Je peux vous dire, pour votre propre profit, qu'une seule promenade le long de mes parterres me donne plus de sagesse pour gouverner mes peuples que vingt gros livres.» Mais elle correspondait avec Voltaire qui l'accablait de flagorneries («C'est

manufactures, hôpitaux, canaux, forteresses, tout avait été commencé et abandonné sans être achevé. Cette manie de tout ébaucher sans rien finir fut raillée par Joseph II. Pendant son voyage en Tauride, elle avait invité l'empereur à poser la deuxième pierre de la ville d'Ecatherinoslaw, dont elle-même avait posé la première pierre en grande cérémonie. L'empereur d'Allemagne, de retour en Autriche, expliquait : «J'ai fini une grande affaire en un jour avec l'impératrice de Russie : elle a posé la première pierre d'une ville, et moi la dernière.»

*

Un étudiant en droit, enrôlé contre son gré dans les armées impériales, et se figurant que son titre devait lui servir d'exemption, s'avisa de présenter un placet à Joseph II, où il alléguait qu'étant sur le point de recevoir le bonnet de docteur, il se flattait d'être en état de rendre beaucoup plus de services à sa patrie comme gradué que comme soldat.

«Mon ami, lui dit l'empereur, vous n'ignorez pas, sans doute, que j'ai moi-même un procès de conséquence à terminer avec le roi de Prusse, et que je ne puis vider seul; qu'ainsi j'ai besoin de gens tels que vous pour me seconder dans cette affaire. Allez, voici douze ducats dont je vous fais présent; conduisez-vous bien, et je vous réponds de vous avancer.»

### À propos de Joseph II

Un jour de chasse, l'empereur Joseph II ne trouva que deux œufs durs à manger dans une ferme isolée. Pour ce maigre repas, le fermier demanda une forte somme que l'empereur paya, tout

---

du Nord aujourd'hui que nous vient la lumière») et lui soldait sa plume contre les musulmans. «La nouvelle Sémiramis du Nord», selon nos philosophes, régna de la manière la plus absolue, mais lucidement : «Je donne beaucoup d'autorité à ceux que j'emploie : si on s'en sert quelquefois dans mes gouvernements voisins des Persans, des Turcs et des Chinois, pour faire du mal, tant pis : je cherche à le savoir. Je sais bien qu'on se dit : *Dieu et l'Impératrice nous puniraient. Mais l'un est bien haut, et l'autre est bien loin.* Voilà les hommes, et je ne suis qu'une femme.» De mœurs dissolues mais infatigable au travail, elle aimait les fêtes et le faste, et l'on comprend que le prince de Ligne se soit plu à cette cour bigarrée («Quel mélange imposant que celui des riches costumes asiatiques ou militaires de plus de trente nations différentes»).

en faisant cette réflexion : «Eh bien, les œufs doivent être rares, ici.

— Non, Sire, ce sont les empereurs», dit le fermier sans être autrement désemparé.

*

On trouva un jour sur la porte d'un hôpital de fous que Joseph II avait fait construire à Vienne, cette inscription :

*Josephus ubique secundus,*
*Hic primus.*
(«Joseph, partout le Deuxième, est ici le Premier.»)

## JOUVET (Louis)

Louis Jouvet (1887-1951) avait vu son avenir de comédien compromis par trois échecs au concours d'entrée du Conservatoire. À partir de 1913, il parvint à jouer au Théâtre du Vieux-Colombier, chez Copeau, et entreprit de combattre son bégaiement par une diction syncopée, destinée à briser le courant de la phrase, ce qui devint une caractéristique de son ton. Chaque jour, passaient devant le théâtre deux jeunes Danoises : Jouvet épousa la première, et Copeau la seconde. En 1922, les deux amis se fâchèrent. Jouvet alla s'installer au Théâtre des Champs-Élysées, où il monta *Knock* de Jules Romains ; ce fut un triomphe. Sa grande rencontre fut ensuite celle de Giraudoux ; il dira : «Voici ce que je voudrais qu'on mît sur ma tombe : *Ci-gît Louis Jouvet, qui ne fit jamais nulle peine à Jean Giraudoux.*» Il enseigna de 1934 à 1941 au Conservatoire où, dans l'esprit du Vieux-Colombier, il professait la sobriété («Tous les gestes en dedans. Ça se verra mieux»). Au cinéma, entre deux prises, il faisait des mots croisés sans crayon, pour entretenir sa mémoire d'acteur de théâtre. Il reprit en 1945 le Théâtre de l'Athénée. Il fit un infarctus lors d'une répétition, et mourut peu après ; son souhait avait presque été réalisé : «Je rêve de mourir en scène, au milieu d'une réplique... De préférence à la fin de la représentation, pour qu'on n'ait pas à rembourser.» Il a dit un certain nombre de choses faussement superficielles, par exemple que le sein de Dorine est un accessoire métaphysique. Pour le reste, il avait emprunté à Verlaine sa devise : «Ce qu'il nous faut, c'est du pain et être inquiet.»

Une script-girl, surnommée Chiffon, était tombée amoureuse de Jouvet. Elle avait une carrure impressionnante, des jambes de gladiateur, des épaules de terrassier, et pourtant une poitrine fort plate. «Une vraie cariatide! disait Carlos Rim à Jouvet pour s'en moquer...

— Oui répondit l'acteur, mais elle ne devrait jamais sortir sans son balcon.»

*

Peu avant la Première Guerre mondiale, la scène parisienne était dominée par le Théâtre du Vieux-Colombier. Cet établissement avait ouvert ses portes sous l'impulsion de Jacques Copeau, critique littéraire et codirecteur de La NRF, qui avait décidé de s'intéresser à la mise en scène. Adepte du dépouillement, Copeau avait supprimé les accessoires. Il faisait jouer les comédiens devant un rideau gris-vert, en expliquant que les spectateurs «verraient mieux les mots qu'ils entendaient». Un jour Copeau, rompant quelque peu avec sa doctrine monacale, ajouta un petit paravent pour une pièce de Jules Romains. Jouvet le remarqua en passant, et dit : «Alors quoi, c'est le Châtelet, maintenant!»

*

Jouvet, devenu professeur au Conservatoire en 1934, prônait l'exactitude du ton, mais ne respectait pas la ponctualité des heures de classe, ce qui fâchait le directeur. Un jour, en arrivant, il jeta un regard froid à la pendule qui indiquait dix heures dix. Il tira une montre de son gilet, la regarda, et décréta au grand amusement des élèves : «Il n'est que dix heures!»

Puis il ajouta de son ton inimitable : «C'est très curieux, oui, très curieux, de voir une pendule avancer de dix minutes dans une institution qui retarde d'un siècle»...

*

Il auditionnait une débutante. Elle se mit à déclamer avec beaucoup d'exagération, et quand elle s'exclama, en suivant son texte : «Ah!... Où suis-je?», Jouvet répondit : «Au Conservatoire, mais pas pour longtemps.»

*

Quand il tournait, en 1938, *Éducation de prince*, le film tiré de la pièce de Maurice Donnay, Louis Jouvet disait à son partenaire

Robert Lynen : « Tu es mauvais comme une vache, dans ton rôle !
Tu le sais, que tu es mauvais comme une vache ?

— Oh ! oui, reconnaissait volontiers le jeune acteur, mais je
m'en moque. Le cinéma, ça ne m'amuse pas. Moi, ce que j'aime,
c'est le camping.

— Même pour faire du camping, expliqua Jouvet, il faut parler correctement. Ou alors, ce n'est plus du camping, c'est du
bivouac. »

*

Jouvet et Michel Simon ne s'entendaient pas bien – il est vrai
que presque tout les opposait. Au début du tournage de *Drôle de
drame*, de Marcel Carné, Michel Simon voulut détendre l'atmosphère ; il s'approcha de Jouvet et lui dit : « Votre rôle est admirable.

— Je sais : j'ai refusé le vôtre. »

*

Jouvet venait de jouer *L'École des femmes* dans un théâtre de
Genève. Un spectateur aussi fâcheux qu'enthousiaste fit irruption
dans sa loge : « J'étais déjà au premier rang à New York, quand
vous avez joué la pièce au French Institute. Je me suis réjoui d'être
encore au premier rang quand vous l'avez jouée à Paris, puis à
Zurich. Et croyez-moi, ce soir encore, j'étais au premier rang pour
vous applaudir... »
Alors Jouvet, froidement : « Sourd ou myope ? »

*

Une jeune comédienne, admirative, dit à Jouvet qui n'était plus
tout jeune : « Ah ! quelle pétulance !

— Mais, mademoiselle, qui donc vous autorise à me tutoyer ? »

*

Jouvet ne lâchait pas ses confrères. Julien Bertheau, qui lui donnait la réplique dans *L'École des femmes*, s'est amèrement plaint du
fait qu'il n'avait jamais pu lire la fameuse lettre d'Agnès sans
entendre Jouvet lui dire entre les dents : « Plus vite, plus vite, tu les
emmerdes ! »

### À *propos de Louis Jouvet*

Audition au Conservatoire avec le jeune François Périer[1] dans le rôle de Scapin. Après la tirade, silence glacial. Puis Jouvet : «Si Molière t'entend, il doit se retourner dans sa tombe!»

François Périer ne se démonte pas : «Eh bien comme ça il est à l'endroit, puisque vous avez joué hier dans *L'École des femmes.*»

*

Un soir que, dans les coulisses d'un théâtre, Jouvet bavardait avec un machiniste du Midi, celui-ci prétendit avoir lui-même été comédien dans sa province d'origine, où il avait tenu le rôle de «Amelette».

«Compliments!» dit Jouvet. Et pour railler son interlocuteur, il ajouta : «Et que pensez-vous des liens unissant Hamlet à Ophélie? Croyez-vous qu'il entretenait avec elle des rapports – comment dirais-je? – ... des rapports coupables?»

Le machiniste acteur eut le dernier mot : «Amelette, ça, je ne sais pas. Mais moi, oui.»

## JOYCE (James)

> James Joyce (1882-1941) : l'autre géant de la littérature du XXᵉ siècle, avec Proust et Musil. Il a passé l'essentiel de sa vie loin de son pays natal, qu'il savait même injurier, et il a beaucoup blasphémé; mais il est resté profondément attaché à l'Irlande et au catholicisme. Il suivait toujours scrupuleusement les offices de la semaine sainte dans son missel, et Alessandro Francini Bruni a dit qu'il valait mieux ne pas chercher à l'approcher durant les jours de la Passion. Joyce, qui tentait de gagner sa vie en enseignant l'anglais, éprouva surtout des difficultés d'argent lorsque sa mécène, Mrs McCormick, lui coupa les vivres parce qu'il refusait de se faire psychanalyser. Il passa vingt ans à Paris, et y participa à la traduction d'*Ulysse*, publié en France en 1922 (les éditions anglo-saxonnes paraîtront quinze ans plus tard). Outre l'irrépressible sentiment de l'Irlande maintenue à distance, il aura toujours la nostalgie de la Trieste de l'Empire austro-hongrois, où il avait vécu avant la Première Guerre mondiale. Sa fille Lucia était atteinte de graves désordres mentaux. Elle ne voulut

---

1. C'est à ce même François Périer qu'arriva cette aventure : il se trouvait dans le Beaujolais juste après le passage du film *Gervaise* à la télévision. Un paysan lui dit : «Eh bien, vous! je vous ai vu hier dans le film! Vous en teniez une sévère!»

jamais croire que son père était mort après qu'on lui eut appris la nouvelle, disant simplement : «C'est encore une de ses ruses!» Certains ont
dit qu'il avait fait beaucoup de mal à la littérature parce que, après lui,
quantité de gens médiocres se sont crus autorisés à déstructurer la langue
pour ne rien dire. Ezra Pound avait peut-être raison d'interpréter *Ulysse*
comme une fin, y compris pour Joyce lui-même. Encore faut-il relever
que, après la parution du sibyllin *Finnegans Wake*, l'*Osservatore Romano*
loua Joyce «d'avoir dépassé le naturalisme en le portant à ses extrêmes
limites [c'est le moins qu'on puisse dire...] et d'avoir ainsi, avec *Work In
Progress*, rendu un nouvel élan à un art proprement spirituel».

Joyce détestait les monuments commémoratifs. Un jour que
Valery Larbaud et lui passaient en taxi à proximité de l'Arc de
triomphe, le premier se demanda : «Combien de temps peut-on
imaginer que cette flamme éternelle brûlera?»

Joyce répondit froidement : «Jusqu'au moment où le Soldat
inconnu se relèvera de dégoût et viendra l'éteindre![1]»

                                        *

Joyce s'intéressait beaucoup aux Juifs, à qui il attribuait un destin parallèle à celui des Irlandais (d'où le Bloom d'*Ulysse*) : il les
trouvait également impulsifs, imaginatifs, habitués à penser en
commun et désireux d'une discipline rationnelle malgré leur
désordre vital. Cela étant, il savait peu de choses du sionisme qui
se répandait alors chez les Juifs d'Europe, et un jour que Weiss parlait de la possibilité d'un État juif, Joyce dit sèchement : «C'est très
bien, mais croyez-moi, un vaisseau de guerre avec un capitaine
nommé Kanalgitter et son adjoint nommé Afterduft serait la chose
la plus drôle qu'eût jamais vue la vieille Méditerranée.»

### À propos de James Joyce

Buckley était un soldat irlandais qui pendant la guerre de Crimée
mit en joue un général russe, mais voyant ses splendides épaulettes
et ses décorations, il ne put se résoudre à tirer. Au bout d'un
moment, poussé par le devoir, il reprit son fusil, mais le général

---

1. En vérité la flamme fut éteinte un bref instant lorsqu'un soldat américain ivre
urina dessus, à l'époque de la présence des troupes de l'OTAN en France. Peu après,
en 1958, un Parisien fut poursuivi pour violation de sépulture après avoir fait frire ses
œufs sur la flamme.

venait de poser culotte. À la vue de l'ennemi sans défense, Buckley laissa retomber son fusil. Mais quand le général se prépara à achever l'opération avec une touffe d'herbe, Buckley perdit tout respect et tira.

Joyce aimait cette histoire qu'il souhaitait utiliser dans son œuvre, mais il ne savait pas comment l'interpréter. Un jour à Paris il la raconta à Samuel Beckett qui, au passage de la touffe d'herbe, lança : « C'était mérité : encore une insulte à l'Irlande ! »

## KARR (Alphonse)

Alphonse Karr (1808-1890), après qu'il eut donné une série de romans appréciés du public, passa plusieurs saisons sur la côte normande, ce qui répandit parmi les artistes le goût de ces sortes de villégiatures. En 1839, il fonda le mensuel *Les Guêpes*, dont les «bourdonnements» satiriques furent interrompus en 1848. Candidat malheureux à l'Assemblée constituante, Karr fonda une feuille destinée à soutenir la politique de Cavaignac, qui ne survécut pas au dictateur. En 1852, il reprit ses bourdonnements au *Siècle*. Un peu après l'annexion de la ville de Nice, il alla s'y établir comme fleuriste. Cette fois, il lança la Côte d'Azur (même si c'est Stéphen Liégeard, le modèle du «sous-préfet aux champs», qui inventa le nom). Karr est l'auteur de diverses formules restées fameuses, par exemple : «1. La peine de mort est abolie ; 2. Que Messieurs les assassins commencent», ou encore : «Plus ça change, plus c'est la même chose», dont il faut rapprocher sa remarque selon laquelle «les Français aiment le changement, mais ils n'aiment pas les nouveautés» (à moins que ce ne soit l'inverse...). Dans une lettre *À un ministre de l'Avenir*, il a écrit : «En 1848, ça ne suffisait pas de se dire républicain, il fallait aussi être *ouvrier*. On n'avait pas encore inventé le terme de *travailleurs* pour les ouvriers qui ne travaillent pas.» On lit aussi : «Le nombre des écrivains est déjà innombrable et ira toujours en croissant, parce que c'est le seul métier, avec l'art de gouverner, qu'on ose faire sans l'avoir appris.» Bref, Karr pourra toujours survivre dans les recueils de citations. Ce sera plus difficile pour sa fille, qui publia plusieurs petits livres d'apologétique catholique.

Sur les discours humanitaires qui se bousculaient alors dans la bouche des représentants du peuple : « Les discours au peuple sont de longues tartines, mais sous ces tartines il n'y a pas de pain. »

*

Sur un pêcheur d'Étretat qui avait essayé de se pendre plusieurs fois : « Tout pêcheur qui se repend est sûr d'être sauvé. »

*

En 1840, on parlait de l'intimité de Victor Cousin avec Louise Collet[1] qu'on soupçonnait d'être enceinte : « Ce sera une piqûre de cousin ! » dit Alphonse Karr.

La muse irritée s'arma d'un couteau de cuisine pour venger son honneur : elle voulut frapper le diffamateur dans la rue, mais son bras faiblit. Karr ramassa l'arme et l'exposa chez lui avec cette étiquette : *Donné à M. Alphonse Karr, dans le dos.*

Et il se répandait en disant : « Cette mauvaise ménagère a réussi à dépareiller une douzaine de couteaux pour rien. »

*

Alphonse Karr, sur la musique de Berlioz : « C'est sans mélodie, comme une perdrix aux choux qui ne se composerait que de choux. »

Par parenthèse, ce n'était pas le jugement de Mme Lebrun, bonne cantatrice de l'Opéra sous le Second Empire, dont il est vrai le langage déconcertait un peu. On raconte qu'après l'exécution de la première *Messe solennelle* de Berlioz, elle alla féliciter le compositeur par ces mots : « Foutre, mon cher enfant, voilà un *O Salutaris* qui n'est point piqué des vers, et je défie tous ces petits bougres des classes de contrepoint du Conservatoire d'écrire un morceau aussi bien ficelé et aussi crânement religieux. »

### À propos d'Alphonse Karr

Vers 1830, Juliette Drouet, qui n'était pas encore la maîtresse de Victor Hugo, servait de modèle à son amant, le sculpteur James Pradier, à l'époque où il faisait la statue de la Ville de Strasbourg qui se trouve aujourd'hui place de la Concorde. Lors de l'une des

---

1. C'est à Louise Collet qu'Anatole France, qui ne reculait devant rien, dit dans un salon : « Savez-vous, madame, qu'on a retrouvé les bras de la Vénus de Milo ? – Mais où donc, monsieur ? – Dans vos manches, madame ! » Et c'est à elle que Barbey d'Aurevilly reprochait « la provocation lâche et fanfaronnée d'une femme qui sait bien qu'en cette terre de France, une jupe peut se permettre tout, sans aucun danger ». Les temps ont changé... Elle n'était pas si ardente que la chronique, généralement, l'a dit. Comme on demandait à Sainte-Beuve son opinion sur elle, et feignant de croire (comme le dit Faguet) que ce ne pouvait pas être sur son talent littéraire qu'on l'interrogeât, il répondit : « Mme Collet ? Mon Dieu ! C'est une mauvaise affaire. »

séances de pose, Alphonse Karr vint à passer. Il ironisa quand il sut l'objet de la statue, et dit : « Quant à moi, toujours adulé, j'ai dû être le veau d'or autrefois...

— Vous l'êtes toujours, répliqua Juliette : moins la dorure. »

## KEYNES (John Maynard)

John Maynard Keynes (1883-1946) est le grand penseur économique de la gauche, parce qu'il a soutenu que l'équilibre du marché dans un système capitaliste se situe à un niveau de sous-emploi auquel l'État doit remédier par l'investissement public et en encourageant la consommation par une redistribution des revenus. Dès 1950, dans ses journaux, Bracken pourfendait les idées de Keynes, « l'homme qui avait rendu l'inflation respectable », et il disait qu'Al Capone était un garçon honorable par rapport à ceux qui négligeaient de réduire les dépenses publiques. Toujours est-il que Keynes avait prédit l'euthanasie du rentier et la disparition de l'actionnaire. On n'en est pas tout à fait là.

De Keynes sur Lloyd George : « Ce barde à pieds de bouc, cet être semi-humain venu visiter notre époque depuis les bois enchantés et cauchemardesques de l'Antiquité celtique. »

## KIR (le chanoine)

Félix, chanoine Kir (1876-1968), fit évader en juin 1940 les prisonniers de guerre français du camp de Longvic, profitant de sa qualité de délégué municipal, en remplacement du maire de Dijon qui avait abandonné la ville. Les Allemands l'emprisonnèrent. Au début de 1944, il fut blessé de plusieurs balles tirées par des collaborateurs. Ensuite il se cacha pour échapper à la Gestapo. En 1945, il fut élu maire de Dijon (réélu jusqu'à sa mort) et député avec l'étiquette du Centre national des Indépendants et Paysans, ancré à droite. Ce fut le dernier député à avoir porté l'habit ecclésiastique à la tribune de l'Assemblée nationale (le premier ayant été l'évêque Grégoire, qui proclama la république). Il donna son nom au breuvage qui faisait partie des habitudes locales : lorsqu'il allait en train à l'Assemblée, il emportait un cabas avec une bouteille de vin blanc et de la liqueur de cassis, proposant le mélange dans son compartiment. En 1960, il alla à Moscou rencontrer son « ami » Nikita Khrouchtchev après le jumelage de Dijon avec Stalingrad (Volgograd). La manœuvre lui permit d'obtenir, en 1962, un désistement favorable du candidat communiste au second tour des élections législatives, ce qui assura la défaite du gaulliste en des temps où ce n'était pas facile.

Lors d'une réunion électorale tenue par le chanoine Kir, alors candidat à l'Assemblée nationale, un opposant politique qui se trouvait à court d'arguments dit de but en blanc : « Et d'abord, Dieu n'existe pas, puisqu'on ne l'a jamais vu. »

Le chanoine répondit sans se démonter : « Mon cul non plus, tu ne l'as jamais vu : et pourtant il existe... »

*

Un libre-penseur notoire, qui croisait le chanoine Kir, l'interpella : « Sachez que si je ne mets jamais les pieds dans votre église, c'est qu'elle est pleine d'hypocrites.

— Oh ! alors, ne vous inquiétez pas pour ça. Venez donc : nous nous serrerons ! »

Le chanoine avait façonné le dicton : « À force de bouffer du curé on en crève. »

*

Une jeune femme, qui avait un décolleté très profond et qui portait une jupe très courte, était en train de prendre de l'eau bénite et de se signer, lorsque le chanoine Kir, entrant dans son église, la vit. Il lui dit : « Madame, ce n'était pas la peine de vous déshabiller si c'était seulement pour vous tremper le bout des doigts. »

### À propos du chanoine Kir

Malicieux échange entre le chanoine Kir et des vignerons du Haut-Valais qui l'avaient invité à déguster leur spécialité, un vin blanc sec fait avec du cépage savagnin, et qu'on appelle le « païen » : « Ce païen-là ne m'effraie pas, dit le chanoine. Je vais lui donner une sépulture ecclésiastique.

— En tout cas, dirent les vignerons, on vous interdit de le baptiser auparavant. »

## KLÉBER (général)

Jean Baptiste Kléber (1753-1800) : Napoléon a dit de ce colosse strasbourgeois : « C'était Mars, le dieu de la guerre en personne » ; il ajoutait : « Rien n'est beau comme Kléber un jour de combat. » Quant à Michelet, il a écrit (c'était la phrase préférée de Maupassant) que « Kléber était un homme dans toute la force de l'âge et d'une figure si militaire qu'on devenait brave en le regardant». Architecte devenu général, il mit fin à la guerre de Vendée en écrasant les royalistes à Savenay, et s'engagea à répondre sur sa tête de la tranquillité des provinces insurgées si on les confiait à sa surveillance. On préféra Turreau et ses «colonnes infernales». Kléber s'était retiré à Chaillot, quand Bonaparte l'engagea à le suivre en Égypte. Le retour précipité de celui-ci en France le laissa avec des forces réduites, mais il écrasa à Héliopolis une armée dix fois supérieure en nombre, «exploit auquel Napoléon n'a rien à comparer» (Chateaubriand). Il conquit l'Égypte, mais un musulman fanatisé le poignarda au Caire. Kléber fut remplacé par Jacques-Abdallah Menou, converti à l'islam; l'Égypte fut perdue pour la France. Le corps de Kléber, rapporté à Marseille, avait été oublié dans le château d'If quand Louis XVIII ordonna son transfert au milieu de la place d'Armes de Strasbourg. Larousse écrit : «Kléber se battit pour la gloire, pour le pays, si l'on veut, mais jamais pour un principe. C'est ce qui a fait le vide de sa carrière, et c'est ce qui lui a valu cette insulte, d'ailleurs imméritée, des honneurs qu'un monarque du droit divin crut devoir accorder à sa cendre. La dépouille des grands républicains est à l'abri de ce dernier outrage.» Plus sérieusement, Napoléon à Sainte-Hélène a dit que la mort de Kléber fut une perte irréparable.

Bonaparte, revenu en France mener ses intrigues, avait laissé Kléber en Égypte, ce que celui-ci n'acceptait qu'avec beaucoup de mauvaise humeur. Un jour qu'un officier général lui demandait un congé pour retourner en France, Kléber répondit : «Général, le général Bonaparte m'a attaché une pyramide au cul. Vous la traînerez avec moi.»

*

Bonaparte connaissait le goût de Kléber pour les fleurs. Voulant le ramener à de meilleurs sentiments à son égard, il décida de lui envoyer, de Paris au Caire, deux caisses de semences rares.

Kléber répondit en guise de remerciement : «Je viens de recevoir à instant les deux caisses de graines de niais que vous avez bien voulu m'adresser pour l'embellissement de mon jardin. J'aurais désiré que vous eussiez pu y ajouter un peu de graines de couilles pour grossir nos bataillons.»

## LABICHE (Eugène)

Le père d'Eugène Labiche (1815-1888) avait fait fortune avec une usine de sucre de fécule, et le rejeton ne manquait de rien. Lorsque, en 1850, il donna son *Chapeau de paille d'Italie* à Dormeuil, le directeur protesta : «Mais c'est idiot! – Peut-être, répliqua Labiche, mais nous ne le saurons qu'après.» La pièce fut jouée 300 fois de suite. Il vivait à Paris, mais était souvent en Sologne. Et après la guerre de 1870, lorsqu'il revint dans sa propriété qui avait été occupée, il trouva sa cave vide. Le jardinier, chapeau bas, lui expliqua : «C'est les Prussiens qui ont vidé la cave, mais j'y suis bien pour quelque chose aussi. Quand j'ai vu qu'ils allaient tout boire, je me suis mis à en boire ma part, en me disant : "Sauvons toujours ça pour M. Labiche".» Labiche a écrit, en collaboration, un grand nombre de pièces : *Le Plus Heureux des trois, Le Major Cravachon, Embrassons-nous Folleville*... Ce n'est certes pas de la grande littérature ; cela, du moins, a échappé à la touche décomposée d'après 1860. Son bon bourgeois de père, d'ailleurs, le lui reprochait : «Vois-tu, tes pièces sont gentilles, je le veux bien ; elles ont du succès, j'en suis bien aise ; mais il te manque quelque chose : tu n'as pas la petite larme.» Un jour que Zola tentait de convaincre Labiche de la noirceur du monde, le vaudevilliste s'en défendit naturellement : «Que voulez-vous, je vois gai.» Il est vrai qu'il n'était pas porté à la métaphysique. Émile Augier et lui se retrouvaient souvent au café, pour jouer au domino et bavarder en fumant leur pipe. Un jour, raconte Léopold Lacour, on entendit Labiche demander : «Dis donc, Émile, tu crois en Dieu? – Oui. – Alors, moi aussi.» En revanche, il eut quelques idées politiques : il croyait profondément aux vertus de l'égalité, et revendiquait un communisme au sens propre, dégagé du socialisme. Cela éclaire les propos de Céline (sincères selon M. Crapez) : «Faut pas du grand communisme, ils comprendraient rien, il faut du communisme Labiche, du communisme petit-bourgeois, avec le pavillon permis.»

Labiche détestait la musique en général et les virtuoses en particulier. Un soir, pourtant, il consentit à assister à une soirée où l'on devait entendre un petit prodige. Résigné, il écouta le temps passer pendant que le jeune pianiste se déchaînait sur le piano de la maison. Le concert terminé, l'hôtesse vint trouver le dramaturge pour lui dire : «Vous êtes l'hôte illustre et la gloire de cette soirée... Le pianiste n'a joué que pour vous! Je vous en prie : dites-lui un mot aimable.»

Alors Labiche, s'approchant du jeune artiste rose d'émotion : «Eh bien, nous avons donc fini, petit tapageur?»

*

Yves Mirande a raconté qu'une femme d'un candidat à l'Académie, qui se présentait pour la seconde fois, faisait les visites traditionnelles au lieu et place de son mari. Elle arriva chez Labiche qui la reçut avec sa bienveillance habituelle. Mais avant qu'elle n'entrât dans son plaidoyer, il fit un geste de la main : « Ne me dites rien, madame. Je connais l'œuvre de monsieur C... Il a depuis longtemps toute ma sympathie. Il montre en la circonstance autant de modestie que de mérite. Mais il avait pris envers moi un engagement qui n'a pas tenu...

— Pardon, mon cher maître, mais...

— À votre précédente visite, souvenez-vous, vous m'aviez dit : "S'il n'est pas élu, il en mourra." Il n'a pas été élu, et il n'est pas mort. Ce n'est pas d'un homme convenable. »

*

Labiche allait mourir. Son frère, en pleurant, lui dit : « Tu vas retrouver Là-Haut notre chère maman. Dis-lui que je ne l'ai jamais oubliée. Embrasse-la pour moi ! »

Eugène, qui gardait son sang-froid, se contenta de dire : « Il est regrettable que tu n'aies jamais su faire tes commissions toi-même »...

### À propos d'Eugène Labiche

La méthode de travail « en collaboration » de Labiche fut raillée : Henry Becque proposa de nommer son œuvre *Théâtre de Labiche et Cie*, et lors de sa candidature à l'Académie française Brunetière objecta : « On ne fait pas asseoir une raison sociale dans un fauteuil académique. »

(Il fut pourtant élu en 1880, tout ému de porter une épée pour la première fois, lui qui était né pendant les Cent-Jours.)

### LA CHALOTAIS

Louis René de Caradeuc de La Chalotais (1701-1785), procureur général au parlement de Bretagne, s'était fait une réputation par la violence de ses publications contre les jésuites. Il se heurta dans sa province au duc d'Aiguillon, représentant du pouvoir royal. On crut reconnaître dans des lettres anonymes adressées au roi l'écriture de La Chalotais (des expertises ont démontré que c'était le cas), et il fut arrêté en 1765. Le parlement de Rennes refusa de siéger pour le juger, et le roi saisit le Conseil d'État. Voltaire dit que, privé de tout moyen d'écrire, La Chalotais dut se servir d'un cure-dent trempé dans de la suie pour rédiger ses défenses ; mais on sait par la correspondance du chevalier de Fontette que l'accusé écrivit ses mémoires en toute liberté. Après un petit chantage lié à des lettres galantes, le roi déclara les poursuites éteintes, mais La Chalotais fut exilé à Saintes. Le duc d'Aiguillon fut mis en procès par les États de Bretagne. Mémoires et libelles inondèrent la France ; la fermentation était extrême et le code Maupeou, moyen de sauver la monarchie par la réforme, parut sous une nuée de pamphlets. À son avènement, Louis XVI remit La Chalotais à la tête du parquet de Rennes. Le bénéficiaire de la mesure assura qu'elle était à peine utile, puisque les peines qu'il avait subies le destinaient à une mort imminente ; il mourut dix ans plus tard. Son fils, toujours associé aux querelles de son père, fut guillotiné en 1794, dans un état de démence avancé.

Le duc d'Aiguillon[1] commandait en Bretagne lorsqu'en 1758 les Anglais descendirent à Saint-Cast, avant de devoir se rembarquer avec pertes. On a prétendu que, pendant l'action, le duc s'était tenu dans un moulin non loin du champ de bataille (et l'une des variantes disait même que, pendant la bataille, cet homme à femmes n'avait songé qu'à violenter la belle meunière...). De retour à Rennes, les partisans du duc ne cessaient d'exalter sa conduite et sa valeur dans la journée de Saint-Cast, criant aux oreilles de tout le monde que leur héros s'était « couvert de gloire ».

« Dites plutôt de farine », rectifia le procureur général La Chalotais.

Cette pointe fut rapportée, et l'on dit que cela déclencha les hostilités entre le gouverneur et le magistrat – mais elle avait bien d'autres causes...

---

1. Emmanuel-Armand de Vignerot du Plessis-Richelieu, duc d'Aiguillon (1720-1798) : membre du clan anti-Choiseul, il a cristallisé sur sa tête les haines des philosophes, des parlementaires et du parti autrichien. Il eut pendant quinze années le commandement de la province de Bretagne, et organisa la défense contre les Anglais, qui tentèrent de débarquer en 1758 ; ce fut ensuite la bataille contre les États de Bretagne pour imposer la réforme fiscale. En 1770, à la suite des poursuites initiées par le parlement de Bretagne, celui de Paris rendit contre le duc un arrêt d'indignité, que le roi fit casser. En 1771, d'Aiguillon fut nommé ministre des Affaires étrangères et forma avec Maupeou et Terray « le triumvirat réformateur de la révolution royale » (Viguerie). Il n'aimait pas Marie-Antoinette ; c'était réciproque, et dès l'accession de son mari au trône, elle obtint sa disgrâce.

## À propos de La Chalotais et du duc d'Aiguillon

Louis XVI, venu au pouvoir, se rendit aux désirs des esprits avancés en faisant demander au duc d'Aiguillon la démission de ses emplois, et en l'exilant de la Cour. Celui-ci partit alors pour son château de Véretz près Tours, et l'on considérait qu'il s'était bien sorti d'affaire, car beaucoup auraient désiré qu'on l'eût enfermé. Cependant un contemporain, au sujet de cet exil de Véretz jugé trop doux, dit que le duc serait « bien assez puni de se trouver seul avec lui-même ».

... Du moins avait-il de la lecture : son père en effet, duc d'Aiguillon mort en 1750, célèbre érotomane, imprima avec le concours de sa bonne, à Véretz, un *Recueil de pièces choisies*, livre obscène tiré à sept exemplaires dont deux se trouvent dans l'Enfer de la BN. Cet ouvrage, paraît-il, est « au-dessous de tout ce qu'on peut imaginer ».

## LACHMANN (Thérèse)

Thérèse Lachmann, « la Païva » (1819-1884), fille potelée d'un fripier du ghetto de Varsovie, était venue à Paris pour se lancer dans la galanterie. Elle parlait cinq langues et avait une grande aisance sociale. Comme elle l'avait dit à Théophile Gautier au milieu des difficultés de sa jeunesse : « Si je m'en sors, je ne suis pas femme à gagner ma vie dans la confection. » Elle parvint à devenir marquise portugaise, et sera plus tard comtesse prussienne en épousant un cousin de Bismarck. Elle avait, du temps de ses débuts, été poussée un soir hors de la voiture près du bal Mabille par un client pressé : en se relevant du pavé, elle s'était juré de faire construire un palais à l'endroit de cette humiliation. Ainsi naquit, au 25 avenue des Champs-Élysées, un bel hôtel, genre Renaissance italienne, restauré en 2010. Le constructeur avait pris soin de ménager une double entrée qui évitait aux amateurs de se croiser. Dans la salle de bains mauresque, une baignoire de près d'une tonne était sculptée dans un bloc d'onyx jaune. C'était un élément essentiel de la maison, puisque l'hôtesse y prenait des bains de lait ou de tilleul, voire de champagne dans les grandes occasions (la baignoire comportait trois robinets d'argent). Il s'y passa un fait célèbre dans le demi-monde. Depuis l'entrevue du camp du Drap d'or, on buvait en se portant des « tostées » (vieux mot français qui reviendra un jour d'outre-Manche), c'est-à-dire en saluant la personne que l'on voulait honorer, d'un verre de vin au fond duquel trempait un petit morceau de pain que l'on mangeait ostensiblement avec reconnaissance. Or, un jour que la Païva avait réuni autour de sa baignoire de champagne plusieurs messieurs, elle proposa à chacun de boire un verre du bain. Ils le firent tous galamment, jusqu'au dernier, qui refusa le verre et déclara : « Je préfère le toast ! » En 1882, soupçonnée d'espionnage, la courtisane dut quitter la France.

Selon Horace de Viel Castel, Thérèse Lachmann avait, après le petit fretin, commencé sa carrière de grande courtisane en séduisant un riche étranger : «D'abord elle sut rendre amoureux fou un certain Portugais nommé le marquis de Païva, cousin de l'envoyé actuel de Portugal, et elle le rendit si bien amoureux et si bien fou que l'infortuné lui offrit sa main qui fut, comme on le pense, acceptée.

«Le lendemain du mariage, au réveil des nouveaux époux, Mme de Païva tint à peu près ce langage à son amoureux satisfait : "Vous avez voulu coucher avec moi, et vous y êtes parvenu en faisant de moi votre femme. Vous m'avez donné votre nom, je me suis acquittée cette nuit. J'ai agi en honnête femme, je voulais une position, je la tiens, mais vous, monsieur de Païva, vous n'avez pour femme qu'une putain, vous ne pouvez la présenter nulle part, vous ne pouvez recevoir personne ; il est donc nécessaire de nous séparer, retournez en Portugal, moi je reste ici avec votre nom, et je demeure putain."

«Le Païva, honteux et confus, suivit le conseil de l'épousée, et il a enseveli dans la solitude d'un château portugais le souvenir de sa déplorable aventure.»

Il se retira donc dans son domaine du Portugal où, ruiné, il se donna la mort d'un coup de revolver.

### À propos de Thérèse Lachmann

Lorsque Thérèse Lachmann devint par son mariage marquise de Païva, on fit remarquer que, désormais anoblie, il fallait qu'elle prît une devise ; quelqu'un proposa : «Qui paie y va».

## LA CONDAMINE

Le mathématicien Charles Marie de La Condamine (1701-1771) participa à une longue campagne scientifique en Amérique latine, dont il publia la relation. Il avait la fâcheuse habitude de se mêler de tout. Dans un village d'Italie, il remarqua, dans une niche soigneusement abritée contre le vent, un gros cierge qui brûlait en plein midi. «Pourquoi ce cierge?» demanda-t-il à des pêcheurs qui travaillaient sur le rivage. «Pourquoi! signore, ignorez-vous donc que, si ce cierge venait à s'éteindre, la mer, que voilà, envahirait aussitôt le village? – Vraiment! Et vous en êtes sûrs?» La Condamine souffla le cierge. Après un instant de stupeur, les pêcheurs réagirent, et il n'eut que le temps de décamper (à l'occasion de ce voyage, il obtint tout de même du pape la permission d'épouser sa

nièce...). À Constantinople, comme il vit maints condamnés à la bastonnade sur la plante des pieds, la curiosité lui prit de savoir si ce supplice
était vraiment douloureux : il entra dans un bazar, vola une babiole, fut
appréhendé, conduit au cadi, et eut la satisfaction de recevoir vingt-cinq
coups de bâton... Lors de l'exécution de Damiens, il se glissa parmi les
valets du bourreau pour mieux voir. Les archers voulurent l'écarter, mais
l'exécuteur les retint en disant : «Laissez monsieur : c'est un amateur.»
Il dut subir une opération chirurgicale toute nouvelle, pendant laquelle il
souhaita observer le chirurgien qui opérait : il n'en eut pas tout à fait le
loisir, puisqu'il en mourut.

On avait envoyé de Lyon deux bartavelles à La Condamine ;
elles furent interceptées, et mangées à la table du contrôleur général
Terray. La Condamine, fort gourmand, exhala sa colère contre le
ministre dans une suite d'épigrammes, dont celle-ci, qui eut un
succès particulier à cause de l'allusion au partage de la Pologne :

> Monsieur l'abbé taille, grapille, rogne ;
> Mais il a bien un autre tic :
> Il a rêvé qu'il était Frédéric,
> Et mes deux perdrix la Pologne.

## À propos de La Condamine

Sa curiosité était si invincible que, se trouvant un jour chez
Mme de Choiseul au moment où elle écrivait une lettre, il s'approcha d'elle, et put lire ces mots : *Je vous en dirais bien davantage
si M. de La Condamine n'était pas derrière moi, lisant ce que
j'écris.*

\*

Épigramme, généralement attribuée à Piron, sur l'élection de La
Condamine à l'Académie :

> Enfin dans la troupe immortelle,
> La Condamine est admis aujourd'hui.
> Il est bien sourd, tant mieux pour lui ;
> Mais non muet, tant pis pour elle.

## LA FERRONAYS

> Jules-Basile Ferron de La Ferronays (1735-1799) fut le dernier évêque de Lisieux, siège auquel il avait été appelé en 1783 et qu'il pacifia. Dans une lettre pastorale de 1791, il discuta la Constitution civile du clergé; convoqué devant un tribunal, il partit s'abriter en Suisse; il devait mourir à Munich. Il avait laissé un bon souvenir, et les ecclésiastiques de son diocèse, apprenant qu'il était dans le besoin, firent une souscription et lui envoyèrent de l'argent.

Les émigrés se heurtaient souvent aux impertinences de ceux qu'ils employaient en exil; il leur appartenait d'y répondre.

M. de La Ferronays, évêque de Lisieux, se retira en Suisse au moment de la Révolution. Son tailleur lui apporta une culotte qu'il essaya devant lui et dans laquelle il ne put entrer.

« Mon cher, lui dit-il, vous voyez bien qu'elle n'est pas faite à ma mesure !

— C'est vrai, monseigneur, répondit insolemment le tailleur, elle est un peu trop étroite pour le cul de Votre Grandeur.

— Dites donc, mon ami : pour la grandeur de mon cul. »

## LA FERTÉ (duc de)

> Henri II de Senneterre, duc de la Ferté, maréchal de France (1599-1681), se couvrit de gloire dans différentes campagnes. À Rocroi, où il commandait en second l'aile gauche, il reçut quatre blessures, eut deux chevaux tués sous lui, etc. « À la guerre, dit-il un jour au marquis de Châtres, tout n'est qu'heur et malheur. Quelques-uns semblent invulnérables. D'autres, tout blessés ou estropiés, sont tellement persuadés d'être en butte à la mauvaise fortune que, comme le maréchal de Rantzau, ils ont dans leurs valises des jambes de bois préparées d'avance [Josais de Rantzau, maréchal de France à trente-six ans, qui perdit un œil au siège de Dole, une jambe et une main devant Arras, etc., consolait ses soixante blessures dans le vin]. Pour moi j'ai eu un coup de canon dans les fesses que je n'ai pu remplacer, car l'on n'en fait point de bois. Aussi, comme mon médecin m'avait ordonné depuis peu un lavement à la suite d'une fâcheuse colique, l'apothicaire avec sa seringue me fit si grande douleur que je ne pus m'empêcher de crier et d'accuser tout haut la fatalité qui use de toutes les sortes de canons pour me blesser au derrière. » Il resta fidèle à la Cour pendant la Fronde.

Le maréchal-duc de La Ferté était réputé comme amateur excessif de vin. Étant un jour à table avec, entre autres convives, Mme de La Ferté qu'il n'aimait guère, la conversation tomba sur les croix et les coulants de diamants à la mode. Sur quoi, il dit en montrant sa femme : « Pour moi, voilà ma croix ! » Puis portant le verre à sa bouche : « Et voilà mon coulant ! »

(Pendant la première guerre de Savoie, où il servait sous le maréchal de Catinat en qualité de lieutenant général, on servait un vin fort mauvais. Et cependant le duc ne laissait pas d'en boire tous les jours un peu plus que de raison, et quand on s'en étonnait, il répondait gaiement : « Que voulez-vous ! il faut bien aimer ses amis avec leurs défauts. »)

*

Le duc de Ventadour se plaignait au duc de La Ferté de ne pas faire partie d'une promotion de l'ordre du Saint-Esprit : « Voyons, ne suis-je pas aussi ivrogne que toi, aussi fou que La Feuillade, aussi puant que Villeroy, aussi bossu que Luxembourg ?

— Sans doute, mais le roi ne veut pas que tu mènes le Saint Esprit au bordel. »

*

Le vieux maréchal de La Ferté étant au dîner du roi, Sa Majesté lui dit : « Il faut que vous soyez amoureux pour porter aussi belle écharpe. » Dans l'ancien temps en effet, les amoureux promettaient de toujours porter l'écharpe donnée par la dame de leurs pensées.

Là-dessus, Turenne se mit à rire avec les railleurs, car l'écharpe, jadis blanche, était vieille et couverte de taches de graisse. Le maréchal ne se démonta point : « Il est vrai, Sire, que mon écharpe et moi avons tous deux le défaut d'ancienneté ; il m'eût été facile de la faire teindre en rouge comme n'auraient pas manqué de faire certaines personnes... Nous au moins nous n'avons jamais voulu changer de couleur. » Turenne en effet, sous la Fronde, avait un moment pris le parti des princes contre le roi, et arboré l'écharpe rouge des révoltés.

*

Le maréchal de La Ferté était à l'agonie. Sa femme, sa belle-fille (Angélique de la Mothe-Houdancourt, duchesse de La Ferté), sa belle-sœur (la comtesse d'Olonne), toutes trois fort connues pour

leur galanterie, étaient autour de lui et criaient : « Monsieur le maréchal, nous connaissez-vous bien ? Serrez-nous la main, dites-nous
qui nous sommes. »

Le bonhomme, fatigué de leurs criailleries, rappela ses esprits et
leur dit : « Vous êtes des putains. »

Mme Cornuel dit : « Eh bien, il a encore toute sa raison... »

## LA FONTAINE (Jean de)

Jean de La Fontaine (1641-1695), séminariste de Château-Thierry, fut
bientôt distrait par une fraîcheur de quinze ans, Marie Héricart, qu'il
épousa. Dès ce jour, le poète vécut un peu partout, sauf chez sa femme.
Après avoir été sous la protection de Fouquet, auquel il resta courageusement fidèle, on le retrouva sous celle de Mme de La Sablière, qui expliqua, quand elle dut réduire son train : « Je n'ai gardé que mon chien, mon
chat, et La Fontaine. » Après la mort de la bienfaitrice, un M. d'Hervard
reçut dans sa maison le poète, qui y mourut. Il est célèbre pour ses
*Fables*, d'un naturel inimitable, et Valéry a pu dire : « Il court sur La
Fontaine une rumeur de paresse et de rêverie. » Ses *Contes*, fort libres,
furent proscrits et le lieutenant général de la police La Reynie veillait à les
confisquer lors de ses visites dans les librairies, sous prétexte de rechercher des écrits jansénistes. La Champmeslé toutefois les faisait circuler...
Le fabuliste finit par se convertir et, en déshabillant son corps, l'on vit qu'il
était couvert d'un cilice, que Maucroix conserva comme un surprenant
témoignage de la vertu finale de son ami, et que Boileau classait parmi
les choses hors de vraisemblance : « Mais quoi, la grâce de Dieu ne se borne
pas à des changements ordinaires... » J. Noury, dans son ouvrage sur la
Champmeslé, a dit que cela n'était pas rare, « en ce temps de grands
désordres, suivis de grandes pénitences ».

Un fermier général avait prié La Fontaine à déjeuner, persuadé
qu'un auteur dont tout le monde admirait les contes ne pouvait manquer de faire l'amusement de la société. La Fontaine mangea, ne
parla point, et se leva de fort bonne heure, sous prétexte de se rendre
à l'Académie. On lui représenta qu'il n'était pas encore temps :
« Je le sais bien, répondit-il ; aussi prendrai-je le chemin le plus long. »

\*

La femme de La Fontaine était légère. Il n'en faisait pas beaucoup de cas. Comme une bonne âme vint un jour lui dire qu'elle le
trompait avec l'un de ses amis, il dit simplement : « Bâh ! Il s'en
lassera comme moi... »

*

Le poète Colletet épousa successivement trois de ses servantes. La troisième, la blonde Claudine, eut grande réputation de savoir et d'esprit, et elle suscita beaucoup d'amoureux, dont La Fontaine. Mais dès que le mari trépassa, l'esprit de la femme-servante s'évanouit : c'est que, pour faire excuser ses amours ancillaires, Colletet prêtait secrètement son esprit à Claudine, rédigeant les vers de sa femme. Les victimes de la mystification furent un peu vexées, et l'on s'en vengea par des épigrammes. La Fontaine écrivit :

> Les oracles ont cessé :
> Colletet est trépassé.
> Dès qu'il eut la bouche close,
> Sa femme ne dit plus rien ;
> Elle enterra vers et prose
> Avec le pauvre chrétien
>
> Sans gloser sur le mystère
> Des madrigaux qu'elle a faits,
> Ne lui parlons désormais
> Qu'en la langue de sa mère.
> Les oracles ont cessé :
> Colletet est trépassé.

*

Proust a écrit à Anna de Noailles : « Si on cherche ce qui fait la beauté absolue de certaines choses, des fables de La Fontaine, des comédies de Molière, on voit que ce n'est pas la profondeur ou telle ou telle vertu qui semble éminente. Non, c'est une espèce de fondu [...]. Je suppose que c'est ce qu'on appelle le vernis des maîtres. » À côté, il y a les œuvres licencieuses, qu'on étudie moins dans les petites classes et qui, il est vrai, ne valent pas les autres. On citera comme échantillon une épigramme de La Fontaine, qui s'achève par une certaine morale :

> Aimons, foutons, ce sont plaisirs
> Qu'il ne faut pas que l'on sépare ;
> La jouissance et les désirs

Sont ce que l'âme a de plus rare.
D'un vit, d'un con, et de deux cœurs,
Naît un accord plein de douceurs,
Que les dévots blâment sans cause.
Belle Phylis, pensez-y bien :
Aimer sans foutre est peu de chose,
Foutre sans aimer ce n'est rien.

## LAGERFELD (Karl)

Karl Lagerfeld naquit vers 1930 dans une famille de Hambourg d'un père, industriel quinquagénaire, qui avait déjà vécu plusieurs vies, en Chine, en Russie, à Caracas. Quant à sa mère, quand elle congédiait un amant, elle expliquait : «Il n'était plus nécessaire à mon évolution spirituelle.» Elle se piquait d'éduquer son fils avec une certaine sévérité, et son père devait dire : «Demande-moi ce que tu veux, mais pas devant ta mère.» Tout cela produisit un résultat inattendu quand Karl, âgé de seize ans, dit à ses parents : «Je pars faire de la mode à Paris.» Assistant de Pierre Balmain, il fut remarqué pour sa créativité adaptée aux traditions de la maison. Ce génie particulier lui a valu, depuis 1983, la direction artistique de Chanel. Il cultive son propre mythe, en bon égocentriste qui ne peut se passer de la société. Il est très soigneux de sa personne, corseté dans un harnachement tel qu'on se demande ce qu'il y a derrière («Je suis une meringue ambulante»). Les journalistes lui ont donc demandé s'il n'avait jamais songé à faire une psychanalyse. Il a répondu : «Je suis contre. Ma mère me l'a très bien expliqué. Si on est honnête avec soi-même, on connaît les questions et les réponses. Et puis il y a une lettre de Lou Andreas Salomé, l'élève de Freud, à Rilke. Elle lui a dit, au sujet de la psychanalyse : "Ne fais jamais ça! Ça tue la créativité."» Lagerfeld est détesté, comme l'était Coco Chanel, par ceux qui accourent pour l'interroger. D'ailleurs, dans quantité de «karlismes», il y a du Chanel pur jus : «Les pantalons de jogging sont un signe de défaite. Vous avez perdu le contrôle de votre vie, donc vous sortez en jogging.» Dans le temps où ces lignes sont écrites, sa nouvelle passion est sa chatte Choupette : deux gouvernantes s'occupent d'elle jour et nuit, priées en particulier de tenir «un journal intime» dans lequel elles notent ses moindres faits et gestes en l'absence du maître. Karl ajoute : «Elle est devenue le chat le plus célèbre du monde. Je reçois même des propositions de marques de nourriture pour animaux de compagnie, mais c'est hors de question. Je suis commercial, elle ne l'est pas.»

Comme on demandait pour la énième fois au couturier, sur un ton convenu, ce qu'était le style Chanel, il se contenta d'expliquer, se mettant au niveau du public : «Si tu pisses partout, t'es pas Chanel du tout!»

\*

« Je me souviens d'une créatrice qui disait que ses robes n'étaient portées que par des femmes intelligentes. Évidemment, elle a fait faillite. »

\*

Par les temps qui courent, le couturier Emilio Pucci, qui conçoit des vêtements aux ramages un peu chargés, s'est fait une réputation. Un jour qu'on interrogeait Lagerfeld : « Je pense que les tatouages sont horribles, c'est comme porter une robe Pucci à vie. »

\*

Consulté sur la nouvelle coiffure de l'épouse du président américain : « J'adore Mme Obama, mais la frange, ce n'est pas une bonne idée... Il y a une speakerine de LCI qui a cette coiffure. »

\*

Au sujet d'un écrivain contemporain : « Je vais vous dire une chose horrible, j'ai adoré les poèmes de Houellebecq. Ses romans, je ne les ai pas lus à fond, même s'il me décrivait dans l'un d'entre eux marchant sur les mains à une soirée, ce que je ne suis malheureusement pas capable de faire. Je n'aime pas trop son look, un nettoyage de peau ne serait pas du luxe. »

\*

Sur Yves Saint-Laurent (en passant) : « J'ai une vision assez optimiste et légère de la mode, je trouve que faire chier les gens en leur disant qu'on est un artiste tourmenté, ce n'est pas élégant. Les femmes achètent des vêtements pour être heureuses dedans, pas pour porter sur leurs épaules les drames des gens qui les font. L'alcoolisme de Saint-Laurent ne rendait pas ses robes plus belles. Les couturiers effondrés comme des fleurs non arrosées dans des T-shirts sales, ce n'est pas mon truc. »

\*

En octobre 2013, Lagerfeld a dit à la télévision : « Le trou de la sécurité sociale, c'est aussi toutes les maladies attrapées par

les gens trop gros. » Vertement ramené à son métier, il a ajouté :
«Personne ne veut voir de rondes sur les podiums. »

À la suite de quoi, l'association *Belle, ronde, sexy et je m'assume*
et le *Comité Miss Ronde France* ont porté plainte pour propos diffamatoires et discriminants.

On vit une époque formidable.

### À propos de Karl Lagerfeld

Il eut une mère assez spéciale, et très jeune il l'entendit dire,
alors qu'elle le contemplait rêveusement : «Il faut que je voie le
tapissier, tes narines sont trop grandes, il faut qu'on mette des
rideaux. »

«Est-ce qu'on dit ça à un enfant ? » ajoute la victime deux tiers
de siècles plus tard...

Il adorait les chapeaux tyroliens, mais sa maman lui disait, quand
elle le voyait avec : «Tu as l'air d'une vieille lesbienne ! »

Et quand ses cheveux remontaient sur les côtés : «Tu sais à quoi
tu ressembles ? À une terrine de la manufacture de Strasbourg»...
«Vous savez, précise l'ancien garnement, avec ces anses ridicules»...

*

Mais il existe peut-être une loi de la nature selon laquelle les
mamans des couturiers ne sont pas faciles.

Lagerfeld avait été longtemps chez Balmain, et il a raconté que
la mère de celui-ci passait régulièrement à l'atelier. Elle dit un jour,
au détour d'une conversation : «Si jamais j'apprends que mon fils
est homosexuel, je le tue ! »

Une vieille princesse russe qui se trouvait-là, employée comme
«première», dit alors : «Feu ![1] »

---

1. Pierre Balmain (1914-1982) créa en 1945 sa maison de couture, qui reste réputée, et la dirigea jusqu'à sa mort. Il était recherché également comme costumier pour le
théâtre ou le cinéma. Beaucoup de Russes émigrées étaient employées par les couturiers français et occupaient souvent, du fait de leur compétence, le rang de «première»,
c'est-à-dire le plus haut rang parmi les couturières de l'atelier. Malgré leurs origines,
les premières n'avaient pas un langage très châtié, et si par exemple la robe tombait
bien, elles disaient, pour exprimer leur contentement : «ça tombe comme une merde du
sixième! »

## LAMARTINE (Alphonse de)

Alphonse de Prat de Lamartine (1790-1869), rejeton de bonne noblesse, s'arrangea pour échapper à la conscription qui décimait la jeunesse, et ébaucha en Italie le roman d'amour dont Graziella devait être l'héroïne (plus tard, une jeune curieuse interrogera un Lamartine âgé : «Graziella, maître, vous l'avez aimée. Mais... fut-elle votre maîtresse?» – alors Lamartine, qui tisonnait son feu, mi-irrité, mi-lassé : «Pour qui me prenez-vous?» On n'en sut pas davantage...). Sous la Restauration, ses poèmes rencontrèrent un succès immense. Charles X lui octroya la Légion d'honneur et il dédia des stances émues au vieux roi. Député à partir de 1833, il n'eut guère d'influence à la Chambre; il buvait à la tribune, et Ernest Legouvé l'a décrit exprimant ses idées généreuses tout en levant son verre de vin à demi plein. En 1835, il connut un nouveau succès avec *Jocelyn*. Il porta un coup à la monarchie de Juillet par son adhésion aux banquets réformistes et par la publication de son *Histoire des Girondins* qui, malgré ses fantaisies, eut une influence considérable. Avec Crémieux, Cavaignac, Ledru-Rollin, Louis Blanc, Vaulabelle, Pyat, il représenta la France au convent maçonnique de Strasbourg de 1846, et le 10 mars 1848, lorsque le Suprême Conseil du rite écossais vint féliciter le gouvernement provisoire, il dit être convaincu que les «sublimes explosions» de 1789 et de 1848 venaient «du fond des loges». Le coup d'État du 2 décembre le rendit à la littérature. Enfin, «ses incessants besoins d'argent l'obligèrent à solliciter le public de toutes façons, sous forme de loteries, de souscriptions, de dotations; il accepta de grands domaines du sultan; il accepta un demi-million de l'Empire. Mais il faut fermer les yeux sur les chagrins de sa vieillesse qu'il sut mal supporter, et l'équitable avenir rendra à Lamartine la place que les Français de 1820 lui avaient donnée dans leur cœur» (Philippe Berthelot). Flaubert a été moins indulgent : «Il ne restera pas de Lamartine de quoi faire un demi-volume de pièces détachées. C'est un esprit eunuque, la couille lui manque, il n'a jamais pissé que de l'eau claire.»

En 1843, Lamartine répondait à Aimé-Martin qui lui demandait son appui pour l'Académie : «Mon royaume n'est pas de ces cuistres. C'est la faute de la nature qui m'a fait paysan, poète, chevalier, orateur, martyr, tout, excepté académicien.»

Par parenthèse, l'auteur de cette charge était déjà sous la Coupole depuis treize ans...

### À propos de Lamartine

Le succès des poèmes de Lamartine fut immense parmi la jeunesse romantique du début du XIX<sup>e</sup> siècle. Ses *Méditations poétiques et religieuses*, parues en 1820, marquèrent une génération, et

Jules Janin dira que « le cœur de la France battit doublement au nom de Dieu et au nom d'Elvire ». Mais certains malins esprits s'attachèrent à répandre de lamentables pastiches. Ainsi parut *Le Con, imité du Lac de M. de Lamartine*, « pièce qui a remporté le prix d'honneur au concours général des bordels royaux en 1844 ». On y lit :

> O vit ! bande toujours, et vous, couillons propices,
> 　　　　Distillez notre jus (etc.)

Le reste ne vaut pas mieux. Les amateurs pourront retrouver l'ensemble des stances, attribuées à Albert Patin de La Fizeliere, dans le premier volume de *L'Anthologie satyrique* publiée en 1876.

*

Malgré ses revenus terriens et l'immense fortune de sa femme, une Anglaise protestante, la prodigalité de Lamartine fut telle qu'il dut faire face à d'énormes difficultés d'argent. Perdu de dettes, il vit sa mère sacrifier la haute futaie où elle aimait tant se promener ; il tenta aussi de se renflouer par des ouvrages médiocres, entassant volumes sur volumes, travaillant sur commande, aux mains des entrepreneurs de journaux auxquels il vendait les secrets de sa jeunesse.

Lorsque, ainsi accablé de dettes, il fut réduit à réclamer l'organisation d'une souscription en sa faveur, l'un de ses ennemis dit : « Il a troqué sa lyre contre une tirelire. »

## LA MEILLERAYE (maréchal de)

Charles de La Porte, duc de La Meilleraye, duc de Réthel, maréchal de France (1602-1664) : élève de l'académie protestante de Saumur, d'origine modeste, il se convertit au catholicisme pour entrer au service de l'évêque de Luçon, son parent : Richelieu. Avec les partisans de Marie de Médicis, les deux cousins prirent une leçon lors de la « drôlerie des Ponts-de-Cé », où les troupes royales ridiculisèrent celles de la reine mère. À partir de là, ils agirent l'un et l'autre en faveur du pouvoir royal. Grand maître de l'artillerie de France, Charles de La Porte fut surnommé « le preneur de villes ». « Je n'ai jamais fait un maréchal de meilleur cœur que vous » lui dit Louis XIII sur la brèche de Hesdin. Chargé de rétablir l'ordre dans Paris en 1648 après la journée des Barricades, il y parvint sans trop de violences, sa qualité de membre de la compagnie du Saint-Sacrement l'ayant conduit à la modération. Ce fut un grand protecteur de Descartes.

Un gentilhomme breton disait au brave La Meilleraye : « Sachez, monsieur, que si je ne suis pas maréchal de France, je suis du bois dont on les fait.

— Vous avez raison, repartit le maréchal, et quand on en fera de bois, vous pourrez y prétendre. »

## LA MONNOYE (Bernard de)

Bernard de La Monnoye (1641-1728), fils d'un pâtissier de Dijon qui, quant à lui, ne portait pas la particule, fut élevé chez les jésuites, puis étudia le droit. Il remporta quatre fois le prix de poésie de l'Académie, qui lui demanda de ne plus concourir. Catholique qui célébrait par ses vers la révocation de l'édit de Nantes, il eut maille à partir avec la Sorbonne à cause de ses fameux *Noëls bourguignons* en patois, d'inspiration moins orthodoxe. Il a fait partie des collaborateurs de Bayle pour la rédaction de son *Dictionnaire*. Il est en outre l'auteur de la seconde édition des *Menagiana* (recueil en 4 vol. des conversations et des bons mots de Ménage), qui ajouta considérablement à la première, en inventant beaucoup ; le texte fit d'ailleurs l'objet des foudres de la censure, mais La Monnoye mit tant de lenteur à remanier son ouvrage que celui-ci eut le temps d'être écoulé.

*Sur Dumay*
Tu dis partout du mal de moi ;
Je dis partout du bien de toi.
Mais vois quel malheur est le nôtre :
On ne nous croit ni l'un ni l'autre...

\*

*Épitaphe pour un évêque qui était grand joueur*
Le bon prélat qui gît sous cette pierre
Aima le jeu plus qu'homme de la terre ;
Quand il mourut, il n'avait pas un liard.
Et, comme perdre était chez lui coutume,
S'il a gagné paradis, on présume
Que ce doit être un grand coup du hasard.

\*

*Sur Gui*
Quand nous te demandons pourquoi
La pincette chaque semaine,

S'occupe à dépiler chez toi
Le sein, le bras, la cuisse, l'aine,
Gui, c'est, à ce que tu nous dis,
le soin de plaire à ta Phyllis,
Qui t'inspire cette manière.
Nous le voulons croire ; mais,
Apprends-nous en faveur de qui
Tu fais dépiler ton derrière.

\*

L'abbé de La Rivière[1], devenu évêque de Langres, avait en mourant institué cent écus à celui qui ferait une épitaphe célébrant ses
vertus. La Monnoye composa celle-ci, qui ne fut pas retenue :

Ci-gît un très grand personnage,
Qui fut d'un illustre lignage,
Qui posséda mille vertus,
Qui ne trompa jamais, qui fut toujours très sage...
Je n'en dirai pas davantage :
C'est trop mentir pour cent écus.

## LA MOTHE (Mgr)

Louis-François-Gabriel d'Orléans de La Mothe (1683-1774) s'était fait une
réputation de bon prêtre, quand il fut nommé évêque d'Amiens. Il y
donna une bénédiction à des paysans dont l'un ne se découvrit pas.
Comme on le lui en fit reproche, il dit : «Si elle est bonne, elle passera

---

1. Louis Barbier, abbé de La Rivière (1593-1670), devint le favori de Gaston
d'Orléans parce qu'il connaissait par cœur Rabelais, l'auteur préféré de ce prince, qui
lui attribua en récompense l'abbaye de Saint-Benoît-sur-Loire. Il le fit ensuite devenir
évêque-duc de Langres, pendant la minorité du roi. Boileau fait allusion à ces caprices
de la fortune dans sa première satire :
Le sort burlesque, en ce siècle de fer,
D'un pédant, quand il veut, sait faire un duc et pair.
Barbier rêvait d'être cardinal ; il le fut un instant mais sa nomination fut révoquée,
et le cardinal de Retz le fut à sa place. Cela encouragea Barbier à faire l'espion pour
Mazarin : Gaston lui disait tout de ses nombreux complots et l'abbé allait le répéter
au cardinal. Les contemporains aimaient ainsi à brocarder «les débordements de la
Rivière». Quelqu'un dit à la Cour : «Personne ne connaît mieux que l'abbé de La Rivière
la valeur de Gaston d'Orléans, tant il l'a vendu.» Comme il en était bien récompensé, il
accumula une grande fortune. Il fut le premier ecclésiastique à oser porter perruque.

bien le capel.» À Abbeville, les profanations de crucifix qui se terminèrent par la condamnation du chevalier de La Barre eurent lieu sous son ministère épiscopal. S'il refusa de se mêler des poursuites, il dut publier un monitoire sur ordre du juge séculier. Lui se contenta d'ordonner une procession et que, après la cérémonie, l'un des deux crucifix défigurés et mutilés fût transféré dans une église de la ville où à toutes heures on pouvait aller méditer sur la Passion.

Un gentilhomme de Picardie avait dîné chez M. de La Mothe, évêque d'Amiens. Après le dîner on passa au salon, et le gentilhomme, qui s'était emparé de la conversation presque seul pendant le repas, crut pouvoir s'emparer du feu exclusivement, et d'un air d'aisance alla s'adosser au beau milieu de la cheminée.

« Monsieur, lui dit le prélat qui était dévot mais qui ne perdait pas toujours l'occasion de dire de petites méchancetés, je savais bien que les Picards avaient la tête chaude, mais j'ignorais qu'ils eussent le cul froid.»

### LANDOR (Walter)

Walter Savage Landor (1775-1864) manifesta dès son enfance un caractère violent. Il dut quitter l'école de Rugby puis son collège d'Oxford à cause de vifs dissentiments avec ses tuteurs, et il passa le reste de sa vie à se quereller avec son père, sa femme, ses voisins ou les autorités. La Révolution française avait trouvé en lui un admirateur, mais il rentra désenchanté d'un séjour en France en 1802. Il mena ensuite une vie instable. Poursuivi pour diffamation en 1857, il se réfugia à Florence, où il mourut. Il a laissé un grand nombre d'écrits dans tous les genres. Son caractère transparaît dans ses œuvres poétiques :

> Je n'ai fait d'efforts pour personne,
> parce que tout le monde méritait ma colère.
> J'ai aimé la Nature, et l'Art près de la Nature,
> J'ai réchauffé mes deux mains devant le feu de la Vie ;
> Il s'éteint, et je suis prêt à partir.

Après avoir proprement jeté son cuisinier par la fenêtre, sur un parterre de fleurs : « Oh mon Dieu ! je n'avais pas pensé aux violettes... » (Le cuisinier eut tout de même le bras cassé.)

*

Landor sur Henry Peter Brougham, un écrivain et homme politique : « Quel autre homme, à l'intérieur des murs d'un Parlement pourtant rude et agité, a fait preuve d'autant de déploiement de mauvaises manières, de mauvais sentiments, de mauvais raisonnement, de mauvais langage, et de mauvaise conduite ? »

(Walter Bagehot disait du même : « Si c'était un cheval, il n'y aurait personne pour l'acheter : avec son œil, personne n'oserait répondre de son caractère. »)

## LANGUET (Jean Baptiste)

Jean Baptiste Languet de Gergy (1675-1750) fut nommé curé de Saint-Sulpice alors que le chantier de construction de l'église était interrompu. Il commença par encombrer les abords de l'église de pierres énormes qu'il prétendait avoir achetées à ses frais et qui, faute d'argent, restaient là : on s'émut, et les dons affluèrent. Il installa bientôt, dans un grand immeuble de la rue de Sèvres connu sous le nom de l'Enfant-Jésus, une maison d'éducation où il faisait fabriquer à ses pensionnaires des gants de peau vendus un prix exorbitant, qui devinrent à la mode comme « gants de l'Enfant-Jésus ». Lorsque l'église fut terminée, il fallut en orner l'intérieur. Languet avait fait le vœu d'y placer une statue de la Vierge en argent massif. Il lança une nouvelle campagne de dons, mais les médisants prétendirent que, comme l'argent des fidèles n'affluait pas assez vite, le curé avait pris le parti, chaque fois qu'il dînait en ville, d'empocher son couvert, et la statue fut baptisée « Notre-Dame de Vieille Vaisselle ». La manière dont il arrachait les dons des fidèles est restée légendaire, et la petite histoire en a d'autant plus rajouté que c'est lui qui refusa la sépulture à Adrienne Lecouvreur. Il envoya tout de même des sommes considérables en Provence lors de la peste. Son mausolée se trouve dans Saint-Sulpice. Dans un *Salon* Diderot dit de la statue : « La tête est de toute beauté, et le marbre demande sublimement à Dieu pardon de toutes les friponneries de l'homme. Je ne connais point de scélérat à qui il ne pût inspirer quelque confiance en la miséricorde divine. »

M. Languet, curé de Saint-Sulpice, instruit qu'un de ses paroissiens venait de léguer tous ses biens aux carmes déchaussés, accourut pour lui parler des besoins de ses pauvres, et il fit si bien qu'il parvint à faire changer le testament. À peine les notaires étaient-ils sortis, que le prieur et le sous-prieur des carmes, ignorant ce qui venait de se passer, arrivèrent chez le malade. Le curé descendait ; ils se firent beaucoup de révérences et beaucoup de façons pour les pas, tant et tant que Languet leur dit pour en finir : « Mes pères, c'est à vous de passer les premiers ; vous êtes de l'ancien testament, et moi je ne suis que du nouveau. »

### À propos de Languet

C'est ce Languet qui tint à assister Samuel Bernard, «le Rothschild de Louis XIV», lors de ses derniers instants. Comme le prêtre lui rappelait le passage de l'Évangile où il est dit qu'il est plus facile à un chameau de passer par le trou d'une aiguille qu'à un riche d'entrer dans le royaume des cieux, et qu'il soulignait la nécessité de préparer les voies par des œuvres pies, le financier dit d'un ton narquois : «Cachez donc vos cartes, monsieur le curé, je vois tout votre jeu.»

### LANNES (maréchal)

Maréchal Lannes, duc de Montebello (1769-1809) : complice du 18 Brumaire (il s'occupait des Tuileries), artisan de la victoire de Marengo, brave à l'extrême. Son rapport avec Napoléon était fait de querelles, de bouderies et de tendres réconciliations, et Lannes disait de l'Empereur : «Je suis bien à plaindre d'avoir pour cette catin une passion aussi malheureuse.» Il fut tué à Essling à l'âge de quarante ans; lorsque Napoléon vint le voir, alors que le maréchal agonisait sous une tente au bord du Rhin, le blessé lui saisit les deux mains en disant : «Sire, Votre Majesté perd un ami bien fidèle.» On vit l'Empereur écraser une larme, fait unique.

Le général Lannes, issu du peuple, détestait l'ancienne noblesse et principalement les émigrés, et il avait fait l'impossible pour détourner Napoléon de les rappeler en France et de les attacher à sa personne. Un jour qu'il avait inutilement fait de nouvelles instances à l'Empereur pour l'engager à n'admettre près de lui aucun émigré, il finit par s'emporter et le tutoyant, comme il le faisait quelques années auparavant, il lui dit : «Tu n'en veux faire qu'à ta tête, mais tu t'en repentiras. Ce sont des traîtres. Tu les combleras de bienfaits, et ils t'assassineront s'ils en trouvent l'occasion.» Cette sortie lui valut un exil momentané.

Malgré ces convictions, Lannes était avide d'être gratifié d'un titre de noblesse; il fut même furieux d'être fait duc, alors que sous l'Empire on faisait aussi des princes. Lorsqu'il apprit que Murat était devenu prince, cela le mit hors de lui, d'autant qu'il nourrissait un profond mépris à son endroit, considérant que le mérite de Murat résidait dans son extraordinaire bravoure, mais qu'il n'avait aucune connaissance militaire.

Le jour où Murat vint aux Tuileries faire ses remerciements à l'Empereur du titre qui venait de lui être conféré, Lannes se trouvait avec beaucoup d'autres dans le salon de réception. L'huissier ouvrit les deux battants de la porte et annonça : «Le prince Murat.»

Lannes dit tout haut en se tournant vers les autres personnes : «Beau prince de mon cul !»

Ce propos fut rapporté à Murat, qui voulait adresser *un cartel* à Lannes, mais l'Empereur le lui défendit. Lannes fut envoyé au Portugal.

*

Le maréchal Lefebvre était un franc buveur. Un jour, se regardant dans une glace, il dit pour lui-même, à voix haute : «Où diable ai-je donc pris ce nez-là ?

— Dans le buffet», répliqua Lannes.

## LA POPELINIÈRE

Alexandre Le Riche de La Popelinière (1691-1762), fermier général, entretenait quinze instrumentistes et faisait donner chez lui des concerts où Rameau tenait le clavecin. Jean de Viguerie dit que sa maison était une sorte de laboratoire ; la clarinette y fit son apparition en 1750. Il n'y avait pas que la musique : Carle Van Loo, La Tour et Vaucanson comptaient parmi les protégés, et Marmontel distribuait des rafraîchissements pendant les spectacles. Grimm dit qu'on appelait sa maison «la ménagerie», parce qu'elle était le réceptacle d'une foule de gens de tous les états, tirés indistinctement de la bonne et de la mauvaise compagnie. La Popelinière était apprécié, parce qu'il était généreux, mais aussi grâce à une politesse simple qui convenait à la «basse-cour bigarrée» de ses convives. Ses prodigalités le firent rayer de la liste des fermiers généraux : le roi trouvait indécent que les collecteurs de l'impôt affichassent un tel luxe. Cela n'interrompit pas les fêtes du mécène. Peu après, Antoine Bret écrivit une comédie, *Le Protecteur bourgeois*, qui était une satire (injuste, dit Grimm) contre La Popelinière. Outre un grand nombre de «brunettes» (petites chansons tendres dont il composait la musique), La Popelinière publia *Daïra, histoire orientale* (et roman inepte), et aussi *Tableau des mœurs du temps dans les différents âges de la vie*, livre infâme (dit Pierre Larousse) dont la version illustrée, ornée de vingt miniatures licencieuses, fut tirée en un seul exemplaire ; il fut saisi par ordre du roi lors de la vente de la bibliothèque de l'auteur en 1763.

Une dame, qui courait follement après les réputations, prétendait toujours qu'elle connaissait tout le monde. Elle tenait à se faire

remarquer du richissime fermier général La Popelinière. Elle lui dit : « Il me semble, monsieur, vous avoir vu quelque part...
— C'est possible, madame, j'y vais à mes heures. »

### À propos de La Popelinière

La Popelinière eut une aventure avec la maîtresse en titre du prince de Carignan, qui surprit les deux amants ; le prince s'en plaignit au cardinal de Fleury qui, satisfait par ailleurs de la gestion de La Popelinière, se contenta de l'éloigner de Paris. Après trois ans de résidence à Marseille, « où ses prodigalités et les fêtes continuelles qu'il avait données aux dames laissèrent de longs regrets », le fermier général revint dans la capitale où il s'empressa de prendre pour maîtresse une jeune comédienne.

Ils vivaient depuis douze ans ensemble, et elle aurait bien voulu se marier. Alors, improvisant un peu tardivement le rôle de la fille séduite, elle parla de sa cause à Mme de Tencin qui usa de ses influences pour arranger l'affaire : au renouvellement du bail des fermes, le cardinal de Fleury, dûment circonvenu, ne consentit à maintenir La Popelinière sur la liste des fermiers généraux qu'en l'obligeant à épouser celle qu'on avait présentée au ministre comme « une jeune innocente » abusée par le financier. Peu après le mariage, La Popelinière découvrit, dans la cheminée du boudoir de sa jeune innocente, une plaque à charnière qui communiquait avec la maison voisine, louée par le maréchal de Richelieu... Tout Paris fut bientôt au courant des déboires conjugaux de La Popelinière, et comme il demeurait à Passy, qui était encore un village à l'extérieur des barrières de Paris, quelqu'un dit : « Il est heureux d'être fermier général des octrois, sans quoi on le ferait payer à l'entrée comme bête à cornes. »

*

La Popelinière se remaria sur le tard avec une Mlle de Mondran, de Toulouse, dont le charme continua d'assurer le succès des fêtes de son château de Passy. Un mois après sa mort, sa jeune veuve accoucha d'un fils dont on disputa au décédé la paternité, ce qui donna lieu à une épitaphe épigrammatique, où l'on fait allusion au fait que le financier récompensait ceux qui révisaient ses travaux littéraires :

Ci-gît pour être auteur celui qui paya bien ;
C'est la coutume ;
L'ouvrage seul qui ne lui coûta rien,
C'est son posthume.

Tout le monde parlait de l'affaire, et dans une lettre à Marmontel du 23 mars 1763, Voltaire écrit : « Est-il vrai que La Popelinière a eu l'avantage de mourir cocu ? »

## LA ROCHEFOUCAULD (comtesse Adélaïde de)

Adélaïde de Pyvart de Chastullé, comtesse de La Rochefoucauld (1769-1814), était la fille du comte de Chastulé, officier aux Gardes-Françaises, riche propriétaire à Saint-Domingue, et parent de Joséphine de Beauharnais. Elle avait épousé, en 1788, Alexandre-François, comte de La Rochefoucauld, fils cadet du XIIe duc du même nom. On la voit tenir la traîne de l'Impératrice (avec, au second plan, Mme de La Valette, autre dame d'honneur) dans le tableau de David sur le couronnement.

Au début de l'Empire, Cambacérès était très enflé de sa nouvelle grandeur. Quelques jours après avoir été gratifié du titre de duc de Parme, on prétend qu'il avait dit au marquis d'Aigrefeuille, son ami intime : « Que vous m'appeliez *altesse sérénissime* en public, devant le monde, cela est très bien, cela doit être. Mais en particulier, entre nous, ce cérémonial est inutile ; appelez-moi tout simplement *monseigneur*. »

Il interdisait aux dames de paraître à son assemblée en robe courte (c'est-à-dire des « robes rondes », sans traîne). Une telle tenue lui paraissait en effet peu respectueuse ; les femmes arrivaient donc chez lui avec des queues longues d'une aune.

Un soir pourtant, Mme de La Rochefoucauld, dame d'honneur de l'impératrice Joséphine, arriva chez lui en robe ronde. Cambacérès, piqué de cet oubli, se leva du fauteuil qu'il quittait rarement, s'approcha d'elle, et lui fit un reproche courtois sur sa négligence. La dame s'inclina, et lui répondit assez haut pour être entendue : « Je prie Votre Altesse de m'excuser : je sors à l'instant du cercle de Sa Majesté l'Impératrice, et je n'ai pas eu le temps de changer de toilette. »

## LA ROCHEFOUCAULD (prince Aimery de)

Aimery (1843-1920), neveu du duc François XIV, était prince de La Rochefoucauld (titre bavarrois, non reconnu en France). Il est l'un de ceux qui a inspiré le baron de Charlus. Proust aimait à raconter les histoires à son sujet, par exemple celle-ci lorsqu'un petit noble, voisin de campagne, lui demanda : « Comment dois-je recevoir l'évêque qui vient demain chez moi, celui-là même qui était chez vous hier ? » Aimery de La Rochefoucauld répondit : « Ma femme a reconduit Mgr jusqu'à l'entrée du salon et moi je l'ai accompagné jusqu'à la porte de la maison. Il faudrait donc que votre femme l'accompagnât jusqu'à l'antichambre et vous jusqu'au bas du perron. »

Proust a rapporté avec gourmandise les mots de son contemporain Aimery de La Rochefoucauld, et en particulier sur les Luynes ce propos dédaigneux : « Ils n'avaient aucune situation en l'an mille. »

## LA ROCHEFOUCAULD (duc François VI de)

François VI, duc de La Rochefoucauld (1613-1680) : son bisaïeul, François III, s'était fait une réputation de pilleur d'églises, et comme les dames de la Cour, « qui le picotaient », lui demandaient de leur montrer les belles reliques qu'il avait prises à Tours, il promit de leur donner des brassières de sainte Catherine, « qui leur ferait à toutes venir les tétins aussi durs que quand elles étaient pucelles ». Il fut massacré à la Saint-Barthélemy. Son descendant entra dans le monde à une nouvelle époque de crise : à l'école de la Fronde, il étudia la nature humaine et écrivit ses *Maximes*. Après Mme de Longueville, il s'attacha à Mme de Lafayette ; « Il m'a donné de l'esprit, disait-elle, mais j'ai réformé son cœur. » Pierre Larousse a ajouté : « Elle se trompait : on ne réforme pas ce qui n'existe pas. » Il avait un caractère doux malgré son fond d'amertume. Il était pénétrant, mais irrésolu. D'après le cardinal de Retz, « Il n'a jamais été guerrier, quoiqu'il fût très soldat. Il n'a jamais été, par lui-même, bon courtisan, quoiqu'il ait eu toujours bonne intention de l'être. Il n'a jamais été bon homme de parti, quoique toute sa vie il y ait été engagé. » Et avant cela, il dit dans son style inimitable : « Il y a toujours eu du je ne sais quoi en M. de La Rochefoucauld. Il a voulu se mêler d'intrigues dès son enfance, et en un temps où il ne sentait pas les petits intérêts qui n'ont jamais été son faible, et où il ne connaissait pas les grands qui, d'un autre sens, n'ont pas été son fort. » Son fils, François VII, devint un favori de Louis XIV, qui le nomma grand veneur. Dans sa vieillesse, devenu presque aveugle, il suivait en calèche, et cette façon de chasser en voiture « comme un corps mort », dit Saint-Simon, finit par incommoder le roi. « À la mort du cerf, il se faisait descendre et mener au roi, pour lui présenter le pied qu'il lui fourrait souvent dans les yeux ou dans l'oreille. »

Lorsque la Fronde commença, le duc de La Rochefoucauld était l'amant de Mme de Longueville, et ce fut par elle qu'il se jeta dans le mouvement. Au combat du faubourg Saint-Antoine, il reçut un coup de mousquet qui le blessa aux yeux. À l'époque de la folie de son amour, il aimait à répéter les vers du poète Du Ryer :

> Pour mériter son cœur, pour plaire à ses beaux yeux,
> J'ai fait la guerre aux rois, je l'aurais faite aux dieux.

Lorsqu'il revint de son enthousiasme, ce qui ne tarda guère, il modifia ainsi les deux vers :

> Pour mériter ce cœur, qu'enfin je connais mieux,
> J'ai fait la guerre aux rois, j'en ai perdu les yeux.

## LA RONCE (sieur de)

On ne sait pratiquement rien de ce poète du début du XVIIe siècle, sinon qu'il était l'ami de Colletet et de Théophile, fréquentations guère édifiantes... Il a peu écrit, mais son inspiration sait parfois atteindre la plus simple poésie. Voici, non pour l'exemple mais pour l'illustration, un poème bien troussé sur l'aube :

> Les fous et les flatteurs vont au lever des rois ;
> Le chasseur tend sa toile à la brèche d'un bois ;
> Le courbé laboureur à la charrue ahane ;
> Le berger fait sortir son bien-aimé troupeau
> Pour le mener repaître au son du chalumeau :
> Et moi, pour le plaisir, je prends le con de Jeanne.

### Épitaphe
Ci-gît le gros Martin, ce n'est pas grand dommage :
Il n'eût pas fait grand fruit quand il eût plus vécu.
Il eut, quand il vivait, tous les traits du visage
Ressemblant si très fort à ceux-là de son cul,
Que lorsqu'il décéda, son âme torte et louche
S'envola par le cul, le prenant pour la bouche.

## LAURAGUAIS (comte de)

Louis-Léon-Félicité, comte de Lauraguais, puis duc de Brancas (1733-1824), délaissa le métier des armes et prétendit s'intéresser aux choses de l'esprit. Son œuvre littéraire n'eut pas de succès, mais il acquit de la célébrité par son esprit frondeur et quelques excentricités. Membre de l'Académie des sciences, il prit parti pour l'inoculation, lors de la fameuse querelle sur ce sujet, et rédigea, en 1763 un mémoire qu'il lut à l'Académie. Il y appliquait au Parlement des qualifications fort grossières, avec de nombreux écarts sur la religion et quantité de plaisanteries dirigées contre les différents corps qui devaient connaître de la question; ses confrères, «lassés de tant d'indécence», l'interrompirent. L'auteur adressa alors des copies de son ouvrage aux ministres, et cela fut pris pour de la provocation : on le confina à la citadelle de Metz. Peu après, Sophie Arnould, qui s'était jetée aux pieds de Choiseul à l'issue d'une représentation triomphale qu'elle venait de donner, obtint sa libération. La chronique de l'époque rapporte : «M. le comte de Lauraguais a cru devoir rendre hommage de sa liberté à son auteur; il lui a consacré les premiers jours de son retour. Pour ne point troubler ses plaisirs, Mme de Lauraguais s'est retirée au couvent.» Il tenait ardemment pour les idées nouvelles, mais la Révolution lui confisqua sa fortune et guillotina son exemplaire épouse, qu'il avait abandonnée depuis longtemps. Il accueillit avec soulagement la Restauration; Louis XVIII le fit pair de France.

On mangeait mal et l'on médisait beaucoup chez M. d'Aligre, ce qui fit dire au comte de Lauraguais : «En vérité, si on ne mangeait pas ici son prochain, ce serait à mourir de faim.»

C'est que ce marquis d'Aligre était avare à l'extrême; un jour qu'il recevait un ami, il finit par souffler la bougie, en disant : «Pour causer, en est-il besoin?»

L'ami en profita pour se déculotter.

Au bruit de cette simplification de toilette, le marquis demanda : «Mais que faites-vous?

— Je quitte mon pantalon; pour causer, il n'est pas plus nécessaire que votre bougie.»

*

Arrêtés dans une rue étroite, les cochers de M. de Lauraguais et de M. de Barentin se disputaient le passage avec force injures.

Impatientée, Mme de Barentin montra à la portière sa figure, qui était très laide. «Hé! madame, dit le comte de Lauraguais, pourquoi ne pas vous être montrée plus tôt?... Il y a longtemps que nous aurions reculé.»

*

Le marquis de Villette, tout amateur de garçons qu'il fût, avait parfois des relations charnelles avec des personnes du sexe – c'est-à-dire l'autre. C'est ainsi qu'il devint plus ou moins l'amant de Sophie Arnould. Arriva ce qui devait : ils se brouillèrent parce qu'elle ne le trouvait plus suffisamment ardent. Il lui écrivit une lettre d'injures. Il reçut en réponse du comte de Lauraguais son successeur, un manche à balai soigneusement empaqueté, sur l'enveloppe duquel étaient gravés ces deux vers de Voltaire qui ornaient d'habitude une statue de l'Amour :

> Qui que tu sois, voici ton maître :
> Il l'est, le fut, ou le doit être.

*

Presque tous les soirs l'archichancelier Cambacérès allait faire une promenade au Palais-Royal. Bien des gens allaient assister au spectacle. Il marchait en tête, seul, le nez au vent, un petit chapeau à cornes sous le bras, et les mains derrière le dos. Immédiatement après lui, marchaient sur la même ligne le gros marquis d'Aigrefeuille[1], ainsi que le sec et vieux marquis de Villevieille. Quelques espions de police étaient répandus dans le jardin pour maintenir l'ordre parmi les filles et les polissons de toute classe qui y fourmillaient et qui, escortant monseigneur dans sa promenade, formaient le dernier trait du tableau.

Le comte de Lauraguais disait alors qu'au Palais-Royal, « on pouvait rencontrer l'archichancelier Cambacérès qui s'archipromenait ».

## LAUZUN (duc de)

Antoine-Nompar de Caumont, comte puis duc de Lauzun (1633-1723) : le jeune Louis XIV avait fait de ce cadet de Gascogne son favori. Il allait le nommer grand maître de l'artillerie quand Louvois l'empêcha. Lauzun brisa alors son épée devant le roi pour dire qu'il ne servirait pas un prince

---

1. Ce d'Aigrefeuille, avec qui Cambacérès avait contracté de « funestes habitudes de collège », était le permanent croque-lardon de l'archichancelier. Il tenait à son intérieur. Après la campagne de Russie, lorsqu'il vit Napoléon, le printemps suivant, partir pour l'Allemagne au lieu de se tenir sur la défensive sur les bords du Rhin, il dit : « Cet homme-là fera tant qu'il finira par compromettre la tranquillité de Monseigneur. »

qui manquait de parole; le roi, hors de lui, ouvrit la fenêtre et jeta sa canne, pour ne pas frapper un gentilhomme. Après l'incident, Lauzun écrasa volontairement de son talon la main de Mme de Monaco, favorite royale. Il fut embastillé. Devenu capitaine des gardes du corps, il obtint le consentement du roi pour épouser Mlle de Montpensier, petite-fille d'Henri IV, qui lui donnait trois duchés. Mais «peu content d'épouser Mademoiselle, écrit Mme de Caylus, il voulut encore que le mariage se fît comme de couronne à couronne», ce qui donna aux princes du sang le temps de faire échouer le projet. À la suite d'une nouvelle disgrâce, on l'envoya à la forteresse de Pignerol où il parvenait, en passant par la cheminée, à rendre visite à son codétenu Fouquet, auquel il donnait des nouvelles si étonnantes de la Cour que l'autre le tenait pour fou. On aurait oublié Lauzun dans son donjon si la Montespan n'eût convoité pour son fils la fortune de Mlle de Montpensier; la manœuvre fit en contrepartie libérer Lauzun, qui dut procéder à des renonciations. Mademoiselle lui donna un duché; il lui dit que c'était si peu qu'il avait peine à l'accepter. Alors qu'il était toujours sous le coup d'un ordre d'exil, il fut chargé par le roi Jacques II de conduire en France la reine et le prince de Galles, et Mme de Sévigné dit qu'il trouva le chemin de Versailles en passant par Londres.

Le duc de Lauzun détestait le maréchal de Villeroy, qui le lui rendait bien. Lauzun, ancien favori, fit tout ce qu'il pouvait pour rentrer en grâce auprès de Louis XIV, et il décida sans mandat particulier d'aller voir les troupes, à l'été 1705, parce qu'elle étaient sur le point de se battre. C'était vers la fin de la campagne de Flandre, et les armées se faisaient face à très peu de distance, mais Villeroy ne se résolvait pas à attaquer (il est vrai qu'il avait failli subir un échec juste auparavant, alors que Villars de son côté avait fait merveille). Lorsque Lauzun arriva, le maréchal de Villeroy, qui le craignait, commença par lui faire rendre tous les honneurs militaires, parce que Lauzun avait eu en chef le commandement de l'armée du roi en Irlande. Ensuite, il décida de lui faire voir les troupes et lui donna des officiers généraux pour le promener, ce qu'ils firent à vue des grandes gardes de l'armée ennemie et, fatigués de ses questions et de ses propos, alors qu'on avait l'habitude de ne rien leur demander, les généraux le laissaient exposé à quelque coup de pistolet ennemi. Mais Lauzun était très brave et, dit Saint-Simon, «avec tout son feu il avait une valeur froide qui connaissait le péril dans tous ses divers degrés, qui ne s'inquiétait d'aucun, qui reconnaissait tout, remarquait tout, comme s'il eût été dans sa chambre». Et comme il comprit le manège de ces messieurs, il s'en amusa, et se divertit à s'arrêter dans les endroits les plus périlleux pour eux tous, tant et si bien qu'ils renoncèrent à leur manigance, «sentant qu'ils avaient affaire à un homme qui les mènerait toujours au-delà de ce qu'ils voudraient».

Lauzun revint à la Cour, et on s'empressa autour de lui sur la situation en Flandre. «Il fit le réservé, le disgracié à son ordinaire, l'homme rouillé et l'aveugle qui ne discerne pas deux pas devant soi.» Cela excita toutes les curiosités, et quand ce fut à son comble, il décida d'aller faire sa cour à Monseigneur (le Grand Dauphin), qui certes ne l'aimait pas, mais dont il savait qu'il n'aimait pas non plus le maréchal de Villeroy. Monseigneur lui posa beaucoup de questions sur la position des armées, et sur ce qui avait bien pu les empêcher de se battre. Après avoir longuement souligné la beauté et la gaieté de nos troupes et leur ardeur de combattre, Lauzun parut se refuser longtemps à toute explication, comme par courtoisie à l'égard de Villeroy. Enfin poussé au point où il voulait l'être, il finit par dire : «Je vous dirai, Monseigneur, puisque absolument vous me le commandez, que j'ai très exactement reconnu le front des deux armées de la droite à gauche, et tout le terrain entre deux. Il est vrai qu'il n'y avait point de ruisseau, et que je n'y ai vu ni ravins ni chemins creux, ni à monter ni à descendre; mais il est vrai aussi qu'il y avait d'autres empêchements que j'ai fort bien remarqués.

— Mais quels encore, lui dit Monseigneur, puisqu'il n'y avait rien entre eux ?»

M. de Lauzun, poursuit Saint-Simon, se fit encore battre longtemps là-dessus, répétant toujours les mêmes empêchements qui n'y étaient pas; enfin, poussé à bout, il tire sa tabatière de sa poche : «Voyez-vous, dit-il à Monseigneur, il y avait une chose qui embarrasse fort les pieds, une bruyère, à la vérité peu mêlée de rien de sec ni d'épineux, peu pressée encore, c'est la vérité, je ne puis pas dire autrement, mais une bruyère haute, haute, comment vous dirai-je ? (regardant partout pour trouver sa comparaison) haute, je vous assure, haute comme cette tabatière.»

L'éclat de rire prit à Monseigneur et à toute la compagnie, et M. de Lauzun fit la pirouette et s'en alla. C'était tout ce qu'il avait voulu. Le conte courut la Cour et bientôt gagna la ville. Le soir même il était rapporté au roi.

\*

Deux ans après la mort de Mlle de Monpensier, qu'il avait sans doute secrètement épousée, le duc de Lauzun, âgé de soixante ans passés, épousa Mlle de Durfort, fille du maréchal de Lorges, qui avait à peine seize ans.

Plus tard, et alors qu'il n'avait pas vu sa jeune femme depuis plusieurs années, on lui demanda ce qu'il lui dirait, si elle lui écrivait qu'elle venait de découvrir qu'elle était grosse. Il réfléchit et répondit : «Je lui écrirai : *Je suis charmé d'apprendre que le ciel ait enfin béni notre union ; soignez votre santé ; j'irai vous faire ma cour ce soir.*»

C'était le système du duc de Roquemont, dont la femme était très galante, et dans la chambre de laquelle il venait coucher ponctuellement une fois par mois, pour prévenir les mauvais propos si elle devenait grosse. Puis il repartait en disant : «Me voilà net, arrive qui plante.»

## LÉAUTAUD (Paul)

Paul Léautaud (1872-1956) fut très tôt abandonné par sa mère, une comédienne. Son père, souffleur à la Comédie-Française, le plaça à l'âge de quinze ans en apprentissage chez un marchand de tissus du Sentier. Il observa ses contemporains comme le ferait un entomologiste, et livra dans les 19 volumes de son *Journal*, de 1893 à 1956, la chronique de sa misanthropie, dans un style qui n'a pas vieilli. Il figura parmi les signataires violemment antidreyfusards du «monument Henry». Il était vêtu comme un clochard et un jour que, revenant du marché de Buci voisin où il avait acheté le mou pour ses chats, il voulait entrer à l'Institut pour contempler les ors de la monarchie, il fut brutalement mis dehors par les appariteurs. Il mourut dans une maison de soins à la Vallée-aux-Loups, sur l'ancien domaine de Chateaubriand. C'est le seul point commun car Léautaud est l'anti-romantique par excellence. Un jour qu'un jardinier de ses amis lui disait : «Je vais vous raconter une histoire toute simple, mais émouvante : un homme aimait une femme...» Léautaud l'interrompit : «Ah ! oui, je la connais ; c'est une histoire de fous.»

Sur François Coppée[1], trop catholique : «*Anus Dei*».

*

Éconduisant un témoin de Jéhovah venu lui annoncer la fin du monde : «Il ne fallait pas vous déranger pour si peu.»

---

1. François Coppée (1842-1908) : quand on demanda à ce poète précieux de signer la pétition en faveur d'Oscar Wilde emprisonné, il déclara : «Je veux bien signer en tant que membre de la Société protectrice des animaux, puisque ce monsieur est un cochon.»

\*

Assistant un jour à un drame excessivement mélodramatique dont l'action se déroulait sur un navire en train de sombrer, Paul Léautaud se leva depuis les premiers rangs où il était assis, se retourna, et cria au public du théâtre : « S'il vous plaît, mesdames et messieurs, pas de panique... Les femmes et les enfants d'abord. »

\*

Une dame disait à Paul Léautaud, déjà âgé : « À votre âge, ce doit être triste de voir mourir ses amis.
— Bah ! cela console de ceux qu'on voit vivre. »

\*

Léautaud n'aimait pas Céline – ou plus exactement, comme le dit Arletty : « Il ne pouvait pas blairer Céline. » Celui-ci était né à Courbevoie, comme Arletty, qui l'aimait d'ailleurs beaucoup. Elle a raconté l'une de ses nombreuses entrevues avec Léautaud :
« Un beau jour, je lui dis : "Vous savez, je suis née à Courbevoie." Il me fait : "Il n'y a pas de quoi se vanter." »

## LEBRUN (Lebrun-Pindare)

Ponce-Denis Écouchard-Lebrun (1729-1807) : secrétaire du prince de Conti, dont son père était valet de chambre, il battait sa femme, Marie-Anne de Surcourt, puis il la vendit à son maître. Elle forma une demande en séparation qui réduisit le patrimoine de son mari. Celui-ci plaça les débris de sa fortune chez le prince de Guéméné, qui fit banqueroute, et le poète ne le désigna plus que sous le nom d'« escroc sérénissime ». La reine lui porta secours par une pension ; il la remercia par une ode dans laquelle il disait, en parlant de la Seine :

> Oui, tant que son onde charmée
> Baignera l'empire des lis
> Elle entendra ma lyre encore
> D'un roi généreux qui l'honore
> Chanter les augustes bienfaits.

Deux ans après, l'auteur composa des odes républicaines où la reine était traitée de tous les noms. Plus tard, l'appellation de « nouvel Alexandre », dont il gratifiera Napoléon, lui vaudra une pension qui le fera mourir dans l'aisance. Sur un exemplaire des œuvres de Lebrun, Chateaubriand avait ajouté de sa main : « Lebrun a toutes les qualités du lyrique ; ses yeux sont

> âpres, ses tempes chauves, sa taille élevée, et quand il récite son *Exegi monumentum* on dirait qu'il se croit aux Jeux olympiques. Il ne s'endort jamais qu'il n'ait composé quelques vers, et c'est toujours dans son lit, entre trois et quatre heures du matin, que l'esprit divin le visite. Quand j'allais le voir le matin, je le trouvais entre trois ou quatre pots sales, avec une vieille servante qui faisait son ménage. "Mon ami, me disait-il, ah! j'ai fait cette nuit quelque chose! oh! Si vous l'entendiez!" Et il se mettait à tonner sa strophe, tandis que son perruquier, qui enrageait, lui disait : "Monsieur, tournez donc la tête!", et avec ses deux mains, il inclinait la tête de Lebrun, qui oubliait bientôt le perruquier et recommençait à gesticuler et à déclamer.»

Sur le poète Carbon de Flins des Oliviers :

Carbon de Flins des Oliviers
A plus de noms que de lauriers.

*

Vaucanson, le facteur d'automates, avait conçu pour la représentation de la *Cléopâtre* de Marmontel un aspic qui avait la propriété de siffler. Lorsque, à la sortie de la première, on demanda au marquis de Bièvre ce qu'il pensait de la pièce, il répondit : «Je suis de l'avis de l'aspic.»

L'automate ne fut pas seul à siffler, comme le rapporte cette bonne épigramme de Lebrun :

Au beau drame de *Cléopâtre*
Où fut l'aspic de Vaucanson,
Tant fut sifflé, qu'à l'unisson
Sifflaient et parterre et théâtre
Et le souffleur, oyant cela,
Croyant encore souffler, siffla.

*

Sur un confrère en poésie, qui avait été victime d'un larcin :
«On vient de me voler...
— Que je plains ton malheur!
— ... Tous mes vers manuscrits.
— Que je plains le voleur!»

*

Sur une belle que le temps avait fini par courber :

Au conseil d'un ami, Chloé, sois attentive :
Fais qu'amour te précède et jamais ne te suive.

*

*Épigramme*

Qu'ils me sont doux, ces champêtres concerts,
    Où rossignols, pinsons, merles, fauvettes,
Sur leur théâtre, entre des rameaux verts,
    Viennent, gratis, m'offrir leurs chansonnettes.
    Quels opéras me seraient aussi chers ?
    Là, n'est point d'art, d'ennui scientifique ;
Gluck, Piccinni, n'ont point noté les airs :
    Nature seule en a fait la musique,
Et Marmontel n'en a point fait les vers.

*

Baour-Lormian, pauvre poète, et qui estimait être le « Bonaparte de la poésie », s'indigna lorsque l'Académie refusa de l'admettre en 1815 (elle crut plus tard devoir réparer son erreur). Lebrun fit ces vers au nom du malheureux :

Eh quoi ! ces portes indociles
Ne s'ouvrent point devant mes pas ?
Ils sont là quarante imbéciles,
Et moi, Baour, je n'en suis pas ?

Baour-Lormian s'en vengea en faisant sur Lebrun, qui était maigre, ce distique :

Lebrun de gloire se nourrit ;
Aussi voyez comme il maigrit.

Baour était gras, et la riposte fut facile :

Sottise entretient la santé,
Aussi Baour s'est toujours bien porté.

Lebrun y ajouta bientôt un méchant quatrain, où il faisait allusion au fait que Baour n'avait pas d'enfants et qu'il venait de traduire la *Jérusalem délivrée* :

> Ci-gît Baour, l'eunuque du Parnasse,
> Baour dont l'impuissante audace
> Trahissant sa femme et le Tasse,
> N'a laissé ni gloire ni race.

\*

Lebrun sur Mme de Staël :

> Corinne se consume en efforts superflus :
> La vertu n'en veut point, le vice n'en veut plus.

## LECONTE DE LISLE (Charles-Marie)

Charles-Marie Leconte de Lisle (1818-1894) était violemment républicain à une époque où ce n'était pas si fréquent, quand Lamartine et Hugo étaient royalistes bon teint. Il avait été éduqué exclusivement d'après la méthode des philosophes préconventionnels par son père, médecin de marine établi à l'île Bourbon, et qui inculqua à son fils la haine du catholicisme. Quittant à dix-neuf ans la Réunion pour venir en métropole, celui-ci fit étape à Sainte-Hélène, ce qui lui permit d'aller injurier les cendres de Napoléon, qui y gisait encore. Il s'ennuya six ans à Rennes, puis repartit aux îles où il traîna une nouvelle forme d'ennui qui lui fit bâtir un mélange de panthéisme et de socialisme. Établi à Paris en 1845, il se consacra à la poésie tout en publiant de loin en loin un article fouriériste. On en fit surtout le chef de file du mouvement parnassien. Le Second Empire lui octroya pension et décorations et la République poursuivit la distribution des honneurs. Léon Daudet le comparait à une sorte de fonctionnaire aigri et mécontent, qui ferait des mots sur ses chefs. Il ajoute qu'il avait «l'air de quelqu'un que sa poésie ne délivre pas du tout» et qui porte en soi un damné : «Mais il est bien certain que nous n'aurons jamais la clef de cette énigme, étouffée sous l'eurythmie... On m'avait appris à le vénérer. Mais je le vénérais avec inquiétude.»

Sur Victor Hugo : «Bête comme l'Himalaya.»

\*

Sur Émile Zola : «Le porc épique.»

## LESZCZYŃSKA (Marie)

Marie Leszczyńska, reine de France (1703-1768), fut précipitamment mariée à Louis XV parce que le duc de Bourbon craignait que la branche d'Orléans ne recueillît la couronne en l'absence de descendance. Le jeune roi, âgé de quinze ans, s'empressa de faire un grand nombre d'enfants à cette princesse polonaise âgée de vingt-deux ans, qu'on lui offrait. La reine, quoique éprise, se lassa de ce train d'enfer («Eh quoi! toujours coucher, toujours accoucher...») qui lui valut onze grossesses à la suite; le roi ne comprit pas la distance qu'elle commençait à installer, et il prit des favorites. Progressivement, la reine vécut à l'écart de l'étiquette. Bien que sa piété ne se démentît jamais, elle tenait salon, elle ou la duchesse de Villars sa dame d'atours, avec quelques esprits très libres, même s'ils appartenaient au parti politique dit «des dévots», favorable aux réformes de la monarchie – en particulier la réforme Maupeou. Marie Leczinska, après son souper, rejoignait ainsi ses commensaux, dont le cardinal de Tencin, le comte d'Argenson, Moncrif ou le railleur abbé de Broglie. La conversation était gaie, et les propos fort libres. Un soir, en pleine guerre de Sept Ans, on disait que les *houssards* faisaient des courses de plus en plus avant en France, et approcheraient bientôt de Versailles. La reine dit : «Mais si j'en rencontrais une troupe, et que ma garde me défendît mal? – Madame dit quelqu'un, Votre Majesté courrait grand risque d'être houssardée. – Et vous, monsieur de Tressan, que feriez-vous? [il était exempt des gardes] – Je défendrais Votre Majesté au péril de ma vie. – Mais si vos efforts étaient inutiles? – Madame, il m'arriverait comme au chien qui défend le dîner de son maître : après l'avoir défendu de son mieux, il se laisse tenter d'en manger comme les autres.» Le marquis d'Argenson, qui raconte cela, dit : «propos galant si l'on veut, mais bien inconvenant». Il ajoute que «la reine est si bonne qu'elle ne fit qu'en rire».

À l'époque où Mme de Mailly était favorite en titre (ce fut la première maîtresse de Louis XV), elle alla demander à la reine, dont elle dépendait, la permission de faire avec une partie de la Cour le voyage de Compiègne, où allait le roi; elle invoqua le fait que comme dame du palais, elle pouvait partir pour les chasses.

Marie Leszczyńska répondit simplement : «N'êtes-vous pas la maîtresse?»

*

La reine d'ailleurs ne manquait pas d'esprit. Apprenant que la princesse de Conti, fille naturelle de Louis XIV, était de toutes les fêtes galantes de Choisy, elle dit pour commentaire : «Un vieux cocher aime encore à entendre claquer le fouet.»

*

Le comte de Tessé était le premier écuyer de Marie Leszczyńska. Mme Campan dans ses *Mémoires* rapporte que, un jour qu'il avait été question des hauts faits militaires qui prouvaient la noblesse française, la reine dit au comte : « Et vous, monsieur de Tessé, toute votre maison s'est aussi bien distinguée dans la carrière des armes ?

— Oh ! madame, nous avons été tous tués au service de nos maîtres !

— Que je suis heureuse, reprit la reine, que vous soyez resté pour me le dire ! »

### À propos de Marie Leszczyńska

Le crédit de la reine à la Cour était très mince, surtout depuis que le roi avait pris maîtresse. Essayait-elle de recommander un officier à tel secrétaire d'État (ces ministres que Frédéric II, beaucoup plus absolu, appelait « les rois subalternes qui gouvernent la France »), elle n'en obtenait rien, et ils la recevaient mal, lui opposant une mine renfrognée. Elle s'en plaignit au roi qui, se désintéressant de plus en plus des affaires, lui donna cette consolation : « Que ne m'imitez-vous, madame ? Jamais je ne demande rien à ces gens-là. »

*

On disait à Stanislas Leszczynski que son gendre Louis XV trompait sa femme. « Que voulez-vous ! soupira l'ancien roi de Pologne qui n'était pas en reste : ma femme et ma fille sont les reines les plus ennuyeuses que je connaisse... »

## LE COIGNEUX ET SES FILS

Jacques Le Coigneux ou Le Cogneux (1588-1651), président à mortier au parlement de Paris, avait l'idée fixe d'être cardinal ; Richelieu lui expliqua que ce n'était pas possible, la pourpre étant interdite à tout homme marié deux fois – Le Cogneux le fut trois fois. Il complota donc avec Gaston d'Orléans, puis dut le suivre en exil. C'était « un homme assez extraordinaire », selon Tallemant. Étant un jour en colère contre ses gens, il lui prit envie d'essayer si on ne pouvait vivre sans valets. Il donna congé à tous ses domestiques, se mit dans une chambre tout seul (il était alors à Bruxelles), faisait son lit, allait au marché et mettait son pot au feu ; « mais il fut bientôt las ». Le président avait une mine d'arracheur de dents, ce

> qui ne l'empêcha pas d'avoir une histoire galante avec une Mme Guillon, femme d'un conseiller au parlement; cette dame était très belle et Marie de Médicis, qui ne doutait de rien, disait dans son charabia habituel : «*E bella questa Guillon, mi ressemble*». Son fils aîné, lui-même Jacques Le Coigneux (†1686), qui succéda à son père comme président à mortier, est resté célèbre pour prendre des lavements dès qu'il avait un bouton sur le visage. De son second mariage, le président Le Coigneux eut François Le Coigneux, sieur de Bauchaumont (1624-1702), conseiller au Parlement qui joua un rôle dans la Fronde avant de se consacrer aux lettres. Il est l'auteur, avec Chapelle, du fameux *Voyage*.

Malgré son physique très disgracié, Saint-Pavin s'était avisé de cajoler la présidente Le Cogneux. Le président dut mettre fin à ces minauderies. Tirant Saint-Pavin par la manche, il lui dit : «Écoutez : fait comme vous êtes, vous ne ferez que l'échauffer et quelque blondin la foutra sous votre moustache comme sous la mienne.»

*

À une époque, la présidente Tambonneau[1] avait deux amants en même temps; l'un était le fils du président Le Cogneux, l'autre était le comte d'Aubijoux, qui disait d'ailleurs qu'il n'avait jamais trouvé de femme «qui y prît tant de plaisir ni qui y fût si propre».

---

1. Président à la Chambre des comptes, Jean Tambonneau (†1683) avait épousé Marie Boyer (1616-1700), jolie fille d'un riche traitant, alors âgée de quatorze ans, qui n'avait guère envie de ce mariage. Tallemant écrit : «Devant le prêtre elle fut fort longtemps à dire oui. Le soir des noces, quand Tambonneau se vint coucher, elle fit un grand cri et ne voulut point souffrir qu'il approchât d'elle; insensiblement elle s'y accoutuma, et pour se consoler, elle eut bientôt des galants.» Elle se facilitait les choses en acceptant les entremetteurs : «On disait que Mme de Rohan, la douairière, pour se rendre le président de Maisons favorable en l'affaire de Tancrède, avait fait le maquerellage de lui et de la petite présidente.» Éprise de Roquelaure, elle se sauva de chez son mari déguisée en paysanne pour aller à Saint-Germain : «Elle alla gaillardement loger chez Roquelaure, qui en faisait mille contes, l'appelait sa ménagère, et disait aux gens : "Voulez-vous venir manger de la soupe de ma ménagère?" Là, bien des gens tâtèrent de la Présidente; on ne s'en cachait point; on disait : "Untel y coucha hier, untel y couche ce soir." Enfin le mari s'y retira aussi, et au retour, il disait : "J'étais fort bien à Saint-Germain; je ne manquai de rien chez mon bon ami Roquelaure."» Si le président avait une femme facile, et si lui-même prenait du bon temps, ses parents n'avaient pas été austères. Son père Michel, déjà président des comptes, était aussi débauché que sa femme; comme il lui faisait des excuses de lui avoir donné la vérole, elle répondait : «Eh! monsieur : qui vous dit que ce n'est point à moi de vous en faire?»

Elle passait des bras de l'un à l'autre. Une fois que Le Cogneux entendit qu'en descendant de carrosse elle disait très fort à l'adresse du comte, avec qui elle était allée courir au bal : « Adieu, ma cousine », pendant que lui l'attendait dans sa chambre, il lui donna de bons soufflets en disant : « En voilà, pour votre cousine. »

Il lui reprocha ensuite que ses jupes étaient bien légères, pour se lever à tout vent.

Quand la présidente Tambonneau fit dire à son voisin Tallemant qu'elle était très indisposée, ayant la petite vérole, celui-ci en tint informé d'autres personnes ; on lui répondait : « Vous vous moquez : c'est la grosse. »

*

Le président Tambonneau, fort trompé par sa femme, finit par, lui aussi, prendre du bon temps. Il allait en particulier chez une fille que fréquentaient nombre de jeunes Frondeurs. Comme il ne voulait pas se brouiller à la Cour, il envoyait toujours voir qui y était avant d'y aller (mais une fois qu'il y était, il laissait son carrosse à la porte et tout le monde savait qu'il était là). Un jour qu'il s'y trouvait, on annonça Le Coigneux de Bachaumont. Le président Tambonneau fut affolé : « Ah ! mon Dieu ! mademoiselle, cachez-moi ! »

Mais il n'y avait pas d'endroit pour cela. Le président, laissant son argent, se précipita au-dehors, se bridant le nez de son manteau. Il passa tout contre Le Coigneux de Bachaumont, et celui-ci se mit à crier : « Je ne vois pas M. le président Tambonneau ! Je ne le vois pas ! »

Plus tard, le président allait chez Ninon de Lenclos, pour paraître à la mode. Chez Ninon, il y avait une petite jeune fille, nommée Charpentier, à qui il faisait les yeux doux. Il lui envoyait aussi du cidre de ses terres, et elle en redemandait ; elle lui disait : « Président, envoie-moi bien du cidre et ne viens point, car tu pues trop fort. »

## LEFEBVRE (le maréchal et la maréchale)

François-Joseph Lefebvre, duc de Dantzig (1755-1820), était bas-officier dans les gardes-françaises, lorsque la Révolution éclata. Quatre ans après, il était général. Il commandait toujours les avant-gardes, et fut décisif à Fleurus. Ses grenadiers jouèrent un rôle au 18 Brumaire ; lui-même était très remonté (« Allons jeter tous ces bougres d'avocats à la rivière ! »).

Maréchal en 1804, il reçut l'ordre de prendre Dantzig où étaient retranchés Prussiens et Russes. Le siège se prolongeait; le maréchal dit à ses artilleurs : «Je n'entends rien à votre affaire, mais foutez-moi un trou làdedans, et je passerai!» La brèche faite, il emporta la ville comme il avait dit. Lors de la retraite de Russie, il marcha toujours à la tête de la Garde. Louis XVIII le fit pair de France. Du temps des gardes-françaises, il s'était mis en ménage avec la blanchisseuse de la compagnie, Catherine Hübscher († 1835), qui lui donna quatorze enfants. On prétend qu'elle mettait ses pommes à sécher dans les rayonnages des bibliothèques de son hôtel particulier, en expliquant : «Moi, vous savez, je ne suis pas lisarde.» Las Cases a égayé l'Empereur, à Sainte-Hélène, par les anecdotes et les coq-à-l'âne prêtés à la maréchale. La pièce de Sardou et Moreau immortalisera *Madame Sans-Gêne* en 1893. Sans doute valait-elle mieux que sa réputation. Un jour que la femme du préfet la visitait dans son château de Combault, elle ouvrit une armoire où étaient rangés dans l'ordre les différents costumes qu'elle et son mari avaient portés depuis des temps anciens : «Voici, dit-elle, une galerie d'habits de conditions bien diverses. Nous avons été curieux de conserver tout cela... C'est le moyen de ne pas oublier.»

Mathieu de Montmorency venait de dire à Lefebvre : «Vous êtes duc, mais vous n'avez pas d'ancêtres.

— C'est vrai, répondit le maréchal : c'est nous qui sommes les ancêtres[1].»

*

Le chambellan des Tuileries avait annoncé : «Madame la maréchale Lefebvre!»

Napoléon, venant immédiatement vers elle, la salua : «Bonjour madame la maréchale, duchesse de Dantzig.»

Elle se tourna alors vers le chambellan pour lui lancer : «Ça te la coupe, hein, cadet!»

La sentence est d'autant plus verte si l'on s'avise du fait que les chambellans du palais étaient choisis par l'Empereur parmi les rejetons des vieilles familles de France.

### À propos des Lefebvre

Un jour que la maréchale Lefebvre se rendait chez l'impératrice Joséphine avec Mme Lannes, plus tard duchesse de Montebello, on lui dit à la porte que Sa Majesté ne recevait personne.

---

1. On trouve parfois le propos prêté à Rapp, à Soult, ou à Junot...

«Comment, comment, personne! s'écria la maréchale : dites-lui que c'est la femme à Lefebvre et la celle à Lannes.»

Le chambellan, qui ne fut pas discret, répéta l'affaire, et l'on rit beaucoup dans tout Paris de *la selle à l'âne*.

## LEMAITRE (Jules)

Jules Lemaitre (1853-1914) fut *le* critique des dernières années du XIXᵉ siècle et des premières du XXᵉ. Il était voltairien et réactionnaire. Charles Du Bos, lorsqu'il parlait de Jules Lemaitre et d'Anatole France, les deux disciples de Renan, parlait des «deux enfants de chœur du prêtre manqué». Mme de Loynes, la grande hôtesse royaliste qui tenait salon sur les Champs-Élysées, devint sa maîtresse et l'encouragea à fonder en 1898 la Ligue de la Patrie française, destinée à faire pièce aux intellectuels dreyfusards. Jules Renard faisait cette recommandation à un ami : «Si tu écris à Jules Lemaitre, mets sur l'enveloppe : *de l'Académie française.* Tu feras plaisir à Lemaitre et à la directrice des postes de ton village.»

De Jules Lemaitre sur Maurice Barrès : «Il a ramassé les phrases que Chateaubriand avait laissé tomber, mais Chateaubriand avait du goût, et il n'a pas laissé tomber les plus belles.»

## LEMERCIER (Népomucène)

Népomucène Lemercier (1771-1840) : ce «jeune homme petit, pâle et blond» écrivit à seize ans sa première tragédie qui fut jouée sur le Théâtre-Français. Bien qu'il fût le filleul de la duchesse de Lamballe dont on promena la tête sur une pique, il applaudit à la Révolution naissante. Il attendit 1795 pour faire une pièce réactionnaire, le *Tartufe révolutionnaire*, et le Directoire mit le comble à la gloire de l'auteur en interdisant la représentation. Peu après, il se vit pourtant décerner au Champ-de-Mars une palme d'honneur pour sa tragédie *Agamemnon*. Sa pièce *Pinto* fut extraordinairement sifflée; il a lui-même raconté : «Quel vacarme! quel bruit!... Jamais on n'entendit pareille rumeur à la Comédie-Française, m'ont dit les servants les plus vieux. Mme Lachassaigne ne se rappelait un pareil tumulte qu'au *Mariage de Figaro*, et encore j'avais la supériorité de quelques centaines de sifflets.» Par Joséphine, il faisait partie des commensaux de Bonaparte; ils se brouillèrent. Il se tint à l'écart sous la Restauration, et on l'oublia. Mathieu Molé dans ses *Souvenirs* parle de l'époque où «le seul Lemercier [...] froidement impie, platement cynique, innovait en publiant dans une langue barbare des poèmes que personne ne lisait et que je n'ai jamais pu achever». Il rappelle que 20000 exemplaires de son poème *La Pitié* furent enlevés en un instant : «20000 exemplaires! Qui ne croirait que j'exagère, aujourd'hui que le monde se compose d'une génération qui n'a jamais lu ce poème, et d'une autre qui l'a oublié!»

Au Théâtre-Français, Lemercier était assis sur un tabouret dans le couloir de la première galerie. Arrive un jeune officier qui se plante debout devant lui.

« Monsieur, dit doucement le poète, vous m'empêchez de voir. »

L'officier se retourne, regarde du haut de sa taille ce petit homme humblement assis, et ne se dérange pas.

« Monsieur, reprend plus nettement M. Lemercier, je vous ai dit que vous m'empêchiez de voir, et je vous ordonne de vous retirer.

— Vous *ordonnez*? Savez-vous que vous parlez à un homme qui rapporte les drapeaux de l'armée d'Italie?

— C'est possible, monsieur; un âne a bien porté Jésus-Christ. »

Un duel s'ensuivit : l'officier eut le bras cassé.

*

Un jour que l'Empereur avait vu *Agamemnon*, l'œuvre majeure de Lemercier, il fit appeler l'auteur après le spectacle et lui dit : « La pièce ne vaut rien. De quel droit ce Strophus ose-t-il faire des remontrances à Clytemnestre? Ce n'est qu'un valet.

— Strophus n'est pas un valet, Sire : c'est un roi détrôné, un ami d'Agamemnon.

— Vous ne connaissez guère la Cour, répliqua l'Empereur. Apprenez qu'en ce lieu le monarque seul est quelque chose, tous les autres ne sont que des valets. »

L'exécution du duc d'Enghien donna à Lemercier l'occasion de rompre avec Bonaparte dont il avait été l'ami intime, et il observa durant tout l'Empire un silence désapprobateur. Un jour qu'il assistait à une réception officielle, l'Empereur l'interrogea : « Alors, monsieur Lemercier, quand ferez-vous paraître quelque chose?

— Sire, j'attends. »

## LENCLOS (Ninon de)

Anne dite « Ninon » de Lenclos (1616-1706), fille d'un gentilhomme tourangeau, se trouva orpheline à quinze ans et commença cette vie galante qu'elle termina à soixante-dix ans avec l'abbé de Châteauneuf, qu'elle appelait sa dernière folie. On a loué sa beauté, la supériorité de son esprit et la noblesse de son caractère. Elle donna d'utiles avis à Scarron, Fontenelle, même à Molière; elle sut deviner Voltaire, auquel elle légua 2 000 F pour acheter des livres. Saint-Évremond lui avait demandé sa biographie pour des admirateurs d'Angleterre. Elle l'écrivit en négligeant le chapitre des galanteries, et elle envoya son manuscrit en disant : «Voici mon portrait, mais vous ne l'avez qu'en buste.» À propos des cendres qu'on applique au front à la veille du Carême, elle disait qu'au lieu des paroles dont l'officiant se sert («Souviens-toi que tu es poussière, et que tu redeviendras poussière»), il fallait dire : *Il faut quitter ses amours, il faut quitter ses amours.* Le mot, qui date de la période stoïque de Ninon, est authentique. Le suivant le paraît moins, mais on ne prête qu'aux riches : «Il faut plaindre les tourterelles de ne baiser qu'au printemps.»

Le grand prieur de Vendôme, cet ivrogne invétéré dont Saint-Simon dit que, depuis trente ans, il ne s'est jamais couché le soir dans son lit qu'ivre mort et transporté par des valets, «coutume à laquelle il fut fidèle le reste de sa vie», ce grand prieur, donc, avait été fort amoureux de Ninon, mais la belle avait résisté.

De dépit, l'amoureux composa ce quatrain :

> Indigne de mes feux, indigne de mes larmes,
> Je renonce sans peine à tes faibles appas ;
> Mon amour te prêtait des charmes,
> Ingrate, que tu n'avais pas.

Ninon sut répliquer :

> Insensible à tes feux, insensible à tes larmes,
> Je te vois renoncer à mes faibles appas ;
> Mais si l'amour prête des charmes,
> Pourquoi n'en empruntais-tu pas ?

\*

Mignard le peintre se trouvait un jour chez Ninon, en compagnie de Ménage et des membres de la jeune Académie française. Comme il se plaignait que sa fille (depuis comtesse de Feuquières) était tout à fait dépourvue de mémoire, Ninon glissa un malin regard à messieurs de l'Académie, et dit : «Tant mieux ! oh ! tant mieux : elle ne citera pas.»

## À propos de Ninon de Lenclos

Lorsque Ninon mourut, on fit cette épigramme, qui est un peu un hommage :

> On ne reverra de cent lustres
> Ce que, de notre temps, nous a fait voir Ninon
> Qui s'est mise, en dépit du con,
> Au nombre des hommes illustres.

## LÉON XIII

Léon XIII (1810-1903) fut élu pape en 1878 dans la chapelle Sixtine et non dans la Basilique, par ordre des autorités italiennes qui occupaient alors le Vatican et craignaient des démonstrations de la foule. Il attaqua le socialisme et le nihilisme dans son encyclique *Quod Apostolici muneris*, et la franc-maçonnerie dans *Humanum Genus*. Il recommanda aux historiens catholiques de faire des ouvrages objectifs et ouvrit les archives du Vatican à tout chercheur. Son encyclique *Rerum novarum* légitima la propriété privée, affirma la nécessité de justes salaires et la légitimité des syndicats. Il obtint la révision par l'Allemagne en 1886 de ses lois anticléricales inspirées par le Kulturkampf. Il fit des efforts pour que les catholiques français se rallient à la IIIᵉ République ; cela mortifia les traditionalistes sans refréner la législation anticléricale.

Un prince italien très voltairien, qui voulait gêner le pape Léon XIII, lui montra une tabatière dont le couvercle était une miniature représentant une femme nue dans une pose douteuse. Et il demanda au Saint-Père : « Eh bien, comment la trouvez-vous ?

— Je ne répondrai rien, Prince, avant de savoir si ce n'est la princesse. »

## LÉOPOLD II

Léopold II, roi des Belges (1835-1909), était un enfant sensible et délicat, et quand on lui fit épouser Marie Henriette, archiduchesse d'Autriche, garçonne qui pansait elle-même les chevaux, on évoqua « le mariage du palefrenier et de la religieuse »... Mais « la religieuse » rattrapa le temps perdu, devenant un amateur invétéré de brunes rondelettes (qu'il appelait « mes noires »). Devenu roi en 1865, à la mort de son père, obsédé par l'idée d'acquérir une possession africaine pour des raisons économiques, il envoya Stanley en Afrique et acquit des droits, tout d'abord personnels, sur le Congo belge. Mark Twain et surtout Conan Doyle ont dénoncé les exactions faites. Il est vrai que les États-Unis, qui voulaient des marchés ouverts et combattaient pour cela la colonisation, s'employaient à discréditer la Belgique, et la campagne de presse de l'époque est marquée par un grand nombre d'exagérations, même si la réalité fut loin d'être reluisante. Dans ses vieux jours, le roi fit ses délices de Blanche Delacroix, une courtisane adolescente (brune et rondelette...) qu'il épousa *in extremis*, malgré quarante-huit ans de différence.

À l'époque où Léopold II avait pour maîtresse la célèbre danseuse Cléo de Mérode, l'archevêque de Bruxelles vint lui faire des remontrances à ce sujet. Le roi écouta et dit : «Éminence, on m'a raconté la même chose de vous, mais je ne l'ai pas cru.»

## LE ROCHOIS (Mlle)

Marthe Le Rochois, à l'Opéra de 1690 à 1698, faisait souvent réviser leurs rôles à ses cadettes, dont Mlle Desmatins, réputée pour une inintelligence égale à sa beauté. Un jour qu'elle lui faisait répéter un rôle où une amante abandonnée adressait ses adieux à celui qu'elle adore : «Pénétrez-vous bien de la situation, dit Mlle Le Rochois; si vous étiez délaissée par un homme que vous aimeriez avec passion, que feriez-vous ? – Je chercherais un autre amant, répondit Mlle Desmatins. – En ce cas nous perdons toutes deux notre temps», répliqua le professeur (les charmes de cette Mlle Desmatins disparurent bientôt sous l'embonpoint. Elle essaya l'abstinence et but du vinaigre, mais ne parvint qu'à délabrer sa santé. Nérée Desarbres ajoute : «Elle tenta même, disent les chroniqueurs, une opération qui consista à se faire extraire des intestins neuf livres de graisse dont elle fit un emploi culinaire. Je cite sans croire»).

Pascal Colasse[1] était doué d'une grande facilité musicale, et sa réputation naissante vint jusqu'à Lulli, qui le prit chez lui comme

---

1. Pascal Colasse (1649-1709) succéda comme chef d'orchestre de l'Opéra à Lalouette, qui avait lui-même été le successeur de Lulli. Colasse fut ainsi le troisième chef d'orchestre («batteur de mesure») de l'Opéra français, qui comportait alors quatorze instrumentistes. Il a signé diverses œuvres dont Fontenelle, La Fontaine ou Jean-Baptiste Rousseau avaient fait les paroles. Ayant quitté l'Opéra, il obtint le privilège d'une académie de musique à Lille; il la fonda à ses dépens, mais bientôt un incendie dévasta l'entreprise. Dix mille livres lui furent accordées par le roi en indemnité. Cette somme fut consacrée, jusqu'à sa dernière pièce, à la recherche de la pierre philosophale, et Colasse mourut dans un état voisin de l'imbécillité, empoisonné par les vapeurs de ses combinaisons chimiques.

élève; il le fit travailler aux parties de chœur et d'orchestre, dont il faisait seulement le chant et la basse.

Le maître avait l'habitude de faire et refaire certains airs, et jeter au panier ceux dont il n'était pas satisfait. Colasse, homme d'ordre, ramassait les pages méprisées, de sorte qu'une collection considérable de morceaux composés par Lulli étaient entre ses mains. Il les utilisa souvent dans ses propres ouvrages.

Ses contemporains lui reprochèrent plusieurs fois ses larcins. Un jour que, s'étant pris de querelle avec un acteur de l'Opéra, ses habits avaient eu à souffrir d'une explication très animée : «Comme te voilà fait! lui dit un de ses amis.

— Comme quelqu'un qui revient du pillage», commenta Mlle Le Rochois.

## LÉVIS (duc de)

François Gaston, chevalier puis duc de Lévis, maréchal de France (1719-1787) : ce cadet de famille qui avait pris l'épée à quatorze ans reçut le commandement en Nouvelle-France pour succéder à Montcalm, lorsque celui-ci fut tué à la bataille de Québec. Lors de manœuvres décisives au cœur de l'hiver, ses troupes s'emparèrent de deux navires marchands chargés de rhum. «Le soldat venait de faire une marche forcée de plusieurs jours en supportant des privations de tous genres; il ne put être contenu : les barriques furent enfoncées, et, en moins d'une heure, toute cette petite armée était ivre à ne pas bouger : elle était perdue si l'ennemi eût été instruit de cet accident.» Ce ne fut pas le cas, et Lévis réussit à défendre encore longtemps le Canada. Mais les Anglais recevaient des renforts, alors que les soldats français vivaient dans un dénuement de munitions toujours interceptées. Lévis capitula en 1760; «il partit, emportant les regrets des colons et même des tribus sauvages».

Un seigneur de Pons, assez vain, prétendait sérieusement descendre de Ponce Pilate, et avoir de ce fait préséance d'ancienneté sur beaucoup de familles de vieille roche. Le duc de Lévis, ne voulant pas s'en laisser conter, se prétendit issu de la tribu de Lévi, tout comme le Christ lui-même (par Marie). Aussi bien, montrant audit seigneur de Pons un Christ en croix, il lui dit : «Voyez, monsieur, dans quelle situation un de vos parents a mis le mien.»

## LICHE (marquis de)

Gaspar de Haro y Guzman, marquis de Liche (1629-1687), souhaitait mettre ses pas dans ceux de son père, favori à la cour d'Espagne et artisan avec Mazarin de la paix des Pyrénées; ses intrigues furent mal interprétées, et on le soupçonna d'avoir comploté la mort du roi par l'explosion du palais de Buen Retiro. Envoyé ambassadeur à Rome, il s'y morfondait, mais le duc de Medina Celi, Premier ministre, redoutait sa présence à Madrid. L'ambassadeur faisait tout pour chagriner le pape Innocent XI : celui-ci réclamait son rappel et la cour d'Espagne faisait la sourde oreille. En 1682, il reçut une promotion à bonne distance de Madrid : il fut nommé vice-roi de Naples.

Cet ambassadeur d'Espagne près le Saint-Siège avait une femme belle et bien faite, mais il ne l'aimait pas. Il avait toujours quelque courtisane à qui il faisait des présents. Un jour la marquise, ayant été avertie qu'il faisait venir pour sa maîtresse une étoffe magnifique, la fit enlever sitôt qu'elle fut arrivée, et s'en fit faire une robe. Quelques jours après, elle la fit voir à son mari, et lui demanda son sentiment : « Voilà une belle étoffe, dit le marquis, mais elle est mal employée.

— Tout le monde en dit autant de moi», repartit froidement la marquise.

## LIGNE (prince de)

Charles-Joseph Lamoral, marquis de Roubaix, prince de Ligne et du Saint-Empire, dit «Charlot» (1735-1814), ayant bien figuré au service de l'Autriche, fut nommé feld-maréchal. Ensuite il envoyait pour le compte de la tsarine des bombes sur les Turcs : «Je voyais avec un grand plaisir militaire et une grande peine philosophique s'élever dans l'air douze mille bombes que j'avais fait lancer sur ces pauvres infidèles.» Il passa beaucoup de temps à Versailles, et ses œuvres sont écrites en français. Franc-maçon, il a présenté les séances d'initiation comme une sorte de bizutage : «Je faisais quelquefois le chirurgien. Je piquais avec mon cure-dent, et faisais boire de l'eau chaude, en faisant croire au récipiendaire que c'était son sang.» Parfois cela se terminait mal et il a parlé de la mort d'un innocent qu'un «frère terrible» qui n'était pas assez fort laissa tomber. Son *Testament maçonnique* de 1796 fera le bilan : «Je ne sais trop comment les francs-maçons sont à présent dans le monde. Ils ont eu bien du haut et bien du bas... En attendant, quand la franc-maçonnerie est de bonne compagnie, ce qui est rare malheureusement, tout concourt de l'émulation, des connaissances, de l'agrément et de l'excellente plaisanterie.» À propos des guerres napoléoniennes (il fut contre-révolutionnaire et anti-impérialiste), il goûta peu ses alliés anglais : «Si les Français avaient attaqué le Danemark aussi injustement que les Anglais et tué deux mille bourgeois par le bombardement de Copenhague, comme on crierait contre eux. Quels monstres, dirait-on. Mais les Anglais sont des anges.» Il a défendu le catholicisme, de façon élégante et superficielle (*Philosophie du catholicisme*), et s'est montré, à l'égard des Juifs (*Mémoire sur les Juifs*), plus compréhensif que son maître Voltaire. Les Français lui confisquèrent Belœil et il alla vivre dans la gêne à Vienne. Le Congrès de 1814 lui procura un rafraîchissement dont il mourut. Il dit, parlant de tous les souverains qui y étaient réunis : «Je vais leur montrer ce que sont les funérailles d'un feld-maréchal.» Talleyrand étant venu le saluer, il s'était empressé d'écrire à M. de La Mark : «Jugez de son plaisir d'être reçu par moi, car il n'y a plus de Français au monde que lui, vous et moi, qui ne le sommes point.»

«Rien de plus singulier, disait Maurepas, alors en situation de Premier ministre, que la manière dont se tient le conseil chez quelques nations nègres. Représentez-vous une salle d'assemblée où sont placées une douzaine de grandes cruches remplies d'eau : c'est là que, nus, et d'un pas grave, se rendent une douzaine de conseillers d'État. Arrivés dans cette chambre chacun saute dans sa cruche, s'y enfonce jusqu'au cou, et c'est dans cette posture qu'on délibère sur les affaires d'État... Mais quoi! vous ne riez pas, ajouta Maurepas en se tournant vers le prince de Ligne, son voisin.

— C'est, répondit-il, que j'ai vu quelquefois une chose plus plaisante encore.

— Et quoi donc, s'il vous plaît?

— C'est un pays où les cruches seules tiennent conseil.»

*

Le prince de Ligne n'eut point à combattre la France, parce que la première fois qu'il vit le prince Albert, après la bataille de Jemmapes qu'il avait perdue, et alors que ce prince lui demandait s'il le trouvait changé depuis une maladie qui en avait été la suite, le prince de Ligne lui dit : «Je vous trouve, monseigneur, l'air encore un peu défait.»

Le mot blessa, et valut à celui qui l'avait fait son éloignement définitif du commandement.

*

Catherine II s'accusait un jour d'avoir une culture trop réduite. Le prince de Ligne s'amusa à lui raconter ce que disait de son maître le laquais du père Griffet, grand érudit, à qui il reprochait de ne savoir jamais où il mettait sa tabatière, sa plume ou son mouchoir : «Croyez-moi, cet homme n'est pas tel que vous le supposez; hors sa science, il ne sait rien.»

*

Le prince de Ligne dit à la marquise de Castries en 1787, à propos du tiers état qui commençait à lever la tête : «Vous ne prenez que le parti des gens qui vous amusent, et vous adoptez pour opinions politiques celles qui vous inspirent les mots les plus piquants et les plus spirituels. Vous vous moquez du tiers et du quart.»

*

Le prince ne goûtait pas l'extrême militarisation de la Prusse, et il a raconté ainsi l'un de ses entretiens avec Frédéric II, qui venait de citer Virgile.

«Quel grand poète! Sire; mais quel mauvais jardinier!

— À qui le dites-vous? répondit le roi. N'ai-je pas voulu planter, semer, labourer, piocher, *Géorgiques* à la main? "Mais, monsieur, me disait mon jardinier, vous êtes une bête, et votre livre aussi : ce n'est pas ainsi qu'on travaille." Ah! mon Dieu, quel climat!...

— Et puis, Sire, il y a trop de grenadiers dans ce pays-ci; cela mange tout.»

Le roi se mit à rire, «parce qu'il n'y a que les bêtises qui fassent rire», écrit le prince.

*

On lui demandait si le congrès de Vienne progressait : «Il ne marche pas, il danse!»

### À propos du prince de Ligne

Pour le remercier de ses premiers services militaires, l'impératrice Marie-Thérèse fit Charles-Joseph de Ligne colonel d'un régiment qui se trouvait appartenir au père de celui-ci et qui, quand il vit arriver le rejeton tout fier, lui dit : «Il était déjà assez malheureux pour moi, monsieur, de vous avoir pour fils sans avoir encore le malheur de vous avoir pour colonel ! »

*

Le prince de Ligne revenait de la guerre. Il demanda à sa femme si elle lui avait été fidèle. « Souvent », se contenta-t-elle de répondre.

*

Le marquis de Bonnay composa d'avance cette épitaphe :

Ici-gît le prince de Ligne,
Il est tout de son long couché.
Jadis, il a beaucoup péché,
Et ce n'était pas à la ligne.

## LINGUET (Simon)

Simon Linguet (1736-1794), polémiste envoyé à la Bastille, écrivit un livre romancé qui contribua à l'opprobre qui pesa sur la forteresse. Il avait écrit une *Histoire impartiale des Jésuites* qui fit scandale parce qu'elle était impartiale, ce qui était remarquable de la part d'un fils de janséniste. À l'occasion de la révolution de Maupeou, qui cassa le Parlement hostile aux réformes, Linguet fut classé parmi les avocats « souillés », c'est-à-dire ceux qui continuaient de plaider devant le nouveau Parlement. Aussi, lors du rappel des anciens parlementaires par Louis XVI en 1774, il fit les frais de l'épuration que les avocats « vierges » (dit aussi « romains »...) exercèrent à l'encontre des souillés : il fut rayé du tableau de l'Ordre en 1775, et la mode devint alors de porter des étoffes rayées dites « à la Linguet ». C'était un règlement de comptes de la part de la profession car Linguet, écrivain mineur, était un grand avocat ; il savait plaider de manière sobre et efficace, et il remporta des causes parmi les plus célèbres et les plus difficiles, dont celle du duc d'Aiguillon contre La Chalotais. Il avait eu moins de succès pour le chevalier de La Barre, que les magistrats bientôt exilés par Maupeou ne voulurent pas sauver... Par une nouvelle vexation, le privilège de son *Journal politique et littéraire* fut supprimé. En 1791, il défendit à l'Assemblée constituante les droits des Noirs révoltés de Saint-Domingue. Condamné le 27 juin 1794 par le Tribunal révolutionnaire comme « coupable d'avoir encensé les despotes », il fut exécuté le jour même.

Le vrai nom de D'Alembert, enfant trouvé, était *Jean Le Rond*, parce qu'il avait été recueilli sur les marches de la petite paroisse du même nom. Comme par ailleurs il se présentait toujours comme géomètre et entrait en colère lorsqu'on lui présentait un mémoire de plus sur la quadrature du cercle, sujet sur lequel il avait œuvré, Linguet l'appelait par dérision : «L'anti-carré».

\*

L'avocat Coqueley de Chaussepierre fit cette charade sur le nom de Linguet, son confrère au Barreau :

> Mon premier sert à pendre,
> Mon second mène à pendre,
> Et mon tout est à pendre.

Linguet s'en vengeait, lorsqu'il plaidait contre Coqueley, en veillant à l'interpeller en détachant légèrement les syllabes de son nom, faisant ainsi entendre à la cour : *cocu-et-laid*. Car Coqueley n'était ni beau ni heureux en ménage.

C'est cet avocat qui racontait qu'il avait été convié à un souper intime chez une dame du grand monde. Au fur et à mesure que les plats arrivaient, il s'en emparait et découpait les portions sans prendre la sienne.

«Pourquoi cette rage de couper toujours et de ne manger point? demanda la maîtresse du logis.

— Ne suis-je pas ici, madame, au seul titre d'écuyer tranchant?»

Et Coqueley de présenter son billet d'invitation qui portait : *Je vous veux à couper pour demain.*

«Tiens, c'est vrai, il y a *couper*! dit la dame : j'ai oublié la cédille.»

\*

En 1780, le maréchal duc de Duras[1] était chargé de la police des théâtres. Ayant été malmené par Linguet dans une gazette, il menaça de le faire périr sous le bâton.

---

1. Emmanuel-Félicité de Durfort, duc de Duras (1715-1798), à défaut d'avoir été maréchal en exercice (il le fut tardivement), prit part à toutes les guerres du règne de Louis XV. Il fut nommé en 1757 directeur de la Comédie-Française et de la Comédie-Italienne, élu membre de l'Académie française en 1775. Compté parmi les esprits éclairés, membre de la loge maçonnique L'Olympique de la Parfaite Estime, il a contribué à la rédaction d'articles de l'*Encyclopédie* sur la science militaire. Il avait

Linguet répondit : « Monsieur le maréchal, vous n'avez pas coutume de vous en servir. »

Au sujet du même maréchal, les *Anecdotes secrètes du dix-huitième siècle pour faire suite aux Mémoires de Bachaumont*, pour l'année 1777 racontent : « Un jeune abbé de qualité avait loué ces jours derniers une loge à l'Opéra. Un maréchal de France voulut avoir cette loge, que l'abbé refusa. Le maréchal insista et s'y prit si bien, que l'abbé fut contraint de céder à la force. Pour avoir raison de cette insulte, il attaqua le maréchal au tribunal de la connétablie et demanda la permission de plaider lui-même sa cause, ce qu'il obtint. Il commença son discours par se féliciter de l'honneur qu'il avait de paraître devant une assemblée aussi illustre ; ensuite il exprima combien il était affligé d'avoir à se plaindre d'un des membres qui la composaient : mais il ajouta qu'il les croyait trop équitables pour ne pas lui faire avoir raison de la violence qu'il avait éprouvée. Et désignant alors chaque maréchal de France par les actions mémorables qui les caractérisaient :

"Ce n'est point, dit-il, monsieur le maréchal de Broglie, qui s'est si bien distingué dans les dernières guerres, dont j'ai à me plaindre ; ce n'est pas monsieur le maréchal de Clermont-Tonnerre, qui a fait de si belles retraites ; ce n'est pas monsieur le maréchal de Contades, qui a remporté tant de victoires ; ce n'est point monsieur le maréchal de Richelieu, qui a pris le Port-Mahon : celui dont j'ai à me plaindre n'a jamais rien pris que ma loge à l'Opéra." »

### À propos de Simon Linguet

Linguet, qui a laissé une *Théorie des Lois civiles ou Principes fondamentaux de la société* (1767), ouvrage salué comme remarquable lors de sa parution, se déchaînait à tout propos contre l'ouvrage de Montesquieu, disant que, lui-même, Linguet, avait approfondi l'esprit des lois.

« Peut-être, lui répondit-on, mais vous n'avez assurément pas approfondi les lois de l'esprit. »

---

épousé en secondes noces Louise de Coëtquen, fille de Malo III de Coëtquen, le fantôme de Combourg évoqué dans les *Mémoires d'outre-tombe*, et c'est lui qui vendit Combourg, qui faisait partie de la dot de sa femme, au père de Chateaubriand. Cette femme était beaucoup plus jeune que lui, fort âgé ; on se plaisait à raconter que, lors de la nuit de noces, après bien des efforts, il l'épousa une fois, et qu'après, il lui dit tout hors d'haleine : « Madame, je recommencerais bien, mais ce serait toujours la même chose. »

## LINIÈRE (chevalier de)

> François Payot, chevalier de Linière (1628-1704), issu d'une riche famille de robins, entra au service militaire qu'il abandonna pour mener une vie irrégulière, et on le surnomma l'«Athée de Senlis», avant de l'appeler l'«Idiot de Senlis» lorsque les excès de tous genres eurent affaibli son intelligence, et que Boileau eut à ce sujet publié des vers («De Senlis le poète idiot», etc.) qui rendirent Linière plus célèbre que ses ouvrages. Il était pour autant lié à Boileau, auquel il empruntait régulièrement de l'argent, sans cesser de le chansonner dans les cabarets. L'autre, tout en continuant de lui faire crédit, le vouait publiquement au ridicule; il a dit de lui en guise d'épitaphe : «La meilleure action de Linière, en sa vie, fut d'avoir bu toute l'eau d'un bénitier, parce qu'une de ses maîtresses y avait trempé le bout du doigt.»

Valentin Conrart, tout en ayant une réputation d'écrivain, n'avait rien écrit[1]. Il était secrétaire du roi, et signait les privilèges des livres. Comme il parlait beaucoup contre Linière, à cause de ses mœurs dissolues, celui-ci fit cette épigramme :

> Conrart, comment as-tu pu faire
> Pour acquérir tant de renom,
> Toi qui n'as, pauvre secrétaire,
> Guère publié que ton nom ?

*

Chapelain[2] mit très longtemps à donner son grand ouvrage, *La Pucelle*, parce qu'il était payé d'une grosse pension par

---

1. Le vers de Boileau est célèbre : «Imite de Conrart le silence prudent». Valentin Conrart, académicien, était huguenot zélé, et l'on dit que cela explique son abstention; il tenta cependant une version française des psaumes, après celles de Marot et de Bèze, au chant desquelles les temples français étaient accoutumés. En vérité, il écrivait beaucoup mais ses manuscrits s'entassaient dans ses armoires car il ne se décidait pas à publier.

2. Jean Chapelain (1595-1674) avait réussi à se faire une immense réputation grâce à quelques ouvrages, dont une opportune *Ode* à Richelieu. On le présentait comme le prince des poètes, digne successeur de Malherbe. Lorsque parut *La Pucelle*, son poème épique tant attendu, sa réputation s'évanouit, et il devint la cible de toutes les flèches. Très avare, il portait une perruque mitée et des vêtements aux mailles si relâchées qu'on l'appelait «le chevalier de l'araignée». G. Lanson a tenté, vers 1900, une réhabilitation de l'intellectuel Chapelain, en qui il voyait un libre penseur avant la lettre. C'est faire bon compte de ses médiocres vers de courtisan, comme ce début d'un sonnet en l'honneur de Louis XIV (le reste est de la même farine) :

M. de Longueville, et qu'il craignait que ce seigneur ne se souciât plus de son aisance matérielle après qu'il aurait publié son œuvre.

Peu avant la parution, enfin annoncée, Linière fit cette épigramme :

> Nous attendons de Chapelain,
> Ce noble et fameux écrivain,
> Une incomparable Pucelle ;
> La cabale en dit force bien :
> Depuis vingt ans l'on parle d'elle.
> Dans six mois on n'en dira rien.

C'était une vengeance de Linière, qui naguère était allé voir Chapelain pour lui présenter ses œuvres. Celui-ci, d'un ton docte, avait laissé tomber : « Monsieur le chevalier, vous avez beaucoup d'esprit et de bonnes rentes ; c'en est assez, croyez-moi, ne faites pas de vers. »

Lorsque, enfin, l'ouvrage de Chapelain parut, les rieurs dirent que la *Pucelle* avait été une fille entretenue par un grand prince, et que sur ce pied-là elle s'était toujours gardé une certaine espèce d'honneur, mais qu'elle était devenue putain sans crédit et sans réputation quand on l'avait livrée au public.

On mit l'anecdote en vers :

> Lorsqu'un prince en secret honorait la Pucelle
> De ses dons et de sa faveur,
> C'était une putain d'honneur
> Qu'on ne connaissait pas pour telle.
> Mais, lasse de sa politique,
> Depuis qu'elle paraît et se fait voir au jour,
> Que chacun la paie à son tour,
> La Pucelle n'est plus qu'une fille publique.

La précieuse Mme de Longueville fut la moins sévère – peut-être parce que l'œuvre avait coûté bien cher à son mari ; elle dit

---

Quel Astre flamboyant sur nos Provinces erre ?
N'est-ce point Mars qui brille en son char radieux
Et qui d'un fier aspect menaçant les bas lieux [les Pays-Bas]
Y resveille le trouble, et rallume la guerre ?
Le Verrier dit que « tous les auteurs en ce temps-là firent tant de vers et d'autres ouvrages pour parvenir aux pensions, qu'il n'en aurait pas fallu davantage pour remplir le magasin d'un libraire ». Le *libre penseur* Chapelain a fait la course comme les autres.

simplement : «Cela est parfaitement beau, mais cela est parfaitement ennuyeux.»

*

La parodie du *Cid* de Corneille, dirigée contre Chapelain qu'elle
met abondamment en scène, est de Linière, bien qu'on l'ait souvent
attribuée à Boileau et Furetière.

On peut en reproduire le commencement, qui met en scène
La Serre et Chapelain :

LA SERRE
Enfin vous l'emportez, et la faveur du roi
Vous accable de dons qui n'étaient dus qu'à moi.
On voit rouler chez vous tout l'or de la Castille.

CHAPELAIN
Les trois mille francs qu'il met dans ma famille,
Témoignent mon mérite, et font connaître assez
Qu'on ne hait pas mes vers, pour être un peu forcés.

LA SERRE
Pour grands que soient les rois, ils sont ce que nous sommes,
Il se trompent en vers comme les autres hommes ;
Et ce choix sert de preuve à tous les courtisans,
Qu'à de méchants auteurs ils font de bons présents.

Dans une scène suivante, La Serre arrache la perruque de Chapelain, accessoire célèbre pour son caractère miteux. La victime
s'écrie alors, seul sur la scène :

Ô rage ! ô désespoir ! ô perruque ma mie !
N'as-tu donc tant vécu que pour cette infamie ?
N'as-tu trompé l'espoir de tant de perruquiers,
Que pour voir en un jour flétrir tant de lauriers ?
Nouvelle pension fatale à ma calotte !
Précipice élevé qui te jette en la crotte !
Cruel ressouvenir de tes honneurs passés !
Services de vingt ans en un jour effacés !
Faut-il de ton vieux poil voir triompher La Serre,
Et le mettre crotté, ou te laisser à terre ?

Dans la scène suivante, Chapelain va voir Cassagne (*Cassagne as-tu du cœur?*), pour lui réclamer de le venger. Le dialogue s'achève par :

... barbouille, écris, rime et nous venge.

*

L'abbé de Marolles[1], poète d'occasion, était fier de dire que ses vers lui coûtaient peu ; Linière expliqua : « Ils vous coûtent ce qu'ils valent. »

*

Linière fit ce quatrain sur Des Barreaux qui, après avoir mené une vie de débauché, s'était assagi :

Des Barreaux, ce vieux débauché,
Affecte une réserve austère.
Il ne s'est pourtant retranché
Que de ce qu'il ne peut plus faire.

## LISZT (Franz)

Franz Liszt, puis Franz von Liszt (1811-1886), s'était fixé à Paris. Après beaucoup d'aventures féminines, le Hongrois s'assagit en 1844 lorsque, nommé maître de chapelle à Weimar, il emménagea dans le vieux château de l'Altenburg, sur les hauteurs boisées de la ville, avec le dernier piano de Beethoven et Carolyne de Sayn-Wittgenstein, princesse échappée de Russie, son ultime amour, à qui il disait : « Je suis catholique de religion, hongrois de nationalité. J'ai un penchant pour la religion, mais j'ai encore quelque chose de démoniaque dans ma nature. » Il aimait l'ordre, condition du bonheur, mais avait un faible pour sa *Sonate en si mineur* conçue comme un écho du mouvement des nationalités qui défaisait la vieille Europe. Un critique l'avait surnommée « l'invitation aux sifflets », et Brahms s'était endormi lorsque Liszt la lui avait jouée. Clara Schumann (l'œuvre est dédiée à son mari) écrivit : « Cette musique est affreuse... J'étais consternée, ce n'est que du bruit. Pas une idée claire, tout est embrouillé ! » Liszt, pianiste colossal, fut aussi le professeur le plus influent de son temps : il forma 400 élèves, conformément à son idée que « Génie oblige » (il refusait d'être payé pour ses leçons, ce qui fâchait ses confrères). Son aptitude exceptionnelle lui faisait décrypter le génie des autres, par exemple la

---

1. Ménage fit mettre sur le livre de la traduction des épigrammes de Martial, par l'abbé de Marolles, « *Épigrammes contre Martial* ».

sonate *Hammerklavier* de Beethoven, que jusqu'à l'interprétation de Liszt on considérait comme le travail incohérent d'un compositeur atteint par l'âge – après avoir entendu Liszt la jouer, Berlioz dit qu'il avait compris l'énigme du sphinx. Liszt, initié dès 1841, fut reçu à la Loge Saint Jean la Concorde de Berlin en tant qu'«artiste adoré, frère et homme estimé». Il se désintéressa plus tard de la franc-maçonnerie. En 1865, il reçut à Rome la tonsure et fut logé au Vatican jusqu'à sa mort. George Sand a écrit : «Je me suis clairement convaincue, à la troisième visite, que je m'étais sottement infatuée d'une vertu inutile et que M. Liszt ne pensait qu'à Dieu et à la Sainte Vierge qui ne me ressemble pas absolument.» Belle lucidité.

La mère de l'un des élèves de Liszt vint le voir pour lui demander où en était son fils.

«Madame, répondit-il, ce jeune homme joue du piano en suivant les préceptes de la Bible. Sa main gauche ignore ce que fait sa main droite.»

\*

On dit que les amants «sont condamnés au bonheur»; Liszt et sa maîtresse la comtesse d'Agoult se haïssaient. Cela avait commencé par quelques piques, à Bellagio, sur les rives du lac de Côme. Marie, qui mangeait des figues chaudes de soleil en lisant, commentait sans cesse ses lectures. Liszt finit par dire : «La femme aimante est le véritable ange gardien de l'homme. La femme pédante est une dissonance.»

\*

Un jour que, après dix ans d'une liaison qui devenait pénible, Marie d'Agoult se comparait à Béatrice dans un moment d'enthousiasme, n'hésitant pas à dire à Liszt qu'il était Dante, celui-ci rectifia : «Les vrais Béatrices, madame, meurent à dix-huit ans.»

Marie d'Agoult avait sept années de plus que son amant...

Bientôt, ce fut la rupture. Elle écrivit ensuite un roman, *Nélida* (publié sous le pseudonyme de Daniel Stern), où, sous un nom d'emprunt, Liszt était de façon transparente fort mal traité. Il y était gratifié de l'appellation de «Don Juan parvenu» et autres amabilités.

Liszt ne sourcilla point, il se contenta de dire à leur première entrevue : «J'ai lu *Nélida*. Mais, dites-moi. Pourquoi tant maltraiter ce pauvre Lehmann ?»

Lehmann était son successeur dans les bonnes grâces de l'auteur.

*

Beaucoup plus tard, quelqu'un dit de Marie d'Agoult devant Liszt : « C'était une beauté... »

Il crut nécessaire de corriger : « Non : elle avait de la beauté. »

## LLOYD GEORGE (David)

David Lloyd George, comte Lloyd George de Dwyfor (1863-1945), seul Gallois à avoir été Premier ministre, fut accusé en 1912 par des journalistes de s'être enrichi grâce à un délit d'initié : Herbert Samuel, Rufus Isaacs et lui avaient acheté en masse des actions de la société Marconi, dès qu'ils avaient su que le gouvernement allait lui passer commande. Une enquête parlementaire établit les faits... et innocenta les trois hommes. Après 1918, Lloyd George, l'artisan de la victoire, toujours chef du gouvernement, fit trafic d'honneurs : un barème officieux existait pour l'anoblissement viager, le titre héréditaire de baronnet, et la pairie qui donne accès à la Chambre des lords. Il fut créé en deux ans deux fois plus de titres que durant les vingt années précédentes, et lord Salisbury disait qu'il était désormais impossible de jeter une pierre à un chien dans Londres sans toucher un chevalier. Lloyd George empocha 2 millions mais son intermédiaire pour ce commerce, Maundy Gregory, n'était pas assez regardant ; on s'avisa que Richard Williamson, qui reçut le titre de commandeur de l'ordre de l'Empire britannique, « pour avoir sans relâche soutenu des œuvres de charité », était un bookmaker écossais au casier judiciaire chargé, et quand Rowland Hodge devint baronnet en 1921 « pour avoir servi l'intérêt public dans le domaine de la construction de navires », on constata qu'il avait été poursuivi en 1918 pour accaparement et marché noir. La Honours List de 1922 comportait d'anciens collaborateurs et des fraudeurs. Lloyd George dut démissionner. Peu avant sa mort, il épousa, avec la réprobation de ses enfants, sa maîtresse la plus constante, Frances Stevenson, qui avait commencé sa carrière comme préceptrice des enfants, et qui l'avait prolongée comme secrétaire de son amant. La liaison avait été évoquée par le journal *People* en 1912. Lloyd George avait exercé une action en diffamation, qu'il avait gagnée en jurant devant la cour ne pas avoir commis l'adultère. Au cours de cette liaison, Frances dut avorter deux fois.

On demandait à Lloyd George quelle place lord Balfour conserverait dans l'Histoire : « Il y restera exactement comme le parfum déposé sur la pochette d'un costume. »

*

De Lloyd George sur lord Derby : « Il est comme un coussin, conservant toujours l'empreinte de la dernière personne qui s'est assise sur lui[1]. »

\*

Sur le maréchal Douglas Haig : « Il est particulièrement brillant à la tête de son armée, lors d'un défilé. »

On rapporte aussi ce jugement, sur le même sujet : «... brillant jusqu'au sommet de ses bottes ».

\*

Comme on demandait à Lloyd George comment s'étaient passées les négociations du traité de Versailles, où il avait dû plaider l'indulgence pour l'Allemagne contre Wilson et Clemenceau, il répondit : « Pas mal, si l'on considère que j'étais assis entre Jésus-Christ et Napoléon. »

\*

Jugement de Lloyd George sur son collègue sir Edward Grey : « Il est démuni d'idées, irrésolu de caractère et il présente tous les traits de l'incapacité méconnue. »

\*

Sur Neville Chamberlain, Premier ministre à la veille de la Seconde Guerre mondiale : « Il serait très bien comme maire de Birmingham, une année où il ne se passe rien[2]. »

Et sur le même : « Un esprit de détaillant dans un magasin de grossiste. »

### À propos de Lloyd George

L'un de ses ministres disait de lui, accusé d'être trop opportuniste : « Comme il n'a qu'une parole, il la reprend pour s'en servir. »

---

1. Également attribué à lord Haig, sur le même Derby.
2. Également prêté à Hugh Cecil.

## LORRAIN (Jean)

Paul Duval, dit «Jean Lorrain» (1855-1906), né à Fécamp, se disait lui-même «non pas philanthrope, mais enfilanthrope». Son père, courtier maritime, avait eu l'idée de se lancer dans l'élevage des vaches, mais les maquignons, qui n'aimaient pas les cumulards, ne lui vendaient que des «robinières», c'est-à-dire des vaches nymphomanes incapables de remplir et d'avoir du lait; or le jeune Paul était chargé d'aller vendre le bétail sur les marchés. Dès qu'il arrivait avec son joli costume gris suivi de son vacher, il entendait dire : «C'est le gars aux vaches robinières!», et il n'a jamais pu en vendre une seule. Ces rudes années de formation lui donnèrent l'envie d'un autre monde. Il avait en tout cas décrété que la femme sent mauvais, et il préférait son semblable, «non pas le jeune homme qui sent le poulet mais l'homme qui sent le pain chaud». Ses principaux romans s'intitulent *Monsieur de Bougrelon, Monsieur de Phocas* et *Le Vice errant*. Il fit une apparition célèbre à un bal du Chat noir, après qu'Allais lui eut assuré que c'était un bal travesti. Le soir, au milieu des danseurs en veston, on vit surgir un être habillé d'un maillot de soie rose, couronné de fleurs et portant aux hanches une ceinture de feuilles de vigne : c'était Jean Lorrain, accueilli par un éclat de rire homérique. Selon Huysmans, il prenait plaisir à pervertir, et il avait «subi des opérations nécessitées par cette sorte de luxure»; il ajoutait que ce qu'il écrivait (que d'ailleurs il dictait à sa mère) était «infâme et délicieux». Lorrain s'afficha antidreyfusard, souscripteur au «monument Henry». Il mourut d'une perforation du rectum, à cause d'un lavement mal administré.

Une profonde et ancienne amitié liait Jean Lorrain et le peintre Forain. La jeune Mme Forain émit dans un salon une critique sévère dont le romancier s'émut, parce qu'il se sentit visé. Alors qu'il allait, le cœur gros, chercher son manteau, Forain l'empêcha de partir, lui rappelant le temps où ils avaient mangé ensemble de la vache enragée.

«Certes, dit Lorrain, mais moi, je ne l'ai pas épousée.»

### À propos de Jean Lorrain

Ce très précieux littérateur pratiquait des amours dignes de la Grèce antique. Un contemporain dit de lui : «C'est un homme derrière lequel il se passe quelque chose.»

## LOTI (Pierre)

Julien Viaud, dit «Pierre Loti» (1850-1923) : bien que son grand-oncle, Jean Viaud, eût été mangé à quatorze ans par les survivants du radeau de la *Méduse*, le rejeton fut attiré par la mer. Ce protestant entra dans la Royale et servit en Orient. *Loti* désignait en tahitien une fleur du Pacifique, dont un spécimen lui avait été donné par les jeunes hommes des mers du Sud. Il termina capitaine de vaisseau, et Sacha Guitry dit qu'on pourrait raconter que vivait jadis un écrivain que l'on admirait tellement dans son pays qu'une escadre l'accompagnait quand il faisait le tour du monde. Mauriac écrit en janvier 1907 de Loti qu'il «promène [...] une figure peinte et fardée de vieux sodomique». Anatole France confirme : «Il était fardé comme une professionnelle. Cet officier de marine avait, sur chaque joue, une écuelle de rouge, et sous les yeux, une livre de kohol [...]. Tous ces onguents le maintiennent comme les momies d'Égypte dans un état imputrescible bien plus odieux que la décrépitude [...]. Je l'observais durant tout le repas, il me faisait l'effet de ces oiseaux empaillés, aux yeux de verre, que les bourgeois aiment à jucher sur leur bibliothèque.» Léon Daudet est plus compatissant : «C'est un esprit de l'air et de l'eau, un lutin de haute mer, qui n'accepte pas la perspective de ranger ses ailes entre quatre planches, puis de se dissoudre un jour comme les camarades. Cela fait qu'il agace et qu'on l'aime.» José Maria de Heredia, directeur littéraire du républicain *Le Journal*, avait demandé à Alphonse Allais de tenir la rubrique de La Vie drôle. L'humoriste plaisanta les mœurs de Loti, et celui-ci s'adressa à Heredia, au nom de la solidarité académique, pour qu'il congédiât Allais.

Michelet avait écrit, au temps de sa retraite d'historien, plusieurs études sur de grands thèmes, et en particulier *La Mer*. On demandait à Pierre Loti : «Que pensez-vous de *La Mer* de Michelet ?
— Eh bien, c'est vu du rivage.»

## LOUIS VII

Louis VII, roi de France (1120-1180), fit la guerre à Thibault de Champagne et, pour expier la mort de 1 300 personnes brûlées dans l'église de Vitry-en-Thiérache, prit l'initiative de la deuxième croisade, malgré les réserves de l'abbé Suger et du pape. Le roi de Jérusalem Baudoin III et ses princes trahirent les croisés devant Damas, les musulmans assiégés ayant acheté les Francs de Syrie. La chronique d'Aboulfaradj dit : «Les Français attaquèrent hardiment la ville et s'établirent près des eaux, dans les jardins qui entourent les murailles. Moyn-Eddin, qui commandait Damas, envoya secrètement des messagers au roi de Jérusalem et obtint de lui, à force d'argent et de prières, qu'il se retirât. Il donna au roi 100 000 pièces de cuivre légèrement recouvertes d'or. Il en donna 50 000 autres de la même espèce au comte de Tibériade, et les chrétiens ne s'aperçurent de la fraude que lorsqu'ils eurent levé le siège. » Louis VII rentra avec les débris de son armée ; il retrouva son royaume, administré par Suger, aussi tranquille qu'il l'avait laissé. Le roi était « instruit et lettré, très pieux et très doux, de mœurs pures, compatissant aux misères, tolérant même pour les Juifs, vivant simplement, sans faste, assez populaire pour aller et venir au milieu de ses bourgeois de Paris sans prendre les précautions qui paraissaient nécessaires aux autres souverains » (Achille Luchaire).

Gautier Map, envoyé du roi d'Angleterre Henri II, faisait devant le roi de France étalage du luxe de son maître. Louis VII écouta longuement, et finit par dire : « En France, nous ne sommes pas aussi riches, mais nous avons du pain, du vin et de la gaieté. »

### À propos de Louis VII

Avant ses démêlés avec le roi d'Angleterre, Louis VII avait eu affaire aux Allemands, les alliés de la France lors de la désastreuse deuxième croisade. Parmi les causes de l'échec, on fait état de la mésentente constante entre Français et Allemands.

Le chroniqueur français Odon de Deuil a représenté les Allemands comme des pillards et des ivrognes dont les excès en terre grecque compromirent l'expédition : les deux armées se faisaient concurrence sur les marchés et se battaient « avec des clameurs épouvantables : car les uns n'entendant pas les autres, chacun criait à tue-tête et parlait sans résultat ».

Selon l'historien grec Jean Cinname, témoin plus objectif : « Les Français méprisaient les Allemands, se moquaient de la pesanteur de leur armure, de la lenteur de leurs mouvements, et leur disaient sans cesse dans leur langue :
— Pousse, Allemand ! »

## LOUIS XI

Louis XI, roi de France (1423-1483), prit une part active à deux révoltes contre son père Charles VII avant de lui succéder. Il dut lui-même combattre la Ligue du Bien public, constituée pour défendre les intérêts particuliers des grands féodaux, ce qui prouve qu'en politique on jouait déjà sur les mots. Il aimait à s'entourer de petites gens et il s'appuya sur la bourgeoisie pour écraser la noblesse. « La parole du roi, dit Commynes, était tant douce et vertueuse qu'elle endormait comme la seraine tous ceux qui lui présentaient oreilles. » Auguste Brachet a dit que le pincipal don du chef véritable est de savoir appliquer la force au moment opportun afin de s'épargner une casse ultérieure plus grande, et que Louis XI possédait ce discernement au plus haut point. Le roi introduisit l'imprimerie à Paris, et a composé lui-même, sous le titre de *Rosier des guerres*, des conseils à son fils, ainsi que plusieurs contes spirituels qui font partie des *Cent Nouvelles nouvelles*. Il demanda des obsèques simples et voulut être enterré en l'église Notre-Dame de Cléry, ce qui a permis à ses restes d'être conservés, à la différence des autres rois, exhumés de Saint-Denis en 1793 (et réserve faite de la tête d'Henri IV, qu'on aurait retrouvée en 2008 chez un retraité...).

Ce prince répondit aux Génois qui venaient lui témoigner sa fidélité : « Vous vous donnez à moi, et moi je vous donne au Diable. »

*

Un paysan présenta à Louis XI une rave d'une grosseur extraordinaire. Le roi la reçut avec bonté, et la paya généreusement. Le seigneur du village, à qui le paysan avait raconté sa bonne fortune, crut que la sienne serait faite s'il allait offrir au roi un très beau cheval, ce qu'il fit sans délai.

« Tenez, lui dit le roi : voici une rave des plus rares en son genre, aussi bien que votre cheval ; je vous la donne, et grand merci. »

### À propos de Louis XI

On sait que Louis XI était particulièrement soucieux de sa santé ; il avait par ailleurs une grande dévotion à la Vierge. Un esprit malveillant imagina cette épitaphe, qui figure encore dans une salle annexe de la basilique Notre-Dame de Cléry, où le roi fut enterré :

> Du corps seulement la santé
> Je demandais à Notre Dame ;
> Trop l'importuner c'eût été
> De la prier aussi pour l'âme.

## LOUIS XIII

Le roi Louis XIII (1601-1643) fut élevé sans ménagement. Un jour qu'Henri IV lui faisait donner le fouet, Marie de Médicis dit : « Ah ! Vous ne traiteriez pas ainsi vos bâtards ! – Pour mes bâtards, répondit le roi, il les pourra fouetter s'ils font les sots ; mais lui il n'aura personne qui le fouette. » Enfant gai jusque-là, il resta choqué par l'assassinat de son père et recommandait sans cesse aux soldats de sa suite : «Gardez-moi bien, de peur qu'on ne me tue comme on a fait pour le feu roi, mon père.» Il fut toujours plus déluré qu'il n'en avait l'air. Quand il avait eu quatorze ans, on avait été surpris de l'entendre dire après la cérémonie du mariage, au sujet de la très jeune épousée : «Gare je m'en vais bien luy pisser dans le corps.» À l'époque où il fomentait l'assassinat du maréchal d'Ancre, il affectait des airs de piété avec Luynes, et on les prenait pour deux nigauds. En 1624, Richelieu entra au conseil du roi. On exécuta plusieurs comploteurs, La Rochelle fut pris, et on conclut la paix d'Alais avec les huguenots; à la journée des Dupes, le roi sut encore tromper son monde. Peu après ce fut la paix de Ratisbonne avec l'empereur. Le pouvoir royal était affermi. Le règne de Louis XIII doit son éclat au ministre que le roi eut le mérite de soutenir, mais le monarque, malgré son caractère sombre et en retrait, réussit ce qu'il entreprenait personnellement. Selon le protestant Grotius, qui, expulsé des Pays-Bas, était venu chercher asile, en cette première moitié du XVII$^e$ siècle, la France était devenu le plus beau de tous les royaumes après celui du Ciel.

Un orateur le haranguait longuement, et le roi s'ennuyait. Un âne se mit à braire; le roi lança d'une voix ferme : «Qu'on fasse taire cet âne.»

\*

Un vieux gentilhomme de province était venu solliciter un emploi militaire, et le roi avait refusé. Le vieillard, croyant que seul son grand âge était la cause du refus, revint plus tard avec des cheveux teints en noir.

«Ce que vous me demandez, dit alors le roi, je l'ai déjà refusé à votre père.»

### À propos de Louis XIII

On sait que Louis XIII fut surnommé «le Juste» (ce qui rassura Richelieu, qui craignait qu'on ne le surnommât «le Bègue»). Comme le roi avait la chasse pour première passion, les nobles, qui ne supportaient pas la réduction de leur pouvoir, disaient : «Louis XIII est juste... à tirer de l'arquebuse.»

\*

Louis XIII n'aimait pas les débauchés, et à cause de cela il fit retrancher la moitié de leurs appointements à deux de ses musiciens de la Chapelle royale, Moulinier et De Justice. Marais, le bouffon du roi[1], leur donna une idée. Ils allèrent avec lui au petit coucher danser une mascarade, demi-habillés : l'un n'avait pas de pourpoint, et l'autre avait les fesses à l'air.

« Que veut dire cela ? » demanda le roi.

Les musiciens expliquèrent que ceux qui ne recevaient que la moitié de leurs appointements ne pouvaient aller qu'à demi vêtus. Louis XIII n'y vit pas trop malice, et les reprit en grâce.

*

Le roi était très pieux (c'est lui qui dédia la France à la Sainte Vierge), et les impiétés qu'on pouvait proférer en sa présence le mettaient en colère. On parlait un jour d'un bienheureux qui avait un don particulier pour découvrir les reliques enfouies; en marchant, le saint homme disait : « Fouillez là, il y a un corps saint. » Nogent, qui entendait l'histoire, dit : « Si je le tenais, je le mènerais avec moi en Bourgogne, il me trouverait bien des truffes. »

(Le roi se mit en colère, et lui cria : « Maraut ! sortez d'ici. »)

*

Valot, alors premier médecin de Louis XIII, prescrivit à l'intendant des Finances, nommé Gargan, une certaine dose de vin émétique qui le fit passer de vie à trépas. Ensuite, on n'appelait plus Valot que « Gargantua ».

## LOUIS XIV

À la mort de Mazarin, le premier mot des ministres au jeune roi Louis XIV (1638-1715) fut : « Sire, à qui devrons-nous désormais nous adresser ? »; il répondit simplement : « À moi. » Anne d'Autriche, apprenant cela, dit : « Il se lassera bientôt de faire le capable. » Il déploya une grande aptitude pour les affaires, et tout le monde fut pris de cours. Il manifesta de la constance dans son gouvernement, et il garda jusqu'à leur mort Colbert et Louvois (en les usant). Il porta le dernier coup à l'aristocratie en achevant par l'adresse ce que Richelieu avait commencé par la force. On lui a reproché de trop nombreuses guerres, mais dans la dernière, la guerre de Succession d'Espagne, la France dut se défendre contre l'Europe entière, et ne perdit pas une province : l'appel à la nation qu'avait fait le vieux roi

---

1. C'était ce Marais qui disait au roi : « Il y a deux choses dans votre métier dont je ne pourrais m'accommoder. – Hé ! quoi ? – De manger tout seul et de chier en compagnie. »

au milieu de ses revers, parce qu'il refusait les conditions humiliantes des alliés, fixa l'espace français. Au chapitre de la persécution des protestants, Mme de Caylus écrit : « Le roi fut trompé sur l'exécution des moyens qui avaient été résolus pour amener l'extirpation du schisme... On passa ses ordres ; on fit, à son insu, des cruautés qu'il eût punies si elles étaient venues à sa connaissance. » De sorte qu'on peut juger excessivement gaillarde l'assimilation de Louis XIV à Hitler, que j'ai entendue un jour dans la bouche du pasteur de Saint-Germain-en-Laye à l'occasion d'une prédication... Le monarque qui a porté le pays à son apogée ne sortait guère de sa majesté. Comme dit le prince de Ligne, il lui fallait toujours, pour ses promenades, une allée bien droite de cent vingt pieds de large, à côté d'un canal qui avait autant : « Il ne savait pas ce que c'est qu'un sentier, un ruisseau et une prairie. »

Après la mort de Louis XIII leur père, les deux jeunes princes de France, Louis XIV et son frère Philippe de France, duc d'Orléans, étaient de vrais vauriens. Leur valet, le pauvre La Porte, bien débordé, a plus tard raconté : « Le matin, lorsqu'ils furent réveillés, le roi, sans y penser, cracha aussitôt sur le lit de Monsieur qui, un peu en colère, lui cracha au nez ; Monsieur sauta sur le lit du roi et pissa dessus ; le roi en fit autant sur le lit de Monsieur. Comme ils n'avaient plus de quoi ni cracher ni pisser, ils se mirent à tirer les draps l'un de l'autre dans la place, et, peu après, ils se mirent à se battre. Pendant ce démêlé, je faisais ce que je pouvais pour arrêter le roi. »

Ce genre de complicité devant un valet de chambre, surtout s'il est royal, ne peut que créer des liens profonds. Et il est vrai que les deux frères s'aimaient. Le problème était la politique. Le pouvoir royal restait marqué par le souvenir de l'opposition stérile et brouillonne du précédent Monsieur, Gaston d'Orléans. On jugea donc prudent d'éduquer le nouveau duc d'Orléans dans un esprit aussi éloigné que possible des préoccupations militaires et de gouvernement. On lui trouva d'abord la compagnie de celui qui deviendrait l'abbé de Choisy, et qui, déjà, ne vivait qu'en jupes.

Mais comme le futur abbé de Choisy, malgré les accoutrements féminins qu'il porta toute sa vie, avait les mœurs de tout le monde ou presque, on alla chercher Philippe Mancini pour achever l'affaire. Monsieur en gardera un goût définitif pour les fanfreluches et la compagnie affectueuse des hommes. Quand il aura une quarantaine d'années, Saint-Simon le décrira comme « un petit homme

ventru, monté sur des échasses tant ses souliers étaient hauts, toujours paré comme une femme, plein de bagues, de bracelets et de
pierreries partout, avec une longue perruque tout étalée par-devant,
noire et poudrée, et des rubans partout où il en pouvait mettre ».

Un peu avant, on avait fait un test politique concluant. Lorsque le
roi fit arrêter l'ami de son frère, le chevalier de Lorraine, Monsieur
se contenta de tomber évanoui...

Louis XIV aimait bien son frère, auquel prit la fantaisie de suivre
un jour l'armée. C'était la campagne de Flandre ; on céda. Mais
lorsque l'armée royale assiégea Douai et comme le roi se trouvait
sous sa tente avec son frère et les principaux maréchaux, il se
tourna vers Monsieur, et dit : « Mon frère, vous pouvez aller vous
divertir, nous allons tenir conseil. »

\*

Philippe d'Orléans tenait pourtant à montrer sa bravoure. Il alla
à la tranchée, et en sa présence, l'ouvrage auquel travaillait le
régiment des gardes fut achevé bien avant ce qui avait été prévu.
Monsieur alla chercher son frère pour constater le fait : « Puisque je
ne suis pas assez heureux pour pouvoir servir Votre Majesté dans
ses conseils, je suis résolu à me rendre digne de la servir de ma personne et de mon bras. »

Louis XIV considéra l'ouvrage, mit son menton dans la main, et
se contenta de dire : « Diable ! Mon frère, je vous conseille de vous
faire sac à terre ! »

\*

Apprenant que l'Angleterre lui déclarait la guerre, alors que la
reine Anne venait de monter sur le trône, Louis XIV dit : « Si les
dames me déclarent la guerre, c'est vraiment que je vieillis. »

### À propos de Louis XIV

Un jour qu'il jouait à la paume avec un équipier à qui un effort
fit commettre une « immodestie » (c'est dire qu'il péta), le roi dit :
« Je vous passe le vent, pourvu qu'il nous conduise à bon port. »

\*

Le père Bourdaloue fut si célèbre prêcheur que le père d'Har-
rouis, jésuite, disait : « Quand le père Bourdaloue prêchait à Rouen,

les artisans quittaient leurs boutiques, les marchands leur commerce, les avocats le palais, et les médecins leurs malades ; j'y prê-
chai l'année d'après, je remis tout dans l'ordre. »

Le jour où Louis XIV dit à Bourdaloue : « Mon père, vous devez
être content de moi ; Mme de Montespan est à Clagny », Bourdaloue
répondit : « Oui, Sire ; mais Dieu serait plus satisfait si Clagny était
à cent lieues de Versailles. »

*

La république de Gênes avait construit des vaisseaux pour l'Espagne, malgré la défense de Louis XIV. Celui-ci fit bombarder la
ville, mais accepta, sur les instances du pape, de ne pas l'investir,
à condition que le doge fît amende honorable. C'est ainsi que le
doge de Gênes, le 15 mai 1685, vint faire sa soumission au roi
Louis XIV.

Comme on lui demandait ce qui l'étonnait le plus à la cour de
Versailles, il répondit : « C'est de m'y voir. »

*

Au siège de Mons, Louis XIV apprit qu'un officier, à qui il avait
peu auparavant refusé une grâce, venait d'être grièvement blessé.
Il lui envoya dire qu'il lui accordait la grâce en question, assortie
d'une pension de cent pistoles. Le mourant répondit : « Monsieur,
allez dire au roi que je n'ai plus besoin de la grâce qu'il m'accorde, et que je pars pour un pays où l'on se fout de lui et de
moi ! »

Et sur ce, il rendit l'âme.

*

Comme on demandait au président de Novion son avis sur la
légitimation des divers bâtards de Louis XIV, il répondit : « À mon
avis, Sa Majesté n'aurait dû faire des princes qu'avec la reine et
non avec du parchemin. »

## LOUIS XV

Le roi Louis XV (1710-1774) rechercha toujours la paix, bien qu'il fût courageux à la guerre. Le soir de la victoire de Fontenoy, il avait emmené le Dauphin sur le champ de bataille jonché de morts : «Méditez sur cet affreux spectacle; apprenez à ne pas vous jouer de la vie de vos sujets, et ne prodiguez pas leur sang dans des guerres injustes.» Il rendit un grand nombre de terres conquises (les Pays-Bas et les Indes notamment), ce qu'il appelait «faire la paix en roi et non en marchand». L'opinion, attisée par la Cour et l'armée, répétait : «Bête comme la paix», et dans le même temps les Anglais faisaient la guerre en marchands. Quand il voulait agir pour soutenir ses ministres réformateurs, il se heurtait au Parlement. Les parlementaires furent exilés une première fois à Pontoise. Après la disgrâce de Choiseul, le roi choisit comme ministres le duc d'Aiguillon, l'abbé Terray et Maupeou. Le triumvirat mit en place une réforme qui, portant atteinte aux privilèges, fut dénoncée comme une victoire de l'absolutisme. Longtemps le pays aima son roi : en 1743, le marquis d'Argenson écrit qu'il «est chéri de son peuple sans lui avoir fait aucun bien. Regardons en cela nos Français comme le peuple le plus porté à l'amour des rois qui sera jamais. Il pénètre leur caractère, il prend les intentions pour l'action». Mais le roi, lassé, devenait le spectateur de son règne; il déclarait, au sujet d'un ministre qui venait de faire son entrée au conseil : «Celui-là a étalé sa marchandise tout comme un autre : il promet les plus belles choses du monde dont rien n'aura lieu; il ne connaît pas ce pays-ci; il verra.» Désabusé, il trouva plus d'intérêt au jeu, à la chasse, au libertinage, à la lecture des rapports de police. On excita le peuple en inventant le roman du «pacte de famine», si bien que l'opinion sera prête à maudire le monarque mourant, sur lequel on répandait des anecdotes dont la plupart étaient fausses. Son petit-fils Louis XVI fit immédiatement rappeler les parlementaires exilés par le triumvirat; les anciens blocages furent rétablis, et «la couronne remise au greffe». L'expulsion des jésuites avait privé l'Église de ses hommes politiques et, comme l'a dit Houssaye, en la décidant, Louis XV avait démantelé la royauté. «Il ne s'en aperçut même pas : léger, il avait sacrifié au caprice du jour, à la force de l'opinion, à cet esprit de vertige, avant-coureur de la chute des monarchies. Il crut dégager l'Église, il l'ébranla, et la secousse devait remonter jusqu'au trône... Les parlements sombrèrent dans leur victoire. C'est le sort des oppositions sans portée que de se suicider par le succès.»

Louis de Brancas, comte de Lauraguais, se piquait d'idées nouvelles, comme la plupart des gens de sa classe; il se rendait régulièrement outre-Manche, prétendant qu'on l'avait exilé. Ensuite, il se répandait en disant : «Je ne connais rien de plus rare qu'un Français qui pense et qu'un Anglais qui parle.»

Un jour qu'il reparaissait à la Cour, Louis XV vint à le croiser : «Tiens! monsieur de Lauraguais; qu'avez-vous fait en Angleterre?»

Le comte répondit orgueilleusement : « Sire, j'ai appris à penser.
— ... les chevaux ? » demanda le roi sans s'arrêter.

*

Lorsqu'il fut question de remplacer M. de Bougainville à l'Académie, le roi en parlait à quelques seigneurs, et demanda si ce ne serait pas M. Thomas.
« Non Sire, répliqua M. de Bissy, qui était présent : il ne s'est pas mis sur les rangs, car il ne m'est pas venu voir.
— C'est qu'il n'imaginait pas que vous fussiez de l'Académie. »

*

Un jour La Tour s'avisa, en faisant le portrait du roi, de parler des affaires de l'État : « Il faut bien le dire, Sire, nous n'avons pas de marine... »
Louis XV ramena l'artiste à son pastel : « N'avez-vous pas Vernet, M. La Tour ? »

*

Le maréchal de Soubise perdit dans la même année son armée à Rosbach et sa protectrice, Mme de Pompadour, à Versailles. Il ne lui resta plus que Mme de l'Hôpital, sa grande amie, et l'on fit courir ce quatrain :

Il est mal ce pauvre Soubise :
Sa tente à Rosbach il perdit,
À Versailles il perd sa marquise,
À l'Hôpital il est réduit.

Pour le reste, il était l'un des maris les plus trompés de Paris. Pour couronner le tout, équivoquant sur l'expression proverbiale : *Cocu, battu et content*, Louis XV dit, en apprenant la défaite : « Ce pauvre Soubise ! Il ne lui manque plus que d'être content. »

*

Lors du mariage du Dauphin avec Marie-Antoinette, Louis XV demanda au duc qui avait été chargé de la recevoir à la frontière et qui la précédait de quelques heures à Paris, si la jeune archiduchesse était d'une beauté aussi achevée qu'on le disait. Le duc, qui appartenait au parti dévot, s'extasia de manière idéale sur le charme de la dauphine ; le roi l'interrompit avec un peu de brusquerie : « Bon. A-t-elle de la gorge ?

— Oh ! Sire, je n'aurais jamais osé poser mes regards...

— Vous êtes un sot, mon cher duc, c'est par là qu'il fallait commencer. »

*

Mme de Tencin, mère naturelle de D'Alembert, un peu maquerelle et toujours associée en intrigue au duc de Richelieu, avait aidé à la liaison du roi et de Mme de Mailly. Celle-ci s'était d'abord indignée des encouragements de Mme de Tencin, qui avait été la maîtresse du Régent : « Quoi ! je serais la maîtresse du roi ! que dirait-on ?

— Ce qu'on dirait ? répondit Mme de Tencin ; avez-vous peur des chansons ? On dit bien, moi, que je suis la maîtresse de tout le monde.

— Mais Dieu ?

— Dieu ? rassurez-vous, répondit avec compétence Mme de Tencin, chanoinesse et athée : je ne reçois que des cardinaux, et je vous donnerai toutes les indulgences. »

C'est ainsi que Mme de Mailly devint la première maîtresse du roi.

Un peu plus tard, le roi apprit la mort de M. de Mailly, et il alla l'annoncer à la reine. Comme le pauvre homme ne paraissait jamais à la Cour, la reine demanda : « Quel Mailly ?

— Eh bien, le vrai », répondit le roi.

*

Au fil des années, la marquise de Pompadour se sentit de plus en plus fragile dans la faveur du roi. « Elle sentait, dit Sénac de Meilhan, que le roi était plus habitué à son appartement qu'attaché à sa personne et qu'une intrigue pouvait, d'un moment à l'autre, la supplanter et mettre une autre femme à sa place. »

Elle n'oublia jamais, en effet, qu'à l'époque où le roi paraissait l'aimer le plus, elle lui avait montré une lettre de son mari, qui lui marquait : « Connaissez toute ma faiblesse : je vous reprendrais encore, si vous reveniez à moi. »

Le roi lui avait répondu : « Gardez cette lettre, on ne sait pas ce qui peut arriver. »

## À propos de Louis XV

La faveur de Mme de Mailly, dont on a parlé, ne dura guère : elle fut détrônée par ses deux sœurs, en particulier la marquise de Vintimille, qui accoucha bientôt d'un royal garçon, que le vieux marquis de Vintimille appelait « mon beau petit fils ».

À ceux qui osaient le féliciter, il déclarait : « Ma foi, je ne sais qui a pu faire cet enfant. Ce n'est pas moi, certainement. C'est peut-être le roi, ou le duc d'Ayen, ou Forcalquier, ou mon laquais Saint-Jean qui, dans l'obscurité, se sera mépris »...

\*

Louis XV disait à un archevêque connaisseur en chevaux : « Comment trouvez-vous ce cheval ?

— Superbe, Sire.

— On veut me le vendre pour turc.

— Sire, on vous trompe : il est chrétien comme vous et moi. »

\*

En février 1775, deux princesses de Savoie avaient épousé les comtes d'Artois et de Provence, lorsque Louis XV donna l'une de ses filles, qui était replète, à un prince de la même maison. Aussitôt circula cette épigramme peu galante :

> Au bon Savoyard qui réclame
> Le prix de son double présent,
> En retour nous donnons Madame.
> Ma foi ! c'est payer grassement.

\*

Louis XV se plaisait à faire enrager Mme de Puisieux. Bien qu'elle n'eût que treize ans au sacre, elle était alors d'une éblouissante beauté. Le nouveau roi en avait été frappé, et pendant longtemps il ne la voyait jamais, lorsque plus tard elle allait faire sa cour, sans s'écrier : « Ah ! madame de Puisieux, que vous étiez jolie à mon sacre ! »

Impatientée d'un éloge qui ne la rajeunissait pas et se répétait, elle finit par répondre : «Et vous, Sire, n'étiez-vous pas beau comme l'Espérance ? »

*

En 1773, quelques mois seulement avant sa mort, Louis XV chassait encore. Lorsqu'il mourut à Versailles de la petite vérole, le 10 mai 1774, ses funérailles se firent avec hâte. Ses détracteurs ont fait courir le bruit que cette précipitation était inspirée par la crainte de manifestations hostiles, mais il ne s'agissait que de la peur de la contagion. Lorsque le cortège funèbre traversa le bois de Boulogne à la nuit tombée, on entendit des cris de dérision parmi les passants. Dans une lettre en date du 20 juillet 1774, la comtesse de Boufflers raconte au roi de Suède : «On répétait : *Taïaut, Taïaut*, comme lorsqu'on voit un cerf, et sur le ton ridicule dont il avait coutume de le prononcer. »

Ces cris furent inspirés par le fait que c'est dans une calèche de chasse, que l'on n'avait pas pris le temps de draper ni de peindre en noir, que le corps du roi fut emmené vers Saint-Denis.

Une épitaphe satirique faite à l'adresse du roi défunt se terminait ainsi :

> Ami des propos libertins,
> Buveur fameux, et roi célèbre
> Par la chasse et par les catins,
> Voilà ton oraison funèbre.

Il y en eut beaucoup d'autres... «Et pourtant, dit un vieux soldat, il était à la bataille de Fontenoy. » Comme l'a dit Houssaye, ce fut la plus éloquente oraison funèbre de Louis XV.

*

Le lendemain de la mort de Louis XV, on disait devant M. Le Gallick, supérieur de Saint-Sulpice : «Le roi est mort de la petite vérole.

— Il n'y a rien de petit chez les grands», crut devoir préciser le supérieur.

Peu après, M. Le Gallick se vit obligé de donner sa démission et de se retirer à Issy.

## LOUIS XVI

Le duc de La Vauguyon, gouverneur de Louis XVI (1754-1793), avait décidé de lui enseigner les vertus. Pendant ce temps-là, il ne reçut pas l'éducation politique que Louis XIV avait reçue de Mazarin, et que Louis XV avait reçue du Régent. Le jeune roi n'aimait ni le faste, ni les fêtes, et encore moins le libertinage. Son vrai plaisir était d'être à son enclume avec Gamin. Bon père, bon époux, bon bricoleur, mauvais politique : parfois influencé par une reine sans intelligence, il rappela dès le début de son règne les magistrats que Maupeou avait chassés, ce qui rendait toute réforme impossible. Les choix de ministre furent calamiteux : le roi trouvait vertueux tout ce qui était contraire au règne précédent. Quand Maurepas avait suggéré Turgot le philosophe comme contrôleur général des Finances, le roi dit avec inquiétude : «On prétend que M. Turgot ne va pas à la messe. – Eh! Sire, répliqua Maurepas, l'abbé Terray y allait tous les jours!» Cela suffit à dissiper toutes les préventions du monarque, et à faire nommer quelqu'un qui n'était pas l'homme de la situation. Marie-Antoinette, tête légère, imposa même l'incapable Loménie de Brienne. Arsène Houssaye a bien résumé : «En recueillant la royauté pleine d'orages et pleine de tempêtes, Louis XVI en fut le martyr. Il fallait de la force, il eut de la vertu. À quoi bon de la vertu dans la tempête, si ce n'est pour bien mourir? Louis XVI mourut bien : voilà toute sa vie.» Il était fort grand, mesurant plus de 1,90 m, et fort : les mémoires du temps disent que c'était «le seul homme de sa cour à pouvoir soulever un petit canon sans tomber à la renverse». Enfin, il parlait bien l'anglais (il a donné d'ailleurs une traduction de Gibbon), ce qui lui était utile pour s'adresser à ses conseillers privés et à certains de ses ministres, sans que cela tombe dans l'oreille des comploteurs, en premier lieu ses deux frères.

Le prince de Ligne écrit : «Quoique j'aime ses grosses touches, Sedaine n'aurait jamais dû être reçu à l'Académie. Je soupais dans les Cabinets ce jour-là. Le roi demanda qui avait fait le discours de réception de Sedaine. On lui répondit que c'était Marmontel.

«Et ce malheureux Louis XVI qui avait de l'à-propos, gai et brusque très souvent, se ressouvenant du refrain du *Richard Cœur de Lion* de Sedaine, fredonna :

Quand les bœufs vont à deux.

Le labourage en va mieux.»

C'est que Sedaine et Marmontel avaient tous deux une certaine lourdeur d'allures. Marmontel n'avait aucune élégance dans sa personne, confirme Laure d'Abrantès : «Il était lourd et carré, et avait l'air hommasse.»

*

Jusqu'à la fin du XVIIIᵉ siècle en France, les cavaliers ne pratiquaient que le trot assis, en ayant d'ailleurs souvent recours à des bidets habitués à aller d'un trot désuni, sorte d'amble qui permettait de n'être pas trop secoué. La mode de trotter *à l'anglaise* (notre «trot enlevé») date de cette époque.

Un jour Louis XVI, au retour de la chasse, dit à un jeune gentilhomme fraîchement revenu d'outre-Manche, qui trottait dans une ornière boueuse à ses côtés : «Vous me crottez, monsieur.»

Le gentilhomme, qui avait compris *trottez*, répondit fièrement : «Oui, Sire, mais c'est à l'anglaise.»

Sa repartie eût pu être prise pour une insolence. Le roi, simplement mécontent, se contenta de répondre : «C'est pousser un peu loin l'anglomanie.»

### À propos de Louis XVI

Passionné par les problèmes aérostatiques, le major d'Arlandes se risqua l'un des premiers dans une montgolfière, en 1783. C'était une grande hardiesse alors, et Louis XVI lui reprocha amicalement de courir des chances fâcheuses pour son avenir.

«Votre Majesté daignera me pardonner, répondit l'officier, mais son ministre de la Guerre m'a fait tant de promesses en l'air, que j'ai pris la résolution de les aller chercher.»

Bientôt, on se méfia moins des montgolfières : il y eut davantage de personnes pour risquer l'aventure, et lorsque finalement un moine, le père Pech, monta en ballon, un spectateur s'exclama : «Voilà le seul religieux détaché des biens de ce monde!»

*

Louis XVI régnait déjà depuis quelques années, sans s'être assuré de descendance. Peu après l'Épiphanie, au sujet de laquelle les gazettes avaient rapporté que le roi avait participé aux fêtes avec sa bienveillance habituelle, les Parisiens chantèrent :

À Louis XVI, notre espoir,
Chacun disait cette semaine :
«Sire, vous devriez ce soir,
Au lieu des Rois tirer la reine!»

## LOUIS XVIII

Louis Stanislas Xavier, comte de Provence, puis Louis XVIII, roi de France (1755-1824), avait commencé à traiter avec Barras des conditions de son retour quand Bonaparte fit irruption. Après Waterloo, il résista aux exigences extrêmes des étrangers et aux partisans de l'Ancien Régime. Les affaires reprirent paisiblement leur cours. Chateaubriand raconte que, quand on pensa profiter de la guerre d'Espagne pour installer la frontière de France sur la ligne du Rhin, la gravité des circonstances lui fit faire une démarche avec d'autres ministres. Ils trouvèrent le roi à sa petite table en train de griffonner, se lamentant d'avoir été des années sans connaître la cantate de Circé ; puis il chantonna quelques couplets légers du *Sabot perdu*, qui conte les amours de Colin et Babet. Chateaubriand ajoute que, voyant Sa Majesté si gracieuse, les ministres ne purent mieux faire que de se retirer en glissant la frontière du Rhin sous la protection de Babet... Le char funèbre, genre antique, qui transporta la dépouille du roi à Saint-Denis, était le même que celui qui avait traîné la Liberté au Champ-de-Mars, la déesse Raison à Notre-Dame et Voltaire au Panthéon ; les draperies, selon la circonstance, en déguisaient la carcasse. Lorsque le char, qui avait emporté le cercueil royal, revint à sa remise rue Bergère, chargé de toutes les décorations mortuaires entassées pêle-mêle, on lisait dessus, en grosses lettres : « Service des menus plaisirs du roi ».

Louis XVIII, politique réaliste, s'efforça toujours d'être indulgent à l'égard de ceux qui avaient fait des manifestations de bonapartisme.

Il venait d'y avoir une scène entre le comte d'Artois et lui, le premier se plaignant du fait que, dans la salle du Trône, il y avait encore des aigles, des abeilles, et des *N* (malgré l'ardeur de Madame Royale à faire coudre des fleurs de lys sur les abeilles des tapis, déguiser les aigles en cygnes sur les plafonds, et transformer sur les murs les *N* en *L* adossés). Le roi dut couper court en disant vertement à son frère : « Si vous insistez, je mets *son* buste sur ma cheminée ! »

C'est peu après que le vieux M. de Barentin vint tenter de se disculper, balbutiant devant le roi : « Je n'ai pas, à proprement parler, prêté serment à Bonaparte...

— J'entends bien, répondit le roi : à votre âge, on ne fait plus les choses qu'à demi : vous n'avez pas juré, vous avez *juroté*. »

*

Ce roi, qui n'avait pas de descendant[1], avait toujours été indisposé par l'impatience que son frère le comte d'Artois, futur Charles X, manifestait pour la succession au trône. Mourant, il eut encore l'esprit de faire un calembour. Voyant à la figure de ses médecins qu'il n'avait plus rien à espérer, il leur dit : « Allons, finissons en, Charles attend. »

### À propos de Louis XVIII

*Sur le portrait de Louis XVIII*
*Peint par Gros*
Voyez ce port,
Cet air plein de noblesse !
Voyez ce port,
Et vous serez d'accord
Que ce morceau de l'art sera, sans cesse,
Fort au-dessus de tous ceux de la Grèce !
Voyez ce port ! voyez ce port !
Le Gros l'a peint,
Plein de force et de vie,
Le Gros l'a peint,
Ce noble souverain !
De la peinture admirant la magie,
En le voyant chacun de nous s'écrie :
Le Gros l'a peint ! Le Gros l'a peint !

*

*Épitaphe du roi Louis XVIII*
Ci-gît ce roi polichinelle,
Imitateur du grand Henry,
Qui prit Decaze pour Sully,
Et quelquefois pour Gabrielle.

---

1. Comme on avait parlé, vers 1781, de la grossesse de sa femme, Marie-Antoinette lui demanda « si on pouvait se flatter qu'il y eût quelque fondement à ce bruit. – Oui, madame, dit en riant le comte de Provence, il n'y a même pas de jour où cela ne puisse être ! » La reine, qui comprit qu'elle s'était hasardée, fut extrêmement gênée.

## LOUIS-PHILIPPE Ier

Louis-Philippe Ier, roi des Français (1773-1850), entré au club des Jacobins dès 1790, était allé combattre dans l'Armée du Nord; lorsque la Révolution commença à dévorer ses enfants, il déserta et s'exila. Lors de l'abdication de Charles X après les journées de 1830, il fut lieutenant général du royaume, puis roi. Les querelles politiques auraient pu n'être que l'écume des choses pendant que la bourgeoisie parachevait sa conquête sociale, mais la France n'est pas l'Angleterre. La commotion générale due à la question des nationalités, que prêchaient les esprits avancés et que l'Angleterre attisait, fragilisait le continent; la crise économique de 1846 donna une fatale chiquenaude. Paris se souleva, Louis-Philippe abdiqua, et reprit le chemin de l'exil. Le roi, dont la jeunesse avait étiolé la foi politique, s'y était résolu d'avance. Lorsqu'en 1843 Victoria était venue le voir au château d'Eu, elle avait admiré une pêche au jardin; Louis-Philippe la cueillit et la lui offrit. Victoria semblait embarrassée, ne voulant pas mordre dans le fruit, si bien que le roi tira de sa poche un couteau pliant en expliquant : «Quand on a été, comme moi, un pauvre diable, réduit à vivre avec quarante sous par jour, on a toujours un couteau dans sa poche. J'aurais pu, depuis quelques années, perdre cette habitude, mais je ne l'ai pas voulu. On ne sait pas ce qui peut arriver.» Le prince de Joinville, dans ses *Vieux Souvenirs*, raconte que, devant passer en revue la troupe dans une localité de Normandie, on ne trouva à donner, au roi et à ses fils, que les petits chevaux d'un cirque qui se trouvait là. Dès que la musique militaire se fit entendre, les chevaux habitués au spectacle se mirent à faire des voltes et des pirouettes qu'il fut impossible d'arrêter... Imagine-t-on un seul sujet proposant à Louis XIV un poney de cirque?

En novembre 1839, dans une conversation de politique avec le roi, Thiers s'écria : «Ah! Sire, vous êtes bien fin, j'en conviens, mais sur ce point je le serai encore plus que vous.

— La preuve que non, c'est que vous le dites.»

*

Lorsque le comte Molé, premier ministre de Louis-Philippe, lui apprit le décès de Talleyrand, le roi fut d'abord incrédule : «Êtes-vous sûr qu'il soit mort? Avec lui, on ne peut se fier aux apparences... Et, d'ailleurs, réfléchissez : quel intérêt avait-il à mourir en ce moment?»

### À propos de Louis-Philippe

Louis-Philippe avait beaucoup d'enfants. Les légitimistes disaient : «Beaucoup de rejetons, mais peu de racines.»

*

« Tout va bien, disait un parlementaire sous Louis-Philippe ; j'ai
mérité la croix et les ministres *l'accordent*. »

\*

Les Goncourt relatent dans leur *Journal* un dîner d'hommes
de lettres, en 1857 : ils parlaient de la récente suspension de la
presse, et disaient que cela « nous ramène, nous tous, hommes
de plume, aux regrets du règne de Louis-Philippe, aux *mea culpa*
de chacun, de ses niches, de ses gamineries, de ses vers à la
Barthélemy contre le Tyran ».

Le marquis de Belloy rappela alors ces cochers d'omnibus qui,
rencontrant dans l'avenue de Neuilly la modeste berline du souverain, soulevaient leur chapeau, en ayant l'air de le saluer, et se
penchant, lui criaient dans les oreilles : « Merde pour le roi ! »

## LOUIS, GRAND DAUPHIN

Fils de Louis XIV, Louis de France, le Grand Dauphin (1661-1711), dit
encore « Monseigneur » par une appellation nouvelle en son honneur, eut
pour gouverneur le duc de Montausier, modèle du *Misanthrope* de
Molière. Ce prince placide, surnommé « Gros Gifflard », avouait ne pas
aimer l'effort intellectuel, et selon Saint-Simon, depuis qu'il avait été
affranchi de ses précepteurs, il n'avait de sa vie lu que l'article sur Paris de
*La Gazette de France*, pour y voir les morts et les mariages. Craignant par-
dessus tout son père, qui lui préférait le duc du Maine son bâtard, le Dauphin se réfugia dans la pratique intense de la chasse du loup – « la plus
belle de toutes les chasses, dit Le Couteulx de Canteleu : c'est la chasse
française par excellence, c'est la chasse de la vieille vénerie [...]. Quelle
chose magnifique qu'une chasse de grand loup prenant les grands pays ! »
Un loup, lancé à Fontainebleau, fut forcé à Rennes cinq jours plus tard...
Les veneurs éparpillés devaient se loger à la bonne fortune pour relancer
l'animal à l'aube suivante. Un soir le Dauphin, qui n'avait avec lui que
le grand prieur de Vendôme, demanda l'hospitalité à un curé de village
qui ne les connaissait pas. Le grand prieur eut à faire la cuisine et
Monseigneur à panser les chevaux. Les deux veneurs étant repartis de
grand matin sans dire adieu, leur hôte les prit pour des vagabonds qui ne
s'étaient abstenus de piller le presbytère que par un respect de l'hospitalité assez commun chez les Bohémiens. Le roi, qui s'amusa beaucoup de
l'histoire, convoqua le curé à Versailles où il le confondit en présence des
princes dignement vêtus, avant de le renvoyer avec une récompense.
D'un premier mariage, le Grand Dauphin eut Louis, duc de Bourgogne
(père de Louis XV), et Philippe V d'Espagne. Veuf, il se remaria secrètement avec sa maîtresse Mlle de Choin, dotée d'une très forte poitrine
avec laquelle il jouait comme sur des timbales (si on en croit la Palatine...).

Un évêque trop assidu à la Cour, nouvellement revenu de son diocèse où il était passé, disait au Grand Dauphin que les prêtres du diocèse étaient tous des saints : «Ils vivent d'une manière tout à fait édifiante ; ils ne se mêlent jamais des affaires du monde, passant le temps à prêcher et à instruire les âmes ; ils sont tout à fait désintéressés, et se moquent tous des bénéfices...

— Vous vous moquez donc bien d'eux», lui repartit le Dauphin.

*

Dans l'ancien temps, il existait beaucoup de harangues d'usages, commandées par le cérémonial. Les gens d'esprit veillaient à les faire courtes ; ainsi, un premier président du parlement de Paris, haranguant monseigneur le duc de Bourgogne – petit-fils de Louis XIV et futur père de Louis XV –, alors au berceau, se contenta de lui dire : «Nous venons, monseigneur, vous offrir nos respects ; nos enfants vous offriront leurs services.»

Le père du petit enfant ainsi honoré, Louis Grand Dauphin, s'impatientait beaucoup à tous ses honneurs, prescrits ou non par l'étiquette. Comme il arrivait un jour dans une ville, l'un des échevins fit une profonde révérence en commençant à faire ses compliments. Le prince profita de son dos recourbé pour passer par-dessus comme à saute-mouton.

*

Sur la fin du règne de Louis XIV, le Grand Dauphin parut surpris de la détresse qui semblait menacer le royaume : «Mon fils, dit le roi, nous maintiendrons notre couronne.

— Sire, répondit le Dauphin, Maintenon l'a.»

## LOUVOIS (marquis de)

François-Michel Letellier, marquis de Louvois (1641-1691), fils du chancelier Letellier, parvint au ministère en 1666 après une jeunesse dissipée. L'armée française doit son organisation et de nombreuses victoires à cet administrateur de génie, qui négocia aussi le rattachement à la France de Strasbourg. Il sut flatter le goût de Louis XIV pour la munificence, incitant à la construction de Versailles, de Trianon, de Marly et de la place Vendôme – tout en sachant surveiller la dépense. Lorsque le roi se plaignit auprès de Colbert, surintendant des bâtiments, du gaspillage effroyable qui avait lieu dans les constructions de Versailles, il invita son ministre à imiter l'économie que Louvois mettait dans la fortification des places. On dit qu'à la mort de Louvois, qui fut soudaine, le roi était sur le point de le disgracier, las de la domination d'un ministre qui ne craignait pas de parler à son maître d'un ton absolu. On reproche à Louvois d'avoir, pour des raisons politiques, puissamment contribué à la révocation de l'édit de Nantes en laissant faire des atrocités qu'il ne pouvait ignorer. On lui reproche aussi d'avoir fait réduire en cendres le Palatinat, ce qu'il avait ordonné pour mieux isoler la Prusse de la France (pour la même raison le Comité de salut public y prescrira une guerre d'extermination en 1794).

Quelqu'un demandait devant le marquis de Louvois comment Sophie Arnould pouvait tant puer de la bouche. Il expliqua : «C'est parce qu'elle a le cœur sur les lèvres.»

\*

Louvois fut l'auteur du fameux quatrain sur le prince d'Hénin, capitaine des gardes du comte d'Artois, à l'époque où il avait pris Sophie Arnould pour maîtresse :

> Depuis qu'auprès de ta catin,
> Tu fais un rôle des plus minces,
> Tu n'es plus le prince d'Hénin,
> Mais seulement le nain des princes.

Le prince était de très petite taille.

Champcenetz, qui s'était laissé attribuer la paternité du quatrain, paya cette fausse gloire de deux ans d'exil.

\*

Un duc désirait voir les collections très fameuses d'un certain bourgeois riche et collectionneur, mais se méfiait des rencontres qu'il risquerait de faire chez cet homme parvenu, qui avait commencé dans la vie comme meunier.

«Rassurez-vous, lui dit Louvois, il n'y aura que le meunier, son fils et vous.»

\*

Le marquis de Louvois avait connu bien des aventures avant de se résigner à épouser Anne de Souvré qui tint, retour de l'église, à lui faire un petit sermon sur la vie dissipée qu'il avait menée jusque-là.

«Rassurez-vous madame, dit le marquis à titre de résipiscence : je viens de faire ma dernière sottise.»

## LOUŸS (Pierre)

Pierre Louis, dit «Pierre Louÿs» (1870-1925) : ce petit-maître de la littérature fut ami d'enfance d'André Gide, comme le rappelle *Si le grain ne meurt*. Mais lui, plutôt atteint d'un amour immodéré de l'autre sexe, ne comprit jamais les goûts de son ancien camarade. Il ménagea même un guet-apens où le jeune bourgeois protestant devait basculer dans les bras d'une professionnelle; rien n'y fit. Ce fut bientôt pour André le voyage d'Algérie, l'amour de jeunes Bédouins, et le prix Nobel de littérature, souvent attribué pour des raisons périphériques. L'ouvrage le plus connu de Pierre Louÿs est ses *Chansons de Bilitis*; son ouvrage le moins recommandable est *Le Trophée des vulves légendaires, Neuf sonnets sur les héroïnes de Wagner rêvés au pied du Venusberg en août 1891*. On s'étonne donc un peu que Paul Valéry ait pu voir en Pierre Louys son «directeur spirituel»; il est vrai qu'ils ont signé l'un et l'autre le «monument Henry», manifeste antidreyfusard.

*Sur une comédienne*
L'actrice qu'on vint à choisir
Pour le beau rôle d'Andromède
Passait pour prendre son plaisir
Par où l'on prend plutôt remède.
C'est pourquoi l'on dit que, rêvant
De nous fournir double carrière,
Elle est Andromède en avant
Et Persée aussi par-derrière.

## LULLI (Jean-Baptiste)

Jean-Baptiste Lulli (1633-1687), petit Florentin, commença comme marmiton de Mlle de Montpensier. Mais il jouait du violon, et un jour qu'il avait oublié un rôti réduit en cendres, le comte de Nogent, qui venait d'entrer aux cuisines, remarqua le talent du garçon et fit raison du reste. Le violoniste fut admis parmi les musiciens de sa protectrice, qui le congédia bientôt à cause des couplets mordants à son égard que Jean Baptiste mettait en musique et que tout le monde chantait dans la maison (Mlle de Montpensier croyait facilement qu'on se moquait d'elle; elle s'était fâchée lorsque, rendant visite à sa principauté de Dombes, elle avait entendu l'orateur avancé à sa rencontre déclamer : «Madame, la grandeur de votre nature», etc.). Le jeune Lulli, déjà célèbre pour avoir composé *Au clair de la lune*, fut reçu parmi les musiciens du roi. Louis XIV lui commanda des opéras, et sa romance *Amour que veux-tu de moi?* fut chantée par toutes les cuisinières de France. On l'accusait d'être peu loyal, et La Fontaine s'est plaint de s'être laissé «enquinauder» par l'Italien (Lulli faisait travailler Quinault pour ensuite récolter seul l'argent de la peine). Lulli se blessa en battant la mesure et la gangrène vint. On hésita à couper l'orteil, puis le pied, puis la jambe. Fort débauché, il se résolut, sur les instances du roi, à se confesser. Le curé de la Madeleine, qu'il appela, lui demanda de manifester son repentir en jetant au feu le manuscrit de l'opéra qu'il était en train de composer. Le musicien accepta aussitôt ce sacrifice, parce qu'il en avait gardé une copie. Il rendit l'âme quelques jours plus tard, dans de grandes souffrances après avoir écrit un canon à cinq voix sur les paroles *Il faut mourir, pécheur, il faut mourir.*

L'éminent musicien, pour arrondir ses revenus, sollicitait une charge de secrétaire du roi ; Louvois lui dit à cette occasion : «Nous voilà bien honorés, nous voilà menacés d'avoir pour confrère un maître baladin.»

Lulli répondit au ministre : «S'il fallait, pour plaire au roi, faire pis que moi, vous seriez bientôt mon camarade.»

\*

Un jour que la représentation était en retard à cause d'un détail de décor que Lulli voulait faire rectifier, le roi fit savoir qu'il s'impatientait.

Lorsque, à la troisième fois, un gentilhomme de la chambre vint redire : «Le roi attend!», le compositeur répondit : «Le roi est maître de tout : il peut donc attendre tant qu'il lui plaira.»

### À propos de Lulli

Boileau ne pouvait souffrir Jean-Baptiste Lulli. Il avait fait ouvertement ces vers contre lui :

> En vain par sa grimace un bouffon odieux
> À table nous fait rire et divertit nos yeux ;
> Ses bons mots ont besoin de farine et de plâtre.
> Prenez-le tête à tête, ôtez-lui son théâtre,
> Ce n'est plus qu'un cœur bas, un coquin ténébreux ;
> Son visage essuyé n'a plus rien que d'affreux.

Molière prenait la chose moins sévèrement. Il aimait simplement à dire : «Baptiste, fais-nous donc rire.»

## LUXEMBOURG (maréchal de)

> François-Henri de Montmorency Bouteville, duc de Luxembourg, maréchal de France (1628-1695), devint général en chef après la retraite de Condé et la mort de Turenne. Après avoir été impliqué dans l'affaire des Poisons, il fut remis à la tête des armées, et rapporta tant de drapeaux ennemis que le prince de Conti le surnomma «le tapissier de Notre-Dame». L'indolence l'empêchait de cueillir le fruit de ses victoires. Le maréchal de Berwick a écrit : «Quand il était question d'ennemis, nul général plus brillant que lui; mais du moment que l'action était finie, il voulait prendre ses aises et paraissait s'occuper plus de ses plaisirs que des opérations de la campagne... Son indulgence à ne point trop se soucier d'empêcher la maraude l'avait fait adorer de ses soldats qui, de leur côté, se piquaient d'être toujours à leur devoir quand il avait besoin de leurs bras.» Il était aimable et désintéressé. Saint-Simon n'a pas retenu le meilleur côté : «M. de Luxembourg à soixante-sept ans s'en croyait vingt-cinq [...]. À défaut de bonne fortune dont son âge l'excluait, il suppléait par de l'argent, et l'intimité de son fils et de lui, de M. le prince de Conti et d'Albertgotti, portait presque toute sur des mœurs communes et des parties secrètes qu'ils faisaient ensemble avec des filles.»

Après l'exécution, par ordre du roi, du comte de Montmorency-Bouteville, la comtesse de Bouteville accoucha six mois plus tard d'un enfant bossu : le futur maréchal-duc de Luxembourg.

Lors des victorieuses campagnes de Hollande menées par le maréchal, le prince d'Orange était au désespoir d'avoir été battu à Fleurus, Leuse, Steinkerque et Nervinde; il disait en parlant du maréchal de Luxembourg : «Est-il possible que je ne battrai jamais ce bossu-là ?

— Bossu, bossu... qu'en sait-il? dit le maréchal quand on lui apprit le propos : il ne m'a jamais vu par-derrière.»

## LUXEMBOURG (Mme la maréchale de)

> Madeleine Angélique de Neufville-Villeroy, maréchale-duchesse de Luxembourg (1707-1787), est la seconde épouse du troisième maréchal de Luxembourg, petit-neveu du précédent. Dans leur château de Montmorency, ils reçurent et hébergèrent Jean-Jacques Rousseau. La maréchale avait conçu le projet de faire élever au moins l'un des enfants que le philosophe avait envoyés à l'hôpital, mais on ne put jamais en identifier un

seul. Elle prit un intérêt très vif à l'impression de l'*Émile*, et obtint l'assentiment de Malesherbes, alors directeur de la Librairie. En 1762, à l'époque où l'*Émile* était condamné à être brûlé par la main du bourreau à Genève, et son auteur décrété de prise de corps, Rousseau retirait en France 7 000 livres de son ouvrage; Bachaumont confirme que «c'est Mme et M. le maréchal de Luxembourg qui se sont mis à la tête de la vente, et qui en procurent un très grand débit». Lorsque le maréchal mourut en 1764, sa veuve reçut à Paris; c'est là, dit-on, que se conservait intacte la tradition des manières nobles et aisées que l'Europe venait admirer à Paris. Elle se montra enfin dévote sans bigoterie et charitable sans faste.

La duchesse de Mazarin[1] était une personne immense et forte et mouvant son gros individu de telle manière que «rien n'en était perdu pour la disgrâce». Elle avait habituellement le visage très coloré. Comme on vantait devant la maréchale de Luxembourg, par courtoisie, «l'extrême fraîcheur» de Mme de Mazarin, elle dit : «Ah! vous trouvez qu'elle est fraîche? Vous appelez ça de la fraîcheur, je le veux bien; seulement ne dites pas qu'elle est fraîche comme une rose... mais comme de la viande de boucherie.»

*

On discutait dans le salon de la maréchale des vers de l'abbé Delille :

Tel jadis Carthage
Vit sur ses murs détruits ses marins malheureux,
Et ces deux grands débris se consoler entre eux,

... lorsqu'on annonça le bailli de Breteuil et Mme de La Reynière. «Le vers est bon», dit la maréchale.

---

1. Louise-Jeanne de Durfort, duchesse de Mazarin (1735-1781), était la fille du duc de Duras, qui avait épousé en premières noces Charlotte-Antoinette de La Porte Mazarin (†1735), héritière des duchés de Mazarin, La Meilleraye et Mayenne, titres qui avaient le privilège de se transmettre aussi par les femmes. Elle mourut de son amour pour les plaisirs disent les *Mémoires secrets*, ou d'une maladie causée par un corset trop serré, dit Métra. Le catalogue de sa bibliothèque, vendue en 1782, contient tout ce que notre littérature avait publié d'histoires galantes, d'aventures secrètes et de chroniques scandaleuses. Un certain nombre de volumes, dont la vente fut interdite par la censure, n'y figurent que par l'indication de leur numéro.

## À *propos de la maréchale de Luxembourg*

La spirituelle duchesse de Boufflers, jeune et veuve, n'était pas encore maréchale de Luxembourg lorsqu'elle arriva à la Cour. Elle était fort galante, et le comte de Tressan fit sur elle une chanson qu'elle récompensa par un soufflet :

> Quand Boufflers parut à la Cour,
> On crut voir d'Amour la mère ;
> Chacun essayait de lui plaire,
> Et chacun l'avait à son tour.

Dans sa vieillesse, la maréchale se plaisait cependant à fredonner cette chanson qui, si elle ne célébrait pas sa vertu, honorait sa beauté passée. Généralement, elle chantait le commencement du couplet, et puis elle ajoutait : «J'ai oublié le reste.»

## LYAUTEY (maréchal)

Louis Hubert Gonzalve Lyautey, maréchal de France (1854-1934) : colonialiste qui prônait le respect de l'Islam, légitimiste et grand serviteur de la République, catholique et homophile, il fut premier résident général du protectorat français au Maroc, déclarant qu'il était là pour préparer une «Afrique du Nord, évoluée, civilisée, vivant de sa vie autonome à se détacher de la métropole», ce qui ne plut guère. Ministre du cabinet Briand en 1917, il refusa, à une époque où les trahisons allaient bon train, de s'expliquer à l'Assemblée sur certains buts de guerre. La gauche hurla («Vous êtes un général de coup d'État!»), exigeant qu'il fût châtié. On fit haro, depuis Berthelot («C'est le rôle du général Boulanger qui recommence») jusqu'à Clemenceau («Ce n'est certes pas moi qui suis allé chercher Lyautey dans sa satrapie marocaine»). Briand lâcha Lyautey. Paul Morand dit dans son *Journal* : «Les Anglais, il y a un mois, ont parfaitement admis, eux, que Lord Lytton, au nom de l'Amirauté, refusât de donner au Parlement aucune précision sur la défense anglaise contre les sous-marins. Ils ont eu aussitôt un réflexe national : *C'est pour le bien du pays*. Et les Français, eux, vaniteux et politicards, ont eu le réflexe contraire.»

Quand Lyautey était résident général au Maroc, le président du tribunal de Rabat vint se plaindre du fait que le palais de justice avait été construit en bordure d'un terrain vague.

«Et alors, fit Lyautey, ce n'est pas gênant, un terrain vague...

— Certes, mais il vient de s'y installer un cirque...

— Qu'est-ce que cela peut bien vous faire, puisque vous ne jouez pas aux mêmes heures ? »

## MACMILLAN (Harold)

> Harold Macmillan (1894-1986), patricien anglais, appartenait aux «nouveaux conservateurs» qui, après la guerre, voulaient faire évoluer le parti vers la gauche au moment où une majorité de la population était convaincue des bienfaits de l'étatisation des services (Bracken appelait ces néo-conservateurs «les chevaliers de la paperasse» – *charters-mongers*). Macmillan ne renoncera d'ailleurs jamais à ses convictions et accusera Margaret Thatcher de «vendre les bijoux de famille» lorsqu'elle décidera de procéder aux privatisations, trente ans plus tard. Les conservateurs étaient parvenus au pouvoir en 1957 et Macmillan fut Premier ministre jusqu'en 1963 lorsque l'affaire Profumo, qui mêlait dans la meilleure tradition britannique scandale sexuel et espionnage russe, l'obligea à démissionner.

De Harold Macmillan, à l'occasion d'un discours le 7 mars 1961 aux conservateurs de Londres : «Comme d'habitude les libéraux présentent des propositions intelligentes et des propositions originales. Mais les propositions intelligentes ne sont pas originales et les propositions originales ne sont pas intelligentes.»

\*

De Macmillan lorsque, aux Nations unies, le 29 septembre 1960, Khrouchtchev, après avoir ôté une de ses chaussures, s'en servit pour taper sur son pupitre : «Peut-être pourrions nous avoir une traduction ? J'ai du mal à suivre.»

\*

Harold Macmillan dans ses vieux jours avait baptisé sa voiture «Mrs Thatcher». Comme on lui demandait pourquoi, il expliquait : «Cette voiture lance un avertissement sonore si vous n'attachez pas votre ceinture, et une lumière clignote si vous ne fermez pas correctement la porte. C'est une maniaque des rappels à l'ordre.»

## MAGNARD (Francis)

Francis Magnard (1837-1894), né à Bruxelles, fut le premier directeur du *Figaro* d'après Villemessant. Léon Daudet l'a décrit comme le «maître omnipotent d'un journal conservateur et bien-pensant, spirituel et quinteux, passionné comme un démon de quatre heures – il touchait alors à la soixantaine –, dégoûté des gens et des choses, et cependant favorable aux débutants; Francis Magnard est un des êtres les plus originaux que j'aie rencontrés.» Assez curieusement pour un directeur de journal conservateur en pleine période de guerre de religion, il était résolument anticlérical. Alphonse Daudet, qui pensait qu'il existait une conspiration du silence contre Drumont, demanda à Magnard d'évoquer dans son journal *La France juive*, ce que celui-ci fit sans complaisance, tout en demandant à Freycinet d'y jeter un œil pour comprendre un peu ce qui se passait dans la société : «[M. Drumont] paraît en proie à une obsession particulière qui lui fait voir le Juif partout où d'autres monomanes voient la police, les Jésuites ou les francs-maçons. Aussi, les considérant comme un danger pour la France, demande-t-il tranquillement la confiscation de tous les biens des Israélites, banquiers ou marchands de lorgnettes. Avec les milliards que produirait cette confiscation, M. Drumont voudrait que l'on tentât, au profit des ouvriers, de grandes entreprises de coopération et de participation. C'est purement sauvage, et je ne vois pas qu'il y ait lieu de discuter de telles conclusions, mais je tiens à constater que M. Drumont justifie sa théorie de la confiscation sur les Sémites par celle des républicains sur les expulsions des religieux.»

Chez l'académicien Pailleron, il y avait parfois de grands dîners, mais l'hôte traitait ses collègues de l'Institut avec une grande parcimonie gastronomique, car il était prodigieusement avare. Francis Magnard, le directeur du *Figaro*, disait en retournant son assiette : «C'est dommage qu'on ne puisse pas manger la vaisselle. Elle est fort belle et très appétissante.»

## MAINE (duchesse du)

Louise Bénédicte de Bourbon-Condé, duchesse du Maine (1676-1753) : petite-fille du vainqueur de Rocroi, pleine d'esprit, mais fort petite, c'est «un pouce de taille de plus» qui lui fit donner la préférence sur sa sœur lorsque le duc du Maine, fils (boiteux) de Louis XIV et de la Montespan, dut prendre femme. Elle présida à ces fêtes merveilleuses qu'on a appelées «les Nuits de Sceaux». Sainte-Beuve écrit : «La cour de Sceaux, même en son meilleur temps, fut toujours un peu arriérée sans doute, cantonnée dans son vallon, fermée aux lumières et au souffle du dehors, obstinément cartésienne par M. de Malezieu; mais ce Malezieu était un homme de savoir, nourri de premières études très fortes, qui lisait Sophocle dans le texte, et chaque jour il passait là, dans ce cercle de la princesse, des personnes du premier ordre par l'esprit : Voltaire, Mme du Châtelet, Mme du Deffand» – on doit ajouter Fontenelle, et Mlle de Launay. Passionnée pour la cause des princes légitimés, la duchesse fut mêlée à leurs complots maladroits sous la Régence, ce qui lui valut quelques punitions.

Le marquis de Saint-Aulaire, rimeur assez débauché, appartenait à la cour de la duchesse du Maine, dont il était épris. La duchesse aspirait, dans les vieux jours du marquis, à ce qu'il fît une bonne fin, plutôt que persister dans ses outrances galantes.

Après qu'elle l'eut vivement encouragé à se présenter au tribunal de la pénitence, il lui adressa ces vers :

Ma bergère, j'ai beau chercher,
Je n'ai rien sur la conscience.
De grâce faites moi pécher :
Après, nous ferons pénitence.

La duchesse, qui ne se laissait pas impressionner, renvoya au vieux galant ce billet :

Si je cédais à votre instance
On vous verrait bien empêché,
Et plus encore du péché
Que de la pénitence.

## MAINTENON (Mme de)

Françoise d'Aubigné, marquise de Maintenon (1635-1719), était la fille d'un Constant d'Aubigné, aventurier perdu de débauche qui épousa la fille du gouverneur de la forteresse où il était enfermé. Françoise naquit dans la prison suivante. Réduite à la misère, elle épousa Scarron, de vingt-cinq ans son aîné, infirme qui ne survécut guère. Elle devint gouvernante des bâtards du roi et de la Montespan, mais entre elle et la favorite – deux femmes spirituelles et intelligentes – ce fut une croissante zizanie, et Louis XIV disait : «J'ai plus de peine à mettre la paix entre elles qu'à la rétablir en Turquie.» Quand la reine mourut, le roi ne pouvait plus se passer de Mme de Maintenon, alors âgée de quarante-huit ans – elle en avait trois de plus que lui. Elle refusa d'être une favorite, mais détruisit elle-même les traces du mariage, célébré de nuit à Versailles en 1684. «On doit convenir que peu de femmes ont, dans un rang si élevé, coûté moins cher à la France. Son élévation subite et inouïe ne changera rien ni à sa mise, sombre d'ordinaire, ni à sa vie, qui fut retirée, ni à ses goûts très simples» (H. Hauser). L'union dura trente ans; elle fit de Louis XIV un dévot, «épargnant à la France le spectacle d'un vieux roi libertin». La petite-fille d'Agrippa d'Aubigné avait depuis longtemps renoncé au protestantisme. On lui a faussement attribué la révocation de l'édit de Nantes, et elle a désapprouvé les violences. Sa passion était l'éducation; elle se retira à Saint-Cyr à la mort du roi. Elle y reçut la visite de Pierre le Grand, «venu voir tout ce qui en valait la peine en France». Elle a triomphé par le précepte qu'on lui prête : «Rien de plus habile qu'une conduite irréprochable», et a effectivement obtenu tout ce que ses ennemis aigris n'ont pas eu. Il faut donc oublier les médisances de Saint-Simon et surtout de la Palatine, qui avait fait sa cible favorite de «la vieille conne», «la vieille ripopée», «le fumier dont le roi est réduit à humer la puanteur», etc. Il est ensuite malaisé de juger une femme dont la vie présente autant d'énigmes. En tout cas, elle reste l'un des écrivains les plus solides du temps, par «ce style aisé et court, que Saint-Simon ne pouvait s'empêcher d'admirer» (Hauser).

Mme de Maintenon n'aimait pas Tallemant des Réaux, qui ne songeait qu'à répéter sur les membres du clergé les pires aventures libertines, qu'il avait apprises de Mme de Rambouillet. Comme l'absence prolongée à la cour de Tallemant fut remarquée, la marquise s'en informa.

«Tallemant est mal en point, lui dit-on : en dormant, il a reçu sur la tête son ciel de lit qui s'était détaché.»

Mme de Maintenon dit simplement : «Le ciel se venge...»

### À propos de Mme de Maintenon

Fielleusement prêté à Mme de Maintenon, ce sonnet écrit, semble-t-il, par Mlle de Nantes, fille de Louis XIV et de Mme de Montespan :

Que l'Éternel est grand ! que sa main est puissante !
Il a comblé de bien mes pénibles travaux ;
Je naquis demoiselle et je devins servante ;
Je lavai la vaisselle et souffris mille maux.
Je fis plusieurs amants et ne fus point ingrate ;
Je me livrai souvent à leurs premiers transports.
À la fin j'épousai ce fameux cul-de-jatte[1]
Qui vivait de ses vers comme moi de mon corps.

---

1. Scarron.

Mais enfin il mourut, et vieille devenue,
Mes amants sans pitié me laissaient toute nue,
Lorsqu'un héros me crut encore propre aux plaisirs.
Il me parla d'amour, je fis la Madeleine ;
Je lui montrai le diable au fort de ses désirs ;
Il en eut peur, le lâche ! et je me trouve reine...

*

Du janséniste Racine, sur Mme de Maintenon :

À voir cette prude catin
Gouverner si mal notre empire,
On pourrait en mourir de rire,
Si l'on n'en mourait pas de faim.

*

Les chanoines de Chartres ayant perdu leur procès contre leur évêque, qui quant à lui était soutenu par le crédit de Mme de Maintenon, l'un d'eux dit : «Comment aurions-nous gagné ? Nous avions contre nous le roi, la dame et le valet.»

## MALESHERBES

Chrétien-Guillaume de Lamoignon de Malesherbes (1721-1794), nommé directeur de la Librairie, et en tant que tel en charge des autorisations, favorisa toujours les philosophes contre leurs rivaux, et aida à la publication de l'*Encyclopédie*. En 1771, il adressa à Louis XV ses remontrances contre le parlement Maupeou. Louis XVI, en rappelant les anciens parlementaires, le fit ministre à deux reprises. Lorsque la Révolution éclata, il émigra ; il revint en 1792, et fut l'un des avocats de Louis XVI, écrivant courageusement à la Convention : «J'ai été appelé deux fois au conseil de celui qui fut mon maître, dans le temps que cette fonction était ambitionnée de tout le monde : je lui dois le même service, lorsque c'est une fonction que bien des gens trouvent dangereuse.» Onze mois plus tard, il était lui-même condamné à mort. Il dit, après avoir trébuché sur un caillou, alors qu'on l'emmenait au supplice : «Mauvais présage : un Romain serait rentré chez lui.» Peu après les événements, l'éditeur de la *Prophétie de Cazotte* écrit : «Rappelé à la religion par l'exemple du Roi-martyr, il était revenu aux saines doctrines, lorsqu'il fut guillotiné à Paris, le 2 avril 1794, avec sa fille et sa petite-fille.» Si on prend le registre des victimes du Tribunal révolutionnaire de Paris, on lit, de la part de ceux dont il avait favorisé l'avènement : «Lamoignon-Malesherbes (Chrétien-Guillaume), 72 ans, ex-noble et ministre du Tyran, né à Paris».

Un jour, un courtisan dit à Malesherbes : «Monsieur, je vous méprise.

— Je vous en défie», se contenta de dire ce dernier.

### À *propos de Malesherbes*

Le maître à danser (de tels maîtres apprenaient aussi à marcher élégamment, se tenir, etc.) de Louis XV se nommait Marcel, et il était assez infatué de lui-même. Il avait compté Malesherbes parmi ses élèves. Un certain nombre d'années plus tard, il croisa à Versailles son ancien élève, devenu ministre. Alors, examinant celui-ci d'un œil critique, Marcel dit : «Monsieur de Malesherbes, permettez que je vous demande une faveur...

— Elle est accordée. Laquelle ?

— N'apprenez jamais à personne que j'ai été votre maître à danser.»

\*

Suard disait : «Malheur à l'honnête homme si le coquin a offensé M. de Malesherbes ! »

## MALHERBE (François de)

François de Malherbe (1555-1628) : après des études à Bâle et Heidelberg, la vie de ce Caennais se consuma en procès contre son frère. En procédure, il fut toujours un madré Normand, et quand on lui reprochait ces procès contre sa famille, il répondait : «Eh ! avec qui voulez-vous que j'en aie ? Ce n'est pas avec les Turcs et les Tartares, qui ne me connaissent point.» Son père, calviniste, lui avait donné un précepteur dont il fit peu de cas ; il fut catholique libertin, et les enseignements qu'il a tirés de la Bible sont restés sommaires :

«Multipliez le monde en votre accouplement»
Dit la voix éternelle à notre premier père.
Adam, tout aussitôt, désireux de lui plaire,
Met sa belle Ève à bas et la fout vitement.

Il trouva un protecteur en la personne du duc d'Angoulême, bâtard d'Henri II. Avec l'assassinat du duc, il perdit ses ressources : il demanda de l'aide à son père, qui lui envoya un tonneau de cidre. Le cardinal du Perron attira l'attention du roi sur ses talents, et désormais Malherbe eut ses appartements au Louvre et à Fontainebleau. Il n'écrivait guère que trente vers par an, mais avait la sinécure de trésorier de France ; il ne tenait d'ailleurs pas à son art, et disait qu'un bon poète n'est pas plus utile à l'État qu'un bon joueur de boules. Il consacrait plus de temps à ses procès et à ses plaisirs qu'à ses vers : il consacra trois années à rédiger l'ode destinée à consoler le premier président de Verdun de la mort de sa femme, et quand il lui apporta l'ouvrage, le président était remarié... Il a établi les règles de la poésie française, mais il n'était austère qu'en matière de prosodie, et Racan écrit : « Il se vantait avec autant de vanité d'avoir sué trois fois la verolle, que s'il eust gaigné trois batailles. »

Malherbe était frileux à l'extrême ; il retira un jour du feu des chenets qui représentaient de gros satyres barbus. « Mordieu ! expliqua-t-il, ces gros bougres se chauffent tout à leur aise tandis que je meurs de froid. »

Or, un jour qu'un chevalier lui lisait de mauvais vers dans une chambre d'appartement très froide, il dit comme on lui demandait son avis : « Mon ami, s'il y avait plus de feu dans tes vers, ou plus de tes vers dans le feu, nous n'aurions pas si froid ici. »

\*

Un importun arrêta Malherbe un soir, comme il suivait son valet qui portait devant lui des girandoles dont les bougies brûlaient ; Malherbe interrompit bientôt la conversation : « Allons, bonsoir ; vous me faites brûler pour cinq sous de flambeau, et ce que vous dites ne vaut pas six blancs. »

\*

Le protecteur de Malherbe, le duc d'Angoulême, grand prieur de France, se piquait de faire des vers, mais il n'osait les montrer à son protégé ; il dit alors à Dupérier, un autre de sa suite : « Voici un sonnet ; si je dis à Malherbe que c'est moi qui l'ai fait, il dira qu'il ne vaut rien ; dites-lui je vous prie qu'il est de votre façon. »

Dupérier montre le sonnet à Malherbe en présence du grand prieur : « Ce sonnet, lui dit Malherbe avec mépris, est tout comme si c'était M. le grand prieur qui l'eût fait. »

\*

Un Provençal vint lui apporter une ode au roi, en le priant de la juger. Malherbe y jeta un œil, et après avoir considéré le titre, *Au Roi*, il dit : « Il n'y a que quatre mots à ajouter.

— Lesquels ?

— ... *pour torcher son cul.* »

\*

Un poète amateur lui apporta un jour de mauvais vers en l'honneur d'une dame. Il les lut d'un air chagrin, et demanda : «Avez-vous été condamné à être pendu ou à faire ces vers ? Parce qu'à moins de cela, on ne saurait vous les pardonner.»

\*

Un soir qu'il était à dîner chez Des Portes, celui-ci voulut aller chercher le volume de ses propres traductions poétiques des psaumes, nouvellement imprimées.

«Laissez, laissez, dit Malherbe, votre potage vaut mieux que vos psaumes.»

\*

Malherbe ne se gênait pas davantage avec le duc de Bellegarde. Un jour qu'on servait chez le duc un faisan garni de sa tête, de ses ailes et de sa queue, le poète les prit et les jeta au feu. Le duc s'écria : «Mais on le prendra pour un chapon !

— Eh bien, mordieu ! mettez-y donc un écriteau et non pas toutes ces saloperies.»

\*

Un président de Provence avait orné sa cheminée, juste au-dessus de l'âtre, d'une prétentieuse et sotte devise de son cru. Il demanda à Malherbe : «Comment la trouvez-vous ?

— Très bien, répondit celui-ci, il ne fallait que la mettre un peu plus bas.»

\*

À la Cour, Malherbe se trouvait entouré de gens de guerre, qu'il estimait peu. Interrogeant sur Ovide l'un de ses neveux qui venait de passer neuf ans au collège, et constatant son ignorance, il lui dit devant bien des témoins de noble race, ornés de leurs épées : «Mon neveu, croyez-moi, soyez vaillant ; vous ne valez rien à autre chose.»

\*

L'archevêque de Rouen l'avait invité à dîner, et pensait ensuite l'emmener écouter le sermon qu'il devait donner dans une église proche. Malherbe s'étant endormi juste après le repas, le prélat entreprit de le réveiller pour l'emmener.

« Je vous en prie, lui dit Malherbe, dispensez-m'en, je dormirai très bien sans cela. »

*

Racan rapporte : « Un jour Maynard qui était logé fort proche de lui, et qui travaillait alors à quelque Épigramme d'ordure, vint dans sa chambre sans manteau, lui demanda d'abord encore tout hors d'haleine, si *foutre* était long ou court [car les malherbiens, non contents de rythmer les vers à la française, avaient emprunté à la métrique latine l'ordonnance rythmique des syllabes brèves ou longues]. M. de Malherbe, après y avoir pensé quelque temps, comme s'il eût voulu lui donner une bonne résolution, lui dit brusquement : "Voyez-vous, quand j'étais jeune je le faisais court, à présent je le fais long." »

### À propos de Malherbe

Malherbe crachait très fréquemment – cinq ou six fois, dit-on, en lisant une stance de quatre vers. Cela fit dire au cavalier Marini : « Je n'ai jamais vu d'homme plus humide, ni de poète plus sec. »

*

Malherbe avait horreur de Ronsard, et il posa les règles de la poésie classique, en proscrivant les fioritures et en imposant la justesse de l'expression. On connaît l'hémistiche de Boileau au chant Ier de son *Art poétique :*

Enfin Malherbe vint !

Quelqu'un ajouta :

... La poésie s'en fut.

## MALLARMÉ (Stéphane)

Étienne dit «Stéphane» Mallarmé (1842-1898) a écrit l'essentiel de son œuvre quand il était professeur d'anglais à Tournon-sur-Rhône. Ses supérieurs le disaient «homme aimable et bien élevé, d'un caractère très honorable, d'une conduite publique et privée irréprochable, consciencieux, ayant d'excellents rapports avec les autorités et le public»; ils omettaient de dire qu'il était fort chahuté. À défaut d'être un professeur respecté, il fut une sorte de chef d'école, et beaucoup de jeunes gens comme Valéry, Louÿs, Claudel ou Gide étaient assidus aux mardis du salon jaune de la rue de Rome. Parmi les «mardistes» on voyait aussi Yeats, Rilke, Stefan George et Verlaine. Léon Daudet dit : «Ce petit magicien des mots, aux regards profonds et graves, parlait par allusions transparentes, qui se rejoignaient et dessinaient peu à peu dans l'espace une forme logique; il parlait avec un charme incomparable, voletant, tel un oiseau rare, à la cime des idées et des formules, faisant du verbe un jeu magnifique.»

Selon Henri de Régnier, Mallarmé disait de sa voix flûtée, au sujet de Victor Hugo : «Quel grand poète il eût été, s'il avait eu quelque chose à dire!»

*

Dialogue entre Émile Zola et Mallarmé : «Pour moi, dit Zola dans une inspiration naturaliste forcenée, le diamant ou la merde, c'est la même chose.

— Tout de même, monsieur Zola : le diamant, c'est plus rare.»

*

Dans le salon de Nina de Villard se réunissaient écrivains et poètes, et parmi ceux-ci, Mallarmé, dont l'œuvre traînait toujours une réputation d'opacité au sentiment. Un convive lui demanda : «Vous ne pleurez donc jamais en vers, monsieur?

— Non, ni ne me mouche.»

## MANKIEWICZ (Hermann)

Herman J. Mankiewicz (1897-1953), New-Yorkais d'origine juive allemande, avait commencé sa carrière à l'*American Jewish Chronicle* avant de participer à la Première Guerre mondiale, puis de devenir correspondant à Berlin. Ensuite dialoguiste pour Broadway, il passa à Hollywood et télégraphia à Ben Hecht, resté à New York : «On peut ramasser des millions ici, et les seuls concurrents sont des idiots; ne laisse pas échapper ça.» On le crédite des scénarios ou dialogues d'une quarantaine de films de la période d'or du cinéma américain, mais son nom n'apparaît pas toujours au générique. Pour *Citizen Kane* en particulier, et alors que tout le monde en attribuait le mérite à Orson Welles, celui-ci ajouta 10 000 $ à Mankiewicz pour qu'il tienne sa langue sur la paternité du scénario : l'autre empocha et dit la vérité... Son comportement erratique lui valut des ennuis avec les studios. L'une de ses punitions fut de rédiger des scénarios pour la série *Rintintin*, qui mettait en scène un garçon de la police montée et son héroïque berger allemand. Pour s'en débarrasser, Mankiewicz écrivit un script dans lequel le chien se comportait comme le dernier des couards et, au lieu de protéger le garçon d'un incendie, le bousculait dans les flammes pour sauver sa peau... Il ne cessa jamais de boire, et mourut d'une crise d'urémie le même jour que Staline.

Le scénariste Herman Mankiewicz, tout inspiré qu'il fût, avait beaucoup de mal à conserver un emploi, parce qu'il ne savait pas contrôler ses propos. Son agent finit par lui trouver un poste fixe à la Columbia, en lui recommandant toutefois de se tenir, par précaution, à une certaine distance de Harry Cohn, connu pour ses soudaines colères.

Durant plusieurs semaines, Mankiewicz se le tint pour dit, mais les joyeux bruits de conversation et les rires qui retentissaient dans la salle à manger des dirigeants l'attiraient et il finit par quitter le bureau où sa tranquillité avait été assurée. Les responsables de la Columbia, qui tenaient une réunion, virent donc Mankiewicz s'installer au bout de la table. Avant qu'on lui fît la moindre remarque, il jura qu'il ne dirait pas un mot. Peu après, Cohn lui-même fit son entrée, et se lança dans la virulente critique d'un film qu'il avait visionné la veille dans sa salle de projection privée. Quand quelqu'un lui suggéra de regarder une nouvelle fois le film en projection publique, Cohn refusa, en expliquant : «Quand je suis tout seul dans la salle de projection, j'ai un procédé infaillible pour savoir si un film est bon ou mauvais : si j'éprouve le besoin de me trémousser d'une fesse à l'autre, c'est que le film est mauvais. Si ce n'est pas le cas, c'est que le film est bon... Aussi simple que ça !

— Ça alors ! s'exclama joyeusement Mankiewicz : le monde entier est branché aux fesses de Harry Cohn !»

Le scénariste fut immédiatement renvoyé.

*

Un soir qu'il participait à un dîner mondain chez le producteur Arthur Hornblow Jr, Herman Mankiewicz but beaucoup trop, n'osa pas quitter la table, et vomit brusquement. Un silence gêné régna dans la pièce. Alors Mankiewicz, promptement remis, dit à son hôte : «C'est bon, Arthur; on peut continuer : le vin blanc est revenu avec le poisson.»

*

Comme on disait devant lui qu'un célèbre agent de Hollywood avait nagé sain et sauf dans des eaux infestées de requins : «J'imagine que c'est ce qu'on appelle la courtoisie professionnelle.»

## MANKIEWICZ (Joseph)

Joseph Leo Mankiewicz (1909-1993) est le frère du précédent, qui le fit venir à Hollywood. Il travailla lui-même comme scénariste et producteur pour la Fox, puis dut remplacer Lubitsch au pied levé en 1946, point de départ d'une carrière de metteur en scène. Les circonstances l'avaient trouvé prêt pour un tel emploi : «J'ai ressenti la nécessité de diriger parce que j'avais beaucoup de mal à supporter ce qu'on faisait de ce que j'avais écrit.» C'était un perpétuel inquiet et, victime de violentes crises de dermatose lorsqu'il réalisait ses films, il dirigeait en gants blancs. Parmi ses films les plus remarquables, dans une œuvre peu abondante mais variée, on trouve le monumental *Cléopâtre*, l'excellent *Limier* et surtout *La Comtesse aux pieds nus*. Jean Tulard le gratifie du titre de «metteur en scène le plus intelligent de Hollywood».

Katharine Hepburn et Spencer Tracy inaugurèrent, à l'occasion d'un tournage que dirigeait Mankiewicz, une liaison qui est restée célèbre dans les annales de Hollywood. Tous les deux avaient de fortes personnalités, et lors de leur première rencontre, alors qu'elle se trouvait encore grandie par les talons qu'elle portait, Katharine Hepburn avait lancé à son partenaire : «Mr. Tracy, je crains d'être vraiment trop grande pour vous !

Mankiewicz l'interrompit : «Ne vous inquiétez pas, Kate : il aura bientôt fait de vous ramener à votre dimension réelle.»

*

De Mankiewicz sur Katharine Hepburn : «La plus expérimentée des actrices amateurs de Hollywood.»

\*

« À la MGM, il y avait régulièrement quelque crise financière, racontait Joseph Mankiewicz. Quelqu'un était arrivé de la côte Est et avait annoncé qu'il y avait là-bas une crise économique profonde. La principale chose qui arrivait alors était la diminution du nombre de boules de pain azyme dans la soupe de Louis Mayer : on passait de trois à deux... Et puis, ils viraient deux ou trois secrétaires et ils continuaient comme avant. »

### À propos de Joseph Mankiewicz

Durant le tournage de *Cléopâtre*, Liz Taylor commença une liaison torride avec l'autre vedette du film, Richard Burton. Un journal italien déclara qu'en réalité Elizabeth Taylor entretenait une liaison avec le metteur en scène Joseph Mankiewicz, qui avait simplement engagé ce benêt de Burton pour lui servir de couverture.

Mankiewicz s'amusa à publier un communiqué pour dire qu'il était en vérité épris de ce benêt de Burton, et qu'il avait engagé Elizabeth Taylor pour leur servir de couverture...

Quand il apprit cela, Burton choisit un moment où Mankiewicz était très entouré par des journalistes ; il alla le voir en prenant son air le plus bête, et demanda d'un ton ennuyé : « Alors, monsieur Mankiewicz, il faut vraiment que je couche avec elle cette nuit encore ? »

### MARCHAIS (Mme de)

E. J. Binet de Marchais (1726-1808), épouse fortunée, se fit remarquer à Versailles par son esprit et sa conversation. Elle devint veuve et le resta longtemps, car le comte d'Angiviller, son amoureux transi, resta en sa présence triste et interdit durant quinze années. Enfin devenue comtesse d'Angiviller, elle échappa à la Terreur en faisant faire un buste de Marat qu'elle remit solennellement à la société populaire de Versailles. Sous l'Empire, elle devint une dévote qui donnait des « dîners de sanctification » où l'on devait entendre un sermon. Enfin, elle pensa que la mort est due à un racornissement du corps, et elle passa le plus clair de son temps dans des baignoires et se nourrit de bouillon de grenouille. Elle imposa ses remèdes à son mari, qui alla se faire moine en Allemagne. Elle mourut octogénaire : « Trente familles à Versailles devaient à ses libéralités leur subsistance journalière, dit sa notice nécrologique, et cela excuse bien trente ridicules. »

On racontait dans un salon que le marquis de Créqui s'était empoisonné.

« Vous verrez qu'il se sera mordu la langue », commenta Mme de Marchais.

## MARIAGE (président)

Ce magistrat fut soupçonné d'avoir exercé des pressions sur le jury dans une affaire où Drumont fut emprisonné pour diffamation contre le député Burdeau, qu'il avait accusé de concussion dans l'intérêt des Rothschild au sujet du renouvellement du privilège de la Banque de France. Des jurés prétendirent avoir reçu pressions et promesses de la part du président Mariage. On fit une enquête administrative, et le garde des Sceaux vint solliciter un vote favorable de la Chambre en disant que l'on n'avait rien trouvé à reprocher au président. Le quotidien de Fribourg, *La Liberté*, écrivit en 1892 : « Ce qui n'est pas moins gravement atteint, c'est le prestige de la justice française sur qui pèseront désormais les suspicions d'excessive déférence vis-à-vis de la ploutocratie. » On publia plus tard le rapport du juge d'instruction Le Poittevin, qui indiquait que Burdeau avait désigné à un préposé des Rothschild les députés corruptibles.

Une danseuse de café-concert devait témoigner à un procès. Lorsqu'elle arriva à la barre, sa démarche suggestive poussa le président Mariage à lancer de sa tribune : « Mademoiselle, ici ce n'est pas la jambe qu'on lève, c'est la main. Dites : *Je le jure.* »

## MARIE-LOUISE (impératrice)

Marie-Louise de Habsbourg-Lorraine, archiduchesse d'Autriche, impératrice de France (1791-1847), fut livrée à Napoléon par Metternich après la victoire de Wagram. Lorsque vinrent les défaites et la chute, Napoléon espérait que sa femme et son fils viendraient le rejoindre. Marie-Louise était en Savoie et Metternich lui avait donné comme compagnon de voyage un général autrichien qui avait reçu des instructions précises : « Le comte de Neipperg tâchera de détourner Mme la duchesse, avec le tact nécessaire, de toute idée d'un voyage à l'île d'Elbe, voyage qui remplirait de chagrin le cœur paternel de Sa Majesté. » Pendant ce temps, Marie-Louise recevait des lettres encourageantes de *liebe Mamma*, qui incitait sa belle-fille à faire du comte de Neipperg son « directeur de promenade », et le 8 août 1814 elle lui demandait carrément si l'irrésistible général « l'engageait à se retrousser en grimpant les montagnes escarpées »... Marie-Louise envisageait malgré tout d'aller à l'île d'Elbe lorsque, le 27 septembre, au cours d'une excursion, elle fut surprise avec son ange gardien par un violent orage ; dans l'auberge qui les abrita, l'ex-impératrice s'abandonna cette nuit-là dans les bras du général borgne envoyé par la cour de Vienne. Le congrès de Vienne la fit l'année suivante duchesse régnante de Parme, où elle mourut appréciée de ses sujets.

Juste avant la campagne de Russie, Napoléon alla s'établir à Dresde accompagné de Marie-Louise, et il sollicita de l'empereur d'Autriche d'y retrouver sa cour. Les archiducs s'y opposèrent, mais François II leur adressa l'ordre formel de s'y rendre, avec l'impératrice d'Autriche. Celle-ci fut extrêmement désagréable à l'égard de Napoléon, malgré l'amabilité qu'il déployait. Les archiducs se présentèrent chez l'Empereur, prononcèrent à peine un mot pendant l'entrevue, et repartirent pour Vienne une heure après. Après tout cela, Napoléon exprima à Marie-Louise son mécontentement à l'endroit des archiducs et de l'Impératrice, et ajouta : « Quant à l'empereur votre père je n'ai rien à en dire, c'est une ganache. »

Marie-Louise ne dit rien. Elle parlait bien le français depuis sa jeunesse, mais les mots rares lui restaient souvent mystérieux. Peu après, elle s'adressa à un courtisan qui se trouvait là : « L'Empereur me dit que mon père est une ganache ; que veut dire cela ? » Le courtisan balbutia que cela voulait dire un homme grave, un homme de poids – de bon conseil, en somme.

Marie-Louise n'oublia ni le mot ni la définition. Un peu plus tard et Napoléon étant en Russie, elle était chargée de la régence de l'Empire français. Un jour qu'on discutait au Conseil d'État une question importante d'une façon de plus en plus animée, elle remarqua que Cambacérès, manifestement distrait, n'avait encore rien dit. Alors l'Impératrice se tourna vers lui : « C'est à vous à nous mettre d'accord dans cette occasion importante : vous serez notre oracle car je vous tiens pour la première et la meilleure ganache de l'Empire. »

### À propos de Marie-Louise

On a parfois dit que Marie-Louise était la proie d'une vive inquiétude avant de rencontrer son mari, car la réputation qui précédait Napoléon n'était pas flatteuse ; mais des sources plus sûres disent qu'elle était en vérité fière d'avoir été élue, parmi toutes les princesses d'Europe (on avait dissimulé l'épisode russe et le refus du tsar de donner sa sœur...), par cet homme que précédait une extraordinaire renommée, alors qu'elle n'avait connu que la vie un peu terne de la cour d'Autriche.

Par cette alliance, Napoléon devenait le petit-neveu de Louis XVI et Marie-Antoinette, ce qui ne manquait pas de piquant. Il disait sur un ton amusé : «Je me donne des ancêtres.»

Les cérémonies furent d'ailleurs calquées sur la remise de Marie-Antoinette au Dauphin de France, quarante ans plus tôt. Mais l'étiquette fut bousculée par l'impatience de l'Empereur. Il alla escorté de hussards au-devant du cortège de l'archiduchesse, qu'il fit arrêter à Soissons. Elle le vit tout d'un coup monter dans sa voiture, vêtu de la redingote grise ruisselante de pluie qu'il portait déjà à Wagram et qu'il avait revêtue «par une coquetterie de gloire», parce qu'il allait prendre Vienne une nouvelle fois.

La jeune archiduchesse eut un mot galant. Elle avait beaucoup regardé le portrait de l'Empereur qu'on lui avait remis en Autriche lors de la cérémonie du mariage par procuration, et elle dit : «Sire, votre portrait n'est pas flatté»... bien qu'il le fût.

Napoléon jugea que Marie-Louise était «le beau brin de femme» qu'il attendait, et il fut attiré par la lèvre charnue, les seins hauts et bien remplis de cette jeunesse fraîche et blonde, un peu enveloppée – embonpoint qu'elle perdra après la naissance de son fils.

À Compiègne, l'Empereur brusqua le protocole et poussa la jeune archiduchesse dans ses appartements, où il la rejoignit bientôt, nu sous sa robe de chambre, le corps inondé d'eau de Cologne...

Le lendemain, Marie-Louise écrivit à son père sa satisfaction en des termes convenables mais éloquents, cependant que l'Empereur donnait libre cours à son enthousiasme devant son aide de camp : «Je vins, et elle fit tout cela en riant... Mon cher, épousez une Allemande, ce sont les meilleures femmes du monde, douces, bonnes, naïves et fraîches comme des roses.»

Pendant ce temps, le mariage continuait d'égayer les Parisiens ; on n'oubliait pas que les Autrichiens avaient traité Napoléon d'Antéchrist et de Minotaure, et l'on répétait ce mot prêté au prince de Ligne : «L'Autriche fait au Minotaure le sacrifice d'une belle génisse.»

## MAROT (Clément)

Clément Marot (1495-1544) écourta ses études, étant plus intéressé aux filles qu'aux humanités. Accompagnant toujours François I<sup>er</sup> à la guerre, il fut blessé à Pavie. On l'emprisonna pour fait de libertinage : «Il parlait des mystères avec beaucoup de liberté, et plutôt en athée qu'en véritable chrétien»; le roi le fit libérer. Adhérant à la Réforme, il avait entrepris une traduction en vers des psaumes. Mais comme le dit Voltaire, il a chanté sur le même ton les hymnes de David et les merveilles d'Alix; sa chanson amoureuse *Tant que vivray en aage florissant* est devenue, par la grâce d'un léger changement qui a introduit Jésus-Christ à la place de l'Amour, une chanson calviniste. La Sorbonne, qui crut remarquer des erreurs graves de traduction, en porta des plaintes au roi. Celui-ci n'en eut cure, et le poète, se sentant protégé, provoqua les censeurs, dans ses vers de remerciement au roi qui l'avait autorisé à poursuivre son psautier :

> Car ceux à qui un tel bien ne peut plaire,
> Doivent penser, si jà ne l'ont pensé,
> Qu'en vous plaisant, me plaît de leur déplaire.

La faculté s'acharna et Marot partit à Genève. On le convainquit d'adultère, en une cité où l'on n'y voyait pas plaisanterie; il eût été pendu si Calvin n'eût fait commuer sa peine en celle du fouet. Il s'enfuit à Turin, et y mourut dans la misère.

### Épigramme

Tu as tout seul, Jean-Jean, vignes et prés,
Tu as tout seul ton cœur et ta pécune,
Tu as tout seul deux logis diaprés,
Là où vivant ne prétend chose aucune,
Tu as tout seul le fruit de ta fortune,
Tu as tout seul ton boire et ton repas,
Tu as tout seul toutes choses fors une,
C'est que tout seul ta femme tu n'as pas.

Cette épigramme a été joliment mise en musique par Clément Janequin.

\*

On doit compter comme épigrammatique et spirituel, malgré sa gravité, *Du lieutenant criminel et de Semblançay*, l'un des plus puissants poèmes de la langue française par son rythme :

Lors que Maillart Juge d'Enfer[1] menait
À Monfaucon Semblançay l'âme rendre
À votre avis lequel des deux tenait
Meilleur maintien ? Pour vous le faire entendre,
Maillard semblait homme qui mort va prendre
Et Semblançay fut si ferme vieillard,
Que l'on croyait, pour vrai, qu'il mena pendre
À Monfaucon le lieutenant Maillart[2].

Maillard fut d'ailleurs la cible constante des protestants qui, conformément à leur habitude lorsqu'ils voulaient discréditer quelqu'un, l'accusaient d'avoir des mœurs contre nature. Théodore de Bèze a ainsi rédigé ce sonnet[3] intitulé *L'excuse de Maillard absent du Colloque de Poissy* :

Notre maître Maillard tout partout met le nez :
Tantôt va chez le roi, tantôt va chez la reine ;
Il sait tout, il fait tout, et à rien n'est idoine.
Il est grand orateur, poète des mieux nés :
Juge si bon qu'au feu mille en a condamnés.
Sophiste aussi aigu que les fesses d'un moine,
Mais il est si méchant, pour n'être qu'un chanoine,
Qu'au prix de lui sont saints le diable et les damnés.
Si se fourrer partout, à gloire il se rebute,

---

1. «Juge d'Enfer» désigne la juridiction du Châtelet : Marot y avait été emprisonné, après un excès de libertinage qui n'avait pas plu à Diane de Poitiers. François Ier, retour de sa prison de Madrid, le fit libérer.

2. Montfaucon était le grand gibet installé à l'extérieur de Paris, conformément à l'ancien usage de faire mourir les criminels hors des villes (le Golgotha se situait à la sortie d'une porte de Jérusalem). La défaite de Pavie s'explique par le fait que l'argent prévu ne parvint pas à l'armée d'Italie. On en rendit coupable Semblançay, intendant des Finances, qui avait pris avec les comptes de la France quelques libertés à son profit. Comme l'a souligné Lemonnier, c'est l'ensemble du monde des banquiers que la royauté voulut atteindre au moment où le pouvoir des financiers menaçait de mettre en tutelle, pour la première fois, les États.

3. Publié au dos de la *Comédie du pape malade et tirant à sa fin : Où ses regrets, et complaintes sont au vif exprimées, et les entreprises et machinations qu'il fait avec Satan et ses suppots pour maintenir son siege Apostatique, et empescher le cours de l'Évangile, sont cathegoriquement descouvertes. Traduite du vulgaire Arabic en bon Romman et intelligible, par Thrasibule Phenice* [1561].

Pourquoi dedans Poissy n'est-t-il à la dispute?
Il dit qu'à son regret il en est eslongé,
Car Bèze il eût vaincu, tant il est habile homme,
Pourquoi donc n'y est-il? Il est embesogné
Après les fondements, pour rebâtir Sodome.

## MARS (Mlle)

Anne Boutet, dite «Mlle Mars» (1779-1847) était la fille naturelle des comédiens Monvel et Jeanne-Marguerite Salvetat dite «Mme Mars», qui n'avait pas été admise parmi les comédiens de la Cour à cause d'un accent provençal prononcé. Monvel, qui abandonna mère et fille, se fit remarquer comme sans-culotte enragé. Mlle Mars entra à la Comédie-Française à l'âge de seize ans; elle y joua les rôles d'ingénues et d'amoureuses. En 1830, à la première d'*Hernani*, une pluie de bouquets s'abattit à ses pieds. Cela n'empêcha pas Hugo d'écrire : «Actrice spirituelle; sotte femme. La perle y est, et l'huître aussi.» Mlle Mars prétendit avoir eu, comme sa rivale Mlle George, les faveurs de l'Empereur, mais selon les confidences de celui-ci à Sainte-Hélène, il n'*eut* que la seconde. Louis XVIII pensionna fortement Mlle Mars, toute bonapartiste qu'elle fût. Elle aimait à boursicoter, possédait un bel hôtel à Paris et le château des Imbergères, à Sceaux (démoli en 1939). À l'arrivée des Alliés à Paris en 1814, elle avait fait fabriquer quarante boîtes en fer-blanc pour y serrer son or et ses bijoux, et avait suspendu le tout par une ficelle dans ses cabinets. Elle finit par s'établir avec l'un des nombreux amants que Pauline Bonaparte avait empruntés à l'armée, le général Brack, qui avait été un jeune et brillant officier de cavalerie légère, surnommé «Mlle de Brack» pour «son élégance un peu féminine, malgré son mâle courage» (Ardouin-Dumazet).

Mlle Mars entra un jour au foyer du Théâtre-français en omettant de refermer la porte. Thénard, sociétaire de 1810 à 1821, qui tenait l'emploi des valets de comédie et qui avait la réputation de ne pas toujours être bon acteur, l'interpella avec humeur : «Fermez donc votre porte, mademoiselle, personne ici ne le fera pour vous!

— C'est juste, monsieur, répondit-elle. Vous me faites souvenir qu'il n'y a plus de valets à la Comédie-Française.»

\*

À soixante ans, Mlle Mars ne voulait pas vieillir. Eugène Scribe croyait lui avoir ménagé une transition agréable, en lui apportant une pièce intitulée *La Grand-Mère et les trois Amours*. C'était l'histoire d'une jeune grand-mère qui entrait en rivalité avec une jeune fille dont elle séduisait le fiancé. Mlle Mars écouta la lecture de l'œuvre avec attention. Puis elle releva le menton et dit à l'auteur : « Bravo ! mon rôle est charmant... Mais qui vous jouera la grand-mère ? »

Scribe n'insista pas et porta sa pièce au Gymnase.

## MARTAINVILLE (Alphonse)

Alphonse Martainville (1776-1830) était né à Cadix au hasard des pérégrinations de son père, et on a prétendu qu'il avait gardé toute sa vie le coup de soleil reçu en naissant. Tête brûlée, il fut traduit à l'âge de dix-sept ans devant le Tribunal révolutionnaire, mais en réchappa. Dans son *Tableau de Paris*..., Ange Pitou a montré Martainville aux prises avec une citoyenne républicaine : « Je crois le voir encore entrer dans la salle des Frères et Amis en séance, en tirer vigoureusement une sœur écumante de colère, la faire pirouetter, et, de peur d'être mordu, l'asseoir mollement sur un tas duriuscule de boue qui jutait à travers la robe virginale sur la ceinture tricolore. » Martainville, au temps de la réaction thermidorienne, écrivit plusieurs pièces à succès, fit une expérience militaire en Italie, participa sous le Consulat, avec Désaugiers et quelques autres, au groupe des Déjeuners des garçons de bonne humeur, hasardant quelques chansons d'ivrogne. En 1810 on trouve aussi ses œuvres dans *La Lyre maçonnique*, *Étrennes aux francs-maçons et à leurs sœurs*, composée de cantiques des FF... Desaugiers, Dumersan, Martainville, etc. Sous la Restauration, il collabora au réactionnaire *La Quotidienne*, qu'il trouvait tiède, et fonda en 1819 avec le libraire Dentu *Le Drapeau blanc*, où durant dix ans il expliqua au roi ce qu'est un roi. Il eut deux doigts emportés par une petite machine infernale qu'on lui avait adressée par la poste. Il était régulièrement poursuivi pour diffamation, et lors de ses déplacements pour répondre à la justice, il y avait émeute. Un jour que le public du théâtre assaillait sa loge, et comme un commissaire de police lui dit : « Monsieur Martainville, il serait prudent de vous retirer », il répondit : « Monsieur le commissaire, il y a longtemps que la prudence et moi nous ne nous connaissons plus. » Janin a dit de lui : « Il écrivait vite et il était violent ; il était violent aux ministres, aux chefs de l'opposition, violent aux serviteurs qui n'étaient pas de son parti, violent à tous. Il était revêche, insolent à outrance, faquin, hâbleur... Ces sortes d'écrivains tiennent beaucoup du paillasse des carrefours et du bandit de grand chemin »...

Alphonse Martainville, alors étudiant au collège de l'Égalité et rédacteur au *Postillon des armées* où il était chargé du compte-rendu des séances de la Convention, se faisait trop remarquer par ses insolences contre-révolutionnaires. Il comparut devant le Tribunal révolutionnaire.

Lorsque le président Cofinhal lui lança : « Approche, citoyen de Martainville », il répondit : « Mon nom n'est pas *de Martainville*, mais *Martainville* tout court. Je croyais être ici pour être raccourci et voilà qu'on m'allonge ! »

Cela déclencha une grosse hilarité dans le public, et une voix lança : « Si on ne le raccourcit pas, alors qu'on l'élargisse ! »

Sous les applaudissements, Martainville fut relâché.

\*

Martainville prêta au conventionnel Levasseur les propos suivants, à un moment où l'on prônait de relever d'un cran la répression :

Vous n'ignorez pas que jadis
Je fus apothicaire
Et mon métier peut, mes amis,
Vous être nécessaire,
Car pour vaincre plus sûrement,
Quand vous frapperez par-devant
Je prendrai par-derrière[1].

\*

Après Thermidor, Martainville fit paraître ces vers dans le *Journal des Rieurs ou le Démocrite français* :

Fraternisons, chers Jacobins,
Longtemps, je vous crus des coquins
Et de faux patriotes.
Je veux vous aimer désormais,
Donnons-nous le baiser de paix :
J'ôterai mes culottes.

\*

Il y eut en effet d'abord du relâchement sous le Directoire. Martainville y donnait ouvertement des pièces. Dans *Les Assemblées primaires ou les Élections*, il prête à Simplot, ancien balayeur du comité révolutionnaire, les propos suivants :

---

1. Les apothicaires avaient la compétence des lavements.

À balayer le comité
Je prenais bien de la peine.
Mais je peux dire en vérité,
Qu'elle était toujours vaine :
Tout était propre à s'y mirer
Grâce aux peines les plus dures,
Mais dès que ses membres venaient d'entrer
Il était plein d'ordures.

Les autorités voulurent interdire la pièce ; comme Martainville avait rendu quelques petits services de pacification dans le Midi, en secondant Fréron le fils revenu un instant du terrorisme, on ne s'y prit pas violemment et il fut mandé au bureau du secrétaire général de la police, Limodin, qui lui signifia sa défense de continuer les représentations.

Le lendemain, une affiche était placardée sur la porte du théâtre, reproduisant le dialogue entre l'auteur et le secrétaire de police ; comme le premier faisait valoir que le public demandait la pièce, le fonctionnaire rétorquait : « Que m'importe le public ! Qu'il soit content ou non, je m'en fous. »

Martainville ajoutait à la relation de l'entretien son commentaire : « Le public dont il se fout, et qui, je crois, le lui rend bien, a demandé à grands cris la pièce défendue. Moi qui ne suis pas membre du bureau central, et qui ne me fous pas du public, pour le mettre à même de juger la pièce, je l'ai fait imprimer. Elle se vend chez Barba, rue Saint-André-des arts, n° 27. »

Bientôt, la récréation fut terminée : ce fut le coup d'État de Fructidor, et toute opposition fut contrainte au silence. Le Directoire fit une proclamation : « Fermez l'abîme où les amis des rois s'étaient flattés d'ensevelir jusqu'au souvenir de la liberté. »

*

Invité dans une maison où il trouva que la chère n'avait pas été suffisamment abondante, et alors que, quand ce fut l'heure de prendre congé, l'hôte lui demanda quand ils pourraient recommencer à dîner, Martainville répondit : « Mais tout de suite, monsieur, tout de suite... »

*

Mme Beauzée couchait avec un maître de langue allemande; Beauzée le grammairien[1] les surprit au retour de l'Académie. L'Allemand, gêné et ne sachant que dire, se tourna vers sa maîtresse en remettant ses culottes avec une tranquillité toute germanique, et dit : «Quand je vous disais qu'il était temps que je m'en aille.»

M. Beauzée le reprit sèchement : «... *Que je m'en allasse*, monsieur. Pour Dieu, faites-moi tout cela sans solécisme!»

Martainville a commenté : «Pour être puriste, on n'en n'est pas moins cocu.»

*

Le mariage de Napoléon avec Marie-Louise fit éclore une foule d'épithalames qui semblaient participer à un concours général de bassesse dans l'adulation. Martainville, comme à son habitude, prit le contre-courant, et composa une chanson où l'on disait entre autres choses :

> Nous voyons de ces mariages-là
> Bien souvent à la Courtille :
> Le matin on rosse le papa
> Et le soir on épouse la fille.

Beaucoup de copies circulèrent, et l'arrestation de Martainville fut décidée. Il fut poursuivi par le policier Vérat jusque dans les coulisses des Variétés. L'auteur ne vit pas d'autre moyen d'échapper à son poursuivant que de traverser la scène, pendant qu'on jouait, afin de gagner une porte donnant sur la salle. En courant, il perdit son chapeau, et le public, qui connaissait bien l'auteur, éclata de rire.

### À propos de Martainville

Martainville raconte[2] : «Le 31 mai 1793, toutes les sections de Paris étaient sous les armes, toutes les rues étaient hérissées de

---

1. Nicolas Beauzée (1717-1789) : rédacteur des articles de l'*Encyclopédie* consacrés à la grammaire, en succession de Dumarsais, qu'il ne valait pas. Cet esprit réformateur entreprit sans succès des innovations orthographiques. Il rédigea une *Grammaire générale*, métaphysique et difficile. Les esprits dans le courant du temps le fêtèrent; Frédéric II tenta de l'attirer à Berlin, et l'impératrice Marie-Thérèse lui envoya une médaille d'or. Malheureux mari, penseur obscur, bel esprit honoré.

2. Dans son *Grivoisiana, recueil de facéties* (1801), auquel on a emprunté pour cet ouvrage diverses anecdotes, en éludant les plaisanteries épouvantables dont l'ouvrage

baïonnettes, et bordées de canons. Deux poissardes se promenaient tranquillement au milieu de cet appareil guerrier.

"Dis donc, ma commère, vois donc ces gros fusils sur des roues?

— C'est pas des fusils; c'est des petits canons : des *vits de mulet*.

— Des vits de mulet? Ah! le drôle de nom!"

Elle se baisse, regarde dessous la pièce : "Et où sont donc les couillons?

— Pardi, foutue bête, ils sont tous à la Section."»

\*

Voilà aussi une histoire rapportée par Martainville, qui n'est pas d'excellent goût, mais témoigne d'une certaine présence d'esprit.

Un homme, qui avait obtenu les faveurs d'une dame, fut désagréablement surpris par l'immensité du sanctuaire.

«En me logeant chez vous, dit-il à la dame, je ne croyais pas occuper un si vaste appartement.

— Monsieur, répondit-elle, c'est que je ne vous attendais pas avec un si petit bagage»...

\*

Après son mariage, en 1815, Martainville s'établit au Pecq, où il possédait une belle maison qui existe toujours. On l'accusa plus tard d'avoir livré le pont du Pecq, entre Saint-Germain et Paris, aux Alliés, et l'on fit courir ces vers (on sait que *Pékin*, ou *péquin*, était le mot injurieux par lequel les militaires désignaient un bourgeois) :

---

est semé. «Mieux vaut un gros rire qu'une petite larme» dit l'épigraphe; l'auteur respecta son programme, avec beaucoup de gros sel. Voici un échantillon à caractère pamphlétaire : «À l'époque de la plus grande Terreur, un épicier, nommé Monar, fort aimé dans son quartier, avait une obstruction qui empêchait toutes les évacuations naturelles. On venait de lui donner une drogue décisive qui devait ou rouvrir les voies, ou emporter le malade... Tous les voisins attendaient avec inquiétude le succès, et avaient prié Mme Monar de les avertir sur-le-champ si son époux pouvait enfin se soulager. La drogue produit l'effet le plus heureux, les pots de chambre ne suffisent pas. L'épouse, transportée, veut faire partager sa joie à tout le quartier, elle ouvre la fenêtre, et se met à crier : *Vivat, mes amis vivat! Monar chie, Monar chie!*... Un membre du comité révolutionnaire passe, la fait arrêter comme provoquant au retour de la royauté. Elle eut toutes les peines du monde à prouver son innocence.»

À Scipion, sa république,
Pour avoir dompté l'Afrique,
Donna le nom d'Africain.
Nommons donc cette âme vile,
Qui du Pecq livra la ville,
Martainville le *Pecquin*[1].

## MARTIGNAC (vicomte de)

Jean-Baptiste Gaye, vicomte de Martignac (1778-1832) : secrétaire de
Sieyès sous le Directoire, il servit dans l'armée puis s'inscrivit au barreau
de Bordeaux. Il y plaida l'une des toutes premières causes de divorce, et
épousa sa cliente. Élu en 1821 à la Chambre, il se rapprocha des «doctrinaires», et Charles X le choisit comme principal ministre pour appliquer
une politique de compromis. Une coalition des extrêmes le fit tomber en
août 1829 et le roi le remplaça par le prince de Polignac.

L'intelligence de Martignac lui faisait pénétrer tous les détours
d'une question, et Cormenin a écrit que «l'exposition des faits avait
dans sa bouche une netteté admirable, et il analysait les moyens de
ses adversaires avec une fidélité et un bonheur d'expression qui faisaient naître sur leurs lèvres le sourire de l'amour-propre satisfait».
Guizot raconte qu'il a entendu Dupont de l'Eure crier doucement
de sa place en écoutant Martignac : «Tais-toi, sirène.»

*

Le comte de Peyronnet, connu par son air hautain, montait fort
mal. Un jour, Martignac voyant passer à cheval celui qui était
un ancien ami mais était devenu un adversaire politique, dit :
«L'équitation est la seule chose qu'il ne traite pas cavalièrement.»

---

1. En vérité la petite garnison française – une poignée de vétérans du 95ᵉ régiment
– qui défendait le pont du Pecq se battit jusqu'à la dernière minute contre Blücher.
«On peut donc laver Martainville, écrit un auteur républicain, de cette accusation. Il
restera coupable d'assez de folies et de mauvaises actions, accomplies avec quelque
inconscience parfois, emporté par la nécessité de soutenir son rôle d'enfant perdu de la
presse royaliste.»

## MARX (Groucho)

> Julius Henry «Groucho» Marx (1890-1977) : les Marx, famille juive, vivaient dans l'Upper East Side de Manhattan, peuplé d'artisans issus de l'immigration. Le père était surnommé «Frenchie» parce qu'il était né en Alsace. La mère, Minnie, décida que ses fils monteraient sur scène, comme son frère, un acteur de vaudeville. Les quatre frères coururent longtemps le cacheton. Leur mère les avait voulus chanteurs, mais c'est à l'issue d'une morne représentation dans une petite ville du Texas, qu'ils se mirent à échanger des plaisanteries sur scène; les rires éclatèrent; ce fut bientôt Brodway, puis les succès cinématographiques. Le personnage de Groucho au cinéma, goujat orné d'une moustache, de lunettes rondes et d'un perpétuel cigare est resté célèbre, mais il était aussi dialoguiste. Ainsi lorsqu'une Marilyn Monroe sensuelle entre vivement dans le bureau du détective Groucho pour lui dire d'une voix effrayée qu'elle est suivie par un homme, il hausse ses sourcils étonnés : «Un seul ?»... Il y a aussi le fameux message : «Sommes encerclés, une femme et trois hommes. Envoyez renforts ou deux femmes.» C'était la même chose dans la vie. Quand sa femme le surprit en train d'embrasser une danseuse dans les coulisses, il expliqua : «Je ne l'embrassais pas, j'étais en train de lui chuchoter quelque chose à la bouche.» À l'époque où la mode parmi les hollywoodiens était d'aller tuer du gros gibier en Afrique, il assurait y être allé, et avoir tué un éléphant en pyjama; il ajoutait : «Ce que cet éléphant faisait en pyjama, je ne l'ai jamais su...» Il ne savait pas terminer une lettre, et chacune se trouvait surchargée de post-scriptum, qui généralement n'avaient aucun rapport avec le sujet, par exemple : *P.S. – Did you ever notice that Peter O'Toole has a double-phallic name?*

Groucho Marx à une actrice : «Je n'oublie jamais un visage, mais dans votre cas je ferai exception.»

*

Prenant congé de la maîtresse de maison, qui avait reçu à dîner, il dit : «J'ai passé une excellente soirée, mais ce n'était pas celle-là.»

*

Le talent de Groucho Marx dans ses comédies se caractérisait par une grossièreté caricaturale, surtout à l'égard des femmes. Un jour, dans un restaurant de la vraie vie, un client s'approcha de lui d'un air enthousiaste, et lui demanda : «Excusez-moi, mais ne seriez-vous pas Groucho Marx ?

— Oui, répondit Groucho d'un ton ennuyé.

— Oh! mais je suis l'un de vos plus grands admirateurs! Pourrais-je demander une faveur?

— Bien sûr, de quoi s'agit-il? demanda un Groucho de plus en plus indisposé.

— Vous voyez là-bas, c'est ma femme qui est assise; c'est aussi une grande admiratrice... Ne voudriez-vous pas aller lui dire quelques insultes?»

Groucho répondit: «Monsieur, si ma femme ressemblait à ça, je n'aurais besoin d'aucune aide pour imaginer des insultes.»

*

Lors de la première du film *Samson et Dalila*, Groucho Marx, qui avait assisté à la projection, déclara en hochant la tête: «Victor Mature et Eddy Lamarr sont certainement d'excellents interprètes, mais je suis incapable de m'intéresser à un film où l'homme a la poitrine plus forte que celle de la femme.»

*

Il arrivait que Groucho Marx, dans une réception, se précipitât joyeusement vers l'une de ses cibles en lui lançant, avec un bon sourire: «J'ai beaucoup entendu parler de vous. Qu'avez-vous à dire pour votre défense?»

*

Groucho Marx, assis dans le métro, déclara à une vieille dame debout: «Je vous céderais bien ma place, mais elle est déjà occupée.»

*

À l'occasion de l'émission de radio qu'il animait dans les années 1950, et qui comportait un jeu (avec des questions du genre: *Qui est enterré dans la tombe du général Grant?*), Groucho Marx reçut une candidate qui, comme d'usage, se présenta. Après qu'elle eut déclaré qu'elle était mariée et qu'elle avait neuf enfants, Groucho manifesta son étonnement, demandant comment une femme pouvait avoir autant d'enfants. L'invitée répondit simplement: «C'est que j'aime mon mari.»

Groucho répliqua: «Moi, j'aime mon cigare, mais je suis capable de le retirer de mes lèvres en une seconde.»

La réplique, qui figure sur la bande originale de l'enregistrement, fut supprimée pour la diffusion de l'émission.

## MASSÉNA (André)

André Masséna, duc de Rivoli, prince d'Essling, maréchal de France (1758-1817), devint général sous la Révolution grâce à son intrépidité et à la sûreté de son coup d'œil. Après avoir fait faire à sa division 148 km en deux jours («mieux que les légions de César», dira Napoléon), il sauva Bonaparte à Rivoli. Mais l'«enfant chéri de la Victoire» fut un an sans emploi, car ce grand pilleur ne payait pas la solde de ses soldats. La France menacée d'invasion en 1799 dut le rappeler, et il écrasa à Zurich une armée russe invaincue depuis un siècle : quand Souvarov dévala des Alpes, ce fut pour constater que Masséna, qui fondait sur lui, avait déjà battu les Autrichiens et l'autre Russe, Korsakov, qui avait pourtant promis de l'exhiber à Saint-Pétersbourg comme spécimen de l'espèce républicaine. Chargé, en 1810, de chasser les Anglais du Portugal, Masséna battit Wellington puis, suivi par sa maîtresse à cheval, il perdit du temps à piller le pays. Cela le contraignit à faire une difficile retraite, dont le mouvement rétrograde a été loué par Wellington comme un chef-d'œuvre de stratégie. Il fut de nouveau disgracié, et Thiébault écrit que sans Masséna, l'Empereur n'avait plus un seul général capable de commander une armée. En 1814 il arbora la cocarde blanche. Comme il était célèbre pour sa cupidité, Drumont a soutenu qu'il était juif et que *Masséna* était l'anagramme de *Manassé*; en vérité cela vient de *Massen* en patois du Var, élision de *Thomassen* ou *Thomassin* en bon français.

Masséna prenait toujours soin de partir en guerre avec un train de fourgons vides qu'il ramenait pleins, et avec «une catin», si bien que toute l'armée appelait ces dames, uniformément : «la poule à Masséna». Après Marengo, et bien que cette victoire eût été permise par la résistance héroïque du Niçois à Gênes, Bonaparte destitua Masséna à cause de ses déprédations de grande envergure en Italie, tout en lui allouant une pension exceptionnelle pour qu'il se tînt tranquille. Bonaparte n'aimait pas les habitudes de «l'enfant chéri de la Victoire», et quand ils se parlaient l'un à l'autre, le ton montait rapidement.

Le maréchal Masséna, lors de l'une de ses nombreuses disgrâces, recevait ses amis dans son château de Rueil, d'ailleurs convoité par son voisin l'Empereur, propriétaire de la Malmaison. Il les conduisait alors sur un plateau élevé et proche du mur qui séparait les deux propriétés, et il disait : «Je pisse sur lui quand je veux.»

## MATHILDE (princesse)

Princesse Mathilde Bonaparte (1820-1904) : fiancée à son cousin Louis-Napoléon, son père Jérôme l'obligea à rompre lorsqu'on apprit la première tentative ridicule du futur Napoléon III pour prendre le pouvoir. Pour rester en France, Jérôme passait en effet son temps à protester de son loyalisme envers Louis-Philippe... Afin de résoudre des questions d'argent, il préféra vendre sa fille au prince Anatole Demidoff, petit-fils d'un moujik enrichi, qui battait sévèrement sa femme en privé, se contentant de quelques gifles en public (elle envoya un jour au tsar des cheveux blonds dans une enveloppe avec ce mot : «Sire, voici la dernière poignée de cheveux que mon mari m'a arrachés»). Une fois débarrassée du prince, Mathilde reprit tranquillement des amants. Viel-Castel écrit : «Le chevalier d'honneur est un bon et brave général qui a nom Bougenel, fort familiarisé avec la poudre, mais qui ne l'a pas inventée.» Son salon, qu'elle tint jusqu'au bout, eut son heure de gloire, avec Taine, Renan et Sainte-Beuve. Le jeune Léon Daudet, qui y fut introduit par Edmond de Goncourt, a évoqué plus tard «l'ennui immense qui pleuvait du plafond sur la table chargée d'aigles, de verreries et de fleurs, sur les convives, qui peinaient pour animer ce cimetière d'une société jadis brillante [...]. La princesse elle-même, à laquelle chacun s'accordait, je ne sais pourquoi, à trouver grand air, était une vieille et lourde dame, au visage impérieux plus qu'impérial, qui avait le tort de se décolleter [...]. Je l'ai vue ne parlant plus guère, fixant sur ses invités à la ronde des yeux bovins et méfiants. L'infortunée n'avait pas tort car, en moins de dix minutes, à la table de sa salle à manger froide et solennelle, je remarquai le manège très visible du vieil ami de la maison, Claudius Popelin et d'une jeune personne de l'entourage. Les intimes parlaient de cette aventure avec indignation, comme d'une trahison de Philémon à l'égard de Baucis.»

L'incapable La Guéronnière, alors sénateur, faisait part comme d'habitude de sa grande indécision à voter une loi nouvelle qui arrivait devant le Sénat, au moment où on hésitait à soutenir le régime. La Guéronnière recevait un traitement de 30 000 F. La princesse Mathilde lui expliqua sèchement : «Vous avez trente mille raisons de la voter.»

*

On cite de la princesse Mathilde des mots *d'une brutalité assez joviale*, notamment sa formule : «Nous qui avons eu un militaire dans la famille»...

*

La princesse fut le seul membre de la famille Bonaparte resté sur le sol français après le vote de la loi d'exil des anciennes famille régnantes, en 1886. En octobre 1896, elle fut invitée à la cérémonie d'accueil du couple impérial russe par le président Félix Faure. Comme cette cérémonie avait lieu à la chapelle des Invalides, la princesse retourna le bristol après y avoir écrit : «Cette carte m'est inutile, j'ai la clef depuis cinquante-six ans.»

C'est en 1840 en effet que les cendres de l'Empereur avaient été ramenées aux Invalides.

### À propos de la princesse Mathilde

On a parlé dans la notice de son mari le prince Demidoff. Il avait une fabuleuse fortune, à la russe. Un jour qu'un éleveur français lui montrait avec orgueil son lot de moutons lors d'un concours agricole, en disant : «Vous voyez ces moutons, monsieur le prince. Eh bien je les ai pris au hasard dans mes troupeaux. Tel que vous les voyez, j'en ai 3 600 de semblables», le prince répondit sans se démonter : «3 600 ! Très curieux : c'est exactement le nombre de mes bergers.»

### MAUCROIX (le chanoine)

François de Maucroix, dit «le chanoine Maucroix» (1619-1708), jurait et sacrait volontiers, contait fleurette aux belles et ne dédaignait pas les cabarets selon Furetière. À la demande de son évêque, il traduisit des travaux d'histoire, ce qui l'occupait car, pour ses heures perdues, sa muse était fort libertine. À soixante-dix ans bien passés, il se fit un devoir d'écrire son *Adieu aux cons* :

> Adieu cons, j'ai plié bagage,
> Je ne suis plus à votre usage,
> Je cède à la commune loi,
> Toutes mes forces sont usées ;
> Mon vit est allé devant moi
> Dans les campagnes Élisées.

Il écrivit à La Fontaine mourant, dont il fut toujours le plus proche ami : «Si Dieu te fait grâce de te renvoyer à la santé, j'espère que tu viendras passer avec moi les restes de ta vie, et que souvent nous parlerons ensemble des miséricordes de Dieu.» Il survécut treize années à La Fontaine : «Malgré les écarts de son imagination et l'apparente fragilité de sa vertu, Maucroix était appelé à de longs jours. La force de sa constitution, et, quoi qu'il en ait pu laisser croire, la régularité de sa vie, devaient le faire survivre à son siècle» (Walckenaer). Peu auparavant il avait écrit ces beaux vers :

> Chaque jour est un bien que du ciel je reçois,
> Je jouis aujourd'hui de celui qu'il me donne ;
> Il n'appartient pas plus aux jeunes gens qu'à moi,
> Et celui de demain n'appartient à personne.

### Épigramme
> Antique et moderne cocu
> Que ton épouse me déplaît,
> Car elle est laide comme un cul,
> Et glorieuse comme un pet !

\*

### Conte [sur M. de Faure]
> Un mari, sans trop de raison,
> Appela sa femme : «Grand con !»
> Le mot ne plut pas à la belle,
> Et, toute rouge de courroux :
> «Vous en avez menti, dit-elle,
> Personne ne s'en plaint que vous !»

\*

### Autre
> Tu fous et tu jeûnes, Lison ;
> Est-ce avoir un brin de raison ?
> Et par saint Jean, c'est une erreur extrême :
> La Sorbonne n'ordonne pas
> Que la bouche fasse carême
> Quand le con fait le mardi gras.

\*

L'inspiration du chanoine Maucroix était toujours de la même veine, par exemple :

> Levons ta jupe, Louison,
> «Arrêtez-vous, êtes-vous sage ?
> Monsieur, vous perdez la raison...
> — Et toi tu perds ton pucelage.»

\*

« Ah, monsieur de Maucroix, lui dit un jour la belle La Framboisière, parler sans cesse d'amour, avec cet habit, et à votre âge ! »

Et le chanoine de répondre par un quatrain :

> À ne vous rien dissimuler,
> Nous sommes d'humeur bien contraire
> Vous le faites sans en parler,
> Et moi j'en parle sans le faire !

Cependant, il écrivait encore, à soixante-douze ans :

> Veuve, ta beauté nous ravit,
> Tous les cœurs lui rendent hommage :
> Je voudrais bien planter mon vit
> Où fut jadis ton pucelage...

## MAUGIRON (marquis de)

Timoléon-Guy, marquis de Maugiron (1722-1767), avait de brillants états de service comme lieutenant général, malgré une légende qu'il cultivait parce qu'il se posait comme philosophe. Les ardeurs de la jeunesse, les plaisirs de la Cour, la vie et les équipages de guerre, compromirent sa santé. Il était devenu infirme et se mourut à Valence encore jeune. Sa mère faisait prier dans toutes les églises pour sa conversion, mais il refusait de se confesser. Le clergé de la cathédrale résolut de lui apporter les derniers sacrements avec solennité. Pendant les préparatifs, il dit à son médecin : « Je vais bien les attraper ; ils croient me tenir et je m'en vais. » Il venait de composer les vers suivants :

> Voici donc mon heure dernière ;
> Venez, bergères et bergers,
> Venez me fermer la paupière.
> Qu'au murmure de vos baisers,
> Tout doucement, mon âme soit éteinte.
> Finir ainsi, dans les bras de l'Amour,
> C'est du trépas ne point sentir l'atteinte,
> C'est s'endormir sur la fin d'un beau jour.

«M. de Maugiron est bien honnête, écrit Grimm, de trouver que sa vie ressemblait à un beau jour, et c'est avoir fini ce beau jour mieux qu'à lui n'appartenait.» Le marquis avait eu deux filles. L'aînée était bossue, laide, méchante, ne dédaignant point le vin, et son philosophe de père l'avait, dans cet état, destinée à la vie religieuse. Après sa mort, parée d'une bonne fortune elle s'empressa de se marier.

Sous Louis XVI, ce marquis était colonel d'un beau régiment : c'est-à-dire qu'il en assurait la dépense, car pour le reste il avait l'ennui des choses militaires. De ce fait, on ne le voyait guère à l'ouvrage, et on le soupçonnait de n'être pas très brave. Mais un jour que les grenadiers de France chargeaient dans une circonstance dangereuse, M. de Maugiron, qui y avait anciennement servi, alla se mettre volontairement dans leurs rangs, et se conduisit si bien qu'on le remarqua. Le lendemain, à dîner, ses officiers lui en firent compliment : «Mon Dieu, messieurs, vous voyez bien que, lorsque je veux, je m'en tire comme un autre. Mais cela me paraît si désagréable et surtout si bête, que je me suis promis que cela ne m'arriverait plus. Vous m'avez vu au feu ; gardez-en bien la mémoire, car c'est la dernière fois.»

Il tint parole. Quand son régiment chargeait, il se mettait de côté, souhaitait bon voyage à ses officiers et disait bien haut : «Regardez donc ces imbéciles qui vont se faire tuer.»

(Cependant, assure Mme de Boigne, ce régiment qui faisait toujours merveille aimait son colonel.)

### À propos du marquis de Maugiron

Le marquis de Maugiron était, du côté des mœurs, un des hommes les plus décriés qu'il y eût en France, à une époque où il y en avait beaucoup. La passion du plaisir l'avait jeté dans les plus grandes débauches, et dès l'âge de vingt ans il était rongé par la goutte «et par d'autres maux plus déshonnêtes». Perclus de tous ses membres, il faisait la guerre en cet état, souvent appuyé sur des béquilles. Il se portait toujours dans le quartier général, parmi la jeune noblesse, pour l'exciter au plaisir et en avoir sa part, et Grimm disait à cette jeunesse : «Voyez-le marcher, messieurs, c'est un cours de morale ambulante.»

*

C'est à M. de Maugiron que sa femme écrivait :

*Je vous écris parce que je ne sais que faire et je finis parce que je ne sais que dire.*

SASSENAGE DE MAUGIRON,
*bien fâchée de l'être.*

\*

Lui aimait sa femme, mais elle le détestait. Cette antipathie, toutefois, ne s'exprimait jamais qu'avec cérémonie, une imperturbable dignité et des manières polies. L'infortuné finit par s'en plaindre : «Ah! si du moins, vous ne m'accabliez pas de ce langage cérémonieux qui tue le sentiment; si vous consentiez à abandonner ce voussoiement, je serais moins malheureux...

— Eh bien soit, lui dit la dame : *va-t'en!*»

## MAUPASSANT (Guy de)

Guy de Maupassant (1850-1893), né au château de Miromesnil à Tourville-sur-Arques, fut enfant le témoin épouvanté de scènes violentes entre un père égoïste et une mère sujette à de grands troubles nerveux. De taille médiocre, grosse tête et moustaches, jambes courtes, il est présenté par Goncourt comme «le type d'un jeune maquignon normand». Taine l'a vu comme «un petit taureau triste». Il admirait son compatriote Flaubert, qu'il considérait comme son «directeur de conscience», ce qui est une façon de parler : un jour, dans un dîner de quatorze personnes (dont Huysmans, qui l'a raconté), Maupassant se vanta de pouvoir lasser une femme. Les convives se rendirent incontinent rue Feydeau «et devant tous Maupassant se mit à poil et fit cinq fois la chose avec une femme. Flaubert était là qui surveillait et s'amusait beaucoup de tout cela»; il disait en effet : «Ça me rafraîchit.» Un peu plus tard, Maupassant fit la même chose devant un Russe qui dit : «C'est l'ataxie avant deux ans.» Le fait est qu'il mourut assez jeune, privé de raison. En dix années, il avait écrit sept romans, vingt-cinq volumes de nouvelles, des récits de voyage et des articles. Son réalisme, son époque, sa veine morbide qui revient trop souvent le font classer parmi les naturalistes, mais lui est un grand écrivain : il a un don d'écriture et le sens de l'épopée dans le récit.

Un ami avait demandé à Maupassant de l'accompagner à une cérémonie matrimoniale. Celui-ci fit remarquer que la mariée était bien maigrelette et qu'elle manquait de ces charmes que souvent les hommes recherchent. L'ami expliqua : «Rassure-toi, sa dot l'est beaucoup moins. Lui était perdu, ruiné : il se marie comme on se jette à l'eau.

— Ah ? Alors, je comprends qu'il épouse une planche. »

*

Dans un salon parisien, un confrère obscur et prétentieux avait dit à Maupassant : « J'en conviens, j'écris plus lentement que vous, car je soigne mon style.

— À quoi bon ? Il est incurable. »

## MAUREPAS (comte de)

Jean Frédéric Phélypeaux, comte de Maurepas (1701-1781), jeune secrétaire d'État à la Marine de Louis XV, fut renvoyé pour impertinence. Louis XVI, qui à son avènement cherchait avec inquiétude un homme d'expérience, croyait nécessaire de trouver un ministre parmi les disgraciés du règne précédent. La voix publique recommandait l'excellent Machault. Le roi hésitait toujours, et quand il sut que la lettre à destination de Machault n'était pas partie (parce que le courrier ne retrouvait pas ses bottes...), il changea d'avis et nomma Maurepas, que le Dauphin son père avait fait figurer sur sa liste de recommandations parce qu'il avait le mérite d'avoir fait quatre vers contre une favorite. Maurepas devint *de facto* Premier ministre ; « Il a une très grande part de responsabilité dans les grandes décisions malheureuses de l'avènement : le renvoi du triumvirat et le rappel des parlements » (Jean de Viguerie). L'anéantissement des réformes de Louis XV condamnait un régime guidé par un roi indécis et un ministre indifférent. Maurepas eut un rôle important dans le soutien aux *Insurgents* d'Amérique, qui acheva de ruiner la France, et les plus raisonnables s'étonnaient que, sur un sujet aussi grave, il eût pris les conseils de deux intrigants, le marquis de Pezay et Beaumarchais. « Ce diable d'homme a tout embrouillé », dira Louis XVI après sa mort. Il a été décrit par Marmontel comme champion des expédients, superficiel et incapable d'application, mais doué d'une facilité de perception et d'une intelligence qui démêlait dans un instant le nœud le plus compliqué d'une affaire.

Le ministre Maurepas avait eu des démêlés avec Mme de La Tournelle, maîtresse de Louis XV après ses sœurs, et elle ne l'appelait jamais que « monsieur Faquinet ». Le roi accorda bientôt à sa favorite le duché de Châteauroux.

Une épigramme circula à la Cour, lors de la présentation de la nouvelle duchesse :

> Incestueuse La Tournelle,
> Qui des cinq êtes la plus belle,
> Ce tabouret tant souhaité
> A droit de vous rendre plus fière ;
> Votre devant, en vérité,
> A bien servi votre derrière.

Ce couplet fut attribué à Maurepas qui, outre son hostilité à l'endroit de Mme de La Tournelle, souffrit, en cette circonstance, de voir à la Cour Mme de Maurepas debout, tandis que la royale favorite jouissait des honneurs du tabouret.

*

Maurepas ne se vantait pas trop de ses flèches contre la duchesse de Châteauroux, mais il se crut bientôt tout permis contre la petite bourgeoise qui lui avait succédé dans les faveurs du roi, et contre laquelle la haine de la famille royale n'était point un mystère : le Dauphin et ses sœurs n'appelaient entre eux Mme de Pompadour que « maman Catin ».

Mme de Pompadour avait offert au roi, le jour de sa fête, un bouquet de roses blanches. La couleur des fleurs inspira une épigramme « dont une misérable équivoque faisait l'unique mérite », dit la biographie de Michaud, ajoutant qu'une femme dont la beauté est toute la gloire et toute la fortune, pardonne plus aisément un outrage à ses mœurs qu'un soupçon sur ses charmes. La marquise en effet, malgré sa renommée, avait une santé fragile. Elle avait contracté quelque maladie : elle avait des pertes. Maurepas, qui ne savait pas se retenir, fit ce quatrain qui devait lui coûter son ministère et sa présence à la Cour :

> La marquise a bien des appas,
> Ses traits sont fins, ses grâces franches,
> Et les fleurs naissent sous ses pas :
> Mais hélas ! ce sont des fleurs blanches[1]...

La marquise demanda vengeance ; on la lui promit. L'auteur était inconnu, et l'on soupçonnait fortement le duc de Richelieu, qui

---

1. Il était ainsi courant d'appeler *fleurs blanches* les pertes infectieuses, par opposition aux *fleurs rouges*.

n'était pas encore maréchal. Il eut à ce sujet une explication très sérieuse avec le roi, et il s'engagea à donner la preuve irrécusable de son innocence. À force d'or, il corrompit des valets et des secrétaires, et se procura enfin l'original écrit de la main de Maurepas.

Celui-ci dut se retirer à Pontchartrain, où il avait une magnifique propriété. Il y passa vingt-cinq ans, observant les événements, et les commentant avec malice, jusqu'à son rappel par Louis XVI.

*

Le contrôleur général Maurepas finit par se débarrasser du ministre Turgot, du parti des philosophes, qui avait trop pris l'habitude de travailler sans lui, et alla chercher Necker, protestant un peu sinistre et très influencé par deux femmes : son épouse, atteinte d'une maladie nerveuse qui lui interdisait de s'asseoir, y compris pendant les dîners qu'elle donnait, et sa fille (Mme de Staël), mentalement agitée dans un genre comploteur. Mais Necker avait l'avantage de pouvoir mettre, grâce à sa fortune personnelle et son crédit, d'importantes liquidités à disposition de l'État (Louis XVIII fera indemniser Mme de Staël). Bientôt cependant, on commença à attaquer Necker, «le ministre romanesque». Et Maurepas marmottait en ricanant : «Je doute moi-même de la bonté de mon choix... Je croyais être débarrassé des gens à projets, des ennuyeux à grands mots; et puis quand j'ai éloigné la *turgomanie*, voilà-t-il pas que je tombe dans la *nécromanie*!»

*

Dumouriez dit de M. de Vaux, dans ses *Mémoires*, que ce respectable général était affligé d'une hernie très mal placée. Lorsque, en 1779, on forma une armée destinée à tenter une descente en Angleterre, et qu'il apparut bientôt qu'on en resterait aux préparatifs, Maurepas dit : «La descente ne se fera que dans la culotte de M. de Vaux.»

### À propos de Maurepas

On soupçonnait Maurepas d'être impuissant, ce que la biographie de Michaud dit dans ces termes un peu circonlocutoires mais sagaces : «On le soupçonnait de manquer, dans son organisation particulière, de ce ressort organique qui est toujours, chez les autres hommes, le germe des passions les plus vives, et quelquefois le mobile des affections généreuses et des actions énergiques.»

Le peuple allait davantage droit au but, et l'on entendit en 1775, après le rappel de Maurepas, un couplet qui commençait ainsi :

Maurepas devient tout-puissant;
V'là c'que c'est que d'être impuissant.

## MAURIAC (François)

L'un des auteurs qui marqua le plus l'enfance de François Mauriac (1885-1970) fut Zénaïde Fleuriot («Ah! *Les Pieds d'argile* et cette petite héroïne rousse!»). Il imputa à son éducation chrétienne son adolescence apeurée, mais c'était sa nature; cette timidité devant la vie resta une composante de son existence («Il n'est pas difficile de ne pas avoir peur de la mort. Il est beaucoup plus difficile de ne pas avoir peur de la vie»). La Première Guerre mondiale le rendit malade et loin du champ de bataille où le catholique pacifiste Péguy se faisait tuer en criant à ses hommes : «Tirez, nom de Dieu! Tirez!» Mauriac préférait penser, en 1916, que la France allait perdre la guerre et qu'une paix de compromis s'imposait, traitant Clemenceau de «vieux souteneur indomptable»; une fois l'armistice conclu, il repoussa toute idée de réconciliation avec «l'Allemagne féroce»... Durant la Seconde Guerre mondiale, il eut des amitiés avec l'occupant avant de peaufiner son image d'écrivain en résistance. Même si l'on ne s'intéresse pas à ses histoires de refoulement et de péché savouré (Paul Souday avait qualifié un de ses romans d'«ennuyeux comme une pluie fine»), il a de très belles pages, surtout pour les souvenirs. Sur le fond, J.A. Faucher écrivait en 1963 : «C'est par un simple souci bourgeois des convenances que Mauriac offre aux petits-neveux de Tartufe une chance de ne pas succomber à leurs passions, mais il ne s'agit là que d'un parti-pris et, dans le *Cheminadour* de Marcel Jouhandeau, où tout est plus simple et plus vrai, on découvre sans peine à quoi rêvent les Mauriac de sous-préfectures lorsque la bonne de monsieur le curé leur tourne le dos... *On m'appelait Coco-Bel-œil*, a-t-il écrit, *et j'avais l'aspect pauvre et chétif*. Il l'a gardé. Même promu au rôle de Mérimée de ce Troisième Empire, Mauriac n'est qu'un chef-lieu de canton. Comme les vieux pins de Frontenac, il peut encore donner de l'ombre aux jeunes ambitieux qui se cherchent un maître, mais le cœur est pourri. C'est un monument sur lequel il a trop plu.»

Mauriac aimait à se dire, dans les années 1920, «follement sensuel et très catholique». Mais beaucoup approuvaient la formule de Paul Bourget selon laquelle il était surtout un homosexuel qui s'ignorait (la biographie que Jean-Luc Barré a consacrée à Mauriac en 2009 indique qu'il ne s'ignorait pas...).

Lorsque, en mars 1923, Jacques Rivière demanda à Mauriac d'écrire un article sur Bourget dans *La NRF*, il refusa : «Je serais certes capable d'écrire sur lui une bonne étude dans le genre féroce, mais je préfère me réserver son article nécrologique.»

*

Daniel-Rops se fit un fonds de commerce avec la littérature religieuse. Après la publication d'une *Vie de Jésus* qui lui avait rapporté de confortables droits d'auteurs, il arriva à un dîner avec sa femme enveloppée dans un magnifique manteau de vison. Mauriac vint caresser l'épaule fourrée, et dit avec un sourire penché : «Doux Jésus...»

*

En 1955, à l'issue des obsèques de Paul Claudel, Mauriac dit : «J'aurais été bouleversé s'il avait fait moins froid.»

Et quelques années après, au sujet de la veuve de Claudel, à l'issue d'un dîner chez la journaliste Françoise Giroud : «Comme elle a dû être laide!»

*

On annonça dans un salon que Michel Droit[1] s'était cassé le pied aux sports d'hiver, et qu'on avait dû le plâtrer.

«Avec quoi va-t-il pouvoir écrire?», s'inquiéta Mauriac.

### À propos de François Mauriac

Le roman de Mauriac *Préséances*, publié en 1921, était une violente satire des grandes familles bordelaises. On en parla un peu à Bordeaux – pas tant que ça. Une dame de la grande bourgeoisie s'étonna publiquement : «Comment ce monsieur peut-il être si méchant avec nous? Il n'a jamais été reçu dans nos maisons!»

*

---

1. Michel Droit (1923-2000) : ce journaliste, longtemps rédacteur en chef du *Figaro littéraire* puis de l'information télévisée, fut un admirateur inconditionnel du général de Gaulle, et il en était l'interviewer officiel et respectueux lorsque la télévision à chaîne unique était «la voix de la France». Peu après qu'il fut décidé d'élire Marguerite Yourcenar à l'Académie française, on débattit de la candidature de Michel Droit. Un académicien dit : «On a élu une femme, on peut bien élire un con.»

Lorsque, en 1932, l'éditeur de Louis-Ferdinand Céline lui renvoya les épreuves de son livre surchargées de virgules par les typographes, l'auteur poussa un cri d'horreur : «Ils veulent me faire écrire comme François Mauriac[1]!»

*

Lorsque François Mauriac alla recevoir à Stockholm son prix Nobel de littérature, il avait appris par cœur un texte de remerciement en suédois. Quand il l'eut prononcé, il interrogea un membre de l'académie suédoise : «Vous n'avez pas trouvé mon accent trop mauvais?

— Mais, cher ami, vous n'en avez aucun! Du moins, pas le moindre accent suédois.»

*

Au début des années 1970, François Mauriac, convié par un professeur d'hypokhâgne, était venu délivrer devant les élèves une causerie sur le roman moderne. L'écrivain dit à cette occasion : «Le roman moderne doit allier la religion à l'érotisme, et la tradition au suspens.»

Le professeur demanda ensuite à ses élèves d'imaginer le canevas d'un roman. Sur sa copie, l'un d'eux, réputé le plus paresseux de la classe, écrivit simplement : «Nom de Dieu dit la princesse; je suis enceinte, mais de qui?»

Le professeur rendit à l'auteur sa copie, avec cette simple appréciation : «Certains ont fait de la brièveté un art. Vous en avez fait une insolence.»

---

1. Après la parution de l'ouvrage, Mauriac adressa une lettre de compliments assez courtoise à Céline, qui l'envoya aux pelotes : «Rien ne peut nous rapprocher. Vous appartenez à une autre espèce, vous voyez d'autres gens, vous entendez d'autres voix. Pour moi, simplet, Dieu c'est un truc pour penser mieux à soi-même et pour ne pas penser aux hommes, pour déserter en somme superbement. Vous voyez comme je suis argileux et vulgaire! Je suis écrasé par la vie. Je veux qu'on le sache avant d'en crever, le reste je m'en fous. Je n'ai l'ambition que d'une mort peu douloureuse mais *lucide*, et tout le reste est du yoyo...»

## MAURY (abbé)

Jean-Siffrein Maury (1746-1817), fils d'un pauvre savetier, vint à Paris après son séminaire à Avignon. À la Constituante, il défendit les droits du clergé et lutta contre la suppression des titres – la curiosité d'un combat où un fils du peuple se battait pour conserver aux grandes familles des honneurs dont elles ne voulaient plus n'échappa à personne. «On n'a été aussi gauche que l'a été ce fils de cordonnier» écrira Rétif de la Bretonne. Celui-ci, avec Mirabeau et d'autres, consacrait leurs réunions de la Loge des Neuf Sœurs à rédiger des pamphlets contre l'orateur (*L'abbé Maury répudié par la Négresse le lendemain de son mariage*, *Le Nouveau Dom Bougre à l'assemblée nationale ou l'abbé Maury au bordel*, et avant cela : *Dom Bougre aux États Généraux ou doléances du portier des Chartreux*, 1789, *par l'auteur de La Foutromanie, À Foutropolis chez Braquemart, libraire, rue Tire-Vit, à la Couille d'Or*). Rétif, qui quant à lui se vantait d'avoir avec ses filles des relations incestueuses, dénonçait les mœurs dépravées de l'abbé. Les contemporains disent de l'abbé Maury qu'il avait une voix à faire trembler les vitres de l'Assemblée, qu'il était toujours clair, et le seul de cette époque «sous la dictée duquel on eût pu recueillir un discours conforme aux règles sévères du langage». Quand sa sécurité fut trop menacée (il portait toujours avec lui deux pistolets, qu'il appelait «ses burettes»), il se rendit à Rome où il fut sacré archevêque *in partibus* de Nicée ; il fut nonce du pape à Francfort, mais sa brusquerie et son penchant à causer ne convenaient pas à un ambassadeur. Cardinal en 1794, il fut le seul Français au conclave qui élut Pie VII. Après avoir fulminé contre l'usurpateur, il fut sénateur, comte de l'Empire, et accepta l'archevêché de Paris pour remplacer le cardinal Fesch disgracié par son neveu, malgré l'opposition du pape. Sous la Restauration, il fut déposé par le chapitre de Paris et exclu de l'Académie française. Il mourut à Rome dans un monastère.

Au début de la Révolution, un boucher, étant entré un jour dans le magasin d'un libraire où était l'abbé Maury, prit un volume de Jean-Jacques et se mit à répéter, comme par affectation, et pour faire preuve de goût, le passage suivant : « Qui commande à des hommes libres doit-être libre lui-même. »

Puis, se tournant vers l'abbé : « Que pensez-vous de cet adage, monsieur ?

— Il n'a pas le sens commun, répondit Maury, c'est comme si l'on disait : *Quiconque tue des bœufs gras doit être gras lui-même.* »

\*

À l'Assemblée constituante, l'abbé Maury s'était fait le défenseur de la noblesse et du clergé, luttant d'éloquence contre Mirabeau son compatriote. Un jour qu'il venait d'achever un de ses discours, Mirabeau monta à la tribune en disant : « Je vais enfermer l'abbé Maury dans un cercle vicieux ! »

Entendant cela, le champion des orateurs du côté droit se retourna, et lança à Mirabeau : « Vous voulez m'embrasser ? »

*

Mirabeau disait un jour à l'abbé Maury : « Vous êtes le dernier des hommes ! »

L'abbé répliqua : « Vicomte, vous vous oubliez... »

*

Deux admiratrices de la Révolution à ses débuts, Mme de Coigny et Mme de P..., assistaient à une séance de l'Assemblée nationale. L'abbé Maury fit un discours qui leur déplut et, comme elles le manifestaient assez haut : « Monsieur le président, dit l'orateur en les montrant du doigt, faites donc taire ces deux sans-culottes ! »

*

Un jour que l'abbé Maury passait auprès du marché, des femmes de la Halle le reconnurent et le saluèrent à la mode poissarde d'alors : « Bonjour, mon vigoureux.

— Bonjour, mesdames.

— Tu as bien de l'esprit et tu parles comme un ange, mais tu as beau te débattre, tu n'en seras pas moins foutu.

— Oh ! mesdames, vous savez bien qu'on n'en meurt pas. »

Les voilà qui rient et qui lui sautent au cou pour l'embrasser, raconte Montlosier dans ses *Mémoires*.

*

Lorsque la populace lui dit, menaçante et pressante, qu'elle allait le mettre « à la lanterne », l'abbé se contenta de dire : « Mes pauvres amis ! y verrez-vous plus clair ? »

Cela mit encore les rieurs de son côté.

*

« Vous croyez donc valoir beaucoup ? demanda un jour, dans un moment d'humeur, sous l'Empire, Regnault de Saint-Jean-d'Angély, à celui qui était devenu le cardinal Maury.

— Très peu, quand je me considère ; beaucoup, quand je me compare », dit le cardinal après avoir considéré un instant son interlocuteur.

## À propos de l'abbé Maury

Dans ses dernières années, Mirabeau se rapprocha de la Cour (on sut ensuite que c'était pour de l'argent). Ce repentir tardif le rapprochait de l'abbé Maury, champion de toujours du royalisme. On vit alors courir le quatrain suivant sur fond d'anagramme :

> On pourrait faire le pari
> Qu'ils sont nés dans la même peau ;
> Car retournez *abbé Mauri*,
> Vous retrouverez *Mirabeau*.

\*

Laure Junot d'Abrantès, parlant des Girondins, dit que Brissot avait « cette légèreté que nous ne pouvons nous défendre d'avoir, comme inhérente à notre nature française ». Et à son sujet, l'abbé Maury s'écriait : « Il aurait trouvé à rire sur son enterrement !

— Comment donc ! même sur le vôtre ! » disait Cazalès.

\*

Quelque temps après le retour à Paris du cardinal Maury, sous l'Empire, on annonçait, devant une dame qui le connaissait bien, que le cardinal, qui s'était d'abord logé en hôtel garni, venait de prendre une maison rue d'Enfer.

« Quoi ! déjà ? » s'écria-t-elle.

## MAYNARD (François)

François Maynard (†1646), président au présidial d'Aurillac, secrétaire de la reine Margot, fut un poète estimé à la Cour et à Rome : Urbain VIII prenait plaisir à s'entretenir avec lui (l'autre ne devait pas lui réciter ses *Priapées*...). Bruzen de La Martinière a bien analysé le talent de Maynard, l'un des meilleurs disciples de Malherbe : facilité, clarté, élégance, et un certain tour qui résulte du fait que le poète semble détacher les vers les uns des autres, « d'où vient qu'on en trouve fort souvent cinq ou six de suite dont chacun a son sens parfait » ; et puis cette simplicité naturelle qui, toutes proportions gardées, préfigure La Fontaine : « quoiqu'il travaillât avec un soin incroyable, il semble que les mots se soient venus placer d'eux-mêmes dans les endroits où ils sont ».

Sur un écrivain obscur :

> Si ton esprit veut cacher
> les belles choses qu'il pense,
> Dis moi, qui peut t'empêcher
> De te servir du silence ?

*

Sur un autre écrivain :

> Jusques au dernier feuillet
> Tout ce que ta plume trace,
> Robinet, a de la glace
> À faire trembler juillet.

*

Sur une soupirante :

> Lise, je vois que ta finesse
> Bute[1] à m'engager sous tes lois.
> Mais quoi ? Le règne des Valois
> Fut le siècle de ta jeunesse.
> Tu m'as beau suivre nuit et jour,
> Et me jurer que ton amour
> Est au-delà de toutes bornes,
> Je ne veux point d'un corps si vieux,
> De crainte de planter des cornes
> Sur la tombe de mes aïeux.

*

### Sonnet

> Adieu, Lise, je vais descendre
> Où Malherbe fait des chansons,
> Pour divertir l'horrible gendre
> De la déesse des moissons[2].
> On a beau dire que le sage

---

1. *A pour but de.*
2. Pluton, qui enleva Proserpine, fille de Cérès.

Suit le destin sans murmurer,
J'appréhende ce long voyage
Et voudrais bien le différer.
Quand j'aurai passé le Cocyte,
Il est juste que je visite
Les mânes de votre cocu,
Pour lui dire en quelle posture
Vous m'avez, à grands coups de cul,
Fait tomber dans la sépulture.

\*

Sur Saint-Amant, qui se disait issu d'un gentihomme, alors que ce n'était pas le cas, et dont on savait surtout qu'il avait sollicité d'Aguesseau pour avoir un privilège commercial de verrerie :

Votre noblesse est mince,
Car ce n'est pas d'un prince,
Daphnis, que vous sortez :
Gentilhomme de verre,
Si vous tombez à terre,
Adieu les qualités.

\*

À la mort du cardinal de Guise[1], Charlotte des Essarts se répandait en disant qu'il la laissait veuve avec quatre enfants (dont celui qui deviendra le trop fameux chevalier de Lorraine).

Pour se consoler de la mort du cardinal, elle couchait avec un valet de chambre qui lui ressemblait. Cela inspira à Maynard les vers suivants *Sur le deuil de Mme Des Essarts* :

Et la pauvrette s'est donnée
D'un vit tout au travers du corps.

---

1. Louis de Lorraine, archevêque de Reims, cardinal en 1615 et dit dès lors «cardinal de Guise», était l'un des quatorze enfants d'Henri le Balafré duc de Guise et de Catherine de Clèves. Connu par sa liaison avec Charlotte des Essarts, comtesse de Romorantin, ancienne maîtresse d'Henri IV dont elle avait eu deux bâtards. Il mourut d'une «fièvre chaude» le 21 juin 1621. Pour ne pas le confondre avec le cardinal de Guise son grand-oncle, également nommé Louis de Lorraine (1527-1578), on appelait celui-ci «le cardinal des bouteilles», parce qu'il les aimait fort.

(Elle continua de défrayer la chronique. Sous la menace, elle obtint du maréchal de l'Hospital qu'il l'épousât. Ensuite, il allait de-ci de-là en disant galamment que, putain pour putain, il aimait mieux celle-là qu'une autre.)

## À propos de François Maynard

Il fit ces vers, *Au cardinal de Richelieu* :

> Armand, l'âge affaiblit mes yeux
> Et toute ma chaleur me quitte,
> Je verrai bientôt mes aïeux
> Sur le rivage du Cocyte.
> C'est où je serai des suivants
> De ce bon monarque de France
> Qui fut le père des savants[1]
> Dans un siècle plein d'ignorance.
> Dès que j'approcherai de lui,
> Il voudra que je lui raconte,
> Tout ce que tu fais aujourd'hui
> Pour combler l'Espagne de honte.
> Je contenterai son désir
> Par le beau récit de ta vie,
> Et charmerai le déplaisir
> Qui lui fait maudire Pavie.
> Mais s'il demande à quel emploi
> Tu m'as occupé dans le monde
> Et quel bien j'ai reçu de toi ;
> Que veux-tu que je lui réponde ?

Lorsqu'on présenta cette épigramme au cardinal et qu'on lui eut lu le dernier vers, il répondit : «Rien!»

---

1. C'est François I^er qu'on appelait ainsi.

## MAZARIN (cardinal)

Jules Mazarini, dit « Mazarin » (1602-1661), être de sang-froid qui avait été éduqué chez les jésuites de Rome, comprit que son véritable talent était la diplomatie. Au moment où Espagnols et Français allaient se battre devant Casal, il courut bravement se jeter entre les deux armées en annonçant la paix. Le pape en fit l'un de ses ambassadeurs et il quitta son costume d'officier d'un régiment pontifical pour prendre l'habit ecclésiastique, mais ne fut jamais ordonné prêtre. Entré au service de la France, on le fit cardinal laïque. Richelieu malade le désigna comme son successeur, et il fit son entrée au Conseil avec des pouvoirs formulés de manière vague comme l'avaient été ceux de son prédécesseur. Il mena une politique étrangère brillante. On a jugé l'administration intérieure comme son côté faible, et le cardinal de Retz dit qu'il était « ignorantissime » en ces matières. Mais il sut mater la guerre civile en imposant l'État. Après la Fronde, il refit sa fortune, prenant à forfait les fournitures de l'armée, recevant les pots-de-vin des traitants, etc. Mazarin, « grand saltimbanque de son naturel » (Retz), n'hésitait pas à dire au jeune Louis XIV : « Sire, tout ce que je possède est à vous », ce qui était une façon de parler puisque, si l'on croit Loménie de Brienne, « il ne laissait au roi qu'une vieille robe de chambre et une paire de draps dans lesquels passait le pied ». Il possédait les œuvres des plus grands maîtres, des meubles précieux, de la vaisselle d'or, des pierreries, et une bibliothèque de 54 000 volumes, berceau de la Bibliothèque Mazarine. Dans les derniers temps, il s'entretint avec Louis XIV, l'initia aux affaires et lui dit de ne jamais prendre de Premier ministre. Il était peu religieux et il aurait déclaré dans ses derniers jours qu'il n'avait jamais entendu une seule messe. Le curé de Saint-Nicolas-des-Champs l'instruisit *in extremis*, et le cardinal lui dit au milieu des souffrances : « Je vais bientôt finir, mon jugement se trouble. J'espère en Jésus-Christ. » Le roi accourut, embrassa en pleurant le duc de Gramont, et dit : « Nous venons de perdre un bon ami. »

S'il aimait les titres, pour lui et sa famille, Mazarin n'aimait pas la vieille noblesse qui gênait ses projets politiques et venait toujours solliciter. Excédé par les seigneurs qui aspiraient à la couronne ducale, il finit par dire : « Eh bien j'en ferai tant qu'il sera ridicule de l'être et ridicule de ne l'être pas. »

### À propos de Mazarin

Parmi les innombrables mazarinades, celle-ci fait à la fois allusion aux défaites de l'armée des Flandres et à l'avidité du cardinal :

On dit (peut-être on dit mal)
Que la grande armée de Flandre

Ne prend rien, mais ne fait que rendre,
Au contraire du cardinal,
Qui prend tout et ne veut rien rendre.

Mais il y a dans tout cela de jolies chansons, toutes simples, dont celle au célèbre refrain :

Un vent de Fronde
A soufflé ce matin;
Je crois qu'il gronde
Contre le Mazarin.

Quant aux airs sur lesquels on chantait, les historiens de la musique en ont relevé l'intérêt : les chants étaient inspirés des airs d'église, mais transformés par des compositions qui annonçaient des éléments modernes.

Les mazarinades étaient l'œuvre du vieux parti français, le parti ligueur qui avait un peu survécu à lui-même dans les gros bataillons de la Fronde, et on y trouvait souvent des insultes aux origines italiennes du ministre. Des lettrés allèrent plus loin. Comme le cardinal était imbattable en matière de pierres précieuses et que Mazzarino était un nom de lieu (une petite ville des Abruzzes), Saint-Aulaire dit que le cardinal était juif, et Gui Patin le présentait comme un « couillon qui ferait mieux d'aller en Turquie, où d'ailleurs il se ferait circoncire ».

Le parti de la Cour pensionnait quelques hommes de lettres, chargés de répondre aux mazarinades : leurs attaques sont plus spirituelles, mais moins gouailleuses. Et les chansonniers de Paris n'étaient pas en peine de réponses. Toutes ces querelles ont été plus tard résumées par le mot de Chamfort : « Le gouvernement de la France est une monarchie absolue tempérée par des chansons. »

*

Le cardinal Mazarin était fils d'un maquignon sicilien – « gredin de Sicile », disait Condé. Ses origines offraient peu de ressources, mais il s'était beaucoup servi dans la fortune des autres. Il venait de perdre son père, et s'en trouvait fort affligé. M. de Liancourt, rencontrant M. de Mortemart, apprit la nouvelle à celui-ci, qui commenta : «C'est peut-être le seul homme qui pouvait mourir sans qu'il en héritât.»

*

L'abbé Fouquet, espion en titre de Mazarin, fit mettre du monde à la Bastille. Un homme qu'on y menait un jour, vit un gros chien.
«Qu'a fait, dit-il, cet animal pour être enfermé ici?»
Un prisonnier qui l'entendait répondit : «Il a déplu au chien de l'abbé Fouquet.»

*

Quand Gui Patin apprit que le cardinal Mazarin était retenu à Metz à cause d'une maladie calculeuse pour laquelle il fallait l'opérer, il dit, faisant allusion à la taille (l'impôt foncier) : «On peut le tailler : il en a bien taillé assez d'autres.»

*

Mazarin vieilli, atteint par la maladie, tremblotait dans sa chaise ; la reine disait : «Il ne devrait pas se faire faire la barbe, cela avancera sa mort.»

## MÉDICIS (Catherine de)

Catherine de Médicis, reine de France (1519-1589), fut nommée régente du royaume pendant la minorité de son fils Charles IX. «Cette femme, dévorée d'ambition, sans convictions religieuses, indifférente au bien comme au mal, eut alors à lutter à la fois contre l'ambition des Guise, contre les idées démocratiques de la Ligue et le fanatisme des protestants» (Lud. Lalanne). Elle déploya habileté et machiavélisme pour sauver la cause royale, qui était politiquement la plus modérée, malgré ce que laisse penser la Saint-Barthélemy (Henri IV dira avec humour : «Qu'eût pu faire une pauvre femme ayant, par la mort de son mari, cinq petits enfants sur les bras et deux familles en France qui pensaient d'envahir la couronne : la nôtre et celle des Guise?»). Son troisième fils, Henri III, qui était son préféré, éloigna sa mère du gouvernement. Elle était sujette à d'atroces migraines, et l'ambassadeur de France au Portugal, Nicot, lui offrit quelques herbes séchées et coupées menu, lui disant que cela était capable «de faire distiller et consumer les humeurs superflues du cerveau». Le remède fut efficace et bientôt toute la Cour se mit, comme la reine, à priser le tabac.

Lorsqu'elle avait appris que son mari Henri II avait une liaison passionnée avec Diane de Poitiers, plus âgée que lui de vingt années, elle voulut comprendre comment il pouvait manifester une telle préférence et, selon Brantôme, elle fit percer de plusieurs trous le plafond de la chambre de la favorite et s'installa pour « voir le vent et la vie » que les deux amants pouvaient mener ensemble. Après ce spectacle, elle passa son temps à gémir que son mari ne fît pas avec elle « les folies » qu'elle lui avait vu faire avec « l'autre ». Elle se mit donc à manger des artichauts, dont elle lança la mode en France, le légume étant réputé aphrodisiaque, et Pierre de L'Estoile rapporte qu'au mariage du marquis de Nomerie, elle crut mourir « pour avoir mangé trop de culs d'artichauts ».

Un soir que Diane de Poitiers lui demandait quel livre elle tenait dans les mains, Catherine répondit : « Je lis les histoires du royaume, et j'y trouve que, de tous les temps, les putains ont dirigé les affaires des rois. »

### À propos de Catherine de Médicis

Elle avait imposé ses volontés à Antoine de Crussol, duc d'Uzès, en lui représentant sèchement que c'était elle qui commandait. Quelque temps après, elle lui demanda quelle heure il était : « Madame, répondit le duc, il est l'heure qu'il plaira à Votre Majesté. »

Cela sonna la disgrâce de ce catholique modéré qui se retira dans ses terres, où les religionnaires du Midi vinrent le chercher ; il devint leur chef, jusqu'à la paix d'Amboise. La curiosité de ce chef de guerre des protestants resté catholique eut une sorte de prolongement avec son frère, Jacques de Crussol, officier protestant qui, à la mort de son aîné, devint l'homme de Catherine de Médicis qui l'opposa, dans le Languedoc, au duc de Montmorency ; de sorte que l'on vit alors, comme dit L'Estoile, cet étrange combat du catholique Montmorency devenu le chef des huguenots, tandis que le huguenot Jacques de Crussol combattait avec les catholiques pour le roi...

## MEILHAC (Henri)

Henri Meilhac (1831-1897) donna, en collaboration avec Ludovic Halévy, plus de 150 vaudevilles et des livrets d'opérette. En 1900, *La Grande Encyclopédie* décrie des ouvrages qui avaient le défaut d'avoir triomphé sous le Second Empire : «Aujourd'hui déjà les parodies carnavalesques, les caricatures bouffonnes, *La Belle Hélène*, *La Vie parisienne*, *La Grande-duchesse*, ne sont plus présentables [...]. Même *La Vie parisienne*, reprise en 1896, découvrit la puérilité lamentable, la tristesse irrémédiable de ces inventions burlesques qui pourtant amusèrent.» En vérité on s'amuse encore si l'on ne croit pas nécessaire de tout prendre au sérieux. Comme chante Pâris dans *La Belle Hélène* à l'issue de la charade de la locomotive : «C'est trop fort d'avoir trouvé ça quatre mille ans avant l'invention des chemins de fer.» Et puis le livret de l'opéra le plus joué dans le monde, la *Carmen* de Bizet, est pour l'essentiel l'œuvre des deux compères.

Lorsque deux écrivains font régulièrement équipe, il existe une loi quasi naturelle selon laquelle l'un fait presque tout, et l'autre pas grand-chose. Le livret de *La Belle Hélène* est signé du double nom de Meilhac et Halévy. Or Halévy l'écrivit pratiquement à lui seul, ce que Meilhac admettait sans honte : «Que voulez-vous ! Halévy préfère Offenbach, et moi je préfère le billard»...

## MEIR (Golda)

Goldie Myerson née Mabovitch, devenue Golda Meir après hébraïsation de son nom (1898-1978), suivit sa famille, de Kiev aux États-Unis, à l'âge de huit ans ; elle fut enseignante, et militante du mouvement sioniste. Après son mariage elle émigra dans un kibboutz en Palestine, en 1921, et devint une figure importante du parti travailliste. Elle fut ambassadeur en Union soviétique en 1948, ministre des Affaires étrangères. C'est en 1969, âgée de soixante-dix ans, qu'elle fut appelée à la tête du gouvernement d'Israël. Elle entreprit des efforts vers la paix mais dut démissionner de ses fonctions en 1973 à cause de l'importance des pertes israéliennes dans la guerre du Kippour lancée par les Arabes.

Le président Nixon, pour faire plaisir à Golda Meir, lui dit au détour d'une conversation que les États-Unis et Israël, qui avaient toujours eu de nombreux points communs, en avaient désormais un de plus : celui d'avoir un Juif pour ministre des Affaires étrangères (il s'agissait d'Abba Eban et d'Henry Kissinger). Golda Meir répliqua : «Oui, mais le mien parle l'anglais sans accent.»

### À propos de Golda Meir

Cette ancienne militante de la fondation de l'État d'Israël avait un caractère d'acier, et un physique assez masculin, surtout dans le temps où, déjà septuagénaire, elle présidait aux destinées politiques d'Israël. Outre un sac à main qui ressemblait à un sac à provisions, elle portait toujours des jupes plissées extrêmement longues.

Un diplomate français demandait : « Savez-vous pourquoi Golda Meir ne porte pas de minijupe ?

— Non...

— Parce qu'elle a les c... qui pendent. »

## MÉNAGE (Gilles)

Gilles Ménage (1613-1692) : cet érudit angevin, pensionné sur la cassette de Mazarin, tenait dans sa maison du Cloître Notre-Dame des conférences auxquelles allait la reine Christine (les cours publics étaient alors en vogue à Paris). Il aimait immodérément les plaisanteries, et Tallemant a dit que jamais personne n'a plus fait claquer son fouet : « Il est de ceux qui perdraient un ami plutôt qu'un bon mot. » Il eut avec l'abbé d'Aubignac un « procès » passionnément suivi sur la règle des trois unités. La dispute se cristallisa sur l'*Heautontimorouménos* de Térence, dont on admettait l'excellence : on se demandait si, dans la scène ou Chrémès s'adresse à Ménédème muni d'une pioche, celui-ci travaille la terre, ou s'il fait alors nuit, Ménédème, retour des champs, portant sa pioche sur l'épaule. De la solution dépendait de savoir si l'action dramatique chez les Anciens pouvait s'étendre au-delà d'un jour et d'un lieu. Comme quelqu'un l'a dit : heureux savants, qui n'avaient d'autres sujets d'inquiétude... Ménage avait fait une épigramme contre la jeune Académie française, et cela empêcha qu'il y fût reçu. Montmaur disait : « Le motif qui l'a fait repousser aurait dû le faire admettre, comme on force un homme à épouser une fille qu'il a déshonorée. »

Comme on parlait devant lui d'un seigneur qui avait l'inconvénient de ne jamais restituer les livres qu'on lui prêtait, Ménage l'excusa en disant : « C'est qu'il lui est plus aisé de les retenir que ce qui est dedans. »

*

Ménage fit, sur un ton plus plaisant, une épitaphe en vers à Colletet[1], en évoquant les liens orageux entre le poète et son épouse quand le premier avait trop bu, ce qui arrivait plus souvent qu'à son tour :

> La Mort qui se plaît à la lutte,
> Et qui les plus forts cullebute,
> Voyant Guillaume Colletet,
> Qui sa Claudine colletait,
> D'une jalouse ardeur éprise,
> Le grand Colletet colleta ;
> Qui plus fort qu'une athlète à Pise,
> Fièrement contre elle lutta ;
> Mais la traîtresse plus ingambe,
> D'un tour d'adresse tout nouveau
> En lui donnant le croc-en-jambe,
> Le fit tomber dans ce tombeau.

*

D'abord avocat, profession qui ne lui agréait guère, Ménage était entré dans l'état ecclésiastique et il fut pourvu de quelques béné-

---

1. Guillaume Colletet (1598-1659), avocat du roi au Conseil, préférait la poésie et les plaisirs. Il versifiait pour le compte de Richelieu, qui le rémunérait chichement, disant que le roi n'était pas assez riche pour payer davantage. En compensation, il fut de la première fournée de l'Académie. On se réunissait souvent où il habitait : l'ancienne maison de Ronsard, rue des Morfondus au faubourg Saint-Marceau. Comme on savait la gêne dans laquelle il vivait, chacun portait « son pain, son plat, avec deux bouteilles de champagne ou de bourgogne ». Colletet se contentait de fournir la table de pierre autour de laquelle Ronsard et ses disciples s'étaient réunis. Son érudition était grande, mais il s'adonnait beaucoup à la bouteille ; ses vers en sont l'écho, où il ne veut pas croire que les Muses s'abreuvaient à la fontaine d'Hippocrène :
> Là sous des lauriers verts, où plutôt sous des treilles,
> Les tonneaux de vin grec échauffent leurs repas,
> Et l'eau n'y rafraîchit que le cul des bouteilles.
Il lui revint l'honneur très particulier de préfacer *Le Parnasse satyrique*, recueil où les poètes libertins avaient assemblé leurs vers. Il y annonce sans détour la teinte de cet ouvrage bientôt poursuivi par le Parlement :
> Tout y chevauche, tout y fout,
> L'on fout en ce livre par tout,
> Afin que le lecteur n'en doute ;
> Les odes foutent les sonnets.
> Les lignes foutent les feuillets,
> Les lettres mêmes s'entrefoutent !

fices (c'était alors un usage répandu : on était d'Église sans entrer dans les ordres ni faire des vœux, sans être prêtre ni régulier). Mais comme il portait soutane, Mme de Cressy dit en le voyant : « Vraiment, vous faites un beau prêtre crotté !

— Si fait ! répondit-il : on vous lève trop souvent la jupe pour qu'elle soit comme ma robe. »

*

Sur le mariage du président Cousin, soupçonné d'impuissance :

> Le grand traducteur de Procope
> Faillit de tomber en syncope
> Au moment qu'il fut ajourné
> Pour consommer son mariage :
> Ah, dit-il, le pénible ouvrage,
> Et que je suis infortuné !
> Moi qui fais de belles harangues,
> Moi qui traduis en toutes langues,
> À quoi sert mon vaste savoir
> Puisque partout on me diffame
> Pour n'avoir pas eu le pouvoir
> De traduire une fille en femme.

Ménage n'osa mettre cette épigramme dans son recueil ; mais le président en eut connaissance, et La Monnoye, qui l'a conservée, nous apprend qu'elle rendit l'auteur et le président irréconciliables, ce que l'on conçoit. La vengeance du président Cousin poursuivit Ménage outre-tombe, puisqu'il lui fit l'épitaphe suivante :

> Laissons en paix monsieur Ménage ;
> C'était un trop bon personnage
> Pour n'être pas de ses amis.
> Souffrez qu'à son tour il repose,
> Lui dont les vers et dont la prose
> Nous ont si souvent endormis.

*

Tout le monde finissait par ironiser sur les soupirs purement littéraires de Ménage pour Mme de Sévigné et Mme de La Fayette, auxquelles il adressait des poèmes enamourés. Il est vrai qu'elles étaient belles l'une comme l'autre[1].

Le père Bouhours, agacé par les citations à tout propos de Ménage, le reprit aigrement un jour sur une référence trop savante et tirée par les cheveux. Ensuite, faisant allusion à l'ensemble des ridicules de Ménage, il dit : « Que citait-il Mme de Sévigné et Mme de La Fayette, qui sont de sa connaissance ? »

D'ailleurs Ménage, malgré ses mérites, a payé pour l'éternité ses travers d'érudit de salon, lorsque Molière fit de lui le transparent modèle de Vadius dans *Les Femmes savantes*.

Ménage voulut se venger de tout cela, et surtout de celles qui, sans le vouloir, le rendaient ridicule. Il fit ces deux vers, *Pour mettre sous le portrait de Mademoiselle de La Vergne* [c'était le nom de jeune fille de Mme de La Fayette] :

> Ce portrait ressemble à la belle,
> Il est insensible comme elle.

Et quant à Mme de Sévigné, il écrivit :

> Je l'avoue, il est vrai : vos charmes
> M'ont coûté des torrents de larmes,
> Mais Phylis vous le savez bien,
> Les larmes ne me coûtent rien.

Un jour cependant on surprit Ménage qui tenait dans ses mains un des bras de Mme de Sévigné, qui s'empressa de les retirer lorsqu'elle vit qu'on approchait. C'était Pelletier qui, ayant vu la scène, dit à Ménage : « Voilà le plus bel ouvrage qui soit jamais sorti de vos mains. »

## MENDÈS (Catulle)

Catulle Mendès (1841-1909), bien qu'issu d'une famille juive portugaise, réclama bruyamment la condamnation du capitaine Dreyfus. Après avoir publié un recueil de poèmes, il épousa la fille de Théophile Gautier, ce qui déplut au papa. Catulle trompa sa femme, divorça, épousa Augusta

---

1. Un jour qu'un invité faisait compliment de son esprit à Mme de La Fayette, elle répondit, impatientée : « Louez donc plutôt mon décolleté, monsieur. Les femmes me l'envient et les hommes n'en sont point jaloux. »

Holmès, fille naturelle de Vigny, lui fit cinq enfants, la ruina. Il se maria une troisième fois et eut un fils naturel avec Marguerite Moreno (son fils légitime fut tué au Chemin des Dames). Il encouragea Maupassant à entrer dans la franc-maçonnerie; celui-ci déclina, au nom de la libre pensée. Tout parnassien qu'il fût, Mendès était porté sur la bouteille; le soir de la chute du *Roi s'amuse* de Victor Hugo, pièce longtemps interdite mais dont on mesura alors la médiocrité, les républicains furent atterrés, et «Mendès, n'ayant trouvé personne à gifler en l'honneur du Parnasse, alla se saouler au cabaret voisin, en compagnie de sa dernière conquête, une nymphe à tête de mort du plus terrible aspect» (Léon Daudet); il faut également lire, du même tonneau, dans les *Souvenirs* de Daudet, la scène de la veillée mortuaire de Victor Hugo. Mendès ivre se tua en tombant du train dans le tunnel de Saint-Germain-en-Laye. Jules Claretie, orateur maladroit, fit sourire tout le monde lors de l'enterrement, en disant : «Il croyait arriver à la station, il arrivait au port!»

Sur son confrère en poésie Emmanuel Langlois des Essarts, ami de Mallarmé, et publié chez Poulet-Malassis (que Baudelaire appelait «Coco-mal-perché») :

> Ce poète, très peu rassis ;
> Auteur d'un livre mal famé,
> Est soutenu par Malassis
> Et défendu par Mallarmé.

\*

Un poète parnassien (on dit parfois qu'il s'agit de Mendès) qui n'aimait pas Émile Zola, composa cette petite fable :

> Zola dans un miroir, complaisamment se mit à rire.
> Moralité :
> Un sot trouve toujours un plus sot qui l'admire.

## MÉRIMÉE (Prosper)

Prosper Mérimée (1803-1870) produisit assez peu, préférant consacrer son temps aux voyages liés à cette tâche d'inspecteur général des Monuments historiques qui lui a permis de sauver un nombre immense de monuments, et à ses amours de passage; il s'en explique dans une lettre : «Lorsqu'on a un rapport monstre à écrire, des in-folio à lire, des épreuves à corriger de livres qu'on n'a point faits, qu'à tant d'embarras viennent se joindre ceux d'une grande passion, qu'après de longues et poignantes péripéties, on se trouve possesseur d'une femme ayant les trente-six qualités physiques recommandées par Brantôme et des qualités morales que ce cochon-là ne savait pas apprécier, alors on est bien excusable de négliger un peu ses amis.» S'y ajoutait la fréquentation des salons : il était un ami de longue date de l'impératrice Eugénie. Elle lui avait offert la place de directeur des Archives, qu'il déclina. «L'Impératrice, écrit-il à son ami M. Clair en 1857, me gronda de n'avoir pas accepté et, comme je lui disais ma véritable raison, qui est la paresse, elle me dit : "Eh bien, nous vous mettrons au Sénat où il n'y a rien à faire." Voilà comment j'ai été fait sénateur.» Cet excellent auteur a su raconter de vraies histoires dans un style aisé («Elle mit sa mantille devant son nez, et nous voilà dans la rue, sans savoir où j'allais»). Avec l'Empire disparut la société qu'il aimait; il sut mourir quelques jours après la fin du régime. Bientôt les communards incendièrent la Caisse des dépôts, d'où les flammes se propagèrent aux immeubles voisins : la maison de Mérimée, rue de Lille, devint un brasier dans lequel disparurent ses collections, ses manuscrits et ses souvenirs.

Tout Paris parlait des somptuosités de l'hôtel que se fit construire, sur les Champs-Élysées, une courtisane célèbre, Thérèse Lachmann, «la Païva». Delacroix, qui y venait souvent, nota dans son Journal : «Le luxe écrasant de cette femme m'écœure.» Seul Zola, qui avait sollicité d'y être reçu à l'époque où il se documentait pour écrire *Nana*, tomba en admiration et resta ébahi par la hauteur des plafonds.

Un lit énorme, en acajou massif sculpté d'amours folâtres, occupait toute la chambre du premier étage, où menait un grand escalier d'onyx jaune qui avait coûté cent mille francs. On en parlait devant Mérimée, qui dit : «Ainsi que la vertu, le vice a ses degrés.»

*

Sur la Malibran[1], cantatrice dans son état officiel, Mérimée se contentait de remarquer, plus officieusement : «Chaque coup de cul qu'elle donne lui ôte une note, et elle en donne beaucoup»...

---

1. Maria Garcia, épouse Malibran (1808-1836) : le passage de l'ère des castrats à celle des *prime donne* se dénoua dans le duel vocal auquel se livrèrent en 1824, à Londres, Maria Garcia venue de Paris, alors âgée de seize ans, et le célèbre Velluti. Le castrat, impuissant à rivaliser avec la jeune cantatrice, la traita de coquine. Avec le soutien de Lorenzo da Ponte, qui y résidait, la famille Garcia créa en Amérique le *Don Juan* de Mozart, et Maria fut la première étoile du monde musical américain. Elle y épousa Eugène Malibran, riche quinquagénaire français bientôt assigné à résidence pour banqueroute; elle revint en Europe sans lui. Son extraordinaire musicalité, sa vie turbulente

## À propos de Prosper Mérimée

Le jugement, de George Sand, a été rapporté par Dumas : «J'ai *eu* Mérimée hier soir. Ce n'est pas grand-chose.»

## METTERNICH (prince de)

Le prince Klemens de Metternich (1773-1851), issu d'une ancienne famille rhénane, fut nommé ambassadeur à Paris. Napoléon ironisa : «Vous êtes bien jeune pour représenter la plus vieille monarchie d'Europe.» La réplique est célèbre : «Mon âge est celui qu'avait Votre Majesté à Austerlitz.» Devenu chancelier, il négocia le mariage avec Marie-Louise. Il sera le grand inspirateur du congrès de Vienne, avec le tsar Alexandre et Talleyrand : ils parvinrent à établir une paix de plus d'un demi-siècle, malgré les profondes mutations de l'Europe et un climat général de guerre civile. Metternich symbolisait la réaction, et la révolution de mars 1848, à Vienne, mit un terme à un pouvoir de quarante ans. Il n'est pas exclu que cent cinquante ans plus tard beaucoup attendent obscurément la réalisation de sa prédiction : «La démocratie est un mensonge... Je ne sais pas quand elle finira, mais elle ne finira pas dans une vieillesse tranquille.» Le domaine des Metternich, Johannisberg, surplombe les vignobles du Rhin ; le premier riesling y fut planté, et c'est là que l'on découvrit la pourriture noble et l'intérêt des vendanges tardives, en 1755, grâce au retard d'un messager.

Sur les Anglais : «Les Anglais ont davantage de bon sens qu'aucune autre nation, et ils sont fous.»

*

Napoléon était entré dans Vienne deux fois, dépeçant à chaque fois l'empire des Habsbourg. Il était reparti. On ne voulait pas que cela recommençât. Aussi, lorsque l'empereur des Français jeta ses regards sur l'archiduchesse Marie-Louise, fille aînée de l'empereur François Ier d'Autriche, on n'hésita guère. On fit même taire l'orgueil autrichien, car on n'ignorait pas que Marie-Louise n'avait été

d'une métropole à l'autre et ses fréquents malaises liés à son épuisement, enfin sa beauté à l'époque où des rombières encombraient la scène, en firent une héroïne romantique. Alors qu'elle attendait un enfant, elle fit en Angleterre une chute de cheval dont elle ne se remit pas. La musique écrite à son intention révèle que sa voix couvrait trois octaves, avec une couleur veloutée jusque dans les suraigus : «Aujourd'hui, une voix de ce type serait certainement dénommée mezzo-soprano» (Cecilia Bartoli), genre qui tentait de transposer le vieux mythe du corps masculin doté d'une voix féminine.

choisie qu'à la suite du refus du tsar Alexandre de donner sa sœur en mariage au Corse. Les Viennois se consolaient en répétant : «Il vaut mieux voir une archiduchesse foutue plutôt que la monarchie.» Metternich tendit l'oreille avec intérêt. Puis il y alla de son commentaire, après réflexion : «Plutôt laide que jolie, elle a une très belle taille et, quand elle sera un peu arrangée et habillée, elle sera tout à fait bien.»

## À propos du prince de Metternich

Il dit un jour à lord Dudley : «Les gens du peuple à Vienne parlent mieux le français que les gens cultivés de Londres.

— Votre Altesse devrait se souvenir que Bonaparte n'est pas venu deux fois à Londres pour le leur enseigner.»

## MEUNG (Jean de)

Jean de Meung (1260-1320) écrivit la continuation du *Roman de la Rose* de Guillaume de Lorris. Il le fit dans un sens adapté au nouveau goût du temps, c'est-à-dire moins poétique, et plus «idéologique» que son excellent prédécesseur, encore qu'il ne faille pas exagérer le caractère libre penseur qu'on a cru devoir prêter, vers 1930, à ce bon chrétien. L'auteur de ces lignes, qui a lu le *Roman de la Rose*, n'y a d'ailleurs pas vu (peut-être par distraction) le joli vers cité par Henri Berr : «Rien n'a pouvoir contre raison.»

Ce poète était boiteux, et les dames l'avaient surnommé «Clopinel», pour se moquer. C'est qu'elles ne lui pardonnaient pas les vers où il avait médit d'elles :

> Toutes êtes, serez ou fûtes,
> De fait ou de volonté, putes ;
> Et qui très bien vous chercherait,
> Putes toutes vous trouverait.

Cela faillit lui valoir pire puisque, selon Brantôme, les dames de la Cour «par une arrêtée conjuration et avis de la reine, entreprindrent un jour de le fouetter, et le dépouillèrent tout nu ; et, étant prêtes à donner le coup, il les pria qu'au moins celle qui était la plus grande putain de toutes commençât la première : chacune, de honte, n'osa commencer ; et par ainsi il évita le fouet. J'en ai vu l'histoire représentée dans une vieille tapisserie des vieux meubles du Louvre.»

## MEYER (Arthur)

Issu d'une modeste famille du Havre, petit-fils de rabbin, Arthur Meyer (1844-1924) racheta en 1879 *Le Gaulois* dont il fit le quotidien conservateur le plus prestigieux. Ce journal, le premier par exemple à avoir eu une chronique sur le cinéma, dès 1916, sera, après la mort de Meyer, racheté par François Coty qui le fera absorber par *Le Figaro*. Meyer fut un soutien du général Boulanger, et dans *Le Testament d'un antisémite*, Drumont l'a rendu responsable de la perte du boulangisme. En 1886, il y eut d'ailleurs un duel entre Drumont et Meyer insulté par un passage de *La France juive*. Drumont, sévèrement blessé à l'occasion d'une «parade de la main gauche» dont la régularité fut disputée en justice, cria quand il se sut touché : «Sale Juif! cochon de Juif! au ghetto le Juif!» (Supplément du Larousse du XIXe siècle). Meyer, tout en se classant résolument dans le camp dreyfusard, devint royaliste. Il se convertit au catholicisme en 1901. Il a publié en 1911 *Ce que mes yeux ont vu*. Dans sa préface, le républicain Émile Faguet confirme le principal enseignement de l'ouvrage : «L'antisémitisme est une fondation de la IIIe république française.»

Arthur Meyer gérait les intérêts du *Gaulois*, le plus puissant journal de l'époque, avec une extrême parcimonie. Un matin, il convoqua à son bureau Jules Renard, Guy de Maupassant et Marcel Schwob. Ils furent très intrigués par cette convocation en groupe, inaccoutumée, et ils supputèrent quelque bonne fortune ; on pensait déjà à un règlement de droits d'auteurs en souffrance, ou à une grosse commande. La porte s'ouvrit, Meyer alla vers eux : «Messieurs, dit-il rayonnant, je n'ai pas voulu partir en voyage sans vous serrer la main.»

### À propos d'Arthur Meyer

Lorsque mourut la comtesse de Loynes, après une vie parisienne très animée, ses amis se précipitèrent à son domicile. Parmi eux, Arthur Meyer sanglotait dans la chambre funéraire. Adrien Hébrard le consola : «Voyons, Meyer, du courage! Vous êtes devenu catholique! Vous croyez à la vie éternelle! Alors vous savez bien que vous la retrouverez dans un demi-monde meilleur.»

## MICHAUD (Joseph-François)

Joseph-François Michaud (1767-1839), originaire de Bourg, vint à Paris en 1790 grâce à Fanny de Beauharnais. Il y rédigea divers journaux royalistes, dont *La Quotidienne*. Il échappa au Tribunal révolutionnaire mais fut proscrit au 18 Fructidor. Ses attaques contre Bonaparte le firent emprisonner; il honora ensuite Marie-Louise, qu'il aimait bien, d'inutiles stances pour la naissance du roi de Rome. Les frères Michaud firent imprimer et afficher en 1814 sur les murs de Paris la déclaration du tsar Alexandre (suggérée par Talleyrand) qu'il ne traiterait plus avec Napoléon. Louis XVIII nomma Michaud censeur des journaux; il critiqua bientôt les ultras et leurs projets de loi contre la presse. La monarchie de Juillet le nomma rédacteur en chef du *Moniteur*. Avec son frère Louis-Gabriel, il fonda en 1813 la *Biographie universelle*, travail fondamental qui a rassemblé un grand nombre d'érudits, parfois de témoins, provenus d'horizons variés, même si cela a été fort décrié à partir de 1870, quand l'on entreprit de reconstruire l'Histoire de France pour la défense du nouveau régime.

Victor Hugo rapporte que Parseval de Grandmaison disait un jour à Michaud : « J'ai soixante-dix-huit ans et je commence une épopée de vingt-quatre mille vers.

— Vingt-quatre mille vers ! dit Michaud ; mais il faudrait douze mille hommes pour lire cela ! »

\*

Sur la candidature rivale de Campenon à l'Académie :

Au fauteuil de Delille aspire Campenon
A-t-il assez d'esprit pour qu'on l'y campe ?... Non.

Campenon répondit :

Au fauteuil de Delille on porterait Michaud ?
Ma foi ! pour l'y placer il faut un ami chaud.

Ce fut Campenon qui fut élu.

## MIRABEAU (comte de)

Honoré-Gabriel Riquetti, comte de Mirabeau (1749-1791), passa une jeunesse orageuse, sous le coup des lettres de cachet que son père, intellectuel réformiste et philanthrope, demandait au roi contre lui. Député du tiers, il se mit en avant par sa fameuse apostrophe (un peu ornée par la légende) au marquis de Dreux-Brézé : «Nous sommes ici par la volonté de la Nation; la force seule pourra nous faire désemparer.» Ce à quoi le marquis répondit : «Je ne puis reconnaître en M. de Mirabeau que le député du baillage d'Aix et non l'organe de l'assemblée.» Le roi ne fit pas tant d'histoires : «Ils veulent rester? Eh bien, foutre, qu'ils restent!» Grand orateur, Mirabeau marqua la Constituante, avec ses idées au goût du jour; ainsi quand il déclarait au sujet des prêtres qu'il ne connaissait que trois manières d'exister dans la société : y être «voleur, mendiant ou salarié». Mais l'idole du peuple bientôt vendit son appui et devint l'espion de la Cour au sein de la Révolution, tout en continuant de prendre dans les caisses de ses amis officiels. Il mourut prématurément dans les bras de Talleyrand; on a dit qu'ils participaient à la même partie fine. Mme de Staël écrit dans sa manière : «Le lendemain de sa mort personne, dans l'Assemblée constituante, ne regardait sans tristesse la place où Mirabeau avait coutume de s'asseoir. Le grand chêne était tombé, le reste ne se distinguait pas.» Le théoricien corrompu de l'inouïe *Révolution royale* fut le premier à entrer au Panthéon, que les royalistes appelleront bientôt «la décharge de la République». On en retira ses restes dès 1793, en y faisant entrer ceux de Marat, version plus intègre de la Révolution.

Mirabeau disait de Brissot[1], qui avait écrit un grand nombre d'ouvrages trempés dans les idées nouvelles : «Il juge bien l'homme et ne connaît pas les hommes.»

\*

Mirabeau et l'abbé de Talleyrand furent un temps les meilleurs amis du monde, spéculant, agiotant, intriguant, courant de conserve les salons et les femmes. Cette complicité sombra quand l'abbé séduisit Mme de Neyra, maîtresse du futur tribun; Mirabeau déclara alors : «Pour de l'argent, il vendrait son âme au diable et il aurait raison car il troquerait ainsi son fumier contre de l'or.»

---

1. Jacques Pierre Brissot (1754-1793), déjà célèbre au 14 Juillet, avait publié des ouvrages où il disait que la propriété qui n'est pas proportionnée aux besoins est du vol. Il avait des allures de moraliste pratique à la Franklin, et il était comme lui membre de la loge des Neuf Sœurs. Son humanisme ne l'empêchait pas, au sein du Comité des recherches, d'ameuter contre les prétendus contre-révolutionnaires. Contre l'opinion de Robespierre, il fut à l'origine des déclarations de guerre contre toutes les

Charles-Maurice ne semble pas s'être offusqué de cette déclaration, ni d'aucune autre, car assidu au chevet de Mirabeau agonisant, il l'assistera dans ses derniers moments. Il recueillit ses dernières paroles. Tout Paris en riait, et l'on disait : « Voilà bien un confesseur digne du pénitent. »

### À propos du comte de Mirabeau

On trouve cette épigramme de l'*Almanach des Aristocrates* pour 1791, censée relater une séance des Jacobins présidée par Mirabeau :

> Certaine Anglaise, à certaine séance,
> D'un certain club qui dirige la France,
> Un certain soir, se trouvait par hasard.
> « Oh ! s'il vous plaît, dit-elle à sa voisine,
> Sur ce fauteuil qu'est cet monsieur camard,
> Qu'à droite, à gauche, ici chacun lutine ?
> — Milady, c'est monsieur le président,
> Ce que chez vous l'orateur on appelle.
> — Oh ! l'orateur, fort bien cet mot s'entend.
> Mais, s'il vous plaît, quel est, ajouta-t-elle,
> Cet instrument que dans ses mains je vois ?
> — C'est de son rang l'éclatant interprète ;
> C'est là son sceptre, et nos augustes lois
> Ne se font plus qu'à grands coups de sonnette.
> — Oh ! et que dit ce bruit original :
> *Gredin ! Gredin !* dont toute l'assemblée
> A, comme moi, la cervelle fêlée ?
> — Mais, Milady, c'est l'appel nominal. »

---

puissances européennes. Dès 1791, il mit en avant l'idée de république, et rédigea avec Choderlos de Laclos, agent de Philippe Égalité, la pétition pour la déchéance du roi. Desmoulins l'attaqua dans un pamphlet qui mettait en cause sa probité ; *brissoter* était devenu synonyme de *voler*. Du côté royaliste, André Chénier exhumait des ouvrages où Brissot admettait l'anthropophagie, conséquence ultime de sa théorie du besoin (« Les êtres ont le droit de se nourrir de toute manière propre à satisfaire leurs besoins. Si le mouton a droit d'avaler des milliers d'insectes qui peuplent les herbes des prairies, si le loup peut dévorer le mouton, si l'homme a la faculté de se nourrir d'autres animaux, pourquoi le mouton, le loup et l'homme n'auraient-ils pas le droit de faire servir leurs semblables à leurs appétits ? »). Décrété d'arrestation, Brissot s'enfuit, fut arrêté à Moulins, et guillotiné.

*

Le frère cadet de Mirabeau, le vicomte connu sous le nom de « Mirabeau-Tonneau » à cause de son embonpoint dû à des excès de table, était comme son frère député, mais de la noblesse. Ultraroyaliste, il lui arrivait souvent de monter à la tribune dans un état complet d'ivresse. Comme son frère lui reprochait son intempérance, il lui répondit : « Plaignez-vous ! de tous les vices de la famille vous ne m'avez laissé que celui-là. »

## MIRANDE (Yves)

Charles Le Querrec, dit « Yves Mirande » (1876-1957) : dramaturge, acteur, réalisateur, il a écrit cinquante scénarios, dont celui d'*Un carnet de bal*, le film de Duvivier. Il fut longtemps impécunieux, mais avait l'avantage d'une fenêtre qui donnait sur le cimetière Montmartre : dès qu'il apercevait un enterrement, il se dépêchait d'enfiler son costume noir et allait se mêler au cortège ; chacun prenait cet inconnu pour un cousin de province et on le laissait se remplir l'estomac, lors du festin funèbre qui suivait la cérémonie. Ensuite, à la Belle Époque, il fit partie des piliers, chez Maxim's, de *l'omnibus*, la salle étroite qui menait du bar à la grande salle, avec Feydeau, Forain, Émilienne d'Alençon, la Belle Otero, Liane de Pougy. Mirande était spirituel, mais avec une tendance au spleen. Il expliquait : « J'ai essayé de noyer mes chagrins dans l'alcool, mais ces cochons-là ont appris à nager. »

D'Yves Mirande, après avoir entendu Maurice Thorez, premier secrétaire du Parti communiste français : « Si Staline est le Petit Père des peuples, et Thorez le Fils du peuple, Thorez est le petit-fils du Petit Père. »

*

Jules Berry[1], lorsqu'il jouait au théâtre, s'éloignait très souvent du texte, et n'hésitait pas à économiser quelques-unes de ses répliques. Ses partisans admiraient cette liberté, mais on disait surtout que l'acteur était incapable de retenir sa partie.

---

1. Jules Paufichet, dit « Jules Berry » (1883-1951) : comédien français à qui le parlant apporta la gloire, après des débuts inaperçus dans le cinéma muet. Il a marqué l'histoire du cinéma par ses rôles aux côtés d'Arletty dans les films de Marcel Carné, *Le jour se lève* et *Les Visiteurs du soir*. La comédienne Jane Marken avait accepté d'épouser Jules Berry ; elle le quitta avec pour seule explication : « Bon ; j'ai assez ri. »

On rapportait même qu'un jour il s'était précipité dans le bureau de son directeur, peu avant le lever du rideau, pour lui dire : «C'est terrible! Je ne pourrai pas jouer ce soir!

— Pourquoi! Tu es malade?

— Pas moi, mais le souffleur!»

Un jour qu'on demandait à un autre comédien, qui jouait avec lui, si la représentation avait été un succès, il dit : «Oui : le souffleur a eu huit rappels.»

Lors de l'enterrement de Jules Berry, Yves Mirande dit : «Pauvre Jules... On va enfin pouvoir honorer sa mémoire.»

## MISTINGUETT

Jeanne Bourgeois, dite «Mistinguett» (1873-1956) : célèbre par sa gouaille, ses dents en avant, ses joues rondes (elle disait aux compositeurs : «Il y a des chansons qui font baisser les joues et d'autres qui les font remonter. Moi, j'veux des chansons qui font remonter les joues!»), ses belles jambes et sa chanson *Mon homme*. Elle dissimulait sa date de naissance comme un secret d'État jusqu'au jour où, dans sa loge des Folies-Bergère, elle afficha une photographie d'un acte d'état civil : Jeanne Bourgeois était née à Paris en 1888. Mais il s'agissait d'une cousine homonyme; *la Miss* avait quinze ans de plus... Elle avait débuté comme figurante, avant de devenir «gommeuse épileptique» (les «gommeux» étaient les chanteurs excentriques, et les gommeuses brillaient par leurs sous-vêtements bouillonnants et leurs chapeaux). Elle passa une audition devant Dranem, qui chantait alors *C'est le vertingo, c'est la vertinguette...* Il lui dit : «Toi qu'as l'air anglais, il te faut un nom de miss... Ah! tiens, voilà : la Misstinguette.» Elle en fit «Mistinguett» parce que, avec moins de lettres, «ça permet de l'écrire plus gros sur les affiches.» En 1912, elle fit la rencontre de Maurice Chevalier, dont elle dit : «Sa présence ne m'a jamais apporté grand-chose, mais son absence a dominé le reste de ma vie.» Entre autres fantaisies, elle se vantait d'avoir eu le pucelage de Jean Cocteau, mais quand on l'interrogeait sur ce qu'elle lisait, elle répondait de sa voix traînante : «Moi, ce que j'aime surtout, c'est les catalogues.»

Arletty a raconté Mistinguett : «On se promenait toutes les deux et tout à coup, je vois un jeune Parisien très gentil qui fait : "Oh! la Miss... Oh! Quelle joie!" Alors, moi, j'embrasse la Miss et je lui dis : "C'est merveilleux de voir qu'on vous aime comme ça!"

«Et puis on continue. On fait peut-être cent mètres et on croise un type qui dit : "Oh Arletty!" Et elle : "Quel con!"»

\*

Le jeune Jacques Faizant faisait un stage dans un hôtel de Nice. Un jour que Mistinguett y était attendue, le directeur lui dit : «Dès qu'elle arrivera vous me préviendrez.»

Il ne prévint personne et, très fier, entreprit de conduire lui-même la Miss dans sa chambre. Il se perdit dans les couloirs.

«Hé! p'tit gars, dit soudain Mistinguett : je fatigue. On est déjà passé par là! J'reconnais le guéridon.»

## MITTERRAND (François)

François Mitterrand (1916-1996) milita dans la Jeunesse étudiante chrétienne, participa à la ligue des Croix de Feu, devint fonctionnaire sous le régime de Vichy (il fut décoré en 1943 de l'ordre de la francisque) avant d'entrer en résistance. Après guerre, il fut député de la Nièvre, où il s'était présenté à l'instigation du haut clergé et d'Eugène Schueller, fondateur de L'Oréal et ancien financier de la Cagoule. Onze fois ministre sous la IVe République, il réalisa sous la Ve l'union de la gauche et fut élu président en 1981. Il détient le record de longévité présidentielle, avec quatorze années. Mitterrand, qui éprouvait une affection sincère pour l'idée socialiste, était resté culturellement vieille droite. En 1973, Pompidou écrivait sur Mitterrand : «Ce qui m'étonne c'est la voie choisie, je veux dire la voie socialiste alors qu'il suffit de le voir pour se rendre compte qu'il n'est pas socialiste.» Quel qu'il fût au fond, il avait gardé une grande liberté de comportement, et beaucoup restèrent intrigués, parfois scandalisés, par son obstination à fleurir annuellement la tombe du maréchal Pétain, son refus de remettre en cause des amitiés anciennes jugées sulfureuses, ou encore son opposition à une reconnaissance de la responsabilité de la France à l'égard des Juifs entre 1940 et 1945. Quand Mitterrand mourut, on trouva dans son testament une formule mitterrandienne : «Une messe est possible.» Finalement, Mitterrand eut deux messes (Voltaire en a bien eu une demi-douzaine...). Il avait écrit peu auparavant : «On ne peut pas être croyant et être serein devant la mort.»

Par son action stratégique, Mitterrand contribuait efficacement à accélérer le déclin du Parti communiste français, et le secrétaire général du parti, Georges Marchais, disait : «Chaque fois que je le vois, j'ai envie de lui mettre ma main sur la gueule!»

Mitterrand expliquait ensuite : «L'outrance est sa façon de dire bonjour.»

\*

Élections cantonales dans la Nièvre. L'adversaire communiste, en débat avec Mitterrand, s'écrie : «Je passerai comme une lettre à la poste!»

Réponse de Mitterrand : «La poste est fermée le dimanche.»

*

Sur l'affaire Salman Rushdie, qui avait fait l'objet d'un décret de mort du clergé islamique, parce qu'il avait écrit un livre injurieux pour les croyances musulmanes : «C'est d'une bêtise crasse que de condamner à mort l'auteur d'un mauvais livre.»

*

Sur Michel Rocard, son Premier ministre socialiste : «Il a des talents, mais je ne suis pas sûr qu'il ait des qualités.»

Peu après l'avoir nommé Premier ministre : «Les Français l'ont voulu, ils l'auront. Dans dix-huit mois on verra au travers.»

Plus tard, un bruit courait selon lequel le président exerçait de constantes brimades sur la personne de celui qui, depuis plusieurs années, était son Premier ministre. Sollicité par des journalistes de donner des explications, Mitterrand dit : «Quand on persécute un homme trois ans de suite, c'est qu'il a le goût de la persécution!»

Et quand on commença à parler de la candidature Rocard à la présidence de la République : «Rocard président? Les Français ne porteront jamais à leur tête un homme qui pèse 40 kg.»

*

En 1994, au moment où la fin de son second mandat présidentiel approchait, des journalistes demandèrent à François Mitterrand de désigner ceux qui pourraient lui succéder; il affecta de réfléchir : «Jacques Delors... François Léotard... Raymond Barre... Valéry Giscard d'Estaing... Mon chien... Michel Rocard.»

*

Sur Bernard Kouchner : «Kouchner, c'est comme Cousteau et l'abbé Pierre; il est très populaire dans les sondages mais il ne ferait pas 2 % dans une élection.»

Et aussi : «Il finira là où était sa vraie place : au Club Méditerranée.»

*

Mitterrand avait la réputation d'être fâché avec les données économiques, et même avec l'économie tout court. Lors de la campagne présidentielle de 1988, et à l'occasion du débat télévisé entre les deux tours, Jacques Chirac, recherchant le défaut de la cuirasse, décida assez maladroitement de déverser une avalanche de statistiques. Après, on demanda à Mitterrand : «Cela ne vous a pas gêné, tous ces chiffres?»

Il répondit : «Pas vraiment. Mais j'ai bien cru, à un moment, qu'il voulait me placer une assurance.»

*

Le président Mitterrand nomma, en la personne d'Édith Cresson, la seule femme Premier ministre que la France ait connu. Comme elle avait été – dit-on – sa maîtresse, un député d'opposition, François d'Auber, ne l'appelait plus que «la Pompadour à Matignon», et Jean Dutourd avait fait observer que «Mitterrand a nommé Édith Cresson Premier ministre comme Caligula avait fait son cheval consul.»

Les amis politiques de la ministre ne la traitaient pas mieux, et un billet de Claude Sarraute dans *Le Monde*, qui pourtant ne s'illustre guère dans ce genre de propos, évoqua au sujet de son comportement politique «les câlineries d'une femelle en chaleurs».

Elle-même ne ménageait pas ses amis, disant de l'un de ses prédécesseurs socialistes, Laurent Fabius : «Il n'a pas de tripes, il n'a que des dents.»

Elle resta en charge moins d'un an.

Quand on demandait au président Mitterrand de donner son sentiment sur l'action gouvernementale d'Édith Cresson, il répondait : «Elle est charmante.»

Les temps n'étaient pas faciles, mais Édith s'illustra par des déclarations intempestives sur l'homosexualité des Anglais (tout en ayant précisé à l'*Observer* : «Un homme qui n'est pas intéressé par les femmes est, d'une certaine façon, un peu handicapé») ou le caractère aveuglément laborieux des Japonais («Les fourmis c'est comme les Japonais, c'est petit et ça travaille bien»). Mitterrand commenta : «Quand j'ai nommé Édith Cresson, je lui ai dit qu'elle avait le devoir d'être impopulaire. Je ne pensais pas qu'elle réussirait aussi bien.»

*

Mitterrand, président sortant, et Chirac, son Premier ministre, furent rivaux à l'élection présidentielle de 1988. Lors du débat télévisé du 28 avril qui opposa les deux hommes avant le second tour, Chirac tint à mettre certaines choses au point dès le début : «Ce soir, je ne suis pas le Premier ministre, vous n'êtes pas le président de la République. Nous sommes deux candidats, à égalité, et qui se soumettent au jugement des Français, le seul qui compte. Vous me permettrez donc de vous appeler : *monsieur Mitterrand.*»

François Mitterrand répondit immédiatement : «Mais vous avez tout à fait raison, monsieur le Premier ministre.»

*

Lors de la première cohabitation, Chirac, chef du gouvernement, évoquait devant le président Mitterrand l'éventualité d'un remaniement ministériel.

«Si vous me permettez un conseil, coupa le président, pour réussir un remaniement, l'idéal c'est de changer de Premier ministre.»

Mitterrand disait aussi à qui voulait l'entendre : «Chirac, c'est un type sympathique. Dommage qu'il manque de structure mentale.»

Il ajoutait : «Quand Chirac vient me voir à l'Élysée, il monte le perron avec ses idées et il redescend avec les miennes.»

*

Lors de l'inauguration du musée d'Orsay, une foule de jeunes gens étaient venus siffler le nouveau Premier ministre, Jacques Chirac. François Mitterrand lui dit : «Il me semble que je suis sifflé, monsieur le Premier ministre...

— Non, monsieur le président, c'est moi que ces jeunes conspuent !

— Ah, je me disais bien aussi : pourquoi m'en voudraient-ils ?»

\*

Mitterrand au sujet de Charles Pasqua, homme politique efficace, autoritaire et combinard, d'origine corse, et comme tel aussi bien capable de faconde que de renfermement : « Pasqua ? C'est un Fernandel triste. »

Un peu plus tard, lors du premier gouvernement de cohabitation, Chirac proposa la nomination de Pasqua au ministère de l'Intérieur. Commentaire de Mitterrand : « Avec Pasqua à l'Intérieur, les ministres n'oseront plus me téléphoner. »

\*

Pierre Méhaignerie était un homme politique centriste sérieux, certainement vertueux, d'allure pas gaie, avec un physique un peu ingrat. Il fit partie d'un gouvernement de cohabitation. Mitterrand déclara : « Certains me prêtent un amour des centristes. J'avoue que lorsque je vois Méhaignerie en Conseil des ministres, mes instincts ne sont pas en éveil. »

\*

En avril 1986, à l'époque de la cohabitation, Michel Noir, député conservateur qui aimait à faire des tirades morales mais qui dut interrompre sa carrière politique à cause de condamnations pénales, se plaignait publiquement de n'avoir jamais été présenté au président de la République. Ce dernier se dirigea vers lui lors d'un Conseil des ministres, lui tendit la main et lui dit : « François Mitterrand. »

\*

Le journal *Le Monde*, vers la fin du second septennat Mitterrand, publia un article qui mettait sérieusement en question les capacités physiques du président de la République à diriger le pays. Mitterrand en prit connaissance, et dit : « Et s'il vous plaît, profitez de mon incapacité pour résilier tous les abonnements souscrits par l'Élysée au *Monde* ! »

\*

En 1997, François Mitterrand se trouvait attablé avec deux journalistes du *Monde* dans un restaurant. Il vit bientôt passer le comédien Claude Brasseur, qui triomphait alors dans la pièce de théâtre *Le Dîner de cons*. Mitterrand l'interpella : «Vous avez toujours votre fameux dîner, ce soir?

— Oui, bien sûr...

— Eh bien vous voyez : moi, je déjeune...»

\*

De Mitterrand à l'adresse de Margaret Thatcher, à l'occasion d'un sommet européen : «Vous avez tort de croire, madame, que vous avez toujours en face de vous des Argentins ou des travaillistes.»

Son Premier ministre Jacques Chirac, en 1988, fera moins d'élégances lors de la négociation sur la Politique agricole commune : «Qu'est-ce qu'elle veut de plus, cette ménagère? Mes couilles sur un plateau?» Ce fut un aparté que le *Sun* rapporta scrupuleusement (*What does she want, this housewife? My balls on a tray?*).

\*

À l'époque où la question de la succession de Mitterrand se posait, le socialiste Jacques Delors annonça, malgré une certaine popularité dans les sondages, qu'il ne briguerait pas la présidence de la République, au prétexte que la France était impossible à réformer. Mitterrand dit ensuite : «Ce serait un mauvais candidat et un mauvais président. Dieu merci, il le sait.»

\*

Sur Dominique Strauss-Kahn : «Un jouisseur sans destin.»

\*

Mitterrand sur les socialistes, en octobre 1987 : «Des imbéciles doublés de paresseux.»

### À propos de François Mitterrand

De Jean Cau sur Mitterrand : «Dans le Midi, nous dirions qu'il a l'air franc comme un derrière de mule.»

\*

De René Pleven, ancien de la IVᵉ République, puis garde des Sceaux sous la présidence du général de Gaulle : « Mitterrand était un homme avec qui on ne serait pas parti seul à la chasse au tigre. »

*

François Mauriac, qui voyait en lui un Florentin, chuchota un jour à son sujet : « Je ne lui confierais pas mes enfants ! »

*

De Jean-François Revel : « Mitterrand a géré la France comme on gère un bar : à son profit. »

À propos de bar, Jean-Marie Gourio se trouvait, comme il se doit, dans les bistrots à l'époque de la mort de Mitterrand ; parmi un florilège de réflexions, spontanées ou plus philosophiques, on peut relever les suivantes :

« Mitterrand est mort.

— Mort ?

— Mort.

— Mort... mais mort... complètement ? »

« C'est une blague ?

— Non, ce matin.

— C'est une blague !

— Non, d'un cancer de la prostate.

— Oui, ils en avaient parlé... C'est vrai ?

— Ce matin, il est mort ce matin.

— C'est vrai ?

— Ils l'ont annoncé.

— On a beau s'en foutre, ça fait un choc. »

« Une fois de plus, l'homme meurt avant sa femme... »

« Il était un petit peu nazi au début.

— Oui mais pendant la guerre tout le monde était comme ça, et ça ne faisait pas des drames. »

« Le général de Gaulle, il a fui en Angleterre, c'est pas mieux ! »

« Il a tout prévu pour sa mort, l'enterrement, le chemin des voitures, la messe, les cérémonies, les chefs d'État qui sont invités, le rendez-vous à Notre-Dame, les télés, les musiques, jusqu'à la fin il aura dépensé l'argent. »

« Il nous laisse un immense vide.

— Y a pas de quoi se vanter, il aurait mieux fait de nous laisser un immense plein.»

«Ils louent 20 000 F les fenêtres au-dessus du cimetière pour que les photographes fassent des photos, vous vous rendez compte, après quatorze années de socialisme, les fenêtres gagnent plus que les vitriers...»

## MOLIÈRE

Jean Baptiste Poquelin, dit «Molière» (1622-1673) parcourut douze ans la province avec sa troupe, L'Illustre Théâtre, gérée par Madeleine Béjart sa maîtresse; il adaptait des pièces italiennes. Protégé par le prince de Conti, il fit ses débuts au Louvre devant le roi, qui à partir de là le soutint contre toutes les cabales. Il épousa Armande Béjart, fille de Madeleine (sa sœur selon les actes); on écrivit au roi que Molière avait épousé sa propre fille; Louis XIV répondit aux calomnies en tenant sur les fonts baptismaux le premier enfant de Molière et d'Armande. Celle-ci avait vingt ans de moins que son mari. Elle était petite (Molière était grand); «sans être belle, elle était piquante et capable d'inspirer une grande passion». Le ménage eut des hauts et des bas: Armande avait affaire à un quadragénaire morose et jaloux, submergé par ses obligations de régisseur, d'acteur, d'auteur et de courtisan (la troupe finit grassement payée...). Il eut sur scène un malaise; on l'emmena chez lui, rue Richelieu, où il expira entre les bras de Baron son élève et de deux hirondelles de Carême qu'il hébergeait (c'étaient des religieuses qu'on nommait ainsi parce qu'elles étaient vêtues de noir et de blanc et qu'elles quittaient leur couvent au commencement du carême pour aller faire l'aumône). Le curé de Saint-Eustache refusa de recevoir le corps de l'auteur du *Tartuffe*. Baron et Armande, accompagnés du curé d'Auteuil, allèrent à Saint-Germain faire lever l'interdiction par le roi. La cérémonie put avoir lieu le soir même. Les restes de Molière furent exhumés en 1792 lors de la suppression des cimetières *intra-muros*. Sur un ordre du Comité de salut public, le chimiste Darcet fut mis en possession d'une partie des ossements à l'effet d'en tirer du phosphate de chaux pour fabriquer une coupe en porcelaine de Sèvres, où l'on aurait bu patriotiquement «à la République».

À l'apparition du *Tartuffe*, le parti des dévots poussa de hauts cris; le Parlement prohiba la pièce, et l'interdiction fut signifiée au moment où allait commencer la deuxième représentation. Molière s'avança sur scène et dit: «Messieurs, nous comptions aujourd'hui avoir l'honneur de vous donner le Tartuffe, mais M. le premier président ne veut pas qu'on le joue.»

## À *propos de Molière*

Du temps de ses premières vicissitudes, L'Illustre-Théâtre quitta Paris pour des tournées en province, et petit à petit, la troupe passa du tragique au comique : *Le Dépit amoureux* fut représenté à Béziers en décembre 1656, et Molière y aborda les rôles de valet et « les rôles à manteaux », les seuls où il réussit franchement comme comédien. Les ouvrages du temps estiment en effet que Molière n'était pas bon dans les rôles de tragédie, et l'*Impromptu de l'Hôtel de Condé* fait cette description :

> Il vient le nez au vent,
> Les pieds en parenthèse et l'épaule en avant,
> La perruque qui fuit du côté qu'il avance
> Plus pleine de lauriers qu'un jambon de Mayence,
> Les mains sur les côtés, d'un air peu négligé,
> La tête sur le dos, comme un mulet chargé,
> Les yeux forts égarés ; puis, débitant ses rôles,
> D'un hoquet éternel sépare ses paroles.

\*

Lorsque, à la fin du XVIIᵉ siècle, le buste de Molière fut placé dans la salle de l'Académie on fit sur l'auguste assemblée l'épigramme suivante :

> Avec vous, messieurs, Dieu merci
> Molière désormais figure.
> Tous nos grands hommes sont ici,
> Mais ils n'y sont qu'en peinture.

## MONANTEUIL GOULU (M. de)

> Il est difficile de situer ce personnage, dont l'anecdote qui suit est rapportée dans le *Menagiana*. Un Jérôme Goulu, docteur régent en la faculté de médecine, qui vivait au premier tiers du XVIIᵉ siècle, avait épousé une Charlotte de Monanteuil.

On appelait ce vieux beau, qui ne pensait plus qu'aux dames, « le blondin septuagénaire ». Âgé de plus de soixante ans, il exprima le dessein de se marier, parce que, disait-il, il s'ennuyait le soir.

On lui amena une femme d'une solide nature en lui disant :
« Tenez, monsieur, vous trouverez à qui parler. »

## MONROE (Marilyn)

> Norma Jean Mortenson ou Baker, dite « Marilyn Monroe » (1926-1962),
> devint modèle pour les photographes après une enfance dans des
> familles d'accueil. Quelques petits rôles au cinéma la firent reconnaître
> comme une *beautiful sexy 'dumb blonde'* (elle affirmait : « Les hommes
> préfèrent les blondes, parce que les blondes savent ce que pensent les
> hommes »). Voulant améliorer un talent spontané mais élémentaire, elle
> suivit les cours de l'Actor's Studio et fut saluée pour ses rôles ultérieurs.
> Elle mourut d'une overdose de médicaments, et on a échafaudé ensuite
> des théories sensationnelles qui impliquaient les Kennedy. Lors du tour-
> nage de *River of no Return*, Robert Mitchum avait trouvé sa partenaire
> absorbée dans la consultation d'un ouvrage sur Freud. Elle expliqua :
> « J'estime qu'on doit savoir comment parler de soi-même. » Mitchum lui
> demanda de quoi ça parlait, et elle expliqua qu'elle commençait le cha-
> pitre « Érotisme anal ». « Est-ce vraiment un sujet de conversation ? » dit
> Mitchum. Marilyn ignora la question et reprit sa lecture. Quelques instants
> plus tard, elle demanda : « Qu'est-ce que c'est que *l'érotisme* ? » Mitchum
> donna une explication. Elle poursuivit sa lecture, avant une nouvelle ques-
> tion : « Que signifie *anal* ? »... Somme toute, Marilyn était une nature assez
> simple ; elle a avoué un jour que malgré trois maris et sa collection
> d'amants, elle n'avait jamais connu d'orgasme, et que son rêve aurait été
> d'avoir un bébé d'Albert Eisntein. Sa simplicité n'excluait pas certain raffi-
> nement. Quand un journaliste lui demanda ce qu'elle portait au lit, elle
> répondit simplement : « Chanel n° 5. »

Dans *Certains l'aiment chaud*, Tony Curtis devait porter une
robe pour la plupart des scènes. Le tailleur de l'équipe, au début du
tournage, vint prendre les mesures des comédiens. Curtis a raconté :
« Il nota mes mensurations : 16, 34, 43, 18, 19, 18. Et puis, il alla
voir Marilyn dans sa loge ; elle portait seulement un chemisier
blanc et une petite culotte. Le tailleur passa son mètre autour des
hanches de Marilyn, jeta un coup d'œil au résultat, et dit : « Vous
savez ? eh bien Tony Curtis a de plus jolies fesses que les vôtres. »

Sur ce, Marilyn ouvrit son chemisier et dit à l'insolent : « Il n'a
pas des nichons comme ça ! »

### À propos de Marilyn Monroe

Lorsque le scénario prescrivait un baiser, Marilyn s'y adonnait avec
âpreté sur le plateau. Tony Curtis, après une scène de tournage,

expliqua : «Que voulez-vous que je vous dise ? J'avais l'impression d'embrasser Adolf Hitler ! »

*

D'Otto Preminger sur Marilyn Monroe : « C'est un aspirateur avec des mamelles. »

## MONTÉGUT (Maurice)

Maurice Montégut (1855-1911) a produit une œuvre sentimentale. Dans son roman *L'Amour à crédit*, une belle jeune femme a épousé un riche vieillard qui meurt en lui ordonnant, pour honorer sa mémoire, de s'offrir à tous les jeunes hommes qui lui plairont. La veuve exécute fidèlement le programme. Mais l'alouette, bientôt plumée, devient pauvre, et ses amants se cotisent pour lui permettre d'achever son pèlerinage. On peut oublier.

Sa bonne refusa de le dépanner de cent sous. Il dit : «La petite épargne devient bien méfiante... »

## MONTESQUIEU

Charles-Louis de Secondat, baron de La Brède et de Montesquieu (1689-1755), a avoué que son extrême timidité était le fléau de toute sa vie. Quelque temps après avoir vendu sa charge de magistrat, qui l'empêchait de se livrer entièrement à l'étude, il alla visiter l'Europe. De retour au château de La Brède, il publia sa philosophie politique. On a perdu son *Histoire de Louis XI*, que le secrétaire jeta au feu, la prenant pour le brouillon que Montesquieu avait déjà détruit. L'auteur y avait probablement mis tous ses préjugés de hobereau, voyant dans la mort de Charles VII les derniers jours de la liberté française. Il a dit : «Tous les hommes sont des bêtes ; les princes sont des bêtes qui ne sont pas attachées. » Il ne savait pas que son œuvre contribuerait à un monde politique où tous les hommes seraient des princes. Il a d'ailleurs toujours été goûté des despotes. Frédéric II s'était jeté sur les *Considérations sur les causes de la grandeur et de la décadence des Romains*, dont il avait annoté le texte. Napoléon se saisit de l'original lorsqu'il investit Sans-Souci (on sait que, lors de sa visite à Potsdam, l'Empereur prit aussi l'épée du grand Frédéric sur son tombeau, et sa montre-relique...). Talleyrand emprunta l'ouvrage à la bibliothèque de Saint-Cloud, et ne le rendit jamais.

Montesquieu discutait d'un fait avec un conseiller du parlement de Bordeaux, réputé pour avoir de l'esprit, mais qui avait la tête un peu chaude. Celui-ci, à la suite de plusieurs raisonnements débités avec fougue, lui dit : «Monsieur le président, si cela n'est pas comme je vous le dis, je vous donne ma tête.

— Je l'accepte : les petits présents entretiennent l'amitié.»

*

Montesquieu éprouva des sentiments fort mitigés sur l'Italie. Gênes, en particulier, ne lui plut pas : il n'y trouvait rien de bien, sinon la disposition naturelle de la ville, protégée par ses montagnes. Il a jugé les Génois insociables, cupides, parcimonieux, «menteurs dans leurs palais même, qui sont des magasins» (mais faits de marbre : il y a du marbre partout, parce qu'il ne coûte rien, «comme à Angers l'ardoise»), aussi incapables de soutenir une affaire que légers à l'entreprendre. En bref : «Un beau et mauvais port, et des Juifs qui vont à la messe.»

Il est vrai que le ministre du roi de France, M. de Campredon, ne détonnait pas : «imbécile, mais de cette imbécillité qui vient à la suite d'une grande sottise».

Il s'y déplut tant qu'il éprouva le besoin de lâcher une épigramme en partant. On la rapporte ici comme curiosité, car le style élégant et naturel de Montesquieu est mieux fait pour la prose que pour les vers :

> *Adieux à Gênes en 1728*
> Adieu, Gênes détestable,
> Adieu, séjour de Plutus ;
> Si le ciel m'est favorable,
> Je ne vous reverrai plus.
> Adieu, bourgeois, et noblesse
> Qui n'a pour toutes vertus
> Qu'une inutile richesse :
> Je ne vous reverrai plus.
> Adieu, superbes palais
> Où l'ennui, par préférence,
> A choisi sa résidence ;
> Je vous quitte pour jamais.
> Là le magistrat querelle
> Et veut chasser les amants,

Et se plaint que sa chandelle
Brûle depuis trop longtemps.
Le vieux noble, quel délice !
Voit son page à demi nu,
Et jouit d'une avarice
Qui lui fait montrer le cul.
Vous entendrez d'un Jocrisse
Qui ne dort ni nuit ni jour,
Qu'il a gagné la jaunisse
Par l'excès de son amour.
Mais un vent plus favorable
À mes vœux vient se prêter
Il n'est rien de comparable
Au plaisir de vous quitter.

À son étape suivante, Florence, Montesquieu trouva plus de charmes, tout en restant frappé par l'épouvantable simplicité des mœurs : « On a vu le Premier ministre du grand-duc, le marquis de Montemagno, assis sur la porte de la rue, avec son chapeau de paille, se branlant les jambes. »

\*

Lorsqu'il fut à Rome, Montesquieu nota l'avilissement général surtout chez les dames, soulignant que la fière devise SPQR ne pouvait plus signifier que : *Sono putane queste Romane.*

Il fut cependant émerveillé par les fontaines de la ville – qui en constituent toujours l'un des charmes – et par autre chose qui a disparu : les castrats habillés en femmes (« les plus belles créatures que j'ai vues de ma vie, et qui auraient inspiré le goût de Gomorrhe aux gens qui ont le goût le moins dépravé à cet égard »). Mais malgré ces distractions, il trouva les Romains d'une incorrigible paresse : « Les sujets du pape, qui se ruinent à acheter des pêches hollandaises, pourraient faire pêcher sur leur côte... Mais ils sont trop paresseux. »

Avant de quitter Rome, Montesquieu alla faire ses adieux à Benoît XIII (selon lui, une manière de fou qui fait l'imbécile, « fort haï du peuple[1] »). Le souverain pontife lui dit : «Mon cher président, avant de nous séparer, je veux que vous emportiez quelque souvenir de mon amitié. Je vous accorde la permission de faire gras toute votre vie, et j'étends cette faveur à votre famille.»

Montesquieu remercia Sa Sainteté et prit congé d'elle. L'évêque camérier le conduisit à la galerie, où on lui remit une expédition de la bulle de dispense, en lui présentant une note un peu forte des droits à acquitter pour l'enregistrement du pieux privilège.

Montesquieu, indisposé par le montant, rendit au secrétaire son brevet, et lui dit : «Je remercie Sa Sainteté de sa bienveillance; mais le Saint-Père est un si honnête homme! Je m'en rapporte à sa parole, et Dieu aussi.»

Montesquieu ira ensuite dans les États d'Allemagne, où il se sentira mieux; la population lui plaît : «le sang est très beau», mais quelle lenteur d'esprit : les Bavarois «rient de ce qu'on a dit tantôt».

## MONTESQUIOU (Robert de)

Robert, comte de Montesquiou-Fézensac (1855-1921), était un esthète à tendance homosexuelle (le point de savoir s'il pratiquait reste débattu), poète du genre «rare» : «Le symbolisme en décadence avait trouvé en lui un chantre hautain et raffiné, dont la virtuosité confinait au baroque et dont Jean de Tinan avait pu vanter la sensibilité nacrée, Verlaine saluant de son côté, entre deux tournées d'absinthe, un *art aussi délicat que clair*» (Claude Arnaud). Il a inspiré le Des Esseintes de Huysmans, le M. de Phocas de Jean Lorrain, le paon du *Chantecler* d'Edmond Rostand, et le baron de Charlus. Comme tous ces personnages, il restait très centré sur sa personne. Proust racontait que Montesquiou avait demandé au Dr Proust son père une consultation pour Iturry, son ami, son secrétaire, son inséparable depuis vingt ans. Le médecin expliqua : «Son cas est mortel, ne le lui dites pas. – Il faut que je le lui dise, répondit Montesquiou,

---

1. Si l'on suit plutôt l'*Oxford Dictionnary of Popes*, Benoît XIII (1649-1730), fils d'un duc, renonça à la succession de son père pour entrer chez les dominicains. Après avoir enseigné la philosophie, il fut fait cardinal contre son désir, et n'accepta son élection comme pape qu'à la demande du général de son ordre. Il n'apporta aucun changement dans son mode de vie monastique, ignorant les magnificences du Vatican, et il consacra beaucoup d'efforts à son diocèse de Rome, allant visiter les malades, administrant des sacrements, délivrant des homélies. Mais il plaçait sa confiance dans le cardinal Niccolo Coscia, qui s'enrichissait en faisant trafic d'offices et de dispenses, ce dont Montesquieu fut victime. Au chapitre de la foi, Benoît XIII eut un rôle dans la condamnation définitive du jansénisme : cela aurait dû plaire à Montesquieu, lequel blâmait les jansénistes qui «de tous les plaisirs, ne nous passent que celui de nous gratter».

il a des tas de commissions à faire pour moi.» Montesquiou était allé s'installer à Versailles dans un pavillon de mosaïque rempli de plantes exotiques, de livres merveilleux et de subtils parfums, où il recevait au compte-gouttes; là il détenait la canne de Brummell, un mégot de George Sand, la balle qui tua Pouchkine, un bas à jours de Mme de Raynal avec autographe de Stendhal, et le pot de chambre de Bonaparte à Waterloo. Léon Daudet disait qu'il avait dans l'esprit une véritable loupe à enfantillages, ajoutant : «Quand il me parle de tout près, insistant sur ses précieuses finales, se contorsionnant afin de m'expliquer, à moi roturier vivant de ma plume, l'extraordinaire importance sociale, mais aussi l'extraordinaire insignifiance et débilité mentale des Sainte-Avanie ou des Comme-la-Lune, j'ai envie de m'en aller.» Goncourt évoque pourtant le plaisir que lui causaient les apparitions de Montesquiou, avec son magasin d'anecdotes : «Il nous parle de son jardinier japonais, parlant le français par axiomes, axiomes choisis dans l'idiome le plus moderne. Ainsi il s'est présenté à lui, avec cette phrase : *Jamais canaille... c'est épatant!*»

Un des amis de Robert de Montesquiou lui demandait : «Procurez-moi une invitation pour un salon *sélect*.

— Impossible : il cesserait d'être sélect dès le moment où vous y entrerez.»

*

La marquise de Saint-Paul[1], bonne pianiste, tenait un salon réputé, qui fut important pour les talents musiciens du temps. Elle était cependant, dans la meilleure tradition des maîtresses de salon, extrêmement mauvaise langue. Aussi la surnommait-on «le Serpent à sonates».

De cette marquise, qui se prénommait Diane, Robert de Montesquiou disait : «C'est aussi fâcheux pour le paganisme que pour le christianisme qu'elle s'appelle à la fois Diane et Saint-Paul.»

*

Montesquiou vieillissant tenta des manœuvres nuptiales auprès d'une jeune femme; il expliquait : «Elle a 600 000 livres de rente. Avec ce que j'ai, ça fera 50 000.»

---

1. Diane, marquise de Saint-Paul (1848-1944) a inspiré Proust pour son personnage de Mme de Saint-Euverte.

## À *propos de Robert de Montesquiou*

Forain le surnommait «Grotesquiou», et Cocteau, qui ne goûtait pas sa poésie involontairement compliquée, disait de lui : «C'est le Minotaure qui a avalé le labyrinthe.»

## MONTBREUSE (Gaby)

Julia Hérissé, dite «Gaby Montbreuse» (1895-1943), fut célèbre au music-hall et Arletty l'a qualifiée d'«inimitable». Sa vulgarité étudiée, la grosse mèche rousse sur laquelle elle soufflait pour s'en défaire et sa voix éraillée par le champagne étaient célèbres. Ses plus grands succès furent *Je cherche après Titine* et *Tu m'as possédée par surprise*, dont voici un échantillon :

> Un jour sur l'boul'vard j'allais traverser
> Et dans ta cinq chevaux, tu vins à passer
> Avec un sourire, tu m'dis «y a d'la place
> Ça vous plairait-il que j'vous emmenasse?»
> Bref, je suis montée sans savoir pourquoi
> Tu m'as emmenée, jusqu'au fond du bois.
> Et tu m'as pris la main, sans que j'prenne la mouche
> Tu m'as pris les ch'veux, tu m'as pris la bouche.
> Et dans ces conditions, dame, c'était fatal!
> Y avait bien des chances pour qu'ça tourne mal
> Tu m'as possédée par surprise
> Et j'ai l'impression qu'j'ai dû faire une bêtise
> Certes, j'aurais dû dire non
> Non, non, non, non, non
> Mais voilà j'ai dit oui...
> Oui, oui, oui, oui, oui

Comme le disent les savants de l'université de Napierville, qui nous livrent ce texte : «C'est à prendre ou à laisser.»

La chanteuse Gaby Montbreuse, amie du duc d'Uzès, n'hésita pas à lui dire, un soir qu'il avait un peu tiré sur les bouteilles : «Mais vous buvez comme un trou, duc!»

## MONTROND (comte de)

Casimir, comte de Mouret et de Montrond (1769-1843) : ses yeux gris l'avaient rendu célèbre, et une Anglaise disait en 1788 : «Ah! ma chère! Comment se défendre contre les Français quand ils ressemblent à celui-là? Représente-toi un blond, doux et rose, la grâce d'Adonis sur les épaules d'Hercule, un esprit qui tient en respect tous les hommes, un œil et une énergie qui promettent protection à toutes les femmes...» Il fut incarcéré en 1794 avec Aimée de Coigny, mais, moyennant 100 louis d'or promis au corrompu qui tenait la liste des suspects, il sauva sa vie et celle d'Aimée qu'il épousa, pour peu de temps. Il devint l'ami le plus intime de Talleyrand, chargé de recevoir les solliciteurs en prélevant sa commission. Parmi ses liaisons, on mentionne Pauline Bonaparte, Mme Récamier (ce que la frigidité de Juliette rend douteux), Mme Hamelin, Laure d'Abrantès, lady Yarmouth (dont il eut lord Seymour), etc. Sous l'Empire, il se trouva en délicatesse avec le régime, mais durant les Cent-Jours il fut l'agent de Napoléon en Autriche pour ramener, en vain, Talleyrand aux intérêts de l'Empereur. Vint la Restauration : «Curieux spectacle, a écrit un témoin, que celui de ce vétéran de la débauche sur son grand fauteuil, le menton enfoncé dans la cravate blanche du Directoire (qu'il porta jusqu'à la fin, comme Talleyrand), le rire fin, le propos cynique, ayant toujours une ancienne amie à sa portée, accueilli à partir de minuit les compagnons de ses veilles, qu'il charmait encore de ses mots et de ses histoires.» Il mourut chez Mme Hamelin après s'être converti. On put lire dans *La Presse* du 5 novembre 1843 : «La mort a enlevé ces jours-ci à la haute société, à la politique secrète, à la galanterie publique et à ses créanciers, le comte de Montrond, un de ces hommes inconnus de la foule et influents dans les affaires, dont l'existence est un problème tant qu'ils vivent, et paraît encore un mystère plus inexplicable quand ils s'éteignent...»

Mestre de camp général à seize ans, Casimir de Montrond avait commencé sa carrière de joueur dans l'armée, dont il fut exclu pour tricherie et pour avoir tué un lieutenant dans le duel qui avait suivi. Ensuite, sa réputation de joueur invétéré, activité qui constituait son moyen d'existence principal, le précédait partout. Cela faisait dire à Talleyrand : «Il vit de son mort.»

Monrond fréquentait tous les tripots. Un de ses partenaires habituels y arrivait un jour en deuil.

«J'ai perdu ma femme, se lamentait-il...

— Au lansquenet?» demanda Montrond.

\*

Du temps de l'émigration, un officier anglais avait galamment porté, lors d'un souper, un toast aux Français. Montrond, touché du procédé, se levait pour remercier lorsque l'amiral anglais assis en face de lui grogna : «Les Français sont tous des polissons, et je ne fais pas d'exceptions!»

Montrond se rassit, remplit calmement son verre, salua l'amiral, et déclara : «Je bois aux Anglais, ce sont tous des *gentlemen*, mais je fais des exceptions.»

\*

Parlant du bailli de Fenelle, commandeur de l'ordre de Malte, petit et diaphane, Casimir de Montrond disait que c'était l'homme le plus téméraire de France puisqu'il sortait quand il y avait du vent.

Un jour qu'au bal, il vit entrer le bailli, dont le costume de cour accusait la maigreur, Montrond dit : «On ne sait s'il a trois épées ou trois jambes.»

\*

Talleyrand et Montrond devisaient dans un salon après souper, quand on déposa devant eux la carte d'un inconnu, l'abbé Alary, candidat à l'Institut.

«Quels sont ses titres, qu'a-t-il écrit? s'étonna Talleyrand.

— Son nom», dit Montrond en montrant la carte laissée par le solliciteur.

\*

À la création du Consulat, les scribes des ministères trouvaient bien longue la formule de *citoyen premier consul, citoyen deuxième consul, citoyen troisième consul*, destinée à désigner l'actif Bonaparte, le sémillant Cambacérès, qui représentait le courant révolutionnaire et était réputé pour aimer les hommes, et le terne Lebrun pour le courant traditionnel.

Talleyrand leur dit qu'ils pouvaient l'abréger par les trois mots «*hic, haec, hoc*».

Les scribes échangèrent des regards interrogateurs. Casimir de Montrond, qui passait, expliqua : «*Hic* pour le masculin, *haec* pour le féminin, *hoc* pour le neutre.»

\*

Le ci-devant duc de Clermont-Tonnerre, devenu comte de l'Empire, avait encore un oncle, ancien évêque de Châlons, dont la position n'était pas brillante et qui souhaitait ardemment être admis au chapitre épiscopal de Saint-Denis, place bien rémunérée. Son neveu alla donc prier M. de Montrond de s'intéresser à cette affaire (celui-ci n'était guère favorable à l'Empire, et les anciennes familles recouraient volontiers à lui comme intermédiaire). À son arrivée, il fut interpelé ainsi : «Ah! monsieur de Clermont-Tonnerre, je suis charmé de vous voir; eh bien! Vous vous êtes donc mis aussi dans le gâchis? [c'est ainsi que Montrond appelait le gouvernement impérial]. Vous avez fait comme l'évêque [M. de Talleyrand]; ma foi! tâchez de vous en tirer comme lui.»

*

M. de Flahaut (le père officiel du comte de Flahaut, lui-même père naturel du duc de Morny) avait été charmant dans sa jeunesse mais il était tout à fait sur le retour et devenu fort chauve lorsqu'il tomba éperdument amoureux de la jeune et belle comtesse Potocka; il affichait ce sentiment d'une façon qui le rendait ridicule. Comme le jour de l'an approchait, il voulait trouver quelque chose n'ayant pas trop l'air d'un cadeau, ni d'un trop grand prix, mais de très recherché, pour servir d'étrennes à son idole, et il demandait conseil à la cantonade.

À travers la table de jeu et au milieu de vingt personnes, M. de Montrond lui dit très haut : «Flahaut, vous cherchiez un objet de peu de valeur, mais rare, pour offrir à la dame de vos pensées : offrez-lui donc un de vos cheveux.»

La comtesse de Boigne, qui rapporte l'histoire, ajoute : «Le ci-devant jeune homme pensa tomber à la renverse, mais il n'était pas reçu de répondre à M. de Montrond. Il se joignit aux rieurs[1].»

*

À une dame qui quêtait pour des filles repenties, Montrond déclara : «Si elles sont repenties, madame, je ne leur donnerai rien. Si elles ne le sont pas, je ferai mes charités moi-même.»

*

---

1. Puisqu'on vient de secouer de la poussière la mémoire de M. de Flahaut, profitons-en pour citer un mot de sa femme. Elle expliqua à Gouverneur Morris, en octobre 1789, qu'elle se détachait de Talleyrand, son amant, «parce qu'il manquait de *fortiter in re*, quoique abondamment pourvu de *suaviter in modo*, ce qui n'est pas suffisant».

Monrond arriva un jour très en retard à un dîner. L'hôtesse, une belle femme assez enveloppée, se dressa devant lui : «Monsieur, dois-je vous rappeler que l'exactitude est la politesse des rois?»

Mais lui, jetant un regard effronté sur la généreuse gorge de la dame, répondit : «Madame, le jour où Louis XIV dit cela, il avait raison; mais il eut tort d'affirmer qu'il n'y avait plus de Pyrénées.»

*

Pendant que Napoléon s'enlisait dans sa campagne de Russie, Mallet, général suspect à l'Empereur, se trouvait dans une maison de santé pour motif de folie. S'étant échappé de cette maison, il se munit de prétendus décrets du Sénat qui annonçaient la mort de l'Empereur et le nommaient lui, général Mallet, commandant militaire de Paris.

Il se rendit seul, au milieu de la nuit, à une caserne, y lut le faux décret, et se fit bientôt suivre par le régiment. De là, il alla muni de ses décrets à la prison de la Force et fit libérer un général nommé La Horie, détenu par mesure de police, et sur lequel il croyait pouvoir compter. Celui-ci se rendit avec un détachement à l'hôtel du ministre de la Police, Savary, duc de Rovigo, auquel il apprit la mort de Napoléon, et ajouta qu'il était chargé par le Sénat de s'assurer de sa personne. Le duc de Rovigo, «étourdi de ces deux nouvelles, se laissa prendre comme un mouton». Avant sept heures du matin, il se trouvait sous les verrous, dans la prison de la Force, où il eut bientôt pour compagnon le préfet de police qui s'était laissé arrêter avec la même bravoure.

Pendant ce temps, Mallet s'était rendu à l'état-major général de la place pour arrêter le général Hulin. Celui-ci, moins confiant, demanda à voir l'expédition du fameux décret. Mallet, feignant de le chercher dans sa poche, en sortit un pistolet, fit feu sur le général et lui fracassa la mâchoire (Hulin en garda le surnom héroïque de «Bouffe-la-Balle»). L'incident alerta l'adjudant général La Borde, qui convainquit bientôt les officiers qui avaient suivi Mallet que c'était un imposteur; on l'arrêta. La Borde alla au ministère de la Police et y trouva, à la place de Savary, La Horie qui, après avoir donné aux commis des ordres pour préparer une circulaire, était en conférence sérieuse avec un tailleur à qui il commandait un habit. Après l'avoir fait arrêter, La Borde courut à la prison de la Force pour libérer le ministre et le préfet de Police l'un et l'autre fort piteux. À onze heures du matin, tout était rentré dans l'ordre.

La nouvelle de la mort prétendue de l'Empereur, et celle de l'arrestation du ministre et du préfet de police, s'étaient répandues rapidement dans tout Paris. Il n'y eut ni démonstration de joie, ni signes de chagrin, et les faubourgs Saint-Antoine et Saint-Marceau, si agités dans toutes les révolutions, étaient restés dans une tranquillité parfaite. Le seul sentiment qui parut animer les Parisiens, disent les récits contemporains, était la curiosité de savoir comment tout cela finirait.

Le lendemain, ne subsistaient que les sarcasmes contre le ministre de la Police, Savary, dont on disait : « Il a fait en cette occasion un beau tour de Force. »

Et Casimir de Montrond se plaisait beaucoup, peu après dans les salons, à raconter les événements, et comment le duc de Rovigo s'était laissé arrêter en pleine nuit, cependant que la duchesse, épouvantée, s'était jetée hors du lit, fort peu vêtue.

Montrond ne manquait pas de conclure : « Le duc a été faible..., mais sa femme s'est bien montrée. »

Quand Mallet passa devant le conseil de guerre, le président lui dit : « Citez-nous vos complices.

— Vous-même... Si j'avais réussi. »

### À *propos de Casimir de Montrond*

« Savez-vous, duchesse, pourquoi j'aime Montrond ? lançait Talleyrand à quelque dîner, c'est parce qu'il n'a presque pas de préjugés.

— Eh ! savez-vous, duchesse, pourquoi j'aime M. de Talleyrand ? ripostait Montrond, c'est parce qu'il n'a pas de préjugés du tout. »

On prétendait que dès leur première rencontre, l'ancien évêque d'Autun avait séduit Montrond, qui avait dit : « Qui est-ce qui ne l'aimerait pas ? Il est si vicieux ! »

En tout cas les deux compères allaient bien ensemble.

Mme de Boigne raconte dans ses *Mémoires* : « Les conquêtes du premier Consul avaient placé l'Allemagne entre ses mains et il l'avait donnée à dépecer à M. de Talleyrand, ministre des Affaires étrangères, pour en faire curée aux souverains au-delà du Rhin. Ils y portaient grand appétit. Les habitudes intimes de M. de Montrond dans la maison de M. de Talleyrand lui donnaient les apparences du crédit, et les sollicitations tudesques ne lui manquaient pas. Une fois, entre autres, où il s'agissait d'un morceau d'élite disputé par trois antagonistes, leurs trois agents vinrent successivement, pendant un bal, dans la même soirée, offrir à M. de Montrond cent mille francs pour faire réussir les réclamations de leurs souverains respectifs. L'incident lui parut si comique, que, les recherchant à son tour, il leur promit séance tenante, à tous et à chacun, ses bons offices les plus actifs et son concours empressé. Puis il se croisa les bras, n'en souffla mot à M. de Talleyrand, et se tint parfaitement tranquille. L'un des trois princes, comme il ne pouvait en être autrement, gagna le procès, et, dès le lendemain, le consciencieux Allemand apporta les cent mille francs à M. de Montrond. "Vous pensez bien, racontait celui-ci, que je n'hésitai pas un moment à les empocher sans le moindre scrupule." La délicatesse aurait été, sans doute, d'un autre avis ; mais elle n'était pas souvent, je crois, appelée au conseil de M. de Montrond. »

*

La marquise de La Ferronays a rapporté dans ses *Mémoires* cette histoire racontée par Montrond au sujet des grandes dames qu'il avait bien connues dans sa vie : « Une fois que je retrouvai l'une d'elles dans un château, j'en obtins la faveur de l'aller visiter la nuit dans sa chambre : "C'est moi qui viendrai chez vous", me déclara la dame.

« Le lendemain, quand je demandai à ma maîtresse par quelle fantaisie elle avait tenu à se rendre chez moi contrairement à l'usage : "Mais, mon cher, à votre âge, c'est très dangereux. Si vous étiez mort dans mon appartement qu'aurais-je fait ?" »

## MORAND (Paul)

Paul Morand (1888-1976), reçu major au concours des ambassades, écrivit pour occuper les vastes loisirs de la carrière. En 1922, *Ouvert la nuit* fut le premier succès éditorial de Gallimard. « Écœuré de voir 1925 vulgariser toutes les découvertes de 1913 et 1917 » (Claude Arnaud), Morand partit faire le tour du monde, ce qui le transforma. L'abbé Mugnier note à son retour : « C'est surtout aux tropiques qu'il a le plus changé. Il a senti qu'il n'y avait que l'âme et les dieux, que toute la vie n'est que la lutte de l'esprit contre la matière. Il croit maintenant à l'immortalité de l'âme. Il a vu là-bas que l'homme n'est rien. Son cadavre devient tout de suite poussière, orchidée, etc. Restent les religions : chacun choisit la sienne, Morand la chrétienne puisque c'est celle où il est né.» En 1940, Morand, qui était à Londres, refusa de rester avec de Gaulle; Vichy le nomma ambassadeur à Berne. Sa candidature à l'Académie française en 1958 se heurta pour dix ans au veto du Général, qui bloqua également l'élection de Saint-John Perse. Morand avait épousé en 1927 Hélène, princesse Soutzo, après une liaison de dix années. Il lui survécut dix-huit mois, et voulait que ses cendres fussent mêlées à celles de son épouse à Trieste, ville dont elle était originaire, dans un mausolée qui date de François-Joseph : «Là, j'irai gésir, après ce long accident que fut ma vie [...]. Je serai veillé par cette religion orthodoxe vers quoi Venise m'a conduit.» La crémation eut lieu durant la canicule de 1976; l'employé des pompes funèbres devait rapporter l'urne dans le VIIᵉ arrondissement, ce qu'il fit sur le porte-bagages de son Solex; et comme le coursier assoiffé fit étape dans plusieurs bistrots, Bernard Beyern souligne que l'auteur de *Venises* commença son dernier voyage vers l'Italie par de nombreuses stations sur les trottoirs de la Roquette.

Paul Morand, rentrant d'un long voyage, était entouré d'admiratrices.

«Vous souvenez-vous, cher maître, dit l'une d'elles, des cerises que nous avons cueillies ensemble, il y a quatre ans?»

Paul Morand considéra la dame un instant, et dit : «Oui... Je me souviens parfaitement des cerises.»

\*

De Paul Morand sur Jean Cocteau lors de sa mort : «Prodigieuse existence que celle de Cocteau : à sauter dans tous les trains en marche depuis 1906, on comprend que le cœur ait cédé!»

### À propos de Paul Morand

Il a raconté qu'à un dîner, Yvonne Sabini disait que son chien venait de mourir subitement.

«Je demandai à son amie la princesse Rospigliosi : "Est-ce vous qui lui avez donné une boulette?"

«La princesse, qui tira l'an dernier une balle de revolver dans le ventre du prince R., me répondit : "Je tue les gens, mais non les animaux."»

\*

Paul Morand, jeune diplomate, avait été quelque temps en 1914 sous les ordres du général Cartier, célèbre cryptographe, qui lui expliqua : «Le chiffre espagnol a ceci de particulier qu'il est déchiffré par tout le monde, excepté par les destinataires.»

## MORÉAS (Jean)

> Yannis Papadiamantopoulos, dit «Jean Moréas» (1856-1910), fils d'un magistrat grec, vint à Paris faire ses études de droit. Il publia dans *Le Figaro* un manifeste littéraire qui prétendait fonder le symbolisme. Un roman médiocre, écrit avec Paul Adam pour appliquer la théorie nouvelle, ne rencontra aucun succès. Moréas s'en tint à l'écriture de poèmes au ton classique. Un jour un admirateur lui soumit les épreuves d'un article dithyrambique dans lequel il avait écrit : «Qui voudra nommer demain les seuls porteurs de lyre vraiment grands devra ajouter aux noms de Villon, de Malherbe, de La Fontaine, de Racine, de Chénier et de Vigny, le nom de Moréas»; celui-ci ajusta son monocle, lut l'article, et le rendit à son auteur en disant : «C'est bien, mais rayez Vigny.»

Moréas fréquentait beaucoup les peintres et les écrivains de Montmartre. C'est là qu'une femme de lettres disait devant lui qu'elle ne voudrait pas vivre plus de quarante ans, de peur de vieillir.

«Mais alors, lui répliqua Moréas avec son fort accent grec, votre trépas est imminent!»

\*

De Jean Moréas sur Gide : «C'est un bonze qui cherche ses puces. Je n'y trouverais rien à redire. Le malheur est qu'il les donne à manger aux autres.»

\*

On a dit ailleurs combien Valéry jugeait Moréas superficiel. Mais Moréas lui-même ne se trouvait absolument pas superficiel. Il disait même : «Je suis un Baudelaire, avec plus de couleurs.»

Henri de Régnier[1] ajoutait : «La dernière partie de son affirmation est vraie.»

---

1. Bon poète un peu trop oublié, dans la veine symboliste, Henri de Régnier (1864-1936) fut aussi romancier et à cette occasion la veine fut libertine. Le comte Albert de Mun, qui le recevait sous la Coupole, évoque dans son discours (par ailleurs élogieux et beau) «ces romans qui forment, avec vos contes et vos nouvelles, la seconde part de votre œuvre, non la moins importante. Ah! Monsieur, comme je suis embarrassé! Je les ai lus, ces romans, je les ai lus tous, et, jusqu'au bout. Car j'ai été capitaine de cuirassiers».

## MORENO (Marguerite)

Marguerite Monceau, dite «Marguerite Moreno» (1871-1948) du nom de jeune fille de sa mère, une Espagnole dont elle tenait son fameux profil «égyptien» : sortie du Conservatoire avec un premier prix éblouissant, elle alla à la Comédie-Française avant de rejoindre la troupe de Sarah Bernhardt. Elle se fit remarquer dans les rôles dits de composition, et en définitive dans *La Folle de Chaillot*, de Giraudoux, créée pour elle. Proche de Mallarmé, elle organisa les obsèques du poète en l'église de Samoreau, où il avait une résidence. Elle fut la maîtresse de Catulle Mendès, puis de Blaise Cendrars et d'un certain nombre d'autres, enfin la femme de Marcel Schwob, après qu'il eut déclaré qu'il était fou d'elle et qu'elle pouvait faire tout ce qu'elle voulait de lui, même le tuer. Il ne survécut pas au mariage. Elle écrivait bien, et a dit en passant des choses qui sonnent juste («Les femmes se méfient trop des hommes en général, et pas assez en particulier»). Morand note en 1917, après l'avoir croisée dans le hall du Ritz : «Je ne l'avais pas vue depuis dix-huit ans, époque où elle était muse symboliste, maigre comme un os, fantôme fardé et toujours en bleu! C'est une bonne grosse aujourd'hui, et exubérante! Et a l'air de commencer sa vie.»

Marguerite Moreno, alors très jeune, se grimait pour s'enlaidir afin d'incarner la *Sorcière*, de Victorien Sardou. C'était l'époque où l'on admettait des admirateurs dans sa loge. Celui-là la regardait avec étonnement se maquiller, et lui dit : «Ce n'est pas Sarah Bernhardt qui paraîtrait ainsi...

— Mais si, répondit Moreno : ça lui arrive... le matin.»

\*

Un soir de générale, Marguerite Moreno aperçut le critique Paul Souday assoupi dans son fauteuil, au premier rang de l'orchestre. S'avançant alors jusqu'au proscenium, elle désigna le dormeur au public amusé : «En tout cas, on ne pourra pas dire que lui n'est pas bien dans son rôle : j'ai toujours dit qu'il avait un style ronflant!»

\*

Jules Claretie, qui eut la rude tâche d'administrer la Comédie-Française, avait pris au départ quelques fortes résolutions, comme on le dira dans quelques pages. Mais il n'avait pas beaucoup de caractère et ses belles intentions restèrent au vestiaire. Marguerite Moreno, à l'époque où elle était pensionnaire de la Comédie-Française, l'appelait «Guimauve le Conquérant».

## MORNY (duc de)

Charles, duc de Morny (1811-1865), demi-frère naturel de Louis-Napoléon, fut le préparateur habile du coup d'État du 2 Décembre. Selon Viel-Castel, 1848 avait réduit à rien la fortune de Morny et celle de Mme Lehon, sa maîtresse en titre, mais avec l'Empire sa position changea : «Morny fut l'homme du moment, et le moment vit éclore les grandes affaires. Toutes s'adressèrent à lui et il devint le centre et l'appui des associations de grands travaux d'utilité publique [...]. Il gagna des sommes énormes sur lesquelles par d'incessantes demandes Mme Lehon prélevait une forte dîme.» Nommé ambassadeur en Russie en 1856, Morny y fit un grand mariage avec une jeune princesse – «Depuis dix-huit mois déjà Mme Lehon se consolait avec le ministre Rouher des chagrins à venir.» Morny s'efforça toujours de gérer la double opposition, républicaine (celle du prince Napoléon) et cléricale (celle de l'Impératrice), et il conseilla à son demi-frère la réorientation libérale de 1860, qui d'ailleurs ruina le régime. Il écrivait des vaudevilles grâce à son secrétaire, le jeune Alphonse Daudet, doté d'une chevelure luxuriante qui lui couvrait la nuque. Morny lui disait chaque matin : «Eh bien, poète, cette perruque, quand la faisons-nous abattre? – La semaine prochaine, monseigneur.» Mistral, qui racontait l'anecdote, disait pour finir : «Toujours, le poète répondait la même chose, jusqu'au jour où ce fut le duc qui tomba, bien avant la crinière de Daudet.»

Du duc de Morny sur le maréchal de Saint-Arnaud, qui prononçait toujours « le peuple *sau*verain » : « Il ne prononce pas mieux le mot qu'il ne comprend la chose.»

## MOUNET (Paul)

Paul Mounet (1847-1922), frère du fameux Mounet-Sully, avait été étudiant en médecine avant d'être acteur à succès, sociétaire de la Comédie-Française, puis professeur au Conservatoire (de Pierre Fresnay, en particulier). Il existe une ressemblance entre l'acteur contemporain Keanu Reeves et Paul Mounet, et certains illuminés anglo-saxons sont convaincus que le premier est véritablement la réincarnation du second.

Jacques Charon, qui fut doyen de la Comédie-Française, a souligné que l'anarchie était le gouvernement préféré des comédiens de l'honorable maison. Si l'administrateur (on évita soigneusement le mot «directeur») est nommé par l'État, les sociétaires ne sont pas des fonctionnaires. Leur société, de trente membres au plus, forme une sorte de coopérative. Comme les bénéfices ne sont pas toujours au rendez-vous, l'État subventionne, et assigne à la maison un administrateur pour surveiller l'emploi des fonds et plus ou moins diriger, en accord avec les comédiens.

Lorsqu'il fut nommé administrateur en 1885, Jules Claretie[1] eut l'imprudence d'annoncer qu'il allait «tout chambouler». Le jour de son arrivée, le doyen d'alors, Paul Mounet, s'installa au pied du grand escalier pour l'accueillir. Lorsque Claretie arriva, il lui dit : «Prenez donc la peine de passer devant, monsieur l'Administrateur, vous êtes ici chez *nous*.»

Claretie aurait pu se méfier : avant qu'il ne prît ses fonctions, le doyen Got, qui avait tenu la barre de la maison pendant les heures troublées de la Commune, lui avait donné ce conseil : «Monsieur, n'oubliez pas que vous êtes un préfet toujours révocable, présidant un conseil général inamovible.»

Et d'ailleurs lorsque, un peu plus tard, le même Claretie fut fait commandeur de la Légion d'honneur, l'acteur Silvain lui adressa ses compliments en ces termes : «Je vous félicite de votre cravate, monsieur l'Administrateur, cela me permettra de vous étrangler avec.»

On comprend, avec tout cela, que les administrateurs successifs aient éprouvé des difficultés à se faire respecter. Charon a raconté : «Je me souviens de Robert Hirsch se battant dans l'escalier – notable extravagance –, se battant avec... un partenaire dont il ne voulait pas. Notre administrateur du moment, Maurice Escande, tentait de les séparer, tandis que Robert hurlait : "Lâchez-moi, que je me venge sur ce type! Lâchez-moi donc, bande de cons!... Oh! pardon, monsieur l'Administrateur, ma pauvre tête n'y est plus. (Et à l'autre, en le bourrant de coups de pied :) C'est toi tout seul, la bande de cons!

---

1. Arsène dit «Jules» Claretie (1840-1913), critique de théâtre, auteur dramatique, historien, romancier, membre de l'Académie française (1888), président de la Société des gens de lettres, de la Société des auteurs dramatiques, franc-maçon membre de la loge L'École mutuelle (Paris), etc. Administrateur de la Comédie-Française à partir de 1885, il avait beaucoup d'ambitions pour la maison, mais il lui manquait énergie et autorité. Un jour qu'un auteur l'adjurait de forcer une actrice rebelle à jouer un rôle qu'il avait imaginé pour elle : «Oui, dit Claretie, en tapant sur la table, il faut qu'elle le joue! Il le faut!» Puis, après un temps il ajouta, perplexe : «Maintenant, voudra-t-elle?» On prétendait que, lors d'une répétition, il s'était adressé à l'actrice pour lui demander, d'une voix timide : «Au lieu de tourner à droite autour de la table, madame, tournez plutôt à gauche. Cela fera plus gai.» Il avait du mal à écrire, et Louis Mullem avait fait de son nom un anagramme : «Je sue l'article».

(À Escande :) Je vous prie de m'excuser, monsieur l'Administrateur. (À l'autre :) Je vais te foutre sur la gueule, salaud, etc."»

Il est vrai que les coups de pied ont une certaine importance à la Comédie-Française, en dehors même des spectacles. Ainsi André Brunot, ancien sociétaire, mort à quatre-vingt-treize ans, ne souffrait-il pas qu'on touchât au *Patron* (Molière). Jean Anouilh a raconté qu'un très célèbre sociétaire du Français en savait quelque chose : il faisait à son cours quelques pitreries supplémentaires et il se retrouva au bas de l'estrade d'un coup de pied au derrière, tandis que la voix inoubliable expliquait : «Pas avec Molière, mon petit, pas avec Molière.»

## MOUNET-SULLY

Jean-Sully Mounet, dit «Mounet-Sully» (1841-1916), était célèbre pour faire durer la scène de l'empoisonnement lorsqu'il jouait le rôle de Ruy Blas : il ne se contentait pas d'avaler le poison, mais se gargarisait avec, pour exciter la frayeur du public. Quand il jouait *Œdipe-Roi*, pour la grande scène où il se crève les yeux, il commençait à crier depuis le foyer, à quarante mètres de la scène ; le vide se faisait sur son passage, et l'acteur débouchait sur scène en hurlant, sa voix totalement déchaînée. Truffier a raconté les débuts de Mounet : «J'étais collégien lorsqu'il jouait, avec Marie Colombier, à l'Odéon, quelques mois avant la guerre de 1870, le rôle d'un chef gaulois romantique dans un acte en vers intitulé *Flava*. Il marchait en danseur, tel feu Ballande, son premier professeur ; il restait un pied en l'air, en exhalant ses périodes amoureuses ; et, plein de maladresse, il se cognait à ses entrées, à ses sorties, dans le décor dont il entraînait quasiment la chute. Cette tragédie se termina au milieu d'un fou rire...» Truffier alla ensuite voir Mounet, qui s'écria : «N'est-ce pas que c'était splendide! Notre scène avec Marie Colombier était superbe. Et quel effet!» – «D'où je conclus, ajoute Truffier, qu'il n'avait rien vu, rien entendu des manifestations joyeuses de la salle. Il était tout à son rêve.»

On demandait à Mounet-Sully ce qu'il pensait d'un de ses rivaux sur la scène : «Immense talent, dit-il, mais trop d'orgueil : il se vante partout d'être aussi bon comédien que moi.»

\*

Mounet-Sully, avant d'entrer en scène, priait à genoux, s'il s'agissait d'un rôle important. S'il s'agissait d'une pièce de second ordre, il se dispensait de prier en disant : «Il ne faut pas forcer son talent!»

## MOZART (Wolfgang Amadeus)

Wolfgang Amadeus Mozart (1756-1791), exhibé par un père qui du moins avait pris la mesure du génie de son rejeton, fit son Grand Tour de 1763 à 1766 et c'est à Paris, où il resta six mois, que furent imprimées ses premières œuvres. Après divers établissements, il finit par se fixer auprès de Joseph II, où il tomba sous la coupe de Gottfried Van Swieten, sorte de ministre de la Culture de l'empereur, qui a aussi bien patronné (avec beaucoup de ladredrie) Haydn et Beethoven que Mozart, à qui il demanda d'entrer dans la franc-maçonnerie. Joseph II, dans ce rationalisme ahuri que partageait Van Swieten, ordonnait de mettre les morts dans des sacs et de les enterrer dans des fours à chaux, ce qui valut à la dépouille du compositeur un sort comparable à celui des ordures ménagères. Ainsi manque-t-il cruellement à l'émouvant *carré des musiciens* du cimetière de Vienne.

Un admirateur, s'adressant à Mozart : « Maître, j'envisage d'écrire une symphonie. Auriez-vous la bonté de me donner quelques conseils pour commencer ?

— Une symphonie est une forme musicale très complexe. Peut-être devriez-vous commencer par quelque lied très simple, et ensuite atteindre progressivement le niveau d'écriture de la symphonie.

— Mais, Maître, vous avez écrit des symphonies à l'âge de huit ans...

— Oui, mais je n'ai jamais demandé à quelqu'un comment faire. »

## MUGNIER (abbé)

L'abbé Arthur Mugnier (1853-1944) se retrouva au cœur de la société intellectuelle du début du XXᵉ siècle. Mais pas seulement : en 1917, il était allé porter l'extrême-onction, au milieu de la nuit, à Montparnasse, appelé d'urgence auprès d'une femme atteinte d'une péritonite foudroyante. « Maison éclairée bizarrement, raconte Morand ; dans un salon, il est reçu par une dame très digne, en robe de soie. Elle le conduit vers la chambre de la mourante ; sur le passage du saint sacrement, toutes les pensionnaires sorties de leur chambre en chemise se mettent à genoux. C'était un bordel. » L'abbé tint un Journal qui occupe 363 carnets, dont on a publié des extraits. Il avait Chateaubriand pour second bréviaire, mais celui qui fit figure de confesseur du Tout-Paris, tant littéraire (Maurras le désignait comme « l'Aumônier général des Lettres ») que mondain (Proust le surnommait « l'abeille des fleurs héraldiques »), fut surtout, selon le mot de Francis Jammes, «l'apôtre de la mèche qui fume encore». Sa réputation s'établit après qu'il eut converti Huysmans, la princesse Bibesco et le petit-fils de Victor Hugo. Proust, qui le voyait beaucoup à la fin, avait exprimé le désir que l'abbé vînt se recueillir chez lui un quart d'heure après sa mort, si bien que le 19 novembre 1922, l'ami de Proust alla chercher l'abbé qui malheureusement était grippé. En 1938, Mugnier caractérisa ainsi l'encombrant voisin : «Hitler, c'est le triomphe de la libre pensée unie à de vieilles légendes qu'on a mises en musique», définition qui mérite réflexion. Lorsqu'il mourut, sa vieille servante, sachant l'admiration de son maître pour Chateaubriand, dit en lui fermant les yeux : «Ah! monsieur le chanoine va être bien content : il va pouvoir enfin faire la connaissance de monsieur le vicomte!»

En même temps qu'il devenait l'aumônier des gloires littéraires, l'abbé Mugnier vit sa réputation s'étendre à l'aristocratie du faubourg Saint-Germain. La position privilégiée que cela lui acquit donna l'occasion d'une scène toute proustienne, où l'abbé eut l'occasion de rabattre la superbe d'un parvenu. Celui-ci, fier de ses relations les plus étincelantes, les lui nommait en demandant à chaque fois si c'était là le vrai Faubourg. Chaque fois, l'abbé Mugnier faisait un signe de dénégation. L'importun fini par s'écrier : «Mais alors? Qu'est-ce que c'est que le faubourg Saint-Germain? Serait-ce un endroit où je ne suis pas?

— Je ne voulais pas vous le dire...»

\*

À un dîner chez la duchesse de Rohan, sa voisine désignait à l'abbé Mugnier une beauté sur le retour qui arborait une jolie croix de diamants sur une poitrine décharnée.

«Avez-vous vu la croix? demanda la dame.

— Non, dit l'abbé : je n'ai vu que le calvaire[1].»

\*

Il disait : «Je peux bien aller chez la comtesse X... Ne suis-je pas le représentant de ceux que l'on faisait croquer par les tigres dans les cirques?»

\*

---

1. On a prêté la même plaisanterie à Sixte Quint, ainsi qu'à Pie VI.

À l'occasion d'un dîner au Ritz, donné par Hélène Soutzo, les dames de l'assistance demandèrent en riant à l'abbé Mugnier de les accompagner le lendemain aux Folies-Bergère : «Non, répondit-il, demain je confesse : ce sont mes Folies-brebis.»

\*

Paul-Hyacinthe Loyson, fils d'un célèbre défroqué (Charles Loyson, plus connu sous le nom de «Père Hyacinthe», qui avait prétendu fonder une Église gallicane après s'être marié), s'était montré odieux. L'abbé Mugnier dit : «L'Église a raison de condamner le mariage des prêtres, car ils ont de bien méchants enfants.»

\*

Lors de la première parution des *Fleurs du mal*, les tribunaux ordonnèrent la suppression de six pièces pour outrage à la morale publique (l'édition était presque épuisée lors de la saisie, et ce ne fut guère préjudiciable pour l'éditeur Poulet-Malassis).

En 1917, sortit une nouvelle édition des *Fleurs du mal*; la préface originale de Théophile Gautier se trouvait remplacée par une préface de Paul Bourget. Lorsqu'on l'apprit à l'abbé Mugnier, il dit en souriant : «Désormais, il faudra sûrement dire : *Les Fleurs du bien.*»

## MUHLFELD (Lucien)

Lucien Muhlfeld (1870-1902) : romancier et critique de théâtre, emporté jeune par la typhoïde. Léon Daudet dit de lui qu'il écrivait «avec une plume chargée d'une eau grisâtre, des chroniques qui auraient voulu être sévères et qui n'étaient même pas lisibles».

Autour du lit d'Henry Becque, quelques intimes assistaient, bouleversés, à l'agonie du vieux maître : Octave Mirbeau, Henri Bauer, Lucien Muhlfeld et Edmond Rostand, qui n'avait encore publié que deux recueils de vers. Dans un dernier effort, Becque appela à son chevet Rostand, et lui dit d'une voix faible : «Mon enfant, j'ai confiance en vous... Vous serez un très grand poète... Je vois votre étoile... la gloire...»

Alors, Muhlfeld se pencha à l'oreille du jeune poète et lui souffla : «Ne faites pas attention : il ne sait plus ce qu'il dit!»

## MURAT (maréchal)

Joachim Murat, maréchal de France, roi de Naples (1767-1815), était le onzième enfant d'aubergistes du Lot qui l'avaient destiné à l'état ecclésiastique. À l'époque où il reçut le petit collet, il avait tant de dettes qu'il s'enfuit pour s'engager dans le 6ᵉ régiment de chasseurs des Ardennes, celui des cavaliers audacieux. Cette fugue de séminariste valut à la France le plus extraordinaire chef de cavalerie de tous les temps. Pendant la Révolution, il fit l'ascension des grades mais était sans emploi lorsqu'on l'utilisa pour le coup de force de Vendémiaire : Barras avait recruté tous les bons militaires désœuvrés. Au 18 Brumaire, il était encore là. À la guerre il décidait souvent la victoire, par son courage de tête brûlée. L'Empereur son beau-frère le plaçait à la tête de l'avant-garde, et la valeur impétueuse de Murat faisait le reste. Mérimée a rapporté que, lorsqu'on sonnait la charge, il s'écriait : «J'ai le cul rond comme une pomme!», pour parler de cette fesse ferme qui caractérise le joyeux cavalier. À Iéna il fut le maître d'œuvre de la «poursuite rayonnante» : durant trois semaines, galopant nuit et jour à la tête de vingt régiments de cavalerie, il fit 50 000 prisonniers. Mais à Eylau, ce fut son cuisinier, Robert, ancien restaurateur à Paris, qui se fit remarquer : Robert s'affola dans un moment de déroute, et se mit à hurler : «Sauvez le cuisinier du prince! je suis le chef de bouche du prince! Sauvez-moi, je suis père de famille! Mon Dieu, ce que c'est que l'ambition!» Napoléon finit par donner, avec Naples, un royaume à Murat, qu'il eut le tort de ne pas rappeler pour Waterloo. Battu par les Autrichiens à Tarentino, le roi tenta ensuite de reconquérir son trône avec une poignée de braves, mais on se souvenait en Calabre de la sévérité avec laquelle il avait réprimé le brigandage. On s'empara de lui pour le fusiller. Il écrivit une belle lettre à sa femme, puis sa mort fut à l'image de sa vie : «Sauvez la tête! Visez au cœur! Feu!»

Napoléon avait donné sa sœur Caroline pour épouse à Murat. Un jour qu'il disait qu'il lui avait, ainsi, fait beaucoup d'honneur, Murat répliqua : «Votre famille a reçu de moi autant d'honneur qu'elle m'en a donné.»

Et, faisant allusion aux coucheries de Caroline : «Je pourrais même prouver qu'elle a un peu compromis le mien[1].»

---

1. Toujours est-il que Caroline Murat, à l'époque du congrès de Vienne et alors qu'elle était devenue la maîtresse de l'ambassadeur autrichien Pier, ne croyait plus en l'étoile de Napoléon et entra dans la félonie pour mieux servir son mari. Elle décida d'aider celui-ci tout en endormant son frère par d'abondantes protestations d'amour. L'Empereur, qui n'était jamais dupe, répondra par une lettre si terrible que Napoléon III, pour faire plaisir à ses cousins Murat, la fera retirer des Archives nationales, en disant qu'il s'agissait d'une lettre de famille.

*

Après que son mari aura été fusillé par les Napolitains, Caroline continuera de mener une existence de volupté.

«Ah! la coquine, la coquine; l'amour l'a toujours conduite!» s'écriait Napoléon à Sainte-Hélène en apprenant ces débordements. Le propos a été rapporté avec le mot «coquine», habituellement le chef de la dynastie avait des qualificatifs plus verts.

Dans les commencements de son mariage, Murat battait sa femme assez souvent, et il avait coutume de dire à ce sujet que les femmes étaient comme les côtelettes, et que plus on les battait, plus elles étaient tendres[1].

*

Lorsque l'Empereur malmenait un peu trop son beau-frère Murat, celui-ci ne se privait pas de lancer à Napoléon : «Que seriez-vous devenu si, dans la journée de Brumaire, je n'étais pas venu à la tête des grenadiers?»

Bonaparte était en effet en difficulté au 18 Brumaire, malgré son frère Lucien, le vrai cerveau de la journée. Les grenadiers avaient hésité à agir contre les représentants du peuple, malgré les efforts de Leclerc, général des chasseurs. Alors on avait entendu le son du tambour qui s'amplifiait, battant la charge, et l'ordre tonitruant de Murat : «Foutez-moi tout ce monde-là dehors!»

*

Le visage de Talleyrand était toujours impassible et on ne pouvait jamais rien y lire. Aussi Murat disait-il : «Si, en vous parlant, son derrière venait à recevoir un coup de pied, sa figure ne vous en dirait rien.»

## MUSSET (Alfred de)

Alfred de Musset (1810-1857), joli poète, dramaturge «pour le fauteuil», incarne le romantisme, encore qu'il ait dénoncé le filon en ironisant sur «la grande boutique romantique». Il rencontra George Sand alors qu'il n'avait connu que des amours de soupers et de mascarades. La vicomtesse

---

1. Probablement apocryphe : prêté de façon célèbre à Frédéric II («*Die Weiber sind wie die Cotellechen, je mehr mau die schlagt, je mehr sind sie zart*»).

de Janzé a décrit Musset comme d'une gaieté communicative, ce qui fut moins le cas pendant les deux années que dura sa liaison avec «le grand George», comme il l'appelait – elle-même se traitant d'«infirmière». D'ailleurs elle prit pour amant à Venise le médecin du couple, le Dr Pagello, lui-même empêtré dans ses très nombreuses liaisons. Il faut faire la part des responsabilités, car «Musset était absolument insupportable, explique Faguet. Il était névropathe, capricieux, désordonné, débraillé, toujours sorti, bohème incorrigible. Il faisait des infidélités à sa maîtresse, dont l'amour calme et peut-être un peu réservé n'était pas de son goût. Un homme enfin tout enivré de son voyage en Italie, mais désespéré de ne pas le faire seul.» Aussi bien George s'est-elle défendue de sa liaison avec le médecin : «Veux-tu me dire quels comptes j'avais à te rendre, à toi qui m'appelais l'ennui personnifié, la rêveuse, la bête, la religieuse, que sais-je?» L'affaire prit fin dans un dialogue assez rude : «Je ne t'aime plus. – Et moi je ne t'ai jamais aimé.» La fameuse lettre de Sand à Musset, où il faut lire une ligne sur deux pour découvrir la crudité du message, est l'un des nombreux canulars fabriqués vers 1900.

Comme l'a dit Émile Faguet de Musset et George Sand : «On les appelle *les Amants de Venise* parce qu'ils ont été amants un peu partout, excepté à Venise ; mais il n'importe.» Il est vrai que le souvenir qu'Alfred de Musset eut de sa vie commune avec George Sand à Venise n'était pas chaleureux : «Tandis que je composais mes poèmes, elle barbouillait des rames de papier. Je lui récitais mes vers à haute voix et cela ne la gênait nullement pour écrire pendant ce temps-là. Elle pondait des romans avec une facilité presque égale à la mienne, choisissant toujours les sujets les plus dramatiques, des parricides, des rapts, des meurtres, et même jusqu'à des filouteries : ayant toujours soin, en passant, d'attaquer le gouvernement et de prêcher l'émancipation des merlettes... Il ne lui arrivait jamais de rayer une ligne, ni de faire un plan, avant de se mettre à l'œuvre. C'était le type de la merlette lettrée.»

Après l'expression de cette première lassitude, il lui adressa des vers plus personnels :

> Honte à toi qui la première
> M'a appris la trahison...
> Honte à toi, femme à l'œil sombre,
> Dont les funestes amours
> Ont enseveli dans l'ombre
> Mon printemps et mes plus beaux jours...

*

Lors d'un voyage en Normandie, Musset se trouva assailli, au château de Lorey, par une autre invitée, demoiselle entre deux âges qui l'accablait de prévenances. Il fut ensuite bombardé d'épîtres, et la demoiselle lui envoya pour faire bonne mesure un petit portrait la représentant cueillant des roses. Musset alors griffonna ce quatrain «quelque peu volé aux classiques» (Charles Bigot), et l'envoya à son admiratrice :

> À Flore, elle a fait un larcin,
> C'est un printemps en miniature ;
> Elle a des roses dans la main,
> Et des boutons sur la figure.

## MUSSO (Cornelio)

Nicolas dit «Cornelio» Musso (1511-1574), originaire de Plaisance, était entré chez les Franciscains dès l'âge de neuf ans. Il était évêque quand son discours inaugural le fit remarquer au concile de Trente. On dit qu'il porta l'homélie à son niveau de perfection ; il était petit et décharné, et la première fois qu'il prêcha à Venise, «on n'attendit rien de sa petite figure, mais on se désabusa après qu'il eut fait entendre sa voix». L'annotateur du dictionnaire de Bayle rappelle à ce sujet l'anecdote du savant qui avait plumé un rossignol (oiseau déjà assez petit avec des plumes), et qui avait conclu : «Le rossignol n'est que voix !»

Ce Cornelio Musso, cordelier devenu évêque de Bitonte, était allé faire sa cour pour être cardinal. Le pape Paul III lui dit : «On m'a averti que vous étiez bâtard...

— Votre Sainteté, répondit l'évêque, a fait tant d'ânes cardinaux, qu'elle peut bien faire un cardinal d'un mulet.»

## NADAR

Félix Tournachon, dit «Nadar» (1820-1910), habitait l'Ermitage, en forêt de Sénart, vaste chalet où il logeait avec sa femme et une smala d'invités, bohèmes, serviteurs et parasites des deux sexes, ânes, chevaux, oiseaux, chiens et chats. Léon Daudet a brossé le portrait du «vieux et bon Nadar», haut et solide rouquin : «D'une gaieté perpétuelle, babillarde et communicative, le chroniqueur-ascensionniste-photographe était un de ces robustes témoins de trois générations qui deviennent de plus en plus rares. Il avait beaucoup usé et abusé de la vie.» Quand Léon fut devenu carabin, Nadar, devant le vermouth de l'Ermitage, expliquait d'abord qu'un homme marié, comme lui, à une femme angélique et dévouée, était le dernier des misérables de la tromper avec des coquines. Il ajoutait : «Ton papa t'expliquera ça encore mieux que moi, mon Dauduchon. Rappelle-toi, quand tu auras mon âge, qu'il ne faut pas imiter le bonhomme Nadar.» Cinq minutes après, il tirait de sa poche un paquet de lettres, les dépliait de ses doigts frémissants, en disant : «Voilà ce qu'elle m'écrit... Des pages et des pages... Elle n'a que vingt-cinq ans... Hein, quel vieux fou!» Plus tard, Nadar vécut dans le quartier des Champs-Élysées, tout dévoué à sa femme devenue impotente. Il adressait de petits billets à Léon Daudet : «On me dit que tu es devenu méchant. Moi je ne lis pas tes articles, parce que tu dis du mal de Clemenceau, qui est bon.»

Nadar était le voisin d'Alphonse Daudet à la campagne à Champrosay. Il se faisait accompagner par le jeune Léon Daudet, lors de la cueillette des champignons, en forêt de Sénart. Nettoyant ses trouvailles d'un raclement rapide de son couteau, il lui arrivait de dire : «Tiens, vois-tu, Dauduchon, celui-là est vénéneux en diable. Il ne faudrait le faire manger ni à un chien, ni même à un conservateur.»

## NAPOLÉON Ier

Napoléon Ier, empereur des Français : c'est au moment où le Premier consul à vie avait ramené la stabilité que fut pris le sénatus-consulte de l'an XII, par lequel «le gouvernement de la République est confié à un Empereur». Trois ans plus tard, l'Empire s'étendait de l'Elbe jusqu'à la pointe de l'Italie, et des Pyrénées aux côtes de Dalmatie. Napoléon décida d'occuper l'Espagne et le Portugal, lançant en 1808 ces guerres de la Péninsule, nouveau théâtre des combats avec l'Angleterre. Malgré ses conseils éclairés à son frère Joseph, roi d'Espagne («Faites piller deux ou trois gros bourgs, de ceux qui se sont le plus mal conduits. Cela fera des exemples et rendra aux soldats de la gaieté»), la situation se détériora. En plein hiver, alors que l'Empereur traversait une sierra par un très mauvais temps, on l'entendit murmurer : «Foutu métier!» En 1812, ce fut le début de la campagne de Russie. Au moment où les difficultés s'accumulaient sur les deux fronts de Russie et d'Espagne, les alliés multiplièrent les défections, et l'Empereur fut battu en 1813 à la bataille des Nations. L'année suivante, Napoléon partit en exil à l'île d'Elbe, d'où il revint bien vite. On lit successivement, dans *Le Moniteur* :

« L'anthropophage est sorti de son repaire... L'ogre de Corse vient de débarquer au golfe Juan... Le tigre est arrivé à Gap... Le monstre a couché à Grenoble... Le tyran a traversé Lyon... L'usurpateur a été vu à soixante lieues de la capitale... Bonaparte s'avance à grands pas, mais il n'entrera jamais à Paris... Napoléon sera demain sous nos remparts... L'Empereur est arrivé à Fontainebleau... Sa Majesté impériale a fait son entrée hier au château des Tuileries, au milieu de ses fidèles sujets. » Malgré la victoire de Ligny, il fut battu deux jours après à Waterloo. Ce fut alors l'exil à Sainte-Hélène, jusqu'à sa mort en 1821, fort démuni. Il avait pourtant recommandé : « Il y a cinq choses dont un soldat ne doit se séparer en aucun cas : son fusil, ses cartouches, son sac, ses vivres et sa petite bêche. »

Le 2 décembre 1805, ce fut la journée d'Austerlitz. Les alliés ligués contre la France attendaient un troisième corps russe qui n'était plus qu'à huit marches de distance. Koutouzov soutenait qu'on devait éviter de risquer une bataille. Mais Napoléon par ses manœuvres força les Russes d'accepter le combat ; ils furent défaits (Chateaubriand écrit : « En moins de deux mois les Français, partis de la mer du Nord, ont, par-delà la capitale de l'Autriche, écrasé les légions de Catherine »).

Le ministre de Prusse vint féliciter Napoléon à son quartier général : « Voilà, lui dit le vainqueur, un compliment dont la fortune a changé l'adresse. »

\*

Pour se concilier la noblesse d'Ancien Régime, dont il ne savait pas trop comment employer les rejetons qui avaient vaguement guerroyé dans l'armée des Princes, Napoléon attacha un grand nombre de ceux-ci à sa personne, en qualité de chambellans. Un matin qu'un de ces chambellans, appartenant à la première noblesse de France, était dans l'antichambre du cabinet de l'Empereur, celui-ci appela, et demanda du bois.

« Sire, dit le chambellan, les valets sont sortis, mais je vais les sonner.

— Ce n'est point à eux que j'en demande, reprit Napoléon, c'est à vous. Quelle différence y a-t-il entre eux et vous ? Ils ont une livrée verte galonnée, et vous en portez une rouge brodée. »

Il disait d'ailleurs, en parlant de ses chambellans : « N'était-il pas juste d'ouvrir la porte de l'antichambre à des gens qui n'ont jamais eu le courage de chercher à obtenir une place dans le temple de la gloire?»

*

Après la Révolution, Mme de Genlis, qui avait eu une jeunesse fort légère, multiplia les livres moralisateurs. Napoléon dit : «Quand elle veut définir la vertu, elle en parle comme d'une découverte.»

*

Au soir du 29 janvier 1809 aux Tuileries, Napoléon prit Talleyrand à partie : «Voleur! Vous êtes un voleur! Vous êtes un lâche, un homme sans foi : vous ne croyez pas en Dieu... Vous avez trompé, trahi tout le monde... Pourquoi ne vous ai-je pas fait pendre aux grilles du Carrousel? Mais il en est bien temps encore... Ah! tenez, vous êtes de la merde dans un bas de soie!»

Talleyrand restait impassible, et Napoléon, voyant que sa colère ne faisait rien, ajouta de façon perfide : «Vous ne m'aviez pas dit que le duc de San Carlos était l'amant de votre femme...

— En effet, Sire, répondit Talleyrand, je n'avais pas pensé que ce rapport pût intéresser la gloire de Votre Majesté ni la mienne.»

Napoléon sortit en claquant la porte. Avant de quitter la pièce à son tour, Talleyrand se contenta de dire aux quelques témoins ébahis : «Quel dommage, messieurs, qu'un si grand homme soit si mal élevé[1]!»

*

Le marquis de Barolle, aristocrate piémontais, était sénateur. Pendant un séjour de Napoléon à Turin, le marquis lui fit de vives représentations sur ce qu'il payait 120 000 francs d'impositions.

«Vraiment, lui dit l'Empereur, vous payez 120 000 francs?

— Oui Sire, pas un sol de moins, et je suis en mesure de le prouver à Votre Majesté, voici les papiers.

---

1. À la fameuse injure «Vous êtes de la merde dans un bas de soie», la tradition populaire prête à Talleyrand une repartie triviale, nullement attestée : «Taisez-vous, ou je lâche une maille.» Par parenthèse, la version exposée au texte, et que l'on présente partout comme authentique, n'est pas beaucoup plus certaine. Selon Chateaubriand, c'est le marquis de Lauderdale, venu à Paris remplacer M. Fox dans les négociations pendantes entre la France et l'Angleterre, qui aurait prononcé le mot célèbre sur Talleyrand. Il reste que c'était bien dans le langage de l'Empereur.

— Non, non, c'est inutile, je vous crois ; et je vous en fais bien mon compliment. »

*

Le baron Jacques-François de Lachaise reçut Napoléon, en sa préfecture d'Arras. Comme d'usage, il commit un discours de bienvenue dans lequel la flatterie le conduisit à faire cette péroraison : « Pour assurer le bonheur et la gloire de la France, pour rendre à tous les peuples la liberté du commerce et des mers et fixer la paix sur la Terre, Dieu créa Bonaparte et se reposa. » On vit peu après circuler ces vers, auxquels l'Empereur lui-même aurait prêté la main :

Dieu ne s'en tint pas là :<br>
Il fit encore Lachaise<br>
Puis il se reposa,<br>
Beaucoup plus à son aise.

*

Mme de Lorges, dont le mari était général de division, était allemande. Napoléon lui lança un jour devant quarante personnes : « Oh ! madame, quelle horreur que votre robe ! c'est tout à fait vieille tapisserie. C'est bien là le goût allemand. »

Constant, dans ses *Mémoires*, dit : « Je ne sais si la robe était dans le goût allemand, mais ce que je sais mieux, c'est que ce compliment n'était pas dans le goût français. »

*

Mme Regnault de Saint-Jean-d'Angély[1] avait vingt-huit ans lorsque l'Empereur lui dit : « Savez-vous que vous vieillissez terriblement ? »

---

1. La comtesse Laure Regnault de Saint-Jean-d'Angély, belle et aimable, avait la réputation de ne pas faire languir ses adorateurs. Un jour qu'on célébrait chez elle sa fête, son buste en marbre, couronné de fleurs, était exposé à l'admiration d'une compagnie nombreuse. Sur son socle était écrit en lettres d'or le nom de la déesse du lieu, dûment latinisé : « LAURA ». Un mauvais plaisant colla sous l'inscription un papier sur lequel étaient écrits les mots : « QUI VOUDRA ». On put lire cette devise jusqu'à ce qu'un officier la fît disparaître. Le comte ne se fâcha point de cette plaisanterie, et la comtesse elle-même en rit beaucoup. Ses détracteurs disaient ensuite que c'était elle qui avait fait placer l'inscription, « en guise d'avis public ».

La dame sut démentir la grossièreté de l'Empereur : «Ce que Votre Majesté me fait l'honneur de me dire serait bien dur à entendre si j'étais d'âge à m'en fâcher.»

\*

Napoléon sur Chateaubriand : «Mon embarras n'est pas d'acheter monsieur de Chateaubriand, c'est de le payer le prix qu'il estime.»

\*

Du roi de Wurtemberg, beau-père de Jérôme Bonaparte, qui était si gros que l'on devait découper les tables devant sa chaise pour lui permettre de s'asseoir à table, Napoléon disait : «Dieu a créé le roi pour montrer à quel point la peau du ventre peut être élastique.»

\*

Un général[1] était venu se plaindre à Napoléon que sa femme le trompait avec le roi de Naples; l'Empereur répondit : «Mon cher, je n'aurais pas le temps de m'occuper des affaires de l'Europe si je me chargeais de venger tous les cocus de la Cour.»

\*

Le tsar Alexandre[2], après avoir recherché la paix avec la France, s'inquiéta des perpétuels envahissements de Napoléon, et entra dans

1. Il pourrait s'agir de Junot.
2. Sous le Consulat, dans une lettre adressée à Fouché, l'ambassadeur de France à Moscou décrivait ainsi le couronnement d'Alexandre Ier (1777-1825) : «Le jeune tsar approche : devant lui, les assassins de son grand-père; derrière lui, les assassins de son père; autour de lui, ses propres assassins.» Alexandre Ier monta effectivement sur le trône en 1801 après le meurtre de son père, dont on le soupçonna sans preuves. Influencé par les idées libérales de son éducateur, un colonel suisse, il adopta diverses mesures de clémence. Après avoir été l'allié de Napoléon, il s'inquiéta de certaines conquêtes vers l'est et rompit avec l'empereur des Français, ce qui décida la campagne de Russie. Lorsque les débris de la Grande Armée se retirèrent en Allemagne, Alexandre lança un manifeste par lequel il appelait l'Europe aux armes (1813) et la bataille des Nations ouvrit aux Alliés les portes de la France «malgré les prodiges de génie que fit Napoléon dans cette campagne immortelle» (Pierre Larousse). Après Waterloo, le tsar revint à Paris avec les troupes alliées et participa aux mesures prises contre la France, tout en s'opposant au démembrement voulu par la Prusse et l'Autriche. Il tomba ensuite sous l'empire de la mystique Mme de Krüdener, qui détermina le traité de la Sainte-Alliance, inspiré par une sorte d'union mystique entre les

la troisième coalition formée à l'instigation de l'Angleterre. Après les défaites qu'il essuya à Eylau et Friedland en 1807, Alexandre sollicita une entrevue avec l'empereur des Français : sur le Niémen, les deux empereurs se jurèrent amitié et fidélité, même si Napoléon se méfiait beaucoup du tsar, qu'il qualifiait de «Grec du Bas-Empire». Alexandre trouvait son compte dans la situation, puisque la victoire d'Iéna avait abattu le grand édifice construit par Frédéric II : débarrassé de la menace prussienne, il craignait moins un potentat qui n'était pas son voisin. Il rêvait même d'un partage du monde avec Napoléon. Les liens se resserrèrent entre les deux souverains après une seconde entrevue, à Erfurt, après laquelle Alexandre s'empressa d'achever la conquête de la Finlande et d'envahir la Turquie.

C'est à l'entrevue d'Erfurt que Napoléon décida de cabotiner un peu et de subvertir les règles du mépris, en disant au tsar de toutes les Russies : «Quand j'avais l'honneur d'être lieutenant d'artillerie...»

Alexandre admirait d'ailleurs sincèrement Napoléon, et celui-ci, par le fait même, le trouvait sympathique, tout en continuant de s'en défier; il dit à son état-major : «C'est un brave garçon. Dommage qu'il ait tué son père.»

*

Napoléon sur Metternich, alors jeune ambassadeur d'Autriche : «Il est tout près d'être un homme d'État : il ment très bien.»

*

On sait que Napoléon était affligé d'une nombreuse famille, qui lui créa souvent des ennuis. Un soir de 1810, lors d'une réunion familiale au complet, Napoléon perdit patience : «Je ne crois pas qu'il existe au monde un homme plus malheureux que moi en famille. Je récapitule : Lucien est un ingrat, Joseph un sardanapale, Louis un cul-de-jatte, Jérôme un polisson...»

---

souverains de Russie, d'Autriche et de Prusse. Craignant l'influence des réseaux, il expulsa en 1815 les jésuites que son aïeule Catherine avait attirés en Russie, et fit fermer les loges maçonniques (1822). Son frère Nicolas lui succéda. Une thèse, liée à quelques indices, affirme qu'il fit simuler sa mort et devint ermite en Sibérie, puis starets, sous le nom de Fiodor Kouzmitch († 1864).

Puis, englobant d'un geste le groupe de ses sœurs, il ajouta : «Quant à vous, mesdames, vous savez ce que vous êtes.»

Le marquis de Bonneval, qui assista à la scène, commente : «Le tableau était court, mais complet.»

Il est vrai que Pauline, en particulier, qui avait suivi son frère lors de la campagne d'Italie, s'était rendue fameuse en se livrant sans retenue à la plus grande partie des officiers qui entouraient le jeune général, jusqu'à satiété. «L'ennui naquit un jour de l'uniforme ôté», déclara-t-elle pour expliquer sa lassitude finale – mais temporaire.

Napoléon dit à un confident : «Ce que j'ai craint le plus pendant que j'étais à Marengo, c'était qu'un de mes frères me succédât si j'étais tué!»

*

Sentant chanceler sous lui le trône d'Espagne, Joseph Bonaparte avait pris honteusement la fuite depuis Madrid; il partit dans une voiture qu'il avait remplie de bijoux précieux et de tableaux de prix, mais en cours de route il trouva que ce charroi n'allait pas assez vite, et la peur fut plus forte que la cupidité. Il descendit de voiture, abandonna ses trésors, monta à cheval et s'enfuit au grand galop. Il avait vu juste, puisque la voiture fut bientôt prise par un détachement de l'armée anglaise.

Tout le monde à Paris connaissait l'aventure. Et lorsque l'armée des Alliés ne fut plus qu'à trois lieues de la ville, quelques années plus tard, et que le départ de l'Impératrice et de son fils fut résolu, le conseil de régence décida que Joseph resterait à Paris pour veiller à la sûreté de la capitale. On put lire alors l'épigramme suivante :

> Le grand roi Joseph, pâle et blême,
> Pour nous sauver reste avec nous :
> Croyez, s'il ne nous sauve tous,
> Qu'il saura se sauver lui-même.

Après le désastre espagnol et la fuite de Joseph, celui-ci s'était établi à Mortefontaine, d'où il faisait des allées et venues avec Paris où habitait sa maîtresse, la marquise de Montehermoso. Rœderer, ministre de la Police, tenait informé Napoléon, qui finit cependant

par lui dire que Joseph pouvait venir à Paris tant qu'il voudrait
«pour voir des filles ou Mme de Montehermoso». Un peu plus
tard, l'Empereur demanda à son ministre : «Qu'est-ce qu'il veut?
Songe-t-il encore à régner?

— Sire, je le crois.

— Veut-il encore le trône d'Espagne?

— Sire, il pense, à ce que je présume, qu'il serait encore possible de négocier.

— Chimère! Ils ne veulent pas de lui. C'est un incapable qui
est toujours avec les femmes à jouer à cache-cache ou à colin-
maillard.»

*

Jérôme, lorsqu'il se trouva forcé d'abandonner la Westphalie, de
la même manière que Joseph avait quitté l'Espagne, ne laissa que
les quatre murailles dans les châteaux de Cassel et de Brunswick
qui avaient été meublés magnifiquement aux dépens du pays. De
toute sa garde, il ne lui restait que quarante cuirassiers westphaliens
qui, par un sentiment de loyauté militaire, voulurent l'escorter
jusqu'à ce qu'il se trouvât en sûreté. En arrivant à Cologne, il les fit
dépouiller de leurs armes et de leurs chevaux, et ce fut en les renvoyant presque nus qu'il leur témoigna sa reconnaissance.

Napoléon apprit cela, et il trouva l'occasion de dire à son frère :
«Si la majesté des rois se trouve empreinte sur leur front, vous pouvez voyager incognito, jamais vous ne serez reconnu[1].»

*

Comme son frère Napoléon, la princesse Caroline Murat était
dévorée d'une ambition insatiable; «elle voulait dominer partout,
et ne croyait avoir rien obtenu tant qu'il lui restait quelque chose
à désirer». Elle portait sur elle les dépouilles des provinces

---

1. Le roi Jérôme aimait à faire des plaisanteries de mauvais goût. Un jour qu'il se
promenait incognito dans le jardin du Luxembourg avec quelques gens de sa trempe, il
y vit une dame d'un âge respectable dont la mise était fort démodée. S'approchant
d'elle avec des démonstrations extérieures de respect, il lui dit : «Madame, je suis
amateur passionné des antiques, et je n'ai pu voir votre robe sans éprouver le désir d'y
imprimer un baiser d'admiration. Me le permettez-vous? — Volontiers, monsieur, et si
vous voulez vous donner la peine de venir chez moi demain matin, vous pourrez aussi
me baiser le derrière dont l'antiquité remonte encore à quarante ans plus haut.»

conquises, et aucune princesse de la cour de Napoléon n'avait de si beaux diamants, ni en si grande quantité. Lorsque Joseph Bonaparte fut placé sur le trône de Madrid, Caroline évitait autant qu'il lui était possible la présence de la femme de celui-ci, et elle frémissait de rage et d'envie chaque fois qu'elle se trouvait obligée de lui donner le titre de *Votre Majesté*. En effet, elle n'était alors que grande-duchesse de Berg. Elle osa enfin se plaindre vivement à l'Empereur de ce qu'il n'avait pas encore songé à lui donner une couronne.

« Vos plaintes m'étonnent, madame, lui répondit Napoléon avec sang-froid : on dirait, à vous entendre, que je vous ai privée de la succession du feu roi notre père ! »

*

On était en 1814. Pressé par les ennemis, le général Sébastiani envoie son aide de camp, le jeune Joly de La Vaubignon, prendre les ordres de l'Empereur. L'envoyé fait diligence, arrive auprès de ce dernier et lui transmet le message du général. Napoléon demeure plongé dans ses réflexions comme s'il n'avait pas entendu. L'aide de camp réitère sa demande et sollicite une réponse. Troublé dans ses pensées, l'Empereur répond au capitaine par un énergique : « Allez vous faire foutre ! »

Joly de La Vaubignon reçut bravement l'apostrophe et, sans se déconcerter, dit au maréchal Berthier : « Comment dois-je interpréter l'ordre ? »

Ce mot dérida l'Empereur, qui sortit de sa méditation et répondit à l'aide de camp.

*

Au début des Cent-Jours, et alors que l'Aigle avait dispersé les Bourbons comme une volée de moineaux, la duchesse d'Angoulême, Madame Royale, fille de Louis XVI, résista deux semaines. Lorsque, en avril 1815, Napoléon qui était à Paris depuis le 20 mars apprit qu'elle avait dû finalement s'embarquer dans un bateau anglais envoyé en Gironde, et reprendre, les larmes aux yeux, le chemin de l'exil, il dit : « C'est le seul homme de la famille. »

### À propos de Napoléon I<sup>er</sup>

Après la cérémonie du sacre, les républicains répandirent cette anagramme sur la formule « Napoléon, empereur des Français » : « Le pape serf a sacré le noir démon. »

\*

Une dame Cardon avait épousé un vieux monsieur fort riche. Lors d'un bal offert par la Ville de Paris, Napoléon aborda cette dame, dont il avait entendu dire qu'elle était extrêmement fortunée, et parut s'étonner de son âge.

« Vous êtes madame Cardon ? » demanda l'Empereur.

Profonde révérence de la dame.

« Vous êtes très riche ? s'enquit l'Empereur avec la vulgarité dont il ne se départait pas toujours...

— En effet, Sire, répondit la dame sans s'émouvoir.

— Que fait votre mari ?

— Il *fait* dans les draps. »

\*

Quand Claude Perrin, dit Victor, futur maréchal de l'Empire, fit ses premières campagnes, ses camarades ne le connaissaient que sous le sobriquet de « Beausoleil ». Dans son livre sur *Napoléon and his Marshals*, A.G. Macdonell décrit ce « soldat sans esprit mais risque-tout » comme un homme de petite taille et corpulent, avec un visage rond, rosâtre et joyeux. Et c'est cette jovialité toute ronde et colorée, ajoutée à sa grande connaissance du vin rouge, qui lui avait fait mériter son sobriquet.

Peu après que l'Empereur l'eut nommé maréchal, il l'appela et lui dit : « Beausoleil, je te fais duc de Bellune ! »

Napoléon était très friand de ce genre de jeux de mots. Il avait déjà fait nommer Bigot de Préameneu ministre des Cultes à cause de son premier nom, et Cochon de Lapparent préfet de Bayonne, à cause du jambon...

Avant cela, en 1796, alors que le jeune Bonaparte sollicitait le commandement en chef de l'armée d'Italie, et qu'on balançait à le nommer en lui opposant son jeune âge, il avait répondu : « Accordez-moi ma demande, et je vous réponds que dans six mois j'aurai Milan. »

Pour revenir à Victor, duc de Bellune, il avait commencé sa carrière militaire en qualité de simple tambour. Après sa défaite à Peschiera, il cria et injuria les autres généraux, les traitant d'incapables. L'un d'eux fit remarquer à son voisin : «Il lui est resté quelque chose de ses débuts : il fait toujours du bruit quand il est battu.»

\*

Lorsque naquit François Charles Joseph Napoléon Bonaparte, que son père déclara roi de Rome (plus tard surnommé «l'Aiglon» par Edmond Rostand), en tout cas duc de Reichstadt, le Sénat, qui avait toujours la louange prête à la bouche, envoya une importante députation au berceau de l'enfant. L'événement fut commenté dans ces termes :

> Lorsque le Sénat harangua
> Le roi de Rome dans sa couche :
> «Messieurs, votre hommage me touche!»
> Dit l'enfant en faisant caca.
> Cela passa de bouche en bouche.

Jusqu'au bout cet enfant au triste destin fera l'objet de plaisanteries de mauvais goût. Lorsque, à Noël 1940, Hitler rendit à la France les cendres du duc de Reichstadt, Galtier-Boissière dit : «Les Français ont plus besoin de charbon que de cendres!»

\*

Au printemps de 1812, après un séjour à Dresde avec Marie-Louise, Napoléon au faîte de sa puissance se mit en marche vers l'est, à la tête de la plus belle armée que la France eût jamais mise sur pied, renforcée de troupes auxiliaires d'Italie et de la Confédération du Rhin, en tout 700 000 hommes traînant à leur suite leurs parcs d'artillerie et des provisions immenses.

Napoléon marcha de succès en succès jusqu'à Smolensk. Arrivé dans cette ville, il ressentit l'intuition de ne pas avancer davantage ; il en parla à ses confidents, et parla en frissonnant de «pays barbare», pour désigner la contrée où il se trouvait. «Mais à Smolensk comme à Paris, dans un camp comme au milieu de sa cour, il n'était entouré que de vils flatteurs qui lui représentèrent qu'il avait toujours dicté dans leur capitale des conditions de paix aux souverains qu'il avait vaincus, et qu'il manquerait quelque chose à sa gloire s'il n'allait pas au moins jusqu'à Moscou» (*Anecdotes sur la cour et l'intérieur de la famille de Napoléon Bonaparte*, Londres, 1818). La Grande Armée se mit en marche vers l'ancienne capitale de la Russie.

Napoléon arriva à Moscou, et il vit les Russes brûler leur ville, pour priver les Français de tout. En même temps, Alexandre I⁰ amusait son ennemi par des propositions de paix, parce qu'il comptait sur son auxiliaire le plus puissant, et qui devait être plus fatal aux troupes françaises que toutes les armées réunies : *le général hiver*. Le prince Poniatowski avertit Napoléon : «Sire, votre armée court les plus grands dangers. Je connais le climat : le temps est beau aujourd'hui, le thermomètre ne marque que 4°; mais demain, mais ce soir même, il peut descendre à 20 et à 30.»

Napoléon se rendit à ces raisons, et donna l'ordre du départ pour le surlendemain. Mais dès le lendemain l'événement prédit arrivait. L'armée française fut détruite, et ceux que la faim, le froid et le sabre des cosaques avaient épargnés furent envoyés prisonniers en Sibérie.

L'Empereur fit sa retraite, «si l'on peut donner le nom de retraite à une fuite précipitée, car il ne s'arrêta que lorsqu'il se trouva sur le territoire de Saxe» (traditionnel allié de la France, et alors sous domination impériale).

Quand il y arriva, il demanda si l'on avait vu passer beaucoup de fuyards, et on lui répondit : «Non, Sire, vous êtes le premier.»

\*

Napoléon devait régulièrement subir les remontrances maternelles. Il les écoutait généralement avec patience, mais si la leçon tombait mal, il entrait dans une colère où il s'exprimait en italien, signe qu'il n'était plus maître de son courroux. Un jour, exaspéré d'être tancé comme un galopin, il finit par s'exclamer : «*Io sono l'Imperatore!*

— Mon fils, dit Madame Mère sans se démonter, vous êtes oune phénomène, oune merveille, ma jé souis votre mère.»

Et le conquérant redevint petit.

Il semble que lui parler en sa vraie langue l'intimidait davantage que lui résister en français.

Alfred de Vigny a assuré que Pie VII tenait la dragée haute au conquérant, rien qu'avec deux substantifs italiens : «*Tragediante! Comediante!*»

*

La colonne Vendôme ornée de la statue de l'Empereur avait été inaugurée en 1810. On trouva un matin un placard sur le socle de la colonne, avec ce quatrain :

> Tyran juché sur cette échasse,
> Si le sang que tu fis verser
> Avait coulé sur cette place
> Tu le boirais sans te baisser.

Un peu plus tard circulait cet octain, sous le titre *Le Godemichet de la Gloire* :

> Un vit, sur la place Vendôme,
> Gamahuché par l'aquilon,
> Décalotte son large dôme
> Ayant pour gland Napoléon.
> Veuve de son fouteur, la Gloire,
> La nuit, dans son con souverain,
> Enfonce – tirage illusoire ! –
> Ce grand godemichet d'airain...

## NAPOLÉON III

Napoléon III (1808-1873), empereur des Français : devenu chef de la dynastie à la mort du duc de Reichstadt, il fit deux tentatives avortées pour recouvrer le trône de son oncle. À la suite de la première, en 1836, on lui signifia un ordre d'exil. Louis Napoléon remontait peu après une avenue de New York, lorsque le marquis de Gricourt lui désigna la boutique d'un changeur qui affichait : «On demande des napoléons pour des souverains.» Après le cycle républicain violences-répression de 1848, un raz-de-marée porta Louis Napoléon à la tête de la II\u1d49 République. Le nouveau président possédait mieux l'allemand que le français, et beaucoup de gens s'égayèrent quand on l'entendit s'écrier, lors d'une revue militaire : «Fife la République!» Il fut empereur après un coup d'État qui ressembla à une manœuvre de salon. Les vingt années de son règne furent souvent prospères. La tension montait avec l'Allemagne, mais l'empereur

> voulait la paix. Cependant les résultats du référendum du 8 mai 1870, qui approuvait l'Empire libéral, montraient que, parmi les militaires (il y avait un scrutin militaire), le *non* à l'empereur représentait une forte proportion. Bismarck en prit note, et les républicains poussèrent à la guerre; Arthur Meyer a raconté : «Nous avons tous entendu, dans les couloirs de la Chambre, Laurier, l'ami de Gambetta, se faire huer par ses amis politiques, pour avoir loyalement déclaré qu'il préférait le maintien de l'Empire à la défaite de la France.» Après Sedan, les Prussiens s'emparèrent des sept wagons dorés qui marchaient à la suite de l'empereur; c'était tout ce qui concernait sa toilette, ses peignes, ses brosses, son linge, ses parfums, sa batterie de cuisine. Les journaux de Berlin se gaussèrent du butin. Imagine-t-on Napoléon Ier en pareille situation?

Le prince Napoléon osa un jour dire à son cousin Napoléon III, désormais installé sur le trône : «Vous n'avez rien de l'Empereur!

— Vous vous trompez : j'ai sa famille...»

(On sait combien Napoléon Ier se sentait affligé par l'entourage de ses frères et sœurs.)

### À propos de Napoléon III

La fille de Joséphine de Beauharnais, mariée par Napoléon Ier à son frère Louis Bonaparte, roi de Hollande, et mère du futur Napoléon III, n'était pas d'une fidélité à toute épreuve[1]. Le cardinal Fesch, oncle de la famille, disait d'elle en souriant : «Quand il s'agit des pères de ses enfants, la reine Hortense s'embrouille toujours dans ses calculs.»

\*

On avait adjoint à Louis Napoléon, fraîchement élu président de la République, un vice-président en la personne de l'incapable Boulay (de la Meurthe)[2]. Après la discussion de son traitement, qui

---

1. Parmi ses enfants naturels, on compte le duc de Morny, qui disait : «Dans ma lignée, nous sommes bâtards de mère en fils depuis trois générations. Je suis arrière-petit-fils de roi, petit-fils d'évêque [Talleyrand, qui avait eu pour maîtresse Mme de Flahaut, d'où Charles de Flahaut amant de la reine Hortense], fils de reine et frère d'empereur.»

2. Henri Georges Boulay de la Meurthe (1797-1858) : fils de ce comte Boulay de la Meurthe qui s'était caché avec Regnault de Saint-Jean-d'Angély au 18 Brumaire en attendant l'issue, il fut vice-président de la IIe République. Membre du Grand Orient, c'était un passionné de l'éducation élémentaire, et il prolongea à ce sujet la réflexion et l'œuvre de Lazare Carnot.

fut de 48 000 F, on ne l'appelait plus à la Chambre que « le boulet de 48 ».

\*

Lorsque, par un de ses premiers actes publics, Louis Napoléon prononça la confiscation des biens de la famille d'Orléans, on dit dans l'opposition royaliste : « C'est le premier vol de l'aigle. » Et peu après, on vit circuler ce quatrain :

> Dans leurs fastes impériales,
> L'oncle et le neveu sont égaux :
> L'oncle prenait des capitales,
> Le neveu prend nos capitaux.

\*

De Émile Ollivier, alors Premier ministre, sur Napoléon III : « C'est l'entêtement dans l'indécision. »

\*

L'Afrique fut à la mode dans la seconde partie du XIXᵉ siècle (c'est en 1872 que paraîtra *Tartarin de Tarascon*). Vers la fin du Second Empire, on répétait ce calembour : « Quelle est la différence entre une panthère et l'empereur ?

— La panthère est tachetée par la nature, et Napoléon III est à jeter par la fenêtre. »

### NAPOLÉON (prince)

Napoléon Joseph Bonaparte, prince Napoléon, dit «Plonplon» (1822-1891) : fils de Jérôme, il passa sa jeunesse à Arenenberg, chez sa tante la reine Hortense, avec son cousin Louis Napoléon. Son cousin devenu président le nomma ambassadeur à Madrid en 1849, mais ses imprudences le firent révoquer. Il en prit de l'aigreur et devint frondeur. Après le coup d'État de 1851 (on avait eu la prudence de ne pas le prévenir), il fut nommé prince de l'Empire, sénateur à vie, etc. Il pouvait se croire appelé à porter un jour la couronne, si bien que le mariage de l'empereur, en 1853, fut pour lui une déception. Il détestait donc l'impératrice, et l'attachement de celle-ci aux idées conservatrices et à l'Église raviva les ardeurs démocratiques et le zèle anticlérical du prince. «Il y eut désormais aux Tuileries deux influences, deux politiques contraires et inconciliables qui se disputèrent le cœur et l'esprit vacillant du souverain»

(Antonin Debidour). En 1872, Thiers l'expulsa. La mort inopinée du prince impérial (1879) aurait pu rallier autour de lui le monde bonapartiste, mais sous l'impulsion de Paul de Cassagnac, le parti se regroupa sans difficulté autour de son fils aîné. «Plonplon» savait avoir du cœur : son père avait eu d'une comtesse Papenheim une fille naturelle qui entra en religion sous le nom de sœur Marie de la Croix. Il venait souvent voir cette demi-sœur, et elle mourut dans ses bras. Il avait prié sa propre sœur Mathilde de venir lui rendre visite, mais la religieuse, fille illégitime, ayant accueilli Mathilde en l'appelant «Ma chère sœur», la princesse, choquée de ce manque de tact, répondit par l'appellation de «Madame», et ne revint plus.

Parlant de la princesse Mathilde : «Ma sœur a beaucoup de goût, mais il est mauvais.»

Après la chute du Second Empire, et alors que l'on disait devant la princesse Mathilde qu'il aurait peut-être mieux valu que Napoléon I$^{er}$ n'eût pas existé, dans l'intérêt même de la France : «Eh! s'écria la princesse, vous oubliez que sans lui je vendrais des oranges à Ajaccio!»

Son frère dit : «Ça, ce n'est pas une raison...»

### À propos du prince Napoléon

Général de complaisance, ce cousin de l'empereur Napoléon III, qui n'avait aucune expérience ni aptitude militaire, sollicita un commandement au moment où la France déclara la guerre à la Russie. Mais son état maladif ne lui permit pas de rester longtemps à la tête de ses troupes. D'ailleurs il critiquait publiquement le plan de campagne, et le gouvernement fut content de le rappeler. Ce retour au milieu de la guerre lui valut un nombre considérable d'épigrammes : «Plonplon[1]», son surnom habituel, devint «Craint-Plomb».

Et comme le prince avait quitté le siège de Sébastopol pour raison de santé, on disait : «Il a moins souffert de la colique que de la tranchée.»

Horace de Viel-Castel a écrit dans ses Mémoires que la première impression que produit le prince Napoléon ne lui est pas favorable,

---

1. Le prince ne fut guère connu de son vivant que sous le pseudonyme familier «Plonplon». On s'accordait à attribuer ce surnom à la malice traditionnelle des Parisiens, à cause des allures pesantes du personnage. En vérité le prénom avait une origine tout affectueuse et familiale : une lettre de la mère du prince, Catherine de Wurtemberg, montre qu'elle surnommait déjà ainsi son fils âgé de six ans.

et que cette impression ne fait que se dégrader au fur et à mesure qu'on le connaît davantage. Il ajoute : « S'il était brave, on prierait les boulets de nous l'enlever, mais on n'a pas cette ressource. »

*

Lors de la campagne d'Italie, les quolibets reprirent de plus belle par anticipation. On mit le surnom du prince, « Plonplon », entre ceux de deux maréchaux : « Randon, Plonplon, Vaillant. »

### NARREY (Charles)

> Charles Narrey (1825-1892) : dramaturge dont les aïeux étaient venus avec l'immigration jacobite. Également romancier et administrateur du Théâtre de l'Odéon. L'œuvre n'est pas inoubliable...

Parmi un nombre extraordinaire d'excentricités, Sarah Bernhardt dormait régulièrement dans un cercueil capitonné de satin blanc. Sa mère le lui avait offert à l'époque où l'actrice l'avait accusée d'avoir tenté d'abréger ses jours, en l'abandonnant enfant.

Sarah vivait avec sa jeune sœur Régina. Comme celle-ci se mourait de la poitrine, Sarah lui abandonna son grand lit de bambou, et s'installa à côté d'elle, dans son cercueil habituel, pour pouvoir l'assister la nuit.

Régina rendit bientôt le dernier soupir à côté de ce cercueil de théâtre. Or les croque-morts, en pénétrant dans la chambre mortuaire, non seulement trouvèrent deux bières, mais crurent voir aussi deux cadavres, car Judith, la mère, s'était évanouie de douleur au chevet de sa fille. Le maître de cérémonie commanda aussitôt un second corbillard, qui arriva au grand trot rue de Rome. Le malentendu dissipé, le corbillard surnuméraire repartit bientôt à la même allure. Tout Paris parla de l'affaire. Peu après, lorsque Charles Narrey sentit la mort venir, il dit : « Je suis heureux de mourir, je n'entendrai plus parler de Sarah Bernhardt. »

### NEUFVIC (Mme de)

> Françoise de La Rochefoucauld, dame de Neufvic, était le cinquième enfant d'Antoine de La Rochefoucauld, général protestant qui enleva la place de Nontron sur ordre de Coligny et passa la garnison au fil de

l'épée. Elle épousa un seigneur de Neufvic, mestre de camp. Elle avait l'habitude de faire des vers et on a d'elle en particulier, dans le *Parnasse satyrique* de 1622, une épigramme sur les funérailles de Gabrielle d'Estrées où les six sœurs de la défunte suivaient le convoi :

> Je vis passer de ma fenêtre
> Les six péchés mortels vivants,
> Conduits par un bastard de prêtre
> Qui tous ensemble allaient chantant
> Un *Requiescat in pace*
> Pour le septième péché.

Dans l'entourage de Mme de Bar (Catherine de Bourbon, sœur d'Henri IV et protestante militante), dont Mme de Neufvic était une familière, on était lettré ; la duchesse elle-même savait le latin, le grec, l'hébreu et plusieurs langues vivantes.

Un jour l'ambassadeur d'Espagne, chez la duchesse de Bar, sœur d'Henri IV, dit en parlant des dames d'Espagne et de la France : «*Las Nuestras son mas agudas*», voulant dire «les nôtres sont plus spirituelles». Mais comme *agudo* signifie au sens propre «pointu», Mme de Neufvic répondit : «*Por rodillas puede ser*», c'est-à-dire : «Pour ce qui concerne les genoux, c'est bien possible.»

*

Mme de Neufvic aimait beaucoup les fleurs et elle en avait souvent dans les mains. Le jeune comte de Sardini la vit un jour chez Mme de Bar avec un bouquet ; c'était durant le siège d'Amiens. Il se mit en riant à chanter le couplet de Ronsard :

> Quand ce beau printemps je vois,
> J'aperçois
> Rajeunir la terre et l'onde,
> Et me semble que l'amour,
> En ce jour,
> Comme enfant renaisse au monde.

La dame n'était plus jeune, et cela pouvait être pris pour de l'ironie. Toujours est-il qu'elle chanta sur-le-champ :

Moi je fais comparaison
D'un oison
À un homme malhabile
Qui, d'un sens par trop rassis,
Cause assis
Quand son roi prend une ville.

### Sur Mme de Neufvic

Mme de Neufvic avait donc la réputation d'être une dame d'esprit. C'était aussi une femme ardente et on lit dans le *Passe-partout des Ponts bretons* (1624) :

La pauvre Neufvy,
Le vieux dromadaire,
Qui prend des clistères
Pour se rajeunir,
Et tombe en arrière
Pour se réjouir.

### NICOLSON (Harold)

Sir Harold Nicolson (1886-1968) fit une brillante carrière diplomatique avant de se consacrer à l'écriture de biographies; il fut membre du Parlement à partir de 1935. Homosexuel, il épousa l'écrivain et lesbienne Vita Sackville-West, dont la durable liaison avec Violet Trefusis, fille d'Alice Keppel, défraya la chronique. Cette liaison a été racontée de manière enjolivée par Virginia Woolf (elle-même amante de Vita) dans *Orlando*, de manière romancée par Vita dans *Challenge* en 1926 (publié en 1976), dans un roman à clef écrit par Violet en français en 1935, *Broderie anglaise*, et enfin par le fils du couple Nicolson, Nigel, dans *Portrait d'un mariage* (lorsqu'un bon ami de la famille dit à Nigel enfant : «Virginia aime beaucoup ta maman», il répondit spontanément : «Bien sûr : nous l'aimons tous!»). Vita, extrêmement riche, fit l'acquisition du manoir de Sissinghurst, dans le Kent, et elle y créa avec Harold de merveilleux jardins où il faut aller se promener l'été. C'est peut-être la plus durable de ses œuvres, avec les chroniques hebdomadaires de jardinage qu'elle donnait à l'*Observer*.

Réflexion de Harold Nicolson après avoir eu une discussion avec Nancy Astor : «C'est comme jouer au squash avec un plat d'œufs brouillés.»

### À *propos de Harold Nicolson*

Harold Nicolson et le poète Osbert Sitwell remplissaient leurs formulaires d'embarquement pour traverser la Manche.

Nicolson demanda : «Quel âge allez-vous indiquer, Osbert?

— Quel sexe allez-vous indiquer, Harold?»

## NIMIER (Roger)

> Roger Nimier (1925-1962), insolent et brillant, entendait dénoter par rapport à la littérature *engagée* de l'immédiat après-guerre – on peut lire avec plaisir *Le Hussard bleu*. Mais il cessa d'écrire des livres à vingt-huit ans. Au fond, il s'en est tenu à ce qu'il disait dans sa préface des *Trois Mousquetaires* : «Messieurs, je ne vous écouterai pas, je n'ai rien à faire en vos manières, mais il faut se limiter avec moi. J'appartiens à cette catégorie des corps solides que les physiciens n'ont pas prévue, sauf Pascal, et qui ne tiennent pas à leur conservation. C'est un péché d'ailleurs mais je l'assume et Dieu m'en donnera raison. En garde, s'il vous plaît.» Il se tua sur l'autoroute de l'Ouest dans son Aston Martin en compagnie d'une jeune femme qui était sa dernière conquête. Antoine Blondin, qui avait déjà tendance à beaucoup trop boire, ne s'en est jamais remis, respectant ainsi ce que Nimier avait un jour dit à Roland Laudenbach : «L'amitié c'est comme la prison sous de Gaulle : à perpétuité.»

Immédiatement après la mort de Gide, Roger Nimier fit adresser le 20 février 1951 à François Mauriac un télégramme qui portait la signature de l'illustre défunt, et qui disait :

L'ENFER N'EXISTE PAS. POUVEZ VOUS AMUSER. INFORMEZ CLAUDEL.

Ce télégramme, vendu aux enchères à la salle Drouot le 28 janvier 2005, a été adjugé pour une somme assez modique.

*

En 1941, Paul Claudel écrivit une ode au maréchal Pétain : «France, écoute ce vieil homme qui sur toi se penche et te parle comme un père.»

En 1944, le même écrivit une ode au général de Gaulle, où la France disait : «Regardez-moi dans les yeux, Monsieur mon fils, et dites-moi si vous me reconnaissez.»

Roger Nimier dit : «Imaginez que de Gaulle regarde le poète dans les yeux et le reconnaisse...»

## NIVERNOIS (duc de)

Louis Jules Barbon Mancini-Mazarini, dernier duc de Nevers, dit « le duc de Nivernois » (1716-1798) : fils de Philippe Mancini, 2ᵉ duc de Nevers après le rachat de ce fief par Mazarin. Diplomate qui avait abandonné la carrière des armes à cause de sa faiblesse physique, il se voua à l'étude des lettres et se montra favorable aux idées nouvelles. Il se prononça contre le parlement Maupeou et fut plus tard ministre dans le cabinet Necker. Il refusa d'émigrer, fut incarcéré en 1793, perdit la plus grande partie de sa fortune, mais se présenta à la législature en 1795 sous le nom de « citoyen Mancini », concession aux temps nouveaux qui ne suffit pas à assurer son élection.

Lorsque Louis XV installa solennellement le parlement Maupeou, Mme du Barry qui avait assisté à la cérémonie dit au duc de Nivernois : « Les anciens parlements n'ont plus rien à espérer. Vous l'avez entendu. Le roi a déclaré qu'il ne changerait pas.

— Oui, madame... mais alors il vous regardait. »

## NOAILLES (Anna de)

Anna, princesse Brancovan, comtesse Mathieu de Noailles (1876-1933) : cette poétesse exaltée, petite-fille d'un pacha turc, descendante des anciens souverains de Valachie (Byron était mort dans les bras de l'un de ses ancêtres), exerça un magistère mondain sur les lettres françaises. Elle avait repris chez elle l'usage des tabourets, d'où l'on assistait à son coucher et ses repas, comme chez les roitelets d'Europe centrale. Pour autant, elle aimait à fêter les révolutions, et applaudit à celle de 1917 : « Elle courait au rouge, celui de Lénine, celui d'un cardinal, celui d'une rose, celui de la Légion d'honneur » (Cocteau). Un jour qu'elle quittait, en même temps que Mauriac, les amis chez lesquels ils avaient dîné, leurs hôtes tirèrent les verrous sitôt la porte refermée sur eux. En entendant cela, Anna s'exclama : « Ne trouvez-vous pas cela désagréable ? C'est comme si on nous cadenassait le derrière ! » Savait-elle bien à qui elle parlait ? Cette lyrique, qui joua le rôle de la maîtresse inconsolable de Barrès, était hantée par la mort et le déclin. En 1923 on fit chez elle une saisie ; on en parla beaucoup dans le faubourg Saint-Germain, et la duchesse de Clermont-Tonnerre disait en toute simplicité : « Elle est dans la dèche. »

Anna de Noailles sur Francis Jammes : « Je croyais voir une fleur et c'est un légume. »

*

Anna de Noailles dînait chez des amis ; Paul Valéry se trouvait dans la compagnie. Soudain, elle quitta la table définitivement : « Je vais me soigner... Il faut que je garde à la France son dernier poète intelligible. »

*

Anna de Noailles disait un jour à Louis Barthou, en parlant d'Edmond Rostand : « Comment pouvez-vous aimer ses vers, vous qui avez un goût si sûr ? C'est de la verroterie, du bijou faux !

— Ma chère amie, Hugo l'eût aimé comme moi.

— C'est possible, mais lui, il ne s'en serait pas vanté ! »

*

De Anna de Noailles à Yvonne Printemps, qui avait la voix un peu haut perchée : « Vous pourriez avoir vos yeux et votre sourire, et n'avoir pas en plus avalé des oiseaux. »

### À propos d'Anna de Noailles

René Crevel[1] disait : « Elle a un petit pois à la place du cœur. »

*

Anna de Noailles racontait en 1916 que Mangin avait trouvé dans son courrier la lettre d'un soldat qui disait : « Mon général, j'ai besoin de trois jours de permission pour aller chez moi : je suis cocu. » L'officier d'ordonnance avait crayonné : « Quinze jours de prison. » Mangin biffa, et mit : « Six jours de permission. »

*

---

1. René Crevel (1900-1935) était poète surréaliste, opiomane, communiste et homosexuel, quatre qualités qu'il eut du mal à faire cohabiter ; il finit par se suicider au gaz. Ses meilleurs moments, il les a moins dus à André Breton qu'à Jean Cocteau, lorsqu'il faisait partie de la petite troupe qui allait de soirées en bals masqués, chez les Beaumont et les Noailles, avec Radiguet (les bals d'Étienne de Beaumont sont ceux du *Comte d'Orgel*), Man Ray peinturluré en Nègre de ragtimes, Francis Poulenc travesti en diva, Nancy Cunard (l'héritière de la Cunard Line) en héroïne caoutchoutée, Valentine Hugo en allégorie des quatre continents, lui-même en marin à pompon (bien entendu) – au milieu « d'une décennie où Paris donne pour la dernière fois le *la* » (Claude Arnaud).

Proust prétendait que, quand avait paru le premier livre d'Anna de Noailles, la duchesse de Noailles avait éclaté en sanglots, disant : «On va croire que c'est moi qui ai écrit ces cochonneries!»

\*

Anna de Noailles, hédoniste et païenne déterminée et de ce fait anticléricale, commença à craindre l'attrait de la religion lorsqu'elle vit autour d'elle un grand nombre d'écrivains se convertir. À la même époque, elle demanda à l'abbé Mugnier de venir chez elle «sans sa trousse».

À l'époque où Maritain multipliait les conversions, elle voulut absolument le connaître, refusant de se sentir exclue d'un mouvement quelconque. Pour être conviée chez Maritain à Meudon, elle lui téléphona en lui expliquant : «À l'altitude où nous sommes, votre ciel et mon néant se rejoignent.» C'était une façon de parler.

L'entrevue, bien entendu, ne donna rien.

Ensuite, elle expliquait à Aristide Briand : «Je suis lasse de l'amour, lasse des hommes... Alors, je me suis décidée à appeler Dieu. Mais, voilà, il ne m'a pas répondu...

— Mais lui avez-vous laissé le temps de placer un mot?» demanda Briand.

La conversion de Cocteau, son féal admirateur, la mit particulièrement hors d'elle, et après qu'il fut venu lui conter la chose, elle le poursuivit en chemise longue jusque sur le palier, en criant cet argument indiscutable : «Si Dieu existe, je serais la première à en être avertie!»

C'est l'abbé Mugnier qui assista dans ses derniers jours Anna de Noailles. Après la mort de la poétesse, on lui demanda si elle était revenue à Dieu. L'abbé se contenta de dire : «Elle m'a dit des choses si belles... Que voulez-vous, j'ai risqué l'absolution!»

## NODIER (Charles)

Charles Nodier (1780-1844) écrivit à partir de 1799 des textes parodiques contre la République. Sa verve pamphlétaire se poursuivit sous le Consulat, et il fut emprisonné. Impliqué dans un complot dénoncé par l'agent double Méhée, il dut ensuite s'enfuir dans les montagnes du Jura. Il devint professeur de littérature à Dole, où il se maria, «union qui fit le bonheur du reste de sa vie», dit un contemporain. Il collabora aux *Débats*, passa à *La Quotidienne*, le journal royaliste. Sous la Restauration, son influence littéraire s'affirma, et il fut nommé bibliothécaire de l'Arsenal. C'est à l'occasion des soirées de l'Arsenal que se forma le premier *cénacle* romantique, avec Hugo, Lamartine, Sainte-Beuve, Vigny, Musset... Il écrivit jusqu'à sa mort, et s'éteignit doucement : «Modeste et indulgent, il n'avait que des amis, et sa mort fut unanimement pleurée» (R. Samuel).

Dès l'édiction du Consulat à vie, Nodier rêva de concilier royalistes et jacobins contre Bonaparte. On lui attribue cette petite pièce qui fit du bruit en 1804, lors de la proclamation de l'Empire :

Partisans de la République,
Grands raisonneurs en politique,
Dont je partage la douleur,
Venez assister en famille
Au grand convoi de votre fille,
Morte en couches d'un empereur.
L'indivisible Citoyenne,
Qui ne devait jamais périr,
N'a pu supporter sans mourir
L'opération césarienne.
Mais vous n'y perdrez presque rien,
Ô vous que cet accident touche,
Car, si la mère est morte en couches,
L'enfant au moins se porte bien.

## À propos de Charles Nodier

On donnait le nom de «pratique» à un petit instrument de bois que l'animateur des marionnettes se mettait dans la bouche pour modifier sa voix et faire parler Polichinelle. Un jour Nodier, qui aimait beaucoup le théâtre des marionnettes, demanda au maître du spectacle à voir la pratique ; et pour voir s'il ferait aussi bien la voix du matamore napolitain que la faisait le bateleur, il plaça l'instrument dans sa bouche. Content de son essai, il rendit la pièce au bonhomme en disant : «C'est ingénieux, mais c'est si petit qu'il doit y avoir quelquefois danger de l'avaler.

— Oui, monsieur, répondit le bateleur : mais cela ne fait aucun mal. Celle que vous venez d'essayer a déjà été avalée huit ou dix fois.»

## NORVINS (baron de)

Jacques Marquet, baron de Montredon de Norvins (1769-1854) : historien, conseiller au Châtelet à la veille de la Révolution, il émigra. Revenu en France avant les journées de Fructidor, il fut arrêté et passa en conseil de guerre pour avoir combattu dans un régiment d'émigrés. Mme de Staël obtint un sursis ; le 18 Brumaire lui sauva la vie, et il se dévoua totalement à la cause de Napoléon, en dernier lieu dans la diplomatie. Le retour des Bourbons l'écarta.

Après la mort de Mme du Châtelet, le marquis de Saint-Lambert forma, avec le comte et la comtesse d'Houdetot, un ménage à trois qui se perpétua jusqu'à leur grand âge.

Le baron de Norvins avait déjà dit de la comtesse : « Née laide, d'une laideur repoussante, louchant tellement qu'elle en paraît borgne, si déformée que la vieillesse est chez elle presque de la décrépitude. »

Le mari et l'amant comptaient chacun dix printemps de plus que la belle. Comme la comtesse avançait en âge, Norvins qualifiait Houdetot et Saint-Lambert de « ruines en soutenant une autre ».

Lorsque Saint-Lambert, retombant littéralement en enfance, faisait scène sur scène en public à la comtesse, Norvins dit : « Elle mérite le titre d'héroïne de l'adultère. »

## OCTAVE AUGUSTE

Gaïus Julius Cæsar Octavianus Augustus (63 av. J.-C.-14 apr. J.-C.) leva des armées à la mort de César son grand-oncle, et gouverna la République en triumvirat avec Antoine et Lépide, puis sans partage après avoir vaincu Antoine à Actium. Revenu à Rome, il se fit nommer consul sous la menace de ses légions ; il se fit revêtir à perpétuité de la puissance tribunicienne qui lui assurait l'inviolabilité, et envahit le souverain pontificat à la mort de Lépide. Le titre d'*imperator* couronna cette collection des pouvoirs, mais quand le peuple, qui l'aimait, lui offrit la dictature, il mit un genou en terre, abaissa sa toge et en découvrit sa poitrine, pour dire qu'il préférait mourir qu'accepter. Il rétablit d'anciennes lois, contre les dépenses somptuaires, l'adultère, le célibat, et les amours entre hommes (*impudicitia*) ; il n'accorda qu'avec restriction le droit de cité, pour conserver au peuple romain la pureté de son sang, et il fit fouetter solennellement des acteurs et des histrions. Cet homme qui arracha l'empire par la force du glaive n'a pas été lavé d'un soupçon de couardise. Montesquieu a dit que sa lâcheté l'a servi : on s'en est moins défié que d'un général hardi, et c'est cela qui a fait commettre à Antoine, insouciant génie militaire, les extravagances qui l'ont perdu... Auguste, qui craignait le soleil bien qu'il fût très frileux, avait les cheveux blonds et bouclés, et selon Suétone, « il avait un très bel extérieur, que l'âge n'adultéra point ».

Le futur empereur Auguste était entré en guerre contre Antoine ; Fulvie, femme de ce dernier mais trompée par son mari, laissa entendre à Octave que certaines des troupes qui se trouvaient sous son autorité à elle et sous celle du frère d'Antoine, Lucius Antonius alors consul, pourraient se soumettre s'il se montrait compréhensif à son égard. Octave dédaigna la proposition et fit courir une épigramme que Martial a reproduite :

> Sous prétexte qu'Antoine enfile Glaphyre,
> Fulvie me condamne à l'enfiler elle aussi.
> Moi ? que j'enfile Fulvie ?
> Et si Lucius me demandait de l'enculer, il faudrait que je le fisse ?
> Non ! à moins d'être fou.
> Ou tu me mets, ou c'est la guerre, me dit-elle.
> Mais ma verge m'est plus précieuse que ma vie :
> C'est donc la guerre ! Sonnez trompettes !

Fontenelle a donné de cette épigramme une version *ad usum delphini* qu'il est curieux de reproduire en contemplation de la précédente :

> Parce qu'Antoine est charmé de Glaphyre
> Fulvie à ses beaux yeux me veut assujettir.
> Antoine est infidèle : eh bien donc ! est-ce à dire
> Que des fautes d'Antoine on me fera pâtir ?
> Qui, moi ? que je serve Fulvie !
> Suffit-il qu'elle en ait envie ?
> À ce compte, on verrait se retirer vers moi
> Mille épouses mal satisfaites.
> Aimez-moi, me dit-elle, ou combattons. Mais quoi ?
> Elle est bien laide ! Allons, sonnez trompettes.

*

Dépitée, Fulvie encouragea les bruits qui couraient déjà sur les mœurs d'Octave. Et l'on a retrouvé dans la périphérie de Pérouse, où le siège avait eu lieu, des balles de fronde en plomb qui venaient de l'intérieur des murailles ; un phallus était gravé dessus, avec l'inscription «*Peto Octavi culum*» («je cherche le cul d'Octave»). À l'intérieur de la ville se trouvaient des balles identiques, mais avec l'inscription «*Peto landicam Fulviæ*» («je cherche la chatte de Fulvie»).

Après d'aussi délicats échanges, Octave sévit contre les habitants de Pérouse à l'issue de la victoire : pour quiconque demandait grâce ou tentait de se justifier, il n'avait qu'une réponse : «*Moriendum esse*»... «Il faut mourir.»

*

Auguste reprochait à Horace d'avoir dédaigné son amitié. Aussi l'appelait-il «*purissimum penem*», «la plus chaste des queues» (du latin *penis*).

Cela révèle que l'empereur était mal renseigné, puisque l'éminent poète avait des chambres garnies de glaces, où il s'enfermait avec des prostituées, de manière à voir se reproduire partout l'image de ses plaisirs[1].

*

Tibère, le gendre d'Auguste et son successeur, avait recueilli une gloire militaire, mais ses soldats l'accusaient de s'adonner au vin dans les orgies, et ils le surnommaient «*Biberius*» au lieu de «*Tiberius*». Le maître de rhétorique qu'il avait eu dans son enfance disait déjà *que c'était de la boue détrempée dans du sang*. Auguste aurait dit sur son lit de mort, avisant son successeur : «Malheur au peuple romain, qui va devenir la proie d'aussi lentes mâchoires ! »

---

1. «*Nam speculato cubiculo scorta dicitur habuisse disposita, ut, quocunque respexisset, ibi ei imago coitus referretur*» (Suétone, *Horatii poetæ vita*). Les spécialistes de Suétone tiennent ce texte pour interpolé : un copiste l'aurait repris de Sénèque. Mais selon Théophile Baudement, éminent érudit du XIXᵉ siècle, les faits rapportés par Sénèque dans le passage correspondant, qui sont relatifs à un certain Hostius Quadra, sont tout à fait différents : «les miroirs de ce Quadra grossissaient les objets, et ce n'était pas pour les femmes qu'il les avait fait faire». M. Baudement était bien renseigné.

## ORSAY (Alfred d')

Alfred, comte d'Orsay (1801-1852) : sa mère, fille naturelle d'une aventurière et du duc de Wurtemberg, avait décidé d'épouser le général d'Orsay, parce que – disait-elle sans ambages – il était «bête et beau». Le rejeton releva à Londres le sceptre de Brummell. Byron l'a décrit comme un Cupidon déchaîné : «C'est un des rares échantillons que j'aie vus de notre idéal d'un Français d'avant la Révolution.» D'Orsay devint l'amant de lady Blessington dont le premier mari, ivrogne invétéré, s'était tué en tombant d'une fenêtre ; elle avait ensuite épousé un lord Blessington qui menait un train joyeux. D'Orsay épousa leur fille, et Horace de Viel-Castel assure que le comte d'Orsay ne coucha jamais avec sa femme, ce qu'il fit avec son beau-père et sa belle-mère. Les Blessington parcouraient l'Europe, se ruinant avec esprit dans les plus doux paysages du monde. Alfred eut à Paris les mêmes succès qu'à Londres. Un libraire londonien lui offrit une somme importante pour qu'il écrivît ses Mémoires ; il refusa, disant qu'il ne trahirait jamais les gens avec qui il avait dîné. Il avait un jour jeté une assiette à la tête d'un officier qui avait blasphémé la Vierge, parce qu'il ne supportait pas qu'on manquât de respect à une dame en sa présence. «D'Orsay était beau et bon, écrit le baron de Plancy. J'ai vu mourir sous les armes ce brillant émule de Brummell : bottes vernies, pantalon bleu de ciel ajusté, chemise brodée, gilet de piqué blanc, douillette de soie puce et favoris roulés, voilà comment il partit et saint Pierre dut être bien étonné de cette tenue *extra*.» On ignore si Alfred porte encore cette tenue en paradis, mais le *New Yorker* lui a assuré une certaine immortalité, puisque la couverture du premier numéro, en 1925, qui a servi à façonner le personnage-mascotte d'Eustace Tilley, a été directement inspirée d'une gravure représentant le comte d'Orsay, dans la 11e édition de l'*Encyclopædia Britannica* («Costume»).

Un jour le comte d'Orsay, voyant un riche financier s'accroupir pour chercher une pièce qu'il avait laissée tomber, se mit à quatre pattes à son tour, et éclaira le recoin où la pièce avait roulé, en enflammant un billet de banque.

\*

D'Orsay, ancien page de Napoléon, était âgé de vingt-deux ans lorsqu'il vint en Angleterre. Peu de temps après son arrivée, il fut invité à Holland House, chez la considérable lady Holland qui le plaça à côté d'elle. Elle était impressionnante par le ventre autant que par les façons, si bien que sa serviette glissait à terre à tout moment, et le jeune Français devait faire chaque fois un plongeon sous la table pour la rechercher. Après avoir procédé de cette manière à une douzaine de reprises avec beaucoup de grâce, il demanda à son imposante voisine : «Ne ferais-je pas mieux, madame, de m'asseoir sous la table pour vous donner votre serviette plus promptement?»

## ORWELL (George)

Eric Blair, dit «George Orwell» (1903-1950), fut policier colonial en Birmanie avant de lutter par sa plume, y compris ses romans, pour la justice sociale et contre le totalitarisme. Son socialisme intransigeant lui faisait regretter certaine logorrhée socialiste qui avait le don, selon lui, d'«attirer par une attraction magnétique tous les buveurs-de-jus-de-fruits, les nudistes, les illuminés en sandales, les pervers sexuels, les Quakers, les charlatans homéopathes, les pacifistes et les féministes d'Angleterre». Et cet athée s'habituait difficilement à l'idée que «presque n'importe quel intellectuel anglais se sentirait plus honteux d'être vu au garde-à-vous durant l'exécution de l'hymne national que d'être surpris en train de piller le tronc d'une église». Ces réflexions, dont des esprits chagrins ne manqueront pas de penser qu'elles valent aujourd'hui de ce côté-ci de la Manche, montrent assez, par rapport à la présentation ordinaire que l'on fait d'Orwell, combien il demeure largement *mécompris* en France, ce que Simon Leys attribue à «l'incurable provincialisme culturel de ce pays».

De George Orwell sur Baldwin : «On ne peut même pas imaginer une dignité quelconque à lui décerner pour lui donner un peu de substance. Il aura simplement été un vide dans l'espace.»

*

Sur Clement Atlee : «Il n'évoque rien pour moi, si ce n'est un poisson mort qui n'a pas encore eu le temps de raidir.»

## OSSONE (duc d')

Pedro Tellez y Giron, duc d'Ossone, marquis de Penafiel (1579-1624), gentilhomme d'Espagne à l'esprit aventureux, fut exilé par Philippe II puis Philippe III. En Flandre, il leva un régiment à ses frais, fit diverses campagnes. Devenu vice-roi de Naples, il organisa un complot contre Venise. Le conseil des Dix, alerté, fit périr les conjurés, et la flotte vénitienne défit celle du vice-roi. Madrid désavoua les conspirateurs. Le duc d'Ossone rassembla des mercenaires français et wallons, négocia avec la France et la Savoie. Mais il ne fut pas défendu par les Napolitains, et il dut repartir pour l'Espagne où il mourut en prison.

En 1618, le duc d'Ossone, alors vice-roi de Naples, se rendit sur une galère le jour d'une grande fête, pour user du droit de délivrer quelque forçat. Aussi était-ce à qui l'intéresserait à sa cause : tous protestaient de leur innocence. Un seul reconnut qu'il était là pour ses mauvaises actions : «Ôtez d'ici ce méchant homme, ordonna le duc en lui faisant donner la liberté. Autrement, il me gâterait tous ces gens de bien!»

**PAGNOL (Marcel)**

Marcel Pagnol (1895-1974) naquit à Aubagne «sous le Garlaban couronné de chèvres, au temps des derniers chevriers». Mobilisé en 1914, il fut réformé à cause de la faiblesse de sa constitution : lorsqu'il devint professeur d'anglais, il avait une silhouette si juvénile que le nouveau concierge du lycée de Marseille, le prenant pour un élève, ne voulut pas le laisser sortir avant l'heure. Professeur d'anglais à Paris en 1922, il s'aperçut qu'il regrettait Marseille, «ville de marchands, de courtiers et de transitaires», et le succès vint lorsqu'il mit dans son théâtre la couleur locale de la Provence. Il s'intéressa au cinéma et fonda à Marseille en 1934 sa société de production. Il entreprit plus tard la rédaction de ses souvenirs d'enfance romancés, appréciés du public. Bon écrivain de Provence, Pagnol reste loin au-dessous du génie de Giono, mais *la littérature* n'était pas pour lui un critère, et il déclarait avoir horreur du théâtre dit «littéraire» («Le théâtre et la littérature sont comme chien et chat : ménage impossible!»). Il est vrai que le théâtre de Molière, immortel, est moins *littéraire* que celui de Voltaire, Hugo ou Musset. Il y a assurément chez Pagnol une forte spontanéité qui empêche de dire qu'il a fait de la littérature, et le brave public s'esclaffe toujours quand il entend César dire dans *Marius* : «Quand on fera danser les couillons, tu ne seras pas à l'orchestre.» Pagnol était réputé pour ses emportements. On a de lui cette lettre à Fernandel : «Mon cher Fernand, hier dans un accès de colère je t'ai traité de pitre et de grimacier! Mais tu sais que quelquefois dans l'agacement, on dit des choses irréfléchies... Alors aujourd'hui que le calme est revenu et que j'ai pu réfléchir... je te confirme que tu n'es qu'un pitre et un grimacier!»

Les brouilles entre Marcel Pagnol et Raimu[1], son interprète, n'étaient pas rares. Pagnol finit par dire à Raimu : «Je te considère

1. *La Femme du boulanger*, tournée par Pagnol d'après le roman de Giono, avait rendu Raimu (1883-1946) populaire dans le monde entier, et Orson Welles le considérait comme le plus grand acteur de son temps. L'intéressé avait peur en bateau et en avion, et il disait : «Olivode m'offre des fortunes, mais moi, je n'irai là-bas que lorsqu'ils m'auront construit un pont.» Avec l'exagération marseillaise qui le caractérisait, il ajoutait : «Je supporte si mal les voyages aériens que j'ai le mal de l'air rien

comme le premier – ou le dernier – des imbéciles. Ça dépend dans quel ordre on les range.»

*

L'orgueil de Raimu n'avait pas de limites, si bien que Pagnol, un peu agacé, lui dit un jour : «Écoute, Jules, tu commences à nous fatiguer avec tes airs de te prendre pour Talma ou pour Napoléon. Tu ne pourrais pas, une bonne fois, te prendre pour Raimu?»

Raimu réfléchit un instant, puis dit avec simplicité : «Je n'oserai jamais.»

*

La ladrerie de Raimu était célèbre. Pour fêter le triomphe de *Marius*, il invita Marcel Pagnol. Le repas fut fort maigre.

Après le dessert, l'acteur cria à sa vieille bonne : «Marie, apportez le cognac : le meilleur.»

Pagnol intervint pour préciser : «Et surtout n'oubliez pas le compte-gouttes.»

C'est l'occasion de dire que, dans *Marius*, Robert Vattier interprétait le rôle de Monsieur Brun; un jour qu'il était entré dans un café pour se rafraîchir, les filles des patrons, qui l'avaient reconnu, se mirent à rire sous cape. Alors la patronne dit aimablement au comédien : «Monsieur, il faut leur pardonner. Elles sont si bêtes. Elles rient parce qu'elles vous ont vu jouer. Il ne leur faut pas grand-chose!»

*

Pagnol disait de son jardinier d'Aubagne, authentique Provençal qui veillait à rester à l'ombre des murs : «Il ne passe jamais au soleil, parce que ça le fatiguerait de traîner son ombre.»

*

Pagnol avait dit à son fils, qui ne brillait pas à l'école : «Je te donnerai cent francs chaque fois que tu auras une bonne note.»

---

que quand je lèche les timbres de la poste aérienne.» Il était fort enveloppé, et son rival Pauley l'était aussi. Un jour que les deux se disputaient, Jean Galtier-Boissière entendit la voix de Raimu s'enfler et dire avec son fameux accent provençal : «Mon pauvre monsieur, vous n'avez rien inventé : j'étais gros avant vous!»

Au bout d'un mois, le père avait dû donner à son fils 1 400 francs. Il finit par l'attraper par le coude : « Dis-moi, j'espère que tu ne partages pas avec l'instituteur ? »

## À propos de Marcel Pagnol

Après la cérémonie religieuse de funérailles d'un confrère, Pagnol, en désignant trois académiciens fort âgés, dit à son chauffeur, qui était réputé pour son insolence : « Vous conduirez ces messieurs au cimetière.

— Faudra-t-il les ramener ? »

Il est vrai que la duchesse de Duras, l'amie de Chateaubriand, disait de l'Académie : « On devrait les appeler la confrérie des pénitents verts, car ils sont tout le temps en train d'enterrer quelqu'un. »

## PALATINE (la)

Charlotte-Élisabeth de Bavière, princesse palatine, duchesse d'Orléans (1652-1722), était la seconde épouse de Philippe de France. Née à Heidelberg, elle avait été élevée au grand air (« Mon Dieu ! combien de fois ai-je mangé des cerises sur la montagne avec un bon morceau de pain, à cinq heures du matin ! J'étais alors plus gaie qu'aujourd'hui »). Elle ne renia jamais l'Allemagne : « Je ne peux supporter le café, le chocolat et le thé, et je ne puis comprendre qu'on en fasse ses délices : un bon plat de choucroute et des saucissons fumés sont, selon moi, un régal digne d'un roi, et auquel rien n'est préférable ; une soupe aux choux et au lard fait bien mieux mon affaire que toutes les délicatesses dont on raffole ici. » Après les bâtards du roi, dont le comte de Toulouse (« la chiure de souris ») et Mme de Maintenon (« la vieille conne »), sa cible de prédilection était Louvois à cause de la dévastation du Palatinat. Elle éprouva toujours une affection, réciproque, pour son beau-frère Louis XIV. Elle apprécia la grandeur du vieux monarque dans son isolement européen et sa victoire finale : « Elle aima ce grand roi, dit le père Cathalan dans son oraison funèbre, parce qu'elle était grande elle-même. Elle l'aimait parce qu'il était plus grand que sa fortune ; et elle l'aimait encore davantage lorsqu'il était plus grand que ses malheurs. » Mais lorsque son fils, le futur Régent, vint lui demander sa bénédiction avant d'épouser la fille naturelle du roi et de la Montespan, elle le souffleta. Après la chasse, sa grande occupation fut la correspondance : 50 000 lettres en allemand ou en français, écrites avec esprit, et qui rapportent sans discernement tous les ragots, surtout s'il s'agit de mœurs contre nature, que Madame soupçonnait partout (par exemple chez le grand Condé, chez Villars ou encore le prince Eugène, qu'elle surnommait « Mme Puttana »...) pour se consoler des mépris de Monsieur.

La duchesse d'Orléans, Madame, princesse Palatine, dormait ; après l'avoir considérée un instant, la princesse de Conti – fille naturelle de Louis XIV et de Mlle de La Vallière – dit à une dame de l'entourage : « Madame est encore plus laide en dormant que lorsqu'elle veille. »

Celle-ci, prenant la parole sans ouvrir les yeux, dit simplement : « Eh ! madame, tout le monde ne peut pas être enfant de l'amour. »

*

La duchesse d'Orléans était très à cheval sur son rang de princesse et toujours sur le qui-vive, de peur qu'on ne lui rendît pas assez, dit Sainte-Beuve. Elle prétendait qu'en France et en Angleterre les ducs et les lords avaient un orgueil tellement excessif qu'ils croyaient être au-dessus de tout : « Si on les laissait faire, ils se regarderaient comme supérieurs aux princes du sang, et la plupart d'entre eux ne sont pas même véritablement nobles ! » Et de raconter comment elle remit en place le duc de Saint-Simon, lui-même fort fanatique sur le chapitre des ducs et pairs.

Un jour qu'il se mettait à la table du roi en passant devant le prince de Deux-Ponts, la duchesse d'Orléans dit tout haut : « D'où vient que M. le duc de Saint-Simon presse tant le prince de Deux-Ponts ; a-t-il envie de le prier de prendre un de ses fils pour page ? »

Tout le monde se mit à rire si fort, qu'il fallut que le duc s'en allât.

Celui-ci n'en voulait pas trop à Madame, et il a brossé de la duchesse un portrait où il reconnaît sa franchise et son honnêteté. Il la présente aussi comme ayant un sens aigu des bienséances ; il ne devait pas connaître sa lettre du 9 octobre 1694 à Sophie de Hanovre : « Je le pardonne à des crocheteurs, à des soldats aux gardes, à des porteurs de chaise et à des gens de ce calibre-là. Mais les empereurs chient, les impératrices chient, les rois chient, les reines chient, le pape chie, les cardinaux chient, les princes chient, les archevêques et les évêques chient, les généraux d'ordre chient, les curés et les vicaires chient. Avouez donc que le monde est rempli de vilaines gens ! Car enfin, on chie en l'air, on chie sur la terre, on chie dans la mer. Tout l'univers est rempli de chieurs, et les rues de Fontainebleau de merde, principalement de la merde de Suisse, car ils font des étrons gros comme vous, Madame. »

## PAPE THEUN

Les personnages importants aimaient à entretenir un fou, c'est-à-dire un homme au physique grotesque, qu'on revêtait d'un habit qui ne l'était pas moins (le vert était la couleur des fous), et qui avait en principe le droit de tout dire – raison pour laquelle un concile de Paris en 1212 en interdit l'emploi aux cardinaux. Comme il s'agissait de gens très capables, il arrivait qu'on leur confiât une mission diplomatique délicate. Malgré une certaine tristesse, ou à cause de cela, Charles Quint avait plusieurs fous en ses différentes cours. Pape Theun (v. 1530; il y en eut plusieurs de ce nom) fut longtemps le bouffon gradué de l'empereur à Bruxelles. Dans son *History of Court Fools*, John Doran a refusé de rapporter les anecdotes qu'il connaissait sur Pape Theun, au motif qu'elles ne pourraient pas trouver grâce aux yeux de ses lecteurs.

Pape Theun, bouffon de Charles Quint, ayant un jour abusé de la liberté que l'empereur lui donnait, fut exclu pour plusieurs jours de la cuisine. Cette peine lui paraissant fort rude, il tâcha de gagner le cuisinier, qui fut inexorable à ses prières. Enfin il s'avisa de clouer des planches sur tous les privés du palais. Cela ayant été rapporté à l'empereur par quelques-uns de ses gentilshommes qui avaient été trompés en allant aux lieux, il le fit appeler, et lui ayant demandé la raison d'une action si hardie, son bouffon lui répondit sur un ton ingénu : « Je croyais que tous les privés étaient superflus à la Cour, puisqu'on n'y mange plus. »

## PARKER (Dorothy)

Issue d'une famille juive (étrangère à celle des banquiers), Dorothy Parker, née Rothschild (1893-1967), fut éduquée dans une école catholique de New York et resta marquée à gauche. Elle publia des poèmes, écrivit des scénarios, et alla vivre à Hollywood. Elle est restée célèbre par ses mots d'esprit, son alcoolisme et ses tentatives de suicide (elle mourut d'autre chose). Elle fut mariée trois fois, dont deux fois au même homme, l'acteur Alan Campbell, qui quant à lui réussit son suicide ; elle se répandait en disant qu'il était « pédé comme un bouc » (« *queer as a billy goat* »). Le monument funéraire à la mémoire de Dorothy Parker se trouve à Baltimore, dans un espace géré par la National Association for the Advancement of Colored People. On y lit : « *Here lie the ashes of Dorothy Parker (1893-1967) humorist, writer, critic. Defender of human and civil rights. For her epitaph she suggested, "Excuse my dust". This memorial garden is dedicated to her noble spirit which celebrated the oneness of humankind and to the bonds of everlasting friendship between black and*

> *Jewish people.*» Outre la reconnaissance de l'humanité, on retiendra donc l'épitaphe qu'elle avait souhaitée : *Pardon pour cette poussière.* À propos de poussière, le jour où on lui demanda pourquoi elle avait appelé son canari Onan, elle expliqua que c'était parce qu'il répandait toujours ses graines sur le sol.

Le jeu de Katharine Hepburn au théâtre restait d'une grande platitude, et après l'avoir vue dans *The Lake*, Dorothy Parker fit un commentaire resté célèbre : «Allez au Martin Beck Theatre, pour voir Katharine Hepburn décliner toute la gamme des émotions de A à B.»

*

Un soir que Dorothy Parker donnait une réception à l'Algonquin, dans Manhattan, Tallulah Bankhead, qui venait de remporter un premier succès retentissant à Broadway, faisait partie des invités. Elle abusa du bourbon, commença à faire du tapage, et l'hôtesse la fit raccompagner avant l'heure par deux gentlemen.

Sur un ton sarcastique, D. Parker demanda tout haut, peu après : «La *mère de Whistler* est déjà repartie?»

(*Whistler's Mother*, tableau peint dans une échelle de gris, et que la France a la chance de détenir, est célèbre parmi les Américains comme icône artistique de la vieille mère respectable.)

Le lendemain, lors du déjeuner de gala, examinant son visage dans un miroir de poche, Tallulah Bankhead dit : «Moins je me comporte comme la mère de Whistler la nuit d'avant, et plus je lui ressemble le jour d'après.»

*

Dorothy Parker, quand on lui dit que le président Coolidge, qui passait beaucoup de temps à dormir, venait de mourir, dit : «Comment peut-on affirmer une chose pareille?»

*

On dit devant Dorothy Parker que Clare Boothe Luce était toujours extrêmement gentille avec ses inférieurs. Elle demanda : «Et où donc parvient-elle à en trouver?»

*

Lorsqu'elle apprit qu'un couple de ses amis, qui avaient depuis longtemps une vie commune, venait de se marier, Dorothy Parker leur envoya ce télégramme le lendemain de leur nuit de noces :

ALORS QUOI DE NEUF ?

*

On qualifie souvent l'œuvre poétique de Landor d'*intéressante*, mais certains la déclarent illisible. Telle était l'opinion de Dorothy Parker, comme en témoigne cette épigramme :

> *Upon the work of Walter Landor*
> *I am unfit to write with candor.*
> *If you can read it, well and good ;*
> *But as for me, I never could.*
> « Sur l'œuvre de Landor
> Ne puis écrire avec candeur.
> Bravo si vous l'avez lu ;
> Moi, je n'ai jamais pu. »

*

Margot Asquith venait de publier *Lay Sermons*. Dorothy Parker dit : « La relation entre Margot Asquith et Margot Asquith survivra comme l'une des plus belles histoires d'amours de la littérature. »

## PASSEUR (Steve)

Étienne Morin, dit « Steve Passeur » (1899-1966), journaliste et auteur dramatique à succès, prit son pseudonyme en puisant dans son ascendance irlandaise et protestante ; il cultivait une allure de clergyman irlandais associée à un comportement déconcertant. Il jeta à l'eau, la nuit, l'un de ses amis qui s'était vanté d'être bon nageur, et Salacrou a raconté : « Vous rencontre-t-il pour la première fois, il vous demande : Êtes-vous pédéraste ?... À une femme : Êtes-vous mariée ? Aimez-vous votre mari ? Pourquoi ? Pour quelle raison avez-vous des enfants ?... Il arrive à un grand déjeuner avec une heure de retard et reproche à la maîtresse de maison de servir déjà les fromages. » Après la mort de sa première femme, il épousa Renée Griotteray, actrice appartenant à une lignée politique traditionaliste ; il adressa alors à son père un télégramme pour dire qu'il épousait une femme qui n'était pas protestante et qui avait l'air d'une

> grue, mais que ce n'était qu'un faux air. En 1945, il adressa sa pièce *La Traîtresse* à Jean Vilar, avant d'aller assister à l'une de ses mises en scène au Vieux-Colombier; il s'empressa ensuite de lui écrire : «Cher Monsieur, Vous seriez gentil de me renvoyer mon manuscrit le plus vite possible. Je ne crois pas qu'il puisse vous intéresser. J'ai détesté *Meurtre dans la cathédrale* ou tout au moins le peu que j'en ai vu. Ça m'a semblé d'une prétention et d'un ennui épouvantable pour le théâtre.»

L'auteur touche-à-tout Jacques Chabannes, vers 1930, expliquait à un auditoire, composé d'auteurs dramatiques, qu'ils devaient désormais concevoir leur œuvre de manière réfléchie : «Situant l'homme dans le cosmos, l'homme infinitésimal et pourtant nécessaire, le théâtre synthétisera la création, recréera l'univers et montrera la route à suivre vers la transcendance à laquelle nous aspirons. Il nous faudra nous transcender ou mourir.

— Je préfère mourir», clama Steve Passeur.

*

Steve Passeur qui, outre son propre travail d'auteur dramatique, avait conservé des activités de journaliste et de critique, était allé interviewer Bernstein au matin de la première d'*Évangéline*. Bernstein le raccompagna à la porte en lui disant : «J'espère que vous aimerez ma pièce. Ce sera peut-être la dernière...

— Vous êtes complètement fou. Ce sera la dernière», lui répondit Passeur sur le ton le plus affirmatif.

## PÉLISSIER (maréchal)

> Aimable Pélissier, duc de Malakoff, maréchal de France (1794-1864), s'illustra durant la campagne d'Algérie par ses talents militaires mais aussi par sa cruauté, si bien que le maréchal général Soult, ministre de la Guerre, dut faire des excuses publiques; mais immédiatement le maréchal Bugeaud, gouverneur de l'Algérie, couvrit les exactions et assura la promotion du général Pélissier. Celui-ci recevra la dignité de maréchal après son commandement victorieux en Crimée.

Le maréchal Pélissier, vainqueur à Sébastopol, puis gouverneur de l'Algérie, était fameux par sa rudesse. Un jour, il se laissa emporter jusqu'à lever sa cravache sur son aide de camp, le commandant Cassaigne. Égaré par la colère, celui-ci tira un pistolet de sa ceinture, ajusta le maréchal, et il aurait fait feu si le pistolet ne s'était enrayé. «Commandant, dit avec calme le maréchal, vous garderez les arrêts pendant huit jours, pour le mauvais état de vos armes.»

## PELLISSON (Paul)

Paul Pellisson (1624-1693), maître des requêtes de l'Hôtel, fut également historiographe de France. Mme de Sévigné a écrit de lui qu'il «est bien laid, mais qu'on le dédouble, on trouvera une belle âme». Calviniste, il se convertit au catholicisme à l'occasion de son séjour de quatre années à la Bastille, où il avait été mis à l'époque du procès de Fouquet, dont il était un proche et auquel il resta fidèle (le Surintendant disait qu'il avait ensemble l'esprit des belles-lettres et celui des affaires). Il entra ensuite dans les ordres. Ses connaissances étaient universelles et il écrivit des ouvrages dont certains furent traduits en arabe. Voltaire l'a qualifié de «poète médiocre», mais qu'on lise par exemple *Le Miroir*, un bel octain de Pellisson, et la comparaison avec les vers de Voltaire ne se fera pas au préjudice du premier.

*Les Trois Sourds*
Un sourd fit un sourd ajourner
Devant un sourd en un village,
Et puis s'en vint haut entonner
Qu'il avait volé son fromage :
L'autre répond du labourage.
Le juge étant sur ce suspens
Déclara bon le mariage,
Et les renvoya sans dépens.

*

Un jeune seigneur de la cour de Louis XIV lisait à plusieurs de ses amis des vers qu'il disait avoir faits.

«Je connais ces vers, dit un des auditeurs : ils sont de Pellisson.

— Ils sont de moi», reprend le lecteur.

Pellisson vint à passer; on l'appela : «Voyez ces vers, Pellisson; monsieur soutient que c'est lui qui les a faits.

— Pourquoi monsieur ne les aurait-il pas faits? Je les ai bien faits, moi.»

## PÉTAIN (Philippe)

Sir Basil Liddle Hart a écrit au sujet de Philippe Pétain, maréchal de France (1856-1951) : «Il est une chose pour ainsi dire certaine, c'est que l'armée française ne se serait jamais rétablie si Pétain n'avait été appelé à la commander en 1917. Si Foch, avec toutes ses grandes qualités, ou un autre général imbu de l'idée d'offensive avait été appelé à sa place, la guerre eût été perdue, pour la France tout au moins.» Lors de son entrée à l'Académie française en 1929, à la succession de Foch, Paul Valéry, chargé du discours de réception de Pétain, le félicita d'avoir découvert que «le feu tue» : «Je ne dirai pas qu'on l'ignorât jusqu'à vous. On inclinait seulement à désirer de l'ignorer.» En 1940, après un armistice qui sanctionnait une saisissante défaite, le Parlement remit les pouvoirs au Maréchal. Il ne sut pas résister aux collaborationnistes et fut condamné à mort, une peine de mort qui fut commuée en détention à vie à la Libération. En mai 1950, de Gaulle fit un laïus, que Pompidou nota : «Le maréchal Pétain est un très grand homme qui est mort en 1925. J'ai assisté à son agonie. Ceci dit, l'histoire de France n'a pas commencé le 18 juin 40. Et il y a eu Verdun. On dit : ce n'est pas Pétain qui a gagné Verdun. Mais c'est Pétain qui a introduit en France une tactique grâce à laquelle l'armée française a tenu. Et il a sauvé l'armée en 1917, avec un farfelu à sa tête, comme Nivelle, tout était perdu. Et Foch était incapable d'introduire la tactique. Il était un tacticien : c'est pour cela que, en 1939 il a prévu la défaite mais il n'a pas vu la conjoncture mondiale et la victoire finale.» Lorsqu'il fit son film *L'Œil de Vichy* en 1993, Claude Chabrol refusa de montrer la poignée de main entre Pétain et Hitler à Montoire, au motif qu'elle résultait d'un truquage.

En octobre 1904, en pleine présidence Loubet, le scandale des Fiches fut révélé à la Chambre : pour *républicaniser* l'administration et l'armée, Combes se faisait fournir des renseignements sur les fonctionnaires, les préfets et officiers par des amis francs-maçons. On portait en marge de leur fiche : «Va à la messe», «Va à la messe avec un livre», ou encore : «Assisté à la communion de son fils.» Le général André, ministre de la Guerre, devra démissionner et le scandale accélérera, en 1905, la chute du cabinet Combes, et laissera ensuite la voie ouverte aux républicains modérés, Poincaré et Deschanel.

Le colonel Pétain, directeur de Saint-Cyr repéré pour ses sympathies républicaines et dreyfusardes, avait été approché pour collaborer au fichage des étudiants. Lui qui ne mettait jamais les pieds à l'église répondit sèchement : «À la messe, je suis au premier rang, et je n'ai pas l'habitude de me retourner.»

## PETERS (Jean)

Elizabeth Jean Peters (1926-2000) fut l'une des stars de la 20th Century Fox à partir de la fin des années 1940, après qu'elle eut interrompu ses études littéraires. Elle était connue pour être très professionnelle, ne pas rechercher la célébrité, avoir les pieds sur terre et être le contraire d'une *party girl*. Dans les années 1950, sa réputation, déjà importante, s'imposa grâce à *Niagara* (aux côtés de Monroe) et *Apache*. Elle refusait souvent des rôles que la Fox avait pressentis pour elle, et cela lui valut plusieurs suspensions. Elle épousa Howard Hughes en 1957, peu de temps avant qu'il ne s'isole dans sa réclusion paranoïaque. Hughes, fou amoureux d'elle, la faisait déjà suivre par ses indicateurs avant même leur liaison. Ils divorcèrent en 1971, et elle ne manifesta pas de prétentions sur la fortune colossale de son mari. Elle mena ensuite une vie discrète consacrée à des œuvres charitables.

Lorsque Howard Hughes, après l'un de ses plus graves accidents d'avion (treize fractures, un poumon crevé, une brûlure au troisième degré, une centaine de blessures variées...), sortit de l'hôpital où il avait passé trente-cinq jours, il alla se reposer dans la maison de Cary Grant. On venait de l'apprendre, et à la sortie d'un gala de charité, Lana Turner, qui était intime avec Hughes avant l'accident, dit à Janet Thomas et Johny Meyer : « Si on passait voir comment va Howard ? »

Ayant aperçu à l'étage des silhouettes aux mouvements suspects, elle se lança dans l'escalier, et trouva Jean Peters au chevet du malade et beaucoup plus. Lana Turner interpella Hughes alors que des larmes coulaient sur ses joues : « Oh Howard, comment peux-tu...? Pourquoi me faire ça à moi ? » Ce fut le début d'une longue jérémiade.

Laissant Lana Turner et Howard Hugues s'expliquer, Jean Peters descendit l'escalier, au pied duquel elle croisa les autres. Elle leur dit en passant : « Pour ce numéro, Lana devrait recevoir un oscar. »

## PEYREFITTE (Roger)

Roger Peyrefitte (1907-2000) : cet écrivain prolixe défraya la chronique et obtint une série de succès littéraires par des ouvrages sulfureux ou polémiques (ou les deux) sur quantités de sujet, y compris les Juifs, les francs-maçons, le Vatican... Il brandissait comme un étendard son homosexualité – ou plus exactement sa pédérastie, parce qu'il déclarait n'aimer que « les agneaux, et pas les moutons». Il avait dû abandonner jeune la carrière diplomatique : le Quai d'Orsay, avec inconséquence, l'avait affecté à Athènes, et il fut prié de quitter son poste en 1938 à la suite d'un *incident* avec le jeune protégé d'un amiral grec... Son premier roman, *Les Amitiés particulières*, fut primé en 1945. C'était, dans les années 1970, un habitué des plateaux de télévision, avec ses cheveux cendrés un peu longs et ses tenues soyeuses, mettant de la couleur dans les ternes chroniques de ces années-là. On entendit un jour, sur les mêmes ondes, une journaliste raconter qu'elle était allée interviewer Peyrefitte, et que celui-ci, l'ayant trouvée à son goût, s'était montré fort pressant; à la question inquiète de la jeune femme : «Comment! vous n'êtes pas homosexuel?», il avait répondu avec le plus grand étonnement : «Moi? mais pas du tout!» Malgré tout ce qu'il raconta sur les papes, il manifesta un attachement assez constant à l'Église catholique, et s'éteignit pieusement, au terme d'une existence bien remplie, dûment muni des sacrements de l'Église...

En mars 1955, François Mauriac apprit avec déplaisir la candidature de Jean Cocteau à l'Académie française. Il assura au jeune Dominique Fernandez, peu avant le vote, que le candidat ne serait jamais élu «en raison de ses mœurs» – propos inconvenants, si l'on considère celui qui les tenait[1], et peu délicats, si l'on a égard à leur destinataire[2].

Cocteau fut élu; Mauriac s'empressa d'écrire à son ami pour lui dire qu'il s'abstiendrait d'assister à la séance de réception : «Moi, je lirai ton discours dans *Le Monde* et je serai de cœur avec toi... Depuis trois ans, je vis derrière le décor. Je sais trop de choses que le public ne sait pas. Voilà la raison de mon absence.»

Cocteau maintenait quant à lui une sincère gentillesse à l'égard de Mauriac. En 1962, sentant la mort approcher, il écrivit à son ami

---

1. Mauriac en sa jeunesse fut très amoureux de Cocteau; cet amour qui resta semble-t-il platonique (du fait de Cocteau, disent certains...), s'exprima en tout cas par un poème de Mauriac :

> Vous allez, bel oiseau, sans jamais atterrir,
> Renversant votre cou tiède et doux de colombe,
> Et criant aux désirs assaillants : Je succombe!

2. Dominique Fernandez (né en 1929) : cet homme de lettres, spécialiste entre autres choses des castrats et de l'Italie, a cru nécessaire d'orner d'un ganymède le pommeau de son épée d'académicien (il a été reçu à l'Académie française en 2007). Il est le fils de Ramon Fernandez, écrivain profond d'origine mexicaine bien acclimaté en France, collaborationniste résolu, mort d'une embolie en 1944, et qui, entre autres choses, a écrit sur Proust un ouvrage d'une très grande intelligence, ce qui est beaucoup moins fréquent qu'on n'imagine, puisque, comme le dit Mauriac, du côté de Guermantes comme du côté de Méséglise tout a été envahi et piétiné.

de jeunesse, en se décrivant lui-même en des termes qui auraient dû lui faire plaisir : «C'est un vrai chrétien et un enfant qui sont heureux chaque fois qu'ils te rencontrent [...]. Sache que ma croyance est si profonde que je pourrais en parler sans scandale.»

Mauriac, peu ému, préféra exécuter Cocteau dans son *Bloc-notes*, peu de jours après sa mort : «Oui, personnage tragique, ce Jean qui nous aura pourtant fait tant rire. La pièce n'aura pas été drôle pour tous les protagonistes[1]. Mais quoi! S'il eût mieux valu pour tel ou tel de ne s'être pas trouvé sur la route de Cocteau, reprocherons-nous à la lampe les papillons de nuit qui autour d'elle titubent, les ailes brûlées!»

Les amis de Cocteau furent indignés. Ce fut le cas en particulier de Roger Peyrefitte, que Mauriac avait d'ailleurs qualifié peu auparavant d'«Anatole France à semelles de plomb». L'occasion d'une vengeance fut trouvée par Peyrefitte, en 1964, au moment de l'adaptation cinématographique par Jean Delannoy de son roman *Les Amitiés particulières*, qui évoque l'amour de deux collégiens dans un établissement tenu par des religieux. La télévision diffusa un documentaire sur le tournage de ce film, et Mauriac, dans la chronique de télévision qu'il tenait, écrivit : «Je ne croyais pas qu'un tel spectacle pût me donner cette tristesse, ce dégoût, presque ce désespoir [...]. Ces petits garçons que vous nous montrez sur l'écran et qui servent la messe, et qui communient, à quelle histoire osez-vous les mêler? Et pourquoi la faites-vous bénéficier de cette publicité immense? Car ce sont des intérêts que vous servez : ces enfants rapportent[2].»

C'est dans ces circonstances que le 6 mai 1964 la revue *Arts* publia sous la plume de Roger Peyrefitte une *Lettre ouverte à M. François Mauriac, prix Nobel, membre de l'Académie française,*

---

1. On remarquera l'emploi vicieux du mot «protagoniste».

2. En vérité et pour ce qui regarde Peyrefitte, cela a plutôt coûté : à l'occasion du tournage, il tomba amoureux de l'un des jeunes acteurs, Alain-Philippe Malagnac, alors âgé de douze ans et demi, avec lequel il entretint par la suite une longue liaison. Pour renflouer les affaires malheureuses entreprises par Malagnac, Peyrefitte dut vendre sa chère collection d'antiques. Malagnac épousa en 1979 Amanda Lear, chanteuse à la voix grave, ancienne égérie de Dali puis maîtresse de Brian Jones. Alors qu'Amanda était en tournée à l'étranger, Malagnac mourut, en compagnie d'un jeune homme, dans l'incendie du domicile conjugal; y périrent également une douzaine de tableaux de Dali.

qui fit battre des deux mains les vieux ennemis de Mauriac, surtout à droite. De l'autre côté en effet, le journal *Le Monde* – que bientôt les soixante-huitards appelleront *le journal officiel de tous les pouvoirs* –, François Mitterrand, la revue *Esprit* (chrétiens de gauche) et beaucoup d'autres, choqués par l'extraordinaire violence de l'attaque, prendront la défense de l'académicien. Il y eut aussi un important tiers parti, qui resta silencieux tout en pensant que le destinataire du texte ne l'avait pas volé.

Peyrefitte donne le ton dès le début, dans un texte qui va *crescendo* : «Vous avez obtenu, l'autre jour, votre plus grand succès de théâtre, depuis qu'Édouard Bourdet n'est plus là pour refaire vos pièces.» Plus loin, il passe aux choses sérieuses : «Qui êtes-vous, mon Cher Maître? Un écrivain que nous admirons, mais un homme que nous ne pouvons plus supporter. Vous vous êtes impatronisé du rôle officiel de moralisateur, beaucoup moins pour défendre la morale que pour vous punir, aux dépens d'autrui, de votre penchant irrésistible à l'immoralité. Vos victimes ont presque toujours reçu les coups sans les rendre, se contentant de vous savoir tourmenté par vos appétits.»

Viennent les coups d'épée : «Les nobles vieillards du faubourg Saint-Germain n'ont pas oublié sous quels auspices vous avez fait votre apparition dans le monde. Sous les auspices du marquis d'Argenson, qui se partageait les virginités littéraires avec le comte Robert de Montesquiou. Jetons un voile, mon Cher Maître, sur ces débuts prometteurs. Ils suivaient la publication de vos poèmes, *Les Mains jointes*. Ils prouvaient que, tout en joignant les mains, vous entrouvriez déjà autre chose. Vous avez collaboré ensuite, à une grande revue littéraire de petit format. Ce furent alors des voyages en Italie, avec le directeur de cette revue, fameux par son fond de teint et sa perruque[1]. Il conserve, au-dessus de son lit, un portrait de vos belles années où votre poitrine, dans le décolleté de la chemise, est nue jusqu'au nombril.» Et puis : «Ce n'est pas le moins extraordinaire que d'avoir réussi à vous faire sacrer grand écrivain catholique et convaincu le jury du prix Nobel qu'il était temps de couronner le catholicisme en votre personne. N'est-il pas étrange, mon Cher Maître, que le catholicisme littéraire soit représenté sous la Coupole par un Rops et par vous? Vous êtes deux à vous disputer

---

1. François Le Grix, alors directeur de *La Revue hebdomadaire*.

les vies de Jésus et les vies de saints – vous, pour vous reposer de vos *baisers aux lépreux*, de vos *nœuds de vipères*, de vos *enfants chargés de chaînes*, de vos *pharisiennes* et de vos *sagouins*; lui, pour faire oublier qu'il a choisi comme pseudonyme le nom d'un dessinateur obscène et qu'il a commencé sa carrière par un roman lesbien, dont votre confrère Paulhan possède, dit-on, l'unique exemplaire non détruit. L'école des Tartufes siège quai Conti. On est presque heureux d'y voir élire désormais une espèce nouvelle de gens, qu'on nomme des technocrates. Ce sont les successeurs des grands seigneurs d'autrefois – souriants, inoffensifs et illettrés. Mais, mon Cher Maître, puisque j'imagine cette auguste assemblée, ne dois-je pas y déplorer un vide que nul technocrate ne comblera? Le vide laissé par Jean Cocteau. Ce poète, ce prince fut le contraire d'un hypocrite, et c'est pour cela que vous le haïssiez, même si vous ne l'aviez point haï dans votre jeunesse. Où sont-elles, ces lettres d'amour que vous lui aviez écrites et que vendit Maurice Sachs après les lui avoir volées? Vous lui disiez, dans la plus anodine : *Je baise tes lèvres gercées*, et ce n'étaient pas celles d'un lépreux. Ces lettres, les uns prétendent qu'elles sont chez un curé de Nice, les autres chez le collectionneur Godoï, en Suisse. Cocteau, quand on lui en parlait, avait l'élégance de déclarer que ce n'avait été qu'une plaisanterie, un badinage, pareil sans doute aux petits vers libertins que Cicéron envoyait à son affranchi, mais l'affranchi n'était pas vous. L'homme à qui vous aviez écrit ces lettres, vous avez eu l'ignominie de le renier, de le vilipender à toute occasion, comme pour abolir et absoudre votre passé – et si ce n'était que le passé! [...] Vous avez piétiné son cadavre, chaud encore, dans ce journal[1] où vous nous insultez.»

Peyrefitte, après avoir évoqué la passion homosexuelle refoulée d'un éducateur de collège, que Lucien Rebatet[2] lui avait racontée,

---

1. *Le Figaro littéraire.*
2. La référence à Rebatet, l'écrivain maudit, n'était pas anodine sous la plume de Peyrefitte; c'était pour Mauriac un personnage exécré depuis qu'il avait écrit en 1942 dans *Les Décombres* à son sujet : «L'homme à l'habit vert, le Bourgeois riche, avec sa torve gueule de faux Gréco, ses décoctions de Paul Bourget macérées dans le foutre rance et l'eau bénite, ces oscillations entre l'eucharistie et le bordel à pédérastes qui forment l'unique trame de sa prose aussi bien que de sa conscience, est l'un des plus obscènes coquins qui aient poussé dans les fumiers chrétiens de notre époque.» En

poursuit : « Nous sommes sûrs que vous avez vaincu la vôtre, quand *L'Express* se servait du sémillant Jean-Jacques Servan-Schreiber pour vous enjôler, ou quand vous peupliez d'Eliacins littéraires les couloirs du *Figaro*, ou quand les scouts marocains vous convertissaient aux intérêts arabes[1], ou quand un danseur de l'Opéra-Comique[2] vous apportait des clartés nouvelles sur la religion et la morale.

« Quelqu'un m'ayant dit que vous aviez sollicité l'honneur de faire partie de la délégation française au couronnement de Jean XXIII et que ce pape admirable vous avait rayé de la liste, j'ai voulu en avoir le cœur net. Mgr Capovilla, son secrétaire, répondit à l'ami par lequel je l'avais fait interroger : "M. Mauriac sait trop bien ce que pense de lui le Saint-Père et n'a pas eu à figurer sur la liste." Ainsi n'avez-vous pu vous déployer en chapelle papale comme Claudel au couronnement de Pie XII, où on lui subtilisa son portefeuille. »

Enfin Peyrefitte reproche à Mauriac sa constante méchanceté (qui, selon Montherlant, lui venait d'être « né dans une mercerie »), et rappelle le mot de l'un de ses confrères à son sujet : « Il est si méchant que, même à l'Académie, quand il ne peut plus nous dire du mal de quelqu'un, il nous en dit de ses propres enfants. »

Et Peyrefitte d'ajouter : « Ce mot venge Cocteau de votre allusion à la *pieuse couvée qui lui a manqué.* »

En effet, Mauriac, juste après la mort de Cocteau, avait dit que tous ses maux venaient de l'absence de femme et d'enfants (la pieuse couvée) dans sa vie. Cela éclaire la fin de la diatribe la plus terrible de la littérature française : « Eh bien ! mon Cher Maître, je vous ferai boire le calice jusqu'à la lie. Je vous citerai le mot d'un fils, un mot que me répéta ce même Cocteau dont vous avez outragé la mémoire : *Je sens que mon père m'a fait sans plaisir.* C'est probablement le mot le plus affreux qu'un fils ait jamais dit sur son père. Et si ce père était prix Nobel, membre de l'Académie française, grand-croix de la Légion d'honneur, cabot patenté, ce mot

---

1951, Mauriac avait refusé de signer la pétition en faveur de la libération de Rebatet, que Paulhan lui présentait.

1. Mauriac, encouragé par un groupe de jeunes hommes qui lui plaisaient, avait dénoncé l'attitude colonialiste de la France au Maroc, après la Seconde Guerre mondiale.

2. Jacques Chazot.

vengerait le prix Nobel, l'Académie française, la Légion d'honneur, la religion et la morale.»

*

Toujours de Peyrefitte s'adressant à Mauriac : «Colette, la grande Colette, me disait qu'à l'une de vos visites, penché à son chevet, cachant votre denture affligeante derrière vos doigts, et frémissant de toutes les cordes vocales qui vous restent, vous lui aviez éructé : "Quelle chance vous avez de ne pas croire à l'enfer!"

«Elle ajoutait : "Il avait le visage de quelqu'un qui est déjà en train de rôtir."»

## PHILIPPE D'ÉDIMBOURG

Prince Philippe, duc d'Édimbourg (né en 1921) : William Donaldson, biographe des excentriques britanniques, rappelle que, s'il est de bon ton de rendre ce prince consort, le plus durable de l'histoire britannique, responsable des déboires sentimentaux de sa progéniture, à cause d'un manque d'affection paternelle durant les années de formation, on doit plutôt estimer que le mari d'Élisabeth II a été prudent de ne pas se mêler des questions d'éducation, après les exemples qu'il avait eus sous les yeux. Sa mère, la princesse Alice de Grèce, était persuadée qu'elle entretenait avec Jésus-Christ une relation charnelle, cependant que son père vivait à bord d'un bateau avec une actrice française ; et son tuteur, le marquis de Milford Haven, avait réuni la bibliothèque d'ouvrages sado-masochistes la plus complète d'Europe. La princesse Alice était persuadée qu'elle avait un groupe de disciples dans le Bedfordshire. À partir de 1948 et jusqu'à sa mort survenue en 1969, elle vécut habillée en religieuse. À Buckingham Palace, le personnel la trouvait «étrange mais sympathique». Dans les années 1950, Philippe s'échappait régulièrement pour aller faire la tournée des boîtes de nuit de Londres avec son ami le Commander Michael Parker ; ils utilisaient les pseudonymes de *Murgatroyd* et *Winterbottom*, que tout le monde connaissait. Ces escapades valurent au prince le soupçon d'être «l'Homme sans Tête», personnage célèbre depuis que, dans une procédure de divorce, le duc d'Argyll avait produit quatre photos Polaroid sur lesquelles on voyait sa femme Margaret, uniquement vêtue d'un collier de perles, se livrer à genoux à des actes intimes sur un homme dont le cadrage épargnait l'identité. En 1999, quelques années après la mort de la duchesse, on apprit que l'Homme sans Tête était l'acteur Douglas Fairbanks junior, ce qui déçut la presse à sensation.

Le duc d'Édimbourg restera célèbre, dans un monde où les personnages publics contrôlent leurs propos, pour avoir dit à ses interlocuteurs ce qui lui passait par la tête, sans jamais exprimer par la suite le moindre regret si on lui expliquait que cela avait heurté. Un florilège a été rappelé par le *Herald Tribune* du 10 juin 2011, à l'occasion des quatre-vingt-dix ans de ce mari d'une reine d'Angleterre non moins inaltérable.

À un chef aborigène, lors d'une visite en Australie : « Avez-vous conservé cette habitude de vous lancer des sagaies les uns aux autres ? »

Le chef traditionnel, extrêmement désemparé, ne répondit rien. Puis on s'offusqua, et au moment où l'on attendait quelque mot d'excuses de la part du prince Philippe, il se contenta d'accuser les journaux de faire toute une affaire de choses insignifiantes. Il expliqua même aux journalistes : « Le problème avec vous, c'est que vous n'avez vraiment *aucun* sens de l'humour. »

Le prince Philippe exploita en tout cas ce filon humoristique, puisque quelques années plus tard il demanda au responsable d'un musée folklorique, aux îles Caïman, si la majorité des habitants descendait bien des cannibales.

Ses commensaux écossais ne furent pas toujours traités différemment. Cela ne plut guère lorsque le prince demanda à un instructeur d'auto-école comment il s'y prenait pour maintenir ses clients éloignés d'une bouteille d'alcool un temps suffisant avant l'examen du permis de conduire – la chose dite sur un ton assez cavalier à l'égard de la population locale (« *How do you get the natives off the booze long enough to get them past the test ?* »).

\*

Suscita également des remous sa remarque trop publique, à l'occasion de sa visite en Chine, lorsqu'il rencontra un étudiant anglais venu étudier dans ce pays : « Ne restez pas ici trop longtemps, sinon vous allez revenir chez nous avec les yeux bridés. »

Nouvelle affaire dans la presse. Lorsqu'il dut s'expliquer, le prince dit simplement : « Ça n'a pas troublé les Chinois ; alors pourquoi cela devrait-il perturber les autres ? »

\*

À une Kenyane qui venait lui offrir un présent : «Vous êtes bien une femme, n'est-ce pas?»

À un garçon empâté qui lui avouait vouloir devenir astronaute : «Alors, débrouille-toi pour perdre un peu de poids.»

Au chanteur Tom Jones, *crooner* réputé pour sa voix vibrante : «Est-ce que vous vous gargarisez avec des galets, pour arriver à chanter comme ça?»

Au président du Nigeria, extrêmement fier d'arriver resplendissant, revêtu de son costume chamarré traditionnel : «On dirait que vous allez vous mettre au lit!»

*

Le maire d'une petite ville anglaise était extrêmement nerveux à l'idée de recevoir un membre de la famille royale pour la première fois. Comme le prince Philippe descendait les marches de l'avion, le maire se précipita vers lui pour lui demander comment s'était passé le vol.

Le prince lui demanda alors : «Avez-vous déjà pris l'avion?

— Oui, Votre Altesse, à plusieurs reprises.

— Bon, eh bien c'était pareil.»

*

En Australie, un jour où la reine Élisabeth dut visiter une institution de sourds-muets, le temps était particulièrement lourd, et la souveraine fort lasse. Pour la réconforter, le prince Philippe lui murmura quelques mots gentils à voix basse. Immédiatement, tous les visages s'illuminèrent d'un large sourire : les sourds-muets avaient déchiffré sur ses lèvres : «Courage ma chère : encore un peu de patience!»

En 1983, selon un sondage, près de la moitié des Anglais jugeaient que le prince Philippe était un «consort passif», tandis que l'autre moitié pensait qu'on ne lui avait pas vraiment laissé la faculté de s'exprimer librement...

David Cameron, Premier ministre, s'adressant à la Chambre des communes pour honorer le prince à l'occasion de son anniversaire en 2011, a préféré saluer, de manière très britannique, cette «unique façon de tourner les phrases», et son «inimitable approche».

## PHILIPPE DE FRANCE, duc d'Orléans

Le mariage de son frère avec Henriette d'Angleterre avait permis à Louis XIV de gagner le roi d'Angleterre. À la mort de cette princesse, on décida derechef de marier Monsieur – Philippe de France, duc d'Orléans (1640-1701) – à la princesse Palatine, pour gagner la neutralité de l'Électeur palatin pendant la guerre de Hollande, à laquelle Philippe participa. Les soldats disaient de lui : «Il craint plus que le soleil ne le hâle, qu'il ne craint la poudre et les coups de mousquet.» Il était fort pieux : «Il avait la coutume de porter le soir, dans son lit, un chapelet garni de plusieurs médailles et reliques, qui lui servait à faire ses prières avant de s'endormir.» On peut lire, dans la correspondance de la Palatine, la promenade qu'il fit faire une nuit aux médailles et aux reliques sur le corps de sa femme, sous prétexte qu'elle avait été huguenote. Plusieurs traits le rendent sympathique : «Monsieur aimait si fort le son des cloches qu'il venait exprès à Paris passer la nuit de la Toussaint, car toutes les cloches sonnent pendant cette nuit. Il n'aimait aucune autre musique. Il en riait lui-même.» La Palatine a fait un portrait des deux frères, en rappelant qu'ils s'aimaient : «Le roi était grand et cendré ou d'un brun clair ; il avait l'air mâle et extrêmement bonne mine ; Monsieur n'avait pas l'air désagréable, mais il était fort petit, il avait les cheveux noirs comme du jais, les sourcils épais et bruns [...]. Il avait des manières d'une femme plutôt que d'un homme ; il n'aimait ni les chevaux ni la chasse ; il ne se plaisait qu'à jouer, tenir un cercle, bien manger, danser et faire sa toilette ; en un mot, il se plaisait à tout ce qu'aiment les dames.»

Philippe d'Orléans détesta sa première épouse, la jolie et trop légère Henriette d'Angleterre. Lorsqu'elle mourut, il fallut bien le marier de nouveau, puisque c'était un moyen de politique étrangère. La beauté de la fiancée n'ayant rien à voir à l'affaire, on jeta les yeux sur la princesse Palatine. Lorsqu'on les mit en présence, la grosse Allemande, qui avait jusque-là beaucoup apprécié la vie saine et naturelle que sa jeunesse avait menée sur les contreforts de Bavière, fut fort désemparée de voir venir vers elle cet être froufroutant, perché sur ses talons. Sa stupéfaction n'eut d'égale que celle de Monsieur, en découvrant ce visage de reître surplombant un corps gros comme une tour. On l'entendit murmurer, terrorisé : «Oh ! comment pourrai-je coucher avec elle ?»

Il y parvint cependant. De ce couple improbable est issue l'actuelle Maison de France.

\*

Monsieur d'ailleurs ne manquait pas d'esprit. Au sujet d'une époque où les bals masqués prirent une expansion considérable, la Palatine raconte ainsi un dialogue entre son mari et le prince de Condé, *M. le Duc*[1] : « Feu M. le Duc, qui était horriblement contrefait, disait à feu Monsieur : "Étant masqué, on m'a pris pour vous."

« Monsieur ne fut pas flatté de ce compliment et trouva mauvais qu'on l'eût confondu avec le Duc ; aussi répondit-il : "Je mets cela au pied du Crucifix." »

## PHILIPPE D'ORLÉANS, régent de France

Philippe d'Orléans, régent de France (1674-1723), fils de Philippe de France et de la Palatine, élevé par l'abbé Dubois, fit preuve d'une certaine corruption au chapitre des mœurs, encore que sa réputation ait été noircie par les chansonniers. Il était intelligent et grand travailleur. Il se distingua dans les armées dès l'âge de vingt ans, et eut un moment la pensée de remplacer Philippe V sur le trône d'Espagne. Cela le discrédita dans l'esprit de Louis XIV, et il dut vivre en retrait jusqu'à la mort du roi. On connaît la suite : le Parlement s'assemblant sans être convoqué, le duc venant demander la régence « et surtout étant aidé de vos conseils et de vos sages remontrances » : le testament politique de Louis XIV ouvert, lu à voix basse et rapidement, les magistrats rendant, contre ses dispositions, un arrêt qui donnait au duc d'Orléans la pleine régence. La première partie de l'administration du Régent fut marquée par l'anéantissement des Jésuites, le renvoi d'une grande partie de l'armée, l'extinction d'une partie de la dette. Bientôt le système de Law, auquel croyait le prince, amena la banqueroute. La peste de Marseille, l'exil du Parlement, la réhabilitation des Jésuites signalèrent les derniers temps de la Régence : après huit années, le duc résigna ses fonctions entre les mains de Louis XV ; il voulait se maintenir aux affaires, mais sa mort arriva la même année.

---

1. Louis III prince de Condé (1668-1710), petit-fils du Grand Condé, appelé « M. le Duc » à la cour, et surnommé ailleurs « le Singe vert » à cause de sa laideur et de ses dépravations. « C'était, dit Saint-Simon, un homme très considérablement plus petit que le plus petit homme, et qui, sans être gros, était gros de partout, la tête grosse à surprendre, et un visage qui faisait peur. Il était d'un jaune livide, l'air presque toujours furieux, mais en tout temps si fier, si audacieux, qu'on avait peine à s'accoutumer à lui. Il avait de l'esprit, de la lecture, des restes d'une excellente éducation, de la politesse et des grâces mêmes quand il voulait, mais il voulait très rarement. Ses mœurs perverses lui parurent une vertu. » On lit un portrait moins chargé sous la plume de Mme de Caylus. Il engendra quelques caractères très spéciaux – ou si l'on veut, passablement tarés –, dont le comte de Charolais et le comte de Clermont, célèbre libertin, 5e grand maître de la Grande Loge de France, qui termina dévot.

Un domestique du duc d'Orléans, qui n'avait que des inclinations basses, l'ayant prié un jour de le faire noble, le duc répondit : « Je pourrais bien te faire riche, mais pour noble, cela est impossible. »

*

Un capitaine réformé, le comte de Horn, avait assassiné un banquier pour le voler. Il fut pris, et condamné à mort. Il était de bonne maison, et l'on vint demander sa grâce au Régent, qui resta inébranlable. On finit même par insinuer que le comte de Horn était son allié : « La honte en pourrait rejaillir sur votre maison.

— Eh bien ! répondit le Régent, je partagerai sa honte. Cela pourra consoler ses proches. »

*

Un jour, lors d'une séance du Conseil, on tomba sur les comptes du pharmacien de la Bastille. On fut étonné de la quantité de lavements qui étaient administrés aux prisonniers malades. Le Régent coupa court à la discussion qui commençait à naître, en disant : « Puisque ces malheureux n'ont que ce divertissement-là, ne le leur ôtons pas ! »

*

L'abbesse de Chelles, fille du Régent, écrivant pour demander une faveur, avait usé de la formule ordinaire : « épouse de Jésus-Christ ».

Le Régent aurait commenté, en lisant la lettre : « Il y a trop longtemps que je suis brouillé avec mon gendre pour rien accorder à sa femme. »

(Il est probable que cela est apocryphe.)

### À propos du Régent

Après que l'abbé de Cîteaux eut parlé, et souligné les différences du temporel et du spirituel, le Régent se tourna vers quelqu'un de son entourage pour dire : « Voilà un honnête homme. »

L'abbé, qui avait entendu, dit : « Monseigneur, j'ai représenté à Votre Altesse que je ne me mêlais point des affaires de l'État, et je la prie très humblement de ne pas se mêler des nôtres. »

*

Le comte de Stainville, ministre de Lorraine, se trouvait dans le salon d'Hercule avec la Cour, lorsque le Régent l'aborda brusquement en se plaignant du duc de Lorraine : «Monsieur de Stainville, je crois que votre maître se fout de moi.

— Monseigneur, répondit le ministre avec l'air le plus ennuyé : il ne m'a pas chargé d'en informer Votre Altesse.»

## PHOCION

Phocion (400-317 av. J.-C.) : Philippe de Macédoine tenta de corrompre ce chef du parti aristocratique, et lorsque Phocion reçut ses émissaires, il s'étonna d'être le seul Athénien à qui le prince offrît des largesses; les envoyés de Philippe lui répondirent que c'était parce qu'on ne connaissait que lui comme Athénien de qualité : «Eh bien! répondit Phocion : qu'il me laisse ma vertu et ma réputation!» Il combattit les troupes d'Alexandre, mais accepta de devenir gouverneur d'Athènes lorsque les Macédoniens eurent vaincu. Après la mort d'Alexandre, une nouvelle faction l'emporta à Athènes, et Phocion, au terme d'un procès irrégulier, dut boire la ciguë.

Un jour que le peuple se mit à l'applaudir, Phocion demanda : «Me serait-il échappé quelque sottise?»

*

«Le peuple te tuera s'il entre en fureur, lui disait un jour Démosthène sur un ton menaçant.

— Et toi s'il rentre dans son bon sens», répondit Phocion.

## PICABIA (Francis)

Francis Picabia (1879-1953), impliqué dans le cubisme, le dadaïsme et le surréalisme, changea souvent ses conceptions esthétiques, ce qui indisposait les diverses chapelles avant-gardistes. Il expliquait : «Notre tête est ronde pour permettre à la pensée de changer de direction.» André Breton ironisait : «L'homme qui nous change le plus de Picabia, c'est Picabia.» Celui-ci ne désarmait pas contre les surréalistes, et écrivait à Pierre Reverdy : «Cher monsieur Reverdy que je n'ai pas l'honneur de connaître, il me semble que depuis que vous consacrez votre vie à la poésie, vous essayez de faire manger un peu de votre merde à tout le monde.» Il est pourtant connu des Américains pour avoir introduit le mouvement Dada à New York en 1915 et pour avoir, contre les vieilles théories XIX<sup>e</sup> siècle de «l'art pour l'art», promu «l'anti-art», par exemple en peignant des machines au fonctionnement absurde (dont *Parade amoureuse* qui a du moins le mérite de la gaieté) et des représentations d'où tout romantisme est banni : son dessin paru dans la revue américaine *291*, qui s'intitule «Portrait d'une jeune fille américaine dans l'état de nudité», représente pour l'essentiel une bougie de moteur à explosion, dessinée avec une rigueur aussi manifeste que l'absence d'émotion de l'auteur (si l'on excepte, peut-être, un pas de vis au diamètre anormalement gros...). Quoi qu'il en soit il affirmait que la peinture, c'est pour les dentistes.

Le directeur de *L'Intransigeant* et du *Jour*, Léon Bailby, était petit, trapu et arrogant. Picabia disait : «Il fait des effets de torse avec le cou.»

\*

Picabia assurait : «Si vous lisez tout haut André Gide pendant dix minutes, vous sentirez mauvais de la bouche.»

\*

Picabia, Parisien de souche espagnole, n'aimait pas les Italiens, et n'excluait pas de son mépris le Génois Christophe Colomb. Comme l'un de ses ancêtres avait été corsaire pour le compte du roi d'Espagne, il se plaisait à raconter : «C'est lui qui a découvert l'Amérique, mais étant espagnol, il ne l'avait dit à personne.»

\*

Francis Picabia a dit d'Erik Satie, qu'il surnommait «Satierik» : «Erik Satie a inventé la musique d'ameublement; façon de s'introduire dans le monde : locations pour soirées.»

\*

À l'époque des conversions en masse d'écrivains et d'artistes, dans les années 1920 : «À force de découvrir Dieu, ils vont l'enrhumer.»

## PICASSO (Pablo)

Pablo Ruiz Blasco, dit «Pablo Picasso» (1881-1973), andalou, entra à l'école d'art de Barcelone, puis alla à Madrid à seize ans, mais estimant que l'enseignement ne lui apportait rien, il passait le plus clair de son temps dans les cafés et les bordels. Venu à Paris en 1901, il finit, après une difficile maladie et sous l'influence heureuse de Max Jacob, par rejeter les canons classiques, utilisant désormais pour signer ses toiles le nom de jeune fille de sa mère, Maria Picasso Lopez («Quand j'étais enfant, ma mère me disait : *Si tu deviens soldat, tu seras général. Si tu deviens moine, tu seras pape.* J'ai voulu être peintre, et je suis devenu Picasso»). Vint la période bleue («C'est parce que le bleu de Prusse était alors la peinture la moins chère. Mais combien de fois, au moment de mettre du bleu, ai-je constaté que j'en manquais! Alors, j'ai pris du rouge et je l'ai mis à la place du bleu»). Avec la période rose, les ombres roses devinrent brunes. Ensuite, il dépassa tous les styles. Il travaillait beaucoup mais ne négligeait pas ses habitudes : parti retrouver Diaghilev avec Cocteau en Italie en 1917, il avait été émerveillé des bas tarifs romains : «Je me couche très tard et je connais toutes les dames de Rome.» En 1939, il s'établit à Mougins. John Richardson a raconté qu'il y avait toujours là une petite société qui banquetait avant d'aller à une corrida ou à la plage; c'était ensuite le dîner où les uns et les autres amenaient leurs enfants, leurs vieillards, leurs animaux. Quand Picasso avait capté suffisamment de flux vital, il s'échappait dans son atelier et travaillait toute la nuit. On compte à son catalogue quelque 40000 ouvrages, alors qu'on crédite de 18 numéros l'œuvre de Léonard de Vinci. Le rapprochement entre les deux s'est manifesté le jour où Picasso a dit : «Les savants et les artistes s'efforcent de chercher la cachette de Dieu.» Mais sa recréation de la nature a été excessive : n'importe quel ornithologue peut constater que sa célèbre colombe de la paix est un vulgaire pigeon.

Le peintre Cambus a raconté qu'après avoir payé une toile 10000 dollars, une acheteuse américaine demanda à Picasso : «Maintenant, voulez-vous m'expliquer ce que représente votre œuvre?

— Pour vous, un Picasso, dit l'artiste, et pour moi, 10000 dollars.»

\*

Un ami de Picasso lui disait : «Je ne comprends pas votre peinture.

— Comprenez-vous le chinois?

— Euh... non.

— Eh bien, la peinture, c'est comme le chinois. Il faut apprendre pour comprendre.»

\*

Une dame, en présence de Picasso, jetait un regard à l'un de ses tableaux : «Ma fille peut peindre comme ça !

— Félicitations, madame : votre fille est un génie. »

(En contrepoint, on peut citer ce qu'il dit un jour en sortant d'une exposition de dessins d'enfants d'une classe maternelle : «Il m'a fallu soixante ans d'efforts pour parvenir à dessiner comme eux. À leur âge, je dessinais comme Raphaël. »)

\*

En 1906, il fut convenu que Picasso ferait le portrait de Gertrude Stein. Celle-ci dut subir quatre-vingts séances de pose, et puis le peintre effaça la toile, déclarant qu'il ne pouvait plus la voir, et partit en Espagne. Plus tard, brusquement inspiré par une exposition d'antiques, au Louvre, il exécuta promptement le portrait sans demander à Gertrude Stein de poser. Quand il lui présenta le résultat, un peu déformé, elle se plaignit qu'elle ne retrouvait rien de ses traits dans le tableau.

«Non, dit Picasso, mais cela viendra. »

\*

Au sujet d'un confrère trop classique : «Sa palette vaut mieux que ses tableaux. »

\*

Sous la république espagnole, Picasso fut directeur du musée du Prado. Après la victoire du franquisme, il s'établit en France, et rejoignit le mouvement communiste à la Libération (il fit en 1953 un portrait de Staline); il resta inscrit au Parti communiste français jusqu'à sa mort. C'était pour autant une occasion de plaisanteries. Sa dernière maîtresse, Jacqueline, qui avait à grand renfort de séductions su acquérir un statut s'épouse, se plaignait constamment du peu de raffinement des visiteurs communistes. Un jour, Picasso dit à Cocteau à ce sujet : «J'ai rejoint une famille, et comme toutes les familles, c'est plein de merdes. »

## PIRON (Alexis)

> Fils d'Aimé Piron, apothicaire, poète d'occasion célèbre pour ses noëls bourguignons, Alexis Piron (1689-1773) alla à Paris où il se fit un peu d'argent par les petites pièces qu'il écrivait pour des théâtres de foire. Son *Ode à Priape* sera interdite et condamnée à la destruction en 1869. Piron avait dit par avance que le premier vers de son ode le vengeait (*Foutre des neuf garces du Pinde*), et le dernier le consolait (*Je bande, je fous, c'est assez*). Il était l'un des piliers du café Procope, et le docteur Procope disait de lui : «C'est surprenant qu'un esprit si gai loge dans un si triste gîte.» À cinquante ans passés, il épousa une contemporaine, Mlle de Bar, femme de lettres, «une de ces physionomies malheureuses qui n'ont jamais été jeunes», écrit Collé. Mais elle bénéficiait d'une rente confortable. À la fin elle fut frappée d'aliénation mentale et allait jusqu'à battre son mari, qui l'aimait beaucoup et la pleura sincèrement. Pour finir, Piron, qui avait toujours été myope, devint aveugle, et très pieux; il se consacra à la poésie sacrée. C'est ainsi qu'il n'eut plus rien à voir avec les hauts faits de sa jeunesse, du temps où il répondait à un ami qui lui reprochait de s'être grisé un vendredi saint : «Il faut bien que l'humanité chancelle quand la divinité succombe.»

Piron faisait partie de la confrérie d'arquebusiers de Dijon, et, en 1715, il se rendit à Beaune avec ses collègues, pour un concours qui devait les opposer aux Beaunois, leurs rivaux historiques. Ceux-ci l'emportèrent dans des circonstances contestées, et on s'en vengea, Piron en tête, en les criblant d'épigrammes et en en donnant des petites pièces où ils étaient représentés par des ânes équipés en arquebusiers.

Comme, un peu plus tard, un notable beaunois avait lancé au théâtre à l'adresse des acteurs : «Plus haut : on n'entend pas!», Piron se retourna et dit : «Ce n'est pourtant pas faute d'oreilles!»

Cela se termina à coups de cannes.

Peu après, des villageois aperçurent Piron qui, en se promenant, décapitait machinalement les chardons. Devant leurs regards intrigués, il sortit de sa rêverie et dit pour s'expliquer : «Je suis en guerre avec les Beaunois; je leur coupe les vivres.»

\*

Fontenelle, dont la plume était parfois trop apprêtée, avait en la personne de Moncrif[1] un admirateur inconditionnel. Piron disait :

---

1. François Auguste Paradis de Moncrif (1687-1770) : fils d'un procureur et d'une Anglaise de la famille des Moncrif, ce lecteur de la reine Marie Leszczyńska, plus tard

« Voiture a engendré Fontenelle, Fontenelle a engendré Moncrif, et Moncrif n'engendrera rien du tout. »

\*

Un académicien médiocre disait à Piron : « Je voudrais travailler à un sujet que personne ne travaillera jamais.
— Travaillez à votre éloge », dit Piron.

\*

Sur l'Académie française :

En France on fait, par un plaisant moyen,
Taire un auteur quand d'écrits il assomme :
Dans un fauteuil d'académicien,
Lui quarantième, on fait asseoir cet homme.
Lors il s'endort et ne fait plus qu'un somme ;
Plus n'en avez prose ni madrigal.
Au bel esprit ce fauteuil est en somme,
Ce qu'à l'amour est le lit conjugal.

\*

Du temps de Piron, la salle des séances publiques de l'Académie, au Louvre, se trouvait souvent trop petite. On faisait queue à la porte, et Piron dit, voyant cela en passant : « Morbleu, il est plus difficile d'entrer ici que d'y être reçu. »

\*

censeur royal (comme tous les auteurs libertins du XVIII<sup>e</sup> siècle), ancien maître d'escrime, avait pour commune occupation de rimer des romances. Il publia un *Essai sur la nécessité et sur les moyens de plaire*, traité ennuyeux qui fit dire à un lecteur désenchanté que l'auteur n'en avait pas les moyens. Grimm précise qu'« il a poussé la passion pour la table et pour la créature, ou plutôt pour les créatures, au-delà de quatre-vingts ans ». À cet âge, il traversait encore, après le spectacle, l'aréopage des demoiselles de l'Opéra, en disant : « Si quelqu'une de ces demoiselles était tentée de souper avec moi, il y aurait quatre-vingt-cinq marches à monter, un petit souper, et dix louis après le dessert » ; et jusqu'à la fin, paraît-il, il s'en trouva une pour le suivre dans son appartement des Tuileries, qu'on appelait ironiquement le « paradis de Moncrif ». Il avait écrit une *Histoire des chats*, et il fut surnommé « Miaou » après que, le jour de sa réception à l'Académie française, un plaisantin eut introduit sous la Coupole un félin irrespectueux.

S'étant enivré avec deux amis, Piron eut maille à partir avec le guet, qui le conduisit un peu trop brusquement au commissaire de police Lafosse qui pour autant ne songea pas à désavouer ses hommes. Quand ce fonctionnaire apprit l'identité de Piron, il finit par lui faire bon accueil, car l'auteur dramatique Lafosse était son frère. Il tint à le faire savoir aimablement à Piron, en lui disant : « Mon frère est, comme vous, un homme d'esprit.

— Vraiment ! Alors c'est tout moi ; j'ai pour frère un imbécile. »

*

Un jour l'abbé Desfontaines, voyant Piron endimanché, lui dit : « Quel habit pour un tel homme !

— Quel homme pour un tel habit ! » répliqua Piron, soulevant d'un doigt le rabat de l'abbé.

*

Robbé de Beauveset, poète satyrique assez médiocre, venait de faire un poème sur *La Vérole*[1]. Ce poème n'a pas été publié mais il eut sa réputation, pour avoir été beaucoup lu dans les salons. Lorsque l'on demanda à Piron ce qu'il en pensait, il dit : « L'auteur paraît plein de son sujet. »

*

Du temps de son exil, Jean-Baptiste Rousseau finit par se convertir. Piron était allé le voir à Bruxelles. Un jour que tous deux se promenaient dans la campagne, midi venant de sonner, Rousseau se met à genoux pour dire l'Angélus.

« Monsieur Rousseau, lui dit Piron, cela est inutile, Dieu seul nous voit[2]. »

---

1. Robbé (1725-1794) était réputé pour ses poèmes licencieux, et très irrévérencieux à l'égard de la religion. Il fut converti par le comte d'Autré. Celui-ci, excessivement dévot, devint au contraire libertin. Ensuite, selon Mme du Hausset, le comte allait disant : « J'ai fait, pour mon salut, ce qu'on fait pour la milice ; j'ai mis un homme à ma place. »

2. C'est l'occasion de raconter une autre histoire d'Angélus, un peu inverse, qui date du XVII$^e$ siècle (elle est rapportée par Ménage) : deux Français se cherchaient l'un l'autre à Florence, sur la place du Palazzo Vecchio, sans pouvoir se trouver à cause de la grande foule qui regardait des baladins. On vint à sonner l'Angélus, et tous les Italiens s'agenouillèrent : les deux Français se virent seuls debout, et ainsi se retrouvèrent.

*

Jean-Baptiste Rousseau mourut dans son exil de Bruxelles et Piron fit pour lui cette épitaphe :

Ci-gît l'illustre et malheureux Rousseau,
Le Brabant fut sa tombe et Paris son berceau.
Voici l'abrégé de sa vie,
Qui fut trop longue de moitié :
Il fut trente ans digne d'envie
Et trente ans digne de pitié.

*

Jean-Baptiste Languet, curé de Saint-Sulpice, passait pour détourner le produit des quêtes et le tronc des pauvres. Dans le salon de Mme de Tencin, l'hôtesse présenta Piron à Languet, comme un compatriote qui faisait honneur à la Bourgogne : «Quoi! s'écria Languet après avoir fait répéter le nom de Piron, c'est donc vous monsieur Piron? Je suis ravi de vous voir. N'êtes-vous pas le fils de M. Piron, apothicaire de Dijon, que j'ai beaucoup connu? C'était un fort galant homme, mais je n'ai jamais vu personne qui eût les bras aussi longs.

— Ah! monsieur le curé, repartit Piron, s'il avait eu vos mains au bout de ses bras, vous ne me verriez pas dans le bas état de fortune où je suis aujourd'hui.»

*

Fontenelle s'arrangeait de telle sorte qu'il pût dîner chaque soir en ville dans une bonne maison. D'habitude, c'était chez la marquise de Lambert; à la mort de celle-ci, Fontenelle avait dit : «Puisqu'elle est morte, j'irai dîner chez Claudine.»

«Claudine» était Mme de Tencin, chanoinesse, courtisane (et mère de d'Alembert un jour de distraction), qui avait ouvert son salon comme un bureau d'esprit, après une vie aventureuse. Elle n'était pas toujours tendre avec Fontenelle, d'ailleurs : comme celui-ci faisait tout avec raison, n'improvisait jamais, et ne sacrifiait guère aux sentiments, elle disait, en lui touchant le cœur : «Là aussi, il y a de la cervelle.»

Quand la mort de Claudine de Tencin fut annoncée à l'Académie, Fontenelle dit avec son équanimité ordinaire : «Eh bien ! j'irai dîner chez la Geoffrin. »

Le salon de Mme Geoffrin recueillait souvent la succession de ceux qui fermaient pour cause de décès de l'hôtesse.

Lorsque Fontenelle mourut centenaire, Piron dit en suivant le convoi : «C'est un grand jour. Voilà la première fois que M. de Fontenelle sort de chez lui pour ne pas dîner en ville. »

\*

L'abbé Le Blanc logeait près de la forge d'un maréchal. Quelqu'un demanda son adresse à Piron, qui répondit : «Allez dans cette rue ; il loge à côté de son cordonnier. »

\*

Grimm écrit de Piron : «Dans le combat à coups de langue, c'était l'athlète le plus fort qui eût jamais existé. Il avait la repartie plus terrible toujours que l'attaque. Voilà pourquoi M. de Voltaire craignait comme le feu la rencontre de Piron. »

La pièce de Voltaire *Sémiramis* fut jouée sans succès. L'auteur, rencontrant Piron au foyer, lui demanda ce qu'il pensait de sa tragédie ; Piron lui dit : «Je pense que vous voudriez bien que je l'eusse faite. »

\*

Avant cela, Voltaire était venu lire sa pièce dans une société où se trouvait Piron. *Sémiramis* avait été écrite un peu hâtivement, et des vers pris à droite et à gauche y abondaient. À chaque endroit pillé, Piron ôtait son bonnet, et il avait fort à faire.

Voltaire finit par s'apercevoir du manège, et il en demanda la raison : «C'est, répondit Piron, que j'ai l'habitude de saluer les gens de ma connaissance. »

\*

Se moquer de Voltaire était devenu le passe-temps favori de Piron. En sortant de la représentation d'une de ses propres pièces qui avait été sifflée, il fit le quatrain suivant :

Piron prend un vol trop haut
Pour les badauds du parterre ;
Ce n'est qu'un *vol terre à terre*
Qu'il leur faut.

\*

De sa fenêtre, Piron vit Voltaire entrer chez lui. Il l'entendit heurter, mais ne broncha point. Lorsque plus tard Piron sortit, il vit qu'on avait crayonné sur sa porte le mot « Jeanfoutre ».

Lors de leur rencontre suivante, Voltaire dit : « J'ai été chez vous l'autre jour.

— Je le sais, répondit Piron, vous avez laissé votre nom sur la porte. »

\*

La querelle était ancienne. Dans ses lettres, Piron a traité tour à tour Voltaire de fat, fou, ladre, impudent, fripon et même *breneux* (parce que l'autre s'était une fois laissé surprendre sur la chaise percée). On a pensé que cette acrimonie tenait son origine de leur première entrevue chez la marquise de Mimeure.

Voltaire y avait reçu du haut de sa grandeur le jeune poète bourguignon : carré devant une cheminée, il avait affecté de se moucher, de cracher et de tousser sans lui adresser la parole. Et comme il avait fini par grignoter avec affectation un croûton de pain extrait de sa poche, Piron, ne voulant pas être en reste, s'était mis à boire au goulot d'un flacon de vin tiré de la sienne. Vexé, Voltaire avait dit : « Que signifie, monsieur, cette mauvaise plaisanterie ? Savez-vous que je sors de maladie avec le besoin de manger continuellement ?

— Et moi, monsieur, je suis sorti de mon pays de Bourgogne avec le besoin continuel de boire. »

\*

La fausse universalité de Voltaire a été brocardée par Piron dans cette épigramme :

Son enseigne est : *À l'Encyclopédie.*
Que vous plaît-il ? De l'anglais, du toscan ?
Vers, prose, algèbre, opéra, comédie ?

Poème épique, histoire, ode ou roman ?
Parlez, c'est fait. Vous lui donnez un an ?
Vous l'insultez... En dix ou douze veilles,
    Sujets manqués par l'aîné des Corneille,
    Sujets remplis par le fier Crébillon,
Il refond tout. — Peste ! voici merveilles !
Et la besogne est-elle bonne ? — Oh ! non !

Persuadé que Voltaire ne lui pardonnerait jamais, Piron composa, peu avant de mourir, trois épigrammes pour répondre à celles que Voltaire pourrait faire sur lui après sa mort...

\*

Grimm écrit : «Piron s'est fait dévot depuis plusieurs années, mais cela n'a pas valu une épigramme de moins à son prochain. Étant allé voir un jour M. l'archevêque de Paris en qualité de prosélyte, le prélat lui dit : "M. Piron, avez-vous lu mon dernier mandement ?"» (C'était pour le repos de l'âme du Dauphin.)

Piron répondit : «Et vous, monseigneur ? »

### À propos d'Alexis Piron

Au XVIII<sup>e</sup> siècle, un jeu d'esprit consistait à indiquer de façon amusante les ressemblances ou différences entre des objets pris au hasard. Alors qu'on jouait un soir à ce jeu chez la duchesse du Maine, l'hôtesse demanda à Lamothe, qui venait d'entrer : «Quelle différence y a-t-il de moi à une pendule ? »

Et l'arrivant de triompher par cet impromptu : «Madame, une pendule marque les heures, et Votre Altesse les fait oublier. »

Lorsqu'il fut question de comparer une glace et une femme, Piron dit qu'il y avait cette différence «qu'une glace réfléchit sans parler, et qu'une femme parle sans réfléchir».

«Sauriez-vous me dire, monsieur, répliqua alors une dame qui le prit de haut, quelle différence il y a entre un homme et une glace ?... Vous ne répondez point. Eh bien, c'est qu'une glace est polie et qu'un homme ne l'est pas toujours ! »

\*

Piron avait commencé dans la vie littéraire par son *Ode à Priape* fort osée; comme on le menaçait de poursuites judiciaires à Dijon, sa ville natale, le président Bouhier, « un de ces vieux magistrats qui font leur régal des choses licencieuses », lui dit : « Si le procureur général vous tourmente, désavouez hardiment et déclarez que j'en suis l'auteur ; je ne vous démentirai pas. »

Grâce à cet expédient, l'affaire, sur le coup, en resta là.

Cependant, on finit par savoir le véritable auteur d'une œuvre aussi grivoise ; cela lui fit une fâcheuse réputation et, l'époque venue, on hésita à admettre à l'Académie l'auteur d'une œuvre de jeunesse dont le scandale n'avait pas été oublié. Piron ne faisait d'ailleurs rien pour faciliter sa réception sous la Coupole, puisqu'il refusait de faire des visites, et qu'il accablait de ses flèches l'auguste assemblée.

Ainsi, lorsqu'il passait devant le palais Mazarin, montrait-il du doigt l'établissement en disant : « Ils sont là-dedans quarante qui ont de l'esprit comme quatre. »

À l'élection, il avait comme rival M. de Bougainville, qui non seulement n'oubliait pas les visites, mais se plaisait à les répéter – et de façon si outrée que Montesquieu avait fini par lui dire : « Je crois que vous faites les visites de Piron. »

Vint le jour de l'élection. Au moment du vote, on s'entretenait des œuvres de Piron. Fontenelle, à peu près sourd et presque centenaire, demanda à La Chaussée de quoi il s'agissait. Celui-ci prit une feuille sur laquelle il écrivit : *On parle de M. Piron. Nous convenons tous qu'il a bien mérité le fauteuil ; mais il a fait l'Ode que vous connaissez.*

« Ah ! oui, répondit Fontenelle. S'il l'a faite, il faut bien le gronder ; mais s'il ne l'a pas faite, il ne faut pas le recevoir. »

Piron fut élu à l'Académie. Louis XV, circonvenu par une cabale qui lui remettait sans cesse sous les yeux le scandale de l'*Ode à Priape*, refusa de confirmer le choix des académiciens ; le roi, toutefois, octroya une pension au poète en guise de dédommagement.

C'est dans ces circonstances que Piron inventa son épitaphe :

> Ci-gît Piron, qui ne fut rien,
> Pas même académicien.

## POINCARÉ (Raymond)

Raymond Poincaré (1860-1934), issu d'une bourgeoisie lorraine soucieuse du problème allemand, profita du vide causé par le scandale de Panamá, se détacha du parti radical et fut appelé à la présidence du Conseil en 1912. Lors de l'élection présidentielle de 1913, la menace allemande le fit élire à Versailles par le Congrès; les Parisiens l'accueillirent en chantant la *Marche lorraine*. On a dit que la politique de Poincaré de s'attaquer à l'Autriche en activant la menace panslaviste avait favorisé la guerre. Il avait épousé une femme divorcée (le bruit courut que Louis Malvy *tenait* Poincaré parce qu'il était l'avocat de Mme Poincaré et qu'il savait que celle-ci était bigame). Après l'élection et comme le mari était mort, Mgr Baudrillard célébra un mariage religieux dans l'appartement personnel des Poincaré. Lors de la chute du cabinet Briand, en 1917, Berthelot a pu dire que «M. Briand a fait élire Poincaré à l'Élysée, pensant y mettre une marionnette dont il tirerait les ficelles, mais il s'est fait passer les ficelles autour du cou.» Poincaré fit appel à son ennemi Clemenceau pour former un gouvernement fort. Il fut le soutien indéfectible des soldats français. Avec ses godillots et ses *leggins*, sa casquette plate à visière, il parcourait le front. Après la guerre, on le rappellera comme président du Conseil, pour faire face aux difficultés économiques. Maurice Martin du Gard lui a reproché d'être froid, économe, le geste court, le ton monocorde «avec l'haleine fade des buveurs d'eau». Lord Curzon, qui avait dû s'occuper, côté anglais, de l'occupation de la Ruhr, le qualifiait d'«horrible petit bonhomme».

Poincaré en 1917, sur Paul Painlevé, alors président du Conseil, qui était normalien et mathématicien : «Cet animal-là ficherait du désordre jusque dans les mathématiques.»

### À propos de Raymond Poincaré

Poincaré, alors président de la République, a raconté un voyage officiel à Madrid, à l'occasion duquel il fut emmené au musée du Prado par le roi Alphonse XIII et le duc d'Albe. Il s'arrêta devant Charles IV trônant au milieu de ses enfants et de sa femme qui, tous, étaient d'une effroyable laideur.

«Qui est-ce? demanda Poincaré.

— Les ancêtres de Sa Majesté!» répondit le duc d'Albe.

Le président de la République arriva devant *La Belle Femme nue* de Goya (*La Maya desnuda*), qui pose avec un regard effronté de courtisane.

«Qui est-ce? demanda une nouvelle fois le visiteur.

— L'aïeule du duc d'Albe», précisa le roi.

Ce n'était d'ailleurs pas une plaisanterie gratuite : le tableau avait fait partie du cabinet secret de Manuel Godoy, chef du gouvernement espagnol en 1792[1], et l'on a dit qu'il s'agissait d'un portrait de sa maîtresse Pepita Tudó. Mais comme cependant, à la mort de la duchesse d'Albe en 1802, ses tableaux furent transmis à Godoy, on s'est demandé si le fameux nu (dont il existe aussi une version habillée) ne représente pas la duchesse...

## POIX (prince de)

> Philippe-Louis de Noailles, duc de Mouchy, prince de Poix (1752-1819), fréquentait avant la Révolution les cercles des philosophes, et dans le salon de la princesse tous les nobles favorables aux idées nouvelles se réunissaient autour de La Fayette et buvaient les paroles de Mirabeau. Aux états généraux, le prince demanda la réunion des trois ordres. Capitaine des gardes du corps, il défendit en personne la portière du carrosse du roi injurié par le peuple dès le 17 juillet 1789. Après un passage à l'armée des Princes, où il fut fraîchement accueilli (une pièce circulait : *La France foutue : Tragédie lubrique et royaliste en trois actes et en vers* – ouvrage qui, après avoir traité de « grosse putain » le duc d'Aiguillon, se demande jusqu'où on pourrait aller pour le prince de Poix), il revint pour défendre la famille royale aux Tuileries le 10 août. Il protégea encore le roi lorsqu'il se rendit à l'Assemblée, et ne le quitta que sur son ordre formel. Jeté en prison, il s'échappa grâce à la complicité de Pétion, pour des raisons mal élucidées. Son père et sa mère, pris dans la prétendue conspiration des prisons, furent guillotinés. Il reprit brièvement ses fonctions de capitaine des gardes du corps sous la Restauration.

Lors d'un grand bal chez le duc de Castries, le prince de Poix, qui pourtant honorait le ministre Decazes de sa bienveillance, lui frappa sur l'épaule en lui disant tout haut : « Bonsoir, cher traître. »

Decazes parut très surpris de cette interpellation, ce qui embarrassa le prince. Pour se rattraper, celui-ci ajouta : « Mais, que voulez-vous, ils vous appellent tous comme cela. »

### À propos du prince de Poix

Sous la Restauration, le prince de Poix dirigeait la première compagnie des gardes, aux Tuileries ; il y en avait six, et en leur

---

1. Chateaubriand écrit, dans son *Congrès de Vérone* : « Charles IV fut appelé à la couronne en 1778 : alors se rencontra Godoï, inconnu que nous avons vu cultiver des melons après avoir jeté un royaume par la fenêtre. »

sein les relations étaient tendues entre les nouveaux gardes du corps et les «vieux», qui s'étaient illustrés sous l'Empire. Un factionnaire de la garde, qui faisait partie des vieux, avait été placé à l'une des grilles de la cour des Tuileries, avec la consigne de ne laisser pénétrer personne par cette voie. Un homme se présente pour entrer, le factionnaire lui oppose sa consigne. L'individu insiste en disant : «Tu ne me reconnais donc pas? Je suis le prince de Poix.

— Quand vous seriez le roi des haricots, répliqua le garde, vous ne passeriez pas!»

## POLIGNAC (princesse de)

Winnaretta Singer, princesse Edmond de Polignac, dite «Winnie» (1865-1943), était la 12ᵉ des vingt-quatre enfants d'Isaac Singer, l'industriel des machines à coudre. Sa mère avait servi de modèle pour la statue de la Liberté. La famille était venue à Paris après la guerre de Sécession. Lesbienne (elle fut entre autres l'amante de Violet Trefusis), elle épousa en 1893 le prince Edmond de Polignac, lui-même homosexuel. Elle avait été mariée une première fois, âgée de vingt-deux ans, au prince Louis de Scey-Montbéliard. Mais le mariage avait été annulé par l'Église, cinq ans après une nuit de noces durant laquelle Winnie s'était perchée sur l'armoire, en menaçant le marié de le tuer s'il approchait. Deux jours après la mort de son oncle par alliance, le duc Héracle de Polignac, survenue le 20 novembre 1917, Winnaretta, en deuil, dit à Paul Morand à l'occasion d'un thé chez des amis : «J'ai dû déplacer ma musique d'orgue (du Bach) dimanche soir. Je viens de perdre le duc de Polignac. Mais revenez demain soir... J'ai les nègres qui vont jouer des ragtimes.»

Paul Morand a raconté, en 1916, que Mme Gaston Legrand, qui vivait pratiquement chez la princesse de Polignac née Singer, se disputait constamment avec elle; elle était née Clotilde de Fournès[1] et très fière de sa naissance. Un jour, furieuse, elle dit : «N'oubliez pas que le nom de Fournès vaut bien celui de Singer.

— Pas au bas d'un chèque», répond la princesse, sèchement.

---

1. Marie-Clotilde de Faret de Fournès, dite «Cloton» dans le gratin. Elle était née en 1857. Selon Proust lui-même, elle a servi de modèle pour Mme d'Orvillers, avec la comtesse de Waru.

LA MÉCHANCETÉ PAR L'AUTEUR

## POMPIDOU (Georges)

Georges Pompidou (1911-1974) : normalien devenu directeur général de la Banque Rothschild puis Premier ministre de De Gaulle de 1962 à 1968, il sut tenir la barre en Mai 68. De Gaulle l'écarta, mais après l'échec du référendum de 1969, Pompidou fut élu président. Il mourut en fonction. Il a laissé des *Notes* dans lesquelles il donne l'envers du décor, par exemple au sujet des avocats venus solliciter la grâce présidentielle (alors refusée) : « Badinter est celui qui parle de moi en disant "le salaud". Il est tout miel, respect, sourire. Intelligent, mondain, lèvres méchantes, séduction naturelle et dans le cas particulier appuyée. » Menant une réflexion religieuse, à l'occasion de cette question de la grâce, Pompidou s'interrogeait et disait pour lui-même : « Ma réponse la plus vraie, c'est celle de Chatov dans Dostoïevski : *Je croirai en Dieu.* » La messe de ses obsèques privées fut célébrée en chant grégorien dans l'église Saint-Louis-en-l'Île par les moines de Solesmes. Jean Cau avait écrit en 1969 : « De Montboudif, petit village d'Auvergne aux hauts murs du palais de l'Élysée, le sillon de l'homme d'Auvergne a été tracé et creusé. Il est aujourd'hui l'homme de la France. Nous l'imaginerons se retournant vers le chemin parcouru et disant calmement : *Voilà du bon travail.* »

Pompidou sur son Premier ministre Chaban, qui avait couvert la vacuité de sa pensée politique par une expression, « la nouvelle société », ayant fait fureur dans les journaux : « Il m'embête avec sa nouvelle société, j'ai déjà suffisamment de mal avec l'ancienne[1]. »

*

À Chirac, qui venait d'acheter un château en Corrèze : « Quand on a une ambition politique, on n'est pas propriétaire d'un château. Sauf s'il est dans la famille depuis Louis XV. »

*

---

1. Pompidou écrit dans ses *Notes* : « Jacques Chaban-Delmas se veut jeune, beau, séduisant et sportif. Il refuse de vieillir, se livre pour cela à son sport favori, le tennis, et assure la relève en se mettant au golf. Il aime les femmes, toujours passionné, seul changeant l'objet de la passion. Il travaille peu, ne lit pas de papiers, en écrit moins encore, préférant discuter avec ses collaborateurs et s'en remet essentiellement à eux qu'il choisit bien, pour ce qui est des affaires publiques s'entend. Politiquement, il meurt de peur d'être classé à droite, il veut néanmoins plaire à tout le monde et être aimé. Assez naïvement, il s'étonne lui-même de ses succès. Ainsi, lors d'une visite réussie à Toulouse comme Premier ministre, grisé de l'accueil cordial qui lui était fait, il disait au préfet Doueil qui l'accompagnait en voiture : "Ah quel loustic ce Chaban, quel loustic !" »

Octobre 1972, chasse présidentielle à Rambouillet. Le ministre Bernard Pons arrive en retard, et vient présenter ses excuses à Georges Pompidou : «Excusez-moi, monsieur le Président, j'ai été pris dans un embouteillage...»

Poniatowski arrive très en retard : «Excusez-moi, monsieur le Président, j'ai été pris dans le trafic...

— Ah... Dans quel trafic?»

## PONS DE VERDUN

Philippe Laurent Pons, dit «Pons de Verdun» (1759-1844), avait été conventionnel. L'Empereur lui confia des responsabilités judiciaires parce qu'il était digne de confiance, mais il ne l'aimait point, parce qu'il n'était pas courtisan – «car par une contradiction singulière, mais qui n'est pas rare dans le cœur humain, Napoléon aimait la flatterie, tout en méprisant les flatteurs». La Restauration le proscrivit comme régicide ayant collaboré à l'Empire, mais il put revenir après la loi d'amnistie de 1818. «Il eut sans doute des torts à se reprocher, dit un contemporain [...]. Mais jamais on ne lui demanda un service qu'il ne fût prêt à le rendre, et un grand nombre d'émigrés lui durent la vie ou leur rentrée dans leur patrie. Il fut en outre du très petit nombre de ceux qui ne vendirent jamais leur crédit et leur protection.»

Un M. de Coudres, employé au Service des poudres et salpêtres, était fort gros. Pons de Verdun lui fit cette épitaphe :

Ci-gît le bon monsieur de Coudres,
Renommé pour sa pesanteur :
S'il eut un emploi dans les poudres,
Ce ne fut pas comme inventeur.

\*

Laure d'Abrantès dit de Mme de Genlis : «On voyait dans ses grands yeux fendus en amande une expression qui racontait tout autre chose que ce qui devrait animer un visage de jeune femme.» La galanterie de Mme de Genlis était connue; son œuvre littéraire, qu'elle entreprit plus tard, fut décriée. Pons de Verdun fit ce commentaire :

Comme tout renchérit, disait un amateur :
Les œuvres de Genlis à six francs le volume !
Autrefois, quand son poil valait mieux que sa plume,
Pour un écu j'avais l'auteur.

## PONSON DU TERRAIL

Pierre Alexis, vicomte de Ponson du Terrail (1829-1871), issu d'un père anobli en 1817, écrivit des romans par lesquels il défrayait les feuilletons des journaux. Par la qualité des péripéties et la peinture des caractères, il dépassait ses concurrents et Mérimée avouait en faire ses délices. Ponson se levait à quatre heures du matin, travaillait jusqu'à dix, puis envoyait son valet de chambre porter le feuilleton du jour aux journaux ; il écrivait à une telle allure qu'il savait tenir cinq feuilletons différents en même temps (ayant du mal à se rappeler s'il avait ou non tué un de ses héros, il résolut son problème en disposant sur sa table de travail des poupées costumées, jetant la poupée au fond d'un tiroir dès la mort du personnage). Son labeur terminé, il consacrait le reste de sa journée à la salle d'armes et aux promenades au Bois. Il écrivait tellement vite, sans avoir le temps de se relire, que ses détracteurs se délectaient à relever les pataquès de sa prose ; il n'est pas exclu qu'il en ait rajouté (et eux aussi...) : «Il entendit le pas d'un cheval dans la cour. C'était son père qui rentrait» ; «Melchior n'avait cessé de boire durant la longue route qu'ils venaient de faire et n'avait pas desserré les dents» ; «Le comte était vêtu d'une élégante veste de velours et d'un pantalon de même couleur» ; «La marquise allait s'expliquer quand la porte, en s'ouvrant, lui ferma la bouche»...

Ponson du Terrail visitait le bagne de Toulon. Le directeur se mettait en quatre pour le satisfaire.

«Je veux, expliquait-il, vous promener moi-même dans l'établissement, vous en montrer les moindres particularités. C'est un honneur auquel a droit l'auteur de *Rocambole*.»

Soudain, un coup de canon retentit. Ponson sursauta.

«Ce n'est rien, expliqua le directeur : c'est un forçat qui s'évade.

— Oh ! monsieur, s'écria Ponson en lui serrant la main pour lui témoigner sa reconnaissance : c'est trop !... Beaucoup trop !»

## PORTALIS (comte)

Joseph Marie, comte Portalis (1778-1858), fils du rédacteur du code civil, fut directeur général de la Librairie, disgracié pour avoir tenu secret un bref du pape qui lançait contre l'Empereur une sentence d'excommunication après son divorce. L'abbé d'Astros, grand vicaire à l'archevêché, l'avait fulminé secrètement à la porte de Notre-Dame, en présence de quelques membres du chapitre, de la discrétion desquels il se croyait sûr. Portalis, dans la même logique d'ensevelissement, ne dit rien. Le duc de Rovigo, ministre de la Police et ennemi de Portalis, alerta l'Empereur. Lorsque Portalis prit sa place ordinaire au Conseil d'État, Napoléon lui cria de rester debout, le traita d'imbécile, et le chassa. Portalis fit une carrière de haut magistrat et de ministre sous la Restauration; il se démit après le 2 décembre 1851.

Le comte Portalis, premier président de la Cour de cassation, recevait le serment des avocats, qui venaient se présenter l'un après l'autre.

Lorsqu'un monsieur Avoine de Chantereyne, qui avait la réputation d'être benêt, vint se présenter en disant «Chantereyne», Portalis demanda : «Monsieur, pourquoi mangez-vous la moitié de votre nom?»

### PRIESTLEY (J.B.)

John Boynton Priestley (1894-1984), écrivain du West Yorkshire, se fit une bonne réputation entre les deux guerres par ses romans et ses pièces de théâtre. Il refusa le titre de *Sir* et la pairie, ce qui est très rare pour un Anglais.

Élu à la chaire convoitée de Wykeham Professor of Logic à Oxford, Alfred Ayer était, à la BBC, chargé de représenter le rationalisme dans les débats contre des intellectuels chrétiens. J.B. Priestley dit : «Dieu peut parfaitement supporter de s'entendre dire par le professeur Ayer et Margarita Laski qu'il n'existe pas[1].»

---

1. Alfred Ayer (1910-1989), ancien des Welsh Guards pendant la Seconde Guerre mondiale, grand amateur de femmes, fréquentait les clubs et les boîtes de Londres et New York, où il était connu sous le nom de «Freddie». De surcroît sportif et bon joueur de cricket, il représente une sorte d'idéal britannique, athéisme compris. Il fit cependant une *near-death experience* en 1988, après laquelle il rédigea, dans sa maison du sud de la France, l'article «*What I saw when I was dead*», dans lequel il déclara que sa conviction antérieure, selon laquelle la mort anéantirait son être, avait été ébranlée. Le médecin qui l'avait assisté en soins intensifs dit qu'Ayer lui avait confié qu'il avait nettement perçu un être suprême. Sa quatrième femme, qui d'ailleurs avait déjà été la deuxième, expliqua qu'après son retour des morts il était devenu beaucoup plus aimable. En France, après avoir gravi la petite montagne près de sa villa, il raconta : «Je m'arrêtai soudain et contemplai la mer, et j'eus alors cette pensée : "Mon Dieu,

## PROUDHON (Pierre Joseph)

Pierre Joseph Proudhon (1809-1865) : l'œuvre de ce socialiste violent est enracinée dans les traditions du pays («Je suis noble, moi! Mes ancêtres de père et de mère furent tous laboureurs francs, exempts de corvée et de mainmorte depuis un temps immémorial»), raison pour laquelle l'Action française le considérait comme un maître : «Cette place [...] Proudhon la doit, bien sûr, à son antirépublicanisme, à son antisémitisme, à sa haine de Rousseau, à son mépris pour la Révolution, la démocratie et le parlementarisme, à son apologie de la Nation, de la famille, de la tradition et de la monarchie», écrit Zeev Sternhell, qui note que parmi les maîtres de l'Action française, on relève encore Voltaire grâce à son antisémitisme et Fourier pour son nationalisme. À la suite des attaques de Marx, Proudhon envisagea d'écrire un article qui s'intitulerait «Les Juifs», dont on a retrouvé les notes : «Faire un article contre cette race, qui envenime tout, en se fourrant partout, sans jamais se fondre avec aucun peuple. Demander son expulsion de France, à l'exception des individus mariés avec des Françaises; abolir les synagogues, ne les admettre à aucun emploi»...

Victor Hugo, entrant dans une imprimerie à Bruxelles, aperçut Proudhon qui avait dû quitter la France après la publication d'un ouvrage subversif. Hugo demanda à parler au proscrit; celui-ci, sans même lever la tête, répondit : «Je suis sur mon fumier; que M. Hugo reste sur le sien.»

## À propos de Pierre Joseph Proudhon

Gamme chantée à Genève au citoyen Proudhon :

*Ut*opiste infernal, sans Dieu comme sans âme,
*Ré*trograde prôneur d'un vieux système usé,
*Mi*racle d'impudence en ce siècle abusé,
*Fa*vorable aux fripons, dont tu fais la réclame,
*Sol*eil dont la lumière est propice au voleur,
*La* terre connaîtrait ta funeste valeur,
*Si* tout homme de sens te chantait cette gamme :
*Ut*opiste infernal, sans Dieu comme sans âme.

---

comme c'est beau." Cela faisait vingt-six ans que j'étais là, et je n'y avais pas seulement prêté attention.» Entre sa résurrection et sa mort, Freddie passa un temps croissant avec son ancien contradicteur, Frederick Copleston, s.j., devenu son plus proche ami. Il est donc intéressant pour un athée militant de faire une escapade dans l'au-delà, dans la mesure du moins où il peut en revenir pour raconter, ce qui n'est pas toujours assuré.

## PROUST (Marcel)

La mère de Marcel Proust (1871-1922) était née Weil («Je n'ai pas répondu à ce que vous avez demandé hier des Juifs, écrit-il à Montesquiou. C'est pour cette raison très simple : si je suis catholique comme mon père et mon frère, par contre, ma mère est juive. Vous comprenez que c'est une raison assez forte pour que je m'abstienne de ce genre de discussion»), et il était à la fois dreyfusard et fidèle lecteur de L'Action française. Lorsque À l'ombre des jeunes filles en fleurs recueillit le prix Goncourt en 1919, grâce à une ardente campagne menée par Léon Daudet, le monde littéraire s'indigna de ce choix, fait au détriment des Croix de bois; Lucien Descaves (auteur de pièces sociales) déclara : «M. Marcel Proust a le prix, M. Roland Dorgelès a la jeunesse et le talent», à l'époque où Aragon venait de qualifier le lauréat de «snob laborieux». En 1930, un Manifeste populiste s'insurgea effectivement contre cette «littérature snob», alors qu'il fallait se consacrer à l'étude du peuple, et ne plus s'intéresser aux «personnages du beau monde, les pécores qui n'ont d'autre occupation que de se mettre du rouge, les oisifs qui cherchent à pratiquer des vices soi-disant élégants. Nous voulons aller aux petites gens, aux gens médiocres qui sont la masse de la société et dont la vie, elle aussi, compte des drames» (L. Lemonnier). Par sa recherche d'un universel des idées sous le phénomène, Proust est le dernier classique; Sartre lui en fera grief : «Nous nous ne croyons plus à la psychologie intellectualiste de Proust et nous la tenons pour néfaste [...]. Pédéraste, Proust a cru pouvoir s'aider de son expérience homosexuelle lorsqu'il a voulu dépeindre l'amour de Swann pour Odette; bourgeois, il a présenté ce sentiment d'un bourgeois riche et oisif pour une femme entretenue comme le prototype de l'amour; c'est donc qu'il croit à l'existence de passions universelles dont le mécanisme ne varie pas sensiblement quand on modifie les caractères sexuels, la condition sociale, la nation ou l'époque des individus qui les ressentent» (Les Temps modernes, 1ᵉʳ octobre 1945).

Chez Marcel Proust, un jour, le jeune Emmanuel Berl[1] écoutait le maître discourir sur l'amitié et la solitude. Les considérations

1. Emmanuel Berl (1892-1976), issu d'une famille de la haute bourgeoisie juive apparentée aux Bergson et à la famille maternelle de Proust, fut décoré pour faits d'armes durant la Première Guerre mondiale. Il fréquenta Aragon, qui était alors loin d'être de gauche, et Drieu La Rochelle avec lequel il publia un périodique : Les Derniers Jours, avant de participer, avec Berth, Déat, Jouvenel et Mendès France, à la rédaction des Cahiers bleus de Georges Valois. Tout en se situant à gauche, il faisait partie des pacifistes en 1939, et après les accords de Munich, alors que Benda, âgé de soixante-dix ans, poussait à la guerre, il expliquait : «J'ai toujours observé chez M. Julien Benda cette curieuse incapacité à concevoir la guerre autrement que comme une chose faite par autrui.» Il rédigea plusieurs discours de Pétain, et il est l'auteur des fameuses formules : «Je hais les mensonges qui vous ont fait tant de mal» et «la terre,

proustiennes n'étant pas partagées par Berl, Proust s'agaça, et lui jeta ses pantoufles à la tête en s'écriant : «Fichez-moi le camp! Vous êtes aussi bête que Léon Blum!»

Proust ne devait décidément pas apprécier ce dernier – son ami pourtant –, puisqu'il avait dit une autre fois : «Blum ne voit que ce qu'il peut. Sa myopie l'arrange.»

*

Anna de Noailles, qui avait une très haute opinion d'elle-même, dit un jour à Proust : «Il est curieux que notre amitié soit si forte, alors que nos pensées sont si différentes.

— Pas si différentes que cela, répondit Proust en souriant. Il nous arrive d'en avoir de communes. Par exemple, si je pense que vous êtes sublime, merveilleuse, extraordinaire... Vous le pensez aussi, n'est-ce pas?»

*

De Proust sur Jacques-Émile Blanche (peintre, fils de l'aliéniste), dont l'esprit était acerbe et la sexualité compliquée : «C'est la vipère sans queue.»

*

Sur la princesse Violette Murat, princesse (alcoolique) qui n'avait pas de cou : «Elle fait davantage penser à une truffe qu'à une violette.»

*

Le 30 mars 1917, la princesse Soutzo donna un dîner au Ritz, où étaient entre autres (outre Paul Morand qui raconte la scène) la princesse Murat, Lucien Daudet, Jacques Stern et un certain Iliesco, général roumain. Marcel Proust était invité; il se fit longtemps attendre, et Hélène Soutzo envoya par messager une lettre disant à Proust qu'elle le priait à la dernière minute pour qu'il pût venir ou ne pas venir, à son gré, etc. Un peu plus tard, le chasseur du Ritz fit son rapport pour dire qu'il avait remis la lettre au destinataire tel

---

elle, ne ment pas». En juillet 1941, il alla s'installer en Corrèze où il rejoignit sa femme Mireille Hartuch (la chanteuse Mireille du Petit conservatoire de la chanson) et se remit à écrire, se désintéressant de la politique.

qu'il l'avait trouvé, en désordre au milieu des fumigations... On passa à table, et alors que chacun avait cessé de l'attendre, Proust arriva en smoking, cravate blanche, rasé.

Iliesco, fort intrigué, demanda à Morand de qui il s'agissait. On le lui expliqua, et le général voulut absolument lire *Du côté de chez Swann* : « Mais à quoi cela ressemble-t-il ? demanda-t-il à Paul Morand.

— Cela ne ressemble à rien, mon général. »

Alors, montrant Iliesco, Proust dit à Morand : « Serait-ce par hasard le traître dont Antoine [Bibesco] m'a parlé ? Je me disais aussi, cette rondeur, cet air de franchise... »

(Le général Iliesco est celui qui, en novembre 1917, donnait d'immenses dîners chez Henri ou Paillard à tous les hommes politiques pour leur expliquer que son pays en était réduit à l'extrême famine.)

*

À l'occasion d'un dîner de mars 1917 chez Marcel Proust, pour lequel Céleste avait reçu l'ordre d'ouvrir du cidre bouché et de faire des pommes frites en l'honneur de Paul Morand, Antoine Bibesco arriva chez son ami Marcel : « Trouves-tu que je sois le même qu'il y a cinq ans ?

— Tu es moins, répond Proust.

— Moins quoi ?... Mais enfin moins quoi ? Moins intelligent ? Moins beau ?

— Moins, c'est tout. »

*

Proust, parlant de Raoul Suchet, duc d'Albufera[1], qui marchait de travers en sautillant : « Il a l'air d'un perdreau raté. »

*

---

1. Troisième duc d'Albufera (1845-1925), petit-fils du maréchal, père de Louis Suchet d'Albufera, qui sera un grand ami de Proust, et un modèle de Saint-Loup – mais ce n'est pas le seul, comme toujours pour les personnages de Proust : on sait que la comtesse Greffulhe, qui a inspiré la duchesse de Guermantes, reprochait amèrement à celui-ci « d'avoir fait de moi la moitié d'une femme dont l'autre moitié est une femme que je n'aime pas ». Elle faisait allusion à la comtesse de Chevigné, à laquelle elle reprochait surtout de « se laver les dents devant son mari ».

Proust disait du Juif polonais Jean Finot-Finkelstein (fondateur de *La Revue des Revues*, dont la devise était « Peu de mots, beaucoup d'idées ») : « Il descend d'Abraham par les chameaux. »

\*

Mme Arthur Baignières, qui était très avare, faisait retoucher une vieille fourrure chaque année, en lui attribuant une marque différente ; elle demandait ainsi : « Comment trouvez-vous mon *Doucet* ? » L'année d'après, elle remplaçait *Doucet* par *Laferrière*, etc. Un jour, Proust répondit : « Je la trouve solide. »

### À propos de Marcel Proust

La prose de Marcel Proust fut malmenée par les écrivains qui, faute de succès, se trouvaient alors au stade de l'ambition. Gide avouait ne pas comprendre « cinquante pages pour se réveiller ». Quant à Paul Valéry, il le trouvait « dur à avaler ». Après un essai pour pénétrer dans *La Recherche*, il avait déclaré forfait : « Quel délayage ! que c'est déglingué !... Proust, c'est Goncourt en pire. »

Et Fernand Gregh fit ce quatrain :

> Marcel Proust, écrivain qui craignait les malaises,
> Portait, même en été, pelisse d'astrakan,
> Depuis que, torturé d'un qui, d'un quoi, d'un quand,
> Il prit un courant d'air entre deux parenthèses.

Lorsque Antoine Bibesco tenta de faire publier le premier volume de *La Recherche* à La NRF, il n'y parvint pas : Gide donna un avis défavorable à ce livre « exhalant une odeur de duchesses » ; ce fut Bernard Grasset qui s'en chargea, à compte d'auteur.

\*

Nul n'ignore que, à cause d'un asthme extrêmement handicapant, Proust écrivait dans son lit. Une lectrice lui aurait dit un jour : « Écrire au lit, voilà qui me dépasse. Je ne le pourrais pas... Je m'endormirais.

— Oh ! aurait répondu Proust (selon ses détracteurs), moi, tant que j'écris, ça va. C'est quand je me relis que je m'endors. »

*

Proust aimait raconter les histoires de grands-ducs, dont la suivante.

On dit un jour au grand-duc Paul : « Vous allez voir jouer Mme Bartet, grande actrice, soyez aimable. »

Mme Bartet joue, très Bartet, très Comédie-Française, et le grand-duc battant des mains de s'écrier : « Bravo la vieille ! »

*

Lors d'une soirée de mars 1917, Proust raconta que quelqu'un dit au marquis de G... : « Il paraît que la marquise a un très beau Cézanne ?

— Il paraît.

— Vous ne le connaissez pas ?

— Il est dans la chambre à coucher de la marquise, je n'ai jamais eu l'occasion de le voir. »

*

Un autre fois, mais une fois de plus, Proust racontait à Morand l'une de ces histoires du monde dont il raffolait : « La scène se passe à l'abbaye des Vaux-de-Cernay, chez les Henri de Rothschild ; Mathilde, Maggie, Arthur Meyer, etc. On attend Fitz-James qui doit venir goûter en aéroplane ; un appareil qui arrive, capote, est détruit. Maggie Meyer s'évanouit. Puis un autre atterrit : c'est Fitz-James qui avait été précédé par un Anglais qui venait, lui aussi, goûter. Ces dames endossent leur costume de Croix-Rouge [on est au début de la guerre], empaquettent l'Anglais mort ; on le met entre quatre planches et Fitz-James le remporte. Et Bondy, qui est présent, conclut tout en continuant à manger des tartes : "Henri ne laisse jamais partir ses invités sans une bourriche !" »

*

Abel Bonnard racontait avec un malin plaisir que Proust était venu demander à la princesse de Polignac l'autorisation de dédier son prochain livre à la mémoire du prince, son mari. La princesse avait exprimé une reconnaissance émue, disant combien elle était flattée.

Proust s'était abstenu de dire que le volume devait s'appeler *Sodome et Gomorrhe*.

## PUISIEUX (Mme de)

> Les anecdotes qui suivent sont rapportées par Mme de Boigne, mais les éditeurs de la mémorialiste ne donnent pas de précision sur cette Mme de Puisieux. Les dates indiquent qu'il ne peut s'agir de la plus célèbre porteuse du nom, maîtresse de Diderot; il doit plutôt s'agir de Joséphine de Beugny (1786-1870), épouse d'Emmanuel Le Roux de Puisieux.

Le comte de Vaublanc, ministre de l'Intérieur sous la Restauration[1], n'était guère apprécié, même des ultras royalistes qu'il prétendait soutenir. Il était au demeurant d'une naïve bêtise qui avait assuré sa célébrité.

C'est lui qui, dans la cour du ministère, posait sur un grand cheval gris que le comte d'Artois lui avait offert : il tenait à servir de modèle pour la statue équestre d'Henri IV, personne selon lui ne se tenant à cheval dans une égale perfection.

Or le bœuf gras se trouva petit et maigre cette année-là[2]. On le remarquait devant Mme de Puisieux : «Je le crois bien, s'écriat-elle, la pauvre bête aura trop souffert des sottises de son neveu le Vaublanc.»

*

1. Le comte de Vaublanc (1756-1845), ancien député à l'Assemblée législative, était entré dans l'administration sous l'Empire après avoir siégé au Conseil des Cinq-Cents. Dès 1803, il fit un discours contre l'Angleterre, dans lequel il présentait le Premier consul comme le restaurateur des bases antiques et sacrées des lois des nations, ami de la paix. Mathieu Molé dit : «Vaublanc voulait une préfecture. Il l'obtint.» Sous la Restauration, il chercha à faire oublier, par une bruyante surenchère, qu'il avait servi Napoléon, et devint l'organe des ultras dans le premier ministère Richelieu. Commissaire du roi au procès de Ney, il procéda à diverses épurations, dont celle de l'Académie française; Rémy de Gourmont a écrit peu après la Seconde Guerre mondiale un article faisant le parallèle entre 1816 et 1946 : «Ce M. de Vaublanc, après avoir accepté bruyamment les idées nouvelles en 89, prononcé à la tribune, le 2 septembre 1795, le serment fameux : *Je jure haine à la royauté!*, après avoir servi avec passion le Consulat et l'Empire, était devenu un royaliste ardent. Aussi fut-il atteint, aussitôt au pouvoir, d'une manie bien connue de notre temps, la manie de l'épuration.»
2. L'origine du «bœuf gras» tient au fait que l'usage des aliments gras était proscrit pendant le carême, avec une exception en faveur des malades. Les bouchers n'avaient pas le droit de vendre de la viande durant ce temps, mais pour satisfaire aux besoins des personnes exemptes de l'abstinence, il fallait un boucher qui pût procurer les aliments. On établit donc un «boucher du carême» : il y avait un concours annuel, et le privilège était attribué à celui qui produisait le bœuf le plus beau et le plus gras, selon le jugement des bouchers de la localité.

Mme de Puisieux, voyant le lymphatique M. de Bonnay se verser un verre d'orgeat, l'arrêta en disant : «Ah, malheureux ; il allait boire son sang !»

*

On s'étonnait qu'un parvenu, devenu comte et ministre, n'eût pas fait figurer ses armes sur ses voitures.

«Il est aisé d'en rendre raison, dit Mme de Puisieux : c'est que ses voitures sont plus anciennes que sa noblesse.»

## PUYMAURIN (Marcassus de)

Casimir Marcassus, baron de Puymaurin (1757-1841) : chimiste réputé, spéculateur de biens nationaux, membre du Corps législatif sous l'Empire, député à la Chambre introuvable. Dans *L'Intermédiaire des chercheurs* de 1864, le Bibliophile Jacob (Paul Lacroix, ou encore P.L. Jacob) a raconté sa visite de 1818, aux caveaux du Panthéon redevenu en 1806 église Sainte-Geneviève, mais qui avait conservé les sépultures de Voltaire et de Rousseau à côté des dignitaires de l'Empire : «Je me rappelle encore l'émotion profonde que j'éprouvais en présence du tombeau provisoire en bois et en toile peinte, qui couvrait le cercueil de Voltaire, vis-à-vis de sa statue. À la lueur d'une torche que portait le cicérone, j'examinais les attributs et les emblèmes allégoriques qui décoraient ce simulacre de tombeau, imitant un monument en bronze qui ne fut jamais exécuté... La voix criarde du cicérone me tira de ma rêverie. C'est ici, disait-il, la tombe du fameux Voltaire ! — Allons donc ! reprit d'un ton brusque et impérieux un homme qui se trouvait parmi les visiteurs, et dont la figure me parut étrange et solennelle. Vous savez bien, ajouta-t-il en frappant avec sa canne le cénotaphe qui rendit un son creux, vous savez bien qu'il n'y a plus rien là-dedans.» Un camarade de P.L. Jacob, qui appartenait à la Congrégation, confirma qu'en 1814 quelques ultras, conduits par Puymaurin, avaient retiré de nuit les ossements de Voltaire et de Rousseau et les avaient portés dans un fiacre, jusqu'à la barrière de la Gare, vis-à-vis Bercy, enfin qu'on les avait, dans l'ouverture profonde d'un terrain vague, jetés sur un lit de chaux vive.

Le baron Casimir Marcassus de Puymaurin, député ultra de Toulouse, aimait à plaisanter et faire de gros jeux de mots. Un jour que M. Petou, député de la Seine-Inférieure, monta trois fois à la tribune dans la même séance, il s'exclama : «Ah çà ! il faut donc toujours que M. Petou parle ?»

*

Quand M. Laffitte[1] demanda si les délibérations de la Chambre étaient libres au milieu des dragons et des gendarmes, et si ses amis libéraux seraient, ainsi qu'aux élections de Nîmes, assassinés sur le seuil de l'enceinte, Puymaurin le rassura : «Vous n'en valez pas la peine!»

### QUINAULT (Mlle)

> Marie-Anne Quinault (1695-1791) : comédienne (sœur du suivant) qui ne resta guère à la Comédie-Française et s'illustra dans le monde par sa beauté et son esprit. Sa retraite fut longue puisqu'elle vécut presque centenaire. Outre la pension qui lui fut servie durant soixante-dix années, Mlle Quinault avait reçu le cordon de l'ordre de Saint-Michel.

M. de Chaulnes avait fait peindre sa femme en Hébé, mais il ne savait comment être représenté pour faire pendant; Mlle Quinault, à qui il faisait part de son embarras, lui dit : «Faites-vous peindre en hébété.»

### QUINAULT-DUFRESNE

> Abraham Alexis Quinault (1690-1767) se fit appeler Quinault-Dufresne pour se distinguer de son frère aîné, lui-même comédien. Il était servi par «un organe enchanteur» et un physique avantageux, qui convenait bien aux personnages qu'il jouait : les premiers rôles. Il était d'une extraordinaire vanité, et il lui arrivait de dire à son valet, en parlant de ses confrères du Théâtre-Français : «Champagne, allez dire à ces gens que je ne jouerai pas ce soir.» Si bien que lorsqu'il créa le rôle-titre du *Glorieux*, la comédie

---

1. Jacques Laffitte (1767-1844), fils d'un charpentier, fit son ascension sous le Directoire où la société ressemblait à un immense tripot et où les financiers étaient les rois du jour. Banquier personnel de Napoléon, franc-maçon bien introduit, expert en finances, il fit une fortune colossale et se mêla de politique. Il fut l'un des moteurs de la révolution de 1830 (Charles X disait : «La maison des Bourbons est en guerre avec la maison Laffitte»); la monarchie de Juillet verra cependant la fin de son empire. Alors que, sous la Restauration, il recevait avec ostentation dans son château de Maisons (la commune deviendra officiellement Maisons-Laffitte en 1882) et que l'un des invités s'extasiait : «C'est une demeure de grand seigneur!», il rectifia : «Non, monsieur : c'est la demeure d'un citoyen qui possède.» On le confond souvent avec son neveu Charles Laffitte, banquier dont le titre de gloire a été de disputer en 1842 avec quelques compères une partie de billard montés sur des poneys, au premier étage du Jockey-Club.

de Destouches, on ne manqua pas de dire que c'était bien fait puisque c'était son rôle de tous les jours. Mais son jeu était naturel sur scène, au rebours de la déclamation boursouflée de l'époque. Il épousa Mlle de Seyne, actrice restée célèbre par la colère maladive avec laquelle elle joua *Hermione* à la Comédie-Française, «toute nue et toute vêtue d'or».

Le tragédien Quinault-Dufresne jouait un soir d'un ton de voix trop faible, tout à son texte et ne semblant déclamer que pour lui-même ; des spectateurs du parterre crièrent : «Plus haut !

— Et vous, messieurs, plus bas !» rétorqua l'acteur.

Cette réponse excita des huées qui firent cesser le spectacle. Obligé de faire des excuses au public, Quinault-Dufresne s'avança sur le bord du théâtre et dit : «Messieurs, je n'ai jamais tant senti la bassesse de mon état que par la démarche que je fais aujourd'hui.»

## RABELAIS (François)

François Rabelais (v. 1483-1553), né à Chinon, entra chez les cordeliers et y reçut la prêtrise. Trente ans plus tard, il devint prêtre séculier, après un bref d'autorisation, pour aller étudier la médecine à Montpellier. Il y enseigna. Une coutume de cette université était de faire porter à ceux qui soutenaient leur thèse de médecine la toge de Rabelais, qu'il y avait laissée ; c'était une robe écarlate brodée «FRC» («*Franciscus Rabelaesus Chinonensis*»). On dut la changer au siècle suivant, car chacun de ceux qui la revêtaient en conservait un lambeau. À l'époque où il publia *Pantagruel*, puis *Gargantua*, qui connurent immédiatement le succès, Rabelais était médecin hospitalier à Lyon, où il enseignait. Jean Du Bellay, évêque de Paris, allant à Rome pour l'affaire d'Henri VIII, l'emmena avec lui. Plus tard, Rabelais fut affecté à l'abbaye de Saint-Maur-des-Fossés. Il «remplit ses devoirs avec beaucoup de zèle et d'édification jusqu'à la fin de sa vie. Attentif à instruire son peuple, il se réduisait à enseigner aux enfants le plain-chant, qu'il possédait parfaitement. Sa maison était ouverte aux pauvres et aux misérables, qu'il assistait de tout son pouvoir, et il y rassemblait souvent des savants pour s'entretenir avec eux sur les Sciences. Mais l'entrée en était fermée aux femmes, et sa réputation n'a jamais souffert sur leur sujet aucune atteinte» (Dictionnaire de Bayle, suppl. Chauffepié). On a préféré les contes identifiant l'auteur et ses personnages : il aurait été souvent condamné, se serait mal tenu à Rome, et aurait fui son monastère pour mieux se livrer au libertinage. Plus tard, on s'est plu à en faire un libre-penseur ; Lucien Febvre dans *Le Problème de l'Incroyance au XVIe siècle. La Religion de Rabelais*, a fait justice de cette fausse vérité. Rabelais était un catholique profond dans la lignée d'Érasme.

Lorsque Henri II s'éprit de Diane de Poitiers devenue veuve de Louis de Brézé, il voulut assurer davantage de ressources à sa belle maîtresse, et lui céda le bénéfice de l'impôt de vingt livres par cloche, qui était alors en vigueur. Cela fit dire à Rabelais : « Notre roi a pendu toutes les cloches du royaume au col de sa jument. »

*

Rabelais était à l'article de la mort. Le vicaire de Meudon, bonhomme, mais simplet, lui porta la communion et lui demanda s'il reconnaissait bien Notre-Seigneur qui lui rendait visite : « Oui, fit le mourant, je le reconnais à sa monture[1]. »

## RACHEL

Élisabeth Rachel Félix, dite « Rachel » (1821-1858), était issue d'une pauvre famille juive qui traversait les villes suisses en chantant et jouant de la guitare. Elle joua les héroïnes raciniennes à la Comédie-Française : « Une articulation superbe, une diction irréprochable, un sens merveilleux des situations, avec des élans d'une flamme incomparable, arrachaient aux spectateurs des cris d'enthousiasme et des applaudissements furieux. » En 1849, on organisa une représentation d'*Iphigénie*, dans laquelle figurèrent Rachel, jeune femme maigre, et Mlle George, matrone obèse qui restait la favorite du clan romantique ; Hugo commenta : « La statuette à côté de la statue ! » Malheureusement, d'après Arthur Pougin, « la gloire ne suffisait pas à [Rachel,] cette grande artiste qui, partie de si bas, avait su s'élever si haut. L'amour du lucre, la soif de l'or étaient effrénés chez elle et devaient la mener à une fin précoce. Ses démêlés avec la Comédie-Française pour des questions d'intérêt sont restés célèbres ». Malgré les sommes colossales qu'on lui servait, elle multipliait les tournées, revint d'Amérique exténuée, et mourut jeune. Après avoir livré certains détails de sa vie, Horace de Viel-Castel écrit en guise d'oraison funèbre : « C'était un grand talent, mais la plus fieffée putain de la terre. » Elle avait reçu d'un soupirant anglais une jarretière sur laquelle étaient enchâssés des diamants formant les mots « Honi soit qui point n'y pense ». Elle confia un jour qu'elle ne se souvenait plus avoir été vierge, ce qui est plausible.

---

1. Historiette aussi célèbre qu'apocryphe, que Boisrobert, qui n'est certes pas digne de foi, conta à Gilles Boileau. D'ailleurs Rabelais ne mourut pas à Meudon mais à Paris, rue des Jardins. Tous les autres mots du mourant sont apocryphes (« Tirez le rideau, la farce est jouée », ou bien « Je vais chercher un grand peut-être »). Ils ont été démentis aussitôt que lancés, par Du Verdier dans sa *Prosopographie*, avant même la fin du XVIe siècle, puis par Colletet dans son *Histoire des Poètes français*.

Le comte Walewski[1], fils naturel de Napoléon, fut l'amant de Rachel, dont il eut un enfant. La première fois qu'il se rendit chez la tragédienne, il remarqua une guitare pendue au mur.

«En cette guitare, expliqua Rachel des larmes dans la voix, réside le plus cher de mes souvenirs. C'est d'elle dont je m'accompagnais lorsque, enfant et misérable, j'implorais en chantant la charité des passants... Tout vieux et délabré qu'il puisse être, cet instrument constitue pour moi une telle relique que je ne m'en séparerais pas pour 25 000 F.

— Et si je vous en offrais le double?»

Rachel regarda le fils de l'Empereur puis se décida : «Eh bien, soit! puisque vous y tenez, je vous la laisse. Mais emportez-la immédiatement, sinon je serais capable de me raviser.»

Walewski se hâta d'obéir.

Or Rachel était coutumière du «coup de la guitare[2]», et l'on comprend que Mme Hamelin appelait Alexandre Walewski «Ce grand nigaud de fils de dieu».

### À propos de Rachel

Rachel trompait son amant Walewski avec Émile de Girardin; ensuite, elle passa au prince Napoléon après un épisode avec Arthur Bertrand, le fils du maréchal qui avait accompagné l'Empereur à Sainte-Hélène. Elle appelait cela «sa période bonapartiste».

Elle tomba enceinte d'Arthur Bertrand. Elle n'était déjà pas grosse mais elle se mit encore à maigrir. Esther Guimont commenta : «Elle me fait l'effet d'une ficelle où il y aurait un nœud.»

---

1. Alexandre comte Colonna Walewski (1810-1868) : Napoléon Ier fut très épris de Marie Walewska, «dont le rire était un enchantement», qu'il avait rencontrée au matin du 1er janvier 1807 sur la route gelée entre Pultusk et Varsovie. Cette nationaliste polonaise devait lui donner un fils naturel (conçu à Shönbrunn). Après la mort de sa mère, le jeune homme se battit contre les Russes pour l'indépendance polonaise. Après la chute de Varsovie, il passa plusieurs années dans la Légion étrangère (1834-1841), avant une carrière diplomatique sous la monarchie de Juillet. Ministre des Affaires étrangères sous l'Empire, il démissionna en 1860 lorsqu'il s'opposa à Napoléon III sur la question italienne. Président de la Chambre, il montra vis-à-vis de l'opposition des égards qui déplaisaient en particulier à Rouher. Il donna sa démission de député en 1867. Il reconnut le fils qu'il eut de Rachel, ascendant direct de l'actuel comte Colonna Walewski.

2. À sa mort, la petite escroquerie se poursuivit puisque l'on vendit aux enchères, au n° 261 du catalogue, la guitare «sur laquelle s'accompagnait la petite Élisa Félix, alors qu'elle n'était pas encore devenue la grande Rachel».

## RACINE (Jean)

Trésorier de France en la généralité de Moulins, gentilhomme du roi, et l'un des tout premiers écrivains français : Jean Racine (1639-1699) approcha toujours de la perfection jusques et y compris *Phèdre*. « Les chagrins qu'une cabale puissante tâcha de lui donner, pour favoriser Pradon, le dégoûtèrent du monde. Les sentiments de christianisme qu'il avait apportés de Port-Royal se ranimèrent alors, et depuis ce temps-là il ne fit plus de vers que sur les matières de piété [...]. La Cour l'avait honoré de la charge d'historiographe de Sa Majesté, mais quelques-uns doutent que ni Pellisson, ni Boileau, ni lui, qui en ont été revêtus, aient jamais rien écrit de cette histoire » (Bruzen de La Martinière). Racine fut enterré à Port-Royal des Champs où il avait été éduqué, et quand on rasa l'établissement et fit labourer le sol pour en effacer tout souvenir, on transporta au cimetière de Saint-Étienne-du-Mont les ossements trouvés à Port-Royal. Aujourd'hui que ce cimetière a disparu, les restes de Racine et ceux de Pascal se trouvent dans l'abside de l'église. Le 1er novembre 1755, le petit-fils de Racine, dernier porteur du nom, fut emporté par le raz-de-marée de Cadix, conséquence du tremblement de terre de Lisbonne.

Épigramme en forme de coup de pied de l'âne à Fontenelle :

Ces jours passés, chez un vieil histrion,
Un chroniqueur émut la question
Quand à Paris commença la méthode
De ces sifflets qui sont tant à la mode.
Ce fut, dit l'un d'eux, aux pièces de Boyer.
Gens pour Pradon voulurent parier.
Non, dit l'acteur, je sais toute l'histoire,
Que par degrés je vais vous débrouiller.
Boyer apprit au parterre à bâiller ;
Quant à Pradon, si j'ai bonne mémoire,
Pommes sur lui volèrent largement ;
Mais quand sifflets prirent commencement,
C'est – j'y jouais, j'en suis témoin fidèle –
C'est à l'*Aspar* du sieur de Fontenelle.

### À propos de Jean Racine

Du temps du bonheur de Racine avec son amante, la Champmeslé, Boileau fit une épigramme au sujet de la tragédienne, travestie sous le nom de *madame Claude* :

De six amants contents et non jaloux,
Qui tour à tour servaient madame Claude,
Le moins volage était Jean, son époux.
Un jour pourtant, d'humeur un peu trop chaude,
Serrait de près sa servante aux yeux doux,
Lorsqu'un des six lui dit : « Que faites-vous ?
Le jeu n'est sûr avec cette ribaude.
Ah ! voulez-vous, Jean-Jean nous gâter tous ? »

Jean-Baptiste Rousseau, dans une de ses lettres à Brossette, a expliqué que cette épigramme était la mise en forme d'un « bon mot de M. Racine au comédien Champmeslé dans le temps qu'il fréquentait la maison de celui-ci ».

*

Racine, qui avait été éduqué chez les jansénistes, fut enterré à Port-Royal des Champs, selon un vœu exprimé dans son testament. Un seigneur de la Cour, voulant marquer que le grand poète avait toujours veillé à ne point déplaire au roi, dit : « Il n'eût jamais osé le faire de son vivant. »

## RAMBOUILLET (Mme de)

Née à Rome, Catherine de Vivonne, marquise de Rambouillet (1588-1665), était fille du marquis de Pisani alors ambassadeur de France. Mariée à un commensal d'Henri IV, elle se déclara fatiguée des intrigues de la Cour, et se retira chez son père. Sa santé fragile l'avait convaincue d'attirer le monde chez elle ; ainsi l'hôtel de Pisani, devenu hôtel de Rambouillet, acquit sa notoriété. Jusqu'à la mort de la maîtresse de maison, tout ce que Paris comptait d'illustrations venait s'y réunir, et ce salon eut pour principal effet de généraliser le bon goût : on y continua le travail de Malherbe sur la langue française. Le cénacle de Mme de Rambouillet connut, après son triomphe classique, son heure baroque, surtout du jour où la duchesse de Montausier succéda à sa mère. Le bon ton dégénéra, les précieuses furent tournées en ridicule, et la renommée du cercle disparut sous les quolibets de Molière.

La beauté de Charlotte des Ursins, qui tenait un petit salon où allaient ceux qui n'avaient pas accès à l'hôtel de Rambouillet, fut l'égérie de plusieurs lettrés, dont le plus célèbre était Malherbe.

Leurs relations étaient orageuses, car dans sa rage de littérature, «Caliste» (il la dépeint sous ce nom dans de nombreux poèmes) se donnait en même temps à d'autres auteurs.

Un jour d'ailleurs, Malherbe entra et l'ayant trouvée par exception seule au lit, il lui prit les deux mains dans l'une des siennes, et de l'autre la gifla rudement jusqu'à la faire appeler au secours. Quand il vit que du monde venait, il s'assit comme si de rien n'était. Ils se raccommodèrent néanmoins.

Au physique, elle était paraît-il assez ordinaire, si l'on excepte l'ovale parfait de son visage; ses yeux avaient de la beauté, mais une incommodité la laissait toujours larmoyante.

Malherbe avait écrit : «Amour est dans ses yeux, il y trempe ses dards.»

Mme de Rambouillet dit : «Il a bien raison, car l'Amour peut y trouver de quoi tremper ses dards tout à son aise.»

## RANDOLPH (John)

John Randolph of Roanoke (1773-1833), planteur de Virginie, fut d'abord proche de Jefferson puis rompit avec lui en évoluant vers une droite radicale, dite «des Vieux-Républicains». Il était opposé au développement de l'État fédéral et défendait la société agricole, à l'opposé des États industriels du Nord, tout en se déclarant adversaire de l'esclavage (il fut l'un des fondateurs d'un mouvement qui militait pour libérer les Noirs et les renvoyer dans un pays d'Afrique, qui deviendra le Liberia). Il disait : «J'aime la liberté, et je hais l'égalité.»

Sur Edward Livingston : «C'est un homme qui dispose de splendides capacités, mais qui est ouvertement corrompu. Comme le maquereau crevé qu'on voit sous un rayon de lune, il brille et il pue[1].»

---

1. En vérité, Livingston, grand juriste (Sumner Maine le qualifiera de «premier génie juridique des temps modernes»), rédacteur du code de Louisiane, n'avait rien d'un homme corrompu, mais il avait eu le malheur de s'opposer à Jefferson (à l'époque où Randolph était le bras droit de celui-ci), qui ensuite fit tout pour nuire aux intérêts de Livingston lorsque celui-ci exerça une action en revendication contre l'État fédéral au sujet d'une propriété.

## RAPHAËL

Raffaello Sanzio, dit «Raphaël» (1483-1520), fut appelé par Jules II à Rome où il produisit ses chefs-d'œuvre. Ensuite Léon X l'accabla de commandes, lui demandant aussi bien les fresques de ses appartements que des esquisses d'orfèvrerie, des rideaux de théâtre ou le portrait de son éléphant. Ce train tua l'artiste; l'Italie entière prit le deuil : son corps fut exposé sur un lit de parade avec, à sa tête, le tableau inachevé de la Transfiguration. Il fréquentait le milieu philosémite de l'entourage des papes, dont Gilles de Viterbe, si bien que son rival Sebastiano del Piombo, dans une lettre à Michel-Ange, le surnomme (sans aménité) «le Prince de la Synagogue». Ramon Fernandez, intéressé par le thème des invertis, a prétendu que Raphaël en était mort, tout en disant que les invertis d'autrefois étaient très différents de ceux du XX^e siècle, «en ceci qu'ils avaient le culte spirituel de ceux qu'ils aimaient». Mais à ses rares moments de loisirs, Raphaël composait des sonnets amoureux pour Marguerite Luti, «la Fornarina» («la Boulangère»), et on a la preuve qu'il traita ses nombreux élèves (il y avait quarante personnes dans son atelier) comme des fils; on n'en sait pas davantage... Il laissait ses disciples faire le principal sujet, se réservant juste un coin du tableau, par exemple le paysage dans La Vision d'Ézéchiel : on perçoit alors son génie.

Raphaël détestait les remarques des profanes, qu'il jugeait puériles. Un jour, deux cardinaux lui reprochèrent d'avoir peint les visages de saint Pierre et de saint Paul d'un rouge trop vif.

«Je les ai peints tels qu'ils sont au Ciel. Cette rougeur leur vient de la honte qu'ils ont de voir les gens d'Église meilleurs chrétiens que bons critiques.»

## RATISBONNE (Alphonse)

Alphonse Ratisbonne (1814-1884), issu d'une famille juive de Strasbourg, se convertit comme son frère Théodore. Les PP. Ratisbonne se vouèrent à l'évangélisation des juifs, fondant une congrégation, Notre-Dame de Sion, qui existe toujours avec la mission d'opérer le rapprochement entre juifs et chrétiens (la sœur Emmanuelle appartenait à cette communauté). Il y eut des conversions en nombre. Lorsque cela toucha des enfants, les juges prononcèrent des condamnations au nom de la liberté de conscience, à l'instigation de Jean-Jacques Camescasse, procureur violemment anticlérical. Les frères Ratisbonne descendaient de Théodore Cerfbeer, banquier de haute réputation qui avait obtenu de Louis XVI en 1787 que Malesherbes mît à l'étude la question de l'émancipation des juifs : l'édit allait être rendu quand la Révolution éclata.

Arrivé à la fin de sa vie, l'écrivain Eugénie Foa croyait avoir conservé le charme et la fraîcheur de ses petits livres pour enfants. Mme de Bassanville, qui s'en moquait volontiers, a conservé cette réponse de l'abbé Ratisbonne à Foa (ils étaient l'un et l'autre juifs convertis au catholicisme) : «Mon père, commet-on un péché en prenant plaisir à entendre les hommes dire qu'on est jolie?

— Certainement, il ne faut jamais encourager le mensonge.»

## RAVEL (Maurice)

De très petite taille, toujours impeccable, discret, à la sexualité inconnue, Maurice Ravel (1875-1937) parvint, sans apparemment souffrir de l'effort, à se faufiler dans les rangs de l'avant-garde. Il est vrai qu'on avait souvent besoin de ses talents. Lorsque Cocteau monta *Parade* avec les textes d'Apollinaire, les décors de Picasso et la musique de Satie, celui-ci voulut diriger l'orchestre, malgré une incapacité connue : après une série de colères foudroyantes que «Satierik» concluait en brandissant son parapluie et en claquant la porte, Cocteau appela Ravel à la rescousse.

Un compositeur débutant avait supplié Ravel d'écouter sa dernière œuvre. Il se mit au piano et fit entendre, pendant de longues minutes, une musique grinçante et échevelée.

Enfin, exténué par l'exécution de son ouvrage, il murmura dans un souffle : «Voilà! C'était *L'Agonie de Néron*.

— Je l'aurais parié», dit Ravel doucement.

## REAGAN (Ronald)

Ronald Wilson Reagan (on prononce *Raygann*; 1911-2004) fut maître nageur et sauveteur sur une plage de l'Illinois, où il sauva la vie de soixante-dix-sept personnes, avant d'être commentateur sportif, acteur hollywoodien (la légende veut que ce fût un troisième couteau; il devait cependant avoir le premier rôle dans *Casablanca* mais son départ sous les drapeaux donna le rôle à Bogart), enfin 40ᵉ président des États-Unis, de 1981 à 1989. Ses réformes consolidèrent l'économie, et sa popularité resta forte durant ses deux mandats. Lors de son élection, François Mitterrand avait relevé : «Un homme du Far West, ça vaut peut-être mieux qu'un énarque.» À la suite d'une visite officielle, Reagan raconta un épisode de la salle à manger d'apparat de la Maison-Blanche : «Conformément au protocole, tout le monde devait rester debout jusqu'à ce que Nancy eût conduit François à sa table, et que j'eusse mené Mme Mitterrand à la mienne, de l'autre côté. Nancy et François étaient déjà à leur table, mais Mme Mitterrand restait figée près de moi, même

> après qu'un maître d'hôtel fut venu lui dire qu'elle devait se diriger vers notre table. Je lui chuchotai que nous étions censés nous rendre vers l'endroit que je désignai, à l'autre bout, mais elle ne voulait toujours pas bouger. Elle me dit quelque chose sur un ton très calme en français, que je ne comprenais pas. Puis elle le répéta, et j'acquiesçai ; je ne savais toujours pas ce qu'elle disait. Enfin un interprète arriva et me dit : « Elle est en train d'expliquer que vous avez les deux pieds sur sa robe longue. » Comme quoi, et malgré quelques risques (rappelés à l'occasion de la notice sur de Gaulle), il est utile à la femme d'un président de la République française d'avoir des notions d'anglais.

Reagan n'était pas incapable de mots d'esprit, et c'est lui qui a présenté la carrière politique comme « la seconde plus vieille profession du monde ». Surtout, peu après être entré en fonction au milieu d'une crise économique, et succédant dans un tel contexte au hasardeux Jimmy Carter, il expliqua, pour être pédagogue : « La dépression, c'est quand vous êtes au chômage ; et la récession, c'est quand votre voisin est au chômage.

— Et la sortie de crise ? demanda un journaliste qui voulait en savoir davantage.

— La sortie de crise, c'est quand Jimmy Carter est au chômage. »

### À propos de Ronald Reagan

On dit qu'il avait beaucoup de mal à improviser, et qu'il avait quantité de pense-bêtes, et même des lignes écrites sur ses manchettes. Sa femme Nancy préparait l'essentiel de ses petits discours, et Robin Williams dit un jour : « Vous remarquerez qu'elle boit toujours autre chose que de l'eau quand Ronnie parle. »

*

Un chef peau-rouge lui dit un jour : « Méfiez-vous des immigrés, monsieur le Président : ne faites pas comme nous. »

### REDON (comte)

> Jean Claude Redon de Beaupréau (1738-1815) fut un administrateur compétent sous Louis XV et Louis XVI. Destitué avec la Révolution, emprisonné sous la Terreur, libéré au 9 Thermidor, il fut sous le Directoire membre de la commission qui tenait lieu de ministère de la Marine.

Favorable au 18 Brumaire, il fut nommé président du conseil des Prises, et il y appuya l'activité des corsaires comme étant favorable à l'esprit d'aventure des Français. Conseiller d'État, il fut fait comte d'Empire, puis sénateur. Il vota la déchéance de l'Empereur et fut pair de France avant d'être anobli par Louis XVIII peu avant sa mort.

Le comte Regnault de Saint-Jean-d'Angély[1], homme de confiance de Napoléon, était le personnage le plus influent du Conseil d'État. Les contemporains ne le ménagent pas : « C'était un de ces hommes qui bravent le mépris public pourvu que l'argent les en console, et qui se rouleraient dans la boue pour y accrocher quelques parcelles d'or. » Le mépris qu'il inspirait était si général que ceux qui pouvaient le braver impunément ne se gênaient pas pour le lui montrer. Le comte Redon se trouvant un jour près de lui dans un des salons du palais des Tuileries, Regnault lui frappa familièrement sur l'épaule, en lui disant : « Bonjour, l'ami Redon.

— Monsieur, lui répondit celui-ci, je ne suis pas votre ami, je ne suis l'ami que des honnêtes gens. »

## RENAN (Ernest)

Ernest Renan (1823-1892), pieux séminariste, découvrit les penseurs allemands, renonça à devenir prêtre et passa l'agrégation de philosophie. Il vécut avec sa sœur Henriette, avant d'épouser la protestante Cornélie Scheffer. Édouard Lockroy, qui fut son secrétaire en Syrie, racontait que Renan couchait avec sa femme sous la tente dans un lit à sonnettes.

1. Michel Regnault de Saint-Jean-d'Angély (1761-1819) avait joué, par son éloquence, un rôle à la Constituante. Tout en étant favorable aux idées nouvelles, il faisait partie des royalistes déclarés et fut porté sur la liste des proscrits après la journée du 10 Août. Il se cacha jusqu'à la réaction thermidorienne, où il eut un rôle d'administrateur des hôpitaux de l'armée d'Italie qui le fit remarquer de Bonaparte. Il prépara la journée du 18 Brumaire, mais on dit que, quand vint le moment d'agir, il courut se cacher avec Boulay de la Meurthe chez le restaurateur de la grille de Saint-Cloud. Sous l'Empire, cet excellent administrateur devint l'éminence grise de Napoléon. Bel homme brun à la voix d'or, il avait un petit sérail composé de comédiennes du boulevard, de filles publiques et de jeunes ouvrières, et il avait, dit-on, les idées assez libérales pour que ce sérail fût au service de ses amis. Il n'était pas plus jaloux de ses maîtresses que de sa femme, qui profitait amplement de la liberté que son mari lui laissait. Tous deux étaient d'importants dignitaires de la franc-maçonnerie sous l'Empire. Le comte fut frappé d'exil sous la seconde Restauration ; c'est en rentrant à Paris après la levée de cette interdiction qu'il mourut.

Aussitôt que celles-ci tintaient, Mlle Henriette, qui veillait jalousement à côté, criait à son frère : «Ernest, surtout ne prends pas froid et remets ton gilet de flanelle.» Il avait acquis une réputation européenne quand il fut nommé en 1862 professeur de langue hébraïque au Collège de France. Son cours, toutefois, fut suspendu par les autorités, après qu'il eut présenté Jésus comme «un homme remarquable» (Anatole France prétendait que chaque jour, dès lors, une correspondante écrivait à Renan : «Il y a un enfer, monsieur»). La République rendit à celui-ci sa chaire en 1870, mais il se convainquit que la nature humaine rend illusoire l'idée de progrès, et *La Réforme intellectuelle et morale* deviendra un bréviaire de la pensée réactionnaire. Pour sa fille Noémie, il avait esquissé une *Petite morale* : «Immortalité. Impossible de ne pas y croire. Crois-y. N'écoute rien, même si on te cite des phrases de moi.» Elle épousa Jean Psichari, professeur de langues orientales. Un de leurs enfants, Ernest, tué au front en 1914, a raconté dans *Le Voyage du centurion* sa conversion au catholicisme, qui fut un drame pour sa mère. Son frère, également tombé au feu, avait épousé la fille d'Anatole France ; leur enfant, Lucien Psichari, fut recueilli par France, qu'il accompagna en 1921 à Stockholm pour la remise du prix Nobel (enfant, j'ai entendu Lucien, ami de mon père, évoquer l'événement). Henriette Psichari, après avoir perdu ses deux frères durant la Première Guerre mondiale, perdit ses deux fils durant la Seconde ; elle vint faire un saisissant témoignage, à charge contre l'État français, au procès Pétain. Paul Morand note en 1917 : «Jean Hugo, permissionnaire, nous raconte que François Hugo a eu l'autre jour, au bachot, à traiter *Une conversation entre Victor Hugo et Renan*. Il décrit tout ce que sa mémoire a retenu : les visites de Renan, ses paroles et celles de Hugo, telles qu'il les tient de son père, Georges Hugo. Il est recalé. Lucien Daudet a donné un grand déjeuner en l'honneur de cet échec.»

Alors que, en 1845, le jeune Renan, ayant perdu la foi, venait de renoncer à devenir prêtre, il rencontra Marcellin Berthelot, savant fondateur de la thermochimie, futur maître d'œuvre de la *Grande encyclopédie* de 1900, futur ministre (des Affaires étrangères dans le premier ministère radical de 1895, dont huit membres sur dix, lui compris, appartenaient à la franc-maçonnerie). C'est Marcellin qui ouvrit à Renan les joies un peu sèches du positivisme, et cela redonna un but à sa vie «et lui refit en quelque sorte une religion», écrit René Berthelot. Plus tard, les deux hommes accumulèrent les places et les honneurs, Marcellin Berthelot plus efficacement : comme Hugo il sera nommé sénateur inamovible et aura droit à des funérailles nationales. Lorsqu'il mourut, son ami Renan lui fit cette épitaphe :

Ci-gît Berthelot
À la seule place qu'il n'ait pas demandée.

*

Lorsque plusieurs Immortels s'inquiétèrent de la réputation d'homosexualité de Pierre Loti, au moment de l'élire à l'Académie française, Renan, fatigué de ce long débat, y mit un terme en disant : «On verra bien.»

## RENARD (Jules)

Léon Daudet écrit de Jules Renard (1864-1910) : «Qui sait ce qui se passait au juste derrière le haut front bombé et les yeux froids de Jules Renard? [...] Il ne faisait grâce à son plus intime ami ni d'un faux pas, ni d'un petit travers, et il supposait toujours, chez autrui, la mauvaise pensée. Quel sombre, sombre pessimiste! [...] Comme il produisait relativement peu, à la fois par manque de fécondité et par scrupule littéraire, ses confrères et la critique lui témoignaient une indulgence relative. On lui savait gré de ne pas tenir trop de place. Mais, lui, démêlant leur mobile, ne leur rendait pas la pareille, ah, bigre non! À une époque, il faisait des armes avec assiduité, dans l'intention, disait-il avec un sourire pincé, *d'en supprimer un*. Il ne spécifiait pas lequel. Chacun pouvait ainsi se croire privilégié. Au sortir de l'assaut, il avalait avec satisfaction un grand verre de vin blanc, à la paysanne [...]. Il est mort jeune, après une maladie cruelle, où il montra un magnifique courage. En général, les bons écrivains, comme les bons soldats, savent mourir. Au lieu que les politiciens et les médecins ont peur de la mort.» Jules Renard a écrit : «Les femmes cherchent un féminin à *auteur* : il y a *bas-bleu*. C'est joli, et ça dit tout.» Les dames apprécieront... Et n'est-il pas un Proust, mais en réduction, quand il dit : «Ce qui me donne le plus de fièvre, c'est encore de feuilleter un indicateur de chemin de fer.»

De Jules Renard au sujet d'Henry Bataille[1] : «Bataille veut être poète un peu comme on veut être drôle à propos de rien.»

---

1. Henry Bataille (1872-1922) : poète et auteur d'un certain nombre de pièces psychologiques souvent morbides. En 1916, Léon Daudet se félicite de la chute de sa pièce *L'Amazone*, dont il qualifie l'auteur de «rôtisseur neurasthénique de poulets faisandés». François Mauriac salua en ces termes la mort de Bataille, dans *La Revue hebdomadaire* ; «Il quitte la scène au moment où la salle commençait de se vider.» Quelqu'un lui fit cette épitaphe :

Ci-gît Bataille Henri
À peine un peu plus pourri.

*

Renard disait un jour à Lucien Guitry : «Henry Bataille m'a donné à lire une de ses pièces.
— Il aurait mieux fait de vous la donner à écrire.»

*

Il disait de Sarah Bernhardt : «Elle a l'air intelligent quand elle écoute des choses qu'elle ne comprend pas.»

*

Sur Marcel Schwob : «Il me fait regretter de ne pas avoir été antisémite.»

## RENOIR (Auguste)

Auguste Renoir (1841-1919) avait été placé à l'âge de treize ans par son père comme apprenti peintre sur porcelaine. Il dira plus tard : «Quand je pense que j'aurais pu naître chez des intellectuels! Il m'aurait fallu des années pour me débarrasser de toutes leurs idées et voir les choses telles qu'elles sont.» À l'atelier du peintre pompier Gleyre, il rencontra Sisley, Bazille et Monet. Gleyre lui dit un jour : «Jeune homme, vous êtes très doué, mais on dirait que vous peignez pour vous amuser. — C'est certain, répondit l'élève : si cela ne m'amusait pas, je ne peindrais pas.» Les condisciples préférèrent aller installer leurs chevalets en forêt de Fontainebleau (depuis peu, les tubes de couleurs permettaient de travailler en extérieur). Renoir expliquera : «Un matin, l'un de nous, manquant de noir, se servit de bleu. L'impressionnisme était né.»

Renoir contemplait les *Laboureurs au travail* de Van Gogh. Il grommela : «Par goût, je ne suis pas très porté sur la peinture de Van Gogh, à cause de ce côté un peu exotique que je ne peux pas encaisser; mais ses dessins de paysans, c'est autre chose. Qu'est-ce que c'est, à côté de ça, le paysan pleurnichard de Millet?»

## REUBELL (Jean-François)

Jean-François Reubell ou Rewbell (1747-1807), député aux états généraux, brutal et apoplectique, n'eut jamais d'opinion constante, à part sa haine des prêtres et sa cupidité, qui étaient ses deux moteurs pour changer de faction. Conventionnel envoyé en mission, il fut rappelé à Paris pour se disculper d'une accusation d'agiotage qui avait quelque fondement mais ne fut pas poursuivie. Il fut membre du Comité de salut public et du Comité de sûreté générale, thermidorien quand même, premier président du Directoire, président du Conseil des Cinq-Cents. Il tentait de rivaliser avec Barras, mais son salon ressemblait plutôt «à une salle d'auberge où s'arrête la diligence». Les clameurs se multiplièrent contre ses exactions, et politiquement il ne survécut pas au 18 Brumaire. Berlin d'Andilly le décrivait comme «un lourdaud bien épais, bien crasseux, ruminant six fois la même idée, changeant de vin à chaque service, accrochant à toutes les bornes, s'arrêtant à tous les cabarets».

Le directeur Reubell, dont l'influence disparut avec le Directoire, fut l'un des ennemis politiques les plus acharnés du boiteux Talleyrand, dont il disait : «C'est la nullité empesée, la friponnerie incarnée d'un laquais poudré de l'Ancien Régime. On pourrait tout au plus en faire un domestique de parade s'il était mieux jambé, mais il n'a pas plus de jambes que de cœur.»

Et il commentait ainsi la liaison de Talleyrand avec Mme Grand, future Mme de Talleyrand, la «belle Indienne» : «Il ne pouvait donc se satisfaire en France, où l'on ne manque pourtant pas de catins! C'est un libertin sans besoins, sans moyens, invoquant toutes les ressources de la débauche suivant l'école de Sade.»

### À propos de Jean-François Reubell

En 1797 Rapinat, beau-frère du directeur Reubell, fut envoyé comme commissaire de la République française en Suisse. Son nom y est resté fameux comme chef d'une bande de pillards. Le pasteur Bridel fit ce quatrain :

> Le bon Suisse que l'on ruine,
> Voudrait bien que l'on décidât
> Si Rapinat vient de rapine,
> Ou rapine de Rapinat.

À propos des deux beaux-frères, Poultier, journaliste de *L'Ami des lois*, écrivait (les noms sont authentiques) : «Reubell a un beau-frère du nom de Rapinat, un secrétaire qui s'appelle Forfait, un collaborateur nommé Grugeon. Forfait est le positif, Rapinat ou Grugeon le comparatif, Reubell le superlatif.»

## REYBAUD (Louis)

Louis Reybaud (1799-1879) était journaliste, une fois romancier à succès, pas vraiment un styliste – en témoigne par exemple l'extrait suivant : «Malvina remplissait la salle de son admiration ; elle allumait, pour employer le mot technique.» Mais il y a aussi quelques jolis vers, parfois et au passage :

> Le peuple a pour tous biens le vin bleu, l'eau des puits,
> Une blouse percée aux deux coudes, et puis
> Quelques amis sur la Montagne.

On sait que George Sand avait décidé, après plusieurs déceptions, de se retirer à Nohant pour mener une vie patriarcale. «J'ai abordé, écrit Balzac, le château de Nohant le samedi gras vers sept heures et demie du soir, et j'ai trouvé le camarade George Sand dans sa robe de chambre, fumant un cigare après le dîner, au coin de son feu, dans une immense chambre solitaire. Elle avait deux jolies pantoufles jaunes ornées d'effilés, des bas coquets et un pantalon rouge. Voilà pour le moral. Au physique, elle avait doublé son menton, comme un chanoine.»

De la même époque, on a ces vers de Louis Reybaud :

*Madame Sand*

Voyez comme elle engraisse ! À ces deux repoussoirs,
À ces grands monuments érigés en bossoirs
Et rivaux de la cornemuse,
À cette pleine lune aux contours fourvoyés,
À ce menton fuyant par cascades, voyez
Comme elle engraisse, notre muse !
Elle est ample, elle est vaste, et quand, d'un pas massif,
Les cheveux relevés dans un style poncif,
Elle apparaît sous sa mantille,
À voir le sol fléchir sous elle en vrai tremplin,
On croirait voir, ma foi, dessus son terre-plein,
Un éléphant de la Bastille...

## RICHELIEU (cardinal de)

Armand Jean Du Plessis, cardinal de Richelieu (1585-1642), était allé à Rome fort jeune, pour y être sacré évêque. Le pape lui demanda s'il avait l'âge requis ; il répondit « oui », et après il demanda l'absolution pour avoir menti. Tallemant lui prête l'ambition d'avoir voulu « accommoder les religions ». Quant aux femmes, il les aimait, « mais il craignait le roi qui était médisant ». Tallemant encore, lui-même si médisant, termine presque par un hommage : « Le cardinal, s'il eût voulu, dans la puissance qu'il avait, faire le bien qu'il pouvait faire, aurait été un homme dont la mémoire eût été bénite à jamais. Il est vrai que le cabinet lui donnait bien de la peine. On a bien perdu à sa mort, car il choyait toujours Paris ; et puisqu'il en était venu si avant, il était à souhaiter qu'il durât assez pour abattre la maison d'Autriche. » Mazarin achèvera presque le travail. Le nonce du pape se plaignait amèrement auprès de Richelieu de ces initiatives contre une puissance catholique : « Vous devez être bien embarrassé dans le Conseil quand il s'agit de délibérer sur la guerre. — Point du tout, répondait le cardinal : quand j'ai été fait secrétaire d'État, le pape m'a donné un bref qui me permet de dire et de faire en sûreté de conscience tout ce qui est utile à l'État. — Mais s'il s'agit d'aider les hérétiques ? — Je pense, repartit tranquillement Richelieu, que le bref s'étend jusque-là. » Lorsqu'il fut sur le point de mourir, Mme d'Aiguillon, « toute échauffée », entra pour lui dire : « Monsieur, vous ne mourrez point ; une sainte fille, une brave carmélite, en a eu une révélation. — Allez, allez, ma nièce, lui dit-il, il faut se moquer de tout cela, il ne faut croire qu'à l'Évangile. » Le cardinal de Retz a dit de lui : « Tous ses vices ont été de ceux que la grande fortune rend aisément illustres, parce qu'ils ont été de ceux qui ne peuvent avoir pour instruments que de grandes vertus. »

Comme le duc d'Épernon, favori de plusieurs rois, descendait un escalier du palais du Louvre, il croisa Richelieu, qui montait, et qui demanda : « Quelle nouvelle y a-t-il à la Cour ?

— Aucune, répondit d'Épernon, excepté que vous montez et que je descends.

— Si Dieu m'avait donné plus de santé et de forces, je monterais plus vite que vous ne descendez[1]. »

\*

On prétend que Richelieu avait le goût des mauvaises plaisanteries. Parmi les nombreux commensaux du ministre figurait

---

1. La première réplique est souvent prêtée au prince Potemkine, nouveau favori de Catherine II, croisant le comte Orlov ; mais cela est bien postérieur.

M. Mulot, son confesseur d'occasion. Or Richelieu fit mettre une fois des épines sous la selle de son cheval : le pauvre Mulot ne fut pas plus tôt dessus que, la selle pressant les épines, le cheval se mit à tant regimber que le bon chanoine manqua se rompre le cou. Le cardinal riait. Mulot trouve moyen de descendre, et s'en va à lui tout bouillant de colère : « Vous êtes un méchant homme !

— Taisez-vous, taisez-vous ! lui dit gravement l'éminentissime ; je vous ferai pendre : vous violez le secret de la confession. »

### À propos du cardinal de Richelieu

Au sortir d'une cérémonie où un brave cordelier avait prêché sans se montrer intimidé par la présence du cardinal de Richelieu, celui-ci lui demanda où il avait pris tant d'assurance.

« Ah ! monseigneur, c'est que j'ai appris mon sermon devant un carré de choux, au milieu duquel il y en avait un de rouge, et cela m'a accoutumé à parler devant vous. »

*

Pour illustrer la grande puissance de Richelieu, on se plaisait à raconter l'histoire suivante.

Le colonel Hailbrun, de la garde écossaise, se sentit pressé comme il passait à cheval dans la rue Tiquetonne, à Paris. Sans hésiter, il entre dans la maison d'un bourgeois, et *décharge son paquet* dans le couloir. Le bourgeois, qui se trouvait là, fait du bruit. Le valet de Hailbrun préféra prévenir le bourgeois : « Mon maître est à monsieur le cardinal... »

Le bourgeois, qui ne manquait pas d'esprit, s'empressa alors de rattraper Hailbrun qui était déjà en partance : « Ah ! monsieur, vous pouvez chier partout, puisque vous êtes à Son Éminence. »

*

Quelques courtisans ayant rapporté à Louis XIII que Richelieu était mort comme un saint, le roi répéta ce témoignage devant le chevalier de Troisville qui venait d'être rappelé à la Cour immédiatement après la mort du cardinal. Ce gentilhomme dit alors (dans son patois gascon que le roi comprenait) : « Si l'âme de Richelieu va au ciel, par ma foi, Sire, il faut que le diable se soit fait dévaliser en chemin. »

## RICHELIEU (maréchal de)

Louis François Armand de Vignerot Du Plessis, duc de Richelieu, maréchal de France (1696-1788), était le petit-neveu du cardinal et, selon d'Allonville, «l'Alcibiade français [...], l'orgueil de la dépravation et la honte des mœurs». Pour ce motif, son père sollicita une lettre de cachet, et il prit soin de conduire lui-même à la Bastille son fils âgé de quinze ans. La bravoure de celui-ci fut remarquée parmi les mousquetaires lors de la campagne de 1712 au cours de laquelle Villars sauva la France. Le Régent, qui ne l'aimait pas, le renvoya à la Bastille pour duel. Un troisième séjour fut ordonné par Dubois, pour conspiration. L'une de ses soupirantes, Mlle de Valois, fille du Régent, obtint qu'il eût la permission de prendre l'air sur une des tours pendant une heure chaque jour. Les femmes qu'il avait séduites prirent l'habitude de venir dans la rue Saint-Antoine pour l'apercevoir. La promenade devint à la mode, et une foule de voitures créaient des encombrements inimaginables à l'heure dite. En 1725, il fut envoyé en ambassade à Vienne; ses rapports faisaient surtout état de ses conquêtes féminines, présentées comme des actes de dévouement pour son maître. Il fut ensuite nommé membre de l'Académie des inscriptions et belles-lettres à la place du président de Maisons; «il eut même le bonheur d'être son successeur auprès de sa veuve», dit un chroniqueur. Il reprit les armes à Fontenoy. En 1757 il fit capituler le redoutable duc de Cumberland, et se vit maître de l'électorat de Hanovre, qu'il dévasta sans retenue; ses soldats l'appelaient «le petit père la maraude» et lorsqu'il se fit construire une élégante maison grâce au produit de ses pillages, les Parisiens l'appelèrent «le Pavillon de Hanovre», nom qu'elle a conservé. Après avoir été proscrit de la cour de Louis XVI, il put enfin y reprendre son service de premier gentilhomme de la chambre, et l'on remarquait sa capacité à rester immobile debout durant des heures auprès du roi, sans ressentir d'apparente fatigue malgré ses quatre-vingt-dix ans.

Lorsque le duc de Richelieu fut sur le point de se marier avec Mlle de Guise, princesse de Lorraine, on prit plaisir à rappeler, malgré sa parenté avec le cardinal, que le duc descendait d'un certain sieur Vignerot, de médiocre noblesse. À cause de cela, deux cousins de la nouvelle duchesse de Richelieu, le prince de Lixin et le prince de Pons, s'abstinrent de signer au contrat. Peu de temps après le mariage, à l'époque du siège de Philippsbourg, Richelieu, qui avait passé toute la journée dans les tranchées, parut assez poussiéreux à un souper offert par le prince de Conti. Le prince de Lixin remarqua : «Il est regrettable que Richelieu ne se soit pas entièrement décrassé après l'avoir été en entrant dans notre famille.»

Le duc pâlit, en répondant : «Cette poussière, monsieur, se lave avec le sang.»

Peu après, le prince de Lixin était mort, et Louis Armand blessé assez grièvement à l'épaule.

*

Le duc de Richelieu disait en consolation à une femme qu'il avait délaissée : «Madame, ne pleurez pas tant, vous êtes faite pour égayer votre confesseur et votre marmiton; je vous conseille de tarder le moins possible, car l'amour passe avec le temps.»

*

Deux femmes, une Française et une Polonaise, eurent entre elles un duel dont Chassé, le chanteur d'opéra, était la cause et l'enjeu. La Française, blessée, fut après guérison envoyée au couvent. La Polonaise fut respectueusement reconduite à la frontière. Après cela, Chassé, qui dans cette affaire avait perdu deux amantes, se condamna à demeurer chez lui, où il daignait seulement recevoir les compliments de ses amis et amies, sans aller respecter ses engagements à l'Opéra. Cela fit scandale, et le duc de Richelieu vint de la part du roi lui signifier de mettre fin à cette comédie.

«Dites à Sa Majesté, répondit insolemment le baryton, que ce n'est pas ma faute, mais celle de la Providence, qui m'a fait l'homme le plus aimable du royaume.»

Avant de partir, le duc rétorqua : «Apprenez, faquin, que vous ne venez qu'en troisième; je passe après le roi.»

*

Rivalité de talons rouges, le duc de Richelieu disait à Voisenon : «Monsieur l'abbé, vous êtes une vieille catin, qui n'avez que les vices de ces créatures, sans en avoir conservé aucun des agréments.»

*

Le maréchal de Richelieu n'aimait pas son fils, le duc de Fronsac, à qui il reprochait d'avoir ses propres défauts, sans aucune de ses qualités.

Quand le duc de Fronsac apprit que son père, frappé d'une maladie de peau, devait appliquer des escalopes de veau sur son épiderme, il déclara : « Ce n'est plus qu'un vieux bouquin[1] relié en veau. »

Le père rendait au fils la pareille, et un jour qu'on lui reprochait de « papillonner » encore malgré son âge déjà avancé, il désigna son fils qui se tenait là : « Ne suis-je pas le père de cette chenille ? »

\*

Pendant le séjour que fit à Bordeaux le duc de Richelieu, un négociant de cette ville était allé plusieurs fois jouer chez lui. Quelques années après, le Bordelais fit un voyage à Paris, et se crut autorisé à aller familièrement rendre visite au duc. Celui-ci le reçut avec cette froide politesse qui veut dire *vous m'ennuyez, ne revenez plus*. Le négociant ne se rebuta pas : vingt fois il se présenta à l'hôtel du duc, et vingt fois le suisse lui refusa la porte. Un jour il aperçut le duc au spectacle, monta à sa loge, se plaça derrière son fauteuil, et commença la conversation.

« Monseigneur, vous êtes introuvable. »

Pas de réponse. Le négociant continue : « J'aurai l'honneur de vous aller voir demain. »

Silence.

« Mais monseigneur, que faites-vous ce soir ?

— Monsieur, je compte m'aller faire foutre, et je vous conseille d'en faire autant. »

\*

Un jour que l'abbé de Beauvais, évêque de Senez, qui prêchait le carême à la Cour, avait tonné fortement contre les vieillards vicieux qui, au milieu des glaces de l'âge, conservent encore les feux impurs de la concupiscence, Louis XV apostropha le duc de Richelieu après le sermon : « Eh bien ! monsieur le maréchal, il me semble que le prédicateur a jeté bien des pierres dans votre jardin ?

— Oui Sire, répondit le vieux maréchal, et si fortement qu'il en a rebondi jusque dans le parc de Versailles. »

\*

Le maréchal de Richelieu se mit en travers du chemin de l'archevêque de Paris, lorsque celui-ci avait voulu accéder au lit de

---

1. Bouc, débauché...

Louis XV mourant pour recevoir sa confession : «Monsieur l'archevêque, dit le maréchal, si vous avez tant d'envie de confesser, venez dans un coin, je me confesserai, et je vous jure que ma confession vous divertira bien autant que celle du roi.»

*

Selon les gazettes du temps, le 10 juin 1774 eut lieu la levée des scellés du feu roi Louis XV, en présence du nouveau monarque qui s'était transporté à Versailles malgré les oppositions du premier médecin, à cause de la contagion. On avait parfumé tous les appartements. Le bruit avait été répandu que le roi défunt était possesseur de plusieurs millions en or, mais on ne trouva que 44 000 livres en espèces.

Le maréchal de Richelieu, qui avait la réputation de pourvoir son prince en jeunes femmes, vint jouer son dernier rôle. Louis XVI, qui n'avait pas les mêmes goûts que son prédécesseur, et qui, à ce sujet, était même soupçonné d'impuissance, dit au maréchal : «Monsieur le maréchal, vous pouvez à présent vous dispenser, si bon vous semble, de venir à la Cour, je n'ai pas besoin de vos services.

— Hélas! Sire, je le sais bien», répondit avec insolence le vieux roué.

*

On jouait chez le vieux maréchal de Richelieu qui, accablé d'ans et d'infirmités, était allé se coucher : le président de Gasc, très mauvais joueur, perdit un coup piquant; une dame le plaisanta.

«Eh! madame, allez vous faire foutre.

— Vous êtes un insolent; je vais me plaindre à monseigneur le maréchal de l'affront qu'on me fait dans son hôtel.»

La dame, indignée, court donc à l'appartement du maréchal; on lui refuse l'entrée; elle insiste, et fait tant de train qu'on est obligé d'éveiller Richelieu.

«Monseigneur, je viens vous demander vengeance contre le président de Gasc.

— Que vous a-t-il fait? dit le maréchal à moitié endormi.

— Il m'a envoyée faire foutre!

— Il y a longtemps que je le connais, c'est un homme de bon conseil.»

### Au sujet du maréchal de Richelieu

Il faisait une cour très assidue à Mme de Brionne, qui était belle à l'extrême, et extrêmement sotte. Une dame de la Cour ayant observé le ballet du duc, qui se faisait de plus en plus pressant, finit par lui dire : « Je savais que vous n'étiez pas aveugle, mais je ne savais pas que vous étiez sourd. »

*

Chamfort a rapporté que la marquise de Saint-Pierre était dans une société où l'on disait que le maréchal de Richelieu avait eu beaucoup de femmes sans en avoir jamais aimé une.

« Sans aimer ! c'est bien tôt dit, reprit-elle ; moi, je sais une femme pour laquelle il est revenu de trois cents lieues. »

Ici elle raconte l'histoire en troisième personne et, gagnée par sa narration : « Il la porte sur le lit avec une violence incroyable, et nous y sommes restés trois jours. »

*

Âgé de plus de quatre-vingts ans, le vieux maréchal avait épousé une jeune comtesse, Mme de Rothe, veuve d'un gentilhomme irlandais. La duchesse de Fronsac, belle-fille du marié, ne put s'empêcher d'interroger au matin du lendemain la nouvelle maréchale : « Comment s'est-il sorti de cette difficile affaire ?

— Le plus difficile ne fut pas d'en sortir. »

### RIGAULT (Nicolas)

> Nicolas Rigault (1577-1653) fit ses études au collège de Clermont mais refusa d'intégrer la Compagnie de Jésus et devint avocat. Remarqué par le président de Thou comme bon gallican, il fut affecté à la bibliothèque du roi. En 1633, ayant envahi la Lorraine, le roi créa un parlement à Metz, et Rigault y devint procureur général. Ce fut un grand philologue.

Nicolas Rigault, érudit, garde de la bibliothèque du roi, fut ensuite conseiller au parlement de Metz, après avoir fait des écritures pendant quinze ans. Lorsqu'il y avait une exécution capitale, il avait coutume de dire à ses laquais, en les y envoyant : « Allez à la leçon. »

## RIP

Georges Thenon, dit «Rip» (1884-1941), était revuiste à succès et dessi-nateur caricaturiste. Parolier également, en particulier de la chanson *Il m'a vue nue*, de Mistinguett. Le refrain dit :

Il m'a vue nue,
Toute nue,
Sans cache-truc ni soutien-machins,
J'en ai rougi jusqu'aux vaccins.

On parlait d'une actrice dont les mœurs étaient assez légères. Quelqu'un dit : «Elle gagne à être connue.»
Rip demanda : «Combien?»

\*

Une actrice lui demandait : «Dans quelle pièce ai-je été la meil-leure?»
Rip répondit : «Dans votre chambre.»

\*

Avec Geneviève de Séréville, sa quatrième épouse, Sacha Guitry partit en voyage de noces, dont les étapes furent Deauville, Cannes, Monte-Carlo, Annecy, Aix, Évian-les-Bains : uniquement des sta-tions balnéaires et thermales. Car Sacha le soir, au casino, faisait une causerie, avant d'interpréter avec sa nouvelle femme *Les Deux Couverts*. Les recettes étaient partout à la hauteur des espérances, ce qui suggéra à Rip ce mot : «Sacha commence par un voyage de noces d'argent.»

## RIVAROL (Antoine de)

Né dans le Languedoc, issu d'une famille noble d'Italie, Antoine, comte de Rivarol (1753-1801), arriva jeune à Paris, où il fut accueilli par d'Alem-bert. La vie de ce causeur se dépensa surtout en saillies, et on l'a classé parmi ces paresseux de génie que la France fête régulièrement : il a peu écrit et c'est dommage («Je dormais; l'évêque dit à cette dame : "Laissons-le dormir, ne parlons plus." Je lui répondis : "Si vous ne parlez plus je ne dormirai pas"»). Royaliste déclaré dès le début de la Révolution, il annonça toutes les suites de celle-ci dans son *Journal politique national*. Il rédigeait aussi avec Champcenetz *Les Actes des Apôtres*, qui déversaient le ridicule sur les révolutionnaires. Il dut émigrer, et mourut à Berlin où il avait résolu de vivre en attendant la fin des «saturnales de la liberté française». Il avait épousé Louise-Henriette Mather-Flint, d'une ancienne famille écossaise. M. de Lescure dit : «C'est la seule folie de Rivarol qui n'ait pas été gaie.» C'était une belle femme, romanesque, aventureuse et un peu aventurière ; elle avait entretenu une correspondance avec Restif de La Bretonne «qui a donné à quelques-uns de ses billets la compromettante hospitalité de ces ouvrages où, pour allonger la sauce ou piquer par un ragoût de plus la curiosité dont il vivait, le fameux pornographe vidait sa correspondance». Malheureux avec sa femme, Rivarol s'installa avec Manette. «Cet autre intérieur, écrit La Porte, n'était pas exempt d'orage. Manette avait beaucoup voyagé. Elle avait laissé des traces de son pied léger en Italie et en Angleterre. Femme qui voyage laisse voyager son cœur. Rivarol était volage, mais jaloux. Il lui arriva plus d'une fois, selon Garat, de prendre aux cheveux sa douce amie, et de la vouloir bien tendrement jeter par la fenêtre.» Un jour que Manette était malade, et qu'elle disait à Rivarol son inquiétude de ce qu'elle deviendrait dans l'autre monde : «Laisse faire, lui dit-il, je te donnerai une lettre de recommandation pour la servante de Molière», se souvenant que le premier de nos comiques avait vécu sans façons avec sa servante La Forêt.

«Il est bête, dit Rivarol de quelqu'un, mais il écoute les gens d'esprit avec patience.»

*

Rivarol discutait avec un libraire, mais ils ne firent pas affaire. Le libraire lui dit avec quelques regrets : «Je me serais montré honnête...»

Il répondit : «Je n'ai pas voulu vous gêner.»

*

À un sot qui se vantait de savoir quatre langues : «Je vous félicite, vous avez quatre mots contre une idée.»

*

Sur un joueur devenu courtisan : «Il ne vole plus depuis qu'il rampe.»

*

À force de brigandages, un ancien laquais avait fini par rouler carrosse.

«Voilà un homme adroit, dit Rivarol : il a sauté du derrière d'un carrosse en dedans, en esquivant la roue.»

\*

On lui dit un jour, à la sortie d'un salon : «Vous parliez beaucoup avec des gens bien ennuyeux.

— Je parlais de peur d'écouter.»

\*

Un dîneur en ville lui dit : «Je vous écrirai demain sans faute.

— Ne vous gênez pas : écrivez-moi comme à votre ordinaire.»

\*

Une vieille coquette demandait : «Monsieur de Rivarol, combien d'années me donnez-vous ?

— Pourquoi vous en donnerais-je, madame ? N'en avez-vous donc pas assez ? »

\*

Dans un cercle, une dame qui avait de la barbe au menton ne *déparla* pas de toute la soirée.

«Cette femme, dit enfin Rivarol, est homme à parler jusqu'à demain matin.»

\*

Un pet échappa dans un salon à un homme, qui était fort sot. On s'indigna. Rivarol demanda : «Aimeriez-vous mieux que monsieur eût parlé ? »

\*

Quelqu'un lui demandait son avis sur un distique : «C'est bien, dit-il, mais il y a des longueurs.»

\*

Lorgné avec obstination à l'Opéra, Rivarol en demanda compte à l'indiscret qui répondit grossièrement par le dicton qui exprime qu'on est toujours libre de regarder ce que l'on veut : *Un chien regarde bien un évêque.*

«Qui vous a dit que j'étais évêque ? » demanda Rivarol.

\*

Beaumarchais, grand combinard, fut mêlé à un scandale judiciaire, ayant tenté de suborner un juge. Bien qu'il fût condamné, Paris l'acclama, car il était partisan des idées nouvelles et c'était en pleine guerre contre le parlement Maupeou. Peu de temps après, le jour de la première représentation de *Figaro*, il disait à Rivarol, qui se trouvait à côté de lui au spectacle : « J'ai tant couru ce matin à Versailles, auprès de la police, que j'en ai les cuisses rompues.

— C'est toujours cela », dit Rivarol.

\*

Le chevalier de P... était d'une malpropreté remarquable. Rivarol en disait : « Il fait tache dans la boue. »

\*

Rivarol disait de Baculard : « Ses idées ressemblent à des carreaux de vitre entassés dans le panier du vitrier, claires une à une, et obscures toutes ensemble. »

\*

Pierre-Toussaint Masson, président du bureau des Finances et connu dans la république des Lettres par une assez bonne traduction de la *Pharsale* du Lucain, s'entretenait un jour des pièces de théâtre avec son ami Lemierre : « Vous savez bien, lui dit Lemierre, ce qu'a prononcé d'Alembert sur mon compte, c'est que j'ai fait faire un pas à la tragédie.

— Mais, mon cher, a-t-il dit que c'était en avant ou en arrière ? »

Cette anecdote est souvent prêtée à Rivarol, ce qui n'est pas exact. Ce qui est vrai en revanche, au sujet du même Lemierre, c'est qu'il restait particulièrement fier d'un vers de son *Poème du commerce* : « Le trident de Neptune est le sceptre du monde ».

Comme on ne retenait que cela des œuvres de l'auteur, Rivarol l'appelait : « le vers solitaire ».

\*

Rivarol et l'abbé Sabatier de Castres avaient été invités à déjeuner chez la princesse de Vaudémont. On offrit du saucisson d'ânon à l'abbé Sabatier, qui hésitait.

« Inutile d'insister, dit Rivarol, l'abbé n'en mangera pas ; il n'est pas anthropophage. »

\*

Rivarol disait de l'abbé de Vauxcelles, auteur de plusieurs oraisons funèbres : « On ne sent jamais mieux le néant de l'homme que dans la prose de cet orateur. »

\*

Un jour, traversant le Palais-Royal, il rencontre Florian qui marchait devant lui avec un manuscrit qui lui sortait de la poche. Il l'aborda, et lui dit : « Ah ! monsieur, si l'on ne vous connaissait pas, certes, on vous volerait[1] ! »

\*

À propos d'un article de l'*Encyclopédie* sur l'« Évidence », par Turgot, article fort obscur : « C'est un nuage chargé d'écrire sur le soleil. »

\*

Mme Necker a dit, au sujet du style de Buffon : « M. de Buffon ne pouvait écrire sur des sujets de peu d'importance. Quand il voulait mettre sa grande robe sur de petits objets, elle faisait des plis partout[2]. » Et d'Alembert, qui avait toujours l'esprit à la géométrie, disait un jour à Rivarol : « Ne me parlez pas de votre Buffon, ce comte de Tuffière[3] qui, au lieu de nommer simplement le cheval, dit : *la plus belle conquête que l'homme ait jamais faite est celle de ce noble et fougueux animal.*

« Oui, reprit Rivarol, c'est comme ce sot de Jean-Baptiste Rousseau, qui s'avise de dire :

> *Des bords sacrés où naît l'aurore,*
> *Aux bords enflammés du couchant...*

au lieu de dire de l'est à l'ouest. »

---

1. L'anecdote est parfois prêtée à Nodier, à l'égard d'un auteur inconnu.

2. C'est la seule pensée amusante de Mme Necker, femme du ministre et mère perturbée de la future Mme de Staël. La baronne d'Oberkirch disait d'elle : « Dieu, avant de la créer, la trempa en dedans et en dehors dans un baquet d'empois. »

3. Personnage ridicule d'une pièce de Destouches, *Le Glorieux.*

*

Rivarol disait du fils de Buffon (qui sera guillotiné sous la Terreur) : «C'est le plus pauvre chapitre de l'histoire naturelle de son père.»

*

De Rivarol sur l'abbé de Balivière : «Monsieur l'abbé de Balivière est comme ces gens qui sont toujours près d'éternuer; il est toujours près d'avoir de l'esprit, et même du bon sens.»

*

Ce même abbé de Balivière demandait à Rivarol une épigraphe, pour une brochure qu'il venait de composer : «Je ne puis, répondit-il, que vous offrir une épitaphe.»

*

À l'époque où la reine commença d'être mise en cause, une duchesse dit qu'elle voulait qu'on fouettât la reine, mais qu'il fallait s'arrêter là. Rivarol rétorqua : «Que croyez-vous qu'on fera des duchesses, si les reines sont fouettées?»

*

«L'autre jour, est-il écrit dans la *Chronique scandaleuse*, un pauvre diable de démocrate, une manière de Pétion, poursuivait de questions M. de Rivarol, qui ne lui répondait jamais rien. À la fin, il lui dit : "Est-ce que vous me méprisez?
— Non, dit M. de Rivarol, je ne m'en soucie pas."»

*

Target[1] avait dit à l'Assemblée : «Je vous engage, messieurs, à mettre ensemble la paix, la concorde, suivies du calme et de la tranquillité.»

Rivarol aimait à parodier l'éloquence un peu niaise de cet orateur : «Et n'allez pas, disait-il, mettre d'un côté la paix et la

---

1. Guy Jean-Baptiste Target (1733-1807), avocat célèbre, refusera de défendre Louis XVI, craignant les périls d'une telle tâche (il est vrai que Malesherbes, qui acceptera, sera ensuite guillotiné...). Il avait été le premier avocat académicien, en 1785, et il retrouvera son siège à l'Académie française réorganisée par Bonaparte en 1803.

concorde, et de l'autre le calme et la tranquillité ; mais mettez tout ensemble la paix et la concorde, suivies de la tranquillité. »

\*

En 1788, un exil à Villers-Cotterêts ramena au duc d'Orléans, bientôt Philippe Égalité, la faveur populaire. Rivarol fit cette réflexion : « Malgré les lois de la perspective, le prince paraît s'agrandir en s'éloignant. »

\*

En 1780, un grand nombre de militaires français, nobles et francs-maçons, souvent jeunes, s'embarquèrent pour l'Amérique, pour soutenir leurs frères *insurgents* (à Boston, en 1773, les frères de la loge de Saint-André sortaient de la taverne sous l'enseigne *Au Dragon vert et aux Armes de la franc-maçonnerie* quand ils jetèrent à la mer la cargaison de thé de trois vaisseaux anglais). Ce fut le cas de La Fayette et Rochambeau père et fils[1], mais aussi Ségur, Charlus, Noailles, Grasse, Chastellux, d'Estaing, La Rouërie[2], etc.

Mathieu de Montmorency-Laval[3], en particulier, fit à l'âge de seize ans la dernière partie de la campagne d'Amérique. De retour

---

1. Le fils, Donatien de Vimeur, vicomte de Rochambeau, membre de la loge Saint-Jean d'Écosse du Contrat Social, vainquit les Anglais en 1781 avec ses grenadiers à Pigeon Hill, ce qui facilitera la victoire de son père (Jean-Baptiste, comte de Rochambeau, maréchal de France) à Yorktown. Plus tard, le 5 avril 1803, il écrira au général Ramel, nommé commandant de l'île de la Tortue : « Je vous envoie, mon cher commandant, un détachement de cent cinquante hommes de la garde nationale du Cap. Il est suivi de vingt-huit chiens bouledogues. Ces renforts vous mettront à même de terminer entièrement vos opérations. Je ne dois pas vous laisser ignorer qu'il ne vous sera pas passé en compte ni ration, ni dépense pour la nourriture de ces chiens. Vous devez leur donner à manger des nègres. Je vous salue affectueusement, Donatien Rochambeau. » Il sera tué en 1813 à la bataille des Nations.

2. Le marquis de La Rouërie, artisan de la victoire de Yorktown, célèbre en Amérique sous le nom de « colonel Armand », et qui sera le premier conspirateur réactionnaire contre la Révolution française, était initié à la loge la Parfaite Union, qui était celle du régiment Royal-Roussillon Cavalerie, et il fréquentait en tant que maître écossais une loge de Fougères, l'Aimable Concorde ; les francs-maçons fougerais étaient en liaison permanente avec leurs homologues américains.

3. Mathieu Félicité, vicomte puis duc de Montmorency-Laval (1767-1826), initié à la loge Maréchal de Coigny, participa à la guerre d'Indépendance américaine, se joignit au tiers état en 1789, prêta le serment du Jeu de paume, préconisa l'abolition des privilèges. Effaré par le 10 août 1792, il alla en Suisse chez Mme de Staël, s'abstint de toute politique sous le Directoire, le Consulat et l'Empire, se consacrant à des œuvres

en France, il fut nommé gouverneur de Compiègne, et bientôt député de la noblesse aux états généraux. Dans la nuit du 4 août 1789, il disputa avec d'Aiguillon et Noailles l'honneur de proposer l'abolition des droits féodaux. Un peu plus tard, l'abolition de la noblesse par le décret des 19-23 juin 1790 obtint l'ardent soutien du duc de Noailles, du vicomte Mathieu de Montmorency, du marquis de La Fayette, etc. Selon l'article 2 du décret, les gentilshommes devaient quitter leurs noms féodaux pour prendre le nom trivial du premier auteur de leur race.

Mais ces jeunes nobles, sous leurs idées généreuses, conservaient leurs anciens préjugés. Lorsque, peu après cette suppression officielle de la noblesse, Mathieu de Montmorency entra au Café Valois où se trouvaient Barnave, Gouverneur Morris et quelques autres, Rivarol lança : «J'ai l'honneur de saluer monsieur Mathieu Bouchard!»

Le ci-devant vicomte de Montmorency n'admit pas cette familiarité; il dit avec morgue : «Vous avez beau faire et insister sur l'égalité, vous ne pourrez jamais me confondre avec un bourgeois de la rue Saint-Denis; il ne dépend pas de moi de renier mes aïeux; car enfin, je descends du connétable qui assura le gain de la bataille de Bouvines, je descends de cet autre connétable de Montmorency, qui trouva la mort sur le champ de bataille de Saint-Denis, je descends d'Anne de Montmorency qui épousa la veuve de Louis le Gros; je descends...

— Eh! mon cher Mathieu, demanda alors Rivarol : pourquoi êtes-vous donc tant descendu?»

Et un jour que Montmorency refaisait, dans un salon et devant Talleyrand, son couplet sur ses illustres ancêtres de Bouvines et de Saint-Denis, l'évêque d'Autun l'interrompit prestement : «Oui, oui, mon cher Mathieu, et vous êtes le premier de votre maison qui ayez mis bas les armes.»

*

de bienfaisance, spécialement l'organisation de l'enseignement mutuel. Il deviendra sous la Restauration l'un des chantres de la réaction. Sa manie des sociétés secrètes le fera grand maître de l'ordre des Chevaliers de la foi. Lorsqu'il accepta d'être fait duc en 1822, il avait oublié ses déclarations faites à l'époque de l'abolition des titres. Il mourut brusquement alors qu'il était en prière un vendredi saint, en l'église Saint-Thomas-d'Aquin.

Le maréchal de Ségur, au commencement de la Révolution, fut le seul de tous les maréchaux de France qui prêta le serment exigé par les novateurs, donnant pour raison qu'il avait juré depuis long-temps de ne pas mourir de faim, et que ce premier serment nécessitait le second. Le maréchal était manchot, et toutes les fois qu'il sollicitait une faveur, il ne manquait jamais de se prévaloir de cette circonstance.

Lorsqu'il vint solliciter une pension de l'Assemblée constituante, Rivarol dit : « Il tend à l'Assemblée jusqu'à la main dont le bras lui manque. »

*

Rivarol disait de Palissot, tour à tour transfuge de la religion et de la philosophie : « Il ressemble à ce lièvre qui, s'étant mis à courir entre deux armées prêtes à combattre, excita tout à coup un rire universel. »

*

La Fayette[1], commandant de la Garde nationale, protégea la reine de la fureur du peuple lors des journées d'octobre 1789, mais avant cela son indécision et ses retards avaient constitué une série d'erreurs fatales. C'est qu'il avait beaucoup dormi dans la nuit du

---

1. Marie Joseph Paul Yves Roch Gilbert Motier, marquis de La Fayette (1757-1834), fut selon la duchesse d'Abrantès « l'ami le plus ardent de la liberté et le niais politique le plus complet de la Révolution ». Cet aristocrate fortuné fut sensibilisé à la cause américaine grâce à ses liens maçonniques, et il convainquit le roi de soutenir les insurgents. Député de la noblesse aux états généraux, il appuya la motion de Mirabeau pour l'éloignement des troupes, et proposa la rédaction d'une Déclaration des droits. Ne voulant pas faire, en 1791, les mêmes erreurs que ses réactions tardives d'octobre 1789, il fit tirer sur les émeutiers au Champ-de-Mars lors de l'insurrection fomentée par les cordeliers, et il dut se démettre de son commandement de la Garde nationale. Général en chef de l'armée des Ardennes, il fut arrêté par les Prussiens après avoir faussé compagnie à son armée ; il ne recouvra la liberté que cinq ans plus tard, grâce au traité de Campoformio (« Quoique le gouvernement français ne prît aucun intérêt à ce général, écrit Gourgaud, Napoléon crut de l'honneur de la France d'exiger que la cour d'Autriche le mît en liberté »). Sous la Restauration, il fut le chef du parti libéral, et en juillet 1830 se retrouva à la tête d'un pouvoir qu'il convertit en couronne offerte au duc d'Orléans, avant d'être écarté. Selon Napoléon, c'était « un homme sans talents, ni civils ni militaires ; esprit borné, caractère dissimulé, dominé par des idées vagues de liberté, mal digérées chez lui et mal conçues ».

5 au 6 octobre, et Rivarol ne l'appelait plus que «le général Morphée».

*

Mallet du Pan rapporte qu'il y eut un jour une dispute littéraire entre Rivarol et Mirabeau. Celui-ci, qui le prit de haut, s'emporta, et dit à Rivarol qu'il était une bien plaisante autorité, et qu'il devait observer la différence qu'il y avait entre leurs deux réputations.

«Ah! monsieur, répondit Rivarol, je n'eusse jamais osé vous le dire.»

*

Les saillies de Rivarol sur Mirabeau sont nombreuses. Par exemple celle-ci : «L'argent ne lui coûte que des crimes, et les crimes ne lui coûtent rien», et : «Mirabeau est capable de tout pour de l'argent, même d'une bonne action.»

*

Un négociant très agioteur disait de Mirabeau : «C'est l'homme le plus net de l'Assemblée; il dit : je veux tant, et il n'y a pas à marchander; j'aime à traiter avec lui.
— Les filles de Venise, ajouta Rivarol, ont aussi leur prix sur leur porte.»

*

Le duc d'Orléans, bientôt Philippe Égalité, jeta au commencement de 1789 les yeux sur Rivarol, et lui dépêcha le duc de Biron, pour l'engager à publier une brochure sur ce qu'on appelait les «dilapidations» de la Cour. Rivarol parcourut d'un air dédaigneux le canevas qu'on lui présentait. Après un moment de silence, il dit au plénipotentiaire : «Monsieur le duc, envoyez votre laquais chez Mirabeau; joignez ici quelques centaines de louis, votre commission est faite.»

*

On sait que Mirabeau était d'une grande laideur; son père même disait de lui que c'était «un mâle monstrueux, au physique comme au moral». Après sa mort, Rivarol dira : «Mirabeau était l'homme du monde qui ressemblait le plus à sa réputation : il était affreux.»

\*

De Rivarol sur Robespierre[1], avocat d'Arras, et que sa ville avait député aux états généraux : « Monsieur de Robespierre est cité dans tout l'Artois comme un auteur classique. »

\*

Quelqu'un disait à Rivarol de l'abbé Giraud, qui avait fait une comédie intitulée *Le Bourgeois révolutionnaire* : « Il trouve sa pièce gaie.

— Je le crois bien, répondit Rivarol, c'est l'homme le plus triste de son siècle. »

\*

De Rivarol sur Garat[2] : « Certains auteurs ont une fécondité merveilleuse ; Garat a une malheureuse fécondité. »

\*

---

1. Maximilien Robespierre (1758-1794) était président du tribunal du 10 Août, lorsque eurent lieu les massacres de Septembre lancés par Danton, qu'il s'efforça en vain de faire cesser. Il fit successivement envoyer à l'échafaud les girondins, les hébertistes et les dantonistes, tout en instituant la fête de l'Être suprême, premier pas de la France dans son retour aux idées religieuses. L'étape suivante consistait à se débarrasser des proconsuls terroristes, les Barras, Fouché, Fréron, mais ils entraînèrent avec succès contre le dictateur les débris des partis vaincus : Robespierre et ses proches furent exécutés le lendemain du jour où ils furent décrétés d'arrestation. À partir de là il devint, suivant l'expression de Napoléon, « le bouc émissaire de la Révolution ». Ce révolutionnaire habillé, poudré et cravaté comme un homme d'Ancien Régime vota la mort du roi, mais il dit que c'était pour éviter une guerre civile, et lorsque la charrette qui transportait le souverain passa rue Saint-Honoré, il fit fermer les volets de sa maison. Des témoins ont rapporté sa colère lorsqu'il apprit que le Tribunal révolutionnaire avait mis en cause les mœurs de la reine. Il fit tout pour arracher Madame Élisabeth à l'échafaud, mais le bruit courut qu'il voulait épouser la sœur du roi, et il dut l'abandonner à son sort. Les thermidoriens détruisirent quantité de documents sensibles, et faute de voir sa figure clarifiée, Robespierre reste, comme l'a dit Louis Blanc, l'un des plus mélancoliques sujets de méditation que puisse fournir l'Histoire.

2. Dominique Joseph Garat (1749-1833) : écrivain, révolutionnaire sauvé par le 9 Thermidor, comte d'Empire, membre de l'Académie française. Les Garat constituaient une famille basque à comportement clanique. Dominique Joseph était l'oncle de Mailla-Garat, membre du Tribunat, avant-dernier amant d'Aimée de Coigny, qu'il trompait et battait. Des vers circulaient sur Mailla-Garat :

Pourquoi ce petit homme est-il au Tribunat ?
Parce que ce petit homme a un oncle au Sénat.

«Les mots ont dépassé ma pensée», disait quelqu'un pour s'expliquer après coup sur un incident.

Rivarol répondit : «Oh! cela n'a pas dû aller bien loin.»

*

L'abbé Delille[1] s'était fait suivre, dans l'émigration, d'une «nièce» qui avait un caractère assez désagréable : «L'abbé, lui dit un jour Rivarol, puisque vous aviez le droit de vous choisir une nièce, vous auriez bien dû la choisir plus polie.»

Finalement, l'abbé épousa sa nièce, qui était en vérité sa servante. Elle prit sur lui un ascendant resté célèbre. Fayolle[2] a raconté une scène domestique entre l'abbé Delille et sa femme. Il avait une réputation de maladresse et, lors d'un dîner, Mme Delille interdit à son mari de porter la main à un plat auquel elle tenait beaucoup. Tout en causant, il oublia la prescription et reçut immédiatement sur la main un coup de fourchette qui le rappela à l'obéissance : «Vous voilà convaincu!

— Et atteint!» ajouta-t-il.

*

---

1. Jacques Delille (1738-1813), enfant naturel conçu dans un jardin d'Aigueperse, avait reçu les ordres mineurs en 1762 ; il fut connu sous le nom d'«abbé Delille» parce que le comte d'Artois lui fit attribuer l'important bénéfice de l'abbaye de Saint-Séverin. Sa réputation se fit d'un coup par une traduction en vers des *Géorgiques*. Professeur au Collège de France, il connut un nouveau triomphe avec la publication de son poème des *Jardins*. En 1786, il se mit en ménage avec sa gouvernante, qu'il épousa grâce à une dispense ecclésiastique. Il quitta la France après le 9 Thermidor, y revint en 1802 et recouvra sa chaire et sa place à l'Académie française. Il était devenu aveugle, et on le comparait à Homère. Jusqu'à la fin, il bénéficia d'un culte inconsidéré : après sa mort son corps fut longtemps exposé sur un lit de parade au Collège de France, le front ceint d'une couronne de lauriers. Ses vers paraissent aujourd'hui ennuyeux, et c'est contre son type d'inspiration et d'expression que les romantiques firent leur renouveau poétique.

2. François-Joseph-Marie Fayolle (1774-1852) était fils d'un riche dentiste dont la fortune, disait-on, avait fait crier tout Paris. Polytechnicien, il se consacra à la littérature. Outre des vers, on a de lui des dictionnaires biographiques et des anthologies, dont une compilation en quinze volumes qui n'est pas inutile : *Les Quatre Saisons du Parnasse*. Quand il rimait, il ne faisait que des épigrammes en deux vers. L'une de ses victimes fit circuler ceux-ci :

Fayolle doit un jour agrandir son destin,<br>La gloire du distique est l'espoir du quatrain.

L'abbé Delille, enfant naturel, avait été recueilli à la porte d'un hospice. Quand il fit son poème *Les Jardins*, il évoqua toutes les sortes de jardins, mais en oubliant de mentionner le potager. Rivarol s'en plaignit, dans un dialogue, *Le Chou et le Navet*; le chou s'adresse à l'abbé Delille, l'enfant trouvé :

Lorsque sous tes emprunts masquant ton indigence,
De tous les écrivains tu cherchais l'alliance,
D'où vient que ton esprit et ton cœur en défaut,
Du jardin potager ne dirent pas un mot?
Il aurait pu fournir à ta veine épuisée
Des vrais trésors de l'homme une peinture aisée :
Le verger de ses fruits eût décoré tes chants,
Et mon nom t'eût valu des souvenirs touchants.
N'est-ce pas moi, réponds, créature fragile,
Qui soutins de mes sucs ton enfance débile?
Le navet n'a-t-il pas, dans le pays latin,
Longtemps composé seul ton modeste festin,
Avant que dans Paris ta muse froide et mince
Égayât les soupers du commis et du prince?
...
Songe à tous mes bienfaits, délicat petit-maître :
Tu reçus du navet ta taille et ta couleur;
Et, comme nos lapins, tu me dois ton odeur.
Ma feuille t'a nourri, mon ombre t'a vu naître;
Dans les jardins anglais tu me proscris en vain...
...
Combien de grands auteurs dans leurs soupers brillèrent,
Qui, malgré leurs amis, au grand jour s'éclipsèrent!
Le monde est un théâtre, et dans ses jeux cruels,
L'idole du matin le soir n'a plus d'autels.
Nous y verrons tomber cet esprit de collège,
De ces dieux potagers déserteur sacrilège :
Sa gloire passera, les navets resteront.

*

Rivarol disait, au sujet des vers de François de Neufchâteau[1] : « C'est de la prose où les vers se sont mis. »

\*

Thibault faisait à Hambourg des conférences très peu suivies. Peu de public, mais des huissiers pourtant. Quelqu'un s'en étonna, puisqu'il n'était guère besoin de contrôler les entrées. Rivarol dit : « Ce doit être pour empêcher de sortir. »

\*

Lorsque Rivarol apprit l'assassinat de Marat, il se contenta de dire : « Pour une fois qu'il prenait un bain[2] ! »

---

1. Nicolas, comte François dit « de Neufchâteau » (1750-1828) : ce fils d'un instituteur de campagne, éduqué par les jésuites de Neufchâteau, fut président de l'Assemblée législative puis conventionnel. Il avait présenté en 1791 une motion tendant à demander la poursuite des prêtres, « pour arrêter les troubles du royaume ». Son drame, *Pamela ou la Vertu récompensée*, fut joué en 1793 sur la scène du Théâtre de la République. La salle le malmena, et il alla porter ses plaintes aux Jacobins. Le lendemain matin, les acteurs de la troupe étaient mis en état d'arrestation, mais avec l'auteur... Le 9 Thermidor lui sauva la vie. Il fut nommé directeur à la place de Carnot après que celui-ci eut été « fructidorisé ». Il détestait la religion et lorsque sa femme fut à l'agonie et qu'elle demanda un prêtre, il s'y opposa. Après le 18 Brumaire, il fut président du Sénat, comte d'Empire ; il fut élu à l'Académie française sous la Restauration. Laure d'Abrantès écrit : « Des amis de François de Neufchâteau lui prêtent un mot qu'il disait lorsque, après avoir fait des discours louangeurs à Napoléon, il gardait le silence : *Le héros a changé, je me tais...* S'il l'a dit, il ne l'a dit que devant très peu de témoins... François de Neufchâteau fut *prié*, et cela est certain, par Cambacérès, de la part de l'Empereur, de mettre moins de pompe dans les discours qu'il lui faisait. » Durant sa retraite il édita les œuvres de Lesage, avec une préface remarquée dont Hugo, qui disait avoir été son nègre, revendiqua la paternité.
2. L'actrice Mlle Fusil raconte dans ses *Souvenirs* l'apparition que Marat fit dans une soirée d'acteurs, qu'il dénonça d'ailleurs peu après comme une réunion contre-révolutionnaire : « C'est la première fois de ma vie que j'ai vu Marat, et j'espère que ce sera la dernière. Mais si j'étais peintre, je pourrais faire son portrait, tant sa figure m'a frappée. Il était en carmagnole, un mouchoir de madras rouge et sale autour de la tête, celui avec lequel il couchait probablement depuis fort longtemps. Des cheveux gras s'en échappaient par mèches, et son cou était entouré d'un mouchoir à peine attaché. »

### À propos de Rivarol

De Nicolas Masson de Morvilliers[1] :

> Lorsqu'autrefois on a vu Rivarol,
> Vrai Laridon, né dans un tourne-broche,
> Se nommer comte en descendant du coche,
> Bien est-il vrai qu'il a fait par ce vol
> Rire Paris et son bourg de Bagnol ;
> Mais aujourd'hui que Garat lui reproche
> D'avoir pillé Condillac et Buffon,
> L'on ne rit plus et, de par Apollon,
> Au pilori du Parnasse on accroche
> Le plagiaire et le comte gascon.

Pierre Larousse a écrit à ce sujet : « Jamais la noblesse de Rivarol ne fut contestée que par Masson *de Morvilliers*, lequel, lui, était noble à la façon d'un M. Martin... *du Nord.* »

## ROCHEFORT (Henri)

Henri, marquis de Rochefort-Luçay, dit « Henri Rochefort » (1831-1913), était issu d'une famille de chanceliers de France. Son père avait servi dans l'armée de Condé avant de devenir journaliste au *Drapeau blanc* ; sa mère était une républicaine déterminée. Contraint d'abréger ses études faute d'argent, le fils écrivit des vaudevilles et, bientôt doté de quelques moyens (quand il donnait trente centimes de pourboire à un cocher, sa mère lui répétait tristement : « Tu ruinerais un royaume »), il multiplia les chroniques hardies contre le régime impérial. Il fonda un hebdomadaire, *La Lanterne* : « Une lanterne, cela sert à éclairer les honnêtes gens, et accessoirement à pendre les coquins. » Certaines de ses formules sont célèbres (« La France contient, dit l'*Almanach impérial*, 36 millions de sujets, sans compter les sujets de mécontentement »). Réfugié en Belgique, il faisait acheminer son journal en France en le dissimulant dans des bustes de Napoléon III. Après 1870, il fut condamné à la déportation avec les communards. Il s'évada de Nouvelle-Calédonie en 1874 de

---

1. Encyclopédiste (1740-1789), auteur du volume *Espagne*, illustre pour avoir déclenché une tempête diplomatique en résumant sa pensée par : « Que doit l'Europe à l'Espagne ? » On l'a accusé d'ignorance, mais comme l'a dit J.J.A. Bertrand, il reflétait la pensée de la secte encyclopédiste : on célébrait si bien la Prusse, qu'il fallait donc ne point aimer l'Espagne.

manière rocambolesque, grâce à la complicité de francs-maçons austra-liens. Amnistié en 1880, il fut porté en triomphe de la gare de Lyon à la Bastille, puis créa *L'Intransigeant*, qui attaquait Gambetta et Jules Ferry, «l'infecte canaille à qui nous devons le chômage et la misère». Député de Paris en 1885, allié aux blanquistes, condamné par contumace avec Boulanger, il s'installa à Londres, mais il restait influent parmi les ouvriers parisiens et Jaurès vint solliciter son appui. Il continuait de flé-trir, dans son journal, les acteurs du scandale de Panamá et la bourgeoi-sie qui triomphait avec la république («Il y a deux sortes de bergers parmi les pasteurs du peuple : ceux qui s'intéressent à la laine et ceux qui s'intéressent aux gigots. Aucun ne s'intéresse aux moutons»). En 1899, dans un article du *Courrier de l'Est*, «Le Triomphe de la juiverie», il menaça les juifs d'un «effroyable mouvement antisémite», à l'instar de celui qui sévissait en Europe de l'Est. Ses obsèques civiles furent accom-pagnées d'une foule immense, dans un cortège mené par Barrès, Déroulède, Drumont, Robert de Flers, des amis radicaux et d'anciens boulangistes, des représentants des républicains espagnols et des Arméniens.

Avant d'être Napoléon III, Louis Napoléon se hasarda à deux tentatives de prise du pouvoir sous la monarchie de Juillet. Après un premier échec à Strasbourg – une «conspiration ridicule jusqu'à l'absurde», selon Metternich –, le prétendant à l'empire décida de faire coïncider l'événement du retour des cendres de Napoléon I<sup>er</sup>, décidé par Louis-Philippe, avec son propre débarquement sur une plage de Boulogne, censé reproduire le débarquement des Cent-Jours. Il était accompagné d'une cinquantaine d'hommes revêtus d'uniformes de la Grande Armée, et l'un de ses sbires portait un aigle apprivoisé qui, quand il était lâché, venait survoler le prétendant qui, dit-on, avait fixé à l'intérieur de son chapeau un morceau de viande pour obtenir cet effet.

Lorsque, sous le Second Empire, l'irréductible opposant Rochefort fera l'objet d'une remarque méprisante de la part de l'empereur, il rétorquera : «Moi, on ne m'a jamais vu sur une plage, avec un aigle sur l'épaule et un morceau de lard sous le cha-peau. »

*

On informait Rochefort : «Toute la suite du prince Napoléon à Constantinople vient d'être décorée par le sultan.

— Comment! pas un n'a échappé au désastre ?»

*

Sur Félix Pyat[1], meneur et déserteur de la Commune : « Il fuit comme un tuyau de conduite. »

*

Rochefort fut condamné à la déportation avec, entre autres, Paschal Grousset, l'ancien ministre des Relations extérieures de la Commune, dont il disait : « Il avait plus d'extérieur que de relations. »

*

Membre du gouvernement de la Défense nationale en 1870, Henri Rochefort ne s'entendit pas avec ses alliés républicains, et démissionna.

Il se prononça contre le gouvernement de Thiers, qu'il surnommait « le sanglant Tom Pouce », et les versaillais, qu'il appelait « les seine-et-oisillons », sans toutefois accepter de faire partie de la Commune, qu'il se mit même à malmener dans son nouveau journal *Le Mot d'ordre*. En mai 1871, il réussit à échapper aux communards, mais il fut arrêté à Meaux et livré aux versaillais. Condamné à la déportation, il dit en entendant la sentence : « Ce n'est pas ça qui nous rendra l'Alsace et la Lorraine. »

*

1. Félix Pyat (1810-1889), littérateur né à Vierzon, fils d'un avocat royaliste, s'opposa au mouvement romantique, où il voyait l'œuvre exclusive de la réaction religieuse. Il siégea avec Barbès *au sommet de la Montagne* à la Constituante de 1848. Son duel avec Proudhon, qui l'avait traité d'« aristocrate de la démocratie », eut un fort retentissement, mais ce fut une comédie, comme Proudhon le dit lui-même : ils échangèrent deux balles pour la forme, et se serrèrent la main (en tant que francs-maçons, ils se devaient entraide). Exilé en Angleterre sous le Second Empire, Pyat fut amnistié en 1869, participa à la Commune puis fut de nouveau contraint à l'exil. De retour en France, il fut élu député en 1888, s'assit encore à l'extrême gauche, mais s'opposa aux poursuites contre les députés membres de la Ligue des patriotes et s'abstint sur les motions contre Boulanger parce qu'il trouvait la juridiction de la Haute Cour « antirépublicaine, impopulaire et dangereuse ». L'abbé Mugnier, rapportant des souvenirs de communards, écrit : « Félix Pyat, révolutionnaire lâche, pas une belle figure mais très lettré. »

À l'époque des triomphes du boulangisme, et alors que Naquet, déjà bossu de son état[1], semblait plus abattu que jamais, Rochefort lui lança : « Cambre-toi, fier si courbe ! »

Cela fit beaucoup rire Clemenceau, qui détestait Naquet...

### À propos d'Henri Rochefort

Dans le *Journal* d'Henri Rochefort, un bel exemple de jalousie entre comédiennes : « Je me rappelle, écrit-il, avoir entendu une actrice soutenir qu'une de ses camarades, renommée pour sa beauté, avait une grande tache de vin sur la figure. Et comme tout le monde se récriait, elle ajouta, pour justifier son affirmation : "On ne s'en aperçoit pas parce que c'est une tache de vin blanc. Mais c'est une tache de vin." »

### RODIN (Auguste)

Auguste Rodin (1840-1917) avait entrepris son noviciat à la congrégation du Très-Saint Sacrement, mais au bout de l'année les pères l'encouragèrent à persister dans la voie artistique. Le réalisme de son *Âge d'airain* souleva de la part du jury du Salon de 1877 l'accusation de moulage d'après nature ; l'incident assura la célébrité du sculpteur, qui prit ensuite la précaution de produire un *Saint Jean Baptiste* plus grand que nature. Son *Balzac* fit naître une longue polémique, et Léon Daudet, qui soulignait que Rodin était l'artiste au sujet duquel on avait dit le plus de sottises, chez ses détracteurs comme parmi ses admirateurs, regrettait que cette expression héroïque du rêve balzacien « n'ait pas retenu, tels les bronzes d'Égypte, les insanités proférées à son endroit et ne les restitue pas au crépuscule. Ce serait un répertoire de la niaiserie ambiante, plus complet certes que *Bouvard et Pécuchet* ». L'abbé Mugnier écrit : « Mme de Noailles a raconté comment elle avait posé, chez Rodin, pour un buste. Et cela sur le désir exprimé par le sculpteur. Elle avait trouvé en lui un *ivrogne lucide* dont les manières l'avaient horriblement gênée. » Anna de Noailles a confirmé : « On ne pouvait pas s'asseoir sans trouver ses mains. » Sexualité désordonnée si l'on en croit Cocteau qui l'aurait surpris en train de se manuéliser dans le dos de Nijinski qui posait pour lui. René Berthelot écrit en 1900 : « De tous les couples d'amants et d'amantes, de satyres et de faunesses qu'il a fait s'enlacer sous l'étreinte du désir ou dans l'accablement qui suit la volupté, l'impression maîtresse qui se dégage n'est pas, comme chez les Italiens de la Renaissance, une impression de beauté triomphante et de joie ; c'est une impression de tristesse, c'est l'idée de l'esclavage de l'homme sous les

---

1. Léon Daudet l'a décrit « bossu comme dans les contes arabes, aux yeux luisants d'almée sadique, et qui tient de l'araignée et du crabe. Vous le voyez, dans un cauchemar, qui descend de guingois du plafond, en contournant les rideaux du lit, et va s'abreuver au seau de toilette. »

nécessités obscures de l'instinct.» Morand, le 1ᵉʳ octobre 1916, dit que lady Sackville lui écrit de Londres : «J'apprends par les journaux que Rodin donne toute son œuvre à la France. C'est magnifique. Malheureusement, parmi son œuvre, se trouve mon buste que je lui ai payé 30 000 F.»

Sarah Bernhardt essaya beaucoup de choses au cours de sa vie. Après avoir tâté de la peinture et du roman, elle se lança en 1874 dans la sculpture, s'installant pour cela au 11, boulevard de Clichy ; il était à la mode de s'y rendre pour déguster en présence de l'artiste un thé exécrable. La tragédienne avait surtout passé du temps à composer sa tenue de sculpteur : pantalon de soie blanche et blouse ornée d'une collerette avec des manchettes de dentelles.

Peu après, elle exposa au Salon le buste de sa sœur Régina, récemment décédée. L'œuvre n'était vraiment pas bonne, mais après le triomphe de *Phèdre* à la Comédie-Française, le jury n'avait pas osé refuser. La foule des badauds admirait de confiance, tandis que Rodin s'écriait : «Ce buste est une saloperie, et le public est idiot de le regarder.»

*

Picasso, tout jeune peintre, alla trouver le maître pour soumettre une toile à son jugement.

Rodin tourna le tableau dans tous les sens, et le rendit à Picasso en disant : «Commencez par signer, que je sache dans quel sens ça se regarde !»

## ROHAN (chevalier de)

Louis, prince de Rohan-Guéméné, dit «le Chevalier de Rohan» (1635-1674) : grand veneur et colonel des gardes, il perdit la faveur de Louis XIV à cause de sa vie dissolue. Pour se venger de cette disgrâce, et d'ailleurs perdu de dettes, il conspira avec un ancien officier très aventurier du nom de Latréaumont afin de livrer Quillebeuf aux Hollandais. Ils avaient garanti que la population de cette ville se révolterait, «en quoi, dit l'historien Reboulet, ils promettaient bien au-delà de ce qu'ils pouvaient tenir, puisqu'il n'aurait pas même été en leur pouvoir de soulever un seul village». Outre Rohan et Latréaumont, le complot comprenait un jeune officier naïf, une marquise galante et Van den Enden, le maître de pension parisien qui avait enseigné l'athéisme à Spinoza. Tout ce petit monde fut, après procès, exécuté en place publique devant la Bastille.

À Saint-Germain, au temps où la Cour y était, le chevalier de Rohan rencontra sur le tard, dans les galeries du château, la belle Mme de Heudicourt qui semblait attendre. Il demanda sur un ton de galanterie : « Cherchez-vous quelque chose ?

— Rien ! dit-elle très sèchement.

— Ma foi, madame, je ne voudrais pas avoir perdu ce que vous cherchez. »

*

Ce grand seigneur eut l'occasion de donner une leçon au jeune roi Louis XIV, avec lequel il jouait de l'argent chez le cardinal Mazarin.

Après avoir beaucoup perdu, Rohan se trouva devoir au roi une somme considérable, qui devait être payée en pièces d'or. Il lui compta sept ou huit cents louis ; puis il y ajouta deux cents pistoles d'Espagne. Le roi ne voulut pas les recevoir, disant qu'il lui fallait des louis. Alors, le chevalier prit brusquement les pistoles, et les jeta par la fenêtre en disant : « Puisque Votre Majesté ne les veut pas, elles ne sont bonnes à rien. »

Louis XIV se plaignit à Mazarin, qui dut lui expliquer : « Sire, le chevalier de Rohan a joué en roi, et Votre Majesté a joué en chevalier de Rohan. »

## RONSARD (Pierre de)

Pierre de Ronsard (1524-1586) dicta, la veille de mourir : « Adieu, plaisant soleil. Mon œil est étoupé, mon cœur s'en va descendre où tout se désassemble. » Ce page de Jacques Stuart avait d'abord vécu dix-huit années dans les plaisirs et les voyages : « blond aux yeux bleus, élancé et souple, élégant, joli causeur, danseur charmant, il avait devant lui une admirable carrière d'homme inutile » (Émile Faguet). Une brutale surdité le jeta dans sept années d'études, et lorsqu'il fit paraître ses *Odes* il fut salué comme une lumière nouvelle et il connut, pour les vingt-cinq années restantes, « la gloire la plus enivrante que jamais poète ait goûtée », avant les dix dernières années qu'il passa dans un déclin mêlé de douceur et de remords. Il avait eu de belles amours : Cassandre et Marie, puis Hélène, l'amour attendri de son automne. Il avait eu de solides et profondes amitiés, y compris avec Charles IX. « C'est, tout compensé, une des vies les plus heureuses qu'on ait vues, surdité à part ; et Du Bellay lui a prouvé en vers très spirituels que c'était encore un avantage. » Bon horticulteur, il savait bien élever les rosiers, et l'un aujourd'hui orne sa tombe, au prieuré de Saint-Cosme, au bord de la Loire, à Tours. Il avait admirablement évoqué le bonheur des amours au milieu des jardins et d'une nature heureuse, même s'il l'a fait avec des débordements qu'on lui a reprochés. Duez de Balzac écrit : «C'est une grande source, mais une source trouble où il y a moins d'eau que de limon; de l'imagination, de la facilité, mais peu d'ordre, peu d'économie, peu de choix soit pour les paroles, soit pour les choses; une audace insupportable à changer et à innover; une licence prodigieuse à former de nouveaux mots et de mauvaises locutions, à employer indifféremment tout ce qui se présentait à lui.» Il y a du vrai, mais on le lit encore, cinq cents ans plus tard, avec plaisir, bien qu'entre-temps Malherbe eût voulu faire régner l'ordre.

Ronsard dut souvent jouer le rôle de poète officiel, rimer des *Mascarades*, des *Églogues* à allusions, des entrées, des ballets – tout le «Bocage Royal», comme il l'appelle. Tant que ce fut pour son grand ami Charles IX, cela allait bien. Ce fut plus compliqué pour Henri III, auquel il était moins lié. Après la mort de Maugiron, l'un des mignons du roi tué lors du fameux duel du marché aux chevaux, le roi se consolait en commandant des vers sur ses jeunes courtisans si malheureusement occis. Ronsard et des Portes furent mis à contribution (Amadis Jamin, secrétaire du roi, dut même composer vingt-quatre sonnets sur le sujet).

Ronsard imagina des vers où Amour, qui vit les yeux bandés, avait été si jaloux des beaux regards de Maugiron que, décochant une flèche de son petit arc, il lui avait crevé un œil au milieu de la bataille (Louis de Maugiron, marquis de Saint-Saphorin, réputé pour sa beauté, avait été éborgné lors d'une campagne contre les huguenots en 1577 : une flèche lui avait emporté un œil). Selon Ronsard, l'œil qui lui restait concentra une lumière si aiguë qu'il *perçait, plus que devant, les hommes et les Dieux.* Amour s'alla donc plaindre à la Mort, mais :

> La Parque, comme Amour, en devint amoureuse,
> Ainsi Maugeron gît, sous cette tombe ombreuse,
> Tout ensemble vaincu, d'Amour et de la Mort.

Pendant ce temps-là, et dans le dos du roi, Ronsard s'amusait à brocarder dans un sonnet impertinent les tendances efféminées du prince :

Adieu, cons blondelets, corallines fossettes,
L'entretien de nature et de tout l'univers !
Adieu, antres velus, pleins de plaisirs divers,
Fontaines de nectar, marbrines mottelettes !

Ores, en votre lieu, sont les fesses mollettes
Et les culs blancs de chair, de tout poils découverts ;
Les culs plus que les cons sont maintenant ouverts :
Les mignons de la Cour y mettent leurs lancettes.

Le roi ne m'aime point pour être trop barbu ;
Il aime à semencer le champ qui n'est herbu.
Et comme un vrai castor chevauche le derrière.

Alors qu'il fout les culs qui sont cons étrecis,
Il tient du naturel de ceux de Médicis,
Et prenant le devant, il imite son père.

*

Charles IX et Ronsard étaient étroitement amis, et celui-ci crut devoir faire du zèle contre le parti protestant dans son *Discours des misères de ce temps*. Cela fit crier les prédicateurs du camp adverse, et Ronsard dit un jour à Passerat dans une lettre comment les huguenots de Bourges « ont semé par la ville que le dit sieur Lambin avait dit en chaire publiquement que le monde était délivré de trois athées, savoir Muret, Ronsard et Louveau. Je n'ai recueilli aucun fruit de telles nouvelles, sinon l'honneur qu'on me fait de m'accoupler avec de si grands personnages dont je ne mérite délier la courroie du soulier [...]. Si monsieur Lambin l'a dit, je n'en sais rien ; cela ne m'importe en rien ; et là-dessus je m'en irai demain aux *Trois Poissons* boire à vos bonnes grâces ».

Il arrivait aussi à Ronsard de riposter en vers :

Tu dis que j'ay vescu maintenant escolier
Maintenant courtisan et maintenant guerrier,
Et que plusieurs mestiers ont esbatu ma vie.
Tu dis vray, prédicant ; mais je n'eus oncqu'envie
De me faire ministre, ou comme toi, cafard.

## ROOSEVELT (Franklin D.)

Franklin Delano Roosevelt (1882-1945), avocat né à Hyde Park, maçon initié à la Loge Holland n° 8 de New York, grand maître de l'ordre De Molay, fut le 32e président des États-Unis, de 1933 à 1945. Confronté aux effets de la crise de 1929, il conçut le New Deal destiné à soulager la misère et favoriser la reprise. Il souhaitait, à la différence de ses compatriotes, que les États-Unis fussent engagés dans la guerre, et certains historiens soutiennent qu'il était prévenu de l'attaque de Pearl Harbor mais ne fit rien pour l'empêcher, afin d'obtenir le soutien de l'opinion. On lui reproche d'avoir favorisé l'emprise de l'Union soviétique sur l'est de l'Europe en 1945, ce qui s'expliquerait par sa faiblesse en politique étrangère, son obsession de briser l'empire colonial britannique (un biographe de Churchill a récemment écrit que celui-ci craignait autant Roosevelt que Staline), son incapacité et celle de ses conseillers à travailler le soir alors que Churchill et Staline étaient de fameux travailleurs nocturnes, la crainte de ne pas voir l'Union soviétique choisir le bon camp contre les Japonais, la morgue des diplomates américains qui tenaient les Soviétiques (aujourd'hui les Russes) pour des paysans grossiers, etc. En remerciement, la ville de Budapest, en 2011, a débaptisé la place Roosevelt qui marquait l'entrée du célèbre pont suspendu au-dessus du Danube. Roosevelt voulait démanteler la France en 1945. Céline l'appelait « le Niagara du postillon ».

Pour quantités de raisons, les États-Unis tenaient pour stratégique le Nicaragua, et à partir du début du XXe siècle, le président Theodore Roosevelt inaugura la politique dite du « Big Stick » contre les politiques de ce pays non conformes aux intérêts américains. L'armée américaine occupa le pays de 1912 à 1933. Lorsqu'elle se retira, elle fit organiser, après avoir ruiné la police et l'armée, une garde nationale dont le chef était Anastasio Somoza. Celui-ci fit assassiner en 1934 le chef de l'État, Augusto Sandino, qui avait contraint les Américains au départ. Somoza prit le pouvoir en 1936, et devait le garder jusqu'à son propre assassinat en 1956.

Comme on critiquait devant Franklin D. Roosevelt le nouveau dictateur du Nicaragua, en 1937, il se justifia ainsi : « C'est peut-être un fils de pute, mais c'est *notre* fils de pute. »

## À *propos des Roosevelt*

Un jour où l'épouse de Roosevelt, Eleanor, faisait des achats dans un magasin, la vendeuse lui dit soudain : « Ne vous a-t-on jamais déclaré que vous ressembliez à la Présidente ?

— Si, répondit-elle d'un ton sec. Le Président lui-même l'a souvent dit. »

## ROQUELAURE (duc de)

> Gaston, marquis puis duc de Roquelaure (1617-1683), surnommé l'homme le plus laid de France, fut en revanche l'un des plus braves et des plus spirituels gentilshommes de son temps. On lui attribue un volume de bouffonneries : *Aventures divertissantes du duc de Roquelaure.*

Louis XIV maria Mlle de L..., un de ses caprices, à Roquelaure, ce qui fit donner à celui-ci le titre de duc. Cinq mois après, la duchesse de Roquelaure accoucha d'une fille.

« Soyez la bienvenue, mademoiselle, dit l'heureux époux ; je ne vous attendais pas si tôt. »

*

Louvois était soupçonné de ne pas rapporter à Louis XIV tous les détails des guerres qu'il ordonnait. Un jour que le ministre était près de partir, et voulant dire où il devait aller, le duc de Roquelaure dit : « Monsieur, ne nous dites point où vous allez, car aussi bien nous n'en croirons rien. »

## ROQUELAURE (maréchal de)

> Antoine, baron de Roquelaure, maréchal de France (1560-1625), père du précédent, quitta l'état ecclésiastique pour suivre le parti d'Henri de Navarre. Comme un ministre protestant dissuadait Henri de changer de religion, Roquelaure s'écria : « Malheureux ! mets dans une balance d'un côté la couronne de France, et de l'autre les psaumes de Marot, et vois qui des deux l'emportera. » Il resta toujours intime avec le roi, avec lequel il jargonnait en gascon. Ayant épousé une femme qui était belle mais qui n'avait pas de bien, il ne voulut jamais qu'elle vît la Cour, et quand le roi lui demandait pourquoi, il répondait : « Sire, elle n'a pas de *sabattous* » – c'est-à-dire de souliers. Henri IV aimait à faire jouer à

Gros Guillaume, le comédien de l'hôtel de Bourgogne, la farce du gentil-homme gascon, où l'on se moquait des gens du pays. Pour divertir son maître, Roquelaure faisait alors semblant de se vouloir lever pour aller battre Gros Guillaume ; Gros Guillaume disait : «*Cousis, ne bous faschez!*», et le roi riait en retenant le maréchal entre ses jambes. Après l'assassinat du roi, les comédiens ne voulaient plus jouer à Paris, «tant tout le monde y était dans la consternation». Ils passèrent à Bordeaux, où le maréchal était lieutenant du roi, et durent lui demander la permission de jouer. «Je vous la donne, leur dit-il, à condition que vous jouerez la farce du gentilhomme gascon.» La permission donnée, le maréchal tint à y aller ; mais «le souvenir d'un si bon maître lui causa une telle douleur qu'il fut contraint de sortir tout en larmes, dès le commencement de la farce».

Ce gentilhomme gascon, qui se donna à Henri IV dès la première heure, partagea toutes ses aventures, puis ses fastes.

Quand le connétable de Castille vint à Paris, le roi donna un grand banquet au connétable et à sa suite. Chaque Espagnol avait à table un Français en face de lui. Le vis-à-vis du maréchal de Roquelaure faisait de gros rots en s'excusant : «*La sanita del cuerpo, señor mareschal.*»

L'Espagnol répéta trop le procédé et l'excuse.

Impatienté, Roquelaure prit son temps mais finit par tourner le dos, et riposta avec un violent pet, qu'il excusa par ces mots : «*La sanita del culo, señor Español!*»

*

La chronique rapporte d'ailleurs que le maréchal était assez sujet aux vents. Un jour, il fut obligé de quitter en toute hâte le cabinet de la reine, mais il ne put si bien faire qu'elle n'entendît le bruit, malgré la distance. Elle lui cria : «*L'ho sentito, signor mareschal*» («je l'ai entendu, M. le maréchal»).

Et lui, sans se déferrer, repartit en retenant le sens littéral : «Votre Majesté a donc bon nez, Madame.»

*

Le maréchal d'Albret avait voulu en conter à Mme de Courcelles ; il fut repoussé, bien qu'elle ne fût pas cruelle et qu'on lui donnât d'ordinaire quatre amants pour le moins. Roquelaure s'en moquait en disant : «Ce brave maréchal, à qui rien ne résiste, n'a pu l'emporter ; il y avait trop de monde dans la place.»

## À propos du maréchal de Roquelaure

On l'accusait d'avoir «fait quelquefois le ruffian à son maître», c'est-à-dire d'avoir servi à Henri IV de fournisseur. On racontait donc cette histoire, probablement inventée, mais qui n'est pas impossible :

Il avait perdu un œil à cause d'une branche d'épines qui lui avait percé la prunelle alors qu'il se tenait à la portière de son carrosse. Un jour qu'il était en carrosse avec Henri IV dans les rues de Paris, il s'avisa, en passant, de demander à une vendeuse de maquereaux si elle reconnaissait bien les mâles d'avec les femelles. La poissarde aurait répondu : «Jésus! il n'y a rien de plus aisé : les mâles sont borgnes.»

## ROQUEPLAN (Nestor)

Nestor Roqueplan (1804-1870) fut le premier véritable rédacteur en chef du *Figaro* aux côtés du jeune propriétaire, Victor Bohain. Le journal se fit une réputation en critiquant Charles X et le clergé, bien que Roqueplan fût catholique sincère. C'est à cette époque qu'il encouragea Alphonse Karr à faire du journalisme politique. Comme celui-ci avait fait allusion à l'ivrognerie d'un ministre de Charles X, Roqueplan lui dit : «À la bonne heure, vous voyez, ce n'est pas plus difficile que ça. — Mais, objecta Karr, je ne connais aucun de ces gens-là, et c'est dans *Le Figaro* que j'ai appris le malheureux penchant de ce ministre. — Croyez-vous que les autres rédacteurs le connaissent plus que vous? Vous auriez pu inventer aussi bien que Brucker ce *malheureux penchant.* — Comment, il n'est pas vrai que...? — Affirmer que ça n'est pas vrai, dit Roqueplan, serait peut-être beaucoup, ce qu'il y a de vrai, c'est que nous n'en savons absolument rien.» Ainsi étaient jetées les bases du journalisme. Après 1830, on adjoignit à Roqueplan Henri de Latouche, sauvage et républicain; les deux rédacteurs ne s'entendirent pas et *Le Figaro* fit naufrage (avant sa résurrection par Villemessant en 1854). Roqueplan, qui ne quittait jamais Paris – parce que la campagne, disait-il, «c'est bon pour les petits oiseaux» –, entreprit de diriger des théâtres. Il y rencontra des difficultés financières; il est vrai que le parti qu'il avait pris de n'ouvrir aucune des lettres qu'il recevait ne le destinait pas à réussir. Issu d'un milieu modeste, il était passionné d'élégance, avec un certain snobisme. Tony Révillon a écrit : «Il eût mieux aimé donner la main à soixante forçats, pourvu qu'ils fussent habitués des coulisses et des clubs, que passer pendant une minute pour un provincial du Marais.»

On accusait Fiévée[1] d'être prêtre défroqué et d'avoir des mœurs à l'antique : «Jamais de face il n'attaque un sujet», dit Roqueplan dans une épigramme (d'ailleurs assez mauvaise). On en a quelques autres, dont celle-ci :

Des soins divers, mais superflus,
De Fiévée occupent la vie :
Comme bougre, il tache les culs;
Comme écrivain, il les essuie.

\*

En février 1845, à l'instigation de Louis-Philippe qui sentait monter la révolution de 1848 (dont Lamartine dit qu'elle venait «du fond des loges»), Soult, alors ministre de la Guerre, tenta d'endiguer le flot, adressant à tous les chefs de corps une circulaire pour annoncer qu'il serait défendu de fréquenter les réunions des loges. «Comme il est facile de le comprendre, cette interdiction avait jeté de l'inquiétude dans tous les Ateliers, écrit Emmanuel Rebold en 1864; le Grand Orient, pour faire revenir le ministre à d'autres idées, lui adressa le 17 avril une planche dans laquelle, invoquant ses souvenirs personnels comme Maçon, elle le priait de revenir sur cette décision; ce qui eut lieu.» Toujours est-il que, ajouté à la conversion de Soult au christianisme, cela laissa des traces, dont témoigne cette *Épitaphe au maréchal Soult*, prêtée à Nestor Roqueplan :

Ci-gît un maréchal de dévote mémoire,
Qui lisait son bréviaire avant d'aller au feu.
Pour monter aux honneurs on dit qu'il crut en Dieu,

---

1. Joseph Fiévée (1767-1839), fils d'un aubergiste mort en laissant sa femme et seize enfants, s'engagea comme typographe, et on le mit au nombre des ouvriers qui imprimaient *La Chronique de Paris*, le journal de Condorcet. Une émeute populaire vint briser les presses du journal, Condorcet fut mis hors la loi, Fiévée traîné en prison. Libéré, il commença à écrire en faveur du parti royaliste et multiplia les incidents. Enfin, Bonaparte le remarqua, et l'envoya à Londres observer ce qui s'y passait. À son retour en France, il fut nommé à la tête du *Journal des débats*. Comme il n'était pas du genre à modérer sa plume, il fut bientôt destitué. Quoique royaliste avec la Restauration, sa liberté d'esprit était intacte et un procès de presse lui valut, en 1818, quelques mois de prison. Il estimait qu'il faut souvent changer d'opinion pour rester de son parti.

Et qu'on lui paya cher cette œuvre méritoire.
Pour mourir en chrétien, ce héros circoncis[1]
Se fit ensevelir dans un sarreau de serge,
Puis il entra tout droit en paradis,
À cheval sur un cierge !

\*

Roqueplan était directeur de l'Opéra avec Duponchel à l'époque de la révolution de 1848. Pendant les jours d'émeutes, on vint planter un arbre de la Liberté dans la cour de l'Opéra. À cette occasion, Duponchel voulut faire un discours mais, soit qu'il fût intimidé, soit qu'il ne sût que dire, il ne put articuler que : «Citoyens... Citoyens...»

Plus tard, on donna des ordres pour abattre l'arbre de la Liberté. Roqueplan, qui se trouvait là, s'écria : «Vous ne toucherez pas à cet arbre avant que Duponchel ait fini son discours.»

\*

Un jour, un musicien fort médiocre vint faire entendre à Roqueplan une œuvre de sa composition. Pendant toute l'audition, le directeur de l'Opéra ne quittait pas des yeux les bustes de Beethoven, Mozart, Gluck et Rossini, placés sur la bibliothèque.

Comme le compositeur sollicitait une explication sur ce regard fixe, Roqueplan expliqua : «Je me demande ce qu'ils foutent ici...»

\*

Quand le poète Baour-Lormian mourut, Roqueplan lui fit cette épitaphe :

Ne me demandez pas si c'est Baour qu'on trouve
Au fond de ce sombre caveau,
On le sait au besoin de bâiller qu'on éprouve
En passant près de son tombeau.

---

1. On considérait souvent que Soult avait des origines juives (Disraeli en a fait état dans *Coningsby*), parce qu'il avait un nom bizarre pour un Gascon, et qu'il aimait l'argent. Si cela est aussi sérieux que pour Masséna, l'affirmation ne vaut pas grand-chose...

## ROSE (le président) et sa fille

> Toussaint Rose (1611-1701) était secrétaire particulier de Mazarin. Comme il écrivait aussi vite que la parole, le cardinal le donna au roi, et cela fit la fortune de Rose, courtisan accompli. Pour le besoin de sa tâche, il imitait fort bien l'écriture de Louis XIV, et beaucoup d'autographes attribués au roi sont de sa main. Nommé président à la Chambre des comptes, il fit admettre l'Académie française à *l'honneur de haranguer*, c'est-à-dire adresser, au pied du trône, un discours au roi dans les grandes circonstances. L'Académie crut ensuite devoir admettre Rose en son sein. Il profita de son influence pour soutenir des gens de son choix, généralement des nullités. Il eut pour successeur Louis de Sacy, qui ne savait pas comment discourir sur son prédécesseur, tant la matière était inexistante ; il s'en débarrassa somme toute sur d'Alembert qui, lorsqu'il eut plus tard à faire l'éloge de Rose, raconta deux anecdotes et se tira d'affaire.

M. Rose avait marié sa fille à Portail, un magistrat débutant. La jeune personne, qui était fort ambitieuse, avait nourri l'espérance d'une grande fortune et d'une alliance dans la noblesse ; ce mariage n'était donc point de son goût. Aussi se plaisait-elle à répéter : « Au lieu de me faire entrer dans une grande maison, on m'a laissée au Portail[1]. »

Le grand-père de cette Mme Portail était le président Toussaint Rose, extrêmement riche. Il aimait beaucoup sa petite-fille. On vint se plaindre auprès de lui de ses continuelles frasques (un chroniqueur du temps dit qu'elle avait « des mœurs à l'escarpolette »). Il prit un air désolé, et répondit aux Portail venus en délégation : « C'est en vérité une coquine, une impertinente, une sotte dont on ne peut venir à bout, et si vous me reparlez jamais d'elle, eh bien je la déshériterai ! »

Ils se le tinrent pour dit.

*

---

1. Mais Antoine Portail († 1736) fera carrière : longtemps avocat général au parlement de Paris, il sera premier président à l'époque de l'affaire du parlement Maupeou. Dans cette circonstance où la plupart des conseillers avaient dû être bannis, le président et les gens du roi (le Parquet) furent favorables à la réforme voulue par la monarchie. On afficha à la porte du Palais de Justice : « Palais à vendre. Les fondements et les dedans en sont bons, mais le portail n'en vaut rien, et le parquet est pourri. »

Le président Rose était fort parcimonieux de son argent ; alors qu'il se mourait et comme sa femme le pressait de ses bons conseils au sujet de la religion, le clergé attendant dans l'antichambre : « Ma chère amie, dit-il, si ces messieurs, quand ils m'auront enterré, vous offrent des messes pour me tirer du purgatoire, épargnez-vous cette dépense-là, je prendrai patience. »

## ROSSINI (Gioacchino)

Gioacchino Rossini (1792-1868), qui naquit un 29 février et mourut un vendredi 13, fils d'un trompettiste ambulant, n'avait que vingt ans quand sa réputation de musicien commença ; Stendhal raconte qu'à cette époque la femme d'un avocat de Bologne l'enleva et alla passer deux mois avec lui à Venise. Il se libéra de la maîtresse, mais garda des liens particuliers avec cette ville où tout le monde, depuis le gondolier jusqu'au grand seigneur, fredonnait ses airs. Il produisait avec facilité. Un jour qu'il composait dans son lit un duo pour *Tancrède*, la partition glissa sur le sol jusqu'au milieu de la chambre. Plutôt que se lever, il composa, dans sa paresse béate, un nouveau duo (que finalement il utilisa pour *L'Italienne à Alger*)... Il s'installa à Paris puis, au sommet de son art, s'arrêta brusquement de composer, à cause de la révolution de 1830 dans laquelle il voyait la fin d'un monde qu'il avait aimé. Désormais il se consacra à la bonne chère, réduisant sa gloire à la parfaite confection des macaronis ; cela lui occupa les trente-huit dernières années de sa vie. Il dit : « J'ai pleuré deux fois dans ma vie : une fois en entendant le *Requiem* de Mozart, et une autre fois en voyant, sur un bateau, un maître d'hôtel laisser tomber dans le lac de Genève une poularde farcie aux truffes. » Pierre Larousse écrit : « Les triomphes de Meyerbeer, puis la révolution de Février [1848], qui renouvela ses terreurs de 1830, ne firent que l'enfoncer plus avant dans son obstination à ne plus créer. *Je reviendrai quand les Juifs auront fini leur sabbat*, disait-il quelquefois en pensant à Meyerbeer et à Ludovic Halévy. » Il fit tout de même une tapageuse cantate avec accompagnement d'artillerie pour l'Exposition universelle, et termina par un *Requiem* pour ses propres obsèques. Chauve depuis longtemps, il possédait une collection de perruques qu'il rangeait par ordre de longueur et qu'il portait les unes après les autres, jusqu'à la visite imaginaire du coiffeur. La famille Cocteau, qui avait habité la même maison que le compositeur, en avait récupéré une, et aimait à chahuter cette relique.

La première fois que Rossini entendit Adelina Patti, c'était dans l'un de ses airs du *Barbier de Séville*, altéré par la cantatrice de mille fioritures qu'il trouvait détestables. Il lui dit : « Votre voix, mademoiselle, est très belle. Mais de qui peut être cette affreuse musique ? »

\*

Rossini jouait au piano une partition de Wagner, dont il ne tirait qu'une cacophonie ; un de ses élèves finit par lui dire : « Maestro, vous tenez la partition à l'envers ! »

Rossini répondit : « J'ai commencé en la mettant dans l'autre sens, mais c'était pire. »

\*

À l'issue d'une représentation de *Tannhäuser*, critiques et musiciens discutaient fermement des mérites de l'œuvre, sans parvenir à se mettre d'accord. Finalement, on demanda à Rossini d'arbitrer le débat. Il dit : « *Tannhäuser* est un opéra qu'il faut entendre plusieurs fois pour pouvoir formuler un jugement. Quant à moi, je ne l'entendrai certainement pas une deuxième fois. »

\*

Une femme vieille, laide et méchante était venue à bout de se faire présenter à Rossini. L'accueil glacial de la maîtresse de la maison l'ayant invitée à ne plus reparaître, la dame s'en plaignit aigrement au maestro, rencontré sur le boulevard des Italiens, qui était sa promenade favorite. Il l'écouta, puis dit : « Que voulez-vous !... Elle est si jalouse ! »

\*

Lorsque, après les exceptionnelles vendanges de 1854, Nathaniel de Rothschild[1] lui envoya en hommage les plus beaux raisins de ses vignobles, Rossini remercia chaudement, tout en disant qu'il ne consommait jamais le vin sous forme de pilules ; Rothschild dut faire tenir au compositeur une caisse de son meilleur cru...

\*

---

1. Avant-dernier enfant du fondateur de la branche anglaise, Nathan de Rothschild (1812-1870) était venu à Paris en 1850, pour travailler avec son oncle James de Rothschild. Peu après, il fit l'acquisition d'un grand cru de Pauillac, le brane-mouton, qu'il renomma mouton-rothschild.

Rossini recevait, dans son appartement qui faisait l'angle du Boulevard et de la Chaussée-d'Antin, au numéro 2 de la rue, la visite du jeune compositeur Michel Ben, neveu de Giacomo. Or ce jour-là, on enterrait Meyerbeer, et le convoi vint à passer sous les fenêtres du maestro. On entendait les sons d'une marche funèbre : «Que dites-vous de cette marche? demanda le jeune musicien : c'est moi qui en suis l'auteur.

— Je dis, répliqua Rossini, qu'il out mieux valou que vous foussiez mort et que Meyerbeer il out écrit la marche funèbre.»

\*

Rossini sur Berlioz : «Quel bonheur que ce garçon-là ne sache pas la musique, il en ferait de bien mauvaise!»

\*

James Joyce aimait à raconter cette histoire, qui le réjouissait fort : «Un jour qu'il rencontra un Espagnol, Rossini lui serra les deux mains en lui disant : "Ah! mon ami : vous m'évitez d'appartenir à la dernière race de l'humanité."»

## ROTHSCHILD (James de)

Jacob, dit «James», baron de Rothschild (1792-1868), était fils de Meyer Rothschild, fondateur de la dynastie (le patronyme trouvait son origine dans un écu rouge qui servait d'enseigne à la maison d'un ancêtre), prêteur sur gages à Francfort puis conseiller financier du Landgrave de Hesse. Meyer établit ses cinq fils dans les cités clés d'Europe : Londres, Paris, Vienne, Naples et Francfort (seules les branches anglaise et française de la famille existent encore). La maison Rothschild assura la transmission de fonds entre le gouvernement anglais et Wellington qui guerroyait en Espagne contre les armées françaises. James avait installé en 1815 son établissement à Paris, après avoir spéculé sur la chute de l'Empire avec son frère Nathan, de la branche anglaise. Il aida le gouvernement de la Restauration, puis celui de la monarchie de Juillet, géra la fortune personnelle de Louis-Philippe et finança l'État belge naissant. Les Rothschild parvinrent à négocier la plupart des grands emprunts d'État du XIXe siècle. François Ier d'Autriche avait élevé au rang de baron quatre des fils de Meyer ainsi que leurs descendants légitimes portant le nom de Rothschild, sans distinction de nationalité. Cela ne concernait pas la branche anglaise, mais Natty (petit-fils de Nathan), proche de Disraeli, devint baron britannique en 1885.

On appelait James de Rothschild « le banquier des rois ». Un jour, Morny entra dans son bureau. Le baron James avait le nez plongé dans ses dossiers : « Prenez une chaise, dit-il à son visiteur, sans se lever ni même lui jeter un regard.

— Mais... je suis le duc de Morny !

— Eh bien prenez deux chaises. »

*

Un certain monsieur X., maire d'une des grandes villes d'un département du Nord en 1865, dînait, à la préfecture, à la même table que James de Rothschild, pionnier des chemins de fer (il avait obtenu en 1843 la concession de la Compagnie des Chemins de fer du Nord). C'était un jour de gala ; il y avait grand dîner en l'honneur de deux hôtes illustres qui passaient par la ville. Au milieu du repas, monsieur X. dit au baron : « Mais, monsieur, vous devriez bien faire un chemin de fer de... à... ; cela nous manque, les routes sont mauvaises, détestables, et le voyage est on ne peut plus fatigant.

— Sans doute, reprit le grand personnage qui avait suivi la conversation : M. de Rothschild, vous devriez bien nous faire un chemin de fer. »

Le baron s'inclina sans répondre.

Monsieur X. continua son argumentation en faveur de la voie de fer projetée. À la fin, Rothschild, qui n'avait osé soulever aucune objection à l'opinion émise par l'illustre étranger, se décida à répondre à monsieur X. : « Le chemin de fer serait commode tant que vous voudrez, mais il ne serait d'aucun rapport, il ne ferait pas ses frais, et je dois défendre avant tout les intérêts des actionnaires : or, les actionnaires n'y trouvant pas leur intérêt, je ne puis m'embarquer dans cette affaire.

— Je comprends très bien vos scrupules, monsieur le baron, reprit monsieur X. ; je comprends d'autant mieux votre sollicitude, que vous êtes vous-même propriétaire des deux tiers des actions. »

Sur ce, tout le monde partit d'un éclat de rire – et Rothschild comme les autres.

Le dîner étant terminé, on se rendait au salon. Chemin faisant, Rothschild s'approche de monsieur X. et lui dit : « Monsieur, vous ne devriez pas parler ainsi devant d'aussi grands personnages : comme vous avez pu le remarquer, tout le monde s'est mis à rire de ce que vous avez dit.

— Sans doute, monsieur le baron, mais c'est de vous qu'on a ri.
— Ah ? bah ! »

## ROUHER (Eugène)

Eugène Rouher (1814-1884), d'abord avocat, fit une carrière politique comme «guizotin», puis devint un personnage clé du Second Empire : ministre prépondérant, il était surnommé «le Vice-Empereur» par Émile Ollivier, et on évoquait les actes du «rouhernement». Lorsque, après le désastre de 1870, l'Assemblée se retrouva à Bordeaux, en 1871, il donna à Clemenceau une explication qui devait le marquer : «Vous nous en voulez beaucoup ; vous ne nous pardonnez pas le coup d'État. Jeune homme, vous ne savez pas encore ce que sont les assemblées. Quand vous les connaîtrez mieux, vous verrez que la meilleure ne rend pas ce qu'elle vaut. L'Assemblée de 49 comptait ce que la France a de mieux en vertu, en science, en courage. Et pourtant, nous ne pouvions pas faire autrement... »

Lorsque mourut le duc de Morny, demi-frère naturel de Napoléon III, l'empereur souhaita vivement que son cousin le comte Walewski, homme intègre, fils naturel de Napoléon Ier, prît la succession du duc à la présidence de la Chambre. L'élection du comte à ce poste était presque assurée mais, sans attendre, l'empereur le nomma à la présidence. On dit alors : «Chassez le naturel, il revient au galop ! »

La personnalité peu autoritaire d'Alexandre Walewski ne le destinait guère à une telle tâche. Au milieu d'échanges fort vifs, en 1867, entre Favre et Thiers d'une part, et Rouher d'autre part, qui défendait le régime, celui-ci se tourna vers Walewski pour lui dire : «Mais présidez, nom de Dieu ! ou venez à la tribune défendre le gouvernement si vous en êtes capable... »

## ROUSSEAU (Jean-Baptiste)

Jean-Baptiste Rousseau (1671-1741), qui lia connaissance avec Boileau à son couchant, se persuada qu'il devait défendre les saines doctrines littéraires et jeta des vers satiriques contre ses confrères ; «de là cette foule d'ennemis, que son caractère était malheureusement beaucoup plus porté à aigrir sans cesse qu'à ramener jamais» (Amar-Durivier). L'une de ses comédies fut jouée au Théâtre-Français, et à l'issue du spectacle l'auteur fut accablé de félicitations. Son père, un cordonnier, accourut ivre de joie pour embrasser son fils ; celui-ci se serait détourné en disant :

« Je ne vous connais pas, monsieur. » Ses ennemis montèrent des cabales qui firent tomber ses pièces, et il revint à la poésie lyrique. En 1707, pour ne pas compromettre son entrée à l'Académie française, et alors qu'il avait répandu des vers diffamatoires, il ourdit une machination pour les imputer à un collègue de l'Académie des sciences. Le Parlement le bannit à perpétuité. On lui obtint des lettres de rappel dont il refusa hautement le bénéfice. Après vingt ans d'exil dans le Brabant, il sollicita son rappel, qu'il ne parvint plus à obtenir. Il lui manquait souvent la puissance de l'inspiration, mais, comme l'a dit Marcel Arland, il lui arrive d'être emporté par un vrai mouvement et ses strophes, alors, « rendent un son plein ».

On reprochait à l'évêque de Nîmes, César Rousseau de La Parisière, de s'être échappé de son hôtel par une fenêtre pour esquiver ses créanciers. Jean-Baptiste Rousseau en fit cette épigramme :

> Pour éviter des Juifs la fureur et la rage,
> Paul dans la ville de Damas
> Descend de la fenêtre en bas ;
> La Parisière en homme sage,
> Pour éviter ses créanciers,
> En fit autant ces jours derniers.
> Dans un siècle tel que le nôtre,
> On doit être surpris, je crois,
> Qu'un de nos prélats une fois
> Ait pu prendre sur lui d'imiter un apôtre.

\*

À l'un de ses confrères en littérature :

> Tu dis qu'il faut brûler mon livre :
> Hélas ! le pauvre enfant ne demandait qu'à vivre ;
> Les tiens auront un meilleur sort :
> Ils mourront de leur belle mort.

## ROY (Pierre Charles)

Pierre Charles Roy (1683-1764), auteur de livrets d'opéra et de ballets, avait acheté une charge de conseiller, mais il négligeait de siéger pour se consacrer à sa vocation poétique. Voltaire lui a emprunté presque toute sa *Sémiramis*.

Pour accéder à l'Académie, Moncrif écrivit son *Histoire des chats* (1727), qui lui valut de la part du comte d'Argenson, dont il était le secrétaire, le surnom d'«historiogriffe» après que l'auteur eut sollicité du ministre la place d'historiographe du roi lors du départ de Voltaire pour la Prusse.

Le surnom resta à Moncrif, qui n'appréciait guère la plaisanterie. Lorsque Roy se permit, en pleine assemblée au Palais-Royal, de faire rimer *historiogriffe* et *Mongriffe*, la victime de la plaisanterie attendit Roy à la sortie du palais et lui proposa d'encaisser sur-le-champ plusieurs coups de bâton, ou un coup d'épée.

«J'aime mieux la pluralité», dit Roy.

Moncrif commença à gauler le dos du plaisantin. Mais Roy, qui était accoutumé à ces traitements, retourna la tête et dit à Moncrif : «Patte de velours, Minou, patte de velours.»

Lorsque Moncrif fut reçu à l'Académie française, un plaisantin lâcha un chat qui, se sentant perdu, miaula longuement au milieu des académiciens assemblés.

### ROYER-COLLARD (Pierre Paul)

Issu d'une famille janséniste à la piété austère, lui-même catholique pratiquant, adversaire de l'ultramontanisme, Pierre Paul Royer-Collard (1763-1845) dut se cacher pendant la Terreur, et dirigea un conseil royaliste institué à Paris en secret. C'est dire qu'il n'avait pas suivi le conseil que lui avait donné Danton : «Jeune homme, venez brailler avec nous, quand vous aurez fait votre fortune, vous pourrez embrasser le parti qui vous conviendra.» À partir de 1811, il enseigna la philosophie à la Sorbonne, origine d'un cours dont l'influence fut considérable, en particulier sur l'école de Victor Cousin. Président de la Chambre, il présenta à Charles X la fameuse *Adresse des 221*, dont il était l'un des signataires. Avec la Restauration s'écroula la Constitution qu'il aimait, car la Charte conciliait à ses yeux l'ordre et la liberté. Il prit sa retraite après 1830, mais continua d'exercer une influence sur Guizot et Mathieu Molé. Ayant sous les yeux les premiers triomphes de la révolution industrielle, il déclara que «la richesse est le passeport de la sottise». Entré à l'Académie française en 1827, il s'opposa de manière célèbre, lors d'une séance du dictionnaire, à l'entrée du verbe *baser*, au sens de *fonder* : «S'il entre, je sors!»

Le comte de Saint-Cricq, ministre en 1829, revenu de province, prophétisait l'écroulement de la monarchie, en ajoutant : «Personne n'aura donc le courage de se dévouer?

— Périr est une solution», conclut Royer-Collard en considérant avec mépris le discoureur.

*

Après une séance orageuse où l'existence du cabinet avait été menacée, un député dit à Royer-Collard : «Que dites-vous de la campagne entamée contre le ministère?

— Vous appelez ça une campagne; ce n'est qu'un siège de places.»

### Sur Pierre Paul Royer-Collard

Il faut comprendre comme une élégante méchanceté le célèbre mot de Royer-Collard au jeune Victor Hugo, venu solliciter sa voix à l'Académie : «Monsieur, on ne lit plus à mon âge; on relit.»

### RULHIÈRE (Claude Carloman de)

Claude Carloman de Rulhière (1735-1791), fils d'un lieutenant de maréchaussée qui se piquait de noblesse, protégé de Voltaire, suivit à la fois la carrière des lettres, celle de la diplomatie et celle des armes. En 1774, il fut choisi par le comte de Provence comme secrétaire pour ses commandements, après avoir été attaché à l'ambassade de France en Russie. Il avait assisté dans ce pays à la révolution de 1762, et il avait appris à se méfier du phénomène : on dit qu'il mourut des émotions que lui causèrent les premiers événements de la Révolution française.

L'épigramme qui suit se rapporte à une veuve fort ardente, surnommée «Alcinte» dans la pièce de vers. Elle est assez longue, et l'on a ici retiré le début, où la veuve va voir son confesseur, qui l'incite à être plus raisonnable. Voici la justification de la pénitente :

Changez de vie, ou c'est fait de votre âme.
— Hélas! monsieur, je voudrais le pouvoir
Lui répondit la trop fringante veuve;
Mais plaignez-moi, tel est mon ascendant
Que je ne puis avoir l'esprit content,
Si chaque mois je n'ai pratique neuve.
Cela me vient d'un accident fatal :
À quatorze ans d'un chien je fus mordue,
Chien enragé; pour prévenir le mal
L'avis commun fut qu'il me fallait, nue,

Plonger en mer. Nue on me dépouilla.
Honteuse alors de me voir sans chemise,
Incontinent, je portai la main là
Où vous savez, sans jamais lâcher prise.
On me plongea. Mais qu'est-il arrivé ?
C'est que mon corps, ô pudeur trop funeste !
Partout, ailleurs, du mal fut préservé,
Hors cet endroit où la rage me reste.

(La pièce est attribuée à Rulhière ou à Ménage, selon que l'on considère le *Libertin de bonne compagnie*, ou les *Chefs-d'œuvre des conteurs français*.)

*

Sur le marquis de Pesay :

Ce jeune homme a beaucoup acquis,
Beaucoup acquis, je vous assure ;
Car en dépit de la nature,
Il s'est fait poète et marquis[1].

*

Sur Mme du Deffand, qui passait pour avoir beaucoup de malignité, et qui devint aveugle sur la fin de ses jours (épigramme aussi attribuée à Lebrun) :

Elle y voyait dans son enfance,
C'était alors la médisance.
Elle a perdu son œil et gardé son génie,
C'est maintenant la calomnie.

---

1. Ce faux marquis de Pesay, de son vrai nom Masson, ami de Dorat, extrêmement intrigant, avait pour relation Necker, qui à l'époque vivait dans son hôtel assez solitairement, possédant une fortune qu'il avait gagnée dans ses spéculations de la Compagnie des Indes, tout en ayant de grandes ambitions de gouvernement. Comme d'habitude, Louis XVI était perdu en politique, et il subit, dans des circonstances rocambolesques, l'influence de ce Pezay qui ne fut pas étranger au renvoi de Terray. On présenta Necker, qui promit à Maurepas de procurer les fonds nécessaires au Trésor, déjà délabré, pour financer la guerre d'indépendance de l'Amérique. On envoya des troupes en Amérique, et les finances de la France ne se relevèrent pas.

\*

De Rulhière sur Champcenetz, qui venait de se faire embastiller, et qui en tirait gloire :

> Il prend, pour mieux s'en faire accroire
> Des lettres de cachet pour des titres de gloire ;
> Il croit qu'être honni, c'est être renommé ;
> Même si l'on ne sait plaire, on a tort de médire ;
> C'est peu d'être méchant, il faut savoir écrire,
> Et c'est pour de bons vers qu'il faut être enfermé.

\*

On complimentait un jour Rivarol sur sa conversation, et celui qui lui faisait compliment disait : « C'est comme un livre ouvert...
— ... toujours à la même page », dit Rulhière qui venait d'entrer.

## RUSSELL (Bertrand)

Bertrand, 3e comte Russell (1872-1970), rejeton de l'aristocratie galloise, se persuada après une adolescence traversée de pulsions suicidaires que toute la philosophie était réductible à la logique, ce qui supprimait la métaphysique. En 1916, son pacifisme lui fit perdre ses fonctions à Cambridge (il y sera réintégré en 1944). Il renonça à son pacifisme à la fin des années 1930, parce que le fascisme devait être combattu (mais un jour qu'on lui demandait s'il était prêt à mourir pour ses idées, il répondit : « Certainement pas : après tout, je peux me tromper »). Après 1949, quand l'ennemi fut le bloc communiste, il milita pour le désarmement nucléaire. À ce personnage emblématique d'une époque, on a beaucoup prêté, dont le célèbre sophisme $2 + 2 = 5$, dont l'origine remonte à Sieyès. Jeffreys rappelait un jour, à la *High table* de Trinity College, Cambridge, que selon Aristote on peut démontrer n'importe quoi à partir d'une proposition initiale fausse. McTaggart le mit au défi : « Comment pourriez-vous démontrer que je suis le pape, à partir de la proposition que $2 + 2 = 5$ ? » Hardy, sans interrompre son repas, intervint pour expliquer : « Si $2 + 2 = 5$, alors $4 = 5$. Retirons 3 dans l'équation ; alors $1 = 2$ ; or McTaggart et le pape sont 2 ; donc McTaggart et le pape sont un. » Comme Hardy n'était pas un logicien, on a ensuite crédité Russell, également attaché à Trinity College, de la démonstration. De même, le Paradoxe de Russell sur les ensembles (un barbier se propose de raser tous les hommes qui ne se rasent pas eux-mêmes parce qu'ils font appel à un barbier, et seulement ceux-là ; le barbier doit-il se raser lui même ?) fut formulé par Zermelo.

Une dame qui avait l'air d'un bas-bleu demanda à Bertrand Russell la différence entre le temps et l'éternité. Il la considéra un instant, et répondit : « Madame, même si je prenais le temps de vous l'expliquer, il vous faudrait une éternité pour comprendre. »

\*

À l'époque de ses études à Harvard, William Jovanovich, le futur éditeur, était l'habitué d'un café connu pour la qualité médiocre de sa nourriture en contrepartie d'un prix modique. Un jour, il s'approcha de Russell, qui commençait à fréquenter l'endroit : « Monsieur Russell, je sais bien pourquoi je viens manger ici : c'est parce que je n'ai pas beaucoup d'argent... Mais vous, pourquoi donc vous voit-on ici ?

— C'est parce que je n'y suis jamais dérangé », rétorqua sèchement Russell.

\*

Dans les années 1920, après être tombé gravement malade en Chine, Bertrand Russell choisit d'être rapatrié, et refusa catégoriquement d'accorder des interviews lorsqu'il passa au Japon. La presse japonaise, mécontente, chercha à se venger en diffusant des informations sur le décès de Russell – information qu'elle refusa de rétracter, malgré des demandes répétées. Quand, plusieurs années plus tard, alors qu'il faisait étape à Tokyo, des journalistes japonais se pressèrent pour demander à Bertrand Russell un entretien, il envoya son secrétaire répondre : « Depuis que M. Russell est mort, il ne donne plus d'interviews. »

### À propos de Bertrand Russell

Bertrand Russell fut emprisonné quelque temps en 1917, au moment de l'entrée des États-Unis dans la Première Guerre mondiale, après qu'il eut écrit un article dans lequel il assurait que le seul but de cette expédition était d'amener les troupes américaines dans les îles Britanniques pour briser les grèves. À son entrée en prison, on le soumit au questionnaire habituel. Lorsque, pour répondre à la question relative à l'appartenance religieuse, il se contenta de répondre « agnostique », le préposé de l'administration pénitentiaire hésita un instant, puis dit : « Ah oui : nous L'honorons chacun à notre manière, n'est-ce pas ? »

*

À l'époque où la guerre froide s'installa, Russell donna une de ses habituelles conférences sur la politique en Angleterre, développant ses vues pacifistes qui le conduisaient à présenter le bloc communiste comme très acceptable. Cette fois-là, il ne fut pas bien reçu par son auditoire, constitué par un club de femmes conservatrices. Les ladies commencèrent même à attaquer l'orateur en lui jetant toutes les sortes d'objets qu'elles avaient à portée de main. L'unique homme qui se trouvait là pour assurer le service d'ordre se sentit vite débordé, d'autant plus que, gentleman anglais, il s'interdisait d'être violent à l'endroit des attaquantes, malgré son devoir de protéger un conférencier de plus en plus menacé... Il essayait donc de convaincre les harpies :

« Mais c'est un très grand mathématicien ! »

Le public ne voulait rien entendre...

« Mais c'est un grand philosophe ! »

Les objets volaient de plus belle...

« Mais il est comte ! »

Cette fois, *Bert* fut sauvé.

*

Russell rencontra un jour plus fort que lui. Il avait donné une conférence sur l'Univers, expliquant comment la terre décrit des orbites autour du soleil, et comment le soleil lui-même tourne autour du centre d'un ensemble d'étoiles qui constituent notre galaxie. À la fin de la conférence, une lady d'un certain âge, qui se trouvait au fond de la salle, se leva et dit : « Ce que vous nous avez expliqué n'a pas de sens. La vérité, c'est que le monde est comme une assiette plate qui serait posée sur le dos d'une tortue géante. »

Le conférencier esquissa un sourire supérieur, avant de dire : « Et sur quoi donc repose la tortue ?

— Vous êtes vraiment malin, jeune homme : très malin... Simplement, il y a des tortues jusqu'en bas. »

## SAINT-AMANT

Marc Antoine Girard, sieur de Saint-Amant (1594-1661), était écuyer du roi et gentilhomme de la chambre de la reine de Pologne. Tallemant a précisé dans une note : « Il est de Rouen ; apparemment cette seigneurie de Saint-Amant vient de ce qu'il est né dans le voisinage de Saint-Amant de Rouen. C'est peu de chose que sa naissance ; il était huguenot. » Boileau confirme l'extraction modeste, malgré les prétentions du poète : « L'habit qu'il eut sur lui fut son seul héritage / Un lit et deux placets composaient tout son bien, / Ou, pour en mieux parler, Saint-Amant n'avait rien. » Il fut ami de Théophile de Viau et de Boisrobert, mais surtout voyageur impénitent et polyglotte. Poète libertin, il termina par quelques œuvres de dévotion.

« Maître Adam[1] », menuisier de Nevers, surnommé « le Virgile au rabot », jouissait d'une grande considération au milieu du XVIIᵉ siècle, parce qu'on jugeait prodigieux qu'un artisan pût écrire des vers de ce genre :

> Aussitôt que la lumière
> A redoré nos coteaux,
> Je commence ma carrière
> Par visiter mes tonneaux.

Cela est simple, et presque joli. Mais voyons la suite :

> Ravi de revoir l'aurore,
> Le verre en main je lui dis :
> Vit-on sur la rive more
> Plus qu'à mon nez de rubis ?

---

1. Adam Billaud, dit « Maître Adam » († 1662), modeste artisan qui s'était mis à versifier, connut un succès considérable, et Voltaire l'a classé parmi les écrivains majeurs du Grand Siècle. Benserade s'y est moins trompé, qui déclarait que si Maître Adam était grimpé au Parnasse, c'était seulement avec une échelle de sa fabrication, qu'il avait tirée après lui. Ses trois recueils de poésies s'intitulent *Le Vilebrequin*, *Le Rabot* et *Les Chevilles* (le mot « cheville », appliqué à un vers artificiel, vient de là). Son succès suscita des vocations. L'un de ses rivaux fut le Bourguignon Ragueneau, pâtissier de son état, qui adressait ces vers à son menuisier de rival :

> Tu souffriras pourtant que je me flatte un peu :
> Avecque plus de bruit tu travailles sans doute,
> Mais, pour moi, je travaille avecque plus de feu.

Dans un salon, un lecteur lucide laissa tomber ce jugement : « Il y a certainement du poète dans le menuisier, mais il y a plus encore du menuisier dans le poète. »

Et Saint-Amant fit l'épigramme suivante :

On peut dire, en voyant les ouvrages divers
Que le bon maître Adam nous offre,
Qu'il s'entend à faire des vers
Comme il s'entend à faire un coffre.

## SAINT-CRICQ (marquis de)

Le supplément littéraire du *Figaro* du 15 décembre 1878 le présentait comme né à la fin du XVIII<sup>e</sup> siècle, et ajoutait : «M. de Saint-Cricq disparut tout à coup, et les gamins de Paris qui l'avaient souvent taquiné, le regrettèrent longtemps.» Avec lord Seymour, le comte de La Battut et quelques autres, Saint-Cricq fut l'un des excentriques qui animèrent le Boulevard dans les années 1830. Il se faisait promener en fiacre tenant son cheval comme en laisse par la portière, ou bien commandait des chevaux de poste pour aller de la rue de la Chaussée-d'Antin, où il habitait, jusqu'au Café Anglais, quelques centaines de mètres plus loin. Au restaurant, il vidait les sorbets dans ses bottes pour se rafraîchir les pieds, à la grande joie de son compère habituel le comte Germain, le plus jeune pair de France, celui que toutes les filles de Paris appelaient : «mon cousin Germain». Un jour, aux Bains chinois, Saint-Cricq dépeça dans l'eau des rognons crus pour expliquer les manœuvres de Waterloo. En sa qualité d'abonné de la Comédie-Française, il eut, en 1836, les honneurs d'une circulaire adressée par le préfet de police aux commissaires de la capitale : «Je suis informé que M. de Saint-Cricq ne jouit pas toujours de la plénitude de sa raison et que, très souvent, pendant les représentations, il profère, à haute voix, et sans aucune espèce de provocation, des propos obscènes et inconvenants qui blessent la pudeur publique et qui troublent l'ordre tout à la fois. Je désire faire cesser ce scandale au Théâtre-Français et je vous invite, lorsque vous y serez de service, à vous faire signaler M. le comte de Saint-Cricq par les contrôleurs du théâtre, et à exercer, près de sa personne, une surveillance soutenue.»

M. de Saint-Cricq était un adversaire acharné du théâtre de Scribe. Aux premières des pièces de l'auteur à succès, on le voyait étalé, seul, dans une loge de face, les pieds appuyés sur la rampe, criant : «Cette littérature est bonne pour mes bottes.»

*

Roger de Beauvoir, dans *Soupeurs de mon temps*, raconte qu'à la première d'un ouvrage de débutant (M. Empis) le marquis de Saint-Cricq se mit tout à coup à gesticuler en hurlant : «Je demande 30 000 francs pour l'auteur!»

Grand émoi dans la salle; les uns crient : «À la porte!» Les autres demandent : «Pourquoi?» Le marquis répond aussitôt : «Parce que s'il avait 30 000 F, il ne serait plus obligé de faire de si mauvaises pièces.»

*

Un soir de pluie, au Théâtre-Français, le marquis de Saint-Cricq fut très mécontent de voir le public applaudir à une pièce qu'il jugeait fort détestable. Il sortit pendant le dernier acte et loua toutes les voitures qui attendaient à la porte. Cela fait, il vint reprendre sa place et, au plus fort des bravos qui partaient de tous les coins de la salle, il se leva et dit tout haut : «Applaudissez! applaudissez! tas de béotiens : mais vous serez tous mouillés pour retourner chez vous.»

### SAINT-GELAIS (Mellin de)

> Mellin de Saint-Gelais († 1554) était le fils naturel d'Octavien de Saint-Gelais, qui introduisit en France la pratique du sonnet, venue d'Italie. Le fils, par ailleurs abbé de Reclus sous François Iᵉʳ et Henri II, avait un talent particulier pour les épigrammes. Le *Recueil des épigrammatistes* nous apprend que sa raillerie très libre lui attira beaucoup d'ennemis, et ajoute que l'on trouve dans ses vers «des saletés qui sont exprimées grossièrement, et nous pourrions peut-être dire que c'était le génie de son siècle, voyant surtout Marot et Rabelais, qui n'ont pas des expressions plus délicates».

Une servante se trouvait dans les bras de son maître; elle lui demanda laquelle avait le plus de talent, de sa femme ou d'elle-même.

«C'est toi qui t'y prends le mieux, sans hésiter.

— C'est bien ce que tout le monde me dit», avoua la servante qui n'aimait pas sa maîtresse.

Mellin de Saint-Gelais a tourné l'historiette en vers :

> Un jour que Madame dormait,
> Monsieur fêtait sa chambrière
> Et elle, qui la danse aimait,
> S'en acquittait de grand manière.
> Enfin Claudine, toute fière

Lui dit : « Monsieur, par votre foi !
Qui va le mieux, Madame ou moi ?
— C'est toi, dit-il, sans contredit.
— Saint Jean ! dit-elle, je le crois
Car tout le monde me le dit. »

*

*Épigramme*
Notre vicaire un jour de fête
Chantait un *agnus* gringoté,
Tant qu'il pouvait à pleine tête,
Pensant d'Annette être écouté.
Annette de l'autre côté
Pleurait attentive à son chant ;
Dont le vicaire en s'approchant,
Lui dit : « Pourquoi pleurez-vous belle ?
— Ah messire Jean, ce dit-elle,
Je pleure un âne qui m'est mort,
Qui avait la voix toute telle
Que vous, quand vous criez si fort. »

## SAINT-JUST

Fils d'un chevalier de Saint-Louis, député à la Convention, Antoine Saint-Just (1768-1794) se fit remarquer par la violence de ses harangues en faveur de l'exécution du roi. L'année suivante, dans son discours du 25 février 1794, il racontait ainsi le règne du brave Louis XVI : « En 1788 Louis XVI fit immoler 8000 personnes de tous âges et de tous sexes dans Paris, dans la rue Meslée et sur le Pont-Neuf ; la cour renouvela ces scènes au Champ-de-Mars ; la cour pendait dans les prisons. Les noyés que l'on ramassait dans la Seine étaient ses victimes. Il y avait 400000 prisonniers ; on pendait par an 15000 contrebandiers. On rouait 3000 hommes. Il y avait dans Paris plus de prisonniers qu'aujourd'hui. » Ses auditeurs, muets de terreur, savaient bien que quand on avait libéré la Bastille, on y avait trouvé sept prisonniers... Saint-Just partit pour l'armée du Nord, où sa détermination eut sa part dans les victoires de Charleroi et de Fleurus. Il revint à Paris pour voler au secours de Robespierre, mais périt le lendemain sur l'échafaud. L'exaltation révolutionnaire l'avait rendu froidement cruel et on l'a accusé d'avoir sa part dans les tanneries de peau humaine. Il avait le sens de la formule, même dangereuse : « L'esprit est un sophisme qui conduit les vertus à l'échafaud. »

Il avait produit en 1789 *Organt*, un poème historique et libertin (ses détracteurs ont dit «lubrique»), en tout cas assez médiocre, qui ne s'était pas vendu. On changea la page de titre en 1792 et l'œuvre fut rebaptisée *Le Nouvel Organt*, encore qu'il n'y eût de nouveau que ladite page de titre; on indiqua qu'un conventionnel en était l'auteur, et le tirage initial fut à peu près écoulé.

Mais Saint-Just, du temps qu'il était capable de badiner encore, produisit ces petits vers assez amusants :

> Certain ministre avait la pierre :
> On résolut de le tailler;
> Chacun se permit de parler,
> Et l'on égaya la matière.
> Mais comment, se demandait-on,
> A-t-il pareille maladie?
> C'est que son cœur, dit Florimon,
> Sera tombé dans la vessie.

*

Camille Desmoulins avait écrit du jacobin : «On voit, dans sa démarche et son maintien, qu'il regarde sa tête de Saint-Just comme la pierre angulaire de la République, et qu'il la porte sur ses épaules avec respect, comme un saint-sacrement.»

À la lecture de cette phrase, Saint-Just aurait dit : «Et moi, je lui ferai porter la sienne comme un saint Denis.»

## SAINT-LAMBERT (marquis de)

Jean-François, marquis de Saint-Lambert (1717-1803), s'essaya à la poésie après une carrière militaire qui n'a pas laissé de traces, et il s'enrôla chez les philosophes qui intriguèrent pour le faire recevoir à l'Académie française. José Cabanis a résumé son cas : «Comment, n'ayant pas écrit de chef-d'œuvre, on entre quand même dans l'histoire littéraire : Saint-Lambert s'y trouve et y restera, parce que Mme du Châtelet trompa Voltaire avec lui et que Mme d'Houdetot le prit pour amant, de préférence à Rousseau. Je n'ose pas dire que c'est entrer dans la littérature par la petite porte.» Mathieu Molé s'interroge sur ses succès alors qu'il était petit, mal bâti, languissant, toute sa vie sans imagination, sans grâce, «ne considérant dans l'amour que le plaisir, et ne lui assignant d'autre durée que celle du désir». Lorsqu'il lutta avec la mort, Molé alla visiter le moribond. Il était l'unique visiteur : le naturel morose du mourant avait tourné à la méchanceté, et

Mme d'Houdetot ne se privait pas de souper pendant l'agonie. Ensuite, elle fut un instant désemparée et sa belle-sœur, la dévote Mme de La Live, triomphait de voir l'amour illégitime faire une si piteuse fin. « Moi, tout en le déplorant, dit Molé, je compatissais à ce que je m'expliquais si bien du naturel de Mme d'Houdetot, qui s'écriait devant moi en relevant la tête : *J'aime l'amour.* Je croyais entendre un ivrogne dire : *J'aime l'ivresse.* » Sur ce, se présenta un petit avocat de Milan devenu marquis, qui avait amassé une immense fortune dans les fournitures et les biens nationaux, et la septuagénaire *qui aimait l'amour* l'installa dans les meubles de Saint-Lambert.

Épigramme de Saint-Lambert :

> La jeune Eglé, quoique très peu cruelle,
> D'honnêteté veut avoir le renom ;
> Prudes, pédants, vont travailler chez elle
> À réparer sa réputation.
> Là, tout le jour, le cercle misanthrope
> Avec Eglé médit, fronde l'amour ;
> Hélas ! Eglé, semblable à Pénélope,
> Défait la nuit tout l'ouvrage du jour.

## SAINT-LUC (maréchal de)

Timoléon d'Épinay, marquis de Saint-Luc, maréchal de France (1580-1644), se distingua dans diverses batailles, mais obtint son titre de maréchal en échange de son gouvernement de Saintonge, cédé à Richelieu. « C'estoit un étrange maréchal de France », dit la chronique ; et aussi « c'estoit un plaisant homme en fait de femelles ». Un jour, son beau-frère Bassompierre lui écrivit de Rouen pour lui dire de venir en poste le plus tôt qu'il pourrait, ayant besoin de lui dans un procès. Saint-Luc part sans délai. Le voilà dès sept heures du matin à Magny, qui est à mi-chemin : il demande une couple d'œufs. Une servante assez bien faite lui ouvre une chambre. « Ah ! ma fille, lui dit-il, que vous êtes jolie ! Quel bruit est-ce que j'entends céans ? — Il y a une noce, Monsieur. — Danserez-vous ? — Vraiment, je n'en jetterai pas ma part aux chiens. » Il dit qu'il tenait à en être, oublie M. de Bassompierre et son procès, s'habille comme pour le bal et gambade jusqu'au jour. À l'occasion d'une autre affaire pressante, il demanda à boire à une hôtellerie de Brive-la-Gaillarde sans descendre de son cheval de poste ; la fille de la maison lui plut : il lui demanda si elle avait des sœurs. « J'en ai deux qui valent mieux que moi. » Il descend de cheval, et y demeura trois jours, un jour pour chacune, disant qu'il ne se pouvait lasser de manger des pigeonneaux que d'aussi divines mains avaient lardés. « Tout cela faisait enrager ses gens, dit Tallemant, mais il ne les entendait point. »

Réputé pour sa fainéantise, il déploya parfois de l'activité, mais ce ne fut pas toujours à bon escient. Un jour qu'il avait à recevoir à Fontainebleau divers princes, lui et le duc de Guise s'enivrèrent. L'ambassadeur d'Espagne vint les voir pour prendre congé. « Monsieur de Guise, croyant oster son chapeau pour le saluer, osta sa perruque et demeura la teste rase. » Le maréchal de Saint-Luc entreprit de raccompagner l'ambassadeur. Arrivé aux hauts des marches, celui-ci dit courtoisement au maréchal de ne pas le reconduire davantage : « Vous n'irez pas plus avant et je vous en empêcherai bien. »

Le maréchal, oyant cela et toujours gris, crut que l'autre le défiait à la lutte ; il le prend au col, et le culbute en bas des degrés.

On nous assure que « cela fit bien du bruit ; mais on appaisa tout en disant que le mareschal avait bû ».

*

Le maréchal avait décidé d'épouser en deuxièmes noces Mme de Chazeron, une des plus belles femmes qu'on pût voir, mais qu'on disait atteinte d'une légère vérole. On représentait donc au maréchal les dangers d'une telle union. Lui qui avait sué bien des fois la vérole, dit : « Si elle me donne des pois, je lui donnerai des fèves. »

### Sur le maréchal de Saint-Luc

Mme de Chazeron était atteinte de boulimie ; cette faim canine lui faisait tout dévorer, mais elle rendait deux heures après, et se croyait obligée de dîner de nouveau. Elle avait épousé le maréchal parce qu'il avait le meilleur cuisinier de la Cour.

Le maréchal avait le gouvernement de Saintonge et Brouage, qui lui assurait bonne rente, mais dont il mangeait le revenu.

Comminges fit cette épitaphe, pour le maréchal et sa femme :

La mort ici dessous rongea<br>
Deux corps qui mangèrent Brouage ;<br>
Ils eussent mangé davantage,<br>
Mais la vérole les mangea.

Le fils du maréchal, le comte d'Estelan, fit quant à lui cette épitaphe :

> Enfin Saint-Luc icy repose,
> Qui ne fit jamais autre chose.

## SAINT-MÉARD

François Jourgniac de Saint-Méard (1745-1827) commandait une compagnie de chasseurs au moment de l'insurrection militaire de 1790 ; les mutins le nommèrent général et ils marchèrent ensemble sur Lunéville, mais il leur faussa compagnie en route. À Paris, il publia divers pamphlets en faveur de la monarchie. Emprisonné à l'Abbaye, il y assista aux massacres de Septembre (qu'il raconta dans un opuscule paru dès 1792). Il en réchappa grâce à sa connaissance du provençal, parce que les massacreurs étaient pour l'essentiel des fédérés de Marseille. Il accueillit la Restauration avec transport mais il se mit à publier diverses brochures piquantes et on lui octroya une pension sur la liste civile pour le faire taire. Il passa le reste de sa vie au Café Valois où il présentait en sa personne, selon Grimod de La Reynière, « l'exemple d'un des plus vastes appétits de Paris ».

À Nancy en 1790, le comité de surveillance de la ville arriva en délégation au poste de la section : « Nous avons parmi nous un suspect, dit le chef du groupe. Je demande qu'il soit arrêté. C'est un nommé Saint-Méard, que je dénonce comme modéré. »

Ce ne fut pas du goût de l'interpellé, qui appliqua une paire de claques au dénonciateur : « Hé, Citoyen ! tu ne dénonceras pas celle-là comme modérée ! »

Cela mit les rieurs de son côté et on le laissa provisoirement en paix.

## SAINT-PAVIN (abbé de)

Denis Sanguin de Saint-Pavin (1595-1670), issu d'une ancienne famille de robe, fut clerc du diocèse de Paris, puis prieur de Saint-Pavin, dans le diocèse du Mans. Il fréquentait davantage l'hôtel de Rambouillet et les cabarets. Ses poèmes indiqueraient assez ses penchants, qui lui attirèrent le surnom de « Roi de Sodome », mais son biographe le plus attentif a estimé que son goût était ordinaire, et qu'il s'était simplement fait le chantre de l'amour grec par dépit des belles qu'il ne pouvait séduire, à raison d'un corps disgracié (il était bossu devant et derrière) ; il est vrai aussi qu'il a beaucoup traduit Martial, et que la fréquentation des Romains a pu lui donner des idées audacieuses. Il eut en tout cas de sa maîtresse, Marguerite de Pienne, un fils qui finit curé de Tierceville près Bayeux. Son frère, évêque de Senlis, fit éditer ses œuvres après avoir retranché tout ce qui pouvait être compromettant pour la mémoire du défunt; il ne restait pas grand-chose. Dans l'histoire de la pensée, si l'on ose dire, Saint-Pavin, sorte de chef de file des libertins, a inauguré cette lignée d'ecclésiastiques peu canoniques qui, comme Chaulieu et d'autres, ont davantage mérité des Lettres que de l'Église. Il est l'un des derniers poètes à avoir couramment pratiqué le sonnet, où il excellait.

En tête des épigrammes de l'abbé de Saint-Pavin qu'il a reproduites dans son *Recueil des Épigrammatiques français anciens et modernes* (Amsterdam, 1720), Bruzen de La Martinière a écrit : « la nature qui lui avait donné un corps contrefait l'orna en récompense d'un esprit fin et délicat ». C'est à se demander si l'auteur de ce fameux recueil a eu accès aux épigrammes qui suivent, même s'il a reconnu qu'« on trouve à la vérité dans quelques-uns de ses ouvrages des marques de son impiété »...

Sais-tu bien ce que fait Bélise,
Sitôt que du vin elle est prise ?
Elle fout à chacun,
Comme elle fait à jeun.

*

Caliste[1] m'ayant, aujourd'hui,
Surpris avec son jeune frère,
M'a reproché, toute en colère,
Qu'elle avait un cul comme lui.
« En vain, ai-je dit, tu proposes
De donner ce qu'ont les garçons ;
Apprends à mieux nommer les choses :
Pour nous, les femmes ont deux cons. »

*

1. « Caliste » serait Mme de Sévigné.

Deux braves, mais différemment,
De taille, et de mine peu fière,
À l'envi pressent fortement
Une place sur la frontière.
Par-devant, vigoureusement,
L'un veut enfoncer la barrière ;
L'autre, attaquant plus finement,
La veut surprendre par-derrière.
L'un et l'autre de ces rivaux
Ont si bien poussé leurs travaux
Qu'elle est en état de se rendre.
On dit même qu'elle a traité,
Et qu'elle n'a pu se défendre
D'ouvrir l'un et l'autre côté.

*

À l'occasion d'un procès fait à un sodomite, Saint-Pavin avait écrit le sonnet suivant qui, à défaut d'être d'un goût exquis, peut être tenu pour ingénieux :

Que ton trépas, Chausson[1], va me coûter de larmes !
Que l'on est malheureux d'être dans un pays
Où l'on est obligé de foutre en cul les femmes,
Et l'on condamne à mort les nobles appétits !

Ordonnez, pour le moins, aux femmes d'être saines,
Juges, si vous prenez quelque pitié des vits,
Ou faites que les cons deviennent plus petits,
Et qu'ils soient, désormais, sans fleurs ni malsemaines.

Bougres qui l'avez vu dans la Grève périr,
Sur un bûcher ardent, sans l'oser secourir,
Pour assouvir vos passions lubriques ;

Au lieu de lui chanter tristement un *Salve*,
Il fallait au bûcher tous vous branler la pique :
Le foutre l'eût éteint, et vous l'eussiez sauvé.

---

1. Condamné pour avoir organisé avec un compère le viol d'un jeune garçon.

\*

Patin a dit de l'abbé de Saint-Pavin, dont on reconnaissait la délicatesse d'esprit en dehors de ses écarts : « Belle âme en Dieu s'il y croyait. » La réputation d'impiété de Saint-Pavin était bien établie. Après qu'il eut été nommé abbé commendataire d'une abbaye dont il fit une sorte de Thélème, où la liberté dans la conversation et la bonne chère attiraient les beaux esprits, sa réputation lui valut d'être cité par Boileau, qui ne regardait pas la conversion de cet abbé comme quelque chose de facile :

> Avant qu'un tel dessein m'entre dans la pensée,
> On pourra voir la Seine à la Saint-Jean glacée,
> Arnauld à Charenton devenir huguenot,
> Saint-Sorlin janséniste et Saint-Pavin dévot.

Saint-Pavin s'en vengea par ce sonnet :

> Boileau monté sur le Parnasse
> Avant que personne en sût rien,
> Trouva Régnier avec Horace
> Et rechercha leur entretien.
> Sans choix et de mauvaise grâce
> Il pilla presque tout leur bien,
> Il s'en servit avec audace,
> Et s'en para comme du sien.
> Jaloux des plus fameux poètes,
> Dans ses satires indiscrètes
> Il choque leur gloire aujourd'hui.
> En vérité je lui pardonne ;
> S'il n'eût mal parlé de personne,
> On n'eût jamais parlé de lui.

\*

De Philippe, duc d'Orléans, frère unique de Louis XIV, Mme de La Fayette explique joliment que « le miracle d'enflammer le cœur de ce prince n'était réservé à aucune femme ». On a dit comment le cardinal Mazarin, qui s'était établi surintendant de l'éducation des

deux frères, avait consacré ses efforts à viriliser celui qui devait
régner et à efféminer l'autre, convaincu qu'un frère du roi, aisément poussé par les nobles avides de recouvrer leur pouvoir, était le
pire des rivaux. Anne d'Autriche elle-même s'amusait à voir
Philippe adolescent habillé comme Achille à la cour de Scyros. Ce
qui devait arriver arriva. Philippe préférait les hommes. Saint-
Pavin, qui se donnait toujours des airs d'inverti, fit cette épigramme
au sujet du chevalier de Lorraine, âme damnée du prince :

> « Je ne veux pas épouser Célimène.
> — Pourquoi ? — L'on en médit partout.
> — Tu ne sais donc pas qui la fout ?
> — Qui ? — Le Chevalier de Lorraine.
> — Je veux épouser Célimène. »

On racontait que le Chevalier était le fils du cardinal de Guise et
de Charlotte des Essarts, et pour expliquer sa fortune, on disait : « Il
a l'esprit des Guise, avec Monsieur en croupe. »

*

Épigramme de Saint-Pavin sur son ami des Barreaux[1] :

> Tircis qui fut, toute sa vie,
> Dans les plaisirs très raffiné,
> Par zèle, ou par bizarrerie,
> Dans un couvent s'est confiné.

---

1. Jacques Vallée des Barreaux (1602-1673) se démit assez vite de sa charge de
conseiller au Parlement pour mener dans sa maison du faubourg Saint-Victor, appelée
« l'Isle de Chypre », une vie consacrée aux plaisirs et aux vers libertins. Ayant commandé à un aubergiste une omelette au lard un vendredi saint, et voyant un terrible
orage se déchaîner, il jeta le plat par la fenêtre en criant à l'adresse du ciel :
« Sacredieu ! voilà bien du train pour une foutue omelette au lard ! » Sa réputation d'impiété était si bien établie que les vignerons de Touraine, dont les vignes venaient de
geler, attribuèrent cette catastrophe aux propos de ce mécréant et allèrent l'inquiéter. Il
fut le premier amant de Marion Delorme, mais eut une relation étroite avec Théophile
de Viau, qui mit à mal sa réputation : Timoléon de Daillon, comte du Lude, qui avait
été le premier gouverneur de Gaston d'Orléans et qui avait insinué dans l'esprit du
prince l'athéisme et le goût de certains vices, disait dans une débauche où des Barreaux
criaillait : « Pour la veuve de Théophile, il me semble que vous faites un peu bien du

On l'a mis parmi les novices,
Pour le former aux exercices
Qui tournent un esprit à Dieu.
Qu'il est heureux dans ses caprices !
Il peut trouver en même lieu
Et son salut, et ses délices !

## À propos de l'abbé de Saint-Pavin

Après la mort de Théophile de Viau et suivant l'exemple de son ami des Barreaux, Saint-Pavin se convertit (à la religion), ce qui rendit possible sa nomination comme aumônier et conseiller du roi *ad honores*.

On raconte qu'il se convertit après un rêve. La nuit même où Théophile, son médecin et ami, devait passer de vie à trépas, il crut s'entendre appeler à plusieurs reprises par le trépassé. Son domestique, en cet instant, ayant ouï la même voix, et comme on venait leur annoncer le matin suivant la mort de Théophile de Viau, le poète fut ébranlé... Cette anecdote rapportée par Adrien de Valois a peu de vraisemblance, à considérer la chronologie.

Saint-Pavin opéra en vérité sa conversion sous les objurgations de Claude Joly, plus tard évêque d'Agen. Toujours est-il qu'on n'oubliait point sa réputation, et Fieubet composa cette épitaphe :

Sous ce tombeau gît Saint-Pavin :
Donne des larmes à sa fin.
Tu fus de ses amis peut-être ?
Pleure ton sort avec le sien.
Tu n'en fus pas ? Pleure le tien,
Passant, d'avoir manqué d'en être.

---

bruit. » Au milieu d'une maladie, des Barreaux se convertit et écrivit un sonnet d'esprit chrétien, célèbre en son temps, *La Pénitence*... On discute de savoir si sa conversion eut des effets durables. En tout cas taraudé par la soif sur son lit de mort, il demanda à sa servante un verre d'eau, expliquant que le moment était venu pour lui de faire la paix avec son plus mortel ennemi.

## SAINT-SAËNS (Camille)

Camille Saint-Saëns (1835-1921) était de souche normande, issu d'une famille de cultivateurs fixés «à une lieue et quart de Dieppe», et il dira que composer de la musique lui était une fonction aussi naturelle qu'à un pommier de produire des pommes. Comme tous les Normands ce fut un grand voyageur, mais il s'attacha particulièrement à la pointe Saint-Eugène en Algérie. C'est l'époque où les couleurs de l'Afrique du Nord marquaient les artistes, et à un moment où Nietzsche, lassé de Wagner, disait qu'il fallait «méditerraniser» la musique : Saint-Saëns et Bizet s'y emploieront. De nos jours cependant la foule va toujours en masse célébrer *Lohengrin*, créé à Paris l'année où Saint-Saëns écrivait *Africa*, qui a laissé moins de traces...
Anna Pavlova a raconté que, après avoir longuement observé les cygnes de son bassin, elle sut mieux mimer l'agonie de l'oiseau dans *La Mort du cygne*; lors de la création de l'œuvre à Londres, un monsieur un peu lourd, au souffle gêné, vint la féliciter dans sa loge. C'était Saint-Saëns : «Il s'inclina devant moi et me dit, avec la plus grande modestie : *Je ne me doutais pas jusqu'ici, madame, d'avoir écrit un si joli air!*»

Camille Saint-Saëns était titulaire des orgues de la Madeleine; le curé de la paroisse vint lui dire : «Cher monsieur Saint-Saëns, ne pourriez-vous nous jouer, dans l'ensemble, quelque chose d'un peu plus gai?

— Monsieur le curé, quand vous jouerez du Labiche à l'autel, je jouerai du Rossini à l'orgue.»

*

Saint-Saëns déclara un jour : «Il y a trois sortes de musique : la bonne musique, la mauvaise musique et la musique d'Ambroise Thomas[1].»

---

1. Ambroise Thomas (1811-1896) : auteur d'œuvres à succès, sa musique mélodieuse et sans caractère était faite pour plaire aux nouveaux riches de la Révolution industrielle. Même avec cette remise en perspective, on admet que l'œuvre ne vaut pas tripette. Ainsi lorsqu'il décida de mettre *Hamlet* en musique, œuvre représentée à l'Opéra à grands frais en 1866 : «À la vérité, c'est une œuvre ratée, pleine de bonnes intentions où seuls les éléments extérieurs au drame (le ballet, par exemple) rompent un peu la monotonie d'une écriture dépourvue de signification profonde. Et, bien entendu, Shakespeare est rigoureusement exclu de la collaboration» (Dupérier). En 1851 il avait été élu à l'Académie des beaux-arts, en écrasant Berlioz; en 1871, appelé à la direction du Conservatoire, il présida la commission chargée d'établir la version musicale officielle de la *Marseillaise*. Il eut une existence longue et douce, car «il était bon et de noble caractère». Le mot de Saint-Saëns est également prêté à Emmanuel Chabrier.

## SAINTE-BEUVE (Charles Augustin)

Charles Augustin Sainte-Beuve (1804-1869) a un jour posé le martinet de la critique pour raconter ses amours avec la femme de Victor Hugo, de façon un peu guindée par rapport à l'«incendie effaré» qu'était, paraît-il, Adèle. Il s'est fait une meilleure réputation par son travail critique sur la littérature française, même si Barbey d'Aurevilly lui reprochait d'être «un crapaud qui voudrait tant être une vipère». Au-delà du fameux débat pour ou *Contre Sainte-Beuve*, le critique des *Lundis* reste très lisible par son érudition intéressante, son objectivité historique et la qualité de son style. Il y a souvent matière à réflexion, même si les convictions de l'auteur conduisaient à ne rien imposer («Il n'y a pas de fond véritable en nous, il n'y a que des surfaces à l'infini»). Après Adèle Hugo, le second sentiment qu'il éprouva fut pour Mme d'Arbouville; après la mort de celle-ci, «Sainte-Beuve vieillissant et vieillard eut, dit-on, des amours vulgaires, qui, ne méritant point du tout le nom d'amour, ne nous regardent pas». Bon. Il eut aussi une vive amitié pour la princesse Mathilde, un peu troublée, souligne encore Faguet, par son attitude de sénateur opposant, «attitude que je ne puis guère attribuer, étant donné tout le passé de Sainte-Beuve, qu'à une démangeaison un peu sénile de popularité» – on le lui pardonnera : cela est si commun.

Malgré les critiques et une conspiration du silence des milieux littéraires, Paul De Kock[1], auteur de petits romans, connaissait un succès colossal. Il était lu «sur tout le continent et jusque chez les Turcs». Balzac, qui veillait à ne jamais prononcer son nom, l'appelait «le romancier des cuisinières».

---

1. Paul De Kock (1794-1872) naquit d'une famille flamande juste après que son père, Conrad De Cock, banquier, eut été guillotiné. Ses petits romans, qui mêlaient eau de rose et crudités, eurent un succès inouï. La scène typique se passe au sixième sur cour, au bout d'un escalier gras qui sent l'évier, les alcools et le graillon. L'hôtesse, giletière ou modiste, embarque le soir pour Cythère, dans les modestes pourpris du Café Turc ou des Quatre-Sergents, puis vient octroyer à son griset des moments de douceur après qu'elle a suspendu à la fenêtre son châle en guise de rideau. Cela donnera *Sans cravate*, *Gustave le mauvais sujet*, *La Pucelle de Belleville*, *Ni jamais ni toujours*, etc. Cette peinture des gens modestes plaisait à une petite bourgeoisie qui n'était pas regardante sur le style (Jules Janin relevait que De Kock ignorait tout de la syntaxe). Du moins cela donne de petits tableaux de l'époque; ainsi des «feux arabesques» qui terminaient les représentations, aux théâtres d'enfants, chez Séraphin au Palais-Royal; c'étaient des formes de couleurs variées, qui se succédaient rapidement sur un vaste écran disposé sur la scène : «Des jeunes gens vont chez Séraphin dans le but de rire avec les jeunes femmes de chambre, auxquelles ils content des gaudrioles pendant la représentation des feux arabesques; car les feux arabesques nécessitent une nuit complète dans la salle.»

Il n'était pas du tout apprécié, non plus, de Sainte-Beuve, qui ne manquait jamais de dire ce qu'il pensait de lui. Un jour que celui-ci était allé rendre visite à M. de Salvandy, ancien ministre de l'Instruction publique, il le surprit assis devant un feu et brûlant un volume des Mémoires apocryphes de Dubois, dont il n'était pas satisfait.

« Que faites-vous là, mon cher ministre ?

— Voyez : je brûle Dubois.

— Moi, répondit Sainte-Beuve, je préfère brûler du Kock. »

*

À l'époque c'est en vérité tout le roman, genre littéraire nouveau et bourgeois, qui était méprisé par les esprits distingués. On racontait qu'un étranger de distinction, qui se promenait sur les grands boulevards, avait vu un jeune monsieur s'approcher de lui pour allumer sans façon son cigare au sien. Le fumeur distingué laissa faire, puis dit au jeune homme : « Monsieur est romancier sans doute ? »

## SAMSON (Joseph Isidore)

Joseph Isidore Samson (1793-1871), fils d'un limonadier qui tenait aussi le bureau des petites voitures (les « coucous ») faisant le service entre Paris et Saint-Denis, débuta au « Second Théâtre-Français » inauguré en 1819. On remarqua ses qualités, et la Comédie-Française, à qui l'ordonnance de 1818 avait accordé un droit de préemption, le réclama à l'Odéon. Il fut le professeur des sœurs Brohan, et de Rachel qui lui devait beaucoup. Doyen à la Comédie-Française en 1843, il engagea un jour son argenterie au mont-de-piété pour payer les pensionnaires de l'illustre maison. Sa voix nasillarde était célèbre, et comme son physique n'était pas avantageux, avec un nez fort camard (« des narines si retroussées qu'on aurait cru qu'il pleuvait dedans »), Dumas admirait la prouesse du comédien consistant à parler du nez alors qu'il n'en avait pas...

L'auteur d'une tragédie contestait au vieux Samson le droit de voter au comité du Théâtre-Français contre une œuvre qu'il venait d'y lire : « Vous ne la connaissez seulement pas. Vous avez dormi. Ne niez pas ! Je vous ai vu.

— Mais, monsieur, le sommeil est une opinion. »

## SANSY (Nicolas de)

Nicolas de Harlay, seigneur de Sansy (1546-1629), avait amené les troupes suisses à Henri III en 1589 en y dépensant effort et argent, et immédiatement après l'assassinat du roi, il les mit au service d'Henri de Navarre. Ce fut décisif : le nouveau roi songeait à se retirer au-delà de la Loire ; il se ravisa lorsque Sansy lui assura le corps des Suisses. Gabrielle d'Estrées fit chasser Sansy de la surintendance à cause de ses insolences, et la fit donner à Sully toujours servile parce qu'il croyait qu'elle serait reine. Sansy fut réduit à la pauvreté, ayant pour tout bien un « arrêt de défense » qui lui permettait d'empêcher l'exécution des jugements contre lui, et qu'il avait toujours en poche. « Plusieurs fois il lui est arrivé d'être pris par les Sergents ; il se laissait mener jusqu'à la porte de la prison, puis il leur montrait son arrêt et se moquait d'eux » (Tallemant). Ses fils aussi acquirent une réputation. Achille, certes, dont nous allons parler, mais aussi Henri, page de la Chambre d'Henri IV qui dut lui faire donner le fouet à cause de son comportement. Ensuite, il fut envoyé à Rome ; un jour que la femme de l'ambassadeur devait aller voir la vigne de Médicis, où il y avait une galerie ornée d'un grand nombre de statues, il se mit tout nu dans une niche où il en manquait une... Il devint père de l'Oratoire comme son frère ; il y fut irréprochable, sinon qu'il avait pour manie de n'avoir dans sa chambre que des saints cavaliers : saint Maurice, saint Martin, etc.

Comme Henri IV, au siège d'Amiens, demandait conseil à M. de Sansy sur son projet de mariage avec Mme de Beaufort (Gabrielle d'Estrées), dont il était très épris, le consulté répondit : « Putain pour putain, j'aimerais mieux la fille d'Henri II[1] que celle de Mme d'Estrées, qui est morte au bordel. »

*

Le bonhomme récidiva, à l'adresse de la favorite elle-même. Celle-ci, en effet, venait de dire qu'un gentilhomme de ses voisins avait mis ses enfants « sous le voile de la mariée », en épousant celle qui les lui avait donnés. M. de Sansy n'hésita pas à expliquer « que cela était bon pour un gentilhomme à héritage de cinq ou six mille livres de rente, mais que pour un royaume l'on en viendrait jamais à bout, et que toujours un bâtard serait un fils de putain ».

L'imprudent bavard fut révoqué de sa charge de surintendant. Tallemant des Réaux explique que « ces paroles sont un peu bien rudes » (le drôle s'adressait tout de même au roi et à la royale

---

1. Marguerite de France, première femme d'Henri IV.

favorite), mais qu'Henri IV aurait dû se souvenir des services que Sansy lui avait rendus, en lui assurant la loyauté de la Garde suisse au moment le plus délicat de son accession au pouvoir.

## À propos de Nicolas de Sansy

Son fils Achille, père de l'Oratoire[1], n'était pas moins impertinent. Un jour qu'il était passé par un couvent de carmélites fondé par quelqu'un de sa maison, les religieuses ne lui firent pas plus d'honneur qu'à un autre et on le garda soigneusement en dehors de la clôture. Il s'en plaignit. Quand il repassa, la supérieure voulut réparer sa faute ; mais il y eut bien du mystère pour avoir la clé de la grille, et après pour lever le voile ; enfin elle le leva et découvrit un teint très jaune : «Vraiment, lui dit-il, ma mère, il fallait bien faire tant de cérémonie pour montrer ce visage d'omelette ! »

## SANTEUIL (Jean)

Jean de Santeuil, ou Jean Santeuil (1630-1697), fut le plus grand poète latin du règne de Louis XIV. Bien qu'il eût la qualité de chanoine, il ne fut pas ordonné prêtre, et mena surtout une vie mondaine, mais convenable. Chantre ordinaire des exploits du roi en latin, et poète perpétuel de l'Hôtel de Ville de Paris, il passa le plus clair de son temps à rédiger des inscriptions pour les monuments, et des hymnes pour le bréviaire parisien. Il était spirituel, mais ses détracteurs l'ont accusé de courir les églises de Paris pour entendre chanter ses propres œuvres. Il est mort, selon Saint-Simon, pour avoir bu un mélange de tabac et de vin à l'instigation du duc de Bourbon. Anatole France dira : «L'ivrogne Santeuil scandait, alternativement, des hymnes pour saint Bénigne, patron de Bossuet, et l'épitaphe de la petite chienne adorée de je ne sais plus quelle princesse, morte d'une indigestion de blanc-manger. »

Bien qu'il fût souvent pressé de se faire ordonner prêtre, Santeuil parvint à rester sous-diacre. Cela ne l'empêcha pas de prêcher dans un village, un jour que le prédicateur avait manqué. Il monta en chaire et attaqua bravement le sermon. Mais, comme souvent, il se mit à penser à autre chose, et sa distraction lui fit perdre le fil de son discours. Alors, loin de se déconcerter : «J'aurais bien d'autres choses à vous dire, mais il est inutile de vous prêcher davantage,

---

1. Ensuite, à la mort d'un frère aîné, il quitta les ordres, devint ambassadeur de France à Constantinople, rentra à l'Oratoire et termina évêque de Saint-Malo.

vous n'en deviendrez pas meilleurs. C'est pourquoi je m'en tiendrai
là.»

Et faisant le signe de la croix, il descend de la chaire, au grand
ébahissement de l'assemblée.

\*

Monsieur l'abbé de C. prêchait à Saint-Merry, et ne contentait
pas l'auditoire. Santeuil dit : «Il fit mieux l'année passée.»

Quelqu'un remarqua : «Mais il ne prêcha pas...

— Et c'est en cela qu'il fit mieux», expliqua Santeuil.

\*

Un jour en pleine église, tourmenté du démon poétique, Santeuil
se glisse dans un confessionnal afin de s'isoler. Une jeune dame
s'installe dans le compartiment voisin et commence à débiter la
liste de ses péchés. Au bout d'un quart d'heure, Santeuil est brusquement sollicité par la dévote qui demande l'absolution.

«Eh! que diable voulez-vous? l'absolution? Je ne suis pas
prêtre.

— C'est une indignité! s'écrie la pénitente furieuse. Votre
prieur aura de mes nouvelles.

— Eh bien votre mari aura des vôtres!» riposte Santeuil avec
aplomb.

Il n'avait pas écouté, mais l'histoire en resta là.

\*

Un mari se plaignait à Santeuil de l'infidélité de sa femme :
«C'est un mal d'imagination, dit Santeuil; peu en meurent, beaucoup en vivent.»

\*

Une dame C., qui n'avait pas les dents belles, demandait à
Santeuil combien ils étaient de moines à Saint-Victor. Santeuil
hésitait, puis il dit : «Autant que vous avez de clous de girofle dans
la bouche.»

## À propos de M. de Santeuil

Il se plaignait un jour à Du Périer qu'il était «réduit au lait des Muses».

«Cela ne peut pas être, répondit Du Périer : les Muses sont vierges, et n'ont donc point de lait... À moins que vous ne les ayez prostituées, il est vrai...»

## SANTINI (André)

André Santini (né en 1940), docteur en droit, ancien élève de Sciences Po, ancien élève des Langues O (pour le japonais), homme politique centriste (à l'époque où le moins inconnu d'entre eux, François Bayrou, a expliqué que «rassembler les centristes, c'est comme conduire une brouette pleine de grenouilles : elles sautent dans tous les sens»), homosexuel selon une rumeur persistante, franc-maçon dont l'appartenance est discutée (il est bien en revanche membre de la confrérie du Clos Rabelais de Meudon – où d'ailleurs Rabelais ne fut jamais curé, contrairement à la légende), appartint à plusieurs gouvernements sous les présidences Chirac et Sarkozy, et a cumulé les responsabilités en matière de collectivités territoriales, établissements publics, etc. Esprit caustique, il s'est fait une spécialité des bons mots; il a pourtant emprunté d'autres voies que les quatre chemins, en traitant un conseiller municipal socialiste de «misérable» et de «minable». Il a de ce fait été condamné pour injures publiques. Les poursuites pour injures seront plus amusantes le jour où les magistrats devront dire si elles sont fondées.

Le terne Pierre Arpaillange, ancien magistrat à la Cour de cassation, fut quelque temps garde des Sceaux sous la présidence de François Mitterrand. Il commit plusieurs maladresses, et le député André Santini, alors dans l'opposition, commenta : «Saint Louis rendait la justice sous un chêne, et lui il s'en occupe comme un gland.»

*

Comme on interrogeait André Santini sur Raymond Barre : «C'est mon compagnon de Chambre. Il dort à côté de moi à l'Assemblée. Et puis il se réveille, et se tourne les pouces. Et je me dis : "Tiens, il fait son jogging!"»

*

Au milieu des débats sur les moyens de se protéger contre le sida, et au sujet des réserves que l'Église exprimait sur l'usage banalisé des préservatifs, par la voix de Mgr Decourtray, primat des Gaules : «Mgr Decourtray n'a rien compris au préservatif. La preuve, il le met à l'Index.»

*

Après l'enterrement de Mitterrand : «Je me demande si l'on n'en a pas trop fait pour les obsèques de François Mitterrand. Je ne me souviens pas qu'on en ait fait autant pour Giscard[1] !»

## SARKOZY (Nicolas)

Nicolas Sarközy de Nagy-Bocsa, dit «Nicolas Sarkozy» (né en 1955), est issu d'une triple lignée, hongroise, française et séfarade de l'Empire ottoman. Il fut ministre de l'Intérieur de Chirac, avant d'être élu président de la République en 2007. Son volontarisme politique et économique a différé l'entrée de la France dans la crise économique mondiale. En août 2012, un article du *Wall Street Journal* montrait que, par comparaison, le rapport entre le stimulus provoqué par l'augmentation de la dépense publique (Plan de relance) et le ralentissement du PIB avait été meilleur en France que dans les autres États pour les années 2007-2009. Mais en supprimant un avantage fiscal propre aux journalistes et en tentant de limiter les pouvoirs des juges (institution de peines planchers, responsabilisation des magistrats instructeurs, critiques publiques...) il se mit à dos deux corporations qui avaient de l'influence sur l'opinion. Aussi bien, il acheva son mandat sous les critiques incessantes, d'autant plus que sa façon d'être ne suscitait pas l'adhésion. Selon Éric Zemmour, Sarkozy n'a pas été réélu parce que, malgré son agitation, il n'avait pas tenu ses promesses sur l'immigration. Il a donc dû laisser la place en 2012 à celui qu'il appelle «le petit gros ridicule qui se teint les cheveux». Ensuite, ses ennemis comme ses amis politiques ont manifesté une grande crainte de son retour et les complots politico-judiciaires à son encontre se sont multipliés, malgré une lassitude manifeste de la population à l'égard de ce genre de feuilleton.

De Sarkozy sur Chirac, grand amateur de sumo : «Comment peut-on être fasciné par des combats de types obèses aux chignons gominés? Ce n'est vraiment pas un sport d'intellectuel. Mitterrand, lui au moins, il avait du goût.»

*

---

1. Précision pour les temps à venir : M. Giscard d'Estaing (encore vivant au moment où ces lignes sont écrites), était fort gaillard, quoique politiquement éclipsé, quand la phrase a été dite.

Le président Sarkozy sur François Fillon, comme on lui expliquait que son Premier ministre était en train de s'informer en lisant les journaux : « Ah ! il lit les journaux... Et quand il a fini de lire les journaux, qu'est-ce qu'il fait ? Il les relit ? »

Et un peu plus tard, du même président au sujet du même Premier ministre : « Ce n'est pas la peine de lui en parler, ça ne sert à rien puisqu'il ne sert à rien. »

## SATIE (Erik)

Eric Leslie Satie, dit « Erik Satie » (1866-1925) : ce musicien touche-à-tout le fut aussi en matière de religion : né anglican par sa mère, il se convertit au catholicisme, puis fonda une « Église métropolitaine d'art de Jésus-Conducteur » dont il fut le seul adepte, avant de s'inscrire au parti communiste. L'éclectisme de sa musique va d'œuvres modernes pas toujours accessibles, jusqu'à la chanson de cabaret *Allons y Chochotte*. Il a composé ses *Danses gothiques* pour Suzanne Valadon, avec laquelle il vécut une relation passionnée (il l'avait demandée en mariage à l'aube de leur première nuit d'amour, mais il alla la dénoncer au commissariat pour harcèlement après quelque temps de vie commune). Lorsqu'on lui reprocha d'écrire de la musique sans forme, il publia ses *Trois morceaux en forme de poire*. Il a dit – et c'est plus profond que ça en a l'air : « Je préfère la musique que j'aime à celle que je n'aime pas. » Il cachait à ses amis sa pauvreté. Il faisait ses apparitions dans une mince lévite noire, avec un petit chapeau melon perché sur le crâne et son lorgnon à chaînette, et Cocteau disait : « Il a la petitesse d'un trou de serrure. L'essentiel est d'y mettre son œil. » Morand est moins indulgent : « Il ne parle pas de son génie, il tient surtout à avoir l'air malin. On reconnaît le demi-raté, l'homme que Debussy a toujours écrasé et qui en souffre ». Blaise Cendrars le retrouva une nuit, couché au pied de l'obélisque de la place de la Concorde, lors d'un bombardement de la Grosse Bertha, en train de composer une sonate « pour la pharaonne qui est enterrée là-dessous ».

Satie assistait à une soirée à l'Opéra. Comme les dernières mesures de l'ouverture venaient de retentir, on l'entendit demander d'une voix haute à son voisin : « Comment se fait-il qu'on ait remis des instruments de musique aux spectateurs des quatre premiers rangs ? »

\*

Un jour qu'il revenait au Châtelet prendre sa place à la tête de l'orchestre pour diriger une de ses œuvres, en remplacement d'Ansermet, un flûtiste furieux le prit à partie : «Il paraît que vous me trouvez idiot !

— Non, non, je ne vous trouve pas idiot. Maintenant je peux me tromper.»

*

Satie sur Ravel : «Ce n'est pas tout de refuser la Légion d'honneur. Il faut n'avoir rien fait pour la mériter. Il vient de refuser la Légion d'honneur, mais toute sa musique l'accepte.»

*

Dans *La Mer* de Debussy, le premier mouvement s'intitule «De l'aube à midi sur la mer». Quand on demandait à Erik Satie ce qu'il pensait de l'œuvre, il disait : «J'aime surtout le passage de midi moins le quart.»

*

Après un grand nombre de péripéties spirituelles, Satie se convertit au catholicisme sur son lit d'hôpital. Ce ne fut pas une tâche aisée pour Jacques Maritain. Le moribond, le voyant chercher en vain dans sa chambre de malade un colis qu'il venait de recevoir, lui lança : «Ce n'est pas la peine d'être écrivain catholique et de ne pas être fichu de trouver un pot de confiture.»

## SAXE (maréchal de)

Hermann Moritz, comte de Saxe, dit «Maurice de Saxe» (1696-1750), était fils bâtard de l'Électeur de Saxe (futur roi Auguste II de Pologne) et d'Aurore de Koenigsmark. Il avait fait ses premières armes à l'âge de douze ans au siège de Lille contre la France ; il combattit dans l'armée russe, avant de participer sous le prince Eugène au siège de Belgrade contre les Turcs. Lorsqu'il arriva à Versailles, il courut d'innombrables bonnes fortunes. Il fut nommé maréchal de France en 1744, et gagna l'année suivante Fontenoy dans une carriole d'osier à cause de l'hydropisie qui le torturait (Voltaire l'avait dissuadé de faire campagne pour ménager sa santé ; «Il ne s'agit pas de vivre, mais de partir», avait rétorqué le maréchal). Durant la bataille, pour tromper ses douleurs il mâchait une balle de fusil. On le récompensa par 120 000 livres de rente et la propriété du château de Chambord. D'autres victoires lui valurent le titre de «maréchal général», que seuls Turenne et Villars avaient porté avant lui, et Frédéric II l'a appelé «le professeur de tous les généraux». Après sa dernière victoire à Lawfeld, il dit : «Allons, la paix est faite, il faut nous résigner à l'oubli. Nous ressemblons aux manteaux, nous autres, on ne songe à nous que les jours de pluie.» Le village de Chambord fut réveillé de sa torpeur lorsque le maréchal arriva avec son régiment : la brigade colonelle, composée de quatre-vingts Noirs d'Afrique et des Antilles, précédait quatre cents uhlans multicolores qui parlaient dans tous les idiomes de l'Europe orientale. Ensuite, le curé de Blois célébra des mariages entre des Noirs et des Blanches et baptisa une foule de petits Blésois mulâtres. Dans les écuries de Chambord se pressaient mille chevaux. Installé dans les anciens appartements de Louis XIV, le maréchal avait une fois par semaine son grand couvert et dînait seul en public. Avant de rendre l'âme, il dit : «La vie n'est qu'un songe; le mien a été beau, mais il est court.» Il refusa toujours d'abjurer sa religion, et il est enterré dans une église protestante de Strasbourg, où Louis XV lui fit faire un magnifique mausolée.

Quand M. de La Poplinière, très cocu, fit voir au maréchal de Saxe la cheminée par laquelle le duc de Richelieu s'introduisait chez Mme de La Poplinière, le maréchal dit : «J'ai vu beaucoup d'ouvrages à cornes[1]; mais je n'en ai jamais vu comme celui-ci.»

*

Cet immense général était peu lettré : son orthographe était tellement épouvantable qu'elle lui inspira son refus d'entrer à l'Académie française, alors qu'on lui en ouvrait les portes tout grand. Il adressa d'ailleurs une lettre de refus tellement cousue de fautes qu'on se demanda s'il n'en avait pas ajouté. L'Académie mise à part, et si les nécessités de la guerre le requéraient, le maréchal n'avait plus le moindre complexe. Au moment où son armée manquait de vivres, on lui apprit que les moines de plusieurs couvents avoisinants cachaient dans leur cloître tous les bestiaux du pays. Le maréchal fit afficher à la porte des monastères cet avertissement, qu'il affecta de mettre en latin pour bien montrer à qui il s'adressait : «*Canaillibus monacas, non rendentibus troupotos, coupantibus couillorum a rasibus culibus.*»
Le lendemain, l'armée fut approvisionnée.

---

1. On appelait, en termes de fortifications, «ouvrage à cornes» un certain type d'ouvrage dont la tête était fortifiée de deux demi-bastions.

## SCARRON (Paul)

Paul Scarron (1610-1660) fut toute sa vie incommodé par un physique difforme. Il se comparait lui-même à un Z et, rabougri, se présentait comme «un raccourci de la misère humaine» (Tallemant raconte qu'il avait été victime d'une drogue de charlatan en voulant se guérir d'une maladie de garçon). Il était enjoué, on recherchait sa compagnie, et son œuvre, burlesque, reproduit sa gaieté. Il était pensionné par la reine mère, étant parvenu à constituer la charge de «malade de la reine». Il épousa sur la fin de ses jours Françoise d'Aubigné, plus tard marquise de Maintenon. Elle n'avait aucun bien, mais Scarron accepta à l'acte de lui reconnaître pour dot «deux grands yeux noirs fort mutins, un très beau corsage, une paire de belles mains et beaucoup d'esprit». Quand on lui demandait ce qu'il pressentait de l'autre vie, il disait que les hypocrites y étaient condamnés à prier Dieu sans qu'on les voie. Il écrivit surtout ces petits vers, où il pensait à Françoise :

> Souvent le doux penser me flatte
> De n'être plus un cul-de-jatte,
> Et qu'un jour je pourrai marcher,
> Et où vous serez, vous chercher.

... Il a dû tomber sur Louis XIV

Au sujet d'un sot : «Cet homme mourra sans rendre l'esprit.»

\*

*Contre une personne qui avait l'esprit mal tourné*
Je vous ai prise pour une autre
Dieu garde tout homme de bien
D'un esprit fait comme le vôtre,
Et d'un corps fait comme le mien.

\*

Épitaphe pour un homme âpre au gain :

Ci-gît qui se plut tant à prendre,
Et qui l'avait si bien appris,
Qu'il aima mieux mourir que rendre,
Un lavement qu'il avait pris.

\*

François Maynard, encore qu'il ne fût pas à plaindre, passa sa vie à solliciter ; cela indisposait Richelieu, et on s'en moquait. Scarron fit ces vers :

Maynard, qui fit des vers si bons,
Eut du laurier pour récompense.
Ô siècle maudit ! quand j'y pense...
On en fait autant aux jambons.

### À propos de Scarron

Scarron était extraordinairement infirme. Lorsque la reine apprit son mariage avec la belle Françoise d'Aubigné, elle s'exclama : « Que fera Scarron de Mlle d'Aubigné ? Ce sera le meuble le plus inutile de sa maison ! »

## SCHNABEL (Artur)

Aaron dit « Artur » Schnabel (1882-1951) : né dans l'Empire austro-hongrois, dans un village aujourd'hui slovaque, ce pianiste avait recueilli par une filiation directe de maître à disciple les enseignements de Beethoven. Ce fut aussi un grand interprète de Schubert, et un compositeur. Il quitta Berlin dès l'arrivée au pouvoir d'Hitler et gagna les États-Unis. Il refusa toujours de remettre un pied en Allemagne mais, frappé par une nostalgie des choses germaniques, il revint s'installer en Suisse allemande les dernières années de sa vie. Un jour qu'on lui posait des questions compliquées sur l'activité concertante, il expliqua : « Je ne connais que deux sortes de publics : celui qui tousse, et celui qui ne tousse pas. »

Depuis son clavier de piano à son chef d'orchestre, durant une répétition : « Vous êtes là et je suis ici ; mais où est Beethoven ? »

## SCHOLL (Aurélien)

Aurélien Scholl (1833-1902) avait commencé avec des vers socialisants, et il continuera à *La Justice*, la feuille de Clemenceau. Il avait fondé à partir de 1855 plusieurs de ces petits journaux spirituels dont on parlait sous le Second Empire, notamment *La Naïade*, tirée sur une feuille de caoutchouc adressée aux établissements de bains de la capitale. Sa causticité lui fit de nombreux ennemis et lui attira des duels qui en firent l'une des figures du Tout-Paris. Il y fut blessé grièvement lorsqu'il tomba sur plus fort que lui : Paul de Cassagnac, le journaliste bonapartiste aux vingt-deux duels (qui venait de blesser Lissagaray, rédacteur républicain, auquel il refusa une revanche : « J'ai pu consentir à être votre adversaire, il me répugne de devenir votre charcutier »). Henri Fouquier a classé Scholl parmi *Les Maréchaux de la chronique*. Son secrétaire expliqua : « Ce qui fit sa supériorité sur les boulevardiers de son temps, c'est que non seulement il avait de l'esprit (ils en avaient tous), mais qu'il en avait avec esprit.» On s'en méfiait beaucoup, et Zola disait d'une voix rageuse, avec son cheveu sur la langue, en fixant Aurélien Scholl aux aguets derrière son monocle : «Que voulez-vous, *ve* n'ai pas d'esprit... Les peintres des *maffes* n'ont pas d'*efprit*.»

Un arriviste fraîchement décoré de la Légion d'honneur se pavanait devant Aurélien Scholl. Celui-ci feignait de ne rien voir; l'autre finit par dire : «Regardez : j'ai le ruban!

— Ah! je ne l'avais pas vu : il est si mince qu'on dirait une faveur.»

\*

Un boursier véreux avait reçu un billet anonyme qui le traitait de voleur.

«Ah! dit-il devant Scholl, au Café Tortoni où ils étaient attablés, si je connaissais l'auteur!

— Montrez, dit Scholl.»

Et après quelques instants : «On dirait l'écriture du procureur de la République.»

\*

Aurélien Scholl venait, dans un salon, de placer un bon mot. L'assistance rit, à l'exception de Victor Cousin, qui resta impassible avant de dire : «Je dois avouer, monsieur, que je n'aime pas l'esprit.

— Je sais, j'ai lu vos ouvrages», répondit Scholl.

\*

Il racontait un jour ce qu'il lui était arrivé de pire : «Être forcé de dîner chez un notaire qui, au dessert, vous apprend que pour charmer ses loisirs, il a écrit un poème en douze chants dont il va vous donner lecture.»

\*

Aurélien Scholl avait été provoqué en duel par un mauvais écrivain. Celui-ci lui avait dédaigneusement tendu sa carte, en lui disant : «Je vous laisse le choix des armes.

— Je choisis l'orthographe : vous êtes mort d'avance.»

\*

La pièce de Victor Hugo *Le roi s'amuse* fut interdite peu après sa première représentation, en 1832, et cela lui valut une extraordinaire réputation. En 1882, la république aidant, on la recréa. Léon Daudet a raconté dans ses *Souvenirs* que l'ancienne interdiction de ce mélodrame en vers faisait qu'on escomptait un triomphe, et il avait le cœur battant d'émotion quand la toile se leva. Las, la qualité du texte n'était pas au rendez-vous et la pièce était jouée de manière ridicule : Coquelin aîné, le fameux acteur républicain, en faisait trop et les autres acteurs, qui se croyaient au vaudeville, ne valaient pas mieux : « Le père de Diane de Poitiers avait ainsi l'allure d'un pensionnaire échappé en chemise de Charenton. Pendant sa fameuse tirade, la salle pouffait, en dépit de la vénération due à Hugo, présent, disait-on, au fond d'une baignoire et en l'honneur de qui une immense ovation était projetée. [...] C'était le désastre, à un tel point que l'ovation à Hugo n'eut pas lieu. Le vieillard, d'ailleurs retombé en enfance sublime, partit tout simplement au fond d'un fiacre, derrière lequel il y eut de maigres clameurs. Les gens se demandaient comment une si pauvre chose avait pu jadis soulever des colères et des enthousiasmes. »

Scholl disait ensuite : « *Le roi s'amuse* ? Il est bien le seul. »

\*

Le prince Lubomirski publia divers romans assez bizarres, dans le dernier tiers du XIXᵉ siècle. Alors qu'on en parlait devant Aurélien Scholl, celui-ci dit : « Lubomirski ? Il n'est pas lu, il n'est pas beau, si bien que je me demande s'il est vraiment mirski[1]. »

---

1. Joseph Lubomirski (1839-1911), prince polonais et grand chambellan du tsar Nicolas Iᵉʳ, vécut en France après avoir épousé la riche veuve de Boyer, l'inventeur de l'eau de mélisse. Il écrivit un grand nombre d'ouvrages consacrés à la Russie, dont un roman politique, *Fonctionnaires et boyards*, dans lequel on voit pulluler les sectes d'illuminés de l'époque : les *Dukoborsti* (« champions de l'esprit »), qui n'admettaient ni temples, ni prêtres, ni livres ; les *Molokani* (« buveurs de lait »), qui ne croyaient pas à la divinité du Christ et rêvaient d'établir un vaste communisme ; les *Khlysti* (« flagellants »), qui se donnaient la discipline en public et reconnaissaient pour seul dieu leur prophète Daniel Philipitch ; les *Skoptsi* (« eunuques »), qui se mutilaient eux-mêmes, niaient toute autorité temporelle, réprouvaient le mariage et croyaient à une incarnation périodique du Verbe ; les *Petits Chrétiens*, qui tenaient les statues des saints pour des idoles ; les *Réfractaires de l'impôt*, qui refusaient de payer au gouvernement la redevance annuelle ; les *Recenseurs*, qui se livraient à des orgies en parodiant les cérémonies chrétiennes, et enfin les *Adorateurs du Fils de l'Homme*, qui enseignaient que

\*

L'hôtel de la Païva, aujourd'hui classé monument historique, fut construit vers 1860 sur les Champs-Élysées pour Thérèse Lachmann, courtisane d'origine polonaise, dite «la Païva». Au moment où l'architecte Manguin s'activait à la construction de l'hôtel, quelqu'un avait demandé à Aurélien Scholl : «Où en sont les travaux ?

— Ça va bien : on a déjà posé le trottoir[1].»

\*

Durant plus de vingt ans, Scholl trôna chaque fin d'après-midi devant un guéridon de marbre du Café Tortoni, haut lieu du Boulevard. Un jeune provincial tête à claques, venu conquérir Paris et déterminé à se lancer dans le journalisme, l'aborda d'un ton suffisant en lui expliquant qu'il était prêt à tout : «Je ne crains rien. Je suis prêt aux attaques. J'ai une malle pleine de gifles.

— Ce sont vos économies ?»

\*

À ses débuts, Sarah Bernhardt, qui était grande et ne fut jamais grosse, était particulièrement maigre. Lorsqu'il la vit paraître sur scène, Aurélien Scholl dit : «C'est un beau brin de fil.»

\*

En 1845, le livre d'Eugène de Mirecourt *La Maison Dumas et Cie* révéla le fonctionnement de l'usine à romans historiques d'où venaient de sortir *Les Trois Mousquetaires*, *La Reine Margot*, etc., surtout dus à la plume d'Auguste Maquet. Celui-ci connaissait l'histoire beaucoup mieux qu'Alexandre Dumas. Il fournissait le fond, et rédigeait le premier jet. Dumas ajoutait ensuite des dialogues et perfectionnait l'intrigue, en jetant des désordres dans les faits, qui devenaient parfois anachroniques et fantaisistes. «Si j'ai violé l'histoire, expliqua-t-il un jour, c'était pour lui faire un enfant et pour que cet enfant apprenne l'épopée au peuple.»

---

Napoléon n'était pas mort, qu'il avait traversé les mers pour aller de Sainte-Hélène dans l'Asie centrale, et qu'il habitait Irkoutsk d'où il viendrait un jour conduire la famille slave à la conquête du monde... Pourquoi pas ?

1. Parfois prêté à H. Murger.

Toujours est-il qu'après une «collaboration» d'une dizaine d'années Maquet s'estima lésé dans le règlement des comptes, et fit à Dumas un procès que le public suivit avec amusement.

Comme Dumas avait du sang noir, étant le petit-fils du marquis Davy de La Pailleterie et d'une mulâtresse de Saint-Domingue, on n'appelait plus Maquet que «le nègre du mulâtre».

À la même époque, Dumas, qui se piquait de gastronomie (il a d'ailleurs écrit un dictionnaire de cuisine), avait servi dans un grand dîner une mayonnaise qu'il présentait fièrement comme le produit de sa confection.

«Est-elle bonne? demanda-t-il.

— Entre nous, répondit Aurélien Scholl, elle est tellement bonne qu'on dirait qu'elle est de Maquet.»

*

Edmond de Goncourt, à la fin de sa vie, ne cessait de se plaindre de l'incompréhension des critiques à son égard, et de la malchance qui l'avait toujours poursuivi, selon lui. Cela fit dire à Aurélien Scholl : «Goncourt est si malchanceux que s'il lui arrivait, un jour, d'être célèbre, vous verrez que personne n'en saurait rien.»

C'est un peu ce qui s'est passé, avec l'institution du prix Goncourt.

*

Épitaphe de MM. de Goncourt, par Aurélien Scholl :

Edmond et Jules dort ici ;
Le caveau froid est sa demeure ;
Tous deux est mort à la même heure ;
Sa plume est enterrée aussi.
Le trépas est comme une trappe
Qui s'ouvre et ferme tour à tour.
Bien vite, hélas ! il nous attrape,
Quand le cruel sur ses gonds court.

*

On s'amusa beaucoup, en 1890, au sujet de la découverte de Brown-Séquard, qui redonnait la virilité aux vieillards par l'effet de la transfusion du sang de douze cochons d'Inde par individu.

Aurélien Scholl se hasarda à dire : «Il suffira désormais de douze cochons d'Inde pour faire un vieux cochon de Paris.»

\*

Édouard de Laboulaye, historien du droit, opposant libéral à l'Empire, président d'un cercle d'amitiés franco-américaines, lança un jour l'idée, devant Bartholdi, d'aider les États-Unis à construire une immense statue de la Liberté qui serait érigée à l'entrée du port de New York pour accueillir les voyageurs du Vieux Continent. Frédéric Auguste Bartholdi, protestant et franc-maçon, s'enflamma à cette idée : cela permettrait, au moment du centenaire de l'indépendance américaine, de rappeler les liens maçonniques étroits qui avaient permis aux aristocrates français d'aller aider les insurgés américains. Une immense collecte fut organisée, à laquelle les loges participèrent activement, certains illustres frères dont Gustave Eiffel venant apporter de surcroît leur compétence technique.

En 1878, la tête de la statue de la Liberté, avant de gagner l'Amérique, fut exposée dans les jardins du Champ-de-Mars. Il était possible d'aller visiter l'intérieur.

Après la visite, Aurélien Scholl déclara que la liberté n'avait pas de cervelle.

### À propos d'Aurélien Scholl

Il a rapporté la scène suivante.

«Une jeune personne d'allures tapageuses demande à visiter un appartement à louer, rue de Morny.

«Le concierge : "Madame, je dois vous prévenir que le propriétaire ne veut pas de femme seule."

«La dame : "Si ce n'est que cela, il sera content : j'ai toujours du monde."»

\*

Il a également rapporté qu'un mendiant disait, en parlant d'un financier : «Je lui tends la main, je ne la lui serrerais pas.»

### SCHOMBERG (maréchal de)

Né à Paris d'une famille saxonne, Henri, comte de Schomberg, maréchal de France († 1632), fit ses premières armes au siège d'Amiens, puis se battit en Hongrie contre les Turcs pour l'empereur. Il fut ambassadeur de France en Angleterre, et surintendant des Finances en 1619. Il a été grand maître de l'Artillerie, et Richelieu le qualifiait d'homme «de grand cœur, de générosité et de bonne foi». Il servit à La Rochelle, et chassa les Anglais de l'île de Ré.

Le maréchal de Schomberg était d'origine allemande. Il avait un maître d'hôtel qui, voulant s'excuser d'avoir mal réussi dans une commission, dit à son maître, selon une expression en usage à l'époque pour dire qu'on avait affaire à un rustre : «Je crois que ces gens-là m'ont pris pour un Allemand.

— Ils avaient tort, répondit le maréchal avec flegme : ils devaient vous prendre pour un sot.»

### SÉGUIER (Antoine Louis)

Antoine Louis Séguier (1726-1792) était parent en ligne collatérale du chancelier. Élève des Jésuites, solide esprit, il fit son chemin grâce à Louis XV, et il fut avocat général au parlement de Paris jusqu'à sa dissolution en 1790. Entre-temps, il avait dû assumer avec discernement la tâche de poursuivre quantité de libelles injurieux pour la monarchie ou la religion. Duclos disait : «Voilà un nom qui peut se passer de mérite, et un mérite qui peut se passer de nom.» Comme il avait démissionné à l'époque du parlement Maupeou, on lui proposa sous la Révolution d'être maire de Paris, ce qu'il déclina ; ce fut donc Bailly (qui le paya cher). Objet de libelles qui le désignaient à la vindicte populaire, Séguier dut émigrer et mourut à Tournai. Son fils Antoine Jean fit placer sur sa tombe cette épitaphe : «Il fut juge intègre, magistrat éloquent, défenseur éclairé de la religion, sujet fidèle à son roi. *Non habebis ossa ejus, ingrata patria!*»
(C'est ce fils qui, premier président de la Cour impériale de Paris, répondit à une excellence qui le sollicitait un peu fort : «La Cour rend des arrêts, et non des services.»)

Le Parlement avait été mandé à Versailles par le roi Louis XV, relativement à M. Chardon[1] et l'arrêt rendu contre lui, membre du Conseil du roi ; les magistrats redoutaient un ordre d'exil. Au retour du voyage du Parlement en corps à Versailles, M. Séguier, premier avocat général, disait que «ces messieurs n'étaient jamais revenus si vite ; que les chevaux même allaient comme s'ils eussent eu tous le chardon au cul».

Bachaumont a fait les vers suivants sur cette affaire :

> Pour un chardon on voit naître la guerre.
> Le Parlement à bon droit y prétend,
> Et, d'un appétit dévorant,

---

1. Daniel-Marc-Antoine Chardon (1730-1795) : maître des requêtes au Conseil du roi, il rapporta favorablement aux accusés dans l'affaire Sirven.

S'apprête à faire bonne chère.
Le roi leur dit : « Messieurs, tout doucement !
Je ne saurais vous satisfaire ;
Laissez là tout cet appareil ;
Je vois mieux ce qu'il en faut faire :
Je le garde pour mon Conseil. »

## SERT (Misia)

Marie Sophie Olga Godebska, ensuite Misia Edwards, puis Misia Sert (1872-1950) : grande pianiste (« dompteuse de piano », disait Mallarmé) d'origine juive, polonaise par son père et belge par sa mère. Ravel lui dédia plusieurs œuvres, Renoir peignit un portrait d'elle aussi célèbre qu'anodin, et Toulouse-Lautrec la représenta en matrone de bordel, métaphore de son influence sur les artistes de l'époque. Même le froid Saint-John Perse eut un sentiment pour elle (« Je crois que Leger m'aimait. Hélène Berthelot me l'assure. Il m'embrassait les bras, et, à la veille d'un voyage en Espagne, n'a pas voulu partir »). En 1893 elle épousa son cousin Thadée Natanson, fondateur de *La Revue blanche*, puis, en 1905, Alfred Edwards, milliardaire et affairiste tripoteur, panamiste, fondateur du *Matin*, dont elle fut l'une des cinq femmes ; il la délaissa bientôt pour une jeune actrice avant de mourir dans le lit d'une cocotte. En 1920 elle épousa enfin José María Sert, dont elle était la maîtresse depuis 1908. Morand a dit qu'elle « excitait le génie comme certains rois savent fabriquer des vainqueurs, rien que par la vibration de son être » et, somme toute, « plus Mme Verdurin que la vraie » (mais c'est sous les traits de la princesse Yourbeletieff que Proust l'a mise en scène). Coco Chanel disait de Misia qu'elle était la seule femme de génie qu'elle eût rencontrée. Elle mourut aveugle et morphinomane ; en hommage, Mlle Chanel fit sa toilette mortuaire.

Misia Sert appelait Marie Scheikevitch[1], sa rivale en matière de salons, « la fille de Minos et de Polichinelle ».

*

1. Fille d'un riche magistrat russe et collectionneur d'art installé en France, Marie Scheikevitch (1882-1966) participait aux mondanités parisiennes et fonda son salon. Elle publia en 1935 des *Souvenirs d'un temps disparu*, qui jette des regards nostalgiques sur la Russie de sa jeunesse, avant d'évoquer les grandes figures parisiennes qu'elle recevait : Cocteau, Anna de Noailles, Reynaldo Hahn, les Arman de Caillavet, Proust, etc. Elle téléphona un matin de 1917 à Paul Morand alors qu'il se trouvait dans son bain ; la gouvernante de celui-ci vint le prévenir : « C'est encore cette madame chien-qui-pisse qui demande Monsieur. »

Pour désigner les premières œuvres de Francis Poulenc, Misia Sert parlait de « petites crottes charmantes ».

*

Misia Sert, écoutant Caruso chanter : « Assez, je n'en peux plus ! »
Il est vrai que le fameux ténor chantait extrêmement fort. Un milliardaire américain l'avait prié de venir chanter chez lui, moyennant un fabuleux cachet. Tout au long du récital, le chien de la maison ne cessa de hurler. À la fin, l'hôte expliqua à Caruso stupéfait : « Ma femme chante, elle aussi. Je vous ai prié de venir pour savoir si mon chien hurlait uniquement pour elle. Moi, voyez-vous, je n'ai pas l'oreille musicale. »

*

Misia Sert disait de son second mari, Alfred Edwards : « C'est le seul homme que j'aie jamais aimé. Je n'ai jamais pu lui dire merde, il le disait toujours avant moi. »
Paul Morand ajoute : « Quel homme curieux a dû être ce Levantin, mélange de forban et de mécène, mais charmant en amitié, dont on sait les vices en amour, adoré de ceux qui vivaient de lui ou près de lui [...]. Il usait, raconte Godebski, du langage le plus ordurier qu'on puisse imaginer. Un jour, sur son yacht, à une écluse, il est engueulé par un haleur. Edwards, entouré de ses invitées, ne répond rien. Mais tout à coup il perd patience et déroule pendant dix minutes un tel chapelet de grossièretés que le haleur se tait, bouche bée, devant ce maître. »

## SÉVIGNÉ (Mme de)

Marie de Rabutin-Chantal, marquise de Sévigné (1626-1696), orpheline, fut élevée par un oncle abbé qui lui fit donner une solide instruction par Chapelain et Ménage. Elle épousa Henri de Sévigné, gentilhomme breton, époux volage dont Ninon de Lenclos disait : « Il a le cœur d'un concombre cuit dans la neige » ; il fut bientôt tué en duel. Sa fille, seule passion de Mme de Sévigné, épousa en 1668 le comte de Grignan, nommé lieutenant général en Provence, bien loin de Paris ; ce fut l'occasion des fameuses lettres. Mme de Sévigné allait à la Cour, et dansa un soir avec le roi ; Fouquet fut amoureux de cette « blonde rieuse » dont la beauté est attestée. On la lit avec plaisir, goûtant son incroyable facilité : elle écrit « au courant de la plume », sans pratiquement se relire. Et pourtant, dit Guy de Pourtalès, elle a enseigné « à tout dire avec élégance, à tout supporter avec philosophie, à faire de ses plus belles souffrances des *poulets*»; en cela elle est bien française, d'un pays où la grâce a plus de succès que la vérité, l'esprit plus d'amateurs que la musique, la manière de dire davantage d'importance que la chose. Et la source limpide coule avec tant d'aisance, ajoute Pourtalès, qu'on y boit sans s'apercevoir qu'elle a parfois la saveur des larmes... C'était d'ailleurs la lecture préférée du malheureux duc de Reichstadt, qui y voyait des «bonbons pour le cœur». Quant à la qualité de ses jugements, la marquise disait que la mode de Racine passerait, comme le café; elle a eu raison : ni l'un ni l'autre ne sont passés.

On parlait à Mme de Sévigné du grand esprit d'un homme qu'elle considérait, elle, comme un sot. Elle dit : «Mais il a beaucoup d'esprit, sans aucun doute, puisqu'il en dépense si peu.»

\*

Un janséniste sévère reprochait à Mme de Sévigné d'être trop sensible à sa propre beauté : «N'oubliez pas, madame, que tout cela doit pourrir.

— En attendant, dit malicieusement la marquise, ce n'est pas pourri du tout : nous sommes encore loin de la désintégration. Tenez! Approchez donc et tâtez.»

\*

Mme de Sévigné disait du comte de Tressan, courtisan empressé dont elle remarquait l'absence à l'oraison funèbre d'un puissant du jour : «Si ç'avait été à celle d'un vivant, il n'y aurait point manqué!»

\*

Ménage ne fut pas, semble-t-il, un grand praticien de l'amour charnel, mais il fut toujours amoureux : il était une sorte de soupirant professionnel – ou, comme l'on disait au XVIIᵉ siècle, un «mourant», car il semblait de règle qu'un écrivain affligé de cette maladie mourût pour sa belle chaque fois qu'il lui faisait un sonnet. Le plus célèbre objet des chastes feux de Ménage était la marquise de Sévigné, qui n'y prêtait pas attention.

Un jour que, las de ses sentiments éperdus, Ménage disait solennellement à la belle marquise qui venait de lui faire quelque confidence : «Je suis votre confesseur, et j'ai été votre martyr», Mme de Sévigné répondit en riant : «Et moi votre vierge.»

## SEYMOUR (Henry)

> Lord Henry Seymour-Conway (1805-1859) : ce dandy, fondateur du Jockey-Club, se vantait d'avoir des biceps «de la taille ordinaire d'une jeune fille». Il eut des démêlés avec le bailleur de son immeuble dont il avait fait cuire les poissons rouges, un jour qu'il l'avait invité à déjeuner. Ayant le goût des paris, il n'hésita pas, un jour, à couper l'équipage de Charles X : le soir même il recevait l'ordre de quitter la France, et il dut mettre tous ses amis en campagne pour éviter cette terrible punition. Il était le fils naturel de Casimir de Montrond et de lady Yarthmouth. Celle-ci avait une fortune considérable, ayant hérité de personnages qui prétendaient tous deux être son père devant les tribunaux : George-Augustus Selwyn et le duc de Queensberry, amicalement surnommé le «vieux Q». Elle légua cette fortune à lord Seymour – qui ne recueillit de son père officiel, Francis Seymour, qu'un schilling et une berline –, lequel avait été piqué d'apprendre la naissance d'un fils alors qu'il n'avait pas vu sa femme depuis des années. Contrairement à ce qui est souvent affirmé, ce n'est pas lui qu'on surnommait «milord l'Arsouille», mais le comte Charles de La Battut, né en 1806 des amours adultères d'une émigrée et d'un riche pharmacien anglais, qui avait payé un pauvre gentilhomme breton pour que celui-ci fournît un nom à l'enfant. La Battut, qui lança la vogue du cancan, avant cela réduit aux bals de barrière, s'illustra lors des fêtes de la mi-Carême à l'occasion de la «descente de la Courtille» (au village de Belleville où les Parisiens allaient s'amuser les jours de fête). Il circulait dans son cabriolet précédé de trois piqueurs sonnant de toutes leurs trompes, lançant à la cantonade des confettis et des piécettes d'argent. Dans la voiture, déguisés et abrutis par le vin, se trouvaient le prince Belgiojoso «qui changeait tous les soirs de princesse», le comte d'Alton-Shée, pair de France pas encore socialiste, et Duponchel, le directeur de l'Opéra, qui eut la jambe cassée un soir où la voiture versa. De temps en temps, La Battut descendait échanger des coups de poing avec des faubouriens enthousiasmés. Ses excentricités étaient attribuées à lord Seymour, au grand désespoir de l'un et de l'autre.

Lord Seymour dit à l'une de ses maîtresses : « Chère belle, mettez donc mes bottes à la porte : c'est un service qu'elles vous rendront un de ces jours. »

*

À l'époque où il se trouvait à Boulogne, lord Seymour alla au spectacle. L'affiche annonçait un pas de deux, dansé par l'étoile de l'endroit. Une notabilité municipale partageait sa loge. Ce magistrat, jaloux de faire apprécier à un lion de Paris les plaisirs qu'offrait le séjour de sa ville, lui avait répété deux ou trois fois avec un enchantement enfantin : «Et nous allons avoir un ballet, milord, nous allons avoir un ballet!»

Après le spectacle, qui fut assez piteux, lord Seymour dit : «Cher ami, je crois que nous n'en avons eu que le manche.»

## SHAW (George Bernard)

George Bernard Shaw (1856-1950), en bon Dublinois, jugeait le Londonien moyen «aussi creux, du point de vue artistique, qu'il est possible de l'être sans s'écrouler physiquement». En débarquant aux États-Unis pour une tournée de conférences, il fit des réflexions piquantes sur l'Amérique; le *Dallas News* publia un long article sur les toilettes de la femme de Shaw, ses habitudes, ses goûts littéraires, en terminant ainsi : «Mrs Shaw était accompagnée de son mari, George Bernard Shaw, un écrivain irlandais.» Sa pièce *Pygmalion* fut, après la Seconde Guerre mondiale, adaptée en comédie musicale, *My Fair Lady*, dont on tira un film à succès dans le tournage duquel Rex Harrison, dans le rôle du professeur Higghins, fut si insupportable que l'assistant metteur en scène dit qu'il était plus pénible qu'une paire de chaussures neuves... Après son prix Nobel (1935), Shaw se retira à Ayost-St-Lawrence, et lorsque le député travailliste Arthur Henderson vint lui reprocher de s'être confiné dans un lieu aussi sauvage, Shaw le conduisit au cimetière et lui montra une tombe où se lisait : «Ci-gît James Larrick, mort à 80 ans, après une courte vie». Tout en donnant dans le socialisme, il restait très réservé à l'égard des pouvoirs du peuple : «La démocratie revient à laisser les voyageurs conduire le train : cela ne peut se terminer que par la collision et la catastrophe.» Les Normands le rendaient encore plus perplexe; un jour qu'il disait à l'un d'eux : «Pourquoi, diable, vous autres Normands, répondez-vous toujours à une question par une autre?», le Normand répondit : «Pourquoi pas?»

Au sujet d'une représentation de la pièce *Fedora*, de Victorien Sardou : «On doit faire crédit à Mrs Patrick Campbell que, si mauvaise que fût la pièce, son jeu était pire[1].»

\*

1. Beatrice Campbell, dite «Mrs Patrick Campbell» (1865-1940) : actrice anglaise née Beatrice Stella Tanner, elle est restée connue sous le nom de son premier mari. Veuve, elle se remaria avec George Cornwallis-West (1874-1951), écrivain et soldat, précédemment marié avec l'Américaine Jennie Jerome, veuve de Randolph Churchill, mère de Winston Churchill et maîtresse d'Édouard VII. Un jour que Henry Arthur Jones était venu faire à Mrs Patrick Campbell une lecture de sa pièce *Michel et l'Ange perdu* avec son accent cockney, elle lui dit à la fin : «C'est bien long, M. Jones, même sans aspirer les *h*.» Elle est restée fameuse pour avoir dit à un homosexuel qui faisait état de ses mœurs : «Peu importe ce que vous faites dans une chambre, tant que vous ne le faites pas dans la rue et que cela n'effraie pas les chevaux.»

Dans un salon, un jeune Anglais très élégant croisa George Bernard Shaw : «J'admire beaucoup : votre père était tailleur, et vous êtes devenu un fameux écrivain...

— Eh oui... La destinée a parfois des caprices. Mais votre père n'était-il pas un gentleman?

— C'est vrai.

— Vous voyez bien...»

\*

Shaw, consulté sur une superstition, répondit à la dame qui lui demandait si les gens qui se marient le vendredi sont vraiment malheureux en ménage : «Cela me paraît certain, madame. Je ne vois pas pourquoi le vendredi ferait exception.»

\*

Le contraste physique était frappant entre Winston Churchill, fort corpulent, et George Bernard Shaw, très maigre dans sa jeunesse : «À vous voir, dit Churchill, tout le monde pourrait penser que la famine règne en Angleterre...

— À vous voir, rétorqua Shaw, tout le monde pourrait penser que c'est vous qui en êtes la cause.»

\*

*Candida* fut le premier grand succès de Shaw. Cette soudaine célébrité lui valut d'incessantes invitations. À l'une, qui émanait de lady Randolph Churchill[1], il répondit : «Non, certainement non, je n'irai pas. Qu'ai-je fait pour provoquer une telle attaque à mes habitudes bien connues?»

Lady Churchill répliqua : «Je ne sais rien de vos habitudes. J'espère qu'elles ne sont pas aussi mauvaises que vos manières.»

\*

Un jour qu'il avait reçu une invitation qui portait, selon l'usage, «Lord X sera chez lui, jeudi prochain, de 5 à 7», Shaw renvoya la carte avec, écrit au dos : «Bernard Shaw aussi.»

---

1. ...Qui était alors Mrs Cornwallis-West (voir note précédente). Proust a raconté une scène où l'on présentait successivement M. Cornwallis-West et M. Martin du Nord à Mme de Montebello, qui dit : «Je vous fais grâce des points cardinaux.»

\*

George Bernard Shaw adressa un télégramme à Goldwyn, à la suite d'une discussion verbale un peu vive sur le montant des droits. Le télégramme disait :

> LE PROBLÈME M. GOLDWYN EST QUE VOUS ÊTES UNIQUEMENT INTÉRESSÉ PAR L'ART, ET QUE JE SUIS UNIQUEMENT INTÉRESSÉ PAR L'ARGENT.

\*

Sur Sarah Bernhardt : «Je ne pourrais jamais lui rendre justice, ni être abusé par ses créations : elle me rappelle trop ma tante Georgina.»

\*

En 1931, Shaw, réputé socialiste, fut reçu au Kremlin par Staline, et il parvint à faire rire ce personnage souvent bourru. De retour à Londres, il déclara aux journalistes : «Ce qui me plaît en lui, c'est sa franchise : il a l'air aussi barbare sur ses photographies qu'il l'est en réalité.»

Un peu plus tard, il devait répondre à un journaliste qui l'interrogeait : «La différence qu'il y a entre Hitler et Staline ? L'un a plus de moustache que l'autre.»

Mais en vérité, sa bête noire du monde soviétique était Ivan Pavlov, que Shaw, en bon Anglais, détestait à cause de la vivisection que le savant pratiquait avec assiduité. Quand celui-ci eut publié son traité sur les réflexes conditionnés, où il expliquait que les chiens salivent en entendant la cloche du dîner, Shaw expliqua : «Si ce garçon était venu me trouver, j'aurais pu lui donner le renseignement en vingt-cinq secondes sans avoir besoin de tourmenter un seul chien.»

### Sur George Bernard Shaw

Végétarien déterminé, Shaw comparait la consommation de viande à un cannibalisme sans héroïsme ; et il disait : «Songez à la farouche énergie contenue dans tout grain, toute semence. Vous enfouissez un gland en terre, et il explose un chêne géant des forêts.

Enterrez donc un gigot de mouton, vous verrez ce que cela vous donnera.»

Patricia Campbell, qui le connaissait de près, s'en félicitait, disant : «Si on donnait à George Bernard un steak quotidien, il n'y aurait plus à Londres une seule femme en sécurité.»

\*

Vers la fin de sa vie, Shaw écrivit ces quelques lignes : «Tout va mal et de plus en plus mal. Jésus-Christ est mort. Mahomet est mort. Napoléon est mort. Et moi-même, je dois l'avouer, je ne me sens pas très bien.» Cela est généralement présenté comme un trait d'esprit qu'il faut prendre au second degré. Mais, au-delà de l'humour fréquent de Shaw, la manière dont il était infatué de sa personne relevait largement du premier degré.

Israel Zangwill, le dramaturge, dit : «La façon dont Bernard Shaw croit en lui-même est particulièrement rafraîchissante en ces jours d'athéisme, où tant d'hommes ne croient plus du tout en Dieu.»

## SHERIDAN (Richard)

Richard Brinsley Sheridan (1751-1816), dramaturge anglais d'origine irlandaise, fut l'un des précurseurs du dandysme : il déclarait attacher davantage d'importance à la beauté de sa main qu'aux qualités de la plus célèbre de ses pièces, *The School of Medisance*. Il cessa d'écrire, malgré ses succès, lorsque commença sa carrière politique ; il fut élu whig de 1780 à 1812. Il fut ruiné par l'incendie du théâtre qu'il avait fondé. Lorsque cet incendie survint, on le chercha en vain, et l'on s'inquiéta. On le retrouva tranquillement installé dans une taverne voisine, expliquant : «Quoi? On veut empêcher un gentleman de boire un verre au coin de son feu?» Lorsqu'il vit sa santé particulièrement altérée, son médecin lui interdit l'usage de l'alcool, et il revint trois jours plus tard renouveler sa prescription en insistant : «C'est l'unique moyen d'allonger vos jours. — Ah! je comprends maintenant, dit Sheridan, pourquoi ces trois derniers jours m'ont paru éternels»...

Sheridan rencontra deux jeunes lords dans la rue; l'un le héla : «Hello Sherry! Nous parlions de toi et nous nous demandions si tu étais un imbécile ou un coquin.»

En glissant la main sous le bras de l'un et de l'autre, Sheridan répondit : «Entre les deux, je crois.»

*

Son père venait de lui dire qu'il le déshéritait, et qu'il ne lui laisserait qu'un shilling. Sheridan répondit : «Désolé d'apprendre cela, monsieur. Au fait, auriez-vous ce shilling sur vous, par hasard?»

*

Sheridan exerçait une séduction facile sur les femmes, mais il était assez difficile. Un jour dans un salon une coquette l'importunait pour aller faire un tour dans le parc.

«Mais il pleut! finit-il par objecter, à court de politesses.

— Non, non : voici justement une petite embellie!

— Certes... mais pour une personne seulement.»

*

De Sheridan, alors au Parlement, sur Henry Dundas : «Le Très Honorable Gentleman doit à sa mémoire le souvenir de quelques plaisanteries, et ses hauts faits à son imagination.»

## SIEYÈS (abbé)

Emmanuel Joseph, abbé puis comte Sieyès (1748-1836), devenu célèbre en 1789 par son ouvrage *Qu'est-ce que le tiers état?*, y développa le célèbre sophisme «2 + 2 = 5», disant que si, selon la Constitution française, 200 000 individus (le clergé et la noblesse) sur 26 millions de citoyens exprimaient les deux tiers de la volonté commune, cela équivalait à l'affirmation que 2 et 2 peut faire 5. Élu par le tiers aux états généraux, il fut bientôt dépassé par la Révolution. Il proposa le rachat de la dîme au lieu de sa suppression pure et simple, et après cet échec dit : «Ils veulent être libres et ne savent pas être justes.» Après la fuite du roi, il soutint la supériorité de la monarchie sur la république au point de vue des garanties de la liberté, et Marat disait de façon menaçante : «Ne perdons pas de vue l'abbé Sieyès!» Élu à la Convention, il vota la mort du roi, puis se fit oublier; plus tard, quand on lui demandait ce qu'il pensait de la Terreur, il disait : «J'ai vécu...» Dénoncé peu avant le 9 Thermidor, il fut sauvé par son cordonnier, qui déclara : «Ce Sieyès, je le connais. Il ne s'occupe pas du tout de politique, il est toujours dans ses livres. C'est moi qui le chausse et j'en réponds!» Il intégra le Directoire, complotant un coup d'État dont il devait être la tête et Bonaparte le bras. Lors du 18 Brumaire, il vint dire à celui-ci que, dans un lieu caché, il y avait une somme d'argent considérable, connue des directeurs seuls; il proposa de couper le gâteau en deux. Bonaparte, indigné, ordonna que la somme fût portée au Trésor. Le général n'eut pas de peine à reléguer le politicien au second plan. Sieyès, qui, selon un ouvrage du temps (*Coup d'œil politique sur le continent*, Londres, 1800), était foncièrement paresseux, entra au Sénat, reçut le domaine de Crosnes à titre de récompense nationale, devint comte de l'Empire, etc. Proscrit en 1815 comme régicide ayant servi l'usurpateur, il rentra en 1830.

Talleyrand venait de se marier. Il était venu voir Sieyès pour le prier de faire placer dans l'instruction publique un homme de ses amis : « Mais, dit l'abbé Sieyès, vous n'y pensez pas ; c'est impossible, votre protégé est un prêtre marié ! »

### À propos de l'abbé Sieyès

Lors des abjurations en masse de 1793, l'abbé Sieyès vint, par prudence, renier solennellement une foi que personne ne lui soupçonnait. Il déposa ses lettres de prêtrise, disant simplement qu'à l'égard du catholicisme « sa profession de foi était ancienne et bien connue ».

On chantera bientôt, sous le Directoire (sur l'air de *De la baronne*) :

> Du Directoire
> On dit qu'un membre fort vanté,
> À l'Éternel ne veut pas croire.
> J'y crois plus qu'à l'éternité
> Du Directoire.

*

Au temps du Directoire, Sieyès, avec ses airs de « prêtre artificieux », dit dans son inspiration habituelle : « Quand la glace se rompt, les pilotes habiles échappent à la débâcle. » On savait bien que le régime ne pouvait pas durer (c'est l'époque où Arnault s'écriait : « Mais contre qui conspire-t-on si tout le monde en est ? »). Sieyès, qui voulait être du régime suivant, décida de comploter avec Bonaparte. Il admirait le jeune héros, prisait fort ses facultés intellectuelles, mais ne doutait pas que s'il frayait au général le chemin du pouvoir, celui-ci aurait tôt fait de l'évincer pour rester seul en place.

Un jour que Talleyrand et Joseph Bonaparte l'écoutaient résumer la situation, Sieyès expliqua : « Voilà ce qui se passera : après le succès, le général, laissant en arrière ses collègues, fera le mouvement que je fais.» Et, passant les bras entre Talleyrand et Joseph, Sieyès les repoussa brusquement en arrière pour se retrouver seul au milieu du salon. On rapporta le trait à Bonaparte, qui s'écria : «Vivent les gens d'esprit !»

## SIGOGNE (le sieur de)

Charles Timoléon de Beauxoncles, seigneur de Sigogne (1560-1611), commandait une compagnie de la Ligue durant les guerres de Religion, et fut fait prisonnier à la bataille d'Ivry : c'est lui qui dut rendre à Sully la cornette blanche du régiment de Mayenne. Il rentra ensuite dans les grâces d'Henri IV et obtint le gouvernement du Dunois. Il favorisa les amours du roi et de Mlle de Verneuil, puis fut envoyé au-devant de la jeune reine Marie de Médicis, à Florence, où il ouvrit le bal des noces. Il fut enfin gouverneur de Dieppe, mais eut de nouveaux démêlés avec le roi, à cause de la marquise de Verneuil, qu'il courtisait aussi. Cependant, lors de l'assassinat du roi, il partit ventre à terre pour Dieppe afin de prévenir une sédition préparée avec la complicité de son lieutenant. Il mourut d'une rétention d'urine, et Pierre de L'Estoile note : «En ce mois mourut M. de Sigogne, gouverneur de Dieppe, auquel on disait que le gouvernement d'un haras de garces et de guildines eût été plus propre que celui d'une telle ville.» Sigogne, qui avait de réelles facilités, considérait surtout qu'il avait à faire la guerre et être courtisan, et il ne fut que poète d'occasion, pour satiriser ses ennemis.

Henri IV, alors que le cardinal d'Autriche menaçait Calais, s'absenta pour courir après les faveurs de Mme de Beaufort, c'est-à-dire Gabrielle d'Estrées (le fait est contesté, mais L'Estoile dit en tout cas qu'en ce temps-là le roi «s'amusoit un peu beaucoup à madame la marquize»). La ville tomba, Sigogne écrivit :

> Ce grand Henry qui voulait être
> L'effroi de l'Espagnol hautain
> Maintenant fuit devant un prêtre
> Et suit le cul d'une putain.

Un peu après, Gabrielle était logée aux portes du Louvre, et les Parisiens aimaient à répéter le dicton : «Garce du capitaine, à la porte du château[1].»

---

1. Gabrielle d'Estrées, marquise de Monceaux, duchesse de Beaufort (1571-1599), blonde et potelée, passait pour avoir inspiré l'édit de Nantes à Henri IV, aussi fut-elle

\*

*Épigramme*
Margot faignait d'être de fête
Afin de tromper son jaloux,
Et fit tant, par humble requête,
Qu'elle eut des souliers de veloux.
Mais tandis qu'il va par la ville
Elle fait venir son valet,
Qui vous l'empoigne et vous l'enfile
Ainsi qu'un grain de chapelet.
Des jambes son col elle accole,
Et, pendant qu'au branle du cu
Ses pieds passaient la capriole,
Voici revenir son cocu.

\*

*De Macette*
Vous le dites, belle farouche,
Que l'amour ne peut vous brûler ;
Si votre con pouvait parler,
Il démentirait votre bouche !

\*

Mlle du Tillet intrigua à la cour d'Henri IV, et aussi pendant la régence de Marie de Médicis. Elle avait une réputation d'entremetteuse qui lui valut, de la part de Sigogne, ces quelques vers :

Tu cours lubriquement et corromps la jeunesse,
Par force ravissant la fleur de leur printemps.
Quiconque t'a hantée, infâme maquerelle,
L'espace de six mois et demeure pucelle,
Est aussi bien que Malte éprouvée du canon,
Car comme le soleil ouvre le sein des roses,
Un pucelage ainsi, quand tu vois et tu oses,
Se dissipe et se perd au seul bruit de ton nom.

_____

ménagée par les pamphlétaires protestants : d'Aubigné en trace un portrait flatteur. Les ligueurs ne faisaient pas tant de manières.

### À propos du sieur de Sigogne

À cause de son passé ligueur et des épigrammes qu'il lançait contre n'importe qui, Sigogne se fit de très nombreux ennemis, et on lui adressa de très nombreuses injures dans des pièces en vers ; ce sont toujours les mêmes épithètes qui reviennent : « bouffon », « poltron », « cocu », « maquereau », « sodomite ». Une longue pièce, intitulée *Conte de la Sigogne*, le fait parler ainsi :

> Le déplaisir qui mon âme domine,
> C'est que je n'ai nullement bonne mine
> Pour m'introduire et me mettre en avant ;
> Voilà pourquoi je serre la croupière
> À mon lascar, car nulle chambrière
> Ne m'a voulu produire son devant.

### SILVESTRE (Armand)

Armand Silvestre (1837-1901), polytechnicien, quitta la carrière militaire pour mieux se consacrer à la littérature, tout en bénéficiant d'un emploi aux Finances ; il n'y allait d'ailleurs qu'une fois par mois pour percevoir son traitement, en ayant le soin d'y laisser, accrochés à la patère, son manteau et son chapeau ; cela permettait à un huissier complice de dire, quand ses chefs le cherchaient : « Il ne doit pas être loin. Voyez, ses affaires sont là. » Il publiait des poèmes parnassiens éthérés. On ne sait si les chocs de la guerre de 1870, où il reprit du service, l'ébranlèrent, mais sa production sombra dans les textes érotico-scatologiques (*Contes de derrière les fagots*, *Histoires inconvenantes*, *Aventures grassouillettes*) – si bien que Goncourt écrit en 1886 : « Non vraiment, je ne connais pas, depuis que la littérature existe, un homme qui ait fait un métier plus bas, plus abject, plus déshonorant qu'Armand Silvestre avec sa littérature exclusivement consacrée à la merde et aux pets. Et dire que dans toute la presse, il n'y a que des amabilités, des risettes, des louanges pour ce prosateur du trou du cul ! » Elle était certes loin, l'époque où Silvestre célébrait en vers *Le Pays des roses*.

Armand Silvestre tenait table ouverte et chacun savait que, par moments, le maître de maison s'assoupissait, ce qu'ignorait un jeune acteur prétentieux. Entendant pérorer ce jeune homme insupportable et par un effet quasi mécanique, l'hôte céda à sa façon personnelle de s'abstraire. Croyant qu'Armand Silvestre était bel et bien endormi, le jeune cuistre en profita pour se répandre en invectives contre ses aînés, aussi incapables, les uns que les autres, d'apprécier une valeur comme la sienne.

« Il n'est pas né, conclut-il, celui qui me prouvera que je n'ai pas de talent et que je suis un imbécile.

— Il n'est pas mort non plus », fit Silvestre en ouvrant les yeux.

## SIXTE QUINT

Felice Peretti (1520-1590), pape sous le nom de Sixte V, était issu d'une famille très pauvre venue de Dalmatie. Entré chez les franciscains à l'âge de douze ans, il fut ordonné prêtre à l'issue de brillantes études. Après avoir été nommé cardinal, il tomba en disgrâce et décida de vivre retiré et de se consacrer à ses travaux de théologie. Il ne paraissait plus en public que courbé et appuyé sur un bâton. Comme plusieurs factions divisaient le conclave de 1585, on se rabattit sur la candidature de ce cardinal au bord de la tombe... Eut lieu alors cette scène souvent racontée (mais aujourd'hui contestée) : à peine les suffrages étaient-ils recueillis que le vieillard élu redressa son corps courbé, jeta sa béquille et entonna le *Te Deum* d'une voix qui fit trembler les voûtes. Il chassa le banditisme des États pontificaux et restaura le trésor. Lui-même continuait de vivre selon les mœurs franciscaines. Il s'attacha à embellir Rome et il établit l'imprimerie du Vatican. Il œuvra pour concentrer davantage les pouvoirs sur le pape lui-même, et le prélat qui faisait sous-diacre à la messe de ses obsèques, ayant commencé l'épître : *Fratres, nolumus vos*, demeura sur ces mots très longtemps, pour dire qu'on ne voulait plus de moines comme papes.

À un moine qui avait forcé la garde, ce pape demanda : « De quel désordre êtes-vous ? »

*

Le pape Paul IV, qui avait remarqué son intégrité, le nomma inquisiteur pour Venise, mais il en fut bientôt rappelé – certains disent à cause de sa sévérité, d'autres parce qu'il aurait été chassé par les cordeliers de Venise qu'il avait voulu réformer, d'autres encore en évoquant des différends répétés avec le Sénat de la ville. Certains confrères romains, qui lui soupçonnaient l'ambition de devenir pape, expliquaient : « Ayant fait vœu d'être pape à Rome, il n'a pas cru devoir se faire pendre à Venise. »

## SMITH (Sydney)

Sydney Smith (1771-1845) : essayiste anglais qui, après Cambridge, était venu achever ses études en Normandie. Ordonné pasteur, il devint célèbre à Londres par ses conférences. Il faisait partie des célébrités whigs qui fréquentaient chez les Holland ; il écrivit des lettres en faveur de l'émancipation des catholiques, ce qui lui valut d'être nommé au fond du Somerset. La profondeur de ses sermons faisait impression, mais il y mêlait parfois d'excessives plaisanteries. C'est lui qui a comparé le mariage « à une paire de cisailles, dont chaque bras, bien que jouant en sens opposé, ne peut se séparer de l'autre et châtie quiconque essaie de se glisser entre eux ». Il a expliqué qu'il ne rédigeait jamais la critique d'un livre après l'avoir lu, parce que cela donnait des préjugés, et a déclaré qu'au paradis il mangerait du fois gras au son des trompettes.

Sur le pavillon de Brighton, construit par George VI, bâtiment un peu écrasé par ses dômes exotiques et ses complications de style oriental : « C'est comme si la cathédrale Saint-Paul s'était effondrée et qu'on avait laissé le tas de débris. »

*

Parlant de T.B. Macaulay[1] : « Il a des éclairs occasionnels de silence qui rendent sa conversation parfaitement délicieuse. »

Et sur le même : « Il est comme un livre en culotte française. »

Ou encore : « J'ai passé une horrible, horrible nuit : j'ai rêvé que j'étais enchaîné à un rocher, et que je devais écouter Macaulay me parler jusqu'à en mourir... »

*

Lorsqu'il vit Harriet Grote, l'écrivain progressiste anglais, arriver coiffée d'un gros turban rose : « Maintenant, je comprends le sens du mot *grotesque*. »

*

1. Thomas Babbington Macaulay (1800-1859) : historien et député whig, surnommé par Matthew Arnold « le grand Apôtre des Philistins » ; il était réputé pour son extrême loquacité, et le même Sydney Smith lui écrivit un jour : « Vous savez, après ma mort, vous regretterez de ne jamais avoir entendu le son de ma voix. » Thomas Carlyle disait de lui : « Il déborde de connaissances, et se tient debout dans le pot de chambre qui lui tient lieu de trop-plein. » Macaulay disait de l'essayiste conservateur John Wilson Croker : « Je le déteste encore plus que le veau bouilli froid. »

Sur la musique de Haendel : « Rien ne peut être d'aussi mauvais goût que ses fameux oratorios : concevez l'absurdité de voir cinq cents personnes s'agiter comme des fous avec leurs violons au sujet des Israélites dans la mer Rouge. »

## SOREL (Cécile)

Émilie Seurre, dite «Cécile Sorel» (1873-1966), est restée célèbre, au théâtre, par ses rôles de grande coquette, qu'elle poursuivait dans la vie. Du temps de sa gloire galante, elle logeait quai Voltaire, un hôtel avec un salon bleu, un salon rouge, une salle à manger aux murs d'onyx et au sol de marbre rose et blanc. Elle aimait prendre des bains de lait, et comme quelqu'un lui demandait pourquoi, elle expliqua qu'elle n'avait pas trouvé de vache assez haute pour prendre des douches. Dans sa chambre se trouvait le lit authentique de Mme du Barry, qui avait déjà connu quelques fantaisies. Imitant Sarah Bernhardt son idole, elle tenta de vivre entourée d'animaux; le puma et le crocodile paraissant trop compliqués, elle s'était rabattue sur un perroquet resté célèbre pour sa grossièreté. Au théâtre, elle fut (longtemps) une inégalable Célimène. Les billets furent vendus à prix d'or lorsque, en 1933, elle donna sa représentation d'adieux, et à quatre heures du matin, la place du Théâtre-Français était encore noire d'un monde qui la suppliait de rester. Quatre mois plus tard, elle fit sa rentrée dans une revue du Casino de Paris... C'est à cette occasion qu'au bas de l'escalier d'or, elle lança son fameux «L'ai-je bien descendu?» Clemenceau disait : «Sorel, vous planez sur notre équipe comme un trophée de victoire», et Barrès disait carrément : «Tu portes tout l'esprit de la France dans ta tête, tout son soleil dans ta traîne.» On voulut l'inquiéter à la Libération mais il fallut constater que les attaques n'étaient fondées que sur des médisances. Ensuite, elle se convertit, fut reçue dans le tiers ordre de saint François, et consacra les vingt dernières années de sa vie à des œuvres de piété.

D'un de ses collègues comédiens, elle disait : « Sur scène, il joue les fauves, dont il a l'odeur sans avoir les muscles. »

*

Après l'échec retentissant de *Parade*, et comme Cocteau son maître d'œuvre se présentait à dîner chez Cécile Sorel, celle-ci, au moment de le placer à côté d'un critique qui venait de traiter l'œuvre scénique de «prétentieuse niaiserie», lança à Cocteau : « Entrez, triomphateur ! »

### À propos de Cécile Sorel

Cécile Sorel, alors en tournée au Caire, avait envoyé ce télégramme à l'administrateur de la Comédie-Française, Émile Fabre, qui lui avait accordé un congé :

> ÉNORME SUCCÈS POUR PROPAGANDE FRANÇAISE.
> PROLONGE SÉJOUR D'UNE SEMAINE.
> VIVE LA FRANCE !

Il lui répondit :

> FÉLICITATION. SI PAS RENTRÉE JOUR CONVENU,
> 100 000 F D'AMENDE. VIVE LA RÉPUBLIQUE !

\*

Cécile Sorel n'était plus jeune qu'elle s'obstinait encore à jouer le rôle d'Agnès dans *L'École des femmes*. Lorsqu'elle déclama le fameux : « J'ai dix-huit ans », une voix du parterre précisa : « C'est dix-huit ans de théâtre ! »

\*

Comme Cécile Sorel n'en finissait plus, chaque saison, de faire ses adieux à la scène, Jean Marsac finit par dire : « Ce n'est plus une comédienne, c'est une récidiviste. »

\*

La vieillesse de Cécile Sorel, qui devait à ses galanteries une bonne part de sa célébrité, ne fut pas moins agitée que sa jeunesse. Elle décida pourtant de *s'établir*, et à cette occasion d'acquérir un nom de haut lignage. Elle épousa donc Guillaume de Ségur. Comme cette tête creuse était de vingt ans son cadet, on surnommait le couple « la fossile et le marteau ».

Bientôt l'actrice essaya de tenir son rang dans les soirées de l'aristocratie. On écrivait :

> Célimène au salon, à peine incommodée,
> Tient sa place parmi les dames haut gradées
> Qui possédaient jadis en fief toute la France,
> Mon Dieu, la seule différence
> C'est que toute la France, elle, l'a possédée.

*

On prétendait que, à soixante-dix ans passés, Cécile Sorel trouvait encore des occasions de passe-temps libertins avec des gens de sa génération. Quelqu'un dit : «Mistinguett est la centenaire du music-hall, mais Cécile Sorel est le music-hall du centenaire.»

*

Elle mourut à plus de quatre-vingt-dix ans. Lorsqu'elle avait confié à Jean-Claude Brialy, quelque temps avant, qu'elle allait fêter son quatre-vingt-douzième anniversaire, il dit pour la rassurer : «Bah! qu'est-ce que quatre-vingt-douze ans au siècle de la Relativité?

— Pour une cathédrale, c'est peu. Mais pour une femme, cela commence à compter.»

Après sa mort, on dit, pour saluer la longueur d'une existence dont sa carrière avait un peu souffert :

Et rose elle a vécu ce que vivent les roses
Qui sont en fer forgé.

## SOULT (maréchal)

Nicolas Jean de Dieu Soult, duc de Dalmatie, maréchal de France (1769-1851), originaire du Lot, faisait partie des «Gascons de Bonaparte» (un jour que celui-ci voyait Murat, Bessières, Lannes, Bernadotte, Soult et quelques autres, il s'exclama : «Toute la Gascogne est donc réunie ici?»). Il commandait l'infanterie de la Garde; il décida la victoire à Austerlitz; il aurait voulu être duc d'Austerlitz, mais Napoléon le fit duc de Dalmatie, région dont il ignorait tout, et il en garda de l'aigreur. En plus de ses dotations habituelles, jamais il n'entrait en campagne sans réclamer une forte somme, mais il ne payait pas toujours ses soldats, et Napoléon dit au ministre de la Guerre : «Vous écrirez au duc de Dalmatie combien il est inconcevable que, possédant de si belles provinces, il laisse ainsi son armée sans solde.» Il se serait bien vu roi du Portugal, mais fut défait par Wellington. Plus tard, il aurait pu prendre Cadix «si, disait Napoléon, il avait eu plus de talent» et s'il n'avait pas «fait de l'argent» au lieu de se consacrer au siège. L'Empereur ajoutait : «J'aurais dû le faire fusiller»... Pendant que le maître se lamentait ainsi à Sainte-Hélène, Soult poursuivait sa carrière. Passé à Louis XVIII, il devint ministre de la Guerre, avant de jurer fidélité à l'Empereur retour de l'île d'Elbe, et de prendre les fonctions de Berthier. Après Waterloo, Louis XVIII bannit Soult, mais Charles X lui accorda son pardon. Il poursuivit une belle carrière sous Louis-Philippe, qui le fit principal ministre, et même «maréchal général de France», comme Turenne, Villars et le maréchal de Saxe.

La scène, rapportée par le prince de Joinville dans ses *Vieux souvenirs*, se passe au château d'Eu, demeure de Louis-Philippe, en 1844. Les ministres étaient tous là : «Lord Aberdeen et M. Guizot avaient des entretiens où ils se faisaient des confidences politiques, ou bien évitaient de s'en faire.» Il y avait aussi le maréchal Soult, président du Conseil. Lui, parlait peu; et lorsqu'il parlait, ce n'étaient pas toujours des paroles de bonne humeur qui tombaient de sa bouche (son humeur maussade est restée légendaire). Un malheureux général en fit l'épreuve.

«Ce brave homme, assez âgé, commandant un département voisin, était général de brigade, et, sentant venir l'heure de la retraite, désirait passionnément décrocher auparavant les trois étoiles. Il guettait l'occasion de bien disposer le maréchal en sa faveur et crut l'avoir trouvée un matin où, après déjeuner, il se rencontra avec lui à la sortie de la galerie des Guise.

«Le maréchal s'en allait, boitant de sa vieille blessure, une main derrière le dos, en proie à une méditation qui ne semblait pas couleur de rose, à en juger par une lippe qui lui était propre en pareille occurrence.

«Le général aborde le maréchal, qui s'arrête court en fronçant le sourcil : "Je suis heureux, monsieur le maréchal, de trouver cette occasion de vous présenter l'hommage de mon respect.

«— Peuh!" fait le maréchal.

«L'infortuné poursuit : "Et puisque j'ai cette bonne fortune, monsieur le maréchal, je la saisis pour vous entretenir de l'état des esprits dans mon département et des bons résultats que j'y ai obtenus. Tenez, pas plus tard qu'avant-hier, j'ai réuni à ma table, avec des personnages dévoués à l'ordre des choses actuelles... un légitimiste et... un républicain!

«— Ah! vous avez fait ça! Eh bien, vous les avez fait dîner avec un imbécile."»

### À propos du maréchal Soult

Après que Soult eut été fait par l'Empereur duc de Dalmatie, Mme Soult eut l'occasion d'écrire à Mlle Bourgoin, actrice du Théâtre-Français, en signant son billet «Sophie de Dalmatie».

Mlle Bourgoin signa sa réponse «Iphigénie en Aulide[1]».

---

1. Thérèse Bourgoin, dite «Mlle Bourgoin» (1781-1833), sociétaire de la Comédie-Française, était d'une extrême beauté. Protégée de Chaptal, elle fut à l'origine de la

## SOUTZO (Hélène, princesse)

> Hélène Chrisoveloni, princesse Soutzo, épouse Morand (1879-1975) : fille de banquiers grecs très enrichis sous les Ottomans, elle avait été l'épouse du prince Soutzo, attaché militaire de l'ambassade de Roumanie à Paris. Forte personnalité sous sa féminité délicate, elle subjugua, entre autres, Proust et Morand qui en furent l'un et l'autre très amoureux. Paul Morand, son cadet, l'épousera en 1927. Il était loin d'être pauvre, elle était extrêmement riche. Ils habitaient 3, avenue Charles-Floquet un hôtel particulier qui, selon Roger Peyrefitte, avait «les plafonds les plus hauts de Paris».

Lorsque Misia Sert – qui portait encore le nom de son précédent mari, le milliardaire Edwards, bien qu'elle fût déjà la maîtresse de Sert – tomba légèrement malade, elle s'installa à l'hôtel Meurice parce que cela l'ennuyait d'être malade chez elle. Elle y recevait un grand nombre d'artistes et d'hommes politiques, fascinés par sa personne.

La princesse Soutzo avait acheté un lionceau à une vente de charité. Paul Morand, le 13 décembre 1916, eut l'idée de lui emprunter l'animal et de le conduire chez Misia Edwards «pour l'amuser».

«Je trouve Misia couchée, au Meurice, raconte Morand. Je pose le lion sur le couvre-pied en velours blanc et il rugit. Misia, épouvantée, hurlante, émerge de ses draps, en chemise. Dans la pièce voisine, ses chiens, devenus fous de peur, sautent au plafond. Le lionceau terrorisé s'oublie sur le lit; une épouvantable odeur emplit cette chambre de malade surchauffée. Lucien Daudet, très calme, dit : "Tous les cadavres qu'ont mangés ses ancêtres reviennent !"

démission de cet excellent ministre que Bonaparte surnommait «papa clystère» : un jour que Chaptal et l'Empereur travaillaient ensemble, on fit annoncer à celui-ci «Mlle Bourgoin»; Napoléon répondit : «Qu'elle attende.» Chaptal, qui comprit qu'il n'avait pas l'exclusivité, présenta sa démission le lendemain. Mais peut-être cette occasion arrangeait-elle celui qui confiait : «C'est effrayant de travailler avec Napoléon : on ne peut même pas aller pisser !» L'actrice partit dix-huit mois en Russie, et lorsqu'elle revint en 1810, l'annonce de cette rentrée, dit *L'Opinion du parterre*, «suffisait sans doute pour qu'une affluence prodigieuse se dirigeât vers le Théâtre-Français, et en assiégeât toutes les avenues : aussi, plus d'une heure avant l'ouverture des bureaux, était-il impossible d'approcher du temple». Elle défraya la chronique par son royalisme (après que Mlle Mars eut arboré sur scène la violette napoléonienne, elle se para du lis bourbonien) et par sa galanterie. Le public éclata de rire lorsque, dans le rôle de Junie, dans *Britannicus*, elle déclama qu'elle voulait «augmenter le nombre de ses vestales», et un chroniqueur la décrivait en 1821 comme «candide, timide et innocente, tous les soirs de 7 h à 11 h».

L'ordure était en odeur ce que le rugissement du lion est en bruit. "Il m'a gâté un couvre-lit de mille deux cents francs, dit Misia ; Paul a amené ce lion exprès pour lui faire faire caca sur moi !" Et on le donne au garçon de l'ascenseur, très fier, qui le descend au vestiaire du Meurice.

«Je repars avec mon lion et on le ramène au Ritz [où loge la princesse Soutzo]. Hélène n'est pas contente : "Mon lion sent moins mauvais que le sien", dit-elle sèchement.»

Elle faisait allusion à José María Sert.

## SPENCER (Herbert)

Herbert Spencer (1820-1903) fut d'abord ingénieur civil pour le chemin de fer anglais. Conquis par la théorie de l'évolution, il s'efforça d'en appliquer l'idée à la psychologie, la sociologie et la morale, dans son *Système de philosophie synthétisée*. En dehors de cela il allait pêcher le saumon avec Clemenceau. Russell a raconté que Spencer était atteint d'hyperactivité cérébrale ; pour ne pas trop en souffrir, il allait toujours à des dîners muni de boules de cire : si la conversation devenait trop stimulante, il bouchait ses oreilles et ne disait plus rien le reste de la soirée. Parmi les habitudes dont il ne pouvait se défaire, il avait celle de se tâter régulièrement le pouls, pour vérifier qu'il était toujours vivant. Le darwinisme social est très exigeant...

Herbert Spencer se délassait de ses travaux en jouant au billard, où il excellait. Il n'était toutefois pas très bon joueur. Un jour, à l'Athénée de Londres, il dut s'incliner devant meilleur que lui. Il dit alors à son adversaire, sur un ton de reproche : «La dextérité dans les jeux d'adresse témoigne d'un certain équilibre mental, mais quand on est aussi fort que vous au billard, jeune homme, c'est qu'on a mal employé sa jeunesse.»

## STAËL (Mme de)

Germaine Necker, baronne de Staël (1766-1817), eut une admiration portée jusqu'à l'idolâtrie pour son père Necker. À partir de 1786, elle prit part, de façon brouillonne, au mouvement politique qui agitait la France. Sous le Directoire, son salon devint une sorte de tribunal permanent où les célébrités politiques et littéraires venaient juger les hommes et les choses. Bonaparte arriva et Mme de Staël fut envoyée à quarante lieues de Paris. Elle alla étudier la littérature allemande, jusqu'alors ignorée de ce côté-ci du Rhin. Elle fut accueillie en Allemagne avec distinction, et il a été donné à peu de gens d'adresser ce billet à Schiller pour le prier à un dîner intime : «Il n'y aura que Goethe, Benjamin Constant, et moi.» Elle revint à Paris pour y publier *De l'Allemagne*, dont l'édition fut immédiatement mise au pilon. Mme de Staël, ne voulant plus habiter Coppet, au bord du lac Léman, parcourut l'Autriche, la Russie et l'Angleterre (c'est lors de son séjour prolongé à Londres qu'elle répondit à une amie qui, retournant en France, lui avait demandé si elle avait quelque commission à lui donner : «Aucune autre que de faire mes compliments au soleil»). Elle revint à Paris sous la Restauration, et reçut de l'argent pour restitution des sommes dues à Necker. Elle mourut après une attaque de paralysie qui l'avait frappée lors d'un bal. Elle eut cinq enfants; l'aîné, qui mourut très jeune, était une fille de son premier mari, ambassadeur de Suède en France; le cinquième était de son second mari Albert de Rocca, officier genevois, son cadet de vingt-deux ans. Entre ceux-là, deux furent fils de Louis de Narbonne, le premier grand amour de Germaine, et le quatrième, Albertine, future duchesse de Broglie, était la fille de Benjamin Constant. Le prince de Ligne a résumé Mme de Staël : «Femme laide, faisant des phrases et de la politique.» Elle s'est résumée elle-même : «Pour une femme, la gloire n'est jamais que le deuil éclatant du bonheur.»

Parce que ses parents ne voulaient pas de gendre catholique, Germaine Necker épousa en 1786 le baron de Staël-Holstein, ambassadeur de Suède en France, que l'on présente souvent comme un homme nul. Mais on lui connaît un trait d'esprit qui est en même temps un trait d'élégance.

Louis de Narbonne, qui fut ministre de Louis XVI, était toujours à court d'argent. Sa mère lui venait en aide et quand, plus tard, elle fut émigrée, c'est Mme de Staël, alors sa maîtresse, qui venait à la rescousse. Un jour de 1791, ne sachant où lui trouver une somme de 30 000 livres au sujet de laquelle il était poursuivi, elle alla la demander, en désespoir de cause, à son mari :

«Oh! que vous me faites plaisir, lui répondit le grand seigneur suédois, je le croyais votre amant.»

Délaissé par sa femme, M. de Staël se laissa consoler de son infortune par Mlle Clairon. Elle possédait, disait-elle, «un cœur entre vingt-cinq et trente ans». Précision louable, puisqu'elle avait alors près de soixante-dix ans...

On ne sait si Mme de Staël regretta son mari, mais elle disait de lui : «De tous les hommes que je n'aime pas, c'est celui que je préfère.»

*

Une fois que Talleyrand se trouvait assis à dîner entre Mme de Staël et Mme Récamier, il déclara : «Il faut avouer qu'on ne saurait être mieux qu'entre l'esprit et la beauté.»

Mme de Staël se pencha alors vers Mme Récamier pour dire : «C'est la première fois qu'on me dit que je suis belle.»

*

Mme de Staël avait absolument voulu qu'Arnault – qui a raconté la scène dans ses *Souvenirs* – la présentât à Bonaparte, lors d'une fête offerte par Talleyrand, hôtel Galliffet, rue du Bac.

Sans faire attention à la contrariété peinte sur les traits du général, Mme de Staël (qui en privé l'appelait «l'échappé d'Égypte») adressa bientôt à celui-ci une série de questions après les compliments d'usage : «Général, quelle est la femme que vous aimeriez le plus ?

— La mienne.

— C'est tout simple. Mais quelle est celle que vous estimeriez le plus ?

— Celle qui sait le mieux s'occuper de son ménage.

— Je le conçois encore. Mais enfin quelle serait, pour vous, la première des femmes ?

— Celle qui fait le plus d'enfants.»

Et Bonaparte se retira, laissant Mme de Staël, fort déconcertée, dire à Arnault : «Votre grand homme est un homme bien singulier.»

Elle prit sa revanche dans une soirée où l'on parlait de la Révolution. Bonaparte, qui avait un temps été fort utile au clan Robespierre, se maintenait sur la réserve, et elle essaya de l'en faire sortir : «Quel est votre avis, général ?

— Madame, je n'aime pas les femmes qui parlent de politique.

— Vous avez raison; mais dans le pays où on leur a coupé la tête, il est naturel qu'elles se demandent pourquoi.»

*

*Le Moniteur* du 19 mai 1802 publia le texte instaurant la Légion d'honneur. Les royalistes ironisèrent et la duchesse d'Abrantès rappelle que «cette création d'un ordre de chevalerie dans un pays où l'on ne marche qu'au milieu d'institutions républicaines parut d'abord une sorte de monstruosité dans une République.»

Mme de Staël s'exclama : «Ce Bonaparte échappé d'Égypte se prend pour un pharaon !»

Quelqu'un vint dire à «l'échappé d'Égypte» : «Ce sera un hochet de vanité», et le Premier consul se contenta de répondre : «C'est avec des hochets qu'on mène les hommes»...

Quand quelqu'un se présentait dans le salon de Mme de Staël en arborant le signe de la nouvelle décoration, elle lui demandait : «Alors, vous aussi, vous êtes *des honorés*?[1]»

\*

Le Premier consul évitait de son mieux Mme de Staël, qui ne renonçait pas à l'approcher. Un jour qu'elle faisait une fois encore antichambre, il fit répondre qu'il n'était pas vêtu et ne pouvait donc la recevoir.

«Mais peu importe! dit-elle, le génie n'a point de sexe.»

Ce ne serait pas méchant s'il ne s'agissait que d'une flatterie, mais de la part de la maline Germaine, on peut y voir une allusion à l'accusation selon laquelle Bonaparte «ne savait pas faire gémir la paillasse» – selon la formule grossière d'Anatole France.

En tout cas Mme de Staël cherchait hardiment à entrer dans les bonnes grâces du nouveau potentat. En 1807, lors de la parution de son roman *Corinne*, elle se glissa le plus près possible de Paris : elle avait loué une terre à cinq lieues de Saint-Germain, où elle allait faire nombre de courses. Fouché, qui la tolérait, disait : «Si elle continue, elle finira par venir se mettre dans le lit de l'Empereur.»

Elle n'y parvint pas, et lasse d'être toujours repoussée par Napoléon, elle finit par le traiter de «Robespierre à cheval».

Elle ajoutait : «Il y a dans tout son être un fond de vulgarité que le gigantesque même de son imagination ne saurait toujours cacher[2].»

---

1. Les rapports de police révélaient que des individus se moquaient de la nouvelle décoration, en arborant un œillet rouge à la boutonnière. Bonaparte nota en tête du rapport : «Prendre des mesures.» Lorsque le rapport vint à son tour dans les mains de Fouché, alors ministre de la Police, il se contenta d'écrire : «Attendre que la saison des œillets soit passée.»

2. L'auteur anonyme des *Anecdotes sur la cour et l'intérieur de la famille de Napoléon Bonaparte* (Londres, 1818) écrit : «Mme de Staël, aussi intrigante, aussi ambitieuse et aussi bouffie de vanité que le Genevois son père, ne devint acharnée contre Napoléon que parce qu'il avait mortifié sa vanité. L'empereur passant près de Coppet, voulu y voir M. Necker. Sa fille s'y trouvait en ce moment. Elle assista à la conférence, voulu prendre part à la conversation, et, avec son pédantisme ordinaire, donner au souverain de la France une leçon sur l'art de la gouverner. Napoléon ne lui répondit qu'en lui demandant si elle avait des enfants.»

*

## STAHRENBERG (maréchal von)

> Guido, comte von Stahrenberg (1657-1737), feld-maréchal autrichien, était destiné par sa famille à l'état ecclésiastique, mais il abandonna ses études de théologie pour aller faire la guerre. Il commanda l'armée d'Italie après le départ du prince Eugène et parvint à tenir les Français éloignés de Turin. Il comprima une révolte en Hongrie avant d'être envoyé en Espagne pour la guerre de Succession. Il battit deux fois Philippe V, mais le duc de Vendôme le défit à Villaviciosa (1710).

Un général aux talents quelconques se vantait devant le feld-maréchal von Stahrenberg : «L'empereur m'a fait général.»

Le maréchal répliqua sèchement : «L'empereur vous a *fait* général? Je l'en défie. L'empereur vous a nommé général, et rien de plus.»

## STALINE (Joseph)

> Iossif Vissarionovitch Djougachvili, dit Joseph Staline (1878-1953) : sortant d'un grand dîner donné en 1927 à l'ambassade d'URSS, Joseph Delteil dit à Maurice Martin du Gard : «Moi, je crois beaucoup en ce Staline. Il vaincra, car il porte ce prénom, ce beau prénom de Joseph le menuisier. Et puis il a été au séminaire, comme moi au petit séminaire de Carcassonne... — Il a pillé des banques et fait sauter des trains : on ne te connaît pas tous ces exploits! — Bah! On dit tant de choses. Et puis, avec ses grosses moustaches, c'est une si belle image d'Épinal!» En avril 1954, à l'occasion d'un déjeuner chez Plon, éditeur de ses *Mémoires*, de Gaulle dit de Staline : «C'était un grand homme. Il en avait le trait essentiel, à mon sens; il ne rusait pas avec les événements mais les prenait de face.» Au-delà de ces jolies déclarations, on sait que la vie n'était pas plaisante tous les jours dans l'Union soviétique sous Staline. On aimait à y raconter cette histoire d'un ami croisant un autre qui fuyait son village, chargé de son modeste bagage : «Ivan, où vas-tu? — Je quitte le village : la police d'État a décidé de réquisitionner tous les bœufs. — Mais Ivan, tu n'es pas un bœuf! — Je le sais bien. Mais comment le prouver?»

Lorsque Le Corbusier présenta à Staline, en 1931, son projet moderne et un peu triste pour le palais des Soviets à Moscou, le maître de l'URSS refusa d'une seule phrase : «Le peuple aussi a droit aux colonnes corinthiennes.»

## À *propos de Staline*

À la fin des années 1930, une plaisanterie commune en Union soviétique était la suivante : «Quelle différence y a-t-il entre Moïse et Staline?

— Moïse a sorti les Hébreux d'Égypte, et Staline les a sortis du Comité central.»

## STEPHENS (A.H.)

Alexander Hamilton Stephens (1812-1883) : les qualités intellectuelles de cet orphelin pauvre de Géorgie attirèrent l'attention d'un ministre presbytérien qui l'éduqua. Avocat, il remporta des succès constants dans la défense des esclaves qui jouaient leur vie. Il en avait lui-même trente-quatre, qu'il traitait bien. Il fut choisi comme vice-président du gouvernement confédéré, aux côtés de Jefferson Davis. En 1861, il fit un fameux discours à Savannah, le «*cornerstone speech*», où il déclarait que la pierre angulaire du nouveau gouvernement du Sud était cette grande vérité que le Nègre n'est pas l'égal du Blanc. Ses divergences de vues avec Davis s'accentuèrent et il réclama la paix. Lors de la défaite des confédérés, il fut emprisonné avant d'être élu au Sénat des États-Unis puis à la Chambre des représentants. Il a écrit une *Histoire des États-Unis*.

A.H. Stephens, représentant de Géorgie et futur vice-président de la Confédération sudiste, était un petit homme malingre. Un membre du Congrès, qui était au contraire très corpulent, lui lança un jour : «Taisez-vous, gringalet! Je n'aurais qu'à ouvrir la bouche pour vous avaler tout cru!

— Dans ce cas, répliqua Stephens, vous auriez dix fois plus de cervelle dans le ventre que vous n'en avez jamais eu dans la tête.»

## STRACHEY (Lytton)

Lytton Strachey (1880-1932) : écrivain anglais, fils d'un colonel de l'armée des Indes et d'une suffragette autoritaire, biographe distingué des personnages de l'époque victorienne, membre du Bloomsbury Group, bobo (*champagne socialist*) de son temps. Il fut l'amant de Keynes (il a évoqué leurs aventures peu reluisantes avec les adolescents spécialisés du Trocadero) et de l'éditeur Roger Senhouse, traducteur de Colette, avec lequel il eut une relation sado-masochiste suivie. Il eut également une relation spéciale avec Dora Carrington peintre et garçonne, qui l'aimait (elle a fait un beau portrait de lui). Lui préférait le mari de Dora, Ralph Partridge, qui lui-même préférait Frances Marshall. Dora se suicida après la mort de Strachey, et Ralph put épouser Frances (morte récemment à l'âge de cent quatre ans). Cela a été évoqué dans le bon film *Carrington*.

Lytton Strachey fit objection de conscience à son engagement militaire pour la Première Guerre mondiale. Le président du tribunal militaire lui demanda : « Et que feriez-vous si vous voyiez un soldat allemand essayer de violer votre sœur ?

— Je me mettrais entre les deux. »

*

De Lytton Strachey sur Lloyd George : « Mon désir le plus ardent est que, après la guerre, il soit castré publiquement au pied de la statue d'Edith Cavell. »

(Edith Cavell, infirmière, membre des services secrets britanniques, fut fusillée en octobre 1915 par les Allemands pour avoir facilité l'évasion de centaines de soldats alliés de Belgique ; elle symbolise pour les Anglais les martyrs de la Grande Guerre.)

### À propos de Lytton Strachey

Après la mort de Carrington, des petits vers disaient :

> *Lytton Strachey was gay, Dora was bisexual*
> *Life is strange when you're an intellectual.*

## STRAUS (Mme)

Geneviève Halévy (1849-1926), fille du compositeur Fomental Halévy (*La Juive*), épousa Georges Bizet. Veuve, elle ouvrit un premier salon à succès. Quadragénaire, elle se remaria avec l'avocat des Rothschild, Émile Straus. Son salon devint brillant : s'y retrouvaient les milieux bohèmes, les nobles du VIe arrondissement, et la riche bourgeoisie du VIIIe ; Ludovic Halévy expliquait que le faubourg Saint-Germain allait comme au Chat noir dans le salon de sa cousine, et le Chat noir comme au faubourg Saint-Germain. C'est là que Proust, condisciple de Jacques Bizet, le fils de la maison, rencontra la comtesse de Chevigné et Charles Haas, inspirateur de Swann. Joseph Reinach œuvra pour que le salon de Mme Straus devînt un point d'appui du dreyfusisme, et c'est à la demande de celle-ci que Waldeck-Rousseau prit dans son cabinet Galliffet, l'un des rares militaires favorables à la révision du procès. Geneviève Straus sombra ensuite dans la dépression. Comme c'était une époque de conversions vers le catholicisme, de bonnes âmes l'y encouragèrent ; elle répondit qu'elle avait trop peu de religion pour en changer. Son fils, morphinomane, tirait sur les bibelots de son appartement, jusqu'au jour de 1922 où il se prit lui-même pour un bibelot.

Au sujet d'une femme dont on avait pu vanter la beauté, mais qui avait pris énormément de tour de taille : «Ce n'est plus une statue, c'est un groupe.»

*

C'est en 1886 qu'elle annonça son mariage avec l'avocat Straus. Il était fort riche, mais ce remariage fut une grande surprise pour la société où régnait Geneviève Bizet. Quand elle se sentit contrainte de donner une explication, elle dit simplement : «C'était le seul moyen de m'en débarrasser.»

*

Proust rappelait en 1917 ce mot de Mme Straus, hôtesse du grand salon dreyfusard, qui, comparant son héros, ce Dreyfus[1] gauche, maladroit, écrivant et parlant mal, à Esterhazy dit «rara», élégant, ayant l'usage des cours, etc., disait «avec cette partialité qu'on a pour un adversaire» (précisait Proust) : «Si nous pouvions changer d'innocent !»

---

1. Alfred Dreyfus (1859-1935) : cet officier français, issu d'une famille juive fortunée qui avait choisi la France après l'annexion de l'Alsace par l'Allemagne, n'avait aucune raison de trahir, mais après le fameux incident du bordereau on ne fut pas regardant sur la culpabilité de l'accusé, qui était juif et dont le caractère hautain avait attisé des antipathies. Et puis la vérité n'était pas le sujet s'il est vrai que l'affaire avait été manigancée par l'État-major pour détourner l'attention allemande de l'élaboration du canon de 75 mm. Cela expliquerait que tous les pouvoirs de la République eussent au début réclamé la condamnation de l'innocent. Les réactionnaires n'étaient pas les seuls à faire des plaisanteries hasardeuses («Il n'est pas coupable : il est déjà coupé !»). Ensuite, l'affaire Dreyfus devint politique : «Le dreyfusisme ayant tellement grandi qu'il était une opinion, qu'il était un parti et un grand parti, et qu'aux yeux de beaucoup d'esprits, quoique à tort, il se confondait avec le républicanisme lui-même» (Émile Faguet). La Cour de cassation reçut du gouvernement l'ordre d'arranger les choses; elle le fit en violant la loi, et cela ne permit pas d'apaiser la querelle, ce qu'aucun des partis d'ailleurs ne recherchait plus... Paul Morand rapporte qu'au moment de la Marne, Alfred Dreyfus commandait un fort qui ne pouvait plus tenir; les officiers voulaient se constituer prisonniers, mais, à leur grand chagrin, l'ancien condamné s'écria : «Quand on s'appelle Dreyfus, on ne peut plus se rendre !»

## STRAUSS-KAHN (Dominique)

Dominique Strauss-Kahn (né en 1949) était favori en vue de l'élection présidentielle de 2012 lorsqu'en mai 2011 il fut interpellé pour une tentative de viol sur une femme de chambre dans un hôtel new-yorkais. Jeté en prison, il fut relâché quelques semaines plus tard : le procureur abandonna les poursuites parce que la plaignante avait menti au contrôle des immigrants. Dershowitz (l'avocat de l'affaire von Bülow) a dit que le procureur avait été trop brutal au début et trop faible à la fin. La gauche française, très affectée, tenta de réduire l'incident, et un journaliste célèbre, habituellement mieux inspiré, expliqua que ce n'était après tout qu'un simple «troussage de domestique». La femme de DSK, Anne Sinclair, s'efforça à la dignité, jusqu'au jour où son mari fut inculpé en France dans une affaire de proxénétisme aggravé. Journaliste de télévision, elle est à la tête d'une fortune qu'elle doit à son grand-père Rosenberg, marchand d'art que Cocteau a décrit devant un tableau qui représentait un baigneur : «C'est une cathédrale... C'est énorme... Ma femme et moi nous nous effondrons devant en disant : "Nous sommes des merdes." On avait beau lui dire : *mais c'est un baigneur*, Rosenberg reprenait ses comparaisons gigantesques.» Jean-Marie Le Pen, chef de l'extrême droite, fut condamné pour injure raciale après avoir traité Mme Sinclair de «plantureuse charcutière cachère»; il avait expliqué à l'audience qu'il l'avait traitée ainsi parce qu'elle «saucissonnait l'information».

L'extrême gauche marxiste, au début du XXI<sup>e</sup> siècle, en France, fut marquée par l'alliance entre Lutte ouvrière, dont la porte-parole nationale était Arlette Laguiller, populaire figure qui, sous des airs simplets, récitait à chaque élection présidentielle son credo trotskyste, et la Ligue communiste révolutionnaire d'Olivier Besancenot, employé des Postes. Apprenant l'événement, Dominique Strauss-Kahn dit : «C'est l'union d'un postier et d'une timbrée.»

## STRAVINSKI (Igor)

Igor Stravinski (1882-1971), rendu célèbre par ses musiques pour les ballets de Diaghilev, s'installa en France avant d'aller aux États-Unis. On avait divisé son œuvre en trois : la période russe, la période néoclassique durant laquelle, après la révolution de 1917, il avait déclaré qu'il ne retournerait jamais dans son pays et qu'il était désormais un compositeur de musique pure dégagé des traditions, enfin, après la Seconde Guerre mondiale, la musique sérielle (que Messiaen dénonçait comme «un uniforme gris sur gris»). On a depuis démontré que, dans toute l'œuvre de Stravinski, les notes sur la gamme sont espacées, alternativement, par un ton et un demi-ton, structure «octatonique» (il y a alors huit notes dans la gamme) qui se retrouve chez Rimski-Korsakov et l'ensemble de ses élèves. D'ailleurs, lorsque Stravinski consentit à faire une visite à son pays d'origine pour ses quatre-vingts ans, il déclara à la *Pravda* : «J'ai parlé le russe toute ma vie. Je pense en Russe, et ma façon d'exprimer ma personnalité est russe.» Il revint à New York, et dans un taxi il constata que le nom du chauffeur, gravé sur sa plaque, était le même que le sien. «Tiens! dit-il, vous vous appelez Stravinski, comme le compositeur! — J'ignorais qu'un compositeur se nommait ainsi, expliqua le chauffeur, mais de toute façon Stravinski n'est pas mon nom. Ce taxi est celui de mon beau-frère. Moi, je m'appelle Puccini.»

Stravinski était harcelé par un jeune confrère qui, pour chacune de ses productions, quêtait une approbation de son génie. Un matin, Stravinski voit arriver son fâcheux avec un épais manuscrit : «Vous voudrez bien, maître, me donner votre opinion sur ma dernière œuvre...

— C'est vraiment la dernière ?

— Mais oui...

— Alors, sans l'avoir regardée, je vous félicite.»

*

Stravinski dit un jour : «Je fus accusé d'essayer de sortir d'Allemagne un plan de fortifications. En fait, c'était mon portrait par Picasso.»

### À propos d'Igor Stravinski

Le Théâtre des Champs-Élysées, tout nouveau monument de béton armé de style jugé «teuton», que Forain appelait «le zeppelin de l'avenue Montaigne», était ouvert depuis deux mois lorsque, le 29 mai 1913, il entra dans la légende avec la création du *Sacre du printemps* de Stravinski et les Ballets russes de Diaghilev. Certains spectateurs, dont Ravel, furent enthousiastes, mais d'autres, comme Saint-Saëns, prirent le parti de fuir. Adolphe Boschot, critique considéré, écrivit dans *L'Écho de Paris* : «On veut nous montrer les danses de la Russie préhistorique : on nous présente donc, pour faire primitif, des danses de sauvages, de Caraïbes, de Canaques...»

Lorsque l'Élue avait exécuté la danse sacrale, quand elle entra en transe et ne fut plus que tremblement, un spectateur cria : «Un docteur! Non! un dentiste!»

Diaghilev, qui craignait une réception houleuse, avait pris soin de garnir les loges avec des spectateurs qui lui étaient dévoués, si bien qu'il y eut des prises à partie. On entendit par exemple un cri s'élever, à l'encontre des détracteurs et spécialement des dames qui manifestaient avec jubilation leur désapprobation, et dont la dernière n'était pas la vieille comtesse de Pourtalès, debout dans sa loge, le diadème de travers et toute rouge...

« Taisez-vous, garces du XVIᵉ ! entendit-on.

— C'est la première fois, en soixante ans, que l'on ose se moquer de moi ! s'écriait la comtesse.

— Ta gueule ! »

Les détracteurs se répandaient en disant : « C'était le massacre du printemps. »

## SULLY (duc de)

Maximilien de Béthune, duc de Sully (1560-1641), suivait son maître Henri de Navarre, agiotait sur les ventes de chevaux et s'arrondissait par divers trafics du temps des guerres de Religion. Ses intérêts l'emportant sur ses convictions, il encouragea Henri IV à embrasser le catholicisme. Le roi l'appela à la surintendance, et il apporta à la gestion du trésor royal la scrupuleuse avarice qu'il suivait pour ses affaires. Lors de sa retraite, les paysans coururent arracher, en haine de lui, les ormes qu'il avait fait planter au bord des routes. Une chambre de justice fut créée en décembre 1607 sur les prévarications et, dit Marbault, elle devait « envelopper Sully » ; il sut empêcher les recherches. Il refusa de se convertir au catholicisme, mais fut pourvu de trois abbayes et de bénéfices ecclésiastiques. Il avait ses petites folies, dont la danse, et Tallemant assure que tous les soirs « un nommé la Roche, valet de chambre du roi, jouait sur le luth les danses du temps, et M. de Sully les dansait tout seul, avec je ne sais quel bonnet extravagant en tête qu'il avait d'ordinaire quand il était dans son cabinet. Les spectateurs étaient Duret, depuis président de Chevry, et La Clavelle, depuis sieur de Chevigny, qui, avec quelques femmes d'assez mauvaise réputation, bouffonnaient tous les jours avec lui ». Après l'assassinat du roi, Sully alla vivre sur ses terres. Il était humblement vêtu à la manière calviniste, mais menait grand équipage, et les paysans s'amusaient à le regarder. « Il avait quinze ou vingt vieux paons, et sept ou huit vieux reîtres de gentilshommes qui, au son de la cloche, se mettaient en haie pour lui faire honneur, quand il allait à la promenade, et puis le suivaient ; je pense que les paons suivaient aussi » (Tallemant). Il est resté célèbre pour sa métaphore mammaire : « Le labourage et le pastourage, voilà les deux mamelles dont la France est alimentée, les vrayes mines et trésor du Pérou. »

Sa seconde femme ne lui fut pas fidèle. Un soir qu'ils recevaient à dîner un gentilhomme bien tourné, qu'elle dévorait des yeux, Sully lui dit : «Avouez que vous seriez bien attrapée si monsieur n'avait pas de couilles.»

*

Il ne se formalisait cependant pas outre mesure d'être cocu, et donnait de l'argent à sa femme en comptant : «Tant pour ceci, tant pour cela, et tant pour vos foutres.»

## SURCOUF (Robert)

Robert Surcouf (1773-1827) descendait de Duguay-Trouin par sa mère, et son grand-père paternel, propriétaire de huit navires, était le plus important armateur malouin. Nommé capitaine à l'âge de vingt ans, il fit bientôt la course dans les mers de l'Inde où il se rendit formidable aux Anglais (en cinq années d'activité corsaire, il captura plus de quarante navires ennemis). Il s'enrichit extrêmement, tout d'abord comme négrier, ensuite comme corsaire grâce à ses parts de prise, enfin par des spéculations immobilières. Napoléon le fit chevalier de la Légion d'honneur, mais il refusa d'entrer dans la marine impériale.

L'amiral anglais qui venait de capturer Surcouf voulut faire la morale à ce corsaire : «Vous vous battez pour l'argent, alors que nous nous battons pour notre honneur.»
Surcouf expliqua : «On se bat toujours pour ce qu'on n'a pas.»

## SWIFT (Jonathan)

Jonathan Swift (1667-1745), pasteur irlandais de l'Église anglicane, publiait de manière anonyme ; ce fut le cas des *Voyages de Gulliver*. Il avait un caractère bizarre, et la dent dure envers ceux qu'il tenait pour médiocres, c'est-à-dire l'essentiel de l'humanité. Après avoir épousé une jeune femme belle et raffinée, il refusa toujours de la présenter comme son épouse, et dans la société puritaine anglaise elle devait supporter d'être traitée comme une concubine ; lorsqu'elle mourut, il resta inconsolable. Dans ses ouvrages, au ton rabelaisien quoique à la mode britannique, il a bien campé le peuple, ce qu'il devait à sa façon de voyager : il allait à pied comme un homme sans condition, logeait dans les plus minces auberges avec les valets et les voituriers, et prenait plaisir à converser, «l'accoutumant sans doute aux expressions sales, grossières et indécentes, qui sont semées dans tous ses écrits» (*Dictionnaire des portraits historiques*, Paris, 1769). Ce misanthrope légua une somme considérable pour la fondation d'un hôpital de fous de toutes espèces, que son testament présentait comme d'une grande utilité pour les trois royaumes de la Grande-Bretagne.

Dans un de ses sermons, Swift disait à ses auditeurs : «Il y a quatre sortes d'orgueil : l'orgueil de la naissance, celui de la fortune, celui de la figure et celui de l'esprit. Je vous parlerai des trois premiers ; quant au quatrième, il n'y a personne dans cet auditoire à qui on puisse le reprocher. »

### À propos de Jonathan Swift

Swift décida d'écrire, en 1732, un poème : *The Lady's Dressing Room.*

Lady Mary Wortley Montagu écrivit ces vers :

> *I'm glad you'll write,*
> *You'll furnish paper when I shite.*
> « Je suis contente que vous l'écriviez :
> Cela me fournira le papier pour y aller. »

### TABOUROT (Étienne)

Étienne Tabourot, seigneur des Accords (1547-1590), procureur du roi au bailliage de Dijon, fut auteur de poèmes bizarres, *Bigarrures*, composés, selon ses propres explications, «pour se chatouiller soi-même et se faire rire le premier». Son seul nom était Tabourot, mais ayant adressé un sonnet à la fille d'un haut magistrat, signé de la devise de ses ancêtres : «À tous accords», cette jeune personne l'appela, dans sa réponse, «Seigneur des Accords», nom qu'il retint pour publier. Il aimait les vers excentriques : «Voici un vers qui m'a échappé inadvertement, auquel toutes les lettres de l'alphabet sont contenues» (à l'époque, le *w* n'existait pas) :

Lui flamboyant guidait Zéphyre sur ces eaux.

Il a laissé une élégie de soixante vers, où *con* figure toujours dans l'une des deux dernières syllabes. Son admiration allait à Pierius, qui avait fait un poème de mille deux cents vers, intitulé *Christus crucifixus*, dont chacun des mots commençait par un *c* :

Currite, castalides, Christo comitante, camoenæ,
Concelebraturæ cunctorum carmine certum confugium collapsorum [etc.]

Tabourot, qui appréciait ces vers curieux, dit : «Il s'en pourrait ainsi faire sur chaque lettre, mais, avant qu'on en ait fait six de suite, il est permis de boire un coup.»

Tabourot n'avait pas trop confiance en sa nouvelle amie, à l'époque où elle exigeait de lui des poèmes d'amour. Il lui dédia celui-ci :

| | |
|---|---|
| Qui vous dit belle | Il ne dit vérité |
| Il dit bien vray | Qui laide vous appelle |
| Vous êtes telle | En fait de loyauté |
| Combien bien scay | Etes la non pareille |
| Toujours auray | A vous haine mortelle |
| A vous fiance | N'auray jour de ma vie |
| Et aymerai | Qui vostre mal révèle |
| Votre accointance | Dieu confonde et maudie ! |

Lorsque les deux amants se brouillèrent, le poète expliqua à sa muse qu'elle avait lu le poème dans le mauvais sens : qu'il ne fallait pas le lire une colonne après l'autre, mais horizontalement. C'est ce qu'on appelle un «double-sens». L'un des plus célèbres exemples date de la Révolution, *Le Serment civique à double face* (1792) :

| | |
|---|---|
| À la nouvelle loi | Je veux être fidèle |
| Je renonce dans l'âme | Au régime ancien. |
| Comme article de foi | Je crois la loi nouvelle |
| Je crois celle qu'on blâme | Opposée à tout bien. |
| Dieu vous donne la paix | Messieurs les démocrates, |
| Noblesse désolée, | Au diable allez-vous-en, |
| Qu'il confonde à jamais | Tous les aristocrates |
| Messieurs de l'Assemblée | Ont seuls le vrai bon sens |

## TAILHADE (Laurent)

Laurent Tailhade (1854-1919), élève dissident de Léon Bloy, anarchiste et morphinomane, est resté célèbre pour avoir, à Camaret, vidé son pot de chambre sur les fleurs de la Bénédiction de la mer, un 15 août. Les Bretons s'emparèrent de sa personne pour le reconduire à la frontière française, et il s'en vengea par la chanson *Le Curé de Camaret*, la moins mortelle de ses œuvres. Il revint de l'extrémisme après que, en 1896, il eut perdu un œil lors d'un attentat anarchiste contre le restaurant Foyot. Peu auparavant, il avait célébré une bombe de même origine posée à l'Assemblée nationale : «Qu'importent les victimes si le geste est beau ! »

Mme Adam, née Juliette Lambert, épousa le préfet de police Edmond Adam. Laurent Tailhade disait : «Madame Adam, pour qui Adam n'était pas le premier homme[1]...»

*

De Tailhade sur Émile Zola : «Achetez aussi du Zola. Ça sert dans les water-closets.»

## TALLEYRAND (prince de)

Charles Maurice de Talleyrand-Périgord, prince de Bénévent, prince-duc de Talleyrand (1754-1838), fut réduit, à cause d'un pied-bot, à une carrière ecclésiastique pour laquelle il n'avait aucune vocation, bien que sa devise fût «*Re que Diou*» («Rien que Dieu» en périgourdin). Abbé de seize ans, il était surtout captivé par les charmes blonds de Julienne, rue du Pot-de-Fer : «Je tenais sa petite main dans les miennes pendant des heures entières et j'étais plus heureux de cette faveur que je ne le fus jamais des croix, des clefs d'or, des cordons et des principautés.» Grâce à son intelligence pratique, il fut investi à l'âge de vingt-cinq ans de l'agence générale du clergé. Devenu évêque d'Autun, ce lecteur des *Mémoires* du cardinal de Retz vit dans la Révolution naissante une nouvelle Fronde où jouer un rôle. Élu président de la Constituante, on le choisit pour célébrer la messe à la fête de la Fédération ; il avait oublié la liturgie, et on le fit réviser la veille sur la cheminée d'un salon, avec Mirabeau comme enfant de chœur. Il fut décrété d'accusation après le 10 août 1792, et partit s'installer à Philadelphie où il accrut sa fortune. Nommé ministre à son retour, il prépara le 18 Brumaire. Il tenait magnifiquement salon («Si sa conversation pouvait s'acheter, a dit Mme de Staël, je me ruinerais») et poursuivait aussi ses combinaisons, jusqu'en 1807 où Napoléon se déclara las «de ses agiotages et de ses saletés». Talleyrand, de son côté, critiquait la perpétuité des guerres, et il présenta la campagne de Russie, selon un mot resté célèbre, comme «le commencement de la fin». Quand la situation fut

---

1. Juliette Lambert épouse Adam (1836-1936), «l'âme de Gambetta», la «Grande Française», tenait un salon «républicain et laïque», boulevard Malesherbes et dans sa propriété de Gif, rival de celui de la royaliste Mme de Loynes sur les Champs-Élysées. Ce cercle frondeur des dernières années du Second Empire joua un rôle important pour l'institution de la république. Mme Adam se convertit au catholicisme en 1905. Ennemie de l'Angleterre (ce qu'elle justifiait par son origine picarde...), elle l'était encore davantage de l'Allemagne (Léon Daudet écrit : «Fille de la solide Picardie, issue d'un sens intact et d'une longue lignée de gens du terroir qui savaient rire, boire et tenir bon, cette femme extraordinaire a une âme de croisé [...]. Elle m'a mis au cœur une haine lucide de la Bête allemande, qui ne s'éteindra qu'avec moi»). Elle fut en revanche liée à la Russie, et c'est dans les papiers de son ami Élie de Cyon que la police secrète russe, en 1897, aurait trouvé le manuscrit du *Protocole des Sages de Sion*.

mûre, Aimée de Coigny le rassura sur son avenir et il rédigea en 1814 l'acte de déchéance de l'Empereur. Plénipotentiaire au congrès de Vienne, il eut un rôle déterminant dans ce traité qui renforçait les puissances catholiques (l'Autriche et la France), évitait toute reconstitution d'une Allemagne forte (il sauva la Saxe) et s'efforçait d'entraver une réunification de l'Italie sous hégémonie lombarde, en remettant les médiocres Bourbons sur le trône de Naples. Sous la seconde Restauration, les ultras s'efforcèrent de le neutraliser. En 1830, Louis-Philippe lui donna l'ambassade de Londres et il inaugura le système de paix à tout prix. Converti par sa maîtresse la duchesse de Dino, il se réconcilia avec l'Église par le ministère de l'abbé Dupanloup. Un texte de 1829 dit qu'en entrant dans les ordres, Talleyrand avait pu être le «directeur», au sens dévot, de la Révolution : «Ce fut M. de Talleyrand, en effet, qui baptisa la Révolution sur l'autel de la patrie, le jour de la première Fédération; plus tard, il la maria avec l'Empire, et lui donna, en 1814, l'extrême-onction après avoir eu quelque part à ses largesses» (*L'Album perdu*).

Le directeur Reubell, qui louchait fortement, avait demandé à Talleyrand : «Citoyen ministre, comment vont les Affaires extérieures ?

— De travers, comme vous voyez.»

*

Au temps du Directoire, Talleyrand se rendit au Luxembourg pour une réunion. L'huissier, remarquant qu'il marchait avec une canne, l'arrêta : «Citoyen, les cannes doivent être laissées au vestiaire.

— Je m'en doutais bien, mon garçon, car tes maîtres craignent les coups de bâton.»

*

Peu après, Talleyrand répondit ainsi à une question de Bonaparte, qui rentrait juste d'Égypte : «Le Directoire? Trois tiers : des faibles; des pourris; des modérés.»

*

Ministre des Relations extérieures du Directoire, Talleyrand dut frayer avec les nombreux parvenus qui avaient survécu à la Révolution.

Un soir qu'il donnait un grand dîner chez lui, où l'on suivait toujours l'ancienne manière française, la future maréchale Lefebvre dit à l'hôte : « Citoyen ministre, vous nous donnez là un fier fricot ! ça a dû vous coûter gros. »

Talleyrand répliqua sur le même ton : « Ah ! madame, vous êtes bien bonne, ça n'est pas le Pérou. »

Mais il laissait éclater parfois cette morgue du rang qui ne le quittait jamais. Un jour, contemplant la gaucherie des nouveaux venus de l'Empire, il dit à son voisin : « On voit qu'il n'y a pas très longtemps qu'ils marchent sur du parquet. »

*

Au chapitre consacré à Mme de Boufflers, on a parlé du « jeu des bateaux ». On vous supposait sur une barque en perdition, avec deux personnes, et l'on disait qu'il n'était possible d'espérer sortir de cette situation tragique qu'en jetant à la mer un des autres passagers : on vous interrogeait alors sur le choix du sacrifice.

Une célèbre réponse fut, un jour, celle de Talleyrand : il y avait là Mme de Staël et Mme Récamier, qui était infiniment plus belle, ce qui n'avait pas échappé à Talleyrand. Germaine de Staël s'en apercevait avec désagrément, et elle supposa le trio sur le lac de Genève, devant Coppet : « Si notre barque vient à chavirer, finit-elle par dire à Talleyrand, quelle est celle des deux que vous sauve-riez la première ?

— Ah ! méchante : je gage que vous nagez comme un ange... »

*

« On vous croit bien riche, monsieur de Talleyrand, disait Bonaparte auquel on avait parlé de certains tripotages de Bourse...

— Oui, citoyen consul.

— Mais extrêmement riche.

— Oui, citoyen consul.

— Mais comment cela se peut-il ? Vous étiez loin de l'être à votre retour d'Amérique.

— Il est vrai, citoyen consul. Mais j'ai acheté le 17 brumaire tous les emprunts d'État que j'ai trouvés sur la place, et je les ai reven-dus le 20. »

*

Lors d'un dîner chez Talleyrand, Fontanes s'émerveillait très fort des *Martyrs* de Chateaubriand, ouvrage qui faisait alors fureur.

Il vantait en particulier la beauté d'un passage ou l'on voit Eudore et Cymodocée « dévorés par les bêtes ».

« C'est comme l'ouvrage », laissa tomber Talleyrand.

*

On sait que Chateaubriand et Talleyrand ne s'aimaient guère. Chateaubriand écrivait : « Quand monsieur de Talleyrand n'intrigue pas, il trafique. »

Talleyrand disait de son côté : « Quand on ne parle plus de monsieur de Chateaubriand, il croit qu'il est devenu sourd. »

*

Dans *Delphine*, son roman à clé, Mme de Staël représenta Talleyrand sous les traits d'une femme (Mme de Vernon), tandis qu'elle s'y décrivait elle-même comme une fine et adorable créature. Les contemporains, qui identifièrent avec facilité les personnages, guettèrent en vain la réaction de Talleyrand. Dans un dîner, un convive finit par lui demander ce qu'il pensait du livre. Il se lança dans une critique élogieuse, et acheva en exprimant toute l'admiration qu'il avait eue du talent prodigieux de l'auteur, soulignant pour conclure : « Elle a réussi à nous représenter, elle et moi, déguisés en femme. »

*

À l'époque du Consulat, l'épouse de l'ambassadeur de Prusse en France, Mme Lucchesini, avait la réputation d'une très grande beauté. Mais elle était taillée à la prussienne. Aussi M. de Talleyrand remarquait-il : « Elle est bien, mais nous avons mieux que cela dans la garde du Premier consul. »

*

Lors de la paix d'Amiens, Bonaparte résolut de nommer le général Andréossy ambassadeur à Londres sans consulter Talleyrand, alors ministre des Relations extérieures. Talleyrand l'apprit mais affecta de l'ignorer ; lors d'un dîner à la Malmaison, il proposa à Bonaparte, pour le poste d'Angleterre, plusieurs noms que celui-ci refusa.

« J'ai mon affaire, finit par dire le Premier consul, j'enverrai Andréossy.

— Vous voulez nommer André aussi ? Quel est donc cet André ?

— Je ne vous parle pas d'un André, je vous parle d'Andréossy. Pardieu ! Andréossy : général d'artillerie !

— Andréossy ? Ah oui ! c'est vrai. Je n'y pensais pas. Je cherchais dans la diplomatie et ne l'y trouvais pas. C'est vrai ; oui, oui, c'est vrai : il est peut-être dans l'artillerie... »

Ainsi le ministre affectait, outre sa mauvaise volonté délibérée, d'ignorer le nom des généraux d'artillerie – comme l'était Bonaparte.

\*

Le prince de Reuss envoya à Paris en 1802 un projet de traité de paix et d'alliance qui commençait par un article premier ainsi libellé : « Le prince de Reuss reconnaît la République française. »

Talleyrand, alors ministre des Relations extérieures, annota en marge du traité : « La République française est charmée de faire la connaissance du prince de Reuss. »

\*

Le comte Louis de Narbonne, que l'Empereur aimait beaucoup et qui mourut de la suite de ses blessures après la campagne de Dresde, était un des hommes les meilleurs et les plus aimables qui aient existé, selon un contemporain. Il comptait parmi les amis intimes de Talleyrand. Un jour qu'ils se promenaient ensemble sur la terrasse de l'Eau, aux Tuileries, Louis de Narbonne récitait à Talleyrand des vers qu'il avait faits. Au bout d'un certain temps, Talleyrand l'interrompit pour lui montrer un homme qui bâillait un peu plus loin : « Narbonne, regarde donc, tu parles toujours trop haut. »

Au sujet de M. de Narbonne, il faut savoir que la mère de ce général était, malgré les faveurs dont l'Empereur comblait son fils, une des plus vieilles et des plus entêtées aristocrates à manifester son opposition. Après la victoire d'Austerlitz, Napoléon pensa que Mme de Narbonne était enfin gagnée. Il demanda à son aide de camp : « Votre mère m'aime-t-elle, cette fois ? »

Louis de Narbonne paraissait très embarrassé de répondre. Talleyrand le vit ; il s'avança : « Sire, madame de Narbonne n'en est encore qu'à l'admiration. »

\*

M. de Clermont-Tonnerre, chambellan de Pauline Bonaparte, était un ancien duc et pair; l'Empereur venait de le nommer comte, et il en était très fier. Il vint à croiser Talleyrand; celui-ci lui dit : « Je vous félicite bien sincèrement, car il faut espérer qu'à la prochaine promotion vous serez baron. »

*

À l'époque de l'Empire, Talleyrand, lorsqu'il entreprenait de recevoir à dîner, remplissait avec cérémonie ses devoirs d'hôte, continuant d'observer les traditions de l'Ancien Régime, en y ajoutant même un peu de sa morgue.

Ainsi le maître de maison offrait-il à ses convives leur part du plat qu'il découpait (la coutume de faire présenter à chacun les mets par un domestique est plus récente), en respectant l'ancienne hiérarchie par des termes soigneusement mesurés depuis le rétablissement des titres de noblesse, et comme si la Révolution n'était jamais passée par là : « Monsieur le duc, Votre Grâce me fera-t-elle l'honneur d'accepter de ce bœuf?

« Mon prince [en France, titre inférieur au précédent], aurai-je l'honneur de vous envoyer du bœuf?

« Monsieur le marquis, accordez-moi l'honneur de vous offrir du bœuf.

« Monsieur le comte, aurai-je le plaisir de vous envoyer du bœuf?

« Monsieur le baron, voulez-vous du bœuf? »

Quand il arrivait au simple monsieur, le maître de maison frappait avec sa main sur son assiette, fixait ses yeux sur ceux de son convive, et demandait : « Bœuf? »

*

Talleyrand comparant Metternich à Mazarin : « Le cardinal trompait, mais il ne mentait pas; or M. de Metternich ment toujours et ne trompe personne. »

*

François « de Neufchâteau », comte d'Empire, était seulement François pour l'état civil. Selon Laure d'Abrantès, M. François avait fait insérer à l'*Almanach des Muses* des poésies légères et

« Voltaire, qui répondait à tout le monde, lorsqu'on lui écrivait des louanges bien enflées et bien exagérées, répondit à M. François qu'il serait un jour le Tibulle, l'Anacréon de Neufchâteau ; et, ajoute la duchesse d'Abrantès, cette alliance que présageait le grand poète par ses paroles, détermina M. François à joindre à son nom propre le nom de la ville où il avait été élevé ». À partir de l'Empire et de son anoblissement, il se contentait de faire précéder d'un simple *F.* initial le nom « de Neufchâteau ». Un jour, il ne cacha plus à Talleyrand la satisfaction qu'il éprouvait à être comte. Et puis, malgré l'orthographe de son nom, il laissa percer la prétention de pouvoir s'enter, à l'aide de papiers de famille, sur une maison fort ancienne, dont il croyait descendre. Talleyrand lui dit : « Mais c'est bien possible, monsieur François : ce doit être par les Neufchâteau. »

*

Sous l'Empire, Cambacérès disait à Talleyrand : « On fait force épigrammes contre le comte Sieyès ; on a vraiment tort. Je vous assure que dans les différents discours que je lui ai entendu prononcer à la tribune de nos assemblées, je lui ai toujours reconnu un esprit très profond.

— Profond n'est pas le mot, répondit Talleyrand : c'est *creux*, *très creux*, que Votre Altesse devrait dire. »

*

Le comte de Cobentzel, ambassadeur d'Autriche à Paris, était de fort petite taille. Il était un jour à souper chez M. de Talleyrand, au milieu d'une société assez importante de jeunes ambassadrices charmantes et fort gaies. On se moquait un peu du comte de Cobentzel à cause de son air toujours proupret et de sa gravité imperturbable. Talleyrand disait de lui : « Alors même qu'il ne pense à rien, il a l'air de penser à quelque chose. »

Malgré sa soixantaine d'années, il était encore bien pris, bien proportionné dans sa petite taille, et on le remarquait aussi par sa coiffure extraordinaire : la gaieté française ne craignait pas de dire que dans cette coiffure il y avait peut-être plus de diplomatie que dans la tête de M. de Metternich. Toujours est-il que, le jour de ce souper, les jeunes ambassadrices firent tant qu'elles déterminèrent M. de Cobentzel à raconter l'histoire suivante :

«Du temps de l'empereur Joseph II, j'étais attaché au conseil privé. J'avais obtenu un congé d'une semaine dont je jouissais depuis trois jours dans une terre située à quelques lieues de Vienne. Un courrier arrive en toute hâte et me remet l'ordre de me rendre sur-le-champ au palais impérial. Il commençait à se faire tard, et j'arrive à plus de dix heures du soir dans un faubourg de Vienne, quand l'essieu de ma voiture se rompt et me voilà contraint de continuer ma route à pied dans un quartier fort désert. Tout cela n'était rien; mais une maudite colique, une de ces coliques qui ne permettent pas de retard, m'oblige, moi conseiller aulique, de frapper à la porte d'un cabaret et d'y demander. Une grosse servante me conduit dans un bouge. Ce n'était rien encore; me voilà assis sur deux ais mal affermis; ils tombent et je tombe avec eux.

« — Jusqu'où en aviez-vous? demanda Mme de Lewingston au petit comte.

« — Mais... très haut.

« — Enfin jusqu'où? insista la marquise de Gallo.

« — S'il faut vous le dire, mesdames, j'en avais jusqu'à la lèvre inférieure.

« — Ne vous trompez-vous pas, monsieur le comte, dit Talleyrand : ne serait-ce pas jusqu'à la lèvre supérieure que vous voulez dire?»

*

Un banquier assez sot, que Talleyrand avait reçu plusieurs fois, lui écrivit un jour pour lui demander une audience; l'audience fut accordée : c'était peu de temps après le procès de Cadoudal, Pichegru et Moreau; Talleyrand était alors ministre des Relations extérieures et la France était troublée. Le bruit de la mort de George III, roi d'Angleterre, s'était répandu dans Paris, et cette nouvelle pouvait avoir une grande influence à la Bourse. Le spéculateur indiscret ne cacha pas au ministre le motif de l'audience qu'il avait sollicitée. M. de Talleyrand, avec le plus imperturbable sérieux, lui répondit : «Les uns disent que le roi d'Angleterre est mort, les autres disent qu'il n'est pas mort; pour moi, je ne crois ni les uns ni les autres; je vous le dis en confidence, mais surtout ne me compromettez pas.»

*

Un texte contemporain de Talleyrand raconte : «Madame \*\*\* n'a pas de dents : Mlle Duchesnois en a, mais elles ne sont pas belles. Cela faisait dire un jour à M. de Talleyrand : "Si Madame \*\*\* avait des dents, elle serait aussi laide que Mlle Duchesnois."»

\*

Talleyrand demanda un riche fournisseur militaire, et dit en apprenant qu'il était allé à Barèges prendre les eaux : «Il faudra donc toujours qu'il prenne quelque chose...»

\*

Le maréchal Bessières, nouvellement créé duc d'Istrie, ayant rencontré Talleyrand dans un salon des Tuileries, alla au-devant des compliments que celui-ci allait lui faire sur son titre de duc : «Parbleu, je ne vous cache pas que je suis enchanté d'être duc, car on ne se gênait guère même ici pour donner des titres aux nobles de l'Ancien Régime. Rien ne m'était plus insupportable que de m'entendre continuellement corner aux oreilles, *le comte de Ségur par-ci*, *le comte de Ségur par-là*; au moins, à présent, on dira aussi *le duc d'Istrie*.

— Mon Dieu, monsieur le maréchal, lui répondit Talleyrand – qui se garda bien en cette circonstance de l'appeler *M. le duc* – mon Dieu, monsieur le maréchal, c'est la chose du monde la plus simple, que cela, et je ne conçois pas comment vous avez pu être choqué d'entendre dire : *le comte de Ségur*. Vous voyez, M. de Ségur avait un père, on l'appelait *le comte de Ségur*; quand son père est mort, on a dit au fils : *le comte de Ségur*, et ça est resté. Vous, monsieur le maréchal, quand madame votre mère vous a mis au monde, on a dit : *Mme Bessières a un fils*, ce qui a sans doute causé une grande joie dans votre famille; on a pris l'habitude de vous nommer *M. Bessières*. Eh bien, ce n'est pas autre chose que cela, M. Bessières, le comte de Ségur.»

\*

Hugues Bernard Maret, ministre des Affaires étrangères, avait été fait duc de Bassano en 1809. Talleyrand dit : «Je ne connais qu'un homme au monde plus bête que M. Maret.

— Qui donc, monseigneur ?

— Le duc de Bassano. »

*

Lorsque le fatal bulletin qui rendait compte des désastres de la campagne de Russie fut parvenu à l'Impératrice, elle manda près d'elle les dignitaires de l'Empire, et M. de Talleyrand, en sa qualité de vice-Grand Électeur, s'y rendit comme les autres. La consternation était grande aux Tuileries, et l'on était avide de détails. On savait seulement que l'armée entière était détruite, que tout était perdu, hommes, chevaux, bagages. On vint alors annoncer à l'Impératrice l'arrivée du duc de Bassano. Talleyrand dit : « Voyez comme on exagère : on disait que tout le matériel était perdu, mais voilà Maret de retour. »

*

Talleyrand disait, à propos de Fouché : « Un ministre de la Police est un homme qui se mêle de ce qui le regarde, et ensuite de ce qui ne le regarde pas. »

Il ajoutait : « Fouché fait un sale métier, mais il le fait salement. »

*

En tant que grand chambellan, Talleyrand recevait les serments de fidélité des dames pourvues d'une charge à la cour impériale. L'une d'entre elles vint s'acquitter de cette formalité dans une parure élégante, mais assez leste, et qui aurait mieux convenu pour un bal que pour une audience. Le prince, qui l'avait remarquée, lui dit : « Voilà, madame, une robe bien courte pour un serment de fidélité. »

*

Une duchesse fort laide, mais pour laquelle Talleyrand avait eu des faiblesses, l'apostropha un jour vertement : « On dit, monsieur, que vous vous seriez vanté d'avoir obtenu mes faveurs !

— Nullement, madame ! Jamais je ne m'en serais vanté... *accusé*, tout au plus... »

*

Le général Dorsenne Le Paige, «un des plus beaux hommes de l'armée quand il avait des bottes, était du petit nombre de nos braves qui n'avaient pu se façonner aux manières de la Cour». Il fut un jour invité à dîner chez Talleyrand qui occupait alors la maison de M. de Crawfort, rue d'Anjou, dans le faubourg Saint-Honoré. Le général se fit attendre assez longtemps; on était à table depuis quelques minutes quand enfin il arriva.

«Pardon, général, lui dit le prince de Bénévent, mais ces dames avaient grand-faim, et vous savez que les dames n'attendent jamais.

— Ah! monseigneur, dit le général un peu confus, excusez-moi; j'ai eu beaucoup d'affaires toute la matinée, et, encore tout à l'heure, au moment où j'allais monter en voiture pour me rendre chez Votre Altesse, j'ai été importuné par un maudit péquin qui m'a retenu plus d'un quart d'heure...

— Général, oserais-je vous prier, pour mon instruction particulière, de me dire ce que c'est qu'un *péquin*.

— Quoi, monseigneur, reprit le général, ne savez-vous pas que, nous autres militaires, nous avons coutume d'appeler *péquin* tout ce qui n'est pas militaire?

— Comment donc!... mais c'est comme nous, qui avons coutume d'appeler *militaire* tout ce qui n'est pas civil.»

\*

Quand il fut élevé au rang de prince de Bénévent par l'Empire, Talleyrand repoussa doucement la foule de courtisans venus le complimenter. Il leur disait que, lui, ne pouvait pas trouver la chose remarquable, et qu'il fallait aller faire les compliments chez Mme Talleyrand parce que les femmes sont toujours bien aises d'être princesses (en France sous l'Ancien Régime, le titre de prince était une sorte de faux titre venu de l'étranger, et les princes de la famille royale portaient le titre de duc). Ces dédains des honneurs de l'Empire étaient bien entendu fidèlement rapportés à l'Empereur; et comme celui-ci n'était pas homme à se contraindre longtemps, il éclata un jour en reproches violents. C'était après la campagne de Dresde. Napoléon, ayant aperçu à son lever le prince de Bénévent, lui dit de rester, qu'il avait à lui parler, et il l'apostropha de la sorte: «Que venez-vous faire ici? Me montrer votre ingratitude?... Vous affectez d'être d'un parti d'opposition!... Vous croyez peut-être que, si je venais à manquer, vous seriez chef d'un conseil de régence ? »

Et l'Empereur d'ajouter sur un ton plus grave : « Si j'étais malade dangereusement, je vous le déclare, vous seriez mort avant moi. »

Alors, rapportent les témoins, « avec la grâce et la quiétude d'un courtisan qui reçoit de nouvelles faveurs », le prince répondit au maître irrité : « Je n'avais pas besoin, Sire, d'un pareil avertissement pour adresser au Ciel des vœux bien ardents pour la conservation des jours de Votre Majesté. »

*

Sous la Restauration, on rapporta à Talleyrand l'entretien que le docteur O'Meara avait eu avec Napoléon, qui était dans son bain, et que relatait *L'Écho de Sainte-Hélène*. Le docteur demandait à l'Empereur déchu son opinion sur Talleyrand : « Talleyrand est le plus vil des agioteurs, un bas flatteur, un homme qui a trahi tous les partis, tous les individus ; prudent et circonspect, toujours traître, mais toujours en conspiration avec la fortune ; Talleyrand traite ses ennemis comme s'ils devaient être un jour ses amis, et ses amis comme s'ils devaient devenir ses ennemis ; c'est un homme à talent, mais on ne peut rien faire avec lui qu'en le payant. »

La personne qui lui lisait le texte demanda à Talleyrand s'il ne pensait pas, en effet, qu'il avait trahi tous les régimes. Il répondit simplement : « Cela prouve bien que je les ai tous servis[1]. »

Le *Dictionnaire des girouettes* (1815) l'a gratifié de douze girouettes, citations à l'appui.

*

Le 29 mars 1814, alors que déjà l'archichancelier Cambacérès et beaucoup de membres du gouvernement avaient pris la route de Blois pour ne pas rencontrer les armées alliées qui approchaient dangereusement de Paris, l'impératrice Marie-Louise, avant de partir aussi pour Blois, envoya la duchesse de Montebello chez M. de Talleyrand savoir à quelle heure il comptait partir.

---

1. Quelques années plus tôt, comme quelqu'un lui disait : « Vous êtes prince de Bénévent, Excellence, vice-Grand Électeur de l'Empire, vous fûtes évêque, ambassadeur de France et ministre des Relations extérieures. Quand on parle de vous, que dit-on ? — Du mal... »

Il expliqua : « Mais mon Dieu ! je ne sais encore... Bien certainement j'irai rejoindre l'Impératrice au plus tôt, mais les routes doivent être encombrées ; il faut s'échelonner à cause des chevaux. »

Puis, reconduisant Mme de Montebello jusqu'au haut de l'escalier, avant de la quitter il lui prit affectueusement les deux mains et lui dit d'un ton pénétré : « Allez, ma bonne duchesse, allez, vous pouvez être sûre d'une chose, c'est que l'Empereur et l'Impératrice sont victimes d'une bien odieuse machination. »

Puis il rentra dans ses appartements pour s'assurer qu'il ne manquait rien dans celui qu'il avait fait préparer pour le tsar Alexandre. Un peu plus tard, il se présenta à la barrière de l'Étoile, tous ses gens en grande livrée.

« Vos passeports, disent les préposés.

— C'est le prince vice-Grand Électeur, crient ses gens.

— Oh ! Il peut passer.

— Non, dit le prince, je n'ai point de passeport, je ne violerai point l'ordre et l'autorité. »

Le prince rentra dans son hôtel.

Quand Napoléon à l'île d'Elbe apprit l'histoire il dit : « Si j'avais fait pendre deux hommes, Talleyrand et Fouché, je serais encore sur le trône[1]. »

*

Au premier congrès de Vienne, lorsque Talleyrand proposa de déclarer que l'ouverture, ajournée au 1er novembre 1814, serait faite « conformément aux principes du droit public », M. de Humboldt demanda : « Que vient faire ici le droit public ?

— Il fait que vous y êtes », répondit froidement Talleyrand.

*

---

1. Le tsar Alexandre raconta plus tard : « Quand je suis entré dans la capitale de la France, mes alliés et moi, nous n'avions d'autre but que de renverser le despotisme de Napoléon ; nous voulions laisser la France se choisir un gouvernement qui lui conviendrait ; je suis descendu chez M. de Talleyrand, il tenait Napoléon II dans une main et les Bourbons dans l'autre ; il a ouvert la main qu'il a voulu. » On conçoit avec quelle facilité un homme aussi insinuant que Talleyrand prit l'ascendant sur l'esprit d'un tsar, qui « n'était pas un aigle, quoiqu'il en eût deux dans ses armes ».

La princesse Bagration, maîtresse du tsar pendant le congrès de Vienne en 1814, était aussi agent de renseignement sur l'oreiller d'un grand nombre de diplomates pour le compte de la Russie. Talleyrand, qui ne pouvait la souffrir, disait : «Elle a une manière d'écouter les secrets par-dessous la jambe qui ne doit pas être commode tous les jours.»

*

Quelque temps après les Cent-Jours, on parlait avec indignation de la conduite d'un certain maréchal de France au tout début de 1815. On commentait avec amertume les effets de ce qu'on présentait comme l'initiative de la défection.

«Oh! mon Dieu, dit Talleyrand, tout cela ne prouve qu'une chose... c'est que sa montre avançait, car tout le monde était à l'heure.»

*

Dans les premiers temps de la Restauration, les grands de l'Empire s'empressèrent de porter leurs hommages aux Bourbons rentrés dans leur patrie. Les nouveaux ducs et princes, plus anoblis par la victoire que par les décrets qui avaient sanctionné leurs faits d'armes, portaient des titres étrangers, attachés aux lieux qui les avaient vus vaincre, mais qui n'étaient que rarement parvenus aux oreilles françaises émigrées à Londres ou en Allemagne. Ces noms étrangers donnèrent lieu à plusieurs méprises, et le Palais-Bourbon fut témoin de scènes divertissantes.

Le prince de Condé, un peu affaibli et depuis longtemps étranger à tout ce qui se passait, reçut, comme les autres princes français, les ducs et les princes de l'Empire et, à cette époque, sa tête commençait à s'affaiblir. Un jour on lui annonce le prince de Neuchâtel – dans l'ordre de la nouvelle noblesse c'était Berthier. Le prince de Condé alla droit à lui, lui fit l'accueil le plus aimable, et lui dit : «Eh bien! mon cher prince de Neuchâtel, nous voilà donc enfin rentrés dans notre patrie! Nous ne nous y attendions guère n'est-ce pas? Car je pense que la Révolution ne nous a pas plus épargnés que les autres; il faut espérer que nous allons rentrer dans nos biens. Ces coquins s'en sont emparés, mais nous y mettrons bon ordre. Pourtant, j'ai peur que M. de Provence [c'était

déjà le roi Louis XVIII] ne fasse des concessions; il a des idées à
lui, des idées de charte, des idées fausses. Avec le temps tout s'ar-
rangera.»

Le chroniqueur qui raconte la chose ajoute : «On peut juger de la
bonne figure que faisait le prince de Neuchâtel pendant cette petite
allocution.»

Enfin le tour de M. de Talleyrand arriva : annoncé sous le titre de
prince de Bénévent, il reçut un accueil plus gracieux qu'aucun
autre. Il félicita sincèrement le prince de Condé de l'excellent esprit
qui le déterminait à recevoir ainsi les personnes qui avaient illustré
la France sous l'Empire.

«Oui, oui dit le prince de Condé, je les recevrai volontiers...
À l'exception d'un seul, pourtant; je ne verrai sûrement pas ce
coquin de Talleyrand; celui-là, par exemple je lui ferais bien fermer
ma porte.

— Monseigneur, dit le prince de Bénévent, je suis bien sûr qu'il
n'entrera pas.

— Et il fera bien... il fera bien.»

*

Le duc de Richelieu, qui avait passé vingt ans en exil au service
du tsar Alexandre Ier, fut nommé Premier ministre par Louis XVIII
en septembre 1815. Talleyrand dit : «Bon choix assurément; c'est
l'homme de France qui connaît le mieux la Crimée.»

*

Ayant épousé Élise Bonaparte, sœur de Napoléon, Félix Pascal
Bacciochi suivit l'ascension de sa belle-famille. Il devint général,
et même prince de Piombino et de Lucques. Après la chute de
l'Empire, il se plaignit à Talleyrand de ne plus savoir comment
s'appeler.

Talleyrand lui dit : «Que ne prenez-vous le nom de Bacciochi?
Il est vacant»...

*

À l'époque de l'affaire Fualdès en 1818, Mme de L., croyant
mortifier M. de Talleyrand par un méchant calembour sur son
infirmité, lui dit en entrant dans son salon : «Mon Dieu, monsieur,

imaginez-vous qu'on vient d'écrire sur votre porte : *Maison bancale*[1].

— Que voulez-vous, madame, le monde est si méchant... On vous aura vue entrer. »

Non content de cette petite vengeance, il dit quelques jours après, à quelqu'un qui lui faisait observer que les stores de sa voiture étaient maculés et chiffonnés : «Eh! mon Dieu! Voilà comme étaient les jupons de Mme de L. à quinze ans. »

\*

Lorsque Gui Delaveau, membre des chevaliers de la Foi, fut nommé préfet de police en 1821, à la grande satisfaction des dévots, on approchait de l'époque de l'année où l'Opéra donne des bals masqués. Les policiers firent à leur chef un rapport très noir sur les scandales auxquels ces réunions pouvaient donner lieu. Ce rapport fut présenté le soir même où avait lieu le premier bal masqué. Le rapport soulignait le fait que la pendule du foyer de l'Opéra favorisait une foule de rendez-vous illicites : «C'est auprès d'elle, lisait-on, que les amants déguisés conviennent de se retrouver à telle ou telle heure. » M. Delaveau se signait, il ne pouvait le croire, mais le scandale était évident. Aussitôt, donc, un gendarme fut mandé, et, porteur d'une dépêche édifiante, se rendit en toute hâte auprès de l'administrateur de l'Opéra, obligé de se conformer au contenu de la dépêche. La pendule cessa ainsi de marquer les heures durant cette nuit de perdition. Ce fait fut évoqué le lendemain dans le salon de M. de Talleyrand.

«C'est, dit celui-ci, pousser un peu trop loin la manie des arrestations que de faire arrêter la pendule de l'Opéra par la gendarmerie. »

\*

On sait que Talleyrand a peint par ce mot les émigrés revenus : «Des gens qui, depuis trente ans, n'ont rien appris, ni rien oublié. » Il les appelait aussi quelquefois «les étrangers de l'intérieur».

---

1. Cela était synonyme, en général, de maison mal famée (comme «maison borgne»), et de surcroît les assassins de l'ex-procureur Fualdès avaient été arrêtés dans la Maison Bancal, où certains personnages qui portaient ce nom habitaient.

Et il ajoutait au sujet des Bourbons, qui avaient les yeux très écartés : « La nature a placé les yeux sur le front des gens pour qu'ils regardent en avant, mais les Bourbons les ont de côté, et regardent en arrière. »

*

Jacquinot, qui avait épousé Louise de Pampelune, fut autorisé à la mort de son beau-père à adjoindre le nom de sa femme au sien ; il s'appelait désormais Claude-Joseph-François Jacquinot-Pampelune. Talleyrand y alla de son commentaire : « Une des choses que j'ai le plus de peine à concevoir, c'est que, lorsque l'on a eu le malheur de recevoir de son père le nom de Jacquinot, on aille volontairement et de gaîté de cœur y joindre le nom de Pampelune ! »

(Cela fait penser à Rivarol, qui disait qu'il y a des noms si mal-sonnants à l'oreille, qu'ils semblent fermer à ceux qui les portent la voie de la célébrité. Il en faisait la remarque à propos de trois académiciens : Fenouillot-Falbert de Kingé, Groubert de Grouhental, et Louis-Thomas de La Mistringue.)

*

Talleyrand fit ce portrait de Caroline de Bourbon-Sicile lorsque Louis XVIII la maria avec le duc de Berry : « La place est préparée pour une jolie gorge, mais elle n'est pas complètement arrivée. Elle a quelque chose dans les yeux qui regarde un peu en l'air, mais ce n'est pas loucher. Elle est gaie, alerte, agile, mais elle a encore les pieds bien en dedans. »

*

Lors d'une conversation avec Talleyrand, Louis XVIII lui demanda : « Qu'a-t-on à reprocher à monsieur Decazes ? Il travaille beaucoup ; il m'aime beaucoup. Ici on ne l'aime pas, on le trouve un peu suffisant.

— Oui, Sire, répondit Talleyrand : suffisant et insuffisant. »

*

Talleyrand eut ce mot le jour où l'on annonça la mort de Napoléon : « Ce n'est plus un événement, c'est une nouvelle. »

*

Un jour que Louis XVIII avait tenu conseil pendant trois heures et que l'on demandait à Talleyrand ce qui s'était passé, il répondit : « Trois heures. »

*

« Louis XVIII abusait souvent de la supériorité de son esprit sur ceux qui l'entouraient », écrit un contemporain, qui ajoute que rien ne serait plus instructif qu'un recueil des conversations de ce roi et de M. de Talleyrand. « Il serait curieux de voir comment l'un des premiers dignitaires du royaume conservait, à force d'esprit, l'avantage dans la discussion, avec un souverain très spirituel lui-même, et qui trouvait le moyen de piquer vivement l'amour-propre de l'homme, sans manquer en rien aux déférences dues à la majesté du monarque. » Il y eut cependant un jour une plus sérieuse escarmouche à l'occasion de l'opposition que M. de Talleyrand avait manifestée à la Chambre des pairs, et du discours qu'il prononça contre l'entreprise de la guerre d'Espagne. De la même façon en effet qu'il avait mis en garde Napoléon contre la première cause de ses échecs (il avait alors dit : « L'Espagne est pour la France une grande ferme ; on en paie bien le revenu et les redevances, mais le terrain n'en est pas connu, et l'on s'exposera à tout perdre en cherchant à le faire valoir soi-même »), il mit en garde la monarchie à ce sujet, de manière publique, et l'autorité qui était attachée à la clairvoyance qu'il avait eue sous l'Empire donnait à son opinion un grand retentissement. Cela ne plut pas au roi et l'on parla dans Paris de disgrâce complète, d'exil même. Mais tout se borna à l'échange de quelques mots piquants : « Est-ce que vous ne comptez pas retourner à la campagne ? demanda le roi.

— Non, Sire ; à moins que Votre Majesté n'aille à Fontainebleau : alors j'aurais l'honneur de l'accompagner pour remplir les devoirs de ma charge.

— Non, non, ce n'est pas cela que je veux dire : je demande si vous n'allez pas repartir dans vos terres...

— Non, Sire.

— Ah... Mais dites-moi un peu, combien y a-t-il de Paris à Valençay ?

— Sire, si je compte bien, il y a quatorze lieues de plus que de Paris à Gand.»

\*

«Comment faites-vous, M. de Talleyrand? Les régimes passent sans vous ébranler, lui demandait malignement Louis XVIII.

— Sire, j'assure Votre Majesté que je n'y suis pour rien. C'est quelque chose d'inexplicable que j'ai en moi qui porte malheur aux gouvernements qui me négligent.»

\*

Louis XVIII reçut les derniers sacrements le 13 septembre 1824. Comme on demandait à Talleyrand comment le roi s'était comporté, il répondit : «Tout au plus, convenablement.»

\*

Il est de sottes discussions, dit la chronique de la Restauration, qui font quelquefois naître un mot spirituel. M. de Talleyrand, entendant discuter dans le salon de Mme de Luynes sur la prééminence de l'Empire sur la Restauration, mit les interlocuteurs d'accord par ce peu de mots, à l'époque où le parti dévot l'emportait : «Sous l'Empire on était fort en retard, car on ne faisait que des merveilles ; tandis qu'actuellement on fait des miracles.»

\*

Georges Cuvier, à la Chambre des pairs, en qualité de commissaire du gouvernement, soutenait un projet de loi. Après la séance, Talleyrand lui dit : «Je gage que le premier naturaliste de l'Europe ne sait pas quels sont les plus reconnaissants de tous les animaux.

— Monseigneur veut sans doute faire une plaisanterie ?

— Non point ; je parle très sérieusement.

— J'ignore...

— Vous ne le savez pas ?... Eh bien ! Je vais vous le dire : les plus reconnaissants des animaux, ce sont les dindons. Les jésuites les ont autrefois amenés en France, et aujourd'hui les dindons nous ramènent les jésuites.»

\*

Une dame fort pieuse, qui supposait que l'aventurier Maubreuil, dont l'esprit était dérangé, avait pu réellement être chargé de faire un mauvais parti à Napoléon, se félicitait de ce qu'aujourd'hui les princes avaient renoncé à ces assassinats politiques dont l'histoire de France offre quelques exemples.

« Que voulez-vous, dit Talleyrand, il n'y a plus de religion ! »

*

Le comte Ferrand, ministre de Louis XVIII et ultra, ne pouvait presque plus se soutenir sur ses jambes dans les derniers temps de sa vie (il mourut en 1825) ; il ne venait à l'Académie française et à la Chambre des pairs qu'appuyé sur les bras de deux laquais. Talleyrand, le voyant entrer en cet état dans la salle du Luxembourg, dit à son voisin : « Voyez Ferrand : c'est l'image du gouvernement ; il croit marcher, on le porte. »

*

Lorsque parurent les *Mémoires* de Savary, en huit volumes, Talleyrand commenta : « Si c'est l'Histoire de France, c'est bien maigre ; si c'est l'histoire du duc de Rovigo, c'est bien gros. »

*

On demandait en 1827 à Talleyrand ce qui s'était passé à la Chambre des pairs, lors de la dernière discussion entre Mgr d'Hermopolis, ministre des Affaires ecclésiastiques, et M. Pasquier. Il répondit : « Il s'est passé la même chose que pour le trois pour cent, le ministre a été constamment au-dessous du pair. »

*

La première fois que Talleyrand reçut Adolphe Thiers, une dame s'en étonna : « Quoi ! fit-elle, vous recevez ce parvenu ?

— Il n'est point parvenu, rectifia Talleyrand : il est arrivé. »

*

Parlant de la Chambre des pairs où il siégeait à la fin de sa vie : « Il y a là des consciences, lui disait-on.

— Je sais, commenta-t-il ; mon ami Sémonville en a même plusieurs. »

\*

On rapportait que le même Sémonville, qui avait toujours brillé par son opportunisme, avait beaucoup grossi.

« Je ne comprends pas, dit Talleyrand.

— Quoi donc, monseigneur ?

— Quel intérêt Sémonville a-t-il à engraisser ? »

### À propos du prince de Talleyrand

Talleyrand ne figura pas parmi les promoteurs de la Constitution civile du clergé, mais dès qu'elle fut adoptée il s'empressa d'y prêter serment. Peu après, il sacra de ses mains les évêques élus de plusieurs départements, tout en protestant de son attachement filial au Saint-Siège et sans se soucier du bref qui le condamnait comme schismatique. Quelqu'un dit : « Il avait commencé par jurer, et maintenant il sacre tant qu'il peut. »

\*

Talleyrand, évêque d'Autun, fut député de son ordre aux états généraux, et ce fut sur son rapport que les biens du clergé furent déclarés nationaux et vendus au profit de l'État. Lorsque le rapport se diffusa, les plaisants, faisant allusion à sa boiterie, dirent qu'il n'y avait de lui, dans ce rapport, que ce qui clochait. À la même époque, Chénier faisait cette épigramme :

> Roquette dans son temps
> Talleyrand dans le nôtre,
> Furent tous deux à l'évêché d'Autun.
> Tartuffe est le portrait de l'un,
> Ah ! si Molière eût connu l'autre !

\*

En 1791, M. de Lautrec, ancien ami de la famille Périgord, parlant à M. de Talleyrand de sa conduite politique, lui disait, dans un mouvement de colère : « Si votre père eût pu prévoir toutes ces belles choses, il vous eût arrangé les bras comme vous avez les jambes. »

\*

En 1815, alors qu'on s'étonnait dans un salon de l'immense fortune de Talleyrand, quelqu'un expliqua : « Il n'y a rien là de surprenant : il a vendu tous ceux qui l'ont acheté. »

*

Louis XVIII aimait à plaisanter sur ses courtisans et ministres, et Talleyrand l'appelait « le roi Nichard ».

La famille de Talleyrand-Périgord se disait issue des comtes de Périgord, rudes batailleurs du $X^e$ siècle, et affirmait en particulier provenir de ce fameux comte Aldebert qui avait répondu : « Et toi, qui t'a fait roi ? » à Hugues Capet lorsque le roi d'Île-de-France avait demandé avec mépris au comte périgourdin : « Qui t'a fait comte ? »

On disait que, sous Louis XV, la preuve de la filiation avait été rapportée ; mais Louis XVIII restait sceptique ; il disait : « Les Talleyrand ne se trompent que d'une lettre dans leurs prétentions : ils sont *du* Périgord, et non de Périgord. »

*

Mme de Chastenay disait de Talleyrand : « Il a gardé des amis toute sa vie sans doute, mais j'oserais presque dire, comme on a des chiens. »

## TAPIE (Bernard)

Bernard Tapie (né en 1943) tenta une carrière de chanteur de charme, avec des textes de sa composition : *Je les aime toutes* ; *Les Pistonnés* ; *Vite un verre*. Le succès ne fut pas au rendez-vous, ce que l'on peut comprendre à la lecture des textes :

Si je te disais que t'es chouette en bermuda
Ce serait pour de rire
Si je te disais que le bikini te va
Ce serait pour de vrai
Si je te disais que j'adore la rumba
Ce serait pour de rire
Si je te disais que le jerk est mon dada
Ce serait pour de vrai...

Bernard entreprit une carrière de démarcheur et il put acheter son premier magasin. Son agilité d'esprit lui permit, dix ans plus tard, d'être à la tête d'une activité qui consistait à racheter à bas prix des entreprises en cessation des paiements à condition de licencier l'essentiel du personnel, puis de revendre les actifs à meilleur prix. Après des années, le Parlement dut réagir contre les failles législatives bien connues qui permettaient à quelques chevaliers d'industrie (dont deux futurs ministres) aidés par des juges de s'enrichir. «Nanard» alla porter ses compétences ailleurs, et après la richesse ce fut la gloire, aidée par son intelligence, sa faconde et ses amitiés : il fut président de l'Olympique de Marseille qui remporta quatre titres consécutifs de champion de France, la Coupe de France, et la Ligue des Champions. On apprit plus tard que les résultats avaient été achetés. Entré aux radicaux de gauche, il devint ministre de la Ville sous Mitterrand. Ensuite ce fut la chute, liée à plusieurs affaires, dont la vente d'Adidas où il se heurta à de meilleurs manœuvriers. Enfin, il est devenu comédien, ce pour quoi il était mieux fait que chanteur de charme.

Avant de s'intéresser au *foute*, «Nanard» avait inondé d'argent le cyclisme, à l'occasion de la création de son équipe La Vie claire. Quand on vint lui présenter en 1989 le coureur Laurent Jalabert, sur les talents duquel le directeur sportif Yves Hézard comptait, celui-ci se heurta au veto de Tapie : «T'as vu la gueule de con qu'il a? C'est pas une gueule médiatique.»

### À propos de Bernard Tapie

Michel Coencas, industriel qui eut lui-même maille à partir avec la justice, dit au sujet de Bernard Tapie : «Il serait capable de vendre des confettis à la porte d'un cimetière.»

### TAVANNES (chevalier de)

Charles-Michel-Gaspard de Saulx, chevalier puis comte de Tavannes (1714-1784), était issu de l'une de ces races comtales dont les représentants avaient exercé pendant plusieurs siècles la suzeraineté dans une province du royaume. La maison compta deux maréchaux de France, mais les derniers rejetons, au XVIIIe siècle, avaient beaucoup perdu d'éclat, et l'on est contraint pour ainsi dire de remuer la poudre du greffe ou de toucher à la chronique scandaleuse pour retrouver la trace de leur nom». Charles-Michel-Gaspard vécut à la Cour, chevalier d'honneur de Marie Leszczyńska; «ce fut le grand seigneur défini par Montesquieu : un homme qui voit le roi, qui parle aux ministres, qui a des ancêtres, des dettes et des pensions» (L. Pingaud).

Le chevalier de Tavannes jouait au piquet avec une Mme Bouvillon, qui avait une odeur assez forte; le chevalier ne pouvait gagner à moins que de faire capot. La dame, réduite à deux cartes, ne savait laquelle garder. Plus elle hésitait, présentant tantôt l'une, tantôt l'autre, et tenant longtemps le bras levé sans pouvoir se résoudre, plus cette action portait l'odeur de l'aisselle au nez du chevalier. Enfin, comme elle eut lâché la carte, qui n'était pas celle que le chevalier souhaitait, celui-ci s'écria : «Ah! madame, je sentais ce coup-là depuis longtemps.»

### À propos du chevalier de Tavannes

Son fils, que Louis XVI devait faire duc en 1786 non pour sa valeur personnelle, mais en hommage général des services rendus par une famille dont il était l'ultime représentant, était, selon le comte de Tilly, un petit homme assez sémillant qui, instruit à l'improviste, par ses yeux, de la façon dont sa femme entendait la fidélité conjugale, se contenta de lui dire avec calme : «Vous devriez bien fermer votre porte, Madame.»

### TERRAY (abbé)

Joseph Marie Terray (1715-1778), contrôleur général des Finances, a été traîné dans la boue parce qu'il avait voulu redresser lesdites finances en faisant payer les rentiers et les plumitifs (il taxa l'amidon, le papier et les livres). La biographie de Michaud lui prête «une santé de fer, une vigueur à toute épreuve, fruit du régime austère que Terray avait suivi jusqu'à quarante ans. Aussi, dès qu'il se sentit assez riche et assez protégé pour secouer impunément le joug des convenances ecclésiastiques, il se montra aussi insatiable que peu délicat dans ses plaisirs et dans ses attachements, qui ne furent pour lui qu'un vif et prompt délassement des travaux du cabinet». Mais l'*Histoire de France* de Lavisse souligne que pendant des années, chargé au Parlement des remontrances sur les finances, il connaissait mieux que personne le sujet, et son intelligence rapide et droite lui faisait toujours saisir le point essentiel; «C'était un plaisir de l'entendre parler des matières les plus difficiles; il aurait fait comprendre à un enfant de six ans le calcul différentiel et intégral. L'état des finances, la recette et la dépense, la dette et les moyens de l'éteindre, tout cela, quand il l'expliquait, paraissait simple comme un compte de blanchisseuse» (Carré). Cet homme d'autorité était indifférent aux insultes, et pour lui les droits individuels devaient céder le pas aux droits de l'État, la fortune de chacun n'étant qu'une parcelle de la fortune publique. Il est enfin le fondateur du musée du Louvre, puisque c'est à lui qu'on doit l'idée de consacrer la galerie du palais à l'exposition des œuvres qui appartenaient au roi.

L'archevêque de Narbonne, Dillon, lui ayant un jour représenté que la multiplication de ses mesures fiscales équivalait à prendre l'argent dans les poches de ses concitoyens, l'abbé Terray répondit : «Où diable voulez-vous donc que je le prenne?»

Surnommé par le peuple «Vide-Gousset», il s'était fait confectionner un manchon pour résister au froid d'un hiver rigoureux. Apprenant la nouvelle, Sophie Arnould s'étonna : «Mais pour quoi faire? Il a toujours les mains dans nos poches!»

\*

Il y avait à Paris une rue Vide-Gousset. Des inconnus grattèrent l'inscription, et mirent à la place : «rue Terray». Sartine, lieutenant de police, en informa le contrôleur général, qui trouva plutôt la chose piquante.

«Et s'amusent-ils bien de cela, les Parisiens? demanda l'abbé.

— Il y a foule sur la place des Victoires, tout le monde rit et applaudit.

— Eh parbleu! Qu'on les laisse rire : ils le payent assez cher.»

\*

Dans le temps où un particulier nommé Billard venait de faire une banqueroute aussi frauduleuse que retentissante, on trouva une nuit à la porte du contrôleur général cette inscription : «Ici l'on joue au noble jeu de billard». On parvint à connaître l'auteur du placard, qui fut embastillé – «Jusqu'à quand?» demanda le sbire chargé d'exécuter l'ordre.

«Jusqu'à ce que la partie soit finie», dit simplement l'abbé.

Mais Terray ne laissait guère moisir ses détracteurs à la Bastille : il ordonnait régulièrement qu'ils fussent relâchés, disant qu'il fallait au moins les laisser crier puisqu'on les écorchait.

\*

Un des principaux coryphées de l'Opéra pour le chant était venu solliciter auprès de l'abbé le paiement d'une pension sur le trésor royal que ses talents, estimait-il, devraient lui valoir. Le ministre lui répondit : «Il faut attendre; il est juste de payer ceux qui pleurent avant ceux qui chantent.»

\*

Dans les rares circonstances où Terray croyait devoir justifier sa politique d'imposition lourde, il évoquait ce que coûtaient les plaisirs de la Cour.

Après les fêtes célébrées pour le mariage du Dauphin (futur Louis XVI) et qui furent si dispendieuses, le roi demanda à Terray comment il les avait trouvées : « Ah! Sire, impayables! » répondit l'abbé en déridant son front nébuleux. En effet, il ne se pressa pas de payer les fournisseurs.

*

Rapporteur à la cour de parlement, Terray avait joué un grand rôle dans l'expulsion des Jésuites, dont la compagnie fut abolie en France par arrêt d'août 1762. L'un des derniers membres de cette société en France était Joseph Cérutti, professeur au collège de Lyon, qui venait de publier en trois volumes une *Apologie de l'institut des Jésuites*. Le procureur général lui intima l'ordre de venir abjurer les principes de la société qu'il avait défendus avec tant d'énergie, et il fut reçu par Terray, qui, après avoir rapporté sur l'affaire, avait été désigné commissaire pour recevoir le « serment parlementaire », c'est-à-dire le reniement de leur institut par tous les ex-Jésuites.

Cérutti vint se soumettre et, après avoir signé le serment prescrit, demanda froidement : « Y a-t-il encore quelque chose à signer? »

— Oui, lui répondit le conseiller Terray : il y a le Coran, mais je ne l'ai pas chez moi[1]. »

### À propos de l'abbé Terray

Les amours de Terray défrayaient la chronique. Lorsqu'on raconta qu'il aspirait au cardinalat, des vers coururent, qui imaginaient en ces termes le refus du Saint-Père, à la suite du plaidoyer de l'abbé :

---

1. Joseph Antoine Cérutti (1738-1792) bénéficia ensuite de la protection du Dauphin, qui aimait les Jésuites, et du roi Stanislas. Lorsque les premiers troubles de la Révolution éclatèrent, il s'engagea en faveur des idées nouvelles; il fut l'un des nègres de Mirabeau (son frère de la loge des Neuf Sœurs) pour ses discours, et c'est lui qui prononça l'oraison funèbre du tribun à l'église Saint-Eustache.

*Satanas, vade retro !*
Va conter ailleurs tes sornettes ;
Jamais tu n'auras de chapeau :
Il ne te faut que des cornettes.

\*

Dans le temps de la mort de Louis XV, le contrôleur général dut enfin se retirer à sa terre de la Mothe, où son ancienne maîtresse, Mme de La Garde, vint bientôt le consoler de ses disgrâces.

Les Parisiens disaient ainsi que «l'abbé Terray est descendu de l'emploi de ministre à l'état de simple soldat, puisque désormais il n'aura plus d'autre occupation que celle de monter la garde».

\*

En même temps que lui, Maupeou, d'Aiguillon et de Boynes furent renvoyés par le nouveau roi. Le peuple se plut à appeler cette retraite simultanée de quatre ministres, qui s'était produite le 24 août 1774, «la Saint-Barthélemy des ministres».

«Au moins n'est-ce pas le massacre des innocents», dit le comte d'Aranda.

## THIBAUDEAU (comte)

Conventionnel et *votant*, le comte Antoine Thibaudeau (1765-1854) refusa de faire partie des Jacobins et résista aux extrémistes au sein du Comité de sûreté générale. Président de la Convention en 1795, il devait se rallier à l'Empire, et devint membre du Conseil d'État, ravalé au rang de préfet lorsque Napoléon ne put supporter la contradiction qu'il lui opposa dans l'institution du consulat à vie et la conclusion du concordat. On lui appliqua en 1815 la loi qui bannissait ceux qui avaient voté la mort du roi et servi l'usurpateur. Rentré en France en 1830, il conserva ses sentiments antiroyalistes. Il servit le Second Empire, et mourut sénateur et grand officier de cette Légion d'honneur dont il avait critiqué l'institution. Il a laissé de bons *Mémoires*.

L'abbé Morellet[1] s'était fait pensionner pour la rédaction d'un dictionnaire du commerce, dont il n'écrivit en trente ans que la pré-

---

1. André Morellet (1727-1819), abbé littérateur, confessa en mourant qu'il était puceau : «Pas par superstition ni respect du vœu de chasteté, mais tout simplement parce que quand j'ai eu les tentations les occasions m'ont manqué, et quand j'ai trouvé

face. Cela fit dire à Thibaudeau : «L'abbé ne fait pas le dictionnaire du commerce, mais le commerce du dictionnaire.»

*

On raconte qu'un soir, âgé de quatre-vingt-sept ans, Thibaudeau, ancien conventionnel qui avait voté la mort du roi, faisait sous la monarchie de Juillet une partie de whist dans un salon fréquenté. Sa sœur joua un roi que Thibaudeau coupa.

«Peste, mon frère, s'écria Mme Thomé, comme vous tranchez les rois!»

Thibaudeau posa ses cartes, jeta un regard autour de lui, et proféra d'une voix nette : «Et ainsi ferai-je encore ma sœur.»

## THIÉBAUD (Georges)

> Georges-Eugène Thiébaud (1855-1915) était un journaliste bonapartiste qui lança avec le comte Dillon une campagne de presse dite «à l'américaine» en faveur du général Boulanger. Après l'échec du boulangisme, il fonda une ligue antiprotestante, et fut un membre d'origine de la Ligue de la Patrie française, lancée en décembre 1898 par des hommes de lettres conduits par Coppée et Lemaitre pour faire pièce aux intellectuels dreyfusards; sur la première liste d'adhérents, publiée par L'Éclair, figuraient vingt-trois membres de l'Académie française, plusieurs dizaines de membres de l'Institut, des professeurs du Collège de France, des centaines de professeurs d'université. Lorsque les responsables de la Ligue recommandèrent la modération, Vaugeois et Pujo partirent créer la Ligue d'Action française, que l'influence de Maurras fit basculer vers le royalisme positiviste. Thiébaud fut poursuivi dans l'affaire du prétendu coup d'État de Déroulède en 1899.

On a évoqué précédemment comment Clemenceau avait lancé son condisciple Boulanger pour servir ses propres intérêts, et comment il en perdit le contrôle. Thiébaud fut aussi de ceux qui

---

les occasions, les tentations étaient passées.» Apparenté à la sphère des philosophes, il écrivit sous la Révolution et en pleine disette un petit ouvrage, *Le Préjugé vaincu, ou Nouveau moyen de subsistance pour la nation, proposé au Comité de salut public, en messidor de l'an II de la République française, une et indivisible*; il s'agissait d'établir des boucheries qui auraient débité et vendu la chair des victimes de la Terreur. Suard et Mme de Souza dissuadèrent l'auteur de publier l'ouvrage. Il éprouva plus tard des remords d'avoir écrit une chose pareille : «C'était bien alors le moment où le cheval pâle de l'Apocalypse parcourait notre triste patrie et que la prostituée buvait le sang des saints.»

œuvrèrent pour répandre, sous toutes ses formes, la popularité du général. L'adulation pour Boulanger tourna à la folie : on vendait partout sa petite effigie toujours debout, sorte de culbuto miniature («Par le mécanisme de sa construction, cette statuette se relève avec énergie, de quelque manière qu'on cherche à la renverser : tout patriote voudra posséder et propager cet emblème populaire de la France»), ou encore la liqueur apéritive «Boulanger Quand même», un breuvage «qui met du cœur au ventre», présenté comme «la seule liqueur ne contenant aucun produit allemand».

Cependant, le général se donnait du bon temps avec de nombreuses dames; sa femme s'enfermait dans une muette réprobation, mais les maris jaloux faisaient du bruit.

En mai 1887, peu de temps après la constitution du cabinet Rouvier, qu'Henri Rochefort appelait «le ministère allemand», une manifestation tumultueuse acclama le nom du joyeux général. Rouvier, qui passait sur le boulevard, croisa le préfet de police et lui fit part de ses inquiétudes : «Ne va-t-on pas vers la proclamation d'un dictateur?

— Il n'y a pas de danger : le général est au Havre avec une dame.»

On ne peut pas dire pourtant que, dans les salons, le général brillait par son tact. Un jour que l'une de ses voisines de table le complimentait sur la beauté de ses mains, l'idole des foules n'hésita pas à répliquer : «Ah! Si vous voyiez mes pieds!»

On comprend le commentaire de Thiébaud : «Ce qu'il y a de plus faible dans le boulangisme, c'est Boulanger.»

Après qu'il fut rayé des cadres et cassé de son grade, Boulanger put se lancer ouvertement dans la politique. Il remporta des succès considérables dans plusieurs circonscriptions, et les foules étaient folles de lui.

La fameuse égérie royaliste, Mme de Loynes, que le boulangisme avait tentée un moment, fut découragée lorsqu'elle entendit le général dire, devant une acclamation spontanée, au sortir d'un théâtre : «C'est pour bibi, tout ça!»

Le général se présenta à Paris, dans un contexte de crise grave pour la République affaiblie par les scandales. On s'écrasait, le 27 janvier 1889, place de la Madeleine où Boulanger, en habit, l'œillet à la boutonnière, attendait le résultat, en dînant chez Durand. Bientôt le nouveau triomphe électoral du général fut connu.

Dans le cabinet particulier du restaurant Durand, on sablait le champagne. Les conseillers de Boulanger l'invitaient à brusquer le destin, au regard d'un soutien populaire aussi manifeste, sans parler de la sympathie de l'armée, et à aller immédiatement saisir la chance qui s'offrait à lui. Mais lui, déjà un peu gris, le regard voilé, ne pensait qu'à aller retrouver sa maîtresse, Mme de Bonnemains. Il s'esquiva. Thiébaud tira sa montre : «Minuit cinq, messieurs! Depuis cinq minutes, le boulangisme est en baisse.»

«Cette nuit-là, raconte Léon Daudet alors jeune républicain, nous revenions au Quartier latin en une longue colonne qui criait à tue-tête : *À bas Boulanger!* Rue Soufflot nous étions arrêtés au nombre d'une trentaine, conduits au poste du Panthéon, puis bientôt relâchés avec de nombreux salamalecs, aussitôt que le bruit se répandit de l'inertie phénoménale du triomphateur.»

## THIERS (Adolphe)

Adolphe Thiers (1797-1877), journaliste, avocat, historien, deux fois Premier ministre de Louis-Philippe, devint le premier président de la IIIe République, après avoir été opposant sous le Second Empire. Au moment où les républicains faisaient des gorges chaudes du manque de courage de Napoléon III qui ne s'était pas fait tuer à Sedan, Thiers leur chef de file déclarait : «En présence de l'ennemi qui sera bientôt sous Paris, nous n'avons qu'une chose à faire : nous retirer avec dignité.» Jusqu'au bout les chansonniers républicains le fêtèrent (*Un Satisfait, au citoyen Thiers*), dans le projet de «saigner la réaction», sans donc en vouloir à Thiers d'avoir saigné les communards. Il institua, avec Jules Grévy puis Jules Ferry, une république conservatrice, pacifique et colonialiste, qui ne voulait plus entendre parler de l'Alsace et de la Lorraine; Gambetta disait : «L'âge héroïque, l'âge chevaleresque est passé.» C'est ce qu'on a appelé le «parti des Opportunistes», à la suite d'une diatribe de Rochefort, cependant que les fidèles de la vieille idée française et le noyau des radicaux, dont Clemenceau, réclamaient la revanche. Thiers eut une fin à l'image de son destin. C'était à Saint-Germain-en-Laye au cours d'un déjeuner. Il dit à Mme Thiers : «Les haricots verts sont détestables.» Puis il se renversa sur sa chaise et ferma les yeux. Ce trépas singulier, qui fit sensation, est à l'origine de l'expression populaire : «C'est la fin des haricots.»

Après les événements de 1848, le titre de président de la République fut proposé par une grande députation à Jérôme Bonaparte, oncle du futur Napoléon III, qui ne voulut pas l'accepter, alléguant que son front qui avait porté la couronne (il fut, par la grâce de son frère, un médiocre roi de Westphalie) ne pouvait coiffer un chapeau de président. Thiers, qui faisait partie de la députation, s'avança alors vers le prince Jérôme et lui dit : «Que ce ne soit pas pour réserver la présidence à votre crétin de neveu!» (Le prince Jérôme racontait encore cela en riant sous le Second Empire, à qui voulait l'entendre...)

Thiers soutint pourtant Louis Napoléon à ses débuts. Il ne démordait pas de son opinion sur le personnage, mais faisant contre mauvaise fortune bon cœur, il dit au moment de l'élire président : «C'est un crétin que l'on mènera.»

Il s'était trompé...

Le coup de force de 1851, qui fit du premier président de la II$^e$ République l'empereur des Français, suivit un plan fort raisonné pour celui d'un «crétin». On avait soigneusement établi la liste des députés à arrêter. Le premier visé fut le questeur Baze, qui fit son apparition en chemise, car on avait conçu de procéder aux arrestations la nuit, pour mettre les bourgeois visés dans une situation ridicule. Effectivement Baze tenta de haranguer la troupe, mais sa tenue insolite et son accent languedocien firent rire les soldats. «Partout se répètent les mêmes scènes ; députés et généraux essaieront de résister, d'invoquer le fameux article 68, de parler d'attentat, de promettre de faire fusiller Louis Napoléon à Vincennes ou de le bannir à Nouka-Hiva, mais ces grands mots sont incompatibles avec un bonnet de coton, une barbe et des cheveux hirsutes, des pieds nus et des jambes poilues s'agitant sous une chemise de nuit... On rit et on pense aux derniers vaudevilles vus au boulevard du Temple» (Castelot).

Le plus ridicule sera Thiers. Il dormait si profondément que le commissaire dut le secouer. Il bascula alors directement du sommeil à la plus grande terreur. Le général Maupas décrit : «Ses paroles étaient incohérentes, il ne voulait pas mourir... Il n'était pas un criminel.» Il dut se dénuder devant les soldats, qui s'égayèrent à le voir enrouler autour de sa poitrine une large ceinture de flanelle, tenue au cou à l'aide d'un ruban. Une fois en redingote, il reprit courage. Il dit au commissaire : «Et si je vous brûlais la cervelle, monsieur? Connaissez-vous la loi?

— Je n'ai pas à vous répondre, monsieur; j'exécute les ordres du préfet de police comme j'exécutais les vôtres quand vous étiez ministre de l'Intérieur.»

C'était une façon comme une autre de souligner que Thiers avait perdu toute autorité.

Le plus maître de lui fut le député Roger, dit « Roger du Nord » (Édouard-Léon, comte Roger, fondateur du Jockey-Club) qui, réveillé en sursaut, dit en se frottant les yeux : « Ah! ah! je suis arrêté ? Eh bien! Joseph, servez du xérès à ces messieurs et habillez-moi ! »

C'était déjà l'aube du 2 décembre, et ce fut le mot de la fin.

*

Après la répression de la Commune, Thiers fut pris à partie, à la tribune de la Chambre, par un député qui le traita de « grand coupable ».

Thiers commença sa réponse en disant : « Et vous, grand innocent... »

### À propos d'Adolphe Thiers

Thiers géra les affaires de la IIIe République naissante. On a sur lui cette phrase d'un de ses ministres, rapportée dans le *Journal* des Goncourt le 23 juillet 1872 : « C'est un usufruitier qui ne fait pas les grosses réparations. »

*

Thiers était fort petit, mesurant 1,55 m. Lors d'un duel au pistolet qu'il avait eu avec le député libéral Bixio, et comme aucun des deux adversaires ne fut touché, on fit ce commentaire : « Bixio a fait l'erreur de tirer à hauteur d'homme. »

C'est également pour faire allusion à sa petite taille que fut répandu ce quatrain :

> Thiers, ce nom, messieurs, est encore trop grand
> Pour un homme qui fait quatre pieds et un quart.
> Il est si petit qu'il devrait, bonnes gens,
> Échanger son nom avec Alphonse Karr.

*

Dès 1827, le jeune Adolphe Thiers, qui avait été largement reçu par M. et Mme Dosne, noua une intrigue avec la maîtresse de maison, Eurydia dite Sophie. Quelques années plus tard, et pour que l'affaire restât commode, il demanda la main d'Élise, la fille aînée.

On la lui accorda, et il continua ses relations intimes avec celle qui était désormais sa belle-mère. Cependant la fille cadette, Félicie (on se croirait dans une pièce de Feydeau...), cachait de plus en plus difficilement l'admiration qu'elle éprouvait à l'endroit de son beau-frère, surtout quand il devint le premier président de la République. Comme elle était de loin la plus jolie, elle devint officiellement l'*intendante* d'Adolphe, et celle de ses plaisirs. Les trois dames accompagnaient le président dans ses voyages et on évoquait ainsi «les trois moitiés de M. Thiers».

*

Vers anonymes sur Thiers :

> On dira quand il sera mort,
> Pour glorifier sa mémoire :
> Ci-gît qui vient encore
> De libérer le territoire.

*

Thiers, au pouvoir sous la III⁰ République, était devenu un défenseur de l'ordre social, bien plus ardent que Napoléon III qu'il avait tant critiqué à ce sujet. Il craignait toujours un attentat contre sa personne, et comme il confiait cette inquiétude à Armand Carrel, celui-ci le rassura : «Sois sans crainte : toi, tu mourras d'un coup de pied au cul.»

## THURLOW (lord)

Fils de pasteur et frère d'évêque, Edward, 1ᵉʳ baron Thurlow (1731-1806), fut expulsé de Cambridge pour insoumission. Avocat à succès, il se lança dans la politique, et se fit remarquer par une opposition radicale à l'indépendance américaine; admis au conseil privé en 1778, bientôt lord chancelier, il s'opposa aux réformes proposées par Burke et Dunning. Il put se maintenir, malgré un changement de majorité, grâce aux liens étroits qu'il avait noués avec George III. Il ne se maria jamais, et laissa trois filles naturelles. C'est lui qui a dit des sociétés commerciales : «Espérez-vous vraiment qu'une personne morale peut avoir une conscience, alors qu'elle n'a pas d'âme pour être damnée, ni de corps pour qu'on lui botte les fesses?»

Lord Thurlow rencontra au palais de justice un homme de loi qui lui apprit que la fille du Café Lloyd venait d'accoucher.

« Qu'est-ce que cela me fait ? demanda le lord.

— Mais on prétend que l'enfant est de vous...

— Qu'est-ce que cela vous fait ? »

## TIBÈRE (empereur)

Tiberius Nero (42 av.-37 apr. J.-C.) : ce deuxième empereur romain, gendre d'Auguste, est demeuré célèbre par son existence vicieuse. Selon Suétone : « Il avait, dans sa retraite de Caprée, une chambre consacrée à ses plus secrètes débauches, et garnie de lits tout à l'entour. Là, une troupe choisie de jeunes filles, de jeunes garçons et de débauchés qui avaient inventé des plaisirs monstrueux, et qu'il appelait ses *maîtres de volupté*, formaient entre eux une triple chaîne et, ainsi entrelacés, se prostituaient devant lui, pour ranimer, par ce spectacle, ses désirs languissants. » Tibère tenait en mépris la religion, s'adonnait à l'astrologie, mais craignait vivement le tonnerre, raison pour laquelle il se coiffait d'une couronne de lauriers dès que le ciel était orageux, cet arbuste ayant la vertu d'écarter la foudre. Il bannit les juifs et les chrétiens de Rome, en un temps où, selon Tacite, le Sénat fit déporter en Sardaigne quatre mille affranchis coupables de professer la religion juive.

Le roi Hérode avait fait mourir son fils.

« J'aimerais mieux être son pourceau que son fils », dit Tibère, faisant allusion à la Loi juive qui défend de manger du porc.

\*

Les députés de la ville de Troie, chargés d'aller faire un compliment à Tibère sur la mort de son fils Drusus, mirent si peu d'empressement à remplir leur mission qu'ils arrivèrent à Rome une année après la mort du jeune prince.

L'empereur écouta froidement la harangue des ambassadeurs phrygiens.

« Mes amis, leur dit-il enfin, je vous remercie de la part que vous prenez à ma douleur, et moi aussi je pleure la perte irréparable que les Troyens ont faite.

— Quelle perte, Seigneur ?

— Celle d'Hector, votre grand capitaine. »

\*

Un plaisant, voyant passer un convoi funèbre, feignit de s'adresser au mort, lui demandant à haute voix d'annoncer à Auguste (le précédent empereur) qu'on n'avait pas encore payé les legs faits par lui au peuple romain.

Tibère se le fit amener, lui paya la part qui lui était due, et l'envoya au supplice en lui recommandant de dire la vérité à Auguste.

### À propos de Tibère

Auguste, qui n'aimait pas Tibère, avait voulu assurer sa succession en faisant épouser à Agrippa, à qui il devait tout, sa fille Julie. Après l'assassinat, par Tibère, du dernier fils d'Agrippa, l'un des esclaves de celui-ci, nommé Clemens, avait réuni une armée pour venger la mort de son maître, mais il fut bientôt pris par trahison. Ce Clémens avait joué sur la ressemblance qu'il avait avec Agrippa, et il avait fini par prendre le nom du jeune prince Agrippa Postumus, ce qui avait augmenté le nombre de ses partisans, en Gaule et dans le nord de l'Italie.

On le soumit à la question, mais sans pouvoir lui arracher aucun aveu.

Lorsque Tibère demanda à l'imposteur : «Comment donc es-tu devenu Agrippa?

— Comme toi César.»

### TILLET (Charlotte du)

Charlotte du Tillet, vicomtesse de Saint-Mathieu († 1636), dame d'atours de la reine, était fille de Jean du Tillet, historien et magistrat, persécuteur des protestants après avoir été religionnaire. On dit que, tout comme son amant le duc d'Épernon, Charlotte du Tillet connaissait Ravaillac, et qu'elle l'hébergea. C'est la vieille thèse du complot ultracatholique, relancée par Michelet, et que les faits démentent. Il y eut d'ailleurs une multitude d'ouvrages échafaudant autant de thèses sur le prétendu complot. Le plus curieux fut celui du canoniste poitevin François Ménard, *Regicidium detestatum* (1610), où l'auteur distinguait, avec force appareil démonstratif, les Français des Angoumoisins, et rendait ceux-ci tous complices du meurtre accompli par leur compatriote Ravaillac.

Mme de La Noue eut quelque dispute avec une parente. Cette dernière vint s'en plaindre à Mlle du Tillet, témoin de l'incident, en lui disant : «Je pense que nous ne nous devons rien l'une à l'autre.

— Cela est bien vrai, lui répondit Mlle du Tillet, Mme de La Noue est belle et jeune, et vous n'êtes ni l'une ni l'autre.»

## À propos de Charlotte du Tillet

Bien qu'elle ne se fût jamais mariée, on ne la tenait pas pour fille. Il courait sur son compte le madrigal suivant :

> Je suis cette grande fille
> Que le petit Traineville
> Dans un bois dépucela
> Dessus la rose nouvelle.
> Mais je n'étais pas pucelle.
> Comment donc se fait cela ?

## TOSCANINI (Arturo)

Arturo Toscanini (1867-1957), doué d'une oreille hors du commun et d'une extraordinaire mémoire visuelle, fut rapidement mis à la tête de l'orchestre : à trente et un ans il dirigeait à la Scala. De 1908 à 1915, il fut au Metropolitan Opera, coexistant difficilement avec Mahler. On porte à son actif qu'il fut en grande délicatesse avec l'Allemagne nazie et l'Italie fasciste, mais la première, qui avait Furtwängler, n'avait pas vraiment besoin de lui. Il eut le mérite d'aller diriger gratuitement, en Palestine en 1937, un orchestre constitué d'émigrants d'Europe centrale, qui allait devenir l'Israel Philharmonic. Il s'installa aux États-Unis durant la Seconde Guerre mondiale. Le maestro eut une vie familiale agitée, en raison de son penchant pour l'alcool et les femmes. Une admiratrice lui aurait déclaré avec enthousiasme, alors qu'il allait sur ses quatre-vingt-dix ans : «Extraordinaire, ce que vous arrivez à faire à votre âge ! Vous avez un cœur de vingt ans : expliquez-moi ce mystère. — C'est, chère madame, que je ne m'en suis jamais servi.» Cela est plausible. Le maître savait d'ailleurs garder la tête froide : lors de son premier concert en France en 1910, au Châtelet, et alors qu'un alto venait de rompre sa troisième corde et sombrait dans une angoisse terrible, Toscanini, qui se souvenait toujours de tout, lui souffla : «Ne vous tracassez pas : vous n'avez pas besoin de la troisième corde avant la seconde partie.»

Toscanini se trouvait à bord d'un paquebot qui voguait dans le brouillard. Chaque fois que la corne de brume faisait entendre son vagissement lamentable, Toscanini sursautait. Son voisin finit par lui dire : «Ce son-là doit être affreux pour un musicien...

— Oui : cela me rappelle irrésistiblement *Lohengrin* !»

\*

Geraldine Farrar, la soprano américaine, répétait à New York avec Toscanini. Très tendu, il l'arrêtait et l'obligeait à reprendre chaque passage ; celle-ci devenait nerveuse à son tour, se tordait les mains, mordillait son mouchoir.

« Maître ! s'exclama-t-elle enfin, excédée : je ne suis plus une élève... Je suis une artiste professionnelle !

— N'ayez crainte, madame : je ne trahirai pas votre secret. »

\*

Toscanini sur la Callas : « Elle a du vinaigre dans la voix. »

\*

Toscanini avait renvoyé une cantatrice qui était fort belle. Une assez laide vint briguer la place. Le maître repoussa son offre. Comme elle sollicitait des explications, il dit : « Quand la cantatrice est jolie, cela gêne mes musiciens ; quand elle est laide, cela me gêne, moi, au plus haut point. »

\*

Toscanini, un jour de colère, dit à ses musiciens new-yorkais : « Quand je mourrai, je reviendrai sur terre comme portier de bordel, et je vous promets qu'aucun de vous n'entrera. »

\*

Il dirigea un jour le *Boléro* de Ravel deux fois plus rapidement que ce que la partition permettait, et quand Ravel lui en fit le reproche, il lui dit : « C'est comme ça que vous auriez dû l'écrire ; vous ne comprenez rien à votre propre musique. »

### À propos d'Arturo Toscanini

Les talents pianistiques de Vladimir Horowitz n'étaient pas toujours appréciés par son beau-père, Toscanini. Un jour, celui-ci s'emporta contre son gendre et lui cria : « Vous n'êtes qu'un fils de porc ! »

Horowitz protesta : « Oh ! voyons, papa ! »

## TOULOUSE-LAUTREC (Henri de)

Henri de Toulouse-Lautrec (1864-1901) «se dressait sur le pavé de Paris, a écrit Philippe Berthelot dans *Le Figaro* à la mort du peintre, comme une marionnette impudique et barbue, jaillie d'un jeu de massacre forain. Caricature noire, vineuse et poivrée, ses yeux d'encre luisaient à fleur de tête sous l'éclat diamanté du lorgnon; ses énormes lèvres, roulées et humides, évoquaient à la fois le rouge saignant d'une tranche de roast-beef froid à l'anglaise et le rubis du vin». Berthelot a également évoqué sa recherche de la beauté qui allait jusqu'à l'horreur : «Chez lui, comme chez Degas, il y a des disproportions qui veulent dire quelque chose. Le geste lui fait oublier l'anatomie.» Le château de Malromé, demeure des Toulouse-Lautrec, est situé non loin de Malagar, la propriété familiale de Mauriac, et celui-ci passait devant quand il fermait sa maison à la Toussaint et remontait vers Paris; il l'évoque dans ses *Mémoires intérieurs* : «Là mourut un damné, si c'est une damnation pour le génie que d'être lié à un corps difforme : Henri de Toulouse-Lautrec. Derrière une de ces fenêtres, l'agonisant observa son père qui s'amusait à attraper des mouches sur le drap. La baronne, sa mère, lui survécut longtemps. Un de nos voisins lui demanda un jour si son fils n'avait pas laissé à Malromé des dessins et des peintures. La vieille dame assura qu'il y en avait partout, mais qu'elle les avait détruits parce qu'ils étaient inconvenants.»

À la mort de Toulouse-Lautrec, Philippe Berthelot a raconté dans *Le Figaro* : «Violent et querelleur comme les faibles, avec peut-être une hérédité (au moins imaginative) de chevaleresque batailleur, il adorait les grandes tailles et les larges épaules : ces petites jambes torses s'agitaient toujours aux côtés d'un géant.»

En effet, il se faisait souvent accompagner d'un ami de très haute taille qui pratiquait la boxe française, nommé Tapié de Céleyran. Et lorsque le peintre se prenait de querelles, il finissait par dire : «Si vous insistez, je vous flanque la main de Monsieur sur la figure.»

Pendant ses dernières années, un autre géant, Maxime Dethomas, lui-même peintre, fut son compagnon préféré; il ravissait Lautrec, qui lui attribuait une force surhumaine : «Il aura ta peau quand il voudra», disait-il sérieusement à chacun.

Ils firent ensemble, sur une péniche, un voyage d'art à travers les canaux de Hollande. Mais bientôt Lautrec entra dans des colères furieuses et refusa de descendre à terre, car des enfants couraient derrière eux sur la berge, les prenant pour le géant et le nain qui allaient faire des tours.

\*

Les parents de Toulouse-Lautrec étaient séparés ; enfant, il vivait avec sa mère, et c'est chez elle qu'il revint mourir. Son père vint lui rendre visite. C'était un aristocrate fantasque, passionné de chasse. Le mourant lui dit : «Je savais que vous ne manqueriez pas l'hallali.»

## TRUFFIER (Jules)

Comédien français, professeur au Conservatoire, Jules Charles Truffier (1856-1943) écrivit divers articles de réflexion sur la formation des comédiens. On lit dans l'un d'eux, publié à la *Revue des Deux Mondes*, cette citation de Dumas : «Le Conservatoire fait des comédiens impossibles. Qu'on me donne n'importe quoi, un garde municipal licencié en février, un boutiquier retiré, j'en ferai un acteur. Mais je n'en ai jamais pu former un avec les élèves du Conservatoire. Ils sont à jamais gâtés par la routine» ; la suite de l'article consiste à répondre à cette critique, *pièces en mains*.

Ce comédien composa le quatrain suivant à l'occasion de la sortie d'une pièce de Georges de Porto-Riche[1] :

> J'aimerais mieux, n'étant pas riche,
> Qu'on me servît sur un plateau,
> Un verre de pauvre porto,
> Que quatre vers de Porto-Riche.

## TURENNE (prince de)

Henri de La Tour d'Auvergne, prince de Turenne (1611-1675), fit son apprentissage à treize ans sous ses oncles Maurice et Henri de Nassau. Maréchal de France à trente-deux ans, il remporta des victoires qui déterminèrent la paix de Westphalie. Entré dans la Fronde pour faire sa cour à Mme de Longueville, il fut défait à Rethel par le maréchal du Plessis-Praslin.

---

1. Georges de Porto-Riche, élu à l'Académie française en 1923, ne fut jamais reçu sous la Coupole : le discours qu'il devait prononcer pour sa réception ne plaisait pas au comité de lecture, car il succédait à Lavisse, historien sacré de la IIIᵉ République, dont il tenait à dire : «C'était un homme à histoires, pas un homme d'Histoire.» Morand le décrit en 1916 : «Magnifique Juif portugais, portant non moins magnifiquement sa tignasse [...]. Tout près d'être bien, mais tout de suite trop théâtre ; on a l'impression qu'il va jouer la grande scène du III, dans *Amoureuse*.»

Pendant la deuxième Fronde, il défendit la Cour contre Condé qu'il battit, puis il sauva la monarchie en battant les Espagnols. Nommé maréchal général, il eut le pas sur tous les autres. Il prit la Flandre en trois mois, sauva l'Alsace par une campagne mémorable. Il allait attaquer le grand Montécuculli lorsqu'il fut tué d'un boulet de canon. Turenne par ailleurs se trouvait mal en présence d'une araignée. D'ailleurs, il était bonhomme : l'un de ses marmitons, passant dans l'antichambre, aperçut un homme en petite veste blanche et bonnet, penché à la fenêtre, prenant le frais. Pensant qu'il s'agissait d'un garçon de cuisine, le marmiton approcha silencieusement et lui donna une grande claque sur le derrière. L'homme se retourna d'un bond et le marmiton, horrifié, reconnut le maréchal général. « Monseigneur, s'écria-t-il, j'ai cru que c'était Georges ! — Quand c'eût été Georges, répondit Turenne, il ne fallait pas frapper si fort. » Le maréchal général fut enterré à Saint-Denis avec les rois, et exhumé avec eux en 1793 : on se précipita pour ouvrir d'abord son tombeau. Or, selon le rapport du commissaire aux exhumations, « les spectateurs, surpris, admirèrent dans ces restes glacés le vainqueur de Turckheim, et, oubliant le coup mortel dont il fut frappé à Saltzbach, chacun d'eux crut voir son âme s'agiter encore pour défendre les droits de la France ». Le corps, « en état de momie sèche et de couleur de bistre clair », fut remis au gardien du lieu, qui le conserva dans une boîte, dans la sacristie où il l'exposait aux regards des curieux moyennant rétribution. Plus tard il fut joint aux collections d'animaux empaillés du Jardin des Plantes. En l'an VII, le Directoire ordonna « la fin de ce scandale » et Turenne fut solennellement déposé aux Invalides.

Bussy-Rabutin participa à la Fronde mais, fâché avec Condé, il alla offrir son épée à Mazarin, et le roi lui vendit la charge de maître de camp de la cavalerie légère. Il ne s'entendit pas avec Turenne, qui lui reprochait l'indépendance de ses initiatives, et il dut passer au prince de Conti, amateur d'aventures scabreuses. Ils écrivirent ensemble *La Carte du pays de Bracquerie*, où les dames de la Cour étaient mises à mal.

Revenu cependant sous Turenne par obligation, pour la campagne de Flandre, Bussy s'en vengeait par des couplets qui firent dire à son chef : « Bussy-Rabutin est mon meilleur officier pour les chansons. »

*

Bussy fit d'ailleurs un mécompte à l'occasion d'une bataille où il servait sous Turenne ; ayant imprudemment donné avec ses cavaliers dans une embuscade, il envoya prier son général de lui donner secours pour le dégager.

Turenne en fit des gorges chaudes : «Hé quoi, donne-t-on encore aujourd'hui dans de telles embuscades?»

Bussy apprit la raillerie du maréchal, et il s'en vengea par une chanson où il évoquait ses amours :

> Son altesse de Turenne,
> Soi-disant prince très-haut,
> Ressent l'amoureuse peine
> Pour l'infante Guénégaut;
> Et cette grosse Climène
> Partage avec lui sa peine.

\*

De Turenne, à l'un de ses officiers trop bavard : «J'ai un conseil à vous donner. Toutes les fois que vous voulez parler, taisez-vous.»

## À propos du prince de Turenne

Le duc Charles de Lorraine, se voyant avec quinze princes allemands, qui étaient entre eux de mauvaise intelligence, et qui devaient faire face à l'armée de France commandée par le prince de Turenne, dit : «Nous voilà seize princes, par la grâce de Dieu, qui allons être battus de la façon d'un seul prince, par la grâce du roi de France.»

C'est ce qui arriva.

## TYRCONNEL (lady)

Frances Jennings, lady Tyrconnel (1647-1730), était l'épouse de Richard Talbot qui avait refusé de prêter serment d'allégeance à Guillaume III, et que Jacques II nomma vice-roi d'Irlande et chef de son armée. Réputée pour sa beauté et sa force de caractère, elle s'engagea en faveur du parti de son mari, cependant que sa sœur lady Churchill (Sarah Jennings) en faisait autant dans le parti opposé. Lorsque Jacques II vint tenter son ultime chance en Irlande, lady Tyrconnel le reçut avec sa suite au château de Dublin «*with French urbanity and Irish hospitality*», rapporte la chronique (de sorte que la réplique qui suit est probablement apocryphe). Elle suivit le roi déchu en exil et vint résider à Saint-Germain-en-Laye. Après la mort de son mari, elle fut modiste à Londres, puis restaurée dans ses droits grâce à sa sœur.

Après la défaite de la Boyne, en 1690, Jacques II[1] se plaignit auprès de lady Tyrconnel du fait que ses partisans avaient fui pendant la bataille. Elle répondit : «Sire, Votre Majesté semble avoir gagné la course.»

## TWAIN (Mark)

Samuel Langhorne Clemens, dit «Mark Twain» (1835-1910), exerça une demi-douzaine de métiers, puis rencontra à La Nouvelle-Orléans le pilote Horace Bixby, qui lui parla du Mississippi avec tant de chaleur qu'il décida de s'embarquer. Entendant le sondeur donner en brasses le relevé de la profondeur – *«Mark three, Mark twain»*, c'est-à-dire «Marque à trois [brasses], Marque à deux» –, il fut frappé par la sonorité du cri, et le prit pour pseudonyme. Il s'engagea chez les Sudistes mais une furonculose l'empêcha de rester en selle. Il alla chercher fortune dans les mines d'argent et échoua à Virginia City, ville de pionniers où il devint directeur du quotidien local, le *Territorial Enterprise* : ce fut le début de sa carrière littéraire. Il devait connaître un succès extraordinaire avec le récit des aventures, au bord du Mississippi, de Tom Sawyer et de Huckleberry Finn. Sa femme Livy, fort puritaine, était le censeur ordinaire de ses manuscrits : «J'envoie toujours mes Indiens sur le sentier de la guerre, soupirait l'auteur, mais elle leur tend des guet-apens, les fait prisonniers, et les envoie au catéchisme.» Il avait un côté résolument moderne : il fut ainsi le premier écrivain à utiliser une machine à écrire, et l'une de ses plus célèbres devinettes est : «*What is the difference between a taxidermist and a tax collector? The taxidermist takes only your skin.*»

Mark Twain assistait à une représentation de *La Traviata*. À côté de lui, une spectatrice lui gâcha tout son plaisir en bavardant sans arrêt avec sa voisine. À la fin du spectacle, elle se pencha vers l'écrivain : «Reviendrez-vous la semaine prochaine? On jouera *Aïda*.

---

1. Jacques Stuart (1633-1701) sera Jacques VII d'Écosse et Jacques II d'Angleterre : fils de Charles Ier et d'Henriette de France, emprisonné lors de la révolution d'Angleterre, il s'évada, entra au service de la France, se distingua sous Turenne. Il revint en Angleterre, se convertit au catholicisme et accéda au trône en 1685 à la mort de son frère Charles II. Il prétendit ramener son pays à la religion catholique : le clergé anglican et la noblesse appelèrent à la rescousse Guillaume d'Orange, son gendre, qui fit bientôt dans Londres une entrée triomphale. Jacques II, qui fit une tentative de reconquête à partir de l'Irlande, fut finalement vaincu à la Boyne (1690). Contraint à l'exil, il tint sa cour dans le château de Saint-Germain délaissé par Louis XIV au profit de Versailles; son tombeau se trouve dans l'église de Saint-Germain-en-Laye.

— Certainement, répondit-il. Je ne vous ai jamais entendue dans *Aïda*. »

*

Paul Bourget disait à Mark Twain : « La vie ne peut jamais être totalement ennuyeuse pour un Américain. Quand il n'a rien d'autre à faire, il peut toujours passer quelques années pour tenter de savoir ce qu'était son grand-père.

— Cela est tout à fait vrai, Votre Excellence. Mais je pense qu'un Français ne resterait pas longtemps non plus à s'ennuyer ; il peut chercher à s'informer, pour voir s'il est capable de découvrir qui était son père. »

*

De Mark Twain, à un interlocuteur au détour d'une conversation : « Il vaut mieux garder vos lèvres closes et passer pour un imbécile, plutôt que l'ouvrir et lever tout doute. »

### À propos de Mark Twain

Dans son enfance, Mark Twain, qui habitait à Hannibal sur les bords du Mississippi, passait son temps à s'échapper de l'école pour aller jouer avec les garnements de son âge sur les rives du fleuve. Souvent, il y tombait, « mais il se trouvait toujours là, par hasard, quelque ennemi du genre humain pour me repêcher, me vider de mon eau, me gonfler d'air et me remettre sur pied ».

On le ramenait à la maison, et ces noyades n'affolaient pas sa mère, qui se contentait de dire : « Les gens destinés à être pendus ne se noient jamais. »

*

Une maladie de cœur hâta la fin de Mark Twain. Peu auparavant, à l'occasion d'une rencontre avec le pasteur, il lui avait exprimé son désir d'être incinéré. Son interlocuteur le considéra avec gravité, avant de déclarer : « Je ne me préoccuperais pas de ce petit détail, mon fils, si j'avais autant de chances que vous de finir dans les flammes. »

## URBAIN VIII

Maffeo Barberini (1568-1644), 233ᵉ pape en 1623 sous le nom d'Urbain VIII, réserva au Saint-Siège les béatifications et combattit les cultes trop spontanés. Il était capable de versifier en latin, grec, italien ou hébreu. «C'est un homme très doux et tendre et qui souhaite, parmi les saints dont il est submergé, quelques artistes capables de les lui faire oublier. Toujours, à sa suite, cheminent des savants ou des porteurs de lyre. Il ne leur demande point de lui vendre de l'immortalité dont il tient lui-même boutique, mais de l'enchanter quelques heures en échange d'un bénéfice qu'il laisse bientôt tomber de sa main ouverte comme une corne d'abondance» (E. Magne). Tous les écrivains français qui l'approchèrent purent s'en féliciter, et les chrétiens les plus douteux parmi eux, puisque c'est lui qui dota Boisrobert d'un bénéfice en l'encourageant au canonicat – Colletet même lui exprima sa reconnaissance. C'est sous son pontificat que son ami Galilée fut condamné : Urbain VIII avait même financé les études contestées. Certains (Pietro Redondi) ont soutenu que le fameux procès n'a été qu'un subterfuge destiné à protéger le savant contre des accusations théologiques sérieuses formulées par les Jésuites, et qui auraient pu atteindre le pape. L'entourage de celui-ci aurait fait mettre en avant contre Galilée des griefs mineurs (dont la vieille lune, si l'on ose dire, de l'héliocentrisme) pour éviter une condamnation sévère. Il est vrai en tout cas qu'Urbain VIII commua immédiatement la peine de détention qui frappait Galilée en une simple assignation à résidence, plus ou moins respectée.

François de Harlay[1], évêque de Rouen, est resté célèbre pour le galimatias de ses gros livres accablants d'érudition : Mme des Loges disait de lui que c'était «une bibliothèque renversée». Lorsque

---

1. François de Harlay de Chanvallon († 1653), qui se piquait d'être savant, était l'esprit le plus obscur qu'on pût rencontrer. Dom Bonaventure d'Argonne a dit de lui que c'était «un abîme de science où l'on ne voyait goutte». On raconte qu'il avait envoyé un de ses ouvrages en manuscrit à quelqu'un pour avoir un avis. Le relecteur avait mis en un endroit à la marge : «Je n'entens point cecy.» François de Harlay, quand il récupéra le manuscrit, ne se souvint pas d'effacer l'observation, qui fut imprimée avec le reste... D'ailleurs, la difficulté ne le rebutait pas. Un jour qu'il avait promis d'expliquer la Trinité le plus clairement du monde, il s'embrouilla un peu dans son sermon, dit du grec, puis ajouta : «Voilà pour vous, femmes!» C'est lui qui avouait que de prononcer du grec à la garde-robe, cela le lâchait, mais que le latin le constipait. Ce fut un bon prélat, qui protégea courageusement les Normands contre les châtiments que le chancelier Séguier était chargé de leur infliger en 1639. Aussi bien le regarda-t-on à sa mort comme une sorte de saint, et les gens de son diocèse lui attribuaient des miracles. Même Tallemant avoue qu'il y avait du bon en ce prélat : «Il était bon homme, franc et sincère; mais jamais il n'eut un grain de cervelle.»

Urbain VIII lut quelque chose du livre de controverse que le prélat avait fait pour la défense de Jacques II, il ne put s'empêcher de dire : «*Fiat lux!*»

L'histoire fut colportée, et une main maligne écrivit sur l'un de ses livres : «*Fiat lux, et lux facta non est.*»

Cela n'empêcha pas l'auteur, qui était prolixe, de faire spéciale-ment porter au pape son ouvrage suivant, qui au frontispice repré-sentait l'auteur avec sa barbe étroite et longue. Urbain, cette fois, n'en dit jamais autre chose, sinon : «*Bella barba!*

— Mais Saint-Père, lui dit-on, que vous semble de ce livre?

— *Veramente bellissima barba!*»

L'auteur, qui le sut, écrivit *De la puissance des papes*, où il les réduisait au rang des évêques.

### À propos d'Urbain VIII

Urbain VIII fit une bulle («magnifique et en beau latin», pré-cisent des contemporains) contre l'astrologie judiciaire. On nous dit qu'il s'en mêlait pourtant lui-même un peu, jusqu'à tenir des alma-nachs pour ses prédictions astronomiques.

Il avait depuis très longtemps le même serviteur qui, l'ayant vu dans toutes sortes de situations, et ayant vieilli avec lui, usait d'une grande liberté à l'égard du souverain pontife. Une nuit, le pape l'appela et à force de crier «Onofrio, Onofrio», le fit lever, et lui demanda quel temps il faisait. Onofrio, pour en être plus tôt débar-rassé, répondit qu'il faisait beau temps.

«*Sapiamo!*» dit le pape victorieusement, donnant à entendre qu'il l'avait prédit et mis sur son almanach.

Onofrio qui, enfin parfaitement éveillé, entendait pleuvoir à verse, perdit patience, ouvrit les rideaux du pape et la fenêtre de sa chambre en grand, en lui disant : «*Vede coglione! Vede coglione!*» («Regarde, espèce de couillon!»)

Le pape en riait encore le matin et ne put s'empêcher de le conter à quelques courtisans. Le rébarbatif cardinal Barberini (non pas le frère du pape, mais un neveu, car le Saint-Père avait généreusement répandu la pourpre dans sa famille), l'ayant su, menaça Onofrio des galères. Celui-ci changea de conduite, et se mit à servir le pape à genoux, avec crainte et tremblement. Le pape, importuné de ces respects, en apprit enfin la cause. Le cardinal fut convoqué chez l'oncle, et il fut traité à son tour fort mal.

\*

Ce pape était un grand admirateur du Bernin, auquel il commanda différents travaux, en particulier le monumental baldaquin qui surplombe l'autel pontifical de la basilique Saint-Pierre. Or le bronze nécessaire à sa construction fut arraché au revêtement des poutres du portique du Panthéon. Comme en même temps le frère d'Urbain VIII, le cardinal Antonio Barberini, théoriquement capucin, empruntait un grand nombre de pierres au Colisée pour ériger sur le Quirinal sa maison, de nombreux pasquins couraient sur la famille, et les Romains disaient : «*Quod non fecerunt Barbari, fecerunt Barberini*» («Ce que n'ont pas fait les Barbares, les Barberini l'ont fait»).

### UZÈS (duchesse d')

Anne de Rochechouart de Mortemart, duchesse d'Uzès (1847-1933) : arrière-petite-fille de la veuve Clicquot, première femme en 1898 à avoir été verbalisée pour excès de vitesse, première femme lieutenant de louveterie, maître d'équipage du Rallye-Bonnelles, cette grande amie de Louise Michel fut, pour le reste, active dans le soutien au général Boulanger. Le boulangisme avait un comité républicain, et un autre qui voulait convaincre le général de ramener le roi, et dans lequel la duchesse d'Uzès et Arthur Meyer figuraient au premier plan. «La République chancela, écrit Émile Faguet. À Paris et en province, Boulanger eut de tels succès électoraux que tout autre homme que Boulanger eût fait sauter les neuf cents par les fenêtres. Il était nul. Consulaires et monkistes s'étaient, non pas également, mais les uns et les autres, trompés sur lui. Il n'était pas capable d'être un Bonaparte ; mais il n'était même pas capable d'être un Monk. Il était un quinquagénaire amoureux, un Antoine. La Belgique fut son Égypte.» Ainsi se terminèrent les aventures politiques de la duchesse d'Uzès.

Lors d'une chasse à courre, le président Loubet demanda : «Quel est donc cet air de cor, qui est si joli?»

La duchesse d'Uzès répondit sèchement : «Cette fanfare de trompe est *La Royale*, monsieur le Président.»

### VACQUERIE (Auguste)

Auguste Vacquerie (1819-1895) était un écrivain proche de Victor Hugo (plus tard son exécuteur testamentaire), surtout après la noyade de Léopoldine Hugo avec son mari Charles Vacquerie, frère d'Auguste.

C'était, selon Léon Daudet, un personnage savoureux, qui avait pris une claque sérieuse à l'Odéon avec son drame *Formosa*, «et je rapprochais malgré moi ces scènes ennuyeuses et froides de cette voix désagréablement timbrée, de ce profil dur. À quoi correspondait réellement la fidélité de cet écrivain non dénué de talent, dénué de tout ce qui peut plaire vis-à-vis d'un tempérament aussi amusant mais aussi absorbant que Hugo? L'explication par l'attraction des contrastes serait ici légèrement sommaire. J'ai entendu dire que Vacquerie, amoureux avant tout de gloire, s'était rendu compte de bonne heure de son incapacité à égaler celle de Hugo et s'était élancé au-devant, comme Gribouille, afin de ne pas être absorbé par elle».

Frederic Spitzer (1815-1890), fils d'un fossoyeur viennois, avait le flair du bibelot, et l'achat d'un Dürer à bas prix fit sa première fortune; il sut ensuite l'entretenir, en servant de courtier (parfois peu délicat sur l'authenticité des objets, dit-on) pour Rothschild et Richard Wallace en particulier. Pour son compte, il constitua à Paris une collection fameuse d'armures vides et de panoplies[1]. Vacquerie dit un jour à Léon Daudet, en lui montrant José Maria de Heredia : «Saluez, jeune homme, saluez la collection Spitzer!»

## VADÉ (Jean Joseph)

Jean Joseph Vadé (1720-1757), Picard de Ham, était inspiré par le petit peuple, et on l'a présenté comme le La Fontaine des guinguettes et des tavernes : «Il avait dans les mœurs et dans la conduite cette facilité, cet abandon, cette incurie de La Fontaine; il avait aussi quelque talent [...]. On a voulu le regarder comme le créateur d'un genre, auquel on a donné le nom de *genre poissard*, parce qu'il y peignait des poissardes, des bateliers, des racoleurs ivres [...]. Mais c'était du talent perdu : qui cette vérité pouvait-elle intéresser?» (*Éphémérides littéraires* de l'an XI.) Il était secrétaire du duc d'Agenois : il avait été convenu que, moyennant cent louis par an, le poète suivrait le duc partout et qu'il n'aurait rien d'autre à faire. Le duc voulait simplement montrer qu'il était très occupé, puisqu'il avait un secrétaire... «Aussi ne vit-on jamais un seigneur et un secrétaire plus contents l'un de l'autre.»

Vadé écoutait avec lassitude un fat qui faisait le beau parleur, insistant sur toutes ses bonnes fortunes, et qui répétait qu'il avait *eu* Mme Une telle et Mme Une telle, ce qu'il disait avec la plus

---

1. En vérité, une bonne partie des armures de cette collection avaient été forgées par M. Leys, un vieil antiquaire ami du collectionneur, qui faisait des faux admirables, pour le plaisir.

ridicule affectation de ton, prononçant de manière détachée le *e* et
le *u* : « J'ai *eû* la comtesse de... ; j'ai *eû* Mme de... »
Vadé, enfin excédé, finit par dire : « Que nous racontez-vous là ?
Jupiter fut plus heureux car il a *eû Io*. »

*

Un abbé de cour laissa dans un salon échapper un vent trop
bruyant ; il ne sut pas s'en tirer, et sa mésaventure a été mise en
vers par Vadé :

> Certain abbé, poupin de son métier,
> Rimeur aussi, pétri de politesse,
> Un jour lâcha, par maladresse,
> Un vent de l'arrière-gosier.
> Chacun rit ; il n'en est point aise,
> Et, pour qu'on accuse sa chaise
> Du pet, il vous la fait craquer et recraquer.
> Quelqu'un lui dit, apercevant sa frime :
> « Que sert, l'abbé, de tant vous fatiguer !
> Vous n'en trouverez point la rime. »

## VAINES (Jean de)

Jean de Vaines (1733-1803), ou Devaines, employé au contrôle général des
Finances sous Turgot et Necker, littérateur, servit de mentor à Mathieu
Molé, qui raconte que cet homme d'extraction modeste avait été à la mode
grâce à son esprit piquant et ses succès auprès des femmes : « Il s'était mis
au-dessus de tout le monde. Les grands seigneurs, pour jouir de ses agréments, l'avaient laissé faire, et s'amusaient même d'une familiarité poussée
jusqu'à l'insolence, dont au fond leur orgueil ne pouvait être atteint, mais
tous ceux qui ne se sentaient pas assez haut pour être aussi tranquilles le
détestaient. » À soixante-douze ans, Devaines devint follement amoureux
d'une Mme Cottin, romancière à succès chez laquelle il s'installa pour réé-
crire ses romans ; sa passion lui faisait négliger d'assister aux séances du
Conseil d'État, dont le Premier consul venait de le nommer membre, ce qui
déplut. Quelque temps après, il se suicida en absorbant de ce poison que
Condorcet avait donné à ses amis sous la Terreur. Molé ajoute : « Devaines
mourut comme il avait vécu, comme Helvétius, comme Saint-Lambert
conseillent de vivre et de mourir ! Son ami Suard exhala sur sa tombe des
regrets plus philosophiques que sensibles, et se donna la joie de remplacer
les paroles religieuses, ces allusions à une autre vie que les hommes de tous
les siècles ont fait entendre dans les funérailles, par ces mots que la nature
de cette mort rendait repoussant : *Il aima, il fut aimé*. »

Le vicomte de Ségur aborda un jour M. Devaines en ces termes : « Est-il vrai, Monsieur, que dans une maison où l'on avait eu la bonté de me trouver de l'esprit, vous avez dit que je n'en avais point ?

— Il n'y a pas un mot de vrai, répondit M. Devaines, je n'ai jamais été dans aucune maison où l'on vous trouvât de l'esprit. »

On fera cependant justice au vicomte de Ségur en disant qu'il ne manquait pas tout à fait d'esprit. C'est lui, en effet, qui expliquait à des royalistes, après le 18 Brumaire, au sujet de Bonaparte : « Ne vous y trompez pas, messieurs. Voilà un homme que personne n'aime mais que tout le monde préfère. »

\*

Mme de Staël avait beaucoup reçu les conspirateurs du 18 Fructidor, et on l'accuse d'y avoir eu sa part. « Elle s'en défend, et l'on doit la croire ; son salon seul fut coupable », écrit ironiquement Sophie Gay dans ses *Salons célèbres*. Et d'ajouter : « On sait tout ce que son cœur généreux lui inspira de dévouement pour les malheureux proscrits de cette fatale journée ; ce qui ne calma pas les ressentiments, et fit dire à M. Devaines, en parlant de Mme de Staël : "C'est une excellente femme qui noierait tous ses amis pour avoir le plaisir de les pêcher à la ligne." »

## VALENCE (comte de)

Cyrus de Timburne-Timbronne, comte de Valence (1757-1822), proche de Philippe Égalité (il était colonel de son régiment), prêta le serment militaire aux révolutionnaires. Général en chef de l'armée des Ardennes, il prit plusieurs villes en recevant trois coups de sabre sur la tête à Neerwinden. Il suivit Dumouriez dans sa défection, fut proscrit, partit en Amérique, revint en France après le 18 Brumaire, participa à plusieurs guerres de l'Empire. Il signa la déchéance de l'Empereur comme secrétaire du Sénat, fut fait pair de France par Louis XVIII, rayé en 1815 à cause de sa conduite pendant les Cent-Jours, rappelé à la Chambre des pairs en 1819. Il y exprima jusqu'à sa mort des opinions libérales (il occupait un rang élevé dans la franc-maçonnerie). Le général Thiébault avait dit de sa femme Pulchérie, fille de Mme de Genlis : « Chassant de race, elle aura même dépassé sa mère en galanteries. » Quand on lui rapporta le propos, elle dit en citant la Gaussin : « Que voulez-vous ?... Des amants... Cela leur fait tant plaisir, et à nous si peu de peine ! »

Cyrus de Timburne-Timbronne, comte de Valence, qui avait commandé les réserves à Valmy, fit capituler Verdun, prit Courtrai, et obligea Brunswick à abandonner Longwy. Nommé général en chef de l'armée des Ardennes, il força les Autrichiens à capituler à Namur.

Comme le commandant autrichien se plaignait des conditions de la capitulation, Valence lui dit : « Si vous n'êtes pas content, général, vous n'avez qu'à rentrer, nous vous reprendrons. »

## VALÉRY (Paul)

Paul Valéry (1871-1945), venu à Paris en 1892, se mêla au mouvement symboliste, et au mouvement *wagnérien*, plus politique que musical. Il était disciple du théoricien raciste Vacher de Lapouge, et lorsque *La Libre Parole* ouvrit sa campagne de souscription en faveur de Mme Henry, la veuve du persécuteur de Dreyfus, qui venait de se suicider, Valéry donna sa contribution (« non sans réflexion »). Lorsqu'il revint à la poésie en 1917, sous les encouragements de Gide, ce fut le succès de *La Jeune Parque*, qui précédait *Le Cimetière marin*, et *Charmes*. Il y avait, entre Gide et Valéry, qui affectaient de se tenir mutuellement pour des génies, des échanges de petits-maîtres : « Les événements sont l'écume des choses, disait Valéry. C'est la mer qui m'intéresse. C'est dans la mer que l'on pêche ; c'est sur elle que l'on navigue ; c'est en elle que l'on plonge » – et Gide d'ajouter au lendemain des funérailles nationales accordées à Valéry par la volonté de De Gaulle : « Et nul n'a plongé plus avant. » Valéry était devenu une sorte d'athlète complet des conférences sur l'art, la civilisation, etc., activité débordante destinée à répondre à des soucis d'argent. Et puis il avait les mondanités dans la peau, et glosant sur Pascal (« Le silence éternel de ces espaces infinis m'effraie »), il disait : « mais le bavardage intermittent de nos petites sociétés finies me rassure ». Roger Giron écrit : « Mondor observe que l'emploi de la conjonction *mais* chez Valéry fournirait un beau sujet de thèse pour le doctorat de grammaire. Il donne ces deux exemples : "Le moi est haïssable, *mais* c'est celui des autres" et "Dieu a fait tout de rien, *mais* le rien perce". Penché vers Valéry, un de ses amis, à propos d'un artiste connu avait ajouté sévèrement : "On le dit pédéraste. — Oui, *mais* maquereau", avait rectifié (ou aggravé) Valéry. »

André Malraux a rapporté une conversation qu'il avait eue avec Paul Valéry, en 1934, rue du Vieux-Colombier, au sujet de Gide : « "Pourquoi, lui demandai-je, si vous êtes indifférent à son œuvre, mettez-vous si haut la *Conversation avec un Allemand* ?

« — Qu'est-ce que c'est ?"

«Je le lui rappelai.

«"Ah, oui! Ce doit être parce qu'il y a une réussite d'imparfait du subjonctif!"

«Puis, avec la relative gravité qu'il mêlait à son argot patricien :

«"J'aime bien Gide, mais comment un homme peut-il accepter de prendre des jeunes gens pour juges de ce qu'il pense?... Et puis, quoi! Je m'intéresse à la lucidité, je ne m'intéresse pas à la sincérité. D'ailleurs, on s'en fout."»

*

Paul Valéry avait toujours tenu Moréas pour un poète superficiel. Après sa mort, celui-ci fut incinéré. Valéry, qui assistait à la cérémonie, dit : «Et voilà ce pauvre Moréas qui s'en va comme un cigare!»

*

Les obsèques du maréchal Foch durèrent plus de sept heures. Paul Valéry y avait assisté au milieu d'un grand nombre de notables d'un certain âge; il dit à l'abbé Mugnier : «Les vessies étaient peintes sur les visages.»

Henri de Régnier, prévoyant, avouait qu'il s'était muni d'un petit déversoir *ad hoc*.

### À propos de Paul Valéry

Le discours que Valéry prononça lors de sa réception à l'Académie française, à la succession d'Anatole France, est resté célèbre parce qu'il fit l'éloge de son prédécesseur sans prononcer une seule fois son nom («Mais c'est d'une France assez différente, de la douce, distraite et délicate France, et presque d'une France un peu lasse et apparemment désabusée, que son illustre homonyme a peint élégamment l'image véritable et trompeuse. De cette France charmante, son esprit était une émanation très composée», etc., etc.). Outre les séquelles de la question dreyfusarde, on a dit que Valéry ne pardonnait pas à Anatole France d'avoir refusé à Mallarmé la publication de son *Après-midi d'un faune* dans *Le Parnasse contemporain*. Mais Valéry avoua que cela provenait d'une blessure de vanité : «Je ne nommerai pas une seule fois France par son nom. C'est effrayant de faire le portrait d'un homme devant des gens qui le savent par cœur et que, soi, on n'a vu qu'une seule fois pour s'entendre dire : «Monsieur, vous parlez bien de Racine.»

## VAN DONGEN (Kees)

Cornelis Van Dongen, dit «Kees Van Dongen» (1877-1968) : né près de Rotterdam, c'est à Paris qu'il trouva la reconnaissance artistique (il prendra la nationalité française en 1928). Matisse a dit que «tout en courant après les danseuses, il trouvait le moyen de les peindre». Derain en parlait comme du «premier portraitiste du siècle». On lit souvent que Van Dongen participa avec les écrivains sympathisants de l'Allemagne – Ramon Fernandez, Marcel Jouhandeau, Jacques Chardonne, Marcel Arland, etc. – au voyage d'octobre 1941 organisé par Goebbels, et l'on ajoute que cela «lui vaudra une réputation ternie auprès de la critique moderne». En vérité, Van Dongen fit partie d'un autre groupe, celui des peintres, et il ne sera pas le seul puisqu'il voyagera avec André Derain, Maurice de Vlaminck, Paul Belmondo, Paul Landowski, etc. Quoi qu'il en soit, il n'a pas représenté les foules de Nuremberg, et l'on peut tranquillement contempler ses femmes assises au bar de l'Hôtel Sheppard : silhouettes étirées, visages livides, yeux de ténèbres.

Un jour, à Deauville, une grosse dame s'assit sur les lunettes de Van Dongen.

«Oh! Je suis vraiment désolée...

— Bah! soupira le peintre. Je préfère que ce soit arrivé au moment où je ne les avais pas sur le nez.»

## VERDI (Giuseppe)

Giuseppe Verdi (1813-1901) était né «Joseph Verdi, citoyen français du 125ᵉ département de l'Empire napoléonien». En 1836, une maladie emporta sa femme et leurs deux enfants; il devait au milieu de cela faire un opéra bouffe, et il jura qu'il ne composerait plus. La cantatrice qui deviendra sa seconde femme lui redonna goût à la vie en lui disant de mettre en musique un livret qui évoquait les Juifs sous le joug babylonien; il y transposa les sentiments de ses compatriotes à l'égard de l'Autriche, et quand le public de la Scala acclama Nabucco, Verdi, qui s'était réfugié en tremblant dans la fosse d'orchestre, crut à une cabale tant le tumulte était grand; on lui expliqua que ce bruit d'enfer annonçait un triomphe. Toute l'Italie prit le deuil lorsqu'il mourut soixante ans plus tard. La Revue des Deux Mondes évoquait en 1857 «la vogue inouïe et, selon nous, excessive des opéras de M. Verdi, la valeur d'un sentiment national sanctifiant la forme imparfaite qui lui sert de symbole pendant une transition difficile [...]. En face de l'exagération de son succès, qui tient à des causes passagères qui n'ont rien à démêler avec l'art, en face de cette horde de marchands qui ont envahi le parvis du temple et acclamé le faux dieu, nous avons protesté et nous avons dû défendre l'idéal formé par trois siècles de civilisation musicale».

Un jour, un écrivain soupirait devant Verdi : « Ce n'est qu'après ma mort qu'on découvrira l'homme que je suis... »

Verdi se contenta de répondre : « Tant mieux, tant mieux ! À ce moment-là vous ne risquerez plus rien. »

## VERLAINE (Paul)

Les *Poèmes saturniens* de Paul Verlaine (1844-1896) étaient passés inaperçus malgré leurs qualités. Ensuite, le poète se dégagea des parnassiens. Rimbaud exerça sur lui une grande influence, mais reçut des coups de revolver : Verlaine fut emprisonné deux ans à Mons, où il écrivit *Romances sans paroles*. La publication de *Sagesse*, qui témoignait de sa ferveur nouvelle pour le catholicisme, rendit son nom célèbre. Avec *Jadis et Naguère*, une jeunesse enthousiaste acclama son génie. Jules Lemaitre dit que « ce barbare, ce sauvage, cet enfant a une musique dans l'âme, et à certains jours il entend des voix que nul avant lui n'avait entendues ». Mais la mort de sa mère ruina l'esprit du poète et, comme le dit Berthelot, « sa vie misérable de bohème et de gloire commença ». Donnay a raconté : « Un soir, au Chat noir, Paul Verlaine vint s'asseoir à notre table. J'étais placé à côté de lui, et c'était la première fois que je le voyais. Mon émotion était grande. Il mangea très peu. — Et que vous a-t-il dit ? — Il m'a expliqué que l'abus des apéritifs peut fermer l'appétit, et non l'ouvrir. »

On dispose de quelques photographies d'Alexandre Dumas. L'une, qui le représente en manches de chemise et tenant dans ses bras une célèbre écuyère américaine, Ada Menken, fut retirée du commerce à la demande de la famille. Comme Dumas avait un faciès marqué par ses origines noires, accentué par l'âge et les cheveux blancs bouclés, Verlaine composa cette épigramme :

> L'Oncle Tom avec Miss Ada,
> C'est un spectacle dont on rêve.
> Quel photographe souda
> L'Oncle Tom avec Miss Ada ?
> Ada peut rester à dada,
> Mais Tom chevauche-t-il sans trêve ?
> L'Oncle Tom avec Miss Ada,
> C'est un spectacle dont on rêve.

*

Fernand Gregh demandait à Verlaine ce qu'il pensait des vers libres, mis à la mode par la jeune école.

« Bah ! répondit le vieux poète, dans ma jeunesse nous écrivions déjà ainsi, mais nous appelions ça de la prose »...

## VERNET (Carle)

Antoine Charles Vernet, dit « Carle Vernet » (1758-1836), suivit Bonaparte sur les champs de bataille, dessinant d'après nature les épisodes qu'il plaçait ensuite dans ses tableaux ; il révolutionna ainsi une peinture militaire jusqu'alors hiératique. Lorsque l'Empereur lui remit la Légion d'honneur au Salon de 1808, Joséphine lui dit , devant *Le Matin d'Austerlitz* : « Il est des hommes qui traînent un grand nom ; vous, Monsieur, vous portez le vôtre. » Il accueillit avec joie le retour des Bourbons, ce qu'on a jugé indigne, mais sa sœur Émilie avait été décapitée sous la Terreur et dans cette affaire, David avait dit à son ami Vernet venu le supplier : « J'ai peint Brutus, je ne saurais solliciter Robespierre ; le tribunal est juste, ta sœur est une aristocrate, et je ne me dérangerai pas pour elle. » Vernet se mit ensuite à représenter ce qui l'intéressait : le cheval de sport, et les scènes mondaines où les silhouettes étirées d'Incroyables et de Merveilleuses s'envoient des baisers du bout des doigts ; cela en fit le père des caricaturistes. Il était atteint d'une crise de mysticisme et voulait entrer dans les ordres chaque fois qu'il allait à Rome. C'est pour cela que son père Joseph, le peintre de marine de Louis XV, le fit prestement revenir à Paris en 1780 (malgré les quatre années réglementaires des Prix de Rome). C'est également pour cela que son fils Horace, directeur de l'École de Rome en 1827, et qui s'était fait accompagner par son père, s'empressa de le renvoyer à Paris, où la crise religieuse prenait instantanément fin au milieu des fêtes et des plaisirs. En rendant le dernier soupir il dit : « C'est singulier comme je ressemble au Grand Dauphin : fils de roi, père de roi, et jamais roi. » Le jugement est sévère. Mais il se reprochait d'avoir été davantage dessinateur et lithographe, que peintre et coloriste.

« La bourse ou la vie », cria-t-on à Carle Vernet. C'était à minuit, en descendant la rue Richelieu.

« La Bourse ?... Prenez à gauche ! Quant à l'avis, je vous donne celui de passer votre chemin. »

\*

Contemplant les grandes peintures exécutées par Gros au Panthéon : « C'est plus Gros que nature... »

Les deux peintres ne s'aimaient pas, et leur rivalité s'était concentrée sur la représentation des chevaux. Sous le crayon de Vernet, il n'y en avait que pour les pur-sang, et surtout le pur-sang arabe, qui est d'assez petit format. Avant lui l'école française, sous l'influence des académies, reproduisait gauchement un type de coursier venu des batailles d'Alexandre ou trouvé dans les écuries de Van der Meulen. David encore venait de peindre, sous le Premier consul franchissant la cime des Alpes, un cheval bâtard qui semblait ne pas pouvoir exister dans la nature. Vernet, passionné par les chevaux de race, changea tout cela. Mais dans son obstination à laisser à l'écurie les gros chevaux des maîtres hollandais et flamands, on lui reprochait de ne pas être véridique pour ce qui était des champs de bataille, où il n'y avait certes pas que des pur-sang à la distinction menue. Et Gros disait en riant : «Un de mes chevaux mangerait six des siens»...

## VERNEUIL (marquise de)

Catherine Henriette de Balzac d'Entragues, marquise de Verneuil (1579-1633), était issue de François d'Entragues et de Marie Touchet, fille d'un boulanger d'Orléans qui avait été la maîtresse de Charles IX. Henriette devint elle-même maîtresse d'Henri IV, moyennant promesse de mariage consentie par l'imprudent Vert Galant, au désespoir de Sully qui osa déchirer la promesse écrite du roi. Henriette reçut le marquisat de Verneuil et bonne rente pour la consoler du mariage du roi avec Marie de Médicis; mais elle continuait de répandre ses cris à la Cour, traitant la reine de «concubine». Elle se jeta même dans la conspiration qui coûta au maréchal de Biron sa tête. Le roi ne parvenait pas à se détacher de la marquise, expliquant à Sully : «Elle est de si agréable compagnie quand elle le veut. Elle a toujours quelque bon mot pour me faire rire. Je ne trouve rien de cela auprès de ma femme, qui ne se prête ni à mon humeur, ni à mes goûts : tout au contraire si je m'approche d'elle familièrement pour la caresser, elle me fait si froide mine que je m'en vais chercher fortune ailleurs.» Pourtant Henriette n'était pas toujours facile : parfois elle s'enfermait dans sa chambre et refusait d'ouvrir au roi. Un jour même elle commença de lever la main sur lui, et Sully dut «lui rabattre le bras». Henri lui écrivit un jour : «Mademoiselle, l'amour, l'honneur, et les bienfaits que vous avez reçus de moi eussent arrêté la plus légère âme du monde si elle n'eût point été accompagnée de mauvais naturel comme le vôtre.»

Henriette de Balzac d'Entragues, plus tard marquise de Verneuil, était appelée à devenir favorite. Mais il y eut pour le roi Henri IV un long chemin jusque-là, car cette «enragée femelle», selon le mot de Sully, fit longtemps la rigoureuse, exigeant mariage. Alors que le roi au début lui demandait tout bas, et comme pour s'amuser, par où l'on pourrait bien gagner sa chambre, elle répondit simplement : «Par l'église.»

Elle devint maîtresse royale à l'issue d'un marché longuement débattu entre le roi, le père et le frère de la belle. Henri IV, qui avait pu faire annuler son mariage avec la reine Margot, paya 100 000 écus et fit une promesse de mariage – au moment même où ses ambassadeurs négociaient son union avec Marie de Médicis. Henriette accoucha d'un premier garçon en 1600. Un second vint l'année suivante, presque en même temps que la reine accouchait elle-même. Mais Henriette se tenait pour reine, et ne voulait pas en démordre. Elle disait : «La Florentine tient son fils, moi je tiens le Dauphin. Le roi est mon mari : j'ai en main sa promesse.»

Henri IV tenta d'accommoder les choses en proposant galamment à la marquise que ses deux fils fussent élevés à Saint-Germain avec ses autres enfants ; mais sa maîtresse répondit hautement : «Je ne veux pas qu'ils soient en compagnie de tous ces bâtards.»

*

Mme de Verneuil eut également du roi Henri une fille, Mme de La Valette, qui, après la mort d'Henri IV, était fort bien avec la reine mère. Mme de Verneuil dit un jour à celle-ci, son ancienne rivale : «Madame, mais qu'est-ce que ma fille a donc pour vous plaire ? Cela me surprend ; car le feu roi était un fort bon homme, mais il a bien fait les plus sots enfants du monde.»

### VÉRON (docteur)

Pourvu de la sinécure de médecin des Musées royaux, Louis, docteur Véron (1798-1867), dut y renoncer après une saignée manquée et divers incidents. Un pharmacien inventeur d'une pâte pectorale venait de mourir sans ressources, et Véron eut l'idée de racheter à petit prix à sa veuve les droits sur la pâte Regnault. Ses relations avec la publicité parisienne lui permirent de donner une grande notoriété à un produit inefficace. À la suite de la révolution de Juillet, l'Opéra ayant été détaché de la maison du roi, on rechercha un titulaire pour exploiter à ses risques et périls cette entreprise à vrai dire florissante. Véron remporta l'appel d'offres ; les grands succès de l'époque assurèrent sa réputation. Il avait fait du journalisme, d'abord comme collaborateur à *La Quotidienne*, ce qu'il fit oublier lorsque les Bourbons disparurent. Il prit, à partir de 1838, sur les instances de Thiers, la direction du *Constitutionnel* ; le journal fut relancé grâce à ses feuilletons : Véron acheta fort cher à Eugène Sue sa dernière œuvre, dont *La Presse* et *Les Débats* se disputaient la publication. *Le Constitutionnel* soutint le ministère Thiers jusqu'en 1848. Véron vendit son journal en 1852 à Mirès pour une énorme somme, ce qui donna lieu à un procès retentissant de la part des minoritaires «oubliés» dans l'opération; Véron eut gain de cause. Il était intelligent, peu embarrassé de scrupules, doté de connexions maçonniques efficaces. Il applaudit au coup d'État de 1852, et fut bientôt élu au Corps législatif. Il se retira de la politique en 1863, lorsqu'il sentit que le vent tournait. Il a raconté dans ses *Mémoires d'un bourgeois de Paris* qu'à l'époque où il était directeur de l'Opéra, il s'aperçut qu'une jeune figurante se trouvait grosse. Il l'engagea à suspendre son service, et lui demanda, pour manifester de l'intérêt : «Quel est le père de cet enfant?» Elle lui répondit d'un ton hautain : «C'est des messieurs que vous ne connaissez pas...»

Un soir, le comte de Montrond, qui trouvait Véron trop familier, voulut lui donner une leçon : «Pourquoi donc appelez-vous le marquis de La Valette, La Valette tout court, monsieur Véron?

— Mais je dis *La Valette* comme vous dites vous-même *La Valette*.

— Permettez, monsieur Véron, c'est tout différent... Le marquis et moi, voyez-vous, nous avons en quelque sorte gardé les cochons ensemble.

— Alors, ces cochons, vous les avez bien mal gardés, puisque j'en vois encore qui se promènent dans les salons.»

### À propos du docteur Véron

Véron tentait de s'illustrer par sa prodigalité. Directeur de l'Opéra, il avait même l'habitude d'offrir aux danseuses, en guise de cornet de bonbons, des pralines dans un billet de banque. Le journaliste Armand Malitourne disait à ce sujet : «Véron jette son argent par les fenêtres, mais descend le ramasser quand il fait nuit.»

\*

Horace de Viel-Castel disait : «Il est impossible de se représenter Véron quand on ne l'a pas vu [...]. C'est un gros homme, sans cou, la tête bouffie, les joues tombantes, le nez de carlin, le ventre protubérant [...], malheureux d'être couturé d'humeurs froides.» Il avait en effet une maladie de peau. Pour cette raison, Roger de Beauvoir l'appelait «le prince de gale».

Pour dissimuler les effets de cette maladie, il portait toujours une haute cravate, et Beauvoir libellait ainsi l'adresse sur les lettres qu'il lui adressait :

Monsieur Véron,
Dans sa Cravate,
à Paris.

## VESTRIS (père et fils)

Gaetano Vestri dit «Vestris» (1729-1808), fut surnommé «Vestris Iᵉʳ» ou encore «le beau Vestris», pour le distinguer de ses frères et de son fils, également danseurs. Né à Florence, sa danse parut novatrice par sa légèreté lorsqu'il débuta en 1748 à l'Opéra. Il fit de fréquentes exhibitions à l'étranger avec son fils Auguste, que son père appelait «lé diou de la danse»; à Londres, le Parlement suspendait ses séances pour assister à leur spectacle. Vestris disait : «On ne compte aujourd'hui que trois grands hommes vivants : moi, Voltaire et le roi de Prusse.» Plus tard, il est vrai, il mit au-dessus de ce trio son fils Auguste, «qui avait eu le bonheur d'avoir Gaëtan pour père». Il était maître de ballet, et Mlle Dorival, artiste très aimée, fut envoyée au For-l'Évêque pour lui avoir refusé obéissance. À cette nouvelle, Paris s'émut, et le soir la salle de l'Opéra était comble. À son entrée en scène, Vestris fut hué, avec ordre d'aller délivrer la prisonnière. Obligé de s'exécuter, il tomba au For-l'Évêque au milieu d'un souper que Mlle Dorival donnait à ses amis; il fut invité à se mettre à table et, bientôt aussi gris que toute la société, il revint à l'Opéra et rentra en scène au milieu d'applaudissements formidables, tenant par la main sa partenaire, en désordre et costumée à la hâte... Auguste Vestris, dit «Vestris II» (1760-1842), était le fils d'une danseuse avec qui Vestris père avait vécu plusieurs années, Mlle Allard, fameuse coquette douée d'un «jarret d'acier» qui la faisait exceller sur scène et dans le lit du duc de Mazarin... Les insolences de Vestris II lui valurent d'être envoyé par lettre de cachet au For-l'Évêque. Devant une multitude de témoins réjouis, son père lui dit : «Allez! Auguste, allez en prison; voilà le plus beau jour de votre vie. Prenez mon carrosse et demandez la chambre de mon ami le roi de Pologne. Faites grande chère, je paierai tout!» Il y fut enfermé quelques semaines pour avoir refusé de danser; lorsqu'il fit son retour, le parterre courroucé criait : «À genoux! et des excuses!» Entendant cela, Gaëtan se rua sur scène au secours de son fils en lançant à son tour à l'adresse du public : «Vous : à genoux, et des excuses!», puis se tournant vers la scène : «Auguste, dansez!» Et Auguste dansa.

Un célèbre danseur anglais priait qu'on le laissât danser devant Vestris le père. Celui-ci regarda l'évolution sans prononcer un mot. Lorsque l'Anglais voulut absolument connaître l'opinion du grand homme, Vestris finit par laisser tomber : «En Angleterre, monsieur, on sait sauter, mais il n'y a qu'à Paris que l'on sache danser.»

\*

Le beau Vestris, célèbre pour sa vanité, disait à Deshayes, maître de ballets de la Comédie-Française : « Toi, tou n'es pas oune dansore ; tou es fait per danser les caporals à la comedia française. Sais-tou bien la différenza qu'il y a de toi à moi ? Il y a la différenza dou soleil à oun étron ; ze souis le soleil. »

\*

Auguste Vestris, le rejeton, était un peu moins glorieux que son père, mais beaucoup plus insolent, ayant été élevé dans les coulisses de l'Opéra et sur les genoux des plus grands seigneurs. Il traitait toujours de haut le directeur de l'Académie royale de musique, M. de Vismes, qui venait d'obtenir pour douze années le privilège de cette académie, qui auparavant était conduite par la ville de Paris et les intendants des Menus. Si bien que M. de Vismes dut lui dire un jour : « Mais, monsieur Vestris, savez-vous bien à qui vous parlez ?
— À qui je parle ? Au fermier de mon talent[1]. »

## VESTRIS (Mme)

> Françoise Dugazon, épouse Vestris (1743-1804), était la maîtresse du duc de Wurtemberg, tout en accordant ses faveurs à Angelo Vestris (le frère du « diou de la danse »), autre membre de la troupe d'acteurs français que ce prince entretenait. Le duc les surprit en plein libertinage, les obligea à se marier, et les renvoya en France. Placée sous la protection du duc de Duras et du duc de Choiseul, elle obtint de se débarrasser de son mari, et aussi d'évincer ses rivales de la Comédie-Française, malgré les cris du public. Cette protégée des gens de Cour embrassa ardemment les idées de la Révolution, à l'exemple de son frère Dugazon.

---

1. Grimm écrit, en mai 1778 : « Le gouvernement de l'Académie royale de musique vient d'éprouver une nouvelle révolution [...]. C'est un particulier, M. de Vismes, qui se trouve chargé de la conduite de cette grande machine. L'entreprise lui en a été accordée pendant douze ans, grâce à la protection de M. Campan, valet de chambre de la reine [...]. Il a fait graver sur la porte de son bureau ces trois mots en lettres d'or : *Ordre, Justice et Sévérité* (ces demoiselles ont fait rayer ce dernier mot) [...]. Il n'a pu réformer un grand nombre d'abus sans déplaire aux plus grandes puissances, sans révolter contre lui tous les ordres de l'État confié à sa tutelle, les premiers acteurs et les premières actrices, les ballets, l'orchestre, les chœurs, et même messieurs les compositeurs et messieurs les poètes, dont il a prétendu réduire aussi les honoraires, etc. Le peu d'égard qu'il a eu jusqu'à présent aux circonstances, aux principes reçus, aux anciens usages, a fait dire qu'il était *le Turgot de l'Opéra*, et l'on a présagé que son ministère ne serait pas de longue durée. » Après une année, Vismes rendit son privilège...

Mme Vestris, épouse d'Angelo Vestris, ne manquait pas d'esprit. En 1778, Voltaire reçut une députation des comédiens-français auxquels il avait promis la tragédie d'*Irène*. En parlant des remaniements qu'il s'était empressé d'y faire à la demande des comédiens, l'octogénaire voulut faire son galant et dit à Mme Vestris : «Madame, j'ai travaillé pour vous cette nuit comme un jeune homme de vingt ans.»

La dame répondit : «Mais ce n'est qu'en ratures.»

## VIAU (Théophile de)

Théophile de Viau (1590-1626) avait combattu avec les Réformés. En 1619 il fut pensionné par le roi, mais la même année fut banni du royaume, pour avoir «faict des vers indignes d'un Chrestien, tant en croyance qu'en saleté» (selon *Le Mercure*). C'est qu'il chantait un peu fort, selon ses propres termes :

> Ce divertissement qu'on doit permettre à l'homme
> Et que Sa Sainteté ne punit pas à Rome.

Après sa condamnation, il passa en Espagne mais revint aussitôt habiter chez son père sur les bords de la Garonne. Six mois plus tard, il s'enrôla dans l'armée royale comme si de rien n'était, et Louis XIII lui accorda une nouvelle pension. En 1621, il était encore dans l'armée, cette fois pour combattre les protestants. À la suite de la parution d'un livre du jésuite Garasse, qui attirait l'attention sur ses poèmes, accusés de blasphèmes, le Parlement ordonna son arrestation. Le duc de Montmorency lui donna asile, et le 19 août 1623 un arrêt du Parlement condamna Théophile à être brûlé vif avec son *Parnasse satyrique* (cet arrêt dont on parle tant le condamne en vérité comme contumax). Il fut arrêté en septembre, transféré à la Conciergerie ; le roi prit à sa charge les frais de son entretien. Le 1er septembre 1625, Théophile, selon un nouvel arrêt, fut banni à perpétuité du royaume, avec injonction de garder son ban à peine d'être pendu et étranglé. Le poète ainsi libéré resta deux mois à Paris, partit tranquillement à l'île de Ré, revint enfin à Chantilly, où il passa la fin de l'hiver ; il ne quitta plus jamais la France. En revanche, après la fin de son procès, le supérieur des Jésuites reçut ordre du roi de renvoyer sans délai hors de France le père Voisin, l'un des principaux instigateurs du procès contre le poète. Des amis de celui-ci (dont des Barreaux, qui fut sa douce moitié) allèrent attendre le père Voisin sur le chemin de son exil, montèrent dans son carrosse, le soufFletèrent, lui tirèrent la barbe et lui donnèrent des coups d'éperon dans le ventre. Ils ne furent pas inquiétés. Théophile de Viau a fait de bons vers. Les curieux qui n'auraient rien de mieux à faire pourront apprendre par cœur le sonnet *Phyllis, tout est foutu, je meurs de la verolle*...

*Épigramme à une vieille dame*
Vieille grand'mère des Lutins,
Dont les regards donnent la fièvre,
Plût à Dieu que fussiez un lièvre,
Et vos morpions des mâtins !

*

*Épigramme à une jeune dame*
Votre fraise toute foulée,
Votre perruque ainsi mêlée,
Le front confus, l'œil abattu,
Le vermillon sur le visage,
Qu'avez-vous fait ? Ma foi ! je gage,
Margot, que vous avez foutu.

*

*Contre une vieille (stances)*
Cette vieille, quand on la fout,
Découle de sueur par tout ;
Elle rote, pète, et mouche ;
Si parfois elle vesse aussi,
On ne sait lequel a vessi
Du cul, du nez ou de la bouche.

*

Vital d'Audiguier, poëte de second ordre, fier d'avoir bataillé pour le roi contre les Ligueurs, disait à Théophile : « Je ne taille ma plume qu'avec mon épée.

— Je ne m'étonne plus que vous écriviez si mal », répondit l'autre.

*

Un cuistre dit à Théophile : « Vous avez bien de l'esprit ; c'est dommage que vous ne soyez pas savant. »

Il rétorqua : « Vous êtes bien savant, c'est dommage que vous n'ayez pas d'esprit. »

## VILLEMAIN (Abel François)

Abel François Villemain (1790-1870), professeur d'éloquence française à la Sorbonne à la suite de Royer-Collard, y donna un cours de littérature qui eut une influence considérable. Attaché aux «doctrinaires», il fut conseiller d'État dans les dernières années de la Restauration. Louis-Philippe le nomma pair de France et il fut ministre de l'Instruction publique dans deux ministères Soult. Une nuit de 1844, il fut surpris dans une rue de Paris «se livrant à ce qu'il y a de plus dégradant avec un jeune homme» selon le Registre des pédérastes de la préfecture de police de Paris. Découvert par des voyous, il crut approprié de faire valoir sa qualité de ministre, ce qui ne fit qu'alimenter un chantage qui assura une certaine publicité à la chose. Après une tentative de suicide manquée, Villemain survécut dans une langueur dépressive due à ces «cruels soucis domestiques» dont parle le site officiel de l'Assemblée nationale.

La modestie n'était guère le fait d'Étienne de Jouy[1], littérateur à la mode vers la fin de la Restauration; un jour qu'il se trouvait à un dîner, l'un des convives porta un toast : «À monsieur de Jouy, qui a surpassé Voltaire!» Un second, qui jugeait le compliment excessif, leva son verre à son tour : «À monsieur de Jouy, qui a égalé Voltaire.» L'auteur vint lui prendre les deux mains : «Merci, mon ami! merci pour votre rude franchise.»

Dans le même esprit, Jouy disait un jour à Villemain : «Un homme bien surfait que ce Bossuet. Nous pourrions en faire autant tous les deux.

— Oh vous sans doute, dit Villemain. Mais, pour moi, je ne me sens pas de force.»

## À propos d'Abel François Villemain

En janvier 1840, le maréchal Soult, alors chef du gouvernement, annonça à la Chambre le mariage du duc de Nemours, fils de

---

1. Victor-Joseph Étienne, dit «Étienne de Jouy» (1764-1846), revint en France sous la Révolution après s'être engagé dans des aventures militaires exotiques. Officier dans l'armée du Nord, il fut arrêté pour avoir refusé de porter un toast à Marat. Il s'évada, se réfugia en Suisse et revint après le 9 Thermidor. À la suite de nouveaux démêlés avec les autorités, il quitta le service en 1797 et entreprit une carrière littéraire, où il se fit une réputation comme librettiste d'opéras. Il fut censeur en 1810, élu à l'Académie française en 1815. La série de ses *Ermites*, satires de la vie parisienne surtout écrites par des collaborateurs, eut un grand succès. Favorable aux idées libérales, il fut quelque temps maire de Paris après la révolution de 1830. Nommé bibliothécaire du Louvre, il mourut au château de Saint-Germain-en-Laye où il était logé.

Louis-Philippe, avec une princesse de Saxe-Cobourg, et déposa un projet de loi instituant une dotation annuelle de 500 000 francs de revenus pour le prince. Cela suscita une tempête, activée en particulier par le député et pamphlétaire Lahaye de Cormenin, passé de la droite traditionaliste à l'extrême gauche (avant d'être un soutien de Cavaignac puis du Second Empire). Hugo parla de «honteuse querelle entre un roi grippe-sou et des bourgeois tire-liards», et dans une lettre du 27 février 1840 Proudhon releva que «les bourgeois conservateurs et dynastiques démembrent et démolissent la royauté, dont ils sont envieux comme des crapauds». Toujours est-il que protestations et pétitions se multipliaient contre le projet, qui fut repoussé par les députés le 20 février; cela fit tomber le ministère Soult, tout cela sans aucun débat à la Chambre. Villemain, alors ministre, dit : «Nous sommes étranglés par des muets, c'est comme à Constantinople.»

Un député de l'opposition répondit : «C'est parfois le sort des eunuques.»

## VILLETTE (marquis de)

Charles de Villette (1736-1793) : philosophe, puis révolutionnaire, il était membre de la célèbre loge des Neuf Sœurs. Inverti, il connut à ce titre la célébrité de bien des pamphlets. Étienne de Jouy a écrit : «C'était, comme chacun sait, un drôle de corps que le marquis de Villette. Voltaire le citait comme un des hommes les plus spirituels de France, et Saint-Georges comme une des plus fortes lames. Pour soutenir cette réputation, le marquis écrivait peu et ne se battait pas.» Villette avait récupéré le cœur de Voltaire. Son fils, Voltaire Villette, qui professait les opinions royalistes les plus ultras et qui vivait d'ailleurs avec une dénommée Nichette, fille naturelle du duc de Berry, légua son château de Plessis Villette, sa fortune colossale et surtout le cœur de Voltaire au comte de Chambord, son seigneur. Il y eut procès et la fortune de Villette retourna à ses héritiers, qui ne s'intéressaient guère à la relique pour laquelle ils décidèrent d'organiser des enchères. Cela excita follement une meute d'Anglais, et l'on dut faire cesser ce scandale : Mme de Montreuil, qui avait contesté le testament, et l'autre héritier, un écuyer de Napoléon III, mirent le cœur à la disposition de l'Empereur, qui ne savait qu'en faire. Une solution décente était de le joindre au corps de Voltaire dans le cercueil du Panthéon. On fit ouvrir le tombeau, qui était vide. On expédia alors le cœur à la Bibliothèque impériale, où il est aujourd'hui scellé dans le socle qui supporte la maquette du marbre de Houdon, rue de Richelieu.

Le président d'Ormesson avait un nez énorme et des narines extrêmement larges. Il causait un jour avec le marquis de Villette dans une embrasure et mettait beaucoup de chaleur dans cet entretien. Lorsque Villette put s'échapper, il dit à quelqu'un : «Quand cet homme me parle de près, j'ai toujours peur qu'il ne me renifle.»

\*

Mlle Raucourt[1] sacrifiait à Sapho, et un amoureux déçu fit courir sur elle cette épigramme :

_____

1. Françoise Saucerotte, dite «Mlle Raucourt» (1756-1815), était fille d'un comédien qui s'était jeté par la fenêtre après avoir attaché à son gilet un billet où il demandait qu'on n'inquiétât personne pour sa mort. Elle débuta à la Comédie-Française à l'âge de seize ans; sa beauté et sa voix lui assurèrent un succès immédiat. À la différence des autres comédiennes, Mlle Raucourt, à qui l'on ne connaissait point d'amants, vit sa renommée encore haussée par la vertu qu'on lui prêtait. Le vieux Voltaire rima :
    L'art d'attendrir et de charmer
    A paré ta brillante aurore ;
    Mais ton cœur est fait pour aimer
    Et ce cœur n'a rien dit encore...
La vérité, c'est que Mlle Raucourt était sauvagement lesbienne, ce qu'on apprit à l'occasion d'une série de scandales. Elle et sa compagne, une demoiselle Souck, «allemande de mœurs horriblement dépravées», faisaient beaucoup de dettes, et puis elles allaient attaquer ceux qui étaient nommés gardiens des objets saisis. Le 26 mars 1776, habillées en hommes, elles vinrent insulter et menacer un individu en pleine nuit, en enfonçant ses portes à coups de pied et de bâton, «et en proférant les plus affreux jurons». On enferma la comédienne au For-l'Évêque (pour quelques heures). Radiée du Théâtre-Français en 1776 pour n'être pas venue jouer, elle alla faire carrière en Russie. Lorsqu'elle revint, le public, d'abord hostile, désarma en présence de ses qualités. Très royaliste, elle fit l'objet de persécutions sous la Révolution. Incarcérée à Sainte-Pélagie le 4 septembre 1793, en même temps que ses camarades, elle dut son salut à Labussière, ancien comédien qui se trouvait employé au Comité de salut public en qualité d'enregistreur au bureau des pièces accusatives. Libérée, elle organisa une scission et inaugura en 1796 le Second Théâtre-Français. Il fut fermé après une représentation des *Trois frères rivaux*, où l'acteur qui jouait le principal rôle, celui de Merlin, un valet intrigant, provoqua des allusions à l'égard de Merlin de Douai, rédacteur de la loi sur les suspects. Mlle Raucourt rouvrit un théâtre en 1798. *Le Journal des hommes libres* écrivit : «S.M. Impériale et Royale Raucourt vient de rouvrir son théâtre à la Salle de l'Odéon [...]. Quelques républicains avaient d'abord pensé que, comme directrice d'un vrai club royal partisan de la royauté, elle devait prendre la route de Madagascar.» En 1799, elle entra à la Comédie-Française reconstituée. Elle acquit une belle propriété sur les bords de la Loire, où elle avait les plus belles fleurs et les plus beaux fruits, et échangeait des plants avec Joséphine pour la Malmaison.

> Pour te fêter, belle Raucourt,
> Que n'ai-je obtenu la puissance
> De changer vingt fois en un jour
> Et de sexe et de jouissance !
> Oui, je voudrais, pour t'exprimer
> Jusqu'à quel degré tu m'es chère,
> Être jeune homme pour t'aimer
> Et jeune fille pour te plaire.

Elle ne manquait pas en tout cas de pratiquer les hommes, et elle reçut les vers suivants du marquis de Villette, lui-même inverti il est vrai, après une rupture :

> Adieu, Fanni, vivons en paix,
> Et songe, putain adorable,
> Que s'il entrait dans tes projets
> De me faire donner au diable,
> C'est à toi que je reviendrais.

## À propos du marquis de Villette

Sous la Révolution, Charles de Villette brûla pompeusement ses titres de noblesse (qui étaient récents et dus à l'argent), mais ne renonça point à ses mœurs, et on ne l'appelait plus que le « ci-derrière marquis de Villette ».

## VILLIERS DE L'ISLE-ADAM (marquis de)

Outre son œuvre littéraire, Philippe Auguste Mathias, marquis de Villiers de L'Isle-Adam (1838-1889), fit une démarche aux Tuileries pour revendiquer le trône de Grèce, en qualité de rejeton d'une très ancienne famille qui avait fourni des croisés et un grand maître de l'ordre de Malte. Ses sentiments se trouvent exprimés par les mots qu'il place dans la bouche d'Isabelle la Catholique s'adressant à Christophe Colomb : « Va devant toi ! Et si la Terre que tu cherches n'est pas créée encore, Dieu fera jaillir pour toi des mondes du néant, afin de justifier ton audace. » Il était réactionnaire au sens propre ; mais comme l'a relevé Marc Crapez, à l'époque où Zola était paniqué par la Commune, Villiers exprima son dégoût pour la curée versaillaise. Il épousa quatre jours avant sa mort Marie Dantine, sa gouvernante, dont il avait eu un enfant ; Frantz-André Burguet écrit : « On ne lui connaît pas de liaison scandaleuse, et il semble bien que dans sa recherche d'un mariage brillant, il cherchait moins un corps qu'une fortune. La fortune étant rebelle, il est

> probable que pour le reste Marie suffisait.» Mallarmé a relaté : «On vient de le mettre en bière, il était très vieux, très beau, l'air un peu rogue et docte, tout à fait un de ses ancêtres. Il n'a pas eu d'agonie, mais il s'est senti mourir, a dit à Marie : "Tiens-moi bien, que je m'en aille doucement", et s'est laissé glisser, en paix, dans l'abîme.»

Villiers de L'Isle-Adam avait appris, en 1876, que dans *Perrinet Leclerc*, un mélodrame de Bourgeois et Lockroy[1], le maréchal Jean de Villiers de L'Isle-Adam son ancêtre était peint sous les traits d'un chevalier félon qui trahissait son roi et livrait Paris aux Anglais. Dès le rideau baissé, Villiers fit irruption dans le bureau du directeur et le somma de retirer sa pièce : «Mais elle est au répertoire depuis 1834, objecta le directeur.

— Soit! Je verrai les auteurs.

— Ils sont morts tous les deux.

— Je n'en attendais pas moins de leur lâcheté!» s'écria Villiers.

\*

En Allemagne, où il avait séjourné vers 1870, Villiers de L'Isle-Adam avait fréquenté Wagner, qu'il admirait. À quelqu'un qui, plus tard, voulait savoir si la conversation du compositeur était agréable, il répondit, méprisant : «Croyez-vous, monsieur, que la conversation de l'Etna soit agréable?»

---

1. Joseph Simon dit «Lockroy» (son père, un général d'Empire, lui avait interdit de signer des pièces de son nom), père d'Édouard Lockroy, journaliste, gendre de Hugo et homme politique républicain, dont il a été question à plusieurs reprises dans ces pages, et dont Léon Daudet, son familier, a écrit : «Lockroy manquait d'attention et de culture, ayant été élevé en enfant de la balle, au va-comme-je-te-pousse des relations de théâtre et de presse. Mais il ne manquait pas d'intelligence ni d'esprit. Sa conclusion, entre quelques mâchonnements de cigare, c'était que le fameux patriarche de la démocratie [Hugo], avait été *un mauvais homme et un homme dur*, qu'il *avait fait systématiquement le malheur des siens*, mais qu'il était un poète étonnamment doué *bien qu'inférieur à Lamartine* et *un prodigieux ébéniste*. Tout n'était pas injuste dans ces remarques. Néanmoins, les comparant à l'accablement tragique dont Lockroy avait fait étalage, au moment de la mort et pendant les funérailles de son ennemi intime, je songeais que, suivant la formule de Taine, la vie est une chose compliquée.»

## VILMORIN (Louise de)

Louise Lévêque de Vilmorin (1902-1969) était issue de la fameuse dynastie de grainetiers ; ses charmes et son esprit conquirent beaucoup d'hommes. Ayant épousé un riche Américain, ancien amant de sa mère Mélanie qui en avait beaucoup (dont Alphonse III : lorsqu'elle crut devoir lui annoncer par télégramme la mort de son mari, ajoutant : «Pensez à moi», Sa Majesté répondit à Quiñones de León, ambassadeur d'Espagne en France : «Porte mes condoléances à Mme Vilmorin. Mon rhume va mieux»), Louise s'installa à Las Vegas, s'y ennuya, se mit à écrire. Après deux divorces, elle s'établit dans le château des Vilmorin à Verrières-le-Buisson, et les célébrités du temps venaient causer littérature dans le salon bleu. Malraux, l'un de ses amours de jeunesse, vint l'y rejoindre pour s'y installer sans façon, et ces deux agités donnaient à la télévision officielle française, qui ne manquait pas de les visiter, l'image d'un vieux couple de qualité : le ministre hoquetant ses propos fulgurants sur la culture et la civilisation, et la muse septuagénaire, cigarette à la main, souriant comme si elle avait encore vingt ans. L'envers du décor était moins gai : «Louise, dit sa nièce Sophie, charmait André Malraux, comme elle charmait tout le monde, mais elle l'exaspérait vite. D'abord, et elle ne s'en cachait pas, elle ne comprenait rien de ce qu'il lui disait. À Verrières, elle supportait mal que ses propres invités se détournent d'elle pour l'écouter lui seul. Chacun des deux avait l'habitude d'être partout numéro un. Seuls, ils s'ennuyaient et buvaient trop de whisky. J'ai entendu des disputes. C'était très orageux entre eux.»

Au sortir d'un dîner : «Tout aurait été parfait, si le potage avait été aussi chaud que le vin, le vin aussi vieux que la poularde, la poularde aussi grasse que la maîtresse de maison[1].»

*

Gaston Gallimard reçut de Louise de Vilmorin, alors sa maîtresse, ce distique :

Je méditerai
Tu m'éditeras.

---

1. En vérité, c'est la reprise d'un mot de Montrond.

## VOISENON (abbé de)

Claude Henri de Fuzée, abbé de Voisenon (1708-1775), envoya des vers à Voltaire, qui les jugea bons, et à partir de là ils s'arrosèrent de louanges versifiées. Il donna quelques pièces, en utilisant Favart pour prête-nom. Ayant provoqué en duel un officier qui avait mal parlé des capucins, il blessa grièvement son adversaire, puis regretta tellement son geste qu'il prit les ordres. Chanoine à Boulogne-sur-Mer, il fut apprécié des fidèles et le clergé local réclama pour lui la mitre lorsque le siège épiscopal devint vacant; il se précipita à Versailles pour dire au ministre de n'en rien faire : «Eh! comment veulent-ils que je les conduise, lorsque j'ai tant de peine à me conduire moi-même?» Cela était convaincant, et on lui donna l'abbaye de Jard qui n'obligeait pas à résidence. Admis à la Cour, son esprit séduisit Choiseul, qui voulut le nommer ambassadeur. Mais l'idée de quitter Paris alarma Voisenon, qui obtint finalement un poste diplomatique de représentation d'un prince étranger à la cour de France; à cette occasion, il conclut certaines négociations à la satisfaction de son mandant et de la Cour, et «à son grand étonnement». Lorsqu'il se sentit mourir, il retourna au château de Voisenon près de Melun, «afin, a-t-il dit, de me trouver de plain-pied avec la sépulture de mes pères». Voisenon, quand il est spontané, a du style, ainsi lorsqu'il raconte la mésaventure de Françoise de Graffigny, amie de Voltaire, qui mourut après l'échec de sa pièce *La Fille d'Aristide* : «Mme de Graffigny me lut sa pièce. Je la trouvai mauvaise, elle me trouva méchant. La pièce fut jouée malgré mon avis : le public y mourut d'ennui et l'auteur de chagrin.» La comtesse de Turpin, légataire de Voisenon, fit publier ses œuvres complètes, qui remplissaient cinq volumes in-8°. Elle ne crut pas devoir y comprendre les «agréables ordures» de cet abbé.

Tout le monde parlait de la traduction que d'Alembert venait de faire paraître de larges extraits des œuvres de Tacite. Voisenon y jeta un coup d'œil, et dit : «Il vient de nous prouver qu'il entend mieux la géométrie que le latin.»

*

Un jour Voltaire avait demandé à Voisenon : «Avez vous lu mon *Temple de la gloire*?

— J'y suis allé, dit l'autre, mais la gloire n'y était pas.»

*

Alexis Piron, dans sa jeunesse, avait fait une œuvre licencieuse, dont le scandale lui avait plus tard barré la porte de l'Académie française. Dans ses vieux jours, le libertin se convertit; il traduisit les psaumes pour les mettre en vers, et fit également un *De profundis*.

Voisenon disait à propos de cette dernière œuvre : « Si dans l'autre monde on se connaît en vers, cet ouvrage pourrait l'empêcher d'entrer dans le ciel, comme son *Ode à Priape* l'a empêché d'entrer à l'Académie. »

\*

Voisenon parlait ainsi de l'œuvre du chevalier de Fieux de Mouhy : « Il me dit une fois que tous les soirs il était obligé de tromper son imagination pour parvenir à s'endormir. Ses lecteurs ne sont pas si embarrassés. »

\*

Un jour Jean-Baptiste Rousseau harcelait Voltaire, lui reprochant d'avoir plagié un de ses vers. Voisenon intervint dans la conversation, pour dire à Voltaire : « Rendez-lui son vers et qu'il s'en aille ! »

### À propos de l'abbé de Voisenon

L'abbé de Voisenon, comme son ami Voltaire, était né chétif, et il fut souvent malade ; mais il tint bon près de soixante-dix ans. Selon Grimm, il « a passé sa vie à être mourant d'un asthme et à se rétablir un instant après ». Ces passages brusques de l'agonie à la santé étaient célèbres, et l'on racontait la fois où l'abbé, en séjour dans sa campagne, était si mourant que son valet avait couru au village chercher les sacrements. Voisenon, brusquement remis, se trouva si bien qu'il se leva, décrocha son fusil et partit pour la chasse. Chemin faisant, il aperçut le curé qui portait le viatique, et tout le village en procession. Ne soupçonnant pas vers quel destinataire on allait, il enleva son chapeau, s'agenouilla, puis reprit sa route. Ses gens, alarmés, le cherchèrent partout, même dans son cercueil (car pour être tout prêt, il s'était fait confectionner un cercueil de plomb qu'il avait fait installer dans son château, et dont il aimait à dire : « Voici ma dernière redingote » – puis, se tournant vers son laquais qui était devenu presque aussi riche que lui : « J'espère du moins que tu ne me voleras pas celle-là »). Enfin on retrouva le moribond qui tirait des lapins dans la plaine. Son valet de chambre vint à lui essoufflé : « Ah ! monsieur l'abbé, vous n'en ferez jamais d'autres... Vous ne savez donc pas que monsieur le curé vous attend pour vous donner l'extrême-onction ? »

Une fois qu'il pensa réellement mourir, il demanda une absolution dont il avait besoin, si l'on a égard à sa vie peu réglée et à ses œuvres licencieuses (en particulier son *Sultan Misapouf* qui, selon E. Henriot, «dit si joliment des saletés»). Mais le clergé local, trop peu sûr de la sincérité du patient, refusait de lui donner l'absolution réclamée à grands cris ; Rome, dûment saisi, accorda l'absolution à condition que le pécheur vînt à résipiscence : il était condamné à donner deux mille écus aux pauvres et à lire son bréviaire. Voisenon, revenu à meilleure santé, se soumit à Rome : il resta secourable aux indigents, et il se remit à lire le bréviaire en toutes circonstances. Cependant, il vivait comme en ménage avec Mme Favart, le mari en plus. Il écrivait d'ailleurs les ouvrages de celui-ci... Lauraguais prétend du moins que lorsqu'on allait le matin chez les Favart, il n'était pas rare d'y trouver l'abbé et la comédienne au lit, lui lisant pieusement son bréviaire.

Tout cela était chansonné, et les vers qui circulaient étaient transparents pour les contemporains :

Il était une femme
Qui pour se faire honneur
Se joignit à son confesseur.
«Faisons, dit-elle, ensemble,
Quelque ouvrage d'esprit.»
Et l'abbé le lui fit.

On a prêté à Mme Favart elle-même les vers suivants :

En attendant que le malin
Le rôtisse ou l'échaude
Il a le bréviaire à la main,
Claude est bien Claude !
... Mais le signet est un lacet
Qu'il a détaché du corset
D'une gente bergère.

On s'accordait d'ailleurs à dire que Voisenon avait un naturel paisible : «Il était très facile à vivre pourvu qu'on ne parlât pas mal devant lui de Dieu, de Voltaire et de Mme Favart.»

\*

La mauvaise santé de Voisenon, encore jeune, avait fait tenir un conseil de famille au château. On excluait évidemment toute carrière militaire ; enfin, le sujet était trop fou pour être financier. Restaient les ordres ou la magistrature. Une vieille tante coiffée à la Maintenon convainquit l'assemblée d'écarter la carrière judiciaire : «Il donnerait trop dans la noblesse des robes.»

\*

Lors d'une de ses nombreuses agonies qui furent autant de fausses alertes, l'abbé de Voisenon vit paraître à son chevet le père de La Neuville, de la Compagnie de Jésus. Ils parlèrent de l'enfer, au sujet duquel Voisenon manifestait un peu d'inquiétude.

«Si vous persistez à faire vos opéras-comiques, gronda le jésuite, cela pourrait non seulement vous arriver, mais vous y seriez de surcroît bien mortifié.

— En quoi cela ?

— Vous y seriez sifflé, mon pauvre ami.»

\*

La Harpe disait des œuvres de Voisenon : «C'est un papillon écrasé dans un in-folio.»

## VOLANGE

Jean-Baptiste Volange (1778-1809) allait avec son théâtre nomade jusqu'en Italie. Dans ses *Mémoires*, Mlle Flore a restitué un dialogue plein de fraîcheur avec le directeur : «Les troupes sont faites, la quinzaine de Pâques étant passée. Les directeurs ont fait leurs engagements ; mais, comme je vous aime beaucoup, que vous êtes mon ancienne camarade, je puis vous en offrir un. — Vous, Volange, vous êtes donc directeur ? — Tout comme un autre ; pourquoi pas ? — Et dans quelle ville allez-vous ? — Dans beaucoup de villes. — Comment dans beaucoup ? — C'est plus agréable. Si l'on n'est pas bien dans une, si l'on n'y fait pas ses affaires, on va dans une autre. On ne dédaigne même pas les bourgs et les villages. On a quelquefois plus d'agrément dans les bourgs que dans les villes. — Vous êtes donc directeur d'une troupe ambulante ? — Tout ce qu'il y a de plus ambulante. Les voyages ont pour moi un charme inexprimable. On étudie les mœurs du pays que l'on parcourt, quand par hasard il y a des mœurs. On admire les beaux sites, la belle nature, quand la nature est belle. Quand elle est vilaine, on en est quitte pour ne pas l'admirer.»

L'auteur-acteur Parisot reçut un «ordre de début» pour les Italiens. L'efféminé Michu[1], de ce dernier théâtre, en montra de l'humeur : «Je crois qu'on veut nous infecter de tous ces farceurs du boulevard!»

Volange, ancien acteur du boulevard du Temple, qui se trouvait là, releva le propos : «Si je ne respectais votre sexe, monsieur Michu, vous auriez affaire à moi.»

## VOLTAIRE

François Marie Arouet, dit «de Voltaire», gentilhomme ordinaire du roi (1694-1778), eut pour parrain l'abbé de Châteauneuf, abbé sans abbaye et sans foi, amant de Ninon de Lenclos à ses heures perdues; or ce parrain eut la fantaisie de s'occuper de l'éducation de son filleul. Après avoir été élève des Jésuites, Voltaire s'illustra par une tentative d'enlèvement de Pimpette des Noyers, fille d'une aventurière exilée à La Haye pour cause de protestantisme : il prétendait convertir la fille au catholicisme...

Victime de quelques vexations d'auteur, en particulier lorsqu'on refusa le privilège pour la *Henriade*, il déclara une guerre d'escarmouches à l'absolutisme et au fanatisme religieux. Mme de Pompadour lui tendit les bras, et on le dépêcha en ambassade vers le roi de Prusse. Là, il se prodigua, à l'égard de l'autoritaire monarque, en flatteries qui feraient rougir le moins orgueilleux des hommes. Il montrait les mêmes soumissions à la tsarine : dans une lettre du 20 novembre 1771, Chouvaloff, sur ordre de Catherine II, priait le philosophe de composer un article sur la guerre contre les Turcs. À la lettre était joint un billet à vue de 1 000 ducats. Voltaire publia le *Tocsin des rois*, dans *Le Mercure de La Haye*, exhortant les souverains à se réunir pour chasser enfin les musulmans d'Europe. Il a également multiplié les attaques contre les Juifs : «Vous ne trouverez en eux qu'un peuple ignorant et barbare, qui joint depuis longtemps la plus sordide avarice à la plus détestable superstition et à la plus invincible haine pour tous les peuples qui les tolèrent et qui les enrichissent. Il ne faut pourtant pas les brûler» – cette dernière réserve étant présentée par les voltairiens comme une marque d'humanité. Mais c'est constant chez le grand homme – «Nous... qui devons notre religion à un petit peuple abominable, rogneur d'espèces, et marchand de vieilles culottes, je ne vous en parle pas» (lettre du 16 août 1761 à M. de Mairan). Au chapitre de ses méchancetés, il faudrait aussi raconter comment il faisait embastiller les confrères qui le critiquaient (X. Martin, *Voltaire méconnu*). En 1778, cet homme partout célébré arriva à Paris où il fut logé chez le marquis de Villette. Une foule considérable s'attroupa, les carrosses des grands défilèrent, les

---

1. Louis Michu (1754-1801), dont on sait seulement qu'à l'époque des faits il vivait «avec un juif fort riche, du nom de Peixotto», selon les *Mémoires* de Bachaumont pour 1780.

philosophes vinrent se prosterner. «Tout le Parnasse s'y trouve, écrit Mme du Deffand, depuis le bourbier jusqu'au sommet; il ne résistera pas à cette fatigue.» Franklin amena son petit-fils, qui reçut la bénédiction du patriarche. Épuisé par ce régime de montreur d'ours, Voltaire eut une attaque. On l'isola et on commença à lui administrer des remèdes fantaisistes, qui le précipitèrent vers une rude agonie. Inutile de parler ici de l'œuvre : génie du style (en prose), qui emmaillote des idées inconsistantes si on les rapproche de celles de l'ennemi juré, Rousseau. Émile Faguet a dit : «Un chaos d'idées claires.»

Un membre de l'académie de Châlons, énumérant un jour toutes les prérogatives de cette académie, finit par dire qu'elle était fille de l'Académie française. Voltaire, qui l'avait écouté, commenta : «Assurément; et c'est une bonne fille qui n'a jamais fait parler d'elle.»

*

On racontait un soir, chez Voltaire, des histoires de voleurs.
«Et moi aussi, j'en sais une, dit-il, et je la raconterai, cette fameuse histoire de voleur, quand mon tour viendra.»
Son tour vint; il dit : «Il y avait une fois un fermier général... Ma foi, j'ai oublié le reste.»

*

Après quelque temps de Bastille, où il fut envoyé pour n'avoir pas écrit un poème qu'on lui reprochait (les fameux *J'ai vu* de Le Brun), Voltaire fut libéré par le Régent, qui lui offrit de surcroît une gratification : «Monseigneur, lui dit Voltaire, je remercie Votre Altesse royale de vouloir bien continuer à se charger de ma nourriture; mais je la prie de ne plus se charger de mon logement.»

*

Fontenelle dit à Voltaire, après la représentation de *Brutus* : «Je ne vous crois point propre à la tragédie; votre style est trop fort, trop pompeux, et somme toute trop brillant...
— Je vais de ce pas relire vos pastorales.»

*

Après la parution des *Poèmes sacrés* de Lefranc de Pompignan, Voltaire dit : «Sacrés, ils le sont : car personne n'y touche.»

*

Le duc de Richelieu avait la manie de s'infecter d'un nombre excessif de parfums. Voltaire fit ces vers :

> Un gigot tout à l'ail, un seigneur tout à l'ambre,
> À souper vous sont destinés :
> On doit, quand Richelieu paraît dans une chambre,
> Bien défendre son cœur, et bien boucher son nez.

Il est vrai que, après avoir été amis sous la Coupole, les deux hommes s'étaient brouillés. Tout académicien qu'il était[1], Richelieu faisait toujours préparer ses discours par un auteur plus méritant. Ainsi, lors de la paix de 1748, le duc, se trouvant directeur de la compagnie, pria Voltaire de lui composer le compliment de félicitation au roi, que devait adresser l'Académie. Voltaire communiqua le discours à Mme du Châtelet, qui le montra à Mme de Boufflers, qui en prit copie et le fit circuler. Le jour du discours, à mesure que Richelieu débitait une phrase de son compliment, le public prononçait à mi-voix la phrase qui devait suivre...

*

Voltaire disait à un jeune garçon : « Souvenez-vous, quand vous serez grand, que toutes les femmes sont coquettes, volages, menteuses... »

Et comme une dame de l'assistance protestait, il ajouta : « Madame, on ne doit pas tromper les enfants. »

*

La vieille marquise de La Villemenue s'était présentée assez décolletée chez Voltaire. Le voyant jeter les yeux sur sa poitrine,

---

1. Lorsque la mort du marquis de Dangeau laissa une place vacante à l'Académie, on avait persuadé Richelieu de la demander ; « le nom seul de Richelieu pouvait alors justifier cette ambition de la part d'un jeune seigneur de vingt-quatre ans, qui n'avait encore écrit que des billets doux » (Durozoir). Il fut élu en triomphe. Fontenelle, Destouches et Campistron lui préparèrent un discours de réception dont il tira son propre texte, assez adroit mais cousu de fautes d'orthographe (on a le manuscrit).

elle lui dit : «Eh quoi! monsieur de Voltaire, à votre âge vous regardez encore ces petits coquins?

— Ah! madame, ces petits coquins sont bien les plus grands pendards que je connaisse.»

*

La querelle de Voltaire et de Jean-Baptiste Rousseau est restée fameuse. Lorsque Voltaire, son cadet, lui fut présenté la première fois, Rousseau lui trouva une mauvaise physionomie. Voltaire n'était pas si laid, surtout à dix-sept ans, alors que Rousseau le poète avait le teint blême, criblé de son, les yeux vairons et la lippe inégale. Pour Voltaire, le commentaire était donc facile : «Je ne sais pourquoi il dit que ma physionomie lui déplaît; c'est apparemment parce que j'ai les cheveux bruns et que ma bouche n'est pas tordue.»

Voltaire avait prétendu que le père de Rousseau était cordonnier et que le poète avait servi chez ses parents. Il se plut à dire, lorsque son rival attaqua la *Henriade* dans les gazettes : «Un domestique emploie volontiers les termes de son état; chacun son langage.»

Il l'accusa également de «mauvaises mœurs» : «Quand un écolier faisait une faute d'un certain ordre, on lui disait : vous serez un vrai Rousseau.»

Lorsque Rousseau, sentant son déclin, publia une grosse pièce de plusieurs milliers d'alexandrins et qu'il eut l'imprudence d'intituler cette ode *À la Postérité*, Voltaire ruina l'œuvre en déclarant : «Je ne crois pas que cette ode arrive jamais à son adresse[1].»

*

Le compositeur Grétry, ami de Voltaire, s'était spécialisé dans l'opéra-comique. Son œuvre *Le Jugement de Midas* fut peu goûtée lorsqu'elle fut donnée au théâtre de Versailles après avoir eu quelque succès à Paris. Voltaire adressa à l'auteur ces consolations :

---

1. Sa part de postérité existe pourtant. Car Rousseau y interpelle un moment la Postérité de cette manière : «Vierge non encor née, en qui tout doit renaître». Cette évocation d'une «vierge non encornée» est restée célèbre.

> La Cour a dénigré tes chants
> Dont Paris a dit des merveilles.
> Grétry, les oreilles des grands
> Sont souvent de grandes oreilles.

*

Dans le n° 20 de sa gazette, Fréron[1] avait parlé de Voltaire. Entre-temps, le philosophe ayant médit de Fréron, celui-ci écrivit, dans son n° 22 (1764) : « Faute à corriger dans le n° 20, page 200, ligne 12 : *François-Marie de Voltaire-Arouet*; lisez : *François-Marie de Voltaire à rouer.* »

Fréron ne devait pas l'emporter en paradis, comme en témoignent les vers de Voltaire à son sujet :

> Grand écumeur des bourbiers d'Hélicon,
> Cet animal se nommait Jean Fréron.

En vérité, Fréron ne s'appelait pas Jean; mais Voltaire le pré-nommait toujours ainsi, au prétexte que *J.F.* était l'abréviation de *Jean-Foutre.*

*

---

1. Élie Fréron (1719-1776) avait commencé chez les Jésuites, qui l'expulsèrent pour des raisons mal connues (« De Loyola chassé pour ses fredaines », écrira Voltaire). Les hasards le transformèrent en critique littéraire, ardent à la polémique. Sa réputation reste attachée à *L'Année littéraire*, qu'il commença en 1754, et qu'il continua jusqu'à sa mort. Il s'y attaqua à Voltaire et aux philosophes, ce qui lui valut des ennemis défi-nitifs. L'hôte de Ferney ne cessait de le couvrir de diatribes; « Il répéta si souvent que Fréron avait été condamné aux galères, que la moitié de l'Europe savante finit par le croire, et l'autre moitié par en douter » (Villenave). Fréron n'était pas plus doux, mais le pouvoir n'était pas de son côté : Malesherbes lui donnait comme censeurs des amis des encyclopédistes, et il lui interdisait de nommer ses adversaires s'il voulait leur répondre. On obtint même du garde des Sceaux Miromesnil la suspension du privilège de *L'Année littéraire* et Fréron en mourut de tristesse, juste avant le commencement de l'année du jubilé. On lui composa ce thrène :
> Ô Jubilé ! quand tu commences,
> Dans le tombeau Fréron descend :
> Qui vécut sans être indulgent
> Devait mourir sans indulgences.

Palissot, plutôt son ennemi, lui a rendu justice, lui attribuant « beaucoup d'esprit naturel, une éducation cultivée, un caractère facile et gai, et (quoi qu'en aient dit ses ennemis), des mœurs plus douces que ses ouvrages ne le feraient penser ».

Un abbé La Coste avait été condamné aux galères perpétuelles, pour avoir escroqué des effets, fabriqué des billets de fausse loterie, écrit des lettres anonymes et des billets diffamatoires; il venait de mourir en arrivant au bagne à Toulon; Voltaire écrivit :

> La Coste est mort; il vaque dans Toulon,
> Par ce trépas, un emploi d'importance :
> Ce bénéfice exige résidence,
> Et tout Paris y nomme Jean Fréron.

*

Voltaire fit courir cette épigramme :

> L'autre jour au fond d'un vallon
> Un serpent mordit Jean Fréron;
> Sait-on ce qu'il en arriva?
> Ce fut le serpent qui creva.

Dans sa correspondance, Fréron commente : «Il n'y a pas grand mal à cela, si Voltaire est le serpent.»

Un peu plus tard, dans *L'Année littéraire*, Fréron édita un quatrain vieux de cent ans, qu'il avait retrouvé : «Un gros serpent mordit Aurèle / Que pensez-vous qu'il arriva? / Qu'Aurèle en mourut? Bagatelle! / Ce fut le serpent qui creva.» Et Fréron d'ajouter au sujet du plagiaire : «J'aurais cru – et qui n'aurait cru comme moi – de l'invention à M. de Voltaire, du moins dans le genre mordant et satirique.»

*

L'éditeur Le Jay avait fait paraître une parodie de la *Henriade* avec un frontispice où Voltaire figurait flanqué de ses principaux ennemis, La Beaumelle et Fréron. Voltaire fit ces vers :

> Le Jay vient de mettre Voltaire
> Entre La Beaumelle et Fréron.
> Ce serait vraiment un calvaire
> S'il y avait un bon larron.

*

Bachaumont relève, en mars 1769, que Voltaire fait courir une épître en vers où il s'élève avec force contre l'athéisme, «mais on sait qu'il est accoutumé à prêcher le pour et le contre»; les *Mémoires secrets* ajoutent sans complaisance : «Cette pièce, où il y a de temps à autre de beaux vers, est en général lâche, prosaïque, et se sent de la décrépitude du faiseur.» Toujours est-il que Voltaire y prêchait le «tolérantisme», et après avoir fait manger du porc à un Juif avec un Français, et boire du vin à un Turc avec un docteur de Sorbonne, il s'écrie pour finir : «Mais qui pourra jamais souper avec Fréron?»

*

À cause des diatribes de Voltaire, partout encensé, Fréron devenait la cible de tous les rimailleurs. Un homme de la Cour, Guichard, composa en 1762 ce quatrain :

Souris de trop bon goût, souris trop téméraire :
Un trébuchet subtil de toi m'a fait raison;
Tu me rongeais, coquine, un tome de Voltaire,
Tandis que j'avais là les feuilles de Fréron.

*

Dans un salon où l'on recevait un prince étranger, Vaucanson, le facteur d'automates, fut l'objet exclusif des attentions de cet hôte de marque, malgré la présence de Voltaire.

Embarrassé que le prince n'eût rien exprimé de gracieux à Voltaire, Vaucanson vint enfin voir celui-ci, et lui dit : «Le prince vient de me dire tout le bien qu'il pensait de votre œuvre.»

Voltaire vit bien que c'était une politesse de Vaucanson, et il dit : «Je reconnais tout votre talent dans la manière dont vous faites agir les machines.»

*

Faisant contre mauvaise fortune bon cœur, les maris du XVIIIᵉ siècle étaient faciles à vivre, et M. du Châtelet vivait en communauté avec son épouse et Voltaire, l'amant de celle-ci. Ils se retiraient tous les trois au château de Cirey, sur les confins de la Champagne et de la Lorraine. C'était, selon Voltaire, un paradis terrestre «où il y a une Ève et où je n'ai pas le désavantage d'être Adam».

Cependant Mme du Châtelet et son amant parfois se battaient, car le philosophe avait l'humeur volage. La marquise cachait ses larmes, mais un jour que M. du Châtelet surprit sa femme en pleurs, il la consola avec effusion : « Hélas, dit le brave homme, ce n'est pas d'aujourd'hui que Voltaire nous trompe. »

De Cirey, on allait souvent à Lunéville, à la cour du roi Stanislas. La marquise de Boufflers, qui était la Pompadour du lieu, comptait parmi ses courtisans le poète Saint-Lambert, pas bien joli, mais spirituel. Mme du Châtelet, âgée de quarante-deux ans, se laissa prendre à ses madrigaux.

Bientôt, elle mit au monde une fille. Voltaire la croyait sienne lorsqu'il décrivit la naissance de l'enfant dans une lettre du 4 décembre 1719 : « Madame du Châtelet, cette nuit, en griffonnant son Newton, s'est sentie mal à son aise ; elle a appelé une femme de chambre qui n'a eu que le temps de tendre son tablier et de recevoir une petite fille, qu'on a portée dans son berceau. La mère a arrangé ses papiers, s'est mise au lit, et tout cela dort comme un ciron à l'heure que je vous parle. »

Mme du Châtelet mourut six jours après, et une bague à secret, retrouvée parmi ses effets, révéla un portrait de Saint-Lambert. Le bon monsieur du Châtelet était là lors de la découverte.

« Monsieur le marquis, lui dit Voltaire pour l'aider à sécher ses pleurs, voilà une chose dont nous ne devons nous vanter ni l'un ni l'autre. »

*

Voltaire parlait un jour du poète Roy, qui avait été emprisonné à plusieurs reprises, et qui venait de sortir de Saint-Lazare : « C'est un homme qui a de l'esprit, mais ce n'est pas un auteur assez châtié. »

Cela fait également allusion aux coups de canne que Roy avait reçus de Moncrif à cause de quelques vers satiriques. Comme on lui demandait, à l'Opéra, s'il ne donnerait pas bientôt un ouvrage nouveau : « Vraiment oui, dit-il, je travaille à un ballet. »

Une voix s'écria derrière lui : « Un balai ? Prenez garde au manche ! »

*

Voyant la religion tomber tous les jours, Voltaire disait devant Sabatier de Castres : « Cela est pourtant fâcheux, car de quoi nous moquerons-nous ?

— Oh, lui dit Sabatier, consolez-vous : les occasions ne vous manqueront pas plus que les moyens.

— Ah ! monsieur, reprit douloureusement Voltaire, hors de l'Église point de salut. »

\*

Houdard de La Motte avait écrit *Inès*, une tragédie en vers si médiocres qu'une dame dit dans un salon : « Monsieur de La Motte a fait comme M. Jourdain dans *Le Bourgeois gentilhomme*, de la prose sans le savoir. »

Ce fut tout de même un succès : dans cette société épuisée la mode était aux larmes, et que la tragédie fût de mauvaise facture était indifférent. L'essentiel était de pleurer. Un siffleur payé contre La Motte fut si attendri, à l'une des représentations d'*Inès*, qu'il se tourna vers un de ses camarades en essuyant ses pleurs : « Tiens, mon ami, siffle pour moi, je n'en ai pas la force. »

La Motte riait des critiques en disant : « Qu'importent leurs diatribes, ils ont pleuré. »

Le succès fut éclatant auprès du public : « Tout Paris, pour Inès, eut les yeux de Don Pèdre. »

Comme, quelque temps après, La Motte dit à Voltaire, au sujet d'une de ses pièces : « *Œdipe*, quel beau sujet ! Il faudra que je mette votre tragédie en prose.

— Faites cela, dit Voltaire, et je mettrai votre *Inès* en vers. »

\*

François de Baculard[1] fut, en 1752, l'auteur d'odes sacrées, *Les Lamentations de Jérémie*, qui rencontrèrent un certain succès,

---

1. François de Baculard d'Arnaud (1718-1805) avait, durant ses années de collège, envoyé des vers à Voltaire qui lui assura sa protection. L'amitié dura jusqu'au jour où Frédéric II invita Baculard à venir à Berlin remplacer Voltaire dont le talent déclinait aux yeux du monarque. Le royal poète formula ainsi sa demande :

Déjà l'Apollon de la France
S'achemine à sa décadence ;
Venez briller à votre tour ;
Élevez-vous s'il baisse encore :
Ainsi le couchant d'un beau jour
Promet une plus belle aurore.

On a pu dire que les vers du grand Frédéric ne valaient pas son épée... Baculard s'installa à Berlin, se retirant à Dresde lorsque Voltaire vint revoir le roi de Prusse pour

bien que des gens de goût les eussent jugées détestables. Voltaire y
trouva l'occasion du quatrain suivant :

> Savez-vous pourquoi Jérémie
> A tant pleuré pendant sa vie ?
> C'est qu'en prophète il prévoyait
> Que Baculard le traduirait.

Les cibles du patriarche étaient mobiles, et Voltaire remplaça
plus tard le nom de Baculard par celui de Pompignan.

*

Un jour que Baculard encore jeune avait dit devant Voltaire :
«Ou célèbre à quarante ans, ou je me brûle la cervelle !», Voltaire
avait répondu : «Taisez-vous, tête brûlée[1] ! »

*

De Voltaire, au sujet d'un buste qui représentait l'abbé de Saint-
Pierre, l'utopiste :

> N'a pas longtemps, de l'abbé de Saint-Pierre,
> On me montrait le buste tant parfait
> Qu'onc ne sus voir si c'était chair ou pierre
> Tant le sculpteur l'avait pris trait pour trait.
> À donc restai perplexe et stupéfait,
> Craignant en moi de tomber en méprise ;
> Puis, dis soudain : «Ce n'est là qu'un portrait :
> L'original dirait quelque sottise.»

---

prouver qu'il n'était pas à son couchant. Il revint enfin à Paris, où il dut vivre dans l'indigence, ce qui lui fit entreprendre une série de romans «dans le genre sombre», qu'il
appelait son genre. Le succès fut limité, malgré Jean-Jacques Rousseau qui trouvait que
«M. d'Arnaud écrit avec son cœur». Baculard s'essaya dans le drame – sombre également –, d'où sortit une pièce : *Le Comte de Comminge*, spectacle que son «effroyable
nouveauté» dédia au succès, bien que la princesse de Beauvau dît que «cela dégoûtait du
caveau». Mais il se ruina dans l'affaire de Beaumarchais. Malgré un bref emprisonnement en 1793, il survécut à la Révolution, traînant sa misère dans les cafés. Le fils de
Baculard, commandant de gendarmerie à Provins, y mourut après avoir légué à l'hospice
le peu qu'il possédait, et c'est dans les cabinets d'aisances de cet établissement qu'on
découvrit un amas de paperasses d'où on exhuma des lettres autographes de Frédéric II,
Voltaire, et Marivaux, précieux papiers qui frôlèrent la catastrophe.

1. Le mot est aussi bien prêté à Sophie Arnould en réplique à son gendre Murville.

Pour bien comprendre le trait, il faut s'aviser du fait que les philosophes étaient trop cyniques pour goûter l'idéalisme de l'abbé de Saint-Pierre. Après que celui-ci eut adressé son *Projet pour rendre la paix perpétuelle en Europe* à Frédéric II, le roi s'empressa d'écrire à Voltaire pour ironiser : « La chose est très praticable. Il ne manque, pour la faire réussir, que le consentement de l'Europe et quelques autres bagatelles semblables. » Même le sincère Jean-Jacques dénonça les idées démocratiques de l'abbé.

*

On ne lit plus le théâtre de Voltaire, assez ennuyeux ; divers quolibets lui furent adressés en son temps, et plusieurs anecdotes en témoignent.

À l'avant-dernier vers d'*Adélaïde du Guesclin*, pièce oubliée, le duc de Vendôme, s'adressant à un autre personnage, lui dit : « Es-tu content Coucy ? »

Quelqu'un du parterre cria : « Couci-couça... »

La plaisanterie donna le coup de grâce à l'œuvre.

Quant à la tragédie *Marianne*, le talent d'Adrienne Lecouvreur n'empêcha pas l'échec dès la première. La salle ricanait sans discontinuer aux scènes tragiques, et elle hurla de rire au beau milieu du drame, quand Marianne, levant sa coupe pleine de poison avant de s'écrouler foudroyée, un loustic cria du parterre : « La reine boit ! La reine boit[1] ! »

S'agissant de la pièce *Olympie*, toutes les correspondances du temps ne savaient que l'écrire : « Ô l'impie. »

Quant à *Zaïre*, qui eut davantage de succès, elle fut interrompue après quelques représentations.

« Eh bien ! dit Piron à Voltaire, *Zaïre* est donc foutue ?

— Que voulez-vous, c'est le sort des jolies femmes. »

*

Frédéric II n'était pas toujours sûr de son style poétique, et lorsqu'il écrivait ses fameux vers en français, il demandait à

---

1. L'anecdote est-elle vraie ? Ceux qui la rapportent écrivent : « On était justement la veille, ou non loin de la fête des Rois, et cette plaisanterie amena l'interruption puis la chute de la pièce. » Mais *Marianne* fut jouée pour la première fois le 6 mars 1724.

Voltaire, du temps qu'il hébergeait celui-ci, de les améliorer. Un jour cependant, un valet rapporta à Frédéric qu'en recevant de nouvelles poésies royales à corriger Voltaire avait soupiré : «Le roi m'envoie son linge sale à blanchir!»

Ce fut le début de la fin de l'amitié entre le prince et l'écrivain; le premier était d'ailleurs las des jérémiades de l'autre, qui exigeait toujours plus d'argent. Le roi avait déjà manifesté son humeur à l'encontre des «comptes d'apothicaire» de Voltaire, lorsque, parmi la liste des débours présentés au souverain, on trouvait cette rubrique : *Lavements au savon pris par M. de Voltaire pendant deux mois à deux creutzers chacun.*

Peu après, Voltaire demanda au roi d'intervenir à l'occasion d'une affaire dans laquelle il avait placé une somme considérable qui devait lui rapporter 35 %, par l'acquisition de titres d'emprunt de l'État saxon achetés à bas prix. Comme le philosophe s'était fait gruger par son intermédiaire, un sieur Hirsch, le roi se contenta de commenter : «C'est l'affaire d'un fripon qui veut tromper un filou.»

On prétend qu'après l'une de ces petites scènes qui l'indisposaient Frédéric le Grand laissa traîner un papier sur lequel était inscrit : «Voltaire est le premier des ânes. Frédéric II.»

Voltaire attendit le roi, feignit de découvrir le papier, et le lut à haute voix : «Voltaire est le premier des ânes. Frédéric le Deuxième.»

Tout allant de mal en pis, Voltaire repartit pour la France, mais il fut arrêté à Francfort, parce qu'on lui reprochait d'avoir emporté les manuscrits de Frédéric. On lui ordonna de demeurer là jusqu'à ce que les fameux manuscrits, dont il expliqua qu'ils étaient restés à Leipzig, fussent restitués. Entre-temps, Mme Denis vint rejoindre son oncle. L'un des soldats prussiens pinça la cuisse de cette forte rombière, et Voltaire laissa entendre au roi, dans une lettre de protestation, que sa nièce avait été violée. Elle était loin d'être appétissante, même pour des soldats, mais dans l'ennui de l'assignation à résidence, ce fut Voltaire, et non la soldatesque, qui crut bon de jouir des charmes abondants de celle qui n'était plus une jeune personne. La nièce devint ainsi la maîtresse de l'oncle dans une hôtellerie de Francfort[1].

---

1. Cette passion purement sensuelle et d'habitude, sans complicité, fut souvent orageuse. Mme Denis était venue vivre chez son oncle après la mort de Mme du Châtelet.

Mme Denis, laide, dolente et « grosse comme un muid », n'avait d'ailleurs jamais été belle. Plus jeune elle avait déjà un visage bourgeonnant, et son oncle lui avait adressé ce quatrain :

> Si vous pouviez, pour argent ou pour or,
> À vos boutons porter quelque remède,
> Vous seriez, je l'avoue, infiniment moins laide,
> Mais vous seriez bien laide encor !

*

Au milieu des querelles sur la religion, Voltaire fit imprimer *Mahomet*, qui avait été interdit au théâtre ; et pour se moquer il le dédia au pape. Le spirituel Benoît XIV, qui comprenait à qui il avait affaire, adressa à Voltaire des éloges, des médailles et des bénédictions, après quoi le philosophe se tut un certain temps. Son successeur Clément XIII, pape de 1758 à 1769, trouva moins grâce à ses yeux.

La grande affaire du temps était la question des Jésuites. Ceux-ci, défenseurs farouches de la papauté, avaient beaucoup d'ennemis qui trouvaient des oreilles complaisantes auprès des monarques. Ils avaient été bannis de France, par édit du 26 novembre 1764 confirmant les arrêts du très janséniste Parlement. Or Clément XIII, à qui l'on reprochait déjà d'avoir condamné, au début de son pontificat, le livre d'Helvétius *De l'Esprit*, était tenu pour coupable de soutenir les Jésuites contre les interdictions royales. Le 10 décembre 1768, l'ambassadeur de France présenta, au nom des quatre cours de la maison de Bourbon (France, Espagne, royaume de Naples et Portugal), une note exigeant l'abolition de l'ordre. Sur ce, le souverain pontife mourut. Voltaire lui fit cette épitaphe :

> Ci-gît des vrais croyants le muphti téméraire,
> Et de tous les Bourbons l'ennemi déclaré :
> De Jésus sur la terre il s'est dit le vicaire,
> Je le crois aujourd'hui mal avec son curé.

---

Elle fut chassée de Ferney en 1768, mais y revint, intéressée par l'immense fortune de Voltaire, qu'elle trompait avec les écrivains de passage, du moins ceux qui acceptaient de faire plaisir à cette beauté hommasse et volumineuse : la chronique cite Baculard d'Arnaud, et Marmontel qu'on trouve un peu partout...

Finalement la Compagnie sera supprimée universellement par un bref apostolique de Clément XIV, en 1773, mais elle pourra survivre dans les pays dont les souverains non catholiques interdirent la publication du texte papal; ce fut le cas de Frédéric II, qui les accueillit en grand nombre, malgré les objurgations contraires de d'Alembert. Voltaire lui-même évoluera en faveur des Jésuites, par haine des jansénistes parce que son frère aîné, Armand Arouet, trésorier de la Chambre des comptes, était un janséniste outré. Il se souvenait aussi qu'il leur devait son éducation intellectuelle.

*

Vers la fin de sa vie, il recueillit en 1763 un jésuite, le père Adam, après l'expulsion de France de la Compagnie. En 1768, le grand homme alla même jusqu'à flanquer dehors l'incontournable Mme Denis, et il resta seul avec son secrétaire et le père Adam, qu'il garda près de lui quinze années.

Le père Adam et Voltaire jouaient ensemble aux échecs, mais l'écrivain, régulièrement vaincu, était mauvais joueur. Quand la fin se présentait mal, il se mettait à fredonner un «tourloutoutou» que le père Adam entendait comme un terrible présage. Peu après, le bon jésuite devait s'enfuir en courant, canardé par les pièces du jeu qui s'accrochaient dans sa perruque. Parfois, menacé par la canne du vieillard, il trouvait un placard pour cachette. Quand le grand homme était calmé, il arpentait les pièces de Ferney en demandant, comme Dieu dans la Genèse : «*Adam, ubi es ?*»

Adam pouvait alors tranquillement sortir de sa cachette.

Voltaire aimait bien se moquer de son jésuite, qu'il présentait à ses amis en disant que ce père Adam «n'était pas le premier homme du monde». L'autre supportait tout cela avec le sourire, et il trouva quelques avenues pour aller au cœur du septuagénaire, tant et si bien que, en 1768, on apprit avec stupeur dans Paris que M. de Voltaire avait fait ses Pâques. L'écrivain lui-même reconnut qu'il avait profité de sa solitude et des bonnes instructions du père Adam pour faire un retour vers Dieu et se présenter à la sainte table. Au même moment cependant, il écrivait à la marquise du Deffand pour s'étonner qu'à Paris on eût pu croire qu'il s'était confessé et avait fait ses Pâques... Les deux lettres étaient authentiques et les *Mémoires* de Bachaumont ajoutent que «toutes ces inconséquences sont dans le caractère de M. de Voltaire et n'étonnent point ceux qui le connaissent».

### À propos de Voltaire

Lemierre et Belloy, en leur qualité d'auteurs tragiques, se crurent obligés de rendre visite à Voltaire lorsque celui-ci, mourant, se trouvait cloîtré chez le marquis de Villette. Ils furent très bien reçus, et le grand homme leur dit : «Messieurs, ce qui me console de quitter la vie, c'est que je laisse après moi messieurs Lemierre et de Belloy.»

Lemierre racontait souvent cette anecdote, et il ne manquait jamais d'ajouter : «Ce pauvre Belloy ne se doutait pas que Voltaire se moquait de lui.»

*

Voltaire ne voulait pas que ses restes fussent jetés à la voirie; quelques années plus tôt, lors de la mort de son amie Adrienne Lecouvreur, l'absence de sacrement et de sépulture religieuse l'avait vivement impressionné.

Durant l'un de ses derniers moments de lucidité, le philosophe demanda à se confesser, et le 2 mars 1778, il fit appeler l'abbé Gaultier à cet effet. Il se confessa pendant plus d'une heure, et signa une déclaration selon laquelle il mourait dans la religion catholique où il était né, etc.

L'abbé Gaultier, qui administra le sacrement de réconciliation, était chapelain des Incurables. Il venait d'accomplir également son ministère auprès du chansonnier de cabaret L'Attaignant (plus connu comme auteur de *J'ai du bon tabac dans ma tabatière* que comme abbé...).

Jean-Charles de Relongue de La Louptière répandit, au sujet de la conversion des deux mécréants, l'épigramme suivante :

> Voltaire et L'Attaignant, couple d'humeur gentille,
> Au même confesseur ont fait le même aveu.
> En pareil cas, il importe fort peu,
> Que ce soit à Gautier, que ce soit à Garguille.
> Monsieur Gautier, pourtant me paraît bien trouvé :
> L'honneur de deux cures semblables
> À bon droit était réservé
> Au chapelain des Incurables.

*

Voltaire mourut le 30 mai 1778. Le comte d'Artois lâcha, en guise d'oraison funèbre : «La France vient de perdre à la fois un très grand homme et un très grand coquin.»

Selon La Harpe, Voltaire aurait voulu un service solennel à l'église des Cordeliers; c'était l'usage pour les académiciens, mais les cordeliers refusèrent, à la suite de l'intervention de l'archevêque de Paris. Le lendemain du jour où la décision de l'archevêché fut connue, on lisait au Louvre, sur la porte de l'Académie, écrits en gros caractères, les deux vers qui commencent la tragédie de *Mithridate* :

> On nous faisait, Arbate, un fidèle rapport :
> Rome, en effet, triomphe.

La famille avait le souci de respecter la volonté du philosophe au sujet de ces funérailles religieuses pour lesquelles l'Église de Paris faisait des difficultés malgré la conversion du 2 mars. Elle décida que le corps serait porté à l'abbaye de Scellières, près de Romilly, dont l'abbé Mignot, neveu du philosophe (et frère de Mme Denis), était commendataire.

Le cœur, prélevé, fut placé dans un reliquaire de vermeil, le cerveau fut mis dans l'alcool, et les entrailles jetées aux latrines. Il faisait chaud; on emmaillota le cadavre de bandes de toile taillées dans les draps de lit; on enveloppa le tout d'une robe de chambre, on coiffa la tête d'un bonnet de nuit, on mit des pantoufles aux pieds, et on le disposa assis dans son carrosse à caisse bleue clairsemée d'étoiles, celui-là même qui avait promené dans Paris en délire le philosophe triomphant. Il s'agissait de franchir les barrières de Paris sans que les autorités aient à poser de questions.

On prit la route de nuit. En face de cette momie, attachée aux épaules et aux jambes dans l'attitude d'un voyageur endormi, avait pris place un valet de chambre qui, en arrivant à Romilly le surlendemain au matin, était à moitié mort d'horreur. On plaça le corps dans un modeste coffre de bois, car quand, à Paris, Guyetand[1] avait

---

1. Claude-Marie Guyetand (1748-1811) : poète thuriféraire de Voltaire, employé au ministère des Affaires étrangères. Il était originaire de la région de Saint-Claude, et on l'avait surnommé «l'Ours du Jura», à cause d'un caractère «âcre et fort sauvage».

sollicité Mme Denis pour un cercueil de plomb, elle avait répondu : «À quoi bon? cela coûterait beaucoup d'argent.»

Comme devait bientôt l'expliquer le prieur de l'abbaye à l'évêque de Troyes, les vêpres des morts furent chantées, et le corps fut gardé toute la nuit dans l'église, environné de flambeaux. Le matin depuis cinq heures les ecclésiastiques des environs vinrent dire des messes successives, car on se disputait l'honneur de célébrer un tel office, et le prieur célébra une messe solennelle à onze heures, avant l'inhumation, faite devant une nombreuse assemblée. «La famille de M. de Voltaire est repartie ce matin, conclut M. Pothera de Corbière, contente des honneurs rendus à sa mémoire, et des prières que nous avons faites à Dieu pour le repos de son âme.»

Paris venait à peine d'apprendre le décès du grand homme que ses restes reposaient près du chœur, sous le dallage de la nef de l'église abbatiale de Scellières, après avoir eu droit à six messes. Quand la nouvelle des événements se répandit dans la capitale, on multiplia les critiques amères contre le clergé de la ville qui n'en avait pas voulu, et l'on tournait en ridicule l'archevêque, M. de Beaumont. Celui-ci, un bon pasteur qui avait été poussé par quelques dévots irascibles, ne savait plus comment s'en sortir. Le duc d'Ayen, pour se moquer, alla le voir avec des vers de sa façon, qu'il lui proposa d'inscrire sur un monument, avec la signature de l'archevêque, après qu'on aurait rapatrié le corps :

> Ses écrits sont gravés au temple de mémoire ;
> Il a tout vu, tout dit, et son cœur enflammé,
> Des passions de l'homme a su tracer l'histoire.
> Du feu de son génie, il mourut consumé ;
> Il ne manque rien à sa gloire :
> Les prêtres l'ont maudit, et les rois l'ont aimé.

\*

Voltaire eut tout de même sa messe catholique officielle, mais à Berlin, deux ans plus tard, par les efforts de d'Alembert : celui-ci avait adressé à Frédéric II, qui n'en demandait pas tant, les pièces de Voltaire sur son ultime profession de foi chrétienne. Frédéric accusa réception du dossier à d'Alembert : «Muni de toutes les pièces que vous m'avez envoyées, j'entame à Berlin la fameuse négociation pour le service de Voltaire, et quoique je n'aie aucune idée de l'âme immortelle, on dira une messe pour la sienne. Les acteurs qui jouent chez nous cette farce connaissent plus l'argent que les bons livres. Aussi j'espère que les *jura stolæ* l'emporteront sur le scrupule.» La négociation avec le curé de Berlin fut facile, et la cérémonie eut finalement lieu le 30 mai 1780. En parallèle de ces cérémonies variées, à Paris le ban et l'arrière-ban multipliaient les vers pour honorer le philosophe, tant et si bien que Guyetand, un peu lassé de pareille abondance, fit un quatrain :

> Voltaire était sans sépulture,
> Dorval osa le célébrer :
> C'était bien prendre, je vous jure,
> Un moyen sûr de l'enterrer.

\*

Comme on l'a dit, on s'était hâté de préparer le corps du philosophe avant le macabre voyage vers Scellières. Le marquis de Villette, chez qui le philosophe était mort, s'appropria le cœur, qu'il plaça dans une boîte de vermeil (le pharmacien qui avait emporté chez lui le bocal contenant le cerveau de Voltaire voulut plus tard le remettre à l'État, politesse que plusieurs fonctionnaires déclinèrent). La présence de la cérébrale relique fut ensuite signalée dans le tiroir d'un meuble mis à l'encan à l'hôtel des ventes, en 1870, et il finit à la Comédie-Française.

Quant au reliquaire qui contenait le cœur, le marquis de Villette fit graver ces vers de sa composition : «Son esprit est partout et son cœur est ici.» Il en était particulièrement fier, et l'on a pu dire que c'était la seule de toutes ses poésies qui soit passée à la postérité. À l'époque des faits, et alors qu'on ne savait pas trop dans Paris si Voltaire avait été inhumé et où, Mlle Quinault dit malignement : «Voltaire est mort, et il n'y a que le marquis de Villette d'enterré.»

\*

L'abbaye de Scellières fut vendue comme bien national, et ce fut l'occasion d'opérer une translation du corps du philosophe, de Romilly au Panthéon. Un récit détaillé figure au *Moniteur* du 13 juillet 1791, rubrique «Variétés». Marie-Antoinette fournit deux des douze chevaux gris-blanc chargés de tirer le char dessiné par David. Il y eut une longue cérémonie avec procession et stations.

Ceux qui étaient attachés à l'idée d'un Panthéon lieu de culte sous le vocable de Sainte-Geneviève furent choqués non pas par sa désaffectation, puisque l'édifice à peine achevé en 1791 n'avait pas eu le temps d'être consacré comme église[1], mais par son changement de destination. Ils n'auraient pas dû, s'ils avaient suivi l'opinion de l'auteur d'une épigramme, qui avait dit de son architecture :

Cette église est faite de sorte
Que, pour y loger le bon Dieu,
Dans le plus bel endroit du lieu,
Il faudrait le mettre à la porte.

Dès le début de la Restauration, alors qu'on avait décidé d'affecter enfin le Panthéon au culte, des catholiques scrupuleux firent des démarches auprès du roi pour mettre ailleurs les restes de Voltaire : «Laissez! dit Louis XVIII. Il sera bien assez puni d'entendre la messe chaque matin.»

## WAGNER (Richard)

Richard Wagner (1813-1883), fils d'un fonctionnaire de police de Leipzig – ou bien d'un comédien –, écrivit à onze ans un drame dont les quarante-deux héros mouraient pour reparaître sous forme de fantômes au 5e acte. Il vint vivre à Paris des jours de misère puis, compromis dans les émeutes de 1848, il dut encore quitter l'Allemagne. De Zurich, sa femme Minna écrivit à une amie : «Il est plongé dans les dettes jusqu'au cou, mais cela fait partie de son génie et il m'a donné une robe de chambre de soie verte dont une reine ne rougirait pas.» Louis II de Bavière, qui, atteint par Lohengrin, aimait à revêtir l'armure d'argent du héros wagnérien et à voguer ainsi sur son lac à la clarté de la lune, accueillit le compositeur-quelques années. Enfin celui-ci retourna en Suisse où il travailla vingt-cinq ans à sa Tétralogie. Après s'être beaucoup fatigué pour composer son dernier opéra, Parsifal (on y a vu des liens avec la légende du 18e degré du Rite écossais, mais Wagner ne fut pas franc-maçon), il commença un ouvrage Sur le féminin dans l'homme et mourut deux jours plus tard à Venise dans les bras d'une courtisane. Son corps fut inhumé à Bayreuth sans cérémonie religieuse. Il avait écrit plusieurs livres, mélange de sesidées révolutionnaires et végétariennes, mâtinées de christianisme anti

---

1. C'est en 1806 que le Panthéon, à peine achevé sous Louis XVI, sera véritablement consacré au culte. En 1830, Louis-Philippe refera de l'église Sainte-Geneviève un Panthéon, mais Louis Napoléon, en décembre 1851, décidera de nouveau de dédier le bâtiment à la religion. Un décret du 28 mai 1885 rendra le monument à «sa destination républicaine», en attendant la prochaine péripétie.

dogmatique, de combat contre la vivisection, de développements sur la nécessaire régénération de l'humanité pervertie par le mélange des races, la prédestination du peuple allemand, l'infériorité des races latines, la dénonciation des Juifs comme incarnation du vouloir-vivre égoïste, etc. En 2013, on a donné à Düsseldorf une représentation de *Tannhäuser* dans laquelle le personnage principal était représenté comme un officier nazi se plaisant à faire mourir les victimes dans une chambre à gaz. La salle s'est vidée dès la première et le metteur en scène a refusé toute modification «pour des raisons artistiques». Wagner avait écrit, sous le pseudonyme de Freigedank (!), un essai sur le *Judaïsme musical*. Mais s'il est interdit de concert en Israël, c'est parce que les pelotons qui accompagnaient les Juifs des camps à leur destination finale le faisaient en jouant du Wagner. Dans un article de 2013 à la *New York Review of Books*, Barenboïm a écrit : «Tant que l'on continue de maintenir le tabou sur Wagner en Israël, on donne d'une certaine manière le dernier mot à Hitler.»

Wagner apprenant la mort de Rossini : «Qui donc va bien pouvoir, maintenant, faire la promotion de sa musique?»

### À propos de Richard Wagner

Après l'échec de ses premières œuvres en Allemagne, Wagner vint une première fois à Paris en 1839, avec dans sa poche une lettre de recommandation de Meyerbeer. Il la tendit à Léon Pillet, directeur de l'Opéra, qui put y lire ces mots : «Débarrassez-moi de cet imbécile.»

*

*Tannhäuser*, qui avait déjà été donné en Allemagne, fut monté à l'Opéra de Paris, sur ordre de Napoléon III à la demande de la princesse Metternich. Le scandale auquel donnèrent lieu les trois représentations, dont la première se tint le 13 mars 1861, est resté mémorable dans les annales de notre théâtre.

Pendant les répétitions à l'Opéra, Berlioz écrivait à son fils : «Wagner fait tourner en chèvres les chanteuses, les chanteurs et l'orchestre. La dernière répétition a été atroce [...]. Liszt va arriver pour soutenir l'école du charivari [...]. Il y a des instants où la colère me suffoque. Wagner est évidemment fou.»

Comme on demandait, peu après, à Berlioz des nouvelles de la première de *Tannhäuser :* «Les horreurs, on les a sifflées splendidement!»

Prosper Mérimée, qui d'habitude fait mieux que cela, fit rire toute la cour impériale en disant : «Je me tanne aux airs.»

## WALDECK-ROUSSEAU (Pierre)

Pierre Waldeck-Rousseau (1846-1904) : son père René Valdec Rousseau, un Nantais quarante-huitard, était un catholique fidèle. Le fils, renvoyé d'un collège à cause d'une composition copiée, devint député. Il accepta d'être président du Conseil au moment où les adversaires de la république allaient triompher et constitua un gouvernement de défense républicaine. Le 22 juin 1899, Henri Brisson monta à la tribune de la Chambre et termina son discours de soutien en faisant le signe de détresse maçonnique ; la confiance fut votée. On commença la *républicanisation* de l'administration, et on vota la loi de 1901 sur les associations pour contrôler les congrégations. L'armée tirait souvent sur les ouvriers. La politique coloniale fut encouragée (on appellera «Waldeck-Rousseau» un petit village d'Algérie), et la conquête du Tchad fut l'occasion de massacres sans précédents (mission Voulet-Chanoine). C'était un gouvernement sans états d'âme : quand le général de Galliffet, fusilleur de la Commune, avait été accueilli à la Chambre par quelques cris d'extrême gauche qui le traitaient d'assassin, il avait simplement répondu : «Assassin ? Présent!»

Quelqu'un d'officieux prévenait Waldeck-Rousseau : «M. Edwards vous déteste et vous veut grand mal»...

Le président du Conseil répondit avec calme : «M. Edwards me veut du mal ? Il ne lui suffit donc plus d'être mon beau-frère[1] ?»

## WAUGH (Evelyn)

Evelyn Waugh (1903-1966) eut à vingt ans l'idée de se suicider, en s'éloignant de la côte à la nage. Une méduse le piqua, et il fit demi-tour. Il se convertit au catholicisme peu après la publication de son deuxième roman, *Decline and Fall*, qui fut un succès. Il fut officier de renseignement, puis se battit en Crète pendant la Seconde Guerre mondiale parmi les British Commandos. On lui demanda à son retour de décrire sa première bataille, et il dit simplement : «Comme un opéra allemand : trop long et trop bruyant» (cela fait penser à la réponse de Raymond Roussel, qui avait fait la guerre de 1914 comme simple soldat : «Qu'est-ce qui vous a le plus frappé à cette occasion ? — Je n'ai jamais vu autant de monde»...). Waugh a laissé beaucoup de livres et sept enfants.

1. Alfred Edwards, le milliardaire tripoteur (dans tous les sens du terme), fondateur du *Matin*, avait épousé Jeanne Charcot, fille du docteur Charcot et sœur de l'explorateur, dont la demi-sœur (fille du premier mariage de Mme Charcot), Marie Durvis, avait épousé Waldeck-Rousseau.

Evelyn Waugh, converti au catholicisme, fut interrogé sur différents aspects de sa foi : « Bien sûr je crois au diable, expliqua-t-il. Sinon, comment pourrais-je m'expliquer l'existence de lord Beaverbrook ? »

## À propos d'Evelyn Waugh

Randolph Churchill, le fils de Winston, fut reçu en audience par le pape avec Evelyn Waugh, qu'il présenta ainsi : « Je pense que vous connaissez mon ami Evelyn Waugh qui, tout comme Votre Sainteté, est catholique. »

## WAYNE (John)

Marion Michael Morrisson, dit « John Wayne » (1907-1979), spécialiste des rôles de cow-boy bon tireur et misogyne, avait, avant ses premiers succès, joué dans une centaine de navets, mais il profita du départ au front des acteurs de sa génération pour leur voler la vedette. John Ford, tout en reconnaissant ses qualités d'acteur, ne pardonnait pas à l'homme d'avoir soigneusement évité l'armée en 1941, à la différence de beaucoup d'autres. Les Américains ont démontré en 1945 qu'ils pouvaient gagner une guerre sans John Wayne, icône surfaite des vertus guerrières et de l'épopée américaine, et on se consolera en disant que, dans le monde factice du cinéma, Wayne avait du métier et que dans les meilleurs classiques son jeu n'a pas pris une ride. La vraie vie a rattrapé l'autre lorsque, dans *The Shootist*, il a tenu le rôle d'un vieux pistolero rongé par un cancer dont lui-même se mourait. Cet esprit terre à terre aimait la chose ésotérique. Il était franc-maçon et membre de l'ordre de Molay.

Les personnages importants du cinéma aimaient à s'exhiber en couple dans les restaurants de Las Vegas alors naissant. Les comédiens cabotinaient, les serveurs s'empressaient, et les journalistes prenaient des notes avec gourmandise. Humphrey Bogart, Lauren Bacall, Tallulah Bankhead, Frank Sinatra, cultivaient particulièrement le cérémonial dont ils faisaient l'objet. « Mais quand Hughes débarquait, dit Willard, journaliste de Las Vegas, on avait l'interdiction de dire qu'il était là. »

Lors d'une soirée en ville avec Jean Peters et John Wayne, qui travaillait alors pour la RKO, Hughes rechignait à se rendre à L'Auberge du Désert, restaurant particulièrement en vue : « Tout le monde va me regarder », se plaignait-il.

Wayne lui remit les pieds sur terre : « Espèce de connard ! Tu es avec la plus belle femme du monde, et avec John Wayne ! Et tu crois que c'est toi qu'ils vont reluquer ? »

Howard Hughes fut tellement outré par cette repartie qu'il refusa de parler à Wayne pendant plusieurs années.

## Sur John Wayne

Jusqu'au début des années 1960, les films duraient généralement une heure et demie. Puis il y eut la mode des films excessivement longs, dont *Ben Hur* est resté une sorte de prototype. De même, la projection d'*Alamo* durait plus de trois heures. Gary Cooper racontait : « Je connais un acteur qui a emmené sa femme voir le film de John Wayne. Ils en sont revenus transformés : ils n'étaient jamais restés si longtemps ensemble de leur vie. »

## WELLINGTON (duc de)

Arthur Wesley, 1er duc de Wellington (1769-1852), éduqué en France, avait passé un an au collège militaire d'Angers, en 1787. Ses parents ne savaient pas quoi en faire : on lui acheta une compagnie. Il conquit son titre de duc de Wellington lors des guerres de la Péninsule, où il battit Junot, Soult et Marmont. Mais c'est davantage Blücher qui sera à Waterloo le principal artisan de la victoire, Wellington ayant dû retraiter contre les Français malgré leur infériorité numérique. Comme on lui demandait plus tard d'écrire l'histoire de la bataille, il dit : « Écrire l'histoire d'une bataille ? Autant écrire l'histoire d'une balle. » Il est vrai que Waterloo recèle des enseignements variés. Lors des deux dernières journées, l'Empereur souffrit d'une violente crise d'hémorroïdes qui l'empêcha de rester en selle, ce qui ne lui permit pas de se déplacer pour voir les mouvements. L'autre particularité, c'est que, dit-on, tous les généraux présents, de chaque côté, étaient francs-maçons, sauf Napoléon (qui au sujet de la franc-maçonnerie parlera à Sainte-Hélène d'« un tas d'imbéciles qui s'assemblent pour faire bonne chère et exécuter quelques folies ridicules »). À l'issue de la bataille, les officiers français blessés étaient dépouillés, à l'exception des francs-maçons qui se faisaient reconnaître par leurs frères du camp allié (A. Pascal). Cependant, si Wellington avait été initié en 1790 à la loge de Trim comme son père, il ne participa à aucune autre réunion, et son appartenance fut déclarée caduque en 1795. Une troisième particularité est que Nathan Rothschild envoya à Waterloo un agent d'information, qui repartit pour Londres dès que l'issue fut certaine, le 19 juin. Le 20 juin au matin, Rothschild vendit ostensiblement ses titres à la Bourse ; les cours s'effondrèrent puisqu'on pensa la bataille perdue ; le financier racheta tout ce qu'il pouvait. Le rapport de Wellington parvint à Londres le 21 au soir, et la Bourse remonta vers des sommets. En 1805, Wellington était député tory et antipapiste, mais, Premier ministre de George IV, il fera voter en 1829 la loi d'émancipation des catholiques.

Lorsque lord Chesterfield énonça au duc de Wellington la liste des généraux qui seraient sous ses ordres lors de la bataille de Waterloo, le duc dit : « Eh bien, j'espère seulement qu'en lisant cette liste, l'ennemi tremblera autant que moi. »

*

À un homme qui avait abordé le duc de Wellington dans une rue de Londres, en lui demandant : « Je crois bien que vous êtes monsieur Jones, n'est-ce pas ? », le duc rétorqua : « Si vous croyez une chose pareille, vous croirez n'importe quoi... »

(George Jones, né en 1786, peintre de portraits militaires, ressemblait fortement au duc de Wellington.)

*

Après avoir été répudiée par son mari le futur George IV, Caroline de Brunswick s'établit vers Greenwich dans un quartier populaire, où elle mena une vie très licencieuse. Cette sorte de prestige et ses malheurs de princesse lui attirèrent la sympathie du peuple de Greenwich, qui se plaisait à accompagner son carrosse. Ces sans-culottes à l'anglaise menaçaient quiconque ne saluait pas la princesse de Galles sur son passage.

C'est dans de telles circonstances que le duc de Wellington, coupable de passivité, fut violemment pris à partie. Devant la menace, il s'écria : « Dieu protège la Princesse ! Et puissiez-vous tous avoir une femme comme elle ! »

*

Wellington, né à Dublin, était ce qu'on appelle un Anglo-Irlandais, c'est-à-dire un membre de cette classe d'Anglais anglicans ou méthodistes, dotés de privilèges, dont les ascendants étaient allés s'installer en Irlande, et à qui le roi d'Angleterre attribuait des terres confisquées aux Irlandais[1].

Un jour que le duc de Wellington avait été qualifié d'Irlandais, il dit : « Ce n'est pas parce qu'un homme est né dans une écurie que cela fait de lui un cheval. »

*

---

1. Le dramaturge républicain Brendan Behan définira l'Anglo-Irlandais comme « un protestant avec un cheval ».

Pour fêter la première victoire de Wellington sur les armées napoléoniennes, à Vittoria, Beethoven composa en 1813 une brève symphonie, *Wellingtons Sieg* («La victoire de Wellington»), qu'il qualifia lui-même plus tard d'œuvre stupide. On y trouve l'air de *Malbrough s'en va-t-en guerre* (censé symboliser la France), le *God save the King*, et 193 coups de canon (pour une œuvre de quatorze minutes...), sans parler des coups des fusils qui étaient effectivement joints à l'orchestre. Quand l'ambassadeur de Russie demanda ensuite à Wellington si cette musique correspondait bien à une évocation de la bataille, le duc répondit : «Dieu merci, non : sinon j'aurais été le premier à fuir!»

*

En 1832 fut adopté le Reform Act, qui modifiait la composition de la Chambre des communes en élargissant le système électoral et en donnant plus d'importance aux nouvelles villes industrielles. Lorsque, à la suite des élections qui suivirent, on demanda au duc de Wellington ce qu'il pensait du Parlement réformé, il dit : «Je n'avais jamais vu dans ma vie autant de chapeaux aussi épouvantables.»

*

Nommé Premier ministre par George IV, Wellington racontait ainsi son premier Conseil des ministres : «Ce fut une chose extraordinaire. Je leur donnai mes ordres, et ils prétendirent rester pour les discuter.»

## WHISTLER (James)

James McNeill Whistler (1834-1903), né dans le Massachusetts, vint habiter à Paris rue du Bac, dans un hôtel qui donnait sur le jardin des Missions étrangères. Il alla aussi à Londres où son art était controversé. Il disait : «Généralement, la nature a tort»; et comme on lui demandait ce qu'il pensait des étoiles : «Pas trop de mal, mais il y en a décidément beaucoup trop et elles ne sont pas très bien disposées. J'aurais fait autrement.» Un jour qu'une dame lui disait : «Je rentre de Londres ce matin, en longeant la Tamise. Il y avait dans l'atmosphère une brume délicieuse qui m'a rappelé quelques-uns de vos tableaux», le peintre répondit : «Oui, petit à petit la nature y vient»... Destiné à la carrière militaire, il avait raté l'examen d'entrée à cause de la chimie, et après avoir jeté un œil à l'un de ses tableaux, il dit un jour en soupirant : «Si le silicium avait été un gaz, je serais aujourd'hui major général.»

Whistler avait formulé un peu trop de critiques sur le tableau d'un confrère, en présence de l'artiste, qui finit par s'insurger : «Mais, monsieur Whistler, vous ne voulez donc pas que je peigne les choses telles que je les vois ?»

Whistler médita un instant : «À vrai dire, je crois qu'il n'y a pas de texte de loi qui s'y oppose formellement, mais où cela deviendra terrible, c'est quand vous verrez les choses telles que vous les peignez.»

\*

Une femme disait à Whistler : «Je ne connais que deux peintres au monde : vous-même et Vélasquez.»

Il répondit : «Que vient faire Vélasquez dans cette histoire ?»

\*

Whistler était fort dépensier. Un jour qu'un créancier était venu lui rendre visite dans l'espoir d'un paiement, il lui offrit une coupe de champagne.

Le créancier, incrédule, manifesta son étonnement : «Si vous n'avez pas les moyens de payer ma facture, comment avez-vous les moyens de vous offrir du champagne ?

— Rassurez-vous : je n'ai pas payé le champagne non plus.»

\*

Whistler et Ruskin étaient en très mauvais termes, au point que le premier décida de poursuivre l'autre en justice...

Une dame en faisait reproche au peintre : «Pourquoi cette haine véhémente ? Vous vous acharnez sur un vieillard qui a déjà un pied dans la tombe...

— Oh ! répondit simplement Whistler, ce n'est pas à ce pied-là que j'en veux.»

\*

Oscar Wilde, examinant *Le Vieux Pont de Battersea* de Whistler, dit : «Les gens cultivés voient à travers le brouillard ce qu'a voulu faire l'artiste, mais les gens du peuple sentent le rhume qui vient.»

L'état des relations entre l'écrivain et le peintre n'était pas au beau fixe, et, apprenant un jour que Wilde devait le lendemain se rendre dans le salon d'un ami parisien, Whistler adressa à celui-ci un télégramme qui disait :

WILDE SERA CHEZ VOUS DEMAIN. CACHEZ L'ARGENTERIE.

Lorsqu'il avait appris qu'Oscar Wilde se mariait[1], Whistler lui avait adressé ce télégramme d'excuses :

CRAINS NE PAS POUVOIR VOUS REJOINDRE À TEMPS
POUR LA CÉRÉMONIE. NE PAS M'ATTENDRE.

## WILBRAHAM-BOOTLE (Richard)

Richard Wilbraham-Bootle (1801-1844), qui fut membre du Parlement britannique, mourut finalement de la grippe. Il était le fils d'Edward Bootle-Wilbraham. La variation de patronyme entre le fils et le père s'explique par le fait que celui-ci avait pour manie de modifier son nom : Maria Edgeworth écrit dans sa correspondance que Bootle-Wilbraham a si souvent changé de nom qu'on ne sait plus comment l'appeler si on veut lui faire plaisir. À l'occasion de son élévation à la pairie en 1828, il se fit appeler lord Skelmersdale, du nom d'un ancien établissement viking, et lord Holland s'amusait du fait qu'Edward Bootle eût fini par un nom imprononçable.

La comtesse de Boigne raconte : « Je me rappelle une aventure qui fit du bruit à Rome. Monsieur Wilbraham-Bootle, jeune Anglais, distingué par sa position sociale, sa figure, son esprit, et possesseur d'une immense fortune, y devint amoureux d'une Miss Taylor qui était jolie, mais n'avait aucun autre avantage à apporter à son époux. Cependant Monsieur Wilbraham-Bootle brigua ce titre et obtint facilement son consentement. Le jour du mariage était fixé. À un grand dîner chez lord Camelford, on parla d'une ascension faite le matin à la croix posée sur le dôme de Saint-Pierre. La communication de la boule à la croix était extérieure. Monsieur Wilbraham-Bootle dit que, sujet à des vertiges, il ne pourrait pas faire l'entreprise d'y arriver et que rien au monde ne le déciderait à la tenter.

« "Rien au monde, dit Miss Taylor.

« — Non, en vérité.

« — Quoi, pas même si je vous le demandais !

---

1. Wilde aura deux fils de son épouse Constance Lloyd.

«— Vous ne me demanderiez pas une chose pour laquelle j'avoue franchement ma répugnance.

«— Pardonnez-moi, je vous le demande; je vous en prie; s'il le faut, je l'exige."

«Monsieur Wilbraham-Bootle chercha à tourner la chose en plaisanterie, mais Miss Taylor insista, malgré les efforts de lord Camelford. Toute la compagnie prit rendez-vous pour se trouver le surlendemain à Saint-Pierre et assister à l'épreuve imposée au jeune homme. Il l'accomplit avec beaucoup de calme et de sang-froid. Lorsqu'il redescendit, la triomphante beauté s'avança vers lui, la main étendue; il la prit, la baisa, et lui dit : "Miss Taylor, j'ai obéi aux caprices d'une charmante personne. Maintenant, permettez-moi, en revanche, de vous offrir un conseil : quand vous tiendrez à conserver le pouvoir, n'en abusez jamais. Je vous souhaite mille prospérités; recevez mes adieux."

«Sa voiture de poste l'attendait sur la place de Saint-Pierre; il monta dedans et quitta Rome. Miss Taylor eut tout le loisir de regretter sa sotte exigence. Dix ans après, je l'ai revue encore fille; j'ignore ce qu'elle est devenue depuis.»

## WILDE (Oscar)

Oscar Fingal O'Flaherty Wills Wilde (1854-1900) détestait la vulgarité, et avouait que le seul sport de plein air qu'il eût jamais pratiqué était le jeu de dominos à la terrasse d'un café. Son emprisonnement à Reading après sa liaison avec le jeune éphèbe lord Douglas, dit «Bosie», défraya la chronique; mais c'est lui qui avait maladroitement commencé les hostilités judiciaires contre le père de lord Douglas. Bosie, qui bientôt reniera Wilde, s'activa en France pour faire signer une pétition de soutien; Coppée accepta, mais seulement «en tant que membre de la Société protectrice des animaux», Zola déclina, ainsi que les nombreux homosexuels spécialement sollicités, dont Henry James; Daudet refusa «en tant que père de famille» (à l'époque, son fils Lucien était l'amant de Proust)... Une petite foule hua le poète au moment de son apparition entre deux policiers, à la sortie du tribunal, mais un homme se découvrit et le salua. Wilde lui dit : «Monsieur, il y a des gens qui sont entrés au paradis pour moins que cela.» Il fut ensuite rejeté de partout, et expulsé de sa loge maçonnique pour défaut de paiement de la capitation. Un jour, racontait Graham Greene, son père et un ami se trouvant à Naples furent abordés par un inconnu qui, les entendant parler anglais, demanda s'il pouvait se joindre à eux. La conversation de cet homme les éblouit. Ensuite ils découvrirent que le causeur était Wilde, sorti depuis peu de prison. Dans ses dernières années, il aimait à dire qu'il y avait trois femmes qu'il aurait épousées avec plaisir :

Sarah Bernhardt, Lillie Langtry (une demi-mondaine) et la reine Victoria. Il mourut en exil à Paris, et ses derniers mots furent pour sa chambre d'hôtel : «Ce papier est trop laid, il faut que l'un de nous deux disparaisse.» Berthelot a raconté qu'ils étaient neuf à son enterrement : «Il n'y avait qu'une couronne, de la part d'un locataire.» Le monument destiné à orner sa tombe au Père Lachaise comportait un ange muni d'un sexe masculin, raison pour laquelle le préfet de la Seine s'opposa longtemps à l'exhibition du monument. Les admirateurs de l'écrivain finirent par obtenir droit de cité à l'ange membré. La statue fut cependant mutilée en 1961 (on a évoqué le vol d'un collectionneur). À une date plus récente, la tombe a été couverte de traces de baisers faits au rouge à lèvres.

«Celui qui a dit deux valent mieux qu'un ne connaissait pas mes sœurs.»

\*

Le Dublinois Oscar Wilde atteignit à Oxford la qualité enviée de «*double first*» : le futur écrivain était imbattable en grec. Un jour qu'il avait traduit à la perfection un extrait des Évangiles, et comme l'examinateur l'arrêtait, il lui dit : «Je vous en supplie, laissez-moi poursuivre : je voudrais savoir comment cela finit...»

\*

Une femme fort disgraciée, mais qui se piquait d'être extrêmement spirituelle, lui dit un jour : «N'est-ce pas, monsieur Wilde, que je suis la femme la plus laide d'Angleterre?»

Wilde se leva et s'inclina : «Du monde, madame, du monde!»

\*

André Gide avait invité Wilde à dîner avec deux autres convives dans un restaurant soigneusement choisi. Il avait fait les choses en grand. Un orchestre viennois jouait, selon la mode du temps. Le repas dura quatre heures, et Wilde fut le seul à parler. À la fin, il remercia chaleureusement Gide, et lui dit : «Quand on entend de la mauvaise musique, c'est un devoir de l'étouffer sous la conversation.»

\*

Sur Shaw, un jour qu'il se piquait de n'avoir pas d'ennemis :
«On ne connaît aucun ennemi à George Bernard Shaw, mais aucun
de ses amis ne l'aime.»

\*

Sur Émile Zola : «Monsieur Zola est déterminé à prouver que,
s'il n'a pas de génie, il peut au moins être ennuyeux.»

\*

Sur un compatriote : «Il a une de ces figures merveilleusement
anglaises qu'il suffit de voir une fois pour les oublier à tout
jamais.»

\*

Sur la chasse à courre : «C'est l'insupportable qui poursuit l'im-
mangeable.»

\*

Oscar Wilde ne tenait pas les Américains en grande estime.
Lorsqu'il vint aux États-Unis, et que les douaniers cherchèrent à
vérifier si cet Anglais ne voulait pas introduire sur le territoire
quelque marchandise qu'on eût pu taxer, le poète dit : «Je n'ai rien
à déclarer, si ce n'est mon génie.»

Peu après, quand le guide, aux pieds de la statue de George
Washington, s'écria : «C'était un grand homme politique : jamais
un mensonge n'est sorti de sa bouche!», Wilde rectifia : «Les
Américains parlent du nez...»

\*

Sur une hôtesse américaine des années 1890 : «Pauvre femme,
elle a essayé d'ouvrir un salon, mais elle n'est parvenue qu'à ouvrir
un saloon.»

\*

Un auteur médiocre, qui avait pour ses insuccès une explication
toute faite, disait à Oscar Wilde : «Il y a contre moi une véritable
conspiration du silence : que voulez-vous que j'y fasse?

— Vous y joindre!»

## WILDER (Billy)

> Samuel dit «Billy» Wilder (1906-2002), né dans une ville de Galice aujourd'hui polonaise d'une famille juive d'Autriche-Hongrie, alla à Berlin où il devint scénariste. À l'avènement d'Hitler, il dut fuir vers Paris; il y dirigea son premier film (il a caractérisé la France comme «un pays où l'argent fond dans vos mains mais où il n'est pas possible de détacher le papier de toilette»). Il partit ensuite aux États-Unis. Marqué par la conviction de la primauté de l'écriture, c'était un scénariste qui réalisait ses scénarios simplement. Cela produisit un certain nombre de chefs-d'œuvre, depuis *Double Indemnity* (écrit avec Chandler et qu'on a présenté comme le premier film noir) et *Sunset Boulevard* jusqu'à l'inoubliable *Certains l'aiment chaud* et enfin *The Apartment*. Il est l'un des réalisateurs qui ont rapporté le plus d'argent à Hollywood dans son âge d'or. Le journal *Le Monde* titra en 2002 : «Billy Wilder est mort. *Nobody's perfect*», reprenant ainsi la célèbre réplique finale de *Certains l'aiment chaud*.

Un jour que Billy Wilder était à Paris, sa femme lui demanda de faire l'acquisition d'un bidet (l'un des éléments particuliers à la civilisation française moderne, avec les châteaux d'eau...) et de le lui envoyer. Il jugea la chose compliquée, et se contenta d'adresser un télégramme à sa femme :

IMPOSSIBLE TROUVER BIDET. SUGGÈRE FAIRE LE POIRIER

SOUS LA DOUCHE.

\*

De Billy Wilder sur Sam Spiegel[1] : «Un Robin des bois moderne, qui vole les riches, et qui vole les pauvres.»

\*

«Sur quoi travaillez-vous en ce moment? demanda un jour Samuel Goldwyn à Billy Wilder.

— Sur mon autobiographie.

— Ah? Et ça parle de quoi?»

---

1. Sam Spiegel (1901-1985) : producteur américain d'origine juive, né en terre polonaise alors autrichienne, resté célèbre par ses talents de producteur (*Sur les quais*, *Le Pont de la rivière Kwaï*, *Lawrence d'Arabie*, etc.), sa façon onctueuse mais intraitable de gérer ses intérêts, son goût immodéré des femmes qu'il avait l'habitude de courtiser à l'arrière des taxis (Billy Wilder le surnommait, à cause de tout cela, *Velvet Octopus* : «la pieuvre de velours»). Il parlait parfaitement l'anglais, l'allemand, le polonais, l'hébreu, le français, l'italien et l'espagnol.

Apparemment Wilder n'en voulait pas à Goldwyn, réservant ses flèches au directeur de la Fox, Spyros Skouras, dont il disait : « C'est la seule tragédie grecque que je connaisse. »

*

À l'époque du maccarthysme, Wilder, qui ne s'intéressait guère à la politique, resta à l'écart des courants. On tint tout de même à lui faire dire ce qu'il pensait de la liste noire des dix scénaristes et réalisateurs mis à l'Index[1]. Il finit par dire : « Sur les dix, deux ont quelque talent, et les huit autres sont simplement désagréables. »

*

Sur le tournage de *Certains l'aiment chaud*, Marilyn Monroe buvait et prenait des médicaments. Billy Wilder dut faire plusieurs dizaines de prises pour la scène dans laquelle l'actrice devait simplement dire : « Où est le bourbon ? » en ouvrant un placard. Elle n'y parvenait pas ; ce fut successivement : « Où est la bouteille ? », « Où est la gnôle ? », etc.

Wilder avait marqué la réplique sur un tableau noir, mais dès que le moteur de la caméra tournait, Marilyn cherchait sans fin le tableau des yeux. On finit par disposer plusieurs panneaux avec la maudite phrase, sans plus de succès. À la cinquante-troisième prise, Wilder expliqua à Marilyn qu'il avait fait inscrire la réplique sur une vingtaine de bouts de papier, qui avaient chacun été glissés dans l'un des tiroirs du décor. Elle parvint à ouvrir le seul tiroir qu'on avait oublié. Wilder renonça, et fit doubler la scène en studio.

Au cours de cette journée consacrée aux nombreuses tentatives de Marilyn, Tony Curtis et Jack Lemmon attendaient, de moins en moins patiemment, sur leurs talons aiguilles, pendant que leur partenaire éclatait en sanglots, et que l'on devait refaire son maquillage.

Lorsque, à la fin, on décida de mettre un terme à cette longue épreuve, Wilder dit gentiment à Marilyn : « N'y pense plus... »

Elle demanda : « Ne plus penser à quoi ? »

Cela fit dire à Wilder : « Elle a un corps de granit et un gruyère en guise de cerveau, avec les trous. »

Il dit un peu plus tard, pour résumer le tournage : « On était en plein vol avec une cinglée dans l'avion ! »

---

1. Les *Hollywood Ten* « blacklistés » étaient Alvah Bessie, Herbert Biberman, Lester Cole, Edward Dmytryk, Ring Lardner, J.H. Lawson, Albert Maltz, Samuel Ornitz, Adrian Scott et Dalton Trumbo.

On lui avait, alors, demandé pourquoi il avait tant voulu faire tourner Marilyn Monroe... Il haussa les épaules : « Il est vrai que ma tante Minnie aurait été ponctuelle et n'aurait pas bloqué le tournage par des caprices. Mais qui paierait pour voir ma tante Minnie ? »

## WILKES (John)

John Wilkes (1727-1797) : parlementaire et journaliste, anglican proche des protestants non conformistes. Après sa séparation d'avec sa femme, il mena une vie dissolue et fit cinq bâtards, bien qu'il eût la réputation d'être l'homme le plus laid d'Angleterre. La première plaisanterie rapportée ci-dessous a également été attribuée à Samuel Foote.

Lord Sandwich avertissait Wilkes, après la publication de son *Essay on Woman* : « Vous mourrez sur les galères ou de la vérole. »

Réponse de l'intéressé : « Cela dépend si j'embrasse les principes de Votre Seigneurie ou sa maîtresse. »

*

Un homme, sollicité par Wilkes à l'occasion d'une campagne électorale, lui dit : « Je préférerais plutôt voter pour le diable ! »

— Mais si votre ami ne se présente pas ? »

## WILLY

Henry Gauthier-Villars, dit « Willy » (1859-1931), figure de la vie parisienne, auteur de romans polissons, a été connu sous une dizaine de pseudonymes qui couvrent cent ouvrages dont la paternité n'est jamais sûre. Sous la signature *l'Ouvreuse du Cirque d'été*, il avait commencé par des critiques de concerts qui, à défaut de connaissances musicales, étaient pleines de bons mots. D'après Debussy : « Il ignore ce qu'est une double croche, mais je lui dois le meilleur de ma réputation. » Il épousa Colette, jeune provinciale qu'il contribua à débaucher. Après des disputes sur la paternité des œuvres de celle-ci et les droits d'auteur, les tumultueux époux se séparèrent en 1905. Willy, frappé d'hémiplégie, ne fit plus parler de lui, et lorsqu'il mourut on l'avait oublié. Il n'y eut guère que son ami Louis Barthou pour dire : « C'est toute une époque, regrettée et brillante, que Willy entraîne dans la tombe. » C'est faire beaucoup d'honneur à un personnage qui avait parmi ses proverbes préférés : « Pas d'argent, pas de cuisses » ; il est vrai que quand on connaît la vie du ministre, oncomprend ses regrets. Willy assurait avoir entendu un curé prêcher à Saint-Philippe-du-Roule : « Mes frères, deux voies s'ouvrent devant vous : la mauvaise et la bonne. Je vous en conjure, n'hésitez pas : embrassez la bonne. » Encore faut-il en assumer les conséquences : Tristan Bernard a raconté que Willy avait un fils naturel qui errait dans Londres mourant de faim et qu'on habillait avec les vieux vêtements d'hommes de la marquise de Belbeuf, fille du duc de Morny et amante de Colette.

Sur Georges Ohnet :

> Un jour un passant débonnaire,
> Ayant rencontré Georges Ohnet
> Fut mordu soudain au poignet
> Par ce romancier sanguinaire.
> Il conserva huit mois la trace de ses dents.
> Moralité : Quand Ohnet mord, c'est pour longtemps.

*

Le comédien Albert-Lambert le père[1], dont la diction saccadée lui avait valu de la part de Réjane le surnom de «coupe-Racine», enseignait à ses élèves du Conservatoire de marcher comme lui sur scène, à pas lents et solennels, en faisant sonner les planches. Willy disait : «On devrait l'arrêter pour tapage cothurne.»

*

Un ami établi en province soupirait devant Willy : «Ma femme a couché avec toute la ville...

— Oh, répondit Willy, une si petite ville !»

*

Armand Silvestre avait commencé comme poète parnassien, et son œuvre se mouvait dans les régions éthérées. La dernière partie de son œuvre fut une suite de recueil de contes, initialement parus dans le journal *Gil Blas*, et où il était surtout question du derrière pas toujours propre de Mme Honoré Leloup de La Pétardière, de la comtesse Keskipruth, du docteur Lenflé du Pétard, et du vicomte Lafleur de Montutu.

Willy dira bientôt : «Armand Silvestre est un conteur à gaz.»

---

1. On dit *le père*, parce qu'il y eut un Albert-Lambert fils, qui, au concours de 1893, eut l'audace de se présenter devant le jury du Conservatoire les jambes nues pour mieux représenter Horace. «Sortez monsieur ! s'écria Claretie indigné : allez mettre un collant ! — Monsieur, rétorqua l'acteur : les Romains ne portaient pas de collants. J'ai pour moi la vérité historique.» On ne sait si c'est jambes nues ou avec collants, mais il eut le premier prix.

\*

On le consultait sur les vers de Paul Valéry, qui avaient alors tant de succès; il expliqua : « Les vers de Valéry me font dormir : Valéry-sur-Somme ! »

\*

Au temps où Willy tenait une rubrique musicale, il avait qualifié de « carpe éolienne » une chanteuse qui, dans le grand air de *Thaïs*, n'arrivait guère à se faire entendre. Furieuse, la cantatrice vint le trouver et lui envoya une paire de gifles qui fit sauter son monocle.

« Décidément soupira-t-il, elle ne peut rien faire sans le secours d'une claque. »

## WILSON (Harold)

James Harold Wilson, baron Wilson of Rievaulx (1916-1995), étudia à Oxford où il devint chercheur en économie à University College (en avalant des plats improbables après de violents apéritifs pris autour du cénotaphe de Shelley, j'ai souvent médité sous l'œil de Wilson dont le portrait orne le beau réfectoire de l'établissement). Il participa au gouvernement Atlee et lorsque les travaillistes se retrouvèrent dans l'opposition, il prit la tête du parti, en tenant à distance l'aile gauche de Bevan; il devint Premier ministre en 1964 après la chute du cabinet Macmillan. Au-delà de diverses réformes « de société » qui ne coûtaient rien, son habileté eut à gérer une politique de rigueur et les péripéties relatives à l'intégration européenne du Royaume-Uni. Georges Pompidou l'a caractérisé comme un « politicien sournois et retors »... Pour être clair, il dit ailleurs : « une sorte de Gaston Defferre ».

Aux Communes, un opposant harcelait Harold Wilson, alors Premier ministre, pendant que celui-ci exposait son programme; l'adversaire clamait : « Du vent ! Du vent !

— Oui, finit par dire Wilson, nous allons dire un mot de vos activités dans un instant, monsieur. »

### Sur Harold Wilson

Histoire anonyme sur Harold Wilson, alors Premier ministre travailliste d'Angleterre : « Quand peut-on dire qu'il ment ? — Quand ses lèvres bougent. »

\*

En 1965, le gouvernement Wilson fit décorer les quatre Beatles. Quand ils s'aperçurent, l'année suivante, qu'ils se situaient dans une tranche de revenus imposée à 96 % (Wilson avait institué une supertaxe), ils mentionnèrent le Premier ministre dans leur chanson *Taxman* :

> Si tu conduis une voiture, je taxerai la rue,
> Si tu essaies de t'asseoir, je taxerai ta chaise,
> Si tu as froid, je taxerai le chauffage
> Si tu marches, je taxerai tes pieds
> Parce que je suis percepteur – Eh oui ! je suis percepteur
> Ne me demandez pas ce que je veux en faire (Ah ! Ah ! Mr Wilson).

### WILSON (Thomas Woodrow)

Thomas Woodrow Wilson (1856-1924), 28e président des États-Unis en 1913, mit en place une importante législation économique, avant d'être réélu en 1916 sur la base du slogan : «*He kept us out of war.*» Mais les États-Unis ne supportaient pas la rivalité économique que l'Allemagne leur opposait, et l'année suivante ils entraient en guerre. Wilson, presbytérien profondément religieux, considérait que l'Amérique devait être partout active pour y infuser le régime démocratique et l'économie qui va avec. Le *wilsonisme* a directement inspiré le traité de Versailles. Selon Wladimir d'Ormesson, Briand déplorait l'anéantissement de l'Autriche-Hongrie (qu'on avait décidé au nom du principe des nationalités) en tant que grande puissance catholique, considérée comme un point d'équilibre, et il dira en 1925 : «L'Anschluss doit être évité à tout prix, car ce rattachement de huit millions d'Autrichiens au Reich créerait un déséquilibre mortel pour l'Europe. La paix n'a déjà été que trop faite par des protestants. C'est bien suffisant comme cela.» Selon *The Times* du 1er avril 2003, quand le président Wilson fit en 1915 sa proposition à sa future seconde épouse, elle fut si surprise qu'elle tomba du lit.

Sur William McKinley, président des États-Unis de 1897 à 1901, Wilson disait : «Il n'a pas plus de colonne vertébrale qu'un éclair au chocolat.»

### À propos du président Wilson

De Hugues, candidat à la présidence des États-Unis contre Wilson, en 1916 : «Je suis un homme qui parle doucement avec un gros bâton à la main ; Mr. Wilson est un homme qui hurle avec une serviette de table à la main.»

*

Alors qu'en décembre 1916 Paul Morand faisait cette réflexion que les États-Unis ne soupçonnaient pas ce qu'est une nation européenne, et qu'ils étaient sincères mais naïfs, Jules Roche répondit : « Tout s'explique quand on a lu les livres de Wilson. Personne ne le contredit, car, sauf lui, personne ne les a lus. »

## WOOLLCOTT (Alexander)

Alexander Humphreys Woollcott (1887-1943), journaliste au *New Yorker*, se contenta d'une œuvre critique, estimant qu'il était le meilleur auteur de son temps mais qu'il n'avait rien à dire. Il voyagea en URSS dans les années 1930 et fut attaqué par la presse de gauche pour avoir déclaré que le pays n'était pas le paradis des travailleurs. Il faisait partie de l'Algonquin Round Table (groupe surnommé «le Cercle vicieux»), qui rassemblait chaque jour à déjeuner, à l'hôtel Algonquin de New York, vers 1925, des intellectuels faisant profession de gens d'esprit, dont Dorothy Parker, Robert Benchley, Edna Ferber... Ils étaient éditorialistes, et fabriquèrent la réputation du groupe. Mencken leur reprochait de correspondre à des personnages de vaudeville brusquement frappés par un esprit de dévastation. Dorothy Parker avoua qu'elle était lasse du groupe en entendant Woollcott chanter la louange d'ouvrages médiocres, après avoir dit que la lecture de Proust donnait l'impression de prendre son bain dans l'eau sale d'un prédécesseur. Il mourut des suites d'une attaque qui le frappa lors d'une émission de radio en direct dont le sujet était : «L'Allemagne est-elle incurable?» Il venait de dire : «Le peuple allemand est aussi responsable de Hitler que la population de Chicago l'est du contenu du *Chicago Tribune*.» Ses cendres sont enterrées dans son ancienne université new-yorkaise, Hamilton College – ce qui n'eut pas lieu sans quelques péripéties : l'urne funéraire fut envoyée par erreur à la Colgate University, à Hamilton, qui la renvoya au bon endroit, frais de port dus.

Alexander Woollcott s'entendit bruyamment interpellé par un fâcheux : « Hello, Alex, vous vous souvenez de moi n'est-ce pas ?
— Je ne me rappelle pas votre nom, mais ce n'est pas la peine de me le dire. »

*

Sur Oscar Levant[1] : « Il n'y a chez lui aucun défaut qu'un miracle ne pourrait pas réparer. »

_____

1. Oscar Levant (1906-1972) : estimable pianiste, compositeur (de musiques de films), animateur de radio et comédien, né en Pennsylvanie dans une famille juive originaire

*

Woollcott fut un jour reçu dans la somptueuse maison de campagne du dramaturge Moss Hart, dont la propriété s'étendait sur un magnifique paysage. Woollcott finit par dire : «C'est exactement ce que Dieu aurait fait, s'il avait eu de l'argent pour ça...»

## YOUNGMAN (Henny)

Henny Youngman (1907-1998) : violoneux et humoriste américain d'origine anglaise.

Sa femme lui dit : «Pour notre anniversaire de mariage, je voudrais aller à un endroit où je ne suis encore jamais allée.»
Il lui répondit : «Essaie la cuisine»...

*

Zsa Zsa Gabor[1] avait le visage un peu grêlé, et Henny Youngman dit d'elle : «Elle a été mariée de si nombreuses fois qu'elle a des marques de riz sur le visage.»

---

de Russie; il émigra assez vite vers Hollywood. Il a dit : «Leonard Bernstein a révélé des secrets musicaux qui étaient connus depuis environ quatre cents ans», et il fit scandale en disant à la radio, après la conversion de Marilyn Monroe au judaïsme : «Maintenant que Marilyn est casher, Arthur Miller peut la mordre.» Il mourut d'une crise cardiaque au moment où Candice Bergen venait l'interviewer. Ce fut un célèbre hypocondriaque, et quand sa femme s'interrogea sur l'épitaphe qu'il faudrait inscrire sur sa tombe, un ami suggéra : «Je leur avais bien dit que j'étais malade.»

1. Sari Gabor, dite «Zsa Zsa Gabor» (née en 1919) : actrice américaine d'origine hongroise. C'est elle qui a dit : «Le mouvement féministe n'a rien changé à ma vie sexuelle. Il n'oserait pas.» Et aussi bien : «Je n'ai jamais haï suffisamment un homme pour lui rendre ses diamants.» À l'heure actuelle et par la grâce de son neuvième mariage, elle se trouve être princesse von Anhalt, duchesse de Saxe. Les époux coulent des jours paisibles à Beverly Hills, quoique émaillés de petits malheurs : l'actrice a dû subir en 2010 une intervention chirurgicale après être tombée de son lit, et le prince s'est endommagé un œil en y mettant quelques gouttes du vernis à ongle de sa femme... Mais le couple cultivait en 2012 le projet de recourir à une maternité (très) médicalement assistée, pour que Zsa Zsa puisse être maman à l'âge respectable de quatre-vingt-quatorze ans. On doit reconnaître qu'elle a toujours été soucieuse de ses devoirs de mère. Quand avait couru le bruit (avant guerre...) qu'elle allait abandonner son métier d'actrice, on s'était s'empressé d'aller l'interroger; elle s'était justifiée en mots très simples : «La place d'une femme n'est-elle pas sur son yacht, avec ses enfants?»

# AUTOUR DE...

## ARLINCOURT (vicomte d')

Charles Victor Prévot, vicomte d'Arlincourt (1789-1856), auditeur au Conseil d'État, sut attirer l'attention de Napoléon par un poème allégorique, *La Caroléide*, qui, sous couvert de célébrer Charlemagne, lançait de fortes œillades à l'Empereur. Les romans de d'Arlincourt firent sa célébrité. L'argument était invraisemblable et le style était bizarre, mais cela paraissait nouveau. Comme l'auteur était royaliste, il fut constamment brocardé par le parti libéral, qui ajoutait à son œuvre des tares diverses. On prétendait ainsi que dans l'une de ses productions, un homme d'armes tout casqué et cuirassé disait à sa femme : «Je viens vous faire mes adieux... Je pars pour la guerre de Cent Ans!» On citait aussi ce passage, extrait du *Solitaire* : «Non loin de la tanière où celui-ci réside [il s'agit du héros, Charles le Téméraire incognito...], squalide, hérissé et aux bêtes fauves semblable, vit la jeune et belle Élodie. Au milieu de l'orage et des vents, elle l'a aperçu et sa mâle beauté a fait son cœur tressaillir. Son luth elle cherchait, son luth par elle oublié la veille sur l'arche d'un pont, et de le retrouver elle désespérait, lorsque tout à coup se fit ouïr un horrible craquement.» Ce n'est hélas qu'une légende parmi d'autres : rien de tel dans *Le Solitaire*. Le parti libéral, piqué du succès durable du vicomte d'Arlincourt, décida de lui opposer un rival et on lança, dans le même genre littéraire, un certain Dinocourt, qui produisit *Le Camisard*, et quatre-vingts autres volumes. La Société des gens de lettres donnait à ce mercenaire de quoi acheter du pain et dut, finalement, subvenir aux frais de son enterrement.

Le vicomte d'Arlincourt se rendit célèbre par un style qu'il compliquait à plaisir, et qui l'exposait quelquefois à des maladresses et quiproquos. On trouve ainsi dans sa tragédie *Le Siège de Paris*, jouée en 1827 au Théâtre-Français : «J'habite la montagne, et j'aime à la vallée.»

Cela excita quelques rires au parterre, et quand vint cet autre vers : « Mon père en ma prison seul à manger m'apporte », un spectateur, n'y pouvant plus tenir, s'écria : « Certes il fallait qu'il eût la mâchoire bien forte ! »

La gaieté que cela suscita stimula les imaginations, et quand on entendit cet hémistiche : « On m'appelle à régner... », une voix du parterre coupa l'acteur pour crier : « C'est un vilain nom[1] ! »

\*

*Le Solitaire*, roman historique du vicomte d'Arlincourt, fut un événement. Il est attesté qu'il connut onze éditions françaises, et qu'entre 1821 et 1824 il fut traduit en allemand, en anglais, en danois, en suédois, en espagnol, en hollandais, en italien, en polonais, en portugais, et en russe. Cela fit dire à M. de Feletz : « *Le Solitaire* a été traduit dans toutes les langues, excepté en français. »

« Jamais encore, écrit Philibert Audebrand vers 1900, on n'avait vu un livre faire ainsi fureur... Il fut mis en opéra-comique, en peinture, en sculpture, en lithographie, en flacon de liqueurs, en patron de robes. »

\*

D'Arlincourt, qui ne manquait pas de revenus, organisa dans son château de Saint-Paër, dans le Vexin normand, un bal historique et costumé en l'honneur de la duchesse de Berry, où plus de mille personnes travesties en bergers et bergères agitaient sur des barques et

---

1. On ajoute même ce vers : « Sur le sein de l'épouse, il écrase l'époux. » Tout cela, hélas encore, appartient à la légende. Aucune des stupidités prêtées à la pièce ne figure dans le texte qui fut publié la même année (*Le Siège de Paris, tragédie en cinq actes, par M. le vicomte d'Arlincourt, représentée pour la première fois sur le Théâtre-Français le 8 avril 1826*, Leroux et Constant Chantepie, 1826). Un contemporain écrit d'ailleurs : « On m'avait annoncé que la tragédie de M. d'Arlincourt était constamment sifflée, et la salle absolument déserte : j'ai vu, à toutes les représentations où j'ai assisté, la tragédie vivement applaudie et la salle toute pleine. D'après ce que j'avais lu dans les gazettes, je m'attendais à voir une héroïne dans les fers, mourant de faim, et s'écriant avec douleur : *Mon pauvre père, hélas ! seul à manger m'apporte...* Quel a été mon désappointement ! Point d'héroïne dans les fers ! Point de porte à dévorer ! Point de situation à laquelle puisse convenir le vers cité ! Et je viens d'apprendre que cette plaisanterie a été faite, il y a quelque douzaine d'années, sur une tragédie de M. Lemierre. »

au milieu des bosquets des drapeaux blancs semés de lys d'or en chantant des romances pleines d'un royalisme poétique, écrites par le maître des lieux.

Comme une grosse aristocrate royaliste était habillée en bergère, quelqu'un dit : «Elle a l'air d'une bergère qui a mangé tous ses moutons.»

## BARRY (comtesse du)

Née à Vaucouleurs, fille naturelle d'une Anne Bécu qui aurait eu un lien de parenté avec Jeanne d'Arc, ce qui est trop beau pour être vrai, Jeanne Bécu, comtesse du Barry (1743-1793), fut tenue sur les fonts par un M. Billard du Monceaux «philanthrope», surtout à l'égard de la moitié féminine de l'humanité, et qui paraît avoir été le père de l'enfant (pour noircir le tableau on parlait d'un père moine). Jeanne travailla dans la mode chez une marchande qui menait son négoce à la mode de Cythère, lorsque sa beauté fut remarquée par Jean-Baptiste du Barry, dit «le Roué», qui organisa la dépravation de la jolie Jeanne, à laquelle il fit épouser son frère pour assurer la fortune de la famille. C'est cette sorte de proxénète qui mit tout en scène à Versailles pour qu'un roi de cinquante-huit ans plutôt désabusé et en deuil de la reine crût retrouver sa jeunesse grâce au savoir-faire de la jeune femme – accessoirement ses yeux bleus, ses cils noirs, ses cheveux brun-doré et rebelles. Le triomphe à la Cour de la Du Barry fut sans partage. La Dauphine Marie-Antoinette écrivait à un correspondant : «Elle règne. Il pleut dans ce moment où je vous écris; c'est probablement parce qu'elle l'aura permis.» Sa fameuse apostrophe à Louis XV («Eh! la France prends donc garde : ton café fout le camp!») fait partie des nombreuses inventions que l'on trouve dans le pamphlet *Les Fastes de Louis XV, de ses ministres, maîtresses, généraux, et autres notables personnages de son règne* (à Ville-Franche, Chez la Veuve Liberté, 1782).

Le mari de la Du Barry, comme celui de la Pompadour, connut quelques désagréments à l'époque de la faveur de sa femme : il fut relégué à Montpellier. Mais il prenait plutôt bien les choses. Il disait à l'un de ses amis : «Rien ne manque à mon bonheur; je jouis ici d'une félicité parfaite, je vis comme un petit roi en province; la comtesse ma femme vit comme une reine à Versailles. Une seule chose me chagrine : quand je parais dans les rues, tout le monde me suit et me montre au doigt; cette marque d'attention du public me gêne.»

Comme il vantait encore le grand train de sa femme, quelqu'un lui dit : «Si madame le porte beau, avouez que vous les portez belles.»

## BARTHOU (Louis)

Louis Barthou (1862-1934) : ce républicain modéré, ministre dans quinze gouvernements, président du Conseil en 1913, icône de la IIIe République (tué en fonction par la balle perdue d'un policier), faisait parler de lui dans le demi-monde, sous le surnom de «Bartoutou». Il fréquentait un bordel de luxe de la rue des Pyramides : au réfectoire du dernier étage, habillé d'un simple collier, il marchait à quatre pattes sous la table pendant que ces dames lui donnaient des coups de pied pour le chasser : «Allons, Médor, allons, va-t'en. Sale bête!» Louis Dumur se lamentait : «Quand on voit ce monsieur à barbe blanche, respectable»... «Prodigieux!» commentait Léautaud : «Il y a des perversions sexuelles dont on sent en soi plus ou moins la possibilité. Mais cela, se mettre à quatre pattes sous une table, tout nu, avec un collier de chien au cou, pour se faire flanquer des coups de pied par des femmes en train de dîner? Et Dumur a ajouté qu'on savait très bien dans la maison qui était Barthou. Cela est encore un monde. Alors, cela ne lui faisait rien, qu'on sache qui il était et qu'on puisse raconter ce qu'il faisait?»

Sem avait fait un dessin où l'on voyait Barthou accroché à une girouette, avec une légende qui disait : «Ce n'est pas moi qui change, mais le vent!»

*

Louis Barthou, alors ministre des Affaires étrangères, était connu de longue date pour ses hauts faits dans des *maisons* parisiennes. À l'occasion d'une visite officielle en Roumanie, il fut accueilli par une charmante jeune fille porteuse d'un bouquet.

«Que dois-je faire?» chuchota Barthou au chef du protocole.

Celui-ci, qui ne se gênait pas avec son ministre, répondit : «Prenez les fleurs et laissez la fille.»

## BIZET (Georges)

*Carmen* fut longtemps l'opéra le plus joué dans le monde, et sa première représentation ne fut pas le retentissant échec que l'on dit. Mais la critique l'éreinta. Il y avait cependant les ingrédients du succès : beaux solos, richesse orchestrale, histoire à sensation, et de quoi faire une mise en scène intéressante si l'on prend soin d'éviter que cela ne dégénère «en bataille inégale entre une femme fatale et un fils à maman» (Owen Lee). La musique a même été admirée par Nietzsche à l'époque où, fâché avec Wagner, il pensait qu'il était temps de méditerraniser la musique.

> Le passage le plus célèbre, la *Habanera*, a été emprunté par Georges Bizet (1838-1875) au compositeur basque Yradier : pressé de faire des révisions de dernière minute pour rendre certaines scènes éclatantes, dans le goût de l'opéra-comique, Bizet compléta lui-même le livret de Meilhac et Halévy si bien que la *Habanera* est la seule aria à succès dont un compositeur ait écrit le texte et pas la musique...

Le 3 mars 1875, au matin de la première représentation de *Carmen*, qui devait être un échec, avait paru au *Journal officiel* la nomination de Georges Bizet au grade de chevalier de la Légion d'honneur.

Cela permit à ses ennemis de faire ce mot cruel : «On l'a décoré le matin parce que, le soir, ce n'aurait plus été possible.»

En vérité il avait obtenu cette décoration sur un malentendu. Des amis influents l'avaient présenté au ministère de l'Instruction publique comme «l'auteur de l'Arlésienne». Le ministre lui avait alors décerné la croix, persuadé qu'il s'agissait d'Alphonse Daudet. Déjà les ministres ne savaient pas ce qu'ils faisaient.

## BODREAU (Julien)

> Julien Bodreau (1599-1662), qui édita un coutumier, a également rédigé des *Mémoires*, sorte de livre de raison amélioré, dans lequel il a été l'observateur du renouveau qui succédait aux guerres de Religion : d'anciens ligueurs pardonnés favorisaient l'implantation de nouveaux couvents, et ceux qui s'étaient livrés aux pillages des monastères lors des guerres se transformaient en soutiens pour les moines... On confond souvent Julien Bodreau, du fait d'une quasi-homonymie, avec Julien Brodeau (†1653), qui publia quant à lui d'excellents ouvrages.

Bodreau, avocat au Mans, a laissé un commentaire sur la coutume du Maine, et ses contemporains estimaient qu'il n'y avait pas trop bien réussi. Lorsqu'on voulait le railler, on disait : «Si Bodreau fait bien, ce n'est pas sa coutume.»

## BRANTÔME (abbé de)

> Pierre de Bourdeille, seigneur de Brantôme (1527-1614), hérita un peu par hasard du solide bénéfice que représentait l'abbaye de Brantôme. C'était surtout un aventurier, qui allait faire la guerre dans toute l'Europe, en faveur de causes variées. Entre deux batailles, ce gentilhomme de la

Chambre venait se délasser à la Cour, et il a si bien raconté ce qui se passait dans les alcôves de celle des Valois qu'on l'a qualifié de «valet de chambre de l'Histoire». Il a beaucoup brodé, ou même inventé (la fameuse arquebusade de Charles IX), ce qui n'a pas empêché les historiens d'y puiser. On a loué à juste titre la sobriété de son style; ainsi du récit de la mort du maréchal de Matignon, qui venait de se mettre à souper alors qu'il allait porter la guerre en Espagne : «S'étant assis et mangeant d'une gélinotte, il se renversa tout à coup sur sa chaise, tout roide mort, sans rien remuer.» Parfois, la métaphore est un peu forte, ainsi lorsqu'il relate la brusque conversion au catholicisme du protestant Pierre David, prêcheur attaché à Antoine de Bourbon : «ayant parlé à M. le cardinal de Lorraine, ledit David chia sur la Bible et le ministère et tout».

Pierre de Bourdeille, abbé de Brantôme, l'âge venu, s'intéressait davantage aux jambes des femmes qu'à leur visage. Il avait fait choix d'une maîtresse qui les avait les plus belles du monde – si parfaites que l'amant prenait un immense plaisir à les longuement regarder, ce qui impatientait la belle dont l'ardeur était légendaire. En vers on conta l'aventure :

> Piérot, poussé d'humeur folâtre,
> Regardait à son aise un jour
> Les jambes, plus blanches qu'albâtre,
> De Lise, objet de son amour.
> Tantôt il s'attache à la gauche,
> Tantôt la droite le débauche :
> «Je ne sais plus, dit-il, laquelle regarder :
> Une égale beauté fait un combat entre elles.
> — Ah! dit Lise, ami, sans tarder
> Mettez-vous entre deux pour finir leurs querelles.»

\*

Brantôme cite une vieille chanson *du temps du roy François*, qu'une fort honneste ancienne dame aimait à chanter :

> Mais, quand viendra la saison
> Que les cocus s'assembleront,
> Le mien ira devant, qui portera la banniere;
> Les autres suivront après, le vostre sera au darriere.
> La procession en sera grande,
> L'on y verra une tres-longue bande.

## BRUSLON (comte de)

Anne Bruslon, comte de La Musse, dit «le comte de Bruslon» (v. 1620-1685), titulaire de la charge d'introducteur des ambassadeurs sous Louis XIII, faisait partie du petit groupe de nobles bretons commensaux de Richelieu. Il se piquait de littérature, et appartenait à l'académie que la vicomtesse d'Auchy avait imaginée pour concurrencer la vraie, celle de Boisrobert. Tallemant dit qu'il y avait plus d'un comte pour rire à cette académie, et que le comte de Bruslon en était un «de la manière la plus désavantageuse».

Ce gentilhomme était réputé pour sa couardise en fait d'armes, jointe à un grand contentement de lui-même. Ce qui lui valut le couplet suivant :

> Ce grand foudre de guerre
> Le comte de Bruslon,
> Était comme un tonnerre,
> Avec son bataillon
> Composé de cinq hommes
> Et de quatre tambours ;
> Criant : Hélas! nous sommes
> À la fin de nos jours.

\*

Lors d'un combat en Lorraine, il avait fait une retraite précipitée. Quelque temps après, lorsqu'on montra au roi plusieurs chevaux anglais que l'on disait excellents pour la course : «Sire, repartit un courtisan, je sais un meilleur cheval que tous ces anglais : c'est le cheval du comte de Bruslon.»

\*

On racontait aussi qu'un jour qu'il voulait se défaire de son cheval, qui craignait le bruit de la guerre, un autre officier lui dit : «Vous devriez le garder à cause de la sympathie.»

## CAMPISTRON (Jean Galbert de)

> Jean Galbert de Campistron (1656-1723), imitateur manqué des grands tragiques (on l'appelait «le singe de Racine»), obtint par protection la place de secrétaire du duc de Vendôme, qu'il suivait bravement à la guerre. Pour le reste, il était aussi paresseux que son maître : il brûlait les lettres qu'on écrivait au prince, au lieu d'y répondre. Le duc regardait faire en riant, expliquant à ceux qui se trouvaient là : «Voilà Campistron qui met la correspondance au courant.» Il fut élu à l'Académie française en 1701, «sans sollicitations ni visites».

À la Comédie-Française, un acteur médiocre, juste arrivé de Lille, se présentait dans l'*Andronic* de Campistron. Lorsqu'il vint à dire ce vers : «Mais pour ma fuite, ami, quel parti dois-je prendre ?», une voix du parterre répliqua : «L'ami prenez la poste et retournez en Flandre[1].»

*

*Sur MM. Colasse et Campistron, auteurs de l'Opéra*
Lully près du trépas, Quinaut sur son retour,
Abjurent l'Opéra, renoncent à l'amour,
Pressés de la frayeur que le remords leur donne
D'avoir gâté les jeunes cœurs
Avec des vers touchants, et des tons enchanteurs.
Colasse et Campistron ne gâteront personne.

## CARTER (Jimmy)

> James Earl Carter, populairement Jimmy Carter (né en 1924) : 39ᵉ président des États-Unis, de 1977 à 1981, réputé pour ses bons sentiments. Son mandat présidentiel se termina dans le fiasco de l'affaire des otages en Iran, et l'invasion de l'Afghanistan par les Soviétiques. D'après William Safire, «Carter est le meilleur président d'Union soviétique qui ait jamais existé.» Cela assura la victoire de Reagan, ancien faux cow-boy hollywoodien et véritable animal politique.

---

1. Pour indiquer que l'esprit régresse vers une méchanceté plus directe, on dira que, de nos jours, une mésaventure comparable est arrivée au comédien Fernand Rivers, alors débutant, qui l'a racontée avec bonhomie dans son livre de souvenirs. Il jouait *Les Trois Mousquetaires*, et il n'avait pas fait deux pas en scène qu'il sentit un grognement au-delà de la rampe. Lorsque Milady lui eut dit : «Vous partirez pour la France ?», il n'eut pas le temps de lui répondre, que l'on répondait pour lui du rang des spectateurs : «Oh oui, pars et qu'on ne te revoie plus. C'est ça, fous le camp», etc.

Le président Carter avait le don des discours ennuyeux, durant lesquels les auditeurs ne manquaient pas de somnoler.

À la suite de l'une de ces «causeries au coin du feu» que la présidence américaine pratique depuis quelques décennies, on demanda à un conseiller du président quel avait été le ton de la causerie dont il sortait; il répondit : «Même le feu s'est éteint.»

*

Du temps de la présidence Carter, une plaisanterie consistait à dire : «Lincoln a démontré que les États-Unis pouvaient avoir un président pauvre. Roosevelt a démontré qu'ils pouvaient avoir un président riche. Truman a démontré qu'ils pouvaient avoir un président sans génie. Et Carter a démontré qu'ils pouvaient ne pas avoir de président du tout.»

## CÉSAR (Jules)

Caïus Julius Cæsar (101-44 av J.-C.) n'avait su, à trente-trois ans, que pleurer devant la statue d'Alexandre. Il revint à Rome épier l'occasion de grandes choses, et comme il rêva qu'il violait sa mère, on lui promit la conquête de la terre. Ce patricien choisit alors la démagogie, organisant d'immenses fêtes, distribuant illégalement des terres, terrorisant ses ennemis sous la menace des haines populaires. Il rallia les accusés, les citoyens perdus de dettes, la jeunesse prodigue, et assit sa puissance en créant des légions que sa fortune lui permettait d'entretenir. Grand orateur et grand général, il était sujet à des crises d'épilepsie mais supportait la fatigue au-delà de l'imaginable, et ses légionnaires acceptaient si patiemment les privations que Pompée, ayant vu au siège de Dyrrachium les restes de foin dont les soldats de César s'étaient nourris, fit aussitôt disparaître ces pains d'herbe, de peur qu'un tel témoignage ne décourageât son armée. César disait que la république était un mot sans réalité ni valeur. Aussi, après qu'il se fut fait octroyer la dictature perpétuelle et qu'il eut fait placer sa statue entre celles des rois, il fut assassiné par un complot aristocratique. L'occasion qui décida son assassinat fut le mépris avec lequel il avait peu avant traité le Sénat, étant demeuré assis pour recevoir les pères conscrits venus lui apporter des décrets. Dion a estimé que ce n'était pas insolence, mais que, le général étant atteint d'un «violent flux de ventre» ce matin-là, il craignait que le fait de se lever ne lui diminuât «la faculté rétentrice», relâchement dont la conséquence catastrophique eût été, en présence des sénateurs, tenue pour une insolence plus grave encore.

Ce grand général, sans exclure les femmes de ses amours, éprouvait parfois des penchants pour les individus de son sexe. Ses soldats ont brocardé la liaison qu'il avait entretenue avec Nicomède IV, le roi de Bithynie.

Pour stigmatiser les mœurs romaines, Calvus Licinius écrira :

> Rome égale en horreurs la Bithynie infâme,
> Et l'impudique roi dont César fut la femme.

Dans un discours, Dolabella appelait César « le sommier du roi Nicomède » (*Spondam interiorem regiæ lecticæ*), ou encore « la rivale de la reine de Bithynie ». Et le consul Bibulus prit contre son collègue des édits où il l'appelait « la reine de Bithynie » ou « l'égout de Nicomède ».

Lorsque vint le soir où Rome célébra son triomphe sur les Gaules, les soldats, parmi les chansons dont l'usage voulait qu'on égayât la marche du triomphateur, chantèrent ce couplet :

> César a mis dix ans à soumettre les Gaules,
> Et Nicomède une heure à soumettre César ;
> Mais au jour du triomphe on a changé les rôles :
> C'est celui de César qui a soumis les Gaules,
> Et non de Nicomède, qui a soumis César.

*

Au total ses mœurs étaient assez dépravées, et il n'y épargnait pas la dépense. Dans un de ses discours, Curion l'appelle « *omnium mulierum virum, et omnium virorum mulierem* » – « le mari de toutes les femmes, et la femme de tous les maris ».

Dans les provinces de son gouvernement, il ne respectait pas le lit conjugal ; ses soldats chantaient :

> Serrez bien vos moitiés, imprudents citadins ;
> Nous amenons le char de ce chauve adultère,
> Qui en Gaule mêlant les plaisirs à la guerre,
> Y répandait son foutre avec l'or des Romains.

L'original est donné par Suétone :

> *Urbani, servat uxores, mœchum calvum adducimus*
> *Aurum in Gallia effutuisti : at hic sumsisti mutuum.*

*

Sylla, lucide, avait prédit que César écraserait un jour le parti de la noblesse. Dès le début, il avait percé que, sous les airs efféminés et indolents du jeune homme, il y avait un fauve. Par mollesse, César ne prenait jamais la peine de serrer son laticlave avec sa ceinture, et le dictateur avait dit aux grands : «Gardez-vous de cet enfant à la ceinture lâche.»

Vingt ans plus tard, Cicéron se laissait encore tromper par les manières sucrées du vaillant général : «J'aperçois bien, dans tous ses projets, dans toutes ses actions, des vues tyranniques; mais quand je regarde ses cheveux si artistement arrangés, quand je le vois se caresser la tête du bout des doigts, je ne puis croire qu'il médite l'affreux dessein de renverser la république.»

Quand enfin César eut tout investi, Cicéron avoua : «Que voulez-vous! C'est sa ceinture qui m'a trompé.»

*

Quand César prit la liberté de donner à des étrangers le titre de sénateur, on afficha dans Rome ces mots : «Interdiction d'indiquer aux sénateurs le chemin du Sénat», et le peuple chansonnait :

Les Gaulois, que la guerre avait faits nos esclaves,
Cachent leurs vieux sayons sous l'or des laticlaves[1].

## CHAMILLARD (Michel)

Michel Chamillard (1654-1721), magistrat loyal et honnête, était apprécié de Louis XIV pour les jeux de société, ce qui n'aurait pas dû suffire à lui assurer ses nominations au contrôle général des Finances puis au secrétariat d'État à la Guerre, dont on s'accordait à dire qu'ils dépassaient ses compétences. Le sujet devint compliqué lorsque l'Europe se ligua contre la France; l'opinion publique se prononçait vivement contre Chamillard, si bien qu'il quitta ses postes ministériels en 1708. Selon Fiévée, il mourut «détesté des Français, et toujours estimé de ceux qui le connaissaient».

---

1. Le laticlave était le vêtement de ceux qui, à Rome, détenaient une partie de la souveraineté, c'est-à-dire les sénateurs et les magistrats de rang supérieur. Il était bordé d'une large bande de pourpre, couleur de la souveraineté.

Épitaphe pour ce contrôleur des Finances, plus doué au jeu du billard (où il laissait benoîtement gagner le roi, qui avait «une fureur pour ce jeu») qu'à la gestion des fonds de l'État :

> Ci-gît le fameux Chamillart,
> De son roi le protonotaire,
> Qui fut un héros au billard,
> Un zéro dans le ministère.

## CHAROLAIS (comte de)

Charles de Bourbon-Condé, comte de Charolais (1700-1760), fils de Louis III prince de Condé et d'une fille de Louis XIV et de la Montespan, n'avait reçu aucune éducation morale. Âgé de dix-sept ans, il avait brusquement abandonné une chasse à Chantilly pour s'enrôler en Hongrie sous le prince Eugène ; on l'avait vu revenir d'un coup trois ans plus tard. Ce grand instable était célèbre pour des actes de méchanceté accomplis avec d'autant moins de retenue que sa qualité de prince du sang lui assurait une quasi-impunité. Le marquis d'Argenson dit que, s'il était victime de cette «bile noire» à laquelle les Condés étaient sujets, il valait mieux que la réputation d'ogre que ses folies lui ont value. Il se lança dans différents genres de débauche, et la Palatine l'accuse d'avoir eu «un commerce infâme» avec son beau-frère le prince de Conti... Les rapports de police le concernant étaient tenus secrets, ce qui accentuait les fantasmes : la sombre légende se répandait, et chaque fois que le comte de Charolais se rendait à Anet, les paysans se barricadaient chez eux. Dans Paris ses équipages donnaient plus de souci au lieutenant de police que tous les autres, le comte ayant dressé ses cochers à courir sus aux moines qu'il croisait en route, afin, disait-il, de conjurer le malheur de telles rencontres. Lorsqu'il mourut on le porta à Montmorency dans le caveau de sa famille, et le temps ce jour-là fut si épouvantable que les paysans crurent «tous les diables déchaînés pour assister à son enterrement». Le marquis de Sade enfant avait été hébergé avec sa mère chez les Condés. Mlle de Charolais, sœur du comte, elle-même très débauchée, avait été la maîtresse du père de l'écrivain. On prétend que le comte de Charolais a inspiré le marquis, qui en vérité n'avait pas besoin de ça.

Sous la Régence, Charles de Bourbon-Condé, comte de Charolais, personnage dangereux et demi-fou (le duc d'Orléans disait qu'il l'était complètement), fut mêlé à une aventure qui fit grand bruit à la Cour, et qui eut lieu pendant un souper chez Mme de Prie, où participaient des dames de la meilleure société. On ne sait exactement ce qui s'y passa, mais Mme de Saint-Sulpice en revint très estropiée de l'intimité de sa personne. Le comte de Charolais fut accusé pour l'accident, et l'on vit courir les vers suivants :

> Le grand portail de Saint-Sulpice
> Où l'on a tant fait le service
> Est sapé jusqu'au fondement.
> On est surpris que, par caprice,
> Les Condé aient si follement
> Renversé ce grand édifice.

En vérité, Mme de Saint-Sulpice, jeune veuve d'un commissaire général de la marine, et qui – dit-on – participait à des débauches avec des princes du sang, étant debout près de l'âtre, un pied sur un chenet, le bas de sa jupe avait pris feu ; elle alla retrouver la compagnie, qui fut étonnée de la trouver en cet état, toute brûlante, et ne savait pas comment la secourir. Voilà ce que dit Mathieu Marais. C'est cette triste aventure qui donna à causer à tout Paris. Les mauvaises langues, y compris Barbier dans son *Journal*, s'en emparèrent, exagérèrent et transformèrent l'histoire en affaire extravagante, racontant que le comte de Charolais avait coulé de la poudre sur Mme de Saint-Sulpice et sous son siège, mis le feu à la traînée, qui avait gagné les parties secrètes.

Certaines épigrammes, plus proches de la vérité que d'autres, ne firent pas moins de mauvaises plaisanteries :

> La bonne dame de Saint-Sulpice,
> Sans penser aucune malice,
> Étant seule et mettant son fard,
> Le feu prit à sa cheminée.
> Cet accident me surprend, car
> Elle était souvent ramonée.

Il y eut également celle-ci, parmi une multitude d'autres :

> Condé, ce grand foudre de guerre,
> Était plus craint que le tonnerre.
> Bourbon, tu lui ressembles peu ;
> À trente ans tu n'es qu'un novice,
> Car tu n'as jamais vu le feu
> Qu'à la tranchée de Saint-Sulpice.

*

Le comte de Charolais – que l'inspecteur de police chargé de
sa surveillance disait être porté au «monoputanisme» – élut
comme favorite exclusive une danseuse de l'Opéra appelée Delisle
(on a dit qu'il l'avait épousée en secret), et à partir de ce moment
ses principales violences consistèrent à faire bastonner les nombreux amants que, fort libertine, elle conservait. Il faisait à l'occasion frapper le père, à qui il reprochait d'avoir mal élevé sa fille.
Comme le père ne valait pas mieux que la fille, on en riait dans le
quartier.

Le comte buvait comme un diable, et juste après les lits de justice il allait vider des flacons avec ses compagnons de beuverie,
dans un cabaret de la rue de la Ferronnerie. D'Argenson attribue à
cette mauvaise habitude une partie de ses cruautés, disant qu'«il
allumait sa fureur par force vin pur». Cette tare fut même responsable de la mort du fils qu'il avait eu avec la Delisle. La famille
Condé avait pris le petit enfant en affection. À l'âge de six mois
celui-ci tomba malade, et son père lui administra en manière de
potion un verre d'eau-de-vie de Dantzig; l'enfant mourut sur-le-
champ, et le père s'étonna de son peu de résistance à ce remède
habituellement roboratif…

Il est vrai qu'avec la Delisle le vin était toujours de la compagnie, puisque, selon l'expression du policier commis à sa surveillance, elle avait l'habitude de dépenser «plus en huile qu'en
coton», c'est-à-dire de mettre davantage d'huile dans la lampe qu'il
n'en faut pour simplement imbiber la mèche…

Partout on chantait :

Petit Charolais, je vous plains
De courtiser une catin
Qui est le rebut de Paris.

*

Les chroniques du temps reprochent au comte de Charolais
d'avoir froidement tué un homme, mais les versions ne s'accordent
pas sur les circonstances. Les historiens du XIXᵉ siècle ont ajouté
qu'il s'amusait à abattre d'un coup de mousquet ceux qui travaillaient sur les toits pour ensuite contempler leur agonie… Le seul

meurtre qu'on ait tenté de lui imputer comporte trois versions différentes, qui n'ont rien à voir, et la seule source identifiable tient à
une lettre anonyme au lieutenant de police Hérault, où il est dit que
le comte, après avoir tiré et manqué un gibier, visa un paysan en
disant : «Du moins, je ne manquerai pas ce coup-ci!»

Pour éluder les poursuites dont il était menacé, le comte alla à la
Cour solliciter sa grâce. Le Régent lui répondit : «La voilà; mais je
vous avertis qu'en cas de récidive, la grâce de celui qui vous tuera
est signée d'avance.»

### CHASSÉ (Dominique de)

> Dominique de Chassé de Chinais du Ponceau (1699-1786), avait aban-
> donné son régiment pour s'engager à l'Opéra. Quand il chanta, en 1728,
> dans *Bellérophon*, il surpassa la vedette de l'époque, Thévenard, qui mal-
> gré sa robustesse légendaire commençait à être usé par l'abus du vin
> qu'il prenait pour fortifier sa voix. Chassé, grand acteur, voix vigoureuse
> et sonore (il était «basse-taille»), triomphait dans le personnage de
> Roland en 1745 lorsqu'il décida de se retirer. À sa mort, après avoir joui
> durant cinquante ans de la pension que lui avait octroyée Louis XV, on
> rappela que Jean-Jacques Rousseau avait salué son talent. Selon Collé, il
> avait malgré tout «le défaut de chanter faux quelquefois».

Dominique de Chassé était seigneur du Ponceau avant de monter
sur scène. Il se retira du théâtre une fois qu'il s'y fut enrichi, donnant pour raison que, étant gentilhomme, il ne lui convenait pas de
faire plus longtemps le métier de comédien.

Ses fonds étaient placés dans une entreprise qui ne réussit pas, et
le gentilhomme ruiné fut obligé de reprendre son état antérieur.
Cependant le public ne lui retrouvait pas la même ardeur, et on lui
adressa ces vers :

> Avez-vous entendu Chassé
> Dans la pastorale d'Issé?
> Ce n'est plus cette voix tonnante,
> Ce ne sont plus ces grands éclats :
> C'est un gentilhomme qui chante,
> Et qui ne se fatigue pas.

## CHASTELLUX (chevalier de)

François Jean, chevalier puis marquis de Chastellux (1734-1788), franc-maçon comme tous les nobles français partis se battre aux côtés des Insurgents, très lié avec Washington, était major général dans l'armée de Rochambeau. Il appartenait à la chapelle encyclopédique, et malgré la médiocrité attestée de son ouvrage *De la félicité publique*, Voltaire disait que cela valait *De l'esprit des lois*. Dans ses *Voyages dans l'Amérique septentrionale* qui furent ensuite publiés, Chastellux disait que l'esclavage n'était pas mauvais, parce que les Noirs sont insensibles, et que d'ailleurs ils sont dépravés; ces considérations lui valurent un opuscule contraire de Brissot : «Comment une opinion aussi affreuse a-t-elle pu échapper à la plume d'un académicien, d'un écrivain qui s'est annoncé comme le défenseur des hommes? Ne voyez-vous pas déjà les bourreaux de Saint-Domingue en profiter, redoubler leurs coups de fouet, traiter leurs esclaves en machines, à peu près comme les cartésiens traitent les bêtes? Ce ne sont pas nos semblables, diront-ils : un Philosophe de Paris l'a prouvé.»

Lors de son élection à l'Académie française, on ne connaissait de M. de Chastellux qu'un seul ouvrage, resté confidentiel, et qui s'intitulait *De la félicité publique*.

L'auteur fut régalé de cette épigramme :

> À Chastellux la place académique !
> Qu'a-t-il donc fait? — Un livre bien conçu. —
> Vous l'appelez? — *Félicité publique* —
> Le public fut heureux, car il n'en a rien su.

## CHEVREUSE (duchesse de)

Marie de Rohan-Montbazon, duchesse de Chevreuse (1600-1679), d'abord épouse de Charles d'Albert, duc de Luynes, favori de Louis XIII, s'attacha étroitement à Anne d'Autriche. Elle fut reléguée par Richelieu à Dampierre, d'où elle revenait en cachette et toute crottée pour comploter avec la reine; Richelieu l'envoya en Touraine. Elle revint ensuite à la Cour. «Son nom se trouve mêlé d'une manière peu honorable à toutes les intrigues galantes et politiques de l'époque» (Lalanne). Elle n'eut que des filles du duc de Chevreuse, son deuxième époux. Lorsqu'il fut octogénaire, celui-ci décida donc de donner tous ses biens au fils de sa femme, le duc de Luynes, mais à condition qu'il lui servirait une pension, «plus dix mille livres tous les ans pour ses mignonnes», précise Tallemant. C'est depuis ce temps-là que le fils du duc de Luynes porte le titre de duc de Chevreuse, comme aujourd'hui encore.

Le connétable de Luynes, favori de Louis XIII, logeait au Louvre. Le roi était très familier avec sa femme « et ils badinaient assez ensemble, écrit Tallemant ; mais il n'eut jamais l'esprit de faire le connétable cocu. Il eut pourtant fait plaisir à toute la Cour, et elle en valait bien la peine ».

Plus tard, la connétable se remaria avec le duc de Chevreuse[1]. Elle complota, encouragea Anne d'Autriche dans cette voie et comme les deux belles amies devenaient dangereuses du fait des liens de la jeune reine avec l'Espagne, Richelieu dut l'éloigner : il l'exila à Luynes, terre de son premier mari. Elle resta quatre années en Touraine. Le vieil archevêque de Tours, Bertrand d'Eschaux, devint très épris d'elle, bien que le gaillard fût octogénaire ; il était coutumier du fait, et ses ouailles l'appelaient par anagramme : « chaud brelandier ».

Ce prélat espérait être cardinal, mais Richelieu l'empêchait. Et l'archevêque disait après cela : « Si le roi eût été en faveur, j'étais cardinal. »

La connétable était un jour sur son lit en goguette, et elle demanda à un honnête Tourangeau : « Or ça, en conscience, n'avez-vous jamais fait faux bond à votre femme ?

— Madame, lui dit cet homme, quand vous m'aurez dit si vous ne l'avez point fait à votre mari, je verrai ce que j'aurai à vous répondre. »

Et un jour qu'un bon Tourangeau cria sur son passage : « Ah la belle femme ! je voudrais bien l'avoir foutue », elle se contenta d'en rire en disant : « Voilà de ces gens qui aiment besogne faite. »

On raconte aussi que, « par gaillardise », elle se déguisa un jour de fête en paysanne, et s'alla promener toute seule par les prairies. Un ouvrier des soieries la rencontra. Pour s'en amuser un peu et jouir davantage de sa petite comédie, elle s'arrêta à lui parler,

---

1. Claude de Lorraine, prince de Joinville, duc de Chevreuse (1578-1657), troisième fils d'Henri de Guise. Bel homme, valeureux à la guerre, qui évita de se mêler aux complots de sa femme. Comme il était dépensier (il s'était fait faire une fois quinze carrosses pour voir celui qui serait le plus doux), il finit très endetté. Devenu fort sourd, « il pétait partout, à table même, sans s'en apercevoir » (Tallemant). Il avait dans son château de Dampierre un petit sérail. « À Pâques, quand il fallait se confesser, le même carrosse qui allait quérir le confesseur emmenait les mignonnes, et les reprenait en remmenant le confesseur... Il avait soixante-dix ans quand il faisait cette jolie petite vie, qu'il a continuée jusques à la mort ».

faisant semblant de le trouver à son goût. «Mais ce rustre, qui n'y entendait point de finesse, la culbuta fort bien, et on dit qu'elle passa le pas, sans qu'il en soit arrivé jamais autre chose.»

Richelieu finit par vouloir l'enfermer au donjon de Loches. Elle le sut et s'enfuit la nuit d'avant, déguisée en homme. D'Épernon lui donna un vieux gentilhomme pour la conduire jusqu'en Espagne. Il la prenait vraiment pour un jeune homme. «Monsieur, lui dit-il une fois, il faut que je pisse; cela ne vous arrêtera point. Je pisserai tout à cheval.» Et en disant cela il tire tout ce qu'il portait.

«Hélas, ajouta-t-il, pauvre courtaud! Autrefois tu étais bien plus gaillard! Monsieur, tel que vous le voyez, il pissait jadis entre les oreilles du cheval... Mais pissez-vous?»

Mme de Chevreuse était bien obligée de répondre : «Je n'en ai pas envie.

— Je vois bien ce que c'est disait l'autre plaisant; vous n'oseriez le montrer, il est trop petit.»

Après, quand elle se fit connaître, il dut en faire excuse.

*

Lorsque d'Ornano, le plus compromis des conjurés dans l'un des complots de Mme de Chevreuse, fut arrêté, celle-ci parut si anéantie que quelqu'un s'exclama avec ironie, connaissant son tempérament : «Je croyais qu'il n'y avait plus d'hommes dans le royaume, tant elle portait le deuil au visage et à la contenance.»

## CLAUDE (empereur)

Tiberius Claudius Nero Germanicus (10-54) : lors de l'assassinat de Caligula, il se cachait derrière une tapisserie du palais où un soldat vit ses pieds dépasser; le soldat le salua du nom d'empereur et le mena, tout tremblant, vers ses camarades encore indécis. Devenu bel et bien empereur, le moindre soupçon le poussait à des précautions assassines, mais il restait distrait : peu de temps après l'exécution de Messaline, il demanda «pourquoi l'impératrice ne venait pas», et il lui arrivait de faire inviter à jouer aux dés avec lui des citoyens qu'il avait fait mourir la veille; on n'osait rien dire, et il envoyait des messagers gourmander leur paresse. Il se piquait d'écrire l'histoire et commença, devant un nombreux auditoire, la lecture de son travail. Dès les premières pages, un gros auditeur rompit un banc sous lui, Claude fut pris d'un rire inextinguible, et on en resta là. Il fit ajouter trois lettres de son invention dans l'alphabet, il abolit dans la Gaule la religion des druides à cause de sa cruauté, et il médita un édit pour permettre de lâcher des vents à table (*quo veniam daret, flatum crepitumque ventris in convivio emittendi*) parce qu'il avait appris qu'un de ses convives avait failli mourir pour s'être retenu devant lui. Après toutes ces aventures, il mourut empoisonné par son dégustateur.

Suétone écrit de Claude : « Gouverné par ses affranchis et par ses femmes, il vécut en esclave plutôt qu'en empereur. » Il réserva en effet de glorieuses situations à ceux de ses affranchis qu'il aimait ; il confia à l'un le gouvernement de la Judée, où il put être le mari de trois reines. Mais l'empereur aima par-dessus tout Narcisse, son secrétaire, et Pallas, son intendant, à qui le Sénat dut accorder les plus magnifiques récompenses, et dont les exactions et les rapines furent telles que Claude, se plaignant, un jour, de ne rien avoir dans son trésor, s'entendit répondre : « Vos caisses regorgeraient, si vos deux affranchis voulaient bien vous admettre dans leur société. »

## COLBERT (Jean-Baptiste)

Jean-Baptiste Colbert (1619-1683) était issu d'une famille de commerçants dont l'origine était modeste, et l'abbé de Choisy dit qu'il eut toujours, là-dessus, « un furieux faible ». Mazarin vit ses qualités, se l'attacha, et dit à Louis XIV en mourant : « Sire, je vous dois tout, mais je m'acquitte envers Votre Majesté en lui donnant Colbert. » Celui-ci s'empressa de faire tomber Fouquet son contraire. Puis il fit rechercher les prévaricateurs et ce fut une immense razzia de financiers, qu'on appela ensuite « la terreur de Colbert ». Des traitants furent jetés en prison et beaucoup de notables furent humiliés, à la joie du peuple. De petites gens choisirent des vignerons et des tonneliers pour orateurs chargés de désigner les abus ; « ce fut une petite révolution avant la grande » (Pierre Larousse). Devenu « le bœuf de labour du roi », selon les mots de Michelet, Colbert travaillait seize heures par jour ; ses services ouvraient à cinq heures du matin. On vérifia les titres de noblesse, qui assuraient des exemptions, et l'on vit que 1 300 familles échappaient faussement à l'impôt. Il obtint du roi que la noblesse pût faire le commerce sans déroger, « ce qui dirigea l'activité inquiète des cadets de noblesse vers les entreprises d'outremer ». La plupart de ses réformes ont été des succès. Mais Louis XIV finit par préférer Louvois, et Colbert sur son lit de mort repoussa l'envoyé du roi : « Ne peut-il donc me laisser mourir en paix ! Si j'avais fait pour Dieu la moitié de ce que j'ai fait pour cet homme, je serais sûr du salut de mon âme, et je ne sais ce que je vais devenir. »

Pierre Larousse écrit de Colbert, vers 1870 : « L'opinion démocratique se souvient qu'il aima les faibles et les humbles, et que, revêtu de la toute-puissance, il désira des réformes tellement radicales, que soixante-dix ans de révolution n'ont pu nous les donner encore. »

Le ministre mourut cependant chargé de malédictions : on craignait un mouvement de la population des halles, et son cercueil fut porté de nuit à Saint-Eustache, où ses funérailles eurent lieu aux flambeaux.

On fit en particulier cette épitaphe anonyme :

> Ci-gît l'auteur de tous impôts
> Dont à présent la France abonde,
> Ne priez pas pour son repos,
> Puisqu'il l'ôtait à tout le monde.

\*

Dès la nouvelle de la mort du ministre, on fit circuler des petits carrés de papier portant ce rébus :

| *Venance* | *France* | *Fer* | *Colbert* |
|-----------|----------|-------|-----------|
| *G*       | *D*      | *K*   | *Paris*   |

Il fallait lire : « J'ai souvenance des souffrances qu'a souffert Paris sous Colbert. »

## COTY (François)

Orphelin d'Ajaccio venu faire des études de médecine à Paris, Joseph Marie François Spoturno, dit « François Coty » (1874-1934), assista émerveillé à une préparation d'eau de Cologne par un ami pharmacien, et décida d'aller acquérir à Grasse les techniques de la parfumerie. Doté d'un nez exceptionnel, il entreprit sous la protection d'Emmanuel Arène (qui lui conseilla son pseudonyme) un commerce d'essences qu'il vendait aux barbiers de Paris, et il convainquit les grands magasins de distribuer ses produits. Il avait compris que le parfum deviendrait un produit de masse, en associant aux essences naturelles des produits de synthèse que les progrès de la chimie permettaient de fabriquer à meilleur marché. Il acquit Artigny en Touraine, qu'il fit reconstruire sous la forme d'un gros château XVIIIe siècle : il y travaillait au premier étage après avoir installé les cuisines sous les combles pour que l'odeur de la nourriture ne vînt pas troubler l'élaboration des parfums. Il acheta aussi, à Louveciennes, le pavillon de Mme du Barry : pour installer en sous-sol son laboratoire, il fit déplacer le bâtiment de quelques dizaines de mètres, ce qui le préserva, quelques années plus tard, d'un affaissement de la falaise au pic de laquelle il était construit. Viscéralement anticommuniste, Coty prit en 1922 le contrôle du *Figaro*, pour lui donner une orientation droitiste, et racheta *Le Gaulois*, qu'il fusionna avec *Le Figaro*. Il soutint financièrement les ligues, puis fonda son propre mouvement d'extrême droite, la Solidarité française, qui participa aux émeutes de 1934. Son scribe était Urbain Gohier qui, après avoir été dreyfusard et antimilitariste, dénonçait l'Action française comme molle et «enjuivée»... La Société des Parfums Coty, devenue américaine, a au début du XXIᵉ siècle un chiffre d'affaires de plus de 3 milliards de dollars.

À la veille de la Première Guerre mondiale, le parfumeur François Coty était l'un des hommes les plus riches du monde. Léon Daudet l'appelait le «crétin juché sur un monceau d'or», ce qui était ingrat pour quelqu'un qui finançait l'Action française.

Et puis le jugement de Daudet était sans doute trop sommaire. Corpechot décrivait Coty comme un petit bonhomme aux traits sans expression, avec, au milieu, «l'œil intelligent de l'épicier de Montrouge».

*

Un fêtard confiait à l'humoriste Sem son intention d'aller solliciter quelque secours financier de François Coty, habituellement généreux. Mais les affaires du grand parfumeur devenaient chancelantes : sa fortune avait été fortement entamée par la crise de 1929, puis par un divorce désastreux et un train de vie dispendieux.

Sem dit : «N'y allez pas : l'odeur n'a plus d'argent.»

## DAMIENS (Robert François)

Robert François Damiens (1715-1757), qui entretenait des sympathies jansénistes, fut vivement impressionné, lors de l'enlèvement général du Parlement (1753), par l'arrestation du président Bèze de Lys, chez qui il travaillait comme serviteur. Après quelque errance et des tentatives de suicide, il décida de «toucher» le roi quand, en 1756, Louis XV brisa le Parlement qui bloquait les réformes. Se mêlant aux valets près d'une porte du château de Versailles, il porta de son petit couteau un coup au flanc du roi. Damiens fut condamné à être «tenaillé» aux bras, aux jambes, aux cuisses et aux mamelles, la main coupable coupée, le corps tiré à quatre chevaux, puis les membres brûlés et les cendres jetées au vent : après avoir tranquillement ouï la lecture de l'arrêt qui détaillait les peines corporelles, le condamné aurait dit : «La journée sera rude.» À la suite de l'attentat, on noircit à Louis XV l'impopularité du règne, et il se résigna à contrecœur à congédier ses deux plus proches ministres : le comte d'Argenson et l'excellent Machault d'Arnouville, l'auteur de la réforme fiscale. Les pièces originales du procès de Damiens ont été publiées l'année même, en quatre volumes. Comme on n'y voit pas les horreurs décrites par les historiens du XIXᵉ siècle, ceux-ci affirment qu'il s'agit d'une version édulcorée, et que les feuillets originaux ont été arrachés du registre du Parlement... L'attentat de Damiens n'améliora pas la sécurité du monarque : lorsqu'il y avait fête à Versailles, il arrivait qu'on laissât entrer tout le monde sans réclamer les billets d'invitation, et au mois d'août suivant, à l'occasion de la Saint-Louis, un filou déroba la montre en or que le roi portait dans son gousset...

Une pratique élégante, sous le règne de Louis XV, consistait à transformer le plus grand nombre de sons possible, spécialement les *ch* et les *j* , en *z* ; cela donnait, paraît-il, une sublime impression de gazouillis dans la conversation...

C'est ainsi que pendant l'exécution de Damiens, au moment où il fut écartelé en place de Grève, on entendit Mme de Préaudeau, dire : «Ah! les pauvres zevaux, que ze les plains!»

## DAQUIN (père et fils)

Louis Claude Daquin (1694-1772), âgé de six ans, «toucha excellemment» le clavecin devant le roi, et il écrivit à huit ans une pièce pour chœur et orchestre; «Quand on l'exécuta, Bernier mit l'auteur sur une table pour qu'il battît la mesure.» Haendel fit exprès le voyage de Paris pour le voir, et l'on prétend qu'après l'avoir entendu il n'osa pas jouer devant lui. Il a laissé un recueil de pièces de clavecin. Tout le monde connaît son *Coucou*, sur lequel tant de galopins ont peiné en malmenant le Pleyel familial. Son fils Pierre Louis Daquin (1720-1797), littérateur, fut l'auteur de nombreux écrits, la plupart anonymes. On lui doit les dix-sept premières années de l'*Almanach littéraire*.

Épigramme anonyme :

Entre les deux Daquins, si connus dans Paris,
Un immense intervalle existe;
L'un est petit auteur, l'autre grand organiste,
On souffle pour le père, on siffle pour le fils.

## DARWIN (Charles)

> Charles Darwin (1809-1882), qui avait confectionné une collection classée de plantes et d'insectes, vit sa vocation confortée par cinq années de voyages autour du monde, où il découvrit une faune et une flore vierges d'humanité. Contraint de mener une vie sédentaire dans le Kent, à cause d'une infection transmise par un insecte d'Amérique du Sud, il mit au clair ses idées sur l'origine des espèces. Les théories de l'évolution sont donc dues à une piqûre d'insecte, mais leur succès était dans l'air du temps. Même si auparavant Lamarck et Erasmus Darwin (grand-père de Charles) avaient énoncé l'hypothèse évolutionniste, la substance de la théorie fut formulée simultanément, en 1858, par Charles Darwin et Alfred Russell Wallace, en deux endroits du monde différents. Le capitalisme avait besoin d'une idéologie qui faisait du *struggle for life* une loi naturelle. Darwin était petit-fils de Wedgwood le céramiste, et il épousa sa cousine Emma Wedgwood, sans craindre les effets des lois de Mendel, que certes il ignorait. Les évolutionnistes nieront d'ailleurs longtemps les lois de l'hérédité, parce qu'elles avaient été formulées par un moine présumé incompétent, et parce qu'ils trouvaient qu'elles contredisaient leurs théories. Cioran a résumé tout cela en observant qu'au zoo toutes les bêtes ont une tenue décente, hormis les singes : «On sent que l'homme n'est pas loin.»

À l'issue d'une conférence à Oxford, au cours de laquelle Darwin exposa ses thèses sur l'évolutionnisme, Samuel Wilberforce, évêque anglican du lieu, demanda, lors des questions : «Mr Darwin, pouvez-vous nous dire si c'est par votre grand-père ou par votre grand-mère, que vous descendez du singe[1] ?»

\*

À la même époque, en 1859, un journal anglais publiait un dessin représentant un énorme gorille qui prenait à témoin un passant en gibus.

«Cet homme – lui disait-il en désignant Darwin – me revendique dans son pedigree : il dit qu'il est un de mes descendants.»

Et le passant de s'indigner : «M. Darwin, comment pouvez-vous l'insulter autant !»

---

1. Selon d'autres versions, c'est à Thomas H. Huxley, l'intraitable disciple de Darwin («*Darwin's Bulldog*») que la question aurait été posée. Il est vrai qu'Huxley avait un visage passablement simiesque.

## DELACROIX (Nicolas)

> Nicolas Delacroix (1785-1843), élu représentant durant les Cent-Jours, eut le temps de prendre la parole pour faire décréter que la loi ne reconnaissait ni vœux perpétuels, ni ordres monastiques. Il rentra dans la vie privée sous la Restauration, et en profita pour publier des textes d'érudition sur le département de la Drôme. Bien en cour après 1830, il fut élu à la Chambre.

À la Chambre des députés, en avril 1840, M. Abraham ayant cédé son tour à Delacroix, qui parla à sa place, on trouva à dire : « Nous avons eu le sacrifice d'Abraham et le supplice de la croix. »

## DORIA (Frédéric)

> Frédéric Doria (1841-1900), interprète français et compositeur : sa musique n'a rien de marquant, mais elle accompagne comme il faut, par rapport au genre poétique rudimentaire des œuvres du café-concert, des textes dont certains sont restés célèbres. C'est le cas de la *Chanson des blés d'or.*

Frédéric Doria, vedette du café-concert après Paulus, interprétait lui-même ses plus beaux airs, et on louait la beauté de sa voix, que quelques gramophones permettent encore de distinguer dans les crachotements du pavillon (il fut l'un des premiers chanteurs enregistrés). On lui reprochait cependant de tout ignorer de l'art de se tenir en public. Pour se donner une contenance, il tortillait inlassablement sa chaîne de montre, au point qu'un jour, un titi parisien lui lança : « On le sait, qu'elle n'est pas au mont-de-piété ! »

C'est l'occasion de rappeler que le *titi* était le type de l'ouvrier français gouailleur, qui habitait les quartiers populaires de Paris, Montrouge ou Belleville. Il avait une présence d'esprit qu'il aimait à manifester avec son accent traînant. Michel Audiard se trouvait un jour au Parc des Princes, alors que le gardien du club de football parisien venait d'encaisser un quatrième but. Un titi cria alors au gardien du haut des tribunes : « Viens ici, tu les verras mieux rentrer ! »

## DOUMER (Paul)

Paul Doumer (1857-1932) siégeait parmi la gauche radicale, mais fut exclu de la loge La Libre-Pensée en 1905 pour avoir désapprouvé l'action du Grand Orient dans l'affaire des fiches. Cela lui coûta son élection à la présidence contre Fallières. Dans *Le Livre de mes fils* (il eut quatre garçons tués à la guerre), il écrit : «La femme est une page blanche, sur laquelle l'époux écrit à son gré.» Sa femme s'appelait Blanche. Il fut élu président de la République en 1931. Geneviève Tabouis a raconté que, lors d'une session de la Société des nations peu auparavant, une délégation de maçons était venue à Genève rencontrer Briand. Le «pèlerin de la paix» les laissa poireauter deux jours devant la porte de son hôtel. Il apparut finalement aux frères vêtus de noir et disposés en rang d'oignon : il leur serra la main en hâte, leur fit un bref exposé sur la Société des nations, et tourna les talons au moment de les écouter. Lors de l'élection à Versailles, les francs-maçons aidèrent à battre Briand. Le nouveau président fut assassiné par Gorgulov, émigré russe guillotiné peu après, tout fou qu'il était. Après des funérailles à Notre-Dame et au Panthéon, Doumer fut inhumé au cimetière Vaugirard : on voulait le laisser au Panthéon, mais Blanche avait dit : «Je vous l'ai donné toute ma vie; maintenant laissez-le-moi!»

Sur le bateau qui le conduisait pour la première fois en Indochine, en 1897, Paul Doumer, gouverneur général, déclara : «Je bannirai impitoyablement de la colonie les fumeurs d'opium, les mauvais colons, les fonctionnaires prévaricateurs et paresseux, les commerçants malhonnêtes...»

Quelqu'un l'interrompit pour dire : «Alors, il va falloir ordonner l'évacuation...»

## DUBOIS (cardinal)

Guillaume, cardinal Dubois (1656-1723), fut précepteur du futur régent de France sur les conseils de Louis XIV, parce que la Palatine désirait soustraire son fils à la néfaste influence des amis de son mari, Philippe de France. Ce fut une réussite, malgré les vicissitudes : «Tout à la fois instituteur zélé du jeune prince, et ministre infâme de ses plaisirs secrets, on voyait tour à tour l'abbé Dubois faire subir à son élève de brillants examens devant la Cour entière, et, le soir, introduire furtivement au Palais-Royal les beautés subalternes dont il avait lui-même marchandé les complaisances.» Lorsque Louis XIV voulut faire épouser à son neveu l'une de ses filles légitimées, Dubois sut s'entremettre. Il reçut une abbaye en remerciements; le père de La Chaise tenta de s'y opposer en représentant qu'il était trop adonné aux femmes, au vin et au jeu; le roi aurait répondu : «Cela peut être; mais il ne s'attache, ne s'enivre et ne perd jamais.» Cette réponse n'est qu'un conte de plus, car il est établi que Dubois fut toujours d'une parfaite sobriété, et qu'il ne jouait jamais. L'abbé accompagna Philippe d'Orléans à la guerre des Flandres où, selon le maréchal de Luxembourg, il alla au feu «comme un grenadier». Il devint ministre des Affaires étrangères, et manifesta une profonde connaissance de la situation de l'Europe. Lorsque Pierre le Grand, qui s'y connaissait en hommes, vint visiter Paris, en juin 1717, on lui présenta le cardinal Dubois, auquel il dit : «Je voudrais avoir quelques hommes de votre trempe à employer. Les rois ne font pas les grands ministres, mais les ministres font les grands rois.» En 1722, le cardinal Dubois se fit nommer «ministre principal», comme Richelieu, mais il mourut l'année suivante, usé par ses travaux (il se levait à cinq heures du matin, et travaillait jusqu'à sept heures du soir après la brève interruption du déjeuner) et les suites immédiates d'un abcès qu'une revue à cheval fit crever. Ce personnage, certes haut en couleur, a fait l'objet de beaucoup d'inventions, et ses biographes sérieux tiennent pour légende ses nombreux mariages secrets, évoqués avec gourmandise par Saint-Simon.

Mme de Hautefort, chez laquelle l'abbé Dubois avait demeuré, disait : «Lorsqu'il sortira une vérité de la bouche de ce petit abbé, je la ferai encadrer.»

*

Dubois, après avoir été précepteur du régent Philippe d'Orléans, devint son commensal et, dit-on, son pourvoyeur. Le prince aimait à aller chercher l'aventure parmi les marchandes des halles ; il s'habillait alors en simple bourgeois. Il entreprit aussi de se rendre aux bals masqués de l'Opéra, qui avaient lieu deux fois par semaine. Il y alla en compagnie de Dubois ; mais cette fois il fallait donner plus soigneusement le change sur son identité. Or Dubois prétendit ne pas trouver de moyen plus ingénieux pour déguiser son maître que de lui allonger de temps à autre un bon coup de pied dans le derrière. Mais les coups devenaient si forts et si rapprochés que le régent dut enfin se tourner vers Dubois pour lui dire : «Eh ! l'abbé, tu me déguises trop !»

*

Louis XIV avait donné à Guillaume Dubois une abbaye en remerciements de la négociation du mariage de sa fille légitimée et de son neveu, le futur régent de France. Après être parvenu au sommet de l'État, l'abbé Dubois, qui jusque-là s'était contenté du petit collet, ne songeait plus qu'à être cardinal, comme Richelieu et

Mazarin l'avaient été. Mais depuis quelque temps il était requis qu'il fallait avoir été ordonné prêtre pour recevoir cet honneur[1].

«Es-tu fou? dit le Régent : toi archevêque! et qui osera seulement te faire prêtre?»

Mais le roi d'Angleterre pressa de tout son poids, le Régent céda, et l'on trouva un évêque, celui de Nantes, Tressan, pour administrer tous les ordres sacrés dans la même journée. Ce matin-là, au commencement du Conseil du roi, les langues perfides dirent au Régent qu'il ne fallait pas attendre Dubois, qui était allé faire sa première communion.

On raconte que lorsque Dubois, à celui qui allait le sacrer cardinal, demanda préalablement la prêtrise, le sous-diaconat, le diaconat, les quatre mineurs et la tonsure, le célébrant impatienté s'écria : «Ne vous faudrait-il point aussi le baptême?»

*

Le cardinal Dubois, premier ministre de France, avait conservé toute la fougue de son tempérament, et ses colères, «dignes d'un échappé des Petites-Maisons», étaient célèbres. La rumeur racontait qu'on l'avait surpris plus d'une fois courant sur les meubles de son appartement, et que dans un accès de fureur, il s'était écrié : «Il faut que je renvoie tous mes commis, tous mes gens; et si je le pouvais, je me renverrais moi-même!»

Tout cela sent un peu l'invention...

Une autre fois, qu'il disait à l'un de ses secrétaires, du nom de Verrier, être trop mal servi, et qu'il allait prendre cent commis de plus : «Monseigneur, répondit froidement Verrier, prenez seulement un homme qui sera chargé de jurer à votre place, et vous aurez du temps de reste.»

*

On racontait que le cocher du cardinal Dubois s'était pris de dispute avec celui de l'archevêque de Reims, M. de Mailly. Chacun vantait les prérogatives de son maître.

---

1. Ce qui n'était pas encore le cas du temps de Mazarin qui n'a jamais reçu les ordres sacrés, tout cardinal, évêque et abbé qu'il était...

« Le mien sacre le roi, dit fièrement le cocher de l'archevêque
— Voilà grand'chose ! dit l'autre, le mien sacre Dieu tous les
jours. »

*

La maladie du cardinal Dubois, qui l'emporta, avait contraint le
chirurgien, par une dernière tentative, à couper les parties naturelles
du prélat.

Le marquis de Nocé, peu crédible au sujet de Dubois puisqu'ils
étaient devenus ennemis jurés, prétendait que le Régent lui avait
raconté : « Dubois a consenti enfin à se laisser faire eunuque noir,
mais il n'a voulu se priver de la partie que quand il a su qu'il faudrait perdre le tout. Tu aurais été aussi ébahi que moi si tu eusses
vu l'embarras du prêtre qui n'en savait pas tant que nous et qui lui a
apporté les saintes huiles. Tout ce qu'il y eut de personnes religieuses dans la chambre eut le temps d'être consterné de voir, pendant quelques moments, sur la même table, les instruments du
crime confondus avec ceux de la religion. »

L'événement fut l'occasion d'une épitaphe satirique qui disait
entre autres choses :

Ô France, dont le triste sort
Est le fruit de son ministère,
Plût à Dieu pour toi que le père
Fût né comme le fils est mort.

## DUROZOY

Barnabé Farmian de Rosoy, dit « Durozoy » (1745-1792), écrivain prolixe, fut
envoyé quelques semaines à la Bastille, bien que ce ne fût pas un esprit
turbulent, pour un livre qu'il n'avait probablement pas écrit. Au début de
son œuvre, en 1766, il avait publié *Le Génie, le Goût et l'Esprit* en quatre
chants, et l'on disait que ce poème faisait voir que l'auteur ne possédait
aucune des vertus qu'il entendait célébrer. Durant les trois premières
années de la Révolution, il édita *La Gazette de Paris*, publication bien docu-
mentée sur les événements, et précieuse pour comprendre le point de vue
du « parti de la résistance ». Après l'emprisonnement du roi, Durozoy eut
l'idée d'engager certains zélés partisans à s'offrir en otages pour obtenir la
libération du monarque. Les autorités ayant accepté cet appel chevaleresque, le journaliste livra dans sa feuille les noms des volontaires, et on les
destina *illico* à la guillotine. Lui-même fut exécuté aux flambeaux.

Épigramme sur la pièce de Durozoy, *Le Dîner de Henri IV* :

> Du bon Henri le Grand, vois le funeste sort ;
> Vivant, il éprouva tourment de toute espèce ;
> Et plus d'un siècle après sa déplorable mort,
> Le petit Du Rozoi vient de le mettre en pièce.

Durozoy commit d'ailleurs plusieurs œuvres médiocres sur Henri IV, si bien qu'on le surnommait « le second Ravaillac ».

## EISENHOWER (général)

Dwight Eisenhower, dit « Ike » (1890-1969) : général américain et 34e président des États-Unis, issu d'une famille d'émigrés allemands (les Américains prononcent *Aïznhower*). Il devint l'assistant de MacArthur aux Philippines puis commanda les Alliés lors du débarquement en Afrique du Nord. On avait remarqué sa capacité à maintenir une coordination aimable entre les différents commandements alliés, ce qui n'était pas une mince affaire, et il fut nommé commandant suprême pour le débarquement en Normandie. Il assuma le commandement de l'Otan en 1950, et sa réputation internationale favorisa son élection à la présidence. Il a expliqué son curieux surnom : « J'ai deux frères avant moi, dont on a toujours abrégé les prénoms : Arthur, surnommé *Art*, et Edgar, surnommé *Ed*. Quand je suis né, ma mère a tenu à me donner un prénom absolument impossible à abréger : Dwight. C'est pourquoi tout le monde m'a toujours appelé *Ike*. »

De Robert S. Kerr, journaliste, au sujet d'Eisenhower dont les qualités étaient plus diplomatiques que militaires : « Eisenhower est le seul soldat inconnu vivant. »

*

À un banquet donné en l'honneur du général Marshall (celui du plan), le général Eisenhower et son épouse figuraient en bonne place. Au dessert, un orateur déclara : « Nul n'ignore que le plus cher désir du général (et il désignait ainsi d'un geste, sans y prendre garde, Marshall) est de se retirer à la campagne avec Mme Eisenhower. »

Quelques rires se firent entendre. L'orateur, gêné, balbutia : « Je prie le général de m'excuser.

— Lequel ? » demanda Mme Eisenhower.

\*

Durant la campagne présidentielle de 1952, Adlai Stevenson, à qui l'on reprochait de faire des discours trop peu accessibles, dit : « Si moi je passe par-dessus la tête des gens, alors Eisenhower doit leur passer au-dessous des pieds. »

\*

De Harry Truman, au sujet de l'élection d'Eisenhower à la présidence : « Il va être assis ici, et il dira faites ci, faites ça !... Et rien ne se passera. Pauvre Ike – il va regretter l'armée. »

\*

De Emmett Hughes, conseiller du président Eisenhower et principal rédacteur de ses discours : « En tant qu'intellectuel, il a dédié au golf et à ses parties de bridge tout l'enthousiasme et la persévérance qu'il avait économisés sur les livres et les idées. »

### ÉLISABETH D'AUTRICHE

Élisabeth de Wittelsbach, impératrice d'Autriche (1837-1898) : l'archiduchesse Sophie d'Autriche, lorsqu'elle songea à marier son fils l'empereur François-Joseph, pensa à sa nièce, Hélène de Bavière, dite « Néné », mais il préféra une jeune évaporée, la princesse Élisabeth : « Sissi », sœur de « Néné »... Ensuite ce fut compliqué : l'impératrice, instable, insomniaque, atteinte d'anorexie mentale, vivait rarement à Vienne et sa belle-mère stigmatisa un tempérament « puéril et égoïste ». Mais elle avait quelque chose d'inaltérable, et Liszt, qui vit « Sissi » lors de la cérémonie de réunion des monarchies autrichienne et hongroise, dit qu'elle apparaissait « comme une vision céleste dans le déroulement d'un faste barbare ». Elle fut éprouvée par le suicide de son fils à Mayerling, et elle fut assassinée par un malade mental à Genève, en sortant de l'hôtel où elle logeait. François-Joseph resta stoïque, ne songeant qu'à sauver la monarchie austro-hongroise, ce havre de civilisation. Il dit, à l'automne 1914, à sa confidente : « Je serais heureux que nous nous en tirions avec un œil poché. » Il mourra avant de voir Wilson exécuter la monarchie bicéphale, au nom du principe des nationalités.

En 1873, le shah de Perse, invité à Vienne, n'eut d'yeux que pour Élisabeth d'Autriche (« Sissi ») :

« Qu'elle est belle ! » murmurait-il...

Et, comme on lui présentait de vieilles archiduchesses : « Oh ! assez ! » jeta-t-il fort peu poliment.

## FOCH (maréchal)

Ferdinand Foch, maréchal de France (1851-1931), ancien élève des Jésuites, resta pieux toute sa vie et l'on voit, dans la basilique Saint-Martin de Tours, l'ex-voto qu'il apposa le 11 novembre 1918. Polytechnicien (c'est à son sujet que Clemenceau disait : «Les polytechniciens sont des gens très bien. Ils savent tout, mais rien d'autre»), il dirigeait l'École de guerre depuis 1907 et affirmait la prééminence de l'attaque, doctrine qu'on avait condensée par des aphorismes tels que : «La baïonnette est l'arme suprême du fantassin.» Cela avait conquis un grand nombre d'officiers, les «jeunes-turcs». Le principal dissident était le colonel Pétain, qui dirigeait Saint-Cyr et soutenait que le fantassin doit d'abord être abrité par l'artillerie. Joffre donna en août 1914 un ordre général d'«offensive immédiate et foudroyante toutes forces réunies». Des centaines de milliers de soldats se firent massacrer tout le long du front sur les fils de fer barbelés qui les arrêtaient. Un télégramme de Foch au GQG en 1914 est resté célèbre : «Mon centre cède, ma droite recule, situation excellente. J'attaque.» Commandant du 20ᵉ corps, il lança cette troupe d'élite à la baïonnette contre les positions fortifiées de Morhange, où elle subit de lourdes pertes. Il s'attendait à être limogé quand il fut nommé au commandement de la IXᵉ armée, chargée de combler une brèche qui s'ouvrait côté français. Il rejeta la garde prussienne dans les marais de Saint-Gond, ce qui permit la manœuvre de Gallieni pour la victoire de la Marne. Il devint chef d'État-major après l'échec de l'offensive Nivelle, et quand Pétain devint commandant en chef, Clemenceau imposa Foch comme généralissime des armées alliées. Bientôt ce fut la victoire.

Au début de la Grande Guerre, l'unique stratégie de l'état-major français, inspirée par les théories de Foch, relayées par Joffre et appliquées avec enthousiasme par de jeunes officiers, était l'attaque à outrance. Comme on demandait au général Lanrezac[1], commandant de la Vᵉ armée, à la sortie d'une réunion de l'État-major, ce qui avait été décidé, il laissa tomber : «Attaquons, attaquons!... comme la lune.»

*

De T.E. Lawrence (Lawrence d'Arabie) sur Foch : «Ce n'est pas autre chose qu'une paire de moustaches en bataille.»

*

---

1. Charles Lanrezac (1852-1925) : sa résistance victorieuse à Guise en août 1914 a permis la victoire de la Marne. Il fut limogé par Joffre le mois suivant.

En 1931, à un admirateur déférent du maréchal Foch mourant, qui demandait : « Le maréchal s'est éteint ? », le professeur qui avait été chargé de prodiguer les derniers soins médicaux répondit : « Oh ! ce n'était pas une lumière »...

L'histoire, rapportée par l'entourage de Pétain, n'est sans doute pas authentique.

## FONDA (Jane)

La réputation d'actrice de Jane Fonda (née en 1937) se fit avec *On achève bien les chevaux* en 1969 : elle était belle et jouait bien. Elle se lança dans l'activisme contre la guerre du Vietnam. En 2005, elle exprima à la télévision des regrets à ce sujet, et saisit l'occasion pour approuver l'intervention américaine en Irak... Son premier mari Roger Vadim la forçait à participer à des orgies ; elle acceptait pour qu'il ne la quittât pas, ce qui est une méthode curieuse. Elle épousa en 1991 Ted Turner. Lors de leur seconde rencontre, Turner dit : « Ça ne marchera jamais vraiment entre nous tant que vous n'aurez pas renoncé à votre carrière d'actrice. » Elle expliqua que ce n'était pas le sujet. Turner reprit : « Oh, je comprends très bien, vous savez... Vous ne lâcherez jamais tant que vous n'aurez pas eu un oscar ! » Jane laissa passer quelques minutes et finit par dire : « Ted... J'en ai eu deux. » Elle fut effectivement oscarisée, pour *Klute* en 1972 et pour *Le Retour* en 1979. On trouve dans sa filmographie des « films cultes » qui ne font pas partie du meilleur, dont *Barbarella*, une *erotic-fantasy* de Vadim. Richard Branson, le fondateur de Virgin, a confessé : « Se faire circoncire à vingt-quatre ans est une mauvaise idée si, le soir même, vous vous retrouvez à regarder Jane Fonda dans *Barbarella*. » Quand, en 1995, les Atlanta Braves, l'équipe financée par Ted Turner, remporta les World Series, Jane Fonda s'écria : « C'est le moment le plus excitant que j'aie jamais connu habillée ! »

Jane Fonda était encore très jeune quand, apprenant que son petit ami avait eu un accident de moto et qu'il se trouvait à l'hôpital, elle se précipita pour le voir. Dans le couloir, elle rencontra une dame qui sortait de la chambre du garçon et qui lui demanda : « Qui êtes-vous ?

— Eh bien, sa sœur...

— Enchantée de faire votre connaissance. Je suis votre mère ! »

\*

Jane Fonda, en 1969, se lança dans l'activisme pacifiste contre la guerre du Vietnam. Elle participait à un grand nombre de manifestations dans la série FTA («*Fuck The Army*», pour faire le contre-point aux spectacles de Bob Hope, «*Free the Army*»). En 1972, elle fit un voyage au Vietnam; les photos de propagande nord-viet-namienne furent diffusées aux États-Unis : on y voyait Jane assise à un siège de batterie de DCA nord-vietnamienne, ou encore chantant des chants pacifistes avec un casque du Viêt-cong. Quand circula une photo où on la voyait dans l'alignement d'un canon, on fit ce commentaire : «Ne serait-ce pas parce que, là-bas, ils butent les traîtres?»

Le Mémorial des vétérans du Vietnam de Washington, conçu par Maya Lin et qualifié par Ross Perot de «chose pour intellectuels new-yorkais», a fait l'objet d'un nombre incalculable de critiques : un vétéran a parlé, à ce sujet, de «pissotière ouverte»; on a également évoqué un «tas orwellien», etc. Le romancier Tom Wolfe a conclu pour dire qu'il fallait l'intituler «Hommage à Jane Fonda».

*

Sur le tournage du *Cavalier électrique*, en 1979, Sydney Pollack fut atteint de l'une de ces crises de perfectionnisme qui parfois le frappaient. Il s'agissait d'une scène où Robert Redford et Jane Fonda devaient s'embrasser; Pollack exigea quelque chose à la fois d'intense et de naturel. Il fit refaire la scène quarante-huit fois, du jeudi neuf heures jusqu'au vendredi dix-huit heures, tout cela pour un coût total de 280 000 $. Cela amusait tout le monde, sauf le représentant des Studios, qui se trouvait là, et qui dit : «Ç'aurait été moins cher si Redford avait embrassé le cheval!»

*

Jane eut longtemps des rapports difficiles avec son père Henry, dont elle avait une image un peu forte. À la fin des années soixante, alors qu'elle donnait une interview dans son canapé, elle alluma une cigarette de cannabis et dit aux journalistes : «Ça ne vous gêne pas si je l'allume? Les médecins, les avocats, les hommes politiques : je ne connais personne qui ne fume pas de joint, sauf peut-être dans le Sud : le Sud a toujours quarante ans de retard.»

À ce moment-là, on annonça Henry Fonda. Jane se leva précipi-tamment, courut à la fenêtre, écrasa l'objet du délit et tenta frénéti-quement de faire circuler l'air dans la pièce...

Jane Fonda dit un jour à son père Henry, en manière de regret :
« J'ai le sentiment que, depuis bien longtemps, nous nous comportons comme deux fous l'un à l'égard de l'autre. »

Il répondit : « Je ne crois pas que nous soyons fous ; c'est simplement qu'on ne s'aime pas. »

## FRANÇOIS Ier

> François Ier, roi de France (1494-1547) : Louis XII avait préparé à sa succession ce cousin et gendre, tout en nourrissant des appréhensions sur le caractère impulsif de ce colosse de plus de deux mètres : « Nous travaillons en vain, ce gros garçon gâtera tout », disait-il à ses ministres. Le nouveau roi franchit les Alpes, battit les Suisses à Marignan, conquit le Milanais, et conclut d'avantageux traités ; sa clémence à l'égard des Suisses en fit des alliés définitifs qui fourniront à la France un million de soldats et quatre cents généraux jusqu'en 1792. La guerre de 1521 et la trahison du connétable de Bourbon changèrent la fortune de François Ier et il fut fait prisonnier. Après de nouveaux échecs en Italie, il parvint à repousser l'invasion de la Provence par Charles Quint. On lui reproche sa fatale obsession d'une conquête de l'Italie du Nord, mais il voulait assurer la grandeur de la France contre l'Empire. On lui reproche ses prodigalités, mais les finances se rétablirent à la fin du règne. On lui reproche d'avoir manifesté de l'hostilité à l'endroit du protestantisme (dont il perçut le risque politique), mais il avait conçu le projet de faire venir en France Mélanchthon, le plus savant et le plus modéré des réformateurs ; la négociation échoua. On lui reproche enfin des débauches qu'on ne veut pas reprocher à Henri IV. Ce monarque lettré donna de puissants encouragements aux arts ; si l'on pense que la Renaissance fut une bonne chose, il doit être acclamé.

François Ier était fort épris de la femme d'un drapier. Elle n'était pas cruelle. Comme il se rendait chez elle une nuit, il ne fut pas plutôt devant la porte que le mari, qui en était averti, mit la tête à la fenêtre et cria de toutes ses forces : « Vive le roi ! Vive le roi ! »

Toutes les chandelles de la rue s'allumèrent, et le roi dut repartir d'où il était venu.

*

Tallemant a raconté l'histoire d'un prédicateur du temps de François Ier, à l'époque où le roi avait pour favorite Anne de Pisseleu, duchesse d'Étampes. Ce prédicateur avait dit en son sermon sur sainte Madeleine : « La Madeleine n'était pas une petite garce, comme celles qui se pourraient donner à vous et à moi ; c'était une grande garce, comme Mme d'Étampes. »

\*

Il y a quelques lustres, un nigaud, voyant au musée de l'Artillerie l'armure du roi François Ier, demanda à l'employé sous quel règne ce conquérant faisait ses exploits.

« Il faisait sous lui, répondit l'employé. »

## FRANKLIN (Benjamin)

Benjamin Franklin (1706-1790) était parvenu à se constituer une petite fortune. Membre de l'assemblée de Pennsylvanie, il fit adopter diverses mesures et inventa le paratonnerre. Lorsque la guerre avec l'Angleterre fut déclarée, il siégea au Congrès. Il eut part à la Déclaration d'indépendance, et son appartenance maçonnique, tout comme Washington et neuf autres signataires, éclaire son rôle. Chaudement accueilli à Paris en 1778, il détermina la France à se déclarer contre l'Angleterre : les jeunes nobles français francs-maçons allèrent se battre aux côtés des Américains. Il signa le traité qui terminait la guerre d'Indépendance, et son retour en Amérique fut triomphal. Lorsqu'il mourut, l'Assemblée nationale prit le deuil après le discours de Mirabeau : « Franklin est mort ! Il est retourné au sein de la Divinité, le génie qui affranchit l'Amérique et qui versa sur l'Europe des torrents de lumière. » Cette lumière se réduit à des ouvrages qui exposent les principes que doit suivre le bourgeois pour s'enrichir de manière sûre — morale décryptée par Max Weber dans *L'Éthique protestante et l'esprit du capitalisme*. Franklin avait été horrifié par le gaspillage qu'entraînait la vie nocturne des Parisiens. Il avait évalué la quantité extravagante de chandelles consommées et suggéré de limiter leur vente à chaque famille, afin de réduire la durée des veillées ; il voulait faire donner le canon à l'aube pour réveiller les paresseux. À un jeune homme qui lui demandait conseil, il suggéra d'épouser une femme sans grand attrait, car elle consacrerait tous ses soins à être une bonne épouse, etc. Était-il sincère ? Peu après sa mort, William Cobbett évoque « un vieil hypocrite rusé et lubrique dont la statue semble réellement jubiler au passage des donzelles qui traversent les jardins du Palais du gouvernement » à Boston.

Alors qu'il se trouvait en Angleterre avec son serviteur *nègre*, Franklin dut lui expliquer ce qu'était un gentilhomme. Le serviteur aurait alors dit : « Massa, tout travaille dans ce pays : l'eau travaille, le vent travaille, le feu travaille, la fumée travaille, les chiens travaillent, le bœuf travaille, le cheval travaille, l'homme travaille, tout travaille, excepté le cochon ; il mange, il boit, il dort, et ne fait rien de la journée. Le cochon est donc le seul gentilhomme de l'Angleterre[1]. »

*

Lorsque Franklin vint en France, ce fut une mode époustouflante : on se l'arrachait dans les salons. On le fit même vénérable maître de la fameuse loge des Neuf Sœurs. Tout le monde se pressait pour le voir. Voltaire, de retour à Paris depuis peu, se serait déplacé si son état le lui avait permis. Mais il était déjà aux portes de la mort, chez le marquis de Villette. Ce fut donc Franklin qui vint à Voltaire. Il amena son petit-fils, qui s'agenouilla au pied du patriarche pour une bénédiction philosophique : l'octogénaire étendit ses bras au-dessus du petit quaker en prononçant « Dieu, Liberté, Tolérance ». Les assistants tassés dans la chambre pleuraient d'attendrissement. Tout cela se passait en 1778, l'année où la France reconnut les États-Unis d'Amérique[2].

La France entière revendiquait Franklin ; certains répandirent le bruit qu'il était probablement issu d'une ancienne famille française, et tous les Franquelin de France, accourus du fond du pays, se pressaient pour se faire recevoir comme cousins, papiers en main. Comme en France tout finit par des chansons ou des épigrammes, quelqu'un mit cela en vers :

> Un Bas-breton, nommé Franqlin,
> Se croyant le cousin germain
> Du savant de Philadelphie,
> Vint à Paris de Quimper-Corentin,
> Pour compulser sa généalogie.
> Voilà mon homme, convaincu
> De son bon droit, qui déduit sa demande.

---

1. Anecdote certainement inventée, du moins dans son attribution au domestique de Franklin, puisqu'on en trouve auparavant des traces sous la forme d'une réplique de Swift à lord Brougham après que celui-ci eut défini le véritable gentleman comme celui qui ne fait rien.

2. Le 14 février, le bateau de John Paul Jones, corsaire américain (membre de la loge des Neuf Sœurs, fait chevalier par Louis XVI), reçut le salut de l'amiral Picquet de La Motte, qui fit tirer une salve, premier salut au drapeau américain donné par un navire étranger ; la France avait reconnu l'indépendance des États-Unis huit jours plus tôt.

« Monsieur, dit un plaisant, la différence est grande
Entre ces noms, et l'on vous a déçu.
Le docteur pose un K où vous posez un Q :
Sa signature ainsi de tout temps fut écrite ;
Mais pour vous tirer d'embarras,
De votre Q faites un K,
Et vos papiers vous serviront ensuite. »

## FRÉDÉRIC-GUILLAUME I<sup>er</sup>

Frédéric-Guillaume I<sup>er</sup>, « le Roi-Sergent » (1668-1740), se levait à trois heures du matin et travaillait jusqu'à dix heures pour administrer son royaume ; il consacrait le reste de la journée à son armée, faisant chaque jour la revue de son « régiment de géants », son plaisir favori : des hommes de deux mètres de haut qu'il faisait acheter jusqu'aux bouts de l'Europe et de l'Asie ; selon Voltaire il s'y ruina... D'après Montesquieu : « Il aime ses soldats, les rosse très bien, et ensuite il les baise » (au sens de l'époque, encore que la restriction de sens ne vaudra plus pour son fils). Il fit d'une Prusse jusque-là négligeable un État puissant, qui cent cinquante ans plus tard fera renaître l'empire d'Allemagne sous son hégémonie. Frédéric II renforcera l'œuvre. Pourtant le père, protestant rigoureux qui n'aimait que la chasse et les revues militaires, qui battait les femmes dans la rue et traitait les écrivains de « pisseurs d'encre », avait d'abord désespéré de son fils, rebelle littérateur et musicien, si bien qu'il fit tout pour pousser au suicide ce rejeton inapte. Le prince fut même contraint par son père à assister à la décapitation de son complice pour une tentative d'émigration. Les gènes parlèrent, et père et fils se réconcilièrent dans les derniers jours.

Dans une petite île qu'on montrait à Berlin du temps du prince de Ligne (auquel on doit le récit), Frédéric-Guillaume I<sup>er</sup>, le brutal père du grand Frédéric, se rendait volontiers après dîner pour boire la bière en fumant avec ses généraux. L'ambassadeur d'Autriche, Seckendorf, était de la réunion.

Un jour que l'ambassadeur se trouvait assis entre le Premier ministre et le roi, celui-ci se fâcha et lui détacha un soufflet que Seckendorf rendit aussitôt au Premier ministre en disant : « Faites passer ! »

## GEORGE (Mlle)

Marguerite Joséphine Weimer, dite « Mlle George » (1787-1867), fut une gloire du Théâtre-Français et la maîtresse du Premier consul. Elle s'échappa en Russie et, à son retour, ses six années d'absence lui furent comptées comme service par ordre de l'Empereur. Après qu'elle eut multiplié les caprices et refusé des rôles, ses collègues la rayèrent de la liste des sociétaires lors de sa fugue suivante, pour Londres. À son retour elle rencontra Charles Harel, et l'Odéon, érigé en « Second Théâtre-Français », fut mis à leur disposition ; après la faillite de l'établissement ils s'installèrent au Théâtre de la Porte-Saint-Martin où Mlle George devint l'interprète de prédilection du drame moderne. On la voyait parfois reparaître dans le répertoire classique et, « en dépit d'une obésité croissante, s'y montrer superbe encore », écrivent ses partisans. La Porte-Saint-Martin fit faillite. Les difficultés d'argent maintenaient Mlle George en activité. En 1847, un correspondant écrit de Saumur à Jules Janin : « L'actrice parut, presque belle encore, mais dans une salle une fois moins grande que celle du Palais-Royal, où l'illusion est impossible. Les rides, les cheveux blancs, la taille monstrueuse, le râlement, la démarche vacillante, la voix brisée, les hoquets de la pauvre actrice, frappèrent tellement de stupeur les spectateurs qu'un sentiment unanime de pitié et de dégoût s'empara d'eux. » Ce fut une lente descente aux enfers pour l'ancienne maîtresse du conquérant du monde. Les partisans du drame romantique enjolivaient la réalité, et Édouard Thierry trouvait encore à écrire : « Elle a plus que la beauté de la vieillesse, elle a la vieillesse de la beauté. » Mais Mlle George, vivant de « cette vie d'artiste que le laurier ne met point à l'abri de la foudre », comme on disait dans le ton de l'époque, mourut dans la détresse.

Mlle George, dans sa jeunesse, malgré sa beauté, avait un défaut : de grands pieds. Un jour qu'un admirateur disait : « Elle a un port de reine... », quelqu'un compléta : « Et des pieds de roi ! »

*

La beauté de Mlle George jeune ne manquait pas de sensualité ; Bonaparte, séduit, l'honora de ses bonnes grâces. Si l'on en croit un récit manuscrit de la comédienne, elle n'aurait cédé aux avances du fameux général qu'à la troisième entrevue. Les commentateurs ont relevé le fait comme peu plausible, cette tempérance n'étant guère dans les habitudes de la belle...

Toujours est-il que les charmes de la jeune Mlle George étaient si émouvants que le Premier consul eut une faiblesse dans ses bras (on a pris plaisir à dire que le grand conquérant était sujet à des moments d'impuissance[1]). Cette faiblesse s'étant transformée en pâmoison, la comédienne, affolée par une défaillance aussi inattendue, s'accrocha au cordon de la sonnette, et lorsque toute la Malmaison fut en émoi, Joséphine elle-même accourut...

Une autre fois, aux Tuileries, eut lieu entre les deux amants une dispute dont on ne connaît pas l'origine, mais qui fut suffisamment vive pour que le potentat chassât brutalement la comédienne, sans lui laisser le temps de reprendre ses vêtements. Anatole France a rappelé la scène à Jean-Jacques Brousson, son secrétaire, en évoquant la vie amoureuse de Napoléon : «Et la dispute avec George ? Quand il la chasse, toute nue, devant le factionnaire qui présente les armes ? Dites ! la scène n'est-elle pas à payer sa place au quintuple, au vaudeville ?»

Les amants se raccommodèrent. L'Empereur avait ainsi à sa disposition une femme selon ses conceptions : belle et à moitié illettrée (comme en témoigne la correspondance de la comédienne et le récit manuscrit de ses ébats avec Napoléon). Il ne s'en méfiait pas, mais il confessera à Sainte-Hélène : «Je m'en suis repenti quand j'ai su qu'elle parlait.» Alors, il préféra rompre définitivement, tout en glissant dans cette gorge qu'il avait appréciée quelques billets, pour 40000 francs (et par là encore on voit que, comparé aux rois de l'ancien temps, Napoléon avait un côté résolument moderne...).

Mlle George ne se reprochait pas ses indiscrétions et, plus prolixe que jamais, allait déclarant que «le Premier consul l'avait quittée pour se faire empereur».

*

Lorsqu'elle fut congédiée de la Comédie-Française, Mlle George, à l'occasion de quelque errance, rencontra celui qui allait devenir son nouvel amant, Charles Harel, ancien secrétaire de Cambacérès,

---

1. Horace de Viel-Castel note en 1854 : «J'ai beaucoup causé de l'Empereur avec M. de Las Cases. Il m'a dit qu'à Sainte-Hélène Napoléon parlait quelquefois de "sa faiblesse" dans le déduit amoureux, c'était fort peu de chose.» Anatole France a lourdement soutenu que l'Empereur était impuissant, et que cela expliquait tout. Chateaubriand s'est fait l'écho du contraire, ne reprochant au maître que de renvoyer trop brusquement, après usage, les jeunes filles qu'on lui avait amenées. La vérité est médiane. Un jour que, en Autriche, les soldats avaient enlevé une jeune fille qu'ils livrèrent à Schönbrunn, et comme le monarque vit sa frayeur, il la rassura et la renvoya sans y toucher.

qui expiait alors à Bruxelles ses opinions bonapartistes. Mlle George obtint son retour, et lui fit accorder le privilège d'une troupe de comédiens. Après quelques tournées, ils s'installèrent à l'Odéon en 1829 : le roi entreprit même pour eux de restaurer la salle. Mais la recette resta médiocre.

Harel, qui n'avait pas beaucoup mieux à faire, se joignit aux partisans de la révolution de 1830. Pour que son théâtre pût profiter du mouvement populaire, il alla chercher Fontan, auteur médiocre qui avait la vertu d'avoir été mis en prison un peu auparavant pour délit de presse.

On décida de monter à la hâte le drame de Fontan *Jeanne la folle*, dont Mlle George et Harel étaient allés écouter la lecture à Sainte-Pélagie «en compagnie d'un escroc, d'un faussaire et d'un assassin», ce qui était une bonne réclame dans ces temps de révolte.

Fontan fut libéré, sa pièce jouée le 28 août. L'acteur Arsène, chargé de jouer le rôle d'un roi faible, s'était fait la tête de Charles X. Tout cela ne suffit pas ; la pièce tomba, et Harel admit : «Fontan a plus de prison que de talent.»

La situation allait de mal en pis. *Le Courrier des théâtres* publia finalement le 1er avril 1832 : «L'Odéon expire ce soir. Vous êtes invité à assister à son convoi. On se réunira au Faubourg-Saint-Germain dans le lieu ordinaire de son agonie. Priez pour le très passé.»

## GEORGE III

George III, roi du Royaume-Uni de Grande-Bretagne et d'Irlande, roi de Hanovre (1738-1820), succéda à son grand-père, George II. Ses troubles mentaux firent de son fils, futur George IV, le titulaire d'une longue régence. Le règne fut marqué par l'indépendance des colonies américaines et les coalitions contre Napoléon. «À ses ancêtres il ressemblait par plus d'un point : il avait l'esprit médiocre, parlait mal, avec de continuels *What ? What ?* Il était colérique et impitoyable pour ceux qui l'offensaient. Mais, à la différence des autres George, il était pieux, moral, mystique, consciencieux, paperassier, ultraconservateur ; une de ses formules favorites était : *Il n'y aura pas d'innovations sous mon règne.* En tout cela, vraiment allemand. Il est cependant le premier membre de la dynastie hanovrienne qui ait été considéré comme Anglais» (F.H. Kruger). Il est vrai qu'au titre de la moralité, il ressemblait peu à son prédécesseur : Georges II avait copieusement trompé son épouse. Lorsqu'elle sentit sa dernière heure arrivée, la reine recommanda à son époux de se remarier. Les joues inondées de larmes, il se récria : «Jamais!... Que des maîtresses!» Les dernières années de George III se passèrent dans un état constant de démence. Lord Halifax rapporte, dans son *Gosh Book* de 1938, qu'au château de Windsor, la consigne aux gardes est toujours de s'écarter et n'intervenir en aucune manière lorsque la grande ombre du roi vient s'accouder sur la terrasse, «pleurant la perte d'anciens territoires de la Couronne».

Un banquier anglais, nommé Fair, fut accusé d'avoir fait une conspiration pour enlever le roi George III, et le transporter à Philadelphie. Amené devant ses juges, il leur dit : «Je sais très bien ce qu'un roi peut faire d'un banquier, mais j'ignore ce qu'un banquier peut faire d'un roi.»

*

George III, qui fut extrêmement perturbé par la perte des colonies américaines, commença, avant de sombrer définitivement dans la démence en 1810, de manifester des troubles du comportement dès 1787 (sujet bien traité dans le film *La Folie du roi George*).

William Pitt étant venu le trouver pour lui soumettre le discours d'ouverture du Parlement, le roi n'en voulut pas : «Il n'y est point fait mention des cygnes de ma pièce d'eau!»

Pitt, après mûre réflexion, commença son discours par les mots : «De même que les cygnes...», entrée en matière qui étonna plus d'un membre du Parlement, mais qui permit au roi d'accepter le discours.

C'est l'époque où l'on fut surpris par la manière dont le roi, lorsqu'il le croisa, interpella Gibbons, dont la réputation d'historien était déjà fort vénérée : «Hé, Mr Gibbons! Encore un fichu gros livre bien épais? Toujours gribouiller, gribouiller, gribouiller!»

*

George III, malgré sa célèbre avarice, eut quinze enfants de sa femme, Sophie Charlotte de Mecklembourg, qui n'était pas belle du tout. Son médecin, le baron Stockmar[1], l'a décrite comme ayant un faciès de mulâtre – «*a true mulatto face*» –, ce que confirme le portrait peint par Ramsay ; elle descendait de Margarita de Castro y

---

1. Lorsqu'il avait été nommé médecin de la reine, quelqu'un avait dit en apprenant la nouvelle : «*God save the Queen!*»

Sousa, branche noire de la dynastie royale du Portugal. En prenant de l'âge, son physique s'améliora, et comme on le faisait remarquer à son chambellan, le colonel Disbrowe, il dit : «Effectivement, je pense que la fleur de sa laideur est en train de se faner.»

## GRAND (Mme)

Catherine Verlée, épouse Grand, princesse de Bénévent (1761-1835) : un Genevois naturalisé anglais, Georges Grand, épousa aux Indes cette beauté française de seize ans. Un autre Anglais consentit à indemniser le mari en embarquant sa femme pour l'Angleterre. La lenteur du voyage valut à celle-ci diverses liaisons. Elle obtint des pensions de plusieurs amants et c'est une rentière qui vint s'installer à Paris en 1782. Elle était grande, svelte, blonde, d'une beauté nonchalante. Édouard Dillon a raconté comment, invité à dîner, elle l'avait accueilli revêtue de sa seule chevelure opulente. Elle retourna à Londres après avoir assisté à des massacres sous ses fenêtres en 1792. Missionnée en France en 1797 par des émigrés et suivie par la police, une amie lui recommanda d'aller tout dire à Talleyrand, alors ministre : elle dut attendre, il la trouva endormie, ils devinrent amants. Elle accoucha en secret d'une petite Charlotte, confiée à une dame Beaujard qui fit longtemps chanter l'ancien évêque. En 1802, le Premier consul exigea la rupture ou le mariage, ce qui explique le mot de Chateaubriand, que Bonaparte avait attaché Mme Grand à son mari comme un écriteau. On lit dans L'Album perdu (1829) que «Le Premier consul, à peine maître du pouvoir, fut atteint d'un accès de matrimoniomanie qui faillit s'étendre jusque sur Cambacérès. Dans son zèle d'orthodoxie conjugale, Bonaparte signifia à son ministre des Relations extérieures qu'il eût à se marier plus sérieusement : l'ancien évêque d'Autun retenait un peu M. de Talleyrand lorsqu'un bref de la cour de Rome aplanit les difficultés ; l'évêque fut relevé de ses vœux, et si quelque dévote du faubourg Saint-Germain persistait encore à voir dans M. de Talleyrand un prêtre marié, nous lui faisons charitablement observer qu'elle méconnaît le pouvoir du Pape, et que, par ce seul fait, elle est protestante sans le savoir.» En 1808, Napoléon ordonna à Talleyrand d'accueillir à Valençay les princes de la maison d'Espagne, qui y restèrent six ans. Le maître des lieux y laissa sa femme, que séduisit un chambellan, le duc de San Carlos. Lorsque Talleyrand partit au congrès de Vienne, en 1814, ce fut Dorothée de Dino qu'il emmena ; à son retour, Dorothée expliqua qu'elle ne voulait plus voir paraître Mme de Talleyrand. Au début du XXIᵉ siècle, la tombe de celle-ci au cimetière du Montparnasse n'est qu'un espace de terre à l'abandon.

On a certainement exagéré avec méchanceté, mais les témoignages concordent sur la bêtise de la «belle Indienne» que Talleyrand avait épousée après en avoir fait sa maîtresse. Les anecdotes et les mots malheureux fourmillent sur son compte, à commencer par le fameux «Je suis d'Inde», qu'elle aurait dit dans un salon, car elle était originaire des Indes; elle était née précisément à Tranquebar, possession danoise où les Français de Pondichéry s'étaient réfugiés après avoir été expulsés par les Anglais.

Pour la comtesse Potocka, Mme Grand était «d'une nullité que rien ne pouvait dissimuler», et selon Mme de Rémusat elle disposait «d'un fonds de sottise inépuisable». Napoléon lui-même la déclarait «sotte et de la plus parfaite ignorance». Talleyrand se contentait de dire : «Elle a de l'esprit comme une rose.»

Laure Junot a su conclure : «Mme Grant était une belle personne, ayant encore de beaux cheveux blonds, de beaux yeux bleus, et tout ce qui peut plaire à un esprit qui se repose»...

Courtiade, le fidèle valet de chambre du prince, avouait ne pas comprendre ce mariage : «Qui aurait pu croire que nous ferions une telle sottise, nous qui avons eu les plus belles dames de la Cour, nous qui avons eu cette charmante comtesse de Brionne? Finir par nous loger comme cela, c'est à peine croyable.»

*

La rue surnommait Mme de Talleyrand «Blanchette», et l'on chantait ce quatrain :

> Blanchette a quarante ans, le teint pâle et plombé,
> Blanchette cependant épouse un noble abbé;
> Pourquoi s'en étonner? Quand chacun la délaisse
> Toute catin se range et devient mère abbesse.

*

Un jour que le poète Lemercier lisait une de ses pièces chez Talleyrand, il préluda sa déclamation en disant : «La scène est à Lyon». Mme de Talleyrand se tourna alors vers son mari pour claironner : «Vous voyez, mon ami, que j'avais raison, vous vouliez que ce fût la Saône[1].»

---

1. Cette histoire n'est probablement pas authentique puisqu'une anecdote analogue figure dans le *Ménagiana*, plus de un siècle auparavant, la repartie étant prêtée à une marquise d'Au...

Elle confondait un peu tout, et en particulier Vivant Denon et Robinson Crusoé, si bien qu'elle demanda au premier, dans un dîner à son retour d'Égypte, pourquoi il n'avait pas amené Vendredi.

Lord Holland prétend que le prince de Talleyrand s'en consolait en énonçant des principes assez généraux dont tout le monde comprenait le sens : « Il faut, disait-il, avoir aimé une femme de génie [c'était Germaine de Staël] pour savourer le bonheur d'aimer une bête. »

Et il ajoutait pour se justifier : « Une femme spirituelle compromet souvent son mari, une femme bête ne compromet qu'elle-même. »

*

Mme Grand, devenue princesse de Bénévent, parmi toutes les maladresses qui furent les siennes, dit un jour à Mme de Souza, qui avait eu un fils naturel de Talleyrand : « N'est-ce pas, madame, que vous donneriez votre vie pour votre fils ?

— Mon Dieu, madame, et la vôtre avec ! »

*

La comtesse de Boigne, assez digne de confiance, écrit que Mme de Talleyrand ne conservait pas ses naïvetés uniquement à son usage, mais « qu'elle en avait aussi pour l'usage de M. de Talleyrand ». Ainsi, elle ne manquait jamais de rappeler que telle personne était un des camarades de séminaire de son mari : « Elle l'interpellait à travers le salon, dit aussi Mme de Boigne, pour lui faire affirmer que l'ornement qu'il aimait le mieux était une croix pastorale en diamants dont elle était parée. Elle répondit à quelqu'un qui lui conseillait de faire ajouter de plus grosses poires à des boucles d'oreilles de perle : "Vous croyez donc que j'ai épousé le Pape !"

« Il y en aurait trop à citer. M. de Talleyrand opposait son calme imperturbable à toutes ses bêtises, mais je suis persuadée qu'il s'étonnait souvent d'avoir pu épouser cette femme. »

Vint un moment où il s'en étonna tellement que, lorsqu'il dut partir pour le congrès de Vienne, ce ne fut pas sa femme qu'il emmena, mais sa nièce par alliance, Mme de Dino, fille d'une ancienne maîtresse. Peu après, Mme de Talleyrand fut expulsée de sa maison.

On se souvenait pourtant avec nostalgie de ses réceptions chez le prince : « Mme de Talleyrand, assise au fond de deux rangées de fauteuils, faisait les honneurs avec calme, écrit Mme de Boigne; et les restes d'une grande beauté décoraient sa bêtise d'assez de dignité.»

La duchesse de Dino s'étonna un jour devant son oncle de la faute «fatale aux yeux de Dieu» qu'avait représenté son mariage. Talleyrand expliqua, dans des termes qui peuvent être médités : «Je ne puis, en vérité, vous en donner aucune explication suffisante; cela s'est fait dans un temps de désordre général; on n'attachait alors grande importance à rien, ni à soi, ni aux autres; on était sans société, sans famille, tout se faisait avec la plus parfaite insouciance, à travers la guerre et la chute des empires. Vous ne savez pas jusqu'où les hommes peuvent s'égarer aux grandes époques de décomposition sociale»...

*

On prête pourtant à Mme de Talleyrand quelque esprit. Reçue par Bonaparte au lendemain de son mariage, alors qu'elle s'était entendu dire par le Premier consul : «J'espère que la bonne conduite de la citoyenne Talleyrand fera oublier les légèretés de Mme Grand.

— Je ne saurais mieux faire, répondit-elle, que de suivre l'exemple de la citoyenne Bonaparte.»

## GUISE (duc de)

Henri de Lorraine, «le Balafré», prince de Joinville, 3ᵉ duc de Guise (1550-1588) : grand guerrier, d'abord contre les Turcs au service de l'empereur, puis contre les protestants (il devait son surnom à une pistolade huguenote qu'il avait reçue à la joue). Il mit ensuite la main aux massacres de la Saint-Barthélemy, poussé par l'esprit de vengeance contre Coligny qui avait été l'instigateur du meurtre de son père. Il devint l'idole du peuple de Paris, et un contemporain dit : «La France était folle de cet homme-là, car c'est trop peu dire amoureuse.» Il avait tant d'avantages extérieurs qu'on disait de lui que pour le haïr il fallait ne pas le voir. Aussi se croyait-il appelé par le destin à prendre le trône, s'étant convaincu qu'il était plus légitime que les Valois (les princes de la maison de Lorraine descendaient de Charlemagne). Une émeute lui fit gagner Paris, qu'Henri III dut fuir. Les Valois n'avaient pas de descendants, et il croyait pouvoir cueillir le royaume comme un fruit mûr. Il n'avait pas soupçonné la détermination d'Henri III, qui le fit tuer à Blois par quelques seigneurs restés fidèles.

L'une des filles du duc de Guise avait épousé le prince de Conti. Elle était fort légère, au point de mériter ce poème gaillard :

> La princesse de Conti
> Toute la nuit pleure,
> D'autant qu'elle demeure
> Sur son appétit,
> Car à sa mesure
> Tout est trop petit.

Comme elle priait un jour son frère de se modérer au jeu puisqu'il y perdait tant, il répondit : «Ma sœur, je ne jouerai plus quand vous ne ferez plus l'amour.

— Ah! le méchant! reprit-elle, il ne s'en tiendra jamais[1].»

*

Comme le duc de Guise se demandait, devant Louise de L'Hospital-Vitry, comment il pourrait trouver moyen de payer ses dettes, elle répondit : «En épargnant autant de votre bien que vous le faites de la vérité.»

*

C'est le duc de Guise, son fils, qui fut si fort aimé de Mme de Montpensier, sa tante. C'est pour cela que, lors des états de la Ligue, quand on plaça tout le monde sur des rangs en gradins, le héraut cria : «Madame de Montpensier, mettez-vous sous votre neveu.»

C'est du moins ce que rapporte *La Satire Ménippée*.

## HARDOUIN (le père)

> Jean Hardouin (1646-1729) : fils d'un libraire de Quimper dont il avait dévoré la boutique, son goût des livres s'épanouit lorsque ses confrères jésuites le firent bibliothécaire du collège Louis-le-Grand. Il reconstitua l'*Histoire naturelle* de Pline, l'un des ouvrages de l'Antiquité dont le texte a le plus souffert. Le père Hardouin tira orgueil de ce succès, et finit par

---

1. C'est cette princesse qui, fort jeune encore, ayant obtenu de Givry un rendez-vous nocturne, s'avisa de se déguiser en religieuse pour renforcer la galanterie. «Givry monta par une échelle de corde; mais il fut tellement surpris de trouver une religieuse au lieu de mademoiselle de Guise, qu'il lui fut impossible de se remettre, et il fallut s'en retourner comme il était venu.» Bellegarde acheva l'aventure.

soutenir des paradoxes, dont le plus fort a sans doute été que Jésus prêchait en latin (*Commentarius in Novum Testamentum*, 1741, mis à l'Index l'année suivante). Dans sa *Chronologie expliquée par la médaille*, il n'hésita pas à dire que l'histoire ancienne avait été recomposée entièrement au XIIIe siècle, à l'aide des ouvrages de Pline et quelques autres sauvés de l'Antiquité. Pareille assertion, qui pouvait mettre en doute l'authenticité des Livres saints, attira à l'auteur les réprimandes de ses supérieurs. Il se rétracta, et réitéra ses opinions dans plusieurs ouvrages. Il publiait à un train d'enfer grâce à sa facilité d'écriture, sa mémoire prodigieuse, et une robuste constitution qui lui permettait de se lever chaque jour avant l'aube après s'être couché à quatre heures du matin. Son érudition inimaginable lui déforma l'esprit, et il adoptait une idée pour la seule raison qu'il ne l'avait trouvée chez personne d'autre avant lui. Il publia un recueil des conciles qui servit de base aux collections postérieures, et puis il se répandit en disant que tous les conciles avant le concile de Trente étaient chimériques. «D'où vient donc, lui dit le père Le Brun, de l'Oratoire, que vous en avez donné une collection? — Il n'y a que Dieu et moi qui sachions la force de l'argument que vous me faites», aurait benoîtement répondu le père Hardouin... Il a classé Arnauld, Nicole et Pascal parmi les athées.

Le père Hardouin avait soutenu que tous les écrits des Anciens avaient été écrits par des moines.

«Je n'aime pas beaucoup les moines, disait à ce sujet Boileau pour se moquer; cependant, je n'aurais pas été fâché de vivre avec frère Horace, dom Virgile et père Démosthène.»

*

On a fait à ce père jésuite, célèbre pour sa fabuleuse mémoire, l'épitaphe suivante :

Ci-gît le Père Hardouin, d'heureuse mémoire,
En attendant le jugement.

Cette épitaphe est pour l'essentiel la reprise de quatre vers de Habert de Montmor sur son quasi-homonyme Monmaur[1]. On pourrait aussi dire qu'il s'agit du condensé de la curieuse et encore moins charitable épitaphe que fit sur le père Hardouin une notable

---

1. Rapportée par Pierre Le Verrier sur son commentaire des *Satires* de Boileau par lui-même :

Sous cette casaque noire
Repose paisiblement,
Monmaur d'heureuse mémoire
Attendant le jugement.

figure du calvinisme genevois, Jacob Vernet; il ne paraît pas nécessaire de traduire ce transparent latin de cuisine :

> *In expectatione judicii*
> *Hic jacet hominum paradoxotatos*
> *Natione Gallus, religione jesuita,*
> *Orbis litterati portentum*
> *Venerandæ antiquitatis cultor et deprædator*
> *Docte febricitans*
> *Somnia et inaudita commenta vigilans edidit*
> *Scepticum pie egit*
> *Credulitate puer*
> *Audacia juvenis*
> *Deliriis senex.*
> *Verbo dicam, hic jacet Harduinus*

*

Le père Hardouin termina son œuvre par deux dissertations pour prouver que l'*Énéide* n'est pas de Virgile et qu'Horace n'est pas l'auteur de ses odes. À partir de cette époque, on se plut à répéter que le père Hardouin était le père éternel des Petites-Maisons.

## HARLAY (François de)

François de Harlay de Chanvallon (1625-1695) : neveu homonyme d'un prélat et son successeur sur le siège épiscopal de Rouen, il fut plus tard archevêque de Paris. Comme il fut le cinquième archevêque de Paris (qui auparavant n'était qu'un évêché), le peuple le surnommait «Harlay Quint». À la différence de son oncle homonyme, il avait un esprit réputé pour sa clarté. Après une défaveur causée par Mme de Maintenon, il se retira avec sa bonne amie du temps, la duchesse de Lesdiguières, à Conflans où il avait fait un jardin délicieux; lors de leurs promenades, les jardiniers les suivaient pour effacer la trace de leurs pas. Le père Gaillard dut faire à Notre-Dame une délicate oraison funèbre : «Le célèbre jésuite, dit Saint-Simon, prit son parti; il loua tout ce qui méritait de l'être, puis tourna court sur la morale.»

Ce grand orateur ecclésiastique eut d'importantes responsabilités sous le règne de Louis XIV, malgré son jeune âge. À part cela, il menait une vie privée fort dissolue.

Avec un peu de vanité, il avait écrit sur la porte de son cabinet :
«*Legem non observabo sed adimplebo.*»

«*Adimplere*», c'est respecter la loi ou le contrat – mais c'est aussi, au premier sens, «remplir». Un des laquais du prélat ajouta «*Couillardin*», car celui-ci concubinait alors avec une demoiselle Couillardin.

## HERVÉ (Gustave)

Gustave Hervé (1871-1944), qui signait sous le nom «Un sans-patrie» des articles antimilitaristes, fonda en 1907 *La Guerre sociale*, y prônant les actes de sabotage en cas de guerre. Ses condamnations judiciaires répétées le firent révoquer de l'enseignement. Jaurès adhéra à l'«hervéisme», jusqu'à ce qu'Hervé dît que *L'Humanité* était fondée en sous-main par des capitalistes juifs pour les protéger («Les Rothschild et la grève» et «Ma visite à *L'Humanité*», *La Guerre sociale*, 14 septembre et 16 novembre 1910). Après la condamnation à mort en 1908 pour fait de grève de Durand, le secrétaire du Syndicat des charbonniers du Havre, certains ne comprenaient pas que la bourgeoisie libérale se fût autant remuée pour Dreyfus et qu'elle restât aussi indifférente à la condamnation d'un ouvrier, lui-même innocent... «La CGT c'était bon pour protéger les bourgeois juifs, protestants et francs-maçons contre la vague antisémite et cléricale qui vous menaçait! Maintenant que le danger est passé, que vous n'avez plus besoin des révolutionnaires, ils ne sont plus bons qu'à jeter aux chiens et aux juges» («La mort du dreyfusisme», *La Guerre sociale*). En 1914, Hervé, qui, comme dirent ses ennemis, retourna «sa veste rouge pour en montrer la doublure tricolore», exprima la nécessité de défendre la Patrie. Avec d'anciens communards et guesdistes, il fondera un parti «socialiste national» après la guerre. Les violences antisémites lui feront prendre plus tard ses distances avec le national-socialisme, mais il restera partisan d'une république autoritaire.

Au congrès de la II$^e$ Internationale, en 1907, et alors que la menace d'une guerre prochaine se faisait sentir, les partis socialistes des différents pays voulurent s'entendre sur une politique commune. Ils n'y parvinrent pas. Le représentant socialiste de la France était Gustave Hervé, qui préconisa, lors de ce congrès, la grève générale et l'insurrection en cas de guerre ; Auguste Bebel, représentant du socialisme allemand, combattit sa proposition. Cela a été chansonné dans *Le Congrès de Stuttgart* :

> Par la voix de l'Internationale,
> À Stuttgart on vit arriver
> Avec les chefs de la Sociale

Le caporal Gustave Hervé ;
« Partir en Germanie,
J'en ai l'âme ravie,
Dit-il, je suis un flambeau !
À tous, je vais faire envie,
C'est le jour le plus beau,
Le plus beau de ma vie. »
À Stuttgart, au cœur de la foule,
Le sergent Hervé tout en miel,
Et la bouche en machin de poule,
Demande à son copain Bebel :
« Si nous avions la guerre,
Mettrais-tu crosse en l'air ? »
Et Bebel répond tout fier :
« Moi, je n'ai pas l'âme veule,
Je mettrai ma crosse en l'air
Pour te la ficher sur la gueule. »

## KOUCHNER (Bernard)

Issu d'un père juif et d'une mère protestante, Bernard Kouchner (né en 1939) fut dans sa jeunesse membre du parti communiste, ce qui lui permit de passer une nuit à boire et pêcher avec Fidel Castro, en 1964. Après ses études, il fut cofondateur de Médecins sans frontières puis de Médecins du monde. Il devint un personnage important du paysage audiovisuel et politique, par son physique agréable, son esprit délié et ses bons sentiments. On oubliera la prestation d'un débarquement d'opérette en Somalie à l'époque de la famine, où l'on vit le blond héros gravir la plage, armé d'un petit sac de riz, au milieu de dizaines de caméras qui repartirent aussi vite que lui vers des cieux plus cléments. Ancré à gauche, il fut un compétent ministre de la Santé sous Mitterrand (malgré la fameuse déclaration : « La contraception doit avoir ses règles »), et se retrouva peu après ministre des Affaires étrangères d'un gouvernement de droite (où il sut récidiver : « Il doit bien rester un angle de tir pour la paix »). Selon *Le Canard enchaîné* du 16 mai 2007, Sarkozy avait eu l'idée, pour son gouvernement d'ouverture, de choisir Védrine, ancien ministre socialiste. Le Conseil représentatif des institutions juives de France fit savoir que ce serait un *casus belli*, du fait des positions de Védrine sur la question palestinienne ; ainsi Bernard Kouchner fut préféré.

De Xavier Emmanuelli, sur Bernard Kouchner, médecin humanitaire et homme politique, symbole de la «gauche caviar» : «Un tiers-mondiste, deux tiers mondain.»

*

On a imputé à Bernard Kouchner quelques faux pas diplomatiques et sa manie d'être va-t-en-guerre au Proche-Orient. Boutros-Ghali, secrétaire général de l'ONU, qui l'avait employé comme représentant spécial au Kosovo après l'expulsion des Serbes, a dit : «Kouchner est un missile non guidé.»

## LA BRUYÈRE (Jean de)

Jean de La Bruyère (1645-1696) recueillit une succession qui lui permit d'acquérir l'office de trésorier des finances de la généralité de Caen ; il continua de résider à Paris. Devenu précepteur du duc de Bourbon sur la recommandation de Bossuet, il fit paraître en 1688 *Les Caractères de Théophraste*, traduits du grec, auxquels il avait ajouté un texte de son cru : *Les Caractères ou les Mœurs de ce Siècle*. Le succès que rencontra l'ouvrage fournit une opulente dot à la fille de l'éditeur, le libraire Michallet, au profit de laquelle La Bruyère avait abandonné ses droits. Vers 1860, on retrouva de curieuses lettres de La Bruyère ; mais bientôt on s'aperçut qu'elles étaient l'œuvre d'un faussaire, Vrain-Lucas, qui réécrivait diverses correspondances sur des papiers empruntés à la garde de vieux volumes. Il fut arrêté après avoir tenté de vendre des lettres de Marie Madeleine à Jésus, écrites en français...

Après avoir lu le manuscrit des *Caractères*, son ami Malézieux avait dit à La Bruyère : «Voilà un ouvrage qui vous attirera autant d'ennemis que de lecteurs.» Et en effet, l'élection de l'auteur à l'Académie fut difficile. Ceux qui s'étaient reconnus dans ses portraits, dont le vieux Benserade et Charles Perrault (sous le masque de Cydias), combattirent sa candidature. Cependant Racine, Bossuet, Boileau montrèrent leur détermination en faveur de La Bruyère, et le ministre Pontchartrain, tout-puissant, l'appuya. La Bruyère entra donc à l'Académie française en 1693, après deux échecs. Une épigramme anonyme courut sur cette élection disputée :

Quand L.B. se présente,
Pourquoi donc tant crier haro ?
Pour faire un chiffre de quarante,
Ne fallait-il pas un zéro ?

## LA HARPE (Jean-François de)

Jean-François de La Harpe (1739-1803), orphelin d'un gentilhomme suisse sans fortune (ses ennemis en ont fait le fils d'un porteur d'eau), fut recueilli par les sœurs de Charité et obtint une bourse au collège d'Harcourt. Sa première tragédie, *Warwick*, fut saluée avec chaleur par Voltaire à qui l'auteur avait dédié sa pièce. La Harpe fit un séjour à Ferney, durant lequel il déroba la copie du second chant de la *Guerre de Genève*, qu'il répandit, ce qui ne lui fut pas pardonné. Il fut ensuite chargé de la critique littéraire au *Mercure de France*, rendant coup pour coup à ses ennemis, plus nombreux que jamais, car on ne se mettait pas Voltaire à dos impunément. En 1786 il commença au Lycée, établissement d'enseignement libre, un cours de littérature, se montra partisan de la Révolution et coiffa le bonnet rouge en pleine Terreur. Malgré cette exaltation, il fut incarcéré comme suspect en 1794. En prison, il lut l'*Imitation de Jésus-Christ* et sa conversion était faite lorsqu'il fut libéré au 9 Thermidor. Il publia *De la guerre déclarée par nos derniers tyrans à la raison, à la morale, aux lettres et aux arts* et dut se cacher jusqu'au 18 Brumaire. Parmi ses ouvrages figure la *Prophétie de Cazotte*, texte assez saisissant d'une dizaine de pages que Sainte-Beuve tenait pour son chef-d'œuvre ; il a aussi écrit *Du fanatisme dans la langue révolutionnaire* (1797), où il décode le vocabulaire de la Révolution en assurant qu'il s'agit d'une «langue inverse» qui dit le contraire de ce qui est. Il critiqua bientôt Bonaparte, et celui-ci envoya l'écrivain en exil où il mourut. À cette occasion *Le Moniteur*, c'est-à-dire le Journal officiel de l'époque, le traitait de «vieillard imbécile».

Le *Journal de Paris*, revue à caractère satirique, avait l'apothicaire Cadet pour principal rédacteur. Certains auteurs y étaient régulièrement attaqués, et on leur prêtait ces propos :

> Quoi ! dit Linguet, sur son haut ton,
> Un ministre de la canule
> Voudrait devenir mon émule ?
> Bon, dit La Harpe, que veux-tu :
> Cet homme ayant toujours vécu
> Pour le service du derrière,
> Veut compléter son ministère
> En nous donnant des torche-cul.

\*

La Harpe appelait Voltaire « Papa » ; celui-ci, en retour, l'appelait « Mon Fils, haut comme Ragotin ». Il ajoutait : « La Harpe ? c'est un four qui toujours chauffe, et où rien ne cuit. »

*

D'une manière générale, La Harpe fut l'un des auteurs du temps les plus éreintés par des épigrammes qui semblaient sortir de tous les côtés. On a par exemple celle-ci :

> Si vous voulez faire bientôt
> Une fortune immense et pourtant légitime,
> Il vous faut acheter La Harpe ce qu'il vaut,
> Et le vendre ce qu'il estime.

*

On prétendait que La Harpe revoyait les ouvrages de Mme de Genlis. Comme celle-ci était une harpiste réputée, on fit une épigramme où la dame parle ainsi :

> Je sais assez passablement
> L'orthographe et l'arithmétique ;
> Je déchiffre un peu la musique,
> Et La Harpe est mon instrument.

*

Avec Marmontel, La Harpe fut le chef de file des « lullistes », qui n'admettaient pas qu'on s'écartât des règles posées par Lulli dans la querelle qui les opposait aux partisans de Gluck (on appela également « piccinnistes » les membres du parti de Lulli, quand on eut fait venir Piccinni à Paris pour défendre les opéras à l'italienne).

Comme La Harpe ne connaissait pas grand-chose à la musique, il s'était jeté dans le débat avec des dissertations truffées de mots savants, « employant tout l'arsenal de ces mots prétendus scientifiques, qui font croire aux ignorants que d'autres ignorants en savent plus qu'eux ». Cela lui valut les vers anonymes suivants :

> *Vers d'un homme qui aime la musique et tous les instruments,*
> *excepté La Harpe*
> J'ai toujours fait assez de cas
> D'une savante symphonie,

> D'où résultait une harmonie
> Sans effort et sans embarras.
> De ces instruments hauts et bas,
> Quand chacun fait bien sa partie,
> L'ensemble ne me déplaît pas ;
> Mais, ma foi, La Harpe m'ennuie.
> Chacun a son goût ici-bas :
> J'aime Gluck et son beau génie,
> Et la céleste mélodie
> Qu'on entend à ses opéras.
> De vos Amphions d'*Ausonie*
> La période et son fatras
> Pour mon oreille ont peu d'appas ;
> Et surtout La Harpe m'ennuie.

On a aussi cette épigramme, toujours contre le parti des piccinnistes :

> J'errais dans la forêt voisine
> Du grand chemin qui conduit à Senlis ;
> J'entends crier *au meurtre, on m'assassine* ;
> Je vole au lieu d'où s'élançaient les cris.
> Que vois-je, ô ciel ! quelle surprise extrême :
> Le Dieu du goût assassiné lui-même :
> « Ami, dit-il, je cède au coup mortel.
> À mes tyrans je voulais me soustraire,
> Mais par malheur dans ce bois solitaire
> J'ai rencontré La Harpe et Marmontel. »

**LA NOUE**

N. de La Noue, financier du XVIIᵉ siècle, attira l'attention par son faste et ses dépenses excessives. Poursuivi pour malversations, il fut condamné en 1705 à neuf années de galères et au pilori. Il est question de lui dans la *Nouvelle École publique des finances, ou l'Art de voler sans ailes* (2ᵉ éd., Cologne, 1708), où l'on dénonce à l'indignation des Français cette « poignée de canailles qui causent le malheur de millions d'âmes ».

Le financier La Noue montrait une magnifique maison qu'il venait de faire bâtir à un seigneur qui savait bien qu'en penser. Après lui avoir fait parcourir plusieurs beaux appartements : «Admirez, lui dit-il, cet escalier dérobé.» Le visiteur repartit : «Il est comme le reste de la maison.»

## LARIVE (Jean de)

Jean Mauduit, dit «de Larive» (1747-1827), sociétaire de la Comédie-Française, fit des tournées triomphales et ses appointements atteignirent des montants jamais connus. Il ne s'entendait pas avec Nicolas Florence, autre sociétaire. Lors d'une représentation, ce dernier était monté en retard sur scène, et cela occasionna une rixe en costume avec leurs sabres de théâtre. Les spectateurs crurent au scénario, jusqu'au moment où l'on vint des coulisses séparer les acteurs. Après avoir été sifflé à Paris, Larive quitta le Théâtre-Français, pour y revenir en 1790 comme «acteur libre». Lors de l'arrestation en masse des comédiens-français, le 3 septembre 1793, il fut lui-même jeté en prison. Il fit valoir qu'il n'appartenait plus au Théâtre-Français et fut libéré. Les journaux se déchaînèrent en exigeant qu'il fût renfermé, ce qui fut fait. Il recouvra la liberté après le 9 Thermidor, parcourut la province et renoua avec les triomphes. À Paris on préférait Talma, qui incarnait les valeurs de la Révolution. Larive décida d'abandonner la scène, vécut dans l'aisance, et écoula des heures paisibles jusqu'à sa mort en écrivant des ouvrages sur l'art dramatique.

Lekain avait été l'acteur chéri du XVIIIᵉ siècle. Il était lié aux philosophes, ce qui n'était pas le cas de son cadet et successeur, Larive. Après la mort de Lekain, et lorsque Larive alla faire sa tournée en Suisse, en 1783, un Genevois composa ce quatrain :

Qui me consolera du malheur qui m'arrive ?
Disait Melpomène[1] à Caron.
Lorsque tu fis passer à Lekain l'Achéron,
Que ne déposait-il ses talents sur la rive ?

---

1. Melpomène, muse de la tragédie, a un maintien grave et sérieux. La représentation de Rachel (on la célébrait comme «la Melpomène juive») la plus célèbre est un tableau de Gérome, *Rachel personnifiant la Tragédie*, qui orne les murs de la Comédie-Française ; elle figure entourée des attributs habituels de la muse : la colonne, la dague ensanglantée et le masque.

## LAW (John)

John Law (1671-1729), fils d'un orfèvre d'Édimbourg qui faisait aussi le banquier, «était né dans ces hautes régions commerciales ou le spéculateur touche à l'homme de qualité» (A. Cochut). Après avoir dû fuir Londres, il mena sur le continent une existence de joueur et reçut de d'Argenson, lieutenant de police, l'ordre de quitter Paris. À Amsterdam, il étudia les ressorts du commerce, et les combinaisons sur les effets publics lui procurèrent des bénéfices considérables. Il écrivit en 1707 ses *Considérations sur le numéraire et le commerce* qui sera traduit à l'époque des assignats. Lorsqu'il apprit la mort de Louis XIV, il revint en France. Il avait eu l'occasion de sympathiser avec le Régent et des lettres patentes autorisèrent l'organisation d'une «banque générale». Les moyens de spéculation furent élargis : ce fut un engouement considérable. La Palatine raconte : «Ce qu'ont fait six dames de qualité est vraiment scandaleux; elles avaient saisi M. Law au moment où il était dans son appartement, et comme il les suppliait de le laisser aller et qu'elles s'y refusèrent opiniâtrement, il leur dit enfin : "Mesdames, je vous demande mille pardons, mais si vous ne me laissez pas aller, il faut que je crève, car j'ai un tel besoin de pisser qu'il m'est impossible d'y tenir davantage." Elles lui répondirent : "Eh bien, Monsieur, pissez, pourvu que vous nous écoutiez." Il le fit, tandis qu'elles restaient autour de lui. C'est une chose affreuse, et lui-même en a ri à se rendre malade. Vous voyez ainsi à quel point la cupidité est venue en France.» En 1720, Law fut nommé contrôleur général mais «le Système» s'effondra, parce que ce calculateur ne savait pas apprécier les entreprises qui constituaient la contre-valeur du papier émis. Law dut quitter la France. «Il finira sa vie à Venise, solitaire et ruiné. Sa dépouille mortelle repose à l'entrée de l'église San Moisè. Des centaines de touristes foulent chaque jour, sans y prêter la moindre attention, la dalle qui la recouvre» (Jean de Viguerie).

L'un des roués du Régent, le marquis de Canillac, dit un jour à Law : «Monsieur, vous n'avez rien inventé; bien avant vous, j'ai fait des billets que je n'ai pas payés : vous m'avez volé mon système.»

*

On a vu que Mazarin était soupçonné par les pamphlétaires d'entretenir avec la veuve d'Henri IV une relation étroite. Cela revint à l'esprit de ceux qui faisaient, sous la régence de Philippe d'Orléans, des vers contre le système de Law :

Veux-tu savoir en quoi diffère
De Mazarin le ministère,
Et de Law le futur pendu ?
L'un ne foutait que la régente,
Et par l'autre tout est foutu,
Le Régent, l'État et nos rentes.

*

« Sachez, dit un jour Law, que je suis incapable de commettre une mauvaise action.

— C'est bien assez d'en émettre », répondit quelqu'un de la compagnie.

*

On sait que Colbert avait fait créer la Compagnie des Indes orientales et qu'il accorda à la compagnie de l'Amérique du Sud un monopole sur Cayenne, les Antilles, le Canada et les Florides.

En septembre 1776, on trouva à la porte de l'hôtel de feu la Compagnie des Indes, où étaient désormais placés les bureaux de la nouvelle loterie royale, un placard avec cette inscription :

En ces lieux où Colbert enrichissait la France,
Mercure à des benêts vend bien cher l'espérance.

*

L'époque est restée célèbre par la ruine de quelques grands seigneurs, et l'élévation brusque de simples valets qui avaient adroitement spéculé. Après s'être rendu rue Quincampoix, Montesquieu s'écria : « Dieu ne tire pas plus rapidement les hommes du néant. Que de valets servis par leurs camarades et, peut-être demain, par leurs maîtres d'hier ! »

On racontait qu'un homme, qui était passé de l'état de laquais à celui de fournisseur, se trouvait dans une salle d'armes ; le prévôt lui présenta le fleuret, en l'invitant à s'escrimer. Il s'en excusa en disant : « Je n'ai jamais appris à tirer une botte.

— C'est vrai, dit quelqu'un qui se trouvait-là : monsieur en tirait toujours deux. »

## LEBRUN (Albert)

> Albert Lebrun (1871-1950), modéré de gauche, était issu d'une famille paysanne aisée. Polytechnicien, catholique qui avait voté la loi de Séparation, peut-être franc-maçon (il était vice-président du groupe d'action et de défense laïque du Sénat), il fut élu à la présidence en 1932. Sa personnalité n'était pas faite pour la suite : reprise de la Sarre par l'Allemagne, crise économique, scandale Stavisky, émeutes d'extrême droite, arrivée du Front populaire qui ne mettra pas fin aux grèves ni à leur répression (en 1937 on dénonçait «Blum le fusilleur»). Il fut réélu en 1939. Lors de l'installation au pouvoir de Pétain, il lui dit : «M. le Maréchal, soyez rassuré à mon égard. J'ai été toute ma vie un serviteur fidèle de la loi, même quand elle n'avait pas mon adhésion morale.» Il proposa ses services à de Gaulle en 1944, faisant remarquer que son mandat ne s'achevait qu'en 1946. Il ne reçut pas de réponse.

Ce dernier président de la III<sup>e</sup> République inspira beaucoup les caricaturistes par sa grande taille, ses pieds plats et une maladie oculaire qui le faisait souvent pleurer : dès qu'un événement désagréable survenait, ce qui ne manquait pas, on le représentait dans un lac de larmes, et on le surnommait «le sot pleureur»...

On disait aussi du président, qui était originaire de Mercy-le-Haut, en Moselle : «Il est né à Mercy. Il n'y a pas de quoi.»

## LEFÉBURE DE FOURCY (Louis-Étienne)

> Louis-Étienne Lefébure de Fourcy (1785-1869) fut nommé en 1843 titulaire de la chaire de calcul différentiel et de calcul intégral à la faculté des sciences de Paris. En 1816, alors que Lefébure interrogeait Auguste Comte, élève de 2<sup>e</sup> année de l'École polytechnique, celui-ci, irrité par les méthodes de l'examinateur, finit par mettre les pieds sur la table en expliquant : «Monsieur, j'ai cru bien faire en prenant votre exemple.» L'histoire ne dit pas comment se termina l'incident.

Lefébure de Fourcy, examinateur officiel des écoles polytechniques sous la Restauration, faisait passer une épreuve orale de mathématiques. Le candidat, au moment où il s'embrouillait au tableau, la craie à la main, entendit la voix de M. Lefébure dire tranquillement à l'appariteur : «Garçon, apportez une botte de foin pour le déjeuner de l'élève.

— Apportez-en deux, ajouta l'élève chez qui l'indignation fit revenir l'esprit : monsieur l'examinateur déjeunera avec moi.»

Cette anecdote, depuis colportée et prêtée par toutes les générations d'étudiants à l'un de leurs maîtres sévères, se trouve en original dans les *Vieux Souvenirs* du prince de Joinville qui eut Lefébure de Fourcy comme professeur.

## LOUBET (Émile)

Émile Loubet (1838-1929) était ministre de l'Intérieur à l'époque des scandales à répétition qui secouaient le régime ; on l'accusa de protéger ses amis et il dut démissionner. Après la mort inopinée de Félix Faure, il recueillit la présidence de la République au milieu des turbulences et chargea Waldeck-Rousseau de constituer un cabinet «de défense républicaine». Loubet («Mimile»), avec la rondeur du Provençal de terroir, était la façade bonhomme dont la république avait besoin : on lança l'idée de «Belle Époque», avec l'Exposition universelle de 1900, la tour Eiffel, la première ligne de métro... Au convent de 1901, et après s'être séparé des loges antisémites lors du procès Dreyfus, le Grand Orient construisit une stratégie pour mettre en place à la Chambre et au gouvernement des membres de son obédience. La loi de 1901 sur les associations permettait l'organisation de partis destinés à canaliser les votes. Combes succéda à Waldeck-Rousseau : en 1904 la loi interdit l'enseignement aux congréganistes, et en 1905 ce fut la loi de Séparation. Pour faire adhérer les ouvriers à l'idée, on évoqua le «million» des congrégations : les confiscations financeraient les caisses de retraites ouvrières. Mais la valeur des biens confisqués fut très inférieure, et les liquidateurs amis du gouvernement profitèrent seuls des dépouilles. D'ailleurs on ne se préoccupait plus des ouvriers, et le régime fut rongé par les grèves : 750 pour la seule année 1899. Les répressions violentes se succédèrent, de 1900 à 1911. Quelque temps avant sa mort, Loubet fut interviewé par un journaliste de *L'Illustration*, Clair-Guyot, qui expliqua ensuite : «Pour son âge, il est extraordinaire. Il se rappelle absolument tout, tout sauf qu'il a été président de la République.» Il était de Montélimar et on l'appelait «le nougâteux».

Après la mort soudaine de Félix Faure, des tractations actives eurent lieu pour porter à la présidence Émile Loubet (dont l'appartenance maçonnique, réelle, fut longtemps dissimulée), mais la thèse officielle fut que les Loubet, braves gens étrangers à toute cette agitation, s'étaient retrouvés au niveau de la magistrature suprême un peu par hasard.

C'était en tout cas assez vrai de Mme Loubet, grosse bourgeoise peu raffinée qui fera frémir le chef du protocole lorsque, en mai 1903, à l'occasion d'une visite officielle des souverains britanniques, elle demandera au roi Édouard VII à propos du prince de

Galles, futur George V : « Et ce grand garçon, que comptez-vous en faire plus tard ? »

Peu auparavant, recevant les épouses des présidents du Sénat et de la Chambre et de quelques corps constitués, elle commença son petit discours par : « Nous autres, femmes publiques... »

Lors de cette visite des souverains anglais, le peuple de Paris chantait pour encourager Émile Loubet (sur l'air de *Viens Poupoule*) :

> Viens Mimile, viens Mimile, viens
> Viens presser dans tes bras
> Édouard VII gros et gras !

On se moquait dans la même occasion de la corpulente Mme Loubet, et l'on chantait :

> Ah ! dit m'ame Loubet,
> Faut mettre un corset
> Et ça n' m'est pas facile[1] !

\*

« Mimile » était un manœuvrier éprouvé. Il succéda à Félix Faure alors qu'il avait trempé dans l'affaire de Panamá, en protégeant, comme ministre de l'Intérieur, ses amis impliqués (les scellés furent posés tardivement sur l'appartement de Reinach après son suicide lié au scandale). Une chanson populaire en garde le souvenir : *Le Retour du Président*[2] :

> Lorsque le train, venant de Versailles,
> Ramena notre cher Président,
> Les cuirassiers se mirent en bataille,
> Les agents se mirent sur les flancs ;
> Tapi dans le fond de sa voiture,
> Bien qu'ayant l'oreille un peu dure,

---

1. Une autre grosse présidente fut Mme Coty, à qui Yvan Audouard avait adressé une missive qui commençait par : « Tout bien pesé, Madame... »

2. Pour simplifier la lecture, on n'a pas fait apparaître les élisions de syllabes.

Émile entendit très clairement
Sonner le refrain du régiment,
À pleins poumons,
Par les clairons :
Panama ! Panama !
Panama ! Panama !
Panama ! Pana-Panama !
Ce fut comme une traînée de poudre
Qui se répandit sur les boulevards ;
Il aurait envoyé faire foudre
Bien volontiers tous les braillards ;
Mais le bruit prenait de la consistance,
Émile disait : « Je n'ai pas de chance ! »
Et, tout en s'arrachant trois cheveux,
Il entendait, pâle et nerveux,
Les gens moqueurs
Chanter en chœur :
Panama ! Panama !
Panama ! Panama !
Panama ! Pana-Panama !
Le refrain, très vite populaire
Fut fredonné dans tout Paris,
par M'sieur Coppée, M'sieur Brunetière,
Monsieur Barrès et leurs amis ;
M. « de » Quesnay de Beaurepaire[1],
Dans son bureau grave et sévère,
De long en large se promenait,
Naturellement
Se chuchotant :
Panama ! Panama !
Panama ! Panama !
Panama ! Pana-Panama !

---

1. Procureur général, Quesnay de Beaurepaire avait fait son possible pour étouffer
le scandale de Panamá, mais il fut ensuite trouble-fête dans l'affaire Dreyfus.

## LOURDET DE SANTERRE

Jean-Baptiste Lourdet de Santerre (1752-1815), maître ordinaire de la chambre des comptes de Paris et censeur royal, avait pris goût au théâtre après avoir fait la connaissance des époux Favart. Il composa des livrets pour de petits opéras dont certains furent des succès. Ce fut en particulier le cas de *La Double Épreuve ou Colinette à la cour*, dont Grimm jugea sévèrement l'intrigue – si l'on ose appeler ainsi les niaiseries alors à la mode. La musique de Grétry ne bénéficia pas de plus d'indulgence, et Grimm dit : «Le chœur du troisième acte fait de l'effet, mais il fait encore plus de bruit.»

Dans sa correspondance, Grimm relate que la comédie lyrique en trois actes intitulée *L'Embarras des richesses* fut représentée pour la première fois par l'Académie royale de musique le mardi 26 novembre 1782, les paroles étant de Lourdet de Santerre et la musique de Grétry. Grimm ajoute que l'œuvre a été «jugée avec plus de sévérité qu'un ouvrage de ce genre ne semble en mériter», et il rapporte ces vers qui circulaient :

On donne à l'opéra
*L'Embarras des richesses*;
Mais il rapportera,
Je crois, fort peu d'espèces.
Cet opéra-comique
Ne réussira pas,
Quoique l'auteur lyrique
Ait fait son embarras.
Embarras de couplets,
Embarras dans les rôles,
Embarras de ballets,
Embarras de paroles :
Enfin, de toute sorte,
On ne voit qu'embarras...
Mais allez à la porte.
Vous n'en trouverez pas.

## MAC-MAHON (maréchal de)

Patrice, comte de Mac-Mahon, duc de Magenta, maréchal de France (1808-1893), se fit remarquer en Crimée, lorsqu'il prit d'assaut la tour de Malakoff d'où il lança son fameux : «J'y suis, j'y reste!» En Italie, il assura la victoire de Magenta au moment où Napoléon III et sa garde allaient être capturés par les Autrichiens. Gouverneur de l'Algérie, il eut des démêlés avec ceux qui prêchaient la francisation alors qu'il appliquait les idées de l'empereur sur «son royaume arabe». En 1870, il reçut ordres et contrordres, fut blessé et capturé. Il commanda l'armée de Versailles qui reprit Paris aux communards, mais évita quant à lui le zèle dans la répression. En 1873, lors de la chute de Thiers, il accepta de devenir président de la République. Daniel Halévy a décrit comment on avait proposé cet «honnête soldat qui avait traversé avec honneur les désastres de 1870 et qui, vainqueur de Paris en mai 1871, avait su trouver, rare mérite, des mots humains dans la guerre civile. Nulle méfiance n'existait contre lui. Orléanistes, légitimistes, bonapartistes, tous avaient promis leurs voix. C'était à l'insu du brave homme (non de sa femme), et il y eut là des traits de comédie.» Mac-Mahon expliqua ensuite aux légitimistes que «les chassepots partiraient d'eux-mêmes» si le drapeau blanc était arboré à une seule fenêtre de France, et c'est sous ce gardien des institutions que les lois fondamentales de la République furent adoptées. Cela n'empêchait pas Gambetta d'accuser le président de vouloir «le gouvernement des curés». Après les médiocres manœuvres des monarchistes, appelées «coup d'État du 16 mai», le maréchal se démit à l'issue des élections de 1879 qui donnaient la majorité sénatoriale à la gauche. En souvenir de ses molles manœuvres pour restaurer la monarchie, on lui a prêté des propos ridicules : «La fièvre typhoïde, je sais ce que c'est. Je l'ai eue. On en meurt ou on en reste idiot.» Ou encore, à un vieillard : «Tiens, tiens! quatre-vingt-seize ans et pas encore mort? Félicitations!» Les ancêtres du maréchal avaient su mieux se jouer des républicains. Le cadavre de sa grand-mère avait protégé le château de Sully, en Bourgogne, pendant la Terreur. On le sortait d'un bain d'alcool pour le mettre dans le lit : «Voyez la pauvre vieille femme», disait-on. Les révolutionnaires partis, on la rentrait dans son bain.

On sait que ce maréchal-président de la République, qui était en vérité un homme fort honnête, a conservé aux yeux de la petite histoire une certaine réputation de stupidité. Bref, il est connu que le maréchal, en contemplant les inondations du Midi, trouva seulement à dire : «Que d'eau! Que d'eau!»

Quelqu'un de sa suite eut la petite méchanceté d'ajouter : «Et encore : on ne voit que le dessus...»

\*

Au début de la III<sup>e</sup> République, une Chambre à majorité royaliste avait élu Mac-Mahon pour président, maréchal fort populaire et monarchiste lui-même, et l'avait élu pour sept années (on avait tenté dix, pour faciliter la transition de la république à la monarchie, étant donné les atermoiements du prétendant sur la question du drapeau, mais l'amendement Vallon avait réduit la durée). Le comte de Chambord était persuadé que, malgré son opposition au drapeau tricolore, et moyennant quelques manœuvres, il pourrait s'installer sur le trône. C'était compter sans le sens aigu de la légalité qu'avait le maréchal de Mac-Mahon (que l'on continue de dénigrer, alors qu'il sauva la république).

Le comte de Chambord, venu discrètement à Versailles avec l'intention de s'entendre avec le maréchal, trouva porte close ; Mac-Mahon lui fit savoir qu'il ne pouvait pas jouer le rôle de Monk, et qu'il devait rester neutre entre tous les partis. Le comte, piqué du légalisme obstiné du maréchal, dut quitter Versailles en disant : « Je croyais avoir affaire à un connétable, je n'ai trouvé qu'un capitaine de gendarmerie. »

*

Aux premières heures de la III<sup>e</sup> République, sous la présidence Mac-Mahon, un député de la gauche déclarait à la tribune : « Tous les hommes sont égals !

— Et fraternaux, mon bon ami, et fraternaux ! » répliqua quelqu'un depuis les gradins royalistes.

## MANCINI (Hortense)

Hortense Mancini, duchesse de Mazarin (1646-1699), nièce du cardinal, était arrivée en France en 1653 : elle était « une des plus parfaites beautés de la cour » (Mme de La Fayette). Sa main fut accordée à Armand-Charles de La Porte, marquis de la Meilleraye, qui porta dès lors le titre de duc de Mazarin, que le cardinal transmit avec sa fortune. Il interdisait sur ses terres aux filles de ferme de traire les vaches, afin d'éloigner d'elles les mauvaises pensées. Sa femme le quitta après cinq années de mariage et cela acheva de lui déranger l'esprit, car il l'aimait passionnément. Elle s'installa à Chambéry avec le duc de Savoie, puis passa en Angleterre à la mort de celui-ci. Elle y fut accueillie le lit ouvert par Charles II, chassant de la royale couche la petite Louise de Kerouaille, devenue duchesse de Portsmouth, qui y était allée sous les encouragements de l'ambassadeur de France (Saint-Évremond disait que «le ruban de soie qui serrait la taille de Mlle de Keroualle unissait l'Angleterre et la France»). À cause d'Hortense, celle-ci versa des torrents de larmes et le roi dut lui maintenir ses faveurs en concours avec l'autre, ajoutant pour faire bonne mesure Nell Gwynn, alors marchande d'oranges. Lorsque Hortense mourut, «M. de Mazarin, écrit Saint-Simon, depuis si longtemps séparé d'elle et sans aucun commerce, fit apporter son corps et le promena près d'un an avec lui de terre en terre. Il le déposa un temps à Notre-Dame-de-Liesse, où les bonnes gens la priaient comme une sainte et y faisaient toucher leurs chapelets.»

Tout en amassant avec frénésie, le cardinal Mazarin, collectionneur passionné, dépensait largement. Lorsqu'il devint malade et que son médecin lui annonça sa mort prochaine, on le vit se promener dans ses galeries en exprimant le regret de devoir dire adieu à ces belles choses *qui lui avaient tant coûté.*

Après sa mort, dans le procès en séparation du duc de Mazarin et de sa femme, Hortense Mancini, l'avocat de la duchesse, Sanchot, s'étendit sur les torts du duc, et dit qu'il avait gâté et mutilé des statues antiques que le cardinal s'était procuré à grands frais. Le duc en effet faisait retirer les sexes des statues pour ne pas troubler les servantes. L'avocat du duc, Errard, répondit à Sanchot : «Est-ce à cause de ces statues que Mme la duchesse refuse de retourner au palais Mazarin?»

*

Quand l'archevêque de Lyon, Montazet, alla prendre possession de son siège, une vieille chanoinesse, sœur du cardinal de Tencin, lui fit compliment de ses anciens et célèbres succès auprès des femmes, et en particulier de l'enfant qu'il aurait eu avec la duchesse de Mazarin. Le prélat nia tout, et ajouta perfidement : «Madame, vous savez que la calomnie ne vous a pas ménagée vous-même; mon histoire avec Mme de Mazarin n'est pas plus vraie que celle que l'on vous prête avec le cardinal.

— Dans ce cas, dit la chanoinesse tranquillement, l'enfant est de vous.»

## MARIE-THÉRÈSE D'AUTRICHE

Marie-Thérèse d'Autriche, impératrice d'Allemagne (1717-1780), fut désignée héritière par son père Charles VI, qui changea les lois héréditaires par la Pragmatique Sanction. Il fallut ensuite lutter contre Frédéric II et l'Électeur de Bavière prétendant à l'empire. Elle parvint à faire élire empereur son mari le duc de Lorraine, sous le nom de François I<sup>er</sup>, et soutint avec la France la guerre de Sept Ans contre la Prusse, première guerre mondiale à l'échelle du temps. Elle fut la mère des contestables Marie-Antoinette et Joseph II qui lui succéda, et la grand-mère de François II (père de Marie-Louise), qui prit en 1806 le nom et le titre de François I<sup>er</sup>, empereur d'Autriche héréditaire, en réunissant ses États sous la dénomination d'empire d'Autriche.

L'impératrice Marie-Thérèse recommandait au maréchal Koningsec de ne pas donner d'avancement aux officiers libertins : «Madame, répliqua le maréchal, si votre auguste père eût pensé comme vous, je serais encore enseigne.»

## MAUPEOU (chancelier)

René Nicolas de Maupeou (1714-1792) fut premier président au parlement de Paris avant d'être nommé garde des Sceaux. «Il a de larges vues, une haute conscience de ses devoirs et une grande capacité de travail» (Jean de Viguerie). Il décida avec Louis XV d'imposer des limites aux cours qui bloquaient les réformes, mais les parlements s'insurgèrent contre l'édit de décembre 1770. Le gouvernement fit acte d'autorité : les magistrats furent exilés, la vénalité des charges supprimée, le parlement de Paris démembré, les cours provinciales réformées. À la tête du parti qui soutenait les parlementaires exilés, on trouve l'essentiel de la noblesse avec la Dauphine Marie-Antoinette et le futur Charles X, les philosophes, le clergé janséniste et les évêques «politiques». De leur côté, le futur Louis XVIII, la majorité du clergé et les Jésuites soutenaient la réforme Maupeou. Dès son avènement, Louis XVI rétablit les anciens parlementaires. Jusqu'à la Révolution, les deux partis coexisteront avec ressentiment ; Laure d'Abrantès a souligné que le second tiendra toujours rigueur à Marie-Antoinette de son soutien actif à l'opposition parlementaire, et qu'il contribua à la chute de la reine dans les esprits. Maupeou expliqua au nouveau monarque : «Si le roi veut perdre sa couronne, il est le maître»; hors la présence de Louis XVI, il se contentait de dire : «Il est foutu!»

Sous Louis XV, en présence de l'opposition des magistrats à la réforme qui avait aboli la vénalité des offices et institué la gratuité de la justice, le chancelier Maupeou fit exiler dans d'obscurs villages les plus rebelles aux réformes voulues par la monarchie, pour reconstituer des cours nouvelles ; mais les avocats, par solidarité avec les magistrats, refusèrent de plaider, ce qui excita le mécontentement populaire contre une réforme judiciaire que Voltaire et Turgot jugeaient excellente.

Les princes du sang – qui n'eurent aucun crédit durant tout le règne – désapprouvaient la politique royale. Le prince de Conti, spéculateur qui s'était signalé au temps du « système » de Law par sa cupidité, prit vivement parti pour les parlementaires. Louis XV ne le désignait plus que sous le nom de « mon cousin l'avocat ».

Maupeou était devenu la cible de violentes attaques qui s'étendaient à sa famille. Lorsque le président Maupeou, son père, mourut, on concocta l'épitaphe suivante :

> Ci-gît un vieux coquin qui mourut de colère,
> D'avoir fait un coquin plus coquin que son père.

Malgré l'opposition de l'aristocratie et de la haute bourgeoisie parlementaire, la réforme fut maintenue. Elle devait être ruinée par Louis XVI.

*

Maupeou se montra un jour, au fort de son impopularité, dans un carrosse à six chevaux. On lui adressa ce distique :

> *Sex trahitur Maupœus equis ; jam murmura vulgi*
> *Nulla forent, quatuor si taheretur equis.*

En somme : « Maupeou est traîné par six chevaux, le peuple ne serait pas fâché qu'il fût tiré par quatre » (écartelé).

Et lors de son renvoi, en 1774, on chantera le couplet suivant sur l'air *De l'amitié* :

> Sur la route de Chatou
> Le peuple s'achemine,
> Pour voir la triste mine
> Du chancelier Maupeou,
> Sur la roue... sur la roue...
> Sur la rou...te de Chatou.

## MAZÈRES (Édouard)

> Édouard Mazères (1796-1866) avait abandonné la carrière des armes pour se consacrer à la littérature. Collaborateur de Scribe et de Picard, les pièces à la rédaction desquelles il avait participé eurent un immense succès à la fin de la Restauration et sous la monarchie de Juillet; il s'agissait de comédies d'inspiration libérale, comme tous les vaudevilles du temps. Devenu *préfet du Cher* sous Louis-Philippe, il fut révoqué par la IIe République.

Cet auteur dramatique fut surtout célèbre par les autres : collaborateur déterminant de certains succès de Scribe, de Picard ou d'Empis, il n'apparaissait qu'en deuxième ligne.

À l'époque de la mort de Picard, on avait fait cette plaisanterie :

> Picard est mort,
> Pleurons Mazères.

Plus tard, lorsque, tentant de forcer les portes de l'Académie, Mazères invoquait un de ses drames, *La Mère et la Fille*, l'académicien à qui il faisait visite lui répondit, par allusion à la collaboration d'Empis : « Mais nous avons déjà reçu quelqu'un pour ça ! »

\*

Mazères, qu'on ne jouait plus, survécut un certain temps à sa gloire, si bien qu'on dit, lorsque la nouvelle de sa mort parvint dans les salles de rédaction : « Encore ! »

## MESMES (président de)

> Jean Antoine de Mesmes, comte d'Avaux (1661-1723), eut une jeunesse si débauchée que son père, président à mortier, le prit en aversion, lui jetant quelquefois des assiettes à la tête – les invités tentaient de s'interposer. Devenu président par succession, le fils décida d'apprendre « ce qu'on appelle le tran-tran du palais, et à connaître le faible de chacun de Messieurs qui avaient du crédit et de la considération dans leurs chambres ». Avec cela, ajoute Saint-Simon, « ni âme, ni honneur, ni pudeur; petit-maître en mœurs, en religion, en pratique [...]. D'ailleurs d'excellente compagnie, charmant convive, un goût exquis en meubles, en bijoux, en fêtes, en festins, et en tout ce qu'aime le monde; grand brocanteur et panier percé sans s'embarrasser jamais de ses profusions, avec les mains toujours ouvertes, mais pour le gros, et l'imagination fertile à s'en procurer ». Lorsqu'il devint premier président, en 1712, il trouva un moyen de

pourvoir à ses dépenses : Duclos explique que tous ses efforts consistaient à s'entremettre entre le Parlement et le Régent «dont il tirait un argent prodigieux». Le Régent était en effet convaincu que le président contrôlait sa compagnie, ce qui n'était pas le cas. «Aussi voyait-on de Mesmes déserté par les enquêtes toutes les fois qu'il entreprenait de les contenir. Il en profitait alors pour tirer du Régent de nouvelles sommes, et ne ramenait les fugitifs qu'en participant à leurs excès.»

En mars 1718, pour faciliter le paiement des rentes de l'Hôtel de Ville, le Conseil d'État rétablit l'imposition des «quatre sols pour livre» sur tous les droits des fermes générales. La grand-chambre du Parlement, présidée par M. de Mesmes, enregistra l'arrêt. Cela déclencha une querelle de la part de la chambre des enquêtes, qui prétendait devoir être associée à une telle décision, puisque cela requérait l'assentiment du Parlement, c'est-à-dire selon elle de toutes les chambres[1]. Des libelles circulèrent sur cette querelle de magistrats, et l'on put lire les vers suivants, imités du jargon du Palais :

La grand'chambre du Parlement,
Enregistra furtivement
Des patentes qu'on envoya,
Alléluia !
Les enquêtes l'ayant appris,
Le trouble fut dans les esprits,
Au cabinet on s'assembla.
Or, en ce lieu si redouté,
Dans le temps de minorité[2],
Fort longtemps on délibéra.
Après avoir bien discouru,
Vers la grand'chambre on accourut,
Où pêle-mêle l'on entra.
Les enquêtes, à haute voix
crièrent toutes à la fois :

1. Le parlement de Paris était divisé en grand-chambre, chambre des enquêtes, chambre des requêtes et tournelle criminelle. Les enquêtes et les requêtes étaient composées de jeunes magistrats «toujours disposés à prendre feu» pour la défense de leurs prérogatives.
2. Pendant la minorité de Louis XIV, ce fut «la cohue des enquêtes», suivant le mot de Duclos, qui provoqua la Fronde parlementaire.

«Quel chien d'arrêt a-t-on fait là ?
Parbleu, vous êtes de vieux fous,
D'enregistrer les quatre sous ;
Le peuple vous lapidera.
Or, quant au premier président,
Qui nous a vendus au Régent,
Le traître s'en repentira.
Or donc que votre arrêt fichu
Nous serve à tous de torche cul
De Mesmes après s'en mouchera. »

\*

Saint-Simon a parlé de la famille Mesmes, prototype de magistrats arrivistes et peu scrupuleux : «Ces Mesmes, sont des paysans
du Mont-de-Marsan, où il en est demeuré dans ce premier état qui
payent encore aujourd'hui la taille, nonobstant la généalogie que
les Mesmes, qui ont fait fortune, se sont fait fabriquer, imprimer et
insérer partout où ils ont pu, et d'abuser le monde, quoiqu'il n'ait
pas été possible de changer les alliances, ni de dissimuler tout à fait
les petits emplois de plume et de robe à travers l'enflure et la parure
des articles.» Il ajoute que «le premier au net qui se trouve avoir
quitté les sabots fut un professeur en droit dans l'université de
Toulouse, que la reine de Navarre, sœur de François I$^{er}$, employa
dans ses affaires, et le porta à la charge de lieutenant civil à Paris».

Le fils de ce fondateur de la race, magistrat au grand conseil et
devenu seigneur de Malassise, décida de porter le nom. Comme il
avait secondé le futur maréchal de Biron dans la négociation d'une
paix avec les huguenots, en 1570, et que Biron était boiteux d'une
blessure, on dit que : «La paix fut courte, à cause de ses deux promoteurs, qui en avaient fait une *paix boiteuse et mal assise.*»

## NÉRON (empereur)

Nero Claudius (37-68) se prenait, comme on sait, pour un immense poète
et parfait acteur, aussi n'était-il pas permis de sortir du théâtre quand il
chantait sur scène. Lors de sa tournée en Grèce, plusieurs femmes accou-
chèrent au spectacle d'Olympie, et beaucoup de spectateurs, las de l'entendre et de l'applaudir, sautèrent furtivement par-dessus les murs de la
ville, dont les portes étaient fermées; d'autres feignirent d'être morts,
pour se faire emporter. Il fit incendier Rome, et le hasard voulut que seul

le quartier juif fût épargné ; les juifs, déjà victimes de persécutions et craignant d'être soupçonnés, dirent à l'empereur que les chrétiens étaient les
coupables. Néron feignit de les croire, et ce fut l'origine de la persécution.
L'empereur affectait pour tous les cultes un souverain mépris, excepté pour
celui de la déesse de Syrie ; mais il finit par s'en détacher aussi, et urina sur
sa statue. Lorsque Vindex souleva les légions de Gaule contre lui, et qu'il
eut connaissance du texte de ses proclamations, rien ne le blessa tant que
de se voir traiter de mauvais chanteur. On sait qu'il eut beaucoup de mal à
se donner la mort quand sa cause fut perdue (*Qualis artifex pereo!*). Il avait
été l'élève de Sénèque ; la philosophie n'adoucit pas les mœurs.

Parmi mille fantaisies, Néron fit couper les testicules à un jeune
homme du nom de Sporus, qu'il essayait de métamorphoser en
femme. Il orna ce compagnon d'un voile nuptial, lui constitua une
dot et, se l'étant fait amener avec toute la pompe d'un mariage au
milieu d'un nombreux cortège, il l'épousa. L'un de ceux qui assistaient à la scène observa : « Il aurait été fort heureux pour le genre
humain que son père Domitius eût épousé pareille femme. »

\*

Lucain faisait partie de l'entourage de Néron, qui lui demandait de
lire ses vers. Mais son crédit dura peu, car il fut blessé de ce que, pendant une de ses lectures, Néron, dans le seul dessein de l'interrompre,
eût tout à coup convoqué le Sénat, et était sorti pour s'y rendre.

À partir de ce moment-là, écrit Suétone dans sa *Lucani vita*, il ne
dit ni ne fit plus rien qu'en haine du prince ; et un jour, aux latrines
publiques, après avoir lâché un vent des plus bruyants[1], il prononça
cet hémistiche d'un vers de Néron : « L'on dirait un tonnerre sou-
terrain. »

Cette audace fit prendre la fuite à tous ceux qui étaient assis à ces
latrines. Prononcer dans certains lieux le nom de l'empereur, ou y
faire allusion, était en effet un crime de lèse-majesté.

Bientôt Lucain obtint seulement de Néron la faveur de choisir
son genre de mort. Il écrivit à son père, fit un repas copieux, et tendit ses bras au médecin qui devait lui ouvrir les veines, en décla-
mant des vers où il avait décrit la mort d'un soldat.

---

1. *...Clariore strepitu ventris emisso*, pour reprendre le latin encore distingué de
Suétone. En bas latin, un pet se dit « *bombus* » : comme souvent, la pratique populaire
de la langue a rendu le vocabulaire plus expressif.

## NIVELLE (général)

Robert Nivelle (1856-1924) participa avantageusement aux premières batailles de 1914 : à la différence des officiers «à l'ancienne», il était orfèvre dans l'art d'utiliser l'artillerie. À Verdun en 1916, il eut de nouveaux succès, mais en montrant peu d'attention aux hécatombes. Vaniteux et sûr de lui, il se présentait comme l'homme d'une victoire rapide. Avec l'appui de Berthelot (Nivelle était un ami de sa sœur), il remplaça Joffre. Confiant dans sa bonne étoile, il prépara une grande offensive en forçant la main des politiques, ce qu'il pouvait faire depuis qu'il était libéré de Lyautey, son ministre de tutelle dont la Chambre avait obtenu la tête. L'offensive se heurta à Verdun à une forte défense allemande (il y aurait eu des fuites ; garder un secret n'était pas le fort de Nivelle, mais celui-ci a accusé Malvy d'avoir livré à l'Allemagne des documents sur l'attaque) ; les Alliés perdirent 100 000 hommes en une journée sur le Chemin des Dames. Ce fut le début des mutineries, et en mai 1917 Pétain remplaça Nivelle. Dans ses *Mémoires*, le Kronprinz a rapporté l'incrédulité émerveillée de ses colonels, lui décrivant le champ de bataille comme une mer déferlante de soldats où les meilleurs régiments français étaient anéantis sous le feu des mitrailleuses allemandes, à l'occasion de vagues d'assaut aussi héroïques que vouées à l'échec.

À l'occasion d'un déjeuner chez Marie Scheikevitch, en 1917, où se trouvait Paul Morand, on parlait de «Polybe», c'est-à-dire de Joseph Reinach, qui utilisait ce pseudonyme au *Figaro*[1]. Grosclaude dit : «Ce pauvre Polybe va avoir un procès...

— Un procès ?

— Oui, pour abus de la citation directe.»

Et chacun de blaguer les titres de ses articles : «De Lamartine à Bucarest», «Empereur et avalanche», «D'un passage de la Bible au passage de l'Euphrate», etc.

Alors quelqu'un rapporta ce mot du général Nivelle : «Joseph, cesse d'écrire ou je cesse de vaincre.»

\*

1. Joseph Reinach était le gendre de Jacques de Reinach, principal coupable du scandale de Panamá. Il avait brûlé précipitamment les papiers de son beau-père au moment du suicide de celui-ci. Franc-maçon, il participa en tant que tel à la fondation de la Ligue des droits de l'homme ; il en démissionna, scandalisé par l'affaire des fiches. Il avait un physique disgracié, un visage tombant, et de grandes oreilles. Marie Scheikevitch racontait, en août 1917, qu'un soldat le voyant sortir d'une tranchée s'était écrié : «Encore du singe !»

En décembre 1916, Joffre, qui n'avait jamais brillé, fut enfin limogé. Pour déguiser cette révocation en pleine guerre, on le fit maréchal. Il fut remplacé par Nivelle, qui fit exécuter la grande offensive dont il rêvait.

Quand on connut l'effroyable échec de l'offensive Nivelle, à la fin d'avril 1917, tout le monde demandait : «Allons-nous avoir un nouveau maréchal?»

### NIXON (Richard)

Richard Milhous Nixon (1913-1994) fut membre du Congrès à partir de 1946, et vice-président d'Eisenhower en 1953. Candidat républicain aux élections de 1960, il perdit face à Kennedy. En 1968 il l'emporta, avec une courte avance, et devint 37e président des États-Unis ; il fut triomphalement réélu en 1972. Georges Pompidou a écrit de lui en 1973 : «Contre l'intelligentsia, contre la presse, contre tout ce qui parle et écrit, il a réussi à s'incarner et il a pris cette incarnation au sérieux, au plein sens du terme. Il s'est fixé, de lui-même ou sous l'influence de ses conseillers, des objectifs grandioses : fin de la guerre du Vietnam, entente avec l'URSS, rapprochement avec la Chine, plus important à ses yeux dans le long terme.» Il ajoutait : «Nixon ira-t-il jusqu'au bout?... Si oui, l'histoire dira sans doute que cet homme, considéré comme un médiocre par tous les intellectuels américains et par l'aristocratie de l'Est américain, aura été dans l'histoire de son pays et de la politique mondiale le président le plus remarquable, depuis Roosevelt dont il est l'opposé. Je reconnais qu'il y a de quoi décourager les intellectuels.» Là-dessus, l'affaire du Watergate tomba comme une aubaine, et Nixon donna sa démission en août 1974 sous la menace d'une procédure d'empêchement.

De Mort Sahl, acteur américain, sur Nixon : «Franchement, est-ce que vous achèteriez à cet homme une voiture d'occasion?»

\*

De Harry Truman[1], sur Nixon : «On ne donne pas un poulailler à garder à un renard parce qu'il a l'habitude de la volaille.»

---

1. Harry S. Truman (1884-1972) : employé de banque, employé des postes, chapelier, franc-maçon (grand maître de la Grand-Loge Belton n° 450 du Missouri) et 33e président des États-Unis de 1945 à 1953 à la suite de la mort de Roosevelt dont il était vice-président, puis grâce à une élection qui surprit tout le monde. Il ordonna les bombardements d'Hiroshima et de Nagasaki. Lorsque l'on apprit la nouvelle du premier, un GI de l'armée d'occupation en Allemagne dit, avec cette sincérité désarmante qui peut caractériser les Américains : «Heureusement que nous avons eu la bombe avant les Allemands, Hitler aurait été capable de l'utiliser!»

\*

De la veuve de Franklin Delano Roosevelt : «Nixon est telle-ment arriviste que, s'il entre derrière vous dans le tourniquet d'une porte à tambour, il se débrouille pour en sortir le premier.»

\*

De Pierre Trudeau, alors Premier ministre du Canada, apprenant que le président Nixon, au détour d'une conversation, l'avait quali-fié de «trou du cul» : «Aucune importance. Des choses bien pires ont été dites de moi par des gens beaucoup mieux que ça.»

## PASQUIER (chancelier)

Étienne, baron puis duc Pasquier (1767-1862) : fils d'un magistrat guillo-tiné en 1794, il fut lui-même emprisonné avant le 9 Thermidor, et vit partir pour la guillotine la charrette d'André Chénier. Libéré, il se réfugia dans ses terres. Présenté par Cambacérès, il fut nommé en 1806 au Conseil d'État en même temps que Mathieu Molé et Portalis, et fut bientôt baron de l'Empire. Nommé garde des Sceaux sous la Restauration, il se retira après l'élection de la Chambre introuvable. Après le meurtre du duc de Berry, dans une atmosphère de complot général, il soutint, malgré son caractère modéré, les mesures de suspension des libertés : «Oui, je demande l'arbitraire parce que nul inconvénient n'est plus grand que celui de l'arbitraire déguisé, introduit dans un gouvernement libre [...]. Au contraire, l'arbitraire nettement exprimé peut être un remède salutaire dans de grands périls.» Il s'éleva ensuite contre la politique de Villèle. Louis-Philippe le fit duc et, en 1837, chancelier de France (le dernier que l'histoire ait connu). Il fut en vérité davantage gestionnaire que politique; ses ennemis ont reconnu ses talents d'administrateur. Il eut une relation étroite et suivie avec Mme de Boigne.

Pasquier avait laissé échapper un petit bruit en s'asseyant à une table de whist, à côté de Mme de M...

Celle-ci dit négligemment, en jetant une carte sur la sienne : «J'aime à croire, monsieur le duc, que c'est un singleton» (le sin-gleton, au whist, est une carte unique dans sa couleur).

\*

On accusait en effet le duc Pasquier de flatuosités.

Un jour que le marquis de Boissy venait de déblatérer à la tri-bune de la Chambre des pairs comme à son habitude, il manqua tomber en descendant.

«Il faudrait un supplément de garde-fous, murmura Pasquier, président de la Chambre.

— Pourquoi pas des parapets?» dit le vice-président.

*

Le chancelier Pasquier fut reçu à l'Académie française en 1842. Un académicien qui lui reprochait de changer souvent de parti fit ce quatrain :

> Pasquier dans notre Académie
> Avait juré d'être reçu,
> C'est le seul serment de sa vie
> Qui par lui ait été tenu.

Ce fut moins aisé pour son neveu.

N'ayant pas eu d'enfants de son mariage (qui avait été célébré religieusement de façon clandestine dans une cave, sous la Terreur), le chancelier Pasquier, après avoir été fait duc, adopta son neveu, le marquis d'Audiffret. Le nouveau duc d'Audiffret-Pasquier, fort de cette qualité, présenta sa candidature à l'Académie française. Le malheur voulut que, dans la lettre qu'il adressa à l'auguste gardienne des traditions de la langue, il écrivît «Académie» avec deux *c*.

«Et on dit que les ducs n'ont pas de lettres!» commenta Victorien Sardou...

## PELLEGRIN (abbé)

> Simon-Joseph, abbé Pellegrin (1663-1745) : après avoir été moine, puis aumônier sur un navire, ce Marseillais échoua à Paris, où il faisait des vers de commande et des pièces de théâtre pour soutenir sa famille indigente. Le cardinal de Noailles lui ayant demandé de faire un choix entre des activités si différentes, il choisit le théâtre et ne put plus exercer son ministère de prêtre. On lui dénicha en guise de compensation une pension pour tenir la chronique dramatique du *Mercure*. C'était un homme vertueux et modeste, mais comme ce n'était pas un poète irréprochable, il était beaucoup raillé.

L'abbé Pellegrin, auteur dramatique miséreux, avait commis une tragédie intitulée *Loth*. Au moment de la première, où l'acteur déclamait : «J'ai vaincu Loth!», un spectateur, qui connaissait toute la misère de l'abbé, s'écria : «Eh bien va en donner une à l'auteur!»

La pièce tomba sous les éclats de rire.

## PHILIPPE IV D'ESPAGNE

Philippe IV, roi d'Espagne (1605-1665) : on ne s'amusait guère à sa cour, image de la fin d'un monde, celle de l'empire de Charles Quint. Le maréchal de Gramont, ambassadeur dépêché par Louis XIV pour rencontrer sa fiancée, l'infante Marie-Thérèse, traversa une interminable enfilade de salons, entre deux haies d'une foule muette, avant de parvenir au dais d'or sous lequel se tenait Philippe IV, vêtu de noir, livide et immobile. Un terrible mal d'estomac l'obligeait à se nourrir de lait de femme, et il avait dû prendre une nourrice qu'il tétait quatre fois par jour. Il ne répondit pas un mot au compliment de l'ambassadeur qui fut ensuite conduit dans le salon où étaient exposées sur une estrade la reine et l'infante, le visage peint, engoncées dans leurs vertugadins, raidies par les corsets, si bien que Gramont ne sut pas dire ensuite au roi à quoi ressemblait sa fiancée. La cour d'Espagne se déplaça l'année suivante jusqu'à Fontarabie pour le mariage arrangé par Mazarin. Son cortège rigide se heurta à l'immense désordre des seigneurs français qui vinrent en cohue solliciter l'honneur de saluer le monarque espagnol et assister à son dîner, car on espérait le voir aux prises avec sa nourrice. Au moment où Philippe IV allait prendre place, tout fut renversé dans la bousculade, et le roi se retira sans que son regard fixe eût exprimé autre chose qu'une profonde mélancolie.

Ce prince, vaincu par les Hollandais, perdit les Provinces-Unies peu après être monté sur le trône. Il dut ensuite se défendre contre la ligue formée par Richelieu et perdit à cette occasion la Catalogne, l'Artois et – par suite du traité des Pyrénées de 1659 – le Roussillon, quatorze villes de la Flandre, du Hainaut et du Luxembourg, ainsi que ses droits sur l'Alsace. Le Portugal s'était auparavant soulevé et avait recouvré son indépendance.

Or ce roi s'était avisé, sur le conseil de son ministre Olivarez, de prendre le surnom de «Grand». Le duc de Medina Cœli dit à ce sujet : «Notre maître est comme les trous, il s'agrandit à mesure qu'il perd du terrain.»

## PHILIPPE ÉGALITÉ

Philippe, duc de Chartres, 5ᵉ duc d'Orléans, Philippe Égalité (1747-1793), arrière-petit-fils du Régent, fut exilé dans ses terres pour avoir refusé de siéger au parlement Maupeou. Rappelé sous Louis XVI et chargé d'un commandement dans l'armée navale, il participa au combat d'Ouessant. Accusé de lâcheté, on lui retira son commandement. Il devint le chef déterminé des mécontents. Il fut élu premier grand maître du Grand Orient de France en 1772. On avait attaché à sa personne un policier, Marais, qui se plaignait de son «fonds de libertinage crapuleux». Élu aux états généraux, le prince se réunit le 25 juillet 1789 avec quelques nobles aux députés du tiers état. Après les journées d'octobre, on lui reprocha d'avoir excité l'insurrection, et le Châtelet, chargé d'informer sur ces événements, demanda à l'Assemblée l'autorisation de le poursuivre, ce qu'elle refusa. Un acte de la commune de Paris de 1792 porte : «Sur la demande de Louis-Philippe-Joseph, prince français, le conseil général arrête : Louis-Philippe-Joseph et sa postérité porteront désormais pour nom de famille *Égalité*.» Député à la Convention, Philippe Égalité ne se récusa pas lors du procès de son cousin et vota sa mort. Bientôt accusé par les Girondins et les Montagnards d'aspirer lui-même au trône, il fut traduit au Tribunal révolutionnaire, condamné à mort et exécuté six mois plus tard. Il mourut avec courage.

Lorsque le duc convertit son jardin du Palais-Royal en un vaste bazar et le couvrit de boutiques, tomba sur lui un déluge de quolibets et d'épigrammes. Son propre père s'en mêla, et dit : «Je ne sais pas d'où vient l'acharnement du public contre mon fils : je puis assurer que tout est à louer chez lui.»

\*

Le duc d'Orléans était fort gros : en revenant de la chasse, il dit à quelqu'un de son entourage : «J'ai pensé tomber dans un fossé.

— Monseigneur, il eût été comblé de vous recevoir.»

## POMPADOUR (Mme de)

Jeanne Poisson, marquise de Pompadour (1721-1764), était fille d'un fournisseur aux vivres parti en Belgique pour échapper à une pendaison pour concussion. Il avait laissé derrière lui sa femme, disant que, jolie comme elle l'était, elle retomberait sûrement sur ses pieds. Elle se plaça sous la protection du fermier général Le Normand de Tournehem, grâce à qui la petite Jeanne reçut une éducation raffinée. L'adolescente s'épanouit, avec une peau nacrée, «qui ne prenait point les ombres», et son teint de blonde aux reflets de coquillages qui était «un déjeuner de soleil». Son protecteur lui fit épouser son neveu en dotant la jeune fille du château d'Étiolles. Le roi chassait régulièrement dans la forêt voisine. Jeanne Le Normand d'Étiolles, luxueusement équipée, se tenait là, parmi quelques rivales dont la plus connue était Mme de Rochechouart, que le roi avait déjà maintes fois refusée (on disait qu'elle «était comme les chevaux de la Petite Écurie, toujours présentés, jamais acceptés»). Jeanne s'établit à Versailles en 1745, devint marquise de Pompadour. En vérité, elle n'était pas d'une sensualité effrénée («Je suis troublée de la crainte de perdre le cœur du roi en cessant de lui plaire. Les hommes mettent, comme vous pouvez le savoir, beaucoup de prix à certaines choses; et j'ai le malheur d'être d'un tempérament très froid»). Durant vingt années elle influa sur la politique. Malgré les critiques des contemporains, on décida au XIXᵉ siècle de réhabiliter la favorite, faisant valoir qu'elle avait un sens politique aigu (mais elle a sa part dans la guerre de Sept Ans et les défaites de la France), et qu'elle fut protectrice des arts (elle fonda Sèvres, et c'est elle qui, à Versailles, fit sauter sur ses genoux Mozart enfant qui venait d'enchanter la Cour : Léopold, le père, la trouva «grande, de belle taille, grasse, assez forte, mais bien proportionnée»). L'indulgence des historiens s'explique par le fait qu'elle eut une influence déterminante dans l'expulsion de la Compagnie de Jésus. Une estampe de 1762 représente, aux deux côtés, Choiseul et la Pompadour arquebusant à bout touchant une foule de jésuites; ceux-ci tombent par terre, dru comme mouches. Le roi les arrose d'eau bénite, et l'on voit le Parlement en robe, çà et là, bêchant des fosses pour enterrer les morts...

Le 14 septembre 1745, la marquise de Pompadour, depuis peu entrée dans les faveurs de Louis XV, dut subir la terrible cérémonie de la présentation à la Cour. L'abbé d'Aydie se hasarda à demander à la princesse de Conti, cousine du roi : «Quelle est la putain qui pourra présenter une pareille femme à la reine?

— L'abbé, répondit la princesse, n'en dites pas davantage, car ce sera moi!»

Vêtue d'un habit de brocart, Mme de Pompadour alla faire ses trois révérences au roi, qui la regarda en rougissant, puis à la reine Marie Leszczyńska, qui fit bonne figure, et au Dauphin, qui lui tira la langue.

\*

Il y avait dans Paris, au moment de la faveur de Mme de Châteauroux, un coiffeur dont toutes les femmes raffolaient. Dagé, c'était son nom, avait pour «pratiques» les femmes les plus élégantes de la Cour, et il choisissait les têtes qu'il devait embellir. Madame la Dauphine (mère de Louis XVI), Mesdames filles de

Louis XV se faisaient coiffer par Dagé, qui finissait par se croire tout permis.

Mme de Pompadour avait succédé à Mme de Châteauroux ; elle voulut avoir Dagé ; il refusa. La favorite insista ; le coiffeur refusa encore. Mme de Pompadour (elle était encore Mme Lenormand d'Étiolles) négocia avec le coiffeur, et finit par l'emporter sur sa résistance. Dagé une fois fléchi, Mme de Pompadour voulut lui faire payer l'humiliation qu'elle avait subie pour l'obtenir, et la première fois qu'elle fut coiffée par lui, au moment où la Cour était nombreuse à sa toilette, elle lui dit en faisant la moue : « Dagé, comment avez-vous donc obtenu une aussi grande vogue, et la réputation dont vous jouissez ?

— Cela n'est pas étonnant, madame, répondit Dagé, qui comprit la valeur de l'attaque : je coiffais l'autre ! »

Le mot de Dagé fut répandu dans tout Versailles avant une heure. Madame la Dauphine, Mesdames de France répétèrent en riant le bon mot de Dagé : « Il coiffait l'autre ! » Les princesses et les princes appelèrent désormais Mme d'Étiolles « madame Celle-ci », et Mme de Châteauroux « madame L'autre ». Louis XV en fut désolé et Mme de Pompadour fut furieuse de ce surnom, davantage même que de celui du roi Frédéric II – qui l'appela « Cotillon IV » lorsqu'il s'aperçut qu'elle se mêlait de politique.

*

Le roi avait donné à Charles Lenormand d'Étiolles, mari de la Pompadour, un massacre de cerf. Le mari l'avait pendu à son mur, accompagné d'une plaque gravée : « Cadeau du roi ».

À une époque où ce brave cocu avait menacé de faire du tapage, on l'avait relégué à Avignon. Il revint à Paris : on lui promit l'ambassade de Constantinople s'il consentait à laisser sa femme vivre comme elle l'entendait. Il refusa Constantinople, déclarant qu'on ne pouvait vivre qu'à Paris, qu'il lui fallait l'Opéra et ses danseuses, et que du reste il ne réclamerait jamais. Il montra en effet une sagesse exemplaire.

Ce Lenormand d'Étiolles était le neveu du protecteur initial de la Pompadour, Lenormant de Tournehem, syndic des fermes et probablement le père de la jeune Jeanne, ayant été l'amant de la très galante Mme Poisson, qui mourut peu après que sa fille fut parvenue aux plus hautes faveurs. Mme Poisson eut droit à cette épitaphe :

Ci-gît qui, sortant du fumier,
Pour faire une fortune entière,
Vendit son honneur au fermier,
Et sa fille au propriétaire.

\*

Le père officiel de la marquise était François Poisson, ancien domestique, fournisseur de vivres militaires, objet de procès à scandale sous la Régence. Il vécut longtemps, et la marquise, bien qu'elle eût obtenu pour lui la seigneurie de Marigny, ne put jamais le rendre présentable. Il obtint beaucoup d'avantages de la royale maîtresse, par l'intimidation de sa vue et la menace du tapage. C'est lui qui, une nuit, jeta à ses convives : «Vous, M. de Montmartel, vous êtes fils d'un cabaretier; vous, M. de Savalette, fils d'un vinaigrier; toi, Bouret, fils d'un laquais! Moi, qui l'ignore?»

Il ajoutait : «Si Adam avait acheté une charge de secrétaire du roi, nous serions tous gentilshommes.»

Si elle fit son père seigneur de Marigny, la royale maîtresse obtint du roi qu'il fît de son frère le marquis de Vandières. Comme tout le monde, pour brocarder sa très fraîche noblesse, le surnommait «le marquis d'avant-hier», il se contenta de récupérer le nom de Marigny.

\*

Quant au mari, Le Normand d'Étiolles, il devint en 1745 «le cocu le plus illustre de France. C'est l'oncle Tournehem – toujours lui – qui vers la fin du mois d'avril lui révèle son triste sort. D'après Luynes, il serait tombé évanoui à l'annonce de cette nouvelle» (Jean de Viguerie).

Il se consolera bientôt avec une danseuse légère, Mlle Rem, que les libellistes appelaient «*Rem publicam*».

Il épousera d'ailleurs cette Mlle Rem peu après la mort de sa femme, et l'on vit courir ce quatrain :

Pour réparer *miseriam*
Que Pompadour laisse à la France,
Son mari, plein de conscience,
Vient d'épouser *Rem publicam*.

\*

Les prodigalités de Mme de Pompadour coûtèrent, dit-on, plus de cent millions à la France. Comme elle avait entrepris, en 1769, de prendre des leçons d'allemand, le marquis de Souvré dit : « En attendant, on trouve qu'elle écorche furieusement le Français. »

Il fut contraint, à la suite de cette saillie, de vendre sa charge de maître de la garde-robe.

\*

L'architecte Hupeau vint voir Mme de Pompadour en son château de Ménars, près Blois. Il était triste ; il venait de terminer le pont d'Orléans, et mille bruits défavorables couraient sur la solidité de son ouvrage. Pour fermer la bouche aux médisances, il suggéra à la favorite d'emprunter son pont avec son grand carrosse à six chevaux. Mme de Pompadour accepta, et, l'épreuve ayant réussi, on dut se taire sur la solidité du pont. Mais on rima cette épigramme :

Censeurs de notre pont, vous dont l'impertinence
Va jusqu'à la témérité,
Hupeau, par un seul fait, vous réduit au silence.
Bien solide est son pont ; ce jour il a porté
Le plus lourd fardeau de la France.

\*

C'est avec une certaine émotion que Bachaumont, de la secte des philosophes, note à la date du 15 mai 1764 : « Ce soir est morte Mme la marquise de Pompadour. La protection éclatante dont elle avait honoré les lettres, le goût qu'elle avait pour les arts, ne permettent point de passer sous silence un si triste événement. Cette femme philosophe a vu approcher ce dernier terme, avec la constance d'une héroïne. Peu d'heures avant sa mort, le curé de la Madeleine, sa paroisse à Paris, étant venu la voir ; comme il prenait congé d'elle ; un moment, lui dit la moribonde, nous nous en irons ensemble. »

Les amis des Lumières lui adressèrent une honorable épitaphe :

Ci-gît Poisson de Pompadour,
Qui charmait la ville et la cour :
Femme infidèle, et maîtresse accomplie.

L'Hymen et l'Amour n'ont pas tort,
Le premier de pleurer sa vie,
Le second de pleurer sa mort.

D'autres cependant, dans une veine plus populaire, virent les choses plus crûment :

Ci-gît qui fut vingt ans pucelle,
Quinze ans catin, et sept ans maquerelle.

L'actuelle rue de la Paix traverse l'ancien couvent des Capucines où fut inhumée la marquise de Pompadour (devant le n° 3). En octobre 1864, en creusant un égout, on découvrit, devant le 4 de ladite rue, le cercueil en plomb d'Henriette de Joyeuse, épouse de Charles de Lorraine, duc de Guise. Or on savait que non loin d'elle se trouvait la tombe de la marquise de Pompadour qui avait acheté le caveau, sépulture de famille des La Trémoille. Cela fit dire à la princesse de Talmont : «Les gros os des La Trémoille devaient être bien étonnés de sentir près d'eux les arêtes des Poisson.»

## PUJO (Maurice)

Maurice Pujo (1872-1955) fut de ces intellectuels de gauche que l'affaire Dreyfus poussa à l'extrême droite. L'espèce de maladie du sommeil qui le frappait a été confirmée par Rebatet racontant une soirée de travail à *L'Action française* : «Chaque soir, Maurras arrivait vers sept heures à son bureau de la rue du Boccador, vaste et orné à profusion de moulages et de photographies de sculptures grecques, de portraits dédicacés, Barrès, la famille royale, Mussolini en place d'honneur, d'une foule de sous-verre saugrenus et naïfs d'on ne savait quels admirateurs, bibelots de foire, poupées-fétiches, images de première communion, petits lapins de porcelaine. Haut, massif, plein de barbe, trottinant sur de grandes jambes molles, Maurice Pujo, le rédacteur en chef, qui rythmait sa vie sur celle de Maurras, l'avait précédé de quelques minutes au plus. Pujo, qui sortait de son lit, ne tardait du reste pas à s'offrir, dans la quiétude de son cabinet, un petit acompte de sommeil. Maurras s'enfermait avec des visiteurs variés. C'étaient avant tout, comme on l'affirmait dans les journaux à échos de la gauche, des escouades de douairières qui possédaient un véritable abonnement à ces séances, des marquises de répertoire comme on n'imaginait plus qu'il pût en exister encore, ou de ces vieilles timbrées, emplumées et peintes comme des aras, qui rôderont toujours autour des littérateurs académisables [...]. Toujours précédé à dix minutes de distance par son fourrier Pujo, Maurras surgissait à l'imprimerie de la rue Montmartre aux alentours de minuit. À l'heure où tous les journaux de Paris et de France étaient sous presse, les deux maîtres de l'Action française commençaient leur tâche de directeur et de rédacteur en chef. Chacun de son côté se plongeait dans un jeu des épreuves du jour. Cette lecture avait sur Pujo un effet infaillible. Avant la cinquième colonne, il dodelinait de la tête et s'endormait le nez sur la sixième.»

L'un des collaborateurs de *L'Action française* disait de Maurice Pujo, le bras droit de Maurras : «Il dort vingt heures sur vingt-quatre, et il lui faut quatre heures pour se réveiller.»

## RAMEAU (Jean-Philippe)

Jean-Philippe Rameau (1683-1764) vit sa renommée s'établir lorsque parut, en 1722, le *Traité de l'harmonie...*, «ouvrage théorique essentiel» d'après Jean de Viguerie. Le rêve de Rameau était de devenir compositeur d'opéra, ce qui supposait de s'établir à Paris; or le musicien avait un engagement à long terme avec le chapitre de Clermont en Auvergne. Il déchira si bien l'oreille de l'évêque et des chanoines qu'on lui rendit sa liberté. À Paris, *Les Indes galantes* furent acclamées mais la coterie des beaux esprits s'acharna sur lui et les pamphlets pleuvaient (par exemple *Le Forgeron musicien : lettre critique sur la musique des Indes galantes*). En 1752, on suscita la Querelle des bouffons (du nom d'une troupe de musique italienne) contre lui et la musique française. Les encyclopédistes soutenaient les bouffons. Caux de Cappeval en a dit : «Jamais ils n'ont injurié la France avec tant de force et de courage : ce qui fait croire que la Philosophie est à son plus haut degré de perfection, je veux dire d'extravagance.» Rameau fit paraître *Erreurs sur la musique dans l'Encyclopédie* (1755), et les calomnies s'abattirent de plus belle sur sa personne. Comme il était taciturne on en fit l'archétype de l'être avare et égoïste, dont on trouve des traits dans *Le Neveu de Rameau*. On a aussi raconté les histoires les plus farfelues : il aurait jeté par la fenêtre le petit épagneul de Mme de Tencin, parce qu'il aboyait faux; le roi lui avait accordé des lettres de noblesse mais il était si avare qu'il n'avait pas voulu les faire enregistrer; il serait mort avec fermeté dans l'irréligion, «différents prêtres n'ayant pu en rien tirer». On lui reprocha d'avoir considéré que le livret n'avait pas d'importance; il aurait dit : «Donnez-moi *La Gazette de Hollande*, et je la mettrai en musique.» Jolie formule, en tout cas.

Rameau était découragé par ses premiers échecs, mais le fermier général La Poplinière, qui croyait au succès de son protégé, tint bon et demanda à l'abbé Pellegrin de lui écrire un livret d'opéra, moyennant une obligation de 500 livres donnée comme garantie contre la chute de l'œuvre. Bientôt après, quand le premier acte fut essayé chez le financier, l'abbé fut si charmé de ce qu'il entendait qu'il déchira le billet, déclarant qu'une telle musique n'avait pas besoin de caution. Mais ce nouvel opéra, *Hippolyte et Aricie*, fit scandale par son originalité, et les beaux esprits, qui en étaient restés à Lulli et à la musique italienne, critiquèrent un style jugé bizarre et dénué de mélodie. Desfontaines accusa Rameau de substituer « les spéculations harmoniques aux jouissances de l'oreille ». Les pamphlets accablèrent le compositeur, dont cette épigramme :

> Si le difficile est le beau
> C'est un grand homme que Rameau ;
> Mais si le beau, par aventure,
> N'était que la simple nature,
> Quel petit homme que Rameau !

*

Rameau mourut peu de temps après avoir pris pour maîtresse une jeune femme de l'Opéra beaucoup plus jeune que lui, Mlle Magdeleine Miré, « plus célèbre courtisane que bonne danseuse ».

Quelqu'un proposa l'épitaphe suivante : « la mi ré la mi la. »

Il semble qu'il faille prêter à l'anecdote, qu'on trouve plus souvent sans attribution de nom d'amant, le caractère d'une invention faite par les nombreux détracteurs du musicien[1].

---

1. Ensuite Mlle Miré tenta de remplacer sa collègue, Mlle Lecler, dans les faveurs et l'entretien de Grimm. Elle lui écrivit sans ambages le 11 février 1760 : « Jappran an se moman que ma bonne amie le Clair vient de mourir, j'ai su la tendre amitié quelle avoit pour vous, je lai vu peu dheur avan sa fin. Elle demandoit san cesse son chair sacson et dans son transpore elle vouloit partire avec son chair meniste pour aller à Franqore, et je ne sai combien dautre discour qui vous auret fandu lame. O milieu de sette triste situation on es venu anonser moncieur le curé de sint Ustache, on a fet sortir tout le mondde es moi come lais autres. Je fondaz an larme, es je nai pu diner de la journée. A la fin pourtant je fet reflecsion que la filosofi consolet de tou ; jé santi que vote exquellanse auret besoin de consolasion... Que jé serez hureuse si jé pouvés remplacer ma chere le Claire, a qui Dieu face pai ! Mon chagrin mampeche dan dirre davantage. Adieu chair et adaurable meniste. Personne na jamés aime votre exquellance ossi cinsserement que – Magdeleine Miré – Jéme la filosofi come la povre defunte, e jé me contanteré dais mai mes condissions. »

## RETZ (cardinal de)

Jean-François Paul de Gondi, cardinal de Retz (1613-1679), était le fils d'un général des Galères qui avait guerroyé avant d'entrer à l'Oratoire (la conduite de son fils durant la Fronde le fera exiler deux fois). Le futur cardinal eut une jeunesse dissipée, sans que cela affectât ses solides études au collège de Clermont. Docteur en Sorbonne à trente ans (il dédia sa thèse à des saints, pour n'être pas obligé de la dédier aux puissants), il prêcha avec succès et composa son premier ouvrage, *La Conjuration du comte de Fiesque*, qui courut sous le manteau. Il dut voyager en Italie pour se faire oublier de Richelieu. Louis XIII le nomma coadjuteur de son oncle l'archevêque de Paris, le siège étant dans la famille des Gondi depuis plusieurs générations. Le nouveau prélat souleva Paris à plusieurs reprises, intrigua contre la Cour, et même contre Condé. Dans l'oraison funèbre de Michel Le Tellier, Bossuet dit, parlant de Retz : «Après que tous les partis furent abattus, il sembla encore se soutenir seul, et seul encore menacer le parti victorieux de ses tristes et intrépides regards.» On lui accorda le cardinalat pour le calmer mais il continuait d'intriguer, et le roi le fit arrêter. À la mort de son oncle, il consentit à se démettre de l'archevêché qui lui revenait, moyennant sept abbayes. Comme toutefois on ne lui faisait pas davantage confiance, on le maintint enfermé, cette fois au château de Nantes, d'où il s'évada, etc. Il s'apaisa définitivement à la mort de Mazarin. Louis XIV lui donna Saint-Denis, où il passa les vingt dernières années de sa vie en prélat bienfaisant. Ce cardinal peu chrétien (il l'explique lui-même) a laissé d'admirables *Mémoires*.

On sait combien ce célèbre prélat et grand écrivain fut agitateur sous la Fronde, dont il fut l'esprit. Au début de cette révolte, il avait levé une armée à ses frais. Comme il était alors archevêque *in partibus* de Corinthe, on la plaisanta sous le nom de «régiment de Corinthe», et lorsqu'un petit détachement royal débanda cette armée sans difficulté, on ne parla que de «la première aux Corinthiens» pour désigner la bataille.

*

Au sacre du cardinal de Retz, qui se faisait en Sorbonne, il y avait un très grand nombre d'évêques en demi-cercle sous la coupole. Une dame qui avait été invitée à cette cérémonie dit : «Que je trouve cela beau de voir tous ces prélats arrangés de la sorte ! On se croirait en paradis.»

Un gentilhomme qui était près d'elle, lui dit : «En paradis, madame, il n'y en a pas tant que cela.»

## ROISSY (Mlle)

Noémie de Roissy (née en 1824) monta sur scène pour assurer sa subsistance peu après que son père, médecin à Paris, fut mort du choléra en soignant des patients. Prima donna soprano, elle se produisait à l'Opéra sans être une cantatrice de premier plan ni même de second rang, et Charles Hervey dans ses *Theatres of Paris* (1846) nous dit qu'elle avait une voix puissante mais que ses aigus ressemblaient à des cris perçants. Elle avait pour mission de remplacer Mme Stoltz, «prima donna par excellence», qui ne supportait pas les réserves du parterre : accueillie «par de légers murmures» dans *Robert Bruce*, elle avait déchiré à belles dents son mouchoir de dentelle, et jeté au public «quelques mots peu parlementaires».

Sur Mlle Roissy, chanteuse de l'Opéra vers le milieu du XIX^e siècle à qui l'on reprochait de prendre des libertés avec les partitions des maîtres :

> Vous n'êtes pas sans défauts
> Mais, à part toute louange,
> Vous chanteriez comme un ange
> Si les anges chantaient faux.

## ROMAINS (Jules)

Louis Farigoule, dit «Jules Romains» (1885-1972), bénéficia de la réputation que se fabriqua le petit groupe de La NRF, Gide et Martin du Gard en tête. À l'annonce, en 1923, d'une conférence de Jules Romains, Béraud évoqua dans *Lyon républicain* ce «groupe littéraire» formé de six à sept écrivains dont le talent égale le succès [ils étaient très peu lus] et qui, depuis 1895, jouissent d'une grande réputation dans quelques mètres carrés [...]. Ce n'est pas encore une croisade qui guerroie; c'est seulement une croisade que l'on prêche. Les seigneurs qui l'ont entreprise n'ont ni l'esprit aventureux ni la pauvreté de Gautier-Sans-Avoir. Calmes et prudents, noirs et tristes, riches et fatigués, ils s'en vont portant en des pays lointains les paroles que leur inspira le Démon de l'Ennui [...]. Contre qui, contre quoi, ces hommes bizarres se sont-ils levés? Contre l'esprit de chez nous, la grâce, le plaisir, le soleil, les festins, le rire, la langue vivante, le goût français, le bon vin, les jolies femmes. De ces haines, de ces aversions, de cette inappétence et de cette dyspepsie, ils ont fait une littérature dont ils se repaissent après leurs travaux. Qu'à nos estomacs cette littérature soit indigeste, cela ne surprendra guère. Mais ce qui étonnera bien davantage, c'est que, par des soins officiels, cette cuisine soit présentée à l'étranger comme le triomphe de nos tables et qu'après de longues hésitations et des craintes légitimes on essaie, à présent, de nous l'ingurgiter».

Jules Romains publia, au milieu de sa carrière littéraire et sous son vrai nom, un ouvrage à caractère scientifique consacré à *La Vision extra-rétinienne et le sens paroptique*; il s'agissait de souligner que les fonctions de la vue, spécialement lorsqu'on en est privé, peuvent être remplacées par certain sens parallèle. On écrivit :

> Farigoule, les yeux bandés,
> Y voit. Cela ne surprend guère :
> Quand on écrit avec ses pieds,
> On peut lire avec son derrière.

## ROMIEU (Auguste)

Auguste Romieu (1800-1855), polytechnicien qui aimait la vie joyeuse, chercha à se faire un nom dans la littérature théâtrale et se fit connaître par ses extravagances. La monarchie de Juillet le fit préfet, mais il lui arriva de se joindre à des gamins qui visaient avec des cailloux les lanternes de la préfecture. Il devint en 1848 l'ennemi de la république naissante. Ses ouvrages favorisèrent le césarisme; Napoléon III le nomma directeur général des Beaux-Arts. Pierre Larousse expédie ainsi Romieu (à l'occasion du résumé d'une œuvre un peu ridicule, *Le Spectre rouge*) : «On connaît ce personnage, à la fois sinistre et burlesque, usé par une vie de débauches dont le retentissement est venu jusqu'à nous, fameux comme mystificateur, et qui avait noyé dans toutes les espèces d'intempérance des facultés certainement très remarquables. Sa nomination comme sous-préfet, puis comme préfet, avait été un des scandales du règne de Louis-Philippe. La République devait écarter ce Trimalchion, car son honneur est d'être condamnée à respecter la morale, et cette espèce d'individus ne trouve sa place naturelle que dans les monarchies.»

Après un bon dîner, Romieu, cherchant quelque victime, entra au hasard dans la boutique d'un horloger. Contrefaisant l'Anglais, il demanda une de ces petites machines accrochées à la devanture. Il voulait savoir quand on la remontait, et comment. L'horloger s'acquitta froidement de l'opération, avec les démonstrations ordinaires; il ajouta : «Vous en ferez autant tous les matins.

— Aoh! pourquoi le matin? Et pourquoi pas le soâr?

— Non, Monsieur.

— Mais dites pourquoâ.

— Parce que le soir vous êtes saoul, monsieur Romieu.»

*

Romieu, qui avait été l'un des viveurs les plus connus de la Restauration, décida d'entreprendre une carrière plus officielle dans le corps préfectoral. D'anciens amis lui adressèrent ces vers :

*Les Souvenirs d'un viveur* (1836)
Sur l'air de *Dis-moi soldat, dis-moi, t'en souviens-tu*
Te souviens-tu de ces temps de folie,
Où, gai viveur, la nuit comme le jour,
Tu cultivais dans une longue orgie,
Et le champagne et la truffe et l'amour ?
Mais aujourd'hui, que, loin des vieux scandales,
Tu sais régir, d'un titre revêtu,
Gardes ruraux et routes vicinales
Dis-moi, Romieu, dis-moi, t'en souviens-tu ?
Te souviens-tu des repas délectables,
Que tu faisais au Café Périgord ?
Lorsque le soir tu roulais sous la table,
On t'emportait le matin ivre-mort.
Convive alors des meilleures cuisines,
De tout bon mets tu savais la vertu.
Mais aujourd'hui que chez le roi tu dînes,
Dis-moi, Romieu, dis-moi, t'en souviens-tu ?
S'il t'arrivait, certains jours de ripailles,
De marcher seul et sans les pieds d'autrui,
Avec amour tu rasais les murailles,
Dans chaque borne implorant un appui.
Mais aujourd'hui ce n'est qu'en politique
Que l'on te voit suivre un chemin tortu.
J'aime encor mieux ton ancien pas oblique...
Dis-moi, Romieu, dis-moi, t'en souviens-tu ?
Rôdant le soir en bruyantes cohortes,
Vous éveilliez par vos cris vingt quartiers ;
À tour de bras vous frappiez sur les portes,
Et quelquefois même sur les portiers.
Mais aujourd'hui que ta gendarmerie
Prend au collet tout tapageur têtu,
Des vieilles nuits de polissonnerie,
Dis-moi, Romieu, dis-moi, t'en souviens-tu ?
Te souviens-tu des danses égrillardes,

Des bals masqués où tu nous enseignais
   L'art d'accoster bergères et poissardes,
   Joyeux pierrots ou jocrisses niais ?
Mais aujourd'hui d'un habit de parade,
   Triste préfet, te voilà revêtu ;
C'est seulement changer de mascarade...
   Dis-moi, Romieu, dis-moi, t'en souviens-tu ?
Quand ta moustache innocemment frisée
   Sur ta cuiller, prélevait son butin,
   On vit souvent ta poitrine arrosée
Des vins mousseux et des jus du festin,
Mais aujourd'hui que tu vis sans moustache,
   Sur ton habit plus fraîchement battu
La croix d'honneur couvre les autres taches...
   Dis-moi, Romieu, dis-moi, t'en souviens-tu ?
En ce temps-là, de francs et gais compères
   Tu te voyais environné, fêté,
Mais aujourd'hui, valet des ministères,
   Aux grands du jour tu vends ta liberté.
Fuis ces tyrans, toi qui toujours trébuches ;
   Mieux vaut encore, c'est un point rebattu,
Avoir affaire aux bouteilles qu'aux cruches...
   Dis-moi, Romieu, dis-moi, t'en souviens-tu ?

*

Au Jockey-Club, on fit toujours des difficultés pour recevoir des hommes de lettres. Ainsi, malgré les efforts de plusieurs membres influents dont le prince Belgiojoso, le major Fraser et le comte d'Alton-Shée, on repoussa toujours la candidature d'Alfred de Musset au prétexte qu'il ne savait pas monter à cheval. L'un des partisans de Musset objecta que Romieu, membre du club, ne savait pas monter davantage. Quelqu'un répondit : « Certes. Mais il tombe avec tant d'esprit ! »

## SAINT-JOHN PERSE

Alexis Saint-Leger Leger, dit «Saint-John Perse» (1887-1975), passa son enfance sur l'île familiale voisine de la Guadeloupe, en compagnie d'un grand chien de sauvetage et de bêtes rares importées de Guyane. Son père, issu de la noblesse de robe, ramena la famille en Europe après deux siècles d'établissement aux Îles. Reçu au concours des Affaires étrangères, affecté à Pékin, Alexis disposait, à un jour de cheval de la ville, d'un petit temple désaffecté, qui dominait les premières pistes cavalières vers l'intérieur : il y écrivit *Anabase*. En 1925 il devint le bras droit de Briand, après avoir évincé Berthelot. Il participa à la conférence de Munich en qualité de secrétaire général du Quai d'Orsay. Il dut émigrer en 1939. Des admirateurs américains lui offrirent une maison dans la presqu'île de Giens, peu avant son prix Nobel de littérature (1960). Installé en Provence l'été, il y gardait un sentiment d'étranger. Il écrit : «L'hostilité intellectuelle, anti-rationaliste, de Saint-John Perse à l'héritage grec ou latin, et plus particulièrement latin, tient à ses affinités celtiques, qui sont profondes en lui.» Mauriac, qui l'avait croisé à Bordeaux en 1907, dit : «Il vous avertit que son âme n'a pas de fenêtre [...]. Et l'on voudrait bien quand même y entrer [...]. J'y trouverais de brillantes et splendides visions que j'ignore. Car il vient des îles.» La grande rencontre d'Alexis Saint-Leger Leger ne fut pas Mauriac, ni Briand, ni même Jackie Kennedy (venue lui apporter un vestige de la plantation familiale *La Joséphine*, ravagée par le cyclone de 1964) mais celle, en haute montagne désertique, d'un oiseau solitaire dont le souvenir ne put jamais s'effacer : le tichodrome échelette, la *Rose-des-Alpes* des alpinistes. Tels sont les poètes.

De Louis Scutenaire[1] : «Saint-John Perse, mais il y a mis le temps.»

\*

Roger Peyrefitte a raconté que, jeune secrétaire d'ambassade, il avait été reçu par son ambassadeur, un admirateur passionné de Saint-John Perse ancien secrétaire général du ministère des Affaires étrangères, qui exigeait du personnel de l'ambassade la même adhésion : il fallait dire son admiration, surtout quand l'ambassadeur faisait la lecture :

> C'étaient de très grands vents sur toutes faces de ce monde,
> De très grands vents en liesse par le monde,
> qui n'avaient d'aire ni de gîte,

---

1. Louis Scutenaire (1905-1987) : poète surréaliste né en Belgique, il disait de lui-même : «Je ne suis ni poète, ni surréaliste, ni Belge.» Inutile d'en dire davantage.

Qui n'avaient garde ni mesure, et nous laissaient,
hommes de paille,
En l'an de paille sur leur erre... Ah! Oui, de très grands vents
sur toutes faces de vivants!

«N'est-ce pas magnifique? demanda l'ambassadeur à Peyrefitte.
— Ah oui! Quel souffle.»

*

De Céleste (la gouvernante de Proust) au sujet des poèmes de
Saint-John Perse : «Ce ne sont pas des vers, ce sont plutôt des
devinettes.»

Morand décrit Proust riant aux éclats de cette formule, «en montrant ses superbes dents».

## SANTERRE (Antoine Joseph)

Antoine Joseph Santerre (1752-1809), fils de brasseur, actif dans les premières années de la Révolution, se prit pour un général par sa capacité à
exciter les faubourgs. Au début de 1793, une comédie de Laya, *L'Ami des
lois*, donnée au Théâtre-Français, fut interdite par la commune de Paris,
l'ouvrage étant accusé de «feuillantisme». Les comédiens ne voulaient
pas se soumettre : consultés par l'acteur Dazincourt au milieu d'un violent
tumulte, les spectateurs fixèrent le jour d'une nouvelle représentation. Le
général Santerre fut chargé de s'y opposer, mais il échoua dans sa mission. En rendant compte à la Convention, il dit : «J'ai voulu arrêter la
pièce... Le peuple m'a fait taire... Si j'avais été le plus fort, je me serais
emparé des acteurs... J'ai cru qu'on allait me jeter dans les chiottes.» Dix-
neuf jours après avoir prononcé cette piteuse harangue, il joua son rôle le
plus célèbre : au moment où Louis XVI sur l'échafaud voulut s'adresser au
peuple, il fit couvrir la voix du roi par le bruit du tambour.

Santerre fut envoyé en Vendée, où il montra une fois de plus
l'étendue de son incapacité : il y essuya une défaite complète. On
lui destina alors cette épitaphe :

*Épitaphe du général Santerre,*
*l'un des premiers brasseurs de Paris*
Ci-gît le général Santerre,
Qui de Mars ne connut que la bière.

## SÉGUIER (Pierre)

Pierre Séguier (1588-1672), grand juriste, chancelier de France, fut l'homme de confiance de Mazarin puis de Louis XIV. Il présida la Chambre de Justice qui condamna Fouquet. Tallemant écrit : «Le chancelier est l'homme du monde qui mange le plus mal proprement et qui a les mains les plus sales ; il fait une certaine capilotade où il entre toutes sortes de drogues, et en la faisant il se lave les mains tout à son aise dans la sauce ; il déchire la viande ; enfin cela fait mal au cœur.» On racontait que, dans sa jeunesse, il était chez les chartreux, dont il avait pris l'habit. Comme il était tourmenté de tentations, le prieur lui permit, lorsqu'il se sentirait pressé, de tinter la cloche du chœur, afin d'avertir ses confrères de se mettre en prières pour lui obtenir la victoire sur l'esprit immonde. Mais le profès fit si souvent sonner la cloche que le voisinage, fatigué, lui interdit cette facilité.

On prétend que l'illustre ministre était si «sottement glorieux» qu'il s'abstenait de respecter les usages de la politesse.

Un jour que, comme à son accoutumée, il n'avait pas ôté son chapeau pour M. de Nets, évêque d'Orléans, l'autre finit par lui demander s'il était teigneux...

«Ce n'est pas que Sa Grandeur soit fière, dit un valet en recon-duisant l'éminence : c'est qu'elle craint de montrer ses cornes.»

L'explication consola le prélat.

\*

Les valets du chancelier avaient la réputation d'être fripons : «C'est une pillauderie épouvantable que celle de ses gens», dit un contemporain. Un jour que les comédiens du Marais avaient joué au Palais-Royal, le chancelier, qui y était, fit dire à Jodelet, l'un des principaux acteurs, qu'il en avait été si charmé qu'il fallait qu'il le vînt trouver le lendemain et qu'il lui ferait un présent.

Jodelet ne manqua pas d'y aller. D'abord, un des valets de chambre du chancelier vint lui dire : «J'ai parlé pour vous à Monsieur, Monsieur a dessein de vous donner cent pistoles : vous n'oublierez pas vos bons amis.»

Le comédien lui promit qu'il y en aurait le quart pour lui.

Incontinent après, un autre valet de chambre lui fit la même harangue, et Jodelet crut devoir lui faire la même promesse ; enfin, de salle en salle, il vint jusqu'à quatre rançonneurs.

Jodelet ensuite fut introduit, et le chancelier lui demanda : «Que voulez-vous que je vous donne ?

— Monseigneur, répondit le comédien, donnez-moi cent coups de bâton, ce sera vingt-cinq pour chacun de messieurs vos valets de chambre.»

## SENGÉBÈRE

Le calviniste Jean-Pierre de Crousaz écrit dans son *Examen du Pyrrhonisme ancien et moderne* (1733) que Sengébère a été «un jurisconsulte dont M. Bayle rapporte quatre choses, 1. Il a écrit contre M. de Saumaise, 2. Il a prétendu à une chaire à Angers, 3. Il avait enseigné M. Ménage, 4. Il voulait répudier sa femme pour cause d'adultère. M. Bayle passe légèrement sur les trois premiers articles, mais il s'étend beaucoup sur le dernier... Il est une infinité de gens à l'histoire desquels le public n'a aucun intérêt, et pourtant si on suit la méthode de M. Bayle, il faudrait conserver leurs noms dans l'Histoire, parce que l'un aurait eu une femme grondeuse, l'autre une ivrogne ; l'un aurait patiemment digéré les vices de la sienne ; un autre se serait rempli la tête de soupçons mal fondés. Est-ce pour cela qu'on fait des dictionnaires historiques?» On reproduit ici l'interrogation parce que, toutes proportions gardées, on pourrait bien se sentir atteint par la critique.

Ce docteur en droit à Angers, ayant accusé et convaincu d'adultère sa femme qui était fort belle, la fit enfermer dans un couvent, et prit une concubine en sa place. Quelqu'un, se trouvant dans une compagnie où l'on parlait de l'affaire de ce docteur, dit : «Putain pour putain, il aurait aussi bien fait de garder sa femme.»

## SOUBISE (Benjamin de Rohan, seigneur de)

Benjamin de Rohan, seigneur de Soubise, baron de Frontenay (1589-1641), figura dans toutes les assemblées de réformés qui se tinrent en France pour assurer l'exécution de l'édit de Nantes. Tandis que les autres chefs protestants acceptaient de se soumettre, Soubise et son frère Rohan continuèrent à guerroyer contre le roi après 1621, poussés par des Rochelais que leur prospérité faisait regarder comme invincibles. Battu par Louis XIII, Soubise passa en Angleterre, pays à partir duquel il continua de comploter, de façon si brouillonne que même les Rochelais n'en voulaient plus. Il fut compris dans l'édit de pacification de 1629 en faveur des protestants, mais il mourut à l'époque où il traitait avec l'Espagne pour poursuivre ses intrigues. «On cite de lui un trait peu honorable.

> Comme il s'était rendu maître des Sables-d'Olonne, les habitants lui offrirent 20 000 écus pour se racheter du pillage. Soubise y consentit, et à peine avait-il touché la somme qu'il permit à ses soldats de piller la ville pendant deux heures ; puis il répondit froidement aux plaintes des habitants : *J'avais promis le pillage à mes soldats avant la composition que j'ai faite avec vous*» (Durozoir).

Ce capitaine protestant, plus turbulent que courageux, n'avait pas les qualités de son frère le duc de Rohan, chef du parti.

Lorsque Louis XIII en personne vint faire le siège de Saint-Jean-d'Angély, alors que Soubise et un grand nombre de gentilshommes protestants s'y étaient enfermés, ceux-ci se rendirent au bout d'un mois. Soubise, après beaucoup d'insolence tant qu'il fut derrière les remparts, s'empressa de mettre deux genoux en terre devant le roi. Il obtint son pardon, puis reprit les armes, et s'empara d'Olonne avec huit mille hommes. Le roi marcha de nouveau contre lui. Louis XIII tomba près de l'île de Rié sur les protestants ; Soubise abandonna son canon et ses équipages et s'enfuit à La Rochelle sans avoir combattu.

Deux ans plus tard, il avait reconstitué une armée, et tenait la côte de Nantes à Bordeaux. Attaqué près de Castillon par les troupes royales, il remonta sur un vaisseau avec une précipitation qui ne fit pas honneur à son courage.

Quelques semaines plus tard, de nouveaux combats s'engagèrent. Soubise se porta dans l'île de Ré où il fit attaquer les royaux qui venaient de débarquer sous le commandement du duc de Montmorency. Mais il se tint toujours derrière sa troupe, attendant de voir l'issue du combat. Dès qu'il aperçut ses soldats en déroute, il s'enfuit pour gagner une chaloupe qui l'attendait.

Quelqu'un dit au roi : «Sire, M. de Soubise ayant fui votre personne à Rié, et ayant encore maintenant fui celle de votre amiral à l'île de Ré, il faut croire, s'il continue, qu'il sera un jour le plus vieux capitaine de l'Europe.»

## TALMA (François-Joseph)

François-Joseph Talma (1763-1826), peu après la prise de la Bastille, tint le rôle principal dans le *Charles IX* de Marie-Joseph Chénier. Cette pièce provocante fut interdite et la Comédie-Française se divisa en deux camps : les «avancés» et les «rétrogrades». Talma, qui comptait parmi les premiers, fut exclu, et son maître Dugazon, autre «avancé», l'escorta de façon burlesque vêtu en Romain, depuis le faubourg Saint-Germain où se trouvait le Théâtre-Français jusqu'au Palais-Royal où fut fondé le Théâtre de la République. Talma épousa Julie Careau, première d'une longue série, petite danseuse qui ira mourir dans les bras de Benjamin Constant, «cet éternel amoureux des femmes sur le retour» (G. Bord). L'acteur fut quelques jours plus tard père de deux jumeaux : Henri-Castor et Charles-Pollux. En 1793, le Comité de salut public fit fermer le Théâtre de la Nation, ci-devant Théâtre-Français, et ses comédiens furent emprisonnés dans la nuit; on soupçonna une initiative de Talma, mais en 1799 son Théâtre de la République fit faillite. François de Neufchâteau imposa un Théâtre-Français unique, qui fut installé dans le local qu'il occupe encore aujourd'hui et qui était celui du théâtre en déconfiture de Talma. Sous l'Empire, l'acteur fut choyé par le pouvoir, même si ses dépressions interrompaient ses tournées en province et alla à la critique lui reprochait sa perpétuelle emphase. Geoffroy écrivit en 1812 dans *Les Débats* : «Il revient à Paris avec moitié plus d'argent et moitié moins de talent; et alors même qu'il n'est plus qu'un mauvais acteur, il se croit encore un dieu!» Talma alla le lendemain frapper le critique dans sa loge. Haut dignitaire de la franc-maçonnerie, il joua en 1819 *Œdipe* à la loge Belle et Bonne, devant la statue de Voltaire. Lorsqu'il mourut, une foule considérable assista à ses funérailles exclusivement civiles, et l'on publia en son honneur une centaine d'élégies et autres apothéoses, dont un dialogue entre *Napoléon et Talma aux Champs Élysées*. Mais on l'oublia et quand, vers 1890, les candidats à une grande école eurent à traiter comme sujet de composition française : *Lettre de Napoléon à Talma le lendemain de la soirée d'Erfurt*, la plupart des candidats commencèrent leur lettre par : *Mademoiselle...*

Après que Talma eut joué dans le médiocre *Manlius*, de Lafosse :

Tout alla bien, quand Talma prit Racine
Et dans Corneille il était encor beau.
Mais *Manlius* prépara sa ruine
Et dans Lafosse il trouva son tombeau.

*

Une amie disait à Mme Talma : «Quelle émotion ce doit être de partager la couche d'un homme de génie...

— Détrompez-vous, chère amie. Tout ça fiche le camp dans les tragédies!»

## THATCHER (Margaret)

Margaret Thatcher of Kesteven, née Roberts (1925-2013), fut le premier chef de gouvernement à faire un discours officiel pour la protection de l'environnement; mais elle remit en marche l'économie de son pays moyennant de douloureuses mutations qui font que, pour les amis du progrès, elle demeure un symbole honni. «Maggie» fut finalement battue non dans de loyales élections, mais par les coups de poignard que ses amis conservateurs lui donnèrent dans le dos avec une répétition appliquée : ils n'aimaient pas cette fille d'épicier. L'une des attaques les plus communes la dénonçait comme femme dénaturée : tous ses rivaux tories, tous ses ennemis travaillistes (Glenda Jackson, lorsqu'on lui demanda d'au moins saluer la mémoire de celle qui avait été la première femme Premier ministre du Royaume-Uni, répondit en 2013 : «*Woman? Not on my terms*») ont fait de Margaret Thatcher un monstre masculin à peine déguisé en femme. Cependant, après que, Premier ministre, elle eut reçu les écrivains de langue anglaise, l'un des convives, Anthony Powell, eut l'idée de faire une «étude de marché» (comme il l'a dit lui-même) pour savoir si ses confrères avaient comme lui jugé Mrs Thatcher extrêmement attirante. Ce fut un écho unanime, depuis Philip Larkin jusqu'à V.S. Naipaul, qui la trouvèrent séduisante, belle, dégageant un superbe parfum de whisky (c'était l'un de ses carburants habituels), incroyablement excitante, etc. Le plus réservé fut Alan Clark (député conservateur qui était là comme auteur de son *Journal*), qui se contenta de préciser qu'il n'était pas réellement attiré par une pénétration mais uniquement par un long baiser. Charles Moore, biographe de Margaret Thatcher, en a déduit que le jugement de Kissinger selon lequel la considération du pouvoir est le plus grand des aphrodisiaques, vaut aussi bien pour les femmes que pour les hommes.

De Norman St John Stevas, homme politique anglais né en 1921 : «J'étais partisan de la possibilité pour les femmes de devenir prêtres, mais deux années passées au cabinet de Mrs Thatcher m'ont fait changer d'avis.»

*

À l'occasion d'une photo de groupe, lorsque Margaret Thatcher dit à Edward Heath, l'ancien Premier ministre conservateur : «Vous devriez être à ma droite», il répondit : «Ça serait difficile...»

\*

De George Schultz, dessinateur américain : « Si j'étais marié avec elle, je ferais attention à ce que le repas soit prêt quand elle rentre à la maison. »

\*

Comme on demandait ses impressions à lord Soames, gendre de Winston Churchill, qui avait dû donner sa démission du cabinet Thatcher, il se contenta de dire : « Si j'avais des raisons majeures de virer mon garde-chasse, je le ferais avec davantage d'égards que ce dont a témoigné Mrs Thatcher à mon sujet. »

\*

On demandait un jour à sir Denis Thatcher, l'honorable mari : « Qui porte le pantalon chez vous ? »
Il répondit immédiatement : « C'est moi », prenant soin d'ajouter, sur un ton plus morose : « Et je le lave et le repasse moi-même. »

\*

À l'occasion de l'une de ses audiences hebdomadaires auprès d'Élisabeth II, Margaret Thatcher s'aperçut, horriblement gênée, qu'elle portait exactement les mêmes vêtements que la reine. Pour éviter un tel incident à l'avenir, elle décida de faire prendre les renseignements pour savoir ce que Sa Majesté porterait. Elle demanda donc à un membre de son personnel de téléphoner au palais de Buckingham. Le fonctionnaire royal qui reçut l'appel s'enquit de la raison du renseignement. Utilement éclairé, il expliqua que tout cela n'était pas nécessaire : « Sa Majesté ne fait jamais attention à ce que ses invités portent. »

## TRONCHIN (docteur)

Théodore Tronchin (1709-1781), médecin suisse, descendant d'une famille française protestante réfugiée à Genève, participa à l'*Encyclopédie*. Consulté par l'Europe entière, il devint premier médecin du duc d'Orléans qui l'envoya assister Voltaire dans sa dernière maladie. Tronchin a écrit : « Voltaire est très malade. S'il meurt gaiement, comme il l'a promis [il avait écrit une chanson où il parlait de « faire gaiement son paquet »], j'en serai bien trompé ; il ne se gênera pas pour ses intimes, il se laissera tout bonnement aller à son humeur, à sa poltronnerie, à la peur qu'il aura de quitter le certain pour l'incertain. Le ciel de la vie à venir

> n'est pas aussi clair que celui des îles d'Hyères ou de Montauban pour un octogénaire né poltron et tant soit peu brouillé avec l'existence éternelle. Je le crois fort affligé de sa fin prochaine ; je parie qu'il n'en plaisante point. La fin sera pour Voltaire *un fichu moment...*» Tronchin, qui arriva *in extremis*, dit ensuite : «Quelle mort ! Je n'y pense qu'en frémissant !»

Mme Tronchin, épouse du célèbre médecin, n'avait pas été gâtée par la nature. On demandait à Mme Cramer, femme d'un officier des Suisses, qui revenait de Genève : «Que fait Mme Tronchin ?

— Mme Tronchin fait peur.»

## VATOUT (Jean)

Jean Vatout (1791-1848), bibliothécaire du duc d'Orléans sous la Restauration, égayait par ses gauloiseries les ternes soirées du Palais-Royal. La révolution de 1830 fit du plaisant de Cour un personnage politique, et il fut même élu à la Chambre en 1831. Pierre Larousse dit que l'ami du nouveau roi mena dix-huit ans une existence de coq en pâte, mais qu'il ne se laissa point éblouir : «Il obligea souvent et ne nuisit jamais.» Il fut élu le 17 janvier 1848 à l'Académie française ; un mois plus tard, Louis-Philippe était condamné à l'exil. Vatout eut la fidélité de suivre son maître, et mourut peu après à Claremont, de sorte qu'il ne fut jamais reçu à l'Académie. Deux chansons ont assuré sa notoriété, *L'Écu de France* et *Au maire d'Eu*. «Nous avons reproduit cette dernière, explique Larousse ; *L'Écu de France* ne peut braver la publicité.» Sans doute peut-on la braver ici, par un extrait ; ne serait-ce que pour constater que l'œuvre du sieur Vatout n'avait rien d'inoubliable :

Joli logement
Derrière et devant,
Avec la jouissance
D'un petit jardin
Qu'on a sous la main,
Voilà l'Écu de France.

Ce rimeur était tout dévoué à la famille d'Orléans. Bibliothécaire de Louis-Philippe et commensal du château d'Eu, il est l'auteur de la regrettable chanson *Au maire d'Eu*, «chansonnette faite sur les lieux». Le site de l'Académie explique : «Il était l'auteur d'une chanson connue sur le maire d'une petite ville de Normandie, dont tout l'esprit repose sur un affreux calembour» (*horresco referens !*). Le dernier couplet de la chanson dit :

Je me complais dans mon empire ;
Il ne me donne aucun souci.
J'aime l'air qu'on y respire :
On voit, on sent la mer d'ici.
Partout la vie et le bien-être ;
Ma vie est un bouquet de fleurs,
Aussi j'aime beaucoup mieux être
Maire d'Eu que maire d'ailleurs.

À la faveur du règne – mais c'en était la fin –, Vatout fut élu à l'Académie. Aussi l'événement put-il inspirer ces vers :

Un fauteuil à Vatout ? Morbleu !
L'Académie est insensée !
Pour le chantre du maire d'Eu,
Il faut une chaise percée.

*

À l'issue des événements de 1848, Louis-Philippe Ier retrouva l'Angleterre où il s'était réfugié sous la première révolution. Vatout suivit fidèlement son maître. Peu après, un plat de champignons composé de façon hasardeuse rendit sévèrement malade la famille royale et ses commensaux. Tout le monde s'en remit, sauf Vatout, qui en mourut.

En l'apprenant, quelqu'un dit : « Courtisan, va ! »

## VERMANDOIS (comte de)

Louis de Bourbon, comte de Vermandois (1667-1683), fils de Louis XIV et Louise de La Vallière, fut légitimé à l'âge de deux ans et nommé amiral peu après. Son adolescence causa du chagrin à sa mère, entrée en religion, car « l'immonde Chevalier de Lorraine l'avait détourné pour son vice » (La Varende). Il accompagna l'armée au siège de Courtrai où sa bravoure fut saluée par Lauzun. Il y mourut cependant de la fièvre maligne des marais (Mlle de Montpensier a parlé d'indigestion d'eau-de-vie). Le roi ordonna des obsèques magnifiques dans la cathédrale d'Arras. Un libelle de 1745 en fit le Masque de fer : fort bouillant, il aurait un jour giflé son demi-frère le Dauphin, ce que le roi n'aurait pas admis ; on l'aurait envoyé à l'armée des Flandres, simulé son décès, et enfermé masqué pour le reste de ses jours. On soulignait que les registres de la paroisse Saint-Paul relatifs à l'enterrement du mystérieux prisonnier, en 1703, lui donnent un âge de quarante-cinq ans ou environ, et que son nom gribouillé, serait «Marchialy», anagramme de «*Hic amiral*». Voltaire a écrit : «Il faut être fou pour imaginer qu'on enterra une bûche à sa place, que Louis XIV fit faire un service solennel à cette bûche, et que, pour achever la convalescence de son propre fils, il l'envoya prendre l'air à la Bastille pour le reste de sa vie, avec un masque de fer sur le visage.»

Un duc dont la chronique ne rapporte pas le nom, passant devant les Quinze-Vingts avec le jeune comte de Vermandois, fils de Louis XIV et de Mlle de La Vallière, lui dit : «Je gage cent pistoles, monsieur, que je vous ferai nommer par cet aveugle sans que je lui dise votre nom.»

L'autre prit le pari.

La gageure faite, l'initiateur du pari dit au comte de Vermandois : «Monsieur, pincez-le.»

Ce qu'il fit.

L'aveugle, se sentant pincer, dit en criant : «Fils de putain qui me pince !

— Eh bien, monsieur, n'ai-je pas gagné?» demanda le duc.

## VIGÉE (Louis)

Louis Vigée (1755-1820), littérateur qui se fit remarquer par la souplesse avec laquelle il encensa les pouvoirs successifs, était le frère de Mme Vigée-Lebrun dont Sophie Gay, dans ses *Salons célèbres*, loue l'esprit et la beauté. L'observation du frère, dans les mêmes circonstances chez Mlle Contat, sa maîtresse qui tenait salon au début de l'Empire, rend un autre son : «Une teinte de pédanterie gagnée au professorat des athénées nuisait beaucoup à l'esprit léger et gracieux de Vigée, et donnait aux jolis riens qu'il disait une pompe ridicule; aussi l'accablait-on d'épigrammes. Lebrun-Pindare l'avait appelé *Figé*. Arnault prétendait qu'il professait dans le ventre de sa mère; et Mlle Contat elle-même le plaisantait souvent sur sa futilité solennelle. Alors il prenait de l'humeur et l'on en riait davantage.»

Distique sur Vigée poète précieux parmi les précieux, et que le *Dictionnaire des girouettes* croyait fils de barbier (en vérité son père était peintre et sa mère coiffeuse) :

> Ton père écorchait nos mentons
> Tu nous écorches les oreilles.

\*

## VILLARS (maréchal de)

Claude Louis Hector, duc de Villars (1653-1734), fut proclamé maréchal de France par les combattants sur le champ de bataille lors de la victoire de Friedlingen, ce que Louis XIV ratifia peu après. À Malplaquet, il fut grièvement blessé, et le moment d'indécision qui s'ensuivit donna l'avantage à Marlborough et au prince Eugène malgré leurs pertes. Cette «illustre défaite» annonçait Denain où par une belle ruse, et malgré les murmures de ses soldats qui croyaient qu'on tournait le dos à l'ennemi, Villars, à la tête de la dernière armée d'une France exsangue, écrasa Anglais et Hollandais. Selon la Palatine, «le vice d'aimer les jeunes garçons est la plus grande passion du duc de Villars» (mais Madame voyait ce vice-là partout). Un défaut avéré de Villars était l'ivrognerie; il expliquait qu'aller les nuits dans la tranchée pour boire de l'eau-de-vie avec ses soldats leur entretenait le moral. Mais un jour à la Cour, chargé de présenter ses honneurs au roi de Sardaigne, il s'effondra aux pieds du monarque... La grande légèreté de la duchesse de Villars faisait du maréchal un illustre cocu. Un jour, chez la Palatine, il demanda à voir sa collection de médailles; Baudelot, qui en avait la charge, la lui présenta en déployant son érudition : «Ah! monseigneur, voici une des plus belles médailles que Madame ait; c'est le triomphe de Cornificius : il a toutes sortes de cornes. C'était un grand général comme vous, monseigneur.» La princesse, fort gênée, lui demandait de passer : «Baudelot, si vous vous arrêtez à chaque médaille, vous n'aurez pas assez de temps pour les montrer toutes.» Mais lui, plein de son sujet, insistait davantage pour que le maréchal examinât bien la médaille et sa décoration.

Le duc de Villars, qui devait sauver la France à Denain, eut des hauts et des bas dans la première partie de sa carrière militaire.

Il avait retenu à dîner l'abbé de Blacas. Le duc dit : «Plus je vous considère, abbé, plus je trouve que vous ressemblez au portrait du cardinal de Retz. Vous avez une tête de factieux...

— Rien de si trompeur que la figure, monsieur le duc. Par exemple, vous me rappelez le portrait du Grand Condé.»

## VILLEROY (maréchal de)

François de Neufville, duc de Villeroy, maréchal de France (1644-1730), était fils du gouverneur de Louis XIV, ce qui fit de l'enfant le camarade d'études du jeune roi, qui lui garda son attachement. Brillant exécutant en sous-ordre, il devint incapable du jour où il remplaça le maréchal de Luxembourg à la tête des armées. «L'incapacité du chef, jointe à la présomption, se révèle à chacune de ses dispositions, à chacun de ses mouvements» (Dezobry et Bachelet). Saint-Simon parle de sa fatuité suprême; il dit ailleurs : «Le vieux maréchal de Villeroy, grand routier de cour, disait plaisamment qu'il fallait tenir le pot de chambre aux ministres tant qu'ils étaient en puissance, et le leur renverser sur la tête sitôt qu'on s'apercevait que le pied commençait à leur glisser.» Le maréchal fit moins l'important lorsqu'il eut perdu la bataille de Ramillies, où Marlborough lui prit toute son artillerie, tous ses drapeaux et tous ses bagages. Louis XIV retira le commandement à son vieux favori : «Monsieur le maréchal, on n'est plus heureux à notre âge.»

Ce maréchal est resté célèbre par ses successives défaites : en 1695 il laissa reprendre Namur; en 1701 il fut battu à Chiari par le prince Eugène, qui le fit ensuite prisonnier dans Crémone. Cependant les ennemis ne purent se maintenir dans cette ville. Les soldats français chantèrent :

> Palsambleu la nouvelle est bonne
> Et notre bonheur sans égal
> Nous avons conservé Crémone
> Et perdu notre général !

*

Le maréchal de Villeroy, alors septuagénaire, ayant été envoyé à Lyon en 1717 pour apaiser une sédition, ce ne furent pendant son séjour que réjouissances et fêtes continuelles. Une grande dame de Paris, ayant appris que les Lyonnaises s'empressaient fort de plaire au maréchal, écrivit à l'une d'elles : «Mandez-moi donc à qui M. le Maréchal a jeté le mouchoir.»

La vieille Mme de Bréduet, qui habitait Lyon et qui avait été autrefois des amies de Villeroy, vit cette lettre et dit à celle qui la lui montrait : «Écrivez à votre amie qu'il y a longtemps que le maréchal ne se mouche plus...»

## WOFFINGTON (Peg)

Margaret «Peg» Woffington (1720-1860), issue d'une famille pauvre de Dublin, fut à l'âge de dix ans recrutée par une danseuse à la corde italienne. Elle devint ainsi chanteuse de rue avant des débuts de comédienne à Covent Garden qui lui assurèrent un succès immédiat. Elle vivait avec Garrick, mais ses nombreuses aventures avec des pairs du royaume défrayaient la chronique. À l'âge de trente-sept ans, elle fit une chute sur scène qui la laissa à demi paralysée, et elle dut renoncer aux différents aspects de sa carrière.

Cette comédienne anglaise avait longtemps joué dans *The Constant Couple*, pièce de Farquhar où elle tenait un rôle d'homme. Ce succès finit par l'indisposer, et comme elle déclarait un jour d'humeur, au foyer : «Comme c'est pénible : la moitié du public me prend vraiment pour un homme!», un de ses collègues, qui connaissait la vie agitée de l'actrice, la rassura ainsi : «Ne vous inquiétez pas : l'autre moitié sait le contraire.»

# MÉCHANCETÉS ANONYMES
Extraites de divers ouvrages, du XVI<sup>e</sup> au XX<sup>e</sup> siècle

## XVIᵉ siècle

On chantait alors :

> Au temps passé du siècle d'or,
> Crosse de bois, évêque d'or ;
> Et maintenant changent les lois :
> Crosse d'or, évêque de bois.

\*

Montaigne a rapporté plusieurs histoires de condamnés à mort ayant fait preuve, sur l'échafaud, d'une courageuse désinvolture. Il raconte par exemple cette fois où un condamné ayant demandé à boire, et le bourreau ayant bu le premier, le condamné dit ne vouloir boire après lui, de peur de prendre la vérole.

Enfin Montaigne dit : « Chacun a ouï faire le conte du Picard, auquel, étant à l'échelle, on présenta une garce, et que (comme notre Justice permet quelquefois) s'il la voulait épouser, on lui sauverait la vie : lui, l'ayant un peu contemplée, et aperçu qu'elle boitait : "Attache, attache, dit-il, elle cloche." »

\*

Pogge raconte que, dans le temps où l'Italie était menacée de la peste, un moine charlatan vendait des amulettes, par lesquelles il promettait qu'on serait garanti de la peste en les pendant au col ; mais en même temps il défendait de les ouvrir pendant quinze jours.

Quand il eut fait sa moisson, il se retira. On ouvrit les billets, et y trouva ces mots : « Femme, quand vous filez, si votre fuseau vient à tomber, serrez bien le derrière en le ramassant. »

*

Un gaillard rencontra un jour une jeune et jolie paysanne montée sur une ânesse. Comme cette villageoise chantait et paraissait fort enjouée, il lui dit : « Je crois, ma belle, que vous avez été bien baisée cette nuit.

— Et pourquoi ? dit-elle avec déplaisir (elle voyait l'autre venir...).

— Parce que vous avez le cœur joyeux, et que vous allez comme il faut.

— Cela y fait-il quelque chose, monsieur ? demanda-t-elle.

— Oui certainement, répondit-il.

— Hé ! lui dit la paysanne, je vous prie donc de baiser mon ânesse pour l'encourager à aller plus vite, car elle est si triste qu'elle a peine à me porter. »

## XVII<sup>e</sup> siècle

Un abbé d'une grosseur excessive allait à Florence. Comme il approchait de la ville alors qu'il était bien tard, il demanda à un paysan s'il pourrait y entrer.

« Oui, dit le paysan : un chariot de foin y entre bien. »

*

Un prédicateur médiocre se vantait d'avoir tiré les larmes de ses auditeurs : « Cela est vrai, dit un qui s'y trouvait, car vous avez fait pitié. »

*

M. S., archidiacre d'Auxerre, criait toujours en chaire. Il demanda à l'un de ses confrères si son style oratoire n'approchait pas de celui de Bourdaloue.

« Si fait, répondit l'autre, en ce sens que lui prêche fort bien, et que vous prêchez bien fort. »

*

Une dame, recevant le laquais de l'amante de son époux : «Je remercie votre maîtresse de son chapon; je lui serais bien plus obligée si elle ne me gardait pas mon coq.»

*

Un Gascon s'excusait de mal danser : «Je danse mal mais je me bats bien.

— Battez-vous donc toujours, et ne dansez jamais», répliqua la dame en le plantant là.

*

Un capitaine gascon étant tombé dangereusement malade, on envoya chercher le curé de Saint-André-des-Arts pour le confesser. Après avoir reçu Notre-Seigneur avec une grande dévotion, et le curé étant près d'administrer l'extrême-onction, le malade, au lieu d'allonger les jambes, se mit en petit peloton. Le curé s'approcha pour lui en demander le sujet.

«Ah! mon père, lui répondit le Gascon : après que mes ancêtres ont tous péri sur une brèche, faut-il que j'aie le chagrin de me voir mourir dans un lit, les talons enfoncés dans le cul, et prêt à recevoir le sacrement des bourgeois!»

*

Des dames qui se trouvaient là raillaient un Gascon sur sa chute.

«Mesdames, dit celui-ci fâché, mon cheval est en coutume de faire la révérence devant les catins.

— Ah! monsieur, répliqua une de la compagnie : n'avancez plus, autrement vous tomberez à chaque pas.»

*

Quelqu'un a dit du Gascon : «Le plus brave avant et après la bataille.»

Un Gascon dit un jour dans une compagnie nombreuse qu'il donnerait volontiers dix louis pour chaque pucelle qu'on lui montrerait. Une dame qui connaissait particulièrement la fausse bravoure du personnage lui dit qu'elle pourrait lui en montrer une pour rien.

«Que je serais curieux de la connaître! s'écria-t-il.

— Eh bien, regardez votre épée.»

*

Un officier gascon prit peur au cours d'une bataille, s'enfuit, voulut traverser une rivière à la nage, et périt noyé. On fit sur lui cette épitaphe :

Ci-gît monsieur de Berlandeau
Qui, crainte du feu, périt dans l'eau.

*

Deux jeunes seigneurs richement vêtus, se promenant par la campagne, rencontrèrent un paysan qui battait son âne avec excès. Touchés de compassion pour la pauvre bête, ils dirent au paysan : « Mon ami, tu es bien cruel de maltraiter ainsi ce pauvre animal. »

Le paysan, ayant ôté son chapeau, se tourna respectueusement vers son âne, et lui dit : « Pardon, monsieur mon âne, pardon. Je ne croyais pas que vous eussiez des parents à la Cour. »

*

Un conseiller (un magistrat du Parlement) disait à un ami : « Si j'avais quelque chose de bon, je vous dirais de dîner avec moi. »

Le domestique qui le suivait lui dit : « Monsieur, vous avez une tête de veau. »

*

Un seigneur, qui assistait à la comédie en province, fut touché des larmes de l'amoureux, qui ne pouvait décider l'héroïne à se rendre à ses désirs. Alors, le seigneur se leva, et s'adressant au comédien, dit : « Parbleu, pauvre prince, tu me fais pitié ; donne-lui seulement quatre pistoles, comme j'ai fait tantôt, et tu en viendras à bout tout de suite. »

*

Un bachelier avait un compte sentimental à régler avec la pensionnaire trop volage d'une maison de jeunes filles qui était située rue des Petits-Champs, à côté d'une charcuterie. La nuit venue, le bachelier enleva l'enseigne du charcutier, et l'accrocha à celle du pensionnat. Le matin, les passants purent lire : « Pension de jeunes demoiselles. À la renommée des bonnes langues. »

\*

Un particulier d'une petite ville, rentrant le soir, dit à sa femme que parmi tout ce qui avait été débité dans la société, on avait dit que, dans toute la ville, il n'y avait qu'un homme qui ne fût pas cocu. La dame chercha quelque temps dans son imagination ; elle termina par dire : « Ma foi, je ne le connais pas. »

\*

Une dame était en tête à tête avec son mari ; elle eut une si forte envie de bâiller que des larmes lui vinrent aux yeux.

« Auriez-vous quelque chagrin ? lui dit l'époux. Confiez-le moi : vous et moi ne faisons qu'un.

— Eh ! c'est cela même, quand je suis seule, je m'ennuie. »

\*

Une coquette, à un soupirant qu'elle n'aimait pas : « Vous mourrez debout, si vous ne couchez qu'avec moi. »

\*

Une jeune femme avait un fils dont la paternité était fort équivoque. Elle parlait un jour dans une société de l'éducation qu'elle voulait lui donner, et de l'envie qu'elle avait de l'élever au sein de sa famille.

Quelqu'un dit : « Vous devriez l'envoyer au collège des Quatre-Nations. »

\*

D'un avocat, à un autre qui venait de développer sa thèse : « L'adversaire n'a même pas l'apparence d'un fondement. »

\*

M. de la G\* L\*, président d'Angers, était soupçonné de recevoir trop ordinairement des cadeaux des parties. Le lieutenant particulier, qui n'aimait pas cette manière de faire, se plut à crier à l'huissier au début de l'audience : « Appelez les présents ! »

\*

M. de La B\*, chanoine et official d'Angers, ayant invité plusieurs personnes à dîner un jour maigre, son valet lui dit qu'il avait été au marché, et qu'il n'y avait plus de poisson, sinon un saumon qu'il n'avait osé prendre, parce qu'un conseiller l'avait retenu. Le chanoine, lui donnant sa bourse pleine, lui dit : «Tiens, retourne ; achète-moi le saumon et le conseiller.»

## XVIIIᵉ siècle

Une dame, qui se voulait de qualité, n'avait pas les moyens d'entretenir un équipage. Toutefois, étant jeune et bien faite, elle trouvait des écuyers qui ne lui coûtaient rien. Ayant un jour à passer du faubourg Saint-Germain au quartier de Saint-Eustache, elle pria un gentilhomme de sa connaissance de lui donner la main. Laissons parler les Mémoires du temps :

«Comme ils étaient dans la rue Dauphine, l'envie de pisser prit au cavalier ; il s'approche d'un mur, il pisse sans songer qu'il tenait la main d'une dame, et sans la quitter, car il la tenait toujours de la main gauche, et pissait de l'autre, et tout cela par distraction, comme faisait monsieur de Brancas[1] : encore celui-ci quitta la main de la reine pour pisser contre la tapisserie, mais celui-là tint toujours ferme ; la dame, qui n'avait point de masque, était rouge comme de l'écarlate, tout le monde la regardait, tout le monde riait, et son écuyer pissait toujours ; quand il eut fait, et qu'il fut revenu de son absence : "Excusez, dit-il, madame, si je vous ai fait un peu attendre, c'est que j'ai une rétention d'urine qui m'incommode beaucoup."»

\*

Une femme galante disait à un ivrogne : «Depuis dix ans que je suis veuve, je n'ai pas eu la moindre démangeaison de mariage.

— C'est comme moi, depuis que je me connais je n'ai jamais eu soif.»

\*

D'une fille, à un confesseur un peu trop curieux : «Mon nom n'est pas un péché.»

---

1. Il s'agit du maréchal de Brancas dont on admirait davantage la robuste santé que les prouesses militaires : il atteignit l'âge de quatre-vingt-quatre ans en buvant six bouteilles de champagne par jour.

*

Un voyageur anglais, fort peu rassuré, racontait que, prenant un jour une barque pour traverser une rivière d'Irlande dans le comté de Kilkenny, il demanda au batelier : «Vous est-il arrivé de perdre des personnes que vous passiez?

— Jamais, monsieur. Un étranger est tombé la semaine dernière, et nous l'avons retrouvé le lendemain.»

*

Un homme se présenta un jour plus que gris à la barrière, et dit au commis de l'octroi : «Je passe du vin que vous ne me ferez pas payer.

— Monsieur, répondit l'employé, le vin en cruche ne paie pas.»

*

Anatole France a raconté à Jean-Jacques Brousson l'histoire suivante.

Au temps de Diderot, un père de famille s'avise que son fils, hors de page, a besoin d'être déniaisé. «Monsieur, lui dit-il un matin, votre éducation est finie. Vous êtes bon Grec, bon Latin. Vous savez la théologie, l'histoire, le blason, la danse... Mais il vous reste à apprendre la science du monde. Et celle-là, hélas! les meilleurs pédagogues ne la possèdent pas. Voici une lettre pour Mme de X., qui habite la ville voisine. Vous voudrez bien la lui remettre de ma part. Cette personne a infiniment de grâce, d'esprit et d'expérience. Elle a beaucoup pratiqué le monde. Je dois même vous dire qu'elle n'a pas dédaigné mes hommages. Je lui demande d'avoir pour le fils les mêmes attentions, la même indulgence que pour le père. Allez donc, mon enfant! À son contact, je ne doute que vous ne deveniez bientôt le plus poli, le plus galant des jeunes hommes.»

Le fils part avec sa lettre. Il arrive chez la dame. D'un coup d'œil, elle le trouve à son gré. Elle le fait asseoir sur une ottomane. Elle emploie toutes les petites roueries en usage pour le dégeler, mais n'arrive à rien. Plus elle se montre provocante, et plus le jeune homme, lui, se tient sur la réserve. Quand elle s'approche, il recule. Elle parle amitié et lui, respect. La leçon commence mal. L'élève serait-il peu doué?

À la fin, pour dégeler l'innocent, elle joue la scène traditionnelle de l'évanouissement. « Ah ! monsieur, je meurs ! Ce sont ces maudites vapeurs. Délacez-moi ! »

Misère ! au lieu de se précipiter sur les cordons du corset, voilà le grand flandrin qui se rue sur celui des sonnettes. Il carillonne comme pour Pâques.

Alors, la bonne dame pâmée entr'ouvre un œil et soupire avec regret : « Hélas ! monsieur. Ce que vous n'avez pu faire quand nous étions seuls, pensez-vous que vous pourrez le faire devant mes valets et ma soubrette ? »

*

Un certain monsieur Quatremer, marchand de draps, obtint sous le règne du roi Louis XVI le cordon de Saint-Michel ; il alla trouver le commis chargé de l'expédition de son brevet, et lui demanda s'il pouvait faire mettre un *de* au-devant de son nom.

« Oui, monsieur, répondit le commis ; vous pouvez même en mettre un à la fin, si cela vous fait plaisir. »

*

Un paysan, ayant tué d'un coup de hallebarde un chien qui voulait le mordre, fut cité devant le juge, qui lui demanda pourquoi il n'avait pas opposé le manche de la hallebarde.

« Je l'aurais fait, répondit le paysan, s'il m'eût mordu de la queue ; mais il me mordait avec ses dents. »

*

Selon les Français (d'Île-de-France), la prière du Normand est la suivante : « Mon Dieu, ne me donnez pas les biens de ce monde. Mettez-moi à côté de celui qui les a ; je me débrouillerai bien tout seul. »

*

On conduisait un Picard et un Normand à la potence. Le Picard pleurait.

« Lâche ! lui dit le Normand, qui ne pleurait pas.

— Hélas ! répliqua le Picard, nous ne sommes pas accoutumés comme vous à être pendus. »

*

Un curé de Normandie baptisait l'enfant d'un de ses paroissiens. Avec le baptême, il se fit payer le mariage et l'enterrement. Comme on lui demandait pourquoi : «C'est, dit-il, que quand ils sont grands, ils vont tous se faire pendre à Paris.»

*

Mercier cherchait à tranquilliser Voltaire malade : «Après avoir dépassé tous vos confrères, vous nous montrerez encore mieux que Fontenelle l'art de vivre longtemps.

— Non, monsieur : Fontenelle était normand, il a trompé la nature.»

*

Sous le Directoire, un Normand était assigné en conciliation.
«Évitez un procès, lui dit le juge de paix ; conciliez-vous.
— Pas si bête, citoyen : on se moquerait de moi dans le pays.»

### Époque révolutionnaire

Condorcet, marquis de son état, proposa la loi qui ordonnait de brûler les titres de noblesse. Laure d'Abrantès a raconté une histoire survenue dans un village de Bourgogne. Le seigneur de ce village, anobli depuis vingt ou trente ans grâce aux finances, parlait beaucoup de son désespoir d'être contraint à brûler ses titres. Enfin, un jour il convoque ses paysans dans la cour de son château, et fait de cet autodafé une cérémonie qui devait montrer à tous sa bonne volonté et le protéger des menées révolutionnaires. Il arriva donc gravement, portant dans ses bras un énorme paquet de parchemins fort blancs avec des touffes de rubans verts ou rouges, dont l'éclat des couleurs annonçait le peu d'existence, et il jeta le tout dans un grand brasier qui avait été allumé au milieu de la cour. Mais soit que les parchemins fussent humides, soit que le feu ne fût pas assez ardent, les malheureux documents ne voulaient pas brûler. Le marquis avait beau souffler et tisonner, rien ne prenait. Enfin, un paysan s'approcha du feu, le regarda alternativement, lui et les parchemins, et lui dit en patois : «Laissez-les, laissez-les, monsieur le marquis... Ils ne brûleront point : ils sont bien trop verts.»

\*

Après que, au début de la Révolution, on eut nommé le pays de Niort département des Deux-Sèvres, on voulut nommer le pays de Fontenay département des Deux-Lays, à raison de ses principales rivières, le grand Lay et le petit Lay.

On dit que MM. Bouron et Mercier, un député et un administrateur de ce département, qui n'étaient pas beaux du tout, se manifestèrent immédiatement contre l'adoption d'un tel nom, au motif que l'on commençait de faire contre eux un affreux calembour et qu'on l'appelait « le département des deux laids » en les désignant. Ce qui fit qu'on appela ce pays département de la Vendée, du nom d'une petite rivière qui est à sec la moitié de l'année[1].

\*

Contre la nouvelle monnaie papier inventée par les révolutionnaires :

Les écus sont des écus,
Les assignats des torche-cul.

Lorsque la Convention mobilisa les deux tiers de la dette nationale, ces tiers furent soldés en bons qui perdirent jusqu'à 98 %. On disait à ce sujet : « Rien n'est aussi mauvais qu'un bon républicain. »

\*

Au cours d'une rafle au Palais-Royal, la police arrêta un grand nombre de filles publiques. Le président du tribunal révolutionnaire[2] les interrogea à l'audience : « N'auriez-vous pas, par hasard,

---

1. On a soutenu que l'historiette est récente, et qu'elle est apparue sous la plume d'un érudit des années 1930. Mais elle figure déjà en 1860 dans le *Dictionnaire des calembours* par La Pointe et Le Gai.

2. Dans l'anecdote telle qu'on l'a trouvée, ce président serait François Hanriot. Mais celui-ci, même s'il prêta la main à la Terreur, ne fut jamais membre du tribunal. Commandant de la garde nationale, il fut guillotiné avec les robespierristes le 10 thermidor. À l'occasion de son arrestation dans un égout où il avait été découvert, il avait reçu un coup de baïonnette qui lui avait arraché un œil. Il fut traîné à la guillotine sanglant, défiguré et couvert de fange. Il avait été chargé d'aller soulever la Commune, et les robespierristes ont dit que tout avait échoué à cause de lui, parce qu'il était saoul. « Juste ivresse ! » dirent les thermidoriens.

caché dans vos alcôves quelque aristocrate comploteur, quelque prêtre réfractaire, ou autres ennemis du peuple ? »

L'une des dames de petite vertu réagit immédiatement : « Tu nous insultes, citoyen Président. Nous sommes bonnes patriotes et n'avons jamais reçu que des sans-culottes. »

*

Le grand-duc de Toscane venait d'envoyer six ânes au Directoire, pour en perpétuer la race en France. C'était peu avant des élections, et on vit circuler dans Paris les vers suivants, intitulés *Les Adieux du duc de Toscane à ses ânes.*

> Partez, mes chers amis ; partez, troupe fidèle ;
> En de nouveaux climats le destin vous appelle :
> Sur les bords fortunés de l'antique Lutèce,
> Vous allez retrouver les beaux jours de la Grèce ;
> Là, l'égalité règne, et par divers moyens
> Vous pouvez aisément devenir citoyens.
> Profitez du moment ; j'ai pour vous l'espérance
> Que vous serez élus au sénat de la France[1].
> Pour moi qu'il serait doux, et pour quelle gloire,
> Si vous étiez un jour membres du directoire !
> Eh ! pourquoi non ? pourquoi ne le seriez-vous pas ?
> Vous pouvez l'espérer, puisqu'on y voit Barras.
> Avant que loin de moi votre étoile incertaine
> Aille tenter fortune aux rives de la Seine,
> Avant de vous soustraire à vos antiques lois,
> Écoutez mes conseils pour la dernière fois.
> Soyez présomptueux, quittez la modestie,
> On la couvre aujourd'hui de honte et d'infamie.
> Imitez en cela votre cousin Fréron[2] ;

---

1. Le Conseil des Cinq-Cents.

2. Stanislas Fréron (1754-1802), fils de l'auteur de *L'Année littéraire*, obtint de Louis XVI la continuation du privilège du journal de son père. Après quoi il vota la mort du roi, et fut le principal ordonnateur des mitraillades de Toulon. Cela lui valut le titre de « Sauveur du Midi », mais Robespierre le fit expulser des Jacobins ; il devint l'un des acteurs du 9 Thermidor, dénonçant « les terroristes ». En 1795, après les événements du 1er prairial, il ordonna de mettre le feu au faubourg Saint-Antoine ; le général Menou n'exécuta pas l'ordre. Bonaparte, parvenu au Consulat, se débarrassa de son

Ne vous rebutez pas pour des coups de bâton ;
La science au sénat vous est peu nécessaire ;
Vous aurez du talent, si vous savez bien braire.
La douceur est de reste et n'est plus de saison ;
Quand on braille bien fort on a toujours raison.
Si l'on cherche jamais à vous être contraire,
La calomnie alors vous sera nécessaire ;
Il est plus d'un journal à cet usage prêt,
Et Duval et Louvet rempliront votre objet.
Il est d'autres leçons, mais dont je vous dispense ;
Votre meilleur mentor sera l'expérience.
Vous pouvez sans effort apprendre à cabaler ;
Qui vit avec les loups saura bientôt hurler...

*

Dès la naissance du Directoire, les épigrammes avaient couru.
Peu après le 13 Vendémiaire et la division de la Convention en
deux conseils (les Anciens et les Cinq-Cents), qui formaient désormais le nouveau corps législatif, un vaudeville circula :

Dans le jardin des Tuileries
Est un chantier très apparent,
Où cinq cents bûches bien choisies
Sont à vendre dans ce moment.
Le marchand dit à qui l'aborde :
« Cinq cents bûches pour un louis ;
Mais bien entendu, mes amis
Qu'on ne les livre qu'à la corde. »

### XIXᵉ siècle

Un évêque d'Angleterre, voyant à la cour de la princesse douairière une grande dame qu'il ne connaissait pas, demanda à un jeune
seigneur auprès duquel il se trouvait et dont il ignorait le nom, qui
était « cette grosse truie ».

---

ancien compère de Toulon, et l'expédia sous-préfet à Saint-Domingue, où il mourut.
Excessivement adonné au sexe, il avait déluré Pauline Bonaparte âgée de treize ans.
Elle avait des prédispositions, mais cela n'arrangeait rien.

«Cette grosse truie, milord, répondit le jeune seigneur, est l'ambassadrice de Suède, mère du petit cochon qui a l'honneur de saluer Votre Grandeur.»

*

C'était une croyance répandue que les fous sont doués d'une sorte de divination. À la veille du tirage de la loterie, et alors qu'il commençait de régner «une fureur de jeu» dans la société française, des femmes de Paris, au XIXᵉ siècle, allèrent voir des fous pour demander à l'un d'eux de leur donner trois numéros pour la loterie.

Le fou écrivit trois numéros sur un papier, l'avala, et leur dit : «Mesdames, demain vos numéros sortiront.»

*

Dans une ville où les pèlerins abondaient, un jésuite vint trouver un dominicain pour lui demander où se trouvait la basilique. L'autre lui répondit : «Hélas, mon père, vous ne trouverez jamais : c'est tout droit.»

*

On prétendait, dans certains monastères, qu'il y a trois choses que Dieu ignore : «le nombre de congrégations existant sur la terre, ce que va dire un dominicain qui monte en chaire, et ce que pense un jésuite».

*

Sur la place de Rome où se trouve le collège des Jésuites, le vent souffle en permanence. Les Romains l'expliquaient ainsi : «Un jour le diable et le vent se promenaient ensemble. Passant devant le collège des Jésuites, le premier dit au second : "Attends-moi là; je vais entrer parce que j'ai deux mots à leur dire."

«Il y est encore.»

*

La femme d'un pasteur insultait son mari, à l'occasion d'un violent désaccord : «Espèce de porc!»

Réponse du pasteur, qui connaissait la Bible : «Côte de porc!»

*

Une dévote consolait un mourant, avec succès. Le mourant dit après tout cela : « Dès que je serai en paradis, je prierai Dieu qu'il vous fasse part du même bonheur.

— Mêlez-vous de vos affaires », répondit sèchement la dame.

*

Un curé disait à l'un de ses paroissiens assez renommé dans son genre : « Je vous en prie, monsieur, soyez marguillier de la paroisse.

— Impossible, monsieur le curé ; j'aimerais autant être cocu que marguillier.

— Eh ! mon cher, l'un n'empêche pas l'autre. »

*

Charles Gérard, l'auteur de *L'Alsace à table*, a raconté qu'un certain abbé C., majestueux vieillard de soixante-dix ans, à stature imposante, voyageait dans les montagnes d'Alsace un jour froid d'automne. À pied, suivant son habitude, il portait son tricorne sous le bras. Au sommet d'une côte, il rencontre quatre bûcherons, et s'arrête pour demander son chemin. Restant couvert, l'un d'eux dit en voyant sa tête chauve : « Couvrez-vous, Monsieur le curé. Les têtes de veau ne sont bonnes que chaudes.

— C'est juste, fit-il en se couvrant. Quant à vous, bas les casquettes, car vous savez que les têtes de cochon ne sont bonnes qu'à la gelée. »

Ils se découvrirent, dit Charles Gérard, qui avait connu et aimé ce curé lorrain plein de savoir et de vertu. À la Révolution, il n'avait voulu être ni assermenté, ni dissident ; il avait quitté sa cure pour se faire soldat ; il y rentra après le Concordat, sans vouloir d'aucune autre dignité.

*

Un Parisien qui se trouvait avec sa femme dans le convoi du chemin de fer, lors de l'épouvantable catastrophe du 8 mai 1842, se sauva par miracle ; sa femme y resta et périt.

Notre homme revint chez lui, mais il s'aperçut en rentrant qu'il avait perdu son parapluie. Il alla sur-le-champ le réclamer à la préfecture de police. On ne l'avait point retrouvé. Quand il racontait cette histoire, il ne manquait jamais de dire : «J'y ai perdu ma femme et mon parapluie; un parapluie tout neuf.»

*

Un brave homme revenait au logis avec un petit seau. Il dit à sa femme, en manière de plaisanterie : «Je suis allé au moules : je suis moulu.

— Tu aurais mieux fait d'aller aux coques», répondit l'épouse.

*

L'hôtesse se tenait sur le pas des salles de réception, lorsqu'un célèbre séducteur arriva. Elle crut bon d'ironiser : «Hélas! vous arrivez maintenant que toutes les jolies femmes sont parties...

— Peu importe, madame, j'étais venu pour vous.»

*

Un homme était allé assister au mariage de son ami, qui épousait une dame peu intelligente. Voyant apparaître la mariée richement parée : «Je vois, dit-il, qu'on vous donne la bête toute enharnachée.»

*

La belle-mère était fort riche. Bien qu'elle fût «à l'article», elle n'en finissait pas de mourir.

Chaque dimanche, son gendre portait un toast : «À l'éternel féminin!»

*

Un soir, on jouait *Le Serment*, au Grand Théâtre de Bordeaux. Une fort mauvaise chanteuse eut la malchance de devoir dire ces vers : «Je chante bien quand il est là.»

À ce moment, on entendit un spectateur crier du fond de la salle : «Va le chercher, alors!»

*

Une jeune femme, dont tout révélait l'extrême distinction, montait dans une voiture de première classe, où avaient pris place quelques *fashionables* comme il y en avait encore tant vers 1860. Un d'eux allumait déjà un cigare, sans se préoccuper des inconvénients de la chose. Puis il remarqua la nouvelle venue, eut un moment d'hésitation, et demanda : « Madame, est-ce que l'odeur du cigare vous incommode ?

— Je ne sais pas, monsieur, répondit la dame avec une digne tranquillité : on n'a jamais fumé devant moi. »

*

Un professeur de la faculté de droit de Paris, au XIX$^e$ siècle, s'amusait à embarrasser ses élèves en leur demandant, lors des épreuves orales : « Si j'étais usufruitier d'un troupeau d'ânes, comment devrais-je en jouir ? »

Un étudiant ne se laissa pas démonter, et répondit : « En bon père de famille. »

*

Lady Dufferin, épouse du vice-roi des Indes, a consigné cette histoire dans les souvenirs de sa vice-royauté : « Le juge Cunningham nous a raconté une anecdote amusante, qui montre bien la vraie politesse des Indiens. Il y avait un juge qui à la chasse était célèbre comme mauvais tireur. Au retour d'un déplacement, on demandait à un garde qui l'avait guidé : "Eh bien comment le juge a-t-il tiré cette fois-ci ?

« — Merveilleusement, répond notre homme, mais Dieu a été plein de miséricorde pour le gibier." »

### XX$^e$ siècle

Le médecin sort de la chambre où il vient d'ausculter un malade. Dans la pièce voisine, il dit à l'épouse du patient : « Entre nous, je ne le trouve pas très brillant...

— Le contraire m'aurait étonnée : il ne l'a jamais été. »

*

Une dame, levant les yeux du magazine qu'elle lisait, dit à son mari : « Chéri, et toi, que préfères-tu : une femme jolie ou une femme intelligente ? »

Lui : « Ni l'une ni l'autre. Tu sais bien que je n'aime que toi. »

*

Un village du Loiret, Lion-en-Sullias, comptait quatre cents électeurs en 1928. Dans la perspective des élections législatives, un candidat à la députation, pour faire campagne, envoya à chacun de ceux dont il briguait les suffrages une magnifique andouille. Elle fit les délices de la table familiale, mais le candidat ne fut pas élu pour autant. Les paysans, finauds, allaient répétant : «Quatre cents andouilles n'ont jamais fait un député.»

*

À Toulouse, entre les deux guerres, une très mauvaise actrice jouait dans un épouvantable mélodrame. À un moment donné, elle rentra en scène et annonça : «Il va se passer quelque chose de terrible !
   — Bou Diou, dit tout haut un spectateur, elle va chanter!»

*

En arrivant dans un petit village, un passant qui avait faim demanda à un brave homme s'il y avait un restaurant : «Même qu'il y en a deux... Ils sont en face l'un de l'autre. Vous n'avez pas à choisir : vous regretterez de toute façon de ne pas être allé dans l'autre.»

*

Bel exemple d'une mère de famille *mouchant* une langue de vipère. Celle-ci avait dit à l'une de ses voisines : «Hier soir, dans une encoignure, j'ai vu un jeune homme qui tentait d'embrasser votre grande fille.
   — Y est-il parvenu?
   — Non.
   — Alors, ce n'était pas ma fille.»

*

À la grande époque du communisme hongrois, au-dessus des patères de l'antichambre de la salle de réunion du gouvernement, on pouvait lire : «Réservé exclusivement aux membres du Comité politique.»
   Un jour, une main anonyme ajouta au-dessous de l'inscription : «Mais on peut aussi suspendre des manteaux à ces crochets.»

*

La scène se passe dans une ville anglaise de province. Un acteur joue de façon calamiteuse une pièce de Shakespeare. Bientôt exaspéré par les sifflets et les mouvements de la foule, il interrompt brusquement son jeu et, se tournant vers le public, s'écrie : «Que je vous le dise une fois pour toutes : ce n'est pas moi qui ai écrit cette merde!»

*

Un amateur de grandes chasses, revenant d'Asie, faisait dérouler la magnifique peau de tigre qui désormais ornerait le salon; en même temps, il racontait à sa femme : «Ce jour-là, j'ai eu très peur : c'était lui ou moi... J'ai bien cru y passer...

— Ç'aurait été grand dommage, répond l'épouse : nous n'aurions pas eu un si joli tapis.»

*

Deux Écossais discutaient, quand une voiture renversa mortellement l'un d'eux. L'autre alla porter la triste nouvelle à son épouse : «C'est bien à madame veuve MacDonald que j'ai l'honneur de parler?

— C'est bien elle, sinon que je ne suis pas veuve...

— Vous pariez combien?»

*

Un Anglais racontait un jour cette histoire : «À quoi reconnaît-on un Irlandais dans un combat de coqs? Au fait qu'il apporte un canard. – À quoi reconnaît-on un Polonais dans ce combat de coqs? Au fait qu'il mise sur le canard. – Et à quoi reconnaît-on que c'est un Français qui a organisé le combat de coqs? Au fait que c'est le canard qui gagne.»

*

Quelqu'un a un jour donné, au détour d'une conversation, cette définition de l'enfer : «C'est un endroit où l'accueil est assuré par les Français, la cuisine par les Anglais, la rigolade par les Allemands, et l'organisation par les Italiens.»

*

Deux Anglais pêchaient sur une rive de la Tamise, sans dire un mot. Après trois heures d'attente, ils n'avaient toujours rien pris. Soudain, l'un dit à l'autre, avec réprobation : «Je suis confondu par votre façon d'agir, Henry. C'est la deuxième fois que vous remuez le pied droit en une demi-heure. Êtes-vous venu avec moi pour pêcher, ou pour danser le rock?»

*

Un couple d'Américains obèses décida, à Vienne, de faire le tour du Prater. Ayant besoin de soulager leur effort, ils s'approchèrent d'un fiacre en stationnement. Voyant leur volume, le cocher parut hésiter, mais se laissa convaincre par la générosité du tarif proposé; il dit : «Bon, c'est d'accord. Mais je vous demanderai de passer derrière pour que le cheval ne vous voie pas.»

*

Le bourgmestre de Bruxelles avait été très déçu du comportement de quelques délégués suisses, à l'occasion d'une réception officielle. Il dit : «Un Suisse, c'est un Belge qui n'a pas souffert.»

*

Il y a quelques années, un jeune avocat plaidait pour la première fois devant les trois magistrats du tribunal correctionnel, au Palais de Justice de Paris; il annonça son argumentation en disant : «Nous sommes en présence de trois nullités...

— Mon cher maître, interrompit immédiatement le président du tribunal, vous oubliez l'avocat général.»

*

Joel Barnett, l'ancien ministre des Finances travailliste, prétend avoir entendu un mari expliquer en ces termes l'inflation à sa femme qui l'avait interrogé : «Quand nous nous sommes mariés, tes mensurations étaient 90-60-90. Maintenant c'est 107-107-107. Il y a donc davantage de toi, mais pourtant tu n'as pas davantage de valeur.»

# TABLES DES MATIÈRES

# DANS LA MÊME COLLECTION

## DICTIONNAIRES & OUVRAGES DE RÉFÉRENCE

**ALEXANDRE LE GRAND**
Histoire et Dictionnaire
*Sous la direction d'Olivier Battistini et Pascal Charvet*

**L'ALGÉRIE ET LA FRANCE**
*Sous la direction de Jeannine Verdès-Leroux*

**L'AVENTURE DES MOTS DE LA VILLE**
À travers le temps, les langues, les sociétés
*Sous la direction de Christian Topalov, Laurent Coudroy de Lille, Jean-Charles Depaule et Brigitte Marin*

**LA BIBLE**
Traduction de Louis-Isaac Lemaître de Sacy
*Édition établie par Philippe Sellier*

**LA BIBLE DU CONTREPET**
2 000 contrepèteries du patrimoine. 18 000 contrepèteries nouvelles
*Par Joël Martin*

**LE BOUQUIN DES CITATIONS**
*Par Claude Gagnière*

**LES CAPÉTIENS**
Histoire et Dictionnaire, 987-1328
*Par François Menant, Hervé Martin, Bernard Merdrignac et Monique Chauvin*

**LES CELTES**
Histoire et Dictionnaire
Des origines à la romanisation et au christianisme
*Par Venceslas Kruta*

**CUISINE SANS SOUCI**
*Par Rose Montigny*

**DE LA TÊTE AUX PIEDS**
Toute la chirurgie, rien que la vérité
*Par le Pr Herbert Lippert*

*Traduction et préface du Pr Henri Péquignot*
*Illustrations du Dr Yves Gallard*

## DICTIONNAIRE ALBERT CAMUS
*Sous la direction de Jeanyves Guérin*

## DICTIONNAIRE DE DON JUAN
*Sous la direction de Pierre Brunel*

## DICTIONNAIRE DE GAULLE
*Sous la direction de Claire Andrieu, Philippe Braud et Guillaume Piketty*

## DICTIONNAIRE DE LA BÊTISE
*Par Guy Bechtel et Jean-Claude Carrière*

## DICTIONNAIRE DE LA BIBLE
*Par André-Marie Gerard*

## DICTIONNAIRE DE LA CIVILISATION INDIENNE
*Par Louis Frédéric*

## DICTIONNAIRE DE LA CIVILISATION MÉSOPOTAMIENNE
*Sous la direction de Francis Joannès*

## DICTIONNAIRE DE LA FRANCE LIBRE
*Sous la direction de François Broche, Georges Caïtucoli et Jean-François Muracciole*

## DICTIONNAIRE DE LA GOURMANDISE
Pâtisseries, friandises et autres douceurs
*Par Annie Perrier-Robert*

## DICTIONNAIRE DE LA GRANDE GUERRE 1914-1918
*Sous la direction de François Cochet et Rémy Porte*

## DICTIONNAIRE DE L'ANTIQUITÉ
Mythologie, littérature et civilisation
*Université d'Oxford. Sous la direction de M. C. Howatson*
*Traduction de Jeannie Carlier, François Jacob, Jean-Louis Labarrière, Maurice Larès, François Lissarrague, Florence de Polignac, Franz Regnot et Isabelle Rozenbaumas*

## DICTIONNAIRE DE L'ARCHÉOLOGIE
*Par Guy Rachet*

## DICTIONNAIRE DE L'ARGOT
*Par Albert Doillon*
*Préface de Claude Duneton*

## DICTIONNAIRE DE LA SAGESSE ORIENTALE
Bouddhisme, hindouisme, taoïsme, zen
*Traduction de Monique Thiollet*

## DICTIONNAIRE D'ÉMILE ZOLA
Sa vie, son œuvre, son époque
*Suivi du* Dictionnaire des Rougon-Macquart *et des* Catalogues des ventes, après décès, des biens de Zola
*Par Colette Becker, Gina Gourdin-Servenière et Véronique Lavielle*

**DICTIONNAIRE DES ÉTRANGERS QUI ONT FAIT LA FRANCE**
*Sous la direction de Pascal Ory et Marie-Claude Blanc-Chaléard*

**DICTIONNAIRE DES LIEUX ET PAYS MYTHIQUES**
*Sous la direction d'Olivier Battistini, Jean-Dominique Poli, Pierre Ronzeaud et Jean-Jacques Vincensini*

**DICTIONNAIRE DES LITTÉRATURES HISPANIQUES**
Espagne et Amérique latine
*Sous la direction de Jordi Bonells*

**DICTIONNAIRE DES MÉDICAMENTS**
Et leur bon usage
*Par les Drs Jean Thuillier et Jacques Duchier*

**DICTIONNAIRE DES ŒUVRES ÉROTIQUES**
*Sous la direction de Pascal Pia et Robert Carlier*
*Préface de Pascal Pia*

**DICTIONNAIRE DES PERSONNAGES**
Littéraires et dramatiques de tous les temps et de tous les pays

**DICTIONNAIRE DES SYMBOLES**
*Par Jean Chevalier et Alain Gheerbrant*

**DICTIONNAIRE D'HISTOIRE DE L'ART DU MOYEN ÂGE OCCIDENTAL**
*Sous la direction de Jean-Marie Guillouët et Pascale Charron*

**DICTIONNAIRE D'HISTOIRE MARITIME**
*Sous la direction de Michel Vergé-Franceschi*
Tome I : A-G — Tome II : H-Z

**DICTIONNAIRE DU CINÉMA**
Tome I : Les Réalisateurs, *par Jean Tulard*
*Dixième édition mise à jour*
Tome II : Les Acteurs, *par Jean Tulard*
*Huitième édition mise à jour*
Tome III : Les Films, *par Jacques Lourcelles*

**DICTIONNAIRE DU CORAN**
*Sous la direction de Mohammad Ali Amir-Moezzi*

**DICTIONNAIRE ENCYCLOPÉDIQUE DE LA LITTÉRATURE FRANÇAISE**
Auteurs, œuvres et figures de rhétorique

**DICTIONNAIRE ENCYCLOPÉDIQUE DU JUDAÏSME**
*Sous la direction de Geoffrey Wigoder*
*Adapté en français sous la direction de Sylvie Anne Goldberg avec la collaboration de Véronique Gillet, Arnaud Sérandour et Gabriel Raphaël Veyret*

**DICTIONNAIRE HISTORIQUE DE LA RÉSISTANCE ET DE LA FRANCE LIBRE**
*Sous la direction de François Marcot, avec la collaboration de Bruno Leroux et de Christine Levisse-Touzé*

**DICTIONNAIRE UNIVERSEL DU PAIN**
*Sous la direction de Jean-Philippe de Tonnac*
*Introduction de Steven Laurence Kaplan*

ENCYCLOPÉDIE DES VINS ET DES ALCOOLS
*Par Alexis Lichine*
*Nouvelle édition revue et augmentée par Pierre Casamayor et Jo Gryn*
*Sous la direction de Claude Lebey*

L'ÉSOTÉRISME
Qu'est-ce que l'ésotérisme ? Anthologie de l'ésotérisme occidental
*Par Pierre A. Riffard*

ÉSOTÉRISMES D'AILLEURS
Les ésotérismes non occidentaux
Primitifs — Civilisateurs — Indiens — Extrême-Orientaux — Monothéistes
*Par Pierre A. Riffard*

LES EXCENTRIQUES
*Par Michel Dansel*

LES FEMMES MYSTIQUES
Histoire et Dictionnaire
*Sous la direction d'Audrey Fella*

LA FOLIE
Histoire et Dictionnaire
*Par le Dr Jean Thuillier*

LA FRANCE DE LA RENAISSANCE
Histoire et Dictionnaire, vers 1470-1559
*Par Arlette Jouanna, Dominique Biloghi, Philippe Hamon et Guy Le Thiec*

LA FRANC-MAÇONNERIE
Histoire et Dictionnaire
*Sous la direction de Jean-Luc Maxence*

GUIDE DES FILMS
*Par Jean Tulard*
TOME I : A-E, *édition 2005*
TOME II : F-O, *édition 2005*
TOME III : P-Z, *édition 2005*
TOME IV : Le Nouveau Guide des films, *édition 2010*

HISTOIRE ET ART DE L'ÉCRITURE
La Grande Invention de l'écriture et son évolution, *par Marcel Cohen* — L'écriture et la psychologie
des peuples : XXII<sup>e</sup> Semaine de synthèse du Centre international de synthèse — Calligraphie :
Du trait de plume aux contre-écritures, *par Jérôme Peignot* — Écritures, *par Charles Paillasson* —
Du calligramme, *par Jérôme Peignot* — De l'écriture à la typographie, *par Jérôme Peignot*
*Préface de Jérôme Peignot*

HISTOIRE ET DICTIONNAIRE DE LA POLICE
Du Moyen Âge à nos jours
*Sous la direction de Michel Aubouin, Arnaud Teyssier et Jean Tulard*

HISTOIRE ET DICTIONNAIRE DE LA RÉVOLUTION FRANÇAISE, 1789-1799
*Par Jean Tulard, Jean-François Fayard et Alfred Fierro*

HISTOIRE ET DICTIONNAIRE DE PARIS
*Par Alfred Fierro*
*Sous la direction de Michel Aubouin, Arnaud Teyssier et Jean Tulard*

HISTOIRE ET DICTIONNAIRE DES GUERRES DE RELIGION, 1559-1598
*Par Arlette Jouanna, Jacqueline Boucher, Dominique Biloghi et Guy Le Thiec*

HISTOIRE ET DICTIONNAIRE DU CONSULAT ET DE L'EMPIRE, 1799-1815
*Par André Palluel-Guillard, Alfred Fierro et Jean Tulard*

HISTOIRE ET DICTIONNAIRE DU TEMPS DES LUMIÈRES, 1715-1789
*Par Jean de Viguerie*

HISTOIRE UNIVERSELLE DES CHIFFRES
L'intelligence des hommes racontée par les nombres et le calcul
*Par Georges Ifrah*
Tome I : L'Aventure des chiffres ou l'Histoire d'une grande invention — Tome II : L'Épopée du calcul : des cailloux à l'ordinateur

JEANNE D'ARC
Histoire et Dictionnaire
*Par Philippe Contamine, Xavier Hélary et Olivier Bouzy*

LE JAPON
Dictionnaire et civilisation
*Par Louis Frédéric*

LES JARDINS
Paysagistes, jardiniers, poètes
*Par Michel Baridon*

LES LANGAGES DE L'HUMANITÉ
Encyclopédie des 3 000 langues parlées dans le monde
*Par Michel Malherbe avec la collaboration de Serge Rosenberg*

LA LÉGION ÉTRANGÈRE
Histoire et Dictionnaire
*Sous la direction d'André-Paul Comor*
*Préface d'Étienne de Montety*

LE LIVRE DES SUPERSTITIONS
Mythes, croyances et légendes
*Par Éloïse Mozzani*

MÉDECINES DU MONDE
Histoire et pratiques des médecines traditionnelles
*Par Claudine Brelet*

MON BOUQUIN DE CUISINE
*Par Françoise Burgaud*

LE NOUVEAU DICTIONNAIRE DES AUTEURS
De tous les temps et de tous les pays
Tome I : A-F — Tome II : G-M — Tome III : N-Z

LE NOUVEAU DICTIONNAIRE DES ŒUVRES
De tous les temps et de tous les pays
Tome I : Aa-Co — Tome II : Co-Fa — Tome III : Fa-Le — Tome IV : Le-Pa — Tome V : Pa-Se — Tome VI : Se-Zw — Tome VII : Index

## LE NOUVEAU DICTIONNAIRE PICASSO
*Par Pierre Daix*

## LE NOUVEAU GUIDE DES ÉCHECS
Traité complet
*Par Nicolas Giffard et Alain Biénabe*

## LES PARFUMS
Histoire, Anthologie et Dictionnaire
*Édition établie par Élisabeth de Feydeau*

## POUR TOUT L'OR DES MOTS
Au bonheur des mots — Des mots et merveilles
*Par Claude Gagnière*

## LA PRÉHISTOIRE
Histoire et Dictionnaire
*Sous la direction de Denis Vialou, assisté de Roger Joussaume et de Jean-Pierre Pautreau pour le Mésolithique et le Néolithique*

## SYMPTÔMES ET MALADIES
Encyclopédie médicale de la famille, et les règles pour vivre plus longtemps et rester toute sa vie en bonne santé
*Par Sigmund S. Miller assisté de vingt spécialistes*
*Traduction de Guy Schoeller*

## LA TAUROMACHIE
Histoire et Dictionnaire
*Sous la direction de Robert Bérard*

## VOTRE ENFANT
Guide à l'usage des parents
*Par les Drs Lyonel Rossant et Jacqueline Rossant-Lumbroso*

## VOTRE SANTÉ
Encyclopédie médicale à l'usage de tous
*Par les Drs Lyonel Rossant et Jacqueline Rossant-Lumbroso*

## VOYAGE AUX PAYS DU VIN
Des origines à nos jours. Histoire, Anthologie, Dictionnaire
*Sous la direction de Françoise Argod-Dutard, Pascal Charvet et Sandrine Lavaud*

## LITTÉRATURE & POÉSIE

### ALLAIS, Alphonse
Œuvres anthumes
À se tordre — Vive la vie ! — Pas de bile ! — Le Parapluie de l'escouade — Rose et vert pomme — Deux et deux font cinq — On n'est pas des bœufs — Le Bec en l'air — Amours, délices et orgues — Pour cause de fin de bail — Ne nous frappons pas — Le Captain Cap
*Édition établie par François Caradec*

Œuvres posthumes (1877-1905)
*Édition établie par François Caradec*

## ANTHOLOGIE ÉROTIQUE

Le XVIII<sup>e</sup> siècle

Histoire de la vie et des mœurs de mademoiselle Cronel dite Frétillon — Les Galanteries de Thérèse — La Grivoise du temps ou la Charolaise — Mademoiselle Javotte — Les Lauriers ecclésiastiques — Les Cannevas de la Pâris — Correspondance de Madame Gourdan — Correspondance d'Eulalie — Le Courrier extraordinaire des fouteurs écclésiastiques — Les Sérails de Paris — Les Amours de Charlot et Toinette — Portefeuille d'un talon rouge — Le Godemiché royal — L'Autrichienne en goguettes — La Confession de Marie-Antoinette — Bordel royal — Bordel patriotique — Grande fête donnée par les maquerelles de Paris — Fureurs utérines de Marie-Antoinette — Les Adieux de La Fayette ou Cadet Capet à Antoinette — Les Adieux de la reine à ses mignons et mignonnes — Les Nouvelles du ménage royal sens dessus dessous — La Journée amoureuse
*Édition établie par Maurice Lever*

## AUDOUARD, Yvan

Tous les contes de ma Provence

Ma Provence à moi — Le Trésor des Alpilles — Bons baisers de Fontvieille — Les Cigales d'avant la nuit — Lettres de mon pigeonnier — L'Heure d'été — L'Apprenti fada — Le Noble Jeu provençal — Camargue — Almanach égoïste à l'usage de quelques-uns — La Vérité du dimanche — Le Sabre de mon père — La Cabane de mon père
*Préface d'Antoine Audouard*

## BALZAC, Honoré de

Premiers romans (1822-1825)
*Édition établie par André Lorant*
TOME I : L'Héritière de Birague — Jean Louis, ou la Fille trouvée — Clotilde de Lusignan, ou le Beau Juif — Le Centenaire, ou les Deux Beringheld
TOME II : La Dernière Fée, ou la Nouvelle Lampe merveilleuse — Le Vicaire des Ardennes — Annette et le Criminel — Wann-Chlore

Lettres à Madame Hanska
*Édition établie par Roger Pierrot*
TOME I : 1832-1844 — TOME II : 1844-1850

## BARBEY D'AUREVILLY, Jules

Une vieille maîtresse — L'Ensorcelée — Un prêtre marié — Les Diaboliques — Une page d'histoire
*Édition établie par Philippe Sellier*

## BARRÈS, Maurice

Romans et voyages
*Édition établie par Vital Rambaud*
TOME I : Le Culte du Moi : Sous l'œil des Barbares — Un homme libre — Le Jardin de Bérénice — L'Ennemi des lois — Du sang, de la volupté et de la mort — Le Roman de l'énergie nationale : Les Déracinés — L'Appel au soldat — Leurs figures
*Préface d'Éric Roussel*
TOME II : Amori et dolori sacrum — Les Amitiés françaises — Les Bastions de l'Est : Au service de l'Allemagne — Colette Baudoche — Le Voyage de Sparte — Greco ou le Secret de Tolède — La Colline inspirée — Un jardin sur l'Oronte — Le Mystère en pleine lumière — *Documents*

## BAUDELAIRE, Charles

Œuvres complètes
*Préface de Claude Roy*
*Notices et notes de Michel Jamet*

## BENOIT, Pierre

Romans
Kœnigsmark — L'Atlantide — Pour Don Carlos — Le Puits de Jacob — Le Roi lépreux — Le Désert de Gobi
*Édition établie par Francis Lacassin*

## LA BIBLIOTHÈQUE BLEUE
Littérature de colportage
*Édition établie par Lise Andries et Geneviève Bollème*

## BIOY CASARES, Adolfo
Romans
L'Invention de Morel — Plan d'évasion — Le Songe des héros — Journal de la guerre au cochon — Dormir au soleil — Un photographe à La Plata — Un champion fragile — Un autre monde
*Édition établie par Michel Lafon*

## BLONDIN, Antoine
L'Europe buissonnière — Les Enfants du bon Dieu — L'Humeur vagabonde — Un singe en hiver — Monsieur Jadis — Quat' saisons — Certificats d'études — Ma vie entre les lignes — L'Ironie du sport
*Édition établie par Jacques Bens*

## BLOY, Léon
Journal
*Édition établie par Pierre Glaudes*
TOME I : 1892-1907 : Le Mendiant ingrat — Mon journal — Quatre Ans de captivité à Cochons-sur-Marne — L'Invendable
TOME II : 1907-1917 : Le Vieux de la Montagne — Le Pèlerin de l'Absolu — Au seuil de l'Apocalypse — La Porte des Humbles

## BOULGAKOV, Mikhaïl
La Garde blanche — La Vie de monsieur de Molière — Le Roman théâtral — Le Maître et Marguerite
*Traduction de Claude Ligny et Paul Kalinine*
*Édition établie par Laure Troubetzkoy et Marianne Gourg*

## BRONTË, Anne, Charlotte, Emily et Patrick Branwell
Œuvres
TOME I : EMILY BRONTË : Wuthering Heights — ANNE BRONTË : Agnès Grey — CHARLOTTE BRONTË : Villette
*Édition établie par Francis Lacassin*
TOME II : CHARLOTTE BRONTË : Jane Eyre — ANNE BRONTË : La Châtelaine de Wildfell Hall — CHARLOTTE BRONTË : Le Professeur
*Édition établie par Francis Lacassin*
TOME III : CHARLOTTE BRONTË : Shirley — Caractères des hommes célèbres du temps présent — Albion et Marina — Le Grand Monde à Verdopolis — Le Sortilège — Quatre Ans plus tôt — PATRICK BRANWELL BRONTË : Magazine — L'Histoire des jeunes hommes — Le Pirate — The Monthly Intelligencer — [La Mort de Mary Percy] — « Et ceux qui sont las se reposent »
*Édition établie par Raymond Bellour et Francis Lacassin*

## BUZZATI, Dino
Œuvres
TOME I : Bàrnabo des Montagnes — Le Secret du Bosco Vecchio — Le Désert des Tartares — Petite Promenade — Les Sept Messagers — La Fameuse Invasion de la Sicile par les ours — Panique à la Scala — Un cas intéressant
*Édition établie par Francis Lacassin*
TOME II : En ce moment précis — L'Écroulement de la Baliverna — L'Image de Pierre — Nous sommes au regret de... — Un amour — Le K — Les Nuits difficiles
*Édition établie par Delphine Gachet*

## CAMÕES, Luís de
Les Lusiades
*Préface d'Eduardo Lourenço*
*Présentation par José V. de Pina Martins*
*Avant-propos, Introduction et traduction du portugais par Roger Bismut*
*Édition bilingue portugais-français*

## CARROLL, Lewis
Œuvres
*Édition établie par Francis Lacassin*
TOME I : Les Aventures d'Alice sous terre — Les Aventures d'Alice au pays des merveilles — De l'autre côté du miroir et ce qu'Alice y trouva — Le Frelon à perruque — Alice racontée aux petits enfants — Autour du pays des merveilles — Lettres à ses amies-enfants — Petites filles en visite — Jeux, casse-tête, inventions — Les Feux de la rampe — Fantasmagorie et poésies diverses — Journaux
TOME II : La Chasse au Snark — Sylvie et Bruno — Tous les contes et nouvelles — Une histoire embrouillée — Le Magazine du presbytère — Le Parapluie du presbytère — Méli-mélo — Logique sans peine — La Vie à Oxford — Essais et opinions

## CASANOVA
Histoire de ma vie
*Édition établie par Francis Lacassin*
TOME II : Volumes 5 à 8 — *Annexes* : L'évasion des Plombs — L'Icosameron — À propos des œuvres de Bernardin de Saint-Pierre — Sur la loterie — La Kabbale — Casanova économiste
TOME III : Volumes 9 à 12 — *Annexes* : Casanova après les Mémoires — Derniers textes de Casanova

Histoire de ma vie
*Édition établie par Jean-Christophe Igalens et Érik Leborgne*
TOME I : Tomes I à III — *Annexes : L'écrivain Casanova avant l'*Histoire de ma vie : Les premières préfaces de l'*Histoire de ma vie* — *Sur la langue française* — La possession de Bettine dans la *Confutazione* — *Histoire de ma fuite des prisons de la république de Venise*

## CERVANTÈS
Don Quichotte
*Traduction de Francis de Miomandre*
*Édition établie par Yves Roullière*

## CHAUCER, Geoffrey
Les Contes de Canterbury et autres œuvres
Les Contes de Canterbury — Le Roman de la Rose — Poèmes français — Le Livre de la Duchesse — Le Palais de Renommée — Anélide et le traître Arcite — Le Parlement des oiseaux — Boèce — Troïlus et Criseyde — La Légende des dames vertueuses — Poésies diverses — Traité de l'astrolabe — L'Équatoire des planètes
*Édition établie par André Crépin*

## COLETTE
Romans, récits, souvenirs
*Édition établie par Françoise Burgaud*
TOME I : 1900-1919. Claudine à l'école — Claudine à Paris — Claudine en ménage — Claudine s'en va — La Retraite sentimentale — Les Vrilles de la vigne — L'Ingénue libertine — La Vagabonde — L'Envers du music-hall — L'Entrave — La Paix chez les bêtes — Les Heures longues — Dans la foule — Mitsou
TOME II : 1920-1940. Chéri — La Chambre éclairée — Le Voyage égoïste — La Maison de Claudine — Le Blé en herbe — La Femme cachée — Aventures quotidiennes — La Fin de Chéri — La Naissance du jour — La Seconde — Sido — Douze Dialogues de bêtes — Le Pur et l'Impur — Prisons et Paradis — La Chatte — Duo — Mes apprentissages — Bella-Vista — Le Toutounier — Chambre d'hôtel
TOME III : 1941-1949, *suivi de* Critique dramatique (1934-1938). Journal à rebours — Julie de Carneilhan — De ma fenêtre — Le Képi — Trois... six... neuf... — Gigi — Belles Saisons — L'Étoile Vesper — Pour un herbier — Le Fanal bleu — Autres bêtes — En pays connu — La Jumelle noire

## CONTES IMMORAUX DU XVIIIᵉ SIÈCLE
*Édition établie par Nicolas Veysman*
*Préface de Michel Delon*

**GIBRAN, Khalil**

Œuvres complètes

La Musique — Les Nymphes des vallées — Les Esprits rebelles — Les Ailes brisées — Larme et Sourire — Les Processions — Les Tempêtes — Merveilles et Curiosités, *traduits de l'arabe par Jean-Pierre Dahdah* — Le Fou, *traduit de l'anglais par Rafic Chikhani* — Le Précurseur, *traduit de l'anglais par Alexandre Najjar* — Le Prophète, *traduit de l'anglais par Salah Stétié* — Le Sable et l'Écume — Jésus Fils de l'Homme, *traduits de l'anglais par Jean-Pierre Dahdah* — Les Dieux de la Terre, *traduit de l'anglais par Alexandre Najjar* — L'Errant — Le Jardin du Prophète — Lazare et sa bien-aimée — L'Aveugle, *traduits de l'anglais par Jean-Pierre Dahdah* — Dictionnaire Gibran, *par Alexandre Najjar*
*Édition établie et présentée par Alexandre Najjar*

**GONCOURT, Edmond et Jules de**

Journal. Mémoires de la vie littéraire
*Édition établie et annotée par Robert Ricatte*
*Préface et chronologie de Robert Kopp*
Tome I : 1851-1865 — Tome II : 1866-1886 — Tome III : 1887-1896

Les Maîtresses de Louis XV et autres portraits de femmes
La Duchesse de Châteauroux et ses sœurs — Madame de Pompadour — La du Barry — Sophie Arnould — Histoire de Marie-Antoinette
*Édition établie et présentée par Robert Kopp*

**GREENE, Graham**

La Chaise vide *et autres récits inédits, suivis de* Le Ministère de la peur — Le Dixième Homme — Une sorte de vie — Les Chemins de l'évasion
*Édition présentée par François Gallix et Isabelle D. Philippe*

La Puissance et la Gloire — Le Fond du problème — La Fin d'une liaison — Un Américain bien tranquille — Notre agent à La Havane — Le Facteur humain
*Préface de François Gallix*

**GROSSMAN, Vassili**

Vie et destin *(traduction revue et augmentée)* — La Madone Sixtine — Le Repos éternel — Le Phosphore — La Route — Abel. Le six août — Tiergarten — Maman — À Kislovodsk — Tout passe — *Annexes :* Lettre à Khrouchtchev — Entretien avec Souslov — Lettres à ma mère
*Édition établie et présentée par Tzvetan Todorov*
*Notes et Dictionnaire par Ludmila Gaav-Mathis*

**HARRISON, Jim**

Wolf, Mémoires fictifs — Un bon jour pour mourir — Nord-Michigan — Légendes d'automne — Sorcier
*Préface de Serge Lentz*

**HOMÈRE**

L'Iliade — L'Odyssée
*Édition établie et traduite par Louis Bardollet*

**HUGO, Victor**

Correspondance familiale et écrits intimes
*Édition établie par Jean et Sheila Gaudon et Bernard Leuilliot*
*Préface de Jean Gaudon*
Tome I : 1802-1828 — Tome II : 1828-1839

Œuvres complètes
*Édition dirigée par Jacques Seebacher*

Roman
TOME I : Han d'Islande — Bug-Jargal — Le Dernier Jour d'un condamné — Notre-Dame de Paris — Claude Gueux
*Présentation, notices et notes de Jacques Seebacher*
TOME II : Les Misérables
*Présentation d'Annette Rosa*
*Notices et notes de Guy et Annette Rosa*
TOME III : L'Archipel de la Manche — Les Travailleurs de la mer — L'Homme qui rit — Quatrevingt-treize
*Présentation d'Yves Gohin*
*Notices et notes d'Yves Gohin, Bernard Leuilliot et Jean Gaudon*

Poésie
TOME I : Premières publications — Odes et Ballades — Les Orientales — Les Feuilles d'automne — Les Chants du crépuscule — Les Voix intérieures — Les Rayons et les Ombres
*Présentation de Claude Gély*
*Notices et notes de Bernard Leuilliot, Gabrielle Malandain, Nicole Savy, Claude Gély et Jean-Pierre Reynaud*
TOME II : Châtiments — Les Contemplations — La Légende des siècles *(première série)* — Les Chansons des rues et des bois — La Voix de Guernesey
*Présentation de Jean Gaudon*
*Notices et notes de Jean et Sheila Gaudon*
TOME III : L'Année terrible — La Légende des siècles *(nouvelle série)* — La Légende des siècles *(dernière série)* — L'Art d'être grand-père — Le Pape — La Pitié suprême — Religions et Religion — L'Âne — Les Quatre Vents de l'esprit
*Présentation de Jean Delabroy*
*Notices et notes de Claude Millet, Jean Delabroy, Yves Gohin, Jean-Claude Fizaine et Danièle Gasiglia-Laster*
TOME IV : La Fin de Satan — Toute la lyre — Dieu — Les Années funestes — Dernière Gerbe — Océan vers — *Annexe* : Le Verso de la page, Dieu
*Présentation de Bernard Leuilliot*
*Notices et notes de René Journet, Pierre Laforgue et Bernard Leuilliot*

Théâtre
TOME I : Cromwell — Amy Robsart — Hernani — Marion de Lorme — Le roi s'amuse — Lucrèce Borgia — Marie Tudor — Angelo, tyran de Padoue — La Esmeralda
*Présentation d'Anne Ubersfeld*
*Notices et notes d'Anne Ubersfeld et Arnaud Laster*
TOME II : Ruy Blas — Les Burgraves — Torquemada — Théâtre en liberté — Les Jumeaux — Mille Francs de récompense — L'Intervention
*Présentation d'Arnaud Laster*
*Notices et notes d'Anne Ubersfeld, Anne Maurel, Jean-Claude Fizaine et Arnaud Laster*

Politique
Paris — Mes fils — Actes et paroles I — Actes et paroles II — Actes et paroles III — Actes et paroles IV — Testament littéraire — Préface à l'édition *ne varietur*
*Présentation de Jean-Claude Fizaine*
*Notices et notes d'Yves Gohin, Bernard Leuilliot, Michèle Fizaine, Josette Acher, Marie-Christine Bellosta et Jean-Claude Fizaine*

Histoire
Napoléon-le-Petit — Histoire d'un crime — Choses vues
*Présentation de Sheila Gaudon*
*Notices et notes de Sheila Gaudon, Jean-Claude Fizaine, Guy Rosa, Pascale Devars et Jean-Claude Nabet*

Voyages
Le Rhin — Fragments d'un voyage aux Alpes — France et Belgique — Alpes et Pyrénées — Voyages et excursions — Carnets 1870-1871 — *Annexes*
*Présentation de Claude Gély*
*Notices et notes d'Evelyn Blewer, Corinne Chuat, Jacques Seebacher et Claude Gély*

## MÉLANCOLIES
De l'Antiquité au XX<sup>e</sup> siècle
Anthologie critique et commentée
*Édition établie et présentée par Yves Hersant*

## MERCIER, Louis Sébastien et RESTIF DE LA BRETONNE
Paris le jour, Paris la nuit
LOUIS SÉBASTIEN MERCIER : Tableau de Paris, Le Nouveau Paris, *édition établie par Michel Delon* —
RESTIF DE LA BRETONNE : Les Nuits de Paris, *édition établie par Daniel Baruch*

## MILLE ET CENT ANS DE POÉSIE FRANÇAISE
De la *Séquence de sainte Eulalie* à Jean Genet
*Anthologie établie par Bernard Delvaille*

## LES MILLE ET UNE NUITS
*Dans la traduction du Dr J.-C. Mardrus*
*Présentation de Marc Fumaroli*
TOME I — TOME II

## MORAND, Paul
Voyages
Paris-Tombouctou — Hiver caraïbe — Le Rhône en hydroglisseur ou un Mississipi sans crocodiles
— New York — Londres — Le Nouveau Londres — Bucarest — Méditerranée, mer des surprises
— L'Europe russe annoncée par Dostoïevski — Le Voyage
*Édition établie et présentée par Bernard Raffalli*

## NABOKOV, Vladimir
Littératures
Littératures I : Austen, Dickens, Flaubert, Stevenson, Proust, Kafka, Joyce — Littératures II : Gogol,
Tourgueniev, Dostoïevski, Tolstoï, Tchekhov, Gorki — Littératures III : Don Quichotte
*Introductions de John Updike et de Guy Davenport*
*Préface de Cécile Guilbert*

## NAIPAUL, V. S.
Romans
Dans un État libre — Guérilleros — À la courbe du fleuve — L'Énigme de l'arrivée
*Préface de Jean-François Fogel*

## ORMESSON, Jean d'
La vie ne suffit pas
Œuvres choisies
Du côté de chez Jean — Mon dernier rêve sera pour vous — Et toi mon cœur pourquoi bats-tu —
Une autre histoire de la littérature française, I et II — Voyez comme on danse

C'est l'amour que nous aimons
L'amour est un plaisir — Un amour pour rien — Au revoir et merci — Le Vent du soir — Tous les
hommes en sont fous — Le Bonheur à San Miniato
*Préface de Marc Lambron*

## LE PAYS INTÉRIEUR
Voyage au centre du Moi
Anthologie de penseurs et d'écrivains européens (1770-1936)
*Édition établie et présentée par Anne Maurel*

## PEPYS, Samuel
Journal (1660-1669)
*Édition et traduction de l'anglais établies par André Dommergues*
TOME I : 1660-1664 — TOME II : 1665-1669

POE, Edgar Allan
    Contes, essais, poèmes
    *Traductions de Baudelaire et de Mallarmé complétées de nouvelles traductions de Claude Richard et Jean-Marie Maguin*
    *Édition établie par Claude Richard*

LA POÉSIE À L'ÂGE BAROQUE, 1598-1660
    *Édition établie et présentée par Alain Niderst*

PROUST, Marcel
    À la recherche du temps perdu
    *Introduction et préfaces de Bernard Raffalli*
    *Notes d'André-Alain Morello*
    TOME I : Du côté de chez Swann — À l'ombre des jeunes filles en fleurs, *précédé d'un* Quid de Marcel Proust *par Philippe Michel-Thiriet, sous la direction de Dominique Frémy*
    TOME II : Le Côté de Guermantes — Sodome et Gomorrhe
    TOME III : La Prisonnière — La Fugitive — Le Temps retrouvé

RÉCITS D'AMOUR ET DE CHEVALERIE
    XIIe-XVe siècle
    Pirame et Tisbé — Narcisse — Ipomédon — Protheselaüs — Floris et Lyriopé — Joufroi de Poitiers — Le Roman de Silence — Durmart le Gallois — Le Roman du comte d'Anjou — Ponthus et Sidoine — Histoire d'Olivier de Castille et Artus d'Algarbe — Histoire de Jason
    *Édition établie sous la direction de Danielle Régnier-Bohler*

RÉCITS DE CAMPAGNE ET DE CHASSE
    La Vie à la campagne d'un gentilhomme picard à la fin du XVIe siècle — LAURENT LABRUYERRE : Les Ruses du braconnage mises à découvert ou Mémoires et instructions sur la chasse et le braconnage — Mémoires d'un braconnier — MELCHIOR DE SAVIGNY : Un jour de chasse à Lorcy — JOHN DELEGORGUE-CORDIER : La Chasse au tir — ELZÉAR BLAZE : Le Chasseur conteur — THÉOPHILE DEYEUX : Tablettes de Saint-Hubert, ses commandements, ses aphorismes — ADOLPHE D'HOUDETOT : Le Chasseur rustique — THÉODORE DE FOUDRAS : Les Gentilshommes chasseurs — Les Veillées de Saint-Hubert — LÉON BERTRAND : Tonton Tontaine Tonton — CHARLES JOBEY : La Chasse et la Table — ALPHONSE DAUDET : En Camargue — Les Émotions d'un perdreau rouge racontées par lui-même — JULES VERNE : Dix heures en chasse — GUY DE MAUPASSANT : Quelques contes — FLORIAN PHARAON : Le Fusil sur l'épaule — GUSTAVE BLACK : Le Château de la Baraque. Roman de chasse et de sport — ALEXANDRE DUMAS : Coups de fusil — HENRI GOURDON DE GENOUILLAC : L'Église et la Chasse — ANDRÉ THEURIET : Contes pour les soirs d'hiver — PAUL ARÈNE : Contes de Paris et de Provence — ÉTIENNE GROSCLAUDE : Les Joies du plein air — GASPARD DE CHERVILLE : Récits de terroir — PAUL BILHAUD : Les Vacances de Bob et Lisette illustrées par Job — JULES RENARD : Histoires naturelles — GYP : Sportmanomanie — JEAN MARBEL : Histoires de chasseurs — LOUIS PERGAUD : Le Roman de Miraut, chien de chasse — E. DESCOURS : En quête dans le Velay. Clo-Grand Feutre et Foulard rouge. Notes, impressions de chasse et de la vie au grand air
    *Édition établie et présentée par Jérôme et Valentine Del Moral*

RENARD, Jules
    Journal (1887-1910)
    *Édition présentée et annotée par Henry Bouillier*

RESTIF DE LA BRETONNE
    Romans
    TOME I : Le Pied de Fanchette — Le Paysan perverti — La Jolie Polisseuse — La Jolie Fourbisseuse — La Jolie Boursière — La Belle Imagère — La Petite Coureuse (*extraites de* Les Contemporaines du commun)
    *Édition établie par Pierre Testud*
    TOME II : La Vie de mon père — La Femme de laboureur — La Femme infidèle — Ingénue Saxancour — L'Épouse d'homme veuf — La Dernière Aventure d'un homme de quarante-cinq ans — La Fille de mon hôtesse
    *Édition établie par Daniel Baruch*

SAINTE-BEUVE
  Portraits littéraires
  *Édition établie par Gérald Antoine*

  Port-Royal
  *Édition présentée par Philippe Sellier*
  Tome I : Livres I à V, 8 — Tome II : Livres V, 9 à VI

SAND, George
  Consuelo — La Comtesse de Rudolstadt
  *Édition établie par Damien Zanone*
  *Préface de Nicole Savy*

SEGALEN, Victor
  Œuvres complètes
  *Édition établie et présentée par Henry Bouillier*
  Tome I : *Cycle des apprentissages* : Les Cliniciens ès lettres — Les Synesthésies et l'école
  symboliste — Essai sur soi-même — Journal de voyage — *Cycle polynésien* : Les Immémoriaux —
  Gauguin dans son dernier décor — Le Maître-du-Jouir — Hommage à Gauguin — La Marche du feu
  — Pensers païens — Journal des îles — Le Double Rimbaud — Vers les sinistrés — Hommage à
  Saint-Pol-Roux — *Cycle musical et orphique* : Voix mortes : Musiques maori — Dans un monde
  sonore — Siddhârtha — Entretiens avec Debussy — Orphée-Roi — Gustave Moreau, maître
  imagier de l'orphisme — Quelques musées par le monde — *Cycle des ailleurs et du bord du
  chemin* : Essai sur l'exotisme — Essai sur le mystérieux — Imaginaires — Un grand fleuve —
  Briques et Tuiles — Feuilles de routes
  Tome II : *Cycle chinois* : Stèles — Peintures — Équipée — Le Fils du Ciel — René Leys — Odes —
  Thibet — Le Combat pour le sol — Lettre X — Sites — *Cycle archéologique et sinologique* : Chine.
  La Grande Statuaire — Les Origines de la statuaire de Chine — Chez le président de la République
  chinoise — Une conversation avec Yuan-Che-K'ai — Rapport de M. Victor Segalen sur les résultats
  archéologiques de la mission Voisins, Lartigue et Segalen — Premier exposé des résultats archéologiques
  obtenus dans la Chine occidentale par la mission Voisins, Lartigue et Segalen — Sépultures des dynasties
  chinoises du Sud — Le Tombeau du fils du roi de Wou — La Queste à la Licorne

SÉGUR, comtesse de
  Œuvres
  *Édition établie par Claudine Beaussant*
  *Préface de Jacques Laurent, de l'Académie française*
  Tome I : Lettres à son éditeur — Nouveaux Contes de fées — Les Petites Filles modèles —
  Les Malheurs de Sophie — Les Vacances — Mémoires d'un âne — Pauvre Blaise — Dictionnaire
  de la comtesse de Ségur, *par Claudine Beaussant*
  Tome II : La Sœur de Gribouille — Les Bons Enfants — Les Deux Nigauds — L'Auberge de l'Ange
  gardien — Le Général Dourakine — François le bossu — Comédies et Proverbes — Un bon petit diable
  Tome III : Jean qui grogne et Jean qui rit — La Fortune de Gaspard — Quel amour d'enfant ! —
  Le Mauvais Génie — Diloy le chemineau — Après la pluie le beau temps — La Santé des enfants

SHAKESPEARE, William
  Œuvres complètes
  Université d'Oxford
  *Édition bilingue français-anglais établie sous la direction de Michel Grivelet et Gilles Monsarrat*

  Tragédies
  *Traductions de Victor Bourgy, Michel Grivelet, Louis Lecocq, Gilles Monsarrat, Jean-Claude Sallé,
  Léone Teyssandier*
  Tome I : Titus Andronicus — Roméo et Juliette — Jules César — Hamlet, *précédé d'un
  Dictionnaire de Shakespeare, par Gabrielle Bouley, Victor Bourgy, Michel Grivelet, Gilles
  Monsarrat, Léone Teyssandier*
  Tome II : Othello — Timon d'Athènes — Le Roi Lear — Macbeth — Antoine et Cléopâtre — Coriolan

de Paris — Paris — Portraits sans modèles — Valeurs — Valeurs II — Le Paraclet — Génie de Mallarmé — Pour le portrait d'Henri Heine — À propos de Céline — Portrait de Paul Léautaud — Saint Cézanne — Parmi les dernières lettres

## TCHÉKHOV, Anton
Théâtre
Platonov — Ivanov — Le Génie des bois — La Mouette — L'Oncle Vania — Les Trois Sœurs — La Cerisaie — Sur la grand-route — Les Méfaits du tabac — Le Chant du cygne — L'Ours — La Demande en mariage — Tatiana Répina — Le Tragique malgré lui — Une noce — Le Jubilé, *précédé d'un Dictionnaire de Tchékhov, par Jean Bonamour*
*Édition établie par Jean Bonamour*
*Traduction de Denis Roche et Anne Coldefy-Faucard*

## THÉÂTRE DE LA CRUAUTÉ ET RÉCITS SANGLANTS
JEAN BRETOG : Tragédie française à huit personnages... — PIERRE BOAISTUAU ET FRANÇOIS DE BELLEFOREST : Histoires tragiques... — ALEXANDER VAN DEN BUSSCHE : Épitomes de cent histoires tragiques — Discours admirables des meurtres et assassinats — CHRISTOPHE DE BORDEAUX : Discours lamentable et pitoyable sur la calamité... — FRANÇOIS DE ROSSET : Histoires mémorables et tragiques de ce temps — JEAN-PIERRE CAMUS : L'Amphithéâtre sanglant... — Les Spectacles d'horreur — Les Succès différents — Les Événements singuliers... — Les Observations historiques — Divertissement historique — Les Décades historiques — Les Entretiens historiques — Mémoriaux historiques — Les Rencontres funestes ou Fortunes infortunées de notre temps — PIERRE BOITEL : Le Théâtre tragique — ALEXANDRE HARDY : Scédase ou l'Hospitalité violée — Alcméon ou la Vengeance féminine — FRANÇOIS DE BELLEFOREST : Histoires tragiques — Tragédie française d'un More... — Tragédie mahométiste — PIERRE MAINFRAY : La Rhodienne ou la Cruauté de Soliman — NICOLAS CHRÉTIEN DES CROIX : Les Portugais infortunés — JEAN-PIERRE MAFFE : Histoires des Indes orientales — HIERONIMO CORTE-REAL : Naufrage de Manoel de Souza... — SIMON GOULART : Trésor d'histoires admirables et mémorables — Pamphlets sur la Saint-Barthélemy — Pamphlets sur Henri III — JACQUES DE FONTENY : Cléophon — CLAUDE BILLARD : Tragédie sur la mort du roi Henri le Grand
*Édition établie sous la direction de Christian Biet*

## TOULET, Paul-Jean
Œuvres complètes
*Édition établie par Bernard Delvaille*

## LES TRAGIQUES GRECS
*Ouvrages dirigés par Bernard Deforge et François Jouan*
TOME I : ESCHYLE : Les Perses — Prométhée enchaîné — Les Sept contre Thèbes — Les Suppliantes — L'Orestie : Agamemnon – Les Choéphores – Les Euménides — SOPHOCLE : Ajax — Les Trachiniennes — Antigone — Œdipe roi — Électre — Philoctète — Œdipe à Colone
*Édition établie par Louis Bardollet, Bernard Deforge et Jules Villemonteix*
TOME II : EURIPIDE : Le Cyclope — Alceste — Médée — Les Héraclides — Hippolyte — Andromaque — Hécube — Les Suppliantes — Électre — Héraclès — Les Troyennes — Iphigénie en Tauride — Ion — Hélène — Les Phéniciennes — Oreste — Les Bacchantes — Iphigénie à Aulis — Rhésos
*Édition établie par François Jouan*

## UNE ANTHOLOGIE DE LA POÉSIE FRANÇAISE
*Édition établie et présentée par Jean-François Revel*

## UN JOLI MONDE
Romans de la prostitution
JORIS-KARL HUYSMANS : Marthe. Histoire d'une fille — EDMOND DE GONCOURT : La Fille Elisa — ÉMILE ZOLA : Nana *(extrait du chapitre VIII)* — LÉON HENNIQUE : L'Affaire du Grand 7 — PAUL ALEXIS : La Fin de Lucie Pellegrin — GUY DE MAUPASSANT : Boule de suif — La Maison Tellier — Mademoiselle Fifi — L'Odyssée d'une fille — Le Lit 29 — L'Armoire — Ça ira — Le Port — ROBERT CAZE : La Sortie d'Angèle — PAUL BONNETAIN : Charlot s'amuse... *(extrait du chapitre X et chapitre XI)* — PAUL ADAM : Chair molle, roman naturaliste — ADOLPHE TABARANT : Virus d'amour — CAMILLE LEMONNIER : Le Riddyck — GEORGES EEKHOUD : Les Milices de Saint-François *(extraits)* — La Nouvelle Carthage *(extrait)* — LÉON BLOY : La Boue — Repaire d'amour — Le Vieux de la

La photocomposition de cet ouvrage
a été réalisée par
GRAPHIC HAINAUT
59410 Anzin


Cet ouvrage a été achevé d'imprimer en octobre 2014
dans les ateliers de Normandie Roto Impression s.a.s.
61250 Lonrai (Orne)
N° d'impression : 1404047

*Imprimé en France*

**Si vous appréciez les volumes « Bouquins »
et si vous désirez recevoir gracieusement le journal de la collection,
découpez ce bulletin et adressez-le à :**

ÉDITIONS ROBERT LAFFONT
*Bouquins*
30, place d'Italie – CS 51391 – 75627 PARIS Cedex 13

NOM . . . . . . . . . . . . . . . . . . . . . . . . . . . . . . . . . . . . . . . . . . . . . . . . . .

PRÉNOM . . . . . . . . . . . . . . . . . . . . . . . . . . . . . . . . . . . . . . . . . . . . . .

PROFESSION . . . . . . . . . . . . . . . . . . . . . . . . . . . . . . . . . . . . . . . . . . .

ADRESSE . . . . . . . . . . . . . . . . . . . . . . . . . . . . . . . . . . . . . . . . . . . . . .

EMAIL . . . . . . . . . . . . . . . . . . . . . . . . . . . . . . . . . . . . . . . . . . . . . . . .

Je m'intéresse aux disciplines suivantes : . . . . . . . . . . . . . . . . . . . .
. . . . . . . . . . . . . . . . . . . . . . . . . . . . . . . . . . . . . . . . . . . . . . . . . . . . .
. . . . . . . . . . . . . . . . . . . . . . . . . . . . . . . . . . . . . . . . . . . . . . . . . . . . .

• Dictionnaires et Ouvrages de référence . . . . . . . . . . . . . . . . . ☐
• Histoire et Essais . . . . . . . . . . . . . . . . . . . . . . . . . . . . . . . . . . . . ☐
• Littérature et Poésie . . . . . . . . . . . . . . . . . . . . . . . . . . . . . . . . . . ☐
• Littérature populaire. Aventures et Policiers . . . . . . . . . . . . . ☐
• Musique . . . . . . . . . . . . . . . . . . . . . . . . . . . . . . . . . . . . . . . . . . . . ☐
• Voyages . . . . . . . . . . . . . . . . . . . . . . . . . . . . . . . . . . . . . . . . . . . . ☐

(Cochez la case correspondant à vos préférences)

Suggestions . . . . . . . . . . . . . . . . . . . . . . . . . . . . . . . . . . . . . . . . . .
. . . . . . . . . . . . . . . . . . . . . . . . . . . . . . . . . . . . . . . . . . . . . . . . . . . . .
. . . . . . . . . . . . . . . . . . . . . . . . . . . . . . . . . . . . . . . . . . . . . . . . . . . . .
. . . . . . . . . . . . . . . . . . . . . . . . . . . . . . . . . . . . . . . . . . . . . . . . . . . . .
. . . . . . . . . . . . . . . . . . . . . . . . . . . . . . . . . . . . . . . . . . . . . . . . . . . . .
Titre de l'ouvrage dans lequel est insérée cette page . . . . . . . . . .
. . . . . . . . . . . . . . . . . . . . . . . . . . . . . . . . . . . . . . . . . . . . . . . . . . . . .

La méchanceté est un art à la condition d'être drôle et inspirée. Préfacé par un maître du genre, Philippe Alexandre, cet ouvrage offre le florilège le plus complet et jubilatoire qui soit des traits d'esprit, saillies, épigrammes et autres « vacheries » qui ont jalonné l'histoire littéraire, mondaine et politique de l'Antiquité à nos jours.

Certaines époques et certains milieux se sont particulièrement illustrés dans cet exercice vivifiant : les cercles littéraires des XVIᵉ et XVIIᵉ siècles, les salons et la cour de France au siècle des Lumières, le monde politique et la société mondaine de la IIIᵉ République, l'Angleterre postvictorienne, la grande période hollywoodienne de l'entre-deux-guerres… Autant de moments où la liberté d'esprit et une lucidité aiguisée se sont exprimées sans crainte de démystifier et tourner en ridicule les figures installées du conformisme intellectuel et de l'académisme pontifiant.

Parmi les experts en la matière, on trouve de grands hommes d'État. Clemenceau, l'un des plus féroces, disant à propos du président de la République, Félix Faure, qui venait de mourir : « En entrant dans le néant, il a dû se sentir chez lui. » Churchill, tout aussi impitoyable, au sujet de son successeur Clement Attlee : « Un taxi vide approche du 10 Downing Street, Clement Attlee en descend… » De célèbres dramaturges ou comédiens firent eux aussi profession de rosseries en tout genre. Ainsi Sacha Guitry, commentant en ces termes l'élection à l'Académie française de l'un de ses confrères : « Ses livres sont désormais d'un ennui immortel. » Ou Tristan Bernard, disant d'une actrice en vogue : « Pour se faire un nom, elle a dû souvent dire oui. »

Le répertoire rassemblé et présenté par François Xavier Testu fourmille de mots de la même veine, de formules souvent hilarantes et toujours assassines, qui constituent autant de trouvailles irrésistibles. On les lira avec la même délectation qui a animé les meilleurs esprits de leur temps.

François Xavier Testu, agrégé des Facultés de droit, est professeur à l'université François-Rabelais de Tours et avocat associé à la cour de Paris.

www.bouquins.tm.fr